한 권으로 끝내는
세익스피어

한 권으로 끝내는 **셰익스피어**

초판 발행 | 2017년 7월 15일

지은이 | 윌리엄 셰익스피어
옮긴이 | 셰익스피어연구회
펴낸이 | 김형호
펴낸곳 | 아름다운날
출판 등록 | 1999년 11월 22일
주소 | (121-837) 서울시 마포구 서교동 351-10 동보빌딩 202호
전화 | 02) 3142-8420
팩스 | 02) 3143-4154
E-메일 | arumbook@hanmail.net
ISBN 979-11-86809-40-2 (03840)

이 도서의 국립중앙도서관 출판예정도서목록(CIP)은 서지정보유통지원시스템 홈페이지(http://seoji.
nl.go.kr)와 국가자료공동목록시스템(http://www.nl.go.kr/kolisnet)에서 이용하실 수 있습니다.(CIP
제어번호: CIP2017015221)

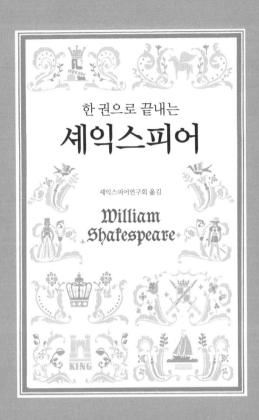

한 권으로 끝내는
셰익스피어

셰익스피어연구회 옮김

William
Shakespeare

아름다운날

William Shakespeare

차 례

머리말 · 6

햄릿 · 9

오셀로 · 115

리어왕 · 209

맥베스 · 305

베니스의 상인 · 381

로미오와 줄리엣 · 467

템페스트 · 589

한여름 밤의 꿈 · 677

십이야 · 737

안토니우스와 클레오파트라 · 817

뜻대로 하세요 · 961

말괄량이 길들이기 · 1041

끝이 좋으면 다 좋아 · 1105

셰익스피어의 생애 · 1218

셰익스피어 주요 작품 해설 · 1229

셰익스피어 연보 · 1245

고전이란, 당대를 대표하면서도 후세 사람들에게 모범이 될 만한 가치를 지니고 있는 문학작품을 뜻합니다. 세대가 지나면 드높았던 인기도 덧없이 잊히고 마는 대중 문학과 달리, 고전 문학은 시공간을 초월하여 변함없이 많은 사람들에게 깊은 감동과 울림을 전합니다. 다양한 세계 고전 문학 가운데서도 셰익스피어의 작품들은 나라와 언어와 인종을 불문하고 누구에게나 사랑받는 명작이며, 각 작품마다 곱씹을수록 깊은 맛이 우러나오는 고유한 삶의 철학과 세계관을 담고 있습니다.

그의 희곡들은 위대한 문학 작품을 뛰어넘어 하나의 문화로 자리 잡았습니다. 제국주의의 열기가 한창이던 19세기에 영국인들이 가장 소중히 여기던 식민지 인도와도 바꿀 수 없는 존재로 극찬했던 셰익스피어는 싫든 좋든 서양 문화와 함께 전 세계인의 삶에 깊이 침투했습니다. 우리는 출처를 알지 못하면서도 셰익스피어의 주옥 같은 대사들을 일상에서 읊조리게 된 것입니다. 물론 문화로 정착했으니 무작정 받아들여야 한다는 의미는 아닙니다. 비판을 하거나 배척을 하더라도 제대로 실체를 알고 판단할 필요가 있으며, 그러기 위해 문학 자체로서 감상하는 것이 먼저입니다. 셰익스피어가 왜 그토록 위대한 작가로 칭송되며, 무대에서나 문학 작품으로 현대인들에게도 사랑을 받는지는 읽어본 사람만이 알 수 있을 것입니다.

그동안 셰익스피어의 작품들은 수많은 번역본이 출간되어 독자들의 사랑을 받았지만, 이 책은 꼭 읽어봐야 할 중요한 작품들을 선정하여 한 권으로 묶었습니다. 청소년이나 초보 독자라도 쉽게 몰입할 수 있도록 딱딱한 문어체를 가능한 한 입에 익은 말투로 다듬어, 읽기 쉬울 뿐만 아니라 연극적인 느낌에도 손색이 없도록 했습니다. 상상력을 최대한 동원하여 주인공들이 꼬이고 꼬인 문제를 어떻게 풀어가는지 지켜본다면 독자 여러분들도 이내 셰익스피어와 함께 이 작품 속으로 유쾌한 여행을 떠날 수 있게 되리라 믿습니다.

셰익스피어연구회

햄릿

죽느냐 사느냐, 그것이 문제로다.
가혹한 운명의 화살을 맞고도 죽은 듯
참아야 하는가.
아니면 성난 파도처럼 밀려드는 재앙과
싸워 물리쳐야 하는가.

햄릿 | 덴마크 왕자, 선왕의 아들이며 클로디어스 왕의 조카

오필리아 | 폴로니어스의 딸

클로디어스 | 덴마크 왕

거트루드 | 덴마크의 왕비, 햄릿의 어머니

폴로니어스 | 클로디어스 왕의 고문관이며 재상

호레이쇼 | 햄릿의 친구

레어티스 | 폴로니어스의 아들

볼티먼드, 코닐리어스, 로즌크랜츠, 길든스턴, 오즈릭 | 시종

마셀러스, 버나도, 프랜시스코 | 경호병들

레이날도 | 폴로니어스의 하인

포틴브라스 2세 | 노르웨이 왕자

햄릿 부왕의 유령

그 외 | 어릿광대들, 무덤 파는 일꾼, 부대장, 영국 사신들, 남녀 귀족들,
군인, 선원, 사신, 시종들

감수성이 예민한 덴마크의 왕자 햄릿은 갑작스럽게 아버지를 잃는다. 그리고 사랑했던 어머니마저 평소 자기가 싫어하던 숙부와 결혼을 해 충격을 받는다. 그러던 어느 날 아버지의 유령을 만나게 되면서 아버지가 독살당했다는 사실을 알게 된다. 더욱이 아버지의 유령은 자신에게 복수해줄 것을 요구한다. 이에 햄릿은 그 사실을 확인하기 위해 일부러 미친 척하며 사랑하는 여자 오필리아와도 거리를 둔다.

아버지의 복수를 실행하지 못하는 자신이 우유부단하게 느껴지던 햄릿은 마침 어머니의 방에 들렀다가 커튼 뒤에 숨어 자신을 보고 있는 사람이 클로디어스 왕인 줄 알고 칼로 찌르지만 정작 죽은 사람은 폴로니어스 경이었다. 클로디어스 왕은 햄릿을 영국에 사신으로 보내는 한편, 영국 왕에게는 밀서를 보내 그를 죽일 것을 요구한다. 하지만 밀서를 중간에서 가로챈 햄릿은 왕의 계략을 알고 몰래 귀국해 복수를 다짐한다.

한편 오필리아는 아버지가 불의의 사고로 죽게 되었다는 사실에 충격을 받아 냇물에 빠져 죽게 되고, 졸지에 아버지와 동생을 잃은 레어티스가 귀국해 궁으로 쳐들어온다. 클로디어스 왕은 레어티스에게 아버지를 죽인 건 햄릿이니 펜싱 시합을 해서 햄릿을 죽이라고 제안한다.

시합 당일, 레어티스는 햄릿이 마시는 술에 독극물을 타고 칼에는 독을 묻힌 다음 결투를 하게 된다. 그러나 햄릿이 마셔야 할 술을 거트루드 왕비가 마시고 숨을 거두고, 이미 독 묻은 칼에 찔린 햄릿은 레어티스의 칼을 빼앗아 그 칼로 레어티스를 찌른다. 결국 독이 묻은 칼에 찔려 죽게 된 레어티스는 모든 음모를 밝히고, 이 사실을 안 햄릿은 클로디어스 왕을 죽이지만 자신도 온몸에 독이 퍼져 숨을 거둔다.

제 1 막

제 1 장

엘시노 성 망대

보초병 프란시스코가 보초를 서는데, 무장한 버나도가 등장

버나도 거기 누구냐?

프란시스코 너야말로 누구냐? 거기 서서 신분을 밝혀라!

버나도 국왕 만세!

프란시스코 버나도?

버나도 그렇다.

프란시스코 제시간에 맞춰 왔군.

버나도 막 자정을 알리는 종소리가 울렸어. 가서 자게나, 프란시스코.

프란시스코 교대해줘서 고맙네. 심장까지 얼어붙어 죽는 줄 알았다고. 무슨 추위가 이리 혹독하담.

버나도 별일 없었나?

프란시스코 쥐새끼 한 마리도 얼씬거리지 않았네.

버나도 그랬군. 호레이쇼와 마셀러스를 만나거든 빨리 나오라고 전하게. 오늘 나와 함께 보초를 서기로 했거든.

호레이쇼와 마셀러스 등장

프랜시스코   정지! 거기 누구냐!

호레이쇼   이 나라 백성.

마셀러스   국왕의 신하.

프랜시스코   수고하게. 난 그만 가겠네. (퇴장)

마셀러스   이봐, 버나도! 호레이쇼는 우리 말을 도무지 믿지 않네. 우리가 그렇게 끔찍한 모습을 두 번이나 봤는데 말야. 그래서 오늘 밤 함께 망을 보자고 했지. 만일 그 헛것이 나타난다면, 우리의 말을 믿을 게 아니겠는가.

호레이쇼   쯧쯧, 나오긴 뭐가 나온다고 그러나.

버나도   거기 앉아서 우리 말을 들어보게. 바로 어젯밤, 북극성이 지금처럼 하늘을 비추고 있을 때였지. 마침 한 시종이…….

완전 무장 차림을 한 유령이 사령관의 홀을 들고 등장

마셀러스   쉿, 조용히 해. 또 나타났네.

버나도   승하하신 선왕의 모습 그대로지 않나?

마셀러스   호레이쇼, 자넨 학자니까 학자답게 말을 걸어보게.

호레이쇼   정말 똑같군. 놀랄 만큼 똑같아 가슴이 오그라들 것 같네.

마셀러스   어서 말을 걸어봐, 호레이쇼.

호레이쇼   넌 누구냐? 무엄하게도 돌아가신 선왕께서 즐겨 입으시던 갑옷 차림으로 한밤중에 나타나다니! 대답하라. 어서 대답하라.

마셀러스   화가 난 모양이야.

버나도   저것 봐! 그냥 가버리잖아!

호레이쇼   서지 못하겠느냐! 멈춰라! 명령한다! 멈춰라! (유령 퇴장)

마셀러스   사라졌어. 한마디도 하지 않는군.

버나도   이봐, 호레이쇼. 자네 얼굴이 백지장이군. 부들부들 떨고 있어. 그래, 아직도 이게 우리의 망상이라고 생각하나?

호레이쇼   내 두 눈으로 똑똑히 보았는데, 어떻게 망상이라고 하겠나.

마셀러스   선왕의 모습 그대로지?

호레이쇼   정말 꼭 닮았어. 뱃속이 시커먼 노르웨이 왕과 단신으로 결투하러 가셨을 때에도 저런 차림이셨지. 또 협상에 임했다가 깨지자 화가 나서 폴란드 놈들을 빙판 위에 때려눕혔을 때에도 바로 저런 표정이셨고. 참으로 해괴한 일이야.

마셀러스   이런 일이 지난밤에도 일어났었네. 바로 이 시각에 갑옷을 걸치시고 우리 앞을 성큼성큼 두 번이나 지나가셨어.

호레이쇼   이 나라에 큰 변이 일어나려는 흉조인 것 같아.

마셀러스   자, 이러지 말고 앉아서 얘기하세. 도대체 매일 밤 백성들을 괴롭히면서까지 이토록 삼엄하게 경비를 서게 하는 이유가 뭔가? 또 날마다 대포를 만든다, 외국에서 무기를 사들인다 하며 야단법석을 떠는 이유를 아는 사람이 있으면 말해보게.

호레이쇼   나도 소문을 들었을 뿐이네. 자네들도 알다시피 선왕께서는 야심에 찬 노르웨이 왕 포틴브라스의 도전을 받으셨지. 결국 선왕은 엄격한 기사도에 따라 포틴브라스의 목숨뿐 아니라 영토까지 차지했지. 두 사람이 싸움을 할 때 각자 자기 영토를 걸었으니, 만일 포틴브라스가 이겼다면 선왕 역시 땅을 고스란히 빼앗겼을 거야. 이렇게 해서 햄릿 왕은 포틴브라스의 땅을 차지하게 되었어. 그런데 문제는 포틴브라스의 아들이 이 상황을 받아들이지 않고 부랑자들을 끌어모아 모반을 꾸미고 있다네. 전쟁준비를 하는 것도, 우리가 여기서 망을 보는 것도, 나라가 온통 야단법석인 이유 역시 모두 그 때문이라네.

버나도　　그럴 듯한 얘기로군. 선왕의 유령이 우리 앞에 나타난 것도 다 그 때문이군. 선왕이 예나 지금이나 전쟁의 단초였으니.

호레이쇼　　그 유령은 그야말로 눈에 박힌 티와 같군. 그 옛날 번영을 자랑하던 로마제국도 위대한 영웅 시저가 살해되기 전날 무덤들이 텅텅 비고, 수의를 몸에 휘감은 시체들이 나와 길거리를 걸어다녔다지 않던가. 하늘의 별은 화염의 꼬리를 달고, 이슬은 핏물이 되어 내렸으며, 태양은 빛을 잃고, 밀물과 썰물의 바다를 지배하는 달조차도 말세가 온 듯 사그라졌다더군. 선왕의 유령도 앞으로 우리에게 닥칠 재앙의 서곡을 알려주기 위해서 나타난 것이 아닌가 싶네.

유령 다시 등장

호레이쇼　　쉿! 저것 봐, 유령이 다시 나타났어! (유령이 팔을 벌린다) 벼락을 맞더라도 한번 막아봐야겠어. 허깨비야, 게 섰거라. 입이 있거든 말을 해봐. 혹시 이 나라의 재앙을 알고 있는 건 아니냐? (닭울음 소리가 들린다) 이봐, 마셀러스! 자네가 좀 막아보라고!

마셀러스 이 창으로라도 찔러볼까?

호레이쇼 그래, 안 서면 그렇게라도 해봐.

버나도 여기다!

호레이쇼 이놈! (유령 퇴장)

마셀러스 사라져버렸어. 그래도 존엄한 분의 혼령인데, 어리석은 짓을 한 것 같아.

버나도 입을 열 것 같았는데 그놈의 닭이 하필 그때 울 게 뭐람.

호레이쇼 닭이 울자 죄인이 호출당하기라도 한 것처럼 깜짝 놀라더군. 새벽에 닭이 날카로운 울음소리로 해의 신을 부르면 동이 트는 것과 동시에 공기와 땅위를 떠돌던 헛것들이 모두 지신의 거처로 도망간다는 말이 틀리지 않나봐.

마셀러스 크리스마스 때가 되면 새벽을 알리는 닭이 밤새도록 울어서 유령들이 얼씬도 하지 못한다는 말이 있어. 그러면 별들도 마력을 잃고, 요정들도 장난기를 거두고, 마녀들도 신통력을 잃게 된다는 거야. 그래서 그때가 되면 정결하고 복스러운 기운이 넘친대.

호레이쇼 나도 그런 소릴 들었네. 정말 거짓말이 아닌가보군. 자, 저 길 보게나. 해가 붉은 망토를 걸치고 이슬을 밟으며 동녘 산마루로 솟아오르고 있군. 우리도 그만 보초를 끝내세. 내 생각에는 아까 본 일을 햄릿 왕자님께 아뢰는 게 좋겠네. 비록 그 유령이 우리에게는 입을 다물었지만, 왕자님께는 후련하게 털어놓을지도 모르잖아.

마셀러스 좋아. 오늘 아침 그분을 만날 수 있는 곳을 내가 아네.

제 2 장

성 안의 회의실

나팔 소리. 클로디어스 왕과 거트루드 왕비, 궁신들, 폴로니어스와 그의 아들 레어티스, 볼티먼드와 햄릿 왕자 등장

왕 존경하는 형인 햄릿 왕의 죽음이 아직도 생생한 지금, 온 나라가 애통해 하고 슬픔에 빠져 있는 것은 당연한 일이오. 하지만 이제 우리도 정신을 차려야 할 때가 된 것 같소. 짐은 덴마크를 더욱 강성하게 하기 위해 한때 형수님이셨던 분을 왕비로 맞아들였소. 그야말로 한쪽 눈에는 눈물을, 다른 쪽 눈에는 웃음을 띤 채 장례식은 즐겁게, 결혼식은 슬프게, 기쁨과 슬픔을 똑같이 저울질하면서 왕비를 맞아들인 셈이오. 기꺼이 진언을 아끼지 않은 경들에게 한없는 고마움을 전하오. 그런데 포틴브라스 2세가 자꾸 우리들을 괴롭히고 있소. 그래서 짐은 노르웨이 국왕에게 칙서를 보낼 작정이오. 노르웨이 국왕은 지금 병환 중이어서 조카의 야심을 잘 모르고 있는 것 같소. 자, 이제 코닐리어스 경과 볼티먼드 경은 짐의 뜻을 잘 유념해 노르웨이 왕께 이 사실을 전하시오. 이제 경들은 신하로서 충성과 의무를 다하기를 바라겠소.

코닐리어스·볼티먼드 폐하께서 분부하신 명을 받들겠습니다.

왕 경들만 믿겠소. (볼티먼드와 코닐리어스 퇴장) 자, 레어티스, 무슨 일이라도 있느냐? 말해보거라. 나한테 무슨 소원이 있다고 한 것 같은데, 네

소원이라면 이 덴마크 왕이 못 들어줄 게 뭐가 있겠느냐? 나와 네 부친의 사이는 뇌수와 심장처럼 떼어놓을 수 없는 사이고, 손과 입처럼 더할 수 없이 소중한 사이니라. 그래, 바라는 게 무엇이냐, 레어티스?

레어티스　존경하옵는 폐하, 프랑스로 돌아가도록 윤허해주십시오. 제가 귀국한 것은 폐하의 대관식에 참석하기 위해서였습니다. 이제 그 의무를 다한 지금 솔직히 프랑스로 가고 싶은 마음뿐입니다.

왕　부친의 허락은 받았는가? 폴로니어스 경의 생각은 어떠오?

폴로니어스　자식놈이 어찌나 졸라대는지 내키지 않았지만 허락해주었습니다. 폐하께서도 부디 윤허하여주옵소서.

왕　좋다, 레어티스. 적당한 날을 택해서 떠나도록 하라. 가서 마음껏 즐기되 열심히 공부해서 네 자질을 아낌없이 발휘하도록 하라. 이제 내 조카이며 아들인 햄릿 차례인데…….

햄 릿　(방백) 핏줄은 통해도 마음은 통하지 않아.

왕　어찌된 일이냐? 요즘 네 얼굴엔 먹구름이 가시질 않는구나.

햄 릿　천만에요, 햇볕을 너무 많이 쬐어서 그렇습니다.

왕 비　햄릿, 이제 어두운 상복은 벗어버리고 폐하께 좀 더 부드러운 눈길을 보여드려라. 언제까지 눈을 내리깔고 돌아가신 아버지를 생각하겠느냐. 누구든 한 번은 세상을 떠난다는 걸 잊었느냐?

햄 릿　네, 물론 저도 잘 알고 있습니다.

왕 비　그런데 왜 유독 너만 특별하게 구는 것처럼 보이느냐?

햄 릿　보이는 게 아니라 사실이 그렇습니다, 어머니. 착하신 어머니, 이 새까만 외투나 이 검은 상복이나 억지로 내쉬는 과장된 한숨으로 어찌 제 심정을 드러낼 수 있겠습니까? 냇물처럼 흐르는 눈물과 슬픔으로 일그러진 표정은 그저 꾸밀 수도 있는 것이지요. 그러나 제 마음속에 있는 것은 그렇게 꾸밀 수 있는 것이 아닙니다. 드러내는 슬픔은 겉모습을 장식하는 옷이나 다를 바가 없지요.

왕 부왕의 죽음을 그토록 애도하다니, 참으로 가상하구나. 하지만 생각해봐라. 네 아버지도 그 아버지를 여의셨고, 네 할아버지 또한 그 아버지를 여의셨다. 그래서 유족들은 자식된 도리를 하느라 일정 기간 동안 상복을 입고 애도를 표하지. 그러나 그것도 도가 지나치면 오히려 조상을 모독하는 행위이며, 남자답지 못한 태도다. 인간이라면 죽음을 피할 수 없는 일, 어찌 부질없이 반항하며 슬픔에만 빠져 있느냐? 제발 부탁하노니, 그 부질없는 슬픔은 거두고 나를 친아버지처럼 생각해다오. 이 자리에서 공포하건대 너야말로 내 뒤를 이을 왕위 계승자다. 내가 친아버지 못지않게 너를 사랑하는 것도 다 이러한 이유 때문이다. 그런데도 너는 다시 비텐베르크 대학으로 돌아가겠다니, 내 뜻과는 전혀 상반되는구나. 제발 부탁하노니, 이곳에 남아서 부디 내 신하, 내 핏줄, 내 아들로 있어다오.

왕 비 이 어미의 부탁도 들어다오, 햄릿. 제발 내 곁에 있어다오.

햄 릿 알겠습니다, 어머님. 분부대로 따르겠습니다.

왕 오, 듣던 중 참으로 반가운 소리구나. 이 덴마크 땅에서 나와 함께 지내도록 하자. 자, 갑시다, 거트루드. 솔직하고 부드러운 햄릿의 대답을 들으니 내 마음이 가벼워지는구려. 우리, 오늘 축하하는 의미에서 축배를 들어야겠소. 오늘 덴마크 왕이 잔을 들 때마다 축포를 쏘아 올려 온 하늘과 이 나라에 쩌렁쩌렁 울리게 하라. 자, 가자. (나팔 소리 울리고 햄릿을 제외한 사람들 모두 퇴장)

햄 릿 아아, 이 더러운 육체여! 차라리 녹아버려 이슬이 되거라. 전능하신 신은 왜 자살을 금하는 율법을 정해서 자살을 못하도록 하시는가! 아, 지루하고 멋없고 살 가치도 없는 세상이여! 정말 지긋지긋하구나. 에잇, 더러운 세상! 황폐한 뜰에는 잡초만 자라고 주위는 온통 악취로 숨을 쉴 수 없구나. 그토록 훌륭하셨던 아버지, 지금의 왕과 비교하면 태양과 암흑의 차이지. 어머니를 끔찍이 사랑하신 아버지, 어머니가 바람을 맞는 것조차 아까워하시던 아버지셨는데. 오, 신이시여! 어머니는 언제나 아버지에게 매달려 사랑을 갈구했지. 그런데 한 달도 못 되어……. 약한 자여, 그대 이름은 여자이니라! 온몸이 눈물에 젖어 아버지의 상여를 따라가던 분이 신발이 채 닳기도 전에 숙부의 품에 안기다니. 오, 신이시여! 이성이 없는 짐승이라 해도 그분보다 더 오래 슬퍼했으련만. 오, 어머니! 어쩌면 이렇게 빠르게 결정하셨나요?

  호레이쇼, 마셀러스 그리고 버나도 등장

호레이쇼 안녕하십니까, 왕자님.

햄 릿 자네 호레이쇼가 아닌가? 한데 이곳엔 무슨 일로 왔는가?

호레이쇼 실은 부왕의 장례식에 참례하러 왔습니다.

햄 릿 여보게들, 제발 농담은 그만두게. 어머니의 혼례식을 보러 왔겠지.

호레이쇼 하긴 연이어진 행사가 아닙니까.

햄 릿 그게 다 절약 아니겠나. 제삿상 음식으로 잔칫상을 차리니 얼마나 경제적인가. 이런 꼴을 볼 바에야 차라리 천당에서 원수를 만나는 게 낫지. 호레이쇼, 난 지금도 아버님의 모습이 선하게 떠오른다네. 아, 아버님을 뵌 듯해.

호레이쇼 왕자님, 저는 어젯밤에 뵈었습니다.

햄 릿 나의 아버님을?

호레이쇼 잠시 진정하시고 제 얘기를 들어주십시오. 듣기에 따라 좀 망측한 일이라서 말입니다. 물론 여기 이 사람들이 증인이지만요.

햄 릿 뜸을 들이지 말고 어서 말해보게.

호레이쇼 실은 여기 마셀러스와 버나도 이 두 사람이 이틀 밤 연이어 보초를 섰다가 겪은 일입니다. 한밤중이 되면 부왕을 꼭 닮은 형체가 나타난 것입니다. 머리끝에서부터 발끝까지 단단히 무장한 모습으로 이들 앞에 나타나 위엄 있는 걸음걸이로 지나가신 것입니다. 그것도 세 번씩이나 말예요. 그 말을 듣고 저도 사흘째 되던 날 밤 가서 같이 망을 보았습니다. 그랬더니 이 사람들 말대로 똑같은 시각에 똑같은 차림을 하고 정말 나타난 것입니다. 틀림없이 부왕이셨습니다. 이 오른 손과 왼손도 그렇게 똑같지는 않을 겁니다.

햄 릿 그래, 그게 어디였나?

마셀러스 저희가 보초를 서고 있는 망대입니다.

햄 릿 심상치 않은 일이구나.

호레이쇼 맹세코 이건 틀림없는 사실입니다. 그래서 이 일을 왕자님 께 아뢰는 것이 저희의 의무라고 생각했습니다.

햄 릿 그렇고말고. 하지만 내 마음이 어지럽구나. 너희들은 오늘 밤 에도 보초를 서는가?

마셀러스 · 버나도 네, 왕자님.

햄 릿　머리끝부터 발끝까지 무장을 하고 있단 말이지?

마셀러스·버나도　그렇습니다, 왕자님.

햄 릿　얼굴은 보았는가?

호레이쇼　다행히 투구 안대가 올려져 있어서 보았습니다.

햄 릿　수염은 희끗희끗하던가?

호레이쇼　예, 생시에 뵈었던 모습 그대로였습니다.

햄 릿　오늘 밤엔 나도 망을 봐야겠다. 다시 나타날지도 모르니까.

호레이쇼　틀림없이 나타날 겁니다.

햄 릿　정말 아버지의 모습 그대로라면 지옥이 아가리를 벌리고 내게 침묵을 명한다 하더라도 말을 걸 것이다. 너희들에게 부탁하노니 이 일은 없었던 일로 하거라. 그리고 어떤 일이 일어나더라도 절대로 입 밖에 내지 마라. 너희들의 호의에 보답할 날이 있을 거다. 그럼 오늘 밤 열한 시와 열두 시 사이에 내 망대로 가겠다.

일 동　왕자님을 위해 충성을 다하겠습니다.

햄 릿　충성이 아니라 우정일세. 그럼, 내 다정한 친구들, 잘 가게. (햄릿만 남고 모두 퇴장) 무장을 하신 아버님의 유령이라⋯⋯. 이건 예삿일이 아니구나. 뭔가 흉측한 일이 움튼다는 증거야. 밤이 어서 왔으면 좋겠구나! 그때까진 내 마음아, 좀 더 침착해지려무나. 비록 온 땅이 악행을 덮어 눈가림한다 해도 결국 우리는 보게 될 것이다. (퇴장)

제 3 장

폴로니어스의 저택

레어티스와 오필리아 등장

레어티스   이제 배에 짐을 다 실었으니 작별을 해야겠구나. 오필리아, 너도 잠만 자지 말고 편지 좀 써라.

오필리아   알았어요.

레어티스   그리고 햄릿 왕자가 너한테 호의를 보이신 모양인데, 한때의 바람기라는 걸 잊지 말거라. 그야말로 이른 봄에 피는 나리꽃과 같은 거지. 한순간의 달콤한 향기요, 일시적인 희롱일 뿐이야.

오필리아   정말 그럴까요?

레어티스   물론이지. 인간은 키와 육체만 자라는 것이 아니라 정신과 마음도 성장하는 법이거든. 지금은 왕자님이 너를 사랑하실지도 모르지. 그분은 마음이 순수해서 속임수를 쓰거나 더러운 짓을 하지는 않아. 하지만 문제는 그분의 신분이 너무 높아, 무엇이든 자기 마음대로 일을 처리할 수 없는 입장이라는 거야. 왕실의 체통을 지켜야 하고, 보통 사람들처럼 제멋대로 행동할 수 없는 분이지. 그러니 자신의 배우자를 간택하는 것도 백성의 의사에 따라 좌우된다는 거야. 오필리아, 단단히 마음을 단속해야 해. 기분에 좌우되지 말고, 정욕의 위험한 화살이 닿지 않도록 해야 한단다. 정숙한 처녀는 달빛에 얼굴을 드러내는 것조차 부끄럽게 여겨야 한다고 하지 않더냐. 아무리 정숙한 여인도 비껴가기 어려운 것이 이 세상의 험담이란다. 첫째도 조심, 둘째도 조심, 그저 조심하는 게 상책이야. 물론 젊을 땐 유혹의 손길이 닿지 않아도 저절로 유혹에 빠져들지만 말이다.

오필리어　　오라버니의 충고 마음속 깊이 간직할게요. 하지만 오라버니, 방탕한 사제들처럼 입으로는 험한 가시밭길을 천당 가는 길이라 알려주고, 정작 자신은 환락의 꽃밭을 거닐 듯이 하면 안 돼요.

　폴로니어스 등장

레어티스　　아버님이 오신다. 축복을 두 번 받으면 행복도 두 배가 된다는데, 작별 인사를 두 번이나 받는 행운을 얻었구나.

폴로니어스　　아직도 가지 않았느냐? 서둘러 배를 타거라! 사람들이 모두 널 기다리고 있어. 자, 축복해주마. 그리고 이 아비의 충고를 명심하거라. (아들의 머리에 손을 얹는다) 함부로 입을 놀리지 말 것, 엉뚱한 생각을 실천으로 옮기지 말 것, 잡스러운 친구를 사귀지 말 것, 일단 사귄 친구들이 진실하다면 놓치지 말 것, 햇병아리들과 너무 친하게 지내지 말 것, 싸움판에 끼어들지 말 것, 하지만 일단 끼어들면 철저히 해치우도록 해라. 다시는 너를 얕보지 않도록 말야. 그리고 남의 말에 귀를 기울이되 말을 삼갈 것, 어떠한 판단이든 신중할 것, 옷맵시를 내되 눈에 띌 정도로 내지 말 것, 품위가 있도록 말야. 옷은 인격을 나타내니까. 돈은 빌리지도 말고 꾸지도 말 것, 돈을 빌려주면 돈도 잃고 친구도 잃는다는 걸 명심하거라. 게다가 돈을 빌리면 절약하는 마음이 무뎌진다는 걸 잊지 말고. 무엇보다도 네 자신에게 충실할 것, 그렇게 하면 밤이 지나 낮이 오듯이 다른 사람에게도 충실해지게 마련이란다. 그럼 잘 가거라. 내 충고가 네 마음속에 무르익기를 기도하마.

레어티스 안녕히 계십시오, 아버지. 오필리아, 너도 잘 있고. 내가 한 말 절대로 잊지 말거라.

오필리아 이 마음속을 단단히 채웠으니 열쇠는 오빠가 가져가세요.

레어티스 아버지, 다녀오겠습니다. (퇴장)

폴로니어스 오빠가 너에게 무슨 말을 하더냐?

오필리아 햄릿 왕자님에 관해서요.

폴로니어스 음, 알아들었구나. 소문에 따르면 요즘 왕자님과 단둘이 시간을 많이 보낸다는 말이 있던데 사실이냐? 그게 사실이라면 나도 한마디 안 할 수가 없구나. 내 딸로서 네 명예를 생각해야 해. 그래, 왕자님과는 어떤 관계냐? 이 아비에게 사실대로 털어놓아라.

오필리아 저, 왕자님께서 저에게 여러 번 사랑을 고백하셨어요.

폴로니어스 사랑이라고? 너도 참 순진하구나. 하긴 험악한 꼴을 당해 봤어야 알지. 그래, 왕자님의 고백이 진짜처럼 들리더냐?

오필리아 실은 어떻게 받아들여야 할지 그저 난감할 뿐입니다.

폴로니어스 그렇겠지. 내 말을 잘 들어라. 왕자님이 다정하게 대해주었다고 진정으로 여겼다니, 어리석구나. 좀 더 몸가짐을 조심하도록 하여라. 안 그러면 속된 말로 나를 웃음거리로 만들게 될 거다.

오필리아 그분은 명예로운 방식으로 제게 사랑을 고백했습니다.

폴로니어스 방식에 현혹하기 십상이지. 다들 그래.

오필리아 게다가 자기 말이 진심임을 거듭 맹세했어요.

폴로니어스　그게 바로 덫이 아니고 무엇이겠니? 얘야, 맹세란 불길처럼 활활 타오르다가 금세 사라지는 거야. 그 불길을 진심으로 받아들였다가는 낭패를 당하기 십상이야. 앞으로는 순결한 처녀답게 그분과 쓸데없이 만나는 일은 삼가는 게 좋겠구나. 왕자님은 너와 달리 아주 자유로우신 분이야. 그러니 왕자님의 맹세를 믿어선 안 돼. 그런 맹세는 겉과 속이 다르단다. 가당찮은 청원을 하는 사람들처럼 입으로는 그럴 듯하게 말을 하지만, 실상은 자기들의 욕망을 채우기에 급급할 뿐이야. 여자에게 불륜을 권하는 뚜쟁이 같다고나 할까. 그러니 앞으로 단 한순간이라도 햄릿 왕자님과 시간을 보내면서 허비하지 말거라. 알겠지? 단단히 조심해야 해.

오필리아　아버님 분부대로 따르겠습니다. (두 사람 퇴장)

제 4 장

망대의 한 통로

　햄릿, 호레이쇼, 마셀러스 등장

햄 릿　바람이 살을 에는 것 같구나. 날씨 한번 고약하군.
호레이쇼　온몸이 얼음장입니다요.

이때 궁에서 나팔 소리와 축포 소리가 들린다.

호레이쇼 왕자님, 이게 무슨 소란가요?

햄 릿 폐하께서 밤새도록 주연을 베풀고 있다네. 요란하게 춤을 추며 한마디로 난장판을 벌이고 있는 셈이지. 폐하가 포도주를 한 잔 비울 때마다 북을 치고 나팔을 불어 왕의 만수무강을 백성들에게 알린다는걸세.

호레이쇼 그게 관습인가요?

햄 릿 그렇다네. 저런 관습은 차라리 없애버리는 것이 좋겠어. 엄청나게 술을 마셔대니까. 전 세계가 우리나라를 비난하고 있어. 돼지처럼 주정을 부린다고 욕을 해대는 거야. 참으로 망신스런 관습이지.

유령 등장

호레이쇼 왕자님, 드디어 나타났습니다!

햄 릿 하느님, 우리를 지켜주소서! 누구냐? 천사냐, 악마냐? 하늘에서 왔는가, 지옥에서 왔는가? 우리를 구하러 왔는가, 멸망시키러 왔는가? 그대의 모습을 보니 차마 말을 걸지 않을 수가 없구나. 오, 덴마크의 왕, 햄릿이시여, 대답하라. 나를 의혹에 빠뜨리지 말고. 죽어서 땅속에 묻힌 시체가 어찌하여 수의를 벗고 나타났는가? 싸늘한 시체가 되어버린 그대가 어찌하여 갑옷을 걸치고 이 밤에 나타나 사람들을 떨게 만드는지 말해보라. 또한 왜 어리석은 우리 인간들의 머리로는 도저히 풀지 못할 문제를 던져주고 공포에 떨게 하는지 그 이유를 말하라.

어떻게 하라는 것이냐? (유령이 햄릿에게 손짓을 한다)

호레이쇼 함께 가자고 손짓하는군요. 왕자님께만 알려드릴 것이 있는 모양입니다.

마셀러스 왕자님, 따라가지 마십시오.

호레이쇼 그래요, 가시면 절대로 안 됩니다.

햄 릿 이제 와서 내가 무엇이 두렵겠느냐? 내 목숨은 바늘 하나만큼의 가치도 없어. 따라가야겠다.

호레이쇼 바다로 끌고 가면 어떻게 하시려고 그러세요? 아니면 낭떠러지로 끌고 간 뒤 끔찍한 모습으로 돌변하여 왕자님의 이성을 마비시켜 혼백을 빼버리면 어떻게 해요? 왕자님, 이성을 찾으세요. 인간이란 절벽 위에서 짙푸른 바다를 내려다보며 울부짖는 파도 소리만 들어도 죽음의 유혹을 느끼는 법입니다.

햄 릿 운명이 나를 부르고 있어. 온몸의 핏줄이 네메아 사자(헤라클레스가 죽였다고 전해지는 무서운 사자)의 힘줄처럼 팽팽해지고 있는걸. 제발 날 붙잡지 마라. 만일 방해하면 모두 죽이겠다. 비켜라, 비켜! 유령이여, 가거라. 내 기꺼이 따를 것이다. (유령과 햄릿 퇴장)

호레이쇼 유령에 홀려 넋이 빠졌구나.

마셀러스 명령에만 복종할 때가 아닙니다. 어서 따라가 봅시다. (퇴장)

제 5 장

망대 아래의 빈터

유령과 햄릿 등장

햄 릿　어디로 가느냐? 말하지 않으면 더 이상 따라가지 않겠다.

유 령　잘 들어라. 나는 네 아비의 혼령이다. 밤이 되면 잠깐 동안 돌아다닐 수가 있지만 낮이 되면 불길 속에서 고통을 받고 있다. 생전에 저지른 죄악이 다 타서 정화될 때까지 그래야 할 운명이다. 만일 내가 금단의 계율을 깨뜨려 저승의 비밀을 털어놓는다면, 너의 영혼은 상처를 입고 젊은 피조차도 얼어붙으며 두 눈은 별똥처럼 튀어나와 사라지고 곱슬곱슬한 머리칼은 성난 고슴도치처럼 곤두설 것이다. 그러니 저승 세계의 영원한 비밀을 이승의 인간에게 털어놓을 수는 없다. 자, 들거라. 네가 아버지를 단 한 번이라도 사랑한 적이 있다면, 비겁하기 짝이 없는 살인자에게 복수하라.

햄 릿　살인이라고요?

유 령　살인이란 어떤 것으로도 합리화될 수 없는 잔학한 행위지만 이번 살인은 정말 흉측하고 무도한 짓이었다.

햄 릿　어서 말씀을 하시지요. 사랑의 화살보다 빠르게 날아가 살인자를 해치우겠습니다.

유 령　암, 그래야지. 내 말을 듣고도 분개하지 않는다면 저승에 흐르는 망각의 강변에 번성하는 잡초보다도 못한 인간이겠지. 햄릿, 잘 듣거라. 세상에 알려진 바로는, 내가 정원에서 낮잠을 자다가 독사에게 물려 죽은 것으로 되어 있을 것이다. 덴마크의 모든 백성들은 그 날조된 얘기에 감쪽같이 속고 있지만, 네 아비를 죽인 독사는 지금 머리 위에 왕관을 쓴 자이니라.

햄 릿 오, 내 예감대로 숙부가?

유 령 그렇다. 근친을 간음한 자, 그놈은 짐승보다 못한 놈이다. 정숙한 체하던 나의 왕비에게 간악한 지혜와 재주를 부려 음란한 자리로 끌어들였다. 오, 햄릿! 이 얼마나 천박한 배신이냐. 마음속 깊이 사랑을 하고 백년가약의 맹세를 굳세게 지켜온 나를 배반하고, 형편없이 비열한 녀석과 배를 맞추다니! 진정 정숙한 여인이라면 욕망이 천사의 탈을 쓰고 유혹할지라도 결코 흔들릴 수 없을 텐데. 반대로 음탕한 여인이라면 천사와 관계를 맺는다 해도 썩은 고기를 탐내는 법이겠지. 오, 벌써 새벽이 밝아오는구나. 내 간단히 말하마. 나는 그날 늘 하던 버릇대로 정원에서 낮잠을 자고 있었다. 그런데 네 숙부가 몰래 숨어들어 인체를 썩게 하는 헤보나를 내 귓속에 부은 것이다. 그래서 난 목숨뿐만 아니라 왕관, 왕비마저도 한꺼번에 빼앗기고 말았다. 게다가 죄업이 한창일 때 죽는 바람에 성찬식도 못하고 최후의 참회 기도도 없이 하느님 앞에 끌려가가 심판대에 오르게 된 것이다. 오, 정말로 끔찍한 일이다! 만일 너에게 조금이라도 효심이 남아 있다면, 덴마크 왕실의 거룩한 침상을 패륜과 정욕 속에 버려두지 말거라. 그리고 아무리 화가 나더라도 어머니를 해치지 말고 하늘의 심판에 맡겨둬라. 자, 이제 이별의 시간이다. 잘 있거라, 내 아들. 나를 잊지 말거라. (퇴장)

햄 릿　　오, 하늘과 땅의 신들이여! 그리고 지옥도 불러낼까? 오, 심장이여, 견디어라. 내 몸의 근육들이여, 갑자기 늙지 말고 나를 튼튼히 설 수 있게 하라. 잊지 말라고? 그러마, 불쌍한 유령이여. 기억이라는 것이 내 흐트러진 머릿속에 존재하는 한 내 잊지 않으마. 내 기억의 여백에서 하찮은 기억들일랑 지워버리자. 격언이며 지식, 과거의 인상들은 지워버리고 오로지 그대의 명령만을 기억의 갈피에 남겨두리라. (무릎을 꿇고 칼자루에 손을 얹으며 맹세한다) 자, 이제 맹세까지 했다.

호레이쇼와 마셀러스 등장

호레이쇼·마셀러스　　왕자님, 왕자님!

마셀러스　　왕자님!

호레이쇼　　하늘이여, 왕자님을 보호하소서!

햄 릿　　그리하여 주소서.

마셀러스　　왕자님!

햄 릿　　어이, 여길세, 여기! 여기야!

마셀러스　　귀하신 왕자님, 괜찮으십니까?

호레이쇼　　도대체 어떻게 됐습니까, 왕자님?

햄 릿　　아, 놀라운 일이다.

호레이쇼　　왕자님, 어서 말씀을 해주시지요.

햄 릿　　안 돼. 말이 새어나가면 절대로 안 될 일이네.

호레이쇼　　제가요? 왕자님, 맹세코 입을 다물고 있겠습니다.

마셀러스　　저도 하늘에 걸고 맹세합니다.

햄 릿 도대체 상상조차 할 수 없는 일이야. 그래, 비밀을 지키겠지?

호레이쇼·마셀러스 왕자님, 하늘에 걸고 맹세합니다.

햄 릿 덴마크의 악당치고 극악무도하지 않은 놈은 없단 말야.

호레이쇼 왕자님 말씀을 도무지 알아듣지 못하겠습니다.

햄 릿 미안하네. 기분이 상했다면 용서해주게. 사실 아까 우리가 본 유령은 악귀가 아니라는 것만은 말해두지. 유령과 무슨 얘기를 주고받 았는지 알고 싶겠지만, 제발 참아주게.

호레이쇼 왕자님, 말씀만 하시지요. 기꺼이 들어드리겠습니다.

햄 릿 우리가 본 일을 절대로 입 밖에 내지 말게.

호레이쇼·마셀러스 절대로 발설하지 않겠습니다.

햄 릿 (칼을 빼들고) 그럼 내 칼에 대고 맹세해주게.

마셀러스 왕자님, 이미 맹세했습니다.

유 령 (지하에서 소리친다) 맹세하라.

햄 릿 저 유령 좀 보라지! 말을 다 하네. 아직 거기 있나보군. 자, 친구 들, 지하에서 하는 말을 들었지?

호레이쇼 왕자님께서 선창하시지요.

햄 릿 '오늘 밤 본 것을 절대로 발설하지 않겠노라.' 자, 이 칼에 대고 맹세하라.

유 령 (지하에서 소리친다) 맹세하라.

호레이쇼 오늘 밤 본 것을 절대로 발설하지 않을 것을 맹세합니다.

햄 릿 참으로 신기하군. 장소를 한번 바꿔보자. 다시 한번 '오늘 밤 본 것을 절대로 발설하지 않겠노라'고 이 칼에 대고 맹세하라.

유 령 (지하에서 소리친다) 그의 칼에 대고 맹세하라.

햄 릿   참, 대단해. 두더지처럼 아주 민첩하게 움직이는군.

호레이쇼   참으로 해괴한 일도 다 있군요.

햄 릿   호레이쇼, 세상에는 우리들의 학식으로는 도저히 해결할 수 없는 일들이 많다네. 그러니 아무것도 묻지 말게. 자, 다시 한번 맹세하게나. 그리고 앞으로 내가 해괴한 행동을 하거나 경우에 따라서는 미친 척할지도 모르네. 어떤 경우도 자네들은 내 비밀을 알고 있는 척해선 안 되네. 그렇게만 하지 않으면 자네들에게 설령 위태로운 고비가 오더라도 반드시 신께서 도와주실 거야. 자, 어서 맹세하게.

유 령   (지하에서) 맹세하라. (그들은 칼에 대고 맹세한다)

햄 릿   이제 그만 진정하라, 유령이여! 그럼 그대들, 잘 부탁하네. 지금은 이처럼 능력이 없는 햄릿이지만 하느님이 은혜만 내린다면 그대들의 우정에 보답할 날이 올 거야. 자, 이제 들어가지. (모두 퇴장)

제 2 막

제 1 장

폴로니어스의 저택

폴로니어스와 레이날도 등장

폴로니어스　너라면 귀신도 곡할 만큼 잘 해낼 수 있을 거야. 레이날도, 반드시 명심해. 내 아들놈을 만나기 전에 그놈이 어떻게 지내는지 낱낱이 조사부터 해야 한다는 걸.

레이날도　그러잖아도 그럴 참이었습니다.

폴로니어스　좋아. 우선 파리에 도착하면 덴마크 사람들이 어디에 있는지부터 조사해야 돼. 누가 어디에 살면서 어떤 생활을 하는지, 누가 누구와 사귀며 돈은 얼마나 쓰는지도 알아봐야 하지. 그렇게 하나하나 알아가다 보면 필경 레어티스를 안다는 사람이 나올 거야. 그럼 자네도 레어티스를 약간 안다고 하며 말을 붙이는 거지. 그러니까 부친과 그분의 친구들을 안다고 해야겠지. 그렇게 따지고 들어가다 보면 레어티스를 안다고 말할 수도 있다고 하겠지. 내 말뜻 알겠나, 레이날도?

레이날도　알겠습니다, 영감마님.

폴로니어스　본인도 좀 알기는 하지만 잘은 모르죠'라며 접근하는 거야. 그리고 약간의 험담은 늘어놔도 좋지만, 명예를 손상시키는 말은 하지 말게. 그 점을 각별히 조심해야 해. 젊은이에게 으레 따라다니는 방탕이나 환락에 빠져 사는 행동 따위의 실수쯤이야 상관없겠지.

레이날도　도박 같은 것도요?

폴로니어스　그렇지. 그리고 음주, 결투, 욕설, 싸움질이나 오입질 정도는 괜찮아.

레이날도　영감마님, 그런 것은 명예에 관한 일인뎁쇼.

폴로니어스　상관없어. 자네가 말하기 나름이야. 말을 꺼낸 뒤 적당히 얼버무리면 돼. 하지만 더 이상의 험담을 하지는 마. 이를테면 '그 녀석은 여자라면 사족을 못 씁니다'라는 식의 돌이킬 수 없는 말을 하지는 말게. 하여튼 내가 원하는 것은 험담을 하되 살짝 내비치는 것으로 해서 젊은 혈기에 충분히 있을 수 있는 탈선쯤으로 인식하게 하면 돼.

레이날도　하지만 저······.

폴로니어스　도대체 무슨 이유로 그렇게까지 하냔 말이지? 이 방법이 최상의 방법이라고 믿기 때문이지. 우선 자네가 레어티스의 흠을 보면서 슬쩍 물고늘어지면, 아마 상대방은 맞장구를 치거나 반박을 할 거야. 그리고 자기가 아는 얘기를 술술 털어놓겠지. 다시 말해 자네는 거짓말을 미끼로 진짜 대어를 낚는 셈이지. 원래 지혜롭고 선견지명이 있는 사람들은 으레 먼발치에서 뒤통수를 치는 방법을 통해 진실을 알아내는 법이야. 자, 이제 내가 가르쳐준 방법으로 내 아들의 행적을 파악해주게. 무슨 뜻인지 알겠지?

레이날도　예, 소인 잘 알아들었습니다.

폴로니어스　좋아. 그러면 가보게나.

레이날도　알겠습니다, 나리.

폴로니어스　그럼 다녀오게. (레이날도 퇴장)

오필리아가 황급히 달려온다.

오필리아　아, 아버지! 큰일났어요. 무서워 죽을 것 같아요!

폴로니어스　도대체 무슨 일이길래 이렇게 호들갑이냐?

오필리아　제가 방에서 바느질을 하고 있는데, 햄릿 왕자님께서 나타나셨어요. 윗옷을 풀어헤치고 모자도 벗어버린 채였어요. 그리고 더러운 양말을 신고 대님도 매지 않은 채였어요. 왕자님은 창백한 얼굴에 무릎까지 떨면서 마치 지옥에서 금방 빠져나온 사람처럼 비통한 표정을 짓고 있었어요.

폴로니어스　드디어 상사병으로 미치셨구나. 그래, 뭐라고 하시더냐?

오필리아　제 손목을 꼭 붙잡고 꽉 껴안은 뒤 왕자님의 팔 길이만큼 몸을 뒤로 젖히셨다가 다른 손으로 이마를 짚으시면서 마치 초상화라도 그리려는 듯 물끄러미 제 얼굴을 들여다보시는 거예요. 그러더니 이번엔 제 팔을 가볍게 흔드신 다음 고개를 세 번 흔들고 나서 괴로운 듯한 한숨을 푹 내쉬셨어요. 그런 다음 제 손목을 놓고 문 쪽으로 가셨어요. 마치 보지 않아도 방향을 아는 사람처럼 제게서 시선을 떼지 않은 채 걸음을 문으로 옮기셨어요.

폴로니어스　자, 나랑 함께 가자. 국왕 폐하께 이 사실을 아뢰어야겠다. 상사병에 걸리신 게 분명해. 일단 사랑에 빠지면 누구든 패가망신을 당하지. 인간의 마음을 짓이기는 격정이란 어디 한두 가지뿐이겠냐만, 사랑만큼 우리를 엉망진창으로 만드는 것도 없단다. 큰일났구나. 너 요즘 왕자님께 냉랭하게 대했니?

오필리아 아니에요, 아버지. 그저 분부하신 대로 편지를 모두 돌려보내고, 다시는 찾아오지 마시라고 한 것뿐이에요.

폴로니어스 그래서 실성하셨구나. 내가 경솔했다. 좀 더 주의 깊게 관찰했어야 했는데, 난 그분이 일시적으로 너를 농락하려는 줄 알았지. 빌어먹을! 늙으면 괜스레 사서 걱정을 한다더니, 의심부터 했던 게 잘못이야. 정반대로 젊은이들은 너무 분별이 없어서 탈이지. 어서 국왕 폐하를 뵙고 말씀을 드려야겠다. 진노가 두려워 숨기려다가 오히려 병이 깊어지면 큰일이니까. (모두 퇴장)

제 2 장

〰〰✿〰〰

성 안 알현실

나팔 소리, 왕과 왕비, 로즌크랜츠, 길든스턴 그 밖의 궁신들 등장

왕 오, 로즌크랜츠, 그리고 길든스턴, 어서 오너라. 이번에 짐이 너희를 부른 이유는 보고 싶은 마음도 있었지만, 긴히 부탁할 게 있어서다. 제군들도 소문을 들어 알고 있을 것이다. 햄릿이 완전히 딴사람이 되었어. 변했다고 해야겠지. 겉모습이나 생각하는 것이나 모두 옛날과는 완전히 딴판이야. 물론 선친을 여의었기 때문이겠지만, 그렇게까지 이상해진 것은 도무지 이해할 수가 없단 말이다. 그래서 제군들을 부른 것이다. 어릴 적부터 그 애와 함께 자랐으니 아마 그 애의 기질을 잘 알고 있을 거야. 다시 말해 제군들이 잠시 왕궁에 머무르면서 그 애와 말 벗을 하며 우리가 모르는 그 애의 고민의 정체를 알아보는 거다. 그 원인을 알게 되면 치료 방법도 자연히 생기지 않겠느냐?

왕 비　햄릿은 늘 그대들에 관한 이야기를 했었소. 그대들을 날마다 그리워했었지. 그러니 우리의 바람대로 이곳에 머무르면서 우리에게 힘이 되어주시오. 그렇게만 한다면 폐하께서 마땅한 보상을 내리실 기요.

로즌크랜츠　부탁이시라니, 황공하기 그지없사옵니다. 국왕 폐하께서 소신들에게 명령을 내리시는 것이 마땅하옵니다.

길든스턴　소신들은 몸과 마음을 바쳐 충성을 다하겠습니다.

왕　고맙구나! 로즌크랜츠, 길든스턴.

왕 비　고맙소, 로즌크랜츠, 길든스턴. 부탁하건대 내 아들한테 지금 가시오. 얘들아, 누구든 이분들을 햄릿 왕자께 모셔다드려라.

길든스턴　신이시여, 우리가 이곳에 머무르는 것이 국왕 폐하께 위로가 되고 우리의 하는 일이 폐하께 도움이 되도록 하옵소서.

왕 비　아멘! (로즌크랜츠, 길든스턴, 시종들 퇴장)

폴로니어스 등장

폴로니어스　폐하, 노르웨이에 파견했던 사신 일행이 만족할 만한 결과를 가지고 돌아왔습니다.

왕 경은 언제나 좋은 소식만을 갖고 오는구려.

폴로니어스 그랬습니까, 폐하? 그거야 제가 당연히 해야 할 의무지요. 하느님이나 왕실에 똑같이 은혜를 입었으니까요. 실은 새로 알아낸 사실이 있습니다. 혹시라도 사실과 다르다면 제 머리가 아둔해진 탓이라고 해야겠지요. 햄릿 왕자님이 발작한 이유를 알아냈사옵니다.

왕 오, 말하라! 그게 무엇이냐?

폴로니어스 먼저 사신들을 맞으시지요. 저는 사신들의 좋은 소식을 마음껏 들은 뒤 디저트로 말씀드리겠습니다.

왕 경이 사신들을 들여보내라. (폴로니어스 퇴장) 여보, 폴로니어스가 햄릿의 발작 원인을 알아냈다고 하는구려.

왕 비 그저 짐작을 했다는 거겠지요. 이유야 부왕의 죽음이라든지 우리들의 성급한 결혼 따위가 아니겠어요?

왕 어디 얘기를 들어봅시다.

폴로니어스, 볼티먼드, 코닐리어스 등장

왕 그래, 어서들 오게. 볼티먼드, 노르웨이 왕의 회신은 무엇인가?

볼티먼드 지극히 정중한 답신을 주셨습니다. 폐하의 칙서를 보시고 노르웨이 왕께서는 즉시 조카의 군사 모집과 모금 행위를 중단하도록 명령을 내리셨습니다. 그리고 병석에 있는 자신을 속였다 하여 몹시 노하셔서 포틴브라스 2세를 힐책하셨습니다. 그 결과 포틴브라스 2세께서는 두 번 다시 덴마크 왕가에 창칼을 휘두르지 않겠다고 숙부인 노르웨이 왕 앞에서 맹세했습니다. 이에 노르웨이 왕은 매우 만족하여 연금 3천 크라운을 그에게 주었고, 모집한 병사들은 폴란드 원정에 써도 좋다는 권한을 주셨습니다. 그리고 자세한 내용은 여기 적혀 있습니다만, (칙서를 바친다) 이 원정을 위해 폐하의 영토를 무사히 통과할 수 있도록 국왕 폐하의 허락을 요청하셨습니다. 또한 통과할 때 우리 측의 치안과 그쪽의 행동 규율에 관해서도 여기에 적혀 있습니다. (서류를 바친다)

왕 잘 되었소. 이 서한은 나중에 천천히 검토해보겠다. 오늘 저녁에는 주연을 베풀어야겠군. 무사히 돌아온 것을 진심으로 환영한다. (볼티먼드와 코닐리어스 퇴장)

폴로니어스 국왕 폐하, 그리고 왕비 마마, 도대체 왕권이란 무엇이며 신하의 본분은 무엇인지, 어째서 낮은 낮이며 밤은 밤인지, 시간은 왜 있는 것인지 따지는 것은 낮과 밤 시간의 낭비일 뿐입니다. 다시 말해 간결한 건 지혜의 핵심이요, 외관상의 장황함은 포장일 뿐입니다. 따라서 소신도 간단히 말씀드리겠습니다. 왕자님은 정신이상입니다. 정신이상이라고 제가 말씀드린 까닭은 정신이상자를 규정하는 데 다른 적당한 용어가 없기 때문입니다! 그리고······.

왕 비 말재주는 그만 부리고 요점만 말하시오.

폴로니어스 왕비 마마, 소신 감히 뉘 앞에서 말재주를 부리겠습니까? 왕자님께서 정신이상이 된 것은 사실입니다. 절대로 말재주를 부리는 게 아닙니다. 왕자님이 머리가 이상해졌다는 것은 분명합니다. 이제 우리가 할 일은 그렇게 된 것은 반드시 어떤 이유가 있다는 것입니다. 세상에 원인 없는 결과는 없기 때문이지요. 여기서 문제는 바로 이것이옵니다. 소신에게는 딸이 하나 있습니다. 그 딸애가 효심이 지극하여 제게 이것을 건네주었습니다. 들으시고 마마께서 판단을 내리시지요. (읽는다) 천사와 같은 내 영혼의 우상, 나의 어여쁜 오필리아에게. 매우 점잖지 못한 말투로 왕자님다운 화법은 아니지요. '어여쁜'이란 말은 더욱 그렇습니다. 하지만 다음 구절을 들으시지요. 이렇습니다. 그대의 순결한 가슴속에 이 편지를, 운운……:

왕 비 햄릿이 정말 오필리아에게 보냈다는 거요?

폴로니어스 왕비 마마, 잠시만 기다려주십시오. 제가 하나도 숨김없이 읽어드리겠습니다. (읽는다) 밤하늘에 별들이 반짝이는 걸 의심할지라도, 저 하늘에 태양이 움직이는 걸 의심할지라도, 설령 진실을 거짓이라 의심할지라도, 내 사랑만은 의심하지 마시오. 사랑하는 오필리아! 나는 시를 잘 쓰지 못한다오. 따라서 어떤 말로 이 뜨거운 가슴을 표현할 수 있겠소. 하지만 세상 어느 누구보다도 그대를 사랑한다는 걸 믿어주시오. 이 생명 다할 때까지 목숨처럼 사랑하는 그대여! 그대의 영원한 종 햄릿으로부터. 효성이 지극한 소신의 딸애가 보여준 편지입니다. 뿐만 아니라 햄릿 왕자님이 언제 어디서 어떻게 사랑을 속삭였는지 모조리 다 저에게 실토했습니다.

왕 그런데 딸애는 햄릿의 사랑을 어떻게 받아들였는가?

폴로니어스 소신을 어떻게 보고 그런 말씀을 하십니까?

왕 충성스러운 신하인데다 존경할 만한 인물로 보지.

폴로니어스 저 또한 그렇게 되기를 바랍니다. 폐하가 소신을 어떻게 생각하실지 몰라도 소신은 딸애가 실토하기 전부터 이미 이 모든 사실을 알고 있었습니다. 그래서 저는 즉시 딸을 불러 타일렀습니다. '햄릿 왕자님은 너와 신분이 다르다'고 말이지요. 그러고 나서 앞으로는 왕자님이 다니시는 장소에는 얼씬도 하지 말고, 심부름 온 사람도 들이지 말고, 선물을 주시더라도 절대로 받지 말고 거절하라고 일러두었습니다. 딸애는 제 말을 받아들여 그대로 실행에 옮겼고요. 다시 말해 햄릿 왕자님께서 사랑의 고배를 마신 셈이 된 것입니다.

왕 왕비는 어떻게 생각하오?

왕 비 듣고보니 그럴 법도 하네요.

폴로니어스 소신이 단정 지은 일이 어긋났던 적이 단 한 번이라도 있었습니까?

왕 그런 일은 없었지.

폴로니어스 (자기 머리와 어깨를 가리키며) 만일 소신의 말에 조금이라도 어긋나는 게 있다면, 이것과 이것을 떼어버리십시오. 단서만 잡힌다면 이 사건의 진상이 지구 한가운데 숨겨져 있더라도 반드시 알아내고야 말겠습니다.

왕 그걸 어떻게 알아낸단 말인가?

폴로니어스 아시다시피 왕자님께선 가끔씩 복도를 오랫동안 거닐 때가 있습지요. 그때 왕자님 눈앞에 소신의 딸애가 거닐도록 하겠습니다. 그리고 폐하와 소신은 커튼 뒤에 숨어서 둘이 만나는 것을 지켜보는 겁니다. 만일 왕자님께서 소신의 딸애를 사랑하지 않는다면, 소신에게서 이 모든 직책을 거두어주십시오. 저는 시골로 내려가 농사나 지으며 살겠습니다.

왕 그렇게 하는 것도 좋을 것 같군.

햄릿, 책을 읽으며 등장

왕 비 　오, 불쌍한 햄릿! 시름에 잠긴 얼굴로 오고 있네요.

폴로니어스 　자, 모두들 저쪽으로 비켜주세요. 제가 직접 만나보겠습니다. (왕과 왕비, 그리고 시종들 퇴장) 왕자님, 기분이 어떠십니까?

햄 릿 　덕분에 아주 좋다네.

폴로니어스 　왕자님, 소신이 누군지 알겠습니까?

햄 릿 　물론이지. 자네, 생선장수 아닌가?

폴로니어스 　무슨 가당치 않은 말씀입니까?

햄 릿 　자네가 그만큼이라도 정직한 사람이라면 얼마나 좋겠나. 하긴 요즘 세상에 만 명 중에 하나라도 정직한 사람이 있으면 다행이지.

폴로니어스 　옳으신 말씀입니다.

햄 릿 　만일 죽은 개의 살덩어리에 햇볕이 내리쬐어 구더기가 끓는다면, 햇볕이 썩은 고깃덩이에 키스하는 게 아니고 뭐겠는가. 그런데 자네한테 딸자식이 있던가?

폴로니어스 　네, 있습니다.

햄 릿 　햇볕을 쬐며 거닐지 못하도록 하게. 머릿속에 지혜가 늘어나는 건 좋은 일이지만 뱃속에 뭐가 들어가 불러오면 큰일이니까.

폴로니어스 　(방백) 이것 봐, 여전히 내 딸 타령을 하지 않나. 하지만 나를 생선장수라고 하는 것을 보면, 머리가 돌아도 보통 돈 게 아니야. 하기야 나도 젊었을 땐 상사병으로 고생깨나 했지. 왕자님과 다를 바가 없었는걸. (햄릿에게) 왕자님, 무엇을 읽고 계십니까?

햄 릿 　말, 말, 말들일세. 어떤 재담가가 이렇게 쓰고 있군. 늙은이들은 머리가 희끗희끗하고 얼굴이 주름투성이에다 눈에는 누리끼리한 송진 같은 눈곱이 끼고 노망이 들어 정신이 오락가락하고 무릎을 떤다는 거야. 나도 이 점에 대해서는 동감이지만 이렇게까지 적을 필요는 없잖아. 안 그래? 자네도 나처럼 젊어질 수가 있어. 게처럼 자네가 뒷걸음질 칠 수만 있다면 말일세. (책을 다시 읽는다)

폴로니어스　(방백) 돌긴 했어도 일리 있는 말인걸. (햄릿에게) 왕자님, 안으로 드시지요.

햄 릿　무덤 안으로?

폴로니어스　(방백) 하긴 무덤도 방은 방이지. 때로는 미치광이가 기가 막힐 정도로 의미심장한 말을 할 경우도 있단 말야. 분별 있고 제정신을 가진 사람으로서는 엄두도 못 내는 말을 해대니 말야. 자, 이쯤 해두고 딸년이나 만나게 할 방법을 짜내보자. (햄릿에게) 왕자님, 황송하오나 소신은 이만 물러가겠습니다.

햄 릿　물러간다는 데야 내가 뭐라고 하겠나! 내가 허락할 것이라곤 그것뿐이구먼. 이 목숨을 빼놓으면 말야.

폴로니어스　왕자님, 안녕히 계십시오. (절을 한 뒤 퇴장)

햄 릿　귀찮고 따분한 늙은이 같으니라고. (책을 읽는다)

　　로즌크랜츠와 길든스턴 등장

로즌크랜츠·길든스턴　왕자님!

햄 릿　오, 친구들! 어서 오게나! 그래, 어떻게들 지내고 있나?

로즌크랜츠　그럭저럭 잘 지내고 있습니다.

길든스턴　　지나치게 잘 지내는 것이 행복이라면 행복이겠지요. 그렇다고 행운의 여신의 모자 깃을 잡은 것은 아니고요.

햄 릿　　그렇다고 여신의 발바닥에 있는 것도 아니지 않나?

로즌크랜츠　　왕자님, 사실 어느 쪽도 아닙니다.

햄 릿　　그럼 중간쯤에 걸쳐 있다는 뜻이군. 혹시 여신의 가장 소중한 곳인 가운데쯤인가?

길든스턴　　실은 여신의 은밀한 곳이라고 할 수 있죠.

햄 릿　　여신의 은밀한 곳이란 말이지? 아, 정말이지 여신은 화냥년이야. 그런데 무슨 새로운 소식이라도 있나?

로즌크랜츠　　세상이 점점 더 부패해진다는 것을 제외하고는 별다른 게 없습니다.

햄 릿　　말세가 가까워져서 그렇네. 그런데 자네 말은 거짓말이야. 내 한마디 묻겠네. 도대체 자네들은 무슨 죄가 있어서 행운의 여신이 이 같은 감옥으로 보냈단 말인가?

길든스턴　　왕자님, 감옥이라뇨?

햄 릿　　덴마크는 감옥이야.

로즌크랜츠　　그렇다면 이 세상도 감옥이겠군요.

햄 릿　　훌륭한 감옥이지. 독방도 있고, 감방도 있고, 지하 감방도 있지만 그중에서도 덴마크가 가장 지독한 감옥이지.

로즌크랜츠　　저희들은 그렇게 생각하지 않습니다.

햄 릿　　자네들에게는 그렇지 않은 모양이지? 하긴 좋고 나쁜 것도 생각하기 나름이지. 나에겐 이 나라가 감옥인데 말야.

로즌크랜츠　　그건 왕자님께서 야망이 커서 그런 것 아닌가요? 왕자님의 야망에 비하면 이 땅은 좁쌀과도 같을 테니까요.

햄 릿　천만에! 나는 호두껍데기 속에 갇혀 있더라도 무한한 우주의 왕이라고 자처할 수 있네. 이 고약한 꿈만 꾸지 않는다면 말야.

길든스턴　그 꿈은 바로 왕자님의 야망 때문이 아니겠습니까? 야망의 본질은 결국 꿈의 그림자일 테니까요.

햄 릿　아니, 꿈이 바로 그림자야.

로즌크랜츠　그렇습니다. 야망은 허망한 거죠. 그리고 그림자의 그림 자에 지나지 않을 뿐이고요.

햄 릿　어, 그렇다면 거지가 진짜배기겠군. 왕과 영웅들은 거지의 그 림자이고. 어쨌든 이런 토론은 그만두고 어전에나 가볼까?

로즌크랜츠·길든스턴　저희들이 모시겠습니다.

햄 릿　아냐, 괜찮네. 자네들을 시종처럼 부리고 싶지는 않아. 솔직히 말해서 시종들한테 진력이 났거든. 아, 자네들은 무엇 때문에 이곳까 지 왔는가?

로즌크랜츠　왕자님을 뵈러 왔습니다. 다른 이유는 없습니다.

햄 릿　내 신세가 이러니 감사할 마음조차 바닥이 났다네. 그러나 고맙다는 말은 할 수 있네. 하긴 내 고마움이 반 페니의 가치가 있는 지 모르겠지만. 자네들, 혹시 소환되어 온 건 아닌가? 자, 솔직히 말해 보게.

길든스턴　왕자님, 뭐라고 말씀드려야 할까요?

햄 릿　뭐든지 사실대로만 말하게. 자네들 얼굴에 소환당했다고 씌어 있는걸. 능청을 떨기에는 아직 미숙해. 왕과 왕비께서 자네들을 불러 들인 게 분명해.

로즌크랜츠　　(길든스턴과 슬그머니 상의한다) 어떡해야 하지?

햄 릿　　누가 속을 것 같나? 내가 시퍼렇게 눈을 뜨고 보고 있는걸. 나를 진정 아낀다면 제발 숨기지 말게나.

길든스턴　　왕자님, 실은 부름을 받고 왔습니다.

햄 릿　　내가 말해야겠군. 그래야 자네들이 비밀을 누설하지 않아도 되고, 폐하의 신임에 손상을 입히지 않아도 될 테니까. 요즘 나는 어떤 일을 해도 기쁘지가 않아. 평소에 해오던 오락에서도 손을 떼고 말았어. 그저 마음이 울적하다네. 인간이 하찮아졌어. 여자들도 물론 마찬가질세. 웃는 걸 보니 자네들 생각은 그렇지 않나보군.

로즌크랜츠　　왕자님, 절대로 그런 게 아닙니다.

햄 릿　　그럼 왜 웃었나. 인간이 하찮다고 했을 때 웃었잖나!

로즌크랜츠　　인간이 하찮다면 문득 배우들이 대우받기는 글렀구나 싶어서 웃었습니다. 오는 길에 배우 일행을 만났는데, 왕자님께 연극을 보여 드리려고 이곳으로 온다고 했습니다.

햄 릿　　물론 대환영이지. 왕의 역을 맡는 자라면 더욱 환영이고. 기사 역들에게는 창과 방패를 실컷 휘두르게 하고, 연인들은 공연히 한숨짓지 않도록 하고, 까다로운 배우들도 조용히 역할을 끝내게 하겠네. 광대역은 웃기 좋아하는 사람들로 하여금 마음껏 웃음보를 터뜨리게 하고, 숙녀 역은 수다를 떨도록 내버려두어야지. 안 그러면 대사가 엉망이 될 테니까. 자, 어떤 배우들이라고 하던가?

로즌크랜츠　　왕자님께서 늘 아끼시던 도시의 비극 배우들입니다.

햄 릿　　어째서 그들이 방랑을 한단 말인가? 한 곳에 머물며 공연할 때 평판과 수입이 더 나았을 터인데. 그나저나 여전히 인기가 높은가?

로즌크랜츠   예전 같지 못합니다.

햄 릿   어째서? 연기가 녹슬었나?

로즌크랜츠   그게 아니라 요즘엔 어린 배우들이 나와서 꽥꽥 소리를 질러대야만 박수갈채를 받지요. 그게 유행이죠. 이제 예전 연극들은 통속극이라 해서 배척을 당하고 있죠. 점잖은 신사들도 비평가들의 악담이 두려워 극장 근처엔 얼씬도 하지 않는답니다.

햄 릿   뭐라고? 어린 배우들? 그래, 누가 운영하고 재정 후원을 하지? 그렇다면 배우들은 변성기가 오기 전까지만 배우 노릇을 할 수 있단 말인가? 언젠가는 그 아이들도 나이 먹을 게 아닌가. 그때가 되면 지금 작가들을 원망하지 않을까? 자기들의 장래를 망쳐놨다고 말야.

로즌크랜츠   아닌 게 아니라 양쪽은 싸우고 있답니다. 세상 사람들은 좋아라 하며 부채질하고요. 한때는 작가와 배우의 싸움을 소재로 다루지 않은 연극은 상연되지도 않을 정도였답니다.

햄 릿   그게 정말인가? 하기야 이상할 것도 없지. 부왕 생존시에는 숙부의 험담을 늘어놓던 자들이 이젠 서로 숙부의 초상화를 못 사가서 난리인 세상이니 말일세. 어쨌든 이 부조리를 철학자인들 설명할 수 있겠는가. (나팔 소리 들린다)

길든스턴   배우들이 도착했나봅니다.

햄 릿   여보게들, 정말 잘들 왔네. 자, 우리 서로 악수를 나누세. 사람을 환영하는 데는 이것이 최상의 예의요, 격식 아닌가. 자네들에겐 이런 식으로 예의를 갖추겠네. 자네들, 정말 환영하네.

폴로니어스 등장

폴로니어스 알려드릴 말씀이 있습니다. 배우들이 도착했습니다.

햄 릿 배우들이 각자 나귀를 타고 왔으렷다……

폴로니어스 이 사람들은 최고의 명배우들입니다. 비극, 희극, 역사극, 목가극은 물론이고 목가적 희극, 역사적 목가극, 비극적 목가극, 완벽한 고전극, 로맨스극 등 무엇이든 척척 해낸답니다. 세네카의 비극도 부담스럽지 않게, 플로티스의 희극도 경망스럽지 않게 잘 연기해내는 명배우들입니다.

햄 릿 이스라엘의 재판관인 입다여(자기 딸을 제물로 바친 히브리의 재판관에 관한 시 제목), 그대는 얼마나 훌륭한 보물을 갖고 있는가!

폴로니어스 보물을 갖고 있다뇨? 어떤 보물 말입니까?

햄 릿 노랫말대로지. "오직 하나뿐인 딸을 아버지는 극진히 사랑했네."

폴로니어스 (방백) 여전히 내 딸 타령이군.

햄 릿 입다 영감, 내가 읊은 시가 틀렸소?

폴로니어스 입다라고 부르시니 신에게도 극진히 사랑하는 딸이 있긴 합니다만……

햄 릿 노래의 다음 구절은 이렇지. "어떤 인연인지 알 순 없지만 이 세상 운명처럼 되어 갔네." 자, 배우들이 때맞춰 밀어닥치는구먼. (배우들 등장) 어서들 오게. 정말 잘들 왔네. 아, 자네도 왔구먼. 자넨 수염까지 길렀군. 덴마크에 자랑하러 왔나? 아가씨도 오셨군. 아가씨께선 지난번보다 구두 뒤축만큼 하늘에 가까워졌는걸. 목소리가 갈라져서 쓸모

없는 금화처럼 되지 않도록 기도하게나. 여보게들, 프랑스의 매사냥꾼들처럼 당장 들어보고 싶네. 대사 한 장면만 나에게 보여봐.

배우 1　어떤 장면으로 할까요, 왕자님?

햄 릿　언젠가 한 번 들려준 일이 있지 않은가? 너무 고상해서 상연되지 않았을 거야. 공연되었더라도 재공연이 가능했을 거야. 내가 보기엔 아주 훌륭한 작품인데 말야. 구성도 훌륭하고 기교도 절제되어 쓸데없이 멋을 부리지도 않으면서 우아하다는 평을 들었지. 그 작품 가운데 한 구절을 난 특히 좋아했다네. 아이네이아스가 디도와 이야기를 나누는 대목 말야. 특히 트로이의 왕 프리아모스를 살해하는 장면이 좋았어. 아직도 그 대목을 기억하지. 여기부터 시작해주게. "영웅 피로스, 갑옷을 입고 캄캄한 밤에 불길한 목마 속에 숨었도다. 이제 그 검고 무시무시한 모습은 머리끝에서 발끝까지 붉은 피로 물들어 보기에도 처참하구나. 지옥의 등불이 살인마의 만행을 비추고 치솟는 분노의 불길이 타오르는 가운데 살기 등등한 악마 같은 피로스는 트로이의 늙은 왕 프리아모스를 찾아 나섰노라." 자, 다음을 이어주게.

폴로니어스　탁월한 이해력과 훌륭한 발성이십니다.

배우 1　"이윽고 발견된 프리아모스, 그리스 군을 물리치고자 보검을 휘둘렀건만 허공만 가를 뿐 칼을 땅에 떨어뜨린다. 어찌 상대가 되리오! 피로스가 늙은 왕을 향해 분노의 칼을 내리치자 왕이 힘없이 쓰러졌도다. 무심한 트로이 성이여, 타오르는 불길 속에 하늘이 무너지듯 땅 위에 허물어져 피로스의 귀청을 때리는구나. 보라! 노쇠한 프리아모스 왕의 머리 위로 내리쳐지던 칼날이 허공에서 꼼짝도 하지 않는다. 그러나 폭풍이 오기 직전 하늘과 대지가 고요함에 휩싸였다가 느닷없이 천둥이 내리치듯 잠시 망설이던 피로스, 사정없이 프리아모스를 찌른다. 외눈박이 거인 키클로프스의 철퇴가 이랬을까. 사라져라, 매춘부 같은 운명의 여신이여! 여신의 수레바퀴를 산산조각으로 부숴 지옥의 밑바닥까지 굴러 떨어지도록 해다오."

폴로니어스   그건 너무 긴 듯하옵니다.

햄 릿   그럼 이발소에 가서 자네 수염을 밀어버리지그래. (배우들에게) 계속해다오. 이 노인은 웃음거리나 음담패설 따위가 아니면 잠들어버린다네. 자, 이번에는 헤카베(프리아모스의 아내)의 대목을 읊어라.

배우 1   "아, 애처롭구나. 휘장으로 얼굴을 감싼 여왕의 모습을 보라."

햄 릿   '얼굴을 감싼 여왕'이라고?

폴로니어스   그건 좋군요. '얼굴을 감싼 여왕'은 마음에 듭니다.

배우 1   "맨발로 이리저리 허둥대고 흐르는 눈물은 타오르는 불길도 끌 것 같구나. 왕관이 얹혔던 머리엔 초라한 보자기 한 조각, 숱한 아이를 낳느라 앙상한 허리엔 황망히 주워 걸친 누더기 한 장, 누군들 오만한 운명의 여신에게 저주의 독설을 퍼붓지 않으리. 피로스의 손에 남편의 사지가 토막나는 광경에 늙은 왕비는 절규한다. 이 광경을 보고 밤하늘에 빛나는 별들도 눈시울을 적시고, 신들의 마음조차 뒤흔드누나."

폴로니어스   저런, 왕자님 안색이 좋지 않군. 제발, 그만하게나.

햄 릿   (배우에게) 훌륭했네. 나머지는 곧 다시 듣기로 하세. 영감, 배우들을 잘 보살펴주시오. 자고로 배우는 시대의 축소판이야. 죽은 후에 고약한 묘비명을 얻는 것보다는 살아생전에 배우들의 혹평을 듣는 게 더 괴로운 법이니까.

폴로니어스　알겠습니다, 그들의 신분에 맞게 접대를 하겠습니다.

햄 릿　무슨 말씀이오? 더더욱 융숭히 접대해주오. 신분에 알맞게 접대를 한다면 부랑자 다루듯 매질을 하겠다는 거요? 경의 명예와 위엄에 어울리게 대접을 해주라는 거요. 그들의 가치가 적을수록 경의 환대가 더욱 빛나지 않겠소. 안내를 해주시오. 친구들, 따라가게. 내일 공연을 하게 될걸세. (첫 번째 배우를 붙들고) 여보게 부탁이 있네. (폴로니어스와 다른 배우들 퇴장) 〈곤자고의 살인〉을 공연할 수 있겠나?

배우 1　예, 물론입니다.

햄 릿　내일 밤 그걸 공연해주게. 필요한 경우 내가 직접 쓴 대사 열대여섯 줄을 끼워넣고 싶은데, 해줄 수 있겠지?

배우 1　그럼요.

햄 릿　좋아. 그럼 저 사람을 따라가게. 그를 놀려대면 안 돼. (배우 퇴장, 로즌크랜츠와 길든스턴에게) 친구들, 오늘 밤에 다시 만나세. 엘시노에 온 걸 환영하네.

로즌크랜츠·길든스턴　안녕히 계세요. (둘 다 퇴장)

햄 릿　잘들 가게. 아, 이제야 나 혼자 남았구나. 난 어쩌면 이렇게 못났을까! 저 배우는 한낱 꾸며낸 얘기에 몰입해 갖은 감정을 표출해내는데 난 내 감정 하나 다스리지 못하다니. 아, 나는 욕을 먹어도 싸구나. 비둘기처럼 용기라곤 약에 쓸려 해도 없으니까. 아냐, 가만, 어디 생각을 가다듬어보자. 맞아, 죄인들이 연극을 보다가 깊이 감동되어 자신의 죄과를 자백한 일도 있다지 않은가? 살인죄는 비록 입은 없어도 행동으로 실토한다지 않는가? 저 배우들로 하여금 아버지의 살해 장면을 숙부 앞에서 재현해보는 거야. 그때 안색을 살펴 급소를 찔러보자. 움찔할 때는 망설일 필요가 뭐 있겠어. 그렇지 않다면 그 유령은 악마인 게야. 그러니까 유령보다 더 확실한 증거가 필요해. 연극이야말로 가장 좋은 방법이군! 연극을 통해 왕의 본심을 알아내야겠어. (퇴장)

제3막

제1장

엘시노 성

왕과 왕비, 폴로니어스, 로즌크랜츠, 길든스턴, 오필리아 등장

왕　여러 방법을 써도 이유를 알아낼 수 없었다는 건가? 왜 미친 척하면서 허구한 날 소란을 피우는지 단서도 못 잡았단 말이오?

로즌크랜츠　스스로 정신착란을 시인하면서도 그 원인에 대해서는 함구하고 계십니다.

길든스턴　게다가 캐묻는 것을 싫어하십니다. 저희들이 유도해보았지만 미친 척하시고 교묘하게 빠져나가십니다.

왕비　그대들을 어떻게 맞으시던가?

로즌크랜츠　정중하게 맞아주셨습니다. 스스로 말문을 열지는 않으셨지만 묻는 말에는 흔쾌히 대답해주셨습니다.

길든스턴　그러나 내키지 않는데 억지로 기분을 내는 듯하셨습니다.

왕비　오락거리엔 흥미를 보이던가?

로즌크랜츠　오는 길에 배우 일행과 만나게 되었기에, 그 일을 말씀드렸더니 무척 기뻐하셨습니다. 배우 일행은 궁전에 와 있습니다. 아마 그들은 오늘 밤 공연하라는 왕자님의 명령을 받았을 것입니다.

폴로니어스　그렇습니다. 왕자님께서는 국왕 폐하와 왕비 마마께서 꼭 이 공연을 구경해주십사며 소신에게 분부하셨습니다.

왕　기꺼이 구경하겠다. 연극에 관심이 있다니, 듣던 중 반가운 소리 구나. 그대들은 앞으로 이런 일에 흥미를 가지도록 계속 권유해보라.

로즌크랜츠　예, 알겠습니다. (로즌크랜츠와 길든스턴 퇴장)

왕　여보, 당신도 이만 물러가시오. 실은 햄릿을 이리로 은밀히 불렀 소. 이곳에서 오필리아와 우연히 만나도록 일을 꾸몄다오. 나는 폴로니 어스와 함께 몸을 숨기고 살펴볼 참이오. 자유로이 만나는 두 사람을 지켜보며 햄릿의 고민이 상사병 때문인지 아닌지를 판단해보아야겠소.

왕 비　분부대로 하겠습니다. 그런데 오필리아, 햄릿이 네 아름다움 때문에 미쳤다면 얼마나 다행이겠느냐? 그렇다면 네 상냥한 마음씨로 햄릿을 정상으로 돌려놓을 수 있을 텐데…….

오필리아　왕비 마마, 저도 그렇게 되기를 간절히 바랍니다. (왕비 퇴장)

폴로니어스　애야, 넌 여기서 거닐며 이 기도서를 읽고 있거라. 폐하, 자리를 피하소서. 애야, 신앙심 깊은 표정을 지어야 돼. 악마는 본성을 사탕발림으로 감추지. 하지만 세상에 흔히 있는 일이니라.

왕　(방백) 저 한 마디가 내 양심을 찌르는구나. 분칠한 창부의 얼굴이 라 해도 내 행실보다는 추악하지 않으리라. 오, 죄악의 무거운 짐이여!

폴로니어스　이리로 오시는가봅니다. 폐하께서도 숨으시지요. (왕과 폴로니어스 퇴장)

햄릿, 우울한 표정으로 등장

햄 릿　사느냐 죽느냐, 그것이 문제로다. 가혹한 운명의 화살을 맞고
도 죽은 듯 참아야 하는가. 아니면 성난 파도처럼 밀려드는 재앙과 싸
워 물리쳐야 하는가. 죽는 건 그저 잠자는 것일 뿐, 잠들면 마음의 고
통과 육신에 따라붙는 무수한 고통은 사라지지. 죽음이야말로 우리
가 간절히 바라는 결말이 아닌가. 그저 칼 한 자루면 이 모든 것을 깨
끗하게 끝장낼 수 있는데. 그 미지의 세계에 대한 불안 때문에 우리는
이 세상에 남아 현재의 고통을 참고 견디는 것이다. 결국 분별심은 우
리를 겁쟁이로 만드는구나. 가만, 아름다운 오필리아! 기도하는 미녀
여, 나의 죄를 위해서도 빌어주시오.

오필리아　햄릿 왕자님, 그동안 어떻게 지내셨습니까?

햄 릿　덕분에 아주 잘 지내고 있소.

오필리아　왕자님, 저에게 보내주신 많은 선물들을 오래전부터 돌려
드리려고 했습니다. 노여워하지 마시고 부디 받아주세요.

햄 릿　아니요. 아무것도 선물한 일이 없으니 받을 수가 없소.

오필리아　잘 아시면서 농담하시는 거지요? 아무리 훌륭한 선물도 보
낸 이의 마음이 식으면 볼품이 없어진답니다. 왕자님, 여기 있습니다.

햄 릿　하하! 당신은 정숙한 여자요? 아니, 당신은 아름답소?

오필리아　왕자님, 그게 무슨 말씀이신지?

햄 릿　만약 당신이 정숙하고 아름답다면, 그 둘 사이가 서로 친하지
않도록 조심하시오. 아름다움이 정숙한 여인을 타락시키는 것은 정숙
함의 능력으로 아름다움을 숭고하게 이끄는 것보다 쉬운 법이오. 한때

는 궤변처럼 들렸겠으나 요즘 같은 세상엔 더욱 그렇소. 나도 한때는 당신을 사랑했었지.

오필리아 왕자님, 저도 그렇게 믿고 있었습니다.

햄 릿 믿지 말았으면 좋았을걸. 나는 당신을 사랑하지 않았소.

오필리아 그렇다면 제가 속은 거로군요.

햄 릿 더 이상 죄 짓지 말고 수녀원이나 가시오. 나 역시 지금으로선 깨끗한 편이지만 차라리 어머니께서 나를 낳지 말았으면 좋았다고 할 정도로 많은 죄악을 범하고 있소. 거만하고 복수심에 불타서 어떤 죄를 저지를지도 모르고, 하여간 분별력도 모자라고. 나 같은 녀석이 이 세상을 꿈틀거리며 기어다닌들 도대체 무슨 일을 할 수 있겠소? 그러니 당신은 수녀원에나 들어가시오. 그나저나 아버지는 어디 계시오?

오필리아 집에 계십니다.

햄 릿 그럼 바깥 세상에 나와 미친 수작을 하지 못하도록 집에 가둬두시오. 잘 있어요, 오필리아.

오필리아 오, 하느님! 저분을 구해주소서.

햄 릿 만약 당신이 군이 결혼한다면 지참금 대신 나의 저주를 보내리다. 비록 눈송이처럼 결백하다 할지라도 이 세상 구설은 피할 수 없는 법이오. 수녀원으로 어서 가시오. 그래도 군이 결혼해야겠다면 바보하고 하시오. 똑똑한 녀석들은 결혼하고 나면 괴물로 변하거든. 수녀원으로 빨리 가시오. 잘 가요, 오필리아.

오필리아 오, 하느님! 왕자님에게 맑은 정신이 깃들게 하소서.

햄 릿 난 잘 알고 있다. 너희 여자들은 덕지덕지 분을 처발라 하느님께서 주신 낯짝을 영 딴판으로 만들어버린단 말야. 춤추며 날뛰고, 요염하게 걸으며 알랑대고, 신의 창조물에 별명이나 붙이고. 또 순진한 탈을 쓰고 음탕한 짓을 하지 않나. 빌어먹을! 더 이상 참을 수가 없군. 어서 수녀원으로 가! (퇴장)

오필리아   아, 그토록 고상하던 분이 저렇게 실성하다니! 귀인의 눈매, 군인다운 기량, 학자다운 언변은 이 나라의 꽃이고 풍속의 거울이었는데, 만인이 우러러보던 분이 완전히 폐인이 되셨구나. 나는 이 세상에서 가장 불행한 여자가 되었어. 아, 어쩌면 좋아! 옛날 그 아름다운 왕자님을 보았던 눈으로 참혹하게 변한 왕자님을 봐야 하다니. 아아, 이 불행이여! (엎드려 흐느낀다)

왕과 폴로니어스 등장

왕   뭐, 사랑 때문이라고? 그게 아니잖나. 횡설수설 대중이 없긴 하지만 미치광이의 소리는 아냐. 무언가가 마음속 깊은 곳에 도사리고 있기에 저렇게 우울한 거야. 이럼 어떨까? 햄릿을 영국으로 보내는 거야. 밀린 조공을 재촉한다는 명분으로 말야. 아마 바다를 건너 이국 땅에 가서 색다른 풍물을 구경하다 보면 가슴속에 맺힌 괴로움도 사라지겠지. 경은 어떻게 생각하오?

폴로니어스   좋은 생각이십니다. 하지만 오늘 밤 연극이 끝난 다음 왕비 마마께서 조용히 왕자님을 만나서 친히 물으시는 것이 어떨는지요? 그렇게 하시면 제가 두 분의 말씀을 엿들어 아뢰겠습니다. 그때도 알아내지 못하시면 영국에 보내시든지 아니면 어디 적당한 장소에 가두어두든지 하시지요.

왕 그렇게 하지. 높은 지위에 있는 자의 광란은 그대로 방치할 수 없는 일이지. (퇴장)

제 2 장

성 안의 홀

홀 양쪽에 객석이 있고, 햄릿과 세 명의 배우가 등장

햄 릿 내가 해보인 것처럼 대사는 자연스럽게 해야 하네. 만약 어느 배우들처럼 소리나 고래고래 지르며 수선을 떨 바엔 차라리 거리의 약장사를 데려다 시키겠어. 그리고 손을 움직일 땐 이렇게 허공을 휘젓지 말고 자연스럽게 해야 하네.

배우 1 그런 일이 없도록 주의하겠습니다.

햄 릿 그렇다고 너무 점잖게 해서도 안 돼. 그러니 각자 자신의 역할을 신중히 생각하여 스스로 연구하라. 연기는 대사에, 대사는 연기에 조화시켜야 되느니라. 특히 명심해둘 건 절도를 벗어나지 말아야 해. 무엇이든지 지나치면 연극의 목적을 벗어나는 법, 연극의 목적은 예나 지금이나 말하자면 자연을 거울에 비추어보이는 일이지. 옳은 건 옳은 대로, 그른 건 그른 대로 고스란히 비추어, 그 시대의 시대상과 양상을 보여주는 것이니까. 그리고 광대들은 특히 제 대사보다 더 떠벌리지 않도록 주의하게. 얼마 안 되는 우둔한 관객을 웃기려고 자기가 먼저 웃어 보이는 패들도 있는데, 참으로 기가 막힌 노릇이지. 배우가 그따위 짓을 하면 속이 말끄러미 들여다보인다는 거야. 자, 준비하게. (배우들 퇴장)

폴로니어스, 로즌크랜츠, 길든스턴 등장

햄 릿 어떻게 되었소? 폐하께서 이 연극을 보신답니까?
폴로니어스 왕비 마마께서도 보신답니다. 곧 납실 것입니다. (폴로니어스 퇴장)
햄 릿 자네들이 배우들에게 서두르라고 이르게.
로즌크랜츠·길든스턴 네, 알겠습니다. (로즌크랜츠와 길든스턴 퇴장)

호레이쇼 등장

햄 릿 호레이쇼, 어서 오게. 내가 믿는 사람은 오로지 자네뿐이네.
호레이쇼 왕자님, 별말씀을.
햄 릿 내가 무슨 득이 있다고 자네에게 아첨을 떨겠는가. 가진 것 없는 자에겐 아첨할 이유가 없다. 내 스스로의 판단에 의해 자네를 진정한 벗으로 정했다네. 실상 허다한 고난을 겪으면서도 자네는 조금도 마음의 동요가 없었어. 운명의 고난과 영광을 똑같이 감사하게 받아들이고 있지. 격정의 노예가 되지 않는 그런 사람이 나에게는 필요하네. 자네가 그런 친구야. 부질없는 넋두리는 집어치우세. 실은 오늘 밤 어전에서 연극이 공연된다네. 그 가운데 한 장면은 내가 지난번 자네에게 얘기했던 선친의 살해 장면과 아주 비슷해. 그 장면이 시작되면 정신을 바짝 차리고 숙부의 안색을 살펴주게. 만일 숙부의 숨겨진 죄악이 드러나지 않는다면 우리가 보았던 그 유령은 악귀였음이 분명하네. 그러니 주의를 집중하여 봐주게. 그런 다음 서로 의견을 종합하여 판단을 내려보세.

호레이쇼　알았습니다. 단 한 순간이라도 제가 한눈을 판다면 그 벌을 달게 받겠습니다. (나팔 소리와 북소리가 안에서 들린다)

햄 릿　구경꾼이 오는군. 실성한 척해야지. 자네도 자리를 잡게.

　　왕과 왕비를 선두로 폴로니어스, 오필리아, 로즌크랜츠, 길든스턴 그 밖의 궁신들 등장 호위병들은 횃불을 들고 있다.

왕　요즘은 어떠냐, 햄릿?

햄 릿　아주 좋습니다. 카멜레온처럼 거짓 약속으로 꽉 찬 공기만 마시고 있지요. 거세된 수탉인들 이렇게 기를 수는 없을 거예요.

왕　도무지 무슨 소린지 알 수가 없구나. 아예 동문서답을 하고 있으니.

햄 릿　하지만 입 밖으로 나왔으니 이젠 제 말도 아니죠. (폴로니어스에게) 나리께선 대학시절에 연극을 하셨다던데, 어떤 역을 했습니까?

폴로니어스　브루터스에 의해 신전에서 살해당한 줄리어스 시저 역을 했습니다.

햄 릿　그토록 어리석은 바보를 죽이다니, 브루터스란 놈도 참으로 잔인한 놈이었군요. 배우들 준비는 어떻게 되었는가?

로즌크랜츠　네, 왕자님의 명령만을 기다리고 있습니다.

왕 비　햄릿, 이리 와서 내 곁에 앉거라.

햄 릿　아닙니다, 어머니. 여기 저를 더 매혹시키는 이가 있군요. 아가씨, 당신 무릎에 누워도 되겠소? (오필리아의 발 밑에 눕는다)

오필리아　왕자님, 이러시면 안 됩니다.

햄 릿　내 말은 그저 머리를 좀 기대자는 얘기요. 내가 음탕한 생각을 한다고 생각한 거요?

오필리아　전 아무 생각도 안 했어요.

햄 릿　처녀 허벅지 사이에 눕는다는 건 꿀맛 같은 일이지. 저기 어머니를 좀 봐. 아버지가 돌아가신 지 두 시간도 못 되었는데 아주 명랑한 얼굴이시군.

오필리아　아니에요. 두 달이나 되었는걸요.

햄 릿　벌써 그렇게 되었어? 그럼 검은 상복은 악마에게나 돌려주고, 수달피 옷이나 입어야겠군. 돌아가신 지 두 달이나 지났는데도 아직 잊지 못하다니. 위인의 기억은 죽어도 반 년쯤은 더 계속될 희망이 있군.

나팔 소리와 함께 무언극이 시작된다.

무언극

왕과 왕비가 아주 정답게 나타나 포옹한다. 왕비는 무릎을 꿇고 왕에게 사랑을 맹세한다. 왕은 왕비를 일으켜 안은 뒤 꽃이 만발한 둑에 드러눕는다. 왕비는 왕이 잠든 것을 보고 그 자리를 떠난다. 이윽고 한 남자가 나타나 왕관에 키스한 뒤 잠들어 있는 왕의 귓속에 독약을 부어 넣고 퇴장한다. 왕비가 돌아와서 왕이 죽은 것을 알고 슬퍼한다. 독살자가 서너 명의 시종을 데리고 다시 나타나서 왕비와 함께 슬품을 나누는 척한다. 시체는 밖으로 옮겨진다. 독살자는 예물을 들고 왕비에게 구애한다. 얼마 동안 왕비는 아랑곳하지 않다가 이윽고 그의 사랑을 받아들인다. (모두 퇴장)

오필리아　이 연극은 무슨 뜻이옵니까. 왕자님?

햄 릿　엉큼한 장난질을 쳐보는 게지. 음모 같은 거라고나 할까.

오필리아　아마 이 무언극이 연극의 골자인 것 같사옵니다만.

　해설을 맡은 배우 등장

햄 릿　이 배우가 가르쳐주겠지. 배우들이란 비밀을 지키지 못하고 모든 걸 지껄여버리거든.

오필리아　그럼 무언극의 의미도 가르쳐주겠군요?

햄 릿　(거친 어조로) 그뿐이겠소, 그대가 해보이는 무언극도 해설해줄 거요. 그대가 창피스럽다고 생각지 않고 엉큼한 무언극을 해 보이면 저 배우들은 창피한 생각 없이 그 엉뚱한 의미를 해설해줄 거요.

오필리아　망측한 말씀만 하십니다. 전 연극이나 구경하겠습니다.

해 설　저희 배우들을 대표하여 여러분 앞에 간곡한 감사의 말씀을 드립니다. 이 비극을 끝까지 성원해주시기 바랍니다. (퇴장)

　무대에 왕과 왕비의 역을 맡은 두 배우 등장

　극중 왕　오! 그대와 내가 성스런 결혼식을 올린 뒤로 태양의 꽃수레가 바다 신의 바다 길과 대지 여신의 둥근 땅을 돌기를 꼬박 서른 번을 했소. 그 빛을 빌린 달님이 서른 번의 열두 곱절을 하고 말이오.

극중 왕비   참으로 기나긴 세월의 여로, 앞으로도 우리의 사랑이 계속되게 해주소서. 하지만 요즘 폐하께서 병환이 잦으시어 저는 슬프답니다. 하지만 폐하! 언짢아하지 마소서. 여인들의 근심과 사랑은 비례하므로 양쪽 모두 없거나 있다면 극으로 치닫게 마련이지요. 사랑이 깊을수록 근심도 깊어지는 법이니 말이에요. 사랑이 커지면 사소한 염려도 근심 걱정이 되지요.

극중 왕   아, 나는 얼마 안 있어 떠나야 할 몸, 이제 내 몸은 쇠잔할 대로 쇠잔해져 기능이 약해져 있소. 하지만 그대는 이 아름다운 세상에 살아남아 백성의 사랑과 존경을 받으며 배필도 만나 여생을 즐기시오.

극중 왕비   아, 무정도 하셔라. 그런 말은 하지 마세요. 그런 사랑은 제 마음의 추악한 반역일 뿐입니다. 남편을 살해한 여자가 아니고서야 어찌 재혼을 꿈꾸겠습니까?

햄 릿   (방백) 입맛이 쓸 거다, 쓸 거야.

극중 왕비   재혼을 바라는 것은 욕정일 뿐 진정한 사랑은 아니옵니다. 어찌 죽은 남편을 두 번 죽이는 일인 재혼을 하여 다른 남자와 잠자리를 같이하며 입을 맞출 수 있단 말입니까?

극중 왕   당신의 말이 진정임을 의심치 않소. 하지만 인간이란 아무리 결심을 해도 그걸 깨뜨리기는 쉬운 법이오. 의지는 단지 기억의 노예에 불과하기 때문이오. 격정에 사로잡혀 한 맹세도 격정이 사그라지면 함께 꺼져가듯 세상에 영원이란 없는 것이오. 그러니 우리의 사랑도 운명과 더불어 변할 수 있는 것이니 전혀 이상한 일이 아니오. 다만 사랑이 운명을 이끄느냐, 아니면 운명이 사랑을 이끄느냐의 문제일 뿐이오. 권력자가 몰락하면 수하의 무리도 떠나가고, 미천한 사람도 출세하면 어제의 원수가 변하여 친구가 되는 게 현실이오. 이처럼 우리의 의지와 운명은 한 배에 탈 수 없는 거라오. 그러니 당신도 지금은 재혼할 생각이 없겠지만, 내가 죽고 나면 그런 생각도 따라서 죽고 말 것이오.

극중 왕비   아, 비록 대지가 양식을 베풀지 않고 하늘이 빛을 내리지 않는다 해도, 낮의 즐거움과 밤의 휴식을 빼앗긴다 해도, 평생 감옥에 갇혀 고생을 한다 해도, 온갖 기쁨을 박탈당해 재앙으로 멸망한다 해도 영겁의 고뇌가 현재뿐 아니라 내세에까지 쫓아온다 해도, 어찌 폐하를 잃은 몸이 재혼할 수 있겠습니까?

극중 왕   군은 맹세 고맙구려. 잠시 나를 좀 혼자 있게 해주오. 심신이 피곤하구려. 한숨 자고 나면 개운할 것 같소. (잠이 든다)

극중 왕비   잠으로 심신의 피로를 푸소서. 우리 두 사람 사이에 불행한 일이 일어나지 않기를 바랍니다. (퇴장)

햄릿   (왕비에게) 연극이 마음에 드십니까?

왕비   저 여인은 지나치게 맹세하는 것 같구나.

햄릿   아, 하지만 그 맹세를 꼭 지킬 겁니다.

왕   연극의 줄거리를 들었느냐? 해괴한 장면은 없겠지?

햄 릿   아뇨. 이건 그저 장난일 뿐입니다. 독살하는 흉내만 내고 있을 뿐 해괴한 장면은 없습니다.

왕   연극의 제목이 무엇이냐?

햄 릿   〈곤자고의 살인〉입니다. 비유가 놀랍지요? 비엔나에서 있었던 암살 사건을 재현해본 것입니다. 공작의 이름은 곤자고이고, 부인은 뱁티스타죠. 곧 보시게 될 겁니다. 끔찍한 내용이지만, 뭐 어떻습니까? 폐하나 저희처럼 무고한 영혼에는 해가 없지요. 죄를 지은 놈은 찔리겠지만 우리는 떳떳하죠.

루시어너스 역을 맡은 배우 등장

루시어너스   마음은 시커멓고 손은 날렵하다. 약효는 빠르고 때는 무르익었다. 다행히 아무도 없구나. 하늘도 나를 도운 거야. 심야에 캐낸 약초에 마녀의 주문을 세 번 곁들이고 독기를 세 번 쐬어 만든 무서운 독약이여, 당장 저 건강한 생명을 빼앗아라. (독약을 왕의 귀에 붓는다)

햄 릿   왕위를 빼앗기 위해 정원에서 왕을 독살하고 있습니다. 왕의 이름은 곤자고로, 실화를 빼어난 이탈리아어로 표현했지요. 저 살인자가 조금 있으면 왕비를 농락하는 것을 볼 것입니다.

오필리아   폐하께서 일어나시네요!

햄 릿   왜 그러시지? 거짓 불길에 겁을 먹으셨나?

왕 비   무슨 일이십니까, 폐하?

폴로니어스   연극을 중지하라.

왕   등불을 가져오너라. 그만 가야겠다!

일 동   등불, 등불, 등불을!(햄릿과 호레이쇼만 남고 모두 퇴장)

햄 릿   어때, 호레이쇼! 나중에 내 팔자가 기구해지면 나도 배우들 틈에 낄 수 있지 않겠는가?

호레이쇼   반 사람 정도 급료는 받을 수 있겠네요.

햄 릿   무슨 말인가. 나도 한 사람 몫을 충분히 해낼 수 있어. 그건 그렇고, 정말 유령의 말이 옳았어. 자네도 보았지? 독살 장면 때?

호레이쇼   예, 똑똑히 보았습니다.

햄 릿   자, 피리를 불어라! 폐하께서 연극이 싫으시다면 그야 싫으신 거겠지. 자, 풍악을 울려라!

로즌크랜츠와 길든스턴, 빠른 걸음으로 등장

길든스턴   왕자님, 한마디 여쭙겠습니다. 폐하께서……

햄 릿   그래, 폐하께서 어떻다고?

길든스턴   방 안에서 꼼짝도 않으시고 몹시 언짢아하십니다.

햄 릿   과음하셨나?

길든스턴   아닙니다. 노하셨습니다.

햄 릿   그렇다면 전의한테 알리는 것이 더 현명한 일 아닌가. 내가 나서면 폐하의 노여움이 더욱 커질지도 모른다.

길든스턴   왕비 마마께서도 무척 상심하고 계십니다. 소신을 보낸 것도 왕비 마마이십니다.

햄 릿   반갑구려.

길든스턴   왕자님, 제발 저를 희롱하지 말아주십시오. 진지하게 말씀하신다면 왕비 마마의 전갈을 올리겠습니다. 그게 싫으시다면 저는 이만 물러가겠습니다. (절을 하고 돌아서려 한다)

햄 릿   좋아, 쾌히 응답할 테니 요점을 말해보게나.

로즌크랜츠   왕비 마마께선 왕자님의 행동에 깜짝 놀라셨다 하옵니다.

햄 릿   어머니를 놀라게 하다니, 참으로 훌륭한 아들이로다! 놀란 어머니의 뒤를 따르는 속편은 없는가? 말해보거라.

로즌크랜츠   또한 주무시기 전에 왕비 마마께서 할말이 있으시니 내실로 드시랍니다.

햄 릿   그렇게 하지. 지금보다 열 배 더 훌륭하신 어머니라고 생각하면서 복종하겠네. 또 무슨 용건이 남았나?

로즌크랜츠   왕자님은 한때 저를 극진히 아끼셨지요. 왕자님께서 그렇게 우울해하시는 원인이 무엇인지 알고 싶습니다. 저를 친구라 여기신다면 제발 알려주십시오.

햄 릿   출세길이 막혔기 때문이다.

로즌크랜츠   그건 또 무슨 말씀입니까? 덴마크의 왕위를 계승하실 왕자님께서.

햄 릿   그렇긴 하네만 옛말에 '풀이 자라기를 기다리다 말이 굶어죽고'란 말이 있지?

배우들이 피리를 들고 등장

햄 릿   아, 나한테도 피리를 주게. (피리를 받아들고 길든스턴을 한쪽 구석으로 데리고 간다) 저리 좀 가세. 어쩌자고 자넨 그처럼 날 떠보려고 그러나? 날 함정에 몰아넣어야 속이 시원하겠나?

길든스턴   죄송합니다. 왕자님, 신이 지나치게 행동했다면 그건 모두 왕자님에 대한 신의 충정 때문이옵니다.

햄 릿   무슨 소릴 하는지 참 모르겠군. 이 피리를 불어보게.

길든스턴   용서하십시오. 저는 피리엔 재주가 없습니다.

햄 릿   에끼, 이 사람아! 그렇다면 자넨 날 무엇으로 알고 있었나! 날 피리로 불 작심이었나? 누르는 구멍을 잘 아는 척하고선 내 마음속에 비밀을 빼내려고 저음에서 고음에 이르기까지 소리를 울려보려는 심사였군. 이 작은 악기엔 아름다운 가락과 절묘한 소리들이 들어 있지. 이 사람아, 그래 날 피리보다 불기 쉬운 줄 알고 호락호락 덤벼들었나? 날 무슨 악기로 취급해도 상관없네만 소리나게는 못할 걸세.

   폴로니어스 등장

햄 릿   어서 오시오, 영감.

폴로니어스   왕비 마마께서 하실 얘기가 있으시니 오시라는 분부십니다.

햄 릿   곧 가겠다고 여쭤시오.

폴로니어스   그렇게 전하겠습니다. (햄릿만 남고 모두 퇴장)

햄 릿   무덤이 입을 쫙 벌리고, 지옥이 세상을 향해 독기를 뿜어대는 지금이라면 나도 능히 사람의 뜨거운 피를 흘리게 할 수 있을 것 같다. 하지만 기다려라. 지금은 어머니께 가볼 시간, 천륜을 어겨선 안 된다.

말로는 칼끝처럼 날카롭게 찌를지라도 진짜 칼을 휘둘러서는 안 되지. 혀와 마음을 따로 분간하자. 말로 어머니를 매질하더라도 행동으로 옮겨서는 안 되지. (퇴장)

제 3 장

같은 장소

왕과 로즌크랜츠, 길든스턴 등장

왕 난 그 애 낯짝도 보기 싫다. 미치광이를 이렇게 방치한다는 건 매우 위험해. 위임장을 써줄 테니 그대들이 그 애를 데리고 영국으로 출발하라. 나의 안위를 위해서라도 시시각각 커지는 위험을 곁에 둘 순 없도다.

길든스턴 곧 떠날 준비를 하겠습니다. 폐하의 은덕에 의지하여 살고 있는 수많은 백성의 안위를 위한 참으로 자상한 배려라 생각되옵니다.

로즌크랜츠 하잘것없는 우리들 개인의 생명도 일단 위험에 처하면 전력을 다하는 게 도리입니다. 하물며 이 나라 백성의 생명이 걸린 국왕의 안녕에는 더욱 조심해야 할 줄로 압니다.

왕 어서 준비하여 떠나도록 하라. 그토록 위험한 건 쇠사슬로 묶어놓아야 안심이 되는 법이다.

로즌크랜츠·길든스턴 알겠습니다. (두 사람 퇴장)

폴로니어스 등장

폴로니어스　　폐하, 지금 왕자님께서 왕비 마마의 내실로 향하고 있습니다. 소신이 커튼 뒤에 숨어서 이야기를 엿듣겠습니다. 왕비 마마께서 엄히 질책하실 것은 틀림없을 것이옵니다. 하오나 폐하의 말씀 또한 참으로 지당하신 말씀이라 사려되옵니다. 폐하께서 침소에 드시기 전에 다시 뵙고 결과를 아뢰겠습니다.

왕　　수고하시오, 폴로니어스. (폴로니어스 퇴장) 아, 내 죄의 악취가 하늘을 찌르는구나. 인류 최초의 무서운 저주를 받은 카인의 형제 살인죄. 아, 기도 드리고 싶은 마음은 굴뚝 같지만 정작 기도를 드릴 수는 없구나. 아, 하늘이 은혜로운 비를 내려 이 손을 눈처럼 희게 해줄 수는 없을까? 죄인을 구제해주지 못한다면 어찌 자비라 할 수 있는가? 썩어빠진 이 세상에선 죄로 물든 부정한 손도 황금으로 덧칠하면 정의를 밀처낼 수 있을 것이다. 아냐, 천상에서는 그것이 통하지 않아. 우리의 모든 죄상을 일일이 실토해야 돼. 그럼 어떡하지? 그래, 참회하자. 하지만 참회할 수 없는 경우에는 어떡하지? 오, 이 비참한 심정! 덫에 걸린 새 같은 내 영혼이여! 몸부림칠수록 더욱 죄어드는구나. 천사들이여, 날 도와주소서! 그래, 굳어버린 무릎이여, 꿇을지어다. (무릎을 꿇는다)

　　이때 햄릿이 등장해 기도하고 있는 왕을 보자 멈춰 선다.

햄릿　　(방백) 기도 중이니 해치우기에는 지금이 가장 좋구나. 해치우자. (칼을 뺀다) 가만, 지금 죽이면 저자는 천당에 가고, 나는? 아냐, 아버지를 죽인 악당을 천당으로 보낸다? 그러면 복수라고 할 수 없지. 저 악당이 스스로의 영혼을 깨끗이 씻으며 죽음을 준비하고 있을 때 해치우는 일은 복수가 아니다. 저자에게 나의 아버님이 살해당하셨을 땐 아버님의 죄악이 5월의 봄꽃처럼 활짝 폈을 때다. (칼을 칼집에 도로 넣는다) 칼이여, 제자리에 들어가 숨을 죽이고 있거라. 저 악당이 쾌락을 탐닉할 때, 혹은 도박을 하거나 욕설을 퍼부을 때, 그 밖에 무엇이든 구제받을 수 없는 못된 짓에 빠져 있을 때 복수를 하리라. 어머니가 기다리시겠다. 너를 지금 살려두는 것은 네 고통을 연장시키기 위해서다. (퇴장)

왕 (일어서며) 나의 기도는 하늘로 날아갔지만, 나의 마음은 지상에 남아 있구나. 마음이 따르지 않는 빈말이 어찌 하늘에 닿겠는가!

제 4 장

왕비의 내실

왕비와 폴로니어스 등장

폴로니어스 곧 오실 테니 따끔하게 꾸중을 하십시오. 왕자님은 도가 지나치셨습니다. 저는 여기 숨어서 있겠습니다.

왕 비 염려 말고 숨으시오. 오는가보오.

폴로니어스, 커튼 뒤에 숨는다. 햄릿 등장

햄 릿   어머니, 무슨 일이십니까?

왕 비   너 때문에 아버지가 진노하셨다.

햄 릿   제 아버님은 어머니 때문에 진노하셨죠.

왕 비   너, 그게 무슨 말도 안 되는 소리냐?

햄 릿   왕비님은 시동생의 아내이시고 제 어머니이기도 하죠.

왕 비   아, 나 혼자 이런 일을 감당하기에는 벅차구나. 너를 꾸중할 만한 사람을 데려와야겠다. (퇴장하려 한다)

햄 릿   (팔을 붙들면서) 진정하시고 여기 앉으세요. 거울로 어머니의 마음속을 환히 비춰 보여드릴 테니 꼼짝 말고 계세요.

왕 비   너 무슨 짓을 하려는 거냐? 너, 나를 죽일 셈이냐? 사람 살려!

폴로니어스   (커튼 뒤에서) 이크, 큰일났구나. 누구 없느냐?

햄 릿   (칼을 뺀다) 너는 뭐냐! 쥐새끼다! 쥐새끼다! 뒈져라, 뒈져! (커튼 속을 칼로 찌른다)

폴로니어스   (커튼 뒤에서 쓰러지며) 앗! 사람 살려! 아이고, 나 죽는다.

왕 비   세상에, 이게 무슨 짓이냐?

햄 릿   전 모르죠. 왕입니까? (커튼을 들춘다)

왕 비   이게 무슨 잔인하고 포악한 짓이냐? 오, 하느님!

햄 릿   글쎄요. 잔인한 일이긴 하죠. 왕을 죽이고 그 동생과 결혼한 것처럼요.

왕 비   왕을 죽였다고?

햄 릿   그렇습니다, 어머니. (폴로니어스의 시체를 가리키며) 아무 데나 끼여드는 쓸개 빠진 녀석 같으니라고. 잘 가거라. 네 상전인 줄 알았더니! 주제넘게 나서면 신상에 해로워. 어머니, 애꿎은 손만 쥐어뜯지 마시고 조용히 앉으세요. 제가 어머니의 마음을 쥐어짜 드릴 테니까요. 그 가슴이 무쇠 덩어리가 아니라면 말입니다.

왕 비　이 어미에게 무슨 시건방진 짓거리냐.

햄 릿　어머니는 간악한 행동으로 여인의 정숙함을 짓밟았고, 정결한 부덕을 위선으로 불리게 했습니다. 아, 어머니께서는 부부로서 신에게 맹세한 혼약을 한낱 헛소리에 불과하도록 하셨습니다. 그 때문에 하늘도 격분해서 낯을 붉히고 이 반석 같은 대지도 최후의 심판일이 온 것처럼 수심에 잠겨 떨고 있답니다.

왕 비　도대체 소란을 피우는 이유가 뭐냔 말이다.

햄 릿　(벽에 걸린 두 초상화 쪽으로 향하며) 자, 보세요. 이 두 초상화를, 한 핏줄을 나눈 형제의 초상화를 보세요. 자, 이분의 고귀한 모습을 보시란 말이에요. 아폴론의 머리카락, 주피터 같은 훤칠한 이마, 전쟁의 신 마르스의 눈, 신의 전령 헤르메스가 막 내려앉은 듯한 모습을요. 온갖 아름다움을 한 몸에 지닌 탓으로 신들이 인간의 본보기로 삼았던 어머니의 전 남편을 보세요. 자, 그럼 이번에는 이 초상화를 보세요. 어머니의 현재의 남편이죠. 건강한 형을 병든 보리 이삭처럼 말려 죽인 인간입니다. 눈이 있으면 한번 보세요. 저 아름다운 산등성이를 버리고, 이처럼 더러운 수렁에서 먹이를 찾아 헤매다니, 어머니한테 과연 눈이 있기라도 합니까? 행여 사랑 때문에 눈이 멀었다고 하지 마세요. 어떤 미치광이라도 이런 실수를 저지르지는 않을 것입니다. 아무리 눈이 멀었다 해도 이런 차이를 구분 못할 만큼 판단력을 잃진 않았을 거예요.

왕 비　오, 햄릿. 그만해라. 너의 말은 내 영혼을 꿰뚫어보게 하는구나. 아무래도 지워지지 않을 시커멓게 멍든 내 영혼의 얼룩을 말이다.

햄 릿　뿐만 아니라 더럽고 역겨운 땀내가 뒤범벅이 된 이불 속에 들어가 썩은 것이 들끓는 속에 더러운 돼지 같은 놈과 시시덕거리며 몸을 섞다니…….

왕 비　제발 그만해. 네 말은 마치 비수처럼 내 가슴을 찌르는구나.

햄 릿　살인자, 악당. 선왕의 발가락 때만도 못한 놈. 왕위와 왕국을 가로채어 슬쩍 주머니에 집어넣은 날도둑놈…….

왕 비　그만!

햄 릿　누더기를 걸친 가짜 왕.

　　유령이 잠옷 차림으로 등장

왕 비　저 애가 미쳤구나!

햄 릿　(유령에게) 저를 책망하러 오셨군요. 걱정에 사로잡혀 우물쭈물하며 때를 놓치는 불초한 자식을 꾸짖으러 오셨습니까?

유 령　잊지 마라. 내가 지금 널 찾아온 것은 무디어진 네 결심의 칼날을 갈아주기 위해서다. 하지만 겁을 먹고 떨고 있는 네 어머니의 얼굴을 보거라. 어머니를 돌봐드려라.

햄 릿　어머니, 괜찮으십니까?

왕 비　너야말로 괜찮으냐? 무섭게 허공을 노려보며 말하다니? 햄릿, 진정해라. 제발 평정심을 되찾아다오. 누구에게 말을 하는 거냐?

햄 릿　저분을! 저 모습을 보십시오. 창백한 얼굴로 이쪽을 노려보고 계십니다. 저 슬픈 모습을 보고 가슴에 멍든 원통한 사연을 들으면 목석도 울 겁니다. 피를 보아야 할 때 눈물을 흘릴 것만 같습니다.

왕 비   누구를 보고 중얼대는 거냐?

햄 릿   저기, 보이지 않습니까?

왕 비   아니, 아무것도. 내 눈은 아직 멀쩡한데. 보이지 않는구나.

햄 릿   저기, 저기를 보세요. 지금 사라지고 있네요. 생전에 늘 입으시던 차림을 하고 아버지께서 지금 나가십니다. (유령 퇴장)

왕 비   네가 실성한 탓이야. 정신이 나가면 망상을 보는 법이거든.

햄 릿   실성했다고요? 제 맥을 짚어보세요. 어머니의 맥박과 조금도 다르지 않을 테니까요. 제가 실성해서 헛소리를 한 것이 아닙니다. 어머니, 제발 부탁드리오니 양심에다 그렇게 위안의 고약을 바르지 마세요. 어머니, 더 늦기 전에 하느님께 죄를 고백하고 참회하세요. 저의 솔직한 진언을 용서하세요. 하긴 요즘같이 타락한 세상에서는 정의가 부정에게 용서를 빌어야 하지만요. 뿐만 아니라 옳은 일을 하는데도 굽실거리며 눈치를 살펴야 하는 세상이지요.

왕 비   오, 햄릿. 네가 내 가슴을 두 동강 내는구나.

햄 릿   그렇다면 더러운 쪽은 버리시고, 나머지 반쪽으로 깨끗하게 살아가세요. 안녕히 주무세요. 그러나 숙부의 침실에는 가지 마세요. 정절이 없더라도 있는 척하세요. 습관이라고 하는 괴물은 악습에 대한 감각을 죄다 먹어버리지만 또한 천사와 같은 일면도 있어 항상 점잖고 착한 행동을 하게 되면 처음에는 어색한 옷 같아도 어느새 몸에 어울리게 해준답니다. 어머니께서 신의 축복을 구하고 싶으실 때 저를 부르세요. 저도 어머니를 위해 함께 기도드릴 테니까요. (폴로니어스의 시체를 가리키며) 이 늙은이를 죽인 것은 저도 안타깝습니다. 그러나 이 모든 게 하늘의 뜻이겠죠. 신은 이 늙은이를 통해 저에게 벌을 주시고, 또한 저를 이용하려 했던 이자에게 벌을 주신 겁니다. (나가려다 다시 돌아서서) 한 마디만 더 드리겠습니다, 어머니.

왕 비 나더러 어쩌하라고?

햄 릿 지금 소자가 여쭌 말은 모두 잊어버리세요. 돼지 같은 왕이 유혹하거든 다시 이불 속으로 들어가세요. 냄새 나는 입술을 갖다 대게 하든지 징그러운 손가락으로 목덜미를 애무받으면서 전부 고해 바치세요. 햄릿은 정말 미친 것이 아니라 미친 척한다고 말예요. 왕에게 사실대로 일러바치는 게 좋을 겁니다.

왕 비 염려 말아라. 만일 말이 숨결에서 나오고, 숨결이 목숨에서 나온다면 네가 한 말을 입 밖에 낼 목숨이 내겐 없단다.

햄 릿 아, 제가 영국으로 가는 걸 아세요?

왕 비 아 참, 깜박했구나. 그렇게 결정되었나보더라.

햄 릿 독사 같은 친구 두 놈이 이미 왕명을 받들고 있다는군요. 해볼 테면 해보라죠. 내 꼭 그놈들이 묻어놓은 지뢰밭을 그놈들로 하여금 걷도록 만들 테니까요. 생각만 해도 신나는 일입니다. (폴로니어스의 시체를 가리키며) 하여튼 이놈 때문에 우물쭈물할 시간이 없게 되었군요. 시체는 옆방으로 끌어다놓겠습니다. 살아생전에는 어리석은 수다쟁이에 악당이더니 이젠 조용히 입을 다물고 엄숙해졌구나. 자, 이리 오너라. 너하고 마지막 일을 끝내자꾸나. 안녕히 주무세요, 어머니. (시체를 끌고 햄릿 퇴장. 왕비는 침대에 엎드려서 흐느껴 운다)

제 4 막

제 1 장

같은 장소

왕이 로즌크랜츠와 길든스턴을 거느리고 등장

왕　당신의 깊은 탄식을 들으니 필시 무슨 일이 있었구려. 나한테 하나도 숨기지 말고 자세히 말해주오. 햄릿은 어디 갔소?

왕 비　폐하, 잠시 두 사람을 나가 있게 해주세요. (로즌크랜츠와 길든스턴 퇴장) 오늘 밤 참으로 끔찍한 일이 벌어졌습니다!

왕　도대체 무슨 일이오? 햄릿이 일을 저지른 모양이군.

왕 비　파도와 바람이 서로 다투듯 광기를 부리는 거라고나 할까요. 햄릿이 한참 미쳐서 날뛰는데 커튼 뒤에서 인기척이 나자 칼을 빼어 들고 '쥐새끼, 쥐새끼다'라고 외치면서 그 착한 노인을 찔러 죽였습니다.

왕　오, 세상에, 이럴 수가! 짐도 그 자리에 있었더라면 똑같은 봉변을 당할 뻔했구려. 햄릿을 더 이상 방치해두었다간 큰일나겠소. 당신에게도 나에게도 다른 모든 이에게도 위험하오. 도대체 이 참사에 대해 뭐라고 변명을 한단 말인가? 이 모두가 과인의 책임이오. 앞을 내다보고 그 미치광이를 미리 경계하여 감금했어야 했는데……. 햄릿을 너무 사랑하다 보니 화를 키우고 말았구려. 그래서 지금 햄릿은 어디로 갔소?

왕 비　노인의 시체를 끌고 갔어요. 미치긴 했어도 돌 속에도 순금이 있는 것처럼 자기가 저지른 일에 참회의 눈물을 흘리더군요.

왕　오, 갑시다. 날이 밝는 대로 즉시 그 애를 배에 태웁시다. 이번 불상사는 내 권위를 이용해서라도 마무리지어야겠소. 여봐라, 로즌크랜츠, 길든스턴! (로즌크랜츠와 길든스턴 등장) 너희 두 사람은 지금 즉시 햄릿을 찾아보아라. 햄릿이 미쳐 날뛰다가 폴로니어스를 죽여 끌고 나갔다 하니 서둘러 인부를 불러 시체를 교회로 옮겨놓아라. 어서들 서둘러라. (로즌크랜츠와 길든스턴 퇴장) 자, 이제 곧 심복들을 불러 수습책을 마련해봅시다. 남을 헐뜯는 말이 이 세상 끝까지 날아가 퍼뜨린다 해도 우리의 명성만은 상처를 입히지 못할 것이오. 나갑시다! 불안과 놀라움으로 심장이 터질 것 같소. (모두 퇴장)

제 2 장

궁성 안의 다른 방

햄릿 한숨을 돌리는데 로즌크랜츠와 길든스턴 등장

로즌크랜츠 왕자님, 시체를 어떻게 하셨습니까?

햄 릿 흙과 섞었다네. 둘은 서로 친척이거든.

로즌크랜츠 어디 있는지 알려주십시오. 교회로 모셔야 합니다.

햄 릿 내가 말할 것 같은가? 해파리 같은 녀석들에게 왕자 된 몸으로서 함부로 대답할 수는 없지.

로즌크랜츠 해파리 같은 녀석들이라고요, 왕자님?

햄 릿 그렇다. 국왕의 총애를 쭉쭉 빨아들이는 해파리들이지. 하기야 자네들 같은 패거리가 왕에게도 필요하겠지.

로즌크랜츠 왕자님, 무슨 말씀이신지요?

햄 릿 차라리 잘됐군. 머저리 귀엔 독설도 우이독경이지.

로즌크랜츠 왕자님, 시체 있는 곳을 알려주시고 어전으로 가십시다.

햄 릿 시체는 왕과 함께 있지만, 왕은 시체와 함께 있지 않지. 왕이란 어떤 물건인고 하니……

로즌크랜츠 물건이라뇨?

햄 릿 아무것도 아니다. 자, 날 어전으로 안내하라. (퇴장)

제 3 장

궁성 안의 홀

왕과 두세 명의 신하들이 탁자 주위에 앉아 있다.

왕 햄릿을 찾아내어 그 시체를 찾아오도록 일러두었소. 햄릿을 그대로 방치해두는 것은 매우 위험한 일이오! 한데 경박한 백성들의 사랑을 받고 있으니 엄벌을 내릴 수도 없고. 도대체 백성들이란 자들은 이성이 아닌 눈으로만 판단한단 말이야. 그러니 일을 원만하게 처리하기 위해서는 햄릿을 즉시 해외로 보내지 않으면 안 되겠소. 이것도 신중히 고려한 결과인 것처럼 꾸며서 말이오. 요컨대 위험한 병은 어려운 치료법으로 고치는 법. 달리 길이 없지 않겠소.

햄릿, 로즌크랜츠, 길든스턴 등장

왕 햄릿, 폴로니어스는 어디 있느냐?

햄 릿 식사 중입니다.

왕 식사 중이라? 어디서?

햄 릿 먹고 있는 중이 아니라 먹히고 있는 중입니다. 지금 구더기 같은 정치꾼들이 모여 그 늙은이를 먹어대는 중이지요. 구더기란 먹는 일에는 제왕이거든요. 우리가 다른 동물들을 살찌게 해서 잡아먹듯이 우리 자신을 살찌우는 것은 바로 구더기를 위해서죠. 살찐 왕이나 야윈 거지나 결국은 둘 다 같은 식탁에 오르지요. 그렇게 끝장이 나는 겁니다.

왕   아, 저런, 저런!

햄릿   왕을 뜯어먹은 구더기를 미끼로 물고기를 낚아, 그 구더기를 먹은 물고기를 먹는 인간도 있습니다.

왕   도대체 무슨 소리를 하는지 모르겠구나.

햄릿   별것 아닙니다. 왕이라 해도 거지의 뱃속으로 행차하시는 경우도 있으시다 이런 말씀입니다.

왕   폴로니어스는 어디 있느냐?

햄릿   천당에 사람을 보내서 찾아보세요. 천당에서도 발견하지 못한다면 딴 장소를 찾아보시고요. 이 달 안으로 발견하지 못하면 복도로 가는 계단을 오르실 때 거기서 냄새가 날 겁니다.

왕   (시종들에게) 거기 가서 찾아보아라.

햄릿   너희들이 돌아올 때까지 나도 기다리마. (사람들 퇴장)

왕   햄릿, 이번 일은 네가 지나쳤구나. 무엇보다도 네 신변의 안전을 위해서 즉시 이곳을 떠나거라. 시종들과 배가 기다리고 있으니 곧 준비하거라. 영국으로 떠날 준비는 완전히 갖추어졌다.

햄릿   영국으로요?

왕   그렇다, 햄릿.

햄릿   원하신다면 가지요, 영국으로. 안녕히 계십시오, 어머니.

왕   아버지라고 해야지, 햄릿.

햄릿   아버지와 어머니는 일심동체인 부부지간이니 어머니라고 해도 되지요. 자, 가자. 영국으로! (호위를 받으며 퇴장)

왕　어서 뒤쫓아가라. 지체하지 말고 오늘 밤 안으로 배에 타거라. 자, 급히 가거라. 그 밖의 일은 완벽하게 준비되어 있다. 부탁한다. 급히 서둘도록. (로즌크랜츠와 길든스턴 퇴장) 영국 왕이여, 그대는 이 엄명을 소홀히 다루지는 못하리라. 아직 덴마크 군대의 창과 칼이 휩쓸고 간 상처가 생생할 터이므로 자진해서 충성을 표시해야 마땅하다. 영국 왕이여, 서한에 적힌 대로 햄릿을 즉각 사형에 처하라. 열병처럼 그는 내 핏속에서 발악하고 있으니, 그대만이 이걸 치료할 수 있노라. 이 일이 이루어지기 전까지는, 어떤 행운이 온다 해도 결코 기뻐할 수 없다. (퇴장)

제 4 장

엘시노 근처의 평야

항구로 향하던 햄릿, 로즌크랜츠, 길든스턴이 부대장을 만난다.

햄 릿　여보게, 자네들은 어느 나라 군대인가?

부대장　노르웨이 군입니다.

햄 릿　어디를 공략하기 위해 진군하는가?

부대장　폴란드를 공격하기 위해서입니다.

햄 릿　지휘관은 누구시오?

부대장　노르웨이 왕의 조카 포틴브라스 2세입니다.

햄 릿　폴란드의 중심을 공격하는가, 아니면 변경 지대를 공격하는가?

부대장　사실대로 말씀드리자면 아무런 이익도 없는 명분 싸움일 뿐이죠. 소작료로 5더컷만 내라 해도 붙여먹지 않을 척박한 땅입니다. 실제로 노르웨이 왕이건 폴란드 왕이건 사유지로 그 땅을 팔아먹건 그 이상은 받기가 힘들 겁니다.

햄 릿　아, 그렇다면 폴란드 쪽에서도 별로 방어하지 않겠군.

부대장　아닙니다. 수비 태세가 대단합니다.

햄 릿　비록 2천 명의 귀한 인명과 2만 더컷의 돈을 희생한다 하더라도, 이 하찮은 문제는 해결되지 않겠군. 나라가 지나치게 번영하면 이런 종기가 생기게 마련이지. 겉으로는 아무렇지도 않지만 속으로 곪아터져 사람의 목숨을 빼앗는 것 말야. 여러 가지로 고맙소.

부대장　그럼 실례합니다. (퇴장)

로즌크랜츠　자, 가실까요?

햄 릿　곧 뒤따를 테니 먼저들 가게. (로즌크랜츠, 길든스턴, 그 밖의 사람들 모두 퇴장) 아, 눈에 보이는 모든 것이 나를 책망하며 무디어진 복수심에 불을 지르는구나! 도대체 인간이란 무엇인가? 인간의 하루하루가 단지 먹고 자는 것뿐이라고 한다면 도대체 짐승과 다를 게 무엇인가? 신이 인간에게 이토록 위대한 사고력을 주신 것은 미래와 과거를 내다보라고 한 것이 아닌가? 그렇다면 난 짐승들처럼 건망증이 심한 탓인가, 아니면 소심함 때문인가? 정말 알 길이 없구나. 사고력을 넷으로 나누었을 때 하나가 지혜고 나머지 셋은 두려움인가? '이 일은 꼭 해야 한다'고 하면서 입으로만 떠들어대고 허송세월하고 있으니 말이다. 저토록 계란껍데기만 한 사소한 일 때문에 젊은 청춘들이 일어나거늘, 도대체 내 꼴은 뭔가? 아버님은 살해당하고, 어머님은 더럽혀지고, 복수를 위해 이성도 정열도 폭발해야 할 지경인데, 사생결단을 못 내고 죽치고만 있다니. 보라, 지금도 저 2만 명의 군사들이 죽음의 길을 가고 있지 않은가. 그것을 보고도 부끄럽지 않은가! 아, 내 마음아! 이제부터는 잔인해져야 한다. 복수심 외에는 아무것도 생각하지 말자. (퇴장)

제 5 장

궁성 안의 홀

왕비와 호레이쇼와 시종 한 명 등장

왕 비　지금은 그 애를 만나고 싶지 않구나.

시 종　하지만 뵙고 싶다며 저렇게 조르고 있습니다. 정말 정신이 나간 모양입니다. 차마 눈뜨고는 볼 수 없을 정도로 참혹합니다.

왕 비　그래서 나더러 어떡하란 말이냐?

시 종　자꾸 부친에 관해서 넋두리를 늘어놓습니다. 고개를 끄덕이며 눈짓과 몸짓을 통해 얘기하는 것을 들어보면 분명하지는 않지만 뭔가 불행한 일이 일어난 것 같습니다.

호레이쇼　만나서 얘기를 들어보는 것이 좋을 듯합니다. 괜히 남의 말좋아하는 사람들에게 억측의 씨앗을 뿌릴지도 모르니까요.

왕 비　　그렇다면 데리고 오라. (시종 퇴장, 방백) 죄의 시달림을 받는 자들은 하찮은 일조차도 큰 재앙의 전주곡처럼 들리지. 그래서 죄진 마음은 숨기면 숨길수록 더욱 훤히 드러난단 말야.

류트를 든 오필리아 머리칼이 헝클어진 채 광란 상태로 등장

오필리아　　덴마크의 아름다운 왕비 마마는 어디 계세요?

왕 비　　오필리아, 어찌된 일이냐?

오필리아　　(노래한다) "사랑하는 내 님을 어떻게 알아볼까? 죽장에 미투리에 파립 쓴 순례자가 바로 내 님이라네."

왕 비　　오필리아, 그 노래가 무슨 뜻이냐?

오필리아　　뭐라고요? (노래한다) "내 님은 갔어요. 죽어서 이승을 떠났어요. 머리맡엔 초록빛 잔디, 발치에는 묘석이 하나. 오호라!"

왕 비　　그렇지만 오필리아……

오필리아　　잘 들어보시라니까요. (노래한다) "수의는 산에 내린 눈처럼 희구나."

왕 등장

왕 비　　아, 저 애를 보세요.

오필리아　　(노래한다) 꽃상여 타고 향기로운 내 님은 떠나가는데 사랑의 눈물은 비 오듯 흐르네."

왕　　이게 웬일이냐, 오필리아?

오필리아   고맙습니다. 올빼미는 원래 빵집 딸이었대요. 오늘 일은 알지만 내일 일은 알 수 없지요. 당신의 식탁에 축복이 내리소서.

왕   죽은 아비 생각을 하는 모양이군.

오필리아   제발 그 얘긴 그만 접어두세요. 하지만 혹시 사람들이 까닭을 묻거든 이렇게 말하세요. (노래한다) "내일은 성 발렌타인 명절, 동녘 하늘 동트면 사랑하는 님 창가에 서서 그대 기다리리. 내 님은 일어나 새 옷을 갈아입고 방문을 열어주니 들어간 처녀 나올 땐 처녀의 꽃잎은 떨어졌으리."

왕   오, 가여운 오필리아! 언제부터 이 꼴이 되었소?

오필리아   그때까지 참아야 해요. 그러나 싸늘한 땅속에 묻힐 것을 생각하면 하염없이 눈물이 나는걸요. 오빠도 알게 되겠지요. 그러니 두 분의 조언에 감사드립니다. 가자, 마차야! 안녕히 주무세요. (퇴장)

왕   바짝 뒤쫓아 철저히 감시하라. (호레이쇼와 시종 급히 퇴장) 슬픔이 무리를 지어 와서 덜미를 잡는구려. 아버진 살해되고, 햄릿은 사라지고. 그러나 이같은 불행의 장본인이 그 애였으니 추방하는 게 당연한 일 아니오. 폴로니어스의 죽음에 관해 무성한 소문이 분분하니 어떻게 해야 할지 모르겠소. 과인이 경솔했던 거요. 그 시체를 암매장하다니. 오, 가련한 오필리아! 인간도 저 모양이 되면 짐승과 다를 바가 없구려. 게다가 레어티스가 프랑스에서 돌아왔을 텐데 도무지 모습을 나타내지 않는구려. 오, 비난이 죽음의 화살처럼 날 겨누어 벌집으로 만들 모양인가보오. (밖에서 요란한 소리)

왕 비   이게 무슨 소린가요?

왕   여봐라! 호위병들은 문을 단단히 지키도록 하라.

시종 등장

시 종　폐하, 자리를 피하소서! 해일이 단숨에 육지를 삼켜버리듯 레어티스가 폭도를 이끌고 호위병들을 위협하고 있습니다. 폭도들은 마치 새로운 세상이 시작되기라도 한 듯 그를 왕이라 부르고 있답니다. 그들은 손뼉을 치며 "레어티스를 왕으로!"라고 외치고 있습니다.

왕 비　기세 등등하게 짖어대지만 냄새를 잘못 맡았어! 얼빠진 덴마크의 사냥개들이여, 도대체 짖어야 할 방향조차 알지 못하는구나!

레어티스 문을 부수고 들어서자 군중들이 그의 뒤를 따른다.

레어티스　왕은 어디 있느냐? 제군들은 밖에서 기다려주게.

군중들　아닙니다. 저희들도 들어가겠습니다!

레어티스　제발 이 일은 나에게 맡겨주게.

군중들　그러지요.

레어티스　고맙소. 문을 잘 지켜주오. (군중들 퇴장) 오 더러운 악당, 클로디어스 왕! 내 아버지를 내놔라.

왕 비　진정해라, 레어티스.

레어티스　침착해질 수 있는 피가 내 몸에 한 방울이라도 남아 있다면 나는 내 아버지의 아들이 아니고, 내 아버지는 창녀의 남편이고, 어머니의 순결한 이마 한복판에는 창녀의 낙인이 찍혀 있을 것이다. (레어티스가 앞으로 다가가자 왕비가 가로막는다)

왕　왕비, 그의 손을 놓으시오. 왕은 신의 보살핌을 받는 법, 내게는 손끝 하나 댈 수 없다오.

레어티스   내 아버지는 어디 있소?

왕   돌아가셨다.

왕 비   폐하가 하신 일이 아니다.

레어티스   어떻게 돌아가셨소? 날 속일 생각은 추호도 하지 마시오. 충성이고 뭐고 없으니까. 나는 다만 아버지를 위해서 철저히 복수하겠소.

왕   누가 자넬 막을 수 있겠나? 그럼 네 아버지의 사인이 밝혀지면 상대가 누구든 상관없이 복수하겠다는 거냐?

레어티스   상대는 아버지의 원수일 뿐이다.

왕   그 원수를 알고 싶겠지?

레어티스   아버지 편이면 얼마든지 반기겠다. 자기 가슴의 피로 새끼를 기른다는 펠리컨처럼 내 피를 쥐어짜서라도 환대하겠소.

왕   옳거니, 이제야 진정 자식답고 신사다운 말을 하는구나. 난 네 아버지의 죽음과는 무관하다. 오히려 그 죽음을 마음속 깊이 애도할 뿐이다. 햇살이 눈에 비치듯 확실하게 너도 이 사실을 알게 될 것이다.

군중들   (바깥에서) 이 여잘 들여보내라!

레어티스   웬일이냐, 왜 소란들이냐?

  오필리아 등장

레어티스   아, 뜨거운 불길이여! 나의 뇌수를 태워버려라! 눈물이여, 일곱 배나 더 짜서 시력을 없애버려라! 널 이렇게 만든 원수는 뼈가 부서지는 한이 있어도 갚아주마.

오필리아   (노래한다) "얼굴도 덮지 않고 관에 떠매어 갔지. 헤이, 헤이, 무덤에는 눈물이 억수같이 쏟아지고……" 그대여 안녕, 나의 님!

레어티스   네가 제정신으로 복수를 조른다 해도 이처럼 내 가슴이 무너지진 않았을 것이다.

오필리아   (노래한다) "묘비는 젖어들고"라고 노래해요. 빙글빙글 도는 물레바퀴에 장단이 어울리네요!

레어티스   횡설수설하는 소리가 정말 뼈아프게 들리는구나.

오필리아   (레어티스에게) 이것은 로즈마리, 저를 잊지 말라는 뜻이에요. 제발 저를 잊지 마세요. 이것은 팬지꽃, 저를 생각해달라는 뜻이지요.

레어티스   미쳤어도 뼈 있는 말을 하는구나. 잊지 말아달라니…….

오필리아   (노래한다) "다시 오지 않으실까. 다시 오지 않으실까. 망각의 강을 건너셨으니 다시는 오지 못하리라. 백설 같은 흰 수염, 삼단 같은 백발 나부끼면서 말없이 떠나시었네. 하느님 그분에게 축복을 내리소서." 안녕히. (퇴장)

레어티스   똑똑히 보았겠지, 저 꼴을?

왕   레어티스, 네 슬픔을 함께 나누자. 만일 내가 이 사건에 티끌만큼이라도 관련된 사실이 밝혀지면, 이 왕국과 왕관, 목숨 그리고 나의 전부를 너에게 넘겨주겠다. 그러나 아무런 관계가 없다는 것이 밝혀지면 그땐 힘을 합쳐, 너의 원한을 풀어보자.

레어티스   좋소. 그렇게 하겠소. 내 아버지가 돌아가신 까닭과, 시신 위에 유품이나 칼, 문장도 없이 격에 맞는 의식도 치르지 않고 초라한 장례를 치른 이유가 무엇인지 그 진상을 규명하겠소.

왕   그래야지. 죄 있는 곳에는 응징의 철퇴를 내리쳐야지. (모두 퇴장)

제 6 장

같은 장소

호레이쇼와 시종, 선원들 등장

선원 1   문안드리옵니다.

호레이쇼   안녕하시오?

선원 2   네, 여기 나리께 드릴 편지가 있는뎁쇼. 영국으로 가던 사신께서 호레이쇼 나리란 분께 전하라 하셨습니다.

호레이쇼   (편지를 읽는다) "호레이쇼, 이 편지를 보거든 이 사람을 왕께 안내해주게. 왕에게 보내는 편지가 있네. 우린 출범한 지 이틀도 채 안 되어 해적선의 침탈을 당해 포로가 되었다네. 그러나 해적들은 나에게 호의를 베풀어주었네. 여하튼 또 한 통의 편지가 왕의 손에 들어가도록 힘써주게. 그러고 나서 급히 할 말이 있으니 내가 있는 곳으로 와주게. 선원들이 자네를 내가 있는 곳까지 안내해줄 거야. 마음의 벗 햄릿." 날 따라오시오. 왕에게 안내해줄 테니, 그리고 빨리 일을 끝내고 날 햄릿 왕자님께 안내해주시오. (모두 퇴장)

제 7 장

같은 장소

왕과 레어티스 등장

왕   자, 이제 혐의를 벗었으니 앞으로는 나와 한 편이 되어야 한다. 너는 총명하니 잘 알아들었겠지만 네 선친을 살해한 자는 나의 목숨까지 노리고 있다.

레어티스   잘 알겠습니다. 그런데 어찌하여 그런 사악한 행위를 즉시 처벌하지 않으셨습니까? 폐하 자신의 안전과 권위, 지혜 등을 감안할 때 처벌을 내려야 했습니다.

왕   거기엔 두 가지 특별한 이유가 있네. 자네에겐 하찮게 보일지 몰라도 과인에겐 아주 중대한 이유지. 햄릿의 생모인 왕비가, 내 생명이며 내 영혼인 왕비가 오로지 아들을 바라보는 걸 커다란 낙으로 삼고 있단 말일세. 별이 궤도를 벗어나면 움직일 수 없듯이 과인도 왕비가 없으면 살아갈 수가 없네. 또 하나는 백성들이 햄릿을 몹시 사랑한다는 거야. 그들은 그의 결점까지도 사랑해.

레어티스   그 바람에 저는 훌륭한 부친을 잃고, 단 하나밖에 없는 여동생은 실성하게 되었군요. 세상 사람들의 모범이 되었던 여동생이 저 지경이 될 줄이야! 이 원수를 반드시 갚고야 말겠습니다.

왕   그렇다고 밤잠을 설치지는 마라. 난 자네 부친을 무척 좋아했지.

나 자신을 아끼듯, 이 정도 얘기하면 자네도 알아듣겠지.

시종이 편지를 들고 들어온다.

시 종 햄릿 왕자님으로부터 편지가 왔습니다.

왕 햄릿으로부터? 누가 갖고 왔느냐?

시 종 저는 만나보지 못했습니다만 선원들이라고 합니다.

왕 레어티스, 자네도 들어보게나. (시종에게) 물러가라. (시종 퇴장, 편지를 읽는다) "삼가 아뢰옵니다. 소자는 맨몸으로 폐하의 왕국에 상륙했습니다. 내일 폐하를 뵙도록 허락해주소서. 허락해주신다면 그때 불시에 귀국한 사정을 아뢰올까 합니다. 햄릿 올림." 이게 어찌된 영문이냐? 시종들도 함께 귀국했을까? 거짓 편지로 속이려는 것은 아니겠지?

레어티스 필체를 아십니까?

왕 햄릿의 필체가 맞아. '맨몸으로'라고 씌어 있어. 자네가 생각하기에 어떻게 된 것 같은가?

레어티스 글쎄요. 올 테면 오라죠! 복수할 일을 생각하니 한결 마음이 가벼워집니다. 정면으로 맞서서 대결할 수 있으니까요.

왕 그렇다면 레어티스, 그가 어떻게 돌아왔는지 모르지만 과인의 지시를 따르겠는가?

레어티스 물론입니다. 화해하라는 분부만 아니라면 좋습니다.

왕 자네 한을 풀어주기 위한 것이네. 오래전부터 생각해온 일인데, 여기에 걸리기만 하면 그놈도 사망이지. 뿐만 아니라 그의 죽음에 대해서 아무도 비난할 수 없을 거야. 왕비 또한 진상을 알 턱이 없으니 사고라고 체념하겠지.

레어티스 폐하의 분부대로 따르겠습니다. 제가 폐하의 수족이 되어 움직일 수 있다면 그보다 기쁜 일이 어디 있겠습니까?

왕 좋아. 자네가 유학 간 뒤로도 자네의 그 솜씨에 대해 칭찬이 자자했지. 햄릿도 소문을 들어 알고 있어. 자네의 그 솜씨에 대해서만은 무척 부러워하더군.

레어티스 그 솜씨라뇨?

왕 노르망디 사람이 자네의 솜씨를 극구 칭찬하더군. 자네가 검술에 매우 능숙하다고 말이야. 자네와 승부를 겨룰 수 있는 사람이 있다면 그 시합은 볼 만한 구경거리가 될 거라고 했네. 프랑스 검객들도 자네와 상대할 사람은 하나도 없을 거라고 장담했지. 이 말을 듣고 있던 햄릿은 금세 질투심에 사로잡혀 자네가 하루 속히 귀국하기를 바라는 눈치였어. 그래서 말인데 이것을 이용해서……

레어티스 그것을 이용해서 무엇을 하란 말씀이십니까?

왕 난 자네가 선친을 진정으로 사랑했다는 걸 아네. 따라서 일단 마음먹은 것은 즉시 실행에 옮겨야 해. 조금 지나면 하고픈 마음도 해야 한다는 결심 자체도 변하니까. 세상 사람들의 말과 행동 또는 여러 가지 사건으로 약해지고 흔들리기 때문이지. 어쨌거나 이보다 중요한 것은 햄릿이 돌아오는데 자네는 어떻게 하겠느냐 하는 거야. 자식된 자의 도리를 진정 보여줄 때가 온 것 같으니 말야.

레어티스 설령 교회 안이라도 당장 그의 목을 자를 것입니다.

왕 아무리 신성한 장소라도 살인죄는 없어지지가 않지. 복수를 하는 데 때와 장소를 가릴 필요는 없지. 하지만 레어티스, 자네는 집에 가 있게. 햄릿이 돌아오면 자네의 귀국을 알릴 테니. 그리고 자네의 탁월한 솜씨를 극구 칭찬해서 햄릿이 대결에 나설 수 있도록 할 테니까. 그때 자네는 끝이 아주 날카로운 칼을 집어들면 돼. 그것으로 능숙하게 한 번만 찌르면 자네 선친의 원수를 갚을 수 있을 거야.

레어티스　　그렇게 하겠습니다. 그리고 기왕이면 칼끝에 독을 발라놓겠습니다. 약장수로부터 독약을 사둔 게 있는데 피부가 살짝 긁히기만 해도 효과가 있지요. 이 독약을 칼끝에 발라놓겠습니다. 닿기만 해도 그놈은 끝장입니다.

왕　　그 점에 대해선 좀 더 신중히 생각해보자. 어떻게 해야 우리의 계획을 이룰 수 있지. 만일 그 일이 실패할 경우를 대비해 차선책을 강구해야 해. 자, 그렇지! 격렬하게 싸우다보면 목이 타겠지. 그렇게 되면 그는 물을 청할 것이고, 그때 준비해두었던 잔을 내미는 거야. 요행히 독검을 피했다 하더라도 한 모금만 마시면 우리의 목적은 달성되겠지. 그런데 가만 웬 소동이냐? 왕비, 무슨 일이오?

　　왕비, 울면서 등장

왕 비　　불행한 일이 꼬리를 물고 일어나는군요. 레어티스, 네 동생이 물에 빠져 죽었다는구나.

레어티스　　물에 빠져 죽었다고요! 어디서요?

왕 비　　버드나무가 비스듬히 서 있는 강가에서. 그곳에 미나리아재비, 쐐기풀, 실국화, 자란 따위를 섞어 만든 이상한 화관을 쓰고 나타났다는 거야. 그 애가 화관을 걸려고 버드나무 가지에 올라갔다가 가지가 부러져 그만 화관과 함께 강물에 빠지고 말았다는 거야. 그런데도 그 애는 옷자락을 활짝 펼친 채 인어처럼 잠시 물 위에 떠 있었대. 마치 자신이 위험에 처했다는 걸 모르는 사람처럼 노래를 부르면서 물 속으로 휘말려 들어가 죽고말았다는구나.

레어티스 가여운 오필리아, 그만하면 물은 이제 지긋지긋할 테니 난 더 이상 눈물은 흘리지 않으마. 그러나 사람의 정이란 어쩔 수 없는 것, 흐르는 눈물은 막을 수가 없구나. 폐하, 소신은 이만 물러갑니다. 불덩이처럼 분노가 타오르지만, 지금은 어리석은 눈물 때문에 아무 말도 할 수가 없군요. (퇴장)

왕 뒤쫓아갑시다. 저 애의 분노를 진정시키느라 내가 얼마나 애썼는데……. 그런데 다시 이 일이 저 애의 마음을 뒤집어놓았소. 자, 뒤를 따라가야겠소. (왕과 왕비, 레어티스를 쫓아간다)

제 5 막

제 1 장

엘시노의 묘지

어릿광대인 인부 두 명이 삽과 곡괭이로 무덤을 파고 있다.

광대 1　이봐, 이렇게 기독교식으로 장사를 치러주어도 될까? 자살한 사람인데 말야.

광대 2　그렇대두. 그러니 어서 파기나 하게. 검시관이 조사하고 허락을 했다지 않은가. 어쨌거나 이 여자가 귀족 가문이 아니었다면, 격식을 차린 매장은 어림도 없었겠지.

광대 1　하긴 평민들보다 귀족들이 목매달고 물에 빠져 죽는 것도 편리하게 되어 있지. 뭐, 솔직히 말해서 버젓한 귀족 가문치고 그 조상들이 정원사나 산역꾼, 도랑치기 따위의 일을 하지 않은 경우는 없었잖아. *(구덩이로 들어간다)*

광대 1　조선 기술자나 석수장이나 목수보다도 물건을 더 튼튼하게 만들 수 있는 사람이 누군 줄 아는가?

광대 2　물어보나마나 교수대 만드는 놈이지. 1,000명이 그걸 쓴다 해도 끄떡없잖아.

광대 1　흠! 그럴듯하군. 자네 말대로 교수대는 정말 튼튼하지. 그 때문에 악질들을 목 조르는 데는 그만이야. 하지만 정답은 우리처럼 무덤을 파는 사람들이라네. 우리가 파놓은 집은 이 세상이 끝장나도 끄떡없잖아. 자, 이제 자네는 주막집에 가서 술이나 받아오게. (광대 2 퇴장)

　　햄릿과 호레이쇼, 묘지로 접근

광대 1　(땅을 파며 노래한다) "젊은 시절엔 모든 게 달콤했었지. 당장 죽어도 여한이 없을 만큼 사랑도 했어. 하지만 이리 늙고 보니 모든 게 허망한 꿈이 되었다네." (해골을 들어올린다)

햄 릿　저 해골에도 한때는 혓바닥이 있어 노래를 불렀겠지. 저 작자, 무슨 카인의 턱뼈라도 다루듯이 해골을 마구 내던지는군. 지금 저 바보 같은 위인에게 천대받는 저 해골의 주인공도 한때는 잘 나가던 정치가였을지도 모르지. 안 그래?

호레이쇼　그랬을지도 모르죠.

햄 릿　아니면 궁정의 아첨꾼이었는지도 모르지.

호레이쇼　예, 그럴지도 모르죠.

햄 릿　틀림없이 그럴 거야. 하지만 지금은 구더기의 밥이 되고 산역꾼들의 삽날에 얻어맞는 신세가 되었군. 눈에 뵈지 않아서 그렇지 참으로 오묘한 변화야! 인간의 유골이 던지고 노는 장난감의 값어치밖에 안 된단 말인가? 생각만 해도 머리가 지끈지끈 아프구나.

광대 1　(노래한다) "곡괭이 한 자루에 삽 한 자루, 그리고 수의 한 벌. 오

호라! 이건 손님들을 모시기에 딱 그만인 무덤이군." (또 하나의 해골을 들어올린다)

햄 릿 저기 또 하나 나왔군. 저것은 변호사의 해골일지도 모르네. 온갖 궤변과 술책, 소송과 판례는 모두 어디로 갔는가? 무식한 작자에게 골통을 얻어맞으면서도 폭행죄로 소송을 걸겠다는 말조차 못하는군. (해골을 손에 들고) 흥, 이 녀석은 부동산업자였는지도 모르겠군. 땅투기니 담보증서니 토지 양도 소송이니 하면서 온갖 술수를 부리고 다녔겠지. 하지만 지금은 머리통 속에 이렇게 진흙만 가득 차 있는걸! 저 작자한테 말 좀 붙여봐야겠다. (앞으로 나서며) 여보게, 이건 누구의 무덤인가?

광대 1 제 무덤입니다요. (노래한다) "흙으로 돌아가서 흙 속에 누웠네. 흙집이 손님께 꼭 맞지요."

햄 릿 그 안에 들어가 있는 걸 보니 정말로 자네 것이겠군.

광대 1 맞습니다요. 나리는 밖에 계시니까 분명 나리 것은 아니죠. 저는 거짓말을 모릅니다요. 그러니 이것은 제 것이죠.

햄 릿 그 속에 있으니 자기 무덤이라니, 말도 안 돼. 무덤은 죽은 자의 것이니까. 그러니 네 말은 거짓이렸다.

광대 1 이런 걸 새빨간 거짓말이라고 하죠. 다시 나리 차례입니다.

햄 릿 자네가 파고 있는 것은 어떤 남자의 무덤인가?

광대 1 남자가 아니라 살아생전엔 여자였지만 지금은 혼령이 된 자의 무덤입니다.

햄 릿 정말 까다로운 놈이군! 허투루 말을 걸었다간 말꼬리가 잡혀 곤욕을 치르겠어. 호레이쇼, 지난 3년 동안 내내 느껴온 것이지만 신분

고하가 무너지려 하니 정말 말세야. 이봐, 무덤 파는 일은 언제부터 해왔나?

광대 1 소인이 이 일에 처음 손을 댄 날은 바로 선대 햄릿 왕께서 포틴브라스를 무찌르던 날이었지요.

햄 릿 그게 언젠데?

광대 1 천하의 바보들도 다 아는 날인데, 그걸 물으시다뇨. 바로 햄릿 왕자님께서 태어나던 날입니다요. 지금은 미쳐서 영국으로 유배를 갔지만 말이죠.

햄 릿 왜 유배를 갔다던가?

광대 1 그야 미쳤으니 그렇지요. 거기 가면 제정신을 차리겠지만, 못 차린다 해도 거기서라면 상관없죠.

햄 릿 시체는 무덤 속에 얼마나 있으면 썩지?

광대 1 어떤 놈은 죽기 전부터 썩는 고약한 경우도 있지요. 요즘엔 매독에 걸려 죽은 놈이 많아서요.

햄 릿 알렉산더 대왕도 땅속에서 이런 꼴이 되었겠지?

호레이쇼 그럴 테죠.

햄 릿 이렇게 냄새나고! 퉤! (해골을 땅에 놓는다) 호레이쇼, 인간은 죽어서도 천대를 받는구나! 알렉산더 대왕의 유해도 결국 한줌 흙이 되어 술통 마개가 될지도 모를 일이 아닌가?

호레이쇼 그렇게까지 비약하시는 것은 좀 지나치신 듯합니다.

햄 릿 아니, 조금도 지나치지 않아. 말하자면 이런 거야. 알렉산더 대왕이 죽어 땅속에 묻힌다, 그래서 결국 흙이 되고, 흙은 진흙이 되고. 그래서 알렉산더 대왕이 결국 술통 마개가 될 수도 있다, 그 말이야. 황제 시저도 죽어 흙이 되어 벽의 구멍을 막는 바람막이가 되었을지도 몰라. 아, 한때 세상을 호령하던 그 사람들이 고작 흙이 되어 모진 겨울 바람 막는 흙담이 되다니! 쉿, 저기 왕이 오는구나.

장례식 행렬 등장 뚜껑 없는 관 속에는 오필리아의 유해가 들어 있고, 그 뒤로 레어티스, 왕, 왕비, 궁신들, 그리고 사제가 뒤따르고 있다.

햄 릿 왕비와 궁신들도 오고 있군. 누구의 장례식인지 저렇듯 초라한 걸 보니 스스로 목숨을 끊었나보군. 하지만 신분은 상당히 높았던 모양이야. 잠시 숨어서 살펴보자. (햄릿과 호레이쇼, 나무 뒤에 숨는다) 저건 레어티스군. 훌륭한 청년이지. 잘 보게.

레어티스 의식은 이게 다란 말입니까?

사 제 교회의 법규가 허락하는 한 최대한 정중한 의식으로 모신 겁니다. 의심쩍은 죽음이었기에 왕의 칙명으로 관례를 깨뜨렸으니 망정이지 그렇지 않았다면 분명 최후의 심판날까지 부정한 땅에 매장되었을 겁니다. 그리고 자비로운 기도 대신 사금파리나 돌멩이를 던져 넣었겠죠. 그러나 이번에는 처녀에게 어울리는 꽃장식에다 특별히 조종까지 울리며 명복을 비는 것을 허용했습니다.

레어티스 그럼 그 이상의 의식은 할 수 없단 말이오?

사 제 더 이상은 할 수 없습니다. 평화롭게 세상을 떠난 사람의 장례처럼 진혼가를 부르며 미사를 드린다면 신성한 장례 의식을 모독하는 일이 됩니다.

레어티스 좋다, 관을 내려라. 아름답고 깨끗한 저 애의 몸에서 나리

꽃이 피어날 것이다. (관이 무덤 속에 내려진다) 야박한 사제여, 내 말을 들 거라. 네놈이 지옥에서 울부짖고 있을 때쯤 내 여동생은 하늘의 천사 가 되어 있을 거다.

햄 릿　아, 아름다운 오필리아가!

왕 비　(관 위에 꽃을 뿌리면서) 아름다운 처녀에게는 아름다운 꽃을! 고 이 잠들거라. 널 햄릿의 아내로 삼아 신방을 꽃으로 장식해주고 싶었는 데, 너의 무덤 위에 꽃을 뿌리고 있다니, 어찌된 일인가.

레어티스　아, 이 재앙이 30배가 되어 저주스러운 그놈의 머리 위에 쏟 아져라. 섬세하고 영리한 너의 감각을 미치게 만든 그놈에게! 잠깐만, 멈추어라. 한 번만 더 이 팔로 동생을 안아보자. (무덤 속으로 뛰어든다) 자, 이젠 흙을 덮어라. 산 사람과 죽은 사람의 머리 위에 똑같이 흙을 덮어라. 하늘을 찌르는 올림포스 산보다 더 높이 흙을 쌓아 올려라.

햄 릿　(앞으로 나선다) 도대체 저토록 요란스럽게 한탄하는 자는 누구 냐. 슬픔을 가장해서 아우성을 치고 있구나. 저자는 도대체 누구냐? 난 덴마크의 왕자 햄릿이다. (무덤 속으로 뛰어든다)

레어티스　이놈, 지옥에나 떨어질 놈! (햄릿의 멱살을 움켜쥔다)

햄 릿　무엄하구나. 이 손 놓지 못할까! 비록 나는 화낼 줄도 모르고 난폭한 사람도 아니다만 무슨 일을 저지를지 모르니 이걸 순순히 놓 는 게 좋을 거다. 이 손 놓아라.

왕　둘을 뜯어말려라.

모두들　자, 두 분!

호레이쇼　진정하세요, 왕자님. (궁신들, 두 사람을 떼어놓자 둘은 무덤 밖으 로 나온다)

햄 릿 내 눈에 흙이 들어간다 해도 이 문제만은 그냥 넘어가지 않겠다.

왕 비 햄릿, 이 문제라니 그게 뭐냐?

햄 릿 나는 오필리아를 사랑했다. 오빠가 4만 명이나 되어 그 사랑을 몽땅 합친다 해도 내 사랑에는 미치지 못할 것이다. 너 따위가 도대체 오필리아에게 뭘 할 수 있단 말이냐?

왕 레어티스, 미친 사람이니 개의치 말아라.

왕 비 제발 좀 가만히 있어요.

햄 릿 말해봐, 이놈아. 도대체 뭘 해줄 수 있는지. 울 거냐, 싸울 거냐, 굶어 죽을 거냐. 네 옷을 갈기갈기 찢을 거냐? 식초를 마시겠느냐? 악어를 집어삼키겠느냐? 그따위 짓은 나도 얼마든지 할 수 있다. 네놈이 산 채로 묻히겠다면 나도 그렇게 하마.

왕 비 레어티스, 지금은 쟤가 발작해서 소란을 피워대지만, 곧 진정할 거야. 암비둘기가 황금빛 새끼를 낳을 때처럼 얌전해지겠지.

햄 릿 이봐, 레어티스. 날 이렇게 대하는 이유가 뭔가? 난 자네를 좋아했네. 하긴 이젠 쓸데없는 말이 되었지만. (퇴장)

왕 호레이쇼, 왕자의 뒤를 따라가주게. (호레이쇼 퇴장, 레어티스에게 소곤댄다) 꾹 참게나. 간밤의 얘기는 잊지 않았겠지? 곧 일을 착수해야겠다. 왕비, 당신 아들을 단속하시오. 이 무덤에는 기념비를 세우리라. (모두 퇴장)

궁성 안의 홀

햄릿, 호레이쇼와 이야기를 나누며 등장

햄 릿 이 얘기는 이쯤 해두고 다음으로 넘어가세. 그 당시 상황은 자네도 기억하고 있겠지?

호레이쇼 물론입니다, 왕자님!

햄 릿 마음속에서 갈등이 일어 밤잠을 설쳤지. 반란죄로 붙잡혀 족쇄를 찬 선원들보다 더 비참했어. 나는 선실에서 빠져나가 선원용 외투를 걸치고 어둠을 틈타 바라던 것을 손에 넣었지. 그리고 꾸러미를 빼내 내 방으로 돌아왔다네. 아주 대담한 행위였지. 그리고 불길한 생각이 들어 예절도 잊은 채 그 친서의 봉인을 뜯어보았지. 그렇게 해서 왕의 무서운 흉계를 알게 된 거야. 글쎄 나에 대해 덴마크 왕뿐만 아니라 영국 왕의 목숨까지도 위태롭게 할 인물이라고 써놓았더군. 편지를 읽는 즉시 도끼로 내려치라고 써 있었네.

호레이쇼 그럴 수가!

햄 릿 이것이 그 친서니 틈이 나면 읽어보게. 그다음에 내가 어떻게 했는지 아나? 나는 책상머리에 앉아 새로운 친서를 쓰기 시작했지. 한번 들어보겠나, 내가 위조한 친서를?

호레이쇼 예, 왕자님.

햄 릿　왕의 친서답게 우선 최대한 격식을 갖추었네. 영국은 덴마크의 충실한 속국이니만큼이라든가, 양국간의 우의가 종려나무처럼 날로 번창하길 바라느니만큼이라든가 등등. 그 밖에도 '니만큼'이란 문구들을 수없이 나열한 뒤 이 친서를 읽는 즉시 1초도 주저하지 말고 이 친서를 지참한 자들을 사형에 처하되 참회의 기회를 주지도 말라고 썼지.

호레이쇼　봉인은 어떻게 하셨습니까?

햄 릿　아, 그것 역시 하느님께서 도와주셨지. 마침 선왕의 인감이 주머니에 들어 있었거든. 그리고 봉인한 뒤 아무도 눈치채지 못하도록 본래의 장소에 갖다두었어. 그런데 바로 그다음 날 해적의 습격을 받은 거야. 그 이후의 일은 자네도 이미 알고 있는 대로이고.

호레이쇼　그렇다면 길든스턴과 로즌크랜츠는 죽겠군요?

햄 릿　그야 자청해서 달라붙었으니 양심의 가책을 추호도 느끼지 않네. 아첨꾼들에겐 마땅한 징벌이지. 강자들 사이의 불꽃 튀는 싸움판에 그따위 하찮은 작자들이 끼여드는 건 위험한 일이야.

호레이쇼　왕으로서 그런 짓을 저지르다니!

햄 릿　이쯤 되었는데도 물러서야 하겠는가? 아니지. 그놈은 선친을 살해했고, 어머니를 더럽혔고, 또 내 목숨까지 빼앗으려고 했네. 그런 놈을 이 손으로 처치하는 것은 당연해. 벌레 같은 그런 인간을 방임해 악행을 계속하도록 할 수는 없어. 그 방임이야말로 죄악이고말고. 여보게, 호레이쇼. 레어티스한테 사과해야겠네. 그만 흥분해서 이성을 잃었던 탓이지. 내가 일을 당하고 보니 그의 심정도 알 것 같아. 화해를 청해야겠어. 갑자기 슬픔을 과장하는 걸 보니 울화가 그만 치밀어올라 나도 모르게 그랬네.

호레이쇼   쉿, 누가 옵니다.

젊은 궁신 오즈릭 등장

오즈릭   (모자를 벗고 절하며) 왕자님의 귀국을 충심으로 환영합니다.

햄 릿   고맙소이다. (호레이쇼에게 귓속말로) 자네, 이 쇠파리 같은 놈이 누군지 아나? 짐승을 많이 부려 귀족이 된 수다쟁이로 땅부자라네. 모두 비옥한 땅이지. 아무튼 저 녀석의 여물통이 왕의 식탁까지 점령한 상태라네.

오즈릭   (다시 절하며) 왕자님, 지금 시간이 있으시다면 폐하의 분부를 전해올릴까 합니다.

햄 릿   좋소. 말해보시오.

오즈릭   그분은 빈틈없는 신사이며, 뛰어난 기예 솜씨도 한두 가지가 아니고, 풍채도 당당해 신사도의 표본이요, 지침서라 할 수 있지요. 다시 말해 신사로서 갖추어야 할 품격을 모두 갖추고 있는 분이지요. 레어티스 님이 귀국하셨습니다.

햄 릿   그대가 찬사를 늘어놓으니 그로서도 손해볼 일은 없겠구려. 하지만 재고품 정리하듯 나열해댄다면 머리가 어지러워 아무리 빠른 닻을 달고 쫓아가도 놓치기 십상이겠군. 그나저나 말하려는 요점이 뭐요? 그 신사를 그토록 조잡한 말로 욕보이는 이유가 뭐냔 말이오?

오즈릭   레어티스에 관한 말씀이신가요?

호레이쇼   (햄릿에게 귓속말로) 저자의 이야기 주머니가 벌써 텅 비어버렸나보군요. 금싸라기 미사여구가 바닥났나봐요.

햄 릿　그래, 레어티스 말이오.

오즈릭　왕자님께서도 그분이 뛰어나다는 것은 알고 계시리라⋯⋯.

햄 릿　그 점에 대해선 말하고 싶지 않소. 나 자신도 모르면서 어찌 남을 안다 하겠소?

오즈릭　전 그분의 칼 솜씨를 말하는 것입니다. 그분과 대적할 만한 사람이 천하에 없다고 사람들은 말하고 있죠.

햄 릿　어떤 칼을 쓰나?

오즈릭　장검과 단검이옵니다.

햄 릿　옳아, 쌍칼잡이라 그 말이군. 흠, 좋지. 아, 그래서?

오즈릭　국왕 폐하께서는 바바리산 말 여섯 필을 그에게 거시면서 왕자님과 내기할 것을 권했습니다. 그리고 레어티스는 여섯 자루의 프랑스제 장검과 단검, 혁대, 칼걸이 등 부속품을 걸었고요. 그중 세 쌍의 칼걸이는 매우 아름다워 칼자루와도 조화를 잘 이루고 있죠.

햄 릿　바바리산 말 여섯 필과 프랑스제 칼과 부속품이라, 그야말로 덴마크 대 프랑스의 내기로군. 왜 그런 물건을 내기에 거는 거요? 그리고 내가 거절하면 어떻게 되오?

오즈릭　왕자님, 제 말은 왕자님께서 그 시합에 상대해주실 경우에 한해서입니다.

햄 릿　여보게, 자네는 가서 폐하께서 원하시는 대로 하라고 하시오. 마침 운동시간도 되었으니 한판 붙는 것도 좋을 것 같소. 레어티스도 하고 싶어 하고 폐하께서도 바라는 일이라 하니, 폐하를 위해 이 시합을 이겨보리다. 만일 시합에 지면 창피나 좀 당하고 몇 대 얻어맞으면 되니까.

오즈릭 폐하께 그대로 전하리까?

햄 릿 그러시오. 미사여구로 포장하는 건 자네 맘대로 하고.

오즈릭 (절을 한다) 앞으로도 잘 부탁드리겠습니다.

햄 릿 알았소. (오즈릭 퇴장) 그래, 자기 자신에게 부탁해야겠지. 저따위 놈의 부탁을 누가 들어주겠어.

호레이쇼 저 햇병아리 같은 놈, 머리에 알 껍데기를 뒤집어쓴 채 달아나고 있습니다.

햄 릿 제 어미젖을 빨기 전에 젖가슴에 인사부터 올렸을 놈이야. 하기야 요즘 세상에 저런 놈이 어디 한둘인가. 세태의 파도타기를 하면서 뺀지르르한 사교술과 거품 같은 미사여구로 사려 깊은 사람들을 기만하며 살아가는 놈들이 수두룩하지. 저놈들은 한 번만 훅 불어도 꺼져버리는 거품 같은 놈들이라네.

호레이쇼 왕자님, 이번 내기에는 승산이 없을 것 같습니다.

햄 릿 아냐, 그렇지 않아. 그가 프랑스로 유학 간 이래로 나는 끊임없이 연습을 해왔거든. 그만큼 유리한 고지를 점령한 거지. 지금처럼 내 불안한 마음 상태만 아니라면……. 하지만 뭐 어떤가.

호레이쇼 마음이 내키시지 않으면 무리할 필요는 없습니다. 제가 가서 왕자님의 기분이 좋지 않다고 전하고 오겠습니다.

햄 릿 그럴 것 없네. 난 징조 같은 것을 두려워한 적이 없어. 공중에 나는 참새 한 마리 떨어지는 것도 하느님의 뜻 아닌가. 죽음이 지금 찾아오면 나중에 찾아오지 않고, 나중에 찾아오면 지금 찾아오지 않는 거야. 그러니 마음의 각오가 중요해. 어차피 언제 끊어질지 모르는 목숨인데 될 대로 되라지.

나팔수, 고수, 궁신, 왕과 왕비 등장 이어 장검과 단검을 가진 오즈릭과 궁신, 경기복 차림의 레어티스 등장

왕   햄릿, 이리 와서 악수하거라. (왕이 레어티스의 손을 햄릿 손에 쥐어주며 악수를 나누게 한다)

햄 릿   용서해주게, 레어티스. 내가 잘못했네. 자네도 들은 바 있겠지만 나는 심한 정신착란으로 시달리고 있네. 내가 한 짓에 자네의 효성과 명예, 감정이 몹시 상했을 거야. 하지만 그것은 어디까지나 내 광기로 인해 빚어진 거였네. 여기 참석하신 여러분들 앞에서, 내가 자네에게 고의로 그러지 않았다는 걸 관대한 마음으로 받아들이길 바라네.

레어티스   자식된 도리로서 본다면 지금 복수심을 최대한 발휘해야겠지만, 그렇게 말씀하시니 받아들이겠습니다. 그러나 제 명예에 관해서만큼은 결코 화해할 생각이 없습니다. 물론 왕자님께서 보여주신 우정은 우정으로 받아들이겠습니다.

햄 릿   그 말을 들으니 나도 기쁘군. 그럼 우리 형제처럼 정직하게 시합을 해보세. 자, 나에게 검을 달라.

레어티스   자, 나에게도 한 자루를 주시오.

햄 릿   내 무딘 검은 자네를 돋보이게 할 걸세. 레어티스, 미숙한 나에 비하면 자네 솜씨는 밤하늘의 별처럼 빛을 뿜겠지?

레어티스   놀리지 마십시오.

왕   오즈릭, 두 사람에게 검을 주어라. (오즈릭, 몇 자루의 시합용 검을 갖고 오자 레어티스가 그 가운데 한 자루를 집어들어 한두 번 휘둘러본다) 햄릿, 내기를 했다는 건 알고 있느냐?

햄 릿   잘 알고 있습니다, 폐하. 친절하시게도 약한 쪽에 유리한 조건을 붙이셨더군요.

왕   두 사람의 솜씨를 잘 아니까. 하지만 레어티스의 실력이 아주 향상되어 네 쪽에 좀 유리하게 조건을 걸었지.

레어티스   이건 너무 무겁구나. 다른 것을 보여다오. (탁자로 가서 칼끝이 뾰족한, 독이 칠해진 검을 골라잡는다)

햄 릿   (오즈릭으로부터 검을 받아들고) 이게 마음에 드는군. 어느 검이든 길이는 다 같겠지?

오즈릭   그렇습니다, 왕자님.

두 사람, 시합 준비를 한다. 시종들이 포도주잔을 들고 들어온다.

왕   그 포도주잔들을 탁자 위에 놓아라. 그리고 햄릿이 1차전이나 2차전에서 득점을 하거나 3차전에서 비기거든, 모든 성벽에서 축포를 터뜨려라. 그때 과인은 햄릿의 건투를 위해 축배를 들고 술잔에는 진주를 넣겠다. 4대째 덴마크 왕의 왕관에 달았던 진주보다도 더 훌륭한 것이다. 술잔을 달라. (왕 곁에 술잔이 놓인다. 나팔 소리. 햄릿과 레어티스, 각각 갈라선다)

햄 릿   자, 간다.

레어티스   좋습니다, 오시오. (1회전이 시작된다)

햄 릿   하나…….

레어티스   아닙니다.

햄 릿   심판, 판정하게.

오즈릭　　한 대 먹이셨습니다. 아주 깨끗한 한 방이었습니다. (북소리, 나팔 소리가 퍼지는 가운데 축포가 한 발 울린다)

레어티스　　자, 다시 시작합시다.

왕　　잠깐, 술을 따르라. 햄릿, 이 진주는 네 것이다. 자, 너를 위해 건배하자. 햄릿에게 이 잔을 들게 하라.

햄 릿　　이 승부부터 가리고 들겠습니다. 술잔은 거기 두시지요. (2회전이 시작된다) 또 한 대 들어간다. 어떠냐?

레어티스　　약간 스쳤습니다. 인정하겠소.

왕　　우리 햄릿이 이길 것 같군.

왕 비　　저기 숨을 헐떡이는 것 좀 봐요. 땀이 비 오듯 쏟아지네요. (자리에게 일어나면서) 햄릿, 손수건으로 이마를 닦아라. (햄릿 술잔을 들며) 햄릿, 너를 위해서 내가 건배하마.

햄 릿　　감사합니다, 어머니.

왕　　왕비, 마시면 안 되오.

왕 비　　제발 허락해주세요. (술을 마시고 햄릿에게 잔을 건넨다)

왕　　(방백) 저건 독을 탄 술인데! 너무 늦었구나!

햄 릿　　어머니, 저는 나중에 들지요.

왕 비　　이리 오너라, 내가 네 얼굴을 닦아주마.

레어티스　　폐하, 이번엔 제가 찌르겠습니다. (방백) 아무래도 양심이 찔리는구나.

햄 릿　　자, 덤벼라! 3회전이다. 나를 놀릴 셈이냐? 힘껏 찔러봐.

레어티스　　그러시다면 자, 한 대 받으시지요. (싸운다)

오즈릭　　무승부. (두 사람이 떨어져 선다)

레어티스   (갑자기) 자, 한 대 받아라! (옆을 보는 틈을 노려 레어티스가 햄릿을 가볍게 찌른다. 상대방의 비겁한 행동에 햄릿은 격분하여 덤벼들고, 격투하는 동안 우연히 서로 검을 바꿔 쥔다)

왕   둘을 뜯어말려라. 흥분해 있다.

햄릿   아니다, 다시 덤벼라. 다시! (왕비 쓰러진다)

오즈릭   왕비 마마를 보살펴서야겠습니다!

호레이쇼   양쪽이 피를 흘리고 있습니다! 왕자님, 왜 그러십니까?

오즈릭   (레어티스를 일으키며) 왜 그러시오, 레어티스?

레어티스   내가 친 덫에 스스로 걸리고 말았네. 오즈릭, 나 자신의 흉계에 내가 목숨을 잃게 됐으니 할 말이 없군.

햄릿   왕비님은 어찌 되신 거냐?

왕   피를 보고 기절하신 거야.

왕비   아니다, 아냐. 저 술, 저 술! 오, 햄릿! 저 술! 독을 탔어. (죽는다)

햄릿   여봐라, 이 문을 잠가라. 반역이다! 범인을 찾아라!

레어티스   범인은 이 안에 있습니다. 왕자님도 곧 죽을 것입니다. 이 세상의 어떤 묘약을 써도 30분을 넘기지 못할 겁니다. 흉기는 바로 당신 손에 쥐어진 칼, 칼끝에 독이 묻어 있습니다. 저의 비열한 음모는 결국 제 자신에게 돌아와 이제 일어나지 못할 것입니다. 왕비님께서도 독살되셨고요. 범인은 폐하입니다. 바로 저 폐하!

햄릿   칼끝에 독을? 그렇다면 독이여, 네 역할을 다하라. (칼로 왕을 찌른다)

일동   반역이다! 반역이다!

왕   이놈들아, 날 좀 구해라. 아직은 상처만 입었을 뿐이다.

햄 릿   (독배를 왕에게 억지로 먹이며) 자, 살인마, 색마, 저주 받을 덴마크 왕아, 이 독주를 마셔라. 그리고 어머니를 따르라. (왕 죽는다)

레어티스   스스로 준비한 독이니 천벌이다! 왕자님, 우리 서로 용서합시다. 저와 아버지의 죽음이 왕자님의 죄가 아니고 왕자님의 죽음 또한 저의 죄가 되지 않도록! (죽는다)

햄 릿   하늘이 너의 죄를 용서하시기를! 호레이쇼, 나도 이제 끝장이다. 가련한 어머니, 안녕히. 모두들 창백한 얼굴로 떨고 있구나. 아, 죽음의 잔인한 사자가 나를 끈질기게 쫓아오는구나. 나에게 시간이 있으면…… 이 모든 걸 말해줄 수 있으련만. 호레이쇼, 자네는 살아서 나를 비난하는 사람들에게 내 입장을 올바로 전하게나. (멀리서 군대의 진군 소리. 포성이 들린다) 저 떠들썩한 소리는 무엇인가?

오즈릭   포틴브라스 2세께서 폴란드를 정복하고 개선하는 도중, 영국 사절을 만나 축포를 터뜨린 것입니다.

햄 릿   아, 호레이쇼. 나는 죽는다! 독기가 무섭게 번지는구나. 영국의 소식도 듣지 못하다니. 오, 예언하건대 왕으로 선출될 사람은 포틴브라스 2세밖에 없구나. 난 포틴브라스 2세를 왕으로 추대하고 싶다. 그에게 내 뜻과 이 모든 사정을 빼놓지 말고 전하라. (숨을 거둔다)

호레이쇼   이제 고귀한 정신은 사라지고 말았구나. 왕자님이여, 편히 잠드소서.

병사들, 시체를 운구하는 가운데 장송곡과 조포가 울려퍼진다

오셀로

억측이라는 건 독약과도 같아서
처음에는 고약한 맛을 거의 느끼지 못하다가도,
차츰 핏속으로 퍼지면
온몸이 유황불처럼 타오르게 되는 거지.

오셀로ㅣ 무어인 장군

데스데모나ㅣ 오셀로의 아내

이아고ㅣ 오셀로의 기수

카시오ㅣ 오셀로의 부관

에밀리아ㅣ 이아고의 아내

로데리고ㅣ 베니스의 신사

브라반쇼ㅣ 베니스의 원로원 의원, 데스데모나의 아버지

그라반쇼ㅣ 브라반쇼의 동생

로도비코ㅣ 그라반쇼의 아들

비앙카ㅣ 카시오의 정부

몬타노ㅣ 키프로스의 전 총독

어릿광대ㅣ 오셀로의 하인

그 외ㅣ 베니스의 공작, 원로원 의원, 전령, 전령관, 해병, 관리들, 신사들, 시종들, 그리고 악사들

아름답고 착한 마음씨를 가진 데스데모나는 흑인 장군 오셀로의 힘들었던 과거 이야기를 들으며 오셀로를 사랑하게 되고, 아버지의 허락도 받지 않은 채 그와 결혼한다. 이 사실을 안 아버지 브라반쇼는 노발대발하지만, 마침 터키 군의 침공을 받아 오셀로 장군이 꼭 필요한 터여서 마지못해 결혼을 허락한다. 오셀로는 키프로스 섬으로 아내를 데리고 출발한다.

오셀로의 기수 이아고는 바라고 있던 부관 지위를 카시오에게 빼앗기자 앙심을 품고 두 사람에게 복수를 계획한다. 이아고는 데스데모나를 짝사랑했던 로데리고를 부추겨 키프로스 섬으로 데리고 간다. 그리고 로데리고로 하여금 전 재산을 팔도록 부추긴다.

키프로스 섬에 도착한 날 밤, 이아고는 자기가 계획했던 일을 하나씩 착수하기 시작한다. 평소 카시오의 술버릇을 꿰뚫고 있던 이아고는 일부러 카시오에게 술을 마시게 한 뒤 소동을 일으켜 그를 파면당하게 한다.

그런 다음 카시오한테는 오셀로의 아내인 데스데모나한테 가서 복직운동을 하라고 귀띔한다. 그리고 오셀로에게는 카시오와 데스데모나가 밀애 중인 것처럼 거짓 보고를 하여 아내를 의심하도록 꼬투리를 제공한다. 아무것도 모르는 오셀로와 데스데모나, 카시오는 이아고의 계략에 말려들게 된다. 결국 오셀로는 순결한 데스데모나를 침대 위에서 목 졸라 죽인다. 그러나 이아고의 아내를 통해 진실이 밝혀지자 오셀로는 슬픔을 이기지 못해 자살하고 이아고는 가장 잔혹한 처형을 당한다.

제 1 막

제 1 장

베니스의 거리

이아고와 로데리고 등징

로데리고   그런 말일랑은 하지 말게. 내 지갑을 제 지갑인 양 여기던 자네가 모른다니, 그걸 나보고 믿으란 말인가?

이아고   제발 좀 믿으세요. 꿈에도 그런 생각을 못했다니까요.

로데리고   자네가 그놈을 싫어하는 건 확실한가?

이아고   물론이죠. 장안에서 힘깨나 쓰는 분들이 나를 그 녀석의 부관으로 천거했답니다. 녀석이 뽑은 부관은 플로렌스 출신의 마이클 카시오란 작자죠. 계집 때문에 혼쭐이 나고 있는 팔푼이죠. 게다가 싸움은커녕 군대 사열조차도 모르는 얼간이고요. 그런 형편없는 녀석도 고속 승진을 하는데, 사방팔방에서 무공을 세운 이놈은 겨우 그 무어 놈의 기수 노릇이나 해야 된다니, 이게 말이나 되는 겁니까?

로데리고   말이 안 되지! 나 같으면 그 녀석을 아예 끝장냈을 거네.

이아고   남의 수발을 들려면 별별 수모를 다 겪어야 하는 법이죠. 출

118

세를 하려면 줄을 잘 타야 하는 게 세상 이치니, 능력대로 순서대로 승진한다는 건 다 흘러간 유행가일 뿐이지요. 하지만 너무 걱정하지 마세요. 나도 다 꿍꿍이속이 있으니까요. 누구나 다 주인 노릇을 할 수는 없듯이, 아랫놈이라고 해서 모두 쩔쩔매며 살란 법도 없단 말이죠. 내가 그렇게 만만한 물건은 아니거든요.

로데리고　　자네 말대로라면 그 입술 두꺼운 놈 단단히 터지겠군!

이아고　　그녀의 아버지를 불러 깨우세요. 한창 재미 보고 있을 때 산통을 깨자고요. 길 한복판에서 마구 떠들어대는 거예요. 그럼 파리 떼처럼 사람들이 몰려들어 아주 귀찮아지겠지요. 불이라도 난 것처럼 크게 소리를 질러요.

로데리고　　여보세요! 브라반쇼 나리! 여보세요!

이아고　　일어나세요, 브라반쇼 나리! 도둑이다, 도둑! 집안 단속을 하십시오. 따님을 조심하세요! 돈 주머니도요! 도둑입니다, 도둑!

　　브라반쇼, 2층 창가에 등장

이아고　　큰일났습니다, 나리! 도둑이 들었습니다. 지금 늙고 검은 숫염소가 나리 댁의 흰 암양을 겁탈하고 있습니다. 일어나세요! 종을 쳐서 사람들을 부르세요. 악마한테서 외손자를 보기 싫으시다면!

브라반쇼　　아니, 이 무슨 정신 나간 소리들이냐?

로데리고　　나리, 제 목소리를 기억하시겠습니까?

브라반쇼　　모르겠다. 대체 넌 누구냐?

로데리고　　로데리고입니다.

브라반쇼   로데리고! 아니, 네놈은 내 눈앞에 얼씬대지도 말라고 했거늘 그새 간덩이가 부어 이리 나타났단 말이냐? 네 이놈, 감히 내 딸에게 무슨 수작을 부릴 속셈이라면, 어림 반푼어치도 없으니 썩 물러가거라.

로데리고   저, 저, 저……

브라반쇼   내가 누군지 잊었단 말이냐. 도둑이라니? 여기는 베니스다. 내 집 또한 외딴 벌판에 있지 않으니 헛소리하지 말라.

로데리고   나리, 고정하십시오. 전 그저 순수한 충정으로 이곳에 온 것뿐입니다.

이아고   나리, 저희들을 이처럼 박대하시다뇨? 저희들이 찾아온 진실을 알게 되신다면, 상을 내리셔도 시원찮을 텐데 말이죠. 지금 무어 놈이 따님을 덮치고 있습니다.

브라반쇼   이런 천하에 발칙한 악당들 같으니라고! 도대체 네놈은 또 누구냐?

이아고   저는 말이죠, 나리의 귀하신 따님하고 천하디 천한 무어 놈이 서로 붙어서 몸은 하나인데 잔등이 둘인 짐승의 짓거리를 벌이고 있단 걸 귀띔해드리려고 온 사람입니다요.

브라반쇼   발칙한 놈이구나!

이아고   나리는 원로원 의원이시고요.

브라반쇼   로데리고, 네놈 짓이지? 네놈이 또 뭔가 흉계를 벌이는 거 내 다 안다.

로데리고   그리 여기신다면 달리 할 말은 없습니다. 만일 나리께서 어여쁜 따님을 음탕한 무어 놈이 범하고 있다는 사실을 알고 계시다면 저희들이 쓸데없이 나댄다고 하지는 않겠지요. 지금 따님께서 방 안에 계시다면, 저희는 나리를 속인 죄로 달게 벌을 받겠습니다.

브라반쇼   오, 이런! 여봐라, 불을 켜라! 식솔들을 모두 깨워라! 왠지 꿈자리가 뒤숭숭하다 했더니 네 말이 사실인가보구나. (2층에서 퇴장)

이아고   저는 에서 물러가야겠습니다. 현재 제 처지로서는 앞으로 나서기가 곤란하거든요. 괜히 여기 남아 있다가 그 무어 놈과 원수지간이 될 필요는 없거든요. 이만한 일로 해서 그놈이 파면될 리 없을 테니까요. 알다시피 지금 키프로스에서 한창 전쟁 중인데, 그 녀석이 그곳 총독으로 부임할 것이 확실한 상황이랍니다. 그러니 그놈이 지옥의 사자처럼 밉긴 해도, 우선 제가 살아남으려면 겉으로라도 충성을 보여야겠죠. 그럼 전 이만! (퇴장)

아래층에서 잠옷 바람의 브라반쇼가 하인들과 함께 등장

브라반쇼   이게 웬 날벼락이란 말이냐, 딸년이 보이지 않다니! 이런 꼴을 보자고 여태 살아왔단 말인가! 여보게 로데리고, 내 딸을 어디서 봤는가? 오, 불쌍한 것! 내 딸이 분명 무어 놈하고 같이 있다고 했지? 아, 앞으로 어찌 낯을 들고 다니겠나? 횃불을 가져오너라! 사람들을 모조리 깨워라. 아우를 깨우거라! 이럴 줄 알았으면 차라리 자네에게 시집이나 보낼 것을! 여봐라, 모두들 일어나라. 어디로 가면 내 딸과 무어 놈을 찾을 수 있는지 자네 아는가?

로데리고   쓸 만한 호위병을 데리고 따라오시지요.

브라반쇼   그럼 가세. 집집마다 샅샅이 뒤져야겠네. 무기를 가져와라! 야경꾼을 깨우거라. 선량한 로데리고, 내 사례는 두둑이 하겠네. (퇴장)

세지터리 여관 앞

오셀로, 이아고, 횃불을 든 수행원들 등장

이아고　저도 전쟁터에서는 사람들을 많이 죽였습죠. 그러나 계획적으로 사람을 죽인다는 건 도저히 양심이 허락지 않는군요. 이렇게 마음이 약해서 손해를 볼 때가 많죠. 저도 로데리고 놈의 갈빗대를 숱하게 부러뜨리고 싶었지만 꾹 참았답니다.

오셀로　잘 참았네.

이아고　잘 참다뇨? 그놈이 장군님을 얼마나 험담하고 다니는 줄 아십니까? 그걸 참아내느라 진땀 좀 뺐습니다. 참! 그런데 장군님, 결혼식은 이미 올리셨겠죠? 그 의원 나리께서는 후덕하셔서 장군님보다도 더 큰 힘을 가지고 있다고들 하거든요. 그러한 분이 마음먹고 힘을 쓰신다면 결혼을 취소시킬 수도 있어서 드리는 말씀입니다.

오셀로　어디 한 번 힘을 써보라지. 내가 이 나라에 기여한 공로에 비하면 그 양반의 힘쯤은 새 발의 피야. 그리고 나 또한 왕족이니 내 수중에 넣을 행복을 요구할 만한 권리 정도는 있지. 이봐, 그런데 저 불빛은 뭐지?

이아고　의원 나리와 그 친척들인 듯합니다. 일단 숨는 게 좋을 것 같은데요.

오셀로   천만에! 난 당당히 맞서겠네. 나의 무공과 신분, 그리고 결백함 으로 떳떳하게 행동하는 게 옳아. 어디 보자, 그 사람들이 맞느냐?

이아고   아닌 것 같은데요.

카시오가 횃불을 든 관리들과 함께 등장

오셀로   공작님의 부하와 내 부하들이로군. 그래, 이 밤중에 웬일인가?

카시오   장군님, 지금 즉시 등청해주십사 하는 공작님의 말씀을 전하러 왔습니다.

오셀로   무슨 일인가?

카시오   키프로스 섬에서 급한 보고가 날아온 모양입니다. 밤새 문턱이 닳도록 전령들이 들락거리고 있습니다. 대다수 의원님들도 공작님 댁에 모여 회의중이십니다.

오셀로   그렇다면 잠시만 기다리게. 안에 들어가서 준비를 좀 하고 나올 테니. (퇴장)

카시오   여보게, 기수! 장군님께서 여태껏 무얼 하고 계셨는가?

이아고   오늘 밤 장군님이 큼직한 보물선 한 척을 수중에 넣으셨답니다. 만일 합법적인 것이 된다면, 영원히 운이 트일 정도로 대단한 전리품이 되겠지요.

카시오   무슨 소린지 모르겠군.

이아고   결혼하셨단 말입니다.

카시오   아니, 누구와?

오셀로 등장하자 반대쪽에서 브라반쇼, 로데리고, 호위병 등장

이아고 브라반쇼 나리입니다. 앙심을 품고 온 듯하니, 조심하세요.

오셀로 여봐라, 거기 서라!

로데리고 나리, 무어 놈입니다.

브라반쇼 저놈을 잡아라! (로데리고와 호위병들, 양쪽에서 덤벼든다)

이아고 로데리고, 덤벼라! 내가 널 상대해주마.

오셀로 칼을 집어넣어라. 밤이슬에 닿으면 녹이 슬 테니. 연세와 공로가 지극하신 의원님께서는 굳이 창검을 휘두르지 마시고 말로 하셔도 되지 않겠습니까?

브라반쇼 이 더러운 도둑놈 같으니! 내 딸을 어디에 숨겼느냐? 네놈은 내 딸에게 사악한 주술을 건 악마다. 어서 내 딸을 내놔라! 네놈이 마법을 부리지 않았다면, 이 나라에서 내로라 하는 귀공자들도 거들떠보지 않던 순박한 내 딸애가 아비 눈을 피해 이리로 뛰어들었을 까닭이 없지. 내 딸을 꾀어내다니, 네놈을 풍기문란죄로 체포하겠다. 여봐라, 당장 저놈을 잡아라. 반항하면 사정없이 족쳐라.

오셀로 아무도 움직이지 마라! 의원님께서 이렇게 나오신다면, 나도 그냥 당하고만 있지는 않을 겁니다. 그러니 불행한 사태가 벌어지기 전에 진정하시고, 잠깐 조용한 곳으로 가서 내 말부터 들으시지요.

브라반쇼 네놈이 갈 곳은 감옥밖에 없다. 법정에서 널 호출할 때까지 거기서 기다려라.

오셀로 유감스럽게도 그러기는 힘들겠군요. 공작님께서 사람을 보내 저를 부르셨거든요.

관 리   사실입니다. 나리께도 연락이 간 줄로 압니다만.

브라반쇼   뭐라고? 공작께서 회의를? 무슨 일로 이런 심야에 소집한다더냐? 하지만 저놈을 잡는 일을 포기할 순 없다. 이 일도 내겐 회의만큼이나 중요하니까 말이다. 만일 누군가가 나를 방해한다면, 차라리 노예나 이교도들에게 나랏일을 맡기는 것이 나을 것이다. (퇴장)

제 3 장

회의실

공작과 의원들이 둘러앉아 회의하는데, 해병 등장

해 병   터키 함대가 로즈 섬으로 향하고 있다는 전갈입니다.

공 작   음, 여러분은 이 일을 어찌 생각하시오?

의원 1   이해할 수 없는 일이군요. 혹시 눈속임이 아닐까요? 터키의 입장에서 보면 로즈 섬보다는 키프로스가 공략하기 쉬울 뿐만 아니라 전략적으로도 훨씬 중요한 지역이죠. 아무래도 무슨 계략이 있지 않나 싶습니다.

공 작   그렇소. 어느 모로 보나 터키 함대가 로즈 섬으로 향하고 있는 것은 아닐 거요.

관 리   또 다른 보고가 들어왔습니다.

사령 등장

사 령　아룁니다. 로즈 섬으로 향하던 터키 함대가 키프로스 쪽으로 방향을 바꾸었다는 전갈을 몬타노 총독께서 하셨습니다. (퇴장)

공 작　키프로스로 향하고 있음이 분명하다.

의원 2　저기 브라반쇼 의원과 무어 장군이 오십니다.

브라반쇼, 오셀로, 카시오, 이아고, 로데리고, 그리고 관리들 등장

공 작　용맹스런 오셀로 장군, 아무래도 지금 당장 터키인늘을 무찌르러 떠나서야겠습니다. (브라반쇼에게) 어서 오시오. 마침 의원의 고견이 필요하던 참이오.

브라반쇼　저 역시 공작 각하의 의견이 필요합니다. 제가 이토록 황급히 각하께 달려온 것은 나라를 걱정해서가 아니라 오로지 제 사사로운 개인적 걱정 때문입니다. 그 점에 대해서 우선 용서를 빌겠습니다.

공 작　대체 무슨 일이오?

브라반쇼　글쎄, 제 딸년이, 아아, 제 딸년이 말입니다.

의원들　죽었소?

브라반쇼　숨은 붙어 있으나 죽은 것이나 진배없죠. 도둑놈의 꾐에 넘어가 결국 능욕까지 당했으니까요.

공 작　따님을 홀려 정조까지 짓밟아버린 도둑놈이라면, 반드시 국법에 비추어 그대가 엄중하게 처벌하시오. 설령 그 도둑놈이 내 자식이라 해도 그건 용서할 수 없는 중죄라오.

브라반쇼   각하께서 그리 말씀하시니 제 억울함이 조금은 풀리려나 봅니다. 바로 여기 온 이 무어인이 제 딸을 꾀어낸 범인입니다.

일 동   이런! 참으로 유감입니다.

공 작   (오셀로에게) 장군은 뭐 할 말이 없소?

브라반쇼   사악한 죄인이 무슨 할 말이 있겠습니까?

오셀로   존경하는 공작님, 그리고 현명하신 여러 의원님들께 한 말씀 드리겠습니다. 제가 이 어른의 딸을 데려간 것은 사실입니다. 물론 결혼도 했고요. 제가 저지른 죄는 바로 이것뿐입니다. 저는 말주변이 없어 미사여구에는 능숙하지 못합니다. 저는 일곱 살 때부터 지난 9개월만 빼고는 줄곧 전쟁터에서만 굴러먹던 놈입니다. 그래서 전쟁에 관한 것을 제외하고는 저 자신을 변명하는 일조차 여간 어려운 게 아닙니다. 그러나 여러분께서 허락하신다면 제가 결혼하게 된 자초지종을 말씀드리고 싶습니다.

브라반쇼   성격으로 보든 나이나 국적으로 보든, 그 애가 보기만 해도 소름이 돋는 인간과 사랑에 빠진다는 것은 어불성설이죠. 분명히 마음을 매혹시키는 마약을 딸애에게 먹였음이 틀림없습니다.

공 작   그러한 추측으로 이 사람의 죄를 논한들 무슨 소용이 있겠소? 그러니 확실한 증거를 제시해야 할 것 같소.

의원 1   오셀로 장군, 진정 귀관은 비열한 방법으로 그 여자를 유혹했소? 아니면 정말 마음이 통해 사랑을 얻은 거요?

오셀로   지금이라도 그녀를 이곳으로 불러 물어보소서. 만일 그녀가 나더러 극악무도한 놈이라고 말하거든 내 지위뿐만 아니라 목숨을 거두어도 좋습니다.

공 작　데스데모나를 이리로 불러오라.

오셀로　(이아고에게) 기수, 자네가 그곳을 알고 있으니 안내하라. (이아고가 시종들과 함께 퇴장) 그럼 제 처가 올 때까지 하느님 앞에서 속죄하는 마음으로 그토록 아름다운 그녀의 사랑을 어떻게 얻었는지, 또한 그녀는 제 사랑을 어떻게 차지했는지 말씀드리겠습니다.

공 작　오셀로, 이야기하시오.

오셀로　여기 계신 어른께서는 저를 끔찍이 아껴주셨습니다. 이따금 저를 댁으로 초대하여 그동안 겪어온 일들을 물으셨습니다. 그래서 전 지금껏 제가 보고 듣고 겪었던 모든 이야기를 남김없이 들려드렸지요. 예컨대 바다와 육지에서 벌어졌던 놀라운 사건들, 천신만고 끝에 성벽을 뚫고 나와 겨우 목숨을 구한 이야기, 적에게 붙들려 노예로 팔려갔다가 돈을 주고 풀려났던 이야기, 국경을 넘나들면서 벌였던 무용담, 거대한 동굴과 불타는 사막, 깎아지른 낭떠러지와 하늘 끝까지 닿을 듯한 산봉우리 등에 관한 이야기를 해드렸습니다. 데스데모나는 집안일을 하느라 바쁜 와중에도 언제나 제가 하는 얘기를 열심히 들었습니다. 저는 젊은 시절에 겪은 고난을 털어놓아 그녀의 눈물샘을 자극했죠. 얘기가 끝나자 그녀는 저의 수난에 동정을 표시하며 깊은 한숨을 내쉬더군요. 상상도 못할 이야기라느니, 믿어지지 않을 정도로 신기하다느니, 가슴이 미어질 정도로 불쌍하다느니 그런 말들까지 늘어놓았답니다. 그리고 나서 자신의 친구들에게 이런 이야기를 하면 마음을 송두리째 얻을 수 있을 거라고도 말했습니다. 이 암시에 저는 용기를 얻어 고백했지요. 이것이 제가 쓴 유일한 마법입니다. 마침 그녀가 저기 오니까 직접 들어보시지요.

데스데모나, 이아고, 시종들 등장

공 작   내 딸이라도 그런 얘기를 들으면 마음이 흔들리겠군. 브라반쇼 의원, 이왕 엎질러진 물이니 최선의 방법을 택하는 게 좋을 것 같소. 옛 말에 맨주먹보다는 부러진 칼이라도 있는 게 낫다고 하지 않소.

브라반쇼   제 딸년의 말을 들어주십시오. 저애가 원해서 한 짓이라면, 이 사람을 욕되게 한 본인을 처벌해주십시오. 애야, 여기 계신 여러 어른들 앞에서 묻겠다만, 너는 누구에게 먼저 복종해야 한다고 생각하느냐?

데스데모나   우선 저를 낳아주고 길러주신 아버님의 은혜에 대한 의무를 저버리지 말아야겠지요. 하지만 지금은 여기 제 남편이 있습니다. 어머님이 외할아버지보다 아버님을 더 소중히 여기셨듯이 저 역시 무어인을 제 남편으로서 정성껏 섬기려 하옵니다.

브라반쇼   잘됐구나. 네 멋대로 잘 살려무나. 공작님, 회의를 진행시키시지요. 자식을 낳느니 차라리 얻어 기르는 편이 나을 뻔했군. 무어 장군, 이리 오시오. 이렇게 된 이상 딸을 주지 않을 수 없구려. 너 말고 다른 자식이 없는 게 천만다행이구나. 제가 할 일은 이제 끝났습니다.

공 작   나도 한마디만 하겠소. 이 말로 두 분이 화해한다면 더할 나위 없이 좋겠소. 슬퍼하는 것도 희망이 있을 때 가능한 일이오. 모든 일이 끝나면 그것도 같이 끝나는 법이오. 도둑을 맞았어도 낙천적으로 생각하면 언제든 그것은 보충하는 것 아니겠소?

브라반쇼   그러니까 키프로스 섬을 터키 놈들에게 빼앗기고도 웃는다면 다시 찾아진다는 말씀입니까? 충고도 충고 나름으로, 마음의 여유가 있을 때나 받아들일 수 있지, 마음의 고통을 참을 수 없는 사람에 겐 듣기 거북한 말에 불과하지요. 이제 국사에 관해 말씀하시죠.

공 작　터키 군이 매우 우수한 장비를 갖추고 키프로스로 돌진하고 있다고 하오. 오셀로 장군, 수고스럽겠지만 신혼의 기쁨을 잠시 미뤄두 고 이 어려운 토벌 작전에 참가해주었으면 좋겠소.

오셀로　여러 의원님들, 습관의 힘은 참으로 무서운 것이라 제게는 오 히려 험한 싸움터가 푹신한 안락처 같습니다. 게다가 어려운 일을 피 하지 못하는 성미이니만큼 터키 정복에 최선을 다하겠습니다. 하지만 한 가지 제 아내를 잘 보살펴달라는 간청을 드리고 싶습니다. 가문과 환경에 맞게 과히 누추하지 않은 거처를 마련해주셨으면 좋겠습니다.

공 작　그대가 괜찮다면 그녀의 아버지께 부탁하는 게 어떻겠소?

브라반쇼　그건 사양하겠습니다.

오셀로　저도 그건 원치 않습니다.

데스데모나　저 역시 싫습니다. 아버지 댁에 살면서 아버지의 신경을 건드리면서 불쾌하게 해드리고 싶지는 않습니다. 공작님, 제 말씀을 들 으시고 소원을 들어주소서.

공 작　소원이란 게 뭔가? 말해보라.

데스데모나　이미 세상이 다 알다시피 제가 무어 장군님을 사랑하고 그분과 함께 살기로 한 것은 운명의 험한 물결에 저 자신을 맡기는 일 이었습니다. 여러 의원님들이여, 남편이 전쟁터에 나가 있는 동안 저 혼 자 이곳에 남아 빈둥거린다면 참으로 쓸쓸할 것입니다. 그러니 제발 함 께 갈 수 있도록 허락해주십시오.

오셀로　아내의 소원을 허락해주십시오. 이렇게 말씀드리는 것은 결단코 저의 욕망을 채우기 위해서가 아닙니다. 다만 그녀의 소원을 들어주고 싶어서입니다. 아내가 동행하면 중대한 임무를 소홀하게 되리라는 걱정은 하지 마십시오.

공 작 아내를 데리고 가는 건 그대가 알아서 결정하시오. 어쨌든 사태가 분초를 다투는 일이니 서둘러 출발하시오.

의 원 오늘 밤이라도 당장 떠나시오.

데스데모나 오늘 밤에 떠나란 말씀입니까?

공 작 그렇소. 그리고 오셀로 장군, 장교를 한 명 남겨두시오. 그래야 사령장을 전달할 수 있을 테니까. 이 명예로운 임무에 수반되는 그대의 권한과 기타 사항을 함께 전달하겠소.

오셀로 분부대로 기수를 남겨두겠습니다. 정직하고 충실해서 믿을 수 있는 자입니다. 제 아내도 그에게 부탁하겠습니다.

공 작 알겠소. 편히들 쉬시오. (브라반쇼에게) 브라반쇼 의원, 덕이 있으면 인물도 빼어난 법인데, 댁의 사위는 피부만 검을 뿐이지 인물은 잘났소이다.

의원 1 용맹한 무어 장군, 잘 가시오. 아내도 잘 위해주고.

브라반쇼 오셀로, 눈이 제대로 박혔으면 조심하게나. 아비를 속인 여자가 남편인들 못 속이겠나. (공작, 의원들, 시종들 퇴장)

오셀로 그녀의 정절은 의심할 바가 없죠! 정직한 이아고, 내 아내 데스데모나를 부탁하네. 나중에 형편이 나아지는 대로 모셔 오도록 하고. 데스데모나, 그대에게 참으로 할 말이 많았는데, 고작 함께 있을 시간은 한 시간밖에 없구려. (오셀로와 데스데모나 퇴장)

로데리고 이아고! 어떻게 하면 좋겠는가? 당장이라도 물에 빠져 죽고 싶구나.

이아고   그런 짓을 하시겠다면 앞으로 인연을 끊읍시다.

로데리고   이처럼 사는 게 고통스러울 바에야 차라리 죽는 게 나아.

이아고   별 소리를 다 하시네요! 소생 스물하고도 여덟 해 동안 세상 구경을 두루 해봤습니다만, 손해와 이익을 구별하기 시작한 이래로 자기를 아낄 줄 아는 사람은 아직 만나보질 못했습니다. 나 같으면 그까짓 계집년 때문에 물 속에 뛰어들 바에야 차라리 원숭이가 되는 걸 택할 겁니다.

로데리고   하지만 어떻게 하면 좋겠느냐? 멍청하게 좋아하다가 이렇게 당한 내 꼴이 수치스럽지만 난들 어떻게 하겠느냐? 이 모두가 내 수양이 모자란 탓인걸.

이아고   수양이라고요? 나 참, 이 팔자 저 팔자 따지지만 모두가 내 탓이죠. 우리의 육체가 정원이라면, 우리의 의지는 정원사랍니다. 쐐기풀을 심든 상추를 심든 우슬초를 심어서 백리향을 내든 모두 우리 의지의 소산이란 말씀입니다. 인생을 저울이라 칩시다. 그 저울 한쪽에 정욕의 접시가 매달려 있고, 다른 쪽에는 이성의 접시가 매달려 있는데, 이것들이 서로 균형을 이루지 못한다면, 우리는 비열한 본능에 사로잡혀 비참한 최후를 맞이하기 쉽죠. 어쨌든 주머니에 돈이나 듬뿍 넣어가지고 나하고 같이 전쟁터로 떠납시다. 가짜 수염을 붙이면 사람들이 몰라볼 거예요. 데스데모나도 밤낮없이 무어 놈에게 사랑을 바치지는 않을 거예요. 시작이 뜨거웠으니 식는 것도 마찬가지로 빨리 식겠지요.

로데리고   내 지금 가서 땅뙈기 있는 거 몽땅 팔아버릴 거야. (퇴장)

이아고　이렇게 해서 저 바보녀석 돈을 좀 털어먹는 거지. 저런 멍청이와 상대해서 시간을 허비할 바에야 돈이나 듬뿍 뜯어내야 한단 말야. 그렇지 못하면 여태 간직했던 내 머리에 대한 모욕이고말고. 게다가 나는 무어 놈을 증오해. 무어 놈이 내 이불 속에 들어와 내 아내와 무슨 짓을 했다는 소문이 있는데, 그대로 놔둬선 안 되지. (퇴장)

제 2 막

제 1 장

키프로스 섬의 항구, 부둣가 광장

몬타노와 두 신사 등장

몬타노   저 바다 위에 보이는 게 있는가?

신사 1   아무것도 안 보입니다.

몬타노   바람이 이젠 육지에서 기승을 부리는군. 성벽이 그토록 세게 흔들린 적은 없었는데. 아마 바다를 그런 식으로 들쑤셔놓았다면 참나무로 만들어진 배라도 산산조각 났을 거요.

신사 2   터키 함대도 뿔뿔이 흩어졌나봅니다. 해변에 가보았더니 거친 파도가 구름이라도 칠 듯 하늘로 치솟고 있었습니다. 그렇게 거친 파도는 처음입니다.

몬타노   터키 함대가 무사히 항구에 정박하고 난 뒤라면 모를까, 그렇지 않았다면 수장됐을걸. 이런 폭풍우에 배가 무사할 리가 없지.

신사 3 등장

신사 3　여러분, 속보가 있소! 전쟁이 끝났습니다. 무시무시한 폭풍이 터키 함대를 박살냈답니다. 결국 그들의 기도가 물거품이 됐다는 얘기죠. 베니스에서 온 우리 배가 그 광경을 목격했다는군요.

몬타노　뭐라고! 그게 사실인가?

신사 3　우리 군함인 베로나 호가 이곳에 정박해 있습니다. 용감한 무어인 오셀로 장군의 부관 카시오 님은 벌써 상륙했답니다. 키프로스 섬 수비의 전권을 위임받으신 무어 장군께서는 아직도 항해 중이고요.

몬타노　듣던 중 반가운 얘기군. 총독으로는 그가 적임자지.

신사 3　카시오 부관은 무어 장군의 안전을 몹시 걱정하고 있었습니다. 그들은 사나운 폭풍우 속에서 서로 헤어졌다는군요.

몬타노　무사하기를 빌 수밖에. 자, 함께 바다로 가자! 정박 중인 배도 보고, 바다를 다 뒤져서라도 오셀로 장군을 찾아내야지.

신사 3　그럼 어서 가시죠.

　　카시오 등장

카시오　요새를 잘 지켜주시는 용맹한 총독께서 우리 무어 장군님을 제대로 예우해주시니 참으로 감사합니다. 부디 장군님께서 이 거친 풍파를 벗어나셔야 할 텐데……

몬타노　장군이 타고 계신 배는 튼튼한 거요?

카시오　좋은 목재로 건조된 것이라 매우 튼튼합니다. 선장과 선원들도 경험이 많고요. 저 역시 희망을 잃지 않고 있습니다만. (안에서 "배다, 배다, 배가 들어온다!" 하며 떠드는 소리)

사신 등장

몬타노 그래, 대체 누가 입항한 거요?

사 신 장군님의 기수로 있는 이아고라는 사람입니다.

카시오 거센 폭풍우나 파도치는 드높은 바다도, 죄 없는 배를 붙잡아 좌초시키는 바위와 모래도 미인을 보는 눈은 있는지 어여쁜 데스데모나를 안전하게 통과시켜주었군요.

몬타노 어느 분 말씀이오?

카시오 제가 장군 중의 장군님이라고 방금 말씀드린 오셀로 장군님의 부인입니다. 용감한 이아고에게 인도해드리라고 부탁했는데, 우리 예상보다 일주일이나 빨리 상륙했군요. (데스데모나, 에밀리아, 이아고, 로데리고, 시종들 등장) 오, 보십시오! 배 안의 보화가 뭍으로 올라왔습니다! 키프로스 섬의 주민 여러분, 무릎을 꿇고 장군님의 부인께 인사를 드리시오! (무릎을 꿇으며) 잘 오셨습니다, 부인! 하늘의 은총이 부인에게 두루 내리시기를!

데스데모나 고마워요, 부관님. 장군님 소식은 들으셨나요?

카시오 아직 도착하시지는 않았지만, 무사히 오실 겁니다.

데스데모나 오, 걱정되는군요. 두 분은 어떻게 해서 헤어지게 되었죠?

카시오 바다와 하늘이 격돌한 듯 풍파가 심해 선단에서 떨어졌습니다. ("배다, 배다!" 하고 외치는 소리와 예포 소리가 들린다)

신사 2 요새 쪽으로 예포를 쏘는군요. 이번에도 역시 아군입니다.

카시오 가서 확인해보시오. (신사 2 퇴장) 어서 오게, 기수. (에밀리아에게)

잘 오셨습니다, 부인. 이아고, 내가 예절을 지나치게 차린다고 화내지는 말게. 교양이 있는 탓에 이렇게 과감히 예의를 차리는 거니까. (에밀리아에게 키스한다)

이아고　그녀가 저를 향해 놀려댄 혓바닥을 부관님께 똑같이 구사한다면, 부관님께서도 아마 진저리를 치실 겁니다.

에밀리아　그런 쓸데없는 말은 소리 그만해요.

이아고　이것 봐. 당신은 문 밖에 나오면 그림처럼 조용하지만, 방 안에만 들어갔다 하면 방울처럼 시끄러워지고, 부엌에선 아예 살쾡이같이 굴잖아. 그리고 집안일은 제대로 하는 것도 없으면서 잠자리에서는 더없이 부지런하지.

데스데모나　어머, 무슨 험담을 그렇게 하세요!

이아고　사실이랍니다. 그렇지 않다면 저를 터키 놈이라고 부르셔도 괜찮습니다. 어쨌든 당신은 일어나면 놀고, 잠자리에만 들어가면 부지런히 일하는 여자잖아.

에밀리아　죽어도 칭찬하는 법은 없죠.

이아고　물론이지!

데스데모나　만일 정말 훌륭한 여자라면 어떤 식으로 트집 잡을 건가요? 아무리 욕을 퍼부으려 해도 진실한 가치로 인해 칭찬할 수밖에 없는 그런 여자 말이에요.

이아고　아름다우면서도 결코 오만하지 않으며, 말을 잘하면서도 절대 떠벌리지 않고, 궁색하거나 인색하지 않으면서도 사치스럽지도 않고, 원망을 멈추고 분노를 날려 보낼 줄 알고, 남자들이 꽁무니를 줄줄 쫓아와도 뒤돌아보지 않는 여자에게는 구혼자들이 따르게 마련이지요. 하지만 설사 그런 여자가 있더라도 그 여자는…….

데스데모나　어떤 일을 할까요?

이아고　바보 같은 아기에게 젖 먹이며, 가계부나 적고 있겠죠.

데스데모나　참 엉터리 같은 결론이군요! 에밀리아, 아무리 남편이라고는 하지만 그 말을 그대로 받아들여서는 안 되겠어. 카시오 부관님은 어떻게 생각하세요? 저 사람, 정말 떠버리가 분명하죠?

카시오　그럴 듯한 말이기는 하지만, 이아고를 학자라기보다는 군인으로 생각하시면 그의 말이 재미있게 들리실 성싶습니다.

이아고　(방백) 저 녀석이 부인의 손을 잡네. 옳지, 귓속말을 속삭이잖아. 이렇게 작은 거미줄로 카시오라는 큼직한 파리를 낚는단 말이지. 옳지. 여자를 향해 미소를 지으라고. 이 악당아, 너의 그 잘난 예절을 미끼로 너를 낚아버릴 테니까. 자꾸 키스나 해라, 이놈아. (안에서 나팔 소리. 큰 소리로) 무어 장군입니다! 제가 나팔 소리를 알거든요.

카시오　정말 그런 것 같습니다.

데스데모나　어서 그분을 맞으러 나갑시다.

오셀로와 시종들 등장

오셀로　오, 아름다운 나의 동지여!

데스데모나　오, 사랑하는 오셀로!

오셀로　나보다 먼저 도착하리라곤 생각지도 못했는데, 내 앞에 선 그대를 보노라니 정말 놀랄 지경이오. 오, 내 영혼의 기쁨이여! 나는 지금 여기서 죽는다 해도 여한이 없소. 폭풍우가 휘몰아친 뒤에 이 같은 평온이 찾아온다면 천국에서 지옥의 구렁텅이로 곤두박질친다 해도 괜찮소. 내 지금 죽더라도 이 이상의 기쁨은 없으리. 이 키스가, 또 이 키스가 (키스한다) 우리 두 사람의 앞날에 생겨날 가장 큰 불화였으면……

이아고 (방백) 홍, 잘 조율된 악기처럼 본색을 드러내는군. 하지만 두고 보라지, 이 몸이 그 줄을 풀어 어떻게 할지.

오셀로 자, 성으로 갑시다. 여러분, 전쟁은 이제 다 끝났고 터키인들은 모두 바닷속에 수장되었소. 갑시다, 데스데모나! 키프로스에서 다시 만나다니 정말 기쁘오! (이아고와 로데리고만 남고 모두 퇴장)

이아고 (로데리고에게) 이봐요, 오늘 밤 부관이 초소에서 야경을 돌 거요. 내 한마디 말해주는데 데스데모나가 그 녀석을 좋아한다는 사실을 잊지 마시오.

로데리고 그럴 리가? 아니, 그런 터무니없는 소리를!

이아고 쉿, 가만히 생각해보시지. 그 여자가 무어인을 사랑하게 된 것은 다 그 꿈 같은 황당한 거짓말 때문이 아니겠소? 처음에야 격렬하게 사랑했겠지만, 그런 것도 시간이 지나면 다 헛소리라는 걸 깨닫게 마련이죠. 그때 떠오를 인물이 누구겠소? 바로 카시오 녀석이 아니겠소? 게다가 그 녀석은 말도 썩 잘하는 천하의 바람둥이란 말씀이에요. 음탕한 녀석 같으니라고! 입으로는 예의니 친절이니 나불대지만, 제 욕정을 채우기 위해서라면 양심 같은 건 헌신짝처럼 내버리는 놈이죠. 능글맞은 놈! 기회주의자!

로데리고 믿을 수 없어. 누구보다 깨끗하고 착한 여인인데.

이아고 착한 여인 좋아하시네. 그 여자가 마시는 포도주는 뭐 우리가 마시는 거랑 다르답니까? 그리 깨끗하고 착한 여자가 왜 하필 무어인에게 반했답니까? 그 여자가 카시오의 손바닥을 만지작거리는 걸 보지도 못했단 말이오?

로데리고　그거야 나도 봤지만 예의상 그러는 줄 알았지.

이아고　그럼 그게 음란한 짓이 아니면 다 뭐겠소. 두 사람은 입술과 입술이 맞닿을 정도로 얼굴을 가까이 갖다대서 숨결로 포옹을 나누지 않던가요? 아마 얼마 안 있어 본격적으로 살을 섞는 짓으로 발전시킬 거요. 제기랄! 그리고 내가 당신을 여기로 불렀으니 내 말을 따르세요. 당신도 오늘 밤 보초를 서세요. 어떻게 해서든 카시오의 비위를 건드릴 기회를 잡으라고요. 큰소리를 지르든지 그에게 욕을 하든지 하는 방법을 찾으라고요.

로데리고　그럼 해야지. 이 일로 기회만 잡을 수 있다면야.

이아고　그건 염려 마세요. 나는 그 녀석의 짐을 날라야 하니까. 이따가 성에서 만나요. 그럼 잘 가세요.

로데리고　잘 가게. (퇴장)

이아고　카시오가 그 여자를 사랑하는 건 분명해. 그 여자 역시 마찬가지겠지. 그리고 그 무어 놈은 내 맘에는 안 드는데다 단순 무식하지만 정이 두텁고 고귀하고 후덕한 것만은 틀림없어. 그놈의 음탕한 무어 놈이 아무래도 내 안장에 올라탄 것 같거든. 그 일만 생각하면 마치 독약이라도 마신 듯 속이 확 뒤집힌단 말야. 결국 마누라엔 마누라로 되갚기 전까지는 그 무엇으로도 내 멍든 영혼이 만족할 리가 없지. (퇴장)

같은 장소

전령이 포고문을 읽으면서 등장하면 시민들이 뒤따른다.

전 령 다음은 고귀하고 용감하신 오셀로 장군님의 뜻입니다. 장군께서는 터키 함대의 전멸을 알리는 확실한 통지를 받으시고 전승 축하연을 베푸시겠다고 하셨습니다. 여러분은 화톳불을 피우고 맘껏 춤을 추며 잔치를 즐기시고 기쁨을 누리기 바랍니다. 또한 장군님의 결혼 축하연도 있을 예정이라는 것을 기쁜 마음으로 공포하는 바입니다. 모든 창고를 개방할 터이니 양껏 음식을 드시고 즐기십시오. 하느님은 키프로스 섬과 우리 오셀로 장군님께 축복을 내려주소서! (퇴장)

성 안의 총독관사 대청

오셀로, 데스데모나, 카시오, 시종 등장

오셀로　카시오, 오늘 밤 경계를 부탁하네. 마음껏 놀고 마시는 것도 좋지만 무분별한 것은 질색이니 자제하는 법을 배우세.

카시오　이아고에게 지시를 내렸습니다만, 저 역시 제 두 눈으로 잘 감시하겠습니다.

오셀로　그럼 내일 아침 가능한 한 일찍 만나 이야기를 나누세. (데스데모나에게) 여보, 이리 와요. 결혼식도 끝났으니 열매를 거둬야지. 당신과 나는 아직 그 맛을 못 봤잖소. (카시오에게) 수고하게. (오셀로, 데스데모나, 시종들 퇴장)

이아고 등장

카시오　어서 오게, 이아고. 우린 야경을 돌아야 하네.

이아고　열 시가 되려면 아직 한 시간이나 남았는데요, 부관님. 장군님께서는 데스데모나에 대한 사랑 때문에 우릴 일찍 내쫓으셨군요. 하지만 그분을 원망하지는 맙시다. 아직도 신부와 허니문을 즐기지 못하셨으니까. 게다가 부인은 제우스도 반할 만한 미인이 아닙니까?

카시오   정말 눈이 부시더군. 그렇게 빼어나게 청초하고 섬세한 숙녀는 처음이오.

이아고   눈은 또 얼마나 아름답습니까! 그 눈이야말로 사람을 홀리는 도발적인 눈 아닙니까?

카시오   매혹적인 눈이지만, 그래도 꽤 정숙해 보이던데.

이아고   목소리도 사랑을 불러일으키는 종소리 같지요.

카시오   부인은 정말 완벽한 분이네.

이아고   부디 그 두 사람의 잠자리에 행복이 흘러넘치기를! 저, 부관님. 저기 키프로스의 한량 두 명이 오셀로 장군의 건강을 비는 의미로 축배를 들고 싶다고 기다리고 있습니다. 마침 포도주도 한 통 남았고요.

카시오   오늘 밤은 안 되겠네. 나는 술에 약해서 금세 취해버리는 데다 실수를 잘하거든. 다른 접대법을 알면 결례가 안 될 텐데 딱하게 됐네.

이아고   그래도 우리 친구들인데 딱 한 잔만……. 부관님 대신 제가 마시죠.

카시오   아까도 딱 한 잔만 했는데, 그나마 몸 생각해서 물에 탄 술을 마셨는데 벌써 이렇게 된 거라네.

이아고   참, 부관님도! 경사스런 잔칫날 밤이 아닙니까. 친구들도 한잔하고 싶다는데 이러실 겁니까?

카시오   내키진 않지만 할 수 없군. (퇴장)

이아고   놈에게 한 잔만 더 먹이면 이미 마신 술기운도 있으니 허연 이를 드러내고 싸우려고 덤비겠지? 그리고 상사병에 걸린 바보 같은 로데리고 녀석도 오늘 밤 데스데모나를 위한답시고 야경을 돌러 나갔겠다……. 게다가 명예를 목숨처럼 여기는 키프로스의 귀공자 세 명을 잔뜩 취하게 만들어놨으니, 이 주정꾼들 틈에 카시오를 풀어놓으면 온 섬을 발칵 뒤집어놓겠지. 아, 마침 한량들이 오는구나.

　　카시오, 몬타노, 신사들 등장. 하인들이 술을 들고 등장

몬타노　　보나마나 한 홉도 안 되는 작은 잔이었을 텐데? 군인답게 큰 잔으로 마셔야지.

이아고　　술을 가져와라. 술! 여러분, 어서 술이나 듭시다.

카시오　　자, 그럼 장군님의 건강을 위하여!

몬타노　　나도 건배하지, 부관. 내가 상대가 되어주겠네.

이아고　　아아, 아름다운 영국이여! (노래한다) "스티븐 국왕은 귀하신 몸, 금화 한 닢으로 바지 한 벌 해 입으시고는 그것도 비싸다고 그놈의 양복쟁이한테 사기꾼이라고 하셨네. 높으신 어른도 그렇거늘 비천한 그대는 헌 옷으로 참고 견딜 수밖에. 사치는 나라를 망치는 법이라니 어떻소." 자아, 술을 가져와라, 포도주를!

카시오　　거 참 노랫말 한번 재미있구나. 어쨌든 여러분, 우리의 본분을 지킵시다. 내가 취했다고 생각하지는 마시기를……. 이 사람은 내 기수고, 이것은 내 오른손이고, 이건 왼손인 걸 보더라도 난 취하지 않았소. 아직은 똑바로 설 수도 있고 말도 제대로 하잖소.

일 동　　네, 정말 잘하십니다.

카시오　　그럼 됐소. 내가 취했다고는 생각 마시오. (퇴장)

몬타노　　여러분, 이제 초소로 갑시다. 자, 야경 돌 준비를 합시다.

이아고   지금 나간 그 친구 보셨죠? 시저 옆에 서 있더라도 손색이 없는 군인이지만 유감스럽게도 눈여겨볼 악덕이 있답니다. 미덕과 길이가 똑같은 게, 마치 춘분과 추분의 밤낮과 같지요. 하필 오셀로 장군이 신임을 하고 계신 판에 그 병이 도져서 이 섬을 시끄럽게 하지나 말았으면 좋겠군요.

몬타노   종종 저러는가?

이아고   저건 일종의 전주곡이랍니다. 저러고 잠들면 시계가 두 바퀴를 돌아도 괜찮습니다. 술 때문에 곯아떨어져서 뒹굴지만 않는다면 꼬박 하루를 보초 선다 해도 끄떡하지 않을 양반이죠.

몬타노   장군께 그런 사실을 미리 일러드리는 게 좋겠군. 워낙 본성이 선해서 카시오의 단점은 안 보실지도 모르니까. 안 그런가? (안에서 "사람 살려! 사람 살려!" 하고 외치는 소리가 들린다)

    카시오가 로데리고를 몰 듯이 쫓아온다.

카시오   젠장, 이 망할 자식! 깡패 같은 놈!

몬타노   부관, 대체 무슨 일인가?

카시오   네놈이 건방지게도 내게 임무를 가르치겠다고? 그전에 곤죽이 되도록 손을 봐줄 테다.

로데리고   나를 때리겠다고?

카시오   이놈, 주둥아리를 놀리는 것 좀 보게! (로데리고를 친다)

몬타노   여보게, 부관. 제발 그만두게나.

카시오   놓으시지요. 안 놓으시면 당신 머리통을 부숴버리겠어.

몬타노   자, 자, 자네 취했군그래.

이아고   (로데리고에게 방백) 어서 나가서 폭동이 났다고 떠들란 말야. (로데리고 퇴장) 부관님, 그만하시죠. 세상에, 이게 대체 무슨 꼴입니까? (종이 울린다) 누구야? 경종을 울리는 자가 누구냐? 악마란 말이냐? 온 마을 사람들이 다 깨잖아. 세상에! 부관님, 부탁입니다. 멈추세요! 영원히 후회하실 겁니다!

오셀로와 무기를 든 시종들 등장

오셀로   여보게들, 어째서 이런 일이 생긴 건가? 우리가 지금 터키인으로 변해버린 건가? 이 야만스러운 소동을 멈춰라. 여보게, 대체 이 무슨 일인가? 정직한 이아고, 얼굴에서 수심을 거두고 말해보게. 누가 이 사건을 일으킨 건가? 자네의 충정을 걸고 바른 대로 말하라!

이아고   모르겠습니다. 조금 전까지만 해도 모두가 친구였고, 두 사람은 마치 신방에 들어가는 신랑 신부처럼 서로 사이 좋게 침대로 가는 것처럼 보였는데, 갑자기 혹성이 사람들의 혼이라도 빼놓았는지 칼을 빼어 들더니 살벌하게 서로의 가슴을 겨누고 덤벼들었죠. 저도 이 어이없는 싸움이 어떻게 시작된 건지 경위를 모르겠습니다.

오셀로   카시오, 자네는 왜 자제력을 잃었는가?

카시오   죄송하지만 뭐라 드릴 말씀이 없습니다, 장군님.

오셀로   몬타노, 그대는 젊었을 때부터 예의가 바른데다 신중하고 침착해서 세인들의 주목을 받아오지 않았소. 그런데 이 밤중에 불량배나 저지를 짓을 하다니, 대체 어찌 된 일이오? 대답해보시오.

몬타노 오셀로 장군님, 저는 심하게 다쳤습니다. 이 모든 경위는 장군님의 부하 이아고가 다 말씀드릴 것입니다.

오셀로 세상에, 화가 치밀어 도저히 참을 수 없군. 이성이 지배당하기 시작하고 격정이 최상의 판단을 흐려놓으니 말이야. 내가 이 팔을 드는 순간 아마 이곳 최고의 장수도 쓰러질 것이다. 이 추한 소동을 누가 어떻게 벌였는지 보고하라. 이아고, 누가 싸움을 시작했는가?

몬타노 자네가 편견과 동료애 때문에 진실을 늘리거나 줄여서 보고를 하면 군인이 아닐세.

이아고 그렇게 윽박지르지 마십시오. 제 입으로 카시오 부관님께 불리한 증언을 할 바에야 차라리 이 혓바닥을 뽑아버리고 싶습니다. 하지만 사실대로 얘기해야겠지요. 몬타노 나리와 제가 이야기를 하고 있는데 누군가 살려달라고 비명을 지르며 달려나왔고, 카시오 부관이 그를 뒤쫓아와 죽일 듯 칼을 휘둘렀습니다. 그래서 이 양반이 나서서 말린 겁니다.

오셀로 알겠다. 이아고, 성실하고 인정이 많은 자네가 카시오를 두둔하느라 이 일을 축소했구나. 카시오, 지금까지 자네를 아껴왔지만 이제부터는 인연을 끊어야겠네.

데스데모나, 시종 몇 명을 데리고 등장

오셀로 저런, 내 아내까지 일어나지 않았느냐! 자네는 벌을 받아야겠네.

데스데모나 무슨 일이에요?

오셀로　다 해결됐으니까 걱정할 것 없소. 잠자리로 갑시다. (몬타노에게) 그대의 상처는 내가 의사처럼 돌봐드리겠소. 이분을 모시고 가게. (이아고와 카시오만 남고 모두 퇴장)

이아고　부관님, 어디 다치지는 않았습니까?

카시오　수술로도 어쩌지 못할 정도라네. 명예, 난 명예를 잃은 거야! 이아고, 난 내 안에 있는 것 중 가장 귀한 것을 잃어버렸다네.

이아고　너무 고지식한 말씀인지는 모르겠지만 몸을 조금 다치신 걸로 아는데, 명예보다는 몸의 상처가 더 아프지 않습니까? 명예라는 건 그저 헛된 짐이며, 공도 없이 얻기도 했다가 이유두 없이 잃기도 히는 것이죠. 장군님은 그냥 일시적인 기분으로 그러신 것이지, 부관님이 미워서 면직시키신 게 아닙니다. 정책상 내리신 처벌이지요. 한번 장군님에게 사정해보시지요. 꼭 들어주실 겁니다.

카시오　차라리 나를 경멸해달라고 사정하겠네. 이렇게 경솔한 주정뱅이가 그렇게 훌륭하신 지휘관을 속일 수는 없지. 오, 눈에 보이지 않는 술귀신아, 이제부터 너를 악마라고 불러주마!

이아고　칼을 빼들고 따라왔던 그놈은 누굽니까? 부관님께 무슨 짓을 했습니까?

카시오　모르겠는데? 왜 싸웠는지조차 이유를 모르겠어. 원 참, 입 안에 원수 같은 적을 집어넣고 정신을 홀랑 빼앗기다니, 인간이란 이해 못할 종자지. 흥청망청 즐기며 박수 치는 사이에 짐승으로 변하니.

이아고　됐어요, 그건 너무 가혹한 말씀입니다. 그런데 부관님, 제 생각이지만 제가 부관님을 좋아한다고 생각하시죠?

카시오　그거야 그렇지. 다만 술 취한 탓에…….

이아고　　부관님뿐만 아니라 살아 있는 사람이라면 누구나 이따금 취하게 마련입니다. 그러니 어떻게 해야 할 건지 제가 말씀드리지요. 지금은 장군님의 부인이 바로 장군님이시니까 부인에게 가서서 솔직하게 털어놓고 도와달라고 청하세요. 그녀는 너무나 인정이 많은 탓에 누군가에게 부탁을 받으면 못 들어줘서 미안해할 분이세요. 장군님과 부관님의 관계를 다시 회복시켜줄 분은 그 부인밖에 없지요.

카시오　　그거 좋은 충고일세.

이아고　　그러면 저는 이만 야경이나 돌아야겠습니다.

카시오　　수고하게, 정직한 이아고. (퇴장)

이아고　　이 정직한 바보가 행운을 되찾으려고 데스데모나를 조르고, 그녀가 그에 응하는 동안 나는 무어인의 귓속으로 독을 부어 넣겠어. 즉, 그를 복직시켜달라고 그녀가 청하는 까닭은 카시오에 대한 욕정 때문이라고 살짝 귀띔만 하는 거야. (퇴장)

제 3 막

제 1 장

성 앞

카시오, 악사들 및 어릿광대와 등장

카시오　여기서 연주를 해주게나. 수고에 대한 보답은 내 톡톡히 할 테니. 짧은 걸로 장군님께 아침 인사를 드려주게. (악사들 연주한다)

어릿광대　아니, 악사님들! 악기가 나폴리 뒷골목에 갔다가 몽땅 감기라도 걸렸나보네요? 어째 코맹맹이 소리가 나는군그래!

악사 1　거, 무슨 말이오?

어릿광대　그나저나 이 돈이나 받으시오. 장군님께서 음악이 너무나 마음에 드셨던지 제발 그 잡소리를 그만 내라고 하십니다.

악사 1　알겠습니다. 그만두죠.

어릿광대　그럼 악기를 챙겨서 어서 꺼지라고! (악사들 모두 퇴장)

카시오　정직한 친구, 내 말 좀 들어주려나?

어릿광대　정직한 친구인지 아닌지는 몰라도 말해보시오.

카시오　제발 말꼬리는 잡지 말게! 이거 적지만 금화 한 닢이니 받아두

150

게. 그리고 장군님의 부인을 모시는 시녀가 일어났거든 카시오라는 사람이 잠깐 이야기를 나누기를 원한다고 좀 전해주게.

어릿광대 만일 그녀가 이곳에 나오면 그렇게 전해드리죠.(퇴장)

이아고 등장

카시오 마침 잘 만났네, 이아고. 정숙한 데스데모나 부인과 만날 수 있도록 자네 부인에게 주선해달라고 하게.

이아고 제가 이곳으로 보내드리겠습니다. 또한 장군님의 방해를 받지 않고 자유롭게 대화를 나누실 수 있는 방법을 생각해보지요.

카시오 참으로 고맙네. (이아고 퇴장) 플로렌스 출신 중에 저보다 친절하고 정직한 사람이 또 있을까?

에밀리아 등장

에밀리아 안녕하세요, 부관님! 이번 일로 지장을 받으셨겠지만 다 잘될 거예요. 지금 마님이 장군님께 부관님을 변호하고 계시거든요. 하지만 장군님께서는, 부관님이 상처를 입히신 분이 높으신 분이라 당신을 파면시킬 수밖에 없다고 하시는군요. 그러나 부관님을 아끼고 좋아하시니 적당한 시기에 다시 불러주시겠노라고 말씀하셨습니다.

카시오 그래도 부탁인데, 가능하면 잠깐이라도 좋으니 데스데모나 부인과 단둘이 얘기할 수 있도록 편리를 봐주셨으면 하오.

에밀리아   그럼 안으로 들어오세요. 속마음을 시원히 털어놓고 얘기하실 수 있는 장소로 모시지요.

카시오   정말 고맙소. (퇴장)

제 2 장

같은 장소

오셀로, 이아고 및 다른 신사들 등장

오셀로   이아고, 이 서류들을 선장에게 전해주고 그를 통해 원로원에 경의를 표하게. 그러고 나서 그곳으로 오게. 나는 성곽을 둘러볼 테니까.

이아고   네, 알겠습니다. (퇴장)

오셀로   여러분, 요새를 한 바퀴 둘러볼까요?

신사들   네, 좋으실 대로. (일동 퇴장)

제 3 장

같은 장소

데스데모나, 카시오, 에밀리아 등장

데스데모나   카시오 부관님, 당신을 위해 최선을 다하겠어요.

카시오   감사합니다, 너그러우신 마님. 이 마이클 카시오는 앞으로 어떤 일이 일어나더라도 당신의 종노릇을 하겠습니다.

데스데모나   오, 고맙군요. 저도 부관님이 복직되기 전에는 남편이 잠깐도 쉬지 못할 정도로 들볶겠어요. 매처럼 길들기 전에는 재우지 않고 못 참을 때까지 얘기를 할 거예요. 그러니 용기를 잃지 마세요, 카시오 부관님.

오셀로와 이아고 등장

에밀리아   마님, 장군님께서 오십니다.

카시오   부인, 저는 이만 가보겠습니다.(퇴장)

오셀로   방금 내 아내와 헤어진 자는 카시오가 아닌가?

이아고   카시오 부관님이라고요? 그럴 리가 있겠습니까? 그분이라면 장군님이 오시는 걸 보고서 마치 죄 지은 사람처럼 몰래 도망칠 리가 없잖습니까?

오셀로 틀림없이 카시오였어.

데스데모나 여보, 기분은 좀 어떠세요? 전 여기서 당신에게 밉보인 죄로 시들어가는 사람과 얘기를 나누고 있었어요.

오셀로 누구를 말하는 거요?

데스데모나 물론 카시오 부관이죠. 그를 용서해주세요. 그는 잠시 실수를 저지른 것뿐이지, 결코 고의로 그런 게 아니잖아요? 제발 부탁이니 그를 다시 불러주세요.

오셀로 음, 하지만 지금은 안 되니 나중에 얘기합시다.

데스데모나 나중이라고요?

오셀로 당신 부탁이니 가능한 한 빨리 하겠소.

데스데모나 오늘 저녁 식사 때는 어떨까요?

오셀로 오늘 저녁은 안 되겠소.

데스데모나 내일 점심때는요? 제발 시간을 내요. 사실 카시오 부관은 깊이 뉘우치고 있다고요. 오셀로, 저라면 당신이 이토록 간절히 부탁을 하시면 절대로 거절하지 않을 거예요. 당신이 제게 구애할 때, 제가 당신을 탐탁잖게 말할 때마다 그는 언제나 당신 편을 들었다는 걸 잊지 마세요. 저라면 당장…….

오셀로 그만 좀 하시오. 그럼 아무 때나 오라고 하시오. 당신 말을 모두 들어줄 테니까.

데스데모나 그렇지만 이건 청탁은 아니에요. 이건 제가 당신에게 장갑을 끼시라든지, 아니면 영양분 있는 음식을 드시라든지, 그것도 아니면 따스한 옷을 입으시라든지 하는 식의 당신 몸에 좋은 일을 특별히 하라고 권하는 그러한 간청에 지나지 않아요.

154

오셀로   내가 어찌 당신 청을 거절하겠소. 그러니 이번엔 당신이 내 청을 들어 잠시만 혼자 있게 좀 놔두시오.

데스데모나   저라고 당신 청을 거절하겠어요? 아니에요. 가볼게요.

오셀로   잘 가요, 나의 데스데모나. 곧 뒤따라가겠소.

데스데모나   가자, 에밀리아. (데스데모나, 에밀리아 퇴장)

오셀로   오, 귀여워서 미치겠군! 내가 그대를 사랑하지 않는다면 내 영혼은 파멸되어도 좋소. 만일 내가 당신을 사랑하지 않게 된다면 그때는 세상에 혼돈이 올 거요.

이아고   고귀하신 장군님, 부인께 구혼하실 무렵 마이클 카시오가 장군님의 심중을 알고 있었습니까?

오셀로   그래, 아는 사이야. 중간에서 애를 많이 썼지. 왜 무슨 의문이라도 생긴 건가? 자네 말에 무슨 다른 뜻이 있는 것 같은데 말해보게. 지금도 카시오가 내 아내 곁을 떠날 때 자넨 언짢은 표정을 지었잖아. 무슨 끔찍한 상상이라도 한 것처럼 말이야. 진정 자네가 나를 아낀다면 속시원하게 생각을 털어놓게.

이아고   장군님, 제가 장군님을 진심으로 존경한다는 사실은 알고 계시겠죠?

오셀로   알고 있지. 자네의 충성심과 정직성 또한 잘 알고 있네. 게다가 말의 무게를 달아보고 입을 열 정도로 입이 무겁다는 것도 알고 있네. 그래서 더욱 신경 쓰이는 것 아닌가. 거짓되고 불충한 축에게는 흔한 속임수지만, 정직하고 충실한 사람들은 마음의 분노를 조절할 수 없을 때 곧잘 그런 법이거든.

이아고   카시오 부관은 추측건대 정직한 사람입니다. 그런데 인간이란 겉과 속이 같아야 합니다. 정직하지 않은 놈이 겉으로만 정직한 척해선 안 되죠!

오셀로　돌리지 말고 솔직하게 말하게. 최악의 생각을 최악의 단어로 표현해도 좋으니.

이아고　장군님, 저를 용서하십시오. 제가 비록 직무 때문에 매여 있는 몸이지만, 자신의 생각을 낱낱이 털어놔야 할 의무는 없는 법입니다. 그런데 제 생각을 그대로 털어놓으라는 말씀이시죠?

오셀로　이아고, 자네는 지금 음모에 가담한 셈이야. 친구가 부당한 취급을 받는 걸 알면서도 침묵한다면 친구를 배반하는 게 아닐까?

이아고　장군님, 이렇게 간청을 드리겠습니다. 제 짐작이 틀릴지도 모르니 장군님께서는 들을 생각을 하지 마십시오. 전 타고난 경계심 때문에 때로는 있지도 않은 남의 결점을 찾아내고 만들어내는 나쁜 버릇이 있습니다. 따라서 제 생각을 장군님께 말씀드린다는 건 장군님의 마음만 심란하게 만들 뿐 아무런 도움도 되지 않을 겁니다. 또한 저 자신의 인간성과 정직성, 그리고 분별력에도 좋지 않은 일입니다.

오셀로　그게 도대체 무슨 말인가?

이아고　장군님, 명예는 남녀를 불문하고 소중한 법입니다. 우리 영혼의 값진 보배니까요. 지갑이야 도난당해봤자 별겁니까? 돈이란 있다가도 없어지는 것이니까요. 그렇지만 명예라는 것은 한번 도둑 맞으면 훔친 놈은 부자가 되지 못하지만 빼앗긴 쪽은 가난해지게 마련입니다.

오셀로　자네 생각을 알아내고야 말겠어.

이아고　제 심장을 장군님께서 손 안에 쥐고 계시더라도 어려운 일입니다. 더구나 제가 그걸 가지고 있는 한 더욱 안 되겠지요. 아, 장군님,

부디 질투심을 경계하십시오! 질투심이란 희생물을 맘대로 조롱하고 잡아먹는 푸른 눈의 괴물이랍니다. 그러나 사랑에 푹 빠진 상태에서 상대를 의심하면서도 강렬하게 사랑할 수밖에 없는 사람은 저주받은 시간이 얼마나 길게 여겨지겠습니까?

오셀로 오, 비참한 얘기로다!

이아고 가난하나 만족하고 사는 사람은 어떤 부자도 부러워하지 않는 법이지만, 제아무리 부자라도 가난해질까봐 항상 두려워하는 사람의 마음은 한겨울처럼 쓸쓸하게 마련입니다. 하느님, 제발 우리 일가친척들을 질투로부터 지켜주소서!

오셀로 왜 그런 말을 하는 건가? 자네는 내가 질투나 하며 사는 줄 아는가? 아냐. 난 의심이 생기면 단번에 해결할 거야. 이아고, 나는 의심이 들면 증거를 찾을 거야. 증거를 찾으면 답은 한 가지, 사랑이 아니면 질투심을 당장 버리든지, 이 둘 중 하나겠지!

이아고 됐습니다. 이제야 장군님께 품고 있는 제 사랑과 존경심을 좀 더 솔직하게 표현해도 될 것 같군요. 아직 증거가 있는 건 아닙니다만, 제가 보여드리겠습니다. 부인을 잘 살펴보십시오. 특히 카시오와 함께 계실 때 말입니다. 베니스에서는 여자들이 남편에게만은 감히 보여주지 못하는 나쁜 짓을 신에게는 보여준답니다. 그녀들의 도덕관이라는 건 안 하는 게 아니라 안 들키는 거니까요. 부인은 장군님하고 결혼하기 위해 부친을 속였던 분이 아니십니까? 그렇게 젊은 여자가 시치미를 뚝 떼고 아버지를 감쪽같이 속였으니, 아버지는 마술을 쓴 줄 안 겁니다. 제가 말을 너무 지나치게 했습니다만 장군님을 사랑하는 탓에 그런 거니 부디 용서해주십시오.

오셀로　내 자네한테 큰 빚을 졌네.

이아고　장군님, 제 얘기는 뜻밖의 좋지 않은 결과를 불러올지도 모릅니다. 카시오는 제가 믿는 소중한 친구거든요.

오셀로　나도 데스데모나가 정숙하다고 생각해. 하지만 본성이 빗나간다면……

이아고　바로 그겁니다. 감히 말씀드리자면, 부인께서는 같은 나라, 같은 피부색, 같은 신분의 수많은 혼처를 모조리 외면했단 말씀입니다. 우리는 그런 인간들의 욕망에서 가장 부패하고 추하게 일그러진 비정상적인 생각을 읽어낼 수 있죠. 하지만 용서하십시오. 장군님의 부인을 지목해서 말씀드린 것은 아닙니다. 다만 부인께서 차차 판단력을 회복하게 되면 장군님의 얼굴을 자기 나라 남자들과 비교해보고 혹시나 후회하실까봐 그런 겁니다.

오셀로　이만 헤어지세. 잘 가게. 뭐 더 알아낸 게 있으면 알려주고 자네 처를 감시자로 세워주게.

이아고　장군님, 저는 그만 물러가겠습니다. (퇴장)

오셀로　내가 왜 결혼했을까? 저 정직한 녀석은 필시 감추고 있는 게 더 많을 거야. 만일 데스데모나가 도저히 길들일 수 없는 야성의 매라면 설령 그 발목에 맨 끈이 내 소중한 마음일지라도 나는 그녀를 풀어줘 자유롭게 살아가게 하리라. 아, 이까짓 게 무슨 원앙의 쌍이람! 난 속은 거야. 이제 나의 위안이란 그녀를 증오하는 것이야. 내 차라리 한 마리 두꺼비가 되어 어둡고 깊은 동굴 속의 썩은 공기나 마시며 살지언정 사랑하는 여자를 남이 마음껏 갖고 놀게 하지는 않으리라. 저기 데스데모나가 오는군.

데스데모나와 에밀리아 등장

데스데모나　여보, 무슨 일이에요? 이 섬의 초대 받은 귀족들이 저녁 식탁 앞에서 당신이 참석하기를 기다리고 있어요.

오셀로　미안하오, 두통이 좀 있어서.

데스데모나　잠을 못 주무셔서 그러신 거니까 한 시간도 못 돼서 없어질 거예요. 제가 머리를 동여매 드릴게요.

오셀로　그 손수건은 너무 작군. (데스데모나, 손수건을 떨어뜨린다) 내버려 두고 저녁이나 들러 함께 갑시다.

데스데모나　당신, 정말 많이 안 좋으신가봐요. (오셀로와 데스데모나 퇴장)

에밀리아　이 손수건을 이렇게 쉽게 얻다니, 웬일이람. 무어 장군님께서 마님한테 주신 이 첫 번째 선물을 남편이 훔쳐오라고 그토록 사정했건만 어디 틈이 생겨야. 마님이 한시도 손에서 떼지 않고 여기에 입을 맞추면서 말을 건네곤 하니 말이야. 이 정표를 항상 몸에 간직해 달라는 장군님의 엄명에 따라 정말 애지중지하셨지. 남편이 이걸로 뭘 할지는 하늘이나 아시겠지. 나야 그이가 변덕스럽다는 것 외에는 아는 게 없으니까.

이아고 등장

이아고　아니, 여기서 혼자 뭘 하는 거야?

에밀리아　그런 식으로 날 나무라지 말아요. 당신에게 줄 게 있으니까요.

이아고　내게 줄 게 있다고? 보나마나 흔해빠진 거겠지.

에밀리아　말 다했수? 그토록 부탁한 손수건이라면?

이아고　그걸 훔쳐냈다고?

에밀리아　그게 아니라 마님이 바닥에 떨어뜨린 걸 내가 운 좋게 주운 거죠. 여기 봐요.

이아고　잘됐다. 어서 이리 줘. (손수건을 빼앗은 다음 에밀리아에게 키스를 한다)

에밀리아　이걸 대체 어디에 쓰려고 그렇게 조른 거죠?

이아고　그건 알아서 뭐 하려고?

에밀리아　그리 중요한 목적이 아니라면 그냥 돌려주세요. 마님이 없어진 것을 아시면 미쳐버릴지도 몰라요.

이아고　쓸 데가 있어서 그런 거니까 모르는 척하고 있어. 어서 가봐. (에밀리아 퇴장) 이 손수건을 카시오의 숙소에 슬쩍 떨궈 그가 줍게 해야지. 아무리 공기처럼 가볍고 보잘것없는 물건일지라도 질투심에 사로잡힌 자에게는 성경 말씀만큼이나 강력한 확증이 될 수 있는 법, 무어 녀석은 벌써 내가 준 독약에 맛이 갔어. 억측이라는 건 독약과도 같아서 처음에는 고약한 맛을 거의 느끼지 못하다가도, 차츰 핏속으로 퍼지면 온몸이 유황불처럼 타오르게 되는 거지. (오셀로 등장) 저길 보라니까! 그 어떤 아편이나 최면제, 이 세상의 온갖 잠 오는 약을 다 먹는다 해도 이젠 당신이 지난밤에 맛봤던 그 달콤한 잠을 다시는 즐기지 못하리라.

오셀로　허허! 나를, 나를 배신해?

이아고　아니, 장군님, 무슨 일이십니까? 그 얘기는 이제 그만하세요.

오셀로　비켜! 꺼져버려! 넌 나를 고문대에 올려놨어. 차라리 크게 속는 것이 조금 알고 있는 것보다는 낫겠지.

이아고 왜 그런 말씀을?

오셀로 아내가 나 몰래 욕정의 순간을 즐겼는지 생각지도 않은 채 잠을 잤어. 다음 날 밤에도 잘 자서 마음이 개운해졌지. 난 그녀의 입술에서 카시오의 키스 자국도 못 봤다니까. 도둑을 맞아도 본인이 진상을 모르고 있다면 알려주기 전까지는 도둑 맞은 것이 아니란 말일세.

이아고 이런 말씀까지 듣고 보니 죄송합니다.

오셀로 아무것도 몰랐더라면, 설사 군대 안의 졸병을 포함하여 모든 군인들이 그녀의 육체를 맛보았다 하더라도 나는 행복했을 텐데. 아! 마음의 평화와는 이젠 영원히 헤어져야 하는구나! 가슴을 그득 채웠던 만족감도 이제는 사라져버렸구나! 깃털 투구를 쓴 부대도, 야망을 미덕으로 바꾸어주는 전쟁도 이제는 다 끝장났구나!

이아고 그 무슨 말씀을!

오셀로 이놈, 내 사랑 데스데모나가 창녀라는 사실을 확실히 증명해봐라. 한 치의 의심도 품을 수 없도록 확실한 증거로 빈틈없이 입증을 못할 땐 슬픈 여생을 각오해라.

이아고 장군님, 격정에 사로잡히셨군요. 제가 그 원인이 되었으니 정말 후회가 되는군요. 어떤 장면을 보셔야 확신을 가지시겠어요? 장군님이 구경꾼처럼 입을 딱 벌린 채 그 녀석이 부인을 올라타고 있는 모습이라도 보시겠단 말씀인가요?

오셀로 이런, 빌어먹을! 그녀가 부정하다는 증거를 대봐!

이아고 저 역시 이 임무가 달갑지는 않습니다. 하지만 여태껏 충정으로 이 일에 관여해온 이상 어리석은 정직성으로 남은 얘기를 모두 털어놓겠습니다. 최근 저는 카시오와 함께 잠자리에 든 적이 있는데, 이런 잠꼬대를 하더군요. '아름다운 데스데모나, 우리 사랑을 들키지 않도록 조심합시다.' 그러더니 제 손을 꼭 움켜잡는 것이었습니다. 그러고는 '당신을 사랑해' 하더니 제 입술을 뿌리째 빨아들일 것처럼 힘껏 키스를 퍼부었죠. 그러더니 '잔인한 운명이여, 당신을 무어인에게 주다니!' 하고 큰소리로 외치더군요.

오셀로　　오, 정말 끔찍한 얘기로구나! 그년을 갈가리 찢어야겠군.

이아고　　이럴 때일수록 현명하셔야지요. 아직 무슨 짓을 하는 걸 직접 본 건 아니니까요. 그런데 혹 부인께서 딸기 무늬가 있는 손수건을 갖고 계신 걸 보신 적이 있습니까?

오셀로　　내가 아내에게 첫 번째 선물로 준 것이지.

이아고　　그 사실은 전혀 몰랐지만, 부인 것이 분명한 그 손수건으로 카시오가 수염을 닦고 있는 걸 봤습니다.

오셀로　　만일 그게 바로 그 손수건이라면…….

이아고　　그렇다면 부인에게 불리한 증거가 되는 거죠.

오셀로　　이 천하에 못된 놈의 모가지가 사천 개쯤 있었다면! 복수를 하기에 한 개는 너무 부족해. 이아고, 이제야 그 이야기가 사실이라는 걸 깨달았으니, 내 모든 어리석은 사랑을 허공에 날려 보내겠네. 검은 복수여, 지옥의 동굴에서 뛰쳐나오너라. 오, 사랑이여! 너의 왕관과 마음의 옥좌를 그 폭군 같은 증오심에게 넘겨줘라! 살무사 혓바닥으로 꿈틀거리는 가슴이여, 독으로 부풀어올라라!

이아고　　진정하시고 참으시죠. 마음이 변할지도 모르니까요.

오셀로　　그런 일은 결코 없을 거야. 내 잔인한 복수심은 지금 맹렬한 기세로 온몸을 흐르고 있다네. 기필코 복수할 때까지는, 저 변치 않는 빛나는 하늘에 걸고 맹세컨대 (무릎을 꿇는다) 절대로 물러서지 않겠네.

이아고   (같이 무릎을 꿇는다) 영원히 빛나는 천상의 찬란한 별들이여, 이 별을 둘러싼 대기여, 굽어살피소서. 나 이아고는 몸과 마음을 다해서 부당하게 배신당한 오셀로 장군님을 돕겠습니다. 장군님의 명령이라면 어떤 일이 있어도 복종하겠습니다. (두 사람 일어선다)

오셀로   이아고, 자네의 사랑을 진심으로 받아들이면서 즉시 시험에 붙이겠네. 사흘 안으로 카시오가 죽었다는 소식을 내게 전하라.

이아고   분부대로 제 친구는 죽이겠지만, 부인만은 살리시는 게…….

오셀로   망할 년! 음탕한 년! 자, 여기서 헤어지세. 나는 집으로 가서 그 아름다운 악마를 해치울 궁리를 해야겠네. 이제 내 부관은 자네인 줄 알게나.

이아고   저야 언제나 변함없는 장군님의 부하가 아닙니까.

제 4 장

같은 장소

데스데모나, 에밀리아, 어릿광대 등장

데스데모나   이보게, 카시오 부관님이 어디 거주하시는지 알고 있는가?

어릿광대 그건 감히 말씀드릴 수 없지요.

데스데모나 이유가 뭐지?

어릿광대 그분이 군인이라 그렇습니다. 군인의 거주지를 밝히는 건 칼 맞을 일이 아닙니까?

데스데모나 그럼 수소문을 좀 해줄 수 있겠나? 그분을 찾아서 이리로 좀 오시라고 전해주게. 내가 그분을 위해 장군님을 설득했으니까 모든 일이 잘될 것이라는 것도 말씀드리고.

어릿광대 그런 일이라면 제가 시도해보지요. (퇴장)

데스데모나 에밀리아, 내가 그 손수건을 어디서 잃어버렸을까?

에밀리아 마님, 저도 모르겠네요.

데스데모나 차라리 금화가 가득 든 지갑을 잃어버리는 편이 이보다는 나았을 거야. 고귀한 장군님이 질투심이 많지 않아서 다행이야.

에밀리아 장군님께선 질투심이 없는 편이세요?

데스데모나 누가? 그이가? 그분이 태어난 곳의 태양이 그런 성질을 모조리 말렸나봐.

에밀리아 저기 오시네요.

오셀로 등장

데스데모나 여보, 기분은 좀 어떠세요?

오셀로 괜찮소. (방백) 감정을 감추기가 정말 어렵군. 데스데모나, 당신은 어떻소?

데스데모나 좋아요, 여보.

오셀로 손 좀 주시오. 손이 촉촉하구려.

데스데모나 아직 세월도 슬픔도 겪지 않은 손이죠.

오셀로 이건 아낌없는 사랑과 풍요를 나타내는 증거요. 따뜻하면서도 촉촉한 당신의 이쪽 손은 방종을 멀리하도록 금식과 기도와 경건한 예배가 필요하다는 걸 보여주고 있소. 바로 여기에 젊은 악마 한 놈도 보이는군. 하지만 이건 착하고 인정이 많은 손이오.

데스데모나 맞는 말씀 같네요. 제 마음을 전해드린 것도 바로 이 손이니까요.

오셀로 아낌없이 주는 손이지! 옛날에는 마음이 서로 통해야만 손을 주곤 했는데, 요즘에는 마음도 없이 손만 주나보군.

데스데모나 무슨 말씀인지 잘 모르겠군요. 그런데 그 약속은 어떻게 되었죠?

오셀로 무슨 약속 말이오?

데스데모나 당신께 직접 말씀드리는 게 나을 것 같아 카시오를 부르러 사람을 보냈어요.

오셀로 자꾸 콧물이 나오는군. 손수건 좀 빌려주시오.

데스데모나 여기 있어요, 여보.

오셀로 내가 당신에게 준 그 손수건 있잖소.

데스데모나 지금은 없는데요.

오셀로 없다고?

데스데모나 네, 없어요.

오셀로 그 손수건은 이집트의 한 여자 마술사가 내 어머니께 드린 것이오. 사람들 생각을 잘 읽어내는 여자였는데, 그녀는 어머니께 이런 말을 한 적이 있소. 그 손수건을 갖고 있는 동안 여자는 남편의 사랑을 독차지할 수 있지만, 그걸 잃어버리거나 다른 사람에게 선물로 주면 남편은 아내를 혐오하게 되고, 외도를 하게 된다고 말이오. 어머니는 임종 때 그걸 내게 주시면서 내가 아내를 맞으면 그녀에게 주라고 이르셨소. 그래서 그것을 애지중지하라고 당부했던 거요. 당신의 보배 같은 눈처럼 주의를 기울여달라고 말이오. 그것을 잃어버리거나 누구에게 줘버리면 틀림없이 커다란 파멸을 맞을 거요.

데스데모나　어떻게 그런 일이?

오셀로　모두 사실이오. 마법으로 짠 손수건이니까. 태양이 200번이나 공전하는 동안 죽지 않고 살아온 마녀가 예언자의 광기로 한 올 한 올 짠 작품이라오. 그 명주실을 뽑아낸 누에도 신성할 뿐더러 물감은 어떤 도사가 처녀들의 심장을 달여낸 진액으로 만든 거라더군.

데스데모나　그게 정말이에요? 차라리 이야기를 듣지 않았다면 좋았을 걸! 그런데 왜 그렇게 무서운 어조로 말씀하세요?

오셀로　잃어버린 거요? 사라진 거요? 없어졌다는 말은 아니오?

데스데모나　잃어버린 건 아니지만, 만약 잃어버렸다면요?

오셀로　하!

데스데모나　잃어버린 건 아니라니까요.

오셀로　그럼 갖고 오시오. 내 눈으로 봐야겠소.

데스데모나　나중에 보여드릴게요. 제 부탁을 얼버무리려고 그러시는 것 같은데, 부탁이에요. 카시오를 그 자리에 다시 불러주세요.

오셀로　손수건이나 갖고 와요. 왠지 불안하군.

데스데모나　아이, 참! 카시오 얘기나 해보시라니까요.

오셀로 손수건!

데스데모나 오랫동안 당신의 사랑으로 당신과 위험을 나누었던…….

오셀로 젠장!(퇴장)

에밀리아 저분이 질투심이 없으시다고요?

데스데모나 저러신 적은 한 번도 없었는데. 분명히 그 손수건에 무언가 신비로운 게 있나본데, 그걸 잃어버렸으니 어떡하면 좋지!

에밀리아 남자들의 속은 한두 해 겪어서는 결코 알 수 없답니다. 남자들이 모두 위장이라면 여자들은 음식이니까요. 결국 남자들은 허겁지겁 여자들을 먹어치우고는 속이 꽉 차면 도로 뱉어내게 마련이죠. 어머, 카시오 부관님과 제 남편이 오는군요.

   카시오와 이아고 등장

이아고 별 도리가 없잖아요. 마님만이 하실 수 있는 일이니 부탁해보는 수밖에. 아, 정말 운이 좋군요. 가서 사정해보세요.

데스데모나 안녕하세요, 카시오 부관님?

카시오 부인, 일전에 부탁드린 일로 이렇게 찾아왔습니다. 부인께서 저를 생각해주셔서 제가 다시 살아갈 수 있도록, 또한 제가 그 누구보다 극진히 여기는 장군님의 사랑 받는 일원으로 돌아갈 수 있도록 모쪼록 애써주십사고 간청드리는 바입니다.

데스데모나 카시오 부관님, 아무리 간청해봤자 소용이 없네요. 남편이 겉모습은 그대로지만 기분이 옛날 같지 않아요. 조금만 더 참으셔야겠어요. 제가 할 수 있는 일은 다 할 생각이니까요.

이아고   장군님께서 화가 나셨다고요?

에밀리아   방금 떠나셨는데, 분명히 예전과는 다르셨어요.

이아고   그분도 화를 내실 때가 다 있습니까? 대포가 당신의 부하들을 공중 분해시킬 때도 그토록 침착하시던 분이 화를 내시다니, 뭔가 큰일이 생긴 거로군. 제가 가서 뵙겠습니다.

데스데모나   그래주세요. (이아고 퇴장) 틀림없이 나랏일 때문일 거야. 바로 그거야. 그래, 남자들을 신으로 알아서도 안 되지만, 신혼에나 어울리는 자상함을 언제나 기대해서도 안 되지. 에밀리아, 내가 잘못한 것 같아. 투정만 한 내가 잘못이야.

에밀리아   마님 생각대로 질투 같은 게 아니라 나랏일로 기분이 상하신 거라면 좋겠네요.

데스데모나   어쩌지? 하지만 난 의심받을 짓을 하진 않았잖아.

에밀리아   의심이 많은 사람들에게는 그런 대답이 통하지 않는 법이죠. 이유가 있어서 의심하는 게 아니라 의심 때문에 의심하는 거니까요. 의심이란 스스로 생겨나거나 태어나는 괴물이랍니다.

데스데모나   카시오 부관님, 나는 그이를 찾아볼 테니 이 근처를 떠나지 마세요. 기회를 봐서 당신 얘기를 해볼게요.

카시오   허리 숙여 감사를 표합니다. (데스데모나와 에밀리아 퇴장)

   비앙카 등장

카시오   미안해, 비앙카. 그간 우울한 일이 좀 있어서 그랬어. 그러나 때가 되면 그동안 빚진 것을 모두 갚을게. 사랑스런 나의 비앙카, 이 무늬를 (데스데모나의 손수건을 주면서) 그대로 좀 베껴주겠어?

비앙카   카시오, 이건 어디서 났죠? 새로운 애인이 준 정표 같은데? 그동안 못 만난 이유를 이제야 알겠군. 정말 그런 거야?

카시오   엉뚱한 소리는 하지도 마. 내 방에서 주운 거야. 이 딸기 무늬가 마음에 들어서 갖고 있는 것뿐이야. 주인이 돌려달라고 하기 전에 베껴 두고 싶으니 가지고 가서 좀 해줘요. 그리고 오늘은 그만 가보라고.

비앙카   날더러 가라고? 왜?

카시오   장군님이 곧 오실 건데 당신과 있는 걸 보이고 싶지 않아. 곧 당신을 찾아갈게.

비앙카   알았어. 다 때가 있는 법이니 까. (퇴장)

제 4 막

제 1 장

성 앞

오셀로와 이아고 등장

오셀로 놈이 뭐라던가? 허, 그놈이 무슨 말을 했는데?

이아고 했다고요……. 뭘 했는지는 모르지만.

오셀로 내 아내와?

이아고 '와'든 '위'든, 그건 좋으실 대로 생각하세요.

오셀로 내 아내와 잤다는 건가, 내 아내 위에서 잤다는 건가? 제기랄, 그런 역겨운 말을! 남자들은 여자를 헐뜯고 싶을 땐 같이 자지도 않고 서 잤다고 우기는 법이지만, 내 아내 위에서 잤다니! 손수건, 자백, 손수 건! 먼저 자백을 시킨 다음 수고한 대가로 놈을 교수형에 처하게. 아냐, 먼저 교수형에 처한 다음 고백을 시키게. 아, 치가 떨리는구나. 딱히 짚 이는 것도 없는데 내가 이렇게 마음이 헝클어질 리가 없지. 내가 그까 짓 말만 듣고 이렇게 떠드는 건 잘못이야. 제기랄! 두 연놈이 코와 코, 귀와 귀, 그리고 입술과 입술을 서로 비벼댔다니! 그럴 수가! 자백이라

고? 손수건은! (기절해서 쓰러진다)

이아고   내 약이 드디어 약효를 발하는구나. 남의 말을 쉽게 믿는 바보들은 이렇게 무너지고, 수많은 정숙한 귀부인들은 또 아무런 죄도 없이 이런 식으로 치욕을 당하고 쓰러지는 거지. 장군님! 정신 차리시라니까요, 오셀로 장군님!

   카시오 등장

카시오   무슨 일인가?

이아고   장군님께서 간질로 발작을 일으키셨어요. 어제도 한 번 그러셨는데, 이번이 두 번째죠.

카시오   관자놀이께를 문질러드려.

이아고   아닙니다. 이렇게 혼수 상태에 빠졌을 땐 가만히 놔둬야지, 잘못 건드리면 게거품을 물고 사나운 광기를 보일 것입니다. 보세요, 몸을 움직이시는군요. 부관님은 잠시만 뒤로 물러나 계십시오. 장군님이 회복되어 돌아가시고 나면 꼭 드릴 말씀이 있습니다. (카시오 퇴장) 장군님, 괜찮으세요? 머리는 안 다치셨습니까?

오셀로   지금 나를 놀리는 건가?

이아고   장군님을 놀리다뇨? 천만에요. 장군님께서 사나이답게 불운을 잘 견디시기만을 빌 뿐입니다.

오셀로   그렇겠지.

이아고   그럼 잠깐만 저쪽으로 가서서 가능한 한 자제력을 발휘하며 기다리고 계십시오. 조금 전 장군님께서 비탄을 못 이기신 나머지 여기 쓰러지셨을 때 카시오 부관이 왔거든요. 제가 정신을 잃으신 이유를 적당히 둘러대서 얼버무린 뒤 할 말이 있으니 잠시 후에 다시 오라고 보냈습니다. 그러니 몸을 숨기신 뒤 그 녀석의 표정을 자세히 관찰해보십시오. 제가 부인을 어디서, 어떻게, 언제부터, 얼마나 자주 만났는지, 그리고 언제 또 만날 건지 물어볼 테니 그의 표정과 몸짓을 지켜보십시오. 저런, 참으셔야 하는데. 안 그러시면 화만 내실 줄 알았지 남자다운 데는 하나도 없는 분으로 알고 있겠습니다.

오셀로 염려 말게, 이아고. 아주 교묘하게 참을 테니까. 하지만 누구보다 더 잔인한 사람이 될 수도 있지.

이아고 그거야 좋습니다만 자제력을 잃지는 마셔야죠. 저기, 저쪽에 가 계시는 게 어떻겠습니까?(오셀로, 볼 수는 있지만 들을 수는 없는 곳에 몸을 숨긴다) 이젠 카시오 녀석한테 매춘부 비앙카 얘기를 꺼내야지. 아마 카시오는 비앙카 얘기라면 웃음을 참지 못할걸? 옳지, 마침 나타났구나.

카시오 다시 등장

이아고 기분이 어떠십니까, 부관님?

카시오 그 호칭을 들으니 더욱 기분이 나빠지는군. 그 직위를 잃은 뒤엔 죽을 맛이라네.

이아고 데스데모나 부인께 잘 부탁드리면 다시 찾으실 수 있을 겁니다. (작은 소리로) 물론 그 일이 비앙카의 입에 달렸다면 벌써 해결됐을 터이지만!

카시오 허허, 딱한 계집!

오셀로　(방백) 저런, 벌써 웃고 있네!

이아고　그 여자하고 곧 결혼할 거라는 얘기가 들리던데, 그게 사실입니까?

카시오　하 하 하!

오셀로　(방백) 로마인처럼 승리를 거뒀다, 이건가?

카시오　결혼이라고? 그 매춘부하고? 내 판단력이 그 정도인 줄 아나? 날 너무 얕잡아보지는 말게. 하 하 하!

오셀로　(방백) 그래, 그래. 나중에 웃는 자가 승자니까. 그래, 나를 능멸했겠다? 좋다.

카시오　고것이 방금 전에도 여길 다녀갔네. 내가 어디를 가든 뒤를 쫓아다니니까. 하루는 내가 해변에서 베니스 사람 몇 명과 얘기를 나누고 있는데, 그 잡것이 거기까지 따라와서는 내 목을 이렇게 팔로 꼭 끌어안고는……

오셀로　(방백) '아, 사랑하는 카시오!'라고 외쳤겠지! 몸짓을 보아하니 그런 뜻인가본데?

카시오　매달려서 찔끔거린 적도 있었지. 나를 이렇게 힘껏 껴안더라니까. 하 하 하!

이아고　어이쿠! 그 여자가 오네요.

　　비앙카 등장

카시오　향수 냄새가 진동하는군! (비앙카에게) 족제비 같은 게 무슨 생각으로 날 이렇게 쫓아다니는 거야?

비앙카 당신은 악마한테 쫓겨다녀도 싼 위인이야. 조금 전엔 또 무슨 생각으로 내게 그 손수건을 준 거지? 내가 그런 걸 다 받다니, 지지리도 못난 바보지. 딸기 무늬를 모조리 베끼라고? 손수건이 방에 떨어져 있었는데도 누가 떨어뜨렸는지조차 모른다고? 그럴 듯한 변명이지만 어떤 음탕한 년의 정표가 아니라면 뭐겠어? 그런데 내가 왜 그걸 베껴야 하냐고! 자, 도로 가져가서 그 쌍년한테나 돌려줘.

카시오 사랑하는 나의 비앙카! 도대체 무슨 일이야?

오셀로 (방백) 맙소사, 저건 내 손수건이잖아!

비앙카 오늘 밤 저녁 먹으러 올 테면 오고, 안 그러면 다음에 오겠다는 꿈도 꾸지 마. (퇴장)

이아고 따라가서야죠. 따라가시라니까!

카시오 그래야겠지? 그냥 내버려두면 길 한복판에서 내게 악담을 퍼부을 테니까.(퇴장)

오셀로 (앞으로 나오면서) 이아고, 저놈을 어떻게 죽여버릴까?

이아고 보셨죠? 그가 얼마나 악행을 즐기는지? 그리고 그 손수건도 보셨겠죠?

오셀로 내 것이 맞지?

이아고 네, 맹세할 수도 있습니다. 게다가 그는 장군님 부인을 어리석은 여자 취급을 하다군요! 부인은 손수건을 그에게 주셨는데, 그는 그것을 창녀한테 줘버렸으니.

오셀로 놈을 9년에 걸쳐 괴롭히면서 죽여야겠다! 망할 년! 난 그녀를 있는 그대로 말했던 거라고. 바느질 솜씨도 그만이고 음악에도 뛰어난 여자니까. 사나운 곰조차 그녀의 노래를 들으면 야수성을 잊어버릴걸!

게다가 재치도 뛰어난 편이고 창의력도 풍부했지!

이아고　그러니까 더욱더 나쁘죠.

오셀로　천 배 만 배나 나쁘지. 그 위에다 성품은 또 얼마나 온순한가.

이아고　지나치게 유순하셨죠.

오셀로　간통을 저지르다니, 그년을 갈아 마셔도 시원치 않을 거야!

이아고　더러운 짓이죠.

오셀로　그것도 내 부하와! 독약 좀 갖다주게, 이아고. 오늘 밤 당장! 난 그녀와 오래 얘기하지는 않을걸세. 그녀의 아름다운 얼굴과 육체 때문에 결심이 무너질지도 모르니까. 이아고, 오늘 밤일세.

이아고　독약을 쓰시지 말고 침대에서 목을 조르시죠. 그녀가 더럽힌 바로 그 침대에서 말입니다.

오셀로　좋아, 좋아! 그게 더 정당한 것 같군. 아주 좋아!

이아고　그리고 카시오의 처형은 제게 맡겨주십시오. 자정 무렵에 소식을 전하겠습니다.

오셀로　그게 좋겠네. (안에서 나팔 소리) 그런데, 이 시각에 웬 나팔 소리인가?

로도비코, 데스데모나 및 시종들 등장

이아고　베니스에서 무슨 일이 생긴 것 같습니다. 공작님이 보내신 로도비코가 부인과 함께 오셨네요.

로도비코　장군님께 신의 가호가 있기를!

오셀로　고맙소, 잘 오셨습니다.

로도비코   공작님과 베니스 의원들이 전한 문안 인사를 올리겠습니다. (오셀로에게 편지를 준다)

오셀로   그분들의 뜻을 기쁜 마음으로 받아들이겠습니다. (편지를 펴고 읽기 시작한다)

데스데모나   오라버니, 무슨 소식이라도 있나요?

이아고   어른을 뵙게 되어 대단히 반갑습니다. 키프로스에 정말 잘 오셨습니다.

로도비코   고맙네. 카시오 부관은 잘 지내시겠지?

이아고   무사하십니다.

데스데모나   오라버니, 부관님과 장군님 사이가 요즘 벌어졌어요. 오라버니가 다 알아서 해결해주실 거죠?

로도비코   장군과 카시오 사이가 벌어졌다고?

데스데모나   유감스럽게도 그렇게 됐어요. 저는 무슨 일이 있더라도 두 분을 화해시키고 싶어요. 카시오 부관님을 좋아하니까.

오셀로   빌어먹을!

데스데모나   왜 그러세요, 여보?

오셀로   지금 제정신이오?

데스데모나   화가 나셨나봐요, 여보?

로도비코   편지 때문이겠지. 내 생각이지만 장군에게는 귀국을 명하고, 통수권을 카시오에게 위임하라는 내용인 듯싶던데.

오셀로   이 악마 같으니라고! (그녀를 때린다)

데스데모나   제가 뭘 잘못했죠?

로도비코   장군, 만일 베니스에서 이랬다면 아무도 믿지 않았을 거요.

너무 심한 행동을 했소. 동생을 달래주시오. 지금 울고 있잖소.

오셀로   오, 악마가 따로 없군! 이 대지가 여자의 눈물로 잉태할 수 있다면, 네년이 흘리는 눈물 방울방울마다 악어가 태어나겠지. 어서 썩 꺼지지 못할까?

데스데모나   저 때문에 기분이 상하셨다면 가보겠어요. (퇴장)

오셀로   카시오에게 제 지위를 넘겨주겠소. 로도비코, 키프로스에 잘 오셨소. 오늘 저녁식사나 함께 합시다. 에잇, 염소나 원숭이 같은 것들! (퇴장)

로도비코   저 고결한 무어인이 바로 우리 상원 전체가 이구동성으로 완벽하다고 격찬했던 바로 그분인가? 빗발치는 총알이나 난데없이 날아드는 환란의 화살로도 해칠 수 없었다는 바로 그 대단한 덕망을 갖췄다는 그분이 맞는가?

이아고   많이 변하셨습니다.

로도비코   정신이 온전한 것 같지 않군. 혹시 머리가 돈 건 아닌가?

이아고   두 눈으로 보신 대로 그렇습니다. 앞으로 또 어떻게 더 변하실지 전혀 예측할 수가 없습니다만, 아직 그렇게 되신 게 아니라면 차라리 그렇게 되시는 게 나을 듯싶기도 합니다.

로도비코   혹시 편지에 자극받은 나머지 저러는 건가? 내가 정말 사람을 잘못 본 것 같군. (두 사람 퇴장)

제 2 장

성 안의 방

오셀로와 에밀리아 등장

오셀로 그래, 아무것도 못 봤단 말인가?

에밀리아 보고 들은 것도, 수상하다고 느낄 만한 것도 없었습니다.

오셀로 하지만 내 아내와 카시오가 함께 있는 건 봤겠지?

에밀리아 그렇긴 하지만 수상한 행동은 하지 않으셨는걸요. 두 분이 주고받으신 얘기는 한마디도 빠뜨리지 않고 들었으니까요.

오셀로 뭐야, 둘이서 속삭인 적도 없었다고?

에밀리아 전혀 없었습니다.

오셀로 너를 밖으로 내보낸 적은?

에밀리아 전혀요, 장군님.

오셀로 가서 마님더러 이리 오라고 말해주게. (에밀리아 퇴장) 저것도 말은 제법 하는 축이지만 단순한 뚜쟁이라 정작 중요한 얘기는 할 줄 몰라. 어쩌면 교활한 창녀일지도 모르지. 자물쇠와 열쇠를 모두 갖춘 사악한 비밀 금고거나.

데스데모나와 에밀리아 등장

데스데모나　여보, 무슨 일이세요?

오셀로　이리 가까이 오시오. (에밀리아에게) 자넨 나가서 할 일이나 하게. 우리는 그 짓을 할 거니까 문을 꼭 닫아주게. 그리고 누가 오면 헛기침을 하고. 자, 어서 나가! (에밀리아 퇴장)

데스데모나　그게 무슨 뜻이죠? 당신 말에 노기가 담겨 있는 건 알겠지만, 무슨 뜻인지 전혀 알아들을 수가 없군요.

오셀로　대체 넌 뭐냐?

데스데모나　당신의 아내, 진실하고 충실한 부인이지요.

오셀로　그럼 그렇게 맹세를 하고 지옥에나 떨어지지그래. 얼굴이 천사같이 생겼으니 악마들이 안 잡을지도 모르지. 그러니까 정절을 맹세하고 지옥을 두 번 가보시지.

데스데모나　하늘이 진실을 보고 있어요.

오셀로　물론 하늘은 진실을 알고 계시지. 지옥 같은 너희 죄를.

데스데모나　누구에게, 여보? 누구와 무슨 죄를 저질렀다는 거예요?

오셀로　아, 데스데모나! 저리 가! 저리 가! 저리 가라니까!

데스데모나　고귀한 당신께서는 제가 정숙하다는 것을 누구보다 잘 아실 텐데요.

오셀로　오, 맞아. 없애자마자 바로 나타나는 여름철 쉬파리처럼 그대는 정숙하지. 오, 잡초 같은 여자여! 그대는 왜 그리 향기롭고 아름다운가? 냄새가 너무 달콤하여 코를 찌르는구나. 아예 태어나지 말았더라면 좋았을걸!

데스데모나　아아, 저도 모르게 제가 무슨 죄를 저질렀나요?

오셀로　이 깨끗한 종이로 멋진 책을 만들어 그 안에 '창녀'라고 적어

넣으라고? 당신이 무슨 죄를 저질렀느냐고? 죄를 저질렀지! 이 뭇 남자들의 노리개야! 네 행실을 입에 담는 것만으로도 내 뺨은 불타는 용광로로 바뀌고 도덕심은 모조리 잿덩이로 변할 것이다. 죄를 저지르다니! 이 뻔뻔한 창녀 같으니라고!

데스데모나   저를 정말이지 오해하고 계십니다.

오셀로   네가 창녀가 아니란 말이지?

데스데모나   물론이죠. 저는 기독교인이니까요. 모든 더럽고 불미스런 접촉으로부터 남편을 위해 몸을 깨끗하게 지켜온 여자가 창녀가 아니라면, 저는 당연히 창녀가 아닙니다.

오셀로   미안하오. 난 당신이 이 오셀로와 결혼한 베니스 출신의 영악한 창녀인 줄 알았소. (퇴장)

     에밀리아 등장

에밀리아   저런, 마님 괜찮으세요? 저분이 대체 무슨 생각으로 저러시지? 착한 마님, 왜 그러세요?

데스데모나   꼭 악몽을 꾸는 것 같아. 눈물이 나도 울 수도 없고, 대답할 말도 없으니까. 부탁이 있는데, 오늘 밤에는 잊지 말고 결혼식날 덮었던 이불을 준비해줘. 그리고 자네 남편을 좀 불러주고.

에밀리아   정말 변하셨네! (퇴장)

     이아고와 에밀리아 등장

180

이아고   부르셨습니까, 마님?

에밀리아   글쎄, 장군님께서 마님더러 창녀라고 욕을 하시더니 진실한 사람이라면 도저히 견디기 어려운 악담과 독설을 퍼부으셨답니다.

데스데모나   이아고, 그게 나의 호칭인가?

이아고   어떤 호칭을 말씀하시는 겁니까?

데스데모나   그이가 나를 불렀던 바로 그 호칭 말일세.

에밀리아   마님더러 창녀라고 하셨다니까요. 아무리 술 취한 거라도 제 계집에게 그런 말을 안 할 텐데.

이아고   울지 마세요. 울지 마세요. 이 일을 어떻게 풀어야 한담!

에밀리아   우리 마님께서 창녀라는 소리나 들으시려고 그토록 수많은 귀족들과 아버님과 친구들을 버리신 건가요? 어떻게 눈물이 나오지 않겠어요?

데스데모나   비참한 내 운명을 탓해야겠지.

이아고   몹쓸 양반이시군요! 어째서 그런 변덕을 부리셨을까요?

에밀리아   틀림없이 남의 일에 쓸데없이 나서고 속여먹고 사기나 치는 어떤 흉악한 놈이 한자리 얻어볼까 하고 꾸며낸 험담일 거예요. 내 말이 틀렸으면 목을 매달아도 좋아요.

이아고   그런 바보 같은 놈이 어디 있겠어? 불가능한 일이야!

데스데모나   그런 악한이 있다면 하늘이여, 용서해주소서!

에밀리아   용서를 해도 목을 매단 다음에 해야겠죠. 지옥으로 떨어져 썩어문드러져라! 오, 하늘이시여! 그런 불한당들을 가려내어 밝고 환한 곳에서 발가벗긴 다음 정직한 사람들이 이 세상 끝에서부터 끝까지 질질 끌고 다니며 채찍질하게 해주소서!

이아고　누가 들을라.

에밀리아　재수 없는 놈들! 당신이 나랑 장군님 사이를 의심하도록 만든 것도 다 그 비슷한 불한당일 거야.

이아고　바보 같은 소리는 하지도 마.

데스데모나　오, 이아고. 어떻게 해야 그이의 마음을 되돌릴 수 있을까? 한번 그이에게 가주게. 이 자리에서 무릎 꿇고 맹세라도 할 수 있네. 난 그이의 사랑을 내 의지나 행동으로 어긴 적이 한 번도 없고, 내 눈이나 귀의 즐거움을 위해 한눈 판 적도 없다네.

이아고　안심하세요. 감정적인 문제니까요. 나랏일 때문에 감정이 상하셔서 마님께 그러셨을 거예요.

데스데모나　정말 그것 때문이라면…….

이아고　틀림없이 그럴 겁니다. (안에서 나팔 소리) 들어보십시오. 저녁 식사 시간을 알리는 나팔 소립니다. 베니스의 높으신 양반들께서 기다리고 계시니 눈물을 닦고 들어가시지요. 다 잘될 겁니다. (데스데모나와 에밀리아 퇴장)

로데리고 등장

로데리고　이아고, 자넨 잔머리를 굴리며 나를 자꾸 요리조리 피하고 있잖아. 나에게 일말의 희망을 주기는커녕 생각해보니, 자네는 나를 위해 일하는 척하면서 오히려 제 잇속만 챙기고 있는 거야. 나도 더 이상 참을 순 없네. 여태껏 바보 취급을 당한 것만 해도 너무 괘씸해서 조용히 입을 다물 생각도 없다고.

이아고   이것 보세요, 내 말 좀 들어보시라고요.

로데리고   자네 말이야 이미 너무 많이 들었네. 자넨 언행이 일치하지 않잖아?

이아고   너무 지나친 비난이십니다.

로데리고   그게 사실이니 어쩌겠나? 난 전 재산을 날려버렸네. 자네가 데스데모나에게 전해주겠다고 내게서 가지고 간 보석이라면 수녀라도 구워삶을 수 있을 정도가 아닌가.

이아고   지금 잘 되어가고 있습니다.

로데리고   잘 되어간다고? 이봐! 난 지금 이 모양 이 꼴이고, 잘 되어가는 건 하나도 없어! 그래서 비로소 속았다는 걸 깨닫게 된 거지. 내가 직접 데스데모나를 만나야겠어. 그녀가 내 보석들을 돌려주면 나도 구애를 포기하고 앞으로는 이런 짓을 안 할 생각이지만, 만일 안 돌려주면 자네에게 배상을 요구할 테니 그리 알아두게.

이아고   이제부턴 당신을 달리 평가해야겠군요. 당신은 방금 제게 아주 정당한 반론을 제기하셨습니다. 그러나 분명히 말해둘 것은 나 역시 당신 일을 똑바로 처리했다는 것입니다.

로데리고   그렇게 보여야 말이지.

이아고   그래요. 그렇게 보이지 않았다는 것은 시인합니다. 하지만 로데리고, 만일 당신이 진정으로 용기와 결심을 갖고 있다면, 오늘 저녁에 그걸 보여주십시오. 만일 내일 밤에 당신이 데스데모나와 즐기지 못한다면 제 생명을 앗아가도 좋습니다. 제 말을 잘 들으십시오. 오늘 베니스로부터 특명이 떨어졌는데, 오셀로 자리에 카시오를 대신 앉히라는 분부였습니다.

로데리고　정말인가? 그럼 오셀로와 데스데모나는 베니스로 돌아가야 하잖아?

이아고　천만의 말씀. 그 녀석은 아름다운 데스데모나를 데리고 고향인 모리타니아로 갈 겁니다. 만일 뜻밖의 사건이라도 터져서 결정된 걸 바꾸지 못하는 한 그렇다는 겁니다. 이를테면 카시오를 없앨 수 있다면 이야기가 백팔십도 달라지겠죠.

로데리고　무슨 뜻인가, 없앤다는 게?

이아고　그긴 카시오 놈이 오셀로 사리를 차지하지 못하도록 손을 쓴다는 뜻이죠. 머리통을 박살내면 되니까.

로데리고　그런데 지금 그 일을 나더러 하라는 건가?

이아고　그렇습니다. 당신을 위해서 정당한 일을 감행할 수 있으시다면 말입니다. 놈은 오늘 밤 창녀와 저녁을 먹을 건데, 적당한 때 처치해버리십시오. 저도 가까운 데 있다가 옆에서 도와드릴 테니까요. 결국 놈은 우리 둘 사이에서 최후를 맞는 거죠. 자, 그렇게 서 있지 말고 함께 갑시다. 그놈이 당신을 위해서라도 죽어야 할 이유를 설명해드릴 테니까요. (모두 퇴장)

성 안의 다른 방

오셀로, 로도비코, 데스데모나, 에밀리아 및 시종들 등장

로도비코   데스데모나, 잘 있거라. 정말 고맙구나.

데스데모나   천만에요, 오셔서 정말 기뻐요.

오셀로   그럼 가실까요? 아 참, 데스데모나, 당신은 잠자리에 드시오. 내 곧 돌아올 테니, 시녀도 내보내시오. 잊지 말고.

데스데모나   네, 그럴게요. (오셀로, 로도비코, 시종들 함께 퇴장)

에밀리아   무슨 일일까요? 아까보다 부드러워보이시는 게……

데스데모나   그이가 곧 돌아올 모양이야. 나더러 먼저 잠자리에 들라고 하시는구나. 그리고 너는 내보내야 할 것 같아.

에밀리아   절 내보내시려고요?

데스데모나   에밀리아, 지금은 그이의 비위를 거슬리고 싶지 않아.

에밀리아   차라리 마님이 그분을 안 만나셨더라면!

데스데모나   난 그렇지 않아. 그분을 진정 사랑하기 때문이겠지만 거친 성품도, 고집과 찡그린 얼굴조차 멋있어 보이고 매력으로 보여. 핀이나 뽑아줘.

에밀리아   아까 말씀하신 그 이불은 침대에 갖다놨어요.

데스데모나   그건 됐어. 나 참 바보 같지? 혹시 내가 너보다 먼저 죽게 되면 저 이불로 내 몸을 좀 감싸줘.

에밀리아　아니, 그게 무슨 말씀이세요?

데스데모나　우리 어머니의 하녀 중에 바바라란 처녀가 있었는데, 어느 날 사랑했던 남자가 미쳐서 그녀를 버렸다는구나. 그날 이후 바바라는 〈버드나무의 노래〉라는 곡을 즐겨 부르곤 했대. 오래된 곡이지만 노랫말이 그녀의 운명을 예언해준 듯싶었지. 결국 그녀는 그 노래를 부르면서 죽었다는데, 오늘 밤엔 웬일인지 그 노래가 생각나는구나. 나도 불쌍한 바바라처럼 고개를 푹 숙이고 그 노래를 부르게 될 것만 같아. 이제 가봐, 에밀리아. 그런데 갑자기 눈이 가렵네. 울 일이 생기려나?

에밀리아　그런 말은 믿지 마세요.

데스데모나　아냐, 맞는 것 같아. 오, 세상 남자들이란! 대답해봐, 에밀리아. 세상에 자기 남편들을 그렇게 추잡한 방식으로 속이는 여자들이 정말 있을까?

에밀리아　그야 있기는 있죠.

데스데모나　이 세상을 몽땅 준다면 그런 짓을 하게 될까?

에밀리아　어둠 속에서라면 저도 할 수 있을 것 같아요.

데스데모나　이 세상을 몽땅 준다면 정말 그럴 거야?

에밀리아　이 세상은 이토록 엄청나게 큰데, 작은 죄의 대가로는 괜찮은 게 아닐까요? 저는 할 수 있을 거예요. 끝낸 다음 취소할 수도 있잖아요? 물론 그까짓 쌍가락지나 비단 몇 필, 또는 옷가지나 모자 따위를 준다면 안 하겠지만 세상 전부를 준다면야 할 수 있죠.

데스데모나　이 세상을 다 준다고 해서 그런 짓을 할 바에는 차라리 죽고 말겠어.

에밀리아　　나쁜 일이라 해봐야, 이 세상에서 저지른 일에 불과하죠. 수고의 대가로 세상을 얻는다면 어차피 자기 세상이니, 퍼뜩 제대로 만들어놓으면 되잖아요.

데스데모나　　그런 여자는 없을 거라고 생각해.

에밀리아　　세상을 다 준다면 적어도 수십 명은 나설걸요? 그러나 부인이 타락하는 건 결국 남편들 잘못이라고 생각해요. 우리들도 자기들과 똑같다는 걸 남편들도 알아야 해요. 그들이 잘못 행동한 결과로 우리도 잘못할 수 있다는 것을 그들에게 알려줘야 한다고요.

데스데모나　　잘 자, 에밀리아. 하늘이시여, 비록 악행을 보고 듣더라도 그것을 본뜨지 말고 오직 선행을 하도록 도와주십시오. (퇴장)

제 5 막

제 1 장

거리

이아고와 로데리고 등장

이아고　여기, 이 가게 뒤에 서 계세요. 놈이 곧 올 테니까 단검을 들고 계시다가 푹 찌르시면 돼요. 겁내실 것도 없습니다. 제가 곁에 있을 테니까. 우리 일이 되느냐 안 되느냐는 바로 이 일에 달렸다고 생각하시고 단단히 마음먹으세요.

로데리고　가까이 있어줘. 실패할지도 모르니까.

이아고　그래야죠. 용기를 내서 칼을 잡으세요. (뒤로 물러난다)

로데리고　좋아, 눈 딱 감고 사람 하나 없애는 거야. 이왕 칼을 빼 들었으니 그 녀석을 죽이자.

이아고　저 풋고추 같은 놈을 약올려서 화를 돋웠더니 이제야 제대로 성을 내는구먼. 저놈이 카시오를 죽이든지, 카시오가 저놈을 죽이든지, 아니면 둘이 함께 죽든지 해야 내 판이 되겠구나. 하지만 두 놈이 다 살아남으면 나한테 좋을 게 하나도 없거든. 만일 로데리고가 살아남으면 데스데모나에게 선물한다는 구실로 내가 속여 뺏은 황금과 보석을 당장 배상해달라고 요구할 게 아닌가. 그건 안 되지. 그렇다고 카시오가 살아남으면 그의 삶과는 대조적인 내 꼴이 더욱 추하게 보일 수 있거든. 게다가 무어인이 그에게 내 얘기를 털어놓을 수도 있으니, 내가 위험해진단 말씀이야. 안 돼. 그는 반드시 죽어야 돼.

카시오 등장

로데리고   발소리를 들으니 알겠다, 그놈이야. 이놈아, 내 칼을 받아라!
(카시오를 찌른다)

카시오   나를 찌르다니, 내 적이 분명하군. 하지만 내 조끼가 생각보다는 두꺼울걸? 어디, 네놈은 얼마나 두껍게 입었는지 시험해보자. (칼로 로데리고를 찌른다)

로데리고   오, 난 이제 죽었구나! (이아고가 뒤에서 카시오의 다리를 찌르고 퇴장)

카시오   윽! 난 불구가 되겠구나. 횃불을 밝혀라! 사람 살려! 살인, 살인이다! (쓰러진다)

오셀로 등장

오셀로   카시오의 목소리다. 이아고가 약속을 지켰나보군.
로데리고   아, 내가 정말 나쁜 놈이지!
오셀로   쉿, 과연 그렇구나.

카시오 사람 살려! 횃불을 밝혀라! 의사를 불러줘!

오셀로 정직 공평하고 충성스러운 이아고, 친구의 고통과 치욕을 자기 일처럼 절실하게 여기고 발 벗고 나서다니, 정말 배울 게 많구나. 이 못된 것아, 네 애인은 죽어서 쓰러졌고, 저주받은 네 운명도 종말을 향해 치달리고 있는 줄 알아라. 기다려라, 매춘부야! 환상적인 너의 두 눈은 이미 내 마음에서 지워진 지 오래고, 욕망으로 물든 네 잠자리 또한 욕망의 피로 얼룩질 테니까. (퇴장)

로도비코와 그라반쇼 등장

카시오 아니, 보초도 행인도 없느냐? 살인이다, 살인!

그라반쇼 어디서 사고가 났나? 비명 소리잖아.

카시오 오, 사람 살려!

로도비코 쉿! 두세 명이 신음하는 소리 같지만, 캄캄한 밤인데다 속임수일지도 모르는데 우리끼리만 다가가는 건 안전치 못합니다.

로데리고 사람은 아무도 안 보이네. 이젠 다 틀렸어. 나는 이렇게 피를 흘리며 죽어가고 있는데.

이아고가 횃불을 들고 등장

로도비코 쉿!

그라반쇼 누군가 잠옷바람으로 횃불과 무기를 들고 오는군.

이아고 거기 누구요? 사람 살리라고 외친 사람이 누구요?

190

로도비코   난 모르겠소.

이아고   고함소리를 못 들었단 말이오?

카시오   여기요, 여기! 제발 도와주시오!

이아고   이게 어떻게 된 일이오?

그라반쇼   저 사람은 오셀로의 기수가 아닌가?

로도비코   그렇습니다. 아주 용감한 친구지요.

이아고   큰소리로 고함을 지르는 당신은 누구요?

카시오   이아고가 아닌가? 아, 나는 악당들 때문에 죽게 됐네! 어서 나 좀 도와주게.

이아고   아니, 부관님이시군요! 어떤 놈이 그랬습니까?

카시오   두 놈 중 하나는 이 근처에 쓰러져 있는 듯싶네.

이아고   이런 나쁜 놈들이! (로도비코와 그라반쇼에게) 거기 서 계신 양반들, 이리 와서 좀 도와주시지요.

로데리고   여기, 나 좀 살려주시오!

카시오   저놈이 바로 그 패거리야. (이아고 로데리고를 찌른다)

로데리고   이 괘씸한 놈! 냉혹한 개 같은 놈이 나를! 으윽. (쓰러진다)

이아고   어두운 데서 사람을 죽이다니! 그런데 잔인한 살인자는 대체 어디로 도망친 거야? 마을은 또 왜 이렇게 쥐 죽은 듯이 조용할까! 여기 살인이야! 그리고, 당신들은 누구요? 선한 편이오, 악한 편이오?

로도비코   우리를 잘 보고 나서 말하게나.

이아고   아니, 로도비코 어른이 아니십니까?

로도비코   그렇다네.

이아고   죄송합니다. 카시오 부관이 악당에게 당했습니다.

그라반쇼 카시오 부관이라고?

이아고 상처가 심한가요, 부관님?

카시오 다리가 두 동강이 났네.

이아고 맙소사! 여기 불 좀 비춰주세요. 다친 데는 제 속옷으로 싸매야겠군요.

비앙카 등장

비앙카 무슨 일이라도 생겼나요? 누가 소리를 질렀어요?

이아고 누가 소리를 질렀냐고?

비앙카 아, 내 사랑 카시오군요! 사랑하는 카시오! 카시오!

이아고 오, 바로 소문난 매춘부로군! 카시오 부관님, 누가 당신을 이렇게 마구 찔렀는지 짐작이라도 가나요?

카시오 전혀 짐작이 가지 않아.

그라반쇼 이런 데서 이렇게 당신을 뵙게 되다니, 유감이오. 당신을 찾고 있던 참이었소.

비앙카 아, 기절했어요! 오, 카시오, 카시오, 카시오!

이아고 여러분, 저는 이 쓰레기 같은 여자가 이 사건에 관련이 있는 것 같다는 의문이 드는군요. 카시오 부관님, 잠깐만 참으세요. 횃불을 이리 줘보시오. 이자가 누군지, 아는 얼굴인지 아닌지 확인을 해봐야겠소. 아니, 이 사람은 내 고향 친구가 아닌가! 로데리고? 로데리고가 틀림없어. 이런, 로데리고!

그라반쇼 뭐라고? 베니스 사람 말인가?

이아고 네, 그렇습니다. 그라반쇼 어른, 용서해주십시오. 끔찍한 사고 때문에 어른을 몰라뵙는 실수를 저지르고 말았습니다.

그라반쇼 로데리고라니!

시종들, 들것을 들고 등장

이아고 오, 마침 들것이 왔구먼. 조심해서 실어 나르도록. 저는 장군님의 의사를 모셔올 테니까요. (비앙카에게) 아가씨는 수고를 하지 않아도 되겠어. 카시오 부관님, 지금 여기서 살해당한 사람은 내 친한 친구인데, 이 사람에게 무슨 원한이라도 있습니까?

카시오 아니, 전혀 알지도 못하는 사람이네.

이아고 (비앙카에게) 뭐라고? 안색이 창백해? 찬바람을 쐬면 안 되지. (카시오와 로데리고, 들것에 실려 옮겨진다) 신사분들께서는 잠시 계셔주십시오. 아가씨, 얼굴이 창백해 보이는데? 그리고, 두 분께서는 이 여자의 눈빛에서 무언가를 알아내셨는지요? 아마 얼마 안 있어 무언가를 알아내시리라 믿습니다. 이 여자를 찬찬히, 잘 살펴보십시오. 보이십니까, 두 분? 네, 비록 혓바닥이 굳어지더라도 죄의식은 알아서 스스로 말을 하게 마련이니까요.

에밀리아 등장

에밀리아 아니, 여보! 이게 대체 무슨 일이죠? 여기서 무슨 일이라도 일어난 거예요?

이아고　카시오 부관님이 습격을 당하셨어. 로데리고와 도망친 일당 소행이야. 부관님은 거의 돌아가실 뻔했지. 로데리고는 이미 죽었고.

에밀리아　아, 어떻게 카시오 부관님이!

이아고　모두가 저 매춘부와 사귄 탓이지. (비앙카에게) 왜 그 말에 몸을 떠는 걸까?

에밀리아　기분 나쁘게 매춘부라니!

비앙카　나는 매춘부가 아니에요. 나를 욕하는 당신 부인보다는 정숙하게 살고 있으니까.

에밀리아　흥! 정말 기분 더럽군!

이아고　친절하신 어르신들, 이제 불쌍한 카시오 부관이 치료받는 곳으로 가보시지요. 이봐 아가씨, 우리한테는 모두 털어놓아야지. 에밀리아, 당신은 성으로 뛰어가서 장군님과 부인께 이 사건을 알려드려. 자, 이젠 가보실까요? (방백) 흥하느냐, 망하느냐, 오늘 밤이야말로 일의 성패가 확실히 판가름나는 아슬아슬한 고비가 되겠구나. (퇴장)

제 2 장

성 안의 침실

데스데모나, 침대에서 자고 있는데 오셀로가 촛불을 들고 등장

오셀로　　내가 공연히 이러는 건 아니란다. 순결한 별들아, 밝히지는 못해도 다 이유가 있단다. 그래도 난 아내의 피를 흘리거나 눈보다 더 희고 대리석 조각처럼 매끄러운 살결에 상처를 내지는 않으리라. 하지만 그녀를 살려둘 순 없어. 살려두면 더 많은 남자들을 배신할 테니까. 먼저 촛불을 끄자. 그리고 나서 생명의 불을 끄자. 그리고 숨이 붙어 있는 동안 향기나 맡아보자. (키스한다) 이 향기로운 숨결 정의의 여신조차 향기에 홀려 칼을 꺾을 법하구나. 한 번만 더……. 이렇게 치명적인 향기가 세상에 또 있을까? 울어야 마땅하지만 나의 눈물은 잔인한 것. 이 슬픔은 사랑하기 때문에 받아야 하는 천벌과 같구나. 오, 그녀가 눈을 떴네.

데스데모나　　누구세요? 오셀로, 당신이에요?

오셀로　　그렇소, 데스데모나. 오늘 저녁 기도는 드렸소?

데스데모나　　네.

오셀로　　하늘의 자비를 얻지 못한 죄가 남아 있으면, 지금 당장 기도해서 용서를 구하시오. 준비도 안 된 영혼을 어떻게 죽일 수가 있겠소? 말도 안 되지. 난 당신의 영혼을 죽이고 싶진 않소.

데스데모나　　지금, 죽인다고 하셨나요?

오셀로　그랬소.

데스데모나　오, 하늘이여! 제게 자비를 베풀어주소서! 제가 왜 겁을 내는지는 모르지만, 왜 이렇게 두려울까요?

오셀로　당신이 지은 죄를 생각해보면 되겠군.

데스데모나　당신을 사랑한 죄밖에 없어요.

오셀로　그 때문에 죽어야겠소.

데스데모나　사랑하기 때문에 죽음을 당하는 거라고요?

오셀로　내가 그토록 애지중지하다 네게 준 손수건을 넌 카시오에게 주었잖아.

데스데모나　아니에요. 생명과 영혼을 걸고 맹세할 수 있어요. 그분을 불러와서 확인해보세요. 저는 지금껏 당신께 죄를 지은 적은 한 번도 없어요. 카시오 부관을 사랑한 적도 없었고, 그저 하늘이 허락하는 정도의 호감을 표했을 뿐이에요.

오셀로　그자가 내 손수건을 손에 들고 있는 걸 봤다는 것을 맹세해도 좋아. 위증을 하는 여자여, 넌 돌 같은 심장으로 내가 하려는 이 일을 살인이라 칭하고 있구나. 난 희생이라 생각하고 있는데. 어쨌든 난 그 손수건을 봤어.

데스데모나　그럼 그 사람이 어디서 주웠겠죠. 전 결코 준 적이 없어요. 그 사람을 이리로 불러내 진실을 고백시키세요.

오셀로　그자는 고백했어. 너를…… 가졌다고 하더군.

데스데모나　어떻게요? 부정한 방법으로요? 그런 말은 못할걸요.

오셀로　못하겠지. 입을 막아버렸으니까. 정직한 이아고가 처리했지.

데스데모나　아아, 그분은 배신을, 나는 파멸을 당한 거야.

오셀로   닥쳐, 이 매춘부야! 내 눈앞에서 그놈을 위해 우는 건가?

데스데모나   오, 여보. 저를 내쫓으시되 죽이진 마세요.

오셀로   무릎이나 꿇어. 매춘부야!

데스데모나   내일 죽여주세요. 오늘 밤에는 제발 살려주세요.

오셀로   안 돼! 만약 몸부림이라도 치면…….

데스데모나   오, 주님, 주님! (오셀로가 데스데모나의 목을 조른다)

에밀리아   (밖에서) 주인님, 주인님!

오셀로   이게 무슨 소리지? 죽은 게 아닌가? 아직 안 죽었어? 잔인하긴 하지만 나도 자비심은 있으니 오래 고통을 주진 않겠다.

에밀리아   (밖에서) 보세요, 주인님! 드릴 말씀이 있습니다.

오셀로   에밀리아로구나. 곧 가마. 여자는 죽었군. 아마 카시오의 죽음을 보고하러 왔나보지? 조금 전까지만 해도 소리를 내더니, 이젠 꼼짝하지 않는구나. 무덤처럼 조용하군. 시녀를 들여도 괜찮겠지? 시녀가 들어오면 아내에게 말을 걸 텐데. 오, 내 아내, 내 아내, 내 아내…….참, 난 아내가 없지. 오, 견딜 수 없이 슬프구나. 거대한 일식과 월식이 일어나 태양과 달이 빛을 잃고, 놀란 지구가 입을 딱 벌릴 것만 같군.

에밀리아   (밖에서) 꼭 드릴 말씀이 있어서 이러는 겁니다! 부탁입니다, 주인님.

오셀로   (문을 연다) 그래, 무슨 일이냐?

　에밀리아 등장

에밀리아   주인님, 끔찍한 살인 사건이 일어났습니다!

오셀로　뭐라고?

에밀리아　카시오 부관님이 젊은 베니스 사람을 죽였습니다, 주인님. 이름은 로데리고랍니다.

오셀로　로데리고가 죽었다고? 그럼 카시오는?

에밀리아　카시오 부관님은 안 죽었고요.

오셀로　카시오는 안 죽었다고? 그럼 살인은 불협화음이 되어버렸군. 달콤한 복수는 거친 음악이 되어버렸고.

데스데모나　아, 잘못된 거야. 잘못 살해된 거야!

에밀리아　주인님, 이게 무슨 소립니까?

오셀로　소리라니? 무슨 소리를 말하는 건가?

에밀리아　아니, 마님의 목소리가 아닙니까! (커튼을 연다) 사람 살려! 사람 살려! 아, 마님! 착하신 데스데모나 마님, 말씀해보세요!

데스데모나　난 죄를 저지르지 않았단다.

에밀리아　누가 이런 짓을 했습니까?

데스데모나　아무도 아냐, 스스로 한 거야. 잘 있어. 친절하신 장군님께 안부나 전해주렴! (죽는다)

오셀로　왜 내 아내가 살해당했지? 스스로 했다는 얘기를 들었지? 내가 한 짓은 아냐.

에밀리아　그렇게 말씀하셨지만 전 진실을 보고해야겠어요.

오셀로　지옥에 떨어질 거짓말쟁이 여자 같으니라고. 그녀를 죽인 건 나야.

에밀리아　아, 그렇다면 마님은 더욱더 천사이시고, 당신은 더욱더 흉악한 악마군요!

오셀로　음란한 여자였어, 창녀였다고. 물처럼 지조가 없었다니까.

에밀리아　그렇게 말씀하시는 주인님은 불처럼 급하신 양반이로군요. 마님은 신의를 지키는 분이셨어요!

오셀로　카시오에게 내줬다니까. 네 남편에게 물어봐. 내가 정당한 근거도 없이 이 같은 극형을 저질렀다면 지옥의 심연에서 저주를 받겠지. 네 남편은 다 알고 있는 일이야.

에밀리아　제 남편이요?

오셀로　그래, 네 남편 말야. 만일 이 여자가 신의를 지켰더라면 하늘이 나를 위해 순수하고 완전무결한 황옥으로 또 하나의 세상을 만들어준다 해도 난 그녀와 바꾸지 않았을 텐데.

에밀리아　제 남편이요?

오셀로　그래, 그가 가장 처음으로 말해주었지. 사람이 워낙 정직해서인지 진흙같이 추한 죄악을 증오하더군.

에밀리아　제 남편이요?

오셀로　왜 자꾸 그 말만 반복해? 네 남편이라니까!

에밀리아　아, 마님. 악이 사랑을 조롱했군요! 마님이 부정을 저질렀다고 제 남편이 말하던가요? 그놈이 만일 그렇게 말했다면, 그 더러운 영혼은 날마다 아주 조금씩만 썩어 없어져라! 새빨간 거짓말이에요. 마님은 이 추잡한 혼인을 그토록 기뻐하셨건만.

오셀로　하!

에밀리아　주인님 뜻대로 해보세요. 주인님은 분에 넘치는 부인에게 결코 해서는 안 될 짓을 한 거니까요.

오셀로　닥치지 못해?

에밀리아   주인님이 나를 해칠 수 있는 힘이라 해봤자 내 인내력의 절반에도 못 미칠걸요? 이 얼간이 같으니라고! 이 멍청이! 흙처럼 무식한 녀석! 그래, 칼을 빼라고. 내가 열 번, 스무 번 죽더라도 그따위 칼을 무서워할 줄 알고? 당신이 한 짓을 온 세상에 알리고 말 테니, 어디 나를 죽여보라고! 사람 살려! 사람 살려! 무어인이 마님을 죽였어요! 살인이요! 살인이다!

몬타노, 그라빈쇼, 이아고 및 그 밖의 다른 사람들 등장

몬타노   무슨 일이냐? 장군께 무슨 일이라도?

에밀리아   이아고, 마침 잘 나타났군요. 다른 사람들의 살인죄를 당신이 덮어쓰게 되었으니.

일동   무슨 일로?

에밀리아   당신도 남자라면 이 악당의 거짓말을 밝혀줘요. 마님이 부정한 일을 저지르셨다고 귀띔을 했다는데, 설마 그런 말을 한 건 아니겠죠? 당신이 그런 악당일 리는 없으니! 가슴이 터질 것 같군요.

이아고   근거가 있어서 사실로 확인된 것만 말씀드렸을 뿐이야.

에밀리아   그럼 마님이 부정한 짓을 저질렀다는 말은요?

이아고   했지.

에밀리아   거짓말을 했군요. 역겹고 저주받을 거짓말을 한 거예요. 맹세하건대, 사악한 거짓말이에요. 마님이 카시오하고 정을 통했다고요? 카시오와 그러셨다는 말인가요?

이아고   그래, 카시오와 그랬어. 자, 이젠 입 닥치고 있어.

에밀리아   입을 다물라니? 말을 해야죠. 마님께서 여기 이 침대에서 살해당하셨는데.

일 동   맙소사!

에밀리아   이 죽음은 당신 탓이에요. 당신이 한 말 때문이라고요.

오셀로   여러분, 놀라지 마시오. 사실이니까.

그라반쇼   이렇게 끔찍한 일이!

몬타노   정말 흉악한 짓이군!

에밀리아   그래, 이건 악행이야, 악행! 생각해보니 이제야 감이 잡히는군. 오, 이건 정말 악행이야. 그때도 이상하다고 생각은 했었지.

이아고   왜 이래! 당신, 미쳤어? 집으로 가, 명령이라고!

에밀리아   여러분, 제가 한 말씀 드릴 테니 꼭 들어주세요. 지금은 남편에게 복종할 때가 아니니까요.

오셀로   오! 오! 오! (침대에 쓰러진다)

에밀리아   그래요, 누워서 실컷 울부짖으세요. 하늘마저 우러러봤던, 세상에서 가장 순결한 분을 당신이 죽였으니까.

오셀로   (일어나면서) 그녀는 더러운 짓을 했다니까. 어르신, 미처 못 알아뵈었습니다. 저기에 쓰러져 있는 당신 질녀의 숨을 이 손으로 끊어버렸다는 건 사실입니다. 제 행동이 끔찍하게 보이시겠죠.

그라반쇼   가엾은 데스데모나, 네 아버지가 세상을 뜬 게 다행이다. 네 결혼에 충격을 받은 나머지 순전히 슬픔 때문에 숨을 거두었던 게 차라리 다행이구나. 살아서 지금 이 광경을 보았다면 절망한 끝에 천사마저 저주했을 것이다.

오셀로   애석한 일이기는 하지만, 이아고도 잘 알고 있는 바와 같이 데스모나는 카시오와 추잡한 행위를 수천 번이나 해왔습니다. 여기에 대해선 카시오도 자백했습니다. 게다가 그녀는 제가 사랑의 정표이자 약속으로 처음 준 물건을 그 남자에게 애욕의 대가로 건네주었습니다. 카시오가 손에 들고 있는 걸 저도 보았는데, 그 손수건은 제 아버님이 어머님에게 정표로 드렸던 것이기도 합니다.

에밀리아   오, 신이시여! 신이시여! 어쩌면 좋습니까?

이아고   입 닥쳐! 젠장!

에밀리아   입을 닥치라고요? 아뇨, 나는 바람처럼 자유롭게 말을 할 거예요. 하늘과 인간과 악마들 모두가 나를 말려도 말을 할 거라고요. 무슨 일이 있더라도 밝혀내고 말 거예요.

이아고   정신 차리고 집에 가라니까!

에밀리아   안 갈 거야. (이아고, 칼을 빼어 에밀리아를 찌르려고 덤빈다)

그라반쇼   여자에게 칼을 들이대다니, 이 무슨 짓인가!

에밀리아   이 어리석은 무어인아! 그 손수건은 내가 우연히 주워서 남편에게 준 거였어. 하찮은 손수건을 갖고 너무나 간곡하게 부탁하는 게 이상하다고는 생각했는데, 이런 일이 벌어지다니.

이아고   이 치사한 화냥년이!

에밀리아   마님이 카시오에게 줬다니? 내가 주워서 남편에게 주었는데.

이아고   이 미친년아, 거짓말하지 마!

에밀리아   맹세코 거짓말이 아니에요, 여러분. 오, 이 멍청한 살인마야, 분에 넘치는 부인을 어떻게 죽일 수 있었지?

오셀로   하늘이여, 천둥과 벼락 외에는 이 땅에 더 내려칠 게 없니까? 이 간악한 놈아! (이아고에게 달려들자 몬타노가 그의 칼을 빼앗고, 이아고

는 에밀리아를 칼로 찌른다)

그라반쇼   여자가 쓰러졌다. 저놈이 제 아내를 죽였어!

에밀리아   아아, 저를 마님 곁에 눕혀주세요. (이아고, 도망친다)

그라반쇼   놈이 아내를 죽이고 도망쳤어.

몬타노   천하에 둘도 없는 악당이오. 자, 이 칼을 받아두시오. 내가 무어인에게서 뺏은 거니까. 그리고 문을 지키시오. 무어인을 죽이더라도 여기서 빠져나가지 못하도록 잘 감시하시오. 나는 놈을 뒤쫓겠소. (몬타노와 그라반쇼 퇴장)

오셀로   내 용기는 사라지고 시시한 애송이 녀석이 내 손에서 칼을 빼앗아가네. 하지만 허울뿐인 명예가 무슨 소용이람! 다 버리련다.

에밀리아   마님, 그 노래가 예언한 게 뭐였죠? 제 목소리, 들리시나요? 저도 백조처럼 노래하며 죽을래요. (노래한다) "버들아 버들아." 이 무어인아, 마님은 정말 순결하셨고, 당신을 사랑했는데. 잔인한 무어인아, 내 진실을 다 말했으니 내 영혼은 천복을 받으리라. 난 이대로 죽으련다. (죽는다)

오셀로   이 방 안에 무기가 또 있을 텐데, 얼음물로 담금질한 스페인제 칼 말이야. 오, 여기 있구나.

그라반쇼 등장

그라반쇼   대체 무슨 일인가?

오셀로   보십시오. 여기 무기가 있습니다. 이보다 더 좋은 칼을 찬 군인은 세상에 아무도 없었지요. 저도 한때는 이 팔뚝과 이 훌륭한 칼

로 당신이 막고 있는 것보다 스무 배나 더 두꺼운 장애물을 뚫고 종횡
무진 달린 적도 있었지요. 하지만 모두가 헛된 자랑이지요. 자기 운명
을 뜻대로 다스리지 못했으니 모든 게 끝장난 거지요. 오, 이제 오셀로
는 어디로 가야 하나요? 그리고 그대는 지금 어떤 모습으로 있는가? (데
스데모나가 쓰러져 있는 침대로 가면서) 아, 불운한 사람! 속옷처럼 창백하구
나! 오, 그대는 지금 그대의 정조만큼이나 차디차구려. 오, 저주받은 노
예놈아! 악마들아, 나를 내쫓아라! 이 거룩한 모습을 간직하지 못하도
록 나를 찬바람 속에 내던지고 유황불로 지글지글 태워버리고 불타는
심연 속으로 깊이깊이 처넣어라! 아, 데스데모나! 데스데모나가 죽었다
니! 아! 아!

로도비코, 몬타노, 이아고를 담당한 장교들과 들것에 탄 카시오 등장

로도비코　　성급한 행위로 지극히 불행해진 그 사람은 어디에 있는가?

오셀로　　그건 지난날의 오셀로요. 나는 여기 있소.

로도비코　　그 독사 같은 놈은 어디 있느냐? 여기에 대령하라.

오셀로　　그놈의 발을 쳐다봤자 소용없을 거요. 네놈이 정말 악마라면
이걸로도 너를 죽일 수는 없겠지. (이아고를 찌른다)

이아고　　피만 날 뿐 죽지는 않았소.

오셀로　　차라리 다행이구나. 네놈을 살려두는 게 나을 테니까. 죽는
것이 오히려 행복한 일로 여겨질 것이다.

로도비코　　한때는 그토록 훌륭했던 오셀로 장군이여, 한데 이런 저주
받을 천한 놈의 간계에 빠지다니, 당신을 어떻게 대하면 좋겠소? 이 철

면피가 범행을 대충 자백했소. 당신은 놈과 공모해서 카시오를 죽이려 했다면서?

오셀로   그렇소.

카시오   존경하는 장군님, 전 죽어야 할 일을 하진 않았습니다.

오셀로   그 말을 믿네. 용서를 빌겠네. 이젠 저 악마 같은 놈에게 무엇 때문에 내 영혼과 육체를 덫에 몰아 넣었는지 물어봐주시겠소?

이아고   물어보실 것도 없습니다. 아실 만한 건 다 아신 셈이니까. 난 이제부턴 입을 열지 않겠습니다.

로도비코   장군, 진상을 잘 모르는 것 같으니, 내 설명해드리겠소. 살해당한 로데리고의 주머니에서 두 통의 편지가 나왔는데, 그중 하나에 카시오를 죽여달라는 내용이 적혀 있었소. 또 한 통의 편지 속에는 온갖 불만이 담겨 있었는데, 로데리고가 이 저주받을 놈에게 전하려 쓴 것 같소. 그런데 보내기도 전에 이놈이 눈치를 채고 감언이설로 구워삶은 것 같소.

오셀로   오, 저 죽일 놈! 카시오, 자네는 내 아내의 손수건은 어떻게 갖게 되었나?

카시오   제 방에서 주웠습니다. 이놈이 실토한 바에 따르면, 그걸 일부러 떨어뜨려놨답니다. 그러고는 소원을 이루었다는군요.

오셀로   아, 난 바보였어! 난 바보 천치야!

카시오   야경을 보던 저에게 로데리고가 시비를 건 것도 이아고의 농간이었습니다. 그 때문에 저는 쫓겨난 거고요. 로데리고가 숨을 거두기 직전 가까스로 정신을 차리고는 자기를 해친 자도 선동한 자도 이아고라고 말해주었습니다.

로도비코   오셀로 장군, 장군은 우리하고 같이 가야겠소. 당신의 권한과 지휘권을 이 자리에서 모조리 박탈하고, 카시오 부관에게 키프로스의 통치를 맡기겠소. 자, 이젠 그를 데려가라.

오셀로   잠깐, 한마디만 해야겠소. 이 불행한 사건을 편지로 보고하실 때 사태를 있는 그대로 전해주시오. 그리고 언젠가 머리에 터번을 두른 터키놈이 베니스인을 때리면서 나라를 비방했을 때 내가 그 할례한 개 같은 놈의 목을 찔렀다는 걸 전하시오. 바로 이렇게 말이오. (칼로 자기를 찌른다) 그대를 죽이기 전에도 입을 맞추었는데. 이 길밖에 없어. 자살하고 키스하며 죽는 길밖에는 없구나. (데스데모나 위에 쓰러져 죽는다)

카시오   의기가 넘쳤던 분이라 이런 일을 염려했습니다만 장군님께서 무기를 갖고 계신 줄은 몰랐습니다.

로도비코   (이아고에게) 이 스파르타의 개 같은 놈아! 고뇌와 굶주림과 성난 바다보다도 더 잔인한 놈아! 이 침대 위의 처절한 비극을 똑바로 보아라. 모두가 네놈의 소행이다. 차마 두 눈 뜨고는 볼 수 없는 광경이다. 시체를 보이지 않게 덮어라. (모두 퇴장)

William Shakespeare

리어왕

우리가 세상에 태어날 때 그토록 울부짖는 것은
거대한 바보들의 무대에 서는 것이
너무 서글프기 때문이다.

리어왕 | 영국 왕

고네릴, 리건, 코델리아 | 리어왕의 딸들

알바니 공작 | 고네릴의 남편

콘월 공작 | 리건의 남편

프랑스 왕 | 코델리아의 남편

켄트 백작, 글로스터 백작 | 리어왕의 신하

에드가 | 글로스터의 아들

에드먼드 | 글로스터의 서자

오스왈드 | 고네릴의 하인

버건디 공작 | 코델리아의 구혼자

시종 | 코델리아의 시종

큐런 | 궁신

노인 | 글로스터의 소작인

그 외 | 의사, 광대, 정령관, 콘월의 하인들, 리어왕의 기사들, 부대장, 장교들, 사신들, 병사들, 시종들

　늙은 리어왕은 고네릴과 리건, 코델리아라는 세 딸에게 국토를 나누어주기로 결정하되 딸들이 자기를 얼마나 사랑하는지에 따라 땅을 배분하겠다고 말한다. 그러자 고네릴과 리건은 세상의 누구보다 아버지를 사랑한다는 말로 과장되게 표현을 해서 땅을 차지하고, 거짓말을 못하는 셋째딸 코델리아는 자식으로서 효성을 다할 뿐이라고 말해 지참금 없이 프랑스 왕에게 시집을 가게 된다.

　그러나 두 딸은 국토를 물려받자마자 리어왕을 냉대하고, 서로 모시지 않으려고 집을 비우는 등 공공연하게 아버지를 모욕한다.

　한편 글로스터 백작은 서자인 에드먼드의 모함하는 말만 믿고 큰아들 에드가를 내쫓는다. 백작은 리어왕을 피해 자기 집으로 들이닥친 콘월 공작 부부를 정중한 예를 갖춰 맞이했으나 리어왕을 따라가서 도움을 줬다 하여 두 눈을 잃게 된다. 에드먼드는 고네릴과 리건의 은밀한 유혹을 받아 야심을 키워나가다, 코델리아가 아버지를 구하기 위해 이끌고 온 프랑스 군을 맞아 전쟁을 치른다.

　리어왕은 반미치광이 상태가 되어 딸들을 저주하며 폭풍우 속에서 들판을 헤매다 코델리아가 있는 곳으로 가서 눈물의 재회를 한다. 하지만 에드먼드가 이끄는 영국군에게 리어왕과 코델리아는 포로로 잡히고 만다. 에드먼드는 두 사람을 감옥에서 살해할 것을 명령하고, 에드가는 에드먼드에게 결투를 신청해 쓰러뜨린다. 고네릴은 에드먼드를 독차지하기 위해 동생 리건을 독살하지만 모든 게 폭로되자 자살한다. 이때 리어왕이 코델리아의 시체를 들고 슬피 울며 나오다가 결국 자신도 딸을 따라 숨을 거둔다.

제 1 장

리어왕의 궁전

켄트, 글로스터, 에드먼드 등장

켄 트　(에드먼드를 바라보며) 이분이 아드님이신가요?

글로스터　내가 길렀던 아이임에는 분명하지요. 하지만 내 아들이라고 선뜻 밝히기가 부끄럽답니다. 지금은 익숙해졌지만요.

켄 트　무슨 말씀을 하시는 건가요?

글로스터　글쎄, 말하자면 이 녀석의 어미가 내 씨를 받아 침상에서 결혼도 하기 전에 이 애를 떨구어낸 거죠. 정말 부끄러운 실수였죠.

켄 트　이토록 훌륭한 아들을 얻는다면 실수가 문제겠습니까?

글로스터　하지만 내게 이 녀석말고 또 아들이 있습니다. 이 녀석보다 한 살 더 많은 형인데, 적자이지요. 뭐 그렇다고 해서 그 녀석을 더 귀여워하는 것은 아닙니다. 물론 이 녀석은 좀 뻔뻔하게 세상에 나오긴 했지만 어미는 아주 미인이었습니다. 우린 이 녀석을 만들 때 매우 뜨거웠지요. 그러니 이 녀석을 내 자식으로 당연히 인정해야겠지요. 에드먼드야, 너 이 어른을 알겠느냐? 이분은 켄트 백작이시다. 내가 존경하는 어른이니, 앞으로 잘 모시거라.

에드먼드 잘 부탁드립니다.

켄트 이렇게 만나게 되어 반갑네. 앞으로 잘 지내세.

글로스터 이 아인 9년 동안 외국에 나가 있었습니다. 또 나갈 거고요. 아, 저기 폐하께서 나오시는군요.

　　나팔 소리. 왕관을 든 시종, 리어왕, 콘월, 알바니, 고네릴, 리건, 코델리아, 시종들 등장

리어왕 글로스터, 프랑스 왕과 버건디 공작을 들게 하라.

글로스터 분부대로 하겠습니다, 폐하. (글로스터와 에드먼드 퇴장)

리어왕 자, 이제 내가 은밀히 계획해왔던 것을 말하겠다. 거기 지도 좀 다오. 이미 왕국을 3등분해놓은 것은 너희들도 알 것이다. 젊고 활기에 찬 너희들에게 왕국을 넘겨주고 나는 이제 여생을 깃털처럼 가볍게 살고 싶다. 난 훗날 분쟁의 씨를 없애기 위해 딸들에게 미리 재산을 상속하려고 한다. 그리고 사랑하는 막내딸의 애정을 얻기 위해 오랫동안 이곳에 머물러 있는 프랑스 왕과 버건디 공작이 있는 이 자리에서 결정을 하고 싶구나. 자, 사랑하는 딸들아! 너희들은 아버지의 사랑이 어느 정도이냐? 그것에 따라 재산을 나누어줄 것이다. 고네릴, 네가 맏딸이니 먼저 말해보아라.

고네릴 네, 아버님. 아버님에 대한 제 사랑을 어찌 말로 표현할 수 있겠습니까? 저는 아버님을 온 우주와 값비싼 보석보다 덕망과 명예, 건

강과 아름다움을 지닌 목숨보다 사랑합니다. 저는 일찍이 자식이 부모에게 바친 적이 없는 지극한 효심으로 아버지를 모실 것입니다. 세상 어느 것과도 비교할 수 없을 정도로 아버지를 사랑합니다.

코델리아   (방백) 난 뭐라고 말하지? 진심으로 사랑을 하는데.

리어왕   (지도를 가리키며) 좋다. 이 경계선에서 저 경계선까지 울창한 삼림과 기름진 들판, 그리고 물고기가 넘실대는 강과 드넓은 목장을 너에게 주겠다. 자, 내 사랑하는 둘째딸, 리건도 말해보아라.

리 건   저도 언니와 같습니다. 다만 언니의 말에서 부족한 부분을 느껴 덧붙여 말씀드리겠습니다. 세상의 어떠한 즐거움이 아버지를 향한 제 효심보다 즐거울 수가 있을까요? 저는 아버지에 대한 효심에서 세상의 기쁨과 행복을 찾는답니다.

코델리아   (방백) 다음은 내 차례로구나! 뭐라고 말씀드려야 한담? 아버지에 대한 내 효심은 말로 표현할 수 없을 만큼 큰데.

리어왕   너와 네 자손들에게 이 훌륭한 왕국의 3분의 1을 물려주마. 넓이나 가치, 즐거움 등 어느 것에 비교해도 고네릴에게 준 영토보다 결코 적지 않다. 자, 이번엔 내 사랑하는 막내딸 코델리아, 네 차례구나. 애정으로 보면 결코 막내라고 할 수 없는 코델리아, 지금 넓은 포도밭을 가진 프랑스 왕과 기름진 목장을 가진 버건디 공이 네 결정을 기다리고 있는 걸 알고 있지? 코델리아, 말해보거라.

코델리아   드릴 말씀이 없습니다, 아버지.

리어왕   뭐, 없다고?

코델리아   네, 아무 말도 생각나지 않습니다.

리어왕   할 말이 없다면 받을 것도 없다. 그러니 어서 말해라.

코델리아　불행하게도 저는 제 속마음을 입 밖에 낼 줄 모릅니다. 아버지를 극진히 모시는 것을 어떻게 말로 표현할 수 있겠습니까. 그저 딸로서 마땅히 해야 할 도리인걸요.

리어왕　뭐라고? 어떻게 그따위 소리를 감히 할 수 있단 말이냐? 다시 한번 말해보아라.

코델리아　아버지, 아버지는 저를 낳으시고 기르시고 사랑해주셨습니다. 그런 아버지를 사랑할 것입니다. 하지만 제가 결혼한다면, 남편에게 제 사랑의 반을 바쳐야 할 것입니다. 그러니 결혼하면 언니들처럼 아버지를 온전히 사랑할 수는 없습니다.

리어왕　지금 그 말 진심이냐?

코델리아　네, 아버지.

리어왕　좋다, 네 진심을 지참금으로 삼아라. 이제 나는 성스러운 태양에 걸고, 지옥의 여신 헤커트의 비법과 대우주에 걸고 맹세하노니 너와 부모 자식간의 혈연관계를 부인할 뿐만 아니라 앞으로는 너를 영원히 타인으로 취급하겠다.

켄 트　폐하…….

리어왕　조용히 하시오, 켄트! 나는 저 애를 가장 사랑했소. 그래서 저 애의 보살핌을 받으면서 여생을 보내고 싶었지. (코델리아를 향해) 썩 물러가라, 꼴도 보기 싫구나! 프랑스 왕과 버건디 공작을 불러라. 자, 콘월과 알바니, 막내딸에게 주려던 권력과 재산을 두 딸에게 넘겨주겠다. 저 애는 오만함을 정직함이라고 부르는가 본데 오만과 결혼하라고 해라. 나는 자네들이 마련해줄 100명의 기사를 거느리고, 매달 번갈아가며 자네들의 성에 머무를 것이다. 다만 국왕의 칭호와 보좌는 갖고 있되, 그 밖의 집행권은 사랑하는 자네들에게 넘겨주겠다. 그 증거로서 이 왕관을 줄 테니 번갈아가며 사용토록 하라. (왕관을 준다)

켄트　폐하, 잠깐 그 뜻을 거두시옵소서. 저는 폐하를 항상 아버님처럼 여겼사옵고, 왕으로 모셨사온데……

리어왕　활시위는 이미 당겨졌다. 과녁을 피해 서시오.

켄트　차라리 쏘아주십시오. 화살촉이 제 심장을 꿰뚫어도 좋습니다. 폐하께서 제정신이 아니신데, 신하인 제가 예의를 지켜 무엇하겠습니까? (리어왕이 격노하여 채찍을 잡고 휘두른다) 폐하, 지금 하신 말씀을 철회하십시오. 매사에 신중하시어 경솔한 처사는 중지하십시오. 막내따님이라고 폐하에 대한 사랑이 결코 부족한 게 아닙니다. (채찍을 맞고 쓰러진다)

리어왕　켄트, 목숨이 아깝거든 아무 말도 하지 마라.

켄트　제 목숨은 언제나 폐하의 적들에게 바칠 각오가 되어 있습니다.

리어왕　꼴도 보기 싫다.

켄트　폐하, 제발 사물을 냉철하게 보십시오.

리어왕　이 못된 놈! 제 분수도 모르고! (칼에다 손을 가져다 댄다)

알바니·콘월　폐하, 참으십시오.

켄트　어서 저를 죽이십시오. 폐하께서 결정을 거두시지 않으면 저는 폐하의 잘못된 처사를 계속 외쳐대겠습니다.

리어왕　이놈아, 나에 대한 충성이 있다면 내 말을 들어라! 넌 여태껏 한 번도 깨뜨린 적이 없는 맹세를 깨뜨리려고 하였다. 5일 간 시간을 주겠다. 그리고 6일째 되는 날에는 네 가증스런 등을 돌려 이곳에서 떠나라. 만약 10일 후에도 이곳에서 네 몸뚱이가 발견된다면 즉각 사형에 처하겠다. 자, 가라! 이 명령은 절대로 취소하지 않겠다.

켄트　　폐하, 안녕히 계십시오. 폐하께서 끝내 그렇게 하시겠다면 이 나라엔 자유 대신 추방만이 남겠군요. (코델리아에게) 공주님의 마음과 말씀은 그지없이 훌륭하셨습니다. 신하들이 부디 피난처로 인도해주기를 기원합니다. (고네릴과 리건에게) 두 분 공주님, 제발 그 말씀대로 실천하시기를 바랍니다. (일동에게) 이 켄트는 이제 여러분에게 작별 인사를 드립니다. (퇴장)

글로스터, 프랑스 왕, 버건디 공, 시종들 등장

글로스터　　폐하, 프랑스 왕과 버건디 공이 오셨습니다.

리어왕　　버건디 공, 공은 우리 딸을 얻기 위해 프랑스 왕과 경쟁하셨는데, 딸의 지참금을 얼마나 원하시오?

버건디　　폐하, 소신은 폐하께서 하사하시는 것 이상을 바라지 않사오며, 또한 폐하께서 적게 주시리라고도 생각지 않습니다.

리어왕　　버건디 공, 짐도 그렇게 하려고 했소만, 지금은 줄 것이라고는 분노밖에 없소. 그러니 저 애가 마음에 든다면 알몸으로 데리고 가시오.

버건디　　뭐라 답변을 드려야 할지 모르겠습니다.

리어왕　　저 애는 결점투성이인데다가 이 애비의 미움까지 샀으니, 내 저주를 지참금으로 가져가야 하오. 나와 남남이 되기로 맹세까지 한 저 애를 아내로 삼겠소?

버건디　　폐하, 매우 황송하오나, 그런 조건으로는 어떠한 말씀도 드릴 수가 없습니다.

리어왕　그렇다면 포기하시오. 하느님께 맹세하오만, 저 애의 재산은 지금 내가 말한 그대로요. (프랑스 왕에게) 왕이여, 나는 귀하가 나에게 베푼 호의를 배반할 수가 없기에 내가 미워하는 딸과 결혼해주십사고 감히 청할 수가 없구려.

프랑스 왕　참으로 해괴한 일이군요. 연로하신 폐하의 위로가 되었던 착하고 사랑스런 공주님이 죄를 범했다면 분명히 악마의 짓이거나 아니면 폐하께서 거짓 말씀을 하신 것으로 의심할 수밖에 없습니다.

코델리아　폐하, 제발 제가 마음에 없는 소리를 못한다는 것을 밀씀해주세요. 하지만 저는 일단 마음을 먹으면 꼭 실천을 한답니다. 제가 아버지의 총애를 잃은 까닭은 무슨 악덕이나 불미스런 행실 때문이 아니라 아첨을 하지 못하기 때문이라는 것을 말씀해주세요.

리어왕　너 같은 것은 애당초 태어나지도 말았어야 했다. 마음에 들고 안 들고는 나중 문제야.

프랑스 왕　그것뿐입니까? 아첨을 하지 못하는 것, 그것이 죄란 말씀입니까? 버건디 공, 이제 어떻게 하시겠습니까? 공주와 결혼하시겠소?

버건디　폐하, 처음에 제의하신 영토만이라도 주십시오. 그러면 지금 이 자리에서 코델리아 공주를 버건디 공작 부인으로 선포하겠습니다.

리어왕　아무것도 주지 않겠다고 나는 이미 맹세했소.

버건디　(코델리아에게) 매우 죄송합니다. 공주께서는 아버지와 동시에 남편을 잃게 되었군요.

코델리아　버건디 공은 안심하십시오! 재산을 탐내어 결혼하기를 원하는 사람에게는 저도 시집가는 걸 원치 않으니까요.

프랑스 왕　아름다운 코델리아 공주, 그대는 가난하지만 더욱 풍요롭고, 버림을 받았으므로 더욱 소중하며, 경멸을 당했으므로 더욱 사랑스러운 분이 되셨습니다. 따라서 나는 이 자리에서 당신과 당신의 미덕을 꼭 붙잡겠습니다. 오, 참으로 이상한 일입니다. 모두 차갑게 등을 돌렸는데, 제 사랑은 오히려 뜨겁게 타오르니 말입니다. 국왕 폐하, 지참금도 없이 내동댕이쳐진 따님, 코델리아 공주를 이제부터 프랑스 왕비로 삼겠습니다. 코델리아 공주, 여기 비록 인정이라곤 눈곱만치도 없는 사람들이지만, 작별인사를 하시오. 여기보다 더 좋은 나라가 그대를 기다리고 있답니다.

리어왕 저 애는 지금 이 순간부터 당신 것이오. 내게는 이제 그런 딸이 있지도 않았고, 두 번 다시 얼굴을 보고 싶지도 않소. 그러니 빨리 가시오. 자, 갑시다, 버건디 공. (트럼펫의 화려한 연주와 함께 리어왕, 버건디, 알바니, 콘월, 글로스터, 시종들 퇴장)

프랑스 왕 언니들에게 작별인사를 하시오.

코델리아 아버지의 보석인 언니들, 아버지를 잘 모시세요. 언니들이 말한 대로 지극한 효심을 믿고 아버지를 부탁드릴게요. 그럼, 안녕히 계세요.

리 건 네 말 따위는 듣고 싶지 않아.

고네릴 네 남편이나 정성껏 모시거라. 운명의 여신이 은혜를 베풀어 널 구제한 분이라는 것을 잊지 말고. 넌 아버지를 배반했으니까 남편한테 버림을 받아도 불평하지 못할 거야.

코델리아 시간이 흐르면 진실은 밝혀지겠지요. 안녕히 계세요.

프랑스 왕 자, 갑시다, 코델리아 공주. (프랑스 왕과 코델리아 퇴장)

고네릴 얘, 나랑 얘기 좀 하자. 아버지가 오늘 밤 여길 떠나실 것 같아.

리 건 아마 언니한테 가서서 다음 달에 내게로 오실 거예요.

고네릴 너도 보았다시피 보통 일이 아냐. 아버지한테 망령기가 있나 봐. 그렇게 사랑했던 막내를 내치시다니.

리 건 노망 때문이죠. 아직도 그것에 대해선 잘 모르시는 것 같아요.

고네릴 젊으셨을 때도 성질이 불 같으셨는데, 이젠 고집불통에 노망까지 부리시니, 정말 걷잡을 수 없을 것 같아. 우린 각오해야 해.

리 건 하긴 우리도 켄트 공처럼 언제 날벼락을 맞을지 몰라요.

고네릴 당장 무슨 수를 써야겠어. (두 사람 퇴장)

제 2 장

글로스터 백작의 성

에드먼드, 편지를 들고 등장

에드먼드 나의 여신 자연이여, 무엇 때문에 내가 관습의 희생양이 되어 재산권을 박탈당해야 하는가? 내가 형님보다 열두 달에서 열네 달쯤 늦게 태어나서 그런 거냐? 아니면 내가 사생아이기 때문에 그런 거냐? 내 육체는 적자처럼 건장하고 마음씨는 온순하며, 모습 또한 아버지를 빼닮아 준수하지 않은가. 그런데도 손가락질을 받는 이유가 뭔가? 천하다고? 야비하다고? 지루한 잠자리에서 생긴 이 세상 바보 녀석

220

들과는 달리, 자연의 본능에 따라 생겨난 내가 더 강한 생명력을 이어 받았을 게 아닌가. 좋아, 정실 자식 에드가야, 네 재산을 내가 차지해야겠다. 아, 하늘의 신들이시여, 우리 사생아들을 돌보아주소서.

글로스터 등장

글로스터　켄트가 그렇게 추방되다니! 프랑스 왕은 화가 난 채로 떠났고! 폐하께서는 왕권을 이양하시고 생활비만을 받으며 궁색하게 여생을 보내신다? 그런데 이 모든 일이 순식간에 일어났단 말이지! 에드먼드야, 무슨 일이냐? 그게 뭐냐?

에드먼드　(일부러 당황한 척하며 편지를 숨긴다)아무것도 아닙니다, 아버지.

글로스터　아무것도 아니라면서 감출 필요가 있느냐? 어디 보자, 아무것도 아니라면 안경을 쓰고 주의해서 볼 필요도 없겠구나.

에드먼드　아버지, 용서하십시오. 이 편지는 형님이 보낸 것으로, 읽지 않으시는 편이 나을 듯합니다.

글로스터　편지를 이리 다오.

에드먼드　아버지께서 읽으시면 역정을 내실 내용입니다. 이 편지는 형님이 제 효심을 떠보기 위해 쓴 것인 듯합니다.

글로스터　(읽는다)「노인을 존경하는 관습은 우리 젊은 청춘을 얼마나 괴롭히고 고달프게 하는가. 우리가 재산을 양도받을 때쯤이면 이미 늙은이가 되어 인생을 즐길 수조차 없다. 노인은 우리에게 맹목적인 복종을 바라지. 이 문제에 대해서 너와 얘기를 나누고 싶구나. 이곳으로 와다오. 만일 아버지께서 내가 깨울 때까지 주무신다면, 너는 아버지의 수입 중 반을 차지하게 될 것이다. 그리고 너는 내 사랑스러운 동생이 되겠지. 에드가.」 음, 이걸 내 자식 에드가가 썼단 말이지? 이 편지가 언제 왔더냐? 누가 가져왔더냐?

에드먼드   누가 들고 온 게 아닙니다, 아버지. 참으로 해괴하게도 제 창문 앞에 던져져 있었습니다.

글로스터   네 형의 필체가 확실하냐?

에드먼드   필체는 분명히 형님의 것이지만 마음은 아닐 것입니다.

글로스터   몹쓸 놈 같으니라고! 천하에 익당이구나. 짐승만도 못한 놈. 그놈을 당장 찾아서 내 앞에 대령하거라. 그놈 지금 어디 있느냐?

에드먼드   잘 모르겠습니다. 하지만 잠시 노여움을 거두시고 기다리세요. 제가 단언하건대 이 편지는 형님께서 제 효심을 시험하려고 쓴 것이지 다른 의도가 있었던 것은 아닐 것입니다.

글로스터   정말 그렇게 생각하느냐?

에드먼드   만일 아버지께서 원하신다면, 저희가 주고받는 대화를 직접 들으시고 판단하시지요. 더 미룰 것 없이 오늘 밤이 어떻습니까?

글로스터   하긴 그놈이 그런 짓을 할 리가 없어.

에드먼드   물론 저도 그럴 것이라 생각합니다.

글로스터   요즘 일어난 일식과 월식이 모두 불길한 징조였구나. 천재지변은 언제나 민심을 들뜨게 하는 법이다. 에드먼드야, 그 악당을 찾아내어라. 네 수고가 헛되지 않도록 용의주도하게 하는 것도 잊지 말고. 기품 있고 고결한 켄트가 추방되다니! 그것도 정직하다는 죄목으로! 참으로 해괴한 일이로다. (퇴장)

에드먼드   참으로 우스꽝스럽구나. 인간이 재난을 당하는 걸 해나 달,

별 등 자연 탓으로만 돌리니 말야. 아버지와 어머니가 큰곰자리 밑에서 서로 사랑해서 내가 태어났기 때문에 내 성정이 거칠고 음탕하다 이거지. 하긴 사생아가 태어날 때 하늘에서 가장 순결한 처녀성이 빛나고 있었다 하더라도, 나는 여전히 요 모양 요 꼴이 될 수밖에 없었겠지. (에드가 등장) 아, 에드가 형님이 오는구나. 옛날 희극의 마지막 장면처럼 잘 나타났군. 내 역할은 거짓된 한숨을 지으며 우울한 표정을 짓는 역할이지.

에드가   에드먼드, 뭘 그렇게 골똘히 생각하고 있니?

에드먼드   요즘 일어난 일식, 월식 뒤에 무슨 일이 일어날까 생각하는 중이었어요. 전에 그것에 대한 예언서를 읽은 적이 있거든요.

에드가   너 설마 그런 걸 좋아하는 건 아니겠지?

에드먼드   거기 씌어 있는 예언서대로 일이 벌어지는걸요. 자식과 부모간의 불화, 변사, 기근, 배신, 국론 분열, 귀족에 대한 협박, 모략, 중상, 의심, 친구의 추방, 반역, 이혼 등 여러 가지 조짐이 보여요.

에드가   너 언제부터 그런 점성술 공부를 했니?

에드먼드   그보다 아버지를 가장 최근에 뵌 것이 언제예요?

에드가   지난 밤에 뵈었지.

에드먼드   혹시 아무 일도 없었나요? 아버지의 비위를 거슬리게 한 적이 없나요?

에드가   아니, 아무 일도 없었는데.

에드먼드   잘 생각해보세요. 아버지의 비위를 거슬리게 한 일이 있었는지. 제 생각엔 당분간 아버지를 뵙지 않는 게 좋을 것 같아요. 지금 아버지가 몹시 분노해 계시거든요.

에드가　어떤 몹쓸 녀석이 나를 모략한 모양이군.

에드먼드　제가 봐도 그래요. 아버지의 노여움이 가라앉을 때까지 잠시 제 방으로 가시죠. 그럼 아버지의 말씀이 들리는 곳으로 안내해드릴 테니까요. 자, 가시죠. 그리고 외출하실 때에는 무기를 잊지 마세요.

에드가　무기를 갖고 다니라고?

에드먼드　형님, 지금 형님에게 호의를 가진 사람은 단 한 사람도 없어요. 자, 어서 가세요.

에드가　그럼 네가 소식을 전해주겠지?

에드먼드　염려 마세요. 제가 최선을 다할 테니까요. (에드가 퇴장) 남을 잘 믿는 아버지, 그리고 고상한 성격의 형님은 천성적으로 남을 해칠 줄을 몰라 의심할 줄 모르지. 그러한 성격을 노리는 거야. 결말이 눈에 훤히 보이는구나. 혈통으로 안 되면 머리를 써서 땅을 차지해야지. 일만 잘되면 무슨 상관이야. (퇴장)

제 3 장

알바니 공작 저택의 어느 방

고네릴과 집사 오스왈드 등장

고네릴　광대를 나무랐다고 아버지가 너를 때리셨단 말이냐?

오스왈드　예, 그렇습니다.

고네릴　기가 막히는군. 밤낮으로 나를 골탕먹이시니 집안이 온통 난장판이야. 이젠 나도 더 이상 참을 수 없어. 사냥에서 돌아오시면 내가 아프다고 전하거라. 예전처럼 시중을 정성껏 들 필요도 없고. 모든 뒷감당은 내가 할 테니까 걱정 말고. *(안에서 트럼펫 소리)*

오스왈드　지금 오시는 소리가 들리는데요.

고네릴　가능하면 게으름을 피우거라. 아버지가 그것을 문제 삼도록. 그게 못마땅하시면 동생한테 가겠지. 하지만 동생도 마찬가지일 거야. 내 말을 명심하도록 해.

오스왈드　잘 알겠습니다.

고네릴　아버지의 기사들한테도 친절하게 대하지 마. 무슨 일이 일어나도 좋아. 아니, 일어나도록 해야겠어. 그래야 하고 싶은 말을 다할 수 있거든. 동생에게는 곧 편지를 보내 나와 같은 행동을 하도록 일러둬야겠어. 가서 저녁식사를 준비하거라. *(두 사람 퇴장)*

제 4 장

같은 집의 큰 방

켄트 백작, 변장을 하고 등장. 잠시 후 리어왕, 많은 기사들과 시종들을 거느리고 등장

리어왕　잠시도 기다릴 수 없구나. 자, 즉시 식사를 대령시켜라. (시종 한 명 퇴장) 아니, 너는 누구냐?

켄 트　남자입니다요.

리어왕　내게 무슨 용건이라도 있는 거냐?

켄 트　보시다시피 행색은 이렇지만 저를 믿어주시는 분께는 신명을 다해 봉사하고, 정직한 분을 사랑하며, 현명하고 말수가 적은 분과 사귑니다. 그리고 신의 심판을 두려워하며, 부득이한 경우에는 싸우기도 하는 충실한 종입니다.

리어왕　네 몰골이 왜 그 모양이냐?

켄 트　이 나라의 국왕처럼 가난해서 그렇지요.

리어왕　자네의 가난한 처지가 내 처지와 같다면, 자네는 정말 가난뱅이인가보구나. 여긴 무슨 일로 왔는가?

켄 트　당신을 섬기고 싶습니다. 당신을 모르지만, 당신에게는 뭔지 모를 느낌이 있습니다.

리어왕　나이는 몇이냐?

226

켄 트   노래를 잘하는 여자를 사랑할 만큼 젊지도 않고, 여자라면 무조건 좋아할 만큼 늙지도 않았습니다. 이제 마흔여덟 살이 좀 지났을 뿐입니다.

리어왕   나를 따라오너라. 저녁식사 후에도 내 마음에 들면 너를 내 곁에 두겠다. 여봐라, 식사를 가져오너라! 시종은 어디 갔느냐? 광대는? 가서 광대를 불러오너라. 내 광대는 어디 갔느냐? 온 세상이 잠든 것 같구나. (기사 퇴장했다가 돌아온다) 그 들개 같은 놈은 어디 갔느냐?

기 사   그자 말이 공작 부인께서 몸이 편치 않으시다고 합니다.

리어왕   누가 불렀는데 감히 오지 않는 거야?

기 사   아주 무례한 말투로 오기 싫다고 합니다.

리어왕   아니! 무엇이 어째?

기 사   폐하, 소신이 잘못 생각했다면 용서해주십시오.

리어왕   아니다. 나 역시 짚이는 데가 있다. 요즘 들어 나도 그러한 생각이 들긴 했지만, 내 자신이 옹졸해서 의심하는 줄로만 알았다. 자, 너는 가서 내 딸한테 할 말이 있다고 전해라. (시종 한 사람 퇴장) 그리고 광대를 불러와라. (다른 시종 한 사람 퇴장)

오스왈드 등장

리어왕   여봐라, 넌 내가 누구라고 생각하느냐?

오스왈드   주인아씨의 아버지시죠.

리어왕   주인아씨의 아버지라! 이 개자식이! 이 노예 놈아!

오스왈드   황송하옵니다만 저는 개자식이 아닙니다.

리어왕 이놈이! 이놈이 누굴 노려봐! (오스왈드를 때린다)

오스왈드 때리지 말아요! (오스왈드, 국왕의 채찍을 잡고 돌린다)

켄 트 (다리를 걸어 넘어뜨린다) 이 개자식아! 어디서 개수작이야?

리어왕 잘했다! 내 마음에 드는구나.

켄 트 (오스왈드에게) 이 자식, 네놈의 처지를 알았으면 썩 꺼져버려! 개자식아, 내 가랑이 사이로 기어나가란 말야! 깨갱거리며 기어가! (오스왈드 기어나간다)

리어왕 잘했다. (돈을 조금 주며) 우선 네 보수를 선불로 주겠다.

광대 등장

광 대 저도 이 사람을 고용하겠습니다. 자, 이 모자를 써봐. (켄트에게 닭털모자를 준다) 내 빨간모자를 쓰는 게 좋을 거야.

켄 트 왜 그렇다는 거야?

광 대 왜냐고? 쪼그라드는 사람의 편을 들어 바람 부는 대로 흔들리는 신세가 될 테니까. 자, 이 빨간모자를 받아라. (리어왕 쪽을 향해) 이 사람은 두 딸을 쫓아내고 셋째딸에게는 마음에도 없는 축복을 주었단 말야. 이 사람을 따라다니려면 모자를 써야 돼.

리어왕 말조심해, 이놈아!

광 대 충실한 개는 개집에서 쫓겨나 매질만 당하고 아첨쟁이 암캐는 따뜻한 난롯가에 누워 냄새를 폴폴 풍기고 있지요.

리어왕 이놈이, 아픈 데만 찌르는구나!

광 대 (켄트에게) 어이, 내 교훈 하나 말해줄까? 속을 다 보이지 말고, 아

228

는 걸 다 말하지 마라. 가진 것 이상으로 꿔주지 말고 걷느니보다는 말을 타라. 들어도 전부 믿지 말고 내기엔 적게 걸어라. 주색을 가까이 하지 말고 집에 들어앉으면 열의 두 배인 스물보다 돈이 더 많이 모인다.

켄 트   쓸데없는 소리 작작해라, 이 바보야.

광 대   아저씨, 쓸데없는 소리는 해선 안 되나요?

리어왕   그렇지. 아무것도 생기지 않으니까.

광 대   당신의 꼴도 그렇다는 걸 알아두세요.

리어왕   광대 놈이 입버릇 참 고약하구나!

켄 트   이놈은 완전히 바보는 아닌 것 같습니다.

광 대   맞아요. 영주님이나 훌륭한 분들이 내가 혼자서 바보 노릇 하는 것을 내버려두지 않잖아요. 혼자서 광대의 전매특허를 가지려고 하면, 그 양반들도 한몫 끼겠다고 야단이죠. 부인들도 마찬가지고요. 나혼자 광대 노릇을 하게 내버려두지 않는다 이 말씀이에요. (노래한다) 올해는 바보가 실속 있는 해! 지혜로운 자가 멍청이가 되어 하는 짓이 숙맥 같구나!

리어왕   언제부터 그런 노래를 부르게 됐지?

광 대   아저씨가 딸들에게 어머니 노릇을 시켰을 때부터죠. 그때 당신은 딸들에게 회초리를 주고 때려달라고 바지를 걷어올렸죠. 아저씨, 저에게 거짓말을 가르쳐줄 선생님을 하나 붙여줘요. 거짓말을 배우고 싶어 죽을 지경이거든요.

리어왕   거짓말을 하면 맞을 줄 알아.

광 대   아저씨하고 아저씨 딸들은 정말 이상한 사람들이에요. 딸들은 내가 진실을 말한다고 때리려 하고, 아저씨는 내가 거짓말을 한다고 때

리려고 하니까요. 게다가 말을 안 하면 안 한다고 때리겠지? 저기 잘라
낸 조각 하나가 오네요.

고네릴 등장

리어왕　무슨 일이냐? 요즘엔 계속 찌푸리고 있으니.

광 대　딸이 인상을 쓰든 말든 신경 쓸 필요가 없었을 때가 행복한 시
절이었죠. (고네릴에게) 알았어요, 입 다무쇼. 당신 얼굴에 입 다물라고
씌어 있네요. (노래한다) 세상만사가 싫다고 빵 껍질과 빵 부스러기를 다
버린 사람도 배고프면 먹어야 해. (리어왕을 가리키며) 저 작자는 알맹이
빠진 콩깍지야.

고네릴　아버지, 아무 말이나 닥치는 대로 지껄이는 이 광대도 그렇고,
기사들까지 틈만 나면 싸워대니 도저히 견딜 수가 없어요. 그런데 가
만히 보니 아버지가 오히려 선동하시는 게 아닌가 하는 생각이 드는군
요. 만일 이게 사실이라면 대책을 강구해야겠어요.

리어왕　너, 내 딸 맞냐?

고네릴　아버지, 제발 머릿속에 꽉 찬 지혜를 활용하세요. 어울리지도
않는 광기는 그만 부리시고요.

리어왕　여보게들, 내가 누구냐? 너희들이 나를 아느냐? 이 사람은 리
어가 아냐. 리어가 이렇게 걷고 이렇게 말을 하더냐? 눈은 어디 있지?
지혜는 어디로 갔냐고? 내가 누구인지 말해줄 사람이 없느냐?

광 대　희미한 옛 사랑의 그림자지 뭐.

리어왕　그래, 바로 그거야. 난 국왕이었지. 귀부인, 당신의 고결한 이

름은 무엇인가요?

고네릴 그렇게 놀라신 척하는 것도 아버지께서 요즘 자주 나타내는 망령기예요. 제발 제 뜻을 오해하지 마세요. 아버지께서는 100명의 기사와 시종들을 거느리고 계세요. 그런데 그자들은 하나같이 난폭하고 방탕하며 뻔뻔한 자들이죠. 이 훌륭한 저택이 술집처럼 되었다고요. 그러니 아버지가 그들의 수를 좀 줄여주세요. 그러지 않으시겠다면 제 마음대로 줄일 거예요. 아버지의 처지와 신분을 잘 아는 사람으로요.

리어왕 악마 같은 년! 내 말에 안장을 얹고 시종들을 불러라. 썩어 문드러진 사생아 같으니라고! 더 이상 네 신세를 지지 않겠다. 내게는 또 하나의 딸이 있다고.

  알바니 등장

알바니 폐하, 제발 고정하십시오.

리어왕 (고네릴에게) 흉악한 년! 거짓말쟁이! 내 기사들은 신하의 의무에 대해서는 빠짐없이 알고 있다. 그들의 작은 허물이 어찌 너에게는 그토록 추하게 보였단 말이냐! 그 작은 결함이 고문도구처럼 인간의 정을 뽑아내고 가혹한 마음만을 덧붙였구나. 오, 리어, 리어, 리어! (자신의 머리를 때린다) 어리석음을 불러들이고, 소중한 판단력을 쫓아버린 이 머리통을 때려부숴라! 가자, 시종들아. (기사들과 켄트 퇴장)

알바니 폐하, 전 죄가 없습니다. 무슨 일로 그토록 화를 내십니까?

리어왕 그럴지도 모르지. 자연의 여신이여, 내 말을 들어라! 이년의 배를 불모지로 만들어 어미의 명예가 될 아이를 낳지 못하게 하라! 만일 부득이 애를 낳게 될 경우에는 미움으로 뭉쳐진 아이를 낳게 해 한평생 불효하도록 하라! 그리하여 부모의 은혜를 모르는 자식을 두는 건 독사의 이빨에 물리는 것보다 더 아프다는 걸 깨닫게 하라! 자, 가자! (황급히 퇴장)

알바니 　무슨 까닭으로 역정을 내시는지 모르겠군.

고네릴 　애써 알 필요가 없어요. 망령이 들어 기분 내키는 대로 성질을 부리시니까요.

리어왕 다시 등장

리어왕 　이게 무슨 짓이냐! 내 시종을 한꺼번에 50명씩이나 줄여? 그것도 보름도 안 됐는데!

알바니 　그게 무슨 말씀이십니까?

리어왕 　말해주지. (고네릴에게) 참으로 부끄럽구나. 대장부인 내가 너 때문에 이렇게 뜨거운 눈물을 흘려야 하다니! 독기를 뿜은 안개여, 휘감아버려라. 아비의 저주로 생긴 병이 너의 모든 감각기관을 마비시킬 것이다. 어리석고 망령된 눈아, 이런 일로 두 번 다시 눈물을 흘리는 날에는 네 눈동자를 도려내어 헛되이 흘리는 눈물과 함께 내던져 땅을 적시리라. 하지만 내겐 딸이 또 하나 있어. 그 애는 친절하고 상냥해. 그러니 반드시 나를 위로해줄 거야. 두고 봐. 그 애는 네가 한 짓을 들으면 이리 같은 네 얼굴 가죽을 벗겨버릴 거야. 반드시 그렇게 해 보일 거야. (리어왕, 켄트, 광대, 시종들 퇴장)

고네릴 내가 왜 이러는지 알겠죠?

알바니 당신을 깊이 사랑하지만 이번에는 당신 편만 일방적으로 들수가 없구려.

고네릴 제발 가만히 좀 계세요. 무장한 기사를 100명씩이나 두다니? 하긴 그렇게 거느리고 있으면 매우 안전하겠죠. 그래요, 부질없는 소문을 들을 때마다 아버지는 저들을 배경 삼아 우리를 쥐고 흔들려고 할 거예요. 오스왈드, 오스왈드?

알바니 당신은 지나친 걱정을 하는구려.

고네릴 과신하는 것보다는 백 배 안전하죠. 애당초 근심의 뿌리를 뽑아버리는 게 좋아요. 아버지의 속셈은 제가 다 알아요. 아버지가 말씀하신 것을 동생에게 편지로 썼어요. 내 편지를 읽고도 동생이 아버지의 편을 들지는 않겠지. (두 사람 퇴장)

제 5 장

같은 저택의 앞뜰

리어왕, 켄트, 광대 등장

리어왕 너는 어서 콘월 공작한테 가서 이 편지를 딸애에게 전하거라. 딸애가 이 편지를 읽고 묻는 것 외에는 대답하지 말고.

켄 트   잠도 자지 않고 가서 이 편지를 전하겠습니다. (퇴장)

광 대   사람의 두뇌가 뒤꿈치에 붙어 있다면 맨날 터져서 피가 나겠지.하지만 아저씨의 알량한 지혜는 뒤꿈치에 없으니 안심하세요.

리어왕   이 녀석, 못하는 소리가 없구나. (코델리아를 생각하며 독백) 내가 그애한테 정말 잘못했어.

광 대   달팽이가 왜 집을 머리에 이고 다니는지 아세요?

리어왕   왜 그러는데?

광 대   제 머리를 쑤셔박기 위해서예요. 제 머리를 쑤셔둘 곳을 달팽이는 딸들에게 주지 않지요.

리어왕   이제 아버지로서 정을 끊어야 해. 말은 대령시켜놓았느냐?

광 대   당나귀 같은 시종들이 준비해놓았을 거예요. 아저씨가 광대였다면 난 때려주었을 거야. 미리 늙어버렸으니까. 현명해지기 전에 늙어버리면 안 되잖아요.

리어왕   오, 신이시여! 저를 미치게 하소서. 아냐, 제가 정신을 잃지 않도록 도와주소서. 절대로 미치광이가 되고 싶지는 않습니다! (모두 퇴장)

제2막

제1장

글로스터 백작의 저택 뜰

에드먼드와 큐런, 양쪽에서 등장

큐 런 안녕하십니까? 지금 당신 아버지를 뵙고 콘월 공작과 공작 부인께서 오늘 밤 이곳에 오신다는 것을 전해드리고 오는 길이오.

에드먼드 무슨 일로 이곳까지 오시나요?

큐 런 글쎄요. 하지만 소문은 들으셨겠죠? 소문이라야 수군거리는 정도에 지나지 않지만요. 콘월 공작과 알바니 공작 사이에 전쟁이 터진다는 소문이 있어요.

에드먼드 금시초문인데요.

큐 런 조만간 듣게 될 거요. 그럼 안녕히 계시오. (퇴장)

에드먼드 공작이 오늘 밤 이곳에 온다고? 일이 척척 돌아가는군! 아버지께서 형님을 잡으라는 지령을 내리셨지. 우선 골치 아픈 문젯거리부터 처리하자! 제발 행운이여, 나를 위해 일해다오. (2층을 향해) 형님, 잠깐만 내려오세요. 드릴 말씀이 있어요. (에드가 등장) 아버지가 감시하고 있으니 빨리 도망치세요. 이 칠흑 같은 어둠을 틈타 달아나세요. 혹시 콘월 공작의 험담을 한 적은 없으세요? 공작께서 부인과 함께 이곳에 오신답니다. 그분들과 한 패가 되어 알바니 공작을 험담하진 않으셨어요?

에드가 맹세코 그런 말을 한 적이 없다.

에드먼드 아버지가 오시나봐요. 용서하세요. 형님을 칼로 찌르는 척할 테니까 형님도 칼을 뽑아 방어하세요. 그러다가 달아나세요. (큰 소리로) 칼을 버리고 당장 나오너라. 불을 밝혀라. (작은 소리로) 안녕히 가세요. (에드가 퇴장) 피를 흘리고 있다면 내가 싸움을 치열하게 했다고 생각하겠지. (자기 팔에 상처를 낸다) 주정꾼들은 이것보다 더 심한 장난을 하던데 뭘. (큰 소리로) 아버지! 아버지! 여기예요!

글로스터와 횃불을 든 하인들 등장

글로스터 에드먼드, 그놈은 어디 있느냐?

에드먼드 이 깜깜한 어둠 속에서 칼을 들이대며 괴상한 주문을 뇌까리며 달의 여신에게 빌고 있었어요.

글로스터 어디 있느냐니까!

에드먼드 이것 보세요, 제 팔에서 피가 나고 있어요. 이쪽으로 달아났어요. 끝까지 제가 말려⋯⋯.

글로스터 그놈을 쫓아가서 잡아와! (하인들 몇 명 퇴장) 끝까지 말렸는데도 어떻게 했다고?

에드먼드 아버지를 죽이자는 말에 제가 동의하지 않으니까 달아난 것입니다. 저는 형님에게 아버지를 죽이면 복수의 신들이 불벼락을 칠 것이라고 했죠. 그랬더니 미리 준비했던 칼로 제 팔을 푹 찔렀습니다. 그러나 제 소리에 놀랐는지 금세 줄행랑을 치고 말았습니다.

글로스터　제놈이 뛰어봤자 어디 가겠느냐. 내 이놈을 반드시 잡고 말 것이다. 잡히는 날이면 그날로 죽음이다. 오늘 밤 이 땅의 주인이시자 내 소중한 은인이신 공작께서 이곳으로 오신다. 그분의 이름을 빌려 포고령을 내리겠다. 그 잔인한 악당을 찾아내는 자에게는 상을 주고, 숨겨주는 자는 사형에 처하겠다고 말이다.

에드먼드　저도 형님의 그런 사악한 계획을 중지시키려고 애썼습니다. 그래서 형님한테 모든 걸 폭로하겠다고 윽박질렀지요. 그랬더니 형님은 이렇게 말하더군요. '상속도 못 받을 첩의 자식인 주제에, 내가 너와 싸운다면 누가 네 편이라도 들어줄 줄 아니? 네가 아무리 신용이 있고 덕행이 바르다고 해도 아무도 네 말을 믿지 않을 거야. 그렇지, 설령 네가 내 필적을 증거로 내놓는다 하더라도 나는 너에게 모든 것을 뒤집어씌울 수가 있지.' 이러면서 윽박지르더군요.

글로스터　오, 천하에 나쁜 놈 같으니! 그놈은 내 자식이 아니다. (안에서 우렁찬 트럼펫 행진곡이 들려온다) 아, 공작 각하가 오시나보다! 왜 오시는지 모르겠다. 아무튼 그놈의 사진을 방방곡곡에 붙여야겠다. 내 영토는 비록 서자지만 충직하고 효심이 지극한 너한테 물려주도록 해놓겠다.

　콘월, 리건, 그리고 시종들 등장

콘월　오, 백작! 어떻게 된 일이오? 이상한 소문이 나돌던데.
리건　소문이 사실이라면, 어떤 엄벌을 내려도 부족할 거예요.

글로스터 　오, 공작 부인! 이 늙은이의 가슴은 터질 것 같습니다.

리　건 　아니, 바로 우리 아버지가 이름을 지어준 그 아들이 당신 생명을 노렸다는 거예요? 그 에드가가?

글로스터 　오, 창피해서 더 이상 말을 할 수가 없습니다.

리　건 　혹시 그가 아버지를 수행하는 기사들과 한패가 아닐까요?

글로스터 　모르겠습니다. 너무나 악독해서 할 말을 잃었습니다.

에드먼드 　그렇습니다. 형님은 그들과 친하게 지냈습니다.

리　건 　그렇다면 뭐 이상할 게 없네요. 그놈들이 그렇게 하라고 부추겼을 테니까요. 나도 언니한테 자세한 내용을 들었어요. 어쩌면 그놈들이 우리 집에 와서 묵을지도 모르니까 저더러 피해 있으라고 하더군요.

콘　월 　나도 집에 있으면 안 될 것 같아서 온 거요. 이번에 에드먼드가 아버지께 효자 노릇을 톡톡히 했다죠?

에드먼드 　그저 자식으로서 도리를 한 것뿐입니다.

글로스터 　이 애가 그놈의 음모를 폭로해주었죠. 그놈을 잡으려고 하다가 이렇게 부상까지 당했답니다.

콘　월 　그놈을 잡으면 다시는 경거망동하지 못하도록 하겠소. 내 이름을 팔아서라도 체포하기 바라오. 에드먼드, 내 유순하고 효성이 지극한 널 부하로 삼겠다. 너야말로 내가 신뢰할 수 있는 신하구나.

에드먼드 　비록 부족한 점이 있더라도 있는 힘을 다해 공작님을 섬기겠습니다.

글로스터 　아들놈을 대신해 감사 인사를 드립니다.

콘　월 　우리가 백작을 찾아온 이유를 알고 있소?

리　건 　글로스터 백작, 이렇게 예고도 없이 밤길에 온 까닭은 급한 일이 일어나서예요. 아버지와 언니가 서로 싸운 이유를 서찰로 보내왔답니다. 자제분 일로 심기가 불편하다는 건 알고 있습니다만, 우리를 위해서 조언을 아끼지 말고 해주세요. 그대로 따를 테니까요.

글로스터 분부대로 거행하겠습니다, 공작부인. 두 분께서 오신 것을 진심으로 환영합니다. (나팔 소리, 일동 퇴장)

제 2 장

글로스터 백작의 저택 앞

켄트, 오스왈드 양쪽에서 따로 등장

오스왈드 어디에다 말을 매야 하지?

켄 트 수챗구멍에 매는 게 좋겠지.

오스왈드 여보시오, 그러지 말고 가르쳐주시오.

켄 트 싫소. 난 당신이 싫어.

오스왈드 나도 당신 따위와 상대하긴 싫어. 그런데 날 알지도 못하면서 왜 싫어하지?

켄 트 나는 당신을 알아. 악당에다 비겁하며 음식 찌꺼기나 처먹는 놈이지. 야비하고 주제넘게 거만하고 거지꼴에 옷은 세 벌, 수입은 백 파운드나 되는 나쁜 놈이지. 1년 내내 더러운 털양말을 신고 다니며, 간이 콩알만 해서 얻어터져도 싸울 생각은 하지 않고 소송이나 거는 놈이지. 내 말이 하나라도 틀렸으면 반박해봐라, 이놈아!

오스왈드　참으로 괘씸한 놈 다봤구나. 잘 알지도 못하면서 별의별 욕을 다 퍼붓다니!

켄 트　이 철면피 같은 놈아, 나를 모른다고? 폐하 앞에서 내가 너를 두들겨 패준 것이 바로 이틀 전이 아니냐? 이놈아, 칼을 뽑아라. 네놈을 죽여 내장탕을 끓여 먹어야겠다. (칼을 빼면서) 자, 기생오라비처럼 아양이나 떠는 놈아, 칼을 빼라고!

오스왈드　비켜라! 나는 너 따위는 상대하지 않으니까.

켄 트　칼을 빼라, 이 노예 놈아. 폐하의 못된 딸의 꼭두각시 노릇이나 하는 놈아, 칼을 빼! 자, 덤벼라! (오스왈드를 친다)

오스왈드　사람 살려! 이놈이 사람을 죽이네. 사람 살려!

에드먼드, 긴 칼을 든 글로스터, 리건, 콘월, 하인들 등장

글로스터　아니, 무슨 소동이냐?

콘 월　목숨이 아깝거든 조용히 해라. 칼을 빼면 사형이다.

리 건　언니와 아버지께서 보내신 심부름꾼들이로군요.

콘 월　왜 싸웠느냐? 말해봐라.

오스왈드　저는 숨도 쉴 수 없을 지경입니다.

켄 트　그럴 테지, 시건방을 떨면서 덤벼들었으니. 너처럼 비겁한 악당은 하느님도 만들지 않았다고 부인할 거다. 빨리 말해. 왜 싸웠는지?

오스왈드　저 늙은 놈의 흰 수염이 불쌍해서 살려줬더니…….

켄 트 뭐라고? 쓸모 없고 천한 놈아! 공작 각하가 허락만 해주신다면, 이놈을 당장 짓이겨서 화장실의 벽에 처바를 것입니다. 흰 수염 때문에 나를 살려줬다고? 천하에 빌어먹을 놈!

콘 월 입 닥쳐! 감히 여기가 어디라고 싸움질이냐?

켄 트 물론 알지요. 하지만 화가 치밀 때는 보이는 게 없는 법이죠.

콘 월 왜 화가 났느냐?

켄 트 염치라곤 눈곱만치도 없는 노예 놈이 칼을 차고 있으니 기가 막힐 일 아닙니까? 성실성이라고는 약에 쓰려 해도 찾아볼 수 없는 악당 놈이 쥐새끼처럼 부자간의 핏줄까지도 물어뜯지요. (오스월드를 향해서) 미친놈 같은 얼굴로 페스트에 걸려 죽어버려라!

콘 월 이놈이 미쳤나?

글로스터 어쩌다 싸우게 되었는지 낱낱이 말하라.

켄 트 솔직히 말씀드리자면 아무리 원수지간이라 해도 이 악당과 저만큼 맞지 않는 경우도 드물 것입니다.

콘 월 왜 악당이라고 하지?

켄 트 이놈의 낯짝이 마음에 안 들어요.

콘 월 나와 아내, 그리고 백작의 얼굴도 네놈 마음에 들지 않겠구나.

켄 트 솔직하게 말씀드리자면, 지금 이곳에 계신 분들의 어깨 위에 얹힌 얼굴보다 훌륭한 얼굴을 본 적이 있습니다.

콘 월 오만방자한 놈이로구나. 이런 녀석은 아첨할 줄도 모르고, 정직하여 진실만을 이야기하지! 내가 알기론 이런 부류의 악당들은 솔직합네 하면서, 뱃속은 더 시커먼 놈들이지. (오스월드에게) 넌 저자한테 무엇을 잘못했지?

오스왈드 잘못한 거라뇨? 천만에요. 2, 3일 전 일입니다요. 국왕께서 무슨 오해를 하시어 저를 때린 적이 있는데, 그때 저놈이 뒤에서 다리를 걸어 넘어뜨렸습니다. 실은 제가 일부러 져준 것인데 그것에 맛을 들였는지 칼을 빼들고 저한테 마구잡이로 달려들었습니다.

켄 트 하긴 로마군이라도 건달한테 걸리면 속수무책이지.

콘 월 족쇄를 가져오너라! 이 망령 든 늙은이에게 따끔한 맛을 좀 가르쳐 줘야겠다.

켄 트 저는 뭘 배워야 할 정도로 젊은 나이가 아닙니다. 그러니 족쇄를 가져올 필요는 없지요. 게다가 저는 폐하의 심부름꾼으로 저에게 족쇄를 채운다면 폐하의 위엄과 인격을 모독하는 것일 뿐만 아니라 적의를 나타내시는 거겠지요.

콘 월 족쇄를 가져와! 누가 뭐래도 저놈을 정오까지 채워놔야겠다.

리 건 정오까지라뇨? 밤까지 채워놓아야 해요.

켄 트 마님, 제가 아버님의 개라도 그런 대우는 할 수 없을 겁니다.

리 건 아버지의 하인이니까 그렇지.

콘 월 이놈은 당신 언니 편지에 적힌 녀석들과 한 패거리일 거야. 자, 족쇄를 가져와. (시종들이 족쇄를 들고 들어온다)

글로스터 공작님, 참으십시오. 저놈의 죄가 크긴 하지만 국왕 폐하께서 마땅히 문책하실 것입니다. 국왕께서 자신의 심부름꾼이 이토록 모욕을 당했다는 것을 아시면 크게 화를 내실 겁니다.

콘 월 그 책임은 내가 지겠소.

리 건 언니도 자기 시종이 모욕을 당했다는 걸 알면 화를 낼 거예요. 저 놈의 다리를 채워놓아라. (켄트의 다리에 족쇄를 채운다)

콘 월   자, 갑시다. (글로스터와 켄트만 남고 일동 퇴장)

글로스터   미안하네. 하지만 공작님의 분부니 난들 어쩌겠나. 하지만 내가 당신을 위해 다시 부탁을 하리다.

켄 트   그만두시지요. 밤새 달려왔더니 잠이 쏟아지는구려. 세상에는 착한 사람이라도 불행을 겪을 때가 있는 법입니다.

글로스터   누가 봐도 이 일은 공작님의 잘못이야. 폐하께서 이 일을 아시면 얼마나 화를 내실까. (퇴장)

제 3 장

숲속

에드가 등장

에드가   나를 잡으라는 포고령을 들었다. 항구란 항구는 모두 폐쇄되고 어디든지 나를 잡으려고 혈안이 되어 있다. 아, 어떻게든 살아남아야 해. 차라리 거지꼴로 변장을 해서라도 살아야 해. 얼굴에는 진흙을 검게 칠하고, 허리에는 남루한 담요자락을 감고, 머리칼은 쑥대머리를 만들고, 옷을 걸치지 않은 알몸뚱이로 비바람과 온갖 어려움을 견뎌내야 해. 이곳엔 좋은 게 있지. 수용소에 있는 거지들처럼 소리를 질러가면서 바늘과 나무꼬챙이, 못, 들장미의 잔가지 등을 팔뚝에다 꽂아야겠다. 미친 듯이 저주도 하고, 동냥을 달라고 떼를 쓰는 거야. 가엾은 거렁뱅이! 불쌍한 톰! 그런 이름이라면 몰라도 에드가로서는 이제 살아갈 수가 없지. (퇴장)

제 4 장

글로스터 백작의 저택

켄트가 족쇄를 찬 채 앉아 있다. 리어왕, 광대, 시종 등장

리어왕   (켄트를 발견한 뒤 한참 들여다보고 나서) 아니, 넌 이런 모욕을 당하면서도 웃음이 나오느냐?

켄 트   천만의 말씀입니다, 폐하.

광 대   말은 머리를, 개와 곰은 목을, 원숭이는 허리를, 그리고 인간은 다리를 묶어 매는구나. 다리를 함부로 놀려 걷어차기를 좋아하더니 끝내 나무양말을 신었구나.

리어왕   네 신분을 무시하고 네게 족쇄를 채운 놈이 누구냐?

켄 트   폐하의 따님과 사위입니다.

리어왕   그럴 리가 없다.

켄 트   사실입니다.

리어왕   아냐, 그 애들이 감히 그랬을 리가 없어. 그럴 수도 없는 일이고, 또 그러려고 하지도 않았을 거야. 국왕의 심부름꾼에게 이런 짓을 저지른다는 것은 살인보다 더 악랄한 짓이야. 자, 말하라. 네가 어째서 이러한 처벌을 받아야 했는지를 말이다.

켄 트　폐하, 제가 저택에 도착해 폐하의 친서를 드리려고 무릎을 꿇었을 때입니다. 갑자기 땀으로 범벅이 된 그놈이 뛰어들어오더니 고네릴 공주님의 서찰을 전하더군요. 두 분께서는 그 자리에서 그 서찰을 읽으신 뒤 별안간 하인들을 모두 불러모아 말을 타고 떠나셨습니다. 저한테는 기다리라는 말씀만 하시고서요. 그래서 뒤를 따라왔는데 여기서 그놈을 또 만난 겁니다. 그놈은 지난번에 폐하께 오만불손하게 굴던 놈으로 그놈을 보자 갑자기 부아가 끓어올랐죠. 그래서 칼을 뺐더니 그놈이 겁에 질려 비명을 지르면서 온 집안 사람들을 깨운 거예요. 결국 공작 내외분께서 저와 제 죄를 물으며 이렇게 족쇄를 채웠습니다.

광 대　당신은 따님들 덕택에 1년 내내 근심주머니를 얻게 되었네요.

리어왕　아냐, 그랬을 리가 없어. 오, 울화가 치밀어오르는구나. 치솟는 슬픔이여, 네 자리는 저 아래다. 내 딸은 어디 있느냐?

켄 트　글로스터 백작님과 함께 안에 계십니다.

리어왕　아무도 따라오지 말고 여기 있으라. (퇴장)

리어왕이 글로스터와 함께 등장

리어왕　면회 사절이라고! 나한테? 몸이 아프다고? 간밤에 밤새워 여행을 해서 피곤하다고? 순전히 변명이야. 아비를 거역하고, 아비를 버리려는 징조가 아니고 뭔가. 좀 더 그럴 듯한 대답을 가지고 와.

글로스터   말씀드리기 황송합니다만 폐하, 공작님의 성질은 불같아서 한 번 그렇게 결정을 하면 바뀌는 적이 없습니다.

리어왕   경을 칠 놈! 염병에 걸려 뒈져버려라! 뭐, 성질이 불같다고? 여봐라, 글로스터! 콘월 공작 내외를 만나야겠다.

글로스터   예, 폐하. 그렇게 말씀드렸습니다만…….

리어왕   여보게, 자네가 내 말뜻을 알고 있기나 한가? 국왕이 콘월과 얘기를 하려는 거야. 아비가 사랑스런 딸에게 얘기하려는 거라고. 내 명을 전했느냐? 아니, 지금 말하지 않아도 좋다. 사람은 더러 지치면 제정신이 아닐 수도 있으니까. 참아야겠다. 급한 성미 때문에 나도 이 지경이 되었으니까. (켄트를 보면서) 무엇 때문에 너를 족쇄로 채웠단 말이냐! 이 꼴을 보니 공작 내외가 무슨 계략을 꾸미는지 알겠구나. 내 하인을 풀어주어라. 내가 할 말이 있다고 전하라. 지금 당장 말이야. 만일 그러지 않으면 북을 쳐서라도 잠을 깨울 것이다.

글로스터   어떻게든 원만하게 잘 해결되었으면 좋겠습니다. (퇴장)

리어왕   아, 끓어오르는 가슴이여! 그러나 진정하자!

광 대   아저씨, 가슴에 대고 호통을 치세요. 아저씬 칠칠맞은 부엌데기가 만두 속에 산 뱀장어를 넣고 구시렁거리는 것 같아요.

콘월, 리건, 하인들과 함께 글로스터 다시 등장

리어왕   잘들 있었나?

콘 월   안녕하십니까. (시종들이 켄트를 풀어놓는다)

리 건   폐하를 뵈오니 기쁩니다.

리어왕 당연히 그래야지, 리건. 네가 기쁘지 않다고 하면, 그런 딸의 어미는 분명히 화냥년일 거야. 그렇다면 나는 무덤을 헤쳐서라도 네 어미와 이혼하겠지. (켄트에게) 아, 이제야 풀려났구나. 이 일에 대해서는 나중에 따지기로 하자. 사랑하는 리건, 네 언니는 내 딸이 아니다. 흉측한 년이다. 그년은 독수리처럼 예리하고 매정한 부리로 여기를 물어뜯었다. (자기 가슴을 가리킨다)

리 건 제발 진정하세요. 제 생각에는 언니가 효성을 다하지 않은 게 아니라 아버지가 뭔가 오해를 하신 것 같군요.

리어왕 그게 무슨 소리냐?

리 건 언니가 소홀히 했다는 사실을 도저히 믿을 수가 없어요. 만일 그랬다 해도 거기에는 그만한 이유가 있었겠지요.

리어왕 난 그년을 저주해!

리 건 아버지, 이제 아버지는 늙으셨어요. 그러니 나라 사정에 정통한 사람에게 나랏일을 맡기고 그 사람의 의견을 따를 필요가 있어요. 그러니 제발 언니한테 돌아가셔서 미안하다고 사과하세요.

리어왕 그년에게 사과하라고? '사랑하는 딸이여, 이 아비는 늙어빠져 쓸모가 없으니 이렇게 무릎을 꿇고 (무릎을 꿇는다) 부탁하니, 옷과 먹을 것과 잠자리를 주시오' 하고 애걸해야 한다고?

리 건 제발 그런 실없는 장난은 그만하시고 언니한테로 돌아가세요.

리어왕 (벌떡 일어나면서) 리건, 난 절대로 안 간다. 그년은 내 시종을 반으로 줄였어. 무서운 낯짝으로 나를 노려보며 독사 같은 독설로 나한테 퍼부었어. 하늘에 저장해놓은 벌이라는 벌은 은혜도 모르는 그년의 뻔뻔스런 낯짝 위에 모두 쏟아지소서! 하늘의 질병이여, 그년한테서 태어나는 자식들의 뼈가 오그라지도록 하소서!

콘 월　폐하, 어찌 그리 끔찍한 저주를 내리십니까!

리어왕　날쌘 번개여, 그년의 눈을 멀게 하소서. 강렬한 햇살을 받아 늪에서 피어나는 독기여, 그년의 젊음을 시들게 하소서.

리 건　오, 하느님 맙소사! 화가 나신다면 저에게도 똑같은 저주를 퍼부으시겠군요?

리어왕　아니다, 리건. 너를 저주하는 일은 결코 없을 것이다. 너는 천성이 부드러우니까 가혹한 짓을 할 리가 없겠지. 누가 내 시종에게 족쇄를 채웠느냐? (안에서 나팔 소리)

콘 월　저 나팔 소리는 뭐지?

리 건　언니가 오는가봅니다. 곧 오겠다고 편지에 적혀 있었어요.

오스왈드 등장한 후 조금 있다 고네릴 등장

리어왕　오, 하늘이시여! 만일 당신이 이 늙은이를 불쌍히 여기신다면, 효행을 덕으로 여기신다면, 하늘의 천사를 내려보내시어 제 편을 들어주소서. (고네릴에게) 너는 이 아비의 수염을 보고도 부끄럽지 않단 말이냐? (리건이 고네릴과 악수한다. 리어왕 이 광경을 보고) 오, 리건! 네가 저년의 손을 잡다니!

고네릴　어째서 손을 잡으면 안 되나요? 제가 잘못한 게 있나요? 망령이 난 노인이 주장하는 무례를 어찌 다 받아들일 수 있겠어요?

리어왕　아직도 네년은 오만불손하기 짝이 없구나! 하여튼 내 하인에게 족쇄를 채운 자가 누구냐?

콘 월   제가 그랬습니다. 저자의 난동을 생각하면 더 지독한 형벌을 받았어야 마땅했습니다.

리어왕   자네가! 자네가 그랬다고?

리 건   아버지, 진정하세요. 언니한테 가서 시종을 반으로 줄이신 뒤에 이 달 말까지 머물러 계신 다음 오세요. 보다시피 저는 현재 여행 중이라 대접해드릴 수가 없어요.

리어왕   저년한테로 돌아가라고? 시종을 반으로 줄이라고? 그럴 바엔 차라리 들판에 나가 이리와 올빼미의 벗이 되고, 가난의 괴로움을 맛보는 게 낫겠다. 저년한테 돌아갈 바에야 지참금도 없이 막내딸을 데려간 프랑스 왕한테 가서 무릎을 꿇고 비천한 부하처럼 근근히 살아가는 것이 낫겠다. 저년한테 돌아가라고? 그럴 바에는 (오스왈드를 가리키면서) 차라리 저 구역질나는 종놈의 노예나 말이 되라고 해라.

고네릴   좋을 대로 하세요.

리어왕   애야, 제발 나를 미치게 만들지 마라. 이제 네 신세는 더 이상 지지 않겠다. 너희들은 내 핏줄이요 내 딸이다. 혹은 내 살 속에 박힌 병균인지도 모르지. 그러나 그것도 내 것이라고 부를 수밖에 없는 것 아니냐. 하지만 나는 너희들을 책망하지 않겠다. 마음을 고쳐 착한 사람이 되도록 애써라. 리건, 나는 100명의 기사와 너의 집에 머무를 것이다.

리 건   그럴 순 없어요. 저는 아버지를 받아들일 준비를 전혀 못 했어요. 언니의 말을 들으세요. 지금 아버지의 노여움을 우리가 받아들이는 것은 어른을 존경하는 마음에서 그런다는 걸 알아두세요.

리어왕   그 말이 진담이냐?

리 건   그렇습니다. 시종이 50명이면 되지 않아요? 그 이상 무슨 필요가 있어요? 아니, 그것도 많아요. 시종이 많으면 비용도 그렇고 위험도 크지요. 한 집에 두 주인 밑에서 그 많은 사람들이 어떻게 평화롭게 지낼 수 있겠어요? 불가능한 일이지요.

고네릴 　동생의 하인이나 저희 집 시종들이 아버지를 돌봐드려도 되잖아요.

리 건 　그래요. 만약 저희 집 하인이 아버지를 소홀히 모시면 제가 단속하지요. 그러니 저희 집에 오시려면 시종은 25명만 데려오세요. 그이상 오게 되면 방도 없고 돌봐드릴 수도 없어요.

리어왕 　난 너희에게 모든 것을 주었는데…….

리 건 　적당한 시기에 잘 주신 거지요.

리어왕 　너희들을 나의 후견인으로 삼아 일체의 권력을 맡겼다. 대신 나는 시종 100명을 거느린다는 단서를 붙였는데, 시종을 25명만 데려오라니, 어림없는 소리다. 리건, 그 말 진심이냐?

리 건 　거듭 말씀드립니다만, 그 이상은 곤란해요.

리어왕 　악한 자 옆에 더 흉악한 자가 있으면, 그 악한 자가 선하게 보일 수도 있다더니. 최악이 아니라는 것이 위안이 될까. (고네릴에게) 너한테로 가겠다. 너는 50명이라고 말했으니 25명의 두 배가 아니냐. 네 효심은 저 년의 두 배인 셈이구나.

고네릴 　잠깐만요, 아버지. 아버지의 시종이 25명이든 10명이든 2명이든 왜 필요해요? 갑절이나 더 많은 시종들이 아버지의 뒤를 돌봐드리고 있는데요.

리 건 　한 사람도 필요 없죠.

리어왕 　하늘이여, 저에게 인내를 주소서. 인내가 필요합니다! 오, 신이시여! 저를 우롱하지 마소서. 저를 노여움으로 분기탱천하게 하시옵고, 여자의 무기인 눈물이 이 늙은이의 뺨에 흐르지 않도록 하소서. 이 짐승 같은 년들아, 너희 두 년에게 기필코 복수를 하겠다. (멀리서 폭풍우 소리 들린다) 오, 광대야, 나는 미치고 말겠구나? (리어왕, 글로스터, 켄트 그리고 광대 퇴장)

콘 월　　안으로 들어갑시다. 폭풍우가 일 것 같소.

리 건　　이 집은 너무 비좁아서 노인과 시종들이 머물 수가 없어요.

고네릴　　자업자득이야. 스스로 안락한 생활을 버리셨으니까. 어리석은 소행이 어떤 것인지 맛 좀 보셔야 해. 글로스터 백작은 어디 계시지?

콘 월　　늙은이를 쫓아갔나보군.

글로스터 다시 등장

글로스터　　폐하께서는 화가 머리끝까지 치미셨습니다.

콘 월　　어디로 가셨소?

글로스터　　말을 타고 계신데 어디로 가실는지는 저도 모르겠습니다.

콘 월　　마음대로 하시라고 내버려둡시다.

고네릴　　백작, 절대로 말리지 마세요. 백작, 문을 닫으세요. 고집불통인 사람을 고치는 데에는 재앙이 필요해요. 문을 꼭 닫으세요. 아버지의 시종들은 난폭한 사람들뿐이어서 무슨 일을 저지를지 모르니까요. 우리 모두 지혜롭게 대처해야 해요.

콘 월　　글로스터 백작, 리건의 말이 맞소. 자, 폭풍우를 피해 안으로 들어갑시다. (일동 퇴장)

제 3 막

제 1 장

황량한 들판

폭풍우, 번개, 천둥 치는 가운데 켄트와 기사가 양쪽에서 등장

켄 트   거, 누구요? 이토록 사나운 날씨에.

기 사   이 날씨처럼 마음이 아주 사나운 사람이오.

켄 트   난 또 누구라고. 폐하께서는 어디 계시오?

기 사   사나운 비바람과 맞서 싸우고 계십니다. 오늘 같은 밤에는 아무리 미련한 곰이라 해도 굴속에서 나오지 않고, 사자나 굶주린 이리라 해도 비를 맞기 싫어할 텐데 폐하께서는 모자도 쓰시지 않은 채 뛰어다니시며 모두 끝장이라고 소리치고 계십니다.

켄 트   누가 모시고 있겠지요?

기 사   광대뿐입니다. 심장이 찢어지는 국왕의 아픔을 광대는 익살로 위로하려고 애쓰고 있습니다.

켄 트   당신의 인품은 이미 알고 있소. 그래서 부탁을 드리는데 들어주지 않겠소? 알바니 공작과 콘월 공작은 사이가 좋지 않소. 더욱이 그

두 사람 수하엔 프랑스 첩자가 있어 나라의 정보를 팔고 있소. 그들은 노왕에 대한 무자비한 학대와 고난 등을 모조리 정탐해 프랑스에 보내고 있소. 조만간 프랑스 군대가 분열된 이 나라에 쳐들어올 거요. 이미 저들은 우리의 무관심을 틈타 쓸 만한 항구에 진을 치고 기선을 제압할 태세를 갖추고 있소. 그래서 부탁인데, 나를 믿고 급히 도버까지 가주실 수는 없겠소? 폐하께서 두 딸들의 천륜을 벗어난 행실에 얼마나 크게 노하시고 슬퍼하시는지 가서 전하면 깊은 감사와 함께 사례를 받을 수 있을 거요. 내가 겉보기와는 다른 인물이라는 증거로 이 지갑을 열고 안에 든 것을 가지시오. 코델리아 공주님을 만나면 이 반지를 보여드리시오. 그럼 내가 누구인지 아실 거요. 웬 폭풍우가 이리 심하담! 나는 폐하를 찾으러 가야겠소.

기 사   악수나 합시다. 더 하실 말씀은 없소?

켄 트   한마디만 더 덧붙이겠소. 당신은 저쪽으로, 나는 이쪽으로 가다가 누구든 먼저 폐하를 발견한 사람이 큰소리를 질러 신호를 해줍시다. (두 사람 따로따로 퇴장)

제 2 장

들판의 다른 쪽

폭풍우 치는 속에 리어왕과 광대 등장

리어왕　바람아 불어라, 내 뺨이 갈기갈기 찢어지도록! 미쳐 날뛰어라! 불어라! 폭포처럼 쏟아지는 호우여, 땅에 이는 회오리바람이여, 높은 탑에 세운 바람개비가 물 속에 잠길 때까지 쏟아져라! 머리에 번뜩이는 생각처럼 재빠른 유황불이여! 참나무를 쪼개는 벼락을 알리는 번개여! 내 흰 머리를 태워라! 그리고 천지를 진동시키는 천둥이여, 두껍고 둥근 이 세상을 납작하게 짓이겨라. 자연의 틀을 깨어 은혜도 모르는 인간을 태어나게 하는 모든 종자들을 없애버려라!

광　대　아저씨, 방 안에서 아첨하는 것이 들판에서 비 맞는 것보다 나아요. 그러니 아저씨, 돌아가서 딸년들의 신세를 집시다. 칠흑같이 캄캄한 이런 밤에는 현명한 사람이나 바보나 똑같이 보인다니까요.

리어왕　실컷 으르렁거려라. 불을 뿜어라. 비를 퍼부어라. 비도 바람도 천둥도 번개도 내 딸이 아니다. 나는 너희 우주를 향해 비난하지는 않겠다. 나는 결코 너희들에게 왕국을 주지도 않았고 딸이라고 부르지도 않았다. 그러니 내게 복종할 필요는 없다. 너희들 멋대로 해라. 나는 너희들의 노예며, 지치고 나약한 멸시받는 늙은이에 불과하다.

광　대　머리를 넣어둘 수 있는 집 한 칸이라도 있는 사람은 현명한 사

254

람이지. (노래한다) 집은 없어도 음낭을 넣을 바지가 있다면 음낭에 이가 들끓는다오. 마음속에 맺힌 분노를 발가락에 매고 다닌다면 발가락이 아파서 뜬눈으로 밤을 지새우지. 아무리 예쁜 여자라도 거울 앞에서는 입을 삐죽거리지.

켄트 등장

리어왕　내가 참자. 아무 말 하지 말고 무조건 참자.

켄 트　거기 누구냐?

광 대　넌 누구냐? 여기 왕관과 바지가 있다. 현명한 사람과 바보가 있다는 말이다.

켄 트　아, 폐하! 여기 계셨군요. 아무리 밤을 좋아하는 동물이라도 이런 밤은 싫어할 것입니다. 제가 철든 이후로 하늘을 가득 타오르는 번갯불과 끔찍한 천둥 소리, 미친 듯 몰아치는 비바람의 신음 소리는 들은 적도 없습니다. 인간으로서는 도저히 감당할 수 없는 고통입니다.

리어왕　이토록 무서운 혼란을 불러일으키는 위대한 신들로 하여금 내 원수를 찾아내게 하라. 적은 어디 있느냐? 가슴속 깊숙이 죄악을 숨겨둔 채 아직 정의의 채찍을 받지 않은 자들이여! 거짓 증언을 한 자여! 어디 숨어 있느냐? 네 몸이 산산조각 나도록 떨어라.

켄 트　아, 왕관도 안 쓰시고! 폐하, 바로 이 근처에 오두막이 있습니다. 비바람을 피해 잠깐만 쉬고 계십시오. 그동안 저는 그 몰인정한 집에 가보겠습니다. 돌로 지었지만 돌보다 더 냉혹한 집으로 들어가서 그들이 효도할 수 있도록 해보겠습니다.

리어왕   함께 오두막으로 가자. (일동 퇴장)

제 3 장

글로스터의 성 안, 어느 방

글로스터와 횃불을 든 에드먼드 등장

글로스터   아, 슬프다! 에드먼드야, 이런 몰인정한 처사는 처음 보았구나. 가여운 국왕을 위로해드리려고 했더니, 공작 내외께서는 내 집을 사용하지 못하도록 했을 뿐만 아니라 어떤 방법으로든 국왕을 도와주기만 하면 나와 영원히 절교할 것이라고 경고하시더구나.

에드먼드   정말 잔악하고 인정머리라곤 눈곱만큼도 없는 불효자군요.

글로스터   하지만 걱정할 필요는 없다. 두 공작은 사이가 좋지 않을 뿐만 아니라 그보다 더 나쁜 일들이 지금 벌어지고 있다. 이제 그들에게도 불행이 닥칠 거다. 오늘 밤 나는 밀서를 받았다. 쉿! 입 밖에 내면 위험해. 프랑스 병사들이 이미 이 땅에 상륙해 있어. 우린 국왕 편에 서지 않으면 안 돼. 국왕을 찾아서 은밀히 구조할 테니, 너는 공작부인의 말상대나 하고 있거라. 만일 공작께서 나를 찾으면 아파서 누워 있다고 해라. 설사 목숨을 잃는 한이 있어도 나의 주인이신 왕을 구해드려야 해. 에드먼드, 무서운 세상이다, 몸조심해라. (퇴장)

에드먼드　이런, 아버지, 당신은 그만 큰 실수를 하고 말았군요. 자, 아버지의 왕에 대한 비밀스런 충성을 공작부인에게 알려야 해. 그럼 아버지의 재산이 모두 내 것이 되겠지. 이것이야말로 천재일우의 기회야. 노인이 쓰러지면 젊은이가 일어나는 법이지. (퇴장)

제 4 장

황량한 들판, 오두막 앞

리어왕, 켄트, 광대 등장

켄 트　제발 안으로 들어가십시오.

리어왕　넌 내 가슴을 찢어놓을 작정이냐?

켄 트　차라리 제 가슴을 찢고 싶습니다. 제발 안으로 들어가십시오.

리어왕　너나 들어가 쉬어라. 난 이 폭풍우로 인해 생각을 안 해도 되겠구나. (광대에게) 이 집도 없는 가난뱅이야, 안으로 들어가거라. 나는 기도를 올리고 나서 들어가겠다. (광대, 안으로 들어간다) 가난하고 헐벗은 사람들아, 이 몰인정한 폭풍우를 맞으면서도 굶주린 배를 졸라매고 누더기를 걸친 채 밤낮 없이 유랑을 했겠구나. 그동안 내가 너희들에게 너무 무심했구나! 영화를 누리는 자들아, 이 일을 교훈으로 삼아라. 남은 것이 있거든 이들에게 나눠주어라.

에드가   (안에서) 물이 깊구나. 불쌍한 톰!

광 대   (오두막에서 뛰쳐나온다) 들어가지 마세요, 아저씨. 귀신이야. 사람 살려, 사람 살려!

에드가   (안에서) 같은 처지야! 난 불쌍한 톰이라고!

켄 트   호들갑을 떨지 말고 가만 있어봐. 거기 누구냐? 어서 나와라.

(미치광이로 변장한 에드가가 밖으로 나온다)

에드가   썩 꺼져라! 악마가 쫓아온다!

리어왕   자네도 두 딸에게 모든 것을 양도했는가? 그래서 이 꼴이 되었는가?

에드가   누가 이 불쌍한 톰에게 그런 걸 주겠어요? 그 더러운 악마들이 날 여기저기 끌고 다녀요. 불꽃 속으로, 물속으로, 늪 속으로, 시궁창 속으로 이리저리 마구 끌고 다녀요. 악마에게 사로잡혀 있는 불쌍한 톰에게 적선하세요. (폭풍우 계속)

리어왕   뭐야! 이놈도 딸년들 때문에 이 지경이 되었나? 너도 네 몫을 남겨두지 않고 몽땅 줬느냐?

광 대   아뇨, 담요 한 장은 남겨놓았죠. 그것조차 없었으면 눈뜨고 볼 수 없었겠죠.

리어왕   머리 위를 떠도는 모든 재앙들이 네 딸년들 머리 위에 떨어지도록 빌거라!

에드가   악마를 조심해요. 부모 말은 잘 듣고 약속은 반드시 지키세요. 맹세를 함부로 하지 말고, 남의 부인을 범하지 말고 좋은 옷에 한눈팔지 말아요. 톰은 추워요.

리어왕   넌 전에 무엇을 했느냐?

에드가   시종이었죠. 교만으로 가득 찬 여주인의 비위를 맞추면서요. 머리를 지지고 모자에 장갑을 붙이고 다니는 마님의 색정을 채워주느라 컴컴한 곳에서 정사도 했죠. 술도 몹시 좋아했고 도박도 즐겼어요. 마음은 거짓되고, 귀는 여리고, 손은 잔학하고, 돼지처럼 게으르고, 여우처럼 교활하고, 사자처럼 남을 헐뜯었지요. (폭풍우 여전하다)

리어왕   알몸으로 혹독한 시련을 겪으니 차라리 무덤 속에 있는 게 낫겠다. 인간이 겨우 이런 존재밖에 안 된단 말이냐? 이 사람을 보아라. 여기 있는 우리는 모두 자신을 숨기느라 옷을 입고 있는데, 태어날 때의 모습 그대로구나. 옷을 입지 않으면 인간은 모두 너처럼 두 발 달린 짐승에 불과해. 벗어버리자. 이따위 빌려 입은 옷들은 벗어버리자. 여봐라. 이 단추를 끌러라. (자기 옷을 찢는다)

광 대   제발 진정하세요. 오늘 밤은 수영할 만한 날씨가 못 된다고요. 이런 때에는 황량한 들판에 불이 있다 해도 음탕한 늙은이의 정열과 같아. 불똥만 있을 뿐 온몸은 차디차거든. 보세요, 불덩이 하나가 걸어오네요.

글로스터가 횃불을 들고 등장

켄 트   거기 누구요? 누굴 찾고 있소?

글로스터   너는 누구냐? 이름을 대라!

에드가   불쌍한 톰이에요. 이놈은 헤엄치는 개구리, 두꺼비, 올챙이, 도마뱀, 물에 사는 도롱뇽을 먹고 산답니다.

글로스터   폐하, 이런 놈들하고 같이 계셨습니까? 폐하, 피를 나눈 자식들까지 얼마나 악독한지 자기들을 낳아준 부모들까지 증오하는 세상이 되었습니다. 자, 제가 안내하죠. 전 폐하의 신하된 몸으로서, 따님들의 그 냉혹한 명령을 받아들일 수 없습니다. 이제 폐하를 불과 따뜻한 식사가 있는 곳으로 안내하겠습니다.

리어왕　　잠깐 저 철학자와 얘기하고 싶다. 천둥의 원인이 무엇이냐?

켄 트　　폐하, 저분의 권유대로 안으로 들어가시지요. (글로스터에게) 한 번만 더 권해보십시오. 폐하의 정신이 좀 이상해진 듯합니다.

글로스터　　무리가 아니오. 그런 일을 당하고 제정신이라면 오히려 이상하지. 딸들이 노왕을 죽이려고 하니 말이오. 아, 훌륭한 켄트! 가엾게도 그는 이 같은 사태를 경고하는 바람에 추방까지 당했어. 하긴 나도 국왕 못지않게 미칠 지경이라오. 내 아들놈이 글쎄 내 목숨을 노렸지 뭐요. 세상의 어떤 아비가 나처럼 자식을 사랑했겠소? 사실 지금 나는 미칠 것만 같소. 정말 끔찍한 밤이로군! 폐하, 제발…….

리어왕　　아, 용서하시오. (에드가에게) 학자 선생, 함께 들어갑시다.

에드가　　톰은 추워요.

글로스터　　다들 움막 안으로 들어가서 몸을 녹입시다. (모두 퇴장)

260

제 5 장

글로스터의 저택, 어느 방

콘월과 에드먼드 등장

콘 월　이 집을 떠나기 전에 기필코 원수를 갚을 거야.

에드먼드　부자간의 천륜을 어기면서까지 공작님께 충성을 바쳤다고 세상이 얼마나 비난할까요? 그것만 생각해도 왠지 두려워집니다.

콘 월　이제 생각해보니 자네 형이 백작을 죽이려고 한 것도 성질이 포악해서 그런 것만은 아닌 것 같아. 자네 아버지에겐 아들이 살의를 일으킬 만한 충분한 약점이 있었던 거야.

에드먼드　제 운명도 참으로 기가 막히지요. 옳은 일을 하면서도 뉘우쳐야 하니까요. (편지를 꺼내면서) 이것이 저희 아버지께서 말씀하시던 그 밀서입니다. 아, 아버지가 프랑스군을 위해 일한 첩자였다니! 신이시여, 이런 반역을 아들이 고발하다니, 이 무슨 얄궂은 운명입니까! 만일 이 내용이 사실이라면 공작님의 신상에 중대한 일이 일어날 것입니다.

콘 월　사실이든 거짓이든 이제 너는 글로스터 백작이 되었다. 네 아버지의 행방을 찾아 즉시 체포하라.

에드먼드　(방백) 아버지가 국왕을 돕고 있는 현장이 발각되면 혐의는 더욱 짙어지겠지. (콘월에게) 충성과 효성 중 하나를 골라야 한다면 저는 충성의 길을 선택하겠습니다.

콘 월　그래, 잘 선택했다. 네 부친이 너에게 베풀었던 것 이상으로 너에게 애정을 쏟겠다. (두 사람 퇴장)

제 6 장

성 부근에 있는 농가의 방

글로스터와 켄트 등장

글로스터　그래도 바깥보다 이곳이 한결 낫구려. 될 수 있는 대로 폐하를 위로해드립시다. 난 잠깐 동태를 살피러 성에 다녀오겠소.

켄 트　국왕의 모든 분별력은 분노와 함께 사라졌습니다. 친절하신 백작님께 하느님의 축복이 내리시길 바랍니다. (글로스터 퇴장)

리어왕과 에드가, 광대 등장

에드가　악마가 나를 부르고 있어. 저 양반 말을 들어보니 황제 네로가 지옥의 호수에서 낚시질을 하고 있는 모양이지? (광대에게) 너는 착한 사람이지? 악마가 붙지 않도록 조심해야 해.

리어왕　수천이나 되는 악마들이 벌겋게 단 쇠꼬챙이를 들고 그년들한테 덤벼들었으면…….

에드가　악마가 내 잔등을 깨물어요.

광 대　늑대의 온순함을 믿고, 말의 건강을 믿고, 또 소년의 사랑이나 창녀의 맹세를 믿는 사람은 정말 미친놈이지.

리어왕　그년들을 즉시 법정에 소환하라. (에드가에게) 박식한 재판장님, 여기 앉으시오. (광대에게) 현명하신 분, 넌 여기에 앉고. 그런데 요 암여우들아, 너희들은 거기 꼼짝 말고 앉아 있어. 우선 저년들의 재판부터 해야겠다. 저년들을 탄핵할 증인을 불러라. (에드가에게) 재판장님, 자리에 앉아주시지요. (광대에게) 너는 배심원 자격으로 그 옆에 앉아라. (켄트에게) 너는 증인으로 거기 앉고.

에드가　공평하게 재판을 해보자.

리어왕　우선 저년부터 소환해. 고네릴 말야. 저명하신 재판장님, 제가 감히 맹세하건대 저년은 자기 아비인 부왕을 발길질한 년입니다.

광 대　앞으로 나오시오. 당신 이름이 고네릴이오?

리어왕　아니라곤 못하겠지.

광 대　아, 미안하오. 난 당신을 고급의자로 생각했소.

리어왕　저 찌그러진 상판을 보면 심보가 얼마나 고약한지 알 수 있을 거요. 저년을 칼로 쳐라! 불을 밝혀라! 뇌물을 받았나? 법정이 부패했군! 부정한 재판장아, 저년을 풀어준 이유가 뭐요?

에드가　제발 정신을 차리세요!

켄 트　아, 슬픈 일이구나! 그토록 자랑하시던 인내심은 어디에다 갖다 버렸단 말인가. 자제심만은 잃지 않겠다고 하셨으면서.

에드가　(방백) 이렇게 눈물을 흘리다가는 변장한 게 탄로나겠구나. 자, 춥구나. 잔치에 가자. 불쌍한 톰, 네 술잔이 비었구나.

리어왕　자, 이제 리건 저년을 해부해주시오. 저년의 심장에 무엇이 자라고 있나봅시다. 이토록 냉혹한 마음을 만들었을 때에는 필시 창조주에게 이유가 있었을 것이다. (에드가에게) 너를 내 100명의 시종 가운데 끼워주마. 한데 네 차림새가 그게 뭐냐? 넌 페르시아 복장이라고 우겨대겠지만 바꾸어 입는 것이 좋겠다.

켄 트　폐하, 잠깐만 누워서 쉬시지요.

리어왕　부산 떨지 마라. 커튼을 쳐라. 저녁식사는 아침에 들겠다.

광 대　나는 대낮에 잠자리에 들어야지. (모두 퇴장)

제 7 장

글로스터의 성

콘월, 리건, 고네릴, 에드먼드, 그리고 시종들 등장

콘 월　(고네릴에게) 알바니 공작에게 가서 이 편지를 보이세요. 프랑스군이 침략해왔소. (시종들에게) 반역자 글로스터 놈을 찾아라. (시종 몇 사람 퇴장)

리 건　체포하는 즉시 교수형에 처하세요.

고네릴　두 눈을 뽑아버리는 게 좋을 것 같아요.

콘 월　처벌은 나에게 맡기시오. 에드먼드, 자네는 처형을 모시고 가도록 하오. 우리는 반역자인 그대 부친을 처형할 텐데 눈 뜨고 볼 수 없을 거요. 알바니 공작한테 가서 빨리 전쟁 준비를 하라고 하오. 우리도 재빨리 전쟁 준비에 착수해 연락하겠소.

오스왈드 등장

오스왈드   글로스터 백작이 왕을 모시고 갔습니다. 왕의 기사 서른여섯 명과 함께 백작이 왕을 모시고 도버를 향해 갔답니다. 그곳에서 군대가 그들을 기다리고 있다고 큰소리를 치면서 말이죠.

콘 월   공작부인이 타실 말을 준비하거라.

고네릴   안녕히 계십시오, 공작님. 리건, 너도 잘 있어.

콘 월   에드먼드, 다녀오시오. (고네릴, 에드먼드, 오스왈드 퇴장) 반역자 글로스터를 당장 찾아와. 강도처럼 뒤로 묶어 끌고 오너라. (다른 시종들 퇴장) 재판도 하지 않은 채 교수형에 처하는 것이 꺼림칙하지만 홧김에 하는 걸 누가 막겠는가.

시종들이 글로스터를 체포하여 등장

글로스터   이게 어찌된 일이십니까? 당신들은 우리 집의 손님들이신데 어찌 주인인 제게 이 같은 행패를 부리십니까?

콘 월   이놈을 포박하라! (시종들, 그를 묶는다)

리 건   단단히, 꼼짝하지 못하도록 묶어라. 이 더러운 반역자!

글로스터   잔혹한 부인이시여, 저는 반역자가 아닙니다.

콘 월   의자에다 포박하라. 이 악당아, 내 오늘 본때를 보여주겠다. (리건, 글로스터의 턱수염을 잡아 뽑는다)

글로스터   하느님, 맙소사! 수염을 뽑다니, 세상에 이보다 더한 치욕은 없습니다!

리 건   수염은 흰 놈이 뱃속은 시커멓구나.

글로스터   부인은 참으로 잔인하기 이를 데 없군요. 부인이 뽑은 턱수염은 하나하나 다시 살아나 부인을 저주하게 될 거요. 나는 여러분을 환대한 이곳의 주인이오. 그 주인의 얼굴에 도둑과 다를 바 없는 손으로 이런 짓을 감행한다는 건 하늘이 용서치 않을 거요.

콘 월   이봐, 최근 프랑스에서 어떤 편지를 받았느냐?

리 건   솔직히 대답해! 이미 다 알고 있으니까.

콘 월   요즘 이 땅에 상륙한 반역자들과 무슨 음모를 꾸몄느냐?

리 건   미치광이 왕을 누구한테 넘겼는지 실토하라고!

글로스터   추측에 불과한 편지를 받기는 받았습니다만, 그것은 어느 쪽에서 온 것이 아니라 중립적 입장에 선 제삼자로부터 온 것입니다.

콘 월   간사한 놈이구나.

리 건   거짓말이야!

콘 월   국왕을 어디로 보냈냐고?

글로스터   도버로 보냈소.

콘 월   왜? 국왕을 보내지 말라는 엄명을 받았을 텐데!

글로스터   (중얼거린다) 말뚝에 매인 곰처럼 개 떼의 공격을 받을 수밖에 없구나.

리 건   무엇 때문에 보냈느냐? 만일 그런 짓을 하면 목숨을 내놓아야

266

할 텐데……

글로스터　네 잔인한 손톱이 늙은 폐하의 눈알을 후벼파고 포악한 네 언니의 산돼지 같은 어금니가 폐하의 신성한 옥체를 물어뜯는 것을 차마 볼 수 없었기 때문이다. 폐하께서는 심한 폭풍우를 맨몸으로 맞으시면서도 오히려 비가 더 쏟아지기를 바라셨다. 그렇게 무서운 상황이라면 늑대가 너의 집 앞에서 짖어댄다 해도 문을 열었을 것이다. 다른 일은 몰라도 날개 달린 복수의 여신이 분명 너희들한테 복수하는 것을 나는 기필코 보게 될 것이다.

콘월　흥! 절대로 못 보게 해줄 것이다. (시종들에게) 여봐라, 의자를 꽉 붙들고 있어라. 이놈의 눈깔을 뽑아 내 발로 직접 짓이겨주겠다. (글로스터의 한쪽 눈을 도려내 발로 짓이긴다)

글로스터　오래 살고 싶은 사람이 있다면 나를 좀 도와다오! 오, 신이시여! 어찌 이토록 잔인하단 말인가!

리건　다른 쪽 눈마저 뽑아버리세요.

콘월　당신이 복수의 여신을 보고 싶겠지만……

시종 1　공작님, 참으세요. 저는 어릴 때부터 공작님을 모셔왔습니다만, 시종으로서 마땅히 말려야겠습니다.

리건　뭐라고? 이 개 같은 놈이!

시종 1　마님의 턱에 수염이 났다면, 제가 뽑았을 것입니다.

리건　뭐라고?

콘월　이 종놈이! (두 사람 칼을 빼들고 싸운다)

시종 1　자, 덤벼라. 분노의 칼을 받아라. (콘월, 손에 상처를 입는다)

리건　(다른 시종에게) 칼을 이리 좀 다오. 종놈이 감히 어디라고 대들

어! (리건, 칼을 들고 시종을 등뒤에서 찌른다)

시종 1 아이쿠, 나는 죽는구나! (글로스터에게) 백작님, 남은 눈 하나로 제가 저자에게 입힌 상처를 보십시오. 으윽! (죽는다)

콘 월 마저 뽑아버려 더 이상 볼 수 없게 해주마. 야앗! 아직도 빛이 보이느냐? (글로스터의 남은 눈을 도려내 짓이긴다)

글로스터 아, 온통 암흑 천지구나. 내 아들 에드먼드는 어디 있느냐? 에드먼드, 남은 효성에 불을 붙여 이토록 끔찍한 일에 복수하거라.

리 건 닥쳐라, 반역자! 네가 그토록 찾는 아들이 밀고했느니라. 누가 너 따위를 동정하겠느냐?

글로스터 뭐라고? 아아, 내가 어리석었구나! 에드가가 모략에 걸려든 거로구나. 자비로우신 신이시여, 에드가에게 행운을 허락하소서!

리 건 저놈을 문 밖에 갖다 버려라. 도버까지 냄새를 맡으며 가도록. (글로스터 시종의 부축을 받으며 퇴장) 당신, 얼굴빛이 왜 그래요?

콘 월 손에 상처를 입었소. 저 노예 놈을 똥통에 갖다 버려라. 피가 많이 나는군. 나를 부축 좀 해주시오. (부축을 받으며 콘월 퇴장)

시종 2 저런 것들이 잘 산다면 나도 무슨 악행이든지 저지르리라.

시종 3 저런 여자가 오래 산다면 여자들은 모두 괴물이 될 거야. 하느님, 저분을 도와주소서! (좌우로 퇴장)

제 4 막

제 1 장

거친 들판

에드가 등장

에드가　이렇게 드러내놓고 바보 취급을 당하는 게 속으로 욕을 얻어 먹으며 입에 발린 아첨을 받는 것보다 낫지. 불행의 밑바닥까지 떨어져 가장 비천한 처지에 빠지면 다시 올라갈 수 있는 게 아닌가. 누가 오는 걸까? (글로스터가 노인의 손에 이끌려 등장) 오, 아버지시구나. 초라한 옷차림으로 부축을 받으면서 오시다니. 아, 이 무슨 변고인가! 세상아, 이러한 혼란이 일어나니 오래 살고 싶지 않구나.

노 인　오, 백작님! 저는 선대 때부터 80년 동안 백작님 댁에서 하인으로 일해왔습니다.

글로스터　날 내버려두고 가게. 자네까지 화를 당하는 걸 보고 싶지 않아.

노 인　그렇지만 앞도 못 보시면서……

글로스터　마땅히 가야 할 곳도 없으니 눈도 필요 없네. 눈이 보일 때에도 나는 헛디딘 적이 많았어. 하지만 의지할 게 없으면 오히려 더 강해지지. 아, 사랑하는 내 아들 에드가야, 너는 속아넘어간 이 아비의 분노 때문에 희생되었구나! 내가 살아생전에 너를 한 번이라도 만져볼 수만 있다면, 다시 눈을 얻은 거나 다름없을 거야.

노 인 누구요! 거기 있는 사람은 누구요?

에드가 (방백) 오, 신이시여! 누가 '지금이 최악의 상태'라고 말할 수 있겠는가? 조금 전보다 더 최악의 상태에 놓인 것을.

노 인 미친 거지 톰이로군.

에드가 (방백) 더 나빠질 수도 있으니, '이것이 최악이다'라고 말할 수 있는 한은 최악이 아니다.

글로스터 거지 노릇을 할 수 있다면 정신이 남아 있는 모양이구나. 어젯밤 그런 놈을 보았는데, 그때 난 인간이 구더기와 다를 것이 없구나 생각했지. 갑자기 아들놈 생각이 났어. 에드가야, 널 보고 싶어도 이젠 볼 수가 없겠구나. 신은 아이들이 파리를 장난삼아 죽이듯 우리 인간을 죽이는구나.

에드가 (방백) 어쩌다 저렇게까지 되셨을까? 슬픔을 억누르며 바보 노릇을 해야 하다니. (글로스터에게 큰 소리로) 안녕하세요, 아저씨!

글로스터 저놈이 말하는 건가?

노 인 예, 그렇습니다.

글로스터 자넨 이제 돌아가주게. 여기서부터 도버까지는 3킬로미터쯤 되니까 걱정하지 말고. 그리고 자네에게 부탁 좀 하겠네. 저 녀석한테 옷이나 좀 갖다주게. 길을 안내해달라고 부탁할 참이니.

노 인 하지만 저 녀석은 미친놈입니다.

글로스터   미친놈이 장님의 길잡이가 되는 것도 이 시대의 저주 아니겠나? 내가 시키는 대로 해. 어서 집으로 돌아가.

노 인   그럼 얼른 가서 제가 갖고 있는 옷 중에 가장 좋은 걸 갖고 오겠습니다. (퇴장)

글로스터   이 녀석아, 이리 와봐.

에드가   불쌍한 톰은 추워요. (방백) 더 이상은 숨길 수가 없구나. 하지만 속여야 해. 아아, 저 눈에서 피가 흐르고 있어.

글로스터   자, 이 돈주머니를 받아라. 하늘의 재앙을 묵묵히 견뎌내는 넌 운명을 이겨낸 놈이구나. 내가 처참한 꼴이 되고 보니, 네가 오히려 행복해 보인다. 신이시여, 언제나 이렇게 해주십시오! 호의호식하는 자들, 하늘의 뜻을 가볍게 여기는 자들, 인간의 쓰라림을 외면하는 자들에게 하늘의 위력을 즉시 느끼도록 해주소서. 이렇게 하면 불평등의 세상은 사라질 것입니다. 넌 도버로 가는 길을 알고 있느냐?

에드가   네, 압니다요.

글로스터   거기 가면 절벽이 있다. 그 절벽까지만 나를 데려다다오. 그러면 내가 너를 가난에서 벗어나도록 해주겠다.

에드가   제 손을 잡으세요. 안내하겠습니다. (두 사람 퇴장)

제 2 장

알바니 공작의 저택 앞

고네릴과 에드먼드 등장

고네릴 이상하네요. 마음씨 좋은 우리 남편이 마중을 나오지 않다니. (오스왈드 등장) 공작님은 어디 게시냐?

오스왈드 안에 계십니다만 아주 딴사람이 되셨습니다. 적군이 상륙했다 해도 웃으시기만 하더군요. 또 마님께서 돌아오셨다고 해도 시큰둥하시고요. 글로스터 노인과 그 아들에 대한 이야기를 말씀드렸더니, 오히려 저를 바보 같은 놈이라고 욕을 하며 야단을 치셨습니다.

고네릴 (에드먼드에게) 그럼 당신은 들어갈 필요가 없겠군요. 남편은 간이 작아서 모욕을 당해도 복수할 생각을 못 한답니다. 우리가 오는 도중에 얘기를 나누었던 것은 실현될 수 있을 듯하군요. 에드먼드 님, 콘월 공작한테 가서 군대를 소집하고 지휘해주세요. 나는 남편 대신 칼과 창을 쥐겠어요. (오스왈드를 가리키며) 그리고 이 시종이 우리의 연락책이 될 거예요. 만일 당신이 출세하고 싶다면, 당신 연인의 말을 들으세요. 그리고 이걸 몸에 지니세요. (반지를 건네주며 키스한다) 이 키스가 당신의 용기를 북돋워줄 거예요. 내 말을 깊이 명심하도록 하세요.

에드먼드 당신을 위해서라면 이 목숨도 바치리다.

고네릴 아아, 나의 사랑 에드먼드! (에드먼드 퇴장) 같은 남자라도 어쩌면 저렇게 다를 수가 있단 말인가! 당신에게 몸과 마음을 다 바치고 싶은데, 우리 집 얼간이가 내 몸을 가로채고 있군요. (알바니 등장) 전에는 제가 오면 최소한 아는 척은 했잖아요.

알바니   오 고네릴, 당신은 바람이 세게 부는 날 얼굴에 붙은 먼지보다 못한 사람이오. 자기를 낳아준 부모를 멸시하는 여자는 결국 시들어서 땔감밖에 쓸 데가 없을 거요.

고네릴   듣기 싫어요! 잠꼬대 같은 소리는 그만해요.

알바니   악한 여자에게는 지혜롭고 선한 가르침도 악하게만 들릴 거요. 더러운 것들이 더러운 맛밖에는 모르는 것처럼. 도대체 당신들은 무슨 짓을 한 거요? 인자하신 노인을, 자신을 낳아주신 아버지를 미친 사람으로 만들다니. 설령 콘월 공작이 그런 짓을 해도 말렸어야 할 당신이 오히려 장단을 맞추다니! 국왕의 가장 큰 은혜를 입은 자가 극악무도한 짓을 저지른 거요.

고네릴   당신은 허수아비예요! 당신이야말로 뺨은 맞기 위해서 가지고 다니고, 머리는 모욕을 당하기 위해서 달고 다니는군요.

알바니   악마야, 네 꼴을 보아라! 악마의 모습이야 원래 흉측하지만 여자의 탈을 쓰니 더 끔찍하구나.

고네릴   멍청이 바보!

알바니   이 악마야, 부끄러움을 알거든 네 낯짝을 드러내지 마라! 만약 격정에 못 이겨 이 두 손을 움직이는 날엔 네 살과 뼈를 갈가리 찢어발기겠다만, 계집의 탈을 쓰고 있으니 목숨만은 건진 줄 알아라.

고네릴   흥, 정말 용기 한번 가상하구려!

리건의 사신 등장

알바니 무슨 일이냐?

사 신 콘월 공작님께서 돌아가셨습니다. 글로스터 백작님의 한쪽 눈을 도려내려다 그것을 말리는 시종의 칼에 찔려 돌아가셨습니다.

알바니 글로스터 백작의 눈을?

사 신 어렸을 때부터 곁에서 시중을 들던 시종이 말리다 치명상을 입힌 겁니다. 노한 공작님과 결전을 벌이다 시종은 죽었고 공작님도 그만 죽음의 길을 걷게 되었습니다.

알바니 하늘도 무심치 않다는 증거구나. 요즘은 하늘도 속전속결로 해결을 하시지. 아, 불쌍한 글로스터, 한쪽 눈을 잃었다니!

사 신 양쪽 다 잃으셨습니다. 이건 마님 동생분께서 보내신 편지로 즉시 답장을 주십사 하고 말씀하셨습니다.

고네릴 (방백) 생각하기에 따라선 안된 일도 아니야. 하지만 동생이 과부가 되면 나의 에드먼드를 빼앗기게 될지도 모르지. (사신에게 큰소리로) 읽고 난 뒤에 답장을 주겠소. (퇴장)

알바니 그들이 글로스터의 눈을 도려낼 때 그의 아들은 어디 있었지?

사 신 마님을 모시고 이곳으로 오셨습니다.

알바니 그럼 아들은 이 잔혹한 행태를 알고 있는가?

사 신 알고 있는 정도가 아닙니다. 밀고한 사람이 바로 그 아들이죠. 그래서 아버지에게 마음껏 형벌을 주라고 의도적으로 자리를 비켜주었답니다.

알바니   살아생전 국왕에게 극진했던 글로스터여, 내가 당신의 복수를 반드시 하리라. (사신에게) 자, 자네가 알고 있는 것을 낱낱이 말해주게. (두 사람 퇴장)

제 3 장

도버 근처의 프랑스군 진영

켄트와 신사 한 사람 등장

켄 트   그 편지를 보시고 왕비님께서 슬픔에 잠기시던가요?

신 사   네, 왕비님께서는 그 편지를 읽으시며 하염없이 우셨습니다. 왕비님께서는 품위를 유지하려고 슬픔을 억누르셨지만 눈물이 반역자처럼 주르륵 흘러내렸습니다. 인내와 슬픔이 서로 힘겨루기를 하는 듯했습니다.

켄 트   왕비님께서 아무 말씀도 안 하셨나요?

신 사   실은 한두 번 있었습니다. 비통하게 '아버님' 하고 부르짖으셨습니다. 그리고 '언니들, 언니들! 여자의 수치예요! 언니들! 켄트! 아버님! 언니들! 아, 폭풍우 속을? 한밤중에? 이 세상에 자비심이란 없단 말인가!' 하시며 흐느끼다가 안으로 들어가셨습니다.

켄 트   별들아, 하늘의 별들아, 우리 인간의 성품을 너희들이 지배하지 않는다면, 어떻게 한 배에서 그렇게 다른 자식이 나오겠는가! 그리고 다른 말씀을 안 하셨소?

신 사　예.

켄 트　불쌍하고 비참한 리어왕께선 지금 이 고을에 계십니다. 이따금 정신이 드실 때에는 우리의 처지를 걱정하시지만, 코델리아 왕비님을 만나는 일은 한사코 거절하시고 계십니다. 알바니와 콘월의 군사에 대해서는 소식을 듣지 못했소?

신 사　이미 출동했다고 합니다.

켄 트　그럼 폐하께 안내해드릴 테니 잠깐 곁에 있어주시오. 나는 중요한 일이 있어서 잠시 자리를 비웁니다. 훗날 내 이름을 밝힐 때가 오면 당신이 날 알게 된 걸 후회하지 않을 것입니다. 자, 나와 같이 가십시다. (두 사람 퇴장)

제 4 장

같은 장소, 천막 속

북소리, 기수들과 함께 코델리아 등장 의사와 군사들이 뒤따른다.

코델리아　바로 그분이 저의 아버님이세요. 지금 아버님은 거친 바다처럼 노래를 부르며, 머리에는 잡초로 만든 관을 쓰고 계시다고 해요.

어서 수색대를 파견해 잡초가 우거진 들판을 구석구석 뒤져 아버님을 찾아 모시고 오세요. (장교 한 명 퇴장) 사람의 지혜를 다 짜내면 아버님의 흐트러진 이성을 되찾을 수 있을까요? 아버님의 병을 고치는 사람에게는 내가 가지고 있는 것을 모두 다 주겠소.

의 사   방법은 있습니다. 사람의 생명을 지탱해주는 것은 오로지 충분한 수면입니다. 폐하께서는 지금 그것이 부족합니다. 다행히 사람의 눈을 스르르 감겨주는 효과 만능의 약초는 얼마든지 있습니다.

코델리아   고마운 이 땅의 약초들이여, 내 눈물을 먹고 돋아나거라! 그래서 착한 우리 아버지의 병을 고치는 데 도움이 되어라. 찾아와요, 빨리. 아버님을 저대로 방치하면 끝내 목숨을 잃을지도 몰라요.

  사자 등장

사 자   왕비 마마, 영국 군대가 진격해오고 있다는 소식입니다.

코델리아   이미 알고 있소. 그들을 맞을 태세는 준비되어 있소. 오, 가여운 아버님, 이 전쟁은 오직 아버님을 위해서 하는 거예요. 위대하신 프랑스 왕인 제 남편은 제가 울며 애원하자 그들을 응징하려 선전포고를 했습니다. 오, 어서 빨리 아버님을 뵙고 싶구나. (일동 퇴장)

제 5 장

글로스터의 성 안, 어느 방

리건과 오스왈드 등장

리 건　알바니 공작의 군대도 출정했느냐?

오스왈드　예, 하지만 언니께서 더 적극적이시죠.

리 건　집에서 에드먼드 백작과 공작께서 서로 말씀을 나누셨느냐?

오스왈드　아뇨.

리 건　언니가 무슨 일로 그에게 편지를 보냈을까? 어쨌든 눈을 멀게 한 글로스터를 살려둔 건 큰 실수였어. 우리 군대도 내일 출정하니 우리와 같이 행동하거라. 길도 위험하니라.

오스왈드　그럴 순 없습니다. 마님의 명을 받들어야 합니다.

리 건　언니가 무슨 일로 에드먼드에게 편지를 썼을까? 너에게 직접 용건을 전하지 않았단 말이지? 내가 모르는 무슨 사연이 있나보군. 사례는 충분히 할 테니 어디 편지 내용 좀 보자.

오스왈드　마님, 그것은 좀⋯⋯.

리 건　언니는 형부를 사랑하지 않아. 지난번 여기에 왔을 때도 언니가 에드먼드 공에게 이상한 추파를 던지면서 의미심장한 표정을 짓는 걸 보았느니라. 그래서 하는 말인데, 내 남편은 세상을 떠났다. 그리고 에드먼드님과 나는 서로 언약이 되어 있는 사이야. 더 이상 얘기하지 않아도 짐작할 수 있겠지. 그분을 만나게 되면 이것을 전하거라. (반지를 건넨다) 언니에게도 이런 사정을 말한 다음, 현명한 판단을 내리라고 전해. 잘 가거라. 눈먼 반역자가 있는 곳을 찾아내 목을 베어 온다면 출세할 거다.

오스왈드   그 늙은이를 만나고 싶군요. 그러면 제가 어느 편인가를 확실히 보여드릴 수 있을 테니까요. (두 사람 퇴장)

제 6 장

도버 근처의 들판

농부 차림의 에드가가 글로스터를 이끌고 등장

글로스터   절벽 꼭대기에는 언제면 다다르냐?

에드가   지금 오르는 중입니다. 보세요, 정말 길이 험하잖아요?

글로스터   아니, 편평한 것 같은데. 너 거짓말하는 거지?

에드가   거짓말이라뇨? 눈이 멀어 다른 감각마저도 둔해졌나봐요.

글로스터   하긴 그럴지도 모르지. 그런데 네 목소리가 변한 것 같구나. 전보다 말하는 품도 훨씬 나아졌고, 조리 있게 하는 것 같기도 하고.

에드가   잘못 느끼신 거예요. 변한 것이라곤 걸친 옷뿐입니다.

글로스터   아냐. 말투가 많이 달라졌어.

에드가　자, 다 왔습니다. 가만히 서 계세요. 밑을 내려다보면 눈알이 핑핑 돌 정도로 어지러울 테니까요! 헤아릴 수 없이 많은 조약돌에 부딪히는 파도소리는 여기서는 전혀 들려오지 않네요. 이제 그만 봐야겠어요. 저야말로 떨어지면 큰일나니까요.

글로스터　네가 서 있는 곳까지 나를 데려가다오.

에드가　손을 이리 주세요. 한 발짝만 옮기면 바로 벼랑 끝입니다. 이 세상을 다 준다 해도 저는 여기서 뛰어내릴 수는 없어요.

글로스터　이 손을 놔라. 자, 너한테 내 지갑을 주겠다. 그 속에는 거지가 감당하기 힘들 만큼의 보석이 들어 있다. 요정들과 신들의 도움으로 네가 부자가 되기를 바란다! 자, 내게서 멀리 떨어져 있어라. 내게 작별 인사를 한 뒤 네가 떠나가는 발소리를 들려다오.

에드가　그러면 영감님, 안녕히 계십쇼.

글로스터　그래, 고맙다.

에드가　(방백) 아버님의 절망을 이토록 우롱하는 것도 아버님을 구해 드리려는 마음에서야.

글로스터　(무릎을 꿇고) 위대하신 신이시여! 이제 저는 전능하신 당신 앞에서 이 벅찬 번뇌에 찬 삶을 떨쳐내려고 합니다. 비록 제가 이 고통을 더 견뎌내고 신들의 거역할 수 없는 뜻에 따른다 해도 이 몸은 언젠가는 타다 남은 양초의 심지처럼 결국은 타고 말 것입니다. 만일 에드가가 살아 있다면 그에게 축복을 내려주소서! 자, 너는 그만 가거라.

에드가　저는 멀리 왔습니다. 그럼 안녕히 가십시오. (글로스터 앞으로 고꾸라진다) 인간이 제 목숨을 간절히 끊고 싶어하면 정말 귀중한 목숨을 잃을 수도 있다. 아버님도 정말로 여기가 당신이 생각하시는 그 장소라고 믿고 계시다면 의식을 잃으셨을지도 몰라. (목소리를 바꾸어서 옆으로 다가가) 여보세요, 노인장! 내 말 안 들리세요! 말 좀 해보세요.

글로스터   저리 가. 나를 죽게 내버려둬.

에드가   당신은 거미줄이오, 새털이오, 공기요? 그렇지 않다면야 그 수십 미터 절벽 아래로 떨어졌으니 달걀처럼 산산조각이 나야 하는 것 아니오? 그런데 아직도 숨을 쉬고 몸도 끄떡없고 피도 나지 않고 말도 하는군요. 당신은 돛대 열 개를 이어도 모자랄 만큼 높은 곳에서 뛰어내렸는데 기적적으로 이렇게 살아 있소. 자, 말을 해보시오.

글로스터   내가 떨어진 것 맞소?

에드가   물론 떨어졌소. 저 무시무시한 절벽 꼭대기에서 굴러떨어졌소. 아무튼 위를 한번 쳐다보오.

글로스터   아, 슬프게도 나는 눈이 없어. 불행한 자는 스스로 고통스런 목숨을 끊는 혜택조차 받을 수 없단 말인가? 자살로 폭군의 분노를 비웃어 그의 오만한 뜻을 꺾을 수 있었던 때가 큰 위안이었거늘.

에드가   당신 손을 이리 주시오. 자, 일어나세요. 다리는 괜찮소? 혼자서 걸을 수 있겠소?

글로스터   물론 설 수 있소. 너무 멀쩡하군.

에드가   매사에 공평하신 하느님께서 당신을 구한 것 같소. 이제 걱정하지 말고 마음을 차분히 가라앉히시오. 그런데 저기 누가 오고 있군. (들꽃으로 괴상하게 치장한 리어왕 등장) 제정신이라면 저런 모습을 하고 있을 리가 없어.

리어왕   그래, 내가 가짜 돈을 만들었다고 해서 그놈들이 내게 손댈 수는 없어. 내가 바로 국왕이니까.

에드가   아, 저 모습을 보니 가슴이 찢어질 것 같구나!

리어왕   (글로스터를 보고) 핫, 흰 수염이 난 고네릴이구나! 저것들은 나한테 알랑거리면서 내게 수염도 나기 전에 흰 수염이 난 늙은이처럼 지혜롭다고 했지. 내가 하는 말에는 무턱대고 맞장구치면서 말야. 하지만 폭풍우가 몰아치던 날 나는 그년들의 정체를 알았어. 낌새를 알아차렸지. 저들은 못 믿을 인간들이야. 그들은 날 만물박사라고 했지만 새빨간 거짓말이었어. 나는 오한도 못 견뎌.

글로스터   저 말을 똑똑히 기억한다. 오, 폐하가 아니십니까?

리어왕   그래, 난 틀림없는 왕이다. 내가 눈을 내리뜨면 신하들은 벌벌 떨었어. 나는 네놈의 목숨만은 살려주겠다. 네 죄목은 뭐냐? 간통을 했느냐? 하지만 죽이지는 않겠다. 간통 정도로 죽일 수는 없지! 없고말고. 글로스터의 서자 에드먼드는 정실 자식인 난 내 딸들보다 훨씬 낫지 않느냐.

글로스터   제발 그 손에 입을 맞출 수 있는 영광을 주소서!

리어왕   우선 손부터 씻어야겠어. 송장 냄새가 나니까.

글로스터   아, 부서지는 자연의 한 조각이여! 이 거대한 세상도 닳아서 없어지겠지. 폐하, 저를 아시겠습니까?

리어왕   자네 눈동자를 기억하고 있지. 곁눈질로 나를 흘겨보아라. 눈먼 큐피드! 나는 상사병엔 걸리지 않을 테니. 이 결투장을 읽어봐.

글로스터   글자 하나하나가 태양이라 할지라도 저는 볼 수 없습니다.

리어왕   읽어라.

글로스터   아니, 눈알도 없는 눈꺼풀만으로요?

리어왕   어헛! 정말 그렇단 말이지? 얼굴에는 눈이 없고, 지갑에는 돈이 없다는 말이구나. 그래도 세상 돌아가는 낌새는 알 수 있겠지.

글로스터 느낌으로 압니다.

리어왕 그럼 넌 미치광이냐? 사람은 눈이 없어도 세상 돌아가는 일 쯤은 볼 수 있는 법이야. 귀로 세상을 들어봐. 나의 이 불행을 그대가 슬퍼해준다면 내 눈을 주겠다. 나는 그대를 잘 알아. 이름이 글로스터 지? 우린 참아야 해. 우리 모두 울면서 세상에 태어났잖아.

글로스터 아아, 슬픈 일이로다!

리어왕 우리가 세상에 태어날 때 그토록 울부짖는 것은 이 거대한 바보들의 무대에 서는 것이 너무 서글펐기 때문이야. 이 모자 꼴은 좋군! 이 모자와 천으로 기마대 말들의 발을 싸서 소리나지 않게 하는 거야. 그리고 몰래 숨어들어 그 사위놈들을 죽이는 거지. 죽여, 죽여, 죽이라고!

여러 명의 시종들과 함께 신사 등장

신 사 아, 여기 계시는군. 왕을 부축해. 폐하, 폐하의 따님인 사랑스런 공주님께서…….

리어왕 그렇다면 나는 아직도 희망이 있어. 붙잡으려거든 어서 날 잡 아봐. 자, 어서 붙잡아봐. (리어왕이 뛰어나가자 시종들이 뒤를 따른다)

신 사 하찮은 종놈도 저렇게 되면 몹시 불쌍한 법이거늘 국왕께서 저 모양이 되셨으니 비통함이 이루 말할 수 없구나! 그래도 폐하께는 막내따님 한 분이 계셔서 참다운 인간으로 되돌아올 수 있겠지.

에드가 아, 안녕하십니까? 혹시 전쟁이 일어났다는 소문은 듣지 못하셨습니까?

신 사　그건 누구나 아는 일이 아닙니까? 귀머거리가 아니면 누구나 다 그 소문을 들었을 거요.

에드가　그건 그렇고, 미안하오만 적군은 어디까지 진군해 왔습니까?

신 사　가까이까지 와 있소. 머잖아 주력부대도 보일 거요.

에드가　고맙습니다. (신사 퇴장. 글로스터 무릎을 꿇고 기도 드린다)

글로스터　언제나 자비로운 신이시여, 저의 목숨을 거두어가소서. 당신이 뜻하시기 전에 스스로 죽을 마음을 갖지 못하도록 하소서!

에드가　아저씨, 훌륭한 기도를 드리는군요.

글로스터　이봐, 도대체 너는 누구냐?

에드가　저는 운명에 시달릴 대로 시달린 하찮은 몸이지요. 여러 가지 슬픔을 겪은 탓에 남의 불행에도 쉽게 동정심을 갖게 되었소. 손을 주시지요. 쉴 만한 곳으로 모셔다 드리겠습니다.

글로스터　진심으로 고맙구나. 신이시여, 온갖 은총과 축복을 이 사람에게 내려주소서!

　　오스왈드 등장

오스왈드　현상금이 붙은 지명수배범이구나! 운수대통이군! 눈알 없는 네 머리통은 본래부터 내 출세를 위해 만들어졌나보구나. 불행한 이 늙은 반역자야, 내 칼을 받아라. 네 목숨은 내 것이다.

글로스터　듣던 중 반가운 소리구나. 자, 힘껏 찔러라. (에드가, 이들 사이에 끼어든다)

오스왈드　겁 없는 촌놈아, 무엇 때문에 반역자를 펀드는 거냐? 그자의 불행을 함께 맞고 싶진 않겠지. 자, 그자의 팔을 놓거라.

에드가　절대로 못 놓겠소. 마음씨 좋은 나리, 가던 길이나 가시고, 이 가엾은 노인은 내버려두시오. 내가 공갈 협박에 죽을 놈이면, 벌써 반 달 전에 뻗었을 겁니다. 이 노인 곁에 얼씬도 하지 마시오. 그렇지 않으면 나리 대갈통이 단단한가, 이 몸뚱이가 단단한가 시험해볼 거요.

오스왈드　닥쳐라, 이 노예 놈아!

에드가　죽고 싶어 환장을 하셨구려. 자, 덤빌 테면 덤벼라. 나리의 앞니를 몽땅 뽑아버릴 테요. (에드가가 오스왈드를 때려눕힌다)

오스왈드　이 악당아, 내가 네놈 손에 죽다니. 내 지갑을 받고 제발 내 시체를 묻어다오. 길거리에서 까마귀밥이 되기는 싫다. 그리고 이 편지를 글로스터 백작인 에드먼드님에게 전해다오. 영국 진영에 있을 테니까 꼭 찾아내. 아, 생각지도 못한 놈에게 죽다니. (죽는다)

에드가　나는 네놈을 잘 알고 있지. 악한 일에 앞장서던 놈, 네 주인의 악행에 빠짐없이 참여하던 놈이었지.

글로스터　그놈이 죽었느냐?

에드가　아저씨는 좀 쉬고 계세요. 이놈이 부탁한 편지가 우리에게 도움이 될지도 모르니까 뜯어봐야겠어요. (편지를 읽는다) "서로 맹세한 우리의 언약을 잊지 마세요. 그이를 죽일 기회는 얼마든지 있으실 거예요. 그이가 개선장군으로 돌아오는 날에는 저는 그의 포로가 되고 그의 잠자리는 저의 감옥이 되겠지요. 진절머리 나는 그와의 잠자리에서 저를 구출해주세요. 수고하신 보답으로 그 잠자리를 당신께 드릴 테니까요. 당신을 남편으로 맞게 되기를 학수고대하는 당신의 애인. 고네릴"(오스왈드의 시체를 보면서) 자, 네놈을 모래 더미 속에 묻어주마. 흉악한 간부 사이를 오가며 온통 더러운 심부름을 도맡아 해온 네놈을. 언젠가 시기가 되면 이 추잡한 편지를 공작에게 보여주어 깜짝 놀라게 해줘야겠다. 중간에 흉측한 계략을 알게 된 건 공작을 위해서는 정말 다행이구나.

글로스터 폐하께서는 실성하셨는데, 내 하찮은 목숨은 얼마나 모질기에 이렇게 엄청나게 큰 슬픔을 뼈저리게 느끼면서도 버티고 있단 말인가! 차라리 나도 미치는 게 훨씬 낫겠구나. 그렇게 되면 슬픔에 빠지지도 않을 것이고, 숱한 괴로움에 빠지지도 않을 텐데. (북소리 울리다)

에드가 아저씨, 손을 주세요. 멀리서 북소리가 들리는군요. 자, 가시지요. 친절한 사람들에게 모셔다드릴게요. (일동 퇴장)

제 7 장

프랑스군 진영의 천막 안

코델리아, 켄트, 시의, 시종 등장

코델리아 오, 착하신 켄트 백작님! 백작님의 은혜를 갚으려면 저는 얼마나 오래 살아야 할까요? 제 인생은 너무나 짧고 백작님의 은혜는 너무 깊어서 잴 수도 없군요.

286

켄 트 그렇게 알아주시는 것만으로도 저는 이미 과분하게 받은 셈입니다. 제 모든 보고는 전혀 과장되거나 축소되지가 않았습니다.

코델리아 좀 더 나은 옷으로 갈아입으세요. 그 옷을 보니 제가 못 견디겠어요. 제발 벗으세요.

켄 트 용서하십시오, 왕비님. 제 정체가 밝혀지면 모든 계획이 수포로 돌아갑니다. 때가 되어 제 정체를 드러내도 될 때까지 저를 모른 체해주세요. 그것을 은혜로 생각하겠습니다.

코델리아 그럼, 그렇게 하지요. (시의에게) 폐하께선 어떠세요?

시 의 아직도 주무시고 계십니다.

코델리아 아아, 자비로운 신이시여, 아버님의 마음에 있는 커다란 상처를 고쳐주소서. 불효자식 때문에 불협화음을 내는 악기처럼 흐트러진 마음의 줄을 다시 죌 수 있도록 도와주소서!

시 의 깨우시는 것이 어떻겠습니까? 충분히 주무신 것 같습니다.

코델리아 시의의 판단에 따라 하도록 하시오.

시 의 왕비님, 폐하께서 잠에서 깨어날 때 옆에 계시기를 바랍니다. 반드시 기분이 정상으로 돌아오실 겁니다.

리어왕, 침상에서 잠든 채 시종에 의해 운반되어 등장. 음악이 깔린다.

시 의 왕비님, 가까이 오십시오. 악기를 좀 더 크게 켜라.

코델리아 아, 사랑하는 아버님! 제 입술에 묘약이 묻어 있다면, 두 언니들한테서 받은 상처를 깨끗이 치료해드릴 수 있을 텐데! (키스한다)

켄 트 착하고 효성이 지극하신 왕비님!

시 의　왕비님께서 말씀하시는 것이 좋겠습니다.

코델리아　폐하, 기분이 어떠십니까?

리어왕　무덤 속에서 나를 끌어내지 마라. 너는 천국의 축복받은 영혼이지만 나는 지옥의 바퀴에 결박당해 있어. 내 눈물은 납처럼 녹아 흘러 얼굴을 태우고 있단다.

코델리아　폐하, 저를 알아보시겠습니까?

리어왕　지금 내가 살아 있는 거라면, 내 딸 코델리아인 것 같은데.

코델리아　그렇습니다, 아버지. 코델리아예요.

리어왕　눈물을 흘리고 있느냐? 그렇구나. 눈물을 흘리고 있구나. 제발 울지 말거라. 네가 독약을 마시라면 내가 기꺼이 마시마. 네가 나를 사랑하지 않는다는 것을 안다.

코델리아　아니에요, 아버지. 안으로 드시지요.

리어왕　같이 들어가자. 제발 과거를 잊고 나를 용서하려무나. 난 어리석은 늙은이야. (켄트와 신사만 남고 모두 퇴장)

신 사　콘월 공작이 살해되었다는 게 사실입니까?

켄 트　그런가보오.

신 사　그럼 누가 공작의 부하들을 통솔하고 있습니까?

켄 트　소문에는 글로스터 백작의 서자 에드먼드라고 하오.

신 사　피비린내 나는 전쟁이 될 것 같소. 그럼 잘 가시오. (모두 퇴장)

제 5 막

제 1 장

도버 근처의 영국군 진영

에드먼드, 리건, 부대장, 장교들 그리고 그 밖의 병사들 등장

에드먼드　공작께 가서 예전대로 하실 것인지 아니면 변경이 된 것은 없는지 알아보고 오너라. (부대장 퇴장)

리 건　언니의 시종에게 뭔가 문제가 생겼나봐요.

에드먼드　아무래도 그런 것 같군요.

리 건　에드먼드, 내가 당신에게 호의를 갖고 있다는 걸 아시죠? 진심을 말해주세요. 혹시 언니를 사랑하는 건 아닌가요?

에드먼드　공경하는 마음이죠.

리 건　그런 뜻이 아니에요. 당신은 형부만 드나들 수 있는 금단의 처소에 들어가신 적이 있죠?

에드먼드　당치 않은 억측이십니다.

리 건　당신과 언니가 이미 정을 나눈 사이가 아닌지 걱정돼요.

에드먼드　제 이름을 걸고 그런 일은 없습니다.

리어왕　289

리 건 그런 일이 있다면 언니라고 해도 내가 용서하지 않을 거예요.

에드먼드 그런 걱정은 마십시오. 저기 언니와 알바니 공작께서 오시는군요!

북과 군기를 앞세우고 고네릴, 알바니 공작, 그리고 병사들 등장

고네릴 (방백) 에드먼드와 내가 멀어질 바에야 전쟁에서 지는 게 나아.

알바니 처제, 잘 있었소? (에드먼드에게) 국왕께서는 막내딸한테로 가면서 도처에 불만을 품은 세력들과 합세했다고 하오. 나는 프랑스 왕이 전쟁 선포를 해와 응전하는 것뿐이오.

에드먼드 훌륭하신 말씀이군요.

리 건 그런 걸 따져서 뭐 하겠어요.

고네릴 맞아요. 힘을 모아 적을 무찔러야죠. 불만은 접어두고요.

알바니 그럼 노련한 장군들과 작전을 짜야겠소.

에드먼드 저도 즉시 공작님의 막사로 가겠습니다.

리 건 언니, 우리와 함께 가시는 거죠?

고네릴 아니.

리 건 함께 가요.

고네릴 (방백) 홍, 이유를 모를 줄 알고? (리건에게) 그래, 가자꾸나.

그들이 밖으로 나가려 하는데 변장한 에드가 등장

에드가 공작님, 미천한 사람에게 잠시 시간을 내주십시오. 말씀드릴

게 있습니다.

알바니   곧 뒤따라갈 테니 먼저들 가시오. (알바니와 에드가만 남고 모두 퇴장, 에드가에게) 말해보라.

에드가   전쟁을 시작하기 전에 이 편지를 뜯어보십시오. 만일 전쟁에서 승리를 거두시면 나팔을 불어 저를 불러주십시오. 비록 몰골은 이렇지만 이 편지 속에 든 내용은 거짓이 아니라는 걸 이 칼로써 입증하겠습니다. 만일 공작님께서 전쟁에 패하시면 공작님의 운명도, 그리고 이 음모도 끝나겠지요. 행운을 빕니다!

알바니   아니다, 편지를 읽을 때까지 기다려라.

에드가   그건 안 됩니다. 때가 오거든 저를 불러주십시오. 반드시 다시 공작님 앞에 대령하겠습니다.

알바니   그럼 잘 가거라. 네 편지를 읽어보마. (에드가 퇴장)

에드먼드 다시 등장

에드먼드   적군이 바로 코앞까지 진격해오고 있습니다. 명령을 내려주십시오. 사태가 시급하니 급히 서두르셔야 합니다.

알바니   알았다. 곧 출정하도록 하지. (퇴장)

에드먼드   두 자매에게 사랑을 맹세했는데, 누구를 내 것으로 만들어야 하나? 둘은 독사에 물린 사람이 독사를 경계하듯 서로 경계를 하고 있지. 둘 다 내것으로 할까? 하나만? 둘 다 살아 있으면 어느 쪽도 내 것으로 만들 수가 없어. 과부를 택하면 언니인 고네릴이 미친 듯 화를 낼 테고, 그렇다고 그녀를 선택하면 남편이 버젓이 살아 있지 않은가. 그럼 그자의 명성과 수완을 이용한 다음 전쟁이 끝나면 그녀에게 감쪽같이 없애라고 해야겠다. 자, 지금은 내 자신부터 방어해야 해. (퇴장)

제 2 장

양 진영 사이의 들판

진군 나팔 소리와 함께 에드가와 글로스터 등장

에드가 영감님, 어서 달아나세요! 자, 손을 이리 주세요. 도망가셔야 해요. 리어왕과 코델리아 공주님이 잡혔어요. 자, 갑시다.

글로스터 더 이상 갈 수 없네. 난 여기서 죽겠네.

에드가 왜 그러세요, 인간의 생과 사는 마음대로 안 되는 것이니 참으세요. 때가 무르익어야 하죠. 자, 갑시다.

글로스터 그것도 맞는 말이군. (두 사람 퇴장)

제 3 장

도버 근처의 영국군 진영

북소리와 함께 에드먼드, 리어왕, 코델리아, 장교, 병사 등장

에드먼드 장교들은 이 포로들을 끌고 가라. 상부의 지시가 있을 때까지 이들을 엄격히 감시할 것을 명심하고.

코델리아 최선을 다하고도 최악의 사태를 맞는 것은 우리가 처음이 아닙니다. 학대를 받으신 아버님을 생각하면 기운이 빠지지만 저 혼자라면 운명의 시련과 맞설 수 있답니다. 언니들을 만나보시겠어요?

리어왕 아니, 아니다! 자, 감옥으로 가자. 거기서 우리 둘이 새장 속의 새들처럼 노래를 부르며 살아가자. 네가 나를 용서하고 축복을 빌어주면 나는 무릎을 꿇고 기도를 하겠다. 그곳에서 노래하며 옛 이야기를 하고 궁중 소식을 전해 들으며 지내자꾸나.

에드먼드 포로들을 끌고 나가라!

리어왕 코델리아, 너 같은 희생양에 대해서는 신들도 향을 피워줄 것이다. 자, 눈물을 닦아라. 그자들 때문에 울어선 안 돼. 그들이 병에 걸려 썩어 문드러지기 전에는 울지 마라. 자, 가자. (리어왕과 코델리아가 호위를 받으며 퇴장)

에드먼드 부대장, 이리 가까이 오라. (쪽지를 주며) 이대로 포로를 쫓아가라. 만일 이 쪽지에 지시된 대로 네가 실행한다면 넌 출세가도를 달릴 것이다. 사람은 시기를 쫓아 살아야 한다는 것을 잊어서는 안 돼. 인정 같은 건 칼을 찬 군인에겐 전혀 필요 없다는 걸 명심하고.

부대장   명령대로 따르겠습니다. (퇴장)

나팔 소리와 함께 알바니, 고네릴, 리건, 장교들과 병졸들 등장

알바니   백작은 오늘 용감한 혈통의 우수성을 유감없이 보여주셨소. 물론 운도 따랐지만 말이오. 더욱이 이번 전쟁의 목적인 두 사람을 포로로 잡은 건 굉장한 수훈이오. 이제 그들에게 적당한 죄를 물어 우리가 편히 지낼 수 있도록 하시오.

에드먼드   실은 노왕을 적당한 곳에 유폐시켜 감시병을 붙여두는 것이 적당하다고 생각합니다. 나이가 드신 데다 국왕이라는 칭호로 인해 백성들의 동정을 받을 수 있고, 따라서 병졸들의 창끝이 우리를 향할 수도 있기 때문입니다. 프랑스 왕비도 같은 이유로 감금시켜놓겠습니다. 두 사람은 내일이나 또는 그 이후에 공작님께서 재판을 하신다면 언제든지 출두하게끔 조처해놓았습니다.

알바니   미안한 얘기지만 나는 이번 전쟁에서 백작을 형제로 여기지는 않았소이다. 그저 부하라고 생각했을 뿐이오.

리 건   그렇게 말씀하시지 마세요. 그 자격은 제가 드렸으니까요. 이분은 제 군사를 지휘했을 뿐만 아니라, 제 지위와 신분을 위임받으셨습니다. 이토록 가까운 사이니 형제라 불러도 상관없을 겁니다.

고네릴   그렇게 흥분하지 마라. 네가 자격을 드리지 않아도 이분은 자기 자신의 가치로도 충분히 높은 곳에 올라갈 수 있는 분이니까.

리 건   언니, 지금은 몸이 아파서 말을 못하겠어. (에드먼드에게) 장군, 난 당신에게 군대와 포로와 재산을 모두 바칠 테니까 자유롭게 쓰세요. 뿐만 아니라 나 자신도 당신께 바칩니다. 이 세상을 증인으로 나는 여기서 당신을 내 군주요, 남편으로 모시겠어요.

고네릴   이 사람을 네 남편으로 모신다고?

알바니   고네릴, 당신에겐 이들을 제지시킬 아무 권한이 없소.

에드먼드   알바니 공에게도 없을걸요.

알바니   이 사생아 녀석, 내게 당연히 권리가 있느니라.

리 건   (에드먼드에게) 북을 울려서 내 권리가 당신에게 이양된 사실을 어서 알리세요.

알바니   잠깐 기다려, 에드먼드. 너를 반역죄로 체포하겠다. 그리고 동시에 (고네릴을 가리키며) 금빛 독사도 체포하겠다. 처제, 이놈은 내 아내와 이미 약혼한 몸이오. 그러니 그 선언은 거두어야 할 거요. 정 결혼하고 싶으면 결투를 신청하라.

고네릴   정말 웃기는 일이군.

리 건   (고통스럽게) 아아, 괴로워!

고네릴   (방백) 네년이 아프지 않다면 독약도 믿을 수 없게?

에드먼드   자, 내 대답은 이거다! (장갑을 땅에 던진다) 날 반역자라고 입을 놀린 자가 누구냐? 그놈이야말로 거짓말쟁이 사기꾼이다. 나팔을 불어서 그놈을 불러내라. 감히 나를 대적하는 자가 당신이라 해도 나는 기필코 싸워서 내 진실과 명예를 지켜보이겠다.

알바니   이봐, 전령!

에드먼드   (군대를 향해) 어이, 병사들!

알바니　네가 믿을 사람은 너밖에 없다. 네 병사들은 모두 내 녹을 받는 자들이니 내가 해산시켰다.

리건　더 이상 견딜 수가 없어!

알바니　고통이 심한가보군. 처제를 내 막사로 데려가라. (리건, 부축을 받으며 퇴장)

　　전령 등장

알바니　(전령에게) 전령은 이리 오라. 이봐, 나팔을 불어라! 그리고 이것을 소리 높여 읽어라.

장교　나팔수, 나팔을 불어라. (나팔 소리)

전령　(읽는다) 아군 병사로서 글로스터 백작이라 자칭하는 에드먼드의 반역죄를 폭로할 자는 세 번째 나팔 소리가 울리면 즉시 출두하라.

　　첫 번째 나팔 소리, 두 번째 나팔 소리가 울리고 세 번째 나팔 소리가 울리자 무장한 에드가 등장 투구를 써서 얼굴이 보이지 않는다.

알바니　왜 저자가 출두했는지 물어보아라.

전령　그대는 누구요? 이름은? 신분은? 왜 나팔 소리를 듣고 나왔소.

에드가　나는 이름을 잃었소. 반역자의 이빨에 물어뜯기고, 벌레에게 파먹혔기 때문이오. 하지만 내가 상대하고 싶은 자만큼 고귀한 신분인 건 분명하오.

알바니　상대하고 싶은 자가 누구냐?

에드가   글로스터 백작이라 칭하는 에드먼드죠. 그자가 어디 있소?

에드먼드   내가 바로 네가 찾는 그 사람이다. 용건부터 말하라.

에드가   칼을 뽑아라. 내 말이 너의 비위에 거슬렸다면 칼을 가지고 정당하다는 걸 증명해보아라. 자, 덤벼라! 이것이야말로 내 명예와 맹세, 신분을 되찾는 길이다. 네놈이 아무리 힘이 세고 높은 지위에 있다 해도, 네놈은 신과 형제와 부친을 속였고, 여기 계신 공작님의 목숨까지 노렸다. 자, 네놈이 이것을 부정한다면 이 칼이 네놈의 가슴을 갈라 거짓말쟁이라는 사실을 증명해 보이겠다.

에드먼드   현명한 판단을 위해서 우선 네놈 이름을 물어야겠지만, 네놈 목소리와 태도를 보니 품위가 있어 보이는군. 따라서 굳이 기사도 규칙에 따라 서로 통성명을 하지 않은 채 네놈 도전에 응하겠다. 자, 덤벼라. 반역자의 오명을 네놈 머리에다 쏟아붓겠다. 이 칼로 네 심장을 찔러 오명을 그곳에 영원히 새겨두겠다. 나팔을 불어라! (나팔 소리가 울리고 둘이 싸우다 에드먼드가 쓰러진다)

알바니   죽이면 안 돼.

고네릴   이건 음모예요. 에드먼드, 기사도 규칙에 따라 이름을 밝히지 않은 자와 싸울 필요는 없어요.

알바니   입 닥쳐! 그러지 않으면 이 편지로 당신의 입을 틀어막겠소. (에드가가 칼로 찌르려 하자 얼른 말린다) 잠깐만! 중지! (에드먼드에게) 이 악당아! 이 편지를 읽고 네 자신의 죄를 알라. (고네릴이 편지를 낚아채 찢으려 한다) 찢지 마. 그 편지 내용을 아는 모양이군.

고네릴   설사 알고 있다 하더라도 감히 누가 나를 규탄하겠어요?

알바니   천하에 극악무도한 계집! 이 편지를 안단 말이지?

고네릴 그걸 알면서나한테 왜 물어요? (퇴장)

알바니 저 여자를 뒤쫓아가 진정시켜라. (장교 퇴장, 에드먼드에게) 넌 이 편지 내용을 알고 있느냐?

에드먼드 나는 당신이 비난하고 있는 것보다 훨씬 더 많은 죄를 저질렀소. 때가 되면 다 밝혀질 것이오. 모든 것은 끝났소. 어쨌거나 나를 물리친 운 좋은 넌 누구냐? 네가 귀족이라면 내 용서하리다.

에드가 좋다. 이제 서로 용서하기로 하자. 내 혈통은 너보다 못하지 않다. 내가 너보다 우월하다면 넌 더 죄가 크겠지. 에드먼드, 내 이름은 에드가, 네 아버지의 아들이다. 하느님이 얼마나 공정하신지 어둠침침한 곳에서 너를 만든 벌로 아버지는 양쪽 눈을 잃으셨다.

에드먼드 그렇군요. 인과응보의 바퀴가 돌고 돌아 저는 다시 밑바닥이 되었군요.

알바니 어딘지 모르게 자네의 거동에 당당하고 귀족적인 품위가 엿보였어. 자, 이리 와서 포옹해주게. (서로 포옹한다) 자네나 자네 부친을 미워한 적이 있다면 이 가슴을 다 찢어도 할 말이 없을걸세. 도대체 어디에 숨어 있었나? 자네 부친의 불운은 어떻게 알게 되었고?

에드가 제가 여태껏 돌봐드렸습니다. 간단히 말씀드리지요. 어찌 맨정신으로 이러한 말을 입에 올릴 수 있겠습니까. 오, 목숨에 대한 끈질긴 애착이여! 죽음의 고통을 맛볼지라도 산다는 것은 죽는 것보다는 나은 일이니까요. 누더기 차림으로, 개조차 멸시할 그런 차림으로 하루하루를 연명하다가 두 눈을 잃어 피를 줄줄 흘리는 아버님을 만났습니다. 그리고 이곳에 오기 바로 전에 저는 비로소 아버님께 제 정체를 밝혔습니다. 이길 것이라고 확신하면서도 확실치 않아 아버님의 축복을 받고자 사실을 말씀드린 것입니다. 그런데 충격을 받은 아버님이 그만 돌아가셨습니다.

에드먼드   그토록 가슴 아픈 얘기가 있습니까? 나도 이제 선한 인간이 되겠습니다. 형님, 계속 말씀하세요.

알바니   그만하게. 더한다면 내 가슴이 찢어질 것이네.

에드가   더욱 기가 막힌 것은 제가 울고불고 아버지를 껴안고 슬퍼하자 어떤 사람이 다가왔습니다. 그리고 저를 부둥켜안고 흐느껴 우는 것이었습니다. 그러더니 리어왕과 자기 자신에 관해서 사람으로서 들어본 적이 없는 슬픈 이야기를 들려주었습니다. 그분 역시 얘기를 하는 중에 슬픔이 복받쳐올라 목숨이 가물거리기 시작했습니다. 바로 그때 두 번째 나팔 소리가 울렸고, 난 그분을 거기에 둔 채 이리로 뛰어온 것입니다.

알바니   그런데 그 사람이 누구였나?

에드가   바로 추방된 켄트 백작이었습니다. 변장을 하고서 원수 같은 국왕 곁에 붙어다니며 노예처럼 봉사를 하고 있었던 것입니다.

시종 한 명이 피 묻은 단검을 들고 등장

시 종   큰일났습니다!

알바니   무슨 일인지 어서 말하라.

에드가   그 피투성이 칼은 뭐냐?

시 종   가슴에 꽂힌 것을 방금 뽑은 것입니다. 그분이 돌아가셨습니다.

알바니   누가, 누가 돌아가셨단 말이냐? 빨리 말하라.

시 종　공작님, 공작님 부인 말씀이에요. 부인께서는 여동생을 독살
했노라고 자백하셨습니다.

에드먼드　내가 두 자매와 결혼하기로 약속했으니, 이제 세 사람이 동
시에 죽는구나!

에드가　저기 켄트 백작이 오십니다.

알바니　살았든 죽었든 둘의 시체를 이리 내오거라. 천벌을 받았으니
전율이 일기는 하되 동정심은 일지 않는구나. (켄트 등장) 오, 이분인가?
결례가 되는 줄 압니다만 인사를 차릴 여유가 없구려.

켄 트　국왕이시며 주인 되시는 분께 하직인사를 여쭈러 왔습니다.

알바니　중대한 일을 잊고 있었군! 에드먼드, 국왕께선 어디 계시냐?
그리고 코델리아 왕비는? (이때 시종들이 고네릴과 리건의 시체를 가져온다)
켄트 백작, 저것이 보이오?

켄 트　아니, 이것이 어찌된 일입니까?

에드먼드　저는 두 여자의 사랑을 받았죠. 바로 저 때문에 언니가 동
생을 독살하고 자신은 자살했습니다.

알바니　사실이오. 시체를 덮어라.

에드먼드　숨이 차오는군. 난 여태껏 못된 짓만 해왔지만, 내 본성과
어울리지 않게 착한 일 한 가지만 하고 싶소. 급히 성으로 사람을 보내
시오. 리어왕과 코델리아를 죽이라는 명령을 내렸소.

알바니　뛰어라, 뛰어!

에드가　누구에게로 가야 하지? 에드먼드, 누가 직책을 맡고 있나? 사
형 집행 중지를 증명하는 증거를 보내야 해.

에드먼드　그렇소. 내 칼을 증표로 부대장에게 주시오.

알바니　있는 힘을 다해 뛰시오! (에드가 퇴장)

에드먼드　공의 부인과 내가 공모해 코델리아를 목 졸라 죽이라고 명령했소. 그리고 나중에 자살한 것처럼 꾸밀 생각이었소.

알바니　신들이여, 국왕과 코델리아를 지켜주소서! (에드먼드를 가리키면서) 이자를 잠시 데려가라. (에드먼드, 시종들에게 운반되어 퇴장)

죽은 코델리아를 팔에 안고 리어왕 등장. 에드가와 부대장 다시 등장

리어왕　울어라, 울어라! 아, 너희는 목석으로 된 인간이냐! 내가 너희들 같은 눈과 혀를 가졌다면 하늘이 무너지도록 저주를 내렸을 것이다. 이 애는 영원히 갔다! 나는 죽은 것과 산 것은 구별할 수 있어. 내 딸은 흙처럼 죽었다. 거울을 다오. 내 딸의 입김이 거울을 흐리게 한다면 그건 살아 있다는 증거다.

켄 트　이것이 이 세상의 종말인가?

에드가　그렇지 않으면 그 무서운 종말의 그림자인가?

알바니　하늘이여, 무너져라. 땅이여, 꺼져라!

리어왕　(새털을 코델리아의 입술에 갖다대며 숨쉬고 있는지 아닌지 검사하려고 한다) 깃털이 움직였어! 살아 있구나!

켄 트　(무릎을 꿇으며) 오, 폐하!

리어왕　에이, 저리로 가! 천벌을 받을 놈들! 너희들은 모두 살인자며 역적들이야! 이 애를 살릴 수도 있었는데, 죽어버렸잖아! 코델리아, 조금만 기다려라! 언제나 부드럽고 착하고 조용한 너를 누가 죽였단 말이냐? (켄트를 보고) 너는 누구냐?

켄 트　만약 운명의 여신이 사랑하고 미워한 두 사람이 있었다고 한다면, 바로 우리 두 사람이 그럴 것입니다.

리어왕　눈이 침침하군. 자네는 켄트가 아닌가?

켄 트　그렇습니다. 폐하의 신하 켄트이옵니다. 폐하가 불우하게 되신 때부터 저는 폐하를 떠나지 않고 쭉 따라다녔습니다.

리어왕　고맙구나.

장교 등장

장 교　각하, 에드먼드 님께서 돌아가셨습니다.

알바니　그런 것은 하찮은 일에 불과해. 여러분, 내 말을 들어주십시오. 나는 엄청난 불행을 겪게 된 국왕 폐하를 힘 자라는 데까지 도와드릴 작정이오. 나는 당장 사임하고 내 전권을 노왕께 넘겨드려 생존하시는 동안 다시 나랏일을 맡으시도록 하겠소. 그리고 (에드가와 켄트를 가리키며) 두 분께는 원래 작위를 되찾아드릴 것이며, 그 공적에 맞도록 특전을 베풀겠소. 아, 저길 보시오. 저기를!

리어왕　오, 불쌍한 내 딸을 목 졸라 죽이다니! 생명이 없어. 개나 말이나 쥐 같은 것도 생명이 있는데, 너는 어째서 입김조차 없느냐? 넌 다시 살아나지 못하겠지, 절대로, 절대로, 절대로! 제발 부탁하노니 이 단추를 풀어다오. 고맙다. 이 애를 봐라. (죽는다)

에드가　폐하, 폐하, 정신을 차리십시오!

켄 트　아, 가슴아, 터져버려라. 폐하를 가시도록 내버려둡시다! 이토록 쓰라린 세상이라는 형틀에 앉힌다면 더욱 분노하실 거요.

에드가　폐하께서 돌아가셨습니다.

켄 트　이렇게 견디신 것이 오히려 이상하오.

알바니　두 분의 유해를 모시고 나가거라. 마땅히 그분의 죽음을 거국적으로 애도해야겠소. (켄트와 에드가에게) 그대들, 내 마음의 두 벗은 이 나라를 통치하고 난국을 수습하는 데 힘써주기 바라오.

켄 트　저는 곧 여행을 떠날 몸입니다. 저 역시 주인께서 부르시니, 아니 따를 수가 없습니다.

알바니　이 가혹한 시대를 우리가 짊어지고 가야만 하오. 가장 나이 많으신 분께서 가장 큰 괴로움을 겪으시다니. 우리 같은 젊은이들은 이만큼 커다란 시련은 견딜 수도 없거니와 그만큼 오래 살지도 못할 것입니다. (장송곡이 울리는 가운데 일동 퇴장)

맥베스

인생은 비틀거리는 허황한 그림자일 뿐,
얼마 있으면 영영 잊혀지는 가련한 배우가 아니더냐.
자신이 할당받은 시간만큼 무대 위에서 서성거리지만
시간이 지나면 어디론가 사라져야 하지.

등장인물

맥베스ㅣ 스코틀랜드의 장군

맥베스 부인ㅣ 맥베스 장군의 아내

밴쿠오ㅣ 맥베스의 동료 장군

던컨ㅣ 스코틀랜드의 왕

맥더프ㅣ 스코틀랜드의 영주

맥더프 부인ㅣ 맥더프의 아내

맬컴, 도널베인ㅣ 스코틀랜드의 왕자들

플리언스ㅣ 밴쿠오의 아들

헤커트ㅣ 마법의 여신

시워드ㅣ 노섬벌랜드의 백작. 잉글랜드 장군

시워드 2세ㅣ 시워드의 아들

레녹스, 로스, 멘티스, 앵거스, 케이드네스ㅣ 스코틀랜드의 귀족

시튼ㅣ 맥베스의 휘하 장교

소년ㅣ 맥더프의 아들

그 외ㅣ 세 마녀, 밴쿠오의 유령, 시녀, 시종, 장교, 잉글랜드 왕의 시의,
　　　　문지기, 노인, 귀족들, 신사들, 장교들, 병사들, 암살자들, 사자, 유령

스코틀랜드의 장군 맥베스와 밴쿠오는 반군과의 싸움에서 승리해 돌아오던 중 세 마녀를 만난다. 마녀들은 맥베스에게 장차 왕이 될 것이라는 예언을 하고, 이 예언을 들은 맥베스는 왕권을 향한 야심에 사로잡힌다.

그래서 집으로 돌아온 그는 아내와 함께 선정을 베풀고 있는 던컨 왕을 살해할 계획을 세운다. 그러나 자신의 성에 온 왕을 보며 양심 때문에 갈등을 하던 맥베스는 아내의 호통에 못 이겨 결국 살해를 실행에 옮겨 왕의 자리에 오른다. 왕이 된 맥베스는 왕으로서의 권력을 누리기는커녕 죄책감과 장래에 대한 불안감으로 폭정을 일삼아 백성들의 미움을 산다.

더욱이 함께 예언을 들었던 밴쿠오를 그대로 살려둘 수가 없다. 왜냐하면 밴쿠오의 자손이 왕위에 오른다는 예언을 들었기 때문이다. 그래서 맥베스는 자객을 보내 밴쿠오와 그의 아들 플리언스를 죽이려 하지만, 밴쿠오만 죽이고 플리언스는 놓치고 만다.

그 후 맥베스는 죽은 밴쿠오의 환영을 보는 등 극도의 불안과 공포에 시달리다 마녀들을 찾아간다. 마녀들은 여자가 낳은 자는 결코 맥베스를 해칠 수 없으며, 버넘 숲이 던시네인 언덕에 오기 전에는 맥베스가 망하지 않는다고 예언한다.

한편 왕을 죽인 뒤 후유증으로 몽유병에 시달리던 그의 아내 맥베스 부인이 세상을 떠난다. 그리고 맬컴을 옹립한 잉글랜드 군이 진격해 들어오고 폭정에 휘둘리던 스코틀랜드 귀족들이 이에 합세한다. 그들은 버넘 숲에 있는 나뭇가지들을 꺾어 몸을 숨긴 채 던시네인 성으로 접근한다.

맥더프와 싸우게 된 맥베스는 맥더프로부터 자신은 여자에게서 태어난 것이 아니라 어미의 배를 갈라 꺼낸 자라는 말을 듣는다. 절망에 빠진 맥베스는 결국 맥더프의 손에 죽게 되고 맬컴이 왕좌에 오른다.

제 1 장

스코틀랜드의 황야

천둥과 번개, 세 명의 마녀 등장

마녀 1 우리 언제 다시 만날까? 천둥 번개가 칠 때, 아니면 장대비가 쏟아질 때?

마녀 2 이 소동이 끝나거나 싸움이 끝났을 때가 되지 않을까?

마녀 3 그렇다면 해가 지기 전이 되겠네.

마녀 1 어디서 만나지?

마녀 2 황야에서.

마녀 3 거기서 맥베스를 만나는 거야.

마녀 1 자, 우리가 간다, 늙은 고양이야!

마녀 2 두꺼비가 부르는군.

마녀 3 곧 간다니까!

일 동 아름다운 것은 추한 것, 추한 것은 아름다운 것이지. 안개 속을, 더러운 공기 속을 뚫고 날아가자. (퇴장)

제 2 장

포레스 부근의 진영

나팔 소리 들리고, 던컨 왕, 맬컴, 도널베인, 레녹스가 시종들을 거느린 채 등장하고, 다른 한편에서는 장교가 피를 흘리며 등장

던 컨 저 피투성이가 된 장교는 누군가? 저걸 보니 전쟁이 어떻게 돌아가는지 알겠구나.

맬 컴 바로 저 장교가 포로가 될 뻔한 저를 구해주었습니다. 잘 왔네, 용감한 전우여! 어서 전시 상황을 국왕 폐하께 빠짐없이 고하게나.

장 교 전투는 승패를 가늠하기 어려울 정도로 막상막하였습니다. 역적 맥도널드는 모반을 꿈꿀 만큼 기세가 대단했습니다. 서쪽의 여러 섬에서 보병과 기병들을 끌어모아 대군을 이끌고 왔더군요. 그러나 명장 맥베스 장군께서 순식간에 적진을 뚫고 들어가 역적놈을 처단해버렸습니다.

던 컨 오, 과연 내 용감한 사촌이구나! 훌륭한 대장부야!

장 교 폐하, 하오나 마른하늘에 벼락이 치듯 우리의 기쁨이 채 사라지기도 전에 불행이 닥쳐왔습니다. 여태껏 호시탐탐 기회를 엿보고 있던 교활한 노르웨이 왕이 공격해온 것입니다.

던 컨 그래서 맥베스 장군과 밴쿠오가 당황했단 말인가?

장 교 독수리가 참새에게, 사자가 토끼에게 습격을 받았을 때처럼 두

장군께서도 약간 당황하시긴 했죠. 하지만 두 장군은 금세 전열을 가다듬어 두 개의 폭탄을 장전한 대포처럼 적군에게 두 배의 공격을 퍼부었습니다. 전장은 참으로 끔찍했습니다. 오, 폐하! 외람되게도 이 상처를 더는 견딜 수가 없군요.

던 컨   그대의 보고에 깊은 감동을 받았다. 자, 어서 가서 상처를 치료받도록 하라. (장교, 시종들의 부축을 받으며 퇴장) 거기 누구냐?

맬 컴   로스의 영주입니다.

로스 등장

로 스   폐하의 만수무강을 비옵니다!

던 컨   오, 로스 영주, 어디서 오는 길인가?

로 스   파이프에서 오는 길입니다, 폐하. 노르웨이군의 깃발이 하늘을 얕보듯 휘날리며 아군의 간담을 서늘케 하는 곳에서 왔습니다. 노르웨이 왕은 몸소 대군을 이끌고 쳐들어와 아군을 공격했습니다. 폐하를 배반한 코더 영주까지 그놈들에게 붙었죠. 그러나 전쟁의 여신 벨로나의 남편처럼 무적의 갑옷을 두르신 맥베스 장군이 혼신의 힘을 다해 싸운 끝에 승리를 쟁취했습니다.

던 컨   참으로 다행한 일이로다!

로 스   노르웨이 왕 스위노는 화친을 청해왔습니다. 하지만 맥베스 장군은 1만 달러의 배상금을 받아내기 전까지는 세인트 컴 섬에서 움직이지 않을 것이며, 적군의 시체를 매장하는 일조차 허락하지 않을 방침이라고 통보했습니다.

던 컨   코더 영주는 두 번 다시 나를 배반하지 못할 것이다. 그자를 즉각 사형에 처하고, 작위는 맥베스에게 내리도록 하라.

로 스   분부대로 거행하겠습니다.

던 컨   그 역적이 잃은 것을 훌륭한 맥베스가 차지했구나. (일동 퇴장)

제 3 장

포레스 부근의 황야

천둥이 치자 세 마녀가 등장

마녀 1   너, 어디 갔다 왔니?

마녀 2   돼지를 죽이러.

마녀 3   너는?

마녀 1   뱃사공 아내가 행주치마에 밤을 가득 담아 쉬지 않고 먹기에 좀 달라고 했더니, '꺼져라, 마녀야!' 하고 고함을 치는 거야. 그래서 그년의 남편을 혼내줄 생각이야. 그년의 남편은 알레포에 가 있는 타이거호의 선장이거든.

마녀 2   내가 바람을 줄게.

마녀 3   나도 줄게.

마녀 1   고마워. 그래서 가는 곳마다 바람을 불게 해서 정박하지 못하게 할 테야. 그년의 남편을 바짝 마른 풀처럼 마르게 할 거야. 낮이건 밤이건 칠 일 밤낮의 아홉 번, 그 아홉 배를 잠자지 못하게 할 거야. 그 래서 피로에 지쳐 말라비틀어지게 할 거라고. (안에서 북소리가 들려온다)

마녀 3 북소리다! 맥베스가 온다. (노래와 춤을 멈추고 안개 속으로 숨는다)

맥베스와 밴쿠오 등장 뒤에 군대가 따르고 있지만 보이지 않는다.

밴쿠오 포레스까진 얼마나 남았소? (안개가 서서히 걷힌다) 저건 뭐지? 말라 비틀어진 것들이 옷차림도 괴상하군. 사람 같지는 않은데, 그렇다 고 짐승 같지도 않고. 내 말이 들리느냐? 너희는 살아 있는 것들이냐? 음, 내 말귀를 알아듣는 모양이군.

맥베스 대답해봐라. 너희들의 정체는 뭐냐?

마녀 1 맥베스 만세! 글래미스 영주께 축복을!

마녀 2 맥베스 만세! 코더 영주께 축복을!

마녀 3 맥베스 만세! 앞으로 왕이 되실 분이시여!

밴쿠오 뭘 그렇게 놀라십니까? 아주 좋은 운세시군요. (마녀에게) 내 말에 대답하라. 너희는 도깨비냐, 아니면 지금 보이는 그대로냐? 내 존 경하는 친구에게 너희는 현재 작위뿐만 아니라 미래의 왕이라는 칭호 를 붙였다. 너희는 무슨 근거로 그러한 말을 하느냐? 게다가 나한테는 아무 말도 하지 않았다. 정말 너희에게 운명의 씨앗을 볼 수 있는 능력 이 있단 말이냐? 만일 그렇다면 난 너희의 호의를 바라지도 두려워하 지도 않을 테니 나에게도 말해보려무나.

마녀 일동 만세!

마녀 1   맥베스보단 못하지만 위대하신 분.

마녀 2   맥베스보단 못하지만 운수대통하신 분.

마녀 3   왕이 될 자손을 낳으실 분. 맥베스, 뱅쿠오, 두 분 만세!

마녀 1   뱅쿠오와 맥베스, 두 분 다 만세! (안개가 짙어지면서 마녀들의 모습이 차차 사라진다)

맥베스   게 섰거라! 좀 더 똑똑히 말하라. 부친께서 돌아가셨으니 내가 글래미스 영주가 되는 것은 당연한 일이다. 하지만 코더 영주가 버젓이 살아 있는데, 내가 어떻게 코더 영주가 된단 말이냐? 그리고 왕이 된다는 예언은 도저히 말이 안 되는 얘기다! 어찌하여 황당한 말로 우리를 현혹시키느냐? 어서 말하라, 명령이다! (마녀들이 안개 속으로 사라진다)

뱅쿠오   거품처럼 사라진 걸 보니 흙에도 거품이 있나보오. 저 요물들이 어디로 사라졌을까요?

맥베스   바람 속으로 사라졌소. 마치 입김처럼 말이오.

뱅쿠오   도깨비가 아니었소? 우리가 제대로 보긴 본 거요? 혹시 우리의 이성이 마비된 게 아닐까요?

맥베스   장군의 자손이 왕이 된다고 했소.

뱅쿠오   장군은 스스로 왕이 된다고 했지요.

맥베스   코더 영주가 된다고도 했지요.

뱅쿠오   그렇게 말했소. 그런데 저기 누가 오고 있군요.

   로스와 앵거스 등장

로 스   맥베스 장군, 폐하께서는 장군이 거둔 승전 소식을 듣고 크게 기뻐하셨소. 막강한 노르웨이 군사들을 무찌르셨다는 말에는 그저 입을 다물지 못하셨소.

앵거스　폐하께서는 장군을 어전으로 모셔오라 하셨습니다. 전공에 대한 포상은 따로 있을 것입니다.

로 스　그리고 친히 장군을 코더 영주에 새로 임명하셨습니다. 삼가 축하드립니다, 코더 영주님!

뱅쿠오　오, 마녀들의 예언이 들어맞는군!

맥베스　모를 일이구려. 살아 있는 자의 작위를 내게 주시다니!

앵거스　옛 코더 영주가 아직 살아 있긴 합니다만, 대역죄로 인해 그 생명이 경각에 달려 있습니다. 본인 스스로도 죄를 자백했으니, 살아날 가망은 없지요.

맥베스　(방백) 글래미스 영주에 코더 영주라! 이제 가장 큰 것만 남아 있군. (로스와 앵거스에게) 수고들 했소. (뱅쿠오에게 작은 소리로) 장군의 자손이 왕이 된다는 말도 이젠 믿어야 할 듯하오. 내게 코더 영주라고 했던 마녀들이 그렇게 예언했으니 말이오.

뱅쿠오　(맥베스에게 작은 소리로) 그걸 믿으시면 코더 영주뿐만 아니라 왕관까지 바라게 될 거요. 악마의 사자들이 우리를 파멸로 이끌려고 일부러 그런 예언을 한 것은 아닌지 모르겠소. (로스와 앵거스에게 다가가며) 자, 잠깐 두 분께 할 말이 있소이다.

맥베스　(방백) 처음 두 가지는 맞았구나. 그럼 이제 찬란한 등극의 서막만 열릴 차례구나. (일행에게) 그대들에게 고맙소. (다시 방백) 이런 유혹이 나쁜 징조일 리가 없어. 만일 나쁜 징조라면 어째서 내게 성공의 단맛을 미리 보여주었겠는가? 나는 이제 코더의 영주야. 그런데 왜 이렇게 심장이 두근거리며 무서운 환영이 떠오르지? 정녕 좋은 징조라면 이럴 리가 없을 텐데.

밴쿠오   (로스와 앵거스에게) 저것 좀 보시오. 내 친구의 망연자실한 모습을. 하긴 갑작스럽게 영예를 얻었으니 그럴 만도 하지. 하지만 새로 입은 어색한 옷도 결국 시간이 흐르면 몸에 익숙해지는 법이지.

맥베스   될 대로 되라지. 아무리 폭풍우가 치는 날씨라 하더라도 잔잔해질 때가 있는 법이니까.

밴쿠오   장군, 이제 그만 가봅시다. 모두가 기다리고 있소.

맥베스   이거 미안하오. 뭔가 잊은 게 있어서 그걸 생각하느라고 잠시 넋을 빼놓고 있었나보오. (로스와 앵거스에게) 자, 어서들 갑시다. 두 분의 수고는 절대로 잊지 않겠소. (밴쿠오에게) 오늘 우리에게 일어난 일은 다음에 시간이 날 때 흉금을 터놓고 얘기를 합시다.

밴쿠오   (맥베스에게) 아, 그럽시다.

맥베스   (밴쿠오에게) 오늘은 이만 해둡시다. 자, 다들 가시오. (일동 퇴장)

제 4 장

포레스 궁전

나팔 소리와 함께 던컨 왕, 맬컴, 도널베인, 레녹스, 시종들 등장

던 컨   코더의 처형은 어떻게 됐나? 집행관은 돌아왔나?

맬 컴   폐하, 아직 돌아오지 않았습니다. 그러나 처형을 목격한 자의 말에 따르면, 코더는 자신의 죄를 자백하고 깊이 뉘우치면서 폐하의 용서를 빌었다고 합니다. 그는 임종을 오랫동안 연구한 사람처럼 아주 훌륭하게 죽음을 맞아들였다고 합니다. 소중한 생명을 마치 지푸라기 버리듯이 미련 없이 버렸다고 합니다.

던 컨   열 길 물 속은 알아도 한 길 사람 속은 모른다더니. 내가 그를 얼마나 신임했는데······.

맥베스, 맨쿠오, 로스 그리고 앵거스 등장

던 컨   오, 맥베스! 내 훌륭한 내 동생, 어서 오게나. 내 그대의 공로에 보답지 못하고 있어서 마음이 무겁구려. 그대가 너무 앞서서 공로를 세우니 아무리 재빠르게 포상을 해주어도 그것을 따를 수가 없구려. 그대의 공적이 좀 작았더라면 내가 포상을 하기가 훨씬 쉬웠을 텐데! 그대가 받아야 할 보상은 내가 포상을 내린 것의 몇 갑절이나 되도다.

맥베스   폐하, 소신이 충성을 하는 것은 당연한 의무이옵니다. 저에게 충성을 할 수 있도록 기회를 주신 것이 바로 포상이옵니다. 소신은 왕국의 신하로서 마땅히 해야 할 바를 수행한 것이며, 그것만으로도 충분히 폐하의 은총을 입은 바가 되었사옵니다. 그러니 소신의 충성을 받기만 하소서!

던 컨   무엇보다 무사히 돌아와서 매우 기쁘오. 자, 이제 그대에게 새로운 이름을 내렸으니 그것이 번영하도록 나도 힘쓰겠노라. (밴쿠오에게)

오, 밴쿠오! 그대의 공로도 맥베스에 못지않도다. 자, 그대를 포용하게 해다오. 이 가슴으로 그대를 힘껏 껴안고 싶소!

밴쿠오 이 모든 게 폐하의 것이옵니다.

던 컨 (눈물을 닦으면서) 오, 기쁨이 넘쳐흘러 눈물이 나는구나. 자, 여기 모인 왕자들과 친척들이여! 그대들에게 이 자리를 빌려 말하노라. 장차 장남인 맬컴이 내 왕위를 계승할 것이니라. 그리고 그의 이름을 앞으로는 컴벌랜드 공이라 부를 것이다. 그러나 이 영예는 그에게만 돌아가는 게 아니라 공신들의 머리 위로 돌아가 별처럼 빛날 것이다. (맥베스에게) 이제 곧 장군의 인버네스 성으로 가세. 그대에게 또다시 폐를 끼쳐야 할 것 같네.

맥베스 폐하를 위해 쓰지 않는 휴식은 고통일 뿐입니다. 소신이 먼저 성으로 가서 폐하의 행차를 아내에게 알려 아내를 기쁘게 하겠습니다. 그럼 이만 소신은 물러가겠습니다.

던 컨 훌륭하도다, 코더 영주여!

맥베스 (방백) 컴벌랜드 공이라? 어이없는 장애물이 끼여들었군. 여기서 주저앉느냐, 뛰어넘느냐가 문제로다. 오, 별들이여, 나의 검고 깊은 야망은 비추지 말거라. 눈이여, 내 손이 무슨 일을 하든 눈을 감아다오. 해치우고 나면 두려움으로 보고 싶지 않을지니! (퇴장)

던 컨 (밴쿠오에게) 맥베스에 대한 찬사는 아무리 늘어놓아도 질리지가 않구나. 자, 우리도 그를 뒤따라가자. 그가 나를 환영하기 위해 앞질러 갔으니, 과연 흠잡을 데 없는 인물이로다. (우렁찬 나팔 소리, 일동 퇴장)

제 5 장

인버네스의 맥베스 성

맥베스 부인, 편지를 읽으면서 등장

맥베스 부인　(편지를 읽는다)「마녀들을 만난 것은 전투를 끝내고 개선하는 날이었소. 나중에 생각해보니 마녀들은 인간의 지혜가 미치지 못하는 신비한 힘을 갖고 있는 것 같소. 내가 궁금해 더 물으려는데 이미 그들은 연기처럼 사라지고 없었소. 놀란 내가 얼이 빠져 서 있으려니, 왕의 사신이 와서 나를 '코더 영주'라고 부른 거요. 이는 마녀들이 내게 인사하고 예언했던 것과 똑같았소. 마녀들은 내게 '장차 왕이 되실 분 만세!'라고도 한 거요. 내가 가장 사랑하는 내 인생의 반려자인 당신에게 이 말을 해야 할 것 같아 이렇게 편지를 보내는 거요. 다만 이 일이 이루어질 때까지 가슴속 깊이 간직해두시오. 그럼 이만.」(방백) 당신은 글래미스 영주시고 또 코더 영주가 되었으니 그다음엔 그렇게 되겠지요. 다만 걱정이 되는 건 당신의 성격이에요. 당신은 큰 인물이 되실 분답게 야심이 있지만, 그것을 성취해낼 만한 잔인함은 없어요. 무엇이든 손에 넣고 싶어하시지만 잘못될까 생각이 많으시죠. 하지만 당신도 결국에는 그 일을 하게 될 거예요. 제가 당신을 위해 기꺼이 몸을 바칠 테니까요. 당신의 머리에 왕관을 씌우는 데 방해되는 것이 있다면, 무엇이든 제 손으로 제거할 거예요.

사신 등장

맥베스 부인 무슨 소식이 있습니까?

사 신 폐하께서 오늘 밤 이곳으로 행차하십니다.

맥베스 부인 무슨 소립니까? 폐하께선 장군과 함께 계시잖습니까? 그런 일이 있다면, 장군께서 미리 연락하셨을 텐데?

사 신 죄송하오나 틀림없는 사실입니다. 영주님도 현재 이곳으로 오고 계십니다.

맥베스 부인 반가운 소식이군요. (사신 퇴장) 던컨 왕이 운명의 힘에 이끌려 이곳으로 오고 있도다. 자, 오너라, 악령들이여! 나의 심장과 혈관 속에 잔인함이 넘치도록 하게 하라. 추호도 연민의 정이 일어나지 않도록 하라. 자, 오너라, 살인의 앞잡이들이여! 내 품안으로 와서 내 달디단 젖을 쓰디쓴 담즙으로 바꾸어다오. 눈에 보이지 않게 인간의 악행을 부추기는 자들아, 오너라, 어둠의 세계여!

맥베스 등장

맥베스 부인 글래미스 영주님! 코더 영주님! 아니, 이보다 더 위대한 호칭으로 불리실 훌륭한 분이여! 당신의 편지로 인해 저는 먼 미래 속을 날고 있는 듯합니다.

맥베스 오, 부인! 던컨 왕이 이곳으로 올 것이오.

맥베스 부인 그러면 언제 이곳을 떠난다고 합니까?

맥베스 내일이오, 왕의 예정대로라면!

맥베스 부인　오, 그가 내일의 태양을 볼 수 없기를. 영주님, 당신의 얼굴은 뭔가 수상한 내용이 담긴 한 권의 책 같군요. 세상을 속이려면 세상과 똑같은 표정을 지으세요. 왕을 맞이하기 위해서는 준비를 해야 해요. 오늘 밤 일은 제게 맡겨주세요. 일이 잘되면 우리의 앞날은 막중한 권력과 위엄으로 이어지겠죠.

맥베스　그건 나중에 의논합시다.

맥베스 부인　그저 당신은 밝은 표정을 지으시면 돼요. 얼굴빛이 좋지 않으면 뭔가 공포가 있다는 표시예요. 모든 일은 저에게 맡겨주세요.

(일동 퇴장)

제 6 장

같은 장소, 맥베스의 성 앞

오보에 소리와 횃불. 던컨 왕과 맬컴 왕자, 도널베인, 밴쿠오, 레녹스, 맥더프, 로스, 앵거스, 그리고 시종들 등장

던 컨　이 성은 아주 좋은 곳에 자리잡았군. 공기가 맑고 상쾌해서 사람의 살갗을 부드럽게 애무해주는군.

밴쿠오　제비가 추녀 끝이나 서까래 옆 벽 등 사방에 둥지를 틀고 있군요. 제비가 둥지를 트는 곳은 어디나 공기가 좋은 곳이지요.

맥베스 부인 등장

던 컨   호의도 지나치면 때로 폐가 되긴 하지만, 호의는 늘 좋은 것이
지요. 그러니 호의를 베풀 기회를 드린 우리에게 부인께서도 신의 축
복을 빌며 감사하는 마음을 가져야 할 것이오.

맥베스 부인   폐하께서 저희에게 베풀어주신 은총을 생각한다면, 저
희들이 하는 수고야 정말 부끄럽고 하찮은 것이지요. 예전의 일은 말
할 것도 없고, 이번에 또 새롭게 명예로운 칭호를 얻어주시니, 성은이
망극하고, 폐하의 만수무강을 빌 뿐이옵니다.

던 컨   코더 영주는 어디 있소? 워낙 승마의 명수인데다 사랑이 박차
를 가하였는지 도저히 따라잡을 수가 없었소. 나를 장군에게 안내해
주시오. 장군은 나의 보배요. 앞으로도 내 뜻은 변함이 없을 것이오.
자, 그럼 부탁하오, 부인. (모두 성 안으로 들어간다)

제 7 장

같은 장소, 맥베스 성 안

급사장과 하인들이 축제를 준비하고, 맥베스 등장

맥베스   (독백) 한 번으로 끝낼 일이라면 빠를수록 좋겠지. 만일 왕을

암살해 모든 일이 매듭된다면, 내세의 재앙 따위는 신경 쓸 필요가 뭐 있겠는가. 문제는 현세에서 심판을 받는다는 거야. 살인하는 법을 배운 사람은 반드시 가르쳐준 사람에게 되갚고 마는 법이거든. 공평한 정의의 신은 독배를 준비한 자의 입술에 독이 닿게 하지. 나를 믿고 온 왕인데, 어찌 그의 가슴을 향해 비수를 들겠는가. 더구나 온후하고 인자한 왕인 던컨 왕을 시해라도 하면 무수한 사람들의 원성을 살 거야.

맥베스 부인 등장

맥베스 부인　던컨 왕의 식사가 끝나갑니다. 왜 자리를 뜨셨나요?

맥베스　나를 찾습디까?

맥베스 부인　찾는 것이 당연하잖아요?

맥베스　그 일은 없던 걸로 합시다. 더욱이 나는 폐하로부터 포상을 받았잖소. 이처럼 새롭고 눈부신 빛깔의 옷을 입었는데 함부로 내버릴 수는 없잖소?

맥베스 부인　그럼 평생토록 겁쟁이로 사실 건가요?

맥베스　제발 그만하시오! 사내 대장부가 할 만한 일이라면 무엇이든 하겠소. 하지만 도가 지나치면 그건 사내 대장부가 아니오.

맥베스 부인　그럼 이 계획을 제게 말씀하시던 때에는 짐승이었단 말인가요? 아뇨, 당신은 그때 아주 훌륭한 사내 대장부였어요. 당신이 훌륭한 대장부가 되기 위해서는 당신 자신을 이겨내야 해요.

맥베스　만일 실패한다면?

맥베스 부인　실패한다고요? 당신이 용기만 내신다면 실패란 있을 수 없어요. 던컨 왕은 오늘 여행을 해서 아주 깊이 잠에 곯아떨어질 거예요. 그가 잠들면 두 시종에게도 술을 주어 죽은 듯이 곯아떨어지게 만들어요. 죽은 듯이 자고 있는 그들에게 당신, 아니 내가 못할 짓이 뭐가 있겠어요? 상대는 던컨 한 사람이에요. 그리고 술에 만취한 두 호위병에게 우리가 저지른 대역죄를 덮어씌우면 돼요.

맥베스　　당신은 사내아이만 낳을 거요! 두려움을 모르는 억센 성격은 사내아이를 만들어내는 데는 적격일 테니까. 이러면 어떻겠소? 자고 있는 두 호위병에게 피를 묻히고 칼도 그들의 것을 사용하는 거요. 그러면 그자들의 소행으로 보일 게 아니오?

맥베스 부인　　누가 그걸 의심하겠어요? 우린 왕의 죽음을 슬퍼하면서 대성통곡을 해 사람들에게 알리면 될 텐데!

맥베스　　좋소, 힘과 용기를 내어 이 무서운 계획을 실행에 옮겨봅시다. 자, 제자리로 돌아갑시다. 최대한 밝은 표정을 하고 모든 사람들을 속이는 거요. 마음속의 흉악한 음모는 가면으로 감추고 말이오. (퇴장)

제 2 막

제 1 장

맥베스 성 안의 뜰

밴쿠오와 횃불을 든 아들 플리언스 등장

밴쿠오 밤이 얼마나 깊었느냐?

플리언스 달이 진 것 같은데, 시계 소리는 듣지 못했습니다.

밴쿠오 달은 자정에 진다.

플리언스 그렇다면 자정은 이미 지난 것 같습니다.

밴쿠오 얘야, 이 칼 좀 들고 있거라. (단도 혁대를 내밀며) 이것도 갖고 있
거라. 납덩이처럼 무거운 졸음이 엄습해오지만 왠지 자고 싶지는 않구
나. 잠이 들면 또다시 저주받을 망상이 스며들 터이니. (무슨 소리를 들은
그가 깜짝 놀라며 아들에게) 내 칼을 이리 다오. (맥베스와 횃불을 든 시종 등
장) 게 누구냐?

맥베스 친구요.

밴쿠오 맥베스, 아직 안 주무셨소? 폐하는 이미 잠자리에 드셨소. 얼
마나 만족하셨는지 시종들에게까지 선물을 듬뿍 주셨다오. 그리고 이

다이아몬드는 장군의 부인께 드리는 거요. 마음에서 우러나오는 극진한 대접에 고마워하시면서 마지막까지 무척 만족하신 모양이오.

맥베스 별로 준비한 것도 없는데, 마음은 있었지만 시간이 부족해 만사가 흡족하지가 않았소. 그저 송구스러울 뿐이오.

밴쿠오 아주 훌륭했소. 아, 어젯밤 나는 그 마녀들의 꿈을 꾸었다오. 장군에 대한 그들의 예언은 맞는 부분이 있더군.

맥베스 난 깜빡 잊고 있었소. 언제 틈을 내서 그것에 관해 얘기 좀 나눕시다, 장군이 시간만 난다면.

밴쿠오 어설프게 영예를 얻으려다 오히려 모든 것을 잃는 일이 없다면 내 기꺼이 상의하지요.

맥베스 그럼 편히 쉬시오.

밴쿠오 고맙소. 장군께서도 편히 쉬시오. (밴쿠오와 플리언스 퇴장)

맥베스 (시종에게) 마님께 가서 술상이 준비됐으면 종을 치라고 여쭈어라. 그리고 넌 그만 가서 자고. (시종 퇴장) 지금 내 눈앞에 보이는 건 단검인가? 오, 내가 잡아야겠다! 하지만 단검을 눈앞에 두고서도 잡을 수가 없구나. (단검을 뺀다) 어, 단검과 똑같구나. 내가 사용하려는 것과 똑같아. 너는 내가 가려는 길로 나를 인도하려 하느냐? (일어선다. 종소리가 들린다) 가자, 종소리가 나를 애타게 부르는구나. 던컨이여, 저 종소리를 듣지 마라. 저 종소리는 그대를 저승으로 불러들이는 조종(弔鐘)이다. (발소리를 죽이고 계단을 오르며 퇴장)

제 2 장

같은 장소

맥베스 부인이 술잔을 들고 등장

맥베스 부인　이 술은 저들을 곯아떨어지게 하더니 날 대담하게 만드는구나. 내 맘이 이리 불붙는 걸 보니 말이야. 앗! 저 소리는? 올빼미로구나! 운명의 죽음을 알리는 야경꾼처럼 사형수에게 마지막 작별을 고하는가보다. 문이 열려 있고, 호위병들은 코를 골며 자는구나. 술에 약을 탔으니, 저들은 그저 숨쉬는 시체일 뿐이다.

맥베스　(안에서) 누구냐? 게 무슨 일이냐?

맥베스 부인　설마 저들이 깨어난 건 아닐 테지? 마음만 먹고 실행에 옮기지 않는다면 우리 신세는 끝장이다. 들어봐! 호위병의 단검을 준비해 두었으니 그이가 못 보았을 리는 없겠지. 잠든 얼굴이 내 아버지와 닮지만 않았어도 내가 해치웠을 텐데. (맥베스가 양손이 피투성이가 된 채 두 자루의 단검을 쥐고 비틀거리며 나온다) 여보!

맥베스　해치웠어. (피 묻은 손을 내민다) 한 녀석이 "신이여, 자비를 베푸소서!" 하자, 다른 녀석이 "아멘!"이라고 말했지. 그들은 마치 사형집행인의 손을 보기라도 한 듯 나를 쳐다보더군. 공포스러운 그들의 목소리에 나는 아무 말도 하지 못했소.

맥베스 부인　그런 일을 저지르고 나선 깊이 생각하면 안 돼요. 그러면 미치고 말아요.

맥베스 아아, 누군가가 외치는 소리를 들은 것 같기도 하오. "이젠 잠을 잘 수가 없다! 맥베스가 잠을 죽여버렸다." 그리고 집 안을 향해 그렇게 부르짖고 있었소. "이젠 잠을 잘 수가 없다! 글래미스가 잠을 죽였다. 그러므로 코더는 영원히 잠을 잘 수가 없다. 맥베스는 이제 잘 수가 없다!"

맥베스 부인 도대체 누가 그렇게 외쳤다는 거예요? 왜 부질없는 생각으로 소중한 용기를 낭비하고 있는 거예요? 어서 손을 씻으세요. 어째서 단검을 들고 오셨나요? 어서 살해 현장에 갖다두고 오세요. 그리고 호위병에게 피를 묻히고 오세요!

맥베스 나는 가지 않겠소. 아, 내가 무슨 짓을 했는지, 소름이 끼치오. 두 번 다시 그곳으로 가지 않을 거요.

맥베스 부인 나약한 양반! 그 칼을 이리 주세요. 잠에 빠진 자와 시체는 그저 그림에 지나지 않는다고요. 도깨비 그림을 보고 놀라는 건 어린아이나 할 일이에요. 호위병의 얼굴에다 피를 발라놓아야겠어요. 그래야 두 사람이 저지른 일처럼 보일 테니까요. (퇴장했다가 다시 등장) 제 손도 당신 손과 같은 빛깔이 되었군요. 그러나 심장은 당신처럼 약해지진 않았답니다. (문을 두드리는 소리) 누가 문을 두드리고 있군요. 어서 방으로 돌아가죠. 물로 씻으면 우리가 지금 한 일은 깨끗이 지워지고 말거예요. 그러면 금세 해결될 일이에요! 평소 그렇게 침착하시던 분이 지금 어찌된 일이에요. (계속 문을 두드리는 소리) 들어보세요! 문을 두드리는 소리가 그치지 않네요. 어서 잠옷으로 갈아입으세요. 만일 누군가에게 불려 나가 우리가 깨어 있다는 걸 알면 곤란할 테니까요. 오, 제발 그렇게 멍청하게 서 계시면 안 돼요.

맥베스 내가 저지른 일을 떠올리지 않으려면 멍청하게 있는 수밖에 없다오. (문 두드리는 소리) 더 크게 소리를 내어 던컨을 깨울 수만 있다면, 그렇게 할 수만 있다면! (두 사람 퇴장)

제 3 장

같은 장소

안에서 문을 두드리는 소리가 점점 요란해지자 문지기가 등장

문지기 참, 요란도 하구나. 지옥의 문지기였다면 열쇠를 돌리느라 정신이 없었겠군. (문 두드리는 소리) 두드려라, 두드려! 지옥의 문지기께서 납시었다. 도대체 너는 누구냐? 옳아, 넌 풍년이 들자 곡식 값 떨어질까 봐 목매 죽은 농부로구나. 마침 잘 왔다! 손수건이나 잔뜩 준비해두어라. 여기서 진땀깨나 흘릴 테니까. (문 두드리는 소리) 두드려라, 두드려! 도대체 넌 누구냐? 아, 넌 이중계약으로 이득을 챙긴 사기꾼이로구나. 하느님의 이름을 팔아 장사를 한 놈이렷다! 네 혓바닥은 천당에서 안 통했나 보지! 어서 오너라, 이 지옥으로. (문을 연다) 제발, 이 문지기가 여기 있다는 걸 잊지 마시오.

문을 열자 맥더프와 레녹스가 등장

맥더프 간밤에 늦게 잠자리에 들었나보구먼, 이렇게 늦잠을 자다니.

문지기 그렇습니다, 나리. 닭이 두 번째 울 때까지 술을 폈습죠. 그런데 나리, 술이라는 놈은 세 가지 자극을 주더군요.

맥더프 세 가지 자극이라니?

문지기 코가 빨개지고, 졸음이 오고, 오줌이 마렵다는 얘기지요. 성욕을 자극하기는 하지만 일은 끝내 치르지 못하지요. 성욕에 관한 한 마음만 잔뜩 부추기고는 힘을 빼는 아주 고약한 놈이지요.

맥더프 자네도 간밤에 술에 제압된 모양이구먼. 주인께서는 일어나셨는가?

맥베스, 잠옷 차림으로 등장

맥베스 두 사람 다 편히 쉬셨소?

맥더프 폐하께서는 일어나셨습니까?

맥베스 아직 주무시고 계시오.

맥더프 어제 침소에 들기 전에 아침 일찍 깨우라는 분부가 계셨습니다. 까딱하면 늦을 뻔했어요. 이번에 정말 수고가 많으셨습니다. 물론 마음에서 진정 우러나서 하신 일이겠지만 말입니다. 특별히 명령을 받았으니 과감하게 깨워드려야겠습니다. (혼자 안으로 들어간 맥더프가 황급히 뛰어나온다) 아, 무서운 일이다! 참변이야, 참변! 차마 입에 담을 수 없는 참변이야!

맥베스·레녹스　무슨 일이오?

맥더프　하늘이 무너질 일입니다. 천벌을 받을 살인마가 거룩한 신전을 부수고 생명을 약탈해 갔습니다!

맥베스　지금 뭐라고 말했소? 생명을 약탈했다고?

레녹스　폐하의 목숨 말입니까?

맥더프　폐하의 침소에 가보시오. 차마 눈뜨고는 볼 수 없는 광경이오. 나에게 묻지 말고 가서 직접 눈으로 확인하시오. (맥베스와 레녹스 퇴장) 경종을 울려라! 살인이다! 반란이다! 밴쿠오 장군, 도널베인 전하! 맬컴 전하! 어서 잠을 떨쳐버리고 일어나서 세상의 종말을, 끔찍한 죽음의 광경을 보시오! 아아, 이 무서운 광경을 보시오. 경종을 울려라! (경종이 울린다)

　　맥베스 부인, 잠옷 차림으로 등장

맥베스 부인　도대체 무슨 일이죠? 무슨 일로 이렇게 경종을 울려 온 성 안 사람들을 깨우는 거죠? 말씀해보세요. 어서요.

맥더프　아아, 고매하신 부인이여, 제가 어떻게 이런 말을 할 수 있겠습니까. 아마 제가 입을 열면 여자분들은 숨이 넘어갈 것입니다.

　　밴쿠오, 잠옷 차림으로 등장

맥더프　밴쿠오, 밴쿠오! 폐하께서 살해당하셨습니다!

맥베스 부인　오, 뭐라고요? 우리 집에서!

밴쿠오　　어디서건 그건 끔찍한 일이오. 맥더프, 제발 부탁이니 잘못 말한 거라고 하시오. 거짓말이라고 말해주시오.

맥베스, 레녹스, 그리고 로스 등장

맥베스　　아아, 내가 한 시간 전에만 죽었다면 차라리 행복했을 텐데. 이제 세상에 중요한 일이란 없구나. 명예도 덕망도 모두 사라졌도다.

맬컴과 도널베인이 당황한 모습으로 등장

도널베인　　무슨 일이오?

맥베스　　아무것도 모르고 계시는군요. 왕자님의 귀중한 혈통의 원천이 말라버렸습니다. 그 뿌리가 끊기고 말았습니다.

맥더프　　부왕께서 살해당하셨습니다.

맬 컴　　뭐요? 누구에게?

레녹스　　호위병의 짓인 듯합니다. 두 사람 다 손과 얼굴이 온통 피투성이였습니다. 그들의 단검에도 핏자국이 얼룩덜룩 묻어 있었고요. 그들은 넋빠진 얼굴로 서로를 바라보고만 있었습니다. 도저히 누군가의 호위를 맡을 만한 위인들로는 보이지 않았습니다.

맥베스　　아, 얼마나 분한지 그들을 죽여버리고 말았습니다.

맥더프　　어째서 그런 짓을 했소?

맥베스　　차분하면서 동시에 대경실색하고 다정하면서 동시에 진노할 수 있으며, 충성심에 불타면서 동시에 무덤덤한 인간이 대체 어디 있겠소? 폐하에 대한 내 열정적인 충성심이 그만 분별력을 앞지르고 만 것입니다. 던컨 왕의 은빛 살결은 핏발이 돋아나 있었고, 깊은 상처는 파멸이 무참히 출입하는 것처럼 벌어져 있었습니다. 그리고 다른 쪽에는 살인마들이 악행의 증거인 피를 뒤집어쓰고 자신들의 무죄를 강변하려는 듯 멍한 표정을 연기하고 있었습니다. 충성심을 갖고 있는 자라면, 그 광경을 보고 어찌 참을 수가 있었겠습니까?

맥베스 부인   (비틀거리며) 누가 저를 좀 부축해주세요.

맥더프   부인을 돌보시오.

맬 컴   (도널베인에게 방백) 왜 우린 입을 다물고 있는 거지? 누구보다도 이 일을 두고 통탄해야 할 사람들이 아닌가.

도널베인   (맬컴에게 방백으로) 지금 상황에서 무슨 말을 하겠어요. 어떤 잔인한 운명이 우리들의 목줄을 노리고 있을지 모르는데 말이에요. 자, 얼른 가십시다. 지금은 눈물을 흘릴 때가 아닙니다.

맬 컴   깊은 슬픔에 흔들릴 때도 아니지.

맥베스 부인의 시녀들 등장

밴쿠오   (시녀들에게) 부인을 돌보아드리거라. (맥베스 부인, 부축을 받으며 나간다) 어서 우리도 옷을 제대로 입은 후에 다시 모여 이 끔찍한 사건의 진상을 규명해봅시다.

맥더프   맞는 말씀이오.

일 동   옳은 말씀입니다.

맥베스   빨리 옷을 갈아입고 광장에서 만납시다.

일 동   그렇게 하겠습니다. (맬컴과 도널베인만 남고 모두 퇴장)

맬 컴   어쩔 셈이냐? 저들과는 같이 어울릴 수가 없구나. 마음에도 없는 슬픔을 크게 드러내는 일은 배반자들의 상투적인 수법 아니냐? 나는 이제 잉글랜드로 가야겠구나.

도널베인   전 아일랜드로 가겠어요. 그래야 서로에게 더 안전하겠죠. 우리가 여기 머문다면 다들 비수를 감춘 미소를 지을 겁니다. 혈연이 가까운 자일수록 더 위험하죠.

맬 컴   살육의 화살은 이미 시위를 떠나 공중을 날고 있으니, 그 과녁에서 벗어나는 것이 안전하지. 어서 말에 오르자. 한가하게 작별 인사할 시간이 없구나. 위험한 상황에선 몰래 탈출했다고 부끄러워할 필요가 없다. (두 사람 퇴장)

제 4 장

맥베스의 성 밖

로스와 노인, 맥더프 등장

로 스   그 끔찍한 반역 행위를 저지른 자가 누구인지 판명되었습니까?

맥더프   맥베스가 죽인 그 두 놈이겠죠.

로 스   아아, 저런! 무엇 때문에 그런 짓을 했을까요?

맥더프 매수되었겠죠. 맬컴과 도널베인 두 왕자가 도망쳤소. 그러니 두 왕자한테 혐의가 돌아가겠지.

로 스 오, 천륜을 저버린 행동이군요. 야심 때문에 제 핏줄의 원천을 스스로 끊어버리다니! 그렇다면 왕위는 맥베스 장군께로 돌아가게 되었구려.

맥더프 이미 그분은 대관식을 거행하러 스쿤으로 떠나셨습니다.

로 스 저도 스쿤으로 가겠습니다.

맥더프 그곳에서 모든 일이 잘 되기를 빕니다. 안녕히 가시오! (방백) 헌옷이 새옷보다 낫다는 평이 나오면 곤란하지.

로 스 안녕히 계십시오, 노인장!

노 인 하느님의 축복이 두 분께 내리기를. (두 사람을 향해) 악도 선으로 원수도 친구로 여기는 사람에게도 축복이 있기를. (일동 퇴장)

제 3 막

제 1 장

포레스 궁정

밴쿠오 등장

밴쿠오 글래미스 영주, 코더 영주, 그리고 왕위까지. 모두 마녀들이 예언한 대로 되었구나. 그것들을 차지하기 위해 네가 몹쓸 짓을 했겠지. 그렇다면 맥베스, 네 머리 위에 또 하나의 예언이 빛나고 있다는 걸 명심해라. 왕위는 네 후손에게 계승되지 않고, 바로 내 자손에게 넘겨질 거라는걸! 너한테 딱 맞아떨어졌듯이 내가 받은 신탁도 이루어지겠지. 쉿 조용히 하자.

나팔 소리. 맥베스, 맥베스 부인, 레녹스, 로스, 귀족, 시종 등장

맥베스 밴쿠오! 오늘 밤 궁정에서 연회를 열 테니 참석해주시오.
밴쿠오 분부대로 따르겠습니다. 삼가 명령에 따르는 게 제 의무지요.
맥베스 듣자 하니 나의 두 친척이 잉글랜드와 아일랜드로 각각 망명

했다는군. 그런데 자신들의 잔학무도함을 뉘우치기는커녕 해괴망측한 소문만 퍼뜨리고 다니는 모양이오. 이 일과 관련해 내일 의논을 해봅시다. 그 밖에도 국가의 중요한 일이 많소.

밴쿠오   그러지요, 폐하. 저는 시간이 촉박해서 이만 가겠습니다. (맥베스와 시종 한 사람만 남고 모두 퇴장)

맥베스   여봐라, 내가 명한 대로 그자들을 대기시켜놓았느냐?

시 종   네 폐하! 궁성 문 밖에서 기다리고 있습니다.

맥베스   안으로 데려오너라. (시종 퇴장) 마음이 편치 않으니 왕의 자리가 그리 좋지만은 많구나. 밴쿠오에 대한 두려움이 내 몸을 칭칭 감아오고 있지 않은가. 왕자다운 품격에 대담무쌍한 기백, 저돌적인 용기는 누구도 따를 자가 없지. 내가 진실로 두려워하는 건 밴쿠오 한 명뿐이다. 운명의 신탁을 받던 그날, 마녀들은 그를 가리켜 '당신의 자손이 왕이 될 것'이라고 예언을 하며 만세를 불렀지. 그들의 예언이 여태껏 맞는 걸로 보아 결국 밴쿠오의 자손을 위해 내 영혼과 손에 던컨의 피를 묻힌 꼴이 되었구나. 아, 결국 내가 그들을 위해 내 평화로운 잔에 원한의 독주를 따른 셈이야. 소중한 영혼을 악마에게 넘겨준 거고. 이 무슨 사악하고 짓궂은 운명이란 말인가! 좋다, 운명이여 오너라, 최후의 순간까지 싸워줄 테니!

시종이 자객 둘을 데리고 다시 등장

맥베스   (시종에게) 다시 부를 때까지 문 밖에서 대기하고 있거라. (시종 퇴장) 우리가 얘기를 나눈 것이 어제였던가? 그간 어떤 음모가 있었는지는 내가 얘기해준 그대로다. 자네들도 이런 꼴을 당하고 가만히 있을 거라 생각을 하지 않는다. 그 무자비한 놈 때문에 죽음보다 더한 고초를 겪고, 가족들 모두가 알거지가 되고 말았으니, 너희들 입장에서는 그놈의 후손을 위해 기도를 올리기보다는 뭔가 앙갚음을 하고 싶어할 것이다.

자객 1　폐하, 무슨 일이든 시켜만 주십시오.

맥베스　내 너희에게 은밀히 부탁 하나를 하겠다. 놈을 없애다오. 이 일을 잘만 수행하면 너희들은 원수도 갚을 수 있고, 나의 신임과 총애도 얻을 수 있다. 짐은 그놈이 살아 있는 동안에는 병신이다. 그놈이 죽어야만 비로소 온전해지느니라.

자객 2　폐하, 저는 세상 사람들의 온갖 멸시 속에 살아왔습니다. 그러니 원한을 갚을 수만 있다면 물불을 가리지 않을 생각입니다.

자객 1　저도 목숨을 걸고 인생을 뜯어 고칠 각오가 되어 있습니다.

맥베스　너희들의 적은 뱅쿠오라는 것을 명심하여라.

자객 1·2　잘 알고 있습니다.

맥베스　그는 단순한 적이 아니야. 호시탐탐 내 자리를 넘보면서 언제든 내 급소를 찌를 기회만을 찾고 있다.

자객 2　폐하, 폐하께서 명령을 내리신다면 어떤 일이든 목숨을 걸고 받들겠습니다.

자객 1　비록 우리들의 목숨을 잃는 한이 있어도 말입니다.

맥베스　너희들의 눈빛을 보니 신뢰가 가는구나. 늦어도 한 시간 전에 그놈을 기다릴 장소와 정확한 시간을 알려주겠다. 나는 혐의를 받아선 안 된다는 것을 명심하거라. 장애물이나 증거물을 남겨선 안 되니,

그의 아들 플리언스도 함께 없애도록 하라. 그럼 물러가서 마음을 굳게 먹고 기다리고 있거라.

자객 1·2   각오하고 있습니다. (자객들 퇴장)

맥베스   이제 일은 끝났다. 뱅쿠오여, 오늘 밤 그대의 영혼은 차가운 저승 바닥을 헤매게 되리라. (다른 곳으로 퇴장)

제 2 장

같은 장소, 다른 방

맥베스 부인이 시종 한 명을 데리고 등장

맥베스 부인   모든 일이 허사로다. 허망할 뿐이로구나. 뜻은 이루었으나 마음에는 만족이 없으니! 살인을 하고 이렇게 불안하게 사느니 차라리 살해당하는 편이 낫겠다.

맥베스, 생각에 잠긴 얼굴로 등장

맥베스 부인   폐하, 무슨 일인가요? 왜 날마다 쓸데없는 망상으로 괴로워하십니까? 왕은 이미 죽었습니다. 이제 그 일은 잊으세요.

맥베스   우리는 독사를 칼로 쳤지만 죽이는 데는 실패한 거요. 독사가 언제 다시 살아나 우리를 물지 걱정하고 있잖소. 이렇게 밤낮으로 불안의 외줄을 타고 악몽의 벼랑을 건널 바에야 차라리 죽은 던컨의 뒤를 따르는 것이 낫지 않겠소? 우리는 끝없는 고문에 시달리고 있는데, 그는 우리 덕에 평화롭게 쉬고 있소. 열병 같은 고통스러운 삶을 마치고 안식의 세계에서 쉬고 있잖소.

맥베스 부인　　그만하면 됐어요. 자, 폐하! 이제 얼굴을 펴고 명랑하고 즐겁게 손님들을 맞으세요.

맥베스　　그렇게 하리다. 당신도 뱅쿠오에게는 특히 경의를 표하도록 해요. 아직은 안심할 수 없으니, 국왕의 명예를 유지하기 위해서는 마음에도 없는 가면을 쓰고 속마음을 감추어야 한다오. 오늘 밤 당신은 유쾌한 척하시오. 박쥐가 어둠 속에서 날아오고, 마녀들의 부름을 받은 딱정벌레가 소리를 낼 무렵 아주 끔찍하고 무시무시한 일이 일어날 테니.

맥베스 부인　　어떤 일이 일어나는데요?

맥베스　　당신은 그저 모른 척하고 있으시오. 그러다 일이 성사되면 찬사나 보내시오. 자, 오너라, 어두운 밤이여! 자비로운 한낮의 온유한 눈을 가려줄 너, 밤의 검은 손이여. 그대의 보이지 않는 손으로 나를 위협하는 그놈의 생명 증서를 갈가리 찢어 없애다오! 그런 얼굴을 하지 말고 침착하게 있어요. 어차피 악으로 시작된 일은 악으로 마무리를 지어야 하는 법이니까! 자, 함께 갑시다. (두 사람 퇴장)

제 3 장

같은 장소, 길가의 정원

세 자객이 등장해 얘기하는 중 밴쿠오와 횃불을 든 플리언스 등장

자객 1   횃불이다, 횃불이 보여!

자객 3   그놈이야.

자객 1   정신을 바짝 차려야 해.

밴쿠오   오늘 밤에는 비가 올 듯하군.

자객 1   암, 오고말고! (자객 1이 횃불을 끄자 다른 자객들이 밴쿠오를 습격한다)

밴쿠오   아, 암살자들이다! 도망가라, 플리언스. 도망, 도망가! 너만은 살아서 반드시 복수를 해야 돼. 음, 분하다! (죽는다. 플리언스, 도망친다)

자객 3   누가 횃불을 끈 거야?

자객 1   왜 잘못되었나?

자객 3   한 놈밖에 못 죽였어. 아들놈이 도망쳤잖아.

자객 2   이런, 중요한 반토막을 놓치고 말았군.

자객 1   여하튼 가세. 가서 상황을 보고하세. (일동 퇴장)

제 4 장

❦

궁전의 홀

맥베스, 맥베스 부인, 로스, 레녹스, 귀족들 그리고 시종들 등장

맥베스　각자 자신의 자리를 알고 있을 테니까 앉으시오. 여기 오신 여러분 모두를 진심으로 환영하오.

귀족들　폐하, 황공하옵니다.

맥베스　나도 여러분과 함께 기꺼이 주인 역할을 하겠소. 안주인도 앉았으니 환영사를 부탁해봅시다.

맥베스 부인　저를 대신해 진심으로 환영한다고 인사해주세요.

이때 자객 1, 문 앞에 나타난다.

맥베스　보시오, 사람들이 당신에게 깊은 감사의 뜻을 보내고 있소. 양쪽의 인원수가 똑같으니 나는 한가운데 앉아야 할 모양이오. 마음껏 즐기시오. 곧 내가 술잔을 들고 한 바퀴 돌겠소. (작은 소리로 자객에게) 자네 얼굴에 피가 묻어 있군.

자객 1　뱅쿠오의 피입니다.

맥베스　하긴 그놈의 몸 안에 남아 있는 것보다는 네 얼굴에 묻어 있는 게 낫지. 해치웠느냐?

자객 1　물론입죠. 목덜미를 거냥해 푹 찔렀습니다.

맥베스　좋아, 훌륭하구나. 플리언스도 그렇게 해치웠겠지?

자객 1　송구스럽게도 폐하, 플리언스는 도망쳤습니다.

맥베스　(방백) 오, 이런! 나의 노여움이 다시 도지겠구나. 그놈만 해치웠더라면 완전무결했을 텐데. 나는 대리석처럼 안전하고, 바위처럼 단단하며, 공기처럼 자유로웠을 텐데. 아무튼 밴쿠오는 안심해도 될까?

자객 1　염려 마십시오. 머리를 스무 군데나 찔렀으니까요. 작은 상처 하나로도 숨이 멎었을 겁니다.

맥베스　수고했네. 아비 독사는 죽었구나. 새끼 독사가 살아 있다 해도 독을 가지려면 좀 시간이 걸릴 거야. 물러가 있거라. (자객 1 퇴장)

맥베스 부인　폐하, 초청을 하고 접대가 너무 소홀한 것 같아요. 모처럼 초청을 한 것이니 끝까지 환대의 뜻을 나타내야 해요.

맥베스　옳은 소리요! 자, 여러분! 마음껏 드시고 즐깁시다! 이 나라의 명문 귀족들이 모두 모였구려. 오, 그런데 밴쿠오 장군이 빠졌군. 일부러 오지 않은 게 아니라면 혹시 재난을 당하지 않았나 걱정이오.

밴쿠오의 유령이 나타나 맥베스의 좌석에 앉는다.

로 스　약속을 하고서도 나타나지 않은 거라면 마땅히 책망을 받아야 될 일이지요. 폐하, 어서 옥좌에 앉으셔서 저희들이 신하로서의 경의를 표할 수 있도록 해주십시오.

맥베스　자리가 꽉 찬 것 같군.

레녹스　여기 폐하의 좌석이 있습니다.

맥베스   어디?

레녹스   여깁니다, 폐하. 그런데 왜 그렇게 놀라십니까?

맥베스   (밴쿠오의 유령에게) 누가 널 이렇게 만들었느냐?

귀족들   무슨 말씀인지요, 폐하?

맥베스   내가 그랬다고 하는 거냐? 피로 물든 네 머리카락을 나에게 흔들지 마라.

로 스   여러분, 일어납시다. 폐하께서 심기가 불편하신가봅니다.

맥베스 부인   여러분, 그냥 앉아 계세요. 폐하께서는 젊으셨을 때부터 간혹 이러십니다. 제발 앉으세요. 발작은 순간적이에요. 곧 괜찮아지실 겁니다. 오히려 지켜보고 있으면 발작이 오래갑니다. 그러니 못 본 척 앉아서 음식을 즐기십시오. (왕에게 방백) 이러고도 당신이 사내 대장부예요?

맥베스   (작은 소리로) 그렇소. 나야말로 용감한 대장부지. 악마를 마주하면서도 이렇게 똑바로 볼 수 있는 사내라오!

맥베스 부인   (작은 소리로) 그만 좀 해두세요! 그건 당신의 두려움이 그려낸 환영에 지나지 않아요. 공포 때문에 있지도 않은 걸 보시고 놀라시다니, 부끄러운 줄이나 아세요! 왜 그런 표정을 지으세요? 지금 이건 그냥 단순한 의자예요!

맥베스   (작은 소리로) 제발 저기를 보오, 저길! 저것도 그냥 단순한 의자라고 할 참이오? (밴쿠오 유령에게) 내가 눈 하나 깜짝할 줄 알고? 고개를 끄덕일 수 있으니, 말도 하겠구나. 우리가 묻은 것을 납골당과 무덤이 다시 되돌려 보낸다면, 유골은 까마귀의 밥이 되겠구나. (유령 사라진다)

맥베스 부인   (작은 소리로) 무슨 소리예요? 정말 창피해 죽겠어요!

맥베스　피는 지금껏 흘러왔고, 그 옛날 인간의 율법이 평화로운 세상을 평정하기 이전에도 흘러왔도다. 그 이후에도 살인자들은 끔찍한 참사를 저질렀지. 하나 지금껏은 뇌수가 터져 나오면 인간은 죽어 마땅했는데, 이제는 머리에 20군데나 치명상을 입고도 살아나 나를 의자에서 밀어내는구나. 살인보다 더 기괴한 일이로다.

맥베스 부인　여보, 모두들 기다리고 있어요. 저들을 보라고요!

맥베스　아, 깜박 잊었었군. 여러분, 놀라지 마시오. 짐에게는 괴이한 지병이 있다오. 짐을 아는 사람들은 이 일을 대수롭지 않게 여긴다오. 자, 여러분의 건강을 위해 건배합시다. 나도 자리에 앉겠소. 술을 주시오. 철철 넘치도록 주시오. 그리고 이 자리에 오지 못한 우리들의 친구 뱅쿠오를 위해 건배합시다. 그가 여기 있었으면 좋았을 것을! 모두들 건배를 합시다.

귀족들　　(건배한다) 폐하께 우리들의 충성을 맹세합니다. 그리고 우리 모두의 건강을 위해 건배!

　　유령, 다시 나타나 그의 자리에 앉는다.

맥베스　물러가라! 꺼져라! 땅속으로 들어가라! 네놈은 이미 골수가 빠지고 피는 싸늘하게 식었다. 보이지도 않는 눈동자를 번들거리면서 나를 노려보아 어쩔 셈이냐?

맥베스 부인　여러분, 이건 늘 있는 일입니다. 별일 아니지만, 모처럼의 흥을 깨뜨려 죄송합니다.

맥베스　자, 이 유령아, 썩 물러가라! 소름 끼치는 유령아, 어서 꺼져라!

(유령, 사라진다) 그래, 그렇게 사라져준다면 나는 제정신으로 돌아갈 것이다. 여러분, 제자리에 앉아주시오.

맥베스 부인   폐하께서 소란을 피우는 바람에 흥이 다 깨졌어요. 회합이고 뭐고 모두 엉망이 되어버렸습니다.

맥베스   그것이 한여름의 먹구름처럼 갑자기 나타나는데, 어찌 놀라지 않을 수가 있겠소? 나 자신도 뭐가 뭔지 모르겠소. 다른 사람들은 저런 것을 보고도 저토록 태연한데, 나만 떨고 있으니 말이오.

로 스   무엇을 보셨습니까, 폐하?

맥베스 부인   제발 아무것도 묻지 마십시오. 그러면 상태가 더 악화되실 테니까요. 이만 물러들 가시는 게 좋을 듯합니다.

레녹스   안녕히 계십시오. 하루빨리 건강이 쾌유되시길 바랍니다.

맥베스 부인   여러분, 안녕히 가십시오! (귀족들과 시종들 퇴장)

맥베스   아무래도 피를 보고야 말 것 같소. 피는 피를 부른다고 하지 않소. 까치와 까마귀의 음성을 빌려 살인의 비밀을 밝혀낸다는 말도 있잖소. 지금 밤이 얼마나 깊었소?

맥베스 부인   밤인지 새벽인지 모르겠습니다.

맥베스   맥더프가 만찬회에 오라는 어명을 끝까지 거절한 것을 당신은 어떻게 생각하오?

맥베스 부인   사자를 분명히 보내셨나요?

맥베스   아니, 인편으로 들었소. 그리고 내일 아침 일찍 마녀들을 찾아가서 얘기를 들어봐야겠소. 비록 최악의 말을 듣게 되더라도, 두려울 게 없소. 나의 안위를 위한 일이라면 모두가 대의명분에 합당한 일이오. 한번 피를 본 이상 앞으로 전진하지 않을 수 없게 되었소. 뒤로

되돌아가는 것은 전진하는 것보다 더 어렵겠지. (두 사람 퇴장)

제 5 장

황 야

천둥소리와 함께 마녀 셋 등장 헤커트와 만난다.

마녀 1 웬일이세요, 화가 잔뜩 난 얼굴로?

헤커트 당연하지, 이 늙은 마녀들아! 어째서 너희들 멋대로 맥베스와 왕래하는 거지? 어째서 내 허락도 없이 그놈에게 천기를 누설하느냐 말야! 자, 이제 너희는 지옥의 아케론 동굴로 가서 아침까지 나를 기다리거라. 그동안 나는 운명을 무시하고 죽음을 조롱한 놈, 오로지 욕망에 사로잡혀 지혜와 덕망을 잃은 놈에게 참혹한 파멸의 맛을 보여주리라. (안에서 노랫소리가 들린다. 오라 오라, 해커트여……. 차차 구름이 짙어진다. 퇴장) 아, 들리느냐? 나의 정령들이 구름 위에 앉아서 나를 부르고 있다.

마녀 1 자, 서두르자. 곧 헤커트가 돌아올 테니까. (세 마녀 퇴장)

제 6 장

포레스 궁정

레녹스, 귀족 등장

레녹스　그런데 문제는 맥베스가 호위병들을 죽였다는 것입니다. 술에 취해 널브러져 자고 있는 두 사람을 단번에 죽여버린 거예요. 만일 이들이 그 끔찍한 일을 저지르지 않았다면, 어떻게 되었을까요? 이러한 이유로 맥베스가 아주 교묘하게 일을 처리하고 있다는 걸 알 수 있어요. 혹시 맥더프가 어디 있는지 아십니까?

귀 족　왕의 장남 맬컴 왕자가 잉글랜드 왕 에드워드의 도움을 받아 잉글랜드 궁전에서 지내고 있답니다. 운명의 장난 속에서도 왕자는 그곳에서 많은 사람들의 존경을 받고 있다고 해요. 맥더프는 에드워드 왕의 도움을 받기 위해 그곳으로 출발했고요. 거기에서 노섬벌랜드 백작과 그의 용감한 아들 시워드의 도움을 받기만 한다면, 우리는 다시 마음놓고 밤잠을 잘 수 있겠지요. 그런데 이러한 소식에 맥베스가 분노해 전쟁 준비를 하고 있다고 합니다.

레녹스　맥베스는 맥더프에게 사신을 보냈나요?

귀 족　물론이죠. 그러나 맥더프는 단호하게 거절했다고 합니다. 결국 맥베스가 보낸 사자는 불쾌한 얼굴로 돌아왔다는군요.

레녹스　그런 일이 있었다면, 맥더프는 가능한 한 맥베스를 멀리하도록 주의해야겠군요. 거룩한 천사여, 잉글랜드 궁으로 날아가 맥더프보다 먼저 그의 소식을 전해다오. 이 저주받은 왕 밑에서 신음하는 이 나라에 축복이 되돌아올 수 있도록!

귀 족 저도 마찬가지로 기도를 드리겠습니다. (일동 퇴장)

제 4 막

제 1 장

동굴

천둥과 함께 세 마녀가 불길 속에서 차례로 등장

마녀 1 얼룩고양이가 세 번 울었다.

마녀 2 고슴도치는 세 번하고 한 번 더 울었다.

마녀 3 괴조(여자의 얼굴에 새의 몸을 가진 괴물)도 '때가 왔다, 때가 왔어' 하며 계속 울고 있다.

마녀 1 가마솥 둘레를 빙빙 돌자꾸나. 썩은 내장을 집어넣어라. (가마솥 주위를 왼쪽으로 돈다) 차디찬 돌 밑에서 꼬박 한 달 동안 잠만 자며 독을 빚어내는 두꺼비놈부터 마법의 솥에 넣고 끓이자꾸나.

일 동 불어라, 불어나라, 고통과 수고로움이여. 불꽃이여, 타올라라. 끓어라, 가마솥아. (가마솥 안을 빗자루로 휘젓는다)

마녀 2 숲에서 잡은 뱀의 살토막도 끓여라, 삶아라. 도롱뇽의 눈알과 개구리 뒷발바닥, 박쥐의 날개와 삽살개의 혓바닥, 독사의 혓바닥과 독충의 침, 도마뱀의 다리와 올빼미의 날개들아, 무서운 재앙의 부적이 되어라. 끓어라, 넘쳐라, 지옥의 잡탕되어 펄펄 끓어라.

일 동 불어라, 불어나라, 고통과 수고로움이여! 불꽃이여, 타올라라. 끓어라, 가마솥아. (가마솥 안을 휘젓는다)

마녀 3 용의 비늘과 늑대의 이빨, 마녀의 미라와 식인 상어의 식도와 내장, 한밤에 캐낸 독이 든 당근, 신을 모독하는 유대인의 간, 염소 쓸개와 월식할 때 꺾은 소방목 나뭇가지, 터키인의 코, 타타르인의 입술, 창녀가 개천에다 낳아서 목 졸라 죽인 갓난애의 손가락, 호랑이 내장을 곁들여 가마솥 국에 맛을 더하라.

일 동 불어나라, 고통과 수고의 불꽃이여, 타올라라. 끓어라, 가마솥아. (가마솥 안을 휘젓는다)

마녀 2 자, 원숭이의 피를 부어 솥을 식혀라. 그러면 마술의 효력이 더욱 커지리라.

헤커트, 또 다른 마녀 셋과 함께 등장

헤커트 오, 수고들 했다! 여기에서 얻은 것을 골고루 나누어주마. 가마솥 주위를 돌면서 춤추고 노래하라. 요정들처럼 원을 그리며 요리에 마술을 걸어라. (마녀들 노래하자 헤커트 퇴장)

마녀 2 엄지손가락이 쑤시는 걸 보니 흉악한 자가 이리로 오나보다. (문 두드리는 소리) 동굴의 문을 열어주어라, 자물쇠야. (문이 열리자 맥베스가 보인다)

맥베스 어둠 속에 숨어 흉악한 짓을 일삼는 마녀들아, 지금 무슨 짓을 꾸미고 있느냐?

일 동   비밀스런 일이지요.

맥베스   너희들이 어디서 신통력을 얻었는지 모르지만, 정말 예언 능력이 있다면 말해다오. 만일 그것을 말함으로써 세상이 엉망진창이 된다 해도 난 듣고 싶다. 제발 부탁하건대 내 물음에 대답해다오!

마녀 1   우리한테 듣겠소, 아니면 우리 언니한테 듣겠소?

맥베스   빨리 언니를 데리고 오라. 제발 만나게 해다오.

마녀 1   부어라, 불 속에 새끼를 아홉 마리나 잡아먹은 암퇘지 피를 넣어라. 교수대에서 죽은 살인자가 흘린 땀과 기름을 집어 넣어라.

일 동   지옥에 있는 모든 마녀들아, 어서 모습을 드러내어라!

천둥소리, 환영 1이 투구를 쓴 맥베스의 모습으로 가마솥에서 등장

환영 1   맥베스, 맥베스, 맥베스여, 맥더프를 조심하라. 파이프의 영주를 조심하라. 이제 끝났으니 나를 보내다오. (가마솥 안으로 사라진다)

맥베스   누군지 모르지만 고맙구나. 그대는 내 불안함의 정체를 아는구나. 하지만 하나 더 부탁하자.

마녀 1   부탁할 필요는 없소. 또 하나가 나올 테니까.

천둥소리와 함께 환영 2가 피투성이인 갓난애의 모습으로 등장

환영 1   맥베스, 맥베스, 맥베스!

맥베스   귀가 셋 있으면, 귀 셋을 모두 곤두세우겠다.

환영 2   피를 무서워하지 말고 잔인하고 대담하게 마음껏 행동하라.

인간의 힘 따위는 코웃음쳐라. 여자의 뱃속에서 태어난 자로서 맥베스를 쓰러뜨릴 자는 누구도 없다. (사라진다)

맥베스 맥더프, 내가 너를 두려워할 줄 알았더냐? 그러나 운명에게서 확고한 증서를 받아두는 것도 좋겠지. 맥더프, 네 목숨은 이미 내 것이다. 이제 공포 따윈 내 사전에 없다. 벼락이 떨어져도 편안히 잠들겠다.

천둥과 함께 환영 3이 왕관을 쓴 갓난애의 모습으로 나타난다.

맥베스 저건 뭔가? 얼씨구, 왕자의 모습이로구나. 저토록 조그만 애가 멋진 왕관을 쓰고 제왕처럼 나타나다니.

일 동 귀만 기울일 뿐 말을 걸어선 안 돼요.

환영 3 사자처럼 용감하게 행동하라. 어느 누가 화를 내건 괴로워하건 반역을 꾀하건 결코 걱정할 필요가 없느니라. 맥베스는 결코 멸망하지 않으리라. 버넘 숲이 던시네인 언덕으로 옮겨지기 전에는.

맥베스 그런 일은 도저히 불가능한 일! 누가 숲을 움직일 수 있겠는가. 그리고 땅에 뿌리를 내린 나무에게 누가 명령할 수 있겠는가. 참으로 기분 좋은 예언이로구나! (그때 피리소리와 더불어 가마솥이 땅속으로 가라앉는다) 저 솥이 왜 가라앉느냐? 이 소리는 무엇이냐?

마녀 1·2·3 보여줘라.

일 동 그림자처럼 나타났다가 사라져라. 그의 눈에 보여주어 슬프게 하라!

여덟 왕의 그림자가 천천히 동굴을 가로지른다. 마지막 왕이 손에 거울을 들고 있고 그 뒤를 밴쿠오의 유령이 따른다.

맥베스 (제일 앞에 선 왕을 보고) 넌 밴쿠오의 유령과 똑같구나! 당장 꺼지거라! 네 왕관 때문에 내 눈이 멀겠다. (두 번째 왕을 보고) 그리고 다른 왕관을 쓴 놈, 아아, 네 머리카락과 왕관을 쓴 이마도 처음 보았던 놈과 비슷하구나. 세 번째도 닮았다. 이 몹쓸 마녀들아, 이런 것을 왜 보여주느냐? 또 오는구나. 이제 일곱 번째이냐? 이제 보지 않겠다. 어이쿠, 여덟 번째도 나타나는구나. 손에 거울을 들고 계속 비추고 있구나. 보주두 개와 왕홀 세 개를 쥔 놈이 있구나. 아, 무서운 광경이로다! 그럼 사실이란 말인가. 피로 뒤범벅인 밴쿠오가 저놈들을 가리키며 모두 자기 후손이라고 하는구나. (환영들이 사라진다) 이게 사실이냐?

마녀 1 틀림없는 사실이에요. 그런데 맥베스님, 뭘 그렇게 놀라세요. 자, 우리 모두 노래와 춤을 추어 이분을 위로해주자. 그래서 폐하께서 고맙다는 인사를 할 수 있도록 하자꾸나. (음악. 마녀들, 춤을 추다 사라진다)

맥베스 마녀들이 다 어디로 갔지? 사라졌구나. 이 무섭고 끔찍한 순간은 달력에서 완전히 지워져라. 밖에 누구 없느냐?

레녹스 등장

레녹스 폐하, 무슨 일이십니까?

맥베스 마녀들을 못 보았느냐?

레녹스 못 보았습니다. 아무도 지나가지 않았습니다.

맥베스 오, 마녀들이 타고 다니는 바람아, 썩어버려라. 그래서 그들을 믿는 자는 모두 지옥에 떨어지거라. 이제부터 생각을 하면 즉시 실천에 옮겨야겠구나. 자, 그것을 증명하기 위해 생각을 모두 행동으로 옮기자. 그래서 맥더프의 성을 습격해 파이프를 빼앗고, 그자의 처자와 불행히도 피를 나눈 일가 친척들을 모조리 없애버리자. 이건 절대로 잠꼬대가 아니니라. 바보의 헛소리가 되지 않도록 실천에 옮겨야겠다. 아아, 이제 환영 따위는 보이지 않는구나! 자, 가자. 그놈들이 어디 있는지 나를 그곳으로 안내하라. (퇴장)

제 2 장

파이프, 맥더프 성의 한 방

맥더프 부인, 맥더프의 아들, 로스 등장

맥더프 부인 제 남편이 도망을 치다뇨? 말도 안 됩니다. 아무 잘못도 없는데, 겁을 먹고 도망을 치면 바로 반역자가 되는 거잖아요.

로 스 하지만 그분이 겁을 먹었는지 아니면 지혜로운 판단으로 그런 건지 아직은 모르는 일입니다.

맥더프 부인 지혜로운 판단이라고요? 아내도 자식도 집도 땅도 모든 것을 버리고 자기 혼자 도망치는 것이 지혜로운 일이라고요? 그분은 저에게 애정이 없는 거예요. 인정머리라곤 눈곱만치도 없는 사람이에요. 새 중에서 가장 작은 굴뚝새조차도 자기 새끼를 보호하기 위해서는 올빼미와 싸우지요. 그런데 그분은 사랑은커녕 겁만 있는 사람이에요.

로 스　부인, 제발 진정하세요. 그분은 훌륭하고 지금의 형편을 누구보다 아파하시는 분이에요. 자세한 것은 지금 말씀드릴 수가 없지만, 어쨌든 무서운 세상이에요. 자기도 모르는 사이에 반역자가 되니까요. 자, 이제 저는 그만 물러가겠습니다. 머지않아 다시 찾아뵙겠습니다. 폭풍도 언덕을 넘을 때가 되면 가장 심해지지만 일단 넘어서기만 하면 잠잠해지는 법입니다. 그럼 안녕히 계세요. 도련님도 건강하시고요.(퇴장)

맥더프 부인　애야, 네 아버지는 돌아가셨다. 이제 어쩌겠느냐? 우리는 앞으로 어떻게 산단 말이냐?

소 년　새처럼 살죠, 엄마.

맥더프 부인　그럼 벌레와 파리를 잡아먹어야겠구나.

소 년　뭐든지 잡히면 먹고 살아야죠. 새들도 그러잖아요.

맥더프 부인　가여워라, 너처럼 어리면 그물이나 끈끈이나 올가미가 무섭지 않겠지?

소 년　무섭긴요? 가여운 어린 새에게 누가 그런 걸로 해코지하겠어요. 그리고 아버지는 돌아가신 게 아니에요.

맥더프 부인　아냐, 아버지는 돌아가셨어. 아버지 없이 어떻게 살지?

소 년　엄마는 어떻게 사실 생각인데요? 아버지가 안 계신데.

맥더프 부인　시장에 가면 남편은 스무 명도 더 살 수 있단다.

소 년　그럼 샀다가 또 파시게요?

맥더프 부인　아이구, 영리한 내 새끼. 넌 못하는 말도 없구나.

소 년   아버지가 정말 돌아가셨다면 엄마는 울 거예요? 아, 엄마가 울지 않는 걸 보니 바로 새아버지가 생기는군요.

맥더프 부인   오, 무슨 망측한 소리냐, 요것아!

　사신 등장

사 신   마님, 지금 마님에게 위험이 닥쳐오고 있습니다. 빨리 피하십시오. 비천한 말을 들어주신다면, 어디로든 아드님을 데리고 어서 피하십시오. 갑자기 놀라게 해드려서 죄송한데요, 지금 끔찍한 일이 닥쳐오고 있습니다. 그러니 어서 피하십시오. (퇴장)

맥더프 부인   어디로 피하란 말이냐? 나는 잘못을 저지른 적도 없는데. 맞아, 현실 세계는 나쁜 일이 칭찬을 받고, 좋은 일은 어리석은 수작으로 간주되는 곳이지. 아아, 이를 어쩐단 말이냐? 나쁜 일을 한 적이 없다고 여자의 입으로 변명을 해봤자 소용없는 일일 테고.

　자객들 등장

맥더프 부인   그런데 저 사람들은 누구지?

자 객   남편은 어디 있느냐?

맥더프 부인   너희 같은 더러운 놈들이 찾아낼 수 없는 곳에 계시다.

자 객   그놈은 반역자야.

소 년   거짓말이야, 이 악당놈아!

자 객   요놈 좀 보게! 요놈이 바로 역적의 씨로구나! (칼로 찌른다)

소 년 앗, 이놈이 사람을 잡네요. 엄마, 빨리 도망치세요. 어서 도망치라고요! (죽는다. 맥더프 부인이 '살인이야!' 라고 외치면서 도망친다. 자객들, 그 뒤를 따른다)

제 3 장

잉글랜드, 에드워드 왕의 궁정 앞

맬컴과 맥더프 등장

맬 컴 어디 우리 사람이 없는 데로 가서 실컷 울어봅시다.

맥더프 그보다는 차라리 애국지사가 되어 조국을 위해 칼을 듭시다. 새로운 아침이 올 때마다 새로운 과부가 생기고, 새로운 자식이 태어나며, 새로운 슬픔이 생기는 것 아니오? 그 울음소리가 하늘에 닿고 스코틀랜드의 고통에 동참해 똑같은 울음을 토해내고 있습니다.

맬 컴 경이 한 말이 사실인지도 모릅니다. 이름을 입에 올리기만 해도 혀가 짓무를 것 같은 폭군도 한때는 충직한 사람이라 생각해 충성을 다했지요. 경도 아마 그자에게 충성을 바쳤을 거요.

맥더프 저는 희망을 잃었습니다.

맬 컴 나는 그 말을 솔직히 못 믿겠소. 사랑의 원천인 처자식을 그런 위험한 곳에 버리고 이곳까지 온 경이 그런 말을 하다니. 하지만 장군,

내가 경을 의심한다고 해서 모욕한다고 생각지 마시기 바랍니다. 다만 내 자신을 지키고 싶어서입니다.

맥더프 아, 피를 흘려라. 가련한 조국이여! 폭군이여, 뿌리를 튼튼하게 내리거라. 정의로운 사람도 감히 두려워 대적하지 못하나니, 불의의 왕관을 계속해서 쓰고 있어라. 왕위는 네 것이니라! 부디 안녕히 계십시오, 왕자님. 비록 저 폭군의 수중에 있는 모든 영토를 받는다 해도, 아니 그 위에 풍요한 동방의 나라 전부를 얹어준다고 해도, 저는 왕자님께 의심받는 악인이 되고 싶지는 않습니다.

맬 컴 너무 노하지 마시오. 경을 의심해서 이런 것이 아닙니다. 저라고 조국이 폭군 아래서 신음하는 걸 생각지 않는 것이 아닙니다. 그러나 내가 저 폭군의 머리를 짓밟고 칼끝에 매단다 하더라도, 내 불행한 조국은 그 뒤에 오를 후계자로 말미암아 전보다 더한 고난을 겪게 될 것이오.

맥더프 후계자라니? 누구를 말씀하시는 겁니까?

맬 컴 바로 나 말이오. 내 안에는 악덕이란 악덕이 모두 심어져 있어 그것이 싹이 트면 걷잡을 수가 없을 거요. 불행한 국민들은 내 악덕을 보고 오히려 맥베스를 그리워할 거요.

맥더프 지옥의 악마들 중에서도 맥베스를 따를 자는 없을 것입니다.

맬 컴 하기야 그놈은 잔인하고 탐욕스럽고 음란하고 욕심이 많고 거짓말쟁이죠. 성질도 급하고 위선자에다 죄악이란 죄악은 모조리 지니고 있는, 썩은 냄새가 폴폴 풍기는 놈이지요. 그러나 욕정에 관해서라면, 나도 맥베스 못지않다오. 유부녀, 남의 딸, 나이 든 여자든 어린 소녀든 가릴 것 없이 욕정을 채워도 내 욕정의 우물은 채워지지가 않소.

내 욕망은 만족을 방해하는 것들을 모조리 무찌르고 말지요. 그러니 나보다는 맥베스가 오히려 왕이 되는 게 적격이오.

맥더프   방종도 정도가 지나치면 폭군이 되어 실각하고 맙니다. 많은 폭군들이 그러했지요. 그러나 왕자님은 그리 걱정하실 필요가 없습니다. 자기 것을 스스로 누리는데 무엇 때문에 두려움을 갖는단 말입니까? 얼마든지 사람들의 눈을 속이며 마음껏 즐겨도 상관없습니다. 왕이 되면 기꺼이 몸을 바칠 여자가 줄을 설 것입니다. 어쩌면 그 많은 여성들을 두루 편력하려면 아무리 탐욕스럽다 해도 모자랄 것입니다.

맬 컴   그뿐만이 아니오. 나는 매우 욕심이 많아서 왕이 되면 영지를 빼앗기 위해 귀족들을 죽이고 말 거요. 더욱이 나에게는 공정함이나 진실, 절제나 지조, 관용과 인내, 자비와 겸양, 경건과 억제, 용기와 지조 등은 눈곱만치도 없습니다. 오히려 그런 것 대신 죄악이란 죄악은 모조리 갖추고 있어서 남의 이목을 두려워하지 않고 몹쓸 짓만 할 겁니다. 만일 내가 왕권을 장악하게 된다면, 이 세상의 평화는 사라지고 지상의 조화는 깨져버릴 것입니다.

맥더프   아아, 스코틀랜드여! 스코틀랜드여!

맬 컴   정말 나 같은 인간도 나라를 다스릴 수 있겠소? 나는 내가 말한 대로의 인간이오.

맥더프   나라를 다스릴 만하냐고요? 당치 않은 소립니다. 왕자님은 살아 있을 자격도 없습니다. 아, 가련한 백성들이여! 언제 피로 물든 가짜 왕에게서 벗어날 수 있단 말인가! 당연히 왕위에 오르실 분은 스스로 죄인의 대열에 끼여 고귀한 혈통을 모독하고 있으니. 선왕께서는 그토록 성군이셨는데, 또 왕비님께서는 서 계신 시간보다도 무릎을 꿇고

기도하는 시간이 더 많았던 분이셨는데, 어찌 이런 아드님을 낳았을까. 이제 저는 스코틀랜드와 영영 이별해야겠습니다. 아아, 가슴이여! 이제 마지막 희망도 사라졌구나!

맬 컴 맥더프 경, 참으로 고맙소. 경의 열의에 찬 한마디에 내 의혹은 눈 녹듯이 사라졌소. 나는 경의 충성과 정의로움을 믿소. 나를 함정에 빠뜨리려고 악마 같은 맥베스가 갖가지 흉계를 꾸미는 바람에 누구도 믿을 수가 없었소. 그러나 신께서 그대와 나를 맺어주셨소! 자, 나는 이제 경의 지시에 무조건 따르겠소. 앞에서 한 모든 나에 대한 험담은 이 자리에서 취소하겠소. 나는 여자를 알기는커녕 거짓 맹세를 한 적도 없으며, 내 것이 아닌 것에는 탐욕을 느낀 적도 없소. 내가 거짓말을 한 것은 오늘이 처음이오. 이 진실된 나를 경과 조국을 위해 바치겠소. 경이 오기 직전에 마침 시워드가 우리를 위해 1만 명의 정예부대를 이끌고 스코틀랜드로 출정할 준비를 마쳤소. 우리 이제 대의 명분에 조금도 손색이 없는 승리를 거두러 갑시다! 왜 말이 없으시오?

맥더프 희망과 절망이 한꺼번에 몰려와서 어쩔 줄 모르겠습니다.

시의 등장

맬 컴 잠깐 기다리시오. (시의에게) 폐하께서 나오셨소?

시 의 그렇습니다. 치료를 받고 싶어하는 불쌍한 백성들이 저렇게 무조건 기다리고 있으니 할 수 없지요. 하늘의 영험함이 내려진 손이 닿기만 하면 아무리 불치의 병이라도 나으니 말입니다. (퇴장)

맥더프 무슨 병 말씀입니까?

맬 컴   소위 연주창이라는 거랍니다. 잉글랜드 왕이 병을 고치다니, 놀라운 일이지요. 나도 잉글랜드 왕이 병을 고치는 걸 여러 번 보았습니다. 어떻게 해서 그런 신통력이 생겼는지 비밀은 그분만이 알고 있겠죠. 여하튼 불치의 병에 걸려 온몸이 부풀어올라 의사들도 체념한 것을 폐하께서 환자의 목에 금화 한 닢을 걸고 기도를 하면 말끔히 치유가 된답니다. 이처럼 폐하께서 여러 기적을 행하고 있다는 것은 신의 축복을 받는 신성한 존재라는 증거죠.

로스 등장

맥더프   조국은 어떻소?

로 스   아아, 차마 말씀을 드릴 수가 없습니다. 조국이라기보다는 차라리 무덤이라고 하는 게 낫습니다. 바보나 미친 사람이 아닌 한 웃는 사람을 찾아볼 수가 없습니다. 하늘을 찢는 탄식과 신음, 아우성에도 눈 하나 깜짝하지 않지요. 장례의 종소리가 들려도 누가 죽었는지 묻지도 않을 뿐만 아니라, 그저 선량한 사람이 아프지도 않는데 죽어갑니다. 모자에 꽂은 꽃이 시들 겨를도 없이 숨을 거두지요.

맥더프   오, 너무나 처절하고도 끔찍한 보고로다!

맬 컴   최근에는 어떠한 참사가 있었소?

로 스   1분마다 기막힌 사건이 일어나는데, 한 시간 전의 얘기를 한들 무슨 소용이 있겠습니까?

맥더프   내 아내와 아이들은 무사하던가?

로 스   내가 작별 인사를 하러 갔을 땐 모두 무사했습니다.

맥더프   무슨 소린가? 자, 하나도 빠짐없이 얘기하게.

로 스   제가 이리로 오면서 소문을 들으니, 수많은 사람들이 궐기했다고 합니다. 지나는 길에 폭군의 군사들이 이동하는 것을 목격했고요. 전하! 이제 원군을 보낼 때가 왔습니다. 전하께서 조국에 모습을 나타내시면 고통에서 벗어나기 위해 남녀노소 할 것 없이 구름처럼 모여들 것입니다.

맬 컴   이젠 안심해도 좋을 거요. 우리는 진군을 시작했소. 자애로운 잉글랜드 전하께서 용감무쌍한 시워드 장군과 함께 1만 명의 군대를 내어주셨소. 시워드 장군만큼 용감했던 이가 없었소.

로 스   아아, 저도 이와 같은 소식을 전할 수 있었으면 얼마나 좋을까. 제가 전해야 하는 소식은 인간이 여태껏 들어보지 못한 가장 비통한 소식이랍니다.

맥더프   으흠! 무슨 말이냐? 백성들과 관계된 일이냐? 아니면 나에 관한 일이냐?

로 스   맥더프 경에 관한 일입니다.

맥더프   나에 대한 일이라면 어서 말해보라.

로 스   제발 이 소식을 전하는 저를 탓하지 마십시오. 성이 습격을 받아 부인도 아이들도 무참하게 살해당했습니다.

맬 컴   오, 하느님! 맥더프 경, 실컷 우십시오. 모자로 얼굴을 가리지 말고 통곡하십시오. 울지 않으면 슬픔이 가슴에 가득 괴어 찢어지고 말 테니까요.

맥더프   내 어린것까지?

로 스   부인과 아이, 심지어 하인까지도 살해되었습니다.

맥더프   내가 머물러 있었다고 해도 그랬을까? 아내도 살해되었다고?

로 스   그렇습니다.

맬 컴   힘을 내시오. 우리가 복수라는 약을 만들어 무서운 고통의 독을 뿌리뽑아 버립시다.

맥더프   하긴 그놈에겐 자식이 없지. 아, 악귀로구나! 정말로 내 사랑스런 아이들과 아내를 일시에 죽였단 말이오?

맬 컴   사나이답게 참으시오.

맥더프   네, 그래야지요. 하지만 아무리 사나이라 해도 어찌 솟구치는 슬픔을 누를 수 있겠습니까? 제겐 그토록 소중한 가족들이었는데요. 오, 하느님! 어찌하여 빠히 보고 계시면서 그들의 편을 들어주셨습니까? 죄 많은 맥더프여! 이 모든 게 바로 너 때문이로구나. 네가 잘못을 저질러서 아무 죄도 없는 그들이 당한 거야. 하느님, 이제 그들에게 안식을 주소서!

맬 컴   그 슬픔을 숫돌로 삼아 칼을 가시오. 슬픔을 분노로 바꾸시오. 그리고 분노가 무디어지지 않도록 마음을 갈으시오.

맥더프   아! 여자들처럼 눈이 붓도록 울고, 허풍선이처럼 떠벌릴 수 있다면 얼마나 좋을까! 오, 하느님, 저에게서 휴식과 중단이라는 단어를 거둬들이소서. 하루라도 빨리 스코틀랜드의 악마를 만나게 해주십시오. 만일 이 칼이 닿는 곳에 그놈을 끌어낼 수 없다면, 하느님, 그놈을 용서해주소서.

맬 컴   참으로 장하시오. 자, 이제 잉글랜드 왕께로 갑시다. 하늘도 우리편이 되어 돕고 있으니 기운을 내서 전진합시다. 아무리 긴 밤이라도 새벽은 오는 법이니. (일동 퇴장)

제 5 막

제 1 장

던시네인, 맥베스 성

시의와 시녀 등장

시 의   이틀 밤을 꼬박 지켜보았지만, 당신이 말한 증세는 아직 나타
나지 않았소. 왕비님께서 그렇게 걸어다니신 것이 언제부터였소?

시 녀   폐하께서 출정하신 이후부터입니다. 밤만 되면 잠결에 침대에
서 일어나 잠옷을 걸치고는 자물쇠가 잠긴 벽장문을 열고 종이를 꺼
내 몇 자 적으신 뒤 한참을 들여다본답니다. 그리고 나서 그것을 접어
꼭꼭 봉하신 뒤에 다시 침대로 돌아오시죠. 물론 잠에서 깨어나지 않
은 상태에서 이러한 행동을 하시는 거예요.

시 의   정신착란 증세요. 그 밖에 무슨 말씀을 하시는 것을 들은 적은
없었소?

시 녀   그건 저 말씀드리기가 거북한데요.

시 의   나한테는 얘기해도 괜찮소. 아니, 당연히 얘기해야 하오.

시 녀   안 돼요. 아무리 의사 선생님이라 해도 그것만은 말씀드릴 수

가 없어요. 아무도 제 말을 믿지 않을 테니까요.

맥베스 부인, 촛불을 들고 등장

시 의   지금 무얼 하시는 걸까? 손을 문지르고 있는 이유가 뭐지?

시 녀   늘 저러세요. 손을 씻는 시늉을 15분 정도 하시지요.

맥베스 부인   아직도 여기 흔적이 있네.

시 의   쉿! 무슨 말씀을 하시는데, 우선 적어두어야겠군.

맥베스 부인   지워져버려라, 이 망할 얼룩아! 저주받은 얼룩아, 지워져 버려! (종소리를 세듯이) 한 시, 두 시, 아아, 이제 단행할 시간이다. 지옥은 깜깜하기도 하구나. 여보, 그게 뭐예요? 장군인 주제에 겁을 내다뇨? 우리가 겁날 게 뭐 있어요? 하지만 그 늙은이에게 이렇게 피가 많으리라고는 생각도 못했지요.

시 의   (시녀에게) 저 소리를 들었소?

맥베스 부인   파이프 영주 맥더프에게는 아내가 있었지. 지금은 어디 있을까? 아, 아직도 손에서 피비린내가 나는군. 당신, 그러다 모든 일을 망치겠어요.

시 의   오, 저런! 알아서는 안 될 것을 알아버렸어.

맥베스 부인   아직도 피 냄새가 진동하는구나. 아라비아의 향수를 다 쏟는다 해도 이 손에 밴 냄새는 지워지지 않을 거야. 아, 아아!

시 의   땅이 꺼질 만큼 한숨을 내쉬는구나.

시 녀   선생님, 우리 왕비님을 빨리 고쳐주세요.

시 의   나는 이 병을 고칠 수가 없소.

맥베스 부인　　어서 손을 씻고 잠옷으로 갈아입으세요. 그렇게 창백한 얼굴로 나를 쳐다보지 마시고요. 뱅쿠오는 오지 못할 거예요. 무덤에서 어떻게 나오겠어요.

시 의　　그럼, 그분까지?

맥베스 부인　　자, 주무세요. 누가 문을 두드리고 있어요. 어서, 어서 손을 이리 주세요. 어서 침실로 갑시다. (퇴장)

시 의　　이제 침실로 가서 주무시나요?

시 녀　　네, 곧 주무시지요.

시 의　　추악한 소문이 나돌고 있소. 자연을 거역하면 반드시 그 대가를 치러야 하오. 독으로 병든 마음은 귀가 없는 베개에 대고라도 말하고 싶은 게 인간이오. 왕비님께서 지금 필요로 하는 사람은 의사가 아니라 성직자요. 신이시여, 우리들의 무력함을 용서해주소서. 상처를 입힐 만한 물건은 다 치워버리고 항상 지켜보시오. 그럼 잘 자요. (두 사람 퇴장)

제 2 장

던시네인 부근의 촌락

멘티스, 케이드네스, 앵거스, 레녹스, 병사들 등장

멘티스　　잉글랜드 군이 곧 도착할 것입니다. 지휘관은 맬컴 왕자님과 그의 숙부 시워드, 그리고 용감한 맥더프요. 사실 그들의 복수심으로 말할 것 같으면 땅속에 묻힌 선왕의 시체라도 벌떡 일어나 합세할 거요.

앵거스   버넘 숲 근처에서는 우리도 합세할 수 있을 것입니다. 지금 그 쪽으로 가고 있으니까요.

케이드네스   도널베인 왕자님도 함께 있나요?

레녹스   아뇨. 제가 전투에 참가한 귀족들의 명단을 갖고 있는데, 거기엔 없었소. 많은 젊은이들은 있었는데, 왕자님은 없었소.

멘티스   맥베스는 어떻게 하고 있을까?

케이드네스   거대한 던시네인 성을 강화하고 있소. 대부분 그를 미치광이로 보고 있지만, 더러 원한을 사지 않은 사람들은 그가 용기에서 비롯된 분노로 치를 떤다고 합니다.

앵거스   비밀리에 저지른 숱한 살인의 핏자국을 자신도 느끼는 모양이군요. 시시각각 일어나고 있는 군인들의 봉기는 바로 놈을 배신하는 것 아니겠소. 하인들도 마지못해 명령에 복종할 뿐 충성심이라곤 티끌만큼도 없지요. 마치 난쟁이가 거인의 의상을 훔쳐 입은 꼴이지요. 아마 그는 왕의 칭호가 자기한테 맞지 않는다는 걸 실감하고 있을 겁니다.

멘티스   하기야 머리와 오장육부가 자신을 저주하고 있는 판이니 겁에 질려 발작을 일으키는 것도 무리는 아니지.

케이드네스   자, 출발합시다. 우리들의 충성을 진정한 군주 맬컴에게 보여줍시다. 병든 조국을 치료한 명의를 받아들이기 위해 나아갑시다. 그래서 왕자님과 함께 조국을 위해 마지막 피 한 방울까지 아끼지 맙시다.

레녹스   그럽시다. 우리의 피로 군주의 꽃을 이슬로 적시고 독초를 뽑아 버립시다. 자, 그럼 버넘으로 진군합시다! (일동 진군하며 퇴장)

제 3 장

던시네인, 성 안의 한 방

맥베스, 시의, 시종들 등장

맥베스　　보고 따위는 더 이상 필요 없다. 도망갈 놈은 모조리 도망가
도록 내버려두어라. 버넘 숲이 던시네인으로 옮겨오기 전에는 난 두려
울 게 없다. 애송이 맬컴이 누구더냐? 여자의 뱃속에서 나온 인간이 아
니냐? 인간의 운명을 훤히 꿰뚫는 정령들이 내게 말했다. "두려워 말
라, 맥베스여. 여자에게서 태어난 자는 아무도 너를 대적할 자가 없노
라." 배신자 영주 놈들아, 가서 잉글랜드 놈들과 놀아라. 그런다고 내
가 어디 눈 하나 깜짝할 줄 아느냐?

시종 등장

맥베스　　이놈, 차라리 악마의 저주라도 받아 시꺼멓게 타버려라. 도대
체 그 희멀건 낯짝은 뭐냐? 얼간이 같은 놈아, 그 겁먹은 얼굴이 뭐냐
고?

시 종　　저쪽에서 1만이 넘는…….

맥베스　　거위 떼라도 몰려왔단 말이냐?

시 종　　병사들이 몰려오고 있습니다, 폐하.

맥베스 에잇, 네놈의 면상을 벗겨서라도 피가 돌게 해야겠다. 이 간이 좁쌀만 한 놈아, 군대는 무슨 군대냐? 멍청한 놈, 썩 꺼져버려라. 네놈의 겁에 질린 얼굴을 보면 성한 사람도 질려버리겠다. 어느 나라 군대라더냐?

시 종 황송하오나 잉글랜드 군이옵니다.

맥베스 꼴도 보기 싫다, 냉큼 꺼지지 못해. (시종 퇴장) 여봐라, 시튼! 속이 뒤집힐 것 같구나. 시튼, 게 없느냐? 드디어 내 인생을 판가름할 싸움이 왔도다. 나는 이미 누렇게 뜬 낙엽처럼 살 만큼 살았다. 더욱이 노년의 벗이 될 명예나 존경, 친구 같은 건 나와 인연이 멀다. 아니, 뿌리 깊은 저주나 아첨, 공치사만이 붙어다니지. 시튼!

시튼 등장

시 튼 부르셨습니까?

맥베스 새로운 소식은 없느냐?

시 튼 여태껏 보고한 것이 모두 사실로 확인되었습니다.

맥베스 그럼 싸워야지. 이 살덩이가 떨어져 나갈 때까지 싸우겠다. 갑옷을 다오. (시튼 퇴장) 시의, 환자의 상태는 어떻소?

시 의 비관할 정도는 아니지만, 망상에 사로잡혀 잠을 주무시지 못할 뿐입니다.

맥베스 그것을 고치라고 했잖소! 마음속에서 슬픔의 뿌리를 캐고 기억에서 뿌리 깊은 근심을 뽑아낼 수는 없는가? 상쾌한 망각의 약을 써서 마음을 짓누르는 독소를 일시에 제거하란 말이다.

시 의　그것은 환자 자신의 마음에 달린 일입니다.

시튼이 갑옷을 들고 등장 시종이 맥베스에게 갑옷을 입힌다.

맥베스　자, 어서 갑옷을 입혀라. 시튼, 지휘봉을 다오. 여봐라, 빨리 옷을 입히라니까! 이보게 시의, 그대 힘으로 이 나라의 독을 씻어낸 후 건강한 나라로 만들 수만 있다면, 내 그대에게 메아리가 치도록 박수 갈채를 보낼 텐데. 갑옷을 벗겨라. 대황이나 완화제, 또 다른 설사약이라도 써서 잉글랜드 놈들을 이 땅에서 모조리 쓸어낼 수 없나? 그놈들의 소식은 들었겠지?

시 의　예, 폐하. 여러 가지 소문을 들었습니다.

맥베스　(시종에게) 갑옷을 들고 따라와! 그것이 죽음이든 파멸이든 버넘 숲이 던시네인으로 옮겨오지 않는 한 두려울 게 없다. (일동 퇴장)

제 4 장

버넘 숲 근처의 촌락

맬컴, 시워드와 그의 아들, 맥더프, 멘티스, 케이드네스, 앵거스, 레녹스, 로스 그리고 병사들이 뒤따라 등장

맬 컴 여러분, 이제 우리가 집에 돌아갈 날도 멀지 않았소.

시워드 저 앞에 보이는 숲이 무슨 숲이오?

멘티스 버넘 숲이라고 합니다.

맬 컴 병사들은 나뭇가지를 잘라 위장하고 진군하라. 이것으로 우리의 군세를 숨기고 적의 눈을 속이도록 하라.

병사들 알겠습니다.

시워드 폭군 녀석은 무슨 속셈인지 던시네인의 성 안에 들어앉아 우리가 공격해 오기만을 기다리고 있나봅니다.

맬 컴 그럴 것입니다. 지위 고하를 막론하고 모두 도망갈 궁리만 할 테니까요. 지금은 누구 하나 스스로 그를 따르는 자가 없습니다.

맥더프 모든 것은 결과가 나와봐야 알 수 있습니다. 우리는 군인으로서 맡은 바 직분을 다하는 게 순서지요.

시워드 그렇소. 이제 우리의 존재를 적에게 확실히 알려줄 때가 온 것입니다. 불확실한 추측은 부질없는 희망만 갖게 할 뿐입니다. 그러니 진격해서 확실한 결과를 얻읍시다. 즉시 전투에 임합시다. (일동 퇴장)

제 5 장

던시네인 성 안

북과 군기를 앞세우고 맥베스, 시튼, 병사들 등장

맥베스 적이 왔다고 소리치지 말고 군기를 바깥 성벽에 매달아라. 이 성은 난공불락, 내 사전에 실패란 없다. 언제까지나 거기에서 포위하고 있으라고 해라. 적들이 굶어 죽거나 병들어 죽을 때까지 이 성문은 절대로 열리지 않을 것이다. 반역자들이 나와 그들에게 가지만 않았어도 서로 얼굴을 맞대고 공격을 가해 잉글랜드 놈들을 쫓아버릴 수 있었을 텐데. (안에서 여자들의 비명 소리) 저 소리는 무엇이냐?

시 튼 여자들의 울음소리 같습니다. (급히 퇴장)

맥베스 (독백) 나는 이제 공포의 소리를 잊었다. 한밤중에 비명 소리를 듣고 온몸이 오싹하던 때도 있었다. 날카로운 소리를 들으면 머리카락이 쭈뼛거리며 선 적도 있었는데, 이제는 공포를 실컷 맛보았다. 어떤 무서움도 나를 놀라게 하지는 못한다.

시튼 등장

시 튼 폐하, 왕비님께서 운명하셨습니다.

맥베스 인간은 언젠가는 죽게 마련이다. 왕비도 인간이니 비껴갈 수

372

야 없겠지. 내일, 내일, 내일, 시간이 천천히 발을 끌면서 역사의 마지막 페이지에 도착할 때까지 걸어가는구나. 과거의 세월은 어리석은 우리들이 무덤으로 들어가는 데 소모되었다. 꺼져라! 눈 깜짝할 사이의 촛불이여! 인생은 비틀거리는 허황한 그림자일 뿐, 얼마 있으면 영영 잊혀지는 가련한 배우가 아니냐. 자신이 할당받은 시간만큼 무대 위에서 서성거리지만 시간이 지나면 어디론가 사라져야 하지.

사신 등장

사 신 황공하오나 폐하, 버넘 숲이 움직이는 것 같았습니다.
맥베스 거짓말이다!
사 신 거짓이 아닙니다. 4킬로미터쯤 되는 곳에서 숲이 움직여 오고 있습니다. 만일 제 말이 거짓이라면 달게 벌을 받겠습니다.
맥베스 네놈의 말이 거짓이라면 네놈을 나무에다 매달아 굶겨 죽일 것이다. 하지만 그것이 사실이라면 나를 매달아도 괜찮다. 음, 내 결심이 흔들리는구나. 정말 마녀들의 말대로 되는 건가? "무서워 마라, 버넘 숲이 던시네인에 올 때까지는……" 그런데 실제로 그렇게 되다니. 칼을 뽑아라! 자, 공격이다! 그게 사실이라면 도망칠 수도 숨을 수도 없다. 이제 태양을 쳐다보는 일도 지겹구나. 이 세상의 질서여, 산산이 부서져라! 큰 종을 울려라! 바람아 불어라! 파멸이여 오라! 그러나 갑옷만은 걸치고 죽겠다. (일동 급히 퇴장)

제 6 장

던시네인 성 앞 전장

맬컴, 시워드, 맥더프, 그리고 군사들, 손에 나뭇가지를 들고 등장

맬 컴　이젠 다 왔다. 모두 나뭇가지를 버리고 모습을 드러내라. 숙부님은 사촌과 함께 제1진을 지휘해주십시오. 저는 맥더프 장군과 우리가 세웠던 작전대로 수행하겠습니다.

시워드　알겠소. 오늘 밤 폭군의 군대와 맞서면 우리 모두 목숨을 걸고 싸웁시다.

맥더프　힘차게 나팔을 불어라. (나팔을 불며 진군하면서 퇴장)

제 7 장

전장의 다른 장소

맥베스 등장

맥베스　놈들이 나를 말등에 묶어놓았구나. 도망칠 수 없을 바에야

미친 곰처럼 싸우는 수밖에 도리가 없지. 도대체 여자 몸에서 태어나지 않은 자가 누구냐? 그런 놈만 아니라면 어떤 놈이라도 오너라!

시워드 2세 등장

시워드 2세　누구냐? 이름을 대라.

맥베스　나는 맥베스다.

시워드 2세　그 어떤 악마보다도 가증스런 이름이구나!

맥베스　그리고 이보다 더 무서운 이름은 없겠지.

시워드 2세　닥쳐라! 이 흉악한 폭군아! 이 칼로 거짓말을 하는 네놈의 목숨을 끊어놓겠다. (둘이 싸운다. 시워드 2세, 살해된다)

맥베스　네놈도 여자의 뱃속에서 나온 놈이라 결코 내 상대가 되지는 못할 것이다. 어떤 칼, 어떤 무기를 휘두른다 해도 여자의 뱃속에서 나온 놈이라면 두려울 게 없다. (퇴장)

격렬히 싸우는 소리가 들리는 가운데 맥더프가 등장

맥더프　싸움 소리가 분명히 들렸는데? 폭군아, 얼굴을 내밀어라! 이 칼로 네놈을 죽이지 않으면 평생 내 처자의 유령한테 시달릴 것이다. 네놈의 횡포로 인해 어쩔 수 없이 나온 저 불쌍한 백성들을 죽이고 싶지는 않다. 맥베스, 너만이 내 상대로다. 음, 저쪽이군. 저 소리를 들으니 강한 놈이 뛰나보구나. 운명의 신이여, 그놈을 만나게 해주소서! 내 소원은 그것뿐이오. (퇴장)

북과 나팔 소리 들리고 맬컴과 시워드 등장

시워드 이쪽입니다, 왕자 마마. 성은 쉽게 함락되었습니다. 폭군의 부하들은 두 패로 갈라졌고, 영주들도 분전하고 있습니다. 더 할 일도 없으니 이제 승리는 왕자님의 것입니다.

맬 컴 적병들은 모두 마지못해 싸우는데, 그것도 상당수는 우리 편이 되어 싸우더군요.

시워드 자, 성 안으로 들어가시지요. (일동 퇴장)

제 8 장

전장의 다른 장소

맥베스 등장하자 맥더프가 그의 뒤를 쫓아 등장

맥더프 기다려라, 지옥의 개야! 덤벼라!

맥베스 네놈만은 일부러 피해왔다. 돌아가라! 내 심장은 네놈의 가족들을 빨아먹은 피로 이미 흘러넘친다. 더 이상 네 피를 흘리고 싶지 않다.

맥더프 말해서 무엇하겠는가? 이 칼이 대신 말해줄 거다. 천하에 극악무도한 놈아! (둘이 싸운다. 북과 나팔 소리 울린다)

맥베스   칼이 아무리 날카롭다 해도 공기를 상처줄 수 없듯이 너도 나를 해치지 못할 것이다. 그러니 헛수고하지 말고 다른 곳에 가서 싸워라. 나는 여자 몸에서 태어난 인간에게 절대로 패배하지 않는다.

맥더프   그까짓 마술도 이젠 끝장이다! 네놈이 극진히 모신 마녀한테 가서 이 맥더프가 어떻게 태어났는지 물어봐라. 어머님이 낳기 전에 배를 가르고 꺼냈다고 하겠지.

맥베스   그 가증스런 혀에 저주가 있을지어다. 그 말 한마디에 이 사나이의 용기가 꺾였도다. 이 협잡꾼 같은 마녀들아, 애매모호한 말로 사람을 혼란에 빠뜨리고 약속을 지키듯이 속삭이면서, 실제로는 그 희망을 깨뜨려버리는 이 마녀들아! 다시는 너희들을 믿지 않겠다. 맥더프, 너와 더 이상 싸우지 않겠다.

맥더프   비겁한 놈! 항복해서 세상의 웃음거리가 되어라. 네놈의 머리를 막대기에 매단 뒤 '희대의 폭군을 보라'고 써붙일 테니까.

맥베스   항복이라고? 천만에! 풋내기 맬컴의 발 앞에 꿇어 엎드려 땅을 핥으며 어중이떠중이들의 저주와 욕을 참으라고? 비록 버넘 숲이 던시네인으로 온다 해도, 여자의 자궁에서 태어나지 않은 네놈이 왔다 해도 내 사전에는 항복이란 없다. 자, 덤벼라, 맥더프. 우리 둘 중 하나는 지옥행이다. (격투하던 중 맥베스가 살해된다)

제 9 장

성 안

나팔 소리와 함께 맬컴, 시워드, 로스, 영주들과 병사들 등장

맬 컴 여기에 보이지 않는 동지들이 무사히 돌아와주면 좋으련만.

시워드 희생은 부득이한 일입니다. 그러나 대충 둘러보니 우리 쪽 손실은 별로 크지 않은 것 같습니다. 대승리입니다.

맬 컴 맥더프 장군과 내 사촌이 보이지 않습니다.

로 스 시워드 2세께서는 군인다운 최후를 마치셨습니다. 이제 겨우 성년이 된 나이로 한치의 양보도 없이 대장부답게 전사했습니다.

시워드 상처는 정면에 입었던가?

로 스 네, 이마를 크게 다치셨습니다.

시워드 아, 그렇습니까? 신이시여, 그 아이를 용사로 받아들여 주십시오. 비록 머리카락 수만큼 많은 자식이 있다 하더라도 이보다 더 나은 죽음을 기대할 수는 없소. 이제는 더 이상 슬퍼하지 않으렵니다.

맬 컴 무슨 소리요. 내가 대신 그를 애도하겠소.

시워드 이것으로 충분합니다. 군인으로서 훌륭한 최후를 마쳤다 하는데 더 이상 무엇을 바라겠습니까? 비록 인생을 짧게 살다 갔어도 최선을 다한 것입니다. 저기 반가운 소식이 오는가 봅니다.

맥더프가 맥베스의 머리를 칼끝에 꽂고 등장

맥더프　국왕 만세! 보십시오, 왕위 찬탈자의 저주받은 머리를. 이제는 폐하의 시대가 왔습니다. 태평스런 시대가 돌아온 것입니다. 여러분, 우리 소리 높여 외칩시다. 스코틀랜드 왕 만세!

일 동　스코틀랜드 왕 만세! (팡파르 울린다)

맬 컴　이 모두가 여러분의 눈부신 활약 덕분이오. 시간이 흐르기 전에 충분히 조사해 여러분 각각의 공로에 따라 포상을 하겠소. 영주들과 친족들에게는 백작의 작위를 내릴 거요. 여러분은 스코틀랜드 왕한테 최초로 작위를 받는 명예로운 귀족이 될 거요. 자, 여러분 모두에게 다시 한 번 감사의 뜻을 전하오. 얼마 후에 스쿤에서 거행될 대관식에 한 사람도 빠짐없이 참석해주시오. (나팔 소리, 일동 행진하며 퇴장)

베니스의
상인

사랑에 빠진 연인들이란
언제나 약속 시간보다 일찍 오는 법이지,

등장인물

안토니오 | 베니스의 거상

바사니오 | 안토니오의 친구이자 포샤의 청혼자

포샤 | 벨몬트의 부유한 상속녀. 미모와 지혜를 갖춘 여인

샤일록 | 유대인 고리대금업자

제시카 | 샤일록의 딸

로렌조 | 제시카의 애인이자 안토니오의 친구

그레시아노, 살레리오, 솔라니오 | 안토니오의 친구들

네리사 | 포샤의 하녀

튜벌 | 유대인, 샤일록의 친구

론슬롯 | 어릿광대

고보 | 론슬롯의 아버지

베니스의 공작, 모로코 왕, 아라곤 왕 | 포샤의 청혼자들

레오나르도 | 바사니오의 하인

밸서저 | 하녀

그 외 | 베니스의 고관들, 법정의 관리들, 간수, 하인들, 시종들

382

줄거리

고리대금업자 샤일록과 거상인 안토니오와 맺은 이상한 계약서. 돈을 빌려주는 대신 만일 갚지 못하면 1파운드의 살덩이를 달라고 하는 계약에서 이야기는 시작된다.

베니스의 상인 안토니오는 어느 날 친한 친구 바사니오로부터 돈을 빌려달라는 부탁을 받는다. 미모의 유산 상속녀인 포샤가 벨몬트에 살고 있기 때문이다. 그녀는 구름처럼 몰려오는 구혼자들에게 금·은·납으로 된 상자들 중 하나에 자기 초상화를 넣어 놓고 그중 한 가지를 선택하게 함으로써 결혼 상대를 찾아내겠다고 선언했던 것이다.

결국 안토니오는 바다에 떠 있는 배를 담보로 하여 유대인 고리대금업자인 샤일록으로부터 돈을 빌린다. 그리고 돈을 기한 내에 갚지 못할 경우엔 자기의 가슴살 1파운드를 베어 주겠다는 증서를 써준다.

그러나 안토니오는 자신의 배가 선적물을 싣고 항해하다가 난파됨으로써 모든 재산을 잃은 데다 빚을 못 갚아 살 1파운드를 떼어 줘야 하는 위기에 처한다. 이 소식을 들은 바사니오는 서둘러 달려오지만 달리 도울 길이 없다. 안토니오를 법정에 세운 샤일록은 살을 떼기 위해 칼을 간다.

이때 남자로 변장한 포샤가 베니스 법정의 재판관으로 출현해, 살은 주되 피를 흘려서는 안 된다고 선언함으로써 샤일록을 굴복시킨다. 샤일록은 재산을 몰수당하는 것과 동시에 기독교로 개종할 것을 명령받는다. 그때 안토니오는 샤일록에게 호의를 베풀어 딸인 제시카에게 유산 상속을 하도록 한다.

제 1 막

제 1 장

베니스의 부두

안토니오와 살레리오, 솔라니오 등장

안토니오　정말이지, 왜 이렇게 기분이 우울한지 난 모르겠네. 짜증이 나고 미칠 것만 같아. 어쩌다 우울증에 걸렸는지, 우울증이 어떻게 생겨먹었는지, 내가 어떻게 우울증에 빠져들었는지, 우울증이 어디서 왔는지를 난 도무지 알 수가 없네. 아무리 애를 써도 내가 왜 이러는지, 어쩌다가 이런 꼴이 됐는지 도무지 모르겠네.

살레리오　자네 마음이 바다 위에서 바람 따라 요동치는 파도 같아서 그렇겠지. 자네의 큰 배들은 바람을 잔뜩 받아 불룩해진 돛을 달고, 마치 바다의 귀족이나 부호 또는 바다의 수레처럼 날아가듯 바다 위를 질주하고 있을 거야. 그래서 연방 머리를 숙여 굽실거리는 작은 배들을 내려다보면서 스쳐 지나가는 거겠지.

솔라니오　하긴 그럴 테지. 여보게, 나 역시 그 많은 재산을 위험한 바다에 투자했다면 마음이 온통 거기에 가 있을 거야. 그뿐인가. 바람의 방향을 알아본답시고 계속 들풀을 뽑아 공중에 날리기도 하고, 부두나 정박지를 물색한답시고 해도를 샅샅이 뒤지며 호들갑을 떨었을 테지. 또 폭풍이 분다거나 내 사업에 조금이라도 불리한 일을 만날 때마다 틀림없이 자네처럼 우울증을 겪었을걸세.

살레리오　난 뜨거운 국물을 불어 식히느라 부는 내 입김에도 태풍을 떠올리고 오싹했을 거야. 태풍이 바다에서 일으킬 커다란 손해를 연상하고 말이야. 모래시계의 모래만 보아도 분명 모래톱이나 갯바닥을 떠올릴 테고, 화물을 잔뜩 실은 내 배가 모래바닥에 처박히면서 돛대를 늘어뜨린 채 제 무덤을 파는 광경을 연상할 거야. 예배당에서 웅장한 석조 건물을 보아도 위험한 암초를 연상할 게 분명해. 요컨대 아무리 많은 재산이라도 한순간에 몽땅 사라져서 알거지가 될 수 있다는 말일세. 생각만 해도 우울한데, 이런 일이 실제로 일어날지도 모른다고 생각하면 어찌 우울증에 빠지지 않을 수 있겠나? 설명하지 않아도 알겠네, 안토니오. 자넨 지금 배에 실은 화물 때문에 우울증에 걸린걸세.

안토니오　그런 건 아니네. 다행히 나는 내 물건 모두를 배 한 척에다 싣지도 않았고, 어느 한 곳과 거래하는 것도 아니네. 그리고 내 전 재산이 올 한 해의 운수에만 달려 있는 것도 아니니 내가 그것 때문에 우울증에 걸린 것은 아니야.

솔라니오　그럼 대체 무슨 일인가? 연애라도 하고 있는 건가?

안토니오　천만에! 그런 소리는 하지도 말게.

솔라니오　연애가 아니라고? 그렇다면 즐겁지 않으니 우울하다는 말이로군. 그리고 우울하지 않다면 당연히 즐겁게 웃을 테지. 두 얼굴을 가진 신 야누스를 두고 맹세하건대, 자연은 자고로 묘한 인간들을 만

들어왔지. 두 눈을 새초롬히 뜬 채 실실거리는 사람이 있는가 하면, 슬
픈 피리 소리를 듣고도 웃어대는 사람들도 있지. 식초라도 마신 듯 찌
푸리는 사람들이 있는가 하면, 우스운 농담을 듣고도 여간해선 이를
드러내며 웃으려 들지 않는 사람들도 있지.

바사니오와 로렌조, 그레시아노 등장

솔라니오　저기 자네의 가장 소중한 친구 바사니오가 오는군. 그레시
아노랑 로렌조도 함께. 그럼 좋은 친구들이 왔으니 우린 이만 물러나
겠네.

살레리오　자네 기분이 나아질 때까지 있으려 했는데 우리보다 더 좋
은 친구들이 왔으니 우린 그만 가봐야겠네.

안토니오　자네들이야말로 나한텐 가장 소중한 친구들일세. 실은 마
침 잘됐다 싶어 자리를 뜨려는 속셈이 아닌가?

살레리오　여보게들, 모두들 안녕하신가?

바사니오　친구들, 잘 있었나? 우리 언제 신나게 놀아보세나. 말해보
게, 언제가 좋은지? 아니, 표정들이 왜 그런가? 지금 꼭 가야겠나?

살레리오　시간이 나면 그러세. (살레리오와 솔라니오 퇴장)

로렌조　바사니오 공, 안토니오 공을 만났으니 우린 여기서 물러나는
게 낫겠네. 하지만 식사 때 만나기로 한 장소를 잊지 말게.

바사니오　잊지 않겠네.

그레시아노　안토니오 공, 안색이 썩 좋지는 않구먼. 자네는 세상사를
너무 심각하게 받아들이는 경향이 있어. 세상사를 그렇게 고민한들

무슨 소용이 있나. 정말이지 얼굴이 몰라볼 만큼 변했네그려.

안토니오   그레시아노 공, 나는 세상사를 있는 그대로 받아들이고 있다네. 세상을 무대로 여긴다면 우리 모두는 각자의 역할을 맡아 연기를 하는 배우에 지나지 않지. 그런데 내가 맡은 역할이 하필 조금 슬픈 역이라네.

그레시아노   그렇다면 나는 어릿광대 역이나 맡아야겠군. 주름살이야 어차피 늙으면 생기는데, 웃으면서 살아야 되지 않겠나. 속을 태우는 한숨 소리로 심장의 피를 말리는 것보다는 즐겁게 술잔을 기울이며 간장을 후끈 데우는 게 낫겠지. 내 한마디 하자면 안토니오, 난 자네가 좋아. 그래서 하는 말이지만 세상에는 별의별 사람들이 다 있다네. 마치 썩은 물이 고인 웅덩이처럼 생기 없고 딱딱한 표정을 하고 있는 자들도 많지. 그런 자들은 일부러 할 말을 삼킨다네. 말이 없는 덕에 현명하다는 소리를 듣고 있는 자들이지. 하지만 막상 이런 자들이 입을 열면 사람들은 일찌감치 귀를 틀어막아야 할 걸세. 이 문제에 대해서는 할 말이 많지만 다음 기회에 해야겠네. 하지만 이처럼 우울한 침묵을 미끼로 세간의 평판을 하찮은 송사리 낚듯 낚으려 하지는 말게. 자, 로렌조! 우린 이만 가세나.

로렌조   자, 그럼 일단 헤어졌다가 식사 때 다시 만나세. 나야말로 졸지에 꿀 먹은 벙어리 현인처럼 침묵을 지키고 있었네그려. 도무지 그레시아노가 말할 틈을 주지 않으니 말이야.

그레시아노   그래, 2년만 나와 같이 다녀보게. 자신의 목소리도 잊어버리게 될걸세.

안토니오   잘 가게. 그럼 나도 이제부턴 말을 많이 해야겠네.

그레시아노　듣던 중 반가운 소리네. 입 다물고 있으면서 칭찬받는 것은 마른 황소 혓바닥이랑 팔릴 가능성이라곤 전혀 없는 노처녀뿐이니까! (그레시아노와 로렌조, 웃으며 퇴장)

안토니오　지금 한 말이 다 무슨 뜻인가?

바사니오　뜻이 있을 리가 있나. 저 친구 허튼소리 하는 데야 베니스에서 첫손가락 꼽히는걸. 그중 이치에 닿는 말을 찾는다면, 두 포대의 왕겨 속에 섞인 밀알 두 알 정도라고나 할까. 또 막상 찾아낸들 수고한 대가에 미칠 수가 있겠나!

안토니오　그건 그렇고, 이제 말해보게, 어떤 여성인지. 자네가 남몰래 사랑의 순례자가 되어 찾겠다던 그 여인이 대체 누군가? 오늘 나한테 말해주겠다고 약속하지 않았던가?

바사니오　안토니오, 자네도 알고 있다시피 나는 가산을 탕진해버렸네. 분수에 맞지 않는 사치스런 생활을 했기 때문이지. 내가 지금 그 사치스러운 생활 수준을 낮추는 걸 갖고 불평하거나 그러는 건 아닐세. 물론 이 생활에서 미련 없이 빠져나올 생각이라네. 지금 가장 큰 문제는 그 빚더미로부터 어떻게 헤어날까 하는 것이네. 분수에 넘치는 생활 덕에 끌어안게 된 빚 말일세. 안토니오, 난 자네에게 물심 양면으로 빚을 지고 있어. 자네의 우정을 믿고 내 계획과 생각을 모두 털어놓을 생각이라네. 내 빚을 청산할 수 있는 계획을 털어놓아도 되겠나?

안토니오　여보게, 바사니오! 어서 말해보게. 그리고 언제 어디서나 그랬듯이, 자네의 계획이 불명예스러운 것만 아니라면, 안심하게나. 내 육체든 지갑이든 마지막 한 푼까지도 자네가 필요하다면 모두 아낌없이 내주겠네.

바사니오　학창 시절에 나는 내가 쏜 화살 하나를 찾지 못하면, 그것과 똑같은 방향으로 다른 화살을 쏘았네. 앞서 잃어버린 화살을 찾아내기 위해서였지. 이렇게 두 개의 화살을 다 잃어버릴지도 모르는 모험을 통해 두 개를 모두 찾은 적도 더러 있었지. 지금 새삼 그 시절 얘기를 꺼내는 건 내 말이 그때 일처럼 조금 유치하기 때문이야. 여태껏 난 자네에게 큰 빚을 져왔네. 분별없는 젊은이처럼 처신한 결과 빚을 낸 돈도 다 잃고 말았지. 하지만 자네가 처음 쏜 것과 같은 방향으로 또 한 개의 화살을 쏘아준다면, 난 신중하게 그 화살의 행방을 살피고 있다가 두 개의 화살을 모두 찾아오겠네. 혹 두 개를 못 찾는다면 나중에 모험 삼아 쏜 것만이라도 찾아오고, 첫 번째 것에 대해선 기꺼이 채무자로 남겠네.

안토니오　자네는 나를 누구보다 잘 알아. 그러면서 이렇게 빙빙 돌려 말하는 건 시간 낭비야. 자네를 위해서라면 난 뭐든지 할 생각인데 날 의심하다니, 그건 내 전 재산을 탕진하는 것보다 더한 모욕이라는 걸 명심하게. 자, 말해보게나. 내가 해줄 수 있는 일이 뭔지 말해주게나. 자, 어서.

바사니오　실은 벨몬트에 많은 유산을 상속받은 처녀가 있는데, 외모도 대단히 아름다운 미인이지. 게다가 더 놀라운 것은, 외모 이상으로 마음씨도 고운 여성이라는 점일세. 그녀가 말을 하지는 않았지만 언젠가는 내게 은근한 눈빛을 보낸 적도 있었어. 그녀의 이름은 포샤야. 케이토의 딸이자 브루터스의 아내인 포샤에 견주어도 조금도 손색이 없는 여인이지. 덕분에 그녀에 관한 소문이 세상 곳곳에 알려져 내로라하는 청혼자들이 동서남북으로 바람 타고 그녀 주위로 몰려드나봐.

황금 양털 같은 그녀의 머리카락은 관자놀이에서 빛나고, 벨몬트는 수많은 청혼자들로 덮여 있다네. 오, 안토니오! 나에게도 그들과 견줄 수 있는 재력이 있다면, 틀림없이 청혼에 성공해서 행운을 차지할 수 있다는 예감이 들어.

안토니오   자네도 잘 알고 있다시피 나의 전 재산은 지금 바다 위에 떠 있네. 그래서 지금 내 수중에는 당장 쓸 수 있는 현금도 없고, 담보로 삼을 만한 물건도 없다네. 그러니 베니스에서 내 신용을 담보로 돈을 빌릴 수 있다면 구해보게. 벨몬트의 아름다운 포샤를 찾아갈 비용을 마련하기 위해서라면 가능한 한 최선을 다해보게. 지금 당장 가서 알아보게. 나도 알아볼 테니. 난 자네가 돈을 마련하기 위해 내 신용을 담보로 하건 나를 담보로 하건, 그건 개의치 않겠네. (두 사람 퇴장)

제 2 장

벨몬트, 포샤 저택의 방

포샤와 하녀 네리사 등장

포 샤   정말이지, 네리사. 내 이 작은 몸뚱이로 이토록 크고 넓은 세상을 감당하는 일도 이젠 지쳤어.

네리사   그러실 겁니다, 아가씨. 만일 아가씨께서 누리시는 행복이 불행과 맞먹는다면 그렇겠죠. 그러나 제가 알기로는 사람은 굶주려도 병이 나지만, 과식을 해도 병이 들지요. 그러니 알맞게 사는 게 가장 행복하게 사는 거죠. 무엇이든 과한 것보다는 분수를 지키는 게 중요하답니다.

포 샤   훌륭한 격언이로구나. 적절한 비유고.

네리사   격언은 듣는 것보다는 따르는 것이 더 좋답니다.

포 샤   좋은 일을 실천하는 게 무엇이 좋은 건지 아는 것만큼 쉬운 일이라면 작은 성당을 큰 성당으로, 가난뱅이의 오두막을 제왕의 궁전으로 바꿀 수도 있겠지. 자신의 설교를 실천으로 옮기는 성직자도 훌륭한 분이고. 스무 명에게 착한 일을 하라고 가르치는 건 쉽지만 자신의 말을 실행하기는 힘든 법이야. 이성은 열정을 제어할 방도를 찾아내겠지만 뜨거운 열정은 차가운 계율을 뛰어넘는 법이니까. 청춘은 미친 토끼와 같아서 둔한 절름발이 지혜가 쳐놓은 그물을 뛰어넘는 법이거든. 하지만 내가 이론에 이렇게 강하다 해도 남편감을 고르는 일에는 전혀 도움이 되지 않아. 아, 선택이라는 낱말이여! 내가 원하는 사람을 선택할 수도, 싫은 사람을 거절할 수도 없다니. 내 처지가 너무 답답하지 않니?

네리사   아가씨의 아버님께서는 참으로 훌륭한 어른이셨지요. 성인들은 임종의 순간에 영감이 떠오른다고 하잖아요. 아마 아버님께서도 어떤 영감을 얻으셨기 때문에 금, 은, 납으로 세 개의 상자를 만들어 그들이 제비뽑기하도록 하신 거겠죠. 아마 아가씨를 진정으로 사랑하는 사람만이 올바른 상자를 선택할 수 있겠죠. 그런데 지금까지 청혼해오신 귀공자님들 가운데는 아가씨의 마음에 든 분이 없었나요?

포 샤 그럼 그들의 이름을 하나씩 대봐. 이름을 대면 한 사람씩 평을 해볼게. 그리고 내 평을 듣고 내 마음을 맞혀봐.

네리사 먼저 나폴리의 공작님은요?

포 샤 글쎄, 그분은 말 얘기 빼고 나면 할 말이 없어. 입만 열면 말 얘기뿐이었지. 말에 손수 편자를 박을 수 있는 것이 무슨 대단한 재주라도 되는 양 뽐내던 꼴이라니!

네리사 그럼 팰러타인 백작님은요?

포 샤 아, 그 사람. 늘 우거지상이었지. 마치 "내가 싫다면 어디 마음껏 골라 보시오"라고 말하는 것 같았어. 아무리 재미있는 얘기를 해도 웃지도 않고. 아마 나이가 더 들면 울상을 한 철학자가 되겠지. 그들 중 누군가와 결혼하느니 차라리 해골과 결혼하는 편이 낫겠어.

네리사 그럼 아가씨, 프랑스의 귀족 르 봉 경은 어때요?

포 샤 하느님께서 만들어놓으셨으니 그 사람도 남자로 불러야겠지. 나도 사람을 조롱하는 게 죄라는 건 알고 있어. 하지만 그 사람만은 어쩔 수 없구나. 그래도 나폴리 공작보다는 더 좋은 말을 갖고 있는 듯싶더라. 우울한 표정은 팰러타인 백작보다 한술 더 뜨고. 게다가 주체성이라곤 없는지 이 사람 저 사람 흉내만 내더구나. 티티새가 울어도 춤을 추고 자기 그림자와도 칼싸움을 할 수 있는 그런 위인이지! 그런 사람과 결혼하려 들었다면 스무 번도 더 했겠다.

네리사 그럼 영국의 젊은 남작 폴콘브리지는요?

포 샤 아, 그 사람. 그 사람에게는 한 마디도 하지 않았다는 걸 너도 알잖아. 그는 라틴어도, 프랑스어도, 이탈리아어도 모른다는 건 법정에서 증언해도 될 만큼 자명한 일이잖니? 겉모습은 그림처럼 멀쩡하더라만 벙어리와 평생 살 수는 없지.

네리사 그럼 그분의 이웃나라 사람인 스코틀랜드 귀족은 어떻게 생각하시는데요?

포 샤 예수님 형님이지. 이웃을 사랑하는 박애정신만큼은 대단했어. 그 영국인에게 따귀를 한 대 맞고는 때가 되면 또 한 대 맞기 위해 다른 쪽 귀를 내밀겠노라고 맹세했다더군.

네리사 그럼 색소니 공작의 조카 되시는 그 젊은 독일 청년은요?

포 샤 멀쩡한 정신으로 있는 아침에도 싫지만, 술에 취해 있는 저녁에는 더 싫어지는 인간이야. 가장 좋을 때조차 인간 이하이니 최악의 경우에는 짐승이나 다름없겠지. 최악의 상황이 올지라도 그런 사람의 신세만은 지지 않기를 바랄 뿐이야.

네리사 그러나 만일 그분이 상자를 선택하러 와서 올바른 상자를 고른다면 어떡하죠? 그분을 거절하신다면 아가씨는 아버님의 유언을 거역하시는 셈이 되잖아요.

포 샤 그러니까 그런 최악의 일이 일어나지 않도록, 상자 위에 라인산 백포도주가 가득 담긴 술잔을 놓아둬. 그럼 술의 유혹을 못 이기고 그 상자를 선택할 테니까.

네리사 아가씨, 걱정하지 마세요. 지금 말씀하신 분들과는 결혼하지 않게 됐으니까요. 그분들 모두 고국으로 돌아가면 두 번 다시 청혼 문제로 아가씨를 괴롭히지 않겠다고 저에게 말했어요. 아버님 유언대로 상자를 선택하는 방법이 아니라 다른 방법으로 아가씨와 결혼할 수 있으면 또 모를까, 더 이상 치근대지는 않겠다고요.

포 샤 아무리 오래 살지라도 난 처녀 신 아르테미스(다이애나)처럼 순결을 지키다 죽을 거야. 아버님의 유언에 따라 남편감을 고르지 않는다면 말이다. 아무튼 고맙구나. 한 궤짝이나 되는 청혼자들이 현명한 판단을 해줘서. 그 가운데 없어서 서운한 인물은 없으니 말이다. 하느님께 그 사람들이 무사히 떠나도록 빌어야겠다.

네리사　그런데 아가씨, 혹시 기억나지는 않으세요? 아버님께서 살아 계실 때 몽페라르 후작 일행과 같이 이곳에 오셨던 분 말이에요. 학자 이면서 군인이셨던 그 베니스 분 말이죠.

포　샤　오, 그래. 생각나고말고. 그분은 바사니오라는 이름이었지, 아마. 사람들이 그렇게 불렀던 것 같아.

네리사　바로 그분요. 제 부족한 두 눈으로 보아도 아름다운 아가씨의 배필로는 최고였어요.

포　샤　나도 기억나. 그분이라면 네가 칭찬할 만하지. (모두 퇴장)

제 3 장

샤일록의 집 앞에 있는 베니스의 광장

바사니오와 샤일록 등장

샤일록　삼천 더컷이라 했겠다.

바사니오　그렇소. 석 달만 빌려주시오.

394

샤일록 으음, 석 달이라!

바사니오 아까도 말했듯이 보증은 안토니오가 설 것이오.

샤일록 으음, 보증은 안토니오 나리께서 서신다?

바사니오 날 좀 도와주겠소? 내 청을 들어주겠냔 말이오.

샤일록 삼천 더컷을 석 달만이라, 보증은 안토니오 나리께서 서시고.

바사니오 어떻게 하시겠소?

샤일록 안토니오 나리야 좋은 분이시죠.

바사니오 안토니오 공에 대해 무슨 나쁜 평이라도 들은 적이 있소?

샤일록 아니, 그럴 리가 없지요. 내가 좋은 분이라고 말씀드린 것은, 보증인으로는 재력이 괜찮다는 말이지요. 하지만 그분의 재산이란 게 확실치가 않아요. 바다에 떠 있다는 말씀이죠. 그분의 상선 한 척은 트리폴리스로, 또 한 척은 서인도로, 그리고 또 한 척은 멕시코로, 또 다른 한 척은 영국으로 가고 있는 중이라고 들었소. 그러니까 그분의 재산이란 건 세계 각지에 흩어져 있는 셈이죠. 그런데 배란 것은 그저 나무판때기에 불과하고, 선원들 역시 인간에 지나지 않죠. 게다가 물에는 물쥐와 도둑과 해적들이 득실거릴 뿐더러 파도와 태풍에다 곳곳에 암초의 위험이 도사리고 있다는 말씀입니다. 그건 그렇지만, 그분의 재력이야 충분하지요. 삼천 더컷이라, 그분의 보증을 받아들여도 괜찮을 것 같소.

바사니오 괜찮다면 우리 함께 식사라도 합시다.

샤일록 (방백) 그래, 돼지고기 냄새를 같이 맡으라고? 당신들의 예언자 나사렛 사람이 요술을 부려 악마를 그 몸속에 처넣어 사육했다는 그 돼지고기를 같이 먹으라고? 당신네들과 사고 팔고, 이야기도 하고 함께 걷기는 하겠지만, 같이 먹고 마시고 기도하는 것만은 어림없는 일이지. 지금 오시는 분이 누구시더라?

안토니오 등장

바사니오　안토니오 공이로군.

샤일록　(방백) 영락없이 아첨만 할 줄 아는 세리의 상판대기군! 내가 저놈을 미워하는 건 예수쟁이이기 때문이지. 게다가 겸손한 척 어수룩하게 행동하면서 이자를 받지 않고 돈을 빌려주는 통에 베니스의 고리대금 금리만 떨어졌으니 더욱 미울 수밖에. 어디 내 그물에 한번 걸리기만 해봐라, 내 해묵은 원한을 모조리 풀어버릴 테니까. 저놈은 하느님의 백성인 우리 유대인을 증오할 뿐만 아니라 상인들이 모인 곳에서 나와 내 사업, 그리고 내 정당한 돈벌이를 고리대금업이라고 비난했던 놈이라고! 내가 저놈을 용서한다는 건 내 종족에게 못할 일이지.

바사니오　이봐요, 샤일록! 듣고 있는 거요?

샤일록　지금 내 수중에 있는 돈을 계산해보고 있는 거요. 한데 생각나는 대로 헤아려 봐도 삼천 더컷이라는 거금을 당장 조달하기는 어려울 것 같소이다. 하지만 염려하시지는 마쇼. 우리 유대인 동포 가운데 튜벌이라는 부자가 있는데, 그가 내게 융통해줄 수 있을 테니. 그런데 잠깐, 기간이 몇 달이라고 하셨더라? (안토니오에게) 안녕하십니까, 나리! 방금 나리 얘기를 하고 있던 참이었습니다.

안토니오　샤일록, 나는 원칙적으로 이자를 받고 돈을 빌려주지도 않고, 이자를 주고 돈을 빌리지도 않는데, 이번만은 어쩔 수 없구려. 친구가 얼마나 필요하다고 했소?

샤일록 삼천 더컷이요.

안토니오 기간은 석 달이오.

샤일록 참, 깜빡했네. 석 달이라고 말씀하셨지. 자, 그럼 나리께서 보증을 서주시지요. 그런데 듣자 하니, 나리께서는 이자를 받고 돈 거래를 하지 않으신다고 말씀하신 것 같은데…….

안토니오 그렇소. 그게 내 식이오.

샤일록 그런데 제 말씀 좀 들어보세요, 나리. 안토니오 나리, 거래소에서 돈놀이를 한답시고 저를 수없이 비난하셨지요. 제가 빌려준 돈과 이자를 싸잡아 말입니다. 그래도 전 어깨를 움츠리며 꾹 참아내곤 했지요. 인내는 우리 유대 민족의 미덕이니까요. 당신은 나를 두고 이교도라느니, 사람 잡는 개라느니 하면서 우리 웃옷에다 서슴없이 침을 뱉었지요. 내 돈을 내 마음대로 이용하는 걸 두고 말이죠. 그런데 지금 나리께서는 이 개새끼의 돈이 필요하시다고요? 거 참, 나리께서 내게 오셔서 "샤일록, 돈 좀 빌릴 수 있을까?" 물어보셨죠. 제 수염에 가래침을 뱉으며 문지방에서 낯선 들개를 걷어차듯 저를 발길질하던 나리께서 이젠 돈을 꿔 달라고 하시니 제가 뭐라고 말씀드려야 할까요? 이렇게 말씀드리면 될까요? "개에게 무슨 돈이 있겠습니까? 그게 말이나 됩니까? 들개에게 삼천 더컷이란 거액을 빌려달라는 게?"

안토니오 앞으로도 나는 당신을 개새끼라고 부르고, 계속 침도 뱉을 거고, 발길질도 할 것이오. 그러니 친구에게 돈을 빌려준다는 식으로 생각하지는 마시오. 친구가 새끼도 치지 못하는 쇠붙이를 빌려주고 이자를 받아먹을 리가 있겠소? 차라리 원수에게 그 돈을 빌려주었다고 생각하시오. 그래야 계약을 어길 경우 좀 더 당당하게 위약금을 받아낼 수도 있지 않겠소?

샤일록　아니, 이보십시오, 왜 화부터 내시고 그럽니까? 저는 나리와 친구가 되고 싶기도 하고, 우정도 나누고 싶어서 여태껏 받은 모욕도 잊고서 이자를 한푼도 받지 않고 필요한 돈을 융통해 드리려고 하는데, 제 말은 끝까지 들어보시지도 않고 무시하시는군요. 제 호의를 이런 식으로 무시하시다니……

바사니오　그게 호의라면 좋겠소만……

샤일록　그럼 선심을 좀 쓰겠습니다. 자, 함께 공증인에게 가서 나리 한 분의 서명이라도 좋으니 차용증서에 도장을 찍어주시지요. 그리고 농담 삼아 말씀드리는 건데, 만일 나리께서 차용증서에 명시된 대로 지정된 날짜와 지정된 장소에서, 지정된 액수의 돈을 갚지 못하실 경우, 위약금으로 나리의 몸 어디에서든 내가 원하는 곳의 살을 1파운드만 주시는 게 어떻습니까?

안토니오　좋소. 그런 증서라면 서명하겠소. 그리고 사람들에게 유대인도 친절하더라고 널리 말해주겠소.

바사니오　안 되네. 나 때문에 그런 차용증서에 도장을 찍을 수는 없네. 차라리 가난하게 지내는 게 낫겠네.

안토니오　걱정 말게, 이 친구야! 내가 위약할 리가 있겠나. 두 달 안으로, 그러니까 이 차용증서에 기록된 만료일 한 달 전에, 증서에 명시된 금액의 세 배에 다시 세 곱을 한 큰돈이 들어온다네.

샤일록　오, 아버지 아브라함이시여! 기독교도들은 다 이런가요? 자기네들이 가혹한 짓을 일삼으니까, 다른 사람의 호의도 믿지 못하나봅니다. 자, 한마디만 합시다. 만일 증서에 명시된 약속날짜를 어겼다 해서, 제가 그 위약의 대가를 받아낸들 무슨 이득이 있겠소? 사람 몸에서 베어낸 1파운드의 인육이 무슨 쓸모가 있겠소? 양고기나 쇠고기나 염소고기보다 쓸모가 없지요. 저는 그저 나리의 호의를 얻기 위해 우정을 베푸는 겁니다. 제발 제 호의를 오해 마십시오.

안토니오　좋소, 샤일록. 내 증서에 도장을 찍겠소.

샤일록　그럼 공증인 사무실에서 만납시다. (모두 퇴장)

제2막

제1장

벨몬트, 포샤 저택의 방

요란한 나팔 소리. 모로코 영주와 수행원, 포샤, 네리사, 하인들 등장

모로코 영주　내 얼굴색 때문에 나를 싫어하지는 마시오. 이 색깔은 작열하는 태양이 내게 입혀준 검은 옷이니까. 난 바로 그 태양의 이웃으로 태양 가까이에서 태어났소. 태양신 아폴론의 뜨거운 불길로도 고드름을 녹이지 못한다는 북쪽의 흰 얼굴을 가진 미남을 데려와 나와 비교해도 좋소. 당신의 사랑을 받기 위해서라면 그의 피와 내 피 중에서 누구 피가 더 붉고 뜨거운지 시험해봐도 좋소. 아가씨, 나의 신께 맹세하지만, 내 얼굴을 보고 용감한 자들도 공포에 떨었답니다. 사랑을 걸고 맹세할 수 있소. 우리나라 최고의 미인들도 내 얼굴에 반했다오. 당신의 마음을 훔칠 수 있다면 모를까, 내 얼굴색을 바꿀 생각은 추호도 없소. 나의 존경하는 여왕이시여!

포 샤　저는 배필을 선택할 때 보통 처녀들처럼 제 안목을 따를 수가 없답니다. 더구나 제 운명은 제비뽑기에 달려 있으니, 제 마음대로 배필을 선택할 권리가 없는 셈이지요. 아버지께서 그런 유언을 남기시지 않고 제 뜻을 좇도록 하셨다면, 고매하신 영주님이야말로 지금껏 제 사랑을 얻기 위해 여기까지 온 청혼자들 가운데 제일 훌륭하신 분이라 생각합니다.

모로코 영주 말씀만이라도 고맙소. 그럼 제발 상자가 있는 곳으로 날 안내해주시오. 내 운명을 시험해보리다. 터키의 황제 솔리먼을 세 번이나 물리쳤고, 페르시아의 사파이 왕도 베어버린 이 명검을 두고 맹세할 수 있소. 그 어떤 매서운 눈빛이라도 마주 보아 이길 것이고, 제아무리 담이 큰 놈이라도 기를 꺾어놓겠다는걸. 곰의 품속에서 젖을 빨아먹고 있는 곰새끼라도 어미 품에서 떼어놓을 수 있소. 으르렁거리며 표효하고 있는 사자조차 싸워 이길 것이오. 당신을 내 아내로 맞이할 수만 있다면 말이오. 헤라클레스와 그의 하인 라이커스가 만일 주사위를 던져 어느 쪽이 더 센지를 가르려고 한다면 헤라클레스 같은 천하장사라도 질 수가 있지요.

포 샤 모든 걸 운명에 맡길 수밖에 없지요. 아예 상자 고르는 일을 단념하시든가, 아니면 상자를 고르시기 전에 맹세해야 합니다. 상자를 잘못 고르실 경우 앞으로 어떤 여성에게도 청혼을 하지 않겠다고 말입니다. 그러니 잘 생각해보시기 바랍니다.

모로코 영주 이제 와서 그만둘 수는 없소. 자, 그러면 운명의 시험대로 나를 안내해주시오. (나팔 소리, 모두 퇴장)

제 2 장

베니스의 거리

론슬롯, 고보와 함께 등장 다른 쪽에서 바사니오와 레오나르도, 일행과 함께 등장

바사니오   (하인에게) 그렇게 해도 좋아. 하지만 서두르게나. 늦어도 다섯 시까진 저녁식사 준비가 돼야 하니까. 이 편지는 꼭 전달하고, 새 옷도 맞춰 입도록. 그리고 그레시아노 나리께는 내가 속히 우리 집으로 오시길 바란다고 전하거라. (하인 퇴장)

론슬롯   (고보 등을 떠밀면서) 저분께 인사 드리세요, 아버지.

고 보   안녕하십니까, 나리. 나리께 하느님의 축복이 있기를 빕니다.

바사니오   고맙소, 나에게 무슨 용무라도 있소?

고 보   여기 제 자식놈이 있사온데, 워낙 변변치 못한 놈이라서⋯⋯.

론슬롯   (앞으로 나선다) 변변치 못한 놈이라뇨, 아버지. 저는 부유한 유대인 댁 하인이옵니다. 자세한 건 제 아버지가 말씀드릴 겁니다만.

고 보   자식놈이 큰 포부를 갖고 있답니다. 말하자면 나리 밑에서 나리를 위해 일하겠다는 거죠.

론슬롯   정말 요점만 말씀드리자면 전 유대인을 섬기고 있지만, 저의 바람이란⋯⋯, 아버지께서 설명하시겠지만⋯⋯.

고 보   나리께 말씀드리긴 뭣합니다만, 지금 이 애와 그 댁 주인은 거

의 한솥밥을 먹을 수 있는 상황이 안 돼놔서요.

론슬롯 정말 간단하게 말씀드리자면 사실 그 유대인 놈이 절 학대했고, 그래서 전 어쩔 수 없이⋯⋯ 나이 많은 노인이기는 하지만 제 아버지가 자세히 말씀드리자면⋯⋯.

고 보 저, 여기 나리께 드리려고 비둘기 요리 한 접시를 갖고 왔습니다. 제 청을 말씀드리자면⋯⋯.

바사니오 한 사람씩 말하는 게 낫겠네. 뭘 원하는지?

론슬롯 나리를 모시고 싶습니다!

고 보 그것이 바로 요점입니다, 나리.

바사니오 청을 들어주마. 네 주인 샤일록과 오늘 얘길 했는데 널 추천하더군. 글쎄, 돈 많은 유대인 집을 나와서 나 같은 가난뱅이의 하인이 되는 게 뭐 그리 좋은 일이라고. 하지만 네가 좋다면 그렇게 해라.

론슬롯 샤일록과 나리께서는 '신의 은총은 보석'이란 옛 속담을 공평하게 나눠 갖고 계신 것 같습니다요. 나리께선 '신의 은총'을, 샤일록은 '보석'을 듬뿍 갖고 있으니 말입니다.

바사니오 말재간이 보통이 아니구나. (고보에게) 자, 어르신도 아들과 함께 가시죠. (론슬롯에게) 자, 옛주인한테 가서 작별 인사를 한 다음 우리 집으로 오너라. (하인들에게) 이자에게 다른 하인들보다 더 많은 장식이 달린 옷을 입히게. 명심하거나! (바사니오를 빼고 모두 퇴장)

그레시아노 등장

그레시아노 이봐, 바사니오 공! 내 자네에게 부탁이 있네.

바사니오   내 어찌 자네 청을 거절할 수 있겠나?

그레시아노   거절하지 말게. 나도 자네를 따라 벨몬트로 가야겠네.

바사니오   그럼, 그렇게 하게. 하지만 그레시아노, 자넨 너무 거친데다 무례하고 말도 함부로 하는 편이지. 그것이 자네의 개성이고, 우리 친구들에게는 큰 결점이 되는 것도 아니지만, 글쎄 자네를 잘 모르는 사람들은 자네의 행동이 지나치게 자유분방하다고 여길지도 모르겠네. 그러니 제발 부탁이니 좀 절제해주게. 천방지축 끓는 물처럼 급한 자네 성미에 절제란 차디찬 냉수를 몇 방울 떨어뜨려 좀 식히도록 노력해주게. 자네의 거친 행동 덕에 나까지 오해를 받고, 나아가 일을 망치게 될지도 모르니 말일세.

그레시아노   알겠네, 바사니오. 내 그렇게 하도록 하지. 행동은 점잖게, 말은 공손하게, 욕설은 꼭 필요할 때만 하겠네. 그리고 호주머니 속에는 항상 성경을 넣고 다니고, 근엄한 표정을 짓고 다니겠네.

바사니오   그래, 어디 한번 자네 행실을 지켜보지. (두 사람 퇴장)

제 3 장

베니스, 샤일록의 집 방

제시카와 론슬롯 등장

제시카 막상 네가 우리 아버지 곁을 떠난다니 섭섭하구나. 우리 집이야 지옥이지만, 그래도 너같이 유쾌한 도깨비 같은 친구가 있어서 덜 따분했는데. 하지만 잘 가거라. 아 참 론슬롯, 오늘 저녁식사 때 네 새 주인이 로렌조님을 초대하셨으니 그분에게 이 편지를 전하거라. 아무도 몰래 전해야 돼.

론슬롯 아가씨, 안녕히 계십시오! 저도 눈물 때문에 말문이 막히는군요. 이교도지만 너무나 어여쁘고 착하고 친절한 아가씨! 만일 어떤 기독교도가 술책을 써서 당신을 아내로 맞이한다 해도 이해할 수 있는 일이지요. 좌우지간 안녕히 계세요. (퇴장)

제시카 아, 이 얼마나 끔찍한 일인가. 내가 아버지의 자식임을 부끄러워하다니! 내 비록 핏줄은 아버지의 것을 이어받았을지 모르지만 그분의 성품까지 닮은 건 아니랍니다. 오, 로렌조님, 약속을 지켜주신다면 난 이 번민에서 벗어나 기독교인으로 개종하여 당신의 사랑스런 아내가 되겠습니다. (퇴장)

제 4 장

베니스, 다른 거리

그레시아노, 로렌조, 살레리오, 솔라니오 등장

로렌조　그러니까 저녁식사 도중에 슬그머니 빠져나와 우리 집에 가서 가장을 한 뒤 모두 다시 오기로 하자. 넉넉잡고 한 시간이면 돼.

그레시아노　난 아직 준비가 좀 덜 됐는데.

살레리오　누굴 횃불잡이로 할지 정하지도 않았잖아.

솔라니오　제대로 하지 못할 바에는 꼴만 우습게 될 테니, 차라리 집어치우는 게 나을지도 몰라.

로렌조　아직 시간이 네 시밖에 안 됐잖아. 준비할 시간이 두 시간이나 남았는걸. (편지를 든 론슬롯 등장) 론슬롯, 무슨 일인가?

론슬롯　(편지를 꺼내 로렌조에게 주며) 어서 편지를 뜯어보시지요. 자세한 내용이 적혀 있을 겁니다.

로렌조　눈에 익은 필체로군. 정말 아름다워. 글을 쓴 사람의 손이 이 편지지보다 더 희고 아름답지만.

그레시아노　연애편지로군. 틀림없어.

론슬롯　그럼 소인은 이만 물러가겠습니다, 나리.

로렌조　어딜 가려는가?

론슬롯　샤일록 나리께 오늘 밤 바사니오 나리가 베푸시는 만찬에 참석하시라는 말씀을 전하러 갑니다.

로렌조 잠깐, 거기 섰거라. 이걸 받게. (론슬롯에게 돈을 건네준다) 제시카 아가씨에게 내가 절대 실망시키지는 않을 것이라고 말씀드리게. 은밀히 전해야만 하네. (론슬롯 퇴장) 자, 이제 오늘 밤에 있을 가장무도회 준비를 시작하는 게 어떤가? 횃불잡이는 내가 구해보겠네. 그럼 한 시간쯤 후에 그레시아노 집에서 만나도록 하세.

솔라니오 좋아, 그렇게 하세. (살레리오와 솔라니오 퇴장)

그레시아노 그 편지는 아름답고 상냥한 제시카 아가씨에게서 온 것이 아닌가?

로렌조 그렇다네. 자네에게 모든 것을 털어놓겠네. 그녀가 적어 보낸 것이네. 어떻게 하면 아버지 집에서 자기를 빼낼 수 있는지, 얼마만큼의 금은보석을 가지고 나올 수 있는지, 그리고 가장무도회 복장으로는 어떤 시동의 옷을 마련해놨는지 말일세. 그래서 하는 말인데, 만일 그녀의 아버지인 유대 놈이 천당엘 가게 된다면, 그건 순전히 상냥한 딸 덕분이지. 그녀가 신앙이 없는 유대 놈의 자식이라는 이유 때문이라면 모를까, 어떤 불운도 감히 그녀의 앞길을 가로막지는 못할 거야. 자, 함께 가세. 가면서 이 편지를 읽어보게. 그리고 난 아름다운 제시카를 횃불잡이로 삼을까 하네. (두 사람 퇴장)

제 5 장

베니스, 샤일록의 집 앞

샤일록과 론슬롯, 제시카 등장

샤일록   제시카, 난 오늘 초대 받은 저녁식사에 나가야 한다. 그리고 이건 열쇠 꾸러미니까 잘 간직하거라. 그런데 무엇 때문에 내가 가야 하지? 내가 좋아서 오라는 것도 아니고 단지 비위를 맞추려는 건데. 하지만 미워서라도 거기 가서 돈을 물 쓰듯 흥청망청 쓰는 예수쟁이들이 준비한 음식들을 실컷 먹어치워야겠다. 내 딸 제시카야, 집 잘 봐라. 난 정말 가고 싶지가 않구나. 어쩐지 편치 않을 것 같은 불길한 예감이 들거든.

론슬롯   어쨌든 가시지요, 나리. 그분들은 모든 계획을 함께 짜셨답니다. 나리께서 가면무도회를 꼭 보시라는 말씀은 아닙니다. 하지만 만일 보신다면, 지난 부활절 다음 월요일 아침 여섯 시에 제가 코피를 흘리며 법석을 떨었던 게 다 이유가 있어서라는 걸 아시게 될 겁니다. 오늘 오후가 그해 성회 수요일로부터 꼭 4년째 되는 해이죠.

샤일록   뭐, 가면무도회가 있다고? 잘 들었느냐, 제시카. 문을 몽땅 잠그고 있거라. 북소리가 들리든 몹쓸 피리 소리가 들리든 아무리 밖에서 난리를 치더라도 구경을 한답시고 창문으로 얼굴을 내밀고 길거리를 내다보면 안 된다. 얼굴에 잔뜩 분을 처바른 광대 같은 예수쟁이 바

408

보들의 상판대기를 구경하느라 한눈을 팔아선 안 된단 말이다. 우리 집의 귀란 귀는 다 틀어막아라. 이 창문 말이다. 그 천박한 바보들이 소란을 피우는 소리가 조용한 우리 집에 들어오지 못하도록 해야 한다. (론슬롯에게) 이봐라, 네놈은 먼저 가서 내가 그리 가겠다고 전하거라.

론슬롯   그럼 저는 먼저 갑니다요, 나리. (나가면서 제시카에게 소곤거린다) 아가씨, 아버님이 뭐라 하시든 신경 쓰지 마시고 창밖을 꼭 내다보세요. 아주 멋진 기독교인 청년이 한 사람 있는데, 유대인 아가씨 눈에 꼭 들 겁니다. (퇴장)

샤일록   저 바보 같은 놈, 저 바보가 지금 뭐라고 말했냐?

제시카   안녕히 계시라고 했을 뿐, 다른 소리는 없었어요.

샤일록   저 바보 같은 녀석, 성격은 좋은데 많이 처먹는 게 흠이지. 무슨 일을 시키든 달팽이같이 느려 터지고, 대낮에도 살쾡이처럼 잠만 자니, 꿀도 못 만드는 벌을 우리 집에다 놔둔 셈이지. 그래서 내보내는 거야. 자, 제시카! 그만 들어가봐라. 난 금방 돌아올 거다. 그리고 내가 일러준 대로 문단속 잘해라. '단단히 매어두면 모두가 마딘 법' 언제 어디서 들어도 좋은 속담이지. (퇴장)

제시카   아버지, 안녕히 다녀오세요. (혼잣말로) 누가 내 운명을 막지만 않는다면 이것으로 우리 부녀는 이별이에요. 나는 아버지를, 아버지는 딸을 잃는 거죠. (퇴장)

제 6 장

베니스, 샤일록의 집 앞

그레시아노와 살레리오 가면을 쓰고 등장

그레시아노 이곳이 바로 로렌조가 우리더러 있으라던 그 처마 밑이야.

살레리오 한데 약속 시간이 지났네.

그레시아노 그 친구가 약속 시간을 어기다니, 정말 이상한 일이군. 사랑에 빠진 연인들이란 언제나 약속 시간보다 먼저 오는 법인데.

살레리오 비너스의 수레를 끄는 비둘기도 새로 맺은 사랑의 맹세를 지킬 때는 재빠르게 날지만, 이미 맺어진 사랑의 맹세를 지킬 때는 거북이걸음이라더군!

그레시아노 그야 만고의 진리지. 잔칫집에 왔다가 갈 때도 왕성한 식욕을 가진 채 식탁에서 일어나는 사람이 있던가? 말도 길을 처음 떠날 때는 지루함을 참고 엄청난 속도로 달리지만, 같은 길을 돌아올 때는 열심히 달리는 법이 없지 않은가? 세상사가 다 그런 게 아닌가. 쫓아다닐 때는 활기찬 법이지만, 막상 손에 넣으면 시들해지는 거지. 만국기를 나부끼며 항구를 떠나는 배를 보게. 마치 젊은 귀공자 같지 않은가? 창녀 같은 바람의 애무를 받으면서 말일세. 그런데 항구로 돌아오는 배의 모습은 마치 탕아처럼 보이는 법이지. 창녀 같은 바람에 시달려 찢겨 앙상한 뼈대만 남은 채로 말일세.

로렌조 황급히 등장

살레리오　마침 로렌조가 오는군. 이 얘기는 나중에 하세.

로렌조　친구들, 이렇게 오래 기다리게 해서 미안하네. 본의 아니게 자네들을 오래 기다리게 만들었지만, 나보다는 내 사랑을 탓하게. 자네들이 아내로 삼을 색시를 훔쳐낼 때는 나도 자네들만큼 오래 기다려줄 테니까. 자, 여기가 내 장인인 유대인의 집일세. 여보시오! 안에 누구 있소?

제시카　누구세요? 목소리는 익숙하지만, 누군지 분명히 밝혀야죠.

로렌조　나요, 그대의 연인 로렌조요

제시카　정말 로렌조님이시죠? 정말 내 사랑이시죠? 제가 당신 말고 누구를 이토록 사랑하겠어요? 자, 여기 이 상자를 받으세요. 수고할 가치가 있는 물건이에요. (상자를 던진다) 밤이라 다행이에요. 당신이 제 모습을 보시지 못할 테니. 이렇게 변장한 모습을 보여드리고 싶지 않았어요. 하지만 사랑은 사람들을 장님으로 만든다는 말이 사실인가봐요. 연인들은 자신들이 저지르는 어리석은 짓들을 볼 수 없으니까요. 만일 볼 수 있다면 큐피드조차 얼굴을 붉히겠죠.

로렌조　어서 내려오시오. 그대가 내 횃불잡이가 되어주어야겠소.

제시카　뭐라고요? 이 부끄러운 제 모습이 잘 보이도록 횃불을 들라고요? 그러지 않아도 이런 차림이 우스운 판에 횃불까지 들고 남들에게 환히 보이도록 서 있으라고요? 내 사랑이여, 지금 저는 제 모습을 숨겨야 할 처지랍니다.

로렌조　그래서 아름다운 소년 복장으로 변장을 하고 숨어 있었군. 자, 어쨌든 얼른 내려와요. 비밀을 감싸주는 밤이 지나가기 전에. 바사니오의 만찬이 우릴 기다리고 있소.

제시카 문단속을 단단히 하고, 돈을 좀 더 챙겨 가지고 갈 테니까 잠깐만 더 기다리세요. (창문을 닫는다)

그레시아노 저 상냥한 아가씨는 정말 유대인 같지 않아.

로렌조 내가 그녀를 진심으로 사랑하지 않는다면 지금 천벌을 받아도 좋아. 내 판단이 맞다면 그녀는 현명한데다가 내 눈이 삐지 않았다면 정말 아름답고, 진실하지. (제시카가 안에서 나온다) 아니, 벌써 왔소? 자, 친구들, 이제 갑시다. 지금쯤 가면을 쓴 친구들이 목을 길게 빼고 우릴 기다리고 있을 걸세. (모두 퇴장)

제 7 장

벨몬트, 포샤 저택의 방

요란한 나팔 소리. 포샤, 모로코 영주 시종들 등장

포 샤 자, 커튼을 젖히고 귀한 영주님께 세 개의 상자를 보여드려라. (하인이 상자를 보여준다) 자, 그럼 골라보시지요.

모로코 영주 첫 번째 상자는 금 상자로군. 가만, 상자 위에 이런 글귀가 적혀 있군. '나를 선택하는 자는 만인이 원하는 것을 얻으리라.' 두 번째는 은 상자고, 여기에도 이런 글귀가 적혀 있군. '나를 선택하는 자는 그 신분에 합당한 것을 얻으리라.' 세 번째 상자는 형편없는 납 상자로군. 이런, 글귀조차 퉁명스럽기 짝이 없군. '나를 선택하는 자는 전 재산을 걸고 모험을 해야 한다.' 한데 내가 상자를 제대로 선택했는지 어떻게 알 수 있단 말이오?

포 샤   영주님, 한 상자에만 저의 초상화가 들어 있습니다. 물론 그걸 고르시면 전 영주님의 것이 되지요.

모로코 영주   신이시여, 저의 판단력을 바르게 인도하소서! 어디 글귀를 다시 한 번 읽어보자. 납으로 된 상자에는 뭐라고 적혀 있었지? '나를 선택하는 자는 전 재산을 걸고 모험을 해야 한다.' 무엇을 위해서? 납을 위해서? 납을 위해 모험을 하란 말인가? 이건 나를 협박하는 게로군. 내 전 재산을 걸면 대체 내게 뭘 주겠다는 거지? 황금 같은 마음을 가진 내가 하찮은 외양에 허리를 굽힐 수는 없는 법, 난 납덩어리 때문에 동전 한 닢이라도 거는 모험 따위는 하지 않겠어. 그럼 처녀 같은 은 상자에는 뭐라고 씌어 있었지? '나를 선택하는 자는 그 신분에 합당한 것을 얻으리라.' 그 신분에 합당한 것이라고? 모로코 영주여! 잠시 멈추고 그대의 가치를 헤아려보시오. 그대 자신의 평가에 의하면, 그대 가치는 차고도 넘치지. 그러나 아가씨를 얻을 수 있을 만한지는 알 수 없는 일. 하지만 내 가치를 의심하는 건 나 자신을 과소평가하는 것이지. 내 신분에 합당한 만큼이라! 옳지, 바로 이 여자다! 똑똑한 모로코의 영주여, 무엇을 망설이는가? 가문으로 보나 재산으로 보나 예의범절이나 교양으로 보나 내 신분에 합당한 여자가 바로 이 여자인 건 틀림없어. 하지만 무엇보다 사랑을 두고 볼 때 내가 가장 합당한 인물이지. 이제 그만 망설이고 이걸 선택해볼까? 어디 한번 보자. 금으로 된 상자엔 뭐라고 새겨져 있었지? '나를 선택하는 자는 만인이 원하는 것을 얻으리라.' 옳지, 그것도 바로 이 여자다! 온 세상 사람들이 이 여자를 열망하고 있잖나. 나에게 열쇠를 주시오. 이걸 고르겠소. 이젠 행운을 빌 수밖에!

포 샤 자, 열쇠를 받으십시오. 제 초상화가 그 안에 들어 있으면 저는 당신 것이 되는 겁니다!(모로코 영주, 금 상자를 연다)

모로코 영주 오, 이런! 이게 대체 뭐냐? 더러운 해골바가지로구나. 텅 빈 눈구멍에 끼어 있는 두루마리를 보자꾸나. '반짝인다고 해서 모두 금은 아니다. 그대는 이렇게 말하는 것을 자주 들었을 터. 수많은 사람들이 내 모습에 홀려 생명을 팔았도다. 황금의 무덤 속엔 구더기가 우글대는 법. 그대가 용감한 만큼 현명했다면, 젊고 분별력이 있었다면 두루마리에 쓰인 이런 답은 받지 않았을 것을. 잘 가시오. 당신의 청혼은 끝났소.' 정말 차가운 소리군. 내 노력도 허사가 되었고. 그래, 잘 가라, 사랑의 열정이여. 이리 오너라, 싸늘한 현실이여. 포샤 아가씨, 이제 작별을 해야겠소. 가슴이 너무 아파 긴 인사는 피하겠소. 그럼 패자는 말없이 사라집니다. (영주 시종들과 퇴장. 요란한 나팔 소리)

포 샤 점잖게 가버렸구나. 이제 커튼을 치자. 얼굴색이 검은 저런 남자들은 모두 저렇게 헛물만 켜고 돌아가면 좋으련만. (모두 퇴장)

제 8 장

베니스의 거리

살레리오와 솔라니오 등장

솔라니오 글쎄, 여보게. 바사니오가 배를 타고 가는 걸 보았는데, 그
레시아노도 바사니오와 함께 있었지만, 로렌조는 보이지 않았어.

살레리오 그 유대 놈이 고함을 쳐 공작님을 깨웠지. 공작님도 그놈과
함께 바사니오의 배를 찾으러 가셨어.

솔라니오 놈이 왔을 때는 이미 너무 늦었어. 배가 떠난 후니까. 공작
님께서도 얘기를 듣고 진상을 아시게 됐지만. 게다가 안토니오도 공작
님께 말씀을 드렸다네. 바사니오의 배를 같이 타고 가지는 않았다고.

살레리오 난 그 개 같은 유대 놈이 그렇게 화내는 건 난생처음 봤네.
길거리에서 정신 없이, 그렇게 이상하게 소리를 지르며 성을 내는 꼴이
란. 정말이지 그렇게 고함을 지르는 걸 본 적이 없네. "내 딸! 아, 내 돈!
오, 내 딸년이 예수쟁이와 도망을 치다니! 예수쟁이 놈이 내 돈을 챙기
다니! 재판감이다! 법이다! 내 금화 두 주머니를! 내 딸년이 훔쳐가다니!
꽁꽁 묶어둔 그 돈자루를! 귀하고 값진 보석 두 개까지 훔쳐가다니! 재
판이다! 내 딸년을 찾아주시오! 내 보석도 그년이 가지고 갔소! 내 돈!"
하고 소리를 질러댔지.

솔라니오 안토니오도 약속한 날짜에 돈을 갚아야 할 텐데. 안 그랬다

간 무슨 봉변을 당할지도 모르는 판이야.

살레리오　그러고 보니 이제야 생각나는군. 어제 어떤 프랑스인을 만났는데, 그 사람 말이 프랑스와 영국 사이의 좁은 해협에서 짐을 잔뜩 실은 화물선이 난파당했다지 뭔가. 그 얘길 듣는 순간 안토니오가 떠오르더라고. 난 마음속으로 그의 배가 아니길 빌었네.

솔라니오　자네가 들은 그 얘길 안토니오에게 해주는 게 좋을 듯싶네. 그렇다고 불쑥 말해 충격을 주지는 말고.

살레리오　그렇게 마음 착한 친구는 아마 이 세상에 없을 거야. 난 바사니오와 안토니오가 작별하는 모습을 봤네. 바사니오가 될 수 있으면 빨리 돌아오겠다고 말하자 그는 이렇게 말했지. "그러지는 말게. 나 때문에 조급히 굴다가 일을 망치면 안 되니까. 때가 무르익을 때까지 기다리게. 유대인이 받아간 차용증서는 신경 쓰지도 말게. 사랑으로 가득 찬 마음에 부담이 돼선 안 되네. 자네는 청혼하는 일에만 전력을 기울이게." 이렇게 말하면서도 눈에 눈물이 고이자 고개를 옆으로 돌린 채 바사니오의 손을 꼭 잡더군.

솔라니오　아마 그 친구의 유일한 보람은 바사니오에게 우정을 베푸는 일일 거야. 자, 우리 함께 그를 찾아보세. 그리고 유쾌한 일을 찾아내서 우울증을 털어내도록 도와주세. (모두 퇴장)

제 9 장

벨몬트, 포샤 저택의 방

요란한 나팔 소리. 아라곤 영주와 포샤, 네리사, 그리고 시종들 등장

포 샤   보십시오, 영주님. 저기 상자가 있습니다. 제 초상화가 들어 있는 상자를 선택하시면, 우리의 결혼식이 즉시 거행될 겁니다. 하지만 잘못 선택하시는 경우엔, 아무 말씀도 마시고 당장 이곳을 떠나셔야 합니다.

아라곤 영주   나는 조금 전 세 가지 조건을 지키겠노라고 맹세를 했소. 첫째는 내가 어떤 상자를 선택했는지 누구에게도 발설하지 않겠다는 것이고, 둘째는 내가 만일 상자 선택에 실패하면 두 번 다시 어떤 처녀에게도 청혼하지 않겠다는 것이오. 그리고 마지막으로는, 불행히도 잘못 선택할 경우, 당신에게 즉시 작별 인사를 하고 떠난다는 것입니다.

포 샤   보잘것없는 소녀를 위해 모험을 하는 청혼자들이라면 모두 다 하시는 맹세들이지요.

아라곤 영주   그런 각오는 충분히 되어 있소. 자, 행운의 여신이여, 내 소원을 이루어주소서! (달려가 상자들을 하나씩 살펴본다) 황금과 은, 그리고 보잘것없는 납 상자로군. '나를 선택하는 자는 전 재산을 걸고 모험을 해야 한다.' 모든 것을 걸고 모험을 하려면 모양새부터 그럴 듯해야 하는데, 넌 생김새부터 아름답지 못하구나. 그럼 금 상자에는 무엇이라고 씌어 있지? '나를 선택하는 자는 만인이 원하는 것을 얻으리라.' 만인이란 어리석은 대중들을 일컫는 말일 거야. 그들은 겉으로 드러난 모습만으로 사물을 판단할 뿐, 우둔한 두 눈으로는 속을 꿰뚫어볼 줄 모르지. 그래서 앞날을 미리 내다보지 못하고 제비처럼 언제나 비바람을 피할 수 없는 길목과 비바람 몰아치는 바깥벽에 집을 짓곤 하지. 따라서 난 우둔한 만인이 원하는 것을 택하진 않을 거야. 어중이떠중이처럼 함부로 날뛰고 싶지도 않고 얼빠진 대중과 같은 부류로 남고 싶지도 않기 때문이지. 그렇다면 이번에는 은 상자를 다시 볼까? 날 선택하는 자는 그 신분에 합당한 것을 얻으리라.' 바로 내가 듣고 싶은 말이지. 합당한 자격이 없는 어느 누가 요행으로 명예를 얻는단 말이지? 어느 누구도 자신에게 과분한 명예나 지위를 탐내선 안 되지. 아! 부정한 수단을 통해서는 지위나 계급이나 관직을 얻을 수 없고, 합당한 자질을 가진 자만이 명예를 얻을 수 있다면 좋을 텐데. 그런 비천한 사람들 중 높은 지위에 오를 사람이 몇이나 될까? 지금 앉아서 명령을 내리는 사람들 중 앞으로 명령을 받는 자로 전락할 사람은 몇이나 될까? 얼마나 많은 명문대가의 후손들이 보잘것없는 농사꾼으로 변신할 것인가? 얼마나 많은 인물들이 속세의 검불과 쓰레기 더미로부터 건져져서 휘황한 빛을 발하게 될 것인가? 자, 그럼 드디어 내 신분에 합당한 상자를 고르기로 할까? 열쇠를 이리 주시오. 당장 상자를 열어 내 운명을 알아보겠소. (은 상자를 열어보더니 깜짝 놀라 한 걸음 뒤로 물러선다)

포 샤 (방백) 그토록 뜸을 오래 들이시더니 고작 그걸 찾아내셨군요!

아라곤 영주 이게 뭐냐? 눈을 끔벅이는 멍청이 바보의 초상화가 두루마리를 내밀다니. 어쨌든 읽어는 보자. 비록 포샤 아가씨와 딴판이기

418

는 하지만. 나의 희망과, 나의 신분에 합당한 것과는 너무나 거리가 멀구나. '날 선택하는 자는 그 신분에 합당한 것을 얻으리라'고? 그래, 내 신분에 합당한 것이 고작 이 바보의 머리통이란 말인가? 이게 내 분수에 합당한 것이라고? 내 가치에 합당한 것이 이것이라고?

포 샤   죄 짓는 자와 그것을 평가하는 사람은 그 입장도 분명히 다르고 결과도 완전히 반대지요.

아라곤 영주   (두루마리 종이를 펴본다) 뭐라고 씌어 있지? '일곱 번 불에 달군 은 상자여, 판단 또한 일곱 번 달궈야 올바른 선택이 가능한 것을. 세상에는 그림자에 입을 맞추는 자가 있으니, 이를 축복하는 자 또한 그림자뿐이니라. 이 세상에는 은으로 본성을 감싼 바보들이 있나니, 바로 이 은 상자가 그러하다. 그대가 어떤 여자와 잠자리를 함께 하든 그대는 영원히 바보가 될 것이다. 그러니 당장 떠나시오. 당신 일은 끝났소.' 일이 이렇게 됐으니 이곳에서 더 이상 망설일 필요가 없지. 빨리 떠나야겠다. 여기서 꾸물대다가는 더 바보가 될 것 같구나. 청혼하러 올 때는 바보 머리 하나로 왔는데, 돌아갈 때는 이렇게 바보 머리 두 개가 되었구나. 아름다운 아가씨, 그럼 안녕히! 내 맹세는 지키겠소. 앞으로 슬픔과 괴로움을 꾹 참고 살아가겠소. (시종들과 함께 퇴장)

포 샤   불나방이 불꽃 속으로 날아들어 몸만 태운 꼴이 되었구나. 똑똑한 체하는 바보들 같으니! 제 꾀에 제가 스스로 넘어가니 어리석은 지혜로구나.

네리사   교수대에 목을 매달거나 마누라에게 목을 매는 일을 운명이라더니, 옛말이 하나도 그른 게 없네요.

포 샤   자, 커튼을 다시 치자, 네리사.

하인 등장

하 인 아가씨, 방금 젊은 베니스인이 말에서 내렸는데, 곧 그의 주인
이 오실 거라는 걸 미리 알려드리려고 온 겁니다. 주인의 정중한 인사
말을 담은 서한과 값진 선물도 가지고 왔습니다. 전 지금까지 사랑의
전령으로서 그처럼 잘 어울리는 이는 보지 못했습니다. 찬란한 여름
이 가까이 오고 있음을 예고하는 화창한 4월의 날씨가 아무리 상쾌하
다 할지라도 주인보다 앞서 온 이 전령보다 더 상쾌하지는 못할 것입니
다. 키가 훤칠한 데다 미남이고 예의도 바르고…….

포 샤 그쯤 해둬라. 그렇게 침이 마르도록 칭찬하는 걸 보니 조금 있
다가는 그 사람이 네 친척뻘이라는 말이 나오지나 않을까 걱정되는구
나. 자, 네리사. 그렇게 빼어난 큐피드의 전령이 있다니, 나도 어서 만나
보고 싶구나.

네리사 그분이 바사니오님이라면 얼마나 좋을까요! (일동 퇴장)

제 3 막

제 1 장

베니스의 거리

솔라니오와 살레리오 등장하고 한쪽에서 샤일록 등장

솔라니오   이봐요, 샤일록! 상인들 사이에 무슨 소식이라도 있소?

샤일록   당신들이 누구보다, 누구보다 잘 알고 있잖소. 내 딸년이 달아났다는 것을 말이오.

살레리오   물론 잘 알고 있소. 당신 딸이 잘 날아가도록 날개를 달아준 재봉사를 잘 알고 있으니까.

솔라니오   샤일록, 당신도 그 새끼새가 날개가 돋고, 날개 돋친 새끼새란 언제든 어미 품을 떠나는 게 순리라는 걸 잘 알고 있었을 텐데.

샤일록   어쨌든 천벌을 받을 년이오.

살레리오   그렇게 될 수도 있겠죠, 악마가 재판관이 된다면.

샤일록   내 살과 피를 받은 피붙이가 날 배신하다니!

솔라니오   무슨 당치도 않은 말씀을! 늙어빠진 그 나이에 그런 게 배신이라는 거요?

샤일록　내 말은 내 딸년이, 그년이 내 살과 피란 말이오.

살레리오　영감의 살과 따님의 살은 검은 돌멩이와 흰 상아보다 더 큰 차이가 날 텐데. 피만 해도 영감 피와 따님의 피는 붉은 포도주와 백포도주보다 더 큰 차이가 날 텐데. 그건 그렇고, 영감! 안토니오가 바다에서 큰 손해를 입었다던가, 뭐 그런 소문은 못 들었소?

샤일록　아이고, 엎친 데 덮친다더니 또 밑지는 장사를 했군. 파산자, 방탕한 놈, 이젠 감히 거래소에 얼굴을 내밀지도 못하겠지. 거지 같은 놈, 언제나 거들먹거리면서 시장 바닥에 나타나곤 했지만, 그 차용증서나 잊지 말라지! 나더러 고리대금업자라고 손가락질했지만, 차용증서를 잘 들여다보라고! 그래, 예수쟁이의 호의랍시고 이자도 없이 돈을 빌려주곤 했지만, 이젠 차용증서를 들여다보라고그래!

살레리오　안토니오가 위약을 한다고, 설마 그 친구의 살을 떼어내겠다고 하지는 않겠지? 그 차용증서는 어떻게 할 거요?

샤일록　물고기를 낚는 미끼는 충분히 될 거요. 다른 데엔 아무 쓸모가 없더라도 내 복수심을 달래는 데는 도움이 되겠지. 그자는 내 사업을 방해해 큰 손해를 보게 했고, 내가 손해를 보면 좋아라 웃어댔고, 이익을 보면 경멸했소. 내 장사를 방해하고, 친구 사이를 이간질하고, 내 적들을 충동질했소. 그런데 그 이유가 뭔 줄 아시오? 내가 유대인이기 때문이오. 하지만 유대인은 눈도 없는 줄 아시오? 손도, 오장육부도, 사지도, 감각도, 희로애락도 없는 줄 아시오? 우리도 당신네 예수쟁이들처럼 같은 음식을 먹고, 같은 칼로 베이면 피가 나고, 병에 걸리면 같은 약을 먹어야 하고, 당신네들처럼 겨울에는 춥고, 여름에는 더운 것을 느끼죠. 우린 뭐 찔러도 피 한 방울도 안 나오는 그런 족속인 줄 아시오? 당신들이 간지럼을 태워도 우리 유대인들은 웃지도 않고, 독약을 먹여도 죽지 않을 줄 아시오? 당신들이 우리들에게 어떤 부당한 짓을 해도 우리가 복수하지 않을 것으로 아시오? 유대인이 당신들을 모욕하면 가만 있겠소? 당연히 복수를 하겠죠. 바로 그거요. 우리도 당했으면 당신네 예수쟁이들이 하는 것처럼 복수를 해야 할 게 아니오. 난 당신들이 내게 가르쳐준 악행을 그대로 실행할 것이고, 어떤 일이 있어도 내가 배운 이상으로 잘해낼 생각이오.

튜벌 등장

솔라니오 유대인 족속이 또 하나 나타났군. 악마가 유대인 놈으로 둔갑해 맞서면 모를까, 저 두 놈을 당해낼 재간이 없어. (솔라니오와 살레리오 퇴장)

샤일록 오, 튜벌! 제노바에선 무슨 소식이라도 있는가? 그래, 내 딸년을 찾았나?

튜 벌 자네 딸 소문이 있는 곳에는 전부 가봤지만 허탕이었네.

샤일록 아이고, 난 망했구나! 우리 민족에게 이런 저주가 내린 적은 여태껏 없었는데, 내가 이런 저주를 받다니. 이천 더컷짜리 보석에다 다른 보석들을 줄줄이 갖고 가다니, 딸년이 차라리 내 발치에서 뒈져버리는 게 낫겠다! 귀에 그 보석만 달고 있다면 말이야. 오, 그년을 찾는 답시고 내가 돈을 얼마나 썼는지 아나? 엎친 데 덮친 격이지! 그 도둑년이 큰돈을 가져갔는데도 모자라 그 도둑년을 잡느라고 또 큰돈을 써야 하다니. 그런데도 찾지도 못하고, 복수도 못하고, 세상의 불운이란 불운은 전부 내 어깨 위에 내려앉고, 세상의 한숨이란 한숨은 모두 내 입에서 나오고, 눈물이란 눈물도 모두 내 눈에서만 흐르는 꼴이 되다 니……. (흐느낀다)

튜 벌　아냐, 불운한 건 지금 자네뿐만이 아냐. 제노바에서 들은 이야 긴데, 안토니오도…….

샤일록　뭐, 뭐라고? 불운하다고? 누가? 안토니오가?

튜 벌　트리폴리스에서 돌아오던 상선이 난파당했다고 하더군.

샤일록　하느님, 고맙습니다! 정말 고맙습니다! 그게 사실인가?

튜 벌　난파선에서 살아 돌아온 선원들한테서 들은 얘기야. 베니스로 오는 길에 안토니오의 채권자들과 동행했는데, 모두들 이젠 그 사람이 파산할 수밖에 없다고들 하더군.

샤일록　그것 참, 반가운 소식이 아닐 수 없군. 옳지, 이참에 그놈을 단 단히 혼내주고 욕을 보여줘야겠다. 아무튼 반가운 소식이야. 그래, 어 디 위약만 해봐라. 놈의 심장을 도려낼 테니. 그 자만 베니스에서 사라 져버리면 난 이 바닥에서 마음대로 장사할 수 있거든. 그럼 가보게, 튜 벌. 이따가 교회에서 만나세. (두 사람 퇴장)

제 2 장

벨몬트, 포샤 저택의 방

바사니오, 포샤, 그레시아노, 네리사 그리고 시종들 등장

포 샤　서두르지 마시고 조금 기다려 주세요. 혹 잘못 선택하신다면 우린 이대로 헤어져야 할 터이니, 참고 기다려주세요. 무언가 말할 수는 없지만 제겐 어떤 느낌이 와요. 사랑한다고 말하기는 어렵더라도, 당신을 놓치기는 싫군요. 저를 두고 모험하시기 전에 부디 이곳에 한두 달 머무셨으면 합니다. 저로서는 지금 상자에 관한 한 어떤 귀띔도 할 수는 없답니다. 그러면 맹세를 깨뜨리는 것이 되니까요. 그렇다고 그냥 내버려두어 잘못 선택하시게 된다면, 차라리 맹세를 깨뜨리는 죄를 짓는 게 나을지도 모르겠네요. 아, 당신 눈빛이 원망스럽군요. 저를 홀리는 그 눈빛에 제 마음은 그만 두 조각이 나고 말았으니까요. 시간에 무거운 추를 달아 걸음을 느리게 해놓고 잠시라도 운명의 순간을 지연시킬 수 있으면 좋을 텐데.

바사니오　어서 선택하게 해주시오. 이대로 있으니 마치 고문대 위에 올라 있는 것 같은 심정이라오.

포 샤　고문대라뇨? 바사니오님, 어서 고백해보세요. 당신의 사랑 속에 어떤 배신이 숨어 있는지.

바사니오　그런 건 없소. 그대의 사랑을 얻지 못하면 어쩌나, 하는 두

렵고 불안한 마음 외에는 없소. 마치 차가운 눈과 뜨거운 불이 공존하기 어렵듯이 나의 사랑에도 거짓된 마음이 존재하기 어렵다오.

포 샤　그러나 고문대 위라서 하시는 말씀이 아닌가요? 고문대 위에선 마음에도 없는 말을 종종 하게 되니까요.

바사니오　먼저 나를 살려주겠다는 약속을 하면 내 진심을 고백하겠소.

포 샤　그럼 고백을 하시죠. 살려드릴 테니까요.

바사니오　고백합니다, 당신을 사랑한다는 것을. 이것이 내가 할 수 있는 고백의 전부입니다. 오, 행복한 고문이 아닌가. 날 고문하는 사람이 내가 구원받을 수 있는 해답을 가르쳐주다니. 자, 그건 그렇고, 내 운명을 결정하게 될 상자 앞으로 나를 안내해주오.

포 샤　그러시다면 저쪽으로 가시지요! 저기 저 상자들 중 하나에 제 초상화가 들어 있으니까요. 저를 진심으로 사랑하신다면 찾아내시겠죠. 네리사, 그리고 나머지 사람들도 물러섰거라. 이분이 상자를 선택하시는 동안 음악을 연주하도록 해라. 혹 실패하시더라도 백조가 최후를 맞이하듯 음악을 들으며 가실 수 있도록. (모두 복도로 간다) 이제 그분이 가시는구나. 트로이 왕이 울면서 바다의 괴물에게 제물로 바쳤던 처녀를 구하기 위해 나섰던 젊은 율리시즈 못지않게 늠름한 모습으로. 아니, 그보다 더 깊은 사랑을 가슴에 품고 가시는구나. 난 바로 그 제물이나 다름없어. 저만치 떨어져 서 있는 저 여인들은 트로이의 여인들과 다름이 없지. 눈물로 얼룩진 얼굴로 그 용사가 벌인 모험의 결과를 보러 나온 트로이의 여인들 말이야. 가시지요, 헤라클레스님이시여! 그대가 살아남아야 저도 살아남을 수 있답니다. 싸우는 당신보다 그 모습을 지켜봐야 하는 제 마음이 한층 더 괴롭군요. (바사니오가 상자의 글

426

귀를 읽으면서 생각에 잠긴 동안 음악이 흐른다)

바사니오　　자고로 겉모습이 그럴듯해도 속은 겉과 다를 수 있는 법, 그럼에도 세상 사람들은 늘 그럴 듯한 겉모습으로 모든 걸 판단하곤 하지. 아무리 썩어빠진 추악한 소송사건도 그럴 듯한 변론으로 포장하면 사악한 표면은 가려져 보이지 않게 마련이지. 종교도 마찬가지야. 성직자가 근엄한 표정으로 축복해주고 성경 말씀을 인용하여 정당화하면 아무리 저주받아 마땅한 죄라도 충분히 가려지지 않던가. 그 어떤 악덕도 그대로 드러나는 법이 없어. 늘 그럴 듯하게 포장해서 그 겉모습을 달리 보이게 하지 않던? 이 세상엔 겁쟁이들이 좀 많은가. 그럼에도 모래로 쌓은 계단처럼 허술한 마음을 가진 자도, 하얀 간을 가진 겁쟁이들도 헤라클레스의 수염을 달고 허세를 부리지 않던가. 이런 자들은 단지 무섭게 보이려고 용감한 척 겉치레를 하는 법이지. 한마디로 그럴 듯한 겉모습이란 가장 현명한 사람마저 교활하게 함정에 몰아넣는 허울뿐인 진실인 게지. 그러니 마이더스 왕도 씹지 못하는 단단한 음식인 너 번쩍이는 황금이여, 나는 너를 원치 않는다. 또 창백한 낯짝을 하고 사람들 사이를 오가는 천한 은이여, 너 역시 나는 원치 않는다. 그러나 보잘것없는 납이여, 솔깃한 말로 뭔가를 말해주기보다는 오히려 사람들에게 겁을 주는 듯한 모습, 이 가식 없는 네 모습이 그 어떤 웅변보다 나를 감동시키는구나. 그래, 난 너를 기꺼이 택하겠다. 제발 좋은 결과가 나오기를! (하인이 열쇠를 내준다)

포 샤　　(방백) 어머나, 정말 다른 감정은 다 사라져버렸네. 의심에 찬 생각도, 불안과 절망감과 공포와 질투심, 이 모든 감정들이 사라져버렸어. 이제 내게 남겨진 것은 사랑뿐. 아, 사랑이여! 하지만 진정해야지.

이 설레는 황홀한 마음을 좀 달래다오. 환희의 비를 조금만 뿌려 제발 도를 넘지 않도록 해다오. 기쁨이 지나치면 화를 불러들이는 법인데, 이 과분한 축복을 감당하기 어렵구나. 과하면 물리는 법이니, 제발 좀 덜어다오.

바사니오   (상자를 연다) 무엇이 들어 있을까? 아름다운 포샤의 초상화로구나! 신의 솜씨를 가진 화가가 아니라면 어찌 이리 똑같을 수가 있나? 이 눈들이 지금 움직이고 있는 건가? 아니면 내 눈동자가 움직이는 건가? 벌어진 입술 사이로 새어 나오는 감미로운 입김은 또 어떤가? 이 머리카락은 마치 거미가 처놓은 그물같이 섬세하군. 거미줄에 걸린 벌레들보다 더 단단하게 남자들 마음을 얽어매려고 황금 그물을 짜놓은 것 같군. 게다가 아름다운 두 눈은 또 어떤가? 그런데 화가가 어떻게 이걸 완성할 수 있었을까? 눈 하나를 그리고 나서 황홀함에 빠져 나머지는 못 그렸을 듯싶은데. 그러나 어떠한 초상화도 실물의 아름다움에는 미치지 못할 거야. 이 안에 두루마리 족자가 들어 있군. 아마 내 운명의 요약이겠지. '겉모습만으로 선택하지 않은 그대여, 행운이 따라 올바른 선택을 했도다. 그대에게 행운이 있으라. 그대는 이 같은 행운을 차지했으니, 만족하고 더 이상 새것을 찾으려 하지 말라. 이걸 진정 지상의 행복이요, 하늘의 축복이라 여긴다면, 그대의 연인에게로 발걸음을 돌려서 사랑의 키스로 청혼을 하라.' 친절한 글이로구나. (포샤에게 다가간다) 아름다운 아가씨, 허락만 해주신다면, 이 글귀대로 사랑을 주고받으러 왔습니다. 그런데 제 처지가 상을 두고 경쟁한 사람과 같군요. 마치 경주에서 이긴 자가 박수갈채 소리에 넋을 잃고 정신이 혼미해져 칭찬하는 소리가 자신을 위한 것인지 아닌지 정신을 못 차리는 것과 같은 처지입니다. 당신이 확인을 해주고 인증할 때까지는 내가 본 것이 사실인지, 아닌지 믿을 수가 없습니다.

포 샤   바사니오님, 저는 당신께서 보고 계신 그대로 그저 한 여자에 지나지 않습니다. 저 자신만을 위해서라면 지금의 이 모습보다 더 잘 보이고 싶은 욕심 같은 건 가지지 않았을 겁니다. 그러나 당신을 위해서라면 지금보다 백 배나 더 훌륭한 여인이 되고 싶고, 천 배나 더 아름다운 여인이 되고 싶고, 만 배나 더 부유한 여인이 되고 싶습니다. 그러나 지금의 저는 저에게 있는 모든 것을 합쳐봤자 내놓을 만한 것이 별로 없는 존재랍니다. 간단히 말씀드리면 저는 교양도 없고, 교육도 받지 못했고, 세상물정도 모르는 여자랍니다. 그러나 다행스러운 건, 아직 나이가 젊으니 무엇이든 배울 수 있다는 겁니다. 게다가 제 성품이 온순하여 저의.주인이시고, 지배자이시며, 왕이신 당신의 가르침에 순종할 수 있다는 것입니다. 저 자신뿐 아니라 제가 소유한 것 모두가 이제는 당신 것입니다. 즉 집과 하인들 그리고 이 몸까지도 저의 주인이신 당신의 것입니다. 이 모든 것을 반지와 함께 당신에게 드리겠습니다. 만일 이걸 버리시거나, 잃어버리시거나, 남에게 주신다면 그건 바로 당신의 사랑이 식어버린 증거로 생각하고 절대로 용서하지 않을 생각입니다.

바사니오   당신이 내가 할 말을 다 하시니 난 입이 있어도 할 말이 없소. 내 심장 속에 흐르는 피만이 내 마음을 전하고 있을 뿐이지요. 나의 이성은 마치 축제에 참석한 무리처럼 기뻐 날뛰고 있소. 마치 백성들의 신뢰를 받는 왕이 훌륭한 연설을 끝냈을 때 기뻐하는 군중들 사이에서 볼 수 있는 그런 혼란을 겪고 있는 거지요. 그러나 한 가지 분명한 것은 이 반지가 내 손가락에서 떠나는 날에는 내 생명도 다하는 날이라는 겁니다. 아! 그땐 이 바사니오가 죽었다고 단언해도 좋습니다.

네리사와 그레시아노 등장

네리사　나리, 그리고 아가씨. 지금까지는 강 건너 불구경하듯 보고만 있었지만, 마침내 두 분의 소원이 이루어졌으니 진심으로 축하드립니다.

그레시아노　바사니오 공, 그리고 상냥한 아가씨, 정말 축하드립니다. 마음껏 이 기쁨을 누리십시오. 그리고 제 몫의 기쁨 또한 못지않다는 것을 알아주십시오. 왜냐하면 아가씨께서 저 친구와 백년해로의 가약을 맺으실 때, 저 역시 동시에 결혼식을 올렸으면 하거든요.

바사니오　진심으로 그렇게 되기를 바라네. 자네에게 신붓감만 있다면 말이지.

그레시아노　고맙네, 바사니오. 바로 자네가 신붓감을 구해준 셈이네. (네리사의 손을 잡고) 내 눈도 자네 눈 못지않게 민첩하고 매섭지. 자네가 저 아가씨에게 정신이 팔려 있는 동안 난 이 아가씨에게 눈독을 들였거든. 자네가 사랑을 맹세할 때 나도 막간을 이용해 사랑을 맹세했다네. 자네의 운명이 저기 저 상자에 걸려 있었듯이, 내 운명도 묘하게 저 상자에 걸려 있었다네. 나도 여기서 나름대로 입천장이 마르도록 진땀을 뺐고, 사랑의 맹세를 거듭했으니까. 그리고 여기 이 미인으로부터 결국 내 사랑을 받아들이겠다는 약속을 받아냈다네. 자네가 포샤 아가씨를 차지한다는 조건으로 말일세.

포　샤　네리사, 그게 사실이냐?

네리사　네, 아가씨. 아가씨께서 허락만 하신다면요.

바사니오　우리 두 사람의 잔치가 자네들의 결혼 덕분에 더욱 빛나게 되겠군.

그레시아노　네리사, 우리 누가 먼저 아들을 낳나, 천 더컷을 걸고 내기를 할까?

네리사　어머, 그렇게 큰돈을 걸어요?

그레시아노　아냐, 그만둡시다. 이 내기에선 내가 질 것 같군. 내 것도 내 마음대로 걸지 못할 처지가 되었으니. 그런데 저기 오는 게 누구지? 로렌조와 그의 이교도 애인 아냐? 아니, 베니스에 살고 있는 내 옛 친구 살레리오도?

　　　로렌조와 제시카 그리고 살레리오 등장

바사니오　로렌조, 살레리오, 여기 온 걸 환영하네. 내가 자네들을 환영할 자격이 있는진 모르겠지만 어쨌든 어서 오게. (포샤에게) 부탁하오, 상냥한 포샤! 미안하지만 이 사람들을 환영해주시오. 내 절친한 고향 친구들이오.

포 샤　환영하고말고요, 서방님. 여러분! 진심으로 환영합니다.

로렌조　반갑게 맞아주셔서 감사합니다. 여기서 자넬 만날 줄은 꿈에도 생각 못했네. 살레리오를 길에서 만났더니, 하도 같이 오자고 성화를 부려서 여기까지 오게 됐네.

살레리오　바사니오, 사실이야. 하지만 그럴 이유가 있었네. 안토니오 공이 자네에게 안부를 전하더군. (바사니오에게 편지를 건넨다)

바사니오　편지를 뜯어보기 전에 대답부터 하게. 그래, 그 친구는 요즘 어떻게 지내나?

살레리오 마음이 편치 않아 그렇지, 잘 있다고 할 수도 있겠지. 마음이 편치 않으면 몸도 편치 않으니 문제지만, 뭐 편지에 자세한 소식이 적혀 있겠지. (바사니오의 편지를 뜯는다)

그레시아노 네리사, 저 낯선 손님을 접대 좀 해줘요. (네리사가 제시카에게 인사를 한다) 자, 살레리오. 우선 악수나 하세. 베니스에서 좋은 소식은 없었나? 우리 친구 안토니오 공은 어떻게 지내고 있는가? (방백) 우리들이 성공했다는 소식을 들으면 그 친구도 틀림없이 기뻐할 텐데. 우리 모두 황금 양털을 얻었으니 말이야.

살레리오 안토니오가 잃은 황금 양털을 자네들이라도 얻었다면 얼마나 좋겠나. (그레시아노와 한쪽으로 가서 이야기한다)

포 샤 아마 불길한 사연이 씌어 있나봐. 바사니오님의 얼굴이 저렇게 창백하게 변한 걸 보면. 친한 친구분이 돌아가시기라도 한 걸까? 그렇지 않고서야 저렇게 얼굴색이 변할 리가 없지. 미안하지만 바사니오님, 전 당신의 반쪽이니, 그 편지 내용의 절반 정도는 저도 알아야겠어요.

바사니오 오, 친절한 포샤. 이 편지지 위에 쓰인 글보다 더 침통한 사연이 어디 있겠소. 내가 처음 당신에게 사랑을 고백했을 때, 솔직하려고 애썼소. 내가 가진 재산이라곤 혈관 속을 흐르는 피 외엔 아무것도 없는 허울 좋은 신사라고. 난 진실을 말했던 거요. 하지만 사랑하는 포샤, 내가 한푼도 없는 빈털터리라고 고백한 그 말조차도 사실은 허풍이었소. 재산이 아무것도 없는 처지보다 훨씬 더 비참한 상태라고 말했어야 했던 거요. 사실 나는 친구한테 빚을 졌고, 그 돈으로 이곳에 온 거요. 그 친구는 내가 필요한 비용을 조달하는 걸 도와주기 위해 그의 원수에게 저당을 잡히고 돈을 빌렸지. 이게 바로 그 친구의 편지요. 이 편지는 친구의 육신처럼, 여기 쓰인 글자 한 자 한 자가 상처 구멍이 되어 피를 토해내고 있소. 그런데 이게 사실인가, 살레리오? 안토니오의 배가 모두 난파되었단 말이지? 트리폴리스 것도, 멕시코 것도, 잉글랜드와 리스본, 바바리와 인도에서도 실패했다는 말인가? 단 한 척도 암초를 피하지 못했단 말이지?

살레리오 그래, 한 척도 없다네, 바사니오. 어디 그뿐인가. 안토니오의 수중에 유대인의 빚을 갚을 만한 현금이 있더라도 그놈이 약속 날짜가 조금 지난 걸 핑계로 받지 않으려 들걸세. 놈은 밤낮을 가리지 않고 공정한 재판을 열어달라고 공작 각하를 졸라대고 있어. 만일 요청을 거부한다면 베니스 시민의 상업적 자유의 보호 여부에 대한 의문을 제기할 거라고 떠들어댄다는 거야. 공작 각하는 물론 여러 권위 있는 고관들과 스무 명의 상인들까지도 나서서 놈을 설득하려고 애썼지만 그 누구도 위약의 대가니, 공정한 재판이니, 차용증서가 어떠니 하면서 떠들어대는 놈을 말릴 재간이 없었다네.

제시카 아버지와 함께 있을 때 저는 튜벌과 추스 씨에게 아버지가 맹세하시는 걸 들은 적이 있어요. 아마 안토니오님이 빌린 돈의 스무 배를 갚는다 해도 아버지는 거절할 거예요. 아버지가 필요로 하는 건 오직 안토니오님의 살덩이일 테니까요.

포 샤 곤경에 처한 분이 그럼 당신의 친구란 말씀인가요?

바사니오 그렇소. 나의 가장 절친한 친구라오. 고결한 천성에, 남을 돕는 일이라면 두 팔을 걷어붙이는 그런 사람이지. 그리고 그 누구보다 옛 로마인의 명예로운 정신을 간직하고 있는 사람이오.

포 샤　그분이 유대인에게 진 빚이 얼마인데요?

바사니오　나 때문에 삼천 더컷을 빌렸소.

포 샤　어머나, 겨우 그 정도인가요? 그럼 육천 더컷을 주고 그 차용증서를 말소시키세요. 육천 더컷의 두 배, 아니 그 세 배를 지불하셔도 좋아요! 바사니오님의 말씀대로 그렇게 훌륭한 친구분이라면 머리카락한 올이라도 다쳐서는 안 되겠죠. 우선 같이 교회로 같이 가서 결혼식부터 올려요. 그리고 그 친구분을 찾아가세요. 그 정도의 하잘것없는 빚이라면 스무 배라도 갚아드릴 테니, 빚을 청산하고 그 진실한 친구분과 함께 이리로 오세요. 그건 그렇고, 친구분의 편지 내용을 저에게도 들려주세요.

바사니오　(읽는다) "바사니오, 내 배들은 모두 난파됐네. 채권자들은 갈수록 더 가혹해지고 내 형편은 말이 아닐세. 유대인에게 준 차용증서는 기한이 지나 내 목숨을 내놓지 않고는 도저히 갚을 길이 없을 것 같네. 그러면 부채는 다 청산이 되겠지. 죽기 전에 단 한 번이라도 자넬 볼 수만 있다면 자네와 나 사이의 부채는 청산되는 셈이네. 하지만 무리는 하지 말고 자네 형편대로 하게나. 우정에 끌려온다면 고맙지만, 그렇지 않다면 이 편지는 잊어버리게."

포 샤　아! 사랑하는 님이시여, 만사를 제쳐놓고 어서 친구 곁으로 가보세요!

바사니오　착한 그대가 떠나도 좋다고 허락을 해주었으니 서둘러 떠나도록 하겠소. 그리고 속히 돌아오겠소. 다시 돌아올 때까지 하룻밤이라도 헛되이 머물러 죄를 짓거나, 쉬느라고 시간을 끌어 우리의 재회를 지연시키는 일이 없도록 하겠소. (모두 퇴장)

제 3 장

베니스의 거리

샤일록, 솔라니오, 안토니오, 그리고 간수 등장

샤일록   간수 양반, 이자를 잘 감시하게. 내게 자비니 뭐니 하는 그따위 말은 입에 담지도 말고. 이 사람은 이자도 받지 않고 돈을 거저 빌려주는 바보라니까. 간수 양반, 잘 지키라고.

안토니오   샤일록, 내 말 좀 들어보시오.

샤일록   난 증서에 씌어 있는 대로 따를 거요. 그러니 허튼소릴랑은 하지도 마시오. 당신은 나보고 이유도 없이 개새끼라고 불렀지. 그래, 난 개새끼니까 내 이빨을 조심하라고. 공작님께서도 법대로 처리하실 거야. 멍청한 간수 같으니라고! 자넨 왜 그리 멍청한가? 부탁한다고 이자의 외출을 허락하다니!

안토니오   제발 내 말 좀 들어보시오.

샤일록   당신 말을 들어야 할 까닭이 없어. 차용증서에 적힌 대로 할 테니까, 집어치워. 내가 예수쟁이들의 중재에 넘어가서 고개를 끄덕이고 귀를 기울이며 대충 넘어갈 바보인 줄 아시오? 날 따라오지도 마시오. 더 말하기도 싫소. 그냥 차용증서에 쓴 대로 하자니까. (문을 닫아버린다)

솔라니오   세상에! 지금까지 인간과 함께 살아온 개 가운데 저렇게 몰인정하고 지독한 개는 처음 보는군.

안토니오　　내버려두게. 놈을 쫓아다니면서 애원 따위는 하지도 않겠네. 저놈이 노리는 건 내 목숨이야. 난 그 이유를 잘 알고 있지. 내가 놈의 빚 독촉에 시달려 온 사람들을 도와준 적이 가끔 있었거든. 그런 이유로 저 놈이 날 철천지원수처럼 미워하는 거야.

솔라니오　　어쨌든 난 확신하고 있네. 설마 공작님께서 이따위 터무니없는 차용증서를 인정하실 리가 있겠나?

안토니오　　공작님이라고 법을 무시할 수는 없겠지. 이 베니스에선 외국인도 우리처럼 자유롭게 장사를 할 수 있는 권리가 있으니까. 만일 그런 걸 무시하면 이 나라엔 정의가 없다는 비난을 받게 되겠지. 이 나라의 무역과 경제적 번영이 다른 나라와 관련되어 있기 때문이지. 어쨌든 가세나. 고민하고 슬퍼한 덕에 살이 쏙 빠져 내일 그 잔인한 빚쟁이에게 떼어줄 살이 1파운드 정도라도 남아 있을 것 같지 않군. 자, 간수 양반, 이젠 갑시다. 바사니오가 돌아와 내가 빚 갚는 모습을 지켜봐준다면 난 더 이상 바랄 게 없겠네. (모두 퇴장)

제 4 장

벨몬트, 포샤 저택의 방

포샤, 네리사, 로렌조, 제시카, 그리고 밸서저 등장

로렌조 부인, 면전에서 이런 말씀을 드리자니 쑥스럽긴 합니다만, 부인께선 진실한 우정에 대해 고귀하신 생각을 갖고 계십니다. 부군께서 여기를 떠나신 후 보여주신 태도를 보면 알 수 있는 일이죠. 하지만 부인께서 구해주시려는 분이 과연 어떤 인물인지, 얼마나 성실한 신사분이며, 부인의 부군에게 얼마나 소중한 친구인가를 아시게 된다면, 아마 평소의 선행과는 달리 이 일에서 더 큰 보람을 느끼시게 될 겁니다.

포 샤 저는 친절을 베풀고 후회한 적은 없답니다. 이번에도 마찬가지죠. 친구들이란 대화하면서 많은 시간을 보내고, 그 영혼이 우정의 굴레로 맺어져 있는 존재들이죠. 그래서 그 외양이나 태도, 기질이 서로 비슷해지죠. 아마 제 남편의 소중한 친구인 안토니오라는 분도 제 남편과 분명 닮은 점이 있을 거예요. 그렇다면 제가 비용을 아무리 많이 지불한다 해도 무슨 문제가 되겠어요? 제 영혼과 마찬가지인 남편과 닮은 분을 지옥같이 끔찍한 곳에서 구해내기 위해 쓰는데, 이까짓 돈이야 아무것도 아니죠. 말해놓고 보니 너무 제 자랑만 한 것 같네요. 제 자랑은 그만하고 딴얘기를 할게요. 로렌조 씨, 부탁이 있는데 들어주시겠어요? 남편이 돌아오실 때까지 이 집의 관리를 맡아주셨으면 해요. 네리사의 남편과 제 남편이 돌아오실 때까지 네리사를 데리고 가서 수도원에 머물며 기도도 드리고 묵상도 하면서 지내기로 작정했답니다. 부탁이니 제 청을 거절하지는 말아주세요. 당신의 우정을 믿고 부득이 부탁드리는 겁니다.

로렌조　물론이죠. 기쁜 마음으로 부인의 뜻에 따르겠습니다.

포 샤　고마워요. 저희 집안 사람들에게는 이미 제 뜻을 알렸으니 바사니오님과 저 대신 당신과 제시카를 주인처럼 섬길 거예요. 그럼 다시 뵐 때까지 안녕히 계세요.

로렌조　부디 행복한 시간을 보내시길!

제시카　평온한 시간을 보내시도록 기도드릴게요.

포 샤　감사합니다. 두 사람에게도 행운이 함께 하길 빌게요. (제시카와 로렌조 퇴장) 자, 벨서저. 너는 지금까지 충직하게 일해왔으니 앞으로도 변함없이 그래줬으면 좋겠어. 이 편지를 받아라. 그리고 패듀어까지 전속력으로 달려가서 내 사촌 오라버니인 벨라리오 박사에게 이 편지를 전하렴. 그리고 박사님이 주시는 서류와 의상을 빠짐없이 챙겨서 가능한 한 빨리 선착장으로 와줘. 베니스로 승객을 실어 나르는 그 선착장 말이다. 인사는 나중에 하고 빨리 가봐. 난 너보다 먼저 거기로 가 있을 거야.

벨서저　마님, 바람처럼 후딱 다녀오겠습니다. (퇴장)

포 샤　자, 네리사, 우린 남편들을 만나러 가자꾸나.

네리사　그분들이 단박에 우릴 알아볼 텐데요.

포 샤　그러니까 변장을 해야 한다. 우리가 남자 옷을 입으면 그분들은 틀림없이 우릴 남자로 알 거야. 난 당당한 모습으로 칼도 차고, 말할 땐 소년과 어른 사이의 변성기에 있는 남자애처럼 피리 소리 같은 목소리를 낼 거야. 그리고 걸음걸이도 종종걸음 대신 대장부처럼 의젓하게 걸어야겠지. 그리고 청년처럼 허풍을 치면서 그럴 듯한 거짓말을 하는 거야. 지체 있는 숙녀들이 사랑을 고백했지만 거절했다, 그랬더니 그녀들이 상사병에 걸려 죽었다, 하지만 나 때문에 죽을 것까지는 없었다는 둥, 이런 거짓말을 스무 가지 정도 늘어놓으면 사람들은 내가 학교를 졸업한 지 1년은 넘었을 거라고 믿을 거야. 허풍쟁이들이 하는 거짓말쯤은 나도 천 가지 정도는 알고 있어. 그걸 한번 해보고 싶단다.

네리사　그럼 우리가 정말 남자가 되는 건가요?

포 샤　이런, 그따위 질문이 어디 있니? 누가 들으면 오해하기 좋겠다. 아무튼 떠나자. 자세한 얘기는 마차에 탄 뒤 해줄게. 마차가 정문에서 우리를 기다리고 있단다. 서둘러야겠다. 오늘 안으로 20마일을 달려야 하니까. (모두 퇴장)

제 5 장

벨몬트, 포샤의 저택 정원

론슬롯과 제시카 등장

론슬롯　정말 그렇습니다. 명심하세요. 아버지의 죄는 자식들이 물려

받는 법이라니까요. 그래서 드리는 말씀이지만, 전 아가씨가 늘 걱정된다고요. 아가씨에게만은 모든 걸 솔직하게 털어놨으니까 이런 말씀을 드리는 거예요. 그러니까, 제발 기운을 내세요. 아가씬 틀림없이 지옥에 떨어질 거라고요. 하지만 도움이 될 만한 희망이 딱 한 가지 있긴 한데, 그것도 별로 신통한 방법은 못 되지만……

제시카　그 희망이란 게 뭔지 한번 말해봐라.

론슬롯　말하자면, 아가씨의 아버지가 아가씨를 낳지 않았다면, 아가씨는 유대인의 딸이 아닐지도 모른다는 희망이지요.

제시카　정말 엉뚱한 희망이로구나! 그럼 이번에는 우리 어머니의 죄를 내가 물려받을 차례네?

론슬롯　아닌 게 아니라, 전 아가씨가 아버지나 어머니가 지으신 죄 때문에 지옥에 떨어지지나 않을까 늘 걱정입니다. 암초를 가까스로 피해놓으니 태풍을 만나는 격이라고나 할까요? 어느 길을 가든 지옥으로 가게 돼 있는 거지요.

제시카　서방님이 날 구해주시겠지. 그이가 나를 기독교도로 만들어주셨으니.

론슬롯　그런 이유로 주인님은 비난을 받으셔도 싸요. 그러시지 않아도 예수쟁이들이 거리에 넘쳐나는 판인데. 사이좋게 의지하며 서로 돕고 살아가기도 힘들 만큼 많잖아요. 이런 식으로 예수쟁이들을 많이 만들어내면 돼지고기 값만 오르는 거죠, 뭐. 너도나도 돼지고기를 먹게 되는 날엔 아무리 많은 돈을 내더라도 돼지고기 한 조각 먹지 못하게 되는 때가 올지도 모르잖아요.

로렌조 등장

제시카 지금 네가 한 말을 서방님에게 전해야겠다, 론슬롯. 마침 저기 오시네!

로렌조 론슬롯 이놈, 내가 질투라도 하면 어쩌려고 남의 아내를 이렇게 으슥한 곳으로 끌고 다니냐?

제시카 그런 걱정은 하시지도 마세요, 로렌조님. 론슬롯과 전 말다툼을 하고 있었으니까요. 노골적으로 이런 말을 하더라고요. 내가 유대인의 딸이라 천당에 갈 가능성이 전혀 없다고요. 당신도 마찬가지로 이 나라의 훌륭한 시민이 아니래요. 유대인을 기독교도로 개종시켜서 돼지고기 값만 잔뜩 올려놓았다나요.

로렌조 그런 일이라면 내가 더 잘 설명할 수 있지. 검둥이 계집의 배를 불룩하게 만든 자네보다는 내가 더 훌륭한 시민일 테니까. 그 무어인 계집이 네 아이를 가진 게지, 론슬롯?

론슬롯 그 무어인 계집애 배가 보통 이상으로 나왔다면 큰일인데요. 여자란 정숙해야 하는 법인데. 그런데 그 계집이 예사롭지 않은 일을 저질렀다면 정말 보기보다는 앙큼한 계집인가봅니다.

로렌조 어릿광대들은 다 저렇게 말재주가 좋다니까! 그러나 정말 지혜로운 사람들은 오히려 침묵을 지키는 법이지. 말 잘한다고 칭찬받는 건 아마 앵무새밖엔 없을걸. 이봐, 론슬롯! 안으로 들어가서 하인들에게 식사 준비를 하라고 이르게나! (모두 퇴장)

제4막

제1장

베니스의 법정

공작과 고관들, 안토니오, 바사니오, 그레시아노, 솔라니오와 살레리오, 그리고 그 밖의 사람들 등장

공 작 안토니오는 여기 출두했는가?

안토니오 예, 여기 있습니다, 각하.

공 작 유감스럽게 됐소. 상대방은 목석같이 완강하고 비정한 인간이오. 동정심도 없고 비인간적인데다 자비심이라고는 털끝만큼도 찾아볼 수 없는 짐승 같은 인간이지.

안토니오 공작 각하께서 그자의 가혹한 주장을 철회시키시려고 무척이나 애써주셨다는 얘기를 들었습니다. 하지만 그자의 태도가 워낙 완강해서 어떤 합법적인 수단으로도 그자의 손아귀에서 벗어날 길이 없게 됐습니다. 그자의 분노에는 인내로 맞설 수밖에 없겠지요.

공 작 그 유대인을 법정으로 불러오도록 하라.

솔라니오 이미 법정 밖에서 대령하고 있습니다. 아니, 벌써 들어오고

442

있습니다, 각하.

샤일록 등장

공 작 길을 만들어줘라, 저자를 내 앞에 세워라. (군중들이 길을 비켜준다. 샤일록, 공작 앞으로 나와서 고개를 숙인다) 샤일록, 나는 지금 이렇게 생각하고 있소. 그대가 지금은 일부러 악의에 찬 주장을 굽히지 않지만 재판이 막바지에 이르면 이상하리만큼 잔인한 탈을 벗고 뜻밖의 자비와 동정을 베풀 것이라는 걸 믿고 싶소. 최근에 피의자가 입은 손실은 연민의 눈으로 볼 수밖에 없을 거요. 아무리 안토니오 같은 거상이라도 쓰러질 수밖에 없는 큰 손실을 입었으니, 그 딱한 처지가 불쌍하게 여겨질 게 아니오? 그러니 아무리 청동 같은 가슴과 목석 같은 심장을 지닌 사람도, 아니 무자비한 터키인이나 타타르인이라 해도 저 상인에게 동정심을 느끼지 않을 사람이 없을 거요. 여기 모인 사람들은 그대의 자비로운 답변을 기대하고 있소.

샤일록 소인의 생각은 이미 각하께 모두 말씀드렸습니다. 그리고 제 종족의 신성한 안식일을 걸고 맹세도 했습니다. 차용증서에 명시된 대로 원금과 위약금을 받겠다고요. 만일 공작님께서 이것을 거절하시면 각하가 다스리시는 이 나라의 법과 자유는 상처를 입을 것입니다. 각하께서는 저에게 물으실지도 모르겠습니다. 왜 삼천 더컷을 마다하고 한사코 썩은 살 한 덩어리를 달라고 고집하느냐고요. 그러나 전 대답하지 않겠습니다! 저의 타고난 기질 때문이라고 하면 답이 되겠습니까? 우리 집에 쥐새끼 한 마리가 나타나 말썽을 부리면 저는 기꺼이 1만 더컷을 내놓으며 그 쥐를 없애달라고 할 겁니다. 이만하면 답이 될는지 모르겠군요. 여전히 납득이 안 되십니까? 세상엔 입을 떡 벌린 통돼지 구이가 싫다는 사람도 있고, 고양이만 보면 미쳐버리는 사람도 있는 법입니다. 가죽피리 소리만 들으면 소변이 마려워 참기 힘들다는 사람도 있죠. 감정의 주인인 기질이 사람을 좌지우지하기 때문입니다. 저도 그 이유를 말씀드리기는 어렵습니다만, 안토니오에게 쌓이고 쌓인 증오와 혐오의 감정 때문에 손해 보는 소송을 제기하게 됐다고 말씀드릴 수밖에 없군요. 이것이 저의 답변입니다.

바사니오　　그게 무슨 답변이냐? 이 인정머리 없는 놈아! 그것으로 네 잔인한 행동이 용납될 줄 알았더냐!

샤일록　　당신 마음에 드는 답변을 해야 할 의무가 내게 있었던가?

바사니오　　미운 것은 모조리 죽여야 직성이 풀린단 말이오?

샤일록　　미우면 죽이고 싶은 것이 인지상정 아니오? 당신이라면 같은 독사한테 두 번씩이나 물리고 싶소?

안토니오　　바사니오, 상대는 유대인이라는 것을 잊지 말게. 차라리 바닷가에 서서 만조에 밀려오는 밀물더러 물러가라고 외치는 편이 나을 거야. 저 유대인의 얼어붙은 마음을 녹일 수 있다면 이 세상에서 안 될 일이 하나도 없을걸세. 그러니 제발 부탁이네. 더는 아무 말도 말고, 아무 일도 벌이지 말게. 될 수 있는 대로 간단하고 신속히 결말이 나도록 도와주게. 나에겐 판결이, 저 유대인에겐 뜻이 이루어지도록 내버려두게.

바사니오　　자, 삼천 더컷 대신 여기 육천 더컷을 내지.

샤일록　　그 육천 더컷이 여섯 개로 나뉘고, 나뉜 하나하나가 다시 일 더컷이 된다고 해도 나는 받아들일 생각이 없소. 나는 이 차용증서대로 받겠소.

공 작　인간에게 자비를 베풀지 않으면서 어찌 신의 자비를 바라는가?

샤일록　죄 지은 것도 없는데 판결을 두려워할 필요가 있겠습니까? 여러분들은 많은 노예들을 돈으로 사서 당나귀나 개나 노새처럼 취급하면서 천하고 고된 일에 마구 부려먹고 있지 않습니까? 왜요? 돈을 주고 노예들을 샀기 때문이죠. 어디 한번 말씀드려 볼까요? 노예들을 해방시켜 여러분들의 상속녀인 아드님이나 따님과 결혼시키는 건 또 어떻습니까? 왜 노예들에게 무거운 짐을 지우고 땀을 흘리도록 내버려두시죠? 저 역시 마찬가집니다. 제가 요구하는 살덩이 1파운드는 제가 비싼 대금을 치르고 산 것입니다. 그건 제 소유물이니 어떻게 해서든 받아내고야 말겠습니다. 공작님께서 제 요구를 거절하신다면 법이 무슨 소용입니까? 베니스의 법은 아무런 구속력도 없는 것이 되고 말 겁니다. 자, 이젠 판결을 내려주십시오. 저 사람의 살 1파운드는 제 것입니다. 그러니까 제가 떼어가도 되겠지요?

공 작　내 직권으로 이 법정을 폐정시킬 수도 있다. 그러나 이 사건을 판결하기 위해 모셔 온 석학 벨라리오 박사께서 오늘 여기에 오시기로 되어 있으니 그러지는 않겠다.

살레리오　각하, 문 밖에 사자 한 사람이 와 있습니다. 박사께서 보내신 편지를 갖고 패듀어에서 지금 막 도착했습니다.

공 작　그 편지를 이리 가져오너라. 그리고 사자도 불러들이고.

바사니오　기운을 내게, 안토니오! 이 사람아, 용기를 잃지 말라고. 저 유대 놈에게 내 살과 내 피, 내 뼈를 다 준다 해도 자네한테서는 피 한 방울 흘리게 할 수는 없어. (샤일록, 칼을 꺼내더니 갈기 시작한다)

안토니오　　나는 양 떼 가운데 병들고 거세된 숫양이나 다름없어. 죽어 마땅하네. 과일 중에서도 가장 약하고 설익은 것이 가장 먼저 땅에 떨어지는 법 아닌가? 그러니 날 그냥 이대로 내버려두게. 하지만 자네에겐 남겨진 일이 하나 있네. 바사니오, 자네는 오래도록 살아남아서 내 묘비명이나 써주게.

　　네리사, 법관 서기 복장을 하고 법정에 등장

공 작　　그대는 패듀어의 벨라리오 박사가 보내서 왔는가?

네리사　　(절을 하며) 그렇습니다, 각하. 벨라리오 박사께서 안부를 전해달라고 하셨습니다. (편지 한 통을 꺼내 전한다)

공 작　　벨라리오 박사가 보내신 이 편지에는 젊고 박식한 박사 한 분을 법정에 추천한다고 했는데, 그분이 어디 계신가?

네리사　　네, 문 밖에서 공작 각하의 뜻이 어떠신지 몰라서, 입장을 허락하실지 아닐지 몰라서 대령하고 있습니다.

공 작　　진심으로 환영하는 바이다. 자, 누가 가서 그분을 이곳으로 정중히 모셔오도록 하라. (시종 몇 사람이 공작에게 절을 한 다음 나간다) 그동안 벨라리오 박사의 편지를 이 법정에서 낭독하도록 하라.

서 기　　(편지를 읽는다) 공작 각하, 부디 헤아려주십시오. 각하의 친서를 받았을 때 공교롭게도 소인은 와병 중에 있었습니다. 그러나 각하의 사자가 소인을 방문했을 때 마침 로마로부터 젊은 박사 한 분이 문병차 와 있었습니다. 그의 이름은 벨서저입니다. 소인은 박사에게 유대인과 상인 안토니오 간에 진행중인 소송 사건의 배경을 잘 설명해주었습니다.

우리는 함께 많은 문헌을 조사했고, 소인의 의견도 얘기해주었습니다. 다행히 미비한 점은 그가 보충해주었는데, 그의 해박한 지식은 소인이 아무리 잘 말씀드려도 부족합니다. 다행히 그가 소인의 간청을 받아들여 대신 그곳으로 가서 각하의 요청에 응하게 되었습니다. 모쪼록 잘 부탁 드립니다. 그가 젊다는 이유로 훌륭한 평가를 받는 데 지장이 없도록 충분히 배려해주셨으면 합니다. 아직 젊은데도 불구하고 그토록 노련한 판단력을 지니고 있는 사람을 소인은 여태껏 본 적이 없습니다. 각하께서 그를 환대해주시길 바라마지 않으며, 그 어떤 말로도 그의 뛰어난 실력을 제대로 칭찬할 수는 없으리라는 것을 소인은 확신합니다.

포샤, 법학 박사 복장으로 책을 들고 등장

공 작　석학 벨라리오 박사가 보내주신 편지의 내용은 방금 들으신 바와 같소. 아, 저기 그 젊은 박사가 오는군. 자, 먼저 악수나 합시다. 벨라리오 박사가 보내신 분이오?

포 샤　그렇습니다, 각하.

공 작　잘 오셨소. 자리에 앉아주시오. (시종이 포샤를 공작 옆으로 안내한다) 박사께서는 지금 이 법정에서 심의중인 소송 사건의 내용에 대해서는 들으셨겠죠?

포 샤　네, 상세하게 들었습니다. 어느 쪽이 상인이고, 어느 쪽이 유대인입니까?

공 작　안토니오와 샤일록, 두 사람 모두 앞으로 나오라. (두 사람 앞으로 나와서 공작에게 인사를 한다)

포 샤 그대가 샤일록인가?

샤일록 네, 맞습니다.

포 샤 제기한 소송이 이상하기는 하지만, 소송 절차에는 아무런 하자가 없으니 베니스의 법으로서는 당신을 비난할 수가 없소. (안토니오에게) 당신의 목숨이 원고의 손아귀에 들어 있다는 걸 알고 있소?

안토니오 네, 저 사람이 그렇게 말하고 있으니까요.

포 샤 이 증서를 인정하시오?

안토니오 인정합니다.

포 샤 그렇다면 유대인이 자비를 베푸는 것도 좋은데.

샤일록 제가 왜 자비를 베풀어야 합니까? 그 이유를 말씀해보세요.

포 샤 자비란 그 성격상 강요되는 것이 아니오. 하늘에서 땅으로 내리는 단비와 같은 것으로 일종의 축복이죠. 나아가 자비는 이중의 축복에 해당되니, 주는 자와 받는 자를 함께 축복하는 것이기 때문이오. 그러니 유대인이여, 그대가 요구하는 바는 정의이지만 정의만 내세우면 그 어느 누구도 구원받을 수 없다는 것을 명심하시오. 우리는 자비를 베풀어달라고 늘 기도를 드리며, 하느님은 우리 모두에게 서로 자비를 베풀 것을 가르쳐주시고 있소. 만일 그대가 자비 없는 정의만을 계속 고집한다면 이 엄정한 베니스의 법정은 부득이 저 상인에게 불리한 선고를 내리지 않을 수 없소.

샤일록 자신이 한 일은 자신이 책임져야겠지요! 저는 지금 법에 호소하고 있는 겁니다. 이 증서에 명시된 담보만을 요구하는 거라고요.

포 샤 이 사람은 그 차용금을 갚을 능력이 없는가?

바사니오 아닙니다. 저 사람 대신 제가 이 법정에서 돈을 갚겠습니다.

원금의 곱절을 갚겠습니다. 아니, 원금의 곱절이 부족하다면 열 배라도 내라면 내겠습니다. 제 손과 머리 그리고 제 심장을 담보로 하는 한이 있어도요. (무릎을 꿇고 양손을 펴든다) 이렇게 부탁드립니다. 박사님의 권한으로 이번 한 번만 법을 굽히시어, 이 잔혹한 악마의 의도를 꺾어주십시오. 그것은 큰 정의를 실현하기 위한 작은 잘못에 다름 아닙니다. 이 잔인한 악마의 뜻을 굽혀주십시오.

포 샤   그럴 수는 없소. 베니스의 어떤 권력도 이미 정해진 법을 바꿀 순 없소. 그러면 그게 하나의 선례로 기록되고, 비슷한 종류의 위법 행위가 수없이 반복되어 국가의 기강이 문란해질 거요.

샤일록   명판사 다니엘의 재현일세. 정말 다니엘 같으신 판사님이셔! 오, 젊고 현명하신 판사님, 존경하옵니다! (포샤의 법복에 입을 맞춘다)

포 샤   그 차용증서를 좀 봅시다.

샤일록   여기 있습니다. 존경하는 판사님, 여기, 여기 있습니다.

포 샤   샤일록, 원금의 세 배를 주겠다는데, 어떤가?

샤일록   그럼 하늘을 두고 한 맹세는 어떻게 되는 겁니까? 제 영혼을 두고 한 맹세는요? 맹세하고 또 맹세했는데도요? 천만에요. 안 됩니다. 베니스를 다 주신다 해도 안 됩니다.

포 샤   (증서를 읽으며) 약속 날짜를 넘겼으니 할 수 없군. 법적으로는 이 상인의 심장 가장 가까운 곳에서 살 1파운드를 잘라내겠다는 이 유대인의 주장이 잘못된 게 없어. 하지만 자비를 베푸시는 게 어떻소? 원금의 세 배를 받고 이 증서를 찢어버리는 게.

샤일록   증서의 내용대로 빚이 청산되고 나면 그렇게 하지요. 제가 보기에 박사님께선 참으로 훌륭한 재판관이십니다. 법학에도 해박하시지만, 법 해석도 지극히 공정하십니다. 전 바로 그런 법을 기대하는 겁니다. 박사님은 법을 수호하시는 훌륭한 대들보시니 제발 판결을 내려주십시오. 이 증서대로 판결을 내려주십시오.

안토니오   저도 바랍니다. 판결을 내려주십시오.

포 샤   그렇다면 할 수 없군. 피고는 가슴을 열고 저 사람의 칼을 받을 준비를 하시오.

샤일록   오, 젊은 양반이 어쩌면 저렇게 명철하실까!

포 샤   (안토니오에게) 이제 피고는 가슴을 내놓으시오.

샤일록   그렇습니다. 바로 저 가슴팍이에요. 증서에도 그렇게 씌어 있지요. 안 그렇습니까, 판사님? 심장에서 가장 가까운 곳, 바로 그렇게 명시돼 있습니다.

포 샤   좋소. 저울은 준비가 되어 있소? 살덩이를 달 저울 말이오.

샤일록   예, 여기 준비해왔습니다. (외투 밑에서 저울을 꺼낸다)

포 샤   샤일록, 당신 부담으로 의사를 불러오시오. 피고의 상처를 치료 못하면 출혈로 인해 생명이 위험할 테니.

샤일록   증서에 그렇게 씌어 있습니까? (증서를 자세히 살펴본다)

포 샤   그런 말은 증서에 없지만 그게 어쨌다는 거요? 그 정도의 자비는 베푸는 것이 좋을 텐데.

샤일록   그런 글귀는 없습니다. 증서에 없네요.

포 샤   안토니오, 무슨 할 말은 없는가?

안토니오   별로 없습니다. 각오는 돼 있으니까요. 악수나 하게, 바사니오. 잘 있게, 친구여. 자네 때문에 내가 이런 처지가 됐다고 슬퍼하지는 말게. 운명의 여신이 그 어느 때보다 친절을 베풀고 있으니. 흔히 파산한 가엾은 사람을 마음대로 죽지도 못하게 하고, 눈은 움푹 꺼지고 이마엔 굵은 주름살이 잡히고, 궁핍으로 찌든 노년을 겪게 만드는데 나로 하여금 비참한 고통을 질질 끄는 걸 면하게 해주었으니 말일세. (두 사람 포옹한다) 자네의 훌륭한 부인께 안부나 전해주게. 내가 최후를 맞이한 태도도 전해주고, 자넬 얼마나 좋아했는지도 말해주게. 또 바사니오가 얼마나 진정한 친구를 가졌던가도 말해주게. 자네가 친구를 잃는 걸 슬퍼만 해준다면 난 자네의 빚을 갚아준 걸 결코 후회하지 않겠네. 저 유대인이 심장에 칼을 깊숙이 찔러만 준다면 내 심장을 다 바쳐 빚을 갚게 될 테니 말일세.

바사니오 오, 안토니오, 결혼한 내 아내는 나에겐 생명처럼 소중하네. 하지만 내 생명도, 내 아내도, 전 세계도 나에게는 자네 생명보다 더 소중할 순 없어. 여기에 있는 이 사악한 악마로부터 자네만 구할 수 있다면 난 모든 걸 희생해도 좋아.

포 샤 만일 당신 부인이 옆에 있어서 이 얘기를 들었다면 아마 달갑지는 않았을걸요.

그레시아노 저도 아내가 있습니다. 물론 끔찍이 사랑한다고 할 수 있지만 저 들개 같은 유대 놈의 심보만 바꿀 수만 있다면 제 아내를 천당에라도 보내고 싶은 마음입니다.

네리사 그런 말은 아내가 듣지 않는 자리에서나 해야겠지요. 그렇지 않으면 가정불화감이네요.

샤일록 (방백) 예수쟁이 남편이란 다 별 수 없어! 내 딸년을 예수쟁이에게 주느니 차라리 천하의 날도둑 바라바에게 주는 편이 더 나았을걸. (큰 소리로) 시간 낭비입니다. 빨리 판결을 내려주십시오.

포 샤 저 상인의 살 1파운드는 원고의 것이오. 본 법정이 그걸 인정하고, 법이 보장한다.

샤일록 과연 공정한 판사님이시다! 판결이 났다. 자, 각오하라. (칼을 빼들고 앞으로 나간다)

포 샤 잠깐 기다리시오. 아직 할 말이 남았으니. 이 증서에는 단 한 방울의 피도 원고에게 준다는 말이 없다. 여기에는 '살 1파운드'라고만 적혀 있으니 살을 1파운드만 잘라 가라. 단, 피를 단 한 방울이라도 흘린다면 그대의 토지를 비롯한 재산은 모두 베니스 법률에 따라 국고로 귀속될 것이니 명심하라.

그레시아노 오, 얼마나 공정하신 판사님이신가! 들었지, 이 유대 놈아? 오, 박식하신 판사님!

샤일록 이게 법이라고?

포 샤 법조문을 직접 읽어보시오. 원고는 정의를 요구했으니, 원고가 바라던 이상으로 엄정한 판결을 받게 될 것이오.

그레시아노 잘 봐라, 이 유대 놈아! 박식하신 판사님을.

샤일록 그러시다면 아까 그 제안을 받아들이겠습니다. 증서에 명시된 원금의 세 배를 받게 해주시고 저 기독교도는 석방시키십시오.

바사니오 여기, 돈 있다.

포 샤 잠깐! 유대인은 정의로운 재판을 요구했다. 증서에 적힌 것 외에는 아무것도 받을 수가 없다. 자, 어서 살을 잘라낼 준비를 하시오. 단 한 방울의 피도 흘려선 안 되며, 살을 잘라내되 더도 말고 덜도 말고 정확히 1파운드만 잘라내시오. 만일 그 이상 또는 그 이하의 살을 도려낸 결과, 그 무게가 1파운드에서 조금이라도 무겁거나 가벼워 저울이 머리카락 한 올만큼이라도 한쪽으로 기울 경우 그대는 사형에 처해질 것이고, 그대의 전 재산은 몰수당할 것이다.

그레시아노 다니엘 명판사가 재림하셨군. 유대 놈아, 이놈, 이단자 놈 아! 네놈은 이제 꼼짝달싹 못하게 되었구나.

포 샤 유대인은 무엇을 주저하는가? (샤일록에게) 어서 위약의 대가를 받으시오.

샤일록 원금만 받으면 곧 물러가겠습니다.

포 샤 그대가 받을 수 있는 것은 오직 살 1파운드뿐이오.

샤일록 그럼 마음대로 하시오. 나는 더 이상 이런 소송을 진행하고 싶은 마음이 없으니까.

포 샤 잠깐만 기다리시오, 유대인! 그대에게 적용해야 할 법 조항이 하나 더 있으니까. 베니스의 법률이 정한 바는 아래와 같소. (법조문을 읽는다) 만일 외국인이 직접 또는 간접적으로 베니스 시민의 생명을 노렸다는 사실이 판명될 경우 가해자 재산의 절반은 생명을 빼앗길 뻔한 피해자에게 돌아가도록 되어 있고, 나머지 절반은 국고에 귀속되도록 되어 있소. 또한 가해자의 생명은 오로지 공작님의 재량에 달려 있고, 어느 누구도 이의를 제기할 수 없소. 말하자면, 지금 그대의 입장은 이 조문에 해당되오. 어서 무릎을 꿇고 엎드려 공작 각하의 자비를 구하시오.

공 작 우리 기독교인들의 정신이 너의 정신과 얼마나 다른가를 보여주겠다. 그대가 간청하기 전에 목숨만은 살려주겠다. 네 재산의 절반은 안토니오에게, 나머지 절반은 국가에 귀속될 것이다. 그러나 개선의 여지가 보인다면 벌금형 정도로 감할 수도 있다.

포 샤 국고에 귀속될 재산은 가능하지만, 안토니오의 몫은 다릅니다.

샤일록   아니오. 목숨이든 뭐든 다 가져가시오. 용서도 바라지 않소. 집을 받쳐주는 기둥을 빼간다면 집을 통째로 빼앗는 것과 뭐가 다르겠소? 내가 살아갈 이유인 재산을 빼앗아가면 그게 바로 내 목숨을 빼앗는 거나 다를 게 뭐 있소?

포 샤   안토니오, 그대는 이 사람에게 자비를 베풀 생각인가?

안토니오   존경하는 공작 각하, 그리고 이 법정에 계신 여러분, 감히 한 말씀 드리겠습니다. 국고에 귀속될 저 사람의 재산 절반을 돌려주시고 벌금도 면해주셨으면 합니다. 그리고 재산의 나머지 절반은 제게 맡겨 주셨으면 합니다. 저 사람이 사망하면 최근 그의 딸을 훔쳐 결혼한 젊은 신사에게 양도해주고 싶기 때문입니다. 물론 전제 조건이 두 가지 있습니다. 첫째는 이 같은 은혜를 입었으니 유대인은 그 보답으로 당장에 기독교로 개종했으면 하는 것입니다. 둘째로는, 여기 이 법정에서 재산 양도증서를 작성하는 일입니다. 즉, 임종 시 유산 전부를 사위 로렌조와 딸 제시카에게 물려준다는 양도증서를 쓰는 것입니다.

공 작   좋아, 그렇게 하도록 합시다. 만일 거절하면 유대인한테 지금 방금 선언한 사면을 취소하겠소.

포 샤   그대는 어떤가, 유대인? 더 할 말이 있는가?

샤일록   없습니다.

포 샤   (네리사에게) 서기, 양도증서를 작성하도록 하라.

샤일록   부탁이 있습니다. 여길 떠날 수 있도록 허락하여주십시오. 몸이 좀 불편해서요. 양도증서는 집으로 보내주시면 거기서 서명하겠습니다. (샤일록, 비틀거리며 퇴장)

공 작   박사님, 우리 집으로 가서 식사라도 함께 하시지요.

포 샤　호의는 감사합니다만, 용서를 바랍니다. 오늘 밤에 패듀어로 가야 해서요. 당장 이곳을 떠나야만 합니다.

공 작　그것 참 유감입니다. (단상에서 내려서며) 안토니오는 이분에게 감사드리시오. 이분이 아니었더라면 어쩔 뻔했소? (공작 및 고관들, 그리고 수행원들과 군중들 퇴장)

바사니오　훌륭하신 박사님, 저와 이 친구는 박사님의 지혜로운 판결 덕분에 처참한 죽음을 면하게 되었습니다. 유대인에게 갚으려던 삼천 더컷을 드리고자 하오니 받아주셨으면 합니다. 박사님의 수고에 대한 조그만 성의 표시입니다.

안토니오　이 큰 은혜를 어떻게 다 갚아야 할지 모르겠습니다. 평생 잊지 않겠습니다.

포 샤　마음이 흡족하시다면 그것으로 이미 보수를 충분히 받은 거나 다름없습니다. 당신들을 구한 것으로 만족하니까요. 그러니까 충분히 보수를 받은 셈이죠. 지금까지 전 그 이상의 보상을 바란 적도 없습니다. 바라건대 다음 기회에 만나게 되거든 저를 모른 체하지나 말아 주세요. 자, 안녕히 계십시오. 이만 실례하겠습니다.

바사니오　박사님, 이러시지 말고 제발 제 호의를 받아주시오. 성의 표시라고 생각하시고 제 작은 뜻을 받아주십시오.

포 샤　그렇게까지 말씀하시니 받아들이겠습니다. (안토니오에게) 그 장갑을 벗어주시면 당신을 만난 기념으로 간직하겠습니다. (바사니오에게) 우정의 표시로 그 반지 정도는 빼주실 수 있겠죠? 그 이상은 바라지도 않습니다. 설마 싫다고는 안 하시겠지요?

바사니오　이 반지 말씀입니까? 이건 싸구려 반지인데요! 이런 싸구려 반지를 부끄러워서 어떻게 드리지요?

포 샤 제가 받고 싶은 것은 그 반지뿐입니다. 그러고 보니 왠지 그 반지가 마음에 끌리네요.

바사니오 실은 값이 문제가 아니라 이 반지에는 사연이 좀 있어서 그렇습니다. 대신 베니스에서 제일 비싼 반지를 사서 드리겠습니다. 곧 광고를 내어 구해볼 테니, 이 반지만은, 부탁입니다. 정말 용서해주십시오!

포 샤 알겠습니다. 당신은 말로만 선심을 쓰시는 분이군요. 처음에는 무엇이든 요구하라고 하셔서 청했더니, 이제 와선 사람을 구걸하는 거지꼴로 만들어버리는군요.

바사니오 박사님, 이 반지는 사실 제 집사람의 정표입니다. 아내는 이걸 제게 끼워주면서 맹세까지 시켰습니다. 이것을 절대로 팔거나 남에게 주어서도, 잃어버리지도 않겠다는 맹세지요.

포 샤 그건 뭔가를 남에게 주기 싫을 때 사람들이 구실 삼아 하는 말이죠. 당신의 부인이 양식 있는 여자라면, 그리고 제가 그 반지를 받을 자격이 있다고 생각하신다면, 저에게 그걸 준다고 해서 당신을 원망하진 않을 겁니다. 자, 그러면 안녕히 계십시오! (네리사와 퇴장)

안토니오 여보게 바사니오, 그 반지를 박사님께 드리게. 자네 부인의 뜻을 무시하자는 건 아니지만, 저분의 수고와 내 우정을 고려하여 다시 생각해주면 고맙겠네.

바사니오 그레시아노, 빨리 뒤쫓아가서 이 반지를 박사님께 전해드리게. 그리고 가능하면 그분을 안토니오 집으로 모시고 오게. 어서! (그레시아노, 급히 퇴장) 가세, 자네 집으로 가세. 모두 내일 아침 일찍 벨몬트로 달려가세. 자, 안토니오, 가세. (모두 퇴장)

제 2 장

베니스의 거리

포샤와 네리사, 그레시아노 등장

그레시아노 아, 박사님을 간신히 따라잡았군요. 실은 바사니오 공이 고민 끝에 이 반지를 박사님께 전해드리라고 내줬습니다. 그리고 저녁 식사나 함께 하셨으면 하고 기다리고 있습니다.

포 샤 그럴 수가 없소. 하지만 반지는 고맙게 받겠습니다. 부탁이니 제 뜻을 잘 전해주십시오.

네리사 박사님, 잠깐만. (포샤에게 방백) 저도 제 남편을 한 번 시험해봐야겠어요. 영원히 빼지 않겠다고 맹세한 반지지만.

포 샤 (네리사에게 방백) 좋아. 틀림없이 뺏을 수 있을 거야. 아마 그분들은 반지를 건네준 상대가 남자라고 말하면서 거듭 맹세하겠지만, 그들을 무안하게 만들고 실컷 맹세하게 만들어놓자. 어쨌든 서둘러야겠다! 우리가 어디서 만날지 알고 있겠지?

네리사 (그레시아노에게) 그럼 가실까요? 샤일록의 집으로 저를 안내해주실 거죠? (모두 퇴장)

제 5 막

제 1 장

벨몬트, 포샤 저택 앞의 가로수 길

로렌조와 제시카 등장

로렌조 달빛이 휘영청 밝기도 하구나. 바로 이런 밤이었을 거야. 산들바람이 나뭇가지에 살며시 키스하고는 소리 없이 스쳐가는 밤. 아마 이런 밤이었을 거야, 트로일러스 왕자가 성벽 위에 올라가 연인 크레시다가 잠들어 있는 그리스 군 진영을 향해 넋을 잃고 땅이 꺼져라 탄식하던 밤도 이랬을 거야.

제시카 바로 이런 밤이었겠죠. 티스베가 살금살금 이슬을 밟으며 님을 만나러 갔다가, 그를 만나기도 전에 사자 그림자를 보고 겁에 질려 정신없이 달아났던 때가.

로렌조 정말이지 바로 이런 밤이었을 거요. 제시카라는 처녀가 부유한 유대인 아버지 몰래 집을 빠져나와 방탕한 연인과 둘이서 베니스를 탈출하여 벨몬트까지 온 밤이.

제시카 바로 이런 밤이었겠죠. 로렌조라는 청년이 사랑하느니 어쩌구 하면서, 처녀의 마음을 훔치기 위해 마음에도 없는 진실한 사랑을 연거푸 맹세하던 밤이.

로렌조 정말이지 이런 밤이었을 거요. 아름다운 제시카가 귀여운 말괄량이처럼 연인의 험담을 아무리 많이 늘어놓아도 그 연인은 그녀를 용서했던 밤이.

제시카 이런 식으로 밤을 들먹이는 말장난에는 이길 자신이 있지만, 누가 이쪽으로 다가오고 있는 것 같아요. 사람 발소리가 들리는 것 같은데 누굴까요?

포샤와 네리사 등장

로렌조 저 목소리, 저건 분명히 포샤 아가씨의 목소리야.

포 샤 내 목소리가 흉한가봐. 소경이 흉한 소리를 듣고 뻐꾸기를 알아내듯 금방 알아차리네.

로렌조 돌아오신 걸 환영합니다, 부인.

포 샤 우리 두 사람은 남편들 일이 잘되기를 빌러 기도원에 갔었지요. 기도의 효험이 빨리 나타났으면 좋겠는데. 그런데 두 분께서 돌아들 오셨어요?

로렌조 아직 도착은 안 했습니다. 그러나 심부름꾼 한 사람이 먼저 와서 곧 돌아오실 거라고 전했습니다.

포 샤 네리사, 집 안으로 들어가서 하인들에게 우리가 집을 비웠다는 사실을 발설하지 않도록 입단속을 시켜라. 로렌조, 그리고 제시카도 내색하지 말아요.

바사니오, 안토니오, 그레시아노 그리고 수행원들 등장

바사니오 태양이 없다 해도 당신이 내 곁에 있어주니 나에겐 이곳이 지구의 저편처럼 밝은 대낮으로 보이는구려.

포 샤 밝은 건 좋지만, 경박하다는 소리는 듣고 싶지 않네요. 경박한 아내는 남편을 우울하게 만드는 경향이 있지요. 저 때문에 당신이 우울해지지 않도록 하느님께 기도하는 중이죠. 아무튼 무사히 돌아오셨으니 기뻐요.

바사니오 고맙소, 부인. 이젠 친구들을 환영해주시오. 이 사람이 바로 그분이오. 내가 정말 많은 신세를 지고 있는 안토니오 공이오.

포 샤 여러 면으로 신세를 지셨다는 말을 들었어요. 저희 남편 때문에 큰 변을 당할 뻔하셨다지요?

안토니오 그리 큰 변은 아닙니다. 이렇게 풀려 나왔으니까요.

포 샤 저희 집에 잘 오셨습니다. 빈말이 아닌 다른 방법으로 환영을 해야 할 테니 말로 하는 인사는 이만 간단히 해두겠습니다.

그레시아노 (네리사에게) 저 달에 맹세하지만 당신은 내게 너무 심했소. 나는 사실 그 반지를 판사님의 서기에게 주었다오. 제기랄, 반지를 받은 그 녀석이 고자라면 좋겠군. 여보, 사랑하는 당신이 그렇게까지 언짢아할 걸 미리 알았더라면…….

포 샤 아니, 벌써 부부 싸움을 시작하셨나요? 무슨 일로 그러시죠?

그레시아노 금반지 하나 때문입니다죠. 저 사람이 내게 주었던 그 보잘것없는 반지 말씀입니다. 세상에…… 그런데 반지에 새겨져 있는 글귀가 뭔 줄 아십니까? '날 사랑하고, 버리지는 마세요'라고요. 칼장사가 식칼에 새긴 글귀랑 뭐가 다르죠?

네리사　　글귀는 왜 들먹이시죠? 보잘것없다는 말씀은 또 뭐고요? 제가 그 반지를 드렸을 때 당신은 맹세하셨잖아요. 죽을 때까지 그걸 꼭 끼고 있을 거라고, 그리고 무덤 속에도 같이 묻어달라고요. 나야 아무래도 좋지만, 당신의 열렬한 맹세를 위해서라면 그걸 서기 놈에게 줘버릴 게 아니라 소중히 간직했어야 했어요. 서기 놈에게 주다니! 아마 하느님은 모든 걸 아시겠죠.

그레시아노　　그래, 내 이 손에 걸고 맹세를 하지. 젊은 청년에게 줬다니까. 아니, 청년이라기보다는 애송이 꼬마였어. 다 자라지도 않은 조그만 꼬마였다고. 글쎄, 박사님 서기 키는 당신보다 작더라니까요. 그런 녀석이 계집애처럼 재잘거리면서 재판정에서의 자기 노력에 대한 사례로 그 반지를 달라고 조르는데, 그걸 거절할 수가 없었다고!

포 샤　　비난을 받으실 만하군요. 솔직히 말해서 부인한테서 받으신 첫 선물을 그렇게 남에게 가볍게 줘버리시다니. 맹세를 거듭하며 손가락에 끼신 거잖아요. 진실한 사랑의 정표로 손가락에 끼신 게 아니던가요? 저도 사실 남편에게 반지를 드릴 때 결코 빼지 않겠다는 맹세를 받았어요. 아마 온 세상의 보배를 다 준다 해도 남편은 그걸 남에게 줘버리지는 않았을 거예요. 그레시아노 씨, 네리사가 섭섭해하는 것도 당연한 일이에요. 만일 제가 그런 일을 겪었다면 머리가 돌아버렸을 거예요.

바사니오　　(방백) 아이고, 차라리 이 왼손을 잘라버렸으면 좋겠네. 그러면 반지를 잃어버렸다고 둘러댈 수가 있을 텐데.

그레시아노　　바사니오도 반지를 판사님께 드린걸요. 그분이 굳이 그걸 달라고 조르시는 통에 도무지 거절할 수가 없었지요.

포 샤   어떤 반지를 주신 거죠? 설마 제가 드린 그 반지를 드린 건 아니겠죠?

바사니오   잘못한 데다 거짓말까지 할 수 있다면 아니라고 잡아떼고 싶지만, 이 손가락을 좀 보시오. 그 반지는 사라져버렸소.

포 샤   당신의 마음에는 진실이라곤 없는 것 같군요. 나는 앞으로 당신과 잠자리를 함께 하지 않겠어요. 그 반지를 다시 볼 때까지는 말이죠.

네리사   저도요. 그 반지를 보기 전에는 함께 할 수 없어요.

바사니오   부인, 내가 그 반지를 누구에게 주었는지 당신이 알게 된다면, 그 반지 외에는 아무것도 받지 않으려 해서 내가 얼마나 망설이며 그걸 줬는지 당신이 알게 된다면, 당신의 노여움도 풀어질 거요.

포 샤   마찬가지랍니다. 그 반지가 어떤 가치가 있는지, 그 반지를 드린 여자가 어떤 가치가 있는지 아셨더라면, 또 그걸 간직하는 게 당신 명예를 지키는 일이라는 걸 아셨더라면 감히 그걸 그렇게 순순히 내주지는 않았을 거예요. 있는 힘을 다해 그 반지를 지키려 하셨더라면, 굳이 억지로 달라고 할 몰상식한 사람이 어디 있겠어요?

바사니오   절대로 그렇지 않소, 부인. 내 명예, 아니, 내 영혼을 걸고 맹세하겠소. 그 반지를 가져간 사람은 여자가 아니라 법학박사요. 내가 주겠다는 삼천 더컷을 굳이 사양하고 그 반지만을 달라고 졸랐소. 물론 그의 청을 거절했더니, 그는 불쾌함을 감추지 못하고 가버렸소. 세상에 둘도 없는 내 귀한 친구의 목숨을 구해준 분이었지만 말이오. 만약에 당신이 그곳에 있었다면, 내게 먼저 반지를 달라고 간청해서 그 훌륭한 박사님께 갖다 드렸을 거요.

포 샤   그 박사라는 분을 절대로 우리 집 가까이 오시지 못하도록 하세요. 저를 위해 반드시 간직하겠다고 약속했고, 저도 소중히 여겼던 그 보석을 그분이 갖고 있는 이상, 당신처럼 인심 좋게 무엇이든 드릴지도 모르니까요. 내 몸, 아니 남편의 침대라도 드리면 어떡하죠? 그분하곤 어쩐지 마음이 통할 것 같네요. 아니, 분명 그렇게 될 거예요. 그러니 단 하룻밤이라도 집을 비워선 안 되겠죠. 눈이 백 개 달린 아르고스처럼 절 감시하셔야 될 테니까요. 만일 저를 혼자 내버려두시면, 아직도 순결한 제 정조를 두고 드리는 말씀이지만, 그 박사님과 한 침대 속에서 잘지도 모르겠네요.

네리사   저도 그 서기와 충분히 그렇게 될 수 있어요. 그러니 앞으로 조심하셔야 할걸요. 절 감시하지 않고 혼자 내버려두시면 어떻게 될지 몰라요.

그레시아노   그래, 마음 내키는 대로 하시오. 그러나 들키는 날에는 그 서기 놈 연장이 부러질 수도 있어.

안토니오   유감스럽게도 제가 싸움의 원인이 된 것 같군요.

포 샤   그건 아니에요. 당신을 환영하니까요.

바사니오   포샤, 어쩔 수 없어서 그랬으니, 내 잘못을 용서해주시오. 이 많은 친구들이 있는 앞에서 당신에게 맹세하겠소. 아니, 지금 내 모습이 비치는 당신의 아름다운 두 눈에 걸고 맹세하겠소.

포 샤   무슨 그런 말씀을! 내 눈동자가 둘이니, 아마 당신 모습이 두 군데 비치겠지요. 한 눈에 하나씩. 차라리 위선적인 당신을 걸고 맹세하시죠. 그럼 아주 믿음직한 맹세가 되겠군요.

안토니오   저는 한때 바사니오의 행복을 빌며 이 몸을 저당잡혔지요. 하지만 부인 남편의 반지를 가져가신 그분이 아니었더라면 전 벌써 죽었을 겁니다. 이번엔 다시 제 영혼을 담보로 맹세합니다. 남편께서 앞으로 다시는 맹세를 깨뜨리는 일이 없을 겁니다.

포 샤　그럼 당신께서 다시 보증인이 돼주세요. (손가락에서 반지를 뺀다) 이걸 저분에게 주시고, 저번 것보다 소중히 더 잘 간직하라고 말씀해 주세요. (안토니오에게 반지를 건넨다)

안토니오　이 반지를 받게나 바사니오. 그리고 이 반지를 잘 간직하겠다고 맹세하게.

바사니오　아니, 이건 내가 박사님께 드렸던 그 반지가 아닌가!

포 샤　용서해줘요, 바사니오님. 이 반지는 그에게 받은 거예요. 이걸 받은 답례로 저는 박사와 동침했고요.

네리사　저도 용서해주세요, 그레시아노님. 저도 어젯밤 이 반지의 대가로, 아직 다 자라지도 않은 그 소년과 동침했어요.

그레시아노　이게 무슨 영문이람! 한여름에 신작로 고친 격이 됐으니. 고칠 필요도 없는 길을 말이야. 우리가 남편 구실을 하기도 전에 아내들이 먼저 바람난 셈이네.

포 샤　그런 점잖지 못한 말씀은 하지도 마세요. 모두들 놀라셨겠지요? 자, 여기 편지가 있으니 언제든지 틈이 나면 읽어보세요. 패듀어의 벨라리오 박사님으로부터 온 편지랍니다. 이걸 읽으시면 아시게 되겠지만 그 박사는 저 포샤였고, 서기는 네리사였습니다. 여기 로렌조님이 증인이 되어주실 거예요. 저는 당신이 출발하신 직후에 출발해서 지금 막 돌아왔거든요. 안토니오님, 정말 잘 오셨습니다. 생각지도 못한 희소식이 있어요. 이 편지를 빨리 뜯어보세요. 그걸 읽으시면 당신의 배 세척이 뜻밖에도 짐을 잔뜩 싣고 입항했다는 걸 아시게 될 거예요. 이 편지를 제가 어떻게 손에 넣게 됐는지는 묻지 마시고요.

안토니오　　그저 말문이 막힐 뿐이군!

바사니오　　당신이 그 박사였단 말이지? 그런데도 내가 당신을 몰라봤단 말이오?

안토니오　　아름다운 부인이시여, 당신 덕에 나는 목숨과 재산을 건졌습니다. 이 편지를 보니 분명 내 상선이 무사히 항구에 정박했군요.

포 샤　　그리고 로렌조님, 내 서기가 당신에게도 좋은 소식을 가지고 왔답니다.

네리사　　그렇습니다. 사례금도 받지 않고 거저 드리죠. 자, 유대인 샤일록이 당신과 제시카에게 유산 전부를 양도한다는 특별 양도증서에요. 그 부유한 유대인이 사망을 하면, 유산을 전부 당신들에게 물려주겠다는 특별 양도증서죠.

로렌조　　아리따운 두 분의 부인, 이건 굶주린 사람에게 하늘이 만나를 내려주시는 격이군요.

포 샤　　벌써 동이 틀 때가 됐네요. 모두들 이번 일에 대해 궁금하신 게 많으실 거예요. 자, 일단 안으로 들어가시죠. 그리고 마음껏 저희 두 사람을 심문하세요. 거리낌 없이 시원하게 대답해드리죠.

그레시아노　　그럽시다. 그럼 제가 먼저 질문을 드릴까요? 우선 네리사한테 물어봐야겠군요. 내일 밤까지 기다렸다가 잠자리에 들겠는지, 아니면 아직 두 시간 남짓 남았으니 지금 당장 잠자리에 들겠는지를요. 어쨌든 내일은 해가 좀 늦게 떴으면 좋겠군요. 제가 박사님의 서기를 끌어안고 있는 동안은 어두운 게 낫지 않겠어요? 그건 그렇고, 앞으로 평생 살아가는 동안 제가 네리사의 반지를 잘 간직할 수나 있을지, 정말 걱정스럽군요. (모두 퇴장)

로미오와 줄리엣

당신이 빛을 잃으니
밤은 천만 배의 매력을 잃었어요!
애인을 만나러 갈 땐 학교 파한 학생들처럼 생기가 있었는데,
애인과 헤어질 땐 학교로 가는 학생처럼 우울하군.

로미오| 몬터규의 아들

줄리엣| 캐퓰릿의 딸

에스컬러스| 베로나의 군주

패리스| 젊은 귀족, 군주의 친척

몬터규| 서로 원수 간인 양쪽 가문 중 몬터규 가의 가장

캐퓰릿| 서로 원수 간인 양쪽 가문 중 캐퓰릿 가의 가장

몬터규 부인

캐퓰릿 부인

줄리엣의 유모

노인| 캐퓰릿의 친척

머큐쇼| 군주의 친척이자 로미오의 친구

벤볼리오| 몬터규의 조카이자 로미오의 친구

티볼트| 캐퓰릿 부인의 조카

로렌스 신부, 존 신부| 프란시스코 수도회의 신부

밸서자| 로미오의 하인

샘슨, 그레고리| 캐퓰릿가의 하인

피터| 줄리엣 유모의 하인

에이브러햄| 몬터규의 하인

그 외| 약방영감, 악사 3명, 패리스의 시동, 관리, 베로나의 시민들,
     양쪽 가문의 친척들, 경비들, 야경들, 하인들, 시종들

서사역

줄거리

〈로미오와 줄리엣〉은 셰익스피어의 희극 중 가장 강렬한 운명적 연애비극으로서, 청년 극작가 셰익스피어의 명성을 일시에 떨친 대표작이다.

〈로미오와 줄리엣〉의 창작 연도는 1595년경으로 추정되며, 초판은 1597년에 나왔다. 그러나 1599년 발행된 것을 표준판으로 사용하고 있다.

〈로미오와 줄리엣〉에 등장하는 베로나의 몬터규 가와 캐퓰릿 가는 일찍부터 서로 적대적인 관계였다. 캐퓰릿 가의 무도회에 간 몬터규 가의 아들 로미오는 뜻밖에 캐퓰릿 가의 딸 줄리엣을 사랑하게 된다. 두 사람은 로렌스 신부의 도움으로 비밀리에 결혼식을 올리지만, 양가 친족들 간에 칼부림이 일어난다. 친구인 머큐쇼가 살해되자 로미오는 이를 복수하기 위해 상대방인 티볼트를 살해하고 추방형을 선고받는다. 두 사람은 처음이자 마지막이 된 하룻밤을 함께 지낸 후, 로미오는 만토바로 도피한다.

아버지의 명령으로 패리스 백작과 결혼하게 된 줄리엣은 로렌스 신부가 준 비약을 먹고 가사 상태로 가족 묘지에 안치된다. 줄리엣이 죽었다는 소식을 들은 로미오는 가족 묘지로 달려와 애인이 정말 죽은 줄 알고 음독 자살한다. 가사 상태에서 깨어난 줄리엣은 모든 진상을 알아채고 단검으로 가슴을 찔러 자살한다.

서 사

서사역 등장

서사역　이 작품의 무대는 아름다운 베로나이며, 지체 높은 두 가문에 대한 이야기입니다. 원수인 두 집안의 대대로 이어져온 원한이 싸움의 불꽃을 튀기자 시민의 손은 온통 피로 물듭니다. 이때 두 원수 집안의 숙명적인 탯줄을 끊고 한 불운한 연인이 태어납니다.

아! 슬프고 처절한 사랑의 종말이여!

결국 두 연인의 죽음으로 두 가문의 갈등은 끝납니다.

죽음으로 끝맺은 애절한 사랑 이야기.

두 젊은이가 영원히 눈을 감으면서 끝이 없던 부모들의 분노의 불길은 그제야 사그라집니다.

두 시간 동안 이 무대에서 벌어지는 연극을 끝까지 지켜봐주십시오.

미숙한 점은 앞으로 보완하리다. (퇴장)

제 1 장

베로나의 광장

캐퓰릿 집안의 하인들과 샘슨, 그레고리 칼과 방패를 들고 등장

샘슨 그레고리, 이제 정말이지 더는 못 참겠어.

그레고리 그래, 계속 참을 수는 없지.

샘슨 제기랄! 이렇게 분통이 터지는데 어찌 칼을 뽑지 않을 수 있겠나!

그레고리 그렇다면 분통이 터지기 전에 목부터 뽑지그래.

샘슨 약이 오르면 칼솜씨는 더욱 위력을 발휘하지.

그레고리 한데 자넨 그놈의 약이 오르는 데 시간이 너무 걸리는 게 문제야.

샘슨 난 몬터규네 개만 봐도 오장육부가 뒤집히네.

그레고리 그야 당연한 현상이지. 그렇다면 그런 용기로 대담하게 싸울 준비를 하는 게 어떤가? 자넨 오장이 뒤집히면 후다닥 삼십육계 먼저 하는 사람이 아닌가!

샘슨 그 집 개들을 보면 순간 화가 치밀었다가 시간이 가면 차츰 가라앉지. 앞으로는 몬터규네 연놈들이 나타나면 보란 듯이 거들먹거릴 거야.

그레고리　그래서 자넬 등신이라는 거야. 오죽 못났으면 그런 소란 속에서 담장에 착 달라붙어 걸어다닐까!

샘슨　맞아, 그래서 약한 여자들은 항상 담 쪽으로 밀려나게 마련이지. 앞으로는 몬터규네 오합지졸들은 담에서 밀어내버리고, 계집년들은 담으로 바짝 밀어붙여야겠어.

그레고리　그러니까 이 싸움은 주인은 주인끼리, 하인은 하인끼리, 남자는 남자끼리의 해야 한다니까!

샘슨　싸우는 건 똑같아. 내가 행패를 부려 그놈들을 꼼짝달싹 못하게 해놔야지. 녀석들이랑 한판 붙고 나선 종년들에게 공손해질 거야. 고년들의 성을 빼앗을 테니까.

그레고리　뭐, 종년들 성을 빼앗는다고?

샘슨　암, 고년들 처녀막 말이야. 무슨 뜻으로 받아들이든 마음대로 생각해.

그레고리　하하, 심심치 않게 그 맛을 좀 보게 되겠군그래.

샘슨　내 물건이 버티는 동안엔 고년들이 재밀 좀 보겠지. 내 고기가 상품이라는 건 세상이 다 아는 일 아닌가!

그레고리　물고기가 아닌 게 천만다행이네. 그랬다면 기껏 해야 말린 대구 꼬락서니겠지. 칼을 뽑으라고! 몬터규네 패거리 두 놈이 오고 있어.

몬터규 집안의 하인 에이브러햄과 또 한 명의 하인 등장

샘슨   칼을 뺏어. 덤벼. 뒤는 내가 봐줄 테니.

그레고리   뒤를 봐줘? 돌아서서 줄행랑이나 치려고?

샘슨   아니라니까!

그레고리   물론이겠지. 한데 내가 자네 걱정할 형편이야?

샘슨   법이 우리 편이 되게 잠자코 있자고! 저쪽에서 먼저 시비를 걸게 기다리는 거지.

그레고리   지나가면서 잔뜩 인상을 써야지. 그럼, 놈들도 뭔가 행동 개시를 하겠지.

샘슨   아냐, 놈들이 못 본 척할 수도 있어. 엄지손가락을 깨물면서 가야겠어. 그래도 참는다면 간도 쓸개도 없는 놈들이라 할 수 있지.

에이브러햄   이봐, 누구 앞에서 손가락을 깨물어?

샘슨   내 손가락 내가 깨무는데 왜 이러실까?

에이브러햄   내 눈에 보이는 걸 어쩌란 말이야, 응?

샘슨   (그레고리에게 귀엣말로) '그렇다'고 해도 이건 합법 아닌가?

그레고리   (샘슨에게 귀엣말로) 아니지.

샘슨   (에이브러햄에게) 이보시오! 당신들 보라고 그러는 게 아니라니까. 내 손가락 내가 깨물었을 뿐이야.

그레고리   지금 시빌 거는 건가?

에이브러햄   천만에! 시비라니?

샘슨   해볼 테면 해보라고! 상대해주지. 나도 당신네 못지않은 훌륭한 주인을 모시고 있으니 말이네.

에이브러햄   더 훌륭할 필요는 없는데?

샘슨   글쎄!

한쪽에선 벤볼리오, 다른 쪽에서 티볼트 등장

그레고리 (티볼트가 다가오는 걸 보고 샘슨을 가로막으며) '더 훌륭하다'고 해. 주인나리 친척이 오서.

샘슨 그럼, 그야 당연하지.

에이브러햄 무슨 헛소리야!

샘슨 네놈이 진짜 사내라면 칼을 뽑아라. 그레고리, 본때를 보여줘.

(두 사람 싸운다)

벤볼리오 떨어져! 이 얼뜨기들아. 칼을 집어넣으라고. 너희들, 무슨 짓을 하고 있는지 알고나 있어?

티볼트 야, 이 피라미들 판에 칼을 빼들어 어쩌겠다는 거냐? 내가 상대해주지, 벤볼리오. 죽음은 각오했겠지?

벤볼리오 난 싸움을 말리는 거야. 칼을 치워. 아니면 이 패들을 내게서 떼놓아주게.

티볼트 뭐라고! 칼을 뽑아들고 싸움을 말린다고? 몬터규 놈들은 하나같이 꼴도 보기 싫지만 네놈을 보면 더욱 치가 떨린다. 내 칼을 받아라, 이 비겁한 놈아!

두 사람 싸운다. 관리 등장 이어서 곤봉이며 미늘창을 든 시민 3, 4 명 등장

관리 곤봉, 도끼, 미늘창이다! 쳐라. 놈들을 때려잡아라. 캐퓰릿 패거리들도 몬터규 패거리들도 무조건 때려잡아!

474

실내복을 입은 캐퓰릿과 그의 부인 등장

캐퓰릿   웬 소동이냐? 칼을 이리 다오!

캐퓰릿 부인   지팡이, 지팡이를! 왜 칼은 찾으세요?

캐퓰릿   칼을 달래도! 늙다리 몬터규놈이 오고 있다. 여기가 어디라고 칼을 휘두른단 말이냐?

몬터규와 그의 부인 등장

몬터규   캐퓰릿, 이 악당아! (그의 부인에게) 놓으시오, 놓으라니까!

몬터규 부인   싸우시려는 거죠. 한 발짝도 못 움직여요.

에스컬러스 군주, 부하들을 거느리고 등장

군주   이 뻔뻔스런 것들! 치안을 교란하고 이웃의 칼에 피를 묻히는 고얀 것들! 내 말을 못 들었느냐? 에이! 짐승만도 못한 놈들, 네놈들의 분노의 불을 너희들 혈관에서 치솟는 붉은 샘으로 끄겠다고? 고문이 두렵거든 피로 얼룩진 손에서 흉기를 던지고 이 군주의 선고를 듣거라. 캐퓰릿, 몬터규! 그대들은 하찮은 말싸움 끝에 세 번씩이나 소동을 일으켜 이 평온한 거리를 벌집 쑤시듯 해놓았다. 그때마다 베로나의 노인장들은 지팡이를 내던지고 평화에 녹슨 낡은 창을 마구 휘둘러 당신들의 해묵은 증오를 뜯어 말렸지 않았는가. 또다시 우리 마을을 소란케 하는 날이면 치안 교란죄로 목숨을 부지하기 어려울 것이니, 이젠 제발 순순히 물러가라. 캐퓰릿! 당신은 나와 함께 가고, 몬터규! 당신은 오늘 오후에 프리타운에 있는 법정에 출두하시오. 이번 사건에 대해 언젠가 좀 더 확실히 짚고 넘어가겠지만, 다시 한번 명령한다. 목숨이 아깝거든 내 앞에서 물러가라.

몬터규, 몬터규 부인, 벤볼리오만 남겨두고 모두 퇴장

몬터규 누가 이 케케묵은 싸움을 터뜨렸느냐? 이봐, 벤볼리오! 넌 처음부터 여기 있었느냐?

벤볼리오 저 원수놈의 하인들과 숙부님의 하인들이 이곳에서 막 싸움을 벌일 때 왔습니다. 제가 칼을 빼들고 싸움을 말리고 있을 때 티볼트 놈이 눈에 불똥을 튀기며 악담을 퍼부으면서 칼을 휘둘렀지요. 하지만 바람만 가를 뿐 누구 하나 다친 사람은 없었지요. 바람소리가 그놈을 조롱하더군요. 한참 치고받고 싸울 때 군주님이 오시는 바람에 싸움이 잦아들었지요.

몬터규 부인 그래, 로미오는 어디 있느냐? 오늘 그 애를 못 봤어? 이 소동에 안 끼어서 다행이다.

벤볼리오 숙모님, 저 숭고한 태양이 동쪽의 금빛 창에서 얼굴을 내밀기 한 시간 전에 저는 산란한 마음을 달래려고 산책을 하고 있었습니다. 그런데 시가지 서쪽 단풍나무 숲 그늘에서 꼭두새벽부터 산책을 나온 로미오를 봤어요. 제가 다가가자 로미오가 절 알아보고는 숲속으로 숨어버렸어요. 뭔가 괴롭고 지쳐 있어 자기 스스로를 가누기 어려운 터라 되도록이면 인기척 없는 곳을 찾으려는 것 같았지요. 그래서

476

슬그머니 피해 주었지요.

몬터규   아침마다 그 앤 신선한 아침이슬에 눈물을 뿌리면서 땅이 꺼져라 한숨을 내쉬어. 그리하여 하늘은 더욱 얼굴을 찌푸리지만 만물을 기쁘게 해주는 태양이 새벽여신의 침실에서 검은 휘장을 젖히기 시작하면 아들놈은 빛을 피해 소리 없이 집 안에 들어서며 저 찬란한 햇빛을 자기 손으로 막아 인공의 밤을 만들지. 그런 마음 상태는 비참하고 불길한 징조를 알린다고 할 수 있지. 잘 타일러서 그 뿌리를 뽑지 않으면 안 돼.

벤볼리오   숙부님, 로미오가 왜 그러는지 이유를 아십니까?

몬터규   글쎄? 뭘 알아낼 도리가 있어야지.

벤볼리오   캐물어보시긴 했어요?

몬터규   나는 물론이고 그 녀석의 친구들도 달래고 조르고 해보았지. 그런데도 그 애는 무슨 일인지 도통 속마음을 털어놓지 않아 한 치도 가늠할 수가 없어. 마치 꽃봉오리가 향기로운 꽃잎을 대기 속에 활짝 펴고 그 아름다운 모습을 태양에 바치기도 전에 사악하기 그지없는 벌레에게 먹히는 것과 같아. 그 슬픔의 정체를 알 수만 있다면 치료를 할 수 있을 텐데.

　　로미오 등장

벤볼리오   로미오가 오고 있군요. 잠시 자리를 피해주세요. 거절당할지도 모르겠지만 제가 그 내막을 알아내겠습니다.

몬터규   네가 로미오의 의중을 알아낼 수만 있다면 소원이 없겠다. 여

보, 물러갑시다. (몬터규와 그의 부인 퇴장)

벤볼리오　로미오, 잠은 잘 잤어?

로미오　아직도 아침인가?

벤볼리오　이제 방금 아홉 시를 쳤는걸.

로미오　아! 슬픔에 젖어 있는 시간은 길기도 하군. 지금 쏜살같이 지나가신 분은 내 아버님이 아닌가?

벤볼리오　뭐, 그렇다고 할 수 있지. 한데 그 시간을 한없이 길게 늘어뜨리는 슬픔의 정체는 뭘까?

로미오　시간을 짧게 해주는 방법을 알지 못해서지.

벤볼리오　혹시 사랑인가?

로미오　아냐.

벤볼리오　사랑이지?

로미오　난 사랑하는데 그녀가 날 좋아하지 않아.

벤볼리오　저런, 겉으로는 말할 수 없이 상냥해 보이는 사랑의 신이 그렇게 포악하고 비정하다니!

로미오　아아, 사랑은 눈 먼 소경이라지만 언제나 제 갈 길을 찾아가는 법이지! 식사는 어디서 할까? 오, 아까 여기서 소동이 일어났지? 말안 해도 괜찮아. 다 들었으니까. 증오 때문에 소동이 일어나기도 하지만 사랑 때문에 생기는 갈등도 말할 수 없이 크지. 오, 싸우는 사랑이여, 사랑하는 미움이여! 그것은 무에서 창조된 유인데……. 차분히 가라앉은 바람기, 외곬수인 불장난, 그럴싸한 겉모습에 가려진 뒤틀린 혼돈, 납덩어리, 날개털, 빛나는 연기, 차가운 불, 병든 몸, 눈을 뜨고 자는 잠! 나는 사랑을 느끼는데 그녀는 사랑을 느끼지 않나봐. 웃음이 나지 않아?

벤볼리오　로미오! 몹시 울고 싶은 모양이군.

로미오　왜 그런 말을?

벤볼리오　따스한 마음이 고통을 당하는 것 같으니까.

로미오　그거야 사랑의 범법 행위 때문이지. 가슴속에 누워 있는 무거운 내 비탄을 네 비탄이 올라타고 누르니까 그것이 새끼를 치는 거지. 네가 보인 관심은 나의 비탄을 더욱 증폭시켰어. 사랑은 한숨으로 만들어진 연기라 할 수 있는데 정화되면 애인의 눈 속에 빛나는 불꽃이요, 흐려지면 애인의 눈물이 쏟아지는 바다가 돼. 그게 사랑이야. 사랑은 분별력을 가진 미치광이이자 목을 죄는 쓴 약이며, 활력의 감로수이기도 해. 그럼 잘 있어, 벤볼리오.

벤볼리오　잠깐, 같이 가. 날 버려두고 혼자 가다니 너무하는군.

로미오　난 정신이 나갔어. 여기 있는 사람은 내가 아니야. 난 로미오가 아니라고. 로미오는 다른 곳에 있어.

벤볼리오　솔직하게 고백해. 상대가 누구지?

로미오　뭐? 고민을 털어놓으라고?

벤볼리오　천만에! 사실을 알려달라는 것뿐이야.

로미오　차라리 환자에게 유서를 쓰라고 하는 게 낫겠군. 상사병에 걸린 사람에겐 섭섭한 질문이야. 사실은, 한 여성을 사랑하고 있어.

벤볼리오　내 짐작이 과녁을 빗나가진 않았군.

로미오　명사수야! 게다가 절세미인이지.

벤볼리오　그렇다면 사랑의 활로 재빨리 쏘아 맞혀야지.

로미오　큐피드의 화살에도 맞질 않아. 그녀는 달의 여신의 슬기로움을 가진데다 순결이란 갑옷으로 단단히 무장을 하고 있지. 어설픈 사랑의 신의 화살 따위엔 눈 하나 깜짝하지 않는단 말이야. 달콤한 사랑을 퍼부어도 동하지 않고, 뜨거운 눈길로 찔러봐도 흔들리지 않아. 게다가 성인조차 마음이 흔들리는 황금에도 무릎을 꿇지 않아. 오, 절세미인인 그녀도 죽으면 모든 게 사라질 텐데 얼마나 애석한 일인가.

벤볼리오　독신을 맹세한 여자란 말인가?

로미오　그래, 하지만 그런 고집은 큰 낭비가 아닐까? 그런 아름다움이 엄격한 절제 때문에 시들고 말면 그것이 자손만대에 이어지지도 못하고 끝나는 거지. 너무나 순결하고 영특한 그녀가 날 이렇게 절망시켜서야 어찌 하늘의 축복을 받을 수 있겠나. 남자를 사랑하지 않겠다는 그녀의 맹세 때문에 난 산송장이나 다름없이 되어버렸네.

벤볼리오　내 말을 듣고 그 여잘 싹 잊어버려.

로미오　오, 어떻게 하면 잊을 수 있는지 가르쳐줘.

벤볼리오　네 눈에 자유를 주어 미녀들을 찾아봐.

로미오　그건 그녀의 아름다움을 더욱 돋보이게 할 뿐이야. 미녀의 이마에 입맞추는 저 행복한 가면은 검기 때문에 가려진 미모를 더욱 생각나게 하지. 별안간 눈이 먼 사람은 시력의 중요성을 절대 잊지 못하지. 뛰어난 미인을 데리고 와 봐. 그까짓 미모가 무슨 소용이겠어? 그건 단지 더 뛰어난 미인을 생각나게 할 뿐이라고. 잘 있어. 그 여잘 잊게 하는 방법을 절대 가르쳐주진 못할 거야.

벤볼리오　그 방법을 가르쳐줄게. 가능하고말고. (두 사람 퇴장)

제 2 장

베로나의 광장. 오후

캐퓰릿, 패리스 백작, 어릿광대인 캐퓰릿의 하인 등장

캐퓰릿　나나 몬터규나 약속을 어기면 똑같은 죗값을 치러야지요. 처벌도 똑같이 받고. 하기야 우리 같은 늙은이들이 화해하는 건 그리 어려운 일은 아닐 거요.

패리스　존경받는 두 가문이 그토록 오랫동안 앙숙 관계에 있다니 정말이지 유감입니다. 그건 그렇고, 제 청혼은 어찌 됐습니까?

캐퓰릿　글쎄, 또 같은 말을 되풀이할 수밖에 없군. 내 딸아이는 아직 세상 물정을 잘 몰라요. 열네 살도 채 되지 않았으니, 두 번의 여름이 더 지나야 겨우 신붓감이 될 수 있답니다.

패리스　더 어린 나이에 행복한 어머니가 된 여자들도 있습니다.

캐퓰릿　너무 일찍 결혼을 하게 되면 금세 시든답니다. 다른 자식들은 다 여의고 그 애만 남았어요. 딸은 내 재산을 상속할 유일한 희망이오. 원한다면 백작이 딸애의 마음을 잡아보시구려. 나의 승낙이란 딸애의 승낙의 한 부분일 뿐, 딸의 승낙이 중요하다오. 난 그 애가 선택한 걸 따를 생각이오. 오늘 밤 난 관례대로 연회를 베풀 작정이오. 친분이 있는 분들을 모두 청했어요. 백작도 귀빈으로서 참석해주신다면 더할 나위 없는 영광이라 생각하겠소. 누추한 집이긴 하오나 참석하시어 어두운 밤하늘을 밝게 비추는 기라성 같은 미녀들을 만날 수 있다오. 겨울이 절뚝거리며 사라지고 성장한 4월이 오면 물오른 젊은이들이 느끼는 그런 기쁨을 꽃봉오리 같은 싱싱한 처녀들의 물결 속에서 마음껏 맛보시오. 잘 보고 심성이 가장 뛰어난 처녀를 고르도록 하오. 내 딸에도 그중 하나니까, 머릿수 중에는 들겠지만 손에 꼽히는 아이는 아닐 거요. 자, 함께 들어갑시다. (어릿광대에게 쪽지를 주며) 이봐, 아름다운 베로나 시가를 돌아다니며 여기에 적혀 있는 분들을 다 찾아내어 부디 우리 집에 왕림해주십사고 전하거라. (캐퓰릿과 패리스 퇴장)

어릿광대   여기 적혀 있는 분들을 찾아가라는데 까막눈이라 어쩐다? 우선 글을 아는 사람부터 찾아봐야겠군. 마침 잘 됐다.

벤볼리오와 로미오 등장

벤볼리오   이봐, 친구! 햇빛 앞에서는 등불도 빛을 잃는 법! 큰 고통 앞에서는 자질구레한 고통은 맥을 못 추지. 한쪽으로 맴돌다가 반대쪽으로 돌면 나아지듯이, 절망적인 슬픔도 다른 고민이 생기면 싹 가시지. 새 눈병이 걸리면 묵은 눈병은 싹 가시는 것처럼.

로미오   그런 병에는 질경이잎이 특효라던데.

벤볼리오   무슨 병?

로미오   네 정강이 삔 데 말야.

벤볼리오   아니 로미오, 미쳤어?

로미오   천만에! 실은 미치광이 이상으로 감금돼 있어. 감옥에 갇혀 제대로 끼니도 얻어먹지 못하고 있지. 곤장을 맞고 고문을 당하고 있다고. 아, 잘 있었나, 친구?

어릿광대 안녕하시오, 나리. 나리께서는 글을 읽을 줄 아시죠?

로미오 암, 알지. 내 비참한 운명 정도야 왜 모르겠어?

어릿광대 그거야 씌어 있지 않아도 아실 수 있습죠. 제 말은 글을 읽으실 줄 아시냐고요.

로미오 읽지. 아는 글자라면.

어릿광대 솔직한 말씀이십니다요. 그럼, 안녕히 계십쇼. (어릿광대 돌아서서 가려고 한다)

로미오 잠깐, 이보게! 글을 읽을 줄 안다니까. (명단을 읽는다) 「마르티노 씨 부부와 따님들, 안젤름 백작과 자매들, 유트루비오 씨와 미망인, 플라센쇼 씨와 질녀들, 머큐쇼와 그의 형 발렌타인, 캐퓰릿 숙부 내외분과 따님들, 질녀 로잘린과 리비아, 발렌쇼 씨와 사촌 티볼트, 루시오와 헬레나 양.」 대단한 모임이군. 연회 장소는?

어릿광대 만찬회장인 저희 집이지요.

로미오 너희 집이라니?

하인 제 주인나리 집 말입니다.

로미오 그렇구나. 그걸 먼저 물었어야 했는데.

어릿광대 묻지 않으셔도 말해드립지요. 제 주인께서는 대부호 캐퓰릿 나리시랍니다. 몬터규 집안 사람만 아니라면 부디 오셔서 한잔 하세요. 그럼 이만 물러갑니다. (퇴장)

벤볼리오 캐퓰릿 가에서 베푸는 이 잔치엔 몸살나게 연모하는 어여쁜 로잘린도 참석할 거야. 같이 가자고. 내가 보여주는 미녀들과 그녀의 얼굴을 공평한 눈으로 비교해보라고. 그럼 너의 백조는 까마귀에 불과하다는 걸 알게 될 테니.

로미오   신앙심 없는 이 눈이 그따위 거짓을 믿는다면 눈물도 불꽃으로 변할 거다. 또 자주 눈물을 담는 내 두 눈이 시퍼렇게 살아 있으면서 뻔한 이단자가 된다면 배신의 형벌로 화형을 당할 거야. 내 사랑보다 더 아름다운 여인이 있다고? 만물을 비추는 태양도 천지창조 이후 그녀 같은 미인은 보지 못했을 거야.

벤볼리오   쳇, 그 여자가 미인으로 보인 건 아무도 없는 데서 봤기 때문이야. 그러나 양쪽 눈의 수정저울에 네가 연모하는 여인과 오늘 밤 잔치에서 내가 찜한 빛나는 다른 미인을 올려놓고 저울질해보라고. 최고로 생각하는 네 사랑이 신통치 않다는 걸 알 수 있을걸.

로미오   내가 거길 가는 건 네가 보여주겠다는 미인을 보러 가는 게 아냐. 내 연인의 아름다움을 감상하기 위해서지. (두 사람 퇴장.)

제 3 장

캐퓰릿 집안의 한 방

캐퓰릿 부인과 유모 등장

캐퓰릿 부인   유모, 우리 애는 어디 있지? 그 애 좀 불러다오.

유모   네, 저의 처녀성을 걸고 맹세해요. 열두 살 때 얘기지만요. 아가

썰 막 오시라고 했어요. 나의 순한 양! 꾀꼬리! 한데 어찌된 일이람. 아가씨, 어디 계세요? 줄리엣 아가씨!

줄리엣 등장

줄리엣 왜 그래? 누가 찾는 거야?

유모 마님께서요.

줄리엣 엄마, 무슨 일이에요?

캐풀릿 부인 아, 할 얘기가 좀 있어서 그래. 유모, 잠깐 자릴 좀 비켜주게. 우리끼리 할 얘기가 있으니. 아냐, 안 가도 돼요. 생각해보니 유모도 같이 있는 게 좋겠어. 유모도 알다시피 이 애도 한창 나이가 됐잖아?

유모 아가씨 나이라면 확실히 알 수 있어요.

캐풀릿 부인 열네 살은 아직 안 됐어.

유모 제 이빨 열네 개를 걸고 맹세하지요. 아니야, 서글프게도 남은 건 네 개밖에 없지만요. 아가씬 아직 열네 살이 안 됐어요. 8월 초하루 추수제가 며칠 안 남았죠?

캐풀릿 부인 두 주일은 넉넉히 남았네.

유모 어쨌든 365일 가운데 8월 초하루 저녁이 되면 아가씬 열네 살이 되죠. 제 딸년 수잔과 아가씬― 오, 신이여! 자비를 베푸소서!― 동갑이었죠. 하느님 품에 안긴 수잔. 제 딸년은 제게 너무 과분했나봐요. 지진이 일어난 지 열한 해가 되는데, 아가씬 그날 젖을 떼었어요. 바로 그날 젖꼭지에다 쑥물을 발랐었죠. 비둘기 집 담밑에서 햇볕을 쬐고 있을 때였지요. 나리와 마님은 만토바에 가 계셨을 때죠. 기억이 생생하다니까요! 그건 그렇고, 아가씬 제 젖꼭지에서 쑥물을 빨고 많이 썼었나봐요. 귀엽게도 젖꼭지를 붙들고 칭얼대며 승강이를 벌였다니까요! 비둘기 집이 덜렁덜렁 흔들릴 정도였죠. 그런데 말이에요. 그 전날만 해도 이마를 다쳤는데, 그때 제 남편이 아가씨를 일으켜 세우고는 이렇게 말했어요. "어이구, 엎어지셨군요. 철이 들면 벌렁 자빠지면 돼요. 안 그래요, 줄 아기씨?" 하고 했더니 정말이지 그 귀여운 아가씨가 울음을 멈추고는 "응." 했다지 뭡니까? 그런데 이 농담이 진담이 되는 예를 보여주다니! 정말이지 앞으로 천 년을 산다 해도 전 그 일을 잊을 수 없을 거예요. 절대 잊을 수 없다고요.

캐퓰릿 부인   그만해요. 제발 조용히 좀 해요.

유모   네, 마님. 하지만 아기가 울다 말고 "응." 하고 대답했던 걸 생각하면 웃지 않을 수 없군요.

캐퓰릿 부인   제발 그만 좀 해, 유모. 그만하래도.

유모   네, 그만두죠. 아가씨에게 축복이 있기를! 아가씬 내가 키운 아기들 중에서 가장 예뻤죠. 아가씨가 시집가는 걸 보고 죽는다면 여한이 없겠습니다요.

캐퓰릿 부인   실은 내가 말하려던 것도 바로 결혼 얘기야. 얘야, 줄리엣! 결혼에 대해 넌 어떻게 생각하니?

줄리엣   꿈에도 생각 못한 명예로군요.

유모   명예고말고요! 제가 아가씨의 유모만 아니었다면 이렇게 말하고 싶네요. 아가씬 그런 지혜를 유모의 젖에서 얻었다고.

캐퓰릿 부인   그렇다면 지금부터 생각해 보려무나. 이 베로나에선 너보다 어린 나이의 규수들이 벌써 엄마가 되어 있단다. 나도 네 나이에

어엿한 엄마였단다. 간단히 말하자면 저 늠름한 패리스 백작이 널 신부로 맞겠다지 뭐냐?

유모　어머, 그 어른이요? 아가씨, 그 어른이라면 양초인형처럼 나무랄 데가 없는 분이시죠.

캐퓰릿 부인　베로나의 여름에 그처럼 멋진 꽃을 구경하기가 쉽지 않지.

유모　맞아요. 그분이야말로 꽃이고말고요.

캐퓰릿 부인　그 사람에 대한 네 생각은 어떠니? 오늘 밤 연회에서 그분을 뵙게 될 거다. 젊은 패리스 백작의 얼굴을 책이라고 생각하고 자세히 읽어보렴. 거기서 아름다운 붓이 그려놓은 즐거운 이야기를 찾아봐! 잘생긴 이목구비를 하나하나 뜯어보면 얼마나 잘 조화되어 있는지 알게 될 거다. 얼굴에서 찾아볼 수 없는 건 눈동자에서 찾아보렴. 그는 사랑의 책이라고나 할까, 아직 제본이 안 된 애인은 표지만 붙으면 멋지게 완성될 거다. 물고기는 바다에서 자유롭게 살 듯 미남은 미녀를 품어야 제맛이고, 금빛 책갈피 속에 금빛 내용을 담은 책은 수많은 사람들과 그 영광을 나눈단다. 그러니 네가 그분을 남편으로 섬기게 되면 너는 그의 재산을 나눠 가질 수 있단다. 그를 소유함으로써 작아지지 않는다고 할 수 있지.

유모　작아지다니! 커지죠. 남자가 여자 배를 키우니 말예요.

캐퓰릿 부인　딱 잘라 말해봐라. 백작이 좋아질 것 같으냐?

줄리엣　만나봐서 좋아질 수만 있다면 좋아하겠어요. 하지만 어머니 마음에 드시는 데까지만 제 눈길을 주겠어요.

　하인 등장

하인   마님! 손님들도 오셨고, 만찬 준비도 다 됐어요. 모두가 마님과 아가씨를 찾는답니다. 게다가 주방에선 유모를 헐뜯느라 난리고. 잔치는 절정에 달했습니다. 가서 일봐야 해요. 지체 마시고 뒤따라오십시오.

캐퓰릿 부인   곧 가겠네. 줄리엣, 백작이 기다리신다.

유모   아가씨, 행복한 낮에 이어 행복한 밤이 찾아와요. (모두 퇴장)

제 4 장

캐퓰릿 집의 바깥

로미오, 머큐쇼, 벤볼리오, 가면을 쓴 5, 6명의 사람과 햇불을 든 사람들 등장

벤볼리오   어때, 뭔가 핑계라도 대고 들어갈까? 아니면 인사도 하지 말고 그냥 밀고 들어갈까?

머큐쇼   그런 수작할 시대는 지났어. 우리는 수건으로 눈을 가린 큐피드처럼 물감 칠한 타타르 졸대 활로 숙녀들을 허수아비가 새를 쫓듯 겁 주지도 않을 거고 입장하기 위해 외워 온 서문을 프롬프터 따라서 맥없이 읊지도 않을 거야. 자기들 좋을 대로 우릴 판단하게 내버려 두자고. 자, 우리는 들어가서 실컷 춤이나 추고 나오면 돼.

로미오   햇불을 줘. 춤 출 기분이 안 나니까 햇불이나 들고 있겠어.

머큐쇼 안 되지, 로미오. 춤을 춰야 해.

로미오 정말이지 난 아냐. 너희들의 무도화는 밑창이 가볍지만 내 마음은 납덩이처럼 무거워. 착 달라붙어 움직일 수가 없어.

머큐쇼 사랑에 빠져 있잖은가. 큐피드의 날개라도 빌려 하늘을 훨훨 날아봐.

로미오 화살을 너무 깊이 맞아 큐피드의 가벼운 날개론 날 수가 없어. 게다가 워낙 꽉 묶여 있으니 그 괴로움에서 한 치도 벗어날 수가 없어. 난 사랑의 무거운 짐에 너무 짓눌려 있어.

머큐쇼 네가 사랑 속으로 가라앉으면 정말 무거운 짐이 되겠는걸. 부드러운 사랑이 감내하기엔 고통이 너무 무겁지.

로미오 뭐 사랑이 부드러운 것이라고? 사랑은 억세고 난폭하고 사나워. 가시처럼 찌르기도 한다니까.

머큐쇼 사랑이 거칠게 굴거든 너도 그렇게 맞서. 너를 찌르거든 너도 찔러. 그래야 사랑을 굴복시킬 수 있다고. 내 낯짝 좀 가리게 탈바가지를 줘. 광대 같은 얼굴에 탈바가지라! 찌그러진 내 얼굴을 호기심에 찬 눈들이 뜯어보면 어때서! 이 송충이 눈썹이 나 대신 얼굴을 붉힐 거다.

(가면을 쓴다)

벤볼리오 자, 노크를 하고 들어가자. 들어가서는 다리를 움직여보자고.

로미오 햇불을 이리 줘. 마음이 들뜬 건달들은 바닥에 깔린 골풀이나 발뒤꿈치로 비벼대보라고. 옛 속담에도 있듯이 노름판은 햇불 든 사람이 가장 잘 본다고 하잖아. 끗발이 최고일 때 난 일어설 거야.

머큐쇼 원, 꼼짝 마. 순경 나리께서 하시는 말씀이야. 네가 수렁에 빠진 말이라면 우리가 건져주지. 네가 사랑에 귀밑까지 흠뻑 빠졌으니 말이야. 가자, 태양은 멋지게 불타고 있다.

로미오 하지만 대낮은 아니야.

머큐쇼 내 말은 우물쭈물하면 대낮의 불빛처럼 햇불만 허비한단 말이지. 내 말을 새겨들으라고. 그 속에서 오감보다 다섯 배나 더 확실한 이치를 깨달을 수 있을 테니까.

로미오 가면무도회에 가는 것은 좋지만 현명한 방법은 아니야.

머큐쇼 왜 그런 말을 하지?

로미오 실은 간밤에 꿈을 꾸었어.

머큐쇼 나도 꿈이야 꾸지.

로미오 너는 무슨 꿈을 꾸었지?

머큐쇼 뭐 그야 개꿈이지.

로미오 꿈이 때로는 들어맞기도 해.

머큐쇼 오라, 그럼 여왕 맵이 너와 함께 있었던 모양이군. 맵은 꿈을 주는 요정들의 산파지. 그리고 그녀는 시장 나리 집게손가락에 낀 마노보석에 새겨진 인물보다 작은 몸집으로 난쟁이들에게 차를 끌게 해서 잠자는 사람들의 코 위를 지나가지. 맵의 수레는 속이 빈 고욤나무 열매인데, 먼 옛날부터 요정들의 마차를 만드는 목수인 다람쥐며 땅벌레가 만들었지. 마차의 바퀴살은 거미의 긴 다리로 만들어졌고, 뚜껑은 잠자리의 날개, 말고삐는 가는 거미줄, 목걸이는 이슬 맺힌 달빛으로 빚어졌고, 채찍은 귀뚜라미 뼈, 채찍 끝은 실오라기, 마부는 회색외투를 입은 모기새긴데, 게으른 처녀의 손가락에서 끄집어낸 작은 벌레 크기의 반밖에 안 돼. 이런 차림으로 그녀가 밤마다 마차를 달려 연인들의 머릿속을 지나가면 연인들은 사랑의 꿈을 꾸고, 벼슬아치들의 무릎 위를 지나가면 경례하는 꿈을 꾸고, 변호사의 손끝을 지나가면 사례의 돈이 생기고, 여자의 입술 위를 지나가면 키스하는 꿈을 꾸지. 여자들 입김에서 과자냄새가 나면 맵은 화가 치밀어 물집을 만들어주지. 때때로 궁정인의 코 위를 질주하면 청원 건을 냄새 맡는 의미의 꿈이며, 돼지꼬리를 갖고 와서 잠자는 목사님의 코를 간질이면 교회가 번창하는 의미라 할 수 있지. 그리고 군인들의 목 위를 지나가면 적병의 목을 치는 의미를, 성벽의 돌파구를 지나거나 잠복, 또는 스페인제 명검을 보는 꿈, 폭탄주를 보는 꿈, 그러다가 갑자기 북소리가 둥둥 울리면 소스라치게 놀라 깨어나 한두 마디 기도를 드리곤 다시 잠들지. 이게 바로 맵 여왕이 하는 짓이란 말야. 맵은 밤중에 말의 갈기를 땋아놓고 허튼 계집의 머릿단을 헝클어놓는데, 이 머릿단이 풀어지는 날이면 불행이 찾아온다지 뭔가. 어디 그뿐인가? 처녀들에게 배를 눌러도 참고 견디는 걸 배우게 하고, 몸가짐이 훌륭한 아낙으로 만드는 것도 맵 여왕이 하는 짓이라니까.

로미오 그만해, 그만! 머큐쇼, 헛소리는 이제 작작해.

머큐쇼 아니야. 난 꿈 얘길 하는 거야. 꿈이란 한가로운 두뇌의 산물이라고 할 수 있지. 그것이 생겨난 것은 공허한 환상이고, 그리고 환상이란 공기처럼 실속 없고 바람보다 더 변덕스러워서 북국의 얼어붙은 가슴에 사랑을 호소하다가도 분노가 치밀면 풍향을 바꾸어 이슬비가 내리는 남쪽으로 방향을 돌리지.

벤볼리오 바람 얘길 듣느라 우린 너무 멀리 날아갔어. 너무 늦어 이제 만찬은 끝났을 것 같은데?

로미오   너무 이르게 온 게 아니고? 마음이 설레는걸. 운명의 별에 달려 있는 중대한 일이 오늘 밤의 연회를 계기로 무섭게 활동을 시작해서 내 가슴에 갇혀 있는 멸시 받은 생명이 때 이른 죽음으로 천하게 만료되지나 않을까 불안해. 하지만 내 인생의 키를 잡으신 하느님께서 내 인생의 항해를 인도해주실 테지. 들어가자, 활기차게.

벤볼리오   북을 쳐라. (가면을 쓴 사람들이 등장하여 홀을 돌아서 한쪽으로 선다.)

제 5 장

캐퓰릿 집안의 홀

하인들이 식탁보를 들고 등장

하인 1   풋팬, 어디 갔지, 나르는 일도 안 도와주고! 그놈이 나무 접시를 옮겨? 그놈이 나무접시를 닦아?

하인 2   결국 손끝 매운 우리들 한두 사람이 일은 다하지. 한데 아직 손도 씻지 못했으니 이거 야단났구먼.

하인 1   의자도 치우고, 선반도 한쪽으로 치워. 은그릇은 조심해서 다뤄. 이보게, 사탕과자 좀 남겨놔. 그리고 문지기더러 수잔 그라인드 스턴과 넬을 들여보내 달라고 전해주게. (큰소리로) 풋팬!

앤터니   아, 여기 있어.

하인 1　큰 방에선 자넬 찾아 온통 난리야.

폿팬　몸은 하나뿐인데 사방에서 찾으니! 자, 모두 기운을 내자고. 그래야 오래 살고 땡도 잡지. (하인들 퇴장)

캐퓰릿과 줄리엣이 남녀 손님들과 함께 가면 쓴 사람들을 맞는다.

캐퓰릿　어서 오시오, 신사 여러분! 발가락에 티눈이 안 박인 이상 숙녀들께서 여러분하고 즐겁게 춤을 출 겁니다. 자자, 숙녀분들! 춤을 안 추는 숙녀는 발가락에 티눈이 박일 것입니다. 제 말이 맞죠? 어서 오십시오, 신사 여러분! 저도 한때는 가면을 쓰고 아름다운 처녀의 귓속에 달콤한 밀어를 속삭일 때도 있었답니다. 이젠 모두 흘러간 먼 옛날이야기죠. 신사 여러분! 잘 오셨습니다. 자, 풍악을 울려요. 이봐, 불을 더밝히라고. 식탁도 치우고! 자, 난로불도 꺼. 방이 너무 더워서 안 되겠어. 어이구, 뜻밖에 즐거운 모임이 되어가는구나. 아, 앉아. 앉으라니까. 아, 내가 춤을 즐기던 시절은 이제 지났어. 우리가 가면을 쓰고 마지막 춤을 춘 게 언제더라?

캐퓰릿 사촌　아마 30년은 됐을걸요.

캐퓰릿　그렇게 오래 되진 않았어. 오순절이 아무리 빨리 온다 해도 루센시오 혼례 이후니 고작 25년쯤 됐을까? 우리가 춤을 춰본 게.

캐퓰릿 사촌　더 오래됐어요. 루센시오 아들이 지금 30살이니.

캐퓰릿　뭐라고? 그 앤 2년 전만 해도 아직 미성년이었는데.

로미오　(하인에게) 저 기사 손의 값어치를 돋보이게 해주고 있는 여잔 누구지?

하인   모르겠는뎁쇼.

로미오   오, 횃불보다 아름답게 빛나는 아가씨야! 아가씨의 모습은 에티오피아 여인의 귀에 매달린 보석 귀고리처럼 빛나는구나. 이 속세에 두기엔 너무나 고귀한 아름다움이다! 그녀는 까마귀 떼 속에 섞인 눈처럼 하얀 비둘기 같다고나 할까? 춤이 끝나면 그녀의 손을 잡아 나의 거친 손에 축복을 받아야지. 내가 사랑을 했었던가? 나의 눈이여, 아니라고 하라! 진정한 아름다움은 오늘 밤에야 봤다고.

티볼트   목소리를 들어보니 몬터규 놈이 틀림없어. 이봐, 내 장검을 가져와라. 저 악당이 괴상한 탈바가지를 쓰고 이곳으로 오다니! 오늘 밤 우리의 연회를 망치려고 온 걸까? 저런 자식은 때려 죽여도 죄가 되지 않아.

캐퓰릿   왜 그러느냐, 티볼트. 왜 씩씩거리는 거야?

티볼트   숙부님, 저 몬터규 놈은 우리의 원수입니다. 오늘 밤의 연회장을 아수라장으로 만들기 위해 온 것이 분명해요.

캐퓰릿   로미오란 말이지? 얘야, 진정해라. 신사처럼 의젓하게 처신하지 않니. 사실을 말하자면 베로나에선 덕망이 있고 점잖은 청년이라고 소문이 자자하더라. 그러니 저 사람에게 모욕을 주지는 말거라. 자, 이제 이맛살을 펴라. 그런 표정은 연회에 걸맞지 않아.

티볼트   저 악당이 손님이라고 있는 이상 이런 얼굴이 어울려요.

캐퓰릿   잠자코 있어, 이 녀석아. 내가 주인이냐 네가 주인이냐? 허 참, 참을 수 없다니! 하느님 맙소사. 손님들이 계시는데 폭동을 일으키겠다고? 그러는 게 사내답다고 생각하니?

티볼트   하지만 숙부님, 창피해요.

캐풀릿   바보 같은 소리 작작해라. 이런 버릇없는 놈 봤나. 창피는 무슨 놈의 창피냐? 그런 수작은 네 몸만 상하게 해. 제기랄! 시간이 됐다. ― 잘하셨습니다, 여러분! ― 이 버릇없는 놈. 잠자코 있어. ― 자, 불을 좀 더 밝혀! 뭘 우물쭈물하느냐! ― 너 혼 좀 날래? ― 여러분, 즐겁게 노십시오!

티볼트   한껏 물오른 잔치에 저놈들이 멋대로 노는 걸 참자니 울화통이 터지고 사지가 떨리는구나. 이번만은 곱게 물러가자. 그러나 오늘 침입이 당장은 달콤할지 모르나 내 꼭 쓴맛을 보게 해줄 거다. (퇴장)

로미오   (줄리엣의 손을 잡고) 천하디 천한 이 손이 당신의 거룩한 성전을 모독했다면, 제 입술이 수줍은 두 순례자처럼 부드러운 키스로 이 거친 접촉을 지우려는 죄를 짓겠어요.

줄리엣   착한 순례자님, 이처럼 경건함을 잃지 않고 있는 손을 모욕하지 마세요. 성자상은 순례자의 손과 맞닿기 위해 있는 것! 손바닥과 손바닥을 맞대는 건 거룩한 순례자의 키스잖아요?

로미오   성자나 거룩한 순례자나 입술은 있지 않은가요?

줄리엣   어머, 순례자님! 그 입술은 기도를 위한 것이랍니다.

로미오   오, 거룩한 성자여! 손은 입술을 대신하고, 믿음은 절망이 되지 않도록 기도하나이다.

줄리엣   성자상은 기도는 허락하나 움직이지는 않아요.

로미오   움직이지 말고 있어요. 내가 기도하는 동안. (키스한다) 이제 나의 죄는 그대의 입술로 씻겼소.

줄리엣   그럼 제 입술이 모든 죄를 짊어지겠군요.

로미오   내 입술의 죄를? 오, 달콤한 꾸중이여! 그럼 내 죄를 다시 돌

려줘요. (다시 키스한다)

줄리엣   키스를 배우는군요.

유모   아가씨, 어머니가 하실 말씀이 있답니다.

로미오   아가씨의 어머님이라니?

유모   이봐요, 젊은 양반. 아가씨의 어머님이 이 댁 마님이시라우. 선량하고 정숙하고 덕망이 높으신 분이지요. 당신과 얘기를 나눈 그 따님은 바로 제가 길렀다우. 내 장담하지만 아가씨를 아내로 맞는 분은 호박이 넝쿨째 굴러오는 거나 마찬가지죠.

로미오   캐퓰릿의 딸? 참으로 가혹한 형벌이다! 적에게 생명을 빚지다니 말이야.

벤볼리오   자, 가자고! 지금이 절정이니.

로미오   그런가? 내 마음은 불안하기만 한데.

캐퓰릿   아니, 여러분! 잠깐만 기다리시오. 간단한 다과를 준비해두었으니.

가면을 쓴 사람들이 캐퓰릿에게 속삭인다.

정말로 돌아가신다는 말씀인가요? 고맙소. 이렇게 와주셔서. 안녕히 가십시오. — 횃불을 밝혀라. 자! 그럼 잠자리로 들어갈까. — 어이구, 밤이 깊었군. 이젠 쉬어야겠다. (줄리엣과 유모만 남고 모두 퇴장)

줄리엣   유모, 저 젊은이는 누구지?

유모   티베리오 노인의 큰아드님이에요.

줄리엣   지금 막 나가시는 분은?

유모   글쎄요, 페트루키오 도련님 같은데요.

줄리엣   여기까지 와서 춤도 안 추신 저분은?

유모   모르겠어요.

줄리엣   이름 좀 물어봐요. 그분이 기혼자라면 무덤이 내 신방이 될 것 같아.

유모   그분 이름은 로미오래요, 원수 몬터규 집안의 외아들이죠.

줄리엣   단 하나의 내 사랑이 증오에서 싹트다니! 알지 못하고 만난 것은 너무 일렀고, 알고보니 이미 늦었구나! 끔찍한 원수를 사랑해야 하다니! 아, 어쩐지 이 사랑은 불길하다.

유모   무슨 소리를 하는 거예요?

줄리엣   노래예요. 방금 같이 춤춘 사람한테서 배운 거예요. (안에서 "줄리엣" 하고 부르는 소리)

유모   자, 갑시다. 손님들도 모두 가셨답니다. (모두 퇴장)

제 2 막

해설자 등장

해설자　옛 욕망은 드디어 죽음을 맞이하고 이제 사랑의 새싹이 움터 나옵니다. 죽음의 신에게 생명을 바치려던 미녀들은 온화한 줄리엣에 비하니 아무것도 아니라네.

매력적인 용모에 매혹된 로미오는 사랑에 빠지지만 원수를 사랑하기에 가슴이 아프다네. 그리고 그녀는 무서운 낚싯바늘에서 달콤한 미끼를 훔쳐가네. 원수란 사실을 알고 어찌 감히 그녀에게 다가가 뜨거운 사랑의 맹세를 할 수가 있겠는가!

줄리엣의 사랑은 간절하나 사랑하는 님 만날 길은 막막하기만 하다네. 그러나 열정과 시간은 극도의 기쁨으로 극한 상황을 완화하여 만날 힘과 수단을 준다네. (퇴장)

제 1 장

캐퓰릿 집의 정원

로미오 등장

로미오　내 마음 여기 머물고자 하는데 어떻게 발걸음을 뗀단 말인가? 돌아가자. 우둔한 흙덩이로, 너의 영혼을 찾아서.

머큐쇼와 벤볼리오 한길에 등장. 로미오 담 뒤에서 듣고 있다.

벤볼리오　로미오! 로미오! 로미오!

머큐쇼　빈틈없는 친구니까 틀림없이 집에서 잠자리에 들 준비를 하고 있을 거야.

벤볼리오　이 길로 뛰어서 정원의 담을 넘었어. 불러봐, 머큐쇼!

머큐쇼　그래, 마법을 걸어봐야지. 로미오, 익살꾼, 미치광이, 정열가, 연애쟁이! 한숨짓는 꼬락서니로 냉큼 나오너라. 노래라도 한 곡조 뽑아봐, 그래야 안심하지. "나 여기 있다!"느니, '사랑'이든 '사탕'이든 말해봐. 네 고운 비너스에게 한 마디 건네보렴. 앞 못 보는 그녀 아들, 아브라함의 큐피드 소년. 걔 별명이라도 불러봐. 거지 처녀를 사랑했던 코피투아 임금님을 멋지게 쏴 맞혔잖아. 큐피드의 별명을 하나 대보라고! 야, 친구야, 안 들려? 꼼짝도 않겠어? 이놈의 원숭이가 죽었으니 마법을 걸어야지. 로잘린의 빛나는 눈과 널찍한 이마, 붉은 입술과 예쁜 발, 미끈한 다리와 후들거리는 허벅지, 그 옆의 언덕을 걸고 널 부르니 변함없는 모습으로 우리 앞에 나타나거라.

벤볼리오　로미오가 들으면 핏대를 세울 텐데?

머큐쇼　이 정도 가지고는 화 안 낼 거야. 화를 내게 하려면 애인의 마법의 동그라미 속에 성질이 이상한 악마 한 놈을 세워놓고 그녀가 어떤 마법을 써서라도 그걸 쓰러뜨리라고 한다면 핏대를 올리겠지. 그건 좀 지나치지. 그렇지만 내 주문은 당당한 거야. 그 녀석 연인의 이름으로 놈을 불러내는 것뿐이니까.

벤볼리오　가자! 로미오는 나무 뒤에 숨었을 거야. 축축한 어둠을 벗하며 지내려나봐. 사랑에 눈먼 장님이라면 어둠이 가장 좋지.

머큐쇼　사랑에 눈이 멀었다면 사랑의 과녁을 맞힐 순 없지. 지금쯤 로미오는 비파나무 밑에 앉아 자기 연인이 비파나무 열매이길 바랄 거야. 처녀들은 비파나무에게 뭔가를 중얼대며 혼자 웃는다지 뭔가. 오, 로미오! 그 여잔 딱 벌어진 비파나무 열매고 너의 그 물건은 길쭉한 서양배였으면 하고 기도드리고 있을 테지. 로미오, 잘 자거라. 난 작더라도 내 침대로 가겠다. 노천의 잠자리는 너무 오싹하단 말이야. 자, 가는 게 어때?

벤볼리오　가자. 말짱 헛일이다. 숨으려는 녀석을 찾는 건 쓸데없는 헛수고니까. (두 사람 퇴장)

제 2 장

캐퓰릿 집의 정원

로미오, 앞으로 나온다.

로미오　상처를 입어보지 않은 자는 남의 상처를 비웃는 법이지.

줄리엣, 2층 무대의 창문에 등장

가만! 저 창문에 쏟아지는 빛은 무얼까? 저곳은 동쪽이지? 그렇다면 줄리엣은 태양이로구나. 솟아라, 아름다운 태양아! 시샘하는 달을 무찔러라. 달의 시녀인 그대가 달보다 훨씬 더 아리땁구나. 달은 슬픔에 젖어 창백하니 그의 시녀가 되진 마오. 달의 여신은 질투심이 많아. 시녀의 옷은 빛이 바랜 초록색이야. 저건 광대들만 입는 것이니 벗어버려요. 오, 그대는 내 사랑! 오, 이 마음을 그대가 알아준다면! 아, 그녀가입을 연다. 한데 왜 말이 없을까. 상관없어. 저 눈이 말을 하는걸. 대답을 해야지. 아냐. 내가 뻔뻔하게 보일지 몰라. 나한테 말을 걸지도 않았으니. 하늘에서 가장 아리따운 두 별이 나들이를 가면서 돌아올 때까지 저 눈동자에게 대신 반짝여 달라고 애걸한 거야. 그녀의 눈이 밤하늘에 있고, 아름다운 두 별이 그녀의 얼굴에서 반짝인다면 어떻게 될까? 그대의 빛나는 두 뺨은 별들을 무색하게 만들겠지. 햇빛 속의 등불처럼 말야. 하늘로 간 저 눈동자는 창공을 가로질러 너무나 밝게 빛나 새들은 낮인 줄 알고 노래를 할 거야. 저것 봐, 손에 뺨을 대고 있네! 오, 내가 그녀의 장갑이라면 저 뺨을 만져볼 수 있으련만.

줄리엣 아아, 어쩌지?

로미오 다시 한번 말해봐요. 빛나는 천사여! 당신은 날개 돋친 하늘의 천사가 되어 흘러가는 구름을 밟고 창공을 헤쳐갈 때면 그대를 보는 사람들의 눈빛엔 놀람의 물결이 출렁일 거야.

줄리엣 아, 로미오님, 로미오님! 어찌하여 당신은 로미오님이신가요? 아버지를 잊으세요. 그 이름도 버리세요. 그것이 싫으시거든 절 사랑한다고 해주세요. 그럼 이제 저도 캐퓰릿이 아니에요.

로미오 좀 더 들어볼까, 아니면 이쯤에서 그만둘까?

줄리엣 당신 이름만이 저의 적일 뿐이에요. 비록 몬터규 성을 갖지 않았더라도 당신은 당신이에요. 도대체 몬터규가 뭔데요? 그건 손도 발도 팔도 얼굴도 사람 몸의 어떤 부분도 아니잖아요. 이름이 뭔데요? 장미꽃을 다른 이름으로 불러도 향기는 마찬가지잖아요. 로미오란 이름을 갖지 않더라도 당신이 갖고 있는 완벽함은 절대 변치 않을 거예요. 로미오님, 그 이름을 버리세요. 차라리 그 이름 대신 저를 가지세요.

로미오 그대 말대로 그대를 갖겠소. 날 연인이라 불러줘요. 그러면 다시 세례를 받아 로미오라는 이름을 버리겠소.

줄리엣 당신은 누구신데 밤의 어둠 속에 몸을 숨기고 남의 비밀을 엿듣나요?

로미오 아, 제 정체를 밝힐 수가 없군요. 거룩한 천사여! 저는 제 이름을 미워합니다. 당신의 원수니까. 내 이름이 적힌 종이가 있다면 갈기

갈기 찢어버리고 싶습니다.

줄리엣   그대 혀가 내놓은 말을 제 귀로 마신 게 얼마 되지 않지만 당신 목소리는 알아요. 로미오님 아니세요? 몬터규 댁의?

로미오   둘 다 아닙니다, 당신이 싫어하시기에.

줄리엣   어떻게 여길 오셨나요? 말해봐요. 담이 높아서 오르기 어려운데다 당신 신분이 노출되면 생명이 위험해요.

로미오   사랑이란 가벼운 날개로 담을 넘어왔지요. 돌로 지은 장애물 같은 건 사랑을 막을 수가 없어요. 사랑은 할 수 없는 일이 없어요. 그러니 당신네 가족도 날 막진 못해요.

줄리엣   하지만 들키는 날엔 죽일 거예요.

로미오   아아, 그들이 가진 스무 자루의 칼보다 당신의 눈동자가 더 두려워요. 당신만 지켜주신다면 그들의 적개심은 절 찌르지 못할 겁니다.

줄리엣   어떤 일이 있어도 이곳에서 들켜선 안 돼요.

로미오   난 밤의 외투를 걸치고 있어 상관없지만 만약 당신이 날 사랑하지 않는다면 차라리 들키는 게 나아요. 당신의 사랑을 못 받아 헛되이 죽는 날을 기다리느니 차라리 그들의 미움을 받아 목숨을 끝내는 게 나아요.

줄리엣   당신을 누가 이곳에 인도했나요?

로미오   사랑이 당신을 찾으라고 귀띔했어요. 사랑은 내게 슬기를 주었고, 난 사랑에게 눈을 빌려주었죠. 난 키잡이는 아니지만, 바닷물이 넘실대는 천릿길을 떠나 왔다 해도 나의 보배를 찾는 모험을 했을 겁니다.

줄리엣   저의 얼굴에 밤의 가면이 씌워졌기에 망정이지 그렇지 않았다면 저의 달아오른 두 볼을 들키고 말았을 거예요. 당신이 오늘 밤 제 말을 엿들었으니, 저도 체면이 있어 제가 한 말이 아니라고 잡아뗄 수도 있지만 체면치레 따윈 거둬치우지요! 절 사랑하시나요? '그렇다'고 대답 하시겠죠? 그 말을 믿을래요. 그렇지만 당신의 맹세가 물거품이 될지 누가 알아요? 애인들의 거짓말을 듣고 주피터신도 웃고 만다죠. 아, 로 미오님! 저를 사랑하신다면 성실하게 말씀하세요. 절 너무 쉽게 얻었 다고 생각한다면 얼굴을 찡그리고 "안 돼요" 하고 할 수도 있지만 그러 지 않겠어요. 몬터규님, 당신이 너무 좋아요. 이러는 저를 경박한 여자 라 생각할 수 있겠지만 저의 진심을 믿어주세요. 새침떼기인 척 교활한 수단을 부리는 여자가 아니라는 사실을 증명해드리겠어요. 진실한 사 랑의 고백을 당신이 엿듣지만 않았다면 남들처럼 시침을 떼겠지만 말 이에요. 제발 경박한 사람이어서 쉽게 마음을 허락한 거라고 오해하진 마세요. 저의 사랑이 타고난 것은 밤의 어둠 때문이니까요.

로미오 이 과일나무 가지들을 은빛으로 물들이는 저 청순한 달에 걸 고 맹세하겠소.

줄리엣 아, 둥근 궤도 안에서 한 달 내내 모습을 바꾸는 달님에게 맹 세하진 마세요.

로미오 그럼, 어디에 맹세하죠?

줄리엣 아무 맹세도 하지 마세요. 정 하시려거든 품위 있는 당신 자 신에게 맹세하세요. 이 몸이 숭배하는 신이니 당신을 두고 맹세한다면 믿겠어요.

로미오 만약 내 마음속의 소중한 사랑이……

줄리엣 글쎄, 맹세는 마시래도요. 당신하고 함께 있는 것은 좋지만 오 늘 밤의 맹세는 싫어요. 너무나 성급하고, 무모하고, 갑작스러운걸요.

마치 '번개가 친다'고 말할 틈도 없이 사라지는 번개 같아요. 아, 내 사랑 그럼 안녕. 이 사랑의 새싹은 여름의 숨결로 자라나 다음에 만날 땐 예쁜 꽃이 필 거예요. 안녕히 가세요, 안녕! 제 가슴에 있는 감미로운 휴식이 당신 가슴속에 깃들기를.

로미오　오, 이렇게 아쉽게 헤어져야 합니까?

줄리엣　어떻게 하면 당신이 만족할 수 있나요?

로미오　서로 사랑의 맹세를 나누는 거요.

줄리엣　전 당신이 청하기도 전에 이미 드렸어요. 지금은 되돌려 받고 싶지만.

로미오　그건 맹세를 취소하고 싶단 말인가요?

줄리엣　아, 그걸 다시 한번 당신께 드리기 위해서예요. 제 마음을 제 자신이 탐내고 있나봐요. 제 마음이나 사랑은 바다처럼 깊어요. 그러니 당신께 드려도 드려도 차고 넘친답니다. 둘 다 무한한 거니까요. — 안에서 누가 부르네요. 잘 가요, 내 사랑! — 곧 갈게, 유모! — 몬터규 님, 잠깐 기다려요. 다시 올게요. (줄리엣 창가를 떠나 안으로 들어간다)

로미오　아, 축복 받은 밤! 두렵구나, 이 밤이 현실이라고 하기엔 너무나 행복해서 갈피를 잡을 수가 없다.

줄리엣, 다시 창가에 등장

줄리엣　로미오님, 세 마디만 더하고 정말 작별해요. 당신의 사랑이 진정이시고, 진정 결혼을 생각한다면 내일 사람을 보낼 테니 회답을 보내주세요. 언제 어디서 식을 올리시려는지 알려주세요. 그럼 전 모든 재산을 당신께 바치고 이 세상 끝까지 당신을 따라가겠어요.

유모   (안에서) 아가씨!

줄리엣   갈게, 곧 ― 하지만 당신의 맹세가 거짓이라면 부탁이에요.

유모   (안에서) 아가씨!

줄리엣   간다니까 ―. 청혼은 그만두고 혼자 한탄하게 해주세요. 내일 사람을 보낼게요.

로미오   영혼을 걸고 맹세합니다.

줄리엣   부디 좋은 밤 보내세요! (퇴장)

로미오   당신이 빛을 잃으니 밤은 천만 배나 매력을 잃었어요! 애인을 만나러 갈 땐 학교 파한 학생들처럼 생기가 있었는데, 애인과 헤어질 땐 학교로 가는 학생처럼 우울하군.

줄리엣이 다시 등장하자 로미오는 떠난다.

줄리엣   로미오님, 들어주세요! 아, 매사냥꾼이 숫매를 다시 불러들였으면 좋으련만! 자유가 없는 이 몸은 목소리도 쉬어서 큰 소리를 낼 수 없군요. 그렇지 않다면 산울림이 살고 있는 동굴을 깨고 공중에 울려 퍼지는 목소리가 내 것보다 더 쉰 소리를 낼 때까지 '로미오님'이란 이름을 끝없이 불러보련만!

로미오   내 영혼이 내 이름을 부르고 있구나. 밤에 울려퍼지는 연인의 목소리는 말할 수 없이 부드럽군. 마치 은방울소리 같아.

줄리엣   로미오님!

로미오   줄리엣!

줄리엣   내일 몇 시에 사람을 보낼까요?

로미오   아홉 시경에.

줄리엣   알았어요. 내일이 20년 같아요. 당신을 왜 다시 불렀는지 잊어버렸어요.

로미오   그럼 이대로 서 있을게요, 당신이 기억을 되찾을 때까지.

줄리엣   아, 날이 새고 있으니 이젠 돌아가게 해드려야지. 멀리 가시진 마세요. 장난꾸러기 계집애가 손에서 새를 좀 늦춰놓았다가도 사랑이 지극하면 자유까지도 샘이 나 비단실로 다시 잡아당긴다죠?

로미오   내가 그 새였으면 좋겠어.

줄리엣   그랬으면 좋겠지만 너무 귀여워하다가 죽일까봐 겁이 나요. 잘 자요! 이별의 슬픔은 너무나 감미로워. 날이 샐 때까지 이별의 인사를 되풀이할래요.

로미오   그대의 눈과 가슴에 평안한 잠이 내리기를! 내가 평화로운 잠이 되어 달콤하게 그대 가슴에 안겼으면! (줄리엣 퇴장) 이 길로 신부님 암자로 가자. 도움도 청하고 행운도 전해야지.

제 3 장

로렌스 신부의 암자

로렌스 신부, 바구니를 들고 등장

로렌스 신부　잿빛 아침이 찌푸린 밤에 미소를 지으며 동녘하늘에 빛무늬 이랑을 이루었군. 얼룩진 어둠은 주정꾼처럼 비틀거리다가 태양신의 수레바퀴에 쫓겨나고 있고. 아, 태양이 불타는 눈을 치뜨고 낮에 생기를 주어 축축한 밤이슬을 말리기 전에 독초와 약초꽃을 꺾어 버들 바구니에 채워야겠다. 대지는 자연의 어머니이자 무덤이다. 그 무덤은 다시 자연을 낳는 모태이기도 하지. 바로 그 모태에서 다양한 자식들이 태어나 자연의 품속에서 젖을 빠는 거야. 약초는 효험이 뛰어난 것도 많은데다가 나름의 약효를 지니고 있지. 아! 풀, 나무, 돌 들은 모두가 놀라운 힘을 지니고 있어. 땅 위에 있는 것은 아무리 사악한 것이라도 땅에 약간의 이익을 주고 있지. 반면 아무리 좋은 것이라 해도 제대로 쓰지 않으면 해를 입을 수 있어. 미덕도 잘못 쓰면 악덕이 될 수 있고, 악덕도 활용하기에 따라서 유용하게 쓰일 수가 있지.

　　　　로미오가 등장하지만 신부가 보지 못한다.

이 작은 꽃의 연약한 외피에는 독도 있고 약효도 있어. 이 꽃의 냄새를 맡으면 온몸이 아주 상쾌해지지만 맛을 보면 심장이 마비되고 마니까. 아름다움과 위험은 초목에도 인간에게도 그대로 적용이 돼. 그게 바로 미덕과 악덕이지. 악덕이 우세하면 죽음이란 해충이 인간이란 나무를 갉아먹어버리지.

로미오　안녕하세요, 신부님?

로렌스 신부　신의 은총이 그대에게 있기를! 꼭두새벽부터 다정한 인사를 하는 당신은? 오, 너였구나. 이런 새벽에 잠자리에서 뛰쳐나온 걸 보니 무슨 고민이 있군그래. 늙은이의 눈 속엔 걱정거리가 보초를 서고, 걱정이 머무는 곳엔 잠이 찾아오지 않는 법! 그러나 마음에 고통과 상처가 없는 젊은이는 침상에 팔다리를 펴자마자 금세 황금의 잠에 빠질 수 있지! 그런데 이렇게 일찍 일어난 걸 보니 분명 마음의 번뇌가 잠을 설치게 했나보군.

로미오   사실 전 잠보다 달콤한 시간을 보냈어요.

로렌스 신부   하느님 맙소사! 로잘린과 함께 있었군그래?

로미오   로잘린이라니요? 천만에요! 전 그 이름도, 그 이름이 주었던 고통도 잊은 지 오래랍니다.

로렌스 신부   아주 잘 됐군! 그럼 어디에 갔었지?

로미오   다시 물으시기 전에 말씀을 드리죠. 원수의 집 연회에 갔었는데, 거기서 뜻밖의 사람을 만나 상처를 입었어요. 저 역시 그녀에게 상처를 입혔고요. 신부님이 도움을 주셔야만 우리의 상처는 아물 수 있어요. 신부님, 제 청을 들어주시면 저의 원수에게도 도움이 된답니다.

로렌스 신부   이것 봐, 좀 더 쉽게 말하라고. 어정쩡한 고백은 어정쩡한 용서밖에 못 받아.

로미오   그럼 솔직하게 말씀드리죠. 캐퓰릿 집안의 아리따운 따님에게 빠지고 말았어요. 그녀 역시 절 사랑하고 있습니다. 그러니 신부님께서 우리의 혼례식에 주례를 서주세요. 우리가 언제 어디서 어떻게 만나 사랑을 고백하고 사랑의 맹세를 나눴는지는 가면서 말씀드리죠. 제발 오늘 우리가 결혼식을 올릴 수 있도록 해주세요.

로렌스 신부   나 원 참! 세상 많이 변했구먼. 그토록 열을 올렸던 로잘린을 그렇게 빨리 잊어버리다니! 진실로 젊은이들의 사랑이란 마음속에 있다기보다 눈 속에 있는 것 같구나. 세상에! 로잘린 때문에 네 창백한 뺨을 적신 눈물은 다 어디 갔니! 이제 보니 빛 바랜 사랑에 윤기를 주려고 그토록 눈물을 뿌렸군. 허공에 머문 네 한숨은 아직도 마르지 않았고, 신음소리는 아직도 따갑게 울리고 있는데. 네가 아직도 같은 고민을 하는 거라면 로잘린 때문일 텐데, 무슨 일이 있나 보구나. 자, 이 글귀를 외워봐라. 남자의 마음이 바람에 날리는 갈대니, 여잔들 어찌 변치 않으리!

로미오   로잘린을 사랑할 때도 신부님은 절 꾸짖으셨죠.

로렌스 신부   사랑한다고 해서 그랬나! 사랑에 빠지니까 그랬지, 이 녀석아.

로미오   사랑을 묻으라고 하셨죠?

로렌스 신부   사랑을 묻되 다른 사랑을 파내라고는 안 했어.

로미오   제발 꾸짖진 마세요. 지금의 연인과는 사랑과 호의를 주고받고 있어요. 지난번과는 달라요.

로렌스 신부   오! 그거야, 네가 사랑에 대해 별 의미 없이 떠들어댄다는 걸 그녀도 느꼈을 테니까 그렇지. 아무튼 가자. 이 변덕쟁이야! 나도 한 가지 점에서만은 널 돕고 싶다. 이 결혼으로 두 집안의 앙숙 관계도 화해를 맞을지 모르겠구나.

로미오   어서 가시죠! 전 급하다고요.

로렌스 신부   슬기롭게 천천히. 급하게 먹는 밥은 체하기 십상이야. (함께 퇴장)

제 4 장

광장

벤볼리오와 머큐쇼 등장

머큐쇼　로미오 녀석 어딜 간 거야?

벤볼리오　집에는 안 왔어. 로미오의 하인이 말했어.

머큐쇼　제기랄, 그 까칠하기 짝이 없는 로잘린 계집애! 그렇게 힘들게 하니 로미오 머리가 돌 수밖에.

벤볼리오　캐퓰릿 영감의 친척인 티볼트 녀석이 로미오의 아버지 집으로 편지를 보냈다지?

머큐쇼　틀림없이 도전장일 테지.

벤볼리오　로미오가 답장을 보낼걸?

머큐쇼　까막눈이 아닌 이상 답장이야 보내겠지.

벤볼리오　그게 아니라 도전에 대한 답장을 낼 거라 이거야.

머큐쇼　어휴, 가엾은 로미오! 그는 벌써 박살이 났어. 까칠한 까만 눈동자는 고통에 찔리고, 귀는 사랑 노래로 으깨지고, 심장 한복판은 눈먼 애송이가 쏜 큐피드의 화살에 뚫린 판에 어떻게 티볼트의 상대가 될 수 있겠어?

벤볼리오　티볼트가 뭔데?

머큐쇼　고양이 왕보다는 한 수 위지. 아, 그자는 결투 예절도 밝은 놈이야. 박자, 음정, 리듬 등을 잘 맞춰 잠깐 쉬었다가 상대방의 가슴팍을 찌르는 식이지. 상대방 옷에 붙은 비단 단추 같은 것도 맘대로 떨어뜨릴 정도로 검술에 능통해. 그 녀석은 정말 격투의 명수지. 아무렴, 명수고말고. 최고의 문벌을 자랑하는 신사고!

벤볼리오　그건 또 뭐지?

머큐쇼　돼먹지 않은 말이나 퍼붓는 놈이 신식이라고 씨부렁대는 꼬락서니라니! "어쭈, 끝내주는 칼솜씨! 용감하기 그지없는 사람! 기차게 근사한 매춘부!" 이런 말이나 늘어놓는 녀석! 아니, 벤볼리오 영감! 이것 참 통탄할 일 아닌가? 우리가 이렇게 한심한 날파리들한테 지지고 볶이다니! 유행이나 뒤쫓는 경망한 것이 굽실거리는 탓에 낡은 벤치에 앉지도 못한다냐? 뼈가 쑤시고 아파서!

　　로미오 등장

벤볼리오　아, 저기 로미오가 온다.

머큐쇼　얼빠진 마른 청어 같군. 아, 살덩이는 어디 가고 말라빠진 생선 꼴이 되었을까? 저 녀석도 이제는 페트라르카의 슬프기 그지없는 사랑 노래에 어울리는 꼴이 됐군. 페트라르카가 사랑한 로라도 저 친구 애인에 비하면 부엌데기지— 사실 말이지 노래짓기에는 로라가 더 멋진 시인을 애인으로 가진 셈이야 — 디도는 촌닭이요, 클레오파트라는 검둥이, 그리고 헬레네와 헤로는 닳아빠진 창녀 계집이지. 디스비는 잿빛 눈을 가졌지만 별 볼일 없지. 로미오 나리, 봉 주우르, 시뇨르 로미오! 네 바지가 프랑스식 나팔바지니깐 인사도 프랑스식으로 해야겠

512

지? 어젯밤엔 멋지게 우릴 골탕먹였어.

로미오   잘들 잤나? 한데 내가 무슨 골탕을 먹었다는 거야?

머큐쇼   참 나, 우리를 골탕 먹인 게 생각 안 나?

로미오   미안해, 머큐쇼. 중대한 일이 있었어. 그럴 만한 일이 있었으니, 이해해줘.

머큐쇼   그렇다면 무릎을 꿇고 공손히 사죄를 해야지.

로미오   왼발을 뒤로 빼고 하는 인사?

머큐쇼   아주 점잖은 해석인걸.

로미오   정말 예의 바른 설명이군.

머큐쇼   나야 뭐 예절의 꽃이라고 할 수 있으니까.

로미오   장미야말로 꽃 중의 꽃이지.

머큐쇼   맞아.

로미오   보라고, 내 구두도 온통 꽃나무야.

머큐쇼   정말 재치 만점이네! 그럼 네 신발 뒤창이 닳아 문드러질 때까지 이런 농지거리를 계속할 테야? 신발 뒤창이 다 닳아 없어져도 농담만은 원형을 유지하겠구나.

로미오   닳아빠진 농담은 유치하기 때문에 외롭다.

머큐쇼   벤볼리오, 좀 도와줘. 머리가 띵해.

로미오   채찍이며 박차를 마음껏 휘둘러봐! 그러지 않으면 내가 이겼다고 소리칠 거다.

머큐쇼   글쎄, 이런 식의 도깨비놀음에는 두 손 들었어. 넌 모든 면에서 나보다 훨씬 지혜로우니까. 바보 도깨비놀음만 하지 않는다면!

로미오   사실 넌 나와 함께 한 게 아무것도 없어. 도깨비놀음을 한 건

나 혼자니까.

머큐쇼　또다시 그따위 농담을 했다간 귀를 깨물어줄 테다.

로미오　착한 도깨비, 제발 깨물진 마라.

머큐쇼　너의 농담은 맵싸한 것이 톡 쏘는 게 특징이야.

로미오　그러니 맛있는 도깨비를 잡아먹을 때 내놓기를 잘했지.

머큐쇼　히야, 재치가 노루 가죽 같아. 한 치를 마흔다섯 치로 늘리다니!

로미오　그럼 내가 그걸 마음껏 늘려볼까? 도깨비에다가 늘린다는 말을 보태면 넌 늘어질 대로 늘어진 도깨비가 될 테니까.

머큐쇼　그야 사랑 때문에 괴로워하는 것보다야 낫지? 지금이야말로 네가 정말 내 친구 로미오답다. 이제야말로 이렇게 보아도 로미오, 저렇게 보아도 로미오다. 왜냐하면 사랑이란 놈은 혓바닥을 빼물고 침을 질질 흘리는 몸집만 큰 바보니까. 자신의 광대 지팡이를 구멍 속에 감추고 이리저리 휘젓고 싶어 하니 말이야.

벤볼리오　그만해. 그러지 않으면 한없이 늘어지겠는걸.

머큐쇼　하하, 잘못 짚었어! 난 짧게 끝낼 참이었어. 사실 내 화제도 이제 바닥이 드러났거든. 더 이상 들어갈 데도 없어.

로미오　괜찮은 물건이군.

　　유모가 하인인 피터를 데리고 오는 것이 보인다.

머큐쇼　두 척이다, 두 척! 치마와 고쟁이다!

유모　피터!

514

피터　네.

유모　부채를 줄게, 피터.

머큐쇼　이봐 피터, 얼굴을 가리지 마. 부채가 얼굴보다 곱잖나?

유모　도련님들, 좋은 아침이죠?

머큐쇼　벌써 한낮이에요, 아주머니!

유모　벌써 그렇게 됐나?

머큐쇼　그렇고말고요. 음탕한 해시계 바늘이 정확히 정오를 어루만지고 있잖아요?

유모　에구머니! 망측해라.

로미오　아주머니, 이 녀석은 하느님이 자신을 망치라고 만든 녀석이랍니다.

유모　정말 맞는 말이에요. '자기 스스로 망치다' 맞지요? 신사 여러분? 한데 로미오 청년을 어디로 가면 만날 수 있을까요?

로미오　로미오 청년을 만날 때쯤이면 아주머니가 찾아 나섰을 때보다 훨씬 늙어 있을 거예요. 지금 그 이름을 가진 청년으로는 제가 제일 젊지요. 나보다 못생긴 녀석이 없어서 좀 그렇기는 하지만.

유모　재미있는 분이셔.

머큐쇼　아니, 지지리 못난 녀석을 보고 재미있다고 하다니! 실로 이해력이 뛰어난 분이셔서 좋아!

유모　댁이 로미오 도련님이시라면 할 얘기가 있어요.

벤볼리오　만찬에 초대하려나봐.

머큐쇼　뚜, 뚜, 뚜쟁이야! 저 봐!

로미오　보라니, 뭘?

머큐쇼　갈보 토끼는 아니야. 사순절 파이의 속재료로 쓰는 토끼는 아니고, 이미 한물 가 곰팡이가 슨 창녀 고기파이라고. (머큐쇼 지나가면서 노래를 한다.)

늙어빠진 흰토끼 갈보,
늙어빠진 흰토끼 갈보!
사순절 고기로는 최고지.
하지만 늙어빠진 흰토끼 갈보가
먹기도 전에 상해버리면
돈 주고 같이 자기엔 아깝지.

로미오, 아버지 집에 갈 거지? 거기서 밥이나 같이 먹자.

로미오　금방 갈게.

머큐쇼　안녕히 가세요, 노처녀 아주머니! (노래한다) 아주머니, 아주머니, 아주머니! (머큐쇼와 벤볼리오 퇴장)

유모　부디 잘들 가슈! 한데 저렇게 건방진 소릴 마구 지껄이는 녀석이 누군지 말해주시오.

로미오　저 친구는 혼자 떠들어대길 좋아하는 친구예요. 한 달이 걸려도 못다할 말을 1분이면 다 지껄인답니다.

유모　더 이상 날 건드리면 아주 혼쭐을 내줄 테다. 제깟 녀석이 제아무리 힘이 세다 해도 날 당하지는 못해. 내가 못해내면 해낼 사람들을 불러올 수도 있어. 망할 녀석, 나를 놀리다니! 내가 어디 제 친군가? (피터에게) 그런데 넌 왜 구경만 하고 서 있었지? 그 녀석이 제멋대로 놀리

516

는데도!

피터　아무도 유모를 놀리지 않았는데요. 만일 그랬다면 벌써 칼을 뽑았지요. 정말이라고요. 장담하지만 칼을 내 연장만큼 빨리 꺼낼 수 있다고요. 대판 싸움이 벌어져도 이쪽에 잘못만 없다면야 뭐 법은 우리 편이겠지요.

유모　정말이지 너무 화가 나서 온몸이 사시나무 떨리듯 했다니까. 망할 녀석! 그건 그렇고, 도련님! 아까도 말씀드렸지만 우리 댁 아가씨가 도련님을 찾아가보라고 해서요. 그리고 도련님께 말씀드릴 게 있다우. 댁에서 우리 아가씰 꾀어서 재미를 볼 생각이라면 정말 잘못 생각하셨어요. 그거야말로 모든 여자에게 용서 못할 죄를 저지르는 겁니다. 행패치고도 아주 못된 행패랍니다.

로미오　유모, 아가씨에게 제 안부 좀 전해 주세요. 유모 앞에서 단언하지만……

유모　착하신 도련님! 그렇게 전하지요. 아, 정말이지! 우리 아가씨가 얼마나 기뻐할까?

로미오　한데 유모, 아가씨에게 뭘 전한다는 거지요? 내 말을 마저 듣지도 않았잖아요.

유모　그야 물론 도련님이 맹세하셨다고 전할 참입니다. 참으로 신사다운 말씀이십니다.

로미오　아가씨에게 어떻게 해서든 오늘 오후 고해성사에 나오라고 전해줘요. 로렌스 신부님 암자에서 고해성사를 마친 뒤 바로 결혼식을 올릴 겁니다. 자, 이건 수고의 대가요.

유모　이러지 마세요. 전 한 푼도 안 받겠어요.

로미오   아이, 받아두라니까요.

유모   그럼, 오늘 오후 말씀이죠? 꼭 아가씨께 전해 올립죠.

로미오   잠깐만 유모, 수도원 담 뒤에서 기다려주세요. 한 시간 안으로 내 하인이 밧줄 사다리를 가지고 갈 것이니. 그건 저를 한밤중에 기쁨의 경지로 올려다줄 줄이지요. 그럼 잘 가세요. 제 부탁에 대한 수고비는 꼭 드릴게요. 아가씨께 안부 전해주시고.

유모   하느님의 축복이 있기를! 아, 잠깐.

로미오   뭔데요, 존경하는 유모께서?

유모   댁의 하인들은 입이 무겁습니까? 속담에도 있잖아요. '하나를 없애야 두 사람의 비밀은 지켜진다'고.

로미오   아무 걱정 마세요. 제 하인은 강철같이 믿음직하니까.

유모   그럼 됐어요. 우리 집 아가씬 정말 사랑스럽죠. 아, 글쎄! 그 어린 것이 재잘재잘하던 시절엔 ─ 지금도 그렇지만요. 시내에서 힘깨나 쓰는 패리스님이 아가씨한테 홀딱 반했지 뭐예요. 하지만 우리 아가씬 그분을 보느니 차라리 두꺼비를 보는 게 낫겠다고 하지 않겠어요? 그래서 제가 패리스님은 아주 미남이라고 했더니 우리 아가씬 금방 샐쭉해지지 뭡니까? 그런데 로즈메리라는 꽃 이름과 도련님의 이름인 로미오는 같은 글자로 시작되지요?

로미오   그렇소, 유모. 둘 다 아르로 시작되는 게 맞소.

유모   아이, 웃겨. 그건 개가 으르렁대는 소리 같아요. 아르는 저 ─ 남자의 아르는 다른 글자로 시작할 거야. 그건 그렇고, 아가씨는 도련님 이름과 로즈메리 꽃 이름을 붙여서 정말 예쁜 문구를 짓고 있어요. 도련님이 들어보면 아주 기분이 좋을걸요.

로미오　아가씨께 안부 전해주세요.

유모　물론이죠. 입이 닳도록 전해드리지요. (로미오 퇴장) 피터!

피터　네.

유모　(부채를 건네주며) 앞서라, 서둘러 가자. (두 사람 퇴장)

제 5 장

캐퓰릿 집의 정원

줄리엣 등장

줄리엣　유모를 보낸 시각이 아홉 시였지. 한데 반 시간이면 돌아온다 던 사람이 함흥차사야. 그이를 만나지 못한 게 아닐까? 아, 유몬 절름발 이야! 사랑의 심부름은 산을 덮은 그림자를 산 너머 저쪽으로 몰아가 는 햇빛보다 열 배나 더 빠르게 날 수 있어야 해. 그래서 비둘기가 비너 스의 마차를 끄는 거고, 바람 같은 큐피드에게 날개가 달린 거야. 태양 은 오늘 여정의 최정상에 와 있어. 9시부터 12시라는 시간은 말할 수 없이 긴데 왜 유모는 오지 않을까. 유모에게 뜨거운 젊은 피가 남아 있 다면 공처럼 빨리 달릴 수 있을 텐데. 그럼 난 말로 그 공을 그분께 보 내고, 그분도 답장을 보내왔을 텐데. 하지만 늙은이들이란 산송장 같 아. 굼벵이처럼 느리고 납빛처럼 창백해.

아, 유모가 왔어! 그래, 그일 만났어요? 저 사람은 나가라고 해요.

유모　피터, 문간에 가 있어. (피터 퇴장)

줄리엣　유모! 왜 그런 표정을 짓는 거야? 그런 떫은 얼굴로 말을 하다간 음악처럼 달콤한 소식도 망치고 말겠어.

유모　숨 좀 돌리고요. 아이고, 왜 이리 뼈마디가 쑤신담!

줄리엣　내 뼈를 줄 테니 어서 소식이나 전해요. 자, 어서 말해봐요. 착하디 착한 유모, 어서.

유모　성미도 급하셔라! 숨이 턱에 찬 걸 보고도 이러시기예요?

줄리엣　내게 말을 하는 걸 보니 죽을 만큼 숨이 찬 건 아니잖아? 이러쿵저러쿵 변명할 시간이면 천 가지 소식도 전할 수 있겠어. 좋은 소식이야, 나쁜 소식이야? 대답 좀 해. 자세한 건 나중에 들어도 좋으니. 궁금증 먼저 풀어줘.

유모　어이구, 아가씨! 정말이지 선택이 잘못됐어. 이렇게 남자를 고를 줄 모르다니! 로미오라고요? 절대 안 돼요, 그 사람은. 다른 사람들보다 잘난 얼굴에, 다리도 견줄 데 없이 미끈하고, 손발과 몸매도 나무랄 데 없어요. 그리고 성인군자만큼 예절을 지키지는 않지만 마음씨만은 어린 양같이 착합디다. 가봐요, 아가씨. 하느님께 정성껏 기도를 드려요. 참, 점심은 드셨소?

줄리엣　아니, 아직 안 먹었어. 지금까지 들은 얘긴 다 알고 있는 거야. 말해줘요. 그이가 결혼에 대해 뭐라고 했어?

유모　아이고, 머리가 왜 이리 쑤신담! 정말 죽을 지경이야! 그리고 허리도! 이 늙은 걸 심부름을 보내다니 매정도 하시지. 여기저기 쏘다니 다보니 정말 곤죽이 될 지경이라우.

줄리엣   어머, 그렇게 힘들다니 정말 미안해. 더없이 소중한 내 유모, 말해봐! 그분이 뭐라고 했어?

유모   그분은 정말 신사였어요. 예의 바르고, 친절하고, 잘생겼고, 게다가 덕망도 있어 보였고요. 한데 마님은 어디 계시지요?

줄리엣   그야 집 안에 계시겠지. 어머니가 어딜 가셨겠어? 참 별난 질문이네. "분명히 덕망도 있어 보였고요— 한데 마님은 어디 계시지요?"라니?

유모   아, 성모님 맙소사! 그렇게 몸이 달아올라요? 정말이지 기가 차군요! 뼈마디가 쑤셔서 죽겠는데 이런 약을 주는 거예요? 요다음부터는 모든 문제를 스스로 해결하시구려.

줄리엣   제발 수다 좀 그만 떨어요! 로미오가 뭐라고 했어?

유모   오늘 고해성사 가는 건 승낙 받았어요?

줄리엣   받았지.

유모   그럼 로렌스 신부님 암자로 가봐요. 신랑이 기다리고 있으니까요. 아가씰 신부로 맞으려고요. 저것 봐! 벌써 두 볼이 꽃처럼 활짝 피었군. 그저 로미오 얘기만 들어도 얼굴이 달아오른다니까. 빨리 성당으로 가봐. 난 줄사다리를 가지러 가야 하니. 어두워지면 도련님이 줄사다리를 타고 원앙새의 보금자리에 드실 테니까. 난 아가씨 때문에 이런 고생을 다한다오. 하지만 오늘 밤엔 아가씨가 장난 아니게 힘들걸요. 어서 가요. 난 요기를 좀 해야겠어요.

줄리엣   아! 행복을 찾아 달려가자! 착한 유모, 안녕. (퇴장)

제 6 장

로렌스 신부의 암자

로렌스 신부와 로미오 등장

로렌스 신부　천주여! 이 거룩한 예식을 축복해주시고, 훗날 슬픔으로 저들을 책망치 마소서.

로미오　아멘, 아멘. 어떤 슬픔과 맞닥뜨리더라도 그녀를 본 순간의 기쁨과 바꿀 수 있겠습니까? 거룩한 말씀으로 저희를 맺어주세요. 사랑을 잡아먹는 죽음의 신이 무슨 짓을 하더라도 전 만족하겠어요. 그녀를 내 것으로 만들 수 있다면.

로렌스 신부　이러한 벅찬 기쁨은 종말 또한 거세게 마련이지. 불티와 화약이 서로 닿자마자 폭발하듯이 승리는 절정에서 숨을 거두는 법! 지나치게 꿀이 달면 단맛만 보아도 싫증이 나지. 그러니 사랑은 적당히 해야 한다. 그것이 오랜 사랑의 원칙이지.

줄리엣 등장

오, 저렇게 가벼운 발걸음이라면 아무리 딱딱한 차돌이라도 절대 닳지 않겠구나! 사랑하는 사람은 짓궂은 여름 바람의 흔들리는 거미줄을 타고도 떨어지지 않는다던데. 아, 덧없어라, 사랑의 기쁨이여!

줄리엣   신부님, 안녕하세요?

로렌스 신부   로미오가 나의 몫까지 인사를 할 거야, 줄리엣.

줄리엣   아, 이 고마움을 어쩌나. (두 사람 포옹한다)

로미오   아, 줄리엣! 당신이 주는 기쁨이 산을 이루고, 그것을 과시할 기술이 나보다 낫다면 목소리로 주변 공기를 감미롭게 만들고, 풍성한 음악으로 우리가 주고받는 상상 속의 행복을 보여주오. 그리고 지금의 꿈 같은 시간을 달콤한 노래로 채워주시오.

줄리엣   내용이 좋은 상상력은 장식이 아니라 본질을 뽐내는 법이지요. 가난한 사람은 자신의 값어치를 헤아릴 수 있겠지만 진실된 내 사랑은 헤아릴 수 없이 커서 그 재산의 절반도 헤아릴 수가 없답니다.

로렌스 신부   자, 예식을 서둘러야겠다. 성스러운 교회가 두 사람을 하나로 맺어주기 전에는 한시라도 너희들끼리 있게 할 순 없어. (세 사람 퇴장)

제 3 막

제 1 장

광장

머큐쇼, 벤볼리오 및 이들의 하인 등장

벤볼리오　머큐쇼, 그만 돌아가자고! 너무 더운데다가 캐퓰럿네 놈들이 쏘다니고 있어. 그놈들과 마주치면 싸우지 않고는 배길 수 없을 것 아닌가. 이렇게 더운 날에는 피가 끓어오른다니까.

머큐쇼　술집 문턱을 넘어서자마자 칼을 식탁 위에 내던지고는 난데없이 "너 따위가 필요할 일은 절대 없길 원해!"라고 한마디 하고는 술이 두 순배 돌자마자 술을 마시는 친구에게 칼을 뽑는 멍충이가 있다더니, 네가 꼭 그걸 닮았구나.

벤볼리오　내가 그런 자와 닮았다고?

머큐쇼　이봐, 이보라고! 이탈리아 천지에 너같이 화 잘 내는 놈도 없을 거다. 발끈 화를 내고, 화가 나서 발끈하고!

벤볼리오　어디 끌어다 붙이는 거야!

머큐쇼　글쎄, 너 같은 사람이 둘만 있으면 정말 봐줄 만할 텐데. 이

524

봐! 넌 상대방의 턱수염 가지고 한 올이 더 많다느니 적다느니 하고 싸울 작자야. 넌 개암을 까는 사람만 봐도 시비를 걸 거다. 단지 네 눈빛이 개암빛이라는 이유만으로 말이다. 달걀 속이 먹을 걸로 가득 차 있듯이 네 머릿속은 시비로 가득 차 있어. 언젠가는 대로에서 누군가가 기침을 한다고 대판 싸웠잖나. 그리고 언젠가는 어떤 재단사가 부활절 전에 새 양복을 입었다고 시비를 걸었지? 어디 그뿐이냐, 새 구두에 헌 끈을 맸다고 시비를 건 적도 있잖아? 그러고도 나한테 싸우지 말라고 충고를 해?

벤볼리오   내가 너 같은 왈패라면 목숨의 절대 소유권은 누구나 살 수 있는 한 시간 십오 분짜리밖에 안 될 같아.

머큐쇼   절대 소유권? 허, 등신 같은 소리 하고 있네!

   티볼트와 그의 일행 등장

벤볼리오   오호! 저기 캐퓰릿 집안 놈들이 오고 있군.

머큐쇼   올 테면 와보라지.

티볼트   내 뒤를 바싹 따라와. 내가 저치들에게 말을 걸 테니까. 여러분, 안녕들 하슈? 누구하고든 한마디 했으면 싶은데.

머큐쇼   누구하고든 한마디 하고 싶다고? 한마디 더 보태지 그래. 말한마디에 한 방 날린다고.

티볼트   그야 기꺼이 기회를 주지.

머큐쇼   기회를 직접 만들 수는 없습니까?

티볼트   머큐쇼, 넌 로미오와 한 패거리야!

머큐쇼　패거리라! 아니 뭐 우릴 풍각쟁이인 줄 아나보군? 그렇다면 좀 시끄러운 소릴 들려주마. 자, 이게 깽깽이 활이다. 어디 춤이나 한번 춰보실까? 이 뒈질 놈아, 뭐 장단을 맞춰?

벤볼리오　여긴 사람들이 오가는 대로변이야. 어디 한적한 곳으로 가서 차분하게 따지라고. 그러기 싫으면 그냥 헤어지든지. 여긴 눈들이 너무 많아.

머큐쇼　눈이란 보라고 달린 거야. 볼 테면 보라지. 난 남의 비위 따위나 맞추자고 움직이진 않아.

　로미오 등장

티볼트　그럼 잘 지내시지. 내 사람이 오고 있으니까.

머큐쇼　그가 네 부하라면 내 목을 내놓겠다. 참, 결투장에 먼저 가 있으시오. 그가 따를 테니. 그래야 나리께서 내 사람 운운 할 수 있지요.

티볼트　로미오, 너에 대한 약간의 애정은 있지만 이보다 더 좋은 말을 할 수는 없다. 넌 상놈이다.

로미오　티볼트, 난 널 사랑해야 될 이유가 있어. 그러니 그런 시건방진 인사를 받고도 꾹 참는다. 게다가 난 상놈이 아니야. 자, 그러니 좋게 헤어지자. 넌 날 잘 몰라.

티볼트　이것 봐! 일전에 네놈이 준 모욕이 간단하게 풀어질 걸로 생각했어? 두 말 말고 돌아서서 칼이나 빼.

로미오　분명히 말하지만 난 널 모욕한 적이 없어. 이유를 말하면 알아듣겠지만 사실 난 널 아끼고 있어. 그러니까 캐퓰릿이란 이름도 내

526

이름만큼이나 소중하게 생각하고 있다고. 그러니 진정해.

머큐쇼   이봐, 집어치워! 뭘 그렇게 어물거리는 거야! 단칼에 끝장을 볼 텐데. (칼을 뽑는다) 쥐 잡는 티볼트, 저쪽으로 가보실까?

티볼트   날 어쩌려고?

머큐쇼   고양이 임금님, 아홉 개의 네 목숨 중 하나를 내 마음대로 하겠단 말씀이야. 나머지 여덟 개 목숨은 네놈 태도에 따라 달라지지. 자, 이제 칼집에서 칼을 뽑으시지? 그러지 않으면 그 전에 내 칼이 네놈의 귀로 날아간다.

티볼트   그렇다면 상대해 주지. (칼을 뽑는다)

로미오   이봐, 머큐쇼! 칼을 거둬.

머큐쇼   (티볼트에게) 자, 네놈 칼솜씨 좀 보자. (머큐쇼와 티볼트 싸운다)

로미오   벤볼리오! 칼을 뽑아 저 두 사람의 칼을 떨어뜨려 주게. 두 사람 다 창피한 줄 알라고! 폭력배 짓은 그만해. 티볼트, 머큐쇼, 군주님께선 베로나의 거리에서 싸우는 걸 금지했어. 그만둬. 티볼트, 머큐쇼!

티볼트가 로미오 뒤에서 머큐쇼를 찌르고 친구들과 도망친다.

머큐쇼   찔렸다! 망할 놈의 두 집안! 이제 난 끝장났어. 녀석은 상처 하나 입지 않고 도망쳤어.

벤볼리오   넌 찔렸어?

머큐쇼   응 그래, 좀 긁혔어. 뭐 괜찮아. 한데 내 시동 어디 있지? 야, 의사 좀 불러와. (시동 퇴장)

로미오   이봐, 기운 내. 상처는 별거 아닐 거야.

머큐쇼　그래, 우물만큼 깊지도 교회문짝만큼 넓지도 않아. 난 만족해. 목적 달성은 한 거니까. 내일 날 찾아오면 무덤에서 만날 것 같은걸. 이제 정말 이 세상과 하직할 거야. 너희 두 집안 모두 염병에나 걸려라! 제기랄! 개며 쥐며 고양이 새끼가 사람을 할퀴어 죽이다니! 검술 교과서대로 칼싸움이나 하는 허풍쟁이, 악당, 깡패 같으니라고! 넌 도대체 왜 우리 사이에 끼어들었어? 네 팔 밑으로 찔렸잖아.

로미오　난 모든 걸 좋게 해결하려고 생각했는데.

머큐쇼　날 어느 집이든지 데려다 줘, 벤볼리오. 기절할 것 같아. 망할 놈의 두 집안 같으니라고! 날 구더기 밥으로 만들다니! 난 당했어. 아주 늘씬하게! (벤볼리오, 머큐쇼를 데리고 퇴장한다)

로미오　군주님의 근친이자 내 절친한 친구가 나 때문에 이런 치명상을 입다니! 티볼트의 욕설은 내 명예에 구정물을 뿌렸지만 사실 그는 한 시간 전에 내 친척이 되었어. 아, 사랑하는 줄리엣! 당신의 미모가 날 이 모양으로 만들었어. 나의 강철 같은 용맹함을 순식간에 녹여버리다니!

벤볼리오 등장

벤볼리오　오, 로미오, 로미오! 머큐쇼가 죽었어. 용감하기 그지없는 그의 넋이 너무나 일찍 구름 위로 올라가버리고 말았어.

로미오　오늘의 불행은 두고두고 화근이 될 거야. 이건 불행의 서곡이라고 할 수 있지.

티볼트 다시 등장

벤볼리오　이를 갈면서 티볼트가 오고 있군.

로미오　의기양양하게 떠났었지, 머큐쇼는 죽었다! 관용 따윈 하늘에다 날려보내자. 광기여, 불 같은 눈으로 날 인도하라! 자, 티볼트! 조금 전에 네놈이 했던 '상놈'이란 말을 돌려줄 테니 찾아가라. 머큐쇼의 영혼은 바로 우리 머리 위에서 기다리고 있다. 네놈 아니면 나를 데려가려고! 어쩌면 우리 두 사람을 함께 데려갈지도 모르지.

티볼트　네놈은 지상에서도 그놈과 장단이 잘 맞았지. 그러니 저승에도 같이 가거라.

로미오　이 칼이 모든 걸 결정해줄 거다. (두 사람 싸운다. 티볼트가 쓰러진다)

벤볼리오　로미오! 도망쳐, 도망치라고! 시민들이 들고 일어났고, 티볼트는 죽었어. 멀거니 서 있지 마! 군주님이 사형 선고를 내릴 거야. 잡혔다간 끝장이야. 어서 피해, 피하라니까!

로미오　아, 난 운명의 노리갯감이 됐구나.

벤볼리오　머뭇거리지 마! (로미오 퇴장)

관리와 시민들 등장

시민 1　머큐쇼를 죽인 자가 어느 쪽으로 도망쳤지? 살인자 티볼트는 어디로 갔어?

벤볼리오　티볼트는 저기 있습니다.

시민 1　자, 일어나 같이 가요. 군주님의 명령이니 따르시오.

군주, 몬터규, 캐퓰릿 부부와 그 밖의 사람들 등장

군주 이런 고약한 싸움을 벌인 놈들은 어디 갔지?

벤볼리오 오, 군주님! 이런 비참한 죽음을 가져온 소동의 불행한 경위를 제가 설명하겠습니다. 여기 쓰러진 자는 로미오에게 살해되었으며, 군주님의 친척 머큐쇼를 죽인 자입니다.

캐퓰릿 부인 내 조카, 티볼트! 아, 내 오빠의 아들이다! 군주님! 여보! 제 소중한 조카가 피를 흘렸어요. 군주님, 우리 집안의 핏값으로 몬터규네의 피도 흘리게 해주십시오. 오, 세상에!

군주 벤볼리오, 누가 먼저 이 소동을 시작했느냐?

벤볼리오 로미오의 손에 죽은 티볼트입니다. 로미오는 이런 싸움이 얼마나 부질없는 짓인지 티볼트에게 점잖게 타이르고는 군주님의 노여움을 살 것이라고 설명했습니다. 그러나 사납기 짝이 없는 티볼트의 분노를 도저히 잠재울 수가 없었고, 날카로운 그의 칼은 머큐쇼의 가슴을 향하는데, 티볼트 못지않게 화가 난 머큐쇼도 무사다운 냉소로 차가운 죽음을 한 손으로 막은 다음 다른 손으로 그걸 티볼트에게 보냈지만 그 또한 민첩하게 맞받아쳤답니다. 이를 본 로미오가 "그만둬. 저 친구들을 좀 떼어놔!" 하고 큰 소리로 외치며 돌진했지요. 그때 그의 팔뚝 밑으로 티볼트가 머큐쇼를 찔러 즉사시키고 달아났습니다. 달아났던 티볼트가 되돌아오자 이젠 로미오가 복수심에 불타 그에게 번개같이 덤벼들었지요. 그런 상황에서 제가 칼을 빼들고 두 사람을 말릴 새도 없이 티볼트는 칼에 찔려 고꾸라지고 말았습니다. 그가 쓰러진 걸 본 로미오는 달아났습니다. 이상이 제 눈으로 본 것의 전부입니다.

목숨을 걸고 진실을 맹세할 수 있습니다.

캐퓰릿 부인   저 사람은 몬터규네 친척으로 자기네 편에 서서 거짓말을 하고 있습니다. 이 피 튀기는 싸움에 그쪽에서 20여 명이 달려들었습니다. 군주님, 공정한 판결을 내려주십시오. 로미오가 티볼트를 죽였으니, 로미오는 죽어 마땅합니다.

군주   로미오는 티볼트를 죽였고, 티볼트는 머큐쇼를 죽였소. 그렇다면 머큐쇼의 소중한 핏값은 누가 보상해야겠소?

몬터규   로미오는 아니옵니다. 로미오는 머큐쇼의 친구였습니다. 잘못이 있다면 티볼트의 목숨을 법 대신 끊은 것뿐입니다.

군주   살인을 저지른 로미오를 즉각 이곳에서 추방한다. 그는 앙숙인 두 집안싸움에 나까지 끌어들였소. 그대들의 추잡한 싸움에 내 친척이 피를 흘리며 죽었소. 나는 그대들이 끔찍한 유혈 폭동을 뉘우칠 정도의 벌금형을 내려 이 일에 대해 막심한 후회를 하도록 하겠소. 난 앞으로 두 귀를 꽉 막고 탄원이나 변명 따위는 듣지 않을 것이고, 어떤 눈물이나 기도도 죄를 사해 주지는 못할 것이오. 모든 것이 부질없는 짓이오. 로미오를 속히 떠나보내라. 내 눈에 발각되면 그날로 목숨은 끝이다. 이 시체를 옮기고 나의 명령을 기다려라. 살인자에게 베푸는 자비 역시 살인이나 마찬가지의 죄다. (모두 퇴장)

제 2 장

캐퓰릿의 집

줄리엣 등장

줄리엣   빨리 달려라. 발굽에 불이 붙은 준마들아, 태양신의 보금자리를 향해! 파에톤 같은 날쌘 마부라면 너희들을 채찍질하여 서쪽으로 몰아 당장 어두운 밤이 오게 하련만. 짙은 장막을 드리워라. 사랑을 열매 맺게 하는 밤이여! 방해꾼의 눈을 가려서 로미오님이 안전하게 내 품으로 뛰어들게 하라! 연인들의 빛나는 사랑은 어두운 길을 비출 수 있다고 하지. 아니, 사랑이 소경이라면 어둠이야말로 정말 걸맞은 짝이야. 의젓한 밤이여, 오너라! 온통 검은 옷을 차려입은 부인처럼. 순결한 처녀 총각이 벌이는 지면서 이기는 시합을 내게 가르쳐다오. 네 검은 외투로 남편 없이 달아오른 나의 뺨을 가려다오. 그러면 나의 수줍음도 대담해지고, 그것이 참사랑 때문임을 알게 될 거야. 밤이여, 어서 오너라! 로미오님, 당신은 밤에도 낮같이 밝게 빛나시니 당신이 날개를 달고 오시면 까마귀 등 위에 내린 새하얀 눈송이보다 더 하얗게 빛날 거예요. 친절한 밤이여! 어서 오너라! 검은 얼굴을 한 사랑의 밤아! 내게 로미오님을 보내다오. 그리하여 그분이 돌아가시면 작은 별들로 조각을 내어다오. 그러면 그분은 밤하늘을 아름답게 수놓아 사람들은 더 이상 태양을 경배하지 않게 할 거야. 아, 난 사랑의 보금자리를 사놓고도 아직 살아보지도 못했어. 난 임자 있는 몸이면서도 제대로 귀여움을 받아보지 못했어. 오늘 하루는 왜 이다지도 지루할까? 잔치 전날 밤, 새 옷을 받아놓고 입어보지 못해 안달을 하는 아이와 같아.

유모가 줄사다리를 들고 등장

유모가 로미오의 소식을 갖고 오는 걸까? 로미오란 이름은 이 세상 최고의 영웅이지. 들고 온 게 뭐지? 아, 줄사다릴 로미오가 가져가라고 했어?

유모　네, 맞아요. (밑으로 내린다)

줄리엣　아니 유모, 소식은? 손은 왜 비비 꼬고 그래?

유모　아이고머니! 그분은 죽었어요, 우린 끝장이에요, 아가씨! 아이고 맙소사! 그인 세상을 떠났어요. 살해됐다고요!

줄리엣　하늘은 어째서 이다지도 무정할까?

유모　무정한 건 로미오님이에요. 오, 로미오님! 꿈엔들 누가 생각이나 했을까? 로미오님이 그런 짓을!

줄리엣　유모는 악마야, 어째서 이렇게 괴롭히는 거지? 그건 지옥에서나 울릴 고문이야. 로미오님이 자살을 했어? "네"라고 대답을 한다면 "네"라는 한마디는 순식간에 사람을 죽인다는 독사의 눈초리보다 더 무서운 독을 뿜을 거야. "네"라면 난 이제 더 이상 내가 아니야. 그분이 죽었다면 "네" 하고 대답하고, 아니면 "아니오"라고 대답해.

유모　난 상처를 봤어요. 이 두 눈으로 봤다고요. 아이고 무서워!　딱 벌어진 가슴에 난 상처라니! 피투성이의 끔찍한 시체! 백지장처럼 창백한 몸은 온통 피가 엉겨 붙어 있었어. 그걸 보고 정말 기절할 뻔했어요.

줄리엣 아! 심장아, 터져라! 불쌍한 파산자, 당장에 터져버려라! 이 눈도 감옥으로 가서 다시는 자유를 보지 못하리라. 흙으로 된 육체는 흙이 되어 움직임을 멈춰라. 그리하여 로미오님과 함께 무거운 관 속에 누워 있으리!

유모 오, 티볼트, 티볼트! 나의 친절한 친구! 예의 바르고 정직한 신사 양반! 내 시퍼렇게 눈을 뜨고 당신의 주검을 보게 되다니!

줄리엣 왜 폭풍은 거꾸로 부는 걸까? 로미오님은 살해당하고, 티볼트 오빠도 죽었다고? 내 사랑하는 사촌과 목숨보다 귀한 남편이? 무서운 나팔아! 최후의 심판의 날을 알려라! 두 사람이 죽었다면 살아 있는 사람이 누구란 말인가?

유모 티볼트님은 돌아가셨고, 로미오님은 추방됐어요. 그분을 죽인 벌로 로미오님은 추방됐어요.

줄리엣 오, 하느님! 로미오님의 손이 오빠의 피를 흘리게 했다고?

유모 그렇다니까요! 아이고, 그렇게 됐어요.

줄리엣 아, 꽃 같은 얼굴에 도사린 독사의 마음! 그처럼 아름다운 동굴 속에 사악한 용이 있었더란 말인가! 아름다운 폭군, 천사 같은 악마여! 비둘기 깃을 단 까마귀! 늑대 이빨을 가진 탐욕스런 양! 겉은 신처럼 그럴듯하면서 속은 텅 빈 것! 겉모양과는 너무나 딴판인 저주받은 성자! 명예로운 악당! 오, 조물주여! 그대는 지옥에서 향기로운 육신의 낙원 속에 마귀의 영혼을 넣었단 말입니까? 어찌 그처럼 저급한 내용의 책이 그렇게 아름답게 장정될 수 있단 말인가요? 오, 그토록 화려한 궁전에서 그런 위선이 활개를 쳤다니요!

유모 사내란 인간에겐 신용이나 성실, 명예 같은 건 눈을 씻고 찾으려 해도 없어요. 온통 거짓말투성이죠. 게다가 악랄하기 그지없는 변죽 좋은 사기꾼들이죠. 아이고, 피터는 어디 갔나? 독한 술 좀 다오. 이런 모진 고통 때문에 내가 늙는다고! 오, 빌어먹을 로미오!

줄리엣 그런 악담을 하는 유모 혓바닥은 썩어 문드러질 거야! 그분은 치욕을 받으려고 이 세상에 태어나지 않았어. 치욕 쪽에서 스스로 그분 이마에 내려앉기를 사양한다고! 그분 이마는 온 천하를 다스릴 유일한 제왕의 왕관이 자리 잡을 옥좌니까. 아, 내가 그분을 헐뜯다니, 정말 어리석었어.

유모 그럼 아가씨는 오빠를 죽인 사람을 용서할 셈인가요?

줄리엣 내가 남편을 욕하는 것이 옳을까? 아, 가엾은 내 사랑! 당신의 아내가 된 지 세 시간밖에 안 된 제가 당신 이름에 생채기가 나게 했으니! 하지만 나빠요, 왜 오빠를 죽였나요? 아냐, 나쁜 사람은 오빠야. 안 그랬으면 오빠가 남편을 죽였을지도 몰라. 돌아가라, 어리석은 눈물아! 치솟았던 원천으로 돌아가라! 오빠가 죽이려던 내 남편은 살아 있고, 남편을 죽이려던 오빠는 죽었어. 그나마 다행인데 울 게 뭐람? 한데 오빠의 죽음보다 더 무서운 말 한마디가 나의 숨통을 죄고 있어. 그 말을 잊어버렸으면 좋겠어. 티볼트는 죽고 로미오는 '추방'. 그 '추방'이란 한마디는 만 명의 티볼트를 죽인 거나 다를 바 없는 힘을 지녔구나. 티볼트의 죽음은 그것으로 끝났어도 멍청한 슬픔이지만 쓰라린 슬픔은 짝이 그리운 듯하니 또 다른 슬픔과 손을 잡고 데려가고 싶다면 "티볼트가 죽었다"는 유모의 말 뒤에 아버지나 어머니, 아니, 두 분이 돌아가셨다고 했어야 옳았어. 그렇다면 누구나 겪는 비통함밖엔 우러나오지 않앞을 텐데. 그 말의 뒤에 '로미오 추방'이라니! 이 말은 아버지, 어머니, 티볼트, 로미오, 줄리엣이 모두 살해되어 죽은 거나 진배없어. '로미오 추방!'이라는 무서운 한마디 속엔 한계며 크기, 경계가 없어서 말로는 그 비탄을 설명할 수가 없어. 아버지 어머니는 어디 계시지?

유모　티볼트의 시체를 붙들고 울며불며 통곡을 하고 계십니다. 부모님께 가시려고요? 제가 모셔다드리지요.

줄리엣　오빠의 상처를 눈물로 씻고 계신다고? 그분들의 눈물이 마르고 나면 로미오님의 추방을 슬퍼하며 내 눈에서 눈물이 흘러내릴 거야. 줄사다리를 치워줘요. 가엾은 줄사다리야, 너는 속았어. 너나 나나 모두 속았어. 로미오님은 추방되셨어. 그분은 널 내 침실로 통하는 길로 만들겠지만 난 과부로 죽을 운명이 됐어. 올라오렴, 줄사다리야. 유모도 이리 와요. 난 나의 신방으로 가겠어. 로미오님이 아니라 죽음의 신에게 내 처녀성을 바칠 거야.

유모　어서 아가씨의 방으로 들어가요. 로미오를 찾아서 아가씨를 기쁘게 해드릴게요. 그분이 계신 곳을 알고 있어요. 아, 그렇지! 아가씨의 로미오는 오늘 밤 여길 오신답니다. 가봐야지, 로렌스 신부님의 암자에 숨어 있어요.

줄리엣　어서 가서 만나줘! 그리고 사랑하는 그이에게 이 반지를 드리고 마지막 작별을 하러 오십사 전해줘. (두 사람 퇴장)

제 3 장

로렌스 신부의 암자

서재를 배경으로 로렌스 신부 등장

로렌스 신부　로미오, 이리 나오너라! 더 이상 겁낼 건 없다. 재앙이 너의 재능에 마음을 빼앗겼는지 넌 불행과 짝을 맺게 됐어.

로미오, 서재에서 나온다.

로미오　신부님, 무슨 소식 있어요? 군주님은 어떤 선고를 내렸나요? 제가 아직 모르는 어떤 슬픔이 제게 다가오고 있나요?

로렌스 신부　넌 이 시답잖은 자들과 너무 친해진 게 문제다. 군주님의 선고를 가져왔다.

로미오　군주님의 선고는 사형 이하는 아니겠죠?

로렌스 신부　군주님의 입에서는 그보다 관대한 판결이 나왔다. 육체의 죽음이 아니라 추방이다.

로미오　아, 추방이라! 차라리 자비롭게 '사형'이라고 말해주세요. 추방이 사형보다도 훨씬 더 끔찍하니 '추방'이란 말은 하지 마세요.

로렌스 신부　넌 베로나의 도시에서 추방되었다. 그러나 참아라. 세상은 끝없이 넓다.

로미오　　베로나의 성벽 너머에 세상이란 없습니다. 오직 연옥과 고문, 지옥이 있을 뿐입니다. 이 도시에서 추방된다는 건 이 세상에서 추방되는 것이고, 이 세상에서 추방되는 건 죽음을 의미해요. 그러니까 '추방'이란 말은 죽음의 오기라 할 수 있어요. 죽음을 '추방'이라 부르며, 신부님께선 금도끼로 제 목을 치고선 그 일격에 미소를 짓고 있는 셈이지요.

로렌스 신부　　아, 그건 죄악이다! 게다가 배은망덕하군! 사실 네 죄는 사형감이긴 하지만 친절하신 군주님께서 너를 아끼셔서 법을 뛰어넘어 사형이란 험한 말 대신에 '추방'으로 바꾸신 거다. 대단한 자비지 뭐야. 넌 그것도 모르겠니?

로미오　　그건 고문이지 자비가 아닙니다. 천국은 줄리엣이 살고 있는 곳이에요. 고양이나 개, 생쥐 등 하찮은 것들까지도 천국에 살면서 줄리엣을 보건만 저는 볼 수 없게 됐습니다. 썩은 고기를 파먹는 파리떼들이 이 로미오보다 훨씬 더 보람 있고 값진 삶을 사는 겁니다. 그것들은 사랑하는 줄리엣의 하얀 손에 앉기도 하고, 그녀의 순결하고 정결한 입술에서 영원한 축복을 훔쳐낼 수도 있잖아요. 줄리엣의 입술은 순결한 처녀의 수줍음으로 위아래 입술이 닿는 것조차 죄라고 느끼지요. 항상 붉게 물들어 있는 그녀의 입술에서 불멸의 축복을 훔쳐낼 수 있건만 로미오는 그러지 못하죠. 이 몸은 추방당한 몸! 파리 떼들이 오히려 자유롭죠. 그런데도 신부님은 제가 사형이 아닌 추방이라 다행이라는 말씀이세요? 신부님은 조제 독약이 없어서, 날 선 칼이 없어서, 추악하지 않은 방법으로 죽이려고 추방시킨 겁니다. 오, 신부님! 그런 말은 지옥에 떨어진 자들이나 쓰는 말입니다. 고해성사를 받는 분이, 죄 사면을 하는 분이자 친구라고 밝힌 분이 어째서 추방이란 말로 저를 짓뭉개십니까?

로렌스 신부　거 무슨 어리석고 미치광이 같은 소리냐?

로미오　아, 또 추방 얘길 하시려는 거죠?

로렌스 신부　그 말을 막아줄 갑옷을 주려는 거다. 불행에 처했을 때 그것을 이겨낼 감미로운 우유인 철학 말이다. 비록 추방은 당했지만 네 곁에서 떠나지 않으마.

로미오　아직도 '추방' 얘긴가요? 그리고 철학 따윈 집어치우세요. 철학으로 줄리엣을 만들 수 있나요? 도시를 옮기거나 군주님의 이번 선고를 취소할 수 있나요? 그건 아무 도움도 안 돼요.

로렌스 신부　허, 그러고보니 미치광이에게는 귀도 없나보군.

로미오　그야 물론이죠. 현자도 못 보는데.

로렌스 신부　네 문제를 진지하게 의논해보자꾸나.

로미오　본인이 느껴보지도 못한 걸 말씀하실 수 있나요? 신부님도 저같이 젊고, 줄리엣을 아내로 삼았고, 결혼한 지 한 시간만에 티볼트를 죽이고 추방을 당했다면, 신부님 역시 저처럼 머리칼을 쥐어뜯고 땅바닥에 쓰러져 파지도 않은 무덤의 길이를 재보고 있겠지요. (로미오 마룻바닥에 쓰러진다. 문 밖에서 노크 소리)

로렌스 신부　일어나라! 노크 소리가 난다. 어서 숨어.

로미오　숨지 않겠어요. 가슴속의 비통함이 안개가 되어 사람들의 눈길로부터 저를 가려준다면 몰라도요. (또 노크 소리)

로렌스 신부　엄청 두드려대네! 거 누구요? 로미오, 일어나. 잡히겠어 ― 잠깐만요! ― 일어나라고. ― 내 서재로 가 있어 ― 어서! ― 허 참 나, 이게 무슨 바보 짓이야? ― 네, 갑니다! ― 어디서 무슨 용무로 오셨소?

유모　들어가게 해주면 용건을 말하겠어요. 줄리엣 아씨한테서 왔어요.

로렌스 신부　어서 오시오.

유모　오, 신부님! 아씨의 서방님은 어딨어요?

로렌스 신부　자기 눈물에 담뿍 절여져 저 마룻바닥에 널브러져 있어요.

유모　오, 아씨와 똑 같아.

로렌스 신부　가련한 신세들이오.

유모　아씨도 저렇게 쓰러져서 통곡을 하며 야단이죠. ― 어서 일어나요. 대장부가 이게 뭐예요. 줄리엣 아씨를 위해서라도 제발 일어나라고요. 어쩌자고 이러는 거예요?

로미오　(일어서며) 유모!

유모　네, 서방님! 죽으면 다 끝이에요.

로미오　유모는 줄리엣 얘기를 했죠? 어떻게 하고 있어요? 날 그렇고 그런 살인자라고 생각하나요? 난 갓 움튼 우리의 행복을 친척의 피로 더럽혔으니 말입니다. 아씬 어디 있죠? 뭐라고 하던가요? 부서져버린 우리의 사랑을 아내가 뭐래요?

유모　오, 아무 말도 안하고 그저 울고만 계셔요. 침대에 쓰러졌는가 하면 벌떡 일어나, 티볼트님을 부르다간 로미오님을 부르시다가 푹 쓰러지시곤 한답니다.

로미오　그놈의 이름이 줄리엣을 죽였어요. 총구에서 정조준되어 터져 나와서 내 사랑을 죽였어요. 그 저주 받은 이름을 지닌 손이 내 아내의 친척을 죽였어요. 오! 신부님, 말씀 좀 해주세요. 이 몸의 어떤 고약한 구석에 그 이름이 빌붙어 있는가를! 말씀 좀 해주세요. 그놈의 망측스런 거처를 도려내버리겠어요. (칼을 뽑아 찌르려 할 때 유모가 칼을 낚아챈다)

로렌스 신부　너의 그 몹쓸 놈의 손놀림을 멈추지 못할까! 그래도 네가 대장부냐? 생김새는 대장부 같다만 네 눈물은 아낙네 같구나. 짐승의 광기는 또 어떻고! 겉으론 당차고 모진 구석이 있어 보이는데, 아녀자의 소갈머리니! 정말 놀랐다. 난 네 성품이 제법 온순한 줄 알았어. 티볼트를 죽여놓고 자살을 하겠다고? 네가 목숨을 끊는 건 좋다만 너를 생명으로 아는 네 아내까지도 죽일래? 어쩌자고 넌 너의 탄생과 하늘과 땅 이 셋을 모조리 저주하느냐 말이다. 탄생과 하늘, 땅 이 세 가지가 서로 조화됨으로써 생긴 네가 이 셋을 몽땅 패대기치겠단 말이냐? 아서라, 천치로구나! 너의 모습과 사랑과 지능이 부끄럽지 않느냐? 이 셋을 풍부하게 간직하고 있으면서 고리대금업자처럼 무엇 하나 제대로 쓰질 못하는구나. 대장부의 용기를 그르치면 너의 근사한 용모도 밀랍상에 불과하지. 가슴속 깊이 간직하겠다고 서약한 그 사랑을 죽인다면 모든 게 새빨간 거짓말이 되고 만다. 멋진 용모에 장식될 너의 지성도 잘못 다스릴 경우엔 미숙한 병사가 짊어진 화약통 속의 화약처럼 자폭을 하게 이끌지. 자, 남자답게 정신 차려! 네가 죽도록 사모한다던 줄리엣이 살아 있어. 어쨌든 넌 행운아야. 티볼트가 널 죽이려고 했으나 네 쪽에서 먼저 티볼트를 죽였으니 정말 다행이다. 사형을 내릴 뻔한 국법도 네 편을 들어 추방으로 끝났으니 얼마나 다행이냐? 축복의 여신도 마음껏 차려입고 너한테 미소를 짓고 있는 거야. 그런데도 넌 심술궂은 아녀자처럼 행복과 사랑에 투정을 부려? 그러다간 정말 제명에 못 죽어. 자, 예정대로 너의 신부가 있는 데로 기어올라가거라. 줄리엣을 위로해줘. 그렇지만 야경꾼이 돌아다닐 때까지 머물지는 마. 그렇게 늑장 부리다간 만토바로 떠날 수 없으니까. 만토바에 가 있으면 내가 때를 보아 너희 결혼을 발표하고 두 집안도 화해시키고 영부인의 용서도 얻어내 슬픔에 젖어 떠날 때보다 몇 백만 배나 더 기쁜 마음으로 이곳으로 돌아올 수 있게 하마. 유모는 앞서 가서 아씨께 안부를 전해주오. 집안 식구들이 일찍 자리에 들도록 이르시오. 깊은 슬픔에 젖었으니 잠은 쉬 들겠지. 로미오도 곧 갈 거요.

유모　　아이고! 밤새도록 여기 남아서 좋은 말씀을 들었으면 좋겠어요. 오, 아는 것도 많으셔라. 그럼 서방님께 오신다고 여쭙죠.

로미오　　부탁하오. 날 꾸짖을 채비도 해두라고 전하시오!

유모가 나가려고 하다가 다시 돌아선다.

유모　　아, 서방님! 이건 아씨가 서방님께 드리라고 주신 반지예요. 서두르세요. 밤이 꽤 깊었어요. (퇴장)

로미오　　이걸 받고 나니 마음이 가라앉는군.

로렌스 신부　　가보거라. 잘 자고! 어떻든 지금의 네 입장으로선 특별히 뾰족한 수가 없다. 야경꾼이 배치되기 전에 여길 떠나든지 아니면 새벽에 변장을 하고 빠져나가 만토바에 잠시 가 있어. 수시로 사람을 보내 모든 소식을 전해주마. 자, 악수나 하자. 밤이 깊었다. 좋은 밤 보내거라.

로미오　　벅찬 기쁨이 절 부르지 않는다면 이런 작별은 큰 슬픔일 겁니다. 안녕히 계세요. (두 사람 퇴장)

제 4 장

~~~꽃장식~~~

캐퓰릿의 집

캐퓰릿, 케퓰릿 부인, 패리스 등장

캐퓰릿 뜻밖의 불행을 겪다보니 딸애의 마음을 돌릴 틈이 없었다네. 그 앤 티볼트를 무척 사랑했었소. 나도 그랬지만. 누구든 태어나면 죽게 되어 있지. 그 앤 오늘 밤엔 안 내려올 거요. 백작이 찾아오지 않았더라면 나도 한 시간 전에 잠자리에 들었을 테지만.

패리스 집안이 편치 못하니 청혼할 때가 아닌 것 같습니다. 부인, 안녕히 주무십시오. 따님께도 안부 전해주시고요.

캐퓰릿 부인 그러지요. 그리고 내일 아침 일찍 그 애 마음을 떠볼게요. 오늘 밤은 시름에 젖어 있답니다.

패리스가 나가려고 하자 캐퓰릿이 그를 다시 불러들인다.

캐퓰릿 패리스 백작, 내 딸을 당신께 드리고 싶소이다. 제 말이라면 딸애는 뭐든 다 들어줄 거요. 틀림없소. 여보, 잠자기 전에 그 애한테 가서 패리스 백작의 사랑을 전해주구려. 그리고 이렇게 일러요, 알아듣겠소? 오는 수요일— 가만있자, 오늘이 무슨 요일이더라?

패리스 월요일입니다.

캐퓰릿 월요일이라, 하 하! 수요일은 너무 빠르군. 그럼, 목요일로 정하지. 이렇게 전해요. 목요일에 패리스 백작과 혼례식을 올리게 될 거라고! 준비하는 데는 문제없겠지? 그저 조촐하게 올립시다. 친구 한두 사람만 부르기로 하자고. 아시겠지만 티볼트가 죽은 지 얼마 안 되는데, 너무 떠들썩하게 벌이면 조카를 소홀히 한다는 비난을 들을 거요. 그러니 친구는 대여섯 명만 부릅시다. (패리스에게) 그럼 목요일이 어떨지?

패리스 아, 내일이 목요일이었으면 좋겠습니다.

캐퓰릿 그럼 가보게나. 목요일로 정합시다. 당신은 잠자리에 들기 전에 줄리엣한테 가보시오. 혼사 준비를 하라고 해요. 그럼 잘 가시오. 패리스 백작. 햇불을 켜라! 어이구, 밤이 너무 늦었군. 이러다간 날이 새겠는걸. 그럼. (모두 퇴장)

제 5 장

줄리엣의 침실

로미오와 줄리엣 창문 위로 등장

줄리엣 벌써 가시려고요? 동이 트려면 아직 멀었는데. 걱정하는 당신의 텅 빈 귀를 꿰뚫은 건 종달새가 아니라 나이팅게일이에요. 저 새는 밤마다 석류나무에서 울어대요. 제 말을 믿으세요. 저 새는 밤꾀꼬리였어요.

로미오 종달새였다니까, 아침의 전령이라고 할 수 있지. 저것 봐요, 우
릴 시샘하는 빛줄기가 동녘 하늘 구름자락에 꽃무늬를 수놓고 있어요.
촛불도 다 타버렸어. 즐거운 아침이 안개 깔린 산마루에서 얼굴을 빠
끔히 내밀고 있어. 여길 떠나 목숨을 부지해야 하나, 그대 품에 안겨 죽
음을 당해야 하나.

줄리엣 저 빛은 아침 햇살이 아니에요. 저건 태양이 내뿜은 혜성으
로, 횃불잡이가 되어 오늘 밤 만토바로 가는 당신의 길목을 밝혀줄 거
예요. 그러니 좀 더 계세요.

로미오 잡아가게 해줘. 죽음도 두렵지 않아요. 당신이 원한다면 난
그것으로 만족하오. 저기 저 어슴푸레한 빛은 아침의 눈망울이 아니
라 달의 여신의 창백한 이마에서 반사한 빛이오. 그리고 머리 위로 하
늘 높이 울려 퍼지는 저 소리도 종달새가 아닐 것이오. 나도 떠나고 싶
진 않소. 죽음아, 어서 오너라. 그것이 줄리엣의 소원이라면. 어때, 내
사랑! 아침이 밝았소.

줄리엣 어서 떠나세요! 엉망진창으로 노래하는 저 새는 종달새예요.
누군가가 종달새는 아름다운 선율로 노래한다고 했지만 저 소리는 정
말 지겨워요. 우리 사이를 갈라놓으니까요. 종달새와 두꺼비가 서로
눈을 바꿨다는 사람도 있어요. 아, 그렇다면 서로의 소리를 바꿨으면
좋을걸. 저 소리가 우릴 놀라게 해서 껴안은 팔을 풀게 하고, 아침을 반
기는 사냥꾼 노래로 당신을 이곳에서 찾아내려 하니까요. 아, 이젠 정
말 떠나세요! 점점 날이 밝아오고 있어요.

로미오 날이 밝아올수록 우리의 슬픔은 커지는군요.

유모 황망히 등장

유모   아씨!

줄리엣   왜?

유모   마님께서 아씨 방으로 오고 계세요. 날이 밝았으니 조심해서 내려오세요. (유모 퇴장.)

줄리엣   창문아, 아침을 들여보내고 나의 생명을 밖으로 밀어내라.

로미오   잘 있어요. 다시 한번 키스를! 이젠 내려가야 해. (줄사다리를 타고 내려간다)

줄리엣   이대로 가실래요? 내 사랑! 나의 친구이자 남편! 시시각각 소식을 전해줘요. 일 분 일 초가 내겐 여삼추니까요. 어머, 이렇게 셈을 하다간 로미오님을 다시 보기 전에 난 그만 쭉정이만 남고 말 거야.

로미오   (정원에서) 안녕! 시간 될 때마다 소식을 전할게. 내 사랑!

줄리엣   아, 우린 다시 만나게 될까요?

로미오   물론이지. 이런 슬픔은 먼 훗날의 달콤한 얘깃거리지.

줄리엣   아아, 왜 이렇게 마음이 불안하게 설렐까? 어머나, 아래 계신 당신을 보니 무덤 속에서 잠자는 시체처럼 보여요. 제 눈이 흐려져서 그런가요, 아니면 당신 안색이 창백해서 그런가요?

로미오   내 사랑! 나 역시 당신이 그렇게 보여. 갈증 난 슬픔이 우리들의 피를 마셔버려서 그러나봐. 안녕, 안녕! (퇴장)

줄리엣   오, 운명의 여신이여! 사람들은 당신을 변덕쟁이라고 하던데, 성실하기로 이름난 내 사랑은 어떻게 하겠어요? 그래, 운명의 여신이여! 변덕을 부리세요. 그러면 그이를 오래 붙들지 않고 바로 돌려줄 것 아니겠어?

캐퓰릿 부인　아가, 일어났니?

줄리엣　누굴까, 부르는 사람이? 어머니신가보네. 아직도 안 주무셨나? 아니면 벌써 일어나셨나? 여기엔 잘 오시지 않는데, 무슨 일일까?

　　캐퓰릿 부인 등장

캐퓰릿 부인　왜 그러니! 줄리엣?

줄리엣　기분이 좋지 않아요.

캐퓰릿 부인　언제까지 죽은 네 사촌 때문에 그럴 거냐? 눈물로 네 오빠의 무덤이라도 씻어낼 작정이니? 네가 그런다고 오빠를 살려낼 순 없잖니? 그러니 이젠 그만해라. 적당한 슬픔은 깊은 사랑의 표시가 되지만 지나친 슬픔은 지혜의 부족을 나타낸다.

줄리엣　아, 그냥 울게 내버려두세요. 엄청난 슬픈 이별을 위해.

캐퓰릿 부인　이별을 슬퍼하는 네 마음은 이해할 수 있다만 그렇게 운다고 네 오빠가 살아 돌아오진 않아.

줄리엣　이별의 슬픔이 너무나 커서 그래요.

캐퓰릿 부인　애야, 넌 오빠의 죽음보다 오빠를 죽인 그 악당이 살아 있는 게 분해서 우는 거지?

줄리엣　악당이라뇨, 엄마?

캐퓰릿 부인　악당, 로미오 놈 말이다.

줄리엣　(방백) 아! 악당과 그이와 수십 리는 떨어져라. (큰소리로) 하느님, 그일 용서해주세요. 저도 진심으로 그일 용서해요. 하지만 그이만큼 저의 속을 슬프게 하는 이도 없답니다.

캐퓰릿 부인   그 흉악스런 살인마가 살아 있기 때문일 테지.

줄리엣   아, 엄마! 문제는 그 사람이 제 손이 미치지 않는 곳에 살아 있기 때문이에요. 오빠를 죽게 한 원수를 혼자 힘으로만 복수할 수 있다면!

캐퓰릿 부인   반드시 복수하고 말 테니 걱정하지 마라. 이제 그만 울어. 추방된 그 비열한 놈이 있는 만토바로 사람을 보내겠다. 그놈에게 희귀한 독약을 먹이면 녀석도 티볼트를 따라 황천길로 갈 거다. 그럼 네 속도 후련해질 거야.

줄리엣   하지만 제 속은 여전히 답답할 거예요. 로미오를 볼 때까진― 그의 죽음을 ― 저의 가슴은 오빠의 죽음 때문에 미어질 것 같아요. 엄마, 독약을 가져갈 사람을 찾아줘요. 그럼 제가 독약을 조제할게요. 로미오가 약을 받아먹고 고요히 잠들어버릴 독약 말이에요. 아, 가슴이 타요. 그의 이름만 입으로 뱉을 뿐 그의 옆으로 갈 수도 없으니! 게다가 오빠에게 품었던 사랑을 살인자의 몸에 직접 앙갚음할 수도 없으니 말예요.

캐퓰릿 부인   독약을 만들어라. 내 곧 가져갈 사람을 구하마. 그런데 네게 기쁜 소식을 가져왔단다.

줄리엣   슬픔으로 가슴이 미어지는데 기쁜 소식이라니! 뭔지 어서 말해줘요, 엄마!

캐퓰릿 부인   그래! 네 아빠는 참으로 자상한 분이시다. 네 슬픔을 가시게 해주려고 뜻밖의 기쁨을 마련해놓았다. 너도 뜻밖이겠지만 나도 까맣게 몰랐다.

줄리엣 엄마, 기쁨이라니! 무슨 뜻인가요?

캐퓰릿 부인 글쎄, 내 새끼야! 오는 목요일 아침, 젊고 늠름한 패리스 백작이 성 베드로 성당에서 널 신부로 맞는단다.

줄리엣 성 베드로 성당과 베드로를 두고 맹세하지만 난 그곳에서 그 사람에게 기쁨을 주는 신부가 될 순 없어요. 한데 왜 이렇게 서두르는 거죠? 신랑 되는 사람의 구애도 받기 전에 결혼부터 시키려고 하다니! 제발 부탁이에요. 결혼을 꼭 해야 한다면 패리스 백작보다는 나의 슬픔을 잘 아는 로미오와 하겠어. 이건 정말 놀라운 소식이네!

캐퓰릿 부인 네 아버지가 오신다. 네가 직접 말씀드리려무나. 글쎄다, 아버지가 네 말을 어찌 생각하실지!

　　캐퓰릿과 유모 등장

캐퓰릿 해가 지면 땅 위에 서리가 내린다. 하지만 내 형님의 아들이 죽고 나니 비가 장대같이 쏟아지는군. 아니, 네가 웬 분수대냐? 여태까지 눈물을 쏟고 있게. 이거야 그칠 줄 모르는 소낙비로군. 몸속에 배와 바다와 바람을 안고 있는 거냐? 네 눈을 보니 바다 같구나. 눈물이 오락가락하니 말이다. 네 몸은 배처럼 찝찔한 바다 위를 항해하고 있고, 네 한숨은 폭풍처럼 눈물과 뒤섞여 맹렬하게 몰아치는구나. 당장 바람이 잦아들지 않으면 배가 폭풍 속에 뒤집혀질 것 같다. 여보, 우리의 결정을 이 녀석한테 전했소?

캐퓰릿 부인 그러믄요. 고맙긴 해도 싫답니다. 이 바보는 숫제 무덤하고나 결혼할 것 같군요.

캐퓰릿　잠깐, 무슨 말인지 잘 설명해보오. 뭐? 싫다고? 우리의 결정이 불만스럽다고? 전혀 마음에 들지 않는다고? 보잘것없는 딸이지만 우리가 애를 써서 훌륭한 신랑감을 찾아놓았는데 마음에 들지 않는다고?

줄리엣　아버지께 감사는 하지만 자랑스런 생각은 들지 않아요. 싫은 건 받아들일 수 없지만 절 생각해주시는 맘은 감사해요.

캐퓰릿　허, 저런, 저런! 고약한 소리만 늘어놓다니! 그게 무슨 소리야? '자랑스런 생각은 들지 않는다'느니, '생각해주시는 맘은 감사하다'니! 이런 고얀 것 봤나! 감사고 자랑스런 마음이고 다 필요 없다. 그 허약한 몸이나 잘 추슬려라. 오는 목요일, 패리스 백작과 베드로 성당에 가야 해. 정 싫다면 이 아비가 틀에 묶어서라도 끌고 갈 테다! 이 등신 같은 년! 송장 같으니라고! 몹쓸 년! 그 푸르죽죽한 상통은 꼴도 보기도 싫다!

캐퓰릿 부인　아니, 여보! 당신 미쳤수?

줄리엣　아버지, 이렇게 무릎을 꿇고 빕니다. 제발 고정하시고 한 말씀만 들어주세요.

캐퓰릿　뒈져버려라, 이 망할 년 같으니라고! 분명히 말해두마. 목요일에 가는 거다. 그날 안 오면 앞으로 내 눈앞에는 얼씬도 할 생각 마라. 어떤 변명도 필요 없다! 아, 손가락이 근질근질하다. 여보, 하느님께서 우리에게 딸년 하나를 점지해주신 걸 불운으로 생각했는데, 이제 보니 감당 못할 일이구먼. 딸년을 얻은 게 저주스럽다. 꼴도 보기 싫다. 벼락을 맞을 것!

유모　아이고, 아씨가 가엾어 못 보겠네! 그런 욕을 하시다니! 주인님, 너무하세요.

캐퓰릿　헛, 이건 또 뭐야! 오, 지혜 마님이시군. 입 다물고 저리 가서 수다쟁이들한테 나발이나 부시지.

유모 헛소리는 안 했습니다.

캐퓰릿 아, 어서 가라니까!

유모 입이 있는데 말도 못하나요?

캐퓰릿 주접 떨지 마! 이 나발주둥이야! 수다쟁이들하고 술이나 걸치면서 조잘대지그래.

캐퓰릿 부인 좀 가라앉혀요.

캐퓰릿 제기랄! 정말 미치겠군. 낮이나 밤이나, 일할 때나 그냥 있을 때나 딸년의 혼사 걱정뿐이다. 겨우 능력 있고, 가문 좋고 재능 있는 신랑감을 골라놨더니. 이게 뭐야! 등신 같은 게 징징 울면서 모처럼의 행운을 걷어차려고 하다니! 게다가 뭐? "전 결혼 안 해요, 사랑할 수 없어요, 아직 어리니 용서해주세요"라니! 아, 네년이 정 결혼을 않겠다면 용서는 해주마. 그럴 생각이면 네 마음대로 나가서 빌어먹어. 이젠 이 집에선 살 수 없다. 알았어? 잘 생각해봐. 늘 하는 농담이 아냐. 목요일은 눈앞에 다가왔어. 가슴에 손을 얹고 잘 생각해봐. 네가 내 자식이라면 내가 말한 사람한테 가야 돼. 그게 싫다면 목을 매든 빌어먹다 굶어 죽든 마음대로 해. 내 말을 거역하면 넌 더 이상 내 딸이 아니니 땡전 한 푼 못 물려준다. 진담이니 잘 생각해봐. 난 한다면 하는 성질이야. (퇴장)

줄리엣 찢어지는 내 속마음을 알아주는 천사는 저 구름 속에도 없단 말인가? 아, 사랑하는 어머니! 절 버리지 마세요! 이 결혼을 늦춰줘요. 한 달만이라도! 아니, 일주일만이라도. 그게 안 되면 제 신방은 티볼트가 잠들어 있는 저 어두운 무덤 속에 만들어줘요.

캐퓰릿 부인 듣기 싫다. 난 어떤 말도 하고 싶지 않다. 너 하고 싶은 대

로 하렴. 너하곤 볼일이 없으니까. (퇴장)

줄리엣 오, 하느님! 유모, 이 일을 어쩌지? 내 남편은 땅 위에 있고, 내 맹세는 하늘에 가 있는데 그 맹세를 땅 위로 오게 할 수 있을까? 남편이 세상을 떠나 하늘로 올라가 그걸 되돌려 보내지 않는 한 말이야. 날 좀 위로해줘. 지혜를 빌려줘. 아, 어찌 이다지도 하늘은 매정할까. 나같이 연약한 사람에게 잔혹한 계략을 꾸미다니!

유모 아씨, 로미오님은 추방된 몸이라 하늘이 무너져도 아씰 찾을 수 없어요. 만일 온다 해도 몰래 찾아오겠죠. 일이 이렇게 되었으니 아가씬 백작님과 결혼하는 게 상책인 것 같아요. 아, 그분은 멋진 신사분이시지요! 그분에 비하면 로미오 같은 건 넝마조각이나 마찬가지. 아가씨, 아무리 멋진 독수리라 할지라도 백작님의 눈처럼 파랗고 민첩한 눈을 갖진 못했을걸요. 사실 말이지 아가씬 이번 두 번째 결혼이 훨씬 큰 행복을 가져다줄 거예요. 이번이 월등히 좋아요. 어쨌든 첫 번째 남편은 죽은 것 아닙니까? 비록 살아 있다 해도 아가씨에겐 쓸모가 없으니.

줄리엣 그게 진심이야?

유모 그렇다마다요. 아님 저의 영육이 모두 벼락을 맞게요.

줄리엣 아멘!

유모 뭐가요?

줄리엣 어쨌든 유모의 말을 듣고보니 마음이 후련해졌어. 안으로 들어가서 어머님께 전해줘. 아버님을 불쾌하게 해드려 로렌스 신부님의 암자로 가서 고해를 하고 용서를 구하겠다고.

유모 네, 그러죠. 잘 생각하셨어요. (퇴장)

줄리엣 저주 받을 할망구! 사악하기 그지없는 악마야! 그런 식으로 맹세를 깨면서 죄책감을 느끼지 않아? 천 번 만 번 내 남편을 칭찬하던 그 혓바닥으로 이젠 그렇게 헐뜯다니, 그 죄가 두렵지 않아? 꺼져버려! 네가 날 조언하겠다고? 이제부터 유모와 난 남남이야. 신부님을 찾아 가서 대책을 세워야지. 모든 게 잘못되더라도 죽을힘만은 남아 있으니까. (퇴장)

제 4 막

제 1 장

로렌스 신부의 암자

로렌스 신부와 패리스 백작 등장

로렌스 신부　목요일이라고요? 시일이 매우 촉박하군.

패리스　장인 되실 캐퓰릿 어른이 서두르시는군요. 저로서도 특별히 늦출 이유도 없고 해서요.

로렌스 신부　신부 될 사람의 마음은 모른다고 하셨죠? 왠지 께름칙합니다. 일이 잘 될지 걱정이군요.

패리스　그녀가 티볼트의 죽음을 너무 비통해 하고 있기 때문에 제 마음을 전할 틈이 없습니다. 비너스 여신도 슬피 눈물을 흘리고 있는 집에서는 웃지 않는다죠? 그런데 그녀 부친은 당신 딸이 홍수같이 눈물을 흘리는 걸 위험하게 생각하고 우리의 결혼을 서두르는 것 같습니다. 눈물이란 혼자 있으면 한이 없지만 친구라도 있으면 걷힐 수 있지요. 이제 그렇게 서두르는 이유를 아시겠습니까?

로렌스 신부　(방백) 늦춰야 할 이유를 몰랐으면 좋으련만, 아, 저기 줄리엣이 암자로 오고 있군요.

줄리엣 등장

패리스　오, 줄리엣! 어서 오세요. 미래의 내 아내!

줄리엣　그럴지도 모르죠. 아내가 된다면야.

패리스　목요일엔 그것이 확실시될 겁니다.

줄리엣　필연이면 그렇겠죠.

로렌스 신부　그 참! 명답이군.

패리스　신부님께 고해하러 오셨나요?

줄리엣　나의 고해는 백작님에 대한 고해도 되는걸요.

패리스　날 사랑한다는 걸 신부님께 숨기지 마십시오.

줄리엣　백작님께 고백하지만 전 신부님을 사랑해요.

패리스　그럼, 날 사랑한다는 것도 고백해주시겠죠?

줄리엣　설령 고해를 하더라도 면전에서 하는 것보다 안 보시는 데서 하는 게 더 나을 거예요.

패리스　애처롭게도 눈물이 당신의 얼굴을 할퀴었군요.

줄리엣　눈물 탓만은 아니에요. 눈물이 저를 할퀴기 전에도 미인은 아니었으니까요.

패리스　그건 얼굴을 모욕하는 말입니다.

줄리엣　모욕이 아니라 사실이에요. 그리고 이건 제 얼굴에게 하는 말예요.

패리스　당신 얼굴은 내 것인데 그걸 모욕하다니요.

줄리엣　과연 그럴까요? 하여튼 이 얼굴이 내 것이 아닌 건 분명합니다. 신부님, 바쁘시면 저녁 미사 때 찾아뵐까요?

로렌스 신부　마침 짬이 있구나. 걱정이 있는 모양이군. 백작님, 실례 좀 할까요?

패리스　좋습니다. 고해성사를 방해하면 안 되죠! 줄리엣 양, 목요일엔 일찍 깨우러 가겠습니다. 그럼 그때까지 잘 지내세요! 신성한 이 키스를 잘 간직하시길. (키스하고 퇴장)

줄리엣　이 문을 닫아주세요. 그리고 저와 함께 울어주세요. 희망도 없어졌고, 도움도 필요 없게 됐어요. 어쩔 도리가 없어요.

로렌스 신부　오, 줄리엣! 네 문제는 잘 알고 있다. 하지만 내 지혜로는 아무것도 해줄 게 없구나. 오는 목요일에 패리스 백작하고 결혼해야 하는데, 그걸 연기할 도리가 없다면서?

줄리엣　신부님, 제발 이 일을 막아낼 방법을 가르쳐주세요. 아니면 제 일을 비밀에 부쳐주세요. 만일 신부님의 지혜로도 도울 수가 없다면 제 결심이 현명하다고 해주세요. 그럼 이 칼로 당장 결판을 내겠어요. 하느님은 저희 두 사람의 마음을 맺어주셨고, 신부님은 저희 두 사람의 손을 잡아 맺어주셨어요. 신부님께서 맺어준 이 손으로 또 다른 허가서에 도장을 찍기 전에, 제 진심이 모반을 일으켜 다른 남자를 맞기 전에 이 손과 심장을 죽여버리겠어요. 그러니 신부님께서 오랫동안 쌓아온 경험으로 저희에게 조언을 해주세요. 만일 그것이 행해지지 않으면 저를 곤경에서 구해줄 중재자는 이 칼이 될 거예요. 어서 말씀해주세요. 신부님께서 묘책이 없으시다면 전 기꺼이 죽음을 맞이하겠어요.

로렌스 신부　참아라, 줄리엣! 전혀 희망이 없는 건 아니다. 그 일의 중

대성이 절박한 만큼 굳건한 결심도 필요하다. 패리스 백작과 결혼하느니 차라리 목숨을 끊고 싶을 정도라면 이 치욕을 털기 위해 죽음에 가까운 일도 할 각오가 되어 있느냐? 이 치욕에서 벗어나기 위해서라면 죽음도 두려워하지 말아야 한다.

줄리엣　아, 패리스와 결혼하느니 차라리 요새 탑에서 뛰어내리라고 하세요. 그것이 아니라면 도둑이 다니는 밤길이나 뱀굴에 숨어 있으라고 해도 하겠어요. 울부짖는 곰과 함께 매어두든지 밤마다 송장들이 즐비한 납골당에 가둬두어도 좋아요. 썩은 냄새 나는 정강이, 턱뼈 빠진 해골이 바스락거리는 데 말예요. 아니면 무덤 속에 들어가 수의를 휘감고 숨어 있으라 하시든지요. 전 어떤 두려움이나 공포도 느끼지 않고 그 일을 해낼 수 있어요. 사랑하는 이의 아내로 순결을 지킬 수만 있다면.

로렌스 신부　알았다. 그럼 집으로 돌아가 기쁜 얼굴로 백작과 결혼하겠다고 밝혀라. 하지만 수요일인 내일 밤엔 꼭 너 혼자 자도록 해라. 유모랑 같이 있어서는 안 돼. 그리고 잠자리에 들기 전에 이 약병의 맑은 약을 따라 마셔라. 그러면 이내 차갑고 나른한 졸음이 네 온몸에 퍼질 거다. 맥박은 활동을 멈추고, 온기도 숨결도 네가 살았다는 걸 보장하지 못할 거다. 네 입술과 뺨에서도 장밋빛이 사라지고 파리한 잿빛이 자리 잡을 거다. 그리고 죽음이 삶을 마감할 때처럼 눈의 창문도 닫힐 것이고, 신체의 모든 부분이 차가워져서 죽은 사람같이 될 거다. 그리고 넌 이 죽음과 같은 상태에서 스물네 시간을 지내다가 상쾌한 잠에서 깨어나듯 눈을 뜨게 될 것이다. 아침에 신랑이 널 깨우러 와서 보고는 네가 죽어 있는 걸 알게 되는 거야. 그렇게 되면 이 나라 풍습대로 넌 가장 좋은 옷이 입혀지고 뚜껑 없는 관에 담겨 캐퓰릿 가문이 대대로 묻혀 있는 묘지로 떠나게 돼. 그동안 난 네가 잠에서 깨어나는 시간에 맞춰 로미오에게 편지를 보내 우리 계획을 알려서 이리로 오게 할 거다. 그리고 로미오는 나와 함께 네가 깨어나는 걸 지켜본 다음 그날 밤 너를 만토바로 데려가는 거다. 이 계획이 성공적으로 이루어지면 넌 현재의 이 치욕에서 벗어날 수 있다. 하지만 네가 변덕을 부리거나 보통 여자들처럼 겁을 먹게 된다면……

줄리엣　주세요, 주세요. 아, 아무것도 두렵지 않아요!

로렌스 신부　자, 어서 가거라! 단단히 마음먹어야 해. 난 신부 한 사람을 만토바로 보내 네 남편에게 편지를 전하마.

줄리엣　사랑아, 내게 용기를 줘! 용기가 있으면 뭐든 할 수 있을 거야. 신부님, 안녕히 계세요. (퇴장)

제 2 장

캐퓰릿의 집

캐퓰릿 부부, 유모, 하인 두세 명 등장

캐퓰릿　여기 적혀 있는 대로 손님들을 초대해. (하인, 쪽지를 받아들고 퇴장. 또 다른 하인에게) 그리고 너는 일류 요리사를 20명 정도 데려와.

하인 2   엉터리 요리사는 한 놈도 데려오지 않겠습니다. 자기 손가락을 빨 줄 아는지 시험해보면 다 안다니까요.

캐퓰릿   아니, 그걸로 어떻게 알지?

하인 2   아, 제 손가락도 못 빠는 놈은 한심한 요리사니까요. 그러니 자기 손가락도 못 빠는 놈이랑은 상종을 하지 않는답니다.

캐퓰릿   어서 가봐. (하인 퇴장) 이번 일은 제대로 준비를 갖추지 못하겠는걸. 그런데 딸년은 로렌스 신부님께 갔나?

유모   네, 신부님께 갔습니다.

캐퓰릿   음, 신부님이 잘 타일러줄지 모르겠군. 철없는 맹추를!

줄리엣 등장

유모   아, 아가씨가 고해성사를 하고 밝은 얼굴로 돌아오네요.

캐퓰릿   꼴도 보기 싫은 고집쟁이! 어딜 쏘다니다 이제 오는 거냐?

줄리엣   아버님의 뜻과 명을 거역한 죄를 뉘우치라는 신부님의 설교를 들었습니다. 신부님께서는 이렇게 무릎을 꿇고 아버님의 용서를 빌라고 하셨습니다. (무릎을 꿇으며) 용서해주세요, 앞으로는 아버님 말씀을 잘 따르겠어요.

캐퓰릿   백작에게 사람을 보내 이 사실을 알려라. 내일 아침 당장 연분을 맺겠다.

줄리엣   로렌스 신부님의 암자에서 그분을 뵈었어요. 그분께 저는 겸손의 범위를 넘어서지 않는 한도 내에서 제 사랑의 표시를 해드렸어요.

캐퓰릿   그것 참 기분 좋은 일이구나. 잘했다. 일어나라! 옳지 잘했다.

백작을 만나야겠다. 얘, 어서 가봐라. 가서 백작을 이리 모셔 오너라. 정말이지 이 도시에 사는 시민들은 하나같이 훌륭하신 신부님에게 큰 은혜를 입고 있잖니.

줄리엣 　유모, 내 방으로 함께 가서 옷 입는 것 좀 도와주겠어? 내일 분위기에 꼭 맞는 걸 고르게 말이야.

캐퓰릿 부인 　아니, 목요일까진 아직도 시간이 충분해.

캐퓰릿 　유모, 함께 가게나. 우린 내일 성당에 가야 하니까. (줄리엣과 유모와 함께 퇴장)

캐퓰릿 부인 　시간이 너무 빠듯해요. 벌써 밤이 다 됐는데.

캐퓰릿 　걱정 말아요. 내가 조금만 설치면 문제가 해결될 테니. 내가 보증하오. 줄리엣한테 가서 이런저런 걸 좀 챙겨주구려. 오늘 밤은 뜬 눈으로 새겠군. 이번만은 내가 어머니 노릇을 하리다. 여봐라! 아니, 모두 나가고 없군. 패리스 백작한테 가야겠어. 백작에게도 준비를 하도록 해야겠어. 이제야 마음이 가벼워지는군! 고집쟁이 딸년이 이렇게 마음이 변하다니. (두 사람 퇴장)

제 3 장

줄리엣의 침실

안쪽에 놓인 침대 위로 커튼이 가려져 있다. 줄리엣과 유모 등장

줄리엣   그래, 그 옷이 제일 좋겠어. 한데 유모, 오늘 밤은 나 혼자 있게 해줘. 조용히 기도를 드리고 싶어. 유모도 잘 알겠지만 난 성격이 좀 꼬인데다 죄가 많은 몸이라서 하느님의 마음을 움직이려면 기도가 필요하거든.

캐퓰릿 부인 등장

캐퓰릿 부인   애야, 바쁘면 내가 좀 거들어줄까?

줄리엣   아냐, 엄마! 내일 예식에 필요한 물건들은 다 챙겨놓았어요. 그러니 절 좀 혼자 있게 해주세요. 유모는 엄마와 함께 지내세요. 갑작스런 혼사로 손이 모자랄 게 틀림없을 테니까요.

캐퓰릿 부인   그래, 푹 쉬도록 해라. (캐퓰릿 부인과 유모 퇴장)

줄리엣   잘 가세요. 언제 다시 뵙게 될지 모르겠군요. 내 혈관 속을 차가운 공포가 출렁대면 생명의 열기를 얼어붙게 하겠지. 엄마와 유모를 다시 불러 위로를 받을까? 하지만 유모가 뭘 해주겠어? 이 끔찍한 일은 결국 나 혼자 해야 할 일이야. 내 약병! 이 약이 제대로 듣지 않으면 어떡하지? 그러면 내일 아침에 할 수 없이 결혼하게 되잖아? 아냐, 아냐! 이게 막아줄 거야. 넌 여기 있어다오. (칼을 내려놓는다) 만일 신부님이 날 교묘하게 죽이려고 제조한 독약이라면 어떡하지? 이미 로미오와 날 결혼시킨 신부님이 자신의 실수를 만회하려고 말이야. 아, 두려워. 하지만 절대 그럴 리는 없어. 신부님은 성자로 알려진 분이니까. 만약 무덤 속에 누워 있다가 로미오님이 구해주러 오기 전에 깨어나면 어떡하지? 생각만 해도 무섭다! 무덤 속에서 숨이 막혀 죽지나 않을까? 무덤 입구엔 공기가 안 통한다는데, 로미오님이 오시기 전에 숨이 막혀 죽으면 어떡하지? 산다 해도 그 장소가 주는 공포에다 죽음과 밤이 주는 끔찍한 상상으로 무슨 일이 정말로 일어나지 않을까? 게다가 무덤은 낡은 지하묘지니까 거기에는 수백 년에 걸쳐 조상들이 묻힌 뼈들이 가득할 거야. 게다가 피투성이 티볼트가 멀쩡히 수의 속에서 살이 썩어가고 있을 거고. 밤이면 귀신들이 득실거릴 테지. 아아, 무서워! 내가 너무 일찍 깨어나면 무슨 일이 일어날지 보지 않아도 뻔해. 역겨운 냄새와 그 소리만 들어도 사람이 미쳐버린다는 맨드레이크가 뿌리째 뽑힐 때 내지르는 으스스한 소리를 듣게 될 거야. 그런 상황에서 눈을 뜨면 몸서리치는 공포로 순식간에 미치지나 않을까? 그러다 발광 끝에 조상의 뼈를 갖고 히히덕거린다든가 칼 맞은 티볼트의 수의를 찢는다든가 그러다가 광기에 휘말려 친척 뼈를 몽둥이 삼아 내 머리통을 후려치게 되지나 않을까? 아, 저것 봐! 오빠의 유령이 자기를 칼로 찌른 나의 로미오님을 찾아 나선 것 같아. 그만둬! 티볼트 멈춰. 오, 로미오님! 당신을 위해 이걸 마실게요. (커튼 뒤 침대에서 약을 마시고 쓰러진다)

제 4 장

캐퓰릿 집의 홀

캐퓰릿 부인과 유모 그릇을 들고 등장

캐퓰릿 부인 유모, 이 열쇠를 갖고 가서 향료를 좀 더 가져오게.

유모 주방에선 대추야자와 마르멜로를 가져오래요.

캐퓰릿 등장

캐퓰릿 자, 서둘러라 서둘러! 닭이 두 번째 홰를 쳤다! 새벽종도 쳤으니 벌써 세 시야. 굽는 과자는 좀 넉넉히 만들어요, 엔젤리카! 비용은 아끼지 말라고.

유모 나리, 그만 주무세요. 이러시다간 병나겠어요. 밤샘을 하시다니!

캐퓰릿 염려 마라. 전에는 이보다 더 시시한 일로도 밤을 하얗게 밝혔지만 병 같은 건 나지 않았다.

캐퓰릿 부인 그럼요, 한창 때는 계집 꽁무니깨나 쫓아다녔죠. 하지만 이젠 그런 밤샘은 못할걸요. (부인, 유모 퇴장)

캐퓰릿 질투하시네, 질투!

시종 3, 4명이 쇠꼬챙이, 통나무, 바구니 등을 들고 등장

이봐, 그게 뭔가?

시종 1 글쎄요, 요리사가 쓸 물건인데 뭔지는 모르겠습니다요.

캐퓰릿 서둘러라, 서둘러! (시종 1 퇴장) 이봐, 마른 장작 가져와. 피터에게 물어봐. 그놈이 장작 있는 곳을 알고 있으니.

시종 2 저두 대가리는 있으니 장작쯤이야 찾을 수 있답니다. 이까짓 일로 피터를 괴롭힐 건 없습니다요.

캐퓰릿 흠, 말 한번 잘했다! 웃기는 녀석이야. 하! 이 통나무 대가리야. (시종 2 퇴장) 아니, 벌써 날이 밝았군! 백작이 악사들을 이끌고 곧 나타날 거다. 그러겠다고 했거든. (음악 소리 들린다) 벌써 온 모양이군. 유모! 여보! 아, 안 들려, 유모!

유모 등장

빨리 줄리엣을 깨워서 몸치장을 시켜. 난 패리스 백작이랑 이야기나 좀 해야겠어. 이봐, 서둘러. 서두르라고! 벌써 신랑이 행차했어. (모두 퇴장)

제 5 장

줄리엣의 침실

커튼이 드리워진 줄리엣의 침실에 유모 등장

유모 줄리엣 아가씨! 아니, 곯아떨어졌나봐. 요 잠꾸러기 좀 봐. 오, 귀여운 아가씨! 새색시! 아니, 왜 말이 없을까? 그저 조금 더 자두자는 속셈이군그래. 한 주일 몫이라도 더 자두어요. 내 장담하지만 내일 밤이면 패리스 백작님이 빳빳하게 일어나 아가씰 한잠도 못 자게 하실 거예요. 지치셨나? 깨워야 하는데. 아가씨, 아가씨! 백작님을 침실로 오시게 해야겠어. 그럼 깜짝 놀라 일어나시겠지! 안 그래요?(커튼을 걷는다) 어머나, 새옷을 갈아입고 다시 누우셨네? 안 되겠어, 깨워야지. 아가씨, 아가씨! (흔들어 깨운다) 아아, 살려줘요, 사람 살려요, 사람! 아가씨가 죽었어요! 세상에, 이런 변이 어딨담! 독한 술이라도 가져와요, 어이구, 영감님! 마님!

캐퓰릿 부인 등장

캐퓰릿 부인 웬 소동이지?

유모 아이고, 원통해라!

캐퓰릿 부인 왜 이래?

유모 보세요, 저걸 보세요! 아이고 원통해라!

캐퓰릿 부인 세상에, 세상에! 내 딸, 내 생명! 어서 눈을 떠라! 너 죽으면 나도 죽을 거야! 사람을 불러, 사람을! 누구 좀 와줘요.

  캐퓰릿 등장

캐퓰릿 이게 무슨 창피람! 줄리엣을 불러와요. 신랑이 왔어.

유모 아가씬 죽었어요, 죽었다고요. 아이고! 가슴이 터진다.

캐퓰릿 부인 아아! 우리 딸이 죽었어요, 죽었어.

캐퓰릿 뭐? 어디 보자. 온몸이 싸늘하게 식었네. 피는 멈췄고, 사지는 싸늘하게 굳었구나. 입술에서 생명이 사라진 지가 벌써 오래로구나. 들판에 핀 예쁜 꽃에 때 아닌 서리가 내리다니!

유모 아이고, 원통해라!

캐퓰릿 부인 아, 견딜 수가 없어!

캐퓰릿 날 원통하게 만든 죽음이란 놈은 내 혀까지 꽁꽁 묶어 말도 못하게 하는구나.

  로렌스 신부와 패리스 백작이 악사들을 데리고 등장

로렌스 신부 자, 신부는 성당에 갈 준비가 되었소?

캐퓰릿 갈 준비는 됐지만 영영 못 돌아오게 됐습니다. 이보게, 사위, 결혼식 전날 밤에 죽음의 사자가 그대 아내와 잠자리를 같이한 것 같소. 여기 딸아이가 누워 있어. 꽃 같은 내 딸아이를 죽음이 망쳐놨소.

죽음이 내 사위가 됐고, 내 상속자가 됐어. 죽음이 내 딸애와 결혼했으니! 나도 죽고 싶어. 이젠 생명이고 재산이고 죽음이란 놈에게 넘겼으니 모두 그놈 차지가 되는 거야.

패리스   얼마나 기다린 아침인데, 이런 모습이 날 맞이하다니!

캐퓰릿 부인   오늘이야말로 저주받은 날이야. 시간의 끝없는 순례 여행 가운데 최고로 비참한 날이 오늘이야. 아, 불쌍한 내 딸! 늘 내게 기쁨과 위로를 주는 애였는데! 잔인한 죽음이란 놈이 그 앨 내 눈앞에서 앗아갔어.

유모   이제 어이 살꼬! 이렇게 끔찍한 날은 생전 처음이야! 아 오늘, 오늘, 이런 저주받은 오늘! 이렇게 끔찍한 날이 또 있을까!

패리스   속고 버림받고 망신당하고 미움을 사서 죽었구나! 저주 받은 죽음아, 넌 날 속였다. 잔인무도한 네놈한테 내 신세는 거덜이 나고 말았군.

캐퓰릿   천대와 고통, 미움과 박해로 희생이 되었구나. 불행한 시간이여! 하필이면 지금 찾아와서 결혼식을 망쳐놓았느냐! 아, 애야, 애야! 내 영혼아, 넌 이제 내 딸이 아니야! 죽었으니까. 아, 내 딸이 죽다니…… 내 딸과 함께 내 기쁨도 묻히는구나!

로렌스 신부   진정하세요. 혼란으로 혼란을 치유하지는 못합니다. 아리따운 따님은 지금까지 하느님과 당신의 것이었지만 이젠 온전히 하느님만의 차지가 되었습니다. 따님에게는 차라리 잘된 일이지요. 당신 몫은 죽음으로부터 지키지 못했지만 하늘은 자기 몫을 단단히 챙겼네요. 그녀가 하느님의 천국으로 올라가고 싶어 했기에 그녀의 승천을 받아들이셨던 겁니다. 그런데 따님이 바로 저 구름 위의 하늘 높이 올라

갔는데, 왜 당신은 울고 계신단 말입니까. 따님이 진정한 평온을 찾았는데 이렇게 미친 듯 날뛰다니 말입니다. 결혼해서 오래 사느니 젊어서 죽음을 맞이하는 여자가 오히려 최상의 결혼을 했다고 할 수 있다고 했지요. 눈물을 거두고 이 고운 시체 위에 로즈메리 꽃을 꽂고 관습대로 가장 좋은 옷을 입혀 성당으로 운구하십시오. 어리석은 인간의 감정으로야 슬프기 짝이 없는 일이지만 알고 보면 본능적인 눈물은 이성의 조롱감이라고 할 수 있습니다.

캐퓰릿 잔치를 위해 마련한 모든 것을 장례식에 필요한 것으로 바꾸어라. 축하 음악은 조종으로 바꾸고, 결혼 축하 연회는 구슬픈 장례의 잔치로, 장엄한 찬송가는 장송곡으로, 신부를 위한 꽃은 장례식 꽃으로 바꿔라.

로렌스 신부 들어갑시다. 부인도 같이 가시죠. 그리고 백작도……. 모두들 이 고운 시체를 따라 무덤까지 갈 준비를 하십시오. 여러분이 뭔가 잘못하여 하느님이 진노하신 것 같습니다. (유모와 악사들만 남고 퇴장하면서 모두 줄리엣 시체 위에 로즈메리 꽃을 뿌리고 커튼을 닫는다)

악사 1 악기를 집어넣고 가도 되겠군.

유모 그걸 넣으시지요! 보다시피 이렇게 사정이 딱하게 됐으니.

악사 1 악기가 망가졌다면 고칠 수나 있지. (유모 퇴장)

피터 등장

피터 악사님들! '마음의 평화' '마음의 평화'를 연주해줘요! 날 살려주는 셈치고 '마음의 평화'를 연주해줘요.

악사 1　뭐? '마음의 평화'라고?

피터　아, 악사 여러분! 내 마음이 말예요, '내 마음은 슬픔 가득히'란 노래를 부르고 있으니 제게 위안이 될 만한 유쾌한 곡을 연주해주시구려.

악사 1　그건 안 돼! 지금은 음악을 연주할 때가 아니오.

피터　못하겠단 말이오?

악사 1　그렇소.

피터　그럼 한대 된통 먹여줄까?

악사 1　뭘 먹여준단 말이오?

피터　돈이 아니라 이거다. 엿이나 먹어라. 이 풍각쟁이들아.

악사 1　그래봤자 네놈은 기껏 종놈이지 뭐냐.

피터　종놈 칼에 대가리를 얻어터져 보겠느냐? 난 콩나물대가리도 없다만 네놈들 대가리를 도레미로 칠 순 있어. 알겠어?

악사 1　도레미로 치면 치는 대로 소리가 날 테지.

악사 2　여보게들, 칼부림은 그만두고 말재주로 겨뤄보시지.

피터　그럼 말재주로 해보자고! 쇠칼을 집어넣고 쇠 같은 말재주로 갈겨줄 테다. 자, 사내답게 받아라. "비수 같은 슬픔이 가슴을 찌르고, 슬픔 때문에 가슴이 먹먹해질 때, 음악은 은방울 같은 소리로"— 한데 어째서 '은방울 소리'지? 여보게, 줄 뜯는 친구, 대답 좀 해봐.

악사 1　그야 은이 아름다운 소리를 내니 그렇죠.

피터　잡소리하고 있네! 여보게 깽깽이, 자네 생각은?

악사 2　그야 악사가 은전을 받고 연주를 하니 '은방울 소리'죠.

피터　그도 그를 듯하군! 그럼 소리꾼, 자네 생각은?

악사 3　참말이지 대답하기 어렵구먼.

피터　어이구 미안하네! 자넨 가수지. 내가 대신 말해주지. 글쎄 풍각쟁이들이 아무리 소릴 내봐야 '은방울 소리'가 금덩어리를 받아들이진 못하기 때문이다. "은방울 같은 소리에 이내 풀리는 울화증이여!" (퇴장)

악사 1　저런, 병신 육갑하네!

악사 2　돼져라, 이 망할 자식아! 자, 우리도 들어가서 조문객들이 올 때까지 빈둥거리다가 저녁이나 얻어먹지. (모두 퇴장)

제 5 막

제 1 장

만토바. 상점들이 있는 거리

로미오 등장

로미오 아첨쟁이 꿈의 진실을 믿을 수만 있다면 기쁜 소식이 있을 거란 예감이 든다. 내 가슴의 주인인 사랑이 옥좌에 살포시 앉아 있으니 온종일 기쁨에 마음이 들떠 발이 땅에 닿질 않는구나. 꿈속에 아내가 찾아와 죽어 있는 나를 발견하고 죽었어. 참 이상한 꿈이야. 죽은 사람이 꿈속에서 생각을 하다니! 아내는 내 입술에 키스를 해서 생명을 불어넣어 주었고, 그래서 난 다시 살아나 황제가 되었지. 아아! 사랑의 그림자만으로도 이토록 기쁜데 사랑이 이루어지면 얼마나 달콤할까!

로미오의 하인 벨서자, 승마용 장화를 신고 등장

베로나의 소식이군! 무슨 소식이냐 벨서자? 신부님 편지는 가져왔느냐? 아버님은 안녕하시고? 나의 줄리엣은 어떻게 지내지? 다시 묻지만 아가씨만 무사하다면 신경 쓸 일이야 없지.

벨서자   아가씬 무사하세요. 무슨 문제가 있을 리 있나요? 아가씨의 시체는 캐퓰럿네 가족 묘지에 잠들어 있고, 영혼은 천사들과 함께 계시니까요. 전 아가씨가 가족묘지에 깊이 묻히는 걸 보았습니다. 이 일을 도련님께 알리려고 부랴부랴 달려왔습죠. 어이구, 나쁜 소식을 알려 드려 죄송해요. 제게 이런 임무를 맡기셨으니 어쩔 수 없죠.

로미오   그게 참말이냐? 그렇다면 운명의 별들아! 너희들은 믿을 수가 없구나! 나의 숙소는 알고 있으렷다? 잉크와 종이를 가져오고 어서 역마를 구해라. 오늘 밤 당장 여길 떠날 테니.

벨서자   도련님, 참으세요. 제발 부탁입니다. 안색이 창백하시고 꺼칠한 걸 보니 뭔가 불행한 일이 일어날 것 같습니다요.

로미오   닥쳐라! 난 상관 말고 시킨 일이나 해. 신부님의 편지는?

벨서자   없었어요, 도련님.

로미오   상관없다. 빨리 말을 구해라. (벨서자 퇴장) 줄리엣, 나도 오늘 밤 그대 곁에 눕겠소. 한데 방법이 문제구나. 오, 절망한 사람에게 사악한 생각은 빨리도 찾아오는구나. 그 약방영감이 필시 이 근처에 살고 있을 텐데. 요전에 보니 누더기 옷에 긴 눈썹을 아래로 내리깔고 약초를 고르고 있었지. 극심한 가난으로 집 안에는 거북과 박제된 악어와 보기에도 끔찍한 생선껍질들이 매달려 있었지. 그리고 가게 안 시렁에는 구질구질한 빈 상자, 녹색 질그릇, 오줌통, 곰팡이 슨 씨앗들, ㄲ나풀 부스러기, 장미 굳힌 향료 등이 흩어져 있었어. 제법 약방다웠지. 그 궁핍함을 보고 난 생각했어. '만토바에서 독약을 파는 자는 즉석에서 사형이라고. 하지만 누군가가 꼭 독약을 구해야 할 경우 이 가난뱅이 약장수라면 틀림없이 팔 거다라고. 오! 그건 바로 내가 독을 필요로 할 것을 예견해준 것이었구나. 아무튼 그 가난뱅이 노인이 그걸 팔아야 할 텐데. 내 기억엔 확실히 이 집이었어. 아니 휴일이라고 이런 거지 같은 가게도 문이 닫혀 있군. 이보게, 약장수!

약장수 등장

약장수   거 소리 지르는 분은 누구시우?

로미오   이리 좀 오게. 보아하니 살림살이가 말이 아닌 것 같은데. 여기 40더컷이 있소. 이걸 줄 테니 독약을 주시오. 효험이 빠른 걸로 말이오. 마시면 금세 독이 온 혈관에 퍼져서 삶에 지친 인생을 끝장내게 하는 독약 말이오. 마치 불을 댕긴 화약이 죽음의 대포 포신에서 터져 나오듯 육체에서 당장 숨뿌리를 거두게 하는 그런 것 말이오.

약장수   그런 약이 있긴 하오만 그걸 판매하는 자는 만토바의 법에 따라 당장 모가지가 날라가는뎁쇼.

로미오   이보시오, 그렇게 궁핍하고 비참하게 살면서 죽기가 두렵소? 두 볼엔 가난이 덕지덕지 끼었고, 두 눈엔 고민이 깊이 박혔고, 등에는 모욕과 가난을 지고 있으면서. 이 세상도 이 세상의 법률도 영감님의 친구는 아니잖소. 그러니 가난에 더 이상 허덕이지 말고 이 돈을 받으시오.

약장수   이건 제 의지가 아니라 가난 때문에 응하는 거라오.

로미오   나도 영감의 가난에 돈을 드리는 거요.

약장수   (약병을 내주며) 이걸 좋아하는 음료에 타서 마시오. 당신이 아무리 천하장사라 해도 당장 끝장내줄 겁니다.

로미오　자, 이 금은 영감 것이오. 인간의 마음엔 독약보다 더 나쁜 영혼이 있지. 이 역겨운 세상은 독약보다 더 많은 살인을 하고 있어. 그러니 독약을 판 건 내 쪽이고, 영감은 아니오. 잘 있으시오. 식료품을 사서 영양을 보충하시오. 자, 독약이 아닌 활명수야, 나와 같이 줄리엣의 무덤으로 가자. 그곳에서 널 써야겠다. (로미오 퇴장)

제 2 장

베로나. 로렌스 신부의 암자

존 신부 등장

존 신부　프란시스코 수도회의 로렌스 신부님!

로렌스 신부 등장

로렌스 신부　존 신부의 목소리로군. 만토바까지 갔다 오느라 수고 많았소. 로미오가 뭐랍디까? 어디 편지 좀 봅시다.

존 신부　이 도시에서 병자들을 돌보는 교단의 같은 종파 수도사 한 사람과 동행하려고 찾아 나섰지요. 그런데 도시 검역관들이 우리 두 사람이 역병이 창궐했던 집에 있었다고 의심을 하고는 문을 걸어 못 나가게 했지요. 그래서 만토바로 오는 길이 더뎌지게 되었지요.

로렌스 신부 그럼 내 편지는 누가 로미오에게 전했소?

존 신부 보낼 방법이 없어서 그냥 가져왔습니다. 신부님께 돌려보내려 해도 사람을 구할 수가 있어야지요. 모두들 병이 전염될까봐 겁을먹더군요.

로렌스 신부 이 무슨 불운인가! 그 편지는 단순한 편지가 아니오. 아주 중요한 내용이 적혀 있어 지연되면 큰일이 날지 모르오. 존 신부님, 가능한 한 빨리 쇠지렛대를 구해와 내 암자로 갖다주시오.

존 신부 네, 금방 갖다드리겠습니다. (퇴장)

로렌스 신부 혼자서라도 묘지에 가봐야겠군. 세 시간 후면 줄리엣이 깨어나 로미오에게 이 사실을 알리지 않았다고 날 원망할 텐데. 그러니 만토바에 다시 편지를 써 보낸 뒤 로미오가 올 때까지 줄리엣을 내 암자에 숨겨둬야지. 가엾은 산송장이 죽은 사람의 무덤 속에 갇혀 있다니! (퇴장)

제 3 장

베로나의 캐퓰릿 집안 무덤이 있는 묘지

패리스와 시동, 꽃과 햇불을 들고 등장

패리스　햇불을 이리 주고 멀리 떨어져 있거라. 아니야, 햇불은 꺼버리자. 남의 눈에 띄지 않도록 말이다. 저기 주목 밑의 움푹한 땅바닥에 누워서 귀를 바싹 대고 있거라. 무덤을 판 뒤라 누구의 발자국 소리도 들을 수 있다. 소리가 들리면 휘파람으로 신호를 해. 그 꽃은 이리 주고 시킨 대로 해. 자, 가봐.

시동　(방백) 이런 묘지에 무서워서 어떻게 혼자 있지. 젠장, 할 수 없지만 모험을 해보자.

패리스　꽃같이 청순한 아가씨여! 그대 신방에 꽃을 뿌리겠소. 아, 불쌍해라! 그대의 신방이 흙과 돌로 덮여 있다니! 내 이곳에 밤마다 향수를 뿌리리다. 향수가 없으면 슬픔으로 짜낸 내 눈물을 뿌리겠소. (시동이 휘파람을 분다) 녀석이 신호하는 걸 보니 누가 오긴 오나보다. 어떤 저주받은 발목이 한밤중에 이런 곳을 헤매며 내 사랑의 의식을 방해하는 걸까? 아니, 햇불까지 들었군! 밤이여, 잠깐 이 몸을 숨겨다오. (물러선다)

로미오와 벨서자가 햇불, 곡괭이, 쇠지레를 들고 등장

로미오　그 곡괭이와 쇠지레는 내게 다오. 자, 이 편지를 내일 아침 일찍 우리 아버지께 전하도록 하라. 횃불도 이리 줘. 목숨이 아깝거든 뭘 보든 간에 상관하지 말아야 해. 내가 이 묘지 속으로 들어가는 이유는 아가씨 얼굴을 보고 싶어서이기도 하지만 정말 중요한 목적은 죽은 그녀의 손가락에서 귀중한 보석반지를 빼 중대한 일에 쓰려는 거다. 그러니 넌 물러가거라. 한데 만약 내가 하는 일에 의심을 갖고 조바심을 내거나 되돌아와 엿보는 날이면 네 사지를 갈가리 찢어 묘지에 던져버리겠다. 내 의지력은 야수처럼 거칠고 무자비하다.

벨서자　여길 떠나 주인님을 방해하지는 않겠어요.

로미오　이게 내 우정의 표시다. 이걸 받아라. (돈을 건네준다) 가서 잘 살아라. 착한 녀석!

벨서자　(방백) 뭐라 하시든 이 근처에 숨어 있어야지. 표정이 굳어 있는 걸 보니 무슨 일을 저지를까 걱정이야. (물러간다)

로미오　지상에서 가장 귀한 별미를 꿀꺽 삼킨 가증스러운 아가리, 죽음의 자궁아! 썩은 네놈의 턱을 억지로 벌린 다음 원치 않은 음식을 쑤셔넣겠다.

패리스　(방백) 저자는 추방당한 오만한 몬터규 놈이다. 줄리엣의 오라비를 죽인 자야. 그 슬픔 때문에 내 사랑이 죽었다고 하지 않는가. 시체에까지 모욕을 주려고 이곳에 왔단 말인가! 저놈을 사로잡아야지. (앞으로 나온다) 야비한 몬터규야, 한심한 짓을 멈춰라! 죽이고도 모자라 복수를 하겠다는 거냐? 이 추방자야, 네놈을 체포한다. 잠자코 따라와! 죽을 각오는 되어 있겠지?

로미오　어차피 난 죽어야만 할 몸! 그래서 여기 왔소. 젊은 양반, 절망한 사람을 건드리지 마시오. 여기 있는 죽은 사람들을 생각해보오. 겁도 안 나오? 젊은 양반, 제발 부탁이오. 내 화를 돋우어 더 이상 죄를 짓게 하지 말고 어서 떠나시오! 맹세코 난 나 자신보다 당신을 더 아끼오. 난 나 자신을 해치려고 이곳에 온 것이니 더 이상 거기 서 있지 말고 떠나시오. 살아남아 나중에 전하시오. 미치광이의 자비심이 당신을 도망치게 했다고.

패리스 너의 간청은 들어주기 싫다. 대신 널 중죄인으로 체포하겠다.

로미오 한판 붙으시겠다고? 그렇다면 덤비시지. (두 사람 싸운다)

시동 아이고, 칼싸움이 벌어졌다! 야경꾼을 불러와야지. (뛰어간다)

패리스 아, 당했다! (쓰러진다) 최소한의 자비심이 있거든 무덤을 열고 줄리엣 곁에 뉘어주오. (죽는다)

로미오 좋다. 그렇게 해주마. 어디 상판대기나 보자. 아니, 머큐쇼의 친척 패리스 백작이 아닌가! 하인 녀석이 무슨 말인가 했었는데, 마음이 심란해 귀담아 듣지 않았지만, 언뜻 듣기로 패리스가 줄리엣과 결혼한다고 했었지. 아니었던가? 내가 그런 꿈을 꾸었나? 그 녀석이 줄리엣 얘기를 하는 걸 듣고 그만 내 머리가 돌아버려 그런 생각을 한 걸까? 오, 손을 이리 주오. 그대도 나와 같이 비운의 명부에 적힌 사람이구려! 당신을 영광의 무덤 속에 묻어주리다. 무덤이라? 아, 아니지! 빛이 비치는 탑방이 있지. 저 세상으로 간 젊은이여! 줄리엣이 여기 누워 있으니 그녀의 아름다움으로 빛이 가득한 이 방은 축제일의 알현실이구나. 고인이여, 죽은 자의 손이 죽은 당신을 장사 지내니 여기 고이 잠들어라. (패리스의 시체를 무덤 안에 내려놓는다) 흔히 죽음을 앞두고 명랑해진다는데, 사람들은 그것을 죽기 전의 섬광이라고 한다지? 하지만 이것들을 어떻게 섬광이라고 할 수 있단 말인가! 오, 내 사랑! 내 아내여! 당신의 꿈 같은 숨결을 빨아 마신 죽음도 당신의 아름다움 앞에선 오금을 펴지 못하는구려. 당신은 아직 정복당하지 않았소. 입술과 뺨 위에는 아름답기 그지없는 붉은 빛깔이 남아 있고 창백한 죽음의 기운은 거기까지 오지 않았어. 티볼트, 너도 피 묻은 수의를 휘감고 누워 있군. 오, 너의 청춘을 두 동강낸 바로 이 손으로 너의 적인 나의 젊음을 찢어발기는 것보다 더 큰 용서가 있겠나? 용서해주게, 사촌! 아, 사랑하는 줄리엣! 당신은 어째서 아직도 그처럼 아름다운가? 망령 같은 죽음의 신조차도 당신에게 반해서인가! 그 바싹 여윈 괴물딱지가 당신을 이 어둠 속에 가두고 정부로 삼자는 게 아니오? 그게 걱정이 되어 난 당신과 이 컴컴한 밤의 궁전에 남아 머물 거요. 당신의 시녀라 할 수 있는 구더기들과 함께. 오, 난 이곳을 영원한 안식처로 삼겠소. 삶에 지친 육체에서 불행한 별의 멍에를 떨쳐버리겠소. 두 눈아, 너의 마지막을 보아라! 두 팔아, 마지막 포옹을 하라! 그리고 생명의 숨을 쉬는 입구인 입술아, 정당한 키스로 도장을 찍어 모든 걸 독차지하는 죽음과 영원한 계약을 맺어라! 오너라, 쓰디쓴 저승의 길잡이와 불쾌한 죽음의 안내자야! 절망한 뱃사공아! 파도에 지친 이 배를 당장 암석에 부딪쳐 산산조각 내 버려라! 내 사랑을 위해 건배! (독을 마신다) 정직한 약장수! 효험도 빠르구나. 이렇게 키스하며 나는 간다. (죽는다)

로렌스 신부 등불, 곡괭이, 삽을 들고 등장

로렌스 신부   아, 빨리 가야 하는데. 오늘 밤은 늙은 내 발이 유난이 무덤에 걸리적거리네. 거 누구요?

벨서자   접니다. 신부님을 잘 아는 사람이죠.

로렌스 신부   그대에게 축복이 있기를! 여보게 친구, 저기 저 횃불은 무슨 연유로 구더기와 눈깔 없는 해골바가지를 하릴없이 비추고 있는 건가? 캐퓰릿의 묘지에서 타고 있는 것 같은데.

벨서자   그렇네요, 신부님! 신부님께서 사랑하는 저의 주인님은 저기 있어요.

로렌스 신부   누구라고?

벨서자   로미오요.

로렌스 신부   저기 머문 지 얼마나 됐나?

벨서자   한 반 시간 정도 됐습니다.

로렌스 신부   저 무덤에 같이 가보게.

벨서자   그럴 순 없습니다. 소인의 주인께선 제가 여길 떠난 줄 알고 계시는걸요. 여기에서 하시는 일을 엿보면 죽이겠다고 위협을 하셨답니다.

로렌스 신부   그럼 나 혼자 가마. 그런데 뭔가 불길하구나. 아, 꼭 불상사가 일어난 것만 같아.

벨서자   제가 이 주목 밑에서 졸고 있을 때 주인께서 누군가와 싸우다가 그 사람을 죽이는 것 같은 느낌을 받았어요.

로렌스 신부   로미오! 아니, 이건 웬 피냐? 무덤 입구의 돌에 주인 없는 두 자루의 칼이 피가 묻은 채 굴러다니니 말이야. 로미오! 오, 창백하구나. 저건 누구지? 패리스도 온몸이 피에 흠뻑 젖어 있구나. 아서라, 잔혹한 시간은 기어이 이렇게 비통한 죄악을 저지르고 말았구나! 줄리엣

이 깨어나는군. (줄리엣, 깨어난다)

줄리엣　오, 고마우신 신부님! 제 남편은 어디 있어요? 로미오님은 어디 계세요? (안에서 시끄러운 소리)

로렌스 신부　사람들 소리가 들리는군. 자, 죽음과 질병과 영원의 잠자리에서 나오너라. 사람의 힘으로는 견딜 수 없는 권세가 우리 계획을 망쳐놨다. 자, 어서 나가자. 네 남편은 죽은 몸이 되어 네 가슴 위에 있고, 패리스 백작 역시 마찬가지다. 내 너를 수녀님이 계신 수도원에 맡겨야겠다. 묻고 말하고 할 틈이 없어. 야경꾼이 오고 있다. 가자, 줄리엣, 지체할 틈이 없다.

줄리엣　신부님은 나가세요. 전 안 나가겠어요. (신부 퇴장) 이게 뭘까? 내 사랑 로미오가 쥐고 있는 잔이. 독이 내 사랑을 때아닌 죽음을 맞이하게 했구나. 아, 무정하셔라! 한 방울도 남기지 않고 몽땅 마셔버려 뒤따라갈 수도 없게 만들다니! 그대 입술에 입을 맞추겠어요. 아직도 독약이 입술에 묻어 있다면 나도 그대 따라 죽을 수 있을 거야. (키스한다) 아, 당신의 입술은 따뜻하군요!

야경꾼이 패리스의 시동과 함께 묘지에 등장

야경꾼 1　애, 앞서라. 어느 쪽이냐?

줄리엣　아, 사람이 오나봐. 어서 빨리 끝장을 내야지. 오! 반갑기도 해라. 칼이 여기 있군. 이 가슴이 너의 칼집이다. 여기서 너는 자는 거다. 녹과 함께 날 죽여다오. (로미오의 시체 위에 쓰러진다)

시동　여기예요, 횃불이 타고 있는 곳이.

야경꾼 1　땅바닥이 온통 피투성이군. 묘지 주변을 수색해봐. 저쪽으로 가서 뛰어가는 자를 체포해. 세상에! 눈 뜨고 볼 수 없는 처참한 광경이구나! 백작은 칼을 맞아 여기 쓰러져 있고, 줄리엣은 이틀 전에 매장됐는데 온기를 그대로 간직한 채 피를 흘리고 있구나. 어서 가서 군주님께 보고하라. 캐퓰릿 집안도 몬터규네 사람들도 모조리 깨워라. 나머지는 수색을 계속해. (다른 야경들 퇴장) 이 비탄의 땅은 보인다만 뼈저린 불행의 진상은 자세히 조사해보지 않고는 알 도리가 없다.

　한 패의 야경꾼과 벨서자 등장

야경꾼 2　로미오의 하인입니다. 묘지에서 잡았어요.
야경꾼 1　군주님이 오실 때까지 꼭 붙들어두게.

　야경꾼들, 로렌스 신부를 대동하고 등장

야경꾼 3　신부님께서 덜덜 떨면서 한숨 소리와 함께 울기만 합니다. 묘지 이쪽에서 나오는 것을 붙잡았죠. 곡괭이랑 삽은 압수했고요.
야경꾼 1　수상하니 그 신부도 잡아둬.

　군주와 시종들 등장

군주　새벽부터 무슨 변괴가 일어났기에 아침잠도 못 자게 사람을 부르고 야단이냐?

캐퓰릿 부부 등장

캐퓰릿　밖이 왜 저렇게 소란하지?

캐퓰릿 부인　거리에서 사람들이 로미오와 줄리엣, 패리스를 외치며 뛰어다니고 야단들이에요. 모두들 가족묘지 쪽으로 가고 있어요.

군주　저 무서운 아우성 소리가 귀를 따갑게 하니 어찌된 일이냐?

야경꾼 1　군주님, 패리스 백작이 살해됐습니다. 로미오도 죽었고요. 일전에 죽은 줄리엣 아가씨도 갓 살해당한 것처럼 몸이 따뜻합니다.

군주　모든 걸 철저히 조사해서 이 참혹한 살인 사건의 진상을 규명하라.

야경꾼 1　여기 신부와 살해당한 로미오의 하인이 있는데, 이자들은 시체의 무덤을 파는 데 필요한 연장을 갖고 있었습니다.

캐퓰릿　여보, 우리 딸애가 저렇게 피를 흘리고 있어! 이 칼이 돌아갈 곳을 잘못 찾았구려. 봐요, 이걸. 몬터규놈의 등에 있는 칼집이 있어. 칼이 집을 잘못 찾아 내 딸의 가슴에 꽂혔구려.

캐퓰릿 부인　아이고머니! 이 죽음의 몰골은 마치 조종처럼 우리 늙은 이들을 묘지로 부르고 있어요.

몬터규와 하인들 등장

군주　이보세요, 몬터규! 이런 꼴을 보려고 새벽부터 일어났소? 댁의 외아들이 때이른 죽음을 맞이했소.

몬터규　아, 군주님! 제 처도 어젯밤에 죽었습니다. 추방당한 자식의 신세를 한탄하다 결국 숨을 거두고 말았지요. 이 늙은이에게 이런 끔찍한 불행이 어디 또 있겠습니까?

군주　자, 보시면 모든 걸 알게 될 것이오.

몬터규　이 불효자식아! 애비보다 먼저 무덤으로 달려가다니, 이게 무슨 짓이냐?

군주　절규와 한탄은 잠시 멈추고, 우선 이 의혹들을 말끔히 풀어줄 사태의 근원을 알아봅시다. 저 역시 당신네들의 불행을 누구보다 가슴 아프게 생각하는 사람입니다. 그러니 불행을 조용히 감내합시다. 혐의자들을 이리로 끌어내라.

야경들이 로렌스 신부와 벨서자를 데리고 나온다.

로렌스 신부　이 모든 것은 제 탓입니다. 제가 일을 잘못 처리한 탓에 시간과 장소가 어긋나고 말았습니다. 이런 무서운 참극의 용의자는 바로 접니다. 제가 이 자리에 선 것은 저 스스로를 고발하고 그 죗값을 받기 위해서입니다.

군주　이 사건의 자초지종을 있는 그대로 말해보오.

로렌스 신부　그럼 간단히 말씀 드리겠습니다. 살아갈 날도 얼마 남지 않았는데 지루하게 얘기할 시간도 없습니다. 저기 누워 있는 로미오는 줄리엣의 남편이고, 그 옆에 누워 있는 줄리엣은 로미오의 충실한 아내입니다. 이들의 결혼은 제가 시켰습니다. 바로 그 비밀 결혼식을 올린 그날이 티볼트의 최후의 날이었고, 그의 때아닌 죽음으로 새 신랑은 이 도시에서 추방을 당했습니다. 줄리엣은 티볼트의 죽음보다

584

도 로미오의 추방을 더욱 가슴 아파 했습니다. 그런데 댁에선 딸의 슬픔을 가시게 해주려고 패리스 백작과 억지로 약혼을 시켜 혼례까지 올리려고 했습니다. 그래서 줄리엣은 무쇠처럼 굳어진 얼굴로 저를 찾아와 이 두 번째 결혼을 모면할 방법을 강구해달라고 간청했습니다. 청을 들어주지 않으면 제 암자에서 자살하겠다고 했습니다. 그래서 예전에 배운 의술로 수면제를 만들어주었더니 뜻대로 효력을 내어 줄리엣은 가사상태에 빠지게 됐습니다. 그러는 한편 로미오에게 편지를 띄웠습니다. 그 끔찍한 밤, 약효가 사라질 시간에 이곳으로 와서 줄리엣을 가매장한 무덤에서 구해내도록 조처를 취했지요. 그런데 저의 편지를 들고 가던 존 신부가 뜻하지 않은 사고로 제때 전달하지 못하고 되돌아왔습니다. 그래서 저는 줄리엣이 깨어날 예정 시간에 맞춰 그 조상의 가족묘지에서 그녀를 구해내려고 온 것입니다. 제 계획은 잠에서 깨어난 줄리엣을 제 암자에 숨겨둔 후 로미오한테 기회를 보아 연락하려는 것이었지요. 그런데 성실한 로미오가 난데없이 여기 죽어 있었습니다. 그것을 확인한 저는 줄리엣이 깨어나자마자 나가자고 권했습니다. 이것은 하늘이 주는 시련이니 참으라고 했지요. 그때 인기척에 놀라 무덤을 뛰쳐나왔는데 줄리엣은 너무 절망한 나머지 뒤따라 나오지 않고 자살을 하고 만 것 같습니다. 이상이 제가 아는 것의 전부입니다. 결혼에는 유모도 관여했습니다. 제게 조금이라도 과실이 있다면 법에 따라 이 늙은 목숨을 정해진 수명보다 약간 앞서 처단해주시기 바랍니다.

군주 우리는 지금까지 당신을 심덕이 높은 성직자로 알고 있었소. 그런데 로미오의 하인은 어디 있는가? 어디 그의 말을 들어보자.

벨서자 제가 줄리엣 아가씨의 부고를 전해드렸더니 도련님께선 만토바에서 바로 이곳 묘소로 달려왔지요. 그리고 이 편지를 아침 일찍 아버님께 전하라고 분부하시고는 묘소를 떠나지 않으면 죽여버리겠다고 위협하고는 무덤 속으로 들어가셨습니다.

군주 그 편지를 이리 내놓아라. 어디 읽어보자. 야경을 불러왔다는 백작의 시동은 어디 있느냐?

시동이 무대로 나온다.

그래, 네 주인은 이곳에서 뭘 하고 있었느냐?

시동 주인님은 줄리엣의 무덤에 꽃을 뿌리려고 왔지요. 그때 저더러 좀 떨어져 있으라기에 저는 그렇게 했습니다. 그런데 그때 누군가가 횃불을 들고 이곳을 열려고 왔는데, 주인께서 대뜸 칼을 빼들고 그분한테 달려들기에 야경을 부르러 달려갔지요.

군주 이 편지를 보니 두 연인의 사랑의 내력과 줄리엣의 죽음, 그리고 신부의 증언이 틀림없다는 것이 밝혀졌소. 그리고 편지의 내용으로 미루어보아 로미오는 가난한 약장수한테 구한 독약으로 자살을 해 줄리엣과 한 무덤에 매장되려고 온 것이 분명하오. 원수 간인 두 사람은 어디 있소? 캐퓰릿, 몬터규! 보시오, 하늘이 그대들의 증오에 어떤 천벌을 내렸는지를. 그 증오는 그대들의 기쁨의 근원인 자녀들이 서로 사랑하게 함으로써 죽음을 맞게 한 것이오! 그리고 나도 그대들의 불화를 눈감은 죗값으로 친척 두 사람을 잃게 됐소. 우리 모두가 신의 처벌을 받은 것이오.

캐퓰릿 오! 몬터규 사돈영감, 손이나 잡아봅시다. 이건 딸애의 혼숫

감 대신이오. 더 이상 뭘 바라겠소.

몬터규   아니, 그 이상을 드리리다. 난 순금으로 따님의 상을 세우겠소. 베로나라는 이름이 존속하는 한 진실하고 정숙한 줄리엣의 상처럼 존경받을 사람은 더 이상 없을 것이오.

캐퓰릿   그럼 나도 똑같이 로미오의 상을 그의 아내 옆에 세우리다. 우리의 반목에 희생된 가엾은 아이들!

군주   암울한 평화가 이 아침을 감싸안으니 태양은 비탄으로 얼굴을 보이지 않는구려. 이 비통한 이야기를 진지하게 나누며 용서할 자는 용서하고, 벌할 자는 벌합시다. 아, 줄리엣과 로미오의 사랑보다 더 애절한 이야기가 세상에 어디 있겠소. (모두 퇴장)

템페스트

힘겨운 일도 즐겁게 생각하면
고통을 잊을 수 있고,
천한 일도 보람을 갖고 해내면
훌륭한 결과물을 얻을 수 있다.

등장인물

알론조 | 나폴리의 왕

세바스찬 | 알론조의 동생

프로스페로 | 밀라노의 공작

미란다 | 프로스페로의 딸

에어리얼 | 정령, 공기의 요정

안토니오 | 밀라노 공작의 지위를 빼앗은 프로스페로의 동생

퍼디넌드 | 알론조의 아들

곤잘로 | 알론조의 정직한 대신

애드리안, 프란시스코 | 나폴리 왕국의 귀족

캘리번 | 프로스페로에게 구조되어 노예가 된 야만적인 괴물

트린큘로 | 나폴리 왕의 어릿광대

스테파노 | 주정뱅이 요리장

시어리즈, 아이어리스 | 요정

주노 | 최고의 여신. 로마의 최고신 주피터의 아내

물의 요정들 | 요정들이 변신한 것들

풀베는 난쟁이들 | 요정들이 변신한 것들

그 외 | 선장, 갑판장, 선원들

셰익스피어의 마지막 희곡인 〈템페스트〉의 집필 연대에 관해서는 여러 설이 있으나 일반적으로 1611년으로 추정되고 있다.

밀라노의 공작이었던 프로스페로는 12년 전, 동생 안토니오에게 국사를 맡기고 자신이 좋아하는 학문에 몰두하였다. 야심가인 안토니오는 나폴리왕과 합심하여 영주의 자리를 빼앗고 형 프로스페로와 두 살짜리 어린 조카미란다를 작은 배에 태워 바다에 띄워 보낸다.

생각지도 못한 불행을 당한 프로스페로는 마녀에게서 터득한 마술로 요정들을 해방시켜주고 에어리얼과 마녀의 아들 캐리반 등을 부하로 거느리고 섬을 지배하게 된다. 그러던 중 원수들을 태운 배가 섬 근처를 지나간다는 정보를 입수하고 복수를 하기 위해 마법으로 폭풍우를 일으키고 배를 섬으로 끌고 온다. 이때 배에 타고 있던 나폴리의 왕자 퍼디넌드는 홀로 떨어져 섬을 헤매다 미란다를 만난다.

한편 나폴리 왕 알론조와 그 측근들은 프로스페로의 명을 받은 에어리얼의 계략으로 왕의 동생 세바스찬과 밀라노의 후작 안토니오 이외에는 모두 잠들고 만다. 안토니오는 세바스찬을 충동질하여 국왕과 충신을 살해하려하였으나 에어리얼의 제재로 반역은 미수로 끝난다.

암굴 앞에 모인 궁정인들 앞에 프로스페로는 예전의 밀라노 공작의 모습으로 나타나 그들 한 사람 한 사람의 과거의 죄과를 따지고, 충신 곤잘로에게는 감사의 말을 한다. 죄를 뉘우친 나폴리 왕은 그 벌로 사랑하는 아들을 잃었다고 슬퍼한다.

이때 프로스페로가 암굴의 휘장을 젖히자 퍼디넌드와 미란다가 정답게 체스 놀이를 하고 있는 모습이 보인다. 나폴리 왕과 퍼디넌드 부자는 재회를 기뻐한다.

제 1 막

제 1 장

바다 위의 선상. 뇌성, 번개와 태풍과 파도소리

배의 갑판 위로 파도가 밀려와 부서진다. 선장과 갑판장 등장

선장　갑판장!

갑판장　네, 선장님. 상황이 심각한가요?

선장　선원들한테 정신 바짝 차리라고 일러! 여차하면 암초에 걸린단 말야. 어서 서둘러. (선장, 선미의 키 쪽으로 돌아온다)

선장이 부는 호루라기 소리가 들리자 선원들, 선미에 등장

갑판장　모두들 기운을 내라고! 그리고 꼭대기 돛을 내리고 선장님의 호각 소리를 잘 들어. 바람아 불어라, 네놈의 숨통이 끊어질 정도로 불어봐라! 바다가 이기나 네가 이기나!

알론조, 세바스찬, 안토니오, 퍼디넌드, 곤잘로, 기타 선원들 갑판으

로 나온다.

알론조　갑판장! 선장은 어디 있는가? 신경 좀 쓰게. 부탁일세.

갑판장　제발 선실에 내려가 계십시오.

안토니오　갑판장, 선장은 어디 있나?

갑판장　말씀 못 들으셨습니까? 일에 방해가 되니 선실로 가 계세요. 이러시면 오히려 폭풍에게 힘을 보태줍니다.

곤잘로　거, 너무 성내지 말게나.

갑판장　바다가 성이 나 있습니다. 어서들 내려가세요! 성난 파도는 임금이고 뭐고 가리지 않는다고요.

곤잘로　이보게, 이 배에 어떤 분이 타고 계신지 잊어서는 안 되네.

갑판장　제 몸뚱어리보다 소중한 것이 뭐가 있을까요? 공작께선 고문관이시라는데 어디 한바탕 호령을 해서 성난 풍랑을 재워보시지요. 그럼 저희들은 다시는 밧줄에 손을 안 대겠습니다. 만약 그게 통하지 않으시면 여태까지 살아 계신 걸 고맙게 생각하시고 선실로 내려가시어 만일의 경우를 대비하십시오. 어서 비켜서라니까. (선미 쪽으로 달려간다)

곤잘로　저 친구의 말을 들으니 마음이 놓이는군. 물에 빠져 죽을 낯짝은 아니야. 교수대에서 죽을 상이지. 운명의 여신이여, 저놈을 교수대에서 죽게 해주시고 그때까진 저놈 교수형의 밧줄이 우리들의 닻줄이 되게 해주십시오. 이 배의 밧줄은 믿을 만한 것이 못 되옵니다. 저놈이 교수형을 당할 팔자가 아니라면 우린 무참한 꼴을 당할 거다. (갑판장, 선미에 나타난다. 승객들 그의 앞을 지나 선실로 퇴장)

갑판장　꼭대기 돛대를 내려……. 그래, 더 내려. 더! 큰 돛을 써보잔

말이야. 빌어먹을! 폭풍이 내 호령보다 더 크잖아…….

세바스찬, 안토니오, 곤잘로 등장

아니, 또예요? 지금까지 하던 일 다 때려치우고 빠져 죽으란 말씀인가요? 바다 속에 빠지고 싶으시다 이 말씀인가요?

세바스찬　입 닥치지 못해? 발칙한 놈아! 어디다 대고 함부로 주둥아리를 놀려! 이 개자식아!

갑판장　그럼 어디 잘해보시지.

안토니오　이 주리를 틀 놈아, 반드시 네놈 목을 매달아줄 것이다. 여기가 어디라고 이리도 까부느냐! 네놈이나 빠져 죽는 걸 무서워하지, 우린 당당하다.

곤잘로　이 녀석은 절대로 물에 빠져 죽을 놈이 아니오. 설사 이 배가 호두껍데기보다 약하고 약하디 약한 여자의 오줌 줄기처럼 물이 새어 들어오더라도 말이오.

갑판장　뱃머리를 돌려라! 앞돛과 큰돛을 올려! 바다로 나가자!

배가 암초에 부딪힌다. 선원들 흠뻑 젖어서 등장

선원들　글렀어, 다 글렀어! 이제 기도나 드리자고!

갑판장　(주머니에서 천천히 술병을 꺼내면서) 그럼 우리들의 입술도 얼음장처럼 차갑게 되겠군?

곤잘로　왕과 왕자께서는 기도중이시오. 우리도 함께 기도합시다. 이젠 다 같은 운명이라고 할 수 있으니까.

세바스찬   이제 더 이상 참을 수가 없다.

안토니오   주정뱅이들한테 목숨을 맡긴 것이 애당초 잘못이지. 이 육포를 떠 먹을 놈! 네놈의 목을 이 밀물에다 한 열흘 담가놓고 싶다!

곤잘로   저놈은 어쨌든 교수형감이오. 설령 바닷물 한 방울 한 방울이 온통 저놈의 교수형을 반대하고, 입을 크게 벌려 저놈을 삼키려고 한다고 해도 말이오.

　　아래쪽에서 아비규환의 소리 '살려 주세요'란 소리와 함께 배가 산산조각이 난다.

안토니오   우리 모두 전하와 함께 침몰하게 될 것 같군요.

세바스찬   국왕께 마지막 작별인사를 올립시다.

곤잘로   아, 비록 불모의 한 치 땅이라도 좋으니 망망대해와 바꾸고 싶다. 잡초와 갈색 가시금작 나무 따위가 무성한 황무지라도 상관없다. 하느님 뜻이라면 거역할 수 없지만 육지에서 죽고 싶다!

　　한 떼의 사람들이 갑판으로 나와서 번쩍이는 불꽃 사이를 뚫고 배 측면으로 달려가자 별안간 불이 꺼지며 사람들의 울부짖는 소리가 들린다.

섬

상하 2단으로 되어 있는 절벽의 하단에는 녹색 잔디가 자라고 있고, 거기서부터 오솔길을 따라 상단의 절벽으로 나오면 그 안쪽으로 큰 동굴이 있다. 동굴의 입구는 휘장으로 가려져 있으며, 그 안에서 미란다가 바다를 응시하고 있고, 마법사의 망토를 입고 지팡이를 든 프로스페로는 동굴에서 나온다.

미란다　정말 아버지가 마법의 힘을 빌려 저렇게 바다를 성나게 하셨다면 다시 잔잔하게 해주세요. 파도가 치솟아 하늘의 뺨을 때리고 있어요. 저 번갯불을 꺼버리지 않는다면 지금 당장 악취 나는 검은 찌꺼기라도 퍼부을 것만 같아요. 아! 사람들이 고통당하는 걸 보고 있자니 저도 괴로워요. 훌륭한 배였어요. (소곤거리듯 작은 소리로) 틀림없이 지체 높으신 귀한 분도 타고 계셨을 텐데! 모두 산산조각이 났어요. (흐느껴 운다) 나에게 신과 같은 힘이 있었다면 바다를 땅 속으로 침몰시켜버렸을 텐데! 그랬으면 저 배를 탄 분들을 바다가 삼키지는 못했을 거예요.

프로스페로　그 착한 마음에 일러줘라, 별일 없었다고.

미란다　아, 얼마나 처절한 일이 있었는데요!

프로스페로　아무 일 없다는데도. 이 모든 건 널 생각해서 한 일이란다. 내 딸아, 너는 네가 누구인지도 모르는 철부지야. 내가 예전에 어떤 신분이었는지도 모르지? 나는 거저 평범한 백성일 뿐이며, 이 볼품없는 동굴의 주인이자 그저 그런 아비로만 알았겠지?

미란다　알려고 마음 쓰지도 않았어요.

프로스페로　이젠 너한테 알려야 할 때가 왔다. 애야, 네 손으로 이 마법의 옷을 벗겨다오. 됐다. 마법이여, 거기서 좀 쉬어라. 애야, 눈물을 닦고 웃어라. 저 끔찍스런 침몰 광경을 보고 네 마음이 저미도록 아팠다지만 사실은 내가 미리 마법을 써서 문제 없도록 해놓았다. 배 안의 사람들은 한 사람도 죽지 않았다. 아니, 머리카락 한 올 다치게 하지 않았다. 배가 네 눈앞에서 침몰하고 비명이 들려오긴 했지만 말이다. 앉거라! 할 얘기가 있다.

미란다　아버진 계속 제 신분 얘길 시작하시려다가 그만두길 몇 번째였어요. 제가 궁금해서 여쭤보면 "기다려라, 아직은 일러." 라는 말씀을 맺으셨죠.

프로스페로　이젠 얘기할 때가 됐느니라. (그가 옆의 바위에 앉자, 미란다가 그 곁에 앉는다) 넌 이 동굴로 오기 전의 일을 기억하니? 아마 기억나지 않을 거다. 그때 만 세 살도 안 되었으니까.

미란다　아뇨, 기억해요.

프로스페로　뭘 기억하니? 여기서 본 적이 없는 집이랑 사람들도 생각이 나니? 뭐든 떠오르는 것이 있거든 말해보렴.

미란다　까마득해요. 그저 꿈만 같아서 기억이 아련하지만…… 네댓명의 여자들이 절 돌봐줬던 것 같은데요?

프로스페로　네댓 명밖에 못 봤다고? 그나마 기억이 난다니 신통하구나. 한데 깊은 늪 속에서 있었던 일은 생각나는 게 없니? 여기 오기 전의 일을 기억한다면 어떻게 여기 오게 됐는지도 생각이 날 게 아니니?

미란다　다른 건 기억이 안 나요.

프로스페로　미란다야, 12년 전에 너의 아버지는 밀라노의 공작이었다. 나는 새도 잡을 정도로 당당한 군주였지.

미란다　그럼 아버진 제 친아버지가 아니세요?

프로스페로　너의 어머니는 부덕이 높은 사람이었는데 네가 내 딸이라고 확실히 말해주셨다. 네 아버진 밀라노 공작이 확실하고 넌 무남독녀에다 짱짱한 가문의 영애였다.

미란다　그렇다면 뭔가 음모 때문에 그곳을 떠나야 했나요? 혹시 이리로 온 것이 다행이라는 건가요?

프로스페로　두 가지, 두 가지가 어우러진 거다. 네 말대로 음모로 쫓겨났지만 천만다행히 이 섬에 정착하게 됐느니라.

미란다　그때의 기억은 떠오르지 않지만 아버지가 저 때문에 고생하셨을 걸 생각하니 가슴이 찢어질 것 같아요. 아버지, 어떻게 된 건지 얘길 해주세요.

프로스페로　내 아우이자 네 숙부인 안토니오라는 자가…… 내 말 잘 들거라…… 동기간인데 그런 배신을 할 줄 어떻게 알았겠니? 세상에 너다음으로 사랑했던 형제라서 나랏일까지 맡겼었다. 그 당시 밀라노는 주변국들 중 첫째 가는 나라였고, 네 아버지는 그곳을 통치하는 공작이었다. 권세는 물론 학술, 문예 방면에도 나를 따를 자가 없었지. 그래서 난 학문에만 전념하느라 정사는 친동생에게 맡겨버렸지. 차츰 나랏일에서 멀어지게 되면서 마법연구에 몰두하게 됐단다. 그런데 검은 속을 가진 네 숙부가…….

미란다 열심히 듣고 있어요.

프로스페로 정권을 장악하더니 청탁을 접수하거나 거부하는 법이며 사람을 등용하거나 내치는 법을 터득하게 되었지. 그러고는 내가 임용했던 사람들을 모두 내보내버렸어. 그렇게 인사권을 거머쥐게 되자 주위 사람들은 너도나도 듣기 좋은 말로 아첨을 떨게 되었지. 그리하여 결국 이 프로스페로라는 나무줄기를 덮어, 싱싱한 생명의 피를 빨아먹는 담쟁이가 되었단 말이다. 너 듣지 않는구나!

미란다 듣고 있어요, 아버지!

프로스페로 잘 들어라. 너도 알다시피 나는 세상일을 등한히 하고 집안에 들어앉아 오직 마음의 수양을 닦는 일에 매진하고 있었다. 그런데 그 일이 세상에 알려지면서 흑심을 가진 네 숙부에게 나쁜 마음을 먹게 했어. 착한 부모가 나쁜 자식을 낳듯이, 내 신뢰와는 정반대로 네 숙부는 내게 커다란 사심을 품게 되었지. 그리고 군주 자리에 오른 네 숙부는 권력을 등에 업고 재물을 마구 긁어모았지. 거짓말을 밥 먹듯이 하는 자는 결국 자신을 속이고 그 거짓을 사실로 믿게 되는 법이지. 내 권리를 빼앗은 네 숙부는 자신이 공작이라고 생각하게 됐지. 그래서 야망은 증폭되고……. 듣고 있느냐?

미란다 그런 말씀에는 귀머거리도 귀가 뚫릴 거예요.

프로스페로 명분과 실리의 간극을 없애기 위해 그자는 밀라노 공작의 자리를 노렸지. 서재에만 틀어박혀 있는 내가 군주로서의 통치력이 없는 인간으로 생각한 모양이었어. 네 숙부는 권력을 위해 나폴리 왕에게 해마다 조공을 바친다, 신하의 예를 취한다 하며 밀라노의 공작 지위를 나폴리에 예속시켜버렸지. 아직 한 번도 외국에 굴복해 본 적이 없는 밀라노를…… 아아 가엾은 밀라노여! 그놈은 밀라노를 치욕적인 굴욕감에 빠뜨렸어.

미란다 어쩌면 그럴 수가!

프로스페로 그때 맺은 조약과 그 결과를 들어봐라. 그걸 듣고도 그 녀석이 내 동생이라고 할 수 있는지 말을 해봐라.

미란다 할머니의 덕망을 의심해서는 안 되겠죠? 그러나 착한 어머니가 고약한 아들을 낳을 수는 있잖아요.

프로스페로 그런데 그 조약의 조건 말이다……. 원래 나폴리 왕은 나와는 철천지 원수였다. 그자는 내 동생에게 일정한 조공을 바치고 신하가 된다는 조약을 체결하면 우리 부녀를 추방하고 아름다운 밀라노와 함께 모든 명예를 내 동생에게 주겠다고 약속했지. 그래서 안토니오는 반란군을 징집한 후 미리 계획했던 대로 어느 날 한밤중에 밀라노의 성문을 열고 깜깜한 어둠을 틈타 울며불며 싫다는 널 성 밖으로 내쫓았단다.

미란다 (눈물을 흘리며) 세상에! 가엾어라. 그때 어떻게 울었는지 기억이 나지 않으니까 지금 울겠어요.

프로스페로 내 얘길 좀 더 들으면 지금 우리에게 일어나려 하는 일을 알게 될 거다. 그걸 모르면 내 얘긴 결국 헛소리가 되고 만다.

미란다 왜 그때 적들이 우릴 죽이지 않았을까요?

프로스페로 내가 국민들의 존경을 받고 있으니 감히 죽이지는 못한 거다. 하지만 무서운 음모를 그럴싸하게 꾸몄지. 그자들은 우리를 서둘러 배에 태워 해변에서 20킬로미터쯤 떨어진 바다 가운데로 데리고 나갔단다. 그곳엔 닻줄도 돛도 돛대도 없는 썩은 배 한 척이 대기하고 있었다. 쥐조차도 달아나버리고 없는 다 썩은 배에 태워졌지.

미란다 　이걸 어쩌나! 그때 제가 얼마나 애물단지였을까?

프로스페로 　그렇지 않았단다, 너야말로 날 수호해준 천사였어. 넌 하늘이 내려주신 용기를 지닌 미소를 띠고 있었단다. 짜디짠 눈물로 바닷물을 불리고 비통한 마음에 신음하다가도 너의 웃는 얼굴을 보면 사라졌던 힘이 되살아났지.

미란다 　어떻게 육지에 상륙했나요?

프로스페로 　하느님의 은혜를 입어서지……. 그때 약간의 식품과 음료수를 갖고 있었다. 곤잘로라는 나폴리 사람이 이 계획의 책임을 맡고 있었는데, 그는 우리를 동정해서 몰래 질 좋은 의류와 여러 가지 생활도구와 일용품을 마련해줬지 뭐니. 그뿐만 아니라 심성이 고운 그는 내 장서에서 내가 나라보다도 소중히 여기던 책을 몇 권 건네주었단다.

미란다 　그 어른을 만나보고 싶어요.

프로스페로 　이제 때가 왔다. 넌 내 이야기를 끝까지 들어라. 섬에 당도하자 나는 너의 선생 노릇을 하기 시작했다. 흔히 공주들은 헛되게 시간을 낭비하고, 또 선생들도 정성들여 가르치진 않는다.

미란다 　정말 고마워요, 아버지……. 전 아직도 가슴이 뛰고 있어요. 한데 아버지, 왜 태풍을 일으켰어요?

프로스페로 　한 가지만 말해주마. 이상한 인연으로 예전에는 무자비했던 운명의 여신이 어느 순간 자비로워져 이번엔 내 편이 되어 원수들을 이 해안으로 끌어들였단다. 진실을 말하자면 이번의 결정은 상서로운 힘을 가진 별에 걸려 있다. 그 별의 힘을 받아들이지 않고 소홀히 한다면 내 운명은 내리막길을 치닫게 될 거다. 이젠 더 이상 묻지 마라. 아

텀페스트　601

가야! 너 졸린 게로구나. 어서 자거라……. 자지 않을 순 없을 거다. (프로스페로, 잔디 위에 마법의 원을 그린다) 나오너라, 이 녀석아, 이제 다 됐다. 에어리얼 나와. (지팡이를 쳐들면서) 어서!

에어리얼, 공중에 나타난다.

에어리얼　안녕하세요, 주인님! 무슨 분부이옵니까? 하명만 하십시오. 하늘을 날고 물속을 헤엄치며 불 속에 뛰어들고, 뭉게구름을 타고 내려와서 인사를 합니다.

프로스페로　요정아, 지시한 대로 태풍을 일으켰느냐?

에어리얼　분부대로 거행했습죠. 무서운 불길이 되어 왕의 배에 뛰어올라 뱃머리며 중갑판, 후갑판이며 선실 등에 나타나 간담을 서늘하게 해줬죠.

프로스페로　정말 잘했다, 나의 요정아! 제아무리 침착하고 냉정한 자라도 그런 분란 속에선 흔들리지 않을 수 없었을 것이다.

에어리얼　배가 미친 듯 불타오르자 선원들 이외에는 모두 거친 파도에 뛰어들었어요. 왕자 퍼디넌드는 갈댓잎처럼 머리카락을 곤두세워가지고 "악마들이 지옥을 텅 비워놓고 습격했다"하고 외치면서 제일 먼저 바다 속으로 뛰어들었습니다.

프로스페로　으음, 잘했다. 과연 나의 요정이다. 이 해안 가까운 데에서 했지?

에어리얼　네, 바로 이 근처예요! 주인님.

프로스페로　그런데 에어리얼, 다들 무사한가?

에어리얼   머리카락 한 올 없어지지 않았어요. 파도에 흠뻑 젖은 옷은 더럽혀지기는커녕 더 깨끗해졌죠. 저는 주인님 명령대로 그분네들을 여러 패로 나눠 이 섬의 곳곳에 흩어놓았습니다. 그런데 왕자만은 홀로 상륙시켜 후미진 곳에 있게 했습니다.

프로스페로   왕이 탔던 배와 선원들은 어떻게 처치했지? 그리고 나머지 배들은 어떻게 했고?

에어리얼   왕이 탔던 배는 무사히 항구에 대놓았습니다. 언젠가 주인님께서 한밤중에 절 부르시고는 일 년 내내 폭풍이 부는 악마의 섬 버뮤다에서 이슬을 따오라고 하셨는데, 바로 그 섬 깊숙한 곳에 배를 감춰뒀습니다. 선원들을 모두 배 밑에 몰아넣고는 주문을 걸어 잠을 재워버렸죠. 그리고 분산된 배들을 다시 집결시켜 슬픔 속에서 나폴리를 향해하도록 했지요. 모두들 배가 난파되어 왕이 죽은 줄로만 알고 있지 뭡니까?

프로스페로   에어리얼, 네 임무를 멋지게 완수했다. 그렇지만 할 일이 남았다. 지금 몇 시지?

에어리얼   벌써 정오가 지났는데요.

프로스페로   (태양을 쳐다보면서) 두 시가 훨씬 지났을 거다. 지금부터 여섯 시까지는 아주 중요한 시간이다.

에어리얼   아니, 또 일이 남았단 말씀이세요? 저한테 뼈빠지게 일을 시키시려면 약속을 잊지 않으셔야 합니다. 아직 약속 이행을 안 하셨으니까요.

프로스페로   왜 이러지? 뾰로통해가지고. 그래, 약속이 뭐야?

에어리얼   자유죠.

프로스페로　기한도 되기 전에? 에이, 듣기 싫다. (지팡이를 올린다)

에어리얼　지금까지 정성껏 시중을 든 걸 기억해 주십시오. 제가 거짓말을 했습니까, 실수를 했습니까, 불평불만을 털어놓았습니까? 주인님께선 기한을 일 년 줄여주신다고 약속하셨잖아요.

프로스페로　얼마나 혹독한 고통에서 널 구제해주었는지 벌써 잊었느냐?

에어리얼　그렇지 않아요.

프로스페로　유난 떨지 마라, 쓸개에 쉬 쓸 놈아. 넌 고약한 시코랙스를 감쪽같이 잊어버렸니? 늙어 빠지고 악의에 찬 꼬부랑 할망구가 된 마녀 말이야.

에어리얼　천만의 말씀입니다.

프로스페로　넌 잊어버렸어. 그럼 시코랙스는 어디서 태어났지? 말해봐.

에어리얼　아르지에에서이옵니다.

프로스페로　아, 그랬지? 한 달에 한 번씩 너의 옛날 일을 가르쳐줘야겠다. 안 그랬다가는 넌 잊어먹는단 말이다. 그 간악스런 마녀 시코랙스는 온갖 포악질에다 듣기에도 끔찍한 마술을 쓴 죄로 아르지에에서 추방되었다. 한 가지 잘한 일을 해서 목숨만은 살려줬지. 그 사실을 알고 있겠지?

에어리얼　네, 그러하옵니다.

프로스페로　눈자위가 파란 임신 중인 마녀할멈은 선원들에게 끌려와서 이 섬에 버려졌다. 지금은 네가 내 하인이지만 그때의 넌 마녀의 종이었단 말이다. 원래 넌 섬세하고 화사한 요정이었기 때문에 비천하고 치사스런 명령에 신물이 난 나머지 마녀의 중대한 명령을 거역했어. 그랬더니 그 마녀는 힘센 부하들의 힘을 빌려 소나무를 쪼개어 널 그 틈바구니에 넣어버렸어. 넌 그 틈에서 12년이나 고통을 받았지. 그동안 마녀는 죽고 넌 그대로 남아서 마치 물방울 소리처럼 쉴새없는 신음소리를 냈지. 그 당시 이 섬에는 마녀가 낳은 주근깨투성이인 괴물 딱지 아들 한 놈 외에는 사람의 그림자라고는 없었다.

에어리얼　맞습니다. 마녀의 아들 캘리번이죠.

프로스페로　얼간이가 알긴 아는 모양이로군. 내가 지금 부리고 있는 캘리번의 일을. 당시 네가 받은 고통은 네가 가장 잘 알 거다. 네 신음소리에는 늑대조차도 겁을 먹고 울부짖을 정도였고, 사나운 곰의 가슴도 갈가리 찢어놓을 정도였어. 지옥에 굴러 떨어진 죄인이 받는 고통이었다. 천하의 시코랙스도 그걸 풀 수 있는 주문을 몰랐었지. 그때 다행히 네 신음소리를 들은 내가 마법을 걸어 소나무를 쪼개고 널 끌어냈던 거야.

에어리얼　고맙습니다, 주인님.

프로스페로　또다시 뭐라고 투덜대기만 해봐라. 참나무를 쪼개 마디 투성이 속에 처넣고 열두 해 겨울을 울부짖게 하겠다.

에어리얼　주인님, 용서해주세요. 그저 명령에 복종하고 요정으로서의 신분을 잃지 않겠어요.

프로스페로　아무렴 그래야지. 이틀 후에는 너를 자유의 몸으로 만들어주겠다.

에어리얼　역시 우리 주인님이셔! 이제 뭘 할까요?

프로스페로　당장 바다의 요정으로 둔갑해라. 나한테만 보이되 다른 사람 눈엔 보여선 안 된다. 빨리…… 가봐. (에어리얼 사라진다. 프로스페로

템페스트　605

미란다 위로 허리를 굽힌다) 일어나라, 아가야! 일어나래도. 푹 잤어. 이제 그만 일어나.

미란다 신기한 애길 듣다 보니 그만 깜빡했어요.

프로스페로 자, 정신을 차려라. 캘리번 놈을 보러 가자. 그놈은 늘 뻣뻣하단 말이야. (두 사람, 바위 구멍으로 접근한다)

미란다 아주 돼먹지 못했어요, 아버지.

프로스페로 하지만 지금 형편으론 한 놈이라도 손이 아쉽다. 땔감을 해오거나 불을 때게 하거나 두루 부려먹을 수 있잖니……. (큰 소리로) 야, 이 흙덩어리 놈아! 대답 좀 해라.

캘리번 (구멍 속에서) 땔감은 안에 많다고요.

프로스페로 이리 나오라니까, 할 일이 또 있어. 굼벵이 거북아!

에어리얼, 바다의 요정으로 둔갑하고 등장

야, 근사한데! 과연 에어리얼이군. 자, 내 말 잘 들어. (속닥속닥)

에어리얼 네, 주인님! 꼭 거행하겠습니다. (사라진다)

프로스페로 (캘리번에게) 이 박살을 낼 놈! 악마가 사악한 마녀에게서 나오게 한 놈아! 이리 나오지 못해?

캘리번, 무언가 씹으면서 구멍에서 나온다.

캘리번 우리 엄마가 썩은 늪에서 까마귀 깃으로 쓸어 모은 독이슬이 저 두 인간 머리 위에 쏟아져라. 남서풍아, 날아와서 저 사람들 온몸에 물두드러기를 내거라!

프로스페로　그따위 소릴 내뱉으면 오늘 밤 근육이 뒤틀리고 옆구리가 결려 숨도 못 쉬게 할 테다. 잠귀신들이 한밤중에 쏟아져 나와 널 못 살게 조질 거다. 벌집 쑤시듯 온몸을 쑤셔놓을 거야. 벌한테 쏘인 것보다 더 아프게 말이야.

캘리번　밥 먹는 사람을 왜 불러내는 거예요. 이 섬은 우리 엄마 시코 랙스가 내게 준 섬인데 당신이 빼앗았어. 처음 왔을 때는 내 머릴 쓰다듬고 귀여워하며 열매 넣은 물도 줬지. 그리고 낮에 번쩍이는 큰 빛은 무엇이며 밤에 번쩍이는 작은 빛은 무엇인지 가르쳐주기도 하고. 그래, 난 당신이 좋아서 섬의 여러 가지 것들을 다 얘기해줬어. 맑은 샘, 소금물 구덩이, 불모지, 기름진 땅이 어디 있는지에 대해서 말야. 내가 바보였어! 우리 엄마의 모든 부적인 두꺼비, 딱정벌레, 박쥐가 당신에게 덮쳐라! 지금은 당신의 유일한 종이지만 그전엔 내가 임금이었다고. 그런데 당신은 날 이 딱딱한 바위굴 속에 처박아놓고 섬을 몽땅 강탈해 갔단 말야.

프로스페로　이 거짓말쟁이야! 네게 필요한 것은 인정이 아니라 몽둥이찜질이다. 네놈은 더러운 놈인데도 불구하고 내가 불쌍하게 생각하고 내 바위굴 속에 재워 주었더니 내 딸을 겁탈하려고 했어.

캘리번　으하하! 분하고 원통해 죽겠어. 당신이 방해를 하지 않았다면 이 섬이 캘리번의 애새끼들로 꽉 찰 뻔했지.

프로스페로　고약한 놈, 넌 못된 짓은 도맡아 하고 좋은 일은 눈곱만큼도 하지 않는 놈이야. 난 널 측은히 여겨 애써 말을 가르쳐주는 틈틈이 세상의 이치를 가르쳤다. 너는 짐승처럼 울부짖는 것밖에 할 줄 모르는 바보였어. 네놈은 말을 배우기는 했지만 하도 악질이라 선량한 사람은 너하고 같이 살 수가 없단 말이다. 그래서 이 바위 속에 가둬두지 않을 수 없었다.

캘리번　말을 가르쳐준 덕택으로 욕지거리를 알게 됐지 뭐야. 말 가르쳐준 벌이다. 두 사람 다 염병에나 걸려라!

프로스페로　어서 꺼져, 이 마녀 종자야! 빨리 나무나 해와. 꾸물대면 좋지 못해. 또 할 일이 있다.

캘리번　(방백) 복종할 수밖에 없지. 저 사람의 마법은 굉장하거든. (신음하듯) 우리 엄마의 수호신 세티보스도 꼼짝달싹 못하게 하고 부하로 만들었으니까.

프로스페로　자, 이놈아! 빨리 일하러 가! (캘리번, 살금살금 도망친다. 프로스페로와 미란다 동굴 안쪽으로 물러선다.)

음악이 들려오는데, 그것은 에어리얼이 모습을 감춘 채 연주를 하며 노래를 부르고 있는 것이다. 퍼디넌드가 그 뒤를 따라 절벽 길을 내려온다.

에어리얼　(노래한다)

금빛 모래사장으로 와서
손에 손을 잡아라.
서로 인사하고 입 맞출 때
성난 파도는 고이 잔다.

발걸음도 가볍고 우아하게

춤추어라, 예쁜 요정들아!

음악에 맞춰 노래를 부르자. 들어라, 들어라!

(합창) 멍멍!

개들아, 짖어라. 멍멍!

(합창) 멍멍!

들어라! 들려온다!

거드럭대는 수탉 우는 소리가!

(합창) 꼬꼬댁 꼬꼬!

퍼디넌드　저 노래는 어디서 들려오는 것일까? 하늘에선가 땅속에선가? 이젠 안 들리네. 아마 이 섬의 신에게 바치는 노랜가보다. 바닷가에 앉아 부왕의 조난을 슬퍼하고 있을 때 저 음악이 파도를 타고 와서 감미로운 가락으로 내 슬픔을 달래줬어. 노래를 따라 아니, 노랫소리에 끌려 여기까지 오지 않았던가! 아, 뚝 그쳤네. 아니, 또 들려온다.

에어리얼　(노래한다)

그대 아버진 다섯 길 바닷물 속에 누우셨지

뼈는 산호가 되고

눈은 진주가 되었네.

육신은 썩지 않고

바다의 조화 속에

귀하고 신비한 보물이 되었지.

바다의 요정들아, 조종을 울려라.

(합창) 딩동댕!

들어라, 조종소리 딩동댕!

퍼디넌드　저 노래는 익사하신 아버님을 애도하는 노래다. 이건 사람의 것이 아니야. 저 목소리도 지상의 목소리가 아니야. 이번엔 머리 위에서 들려온다.

프로스페로　(미란다를 동굴에서 데리고 나온다) 얘야, 네 눈에서 술이 달린 장막을 걷어올리고 저기 무엇이 보이는지 말해보아라.

미란다　저게 뭐예요? 요정인가요? 여기저길 둘러보네요. 정말로 빼어난 미모를 가졌군요. 그래, 요정일 거야!

프로스페로　요정이 아니다, 아가야. 저건 먹고 자고, 눈도 코도 우리와 똑같은 것을 가지고 있다. 저 청년은 조난당한 사람이야. 아름다움을 좀먹는 슬픔에 수척해 있지만 미남자라고 할 만하다. 잃어버린 일행을 찾으려고 헤매는 거야.

미란다　제가 보기엔 천상의 사람 같아요. 저렇게 품위 있는 사람을 이 세상에서 본 적이 없어요.

프로스페로　(방백) 그럼 그렇지, 생각대로 되어가는군. 요정아, 잘했다. 그 상으로 내 너를 이틀 안에 놓아주겠다.

퍼디넌드　(미란다를 눈앞에 발견하고) 틀림없어. 아까 그 음악을 바친 여신일 거야. 당신은 이 섬에서 살고 계신 분입니까? 앞으로 어떻게 해야 좋을지 가르쳐주십시오. 아, 기적이 틀림없어! 당신은 정녕 이 지상의 처녀이십니까? 그렇지 않다는 건가요?

미란다 기적은 없어요. 저는 평범한 처녀예요.

퍼디넌드 우리나라 말을 쓰시는군요! 이럴 수가…… 그 말을 쓰는 나라에서는 내가 가장 지위가 높은 사람인걸요.

프로스페로 뭐라고? 제일 지위가 높다? 나폴리 왕이 그 소릴 들으면 당신은 어떻게 될 것 같소?

퍼디넌드 이렇게 외톨이로 남았는데, 나폴리 왕의 얘길 듣게 되다니 뜻밖이군. 지금 왕이 그 말을 듣고 계십니다. 그러니 더욱 슬픕니다. 제가 바로 나폴리 왕입니다. 제가 직접 눈으로 부왕이 조난당하시는 걸 목격했거든요.

미란다 어머나, 가엾기도 해라!

퍼디넌드 네, 그렇습니다. 모든 대신들도 운명을 같이 했습니다. 밀라노 공작과 그분의 훌륭한 자제도요.

프로스페로 (방백) 진짜 밀라노 공작과 그의 훌륭한 딸은 그렇지 않다고 말해줄 수도 있지만 지금은 때가 아니지. 저것들이 첫눈에 서로 반한 모양이야. 장하다 에어리얼! 그 수고의 대가로 곧 놓아주마. (엄격히) 잠깐, 할 말이 있소. 당신 말은 믿을 수 없지만 한마디 하리다.

미란다 (방백) 왜 아버진 저렇게 쌀쌀하게 말씀을 하실까? 저분은 내가 세 번째 본 인간으로, 마음을 준 분인데. 제발 아버지가 부드럽게 대해주면 좋을 텐데.

퍼디넌드 (미란다에게) 만일 당신이 아직 아무에게도 애정을 준 적이 없는 처녀라면 그대를 나폴리 왕비로 맞고 싶습니다.

프로스페로 잠깐만, 한마디 물어볼 게 있소. (방백) 벌써 불타고 있군. 하지만 이렇게 서두르면 좋지 않아. 너무 쉽게 손에 넣으면 소중한 느낌이 쉬 없어지지. (퍼디넌드에게) 긴히 할 얘기가 있소. 내 말을 잘 들으란 말이오. 당신은 분수도 모르고 엉뚱한 이름을 사칭하고 이 섬에 간첩으로 들어오지 않았소? 이 섬의 주인에게서 섬을 강탈하려는 심보겠지?

퍼디넌드 절대로 그렇지 않습니다.

미란다 저렇게 기품 있는 분이 사악한 마음을 품을 리가 만무해요. 간악한 마음이 그처럼 아름다운 집을 지닐 수 있다면 착한 마음도 같이 살려고 애쓸 거예요.

프로스페로 저자를 두둔하지 마라. 저자는 역적이야. (퍼디넌드에게) 네 목과 발에 쇠고랑을 채우고 바닷물을 마시게 할 테다. 개울의 조개와 건초 뿌리, 도토리 알맹이의 요람이었던 껍질을 먹이로 주마. 어서 따라와.

퍼디넌드 그런 대우는 받을 순 없다. 정 그렇게 하고 싶거든 날 이긴 후에 하라. (검을 뽑지만 마법에 걸려 움직이지 못한다)

미란다 아버지, 너무 거칠게 다루지 마세요. 이분은 무서운 분처럼 보이지 않아요.

프로스페로 아니, 내 수족이 날 가르치려 하다니? 칼을 집어넣어라, 이 역적아! 칼을 뽑았지만 절대 휘두르지는 못할 거다. 양심에 찔리니 말이다. 어서 그 자세를 풀어. 이 지팡이를 휘두르면 그 칼을 그 손에서 떨어뜨릴 수도 있다. (퍼디넌드의 칼이 손에서 떨어진다)

미란다 (아버지의 망토를 잡아당기면서) 아버지, 그만해두세요.

프로스페로 비켜라! 내 옷을 잡은 손을 놓아라.

미란다 용서해주세요. 제가 보증하겠어요.

프로스페로 입 닥치고 있어. 더 이상 입을 놀리면 혼쭐을 내주겠다. 협잡꾼을 두둔하고 나서다니! (미란다 훌쩍훌쩍 울기 시작한다) 조용히 해. 저 자만큼 훌륭한 남자가 없다는 건 네가 만나본 사람이 이놈과 캘러번 뿐이기 때문이야. 어리석은 것아, 다른 사람들과 견주어보면 이놈은 캘리번 같고, 다른 사람들은 이놈과 비교한다면 다 천사 같이 보일 거야.

미란다   그렇다면 제 소원은 지나치게 평범한가 봐요. 이 사람보다 더 훌륭한 사람은 만나고 싶지 않아요.

프로스페로   (퍼디넌드에게) 자, 내 말을 듣거라. 네 육신은 어린 시절로 되돌아갔어. 이젠 아무 힘도 못 쓴다.

퍼디넌드   정말 그렇군. 꿈속에 있는 것처럼 힘이 쭉 빠졌어. 아버님의 죽음도 친구들의 조난도 이 노인의 위협도 이제 아무렇지도 않아.

프로스페로   (방백) 잘 돼가는군. (퍼디넌드에게) 자 가자. (에어리얼에게) 잘했다, 에어리얼. (퍼디넌드에게) 따라와. (에어리얼에게) 넌 또 할 일이 있다.

미란다   걱정 마세요. 아버진 말씀하시는 것보다 좋으신 어른이에요. 오늘은 다른 때와 다르군요.

프로스페로   (에어리얼에게) 산들바람처럼 자유롭게 해주마. 그 대신 내 명령을 꼭 받들어야 하느니라.

에어리얼   분부대로 거행하겠습니다.

프로스페로   (퍼디넌드에게) 자, 따라와. (미란다에게) 넌 이자를 두둔하지 마라.

　　세 사람, 동굴로 들어간다.

제 2 막

제 1 장

섬의 다른 곳. 숲속

알론조 왕, 잔디 위에 누워 얼굴을 파묻고 있다. 곤잘로, 애드리안, 프란시스코 그 밖의 사람들이 왕 주위에 서 있다. 세바스찬과 안토니오는 일행과 떨어져서 소리를 낮추어 이야기를 나누고 있다.

곤잘로　(왕에게) 폐하! 이젠 기뻐하셔도 될 줄로 아옵니다. 살아남은 것만도 다행 아니옵니까? 이런 비운은 세상에서 다반사로 일어나는 일입니다. 선원의 아내며 상선의 선장들은 허구한 날 저희들과 같은 환난을 겪습니다. 사실 기적이라고 할 수 있는 것은 목숨을 건진 사람은 백만 명에 몇 명이 안 되옵니다. 그러하오니 깊이 통찰하시어 지금의 기쁨으로 슬픔을 잊으십시오.

알론조　그만두시오! 듣기 싫소.

세바스찬　(방백) 어떤 위로도 왕에겐 소 귀의 경 읽기야.

안토니오　(세바스찬에게) 하지만 저자의 위로의 말은 쉽게 그치진 않을 것입니다.

세바스찬　(안토니오에게) 보시오. 계속 지혜의 태엽을 감고 있잖소. 곧 종치는 소리가 날 거요.

곤잘로　폐하!

세바스찬　(안토니오에게) 하나…… 어디 세어봅시다.

곤잘로　찾아오는 슬픔을 손님으로 맞아들여 진객처럼 환대하라. 그러면…….

세바스찬　땡전 한푼이 생기겠지.

곤잘로　정말이지 눈물만큼의 동정이 생기죠. 생각하신 것보다 지당한 말씀을 하셨습니다.

세바스찬　(곤잘로에게) 그게 아닌데 꿈보다 해몽이 좋구려.

곤잘로　(왕에게) 그러하오나 폐하!

안토니오　(방백) 젠장! 끝없이 조잘거릴 셈이군.

알론조　(곤잘로에게) 제발 닥치시오.

곤잘로　네, 닥치겠사옵니다. 하오나!

세바스찬　(안토니오에게) 입이 근질근질해서 어디 다물고 있을라고.

안토니오　(세바스찬에게) 저 친구와 애드리안 중에서 누가 먼저 울어댈 것 같소? 우리 내길 합시다.

세바스찬　늙은 장닭이지.

안토니오　햇병아리일 거요.

세바스찬　한데 뭘 걸까요?

안토니오　이긴 자가 신나게 웃어젖히는 거요.

세바스찬　좋소이다!

애드리안　(왕에게) 이 섬은 무인도 같습니다만…….

안토니오 하하하!

세바스찬 그걸로 진 빚은 갚았소.

애드리안 사람이 살 수도 없고, 사람 발길이 닿지도 않은 곳 같군요. 어떻든 온화하고 달콤함 곳입니다.

안토니오 (방백) 달콤한 건 여인에게 어울리지.

세바스찬 애드리안의 말처럼 좋은 공기 같습니다.

애드리안 그런데다 바람 또한 향기롭게 숨을 쉬는군요.

세바스찬 (방백) 바람에게도 폐가 있나보군, 숨을 쉬다니! 폐가 썩은 모양이지.

곤잘로 여기는 살아가기에 필요한 것은 뭐든지 있습니다.

안토니오 (방백) 그렇지. 단지 살아갈 방도가 없는 게 문제지.

세바스찬 (방백) 정말이지 전혀 없구먼!

곤잘로 싱싱한 풀이 무성합니다! 얼마나 싱그러운 푸른빛입니까?

안토니오 (방백) 그래서 땅이 황토색이군그래.

세바스찬 (방백) 하긴 눈곱만큼 푸른 데가 있긴 하지.

안토니오 그렇다면 정말 틀린 말은 아니군.

세바스찬 아무렴. 다만 진실이 온통 거꾸로다 뿐이지.

곤잘로 사실 믿을 수 없이 신기한 것은 소신들의 옷이 바닷물에 흠뻑 젖었는데도 선명하고 윤기가 흐르지 않습니까! 소금물에 더럽혀지기는커녕 오히려 새로 물들인 것 같습니다.

안토니오 (방백) 저자의 주머니가 말을 한다면 거짓말 말라고 편잔을 줄 텐데.

세바스찬 아니, 저자의 거짓말을 알고도 슬쩍 주머니 속에 숨겨둘지도 모르지.

곤잘로 (세바스찬에게) 우리의 옷이 클래리벨 공주님과 튜니스 왕과의 혼례식 날 처음 입었을 때와 같지 뭡니까?

세바스찬 참으로 훌륭한 혼례식이었지? 덕택에 우리의 귀로가 이렇게 행복한 모양이지?

애드리안 튜니스에서 그렇게 훌륭한 왕비를 맞이한 건 이번이 처음이지요.

곤잘로 그래요, 미망인 다이도 왕비 이후 처음이지요.

안토니오 (방백) 미망인? 괘씸한지고! 왜 그 미망인을 들먹거리는 거야?

세바스찬 홀아비 이니아스까지 입에 올린다 해도 무슨 상관이오? 쓸데없는 일에 신경 쓰지 마시오!

애드리안 (곤잘로에게) 미망인 다이도라고요? 그러고 보니 생각이 납니다. 다이도는 카르타고의 여왕이지, 튜니스와는 관계없어요.

곤잘로 그 튜니스가 옛날엔 카르타고였어요.

애드리안 카르타고요?

곤잘로 그렇대도. 카르타고!

안토니오 (세바스찬에게) 저 친구의 말은 신비한 하프 소리 이상의 힘을 가졌군.

세바스찬 말 한마디로 성 하나를 쌓아올리고 집까지 만들었으니.

안토니오 다음엔 또 무슨 일을 식은 죽 먹듯 만들어낼지 모르겠군.

세바스찬 이 섬을 몰래 주머니에 넣고 집으로 돌아가서 사과 대신 아들한테 선물로 줄 것 같은걸.

안토니오   그리고 그 씨는 바다에 뿌려 섬을 새끼 칠 것 같은걸!

곤잘로   폐하, 소신들은 저희들이 입고 있는 옷에 대해 말하고 있었습니다. 지금은 왕비가 되신 공주님의 혼례식 날 튜니스에서 입으셨던 옷이 여전히 새옷 같다고 얘기하던 참입니다.

안토니오   그런 훌륭한 왕비를 맞은 건 튜니스에서는 처음이라고요.

세바스찬   이봐요, 미망인 다이도 얘긴 그만두시오.

안토니오   아, 알았어. 미망인 다이도!

곤잘로   폐하! 이 조끼는 처음 입었을 때와 같지 않습니까? 보기 나름입니다만.

안토니오   보기 나름이라니! 거 참, 잘 갖다 붙인다.

곤잘로   공주님 혼례식 날 소신이 입었을 때처럼 말입니다.

알론조   (일어나 앉으며) 듣고 싶지 않소. 그런 말을 내 귓속에 다져 넣으려 하지만 소용없소. 딸아이를 그런 데로 출가시키지 말았어야 하는데. 거기서 돌아오는 길에 애들을 잃어버리지 않았는가. 딸아이 역시 잃어버린 거나 진배없어. 이탈리아에서 수천 마일이나 떨어져 있으니 만나기가 어디 쉬운가? 아, 나폴리와 밀라노를 이어받을 내 아들아! 지금 넌 어떤 물고기의 밥이 되었느냐?

프란시스코   폐하, 왕자님께선 살아 계실 겁니다. 왕자님께서 파도의 등에 타시는 걸 똑똑히 보았습니다. 산더미같이 밀려오는 파도를 가슴에 맞받으며 우람한 팔을 노 삼아 힘차게 헤엄쳐 가셨어요.

알론조   아니, 왕자는 죽었을 거요.

세바스찬   (큰소리로) 폐하, 이 커다란 불행은 자업자득이십니다. 공주를 유럽으로 여의지 않으시고 아프리카에다 내던지셨기 때문입니다.

그러니 지금에 와서 눈물을 흘리시게 된 것도 무리가 아닙니다.

알론조   제발 잠자코 있게.

세바스찬   그때 신들은 다시 생각하시기를 간청했습니다. 아리따운 공주께서도 그리로 출가하기 싫은 심정과 효성의 두 갈래에서 고민하셨습니다. 암만해도 왕자님은 세상을 뜨신 것 같습니다. 밀라노와 나폴리에는 이번 사고로 우리가 데리고 갈 남자보다 과부의 수가 더 많아질 겁니다. 이건 다 폐하의 잘못입니다.

알론조   이 불행은 짐의 탓이니라.

곤잘로   세바스찬 공, 공의 말씀이 옳다 해도 말씀 속에 가시가 있는 듯합니다. 지금은 그런 말씀을 하실 때가 아닙니다. 상처엔 고약을 붙어드려야지 긁어 놓으면 아니됩니다.

세바스찬   어련히 알아서 했겠소.

안토니오   (세바스찬에게) 과연 명의로다.

곤잘로   폐하께서 우울해 하시면 소신들 마음도 어두워집니다.

세바스찬   뭐라? 어두워진다고?

안토니오   컴컴하게.

곤잘로   만일 소신에게 이 섬을 맡겨주신다면 폐하!

안토니오   (방백) 쐐기풀 씨나 뿌리겠지.

세바스찬   (방백) 아니면 소루쟁이나 아욱이겠지.

곤잘로   소신은 이렇게 할 것입니다.

세바스찬   (방백) 술이 없으니 곤드레만드레가 되지는 않겠지?

곤잘로   이 나라에서는 뭐든지 정반대로 처리하겠습니다. 우선 상거래는 허가하지 않을 거고, 관리도 하지 않을 것이며, 학문도, 빈부의 차도 없애고 고용도 없앨 겁니다. 계약, 상속, 경계, 소유지, 논밭, 포도밭도 없앨 겁니다. 금속, 곡물, 술, 기름 사용도 금하고요. 직업도 없앨 겁니다, 남자고 여자고 전부 빈둥빈둥 노는 거지요. 순진무구하게 살 뿐입니다. 주권도 없습니다.

세바스찬 (방백) 그런데도 왕이 되겠다 이거지.

안토니오 그놈의 국가론은 시작도 없이 결론만 있군.

곤잘로 만인의 생활필수품은 땀 흘리지 않아도 대자연이 제공해 줄 겁니다. 반란 도둑도 없고 창, 칼, 총 같은 무기도 필요 없습니다. 대자연은 오곡을 모두 풍요롭게 해 주며 아이들처럼 순박한 백성들을 먹여 살린단 말씀입니다.

세바스찬 백성들은 결혼도 안 하겠군.

안토니오 안 하고말고요. 모두들 빈둥빈둥 놀고 먹으니 창녀랑 건달들이 득실거리겠군.

곤잘로 흠 잡을 데 없는 정치를 한다면 태평성대는 문제없습니다.

세바스찬 신이여! 이 군주를 지키소서!

안토니오 곤잘로 전하 만세!

곤잘로 폐하, 듣고 계시옵니까?

알론조 그만들 하오. 쓸데없는 얘긴 그만두시오.

곤잘로 지당한 말씀이십니다. 소신은 그저 하찮은 일을 재미있다고 웃어대는 귀족들에게 웃음거리를 제공했을 뿐입니다. 두 분 다 극히 예민한 허파를 가지신 분들이라서!

안토니오 우린 공작 때문에 웃었소.

곤잘로 시시한 농담 갖고 어디 저 같은 사람이 명함이나 내밀겠습니까?

안토니오   한 대 얻어맞았군!

세바스찬   그 정도면 다행이군.

곤잘로   공들의 용감한 기상을 잘 압니다. 만약 달님이 만월인 채로 5주일 동안 변치 않고 있다면 아마 궤도에서 달을 빼내기라도 하실 겁니다!

에어리얼, 투명한 모습으로 상공에 나타난다.

세바스찬   아무렴. 그리하여 달을 횃불 삼아 박쥐사냥이라도 나갈 게 분명하오. (곤잘로, 두 사람에게서 떨어진다)

안토니오   그렇다고 너무 노여워하지 마시오.

곤잘로   노여워하다니요? 어리석게 분별없는 짓은 안 합니다. (숨는다) 두 분의 웃음소리로 이 사람을 잠들게 해주세요. 아, 마구 잠이 쏟아지는군.

안토니오   그럼 주무시구려! 그동안 우리들의 이야기를 들어보세요. (알론조, 세바스찬, 안토니오를 제외한 모든 사람이 잠을 잔다)

알론조   아니, 금세 잠이 들었군. 나도 두 눈꺼풀이 무거워진다. 이참에 이 괴로운 번민도 함께 잠들었으면 좋으련만. 아, 졸린다.

세바스찬   졸리시면 어서 주무십시오. 잠은 슬픔을 달아나게 하며 마음에 위로를 줍니다.

안토니오   주무시는 동안 소신 두 사람이 경호를 하겠습니다.

알론조   고맙소……. 잠이 쏟아지는군. (잠든다. 에어리얼 사라진다)

세바스찬　이상하군. 다들 몹시 졸린 모양이야!

안토니오　기후 탓일까요?

세바스찬　그렇다면 왜 우리 눈꺼풀은 감기지 않지? 난 조금도 졸리지 않은데.

안토니오　나도 그래요. 정신이 갈수록 말똥말똥합니다. 저 사람들은 약속이나 한 것처럼 나자빠졌군요. 마치 벼락이라도 맞은 것처럼······. 어이구! 어떻게 될 것 같은가요, 세바스찬 공작? 한데 공작의 얼굴엔 공작의 앞일이 선명히 나타나 보입니다. 천재일우의 기회가 공작에게 닥쳤습니다. 공작의 머리 위에 왕관이 씌워지는 것이 보입니다.

세바스찬　무슨 소리요! 공은 지금 제정신으로 하는 말이오?

안토니오　제 말을 제대로 들었습니까?

세바스찬　듣긴 했지만, 확실히 잠꼬대야. 공은 지금 꿈속에서 잠꼬대를 하고 있는 거요.

안토니오　세바스찬 공작, 당신은 지금 행운을 잠재우고 계십니다. 아니 죽이고 있으시죠. 깨어 있으면서 눈을 감고 계십니다.

세바스찬　확실히 코를 골고 계시군. 그런데 그 코고는 소리에 의미가 담겨 있어.

안토니오　난 어느 때보다 진지합니다. 그러니 공작께서도 진지하게 들어주십시오. 그러시면 현재의 세 곱은 더 위대한 인물이 되실 겁니다.

세바스찬　하지만 난 괸 물에 지나지 않소.

안토니오　그럼 밀물이 될 방법을 가르쳐드리지요.

세바스찬　부탁하오. 난 본래 게으름뱅이라 썰물밖에 잘 모른다오.

안토니오　원, 공작께서는 제 말을 농담거리로 삼으면서 실은 그 생각을 굳히고 계심을 인정하셔야 합니다. 원래 썰물을 타는 인간은 종종 있지만, 그들은 타고난 소심증과 게으름 때문에 물 밑바닥에 가라앉게 마련이죠.

세바스찬   말을 계속하시오. 당신 눈의 표정이며 안색을 보아하니 무슨 중대한 일이 있는 듯싶은데……

안토니오   (곤잘로를 가리키며) 실은 이렇습니다. 건망증에 걸린 이자가 아까 폐하를 설복시키려 하지 않았습니까? 하긴 설복의 명수라 설복을 직업으로 삼고 있긴 하지만. 그는 왕자가 살아 있다고 설득했다는데, 그것은 절대 있을 수 없는 일입니다.

세바스찬   음, 살아 있다는 건 절대 있을 수 없는 일이오.

안토니오   그 '절대'에서 공작의 대망이 용솟음치게 되는 겁니다! 한쪽에 희망이 사라지면 다른 쪽에 대망이 생기게 되는 법이지요. 어떠한 야망도 감히 넘겨다볼 수 없을 정도의 대망이란 말씀입니다. 공작께서도 퍼디넌드 왕자의 익사를 믿으시겠죠?

세바스찬   틀림없이 믿지.

안토니오   그렇다면 나폴리 왕의 계승자는 누구지요?

세바스찬   클래리벨 공주.

안토니오   튜니스 왕비 말입니까? 그분은 일생을 걸려서도 도달할 수 없는 머나먼 곳에 떨어져 있는 분이죠. 나폴리에서 편지 한 장 받을 수 없는 분이에요. 태양이 우체부 노릇을 해준다면 몰라도. 달님 속에 사는 사람 갖고 말이 됩니까? 갓난아기 턱에 턱수염이 나서 면도칼을 쓰게 될 때까지 나폴리 소식을 듣지 못할 분 말입니까?

세바스찬   가당치 않은 말이오. 왜 그런 말을 하시오? 사실 내 질녀는 튜니스 왕비이며 나폴리의 계승자요. 튜니스와 나폴리는 멀리 떨어져 있지만 말이오.

안토니오　그 긴 거리의 한 자 한 자가 이렇게 외치는 것 같군요. '클래리벨 공주가 어떻게 우리 등을 밟고 다시 나폴리로 돌아간단 말인가? 공주는 튜니스에 그대로 머물러 있게 하고, 세바스찬이나 잠을 깨게 하시지'라고 말입니다. (잠들어 있는 사람들에게) 가령 지금 막 잠든 이자들이 죽었다면 어쩌하겠습니까? 뭐, 저자들의 운명은 자고 있는 것과 진배없지요. 나폴리를 통치할 분은 자고 있는 저자들 외에도 있습니다. 저 곤잘로와 같이 시시한 이야기나 떠들어댈 귀족은 널려 있다고 할 수 있지요. 까마귀에게 떠들라고 해도 저자 못지않게 떠들어댈 것입니다. 공작도 나와 같은 생각을 갖고 있다면 얼마나 좋겠습니까. 저자들의 잠은 공작의 출세의 길잡이입니다. 제 말을 아시겠습니까?

세바스찬　알 것 같소.

안토니오　그럼 손에 쥔 이 행운을 어떻게 하시렵니까?

세바스찬　이제야 생각이 나는군. 공은 친형 프로스페로를 추방했었지?

안토니오　그렇습니다. 전에 입었던 옷보다 이 옷이 얼마나 잘 어울립니까? 공작인 형의 하인들은 내 동료들이었습니다만 이젠 하인이 되었습니다.

세바스찬　그렇다만 공의 양심은?

안토니오　흥, 양심? 양심이란 게 있기나 하나요? 양심이 발의 동상 같은 거라면 부드러운 실내화라도 신겠소만 내 가슴속에 양심이라는 신은 없습니다. 나와 밀라노 공작 사이에 양심이라는 게 20개 정도 줄을

서 있다 해도 전혀 개의치 않을 것입니다. 스르르 녹아 없어질 거니까요. 여기 공작의 형이 누워 있습니다. 그는 그 밑에 깔린 흙덩어리나 진배없습니다. 그건 시체라고 할 수 있지요. 그걸 이 충직한 강철을 써서 (단검에 손을 대면서) 3인치만 쓰면 됩니다. 영원한 침상으로 쫓아버릴 수가 있습니다. 공도 이렇게 하시어 이 늙은이를 영원히 눈을 감게 해버리면 (곤잘로를 가리키며) 이 현자 나리께서 이러쿵저러쿵 힐난하고 나설 걱정도 없지요. 나머지 것들은 우유를 핥는 고양이처럼 우리가 하라는 대로 할 겁니다. 우리가 시키는 대로 종을 칠 패거리들입니다.

세바스찬　그럼 난 공의 전례를 따르겠소. 공이 밀라노를 손에 넣었듯이 나도 나폴리를 거머쥐겠소. 자, 칼을 뽑으시오. 한칼로 공이 바치던 조공은 면제될 것이오. 난 왕이 되어 공을 총애하리다.

안토니오　그럼 같이 뽑읍시다. (두 사람 칼을 뽑는다) 내가 손을 쳐들면 공작도 곤잘로를 내리치십시오.

세바스찬　잠깐, 한마디만. (두 사람 떨어진다)

음악소리와 함께 에어리얼, 투명 인간으로 나타나 곤잘로 위로 허리를 굽힌다.

에어리얼　우리 주인님께선 신통력으로 친구분의 신변이 위태로운 걸 아시고 날 보내셨어요. (곤잘로의 귀에 대고 노래한다)

코 골고 자는 동안
눈을 부라린 음모가

기회를 엿보나니

목숨이 아까우면

졸음을 떨쳐버리고 일어나 경계하라!

일어나라, 일어나라!

안토니오　자, 단숨에 해치웁시다.

곤잘로　(눈을 뜬다) 오, 천사들이여! 폐하를 보호하여주소서! (안토니오와 세바스찬에게) 도대체 어떻게 된 겁니까? 폐하! 일어나십시오. (알론조를 흔들어 일으킨다)

알론조　(안토니오와 세바스찬에게) 왜 그렇게 무서운 얼굴로 칼을 빼들고 있지?

세바스찬　폐하께서 주무시는 동안 경호를 하였는데, 들소며 사자 떼가 으르렁대는 무서운 소리가 들렸습니다. 혹시 그 소리 때문에 잠을 깨신 게 아니십니까?

알론조　난 아무 소리도 듣지 못했다.

안토니오　아니, 도깨비도 혼비백산할 만한 소리가 들렸는데 몰랐단 말입니까! 확실히 사자 떼가 으르렁대는 소리였습니다.

알론조　곤잘로 경은 들었는가?

곤잘로　소신은 가냘픈 콧노래 같은 것을 들었을 뿐입니다. 그래서 잠에서 깨어 폐하를 흔들어 깨웠습니다. 소신이 눈을 떠보았더니 두 분이 칼을 빼어들고 있지 않겠습니까? 아무튼 경계를 엄중히 하시는 것이 좋을 듯 사료되오니 될 수만 있다면 여길 떠나시는 것이 좋을 듯합니다. 자, 모두 칼을 빼십시오.

알론조　이곳을 떠나서 아들의 행방을 찾아보자.

곤잘로　맹수들로부터 왕자님을 보호해주시옵소서! 왕자님은 틀림없이 이 섬에 계실 겁니다.

알론조　자, 앞장서시오.

에어리얼　(모두가 사라지는 것을 바라보며) 프로스페로 주인님께 제가 한 일을 알려드려야지……. 그럼 폐하, 염려 놓으시고 왕자님을 찾으러 가십시오. (사라진다)

제 2 장

불모의 고지

캘리번, 나무를 잔뜩 지고 등장

캘리번　태양이 웅덩이와 늪과 진창에서 빨아올린 모든 독기가 프로스페로 위에 쏟아져 온몸이 병투성이가 되어버려라. (번갯불이 번쩍인다) 그자의 앞잡이인 요정들이 들으려면 들으라지! 얼마든지 저주해줄 테다. (장작을 패대기친다) 그들의 앞잡이가 명령하지 않았다면 날 꼬집고 도깨비장난으로 놀려주고 수렁 속에 처박거나 도깨비불이 되어 날 어두운 밤에 길을 잃게 하진 않았을 거다. 어쨌든 사사건건 날 못살게 괴롭힌단 말야.

트린큘로 등장

이크, 그 요정이 오는군. 땔나무를 늦게 가져온다고 날 혼내주려고 오는 걸 거야. 납작 엎드려야지. 눈에 띄지 않게.

트린큘로 제기랄! 여긴 비를 피할 덤불도 관목도 없군. 또 폭풍우가 몰려올 것 같은걸. 저 울부짖는 바람소리, 먹구름, 큰 구름은 지저분한 술자루처럼 당장이라도 뭔가 쏟아낼 것 같군. 아까처럼 천둥을 울린다면 머리를 어디다 감추지? 저기 저 구름 꼴을 보니 아무래도 장대 같은 비를 퍼부을 것 같아. (캘리번에게 걸려 쓰러질 뻔하면서) 이건 뭐야? 사람이냐, 생선이냐? 죽었나, 살았나? (냄새를 맡으며) 생선이다, 생선 냄새가 난다. 잡은 지 오래 된 생선 냄새야. 간을 한 대구를 오래 두어 상했구먼. 만일 지금 내가 영국에서 이 생선을 간판에 그려놓는다면 축제에 들든 얼뜨기들이 은전 한 닢쯤은 적선하겠지 뭐. 영국에서라면 이 괴물로도 한밑천 잡을 수 있을 거야. 영국이라는 데는 괴상한 짐승만 가지고 가면 한밑천 잡을 수 있는 나라니까. 적선은 하지 않아도 죽은 인디언을 구경하기 위해서는 은전 열 푼도 내놓는 곳이니까. (캘리번의 장의를 쳐들며) 아니, 사람처럼 발이 달려 있는데, 이 지느러미는 팔 같군그래. 어렵쇼, 따뜻한데! (깜짝 놀라 물러서면서) 아까 감정한 건 취소다. 더 이상 고집할 필요는 없지. 이건 생선이 아니라 이 섬사람인가 보다. 젠장! 폭풍우가 또 몰아치는군. 이놈의 장의 속으로 기어 들어가는 게 상책이겠다. (캘리번의 장의 밑으로 기어들어간다) 어디 피할 곳이 있어야지. 원체 궁기가 끼니까 묘한 것과도 동침하게 되는걸. (캘리번의 장의 자락을 잡아당겨 덮으면서) 비바람이 그칠 때까지 이렇게 뒤집어쓰고 있어야겠다.

스테파노 노래하며 등장

스테파노   (노래한다)

다시는 바다로 가지 않을 테야.
죽을 바엔 차라리 뭍에서 죽겠어.

장례식에서 부르는 노래치곤 멍청하군. 그건 그렇고, 내 즐거움은 이거다. (술을 마신 후 다시 노래를 부른다)

선장과 청소부와 갑판장과 나도
포수와 그 조수도
몰과 멕과 마리언과 마저리에게 반했지만
누구도 케이트는 좋아하지 않는다네.
말괄량이 그녀는 사람을 난자하는 듯한 독설로
선원만 보면 "뒈져버려" 하고 소리를 치네.
타르와 니스 냄새가 싫다지만
양복재단사만 좋아해서 가려운 곳도 긁게 하네.
우린 선원일세. 바다로 가자, 말괄량이는 뒈져버려라.

이것도 멍청한 노래군. 내 즐거움은 이거다. (술을 마신다)
캘리번   아이고, 날 못살게 굴지 마!
스테파노   뭐라고? 악마라도 있단 말이야? 이봐! 야만인과 인디언놈들을 미끼로 날 골려먹자는 건가? 익사를 면한 내가 그 다리를 무서워할 줄 아나? 격언에도 있지 않은가! 이래봬도 난 네 다리로 다니는 인간한테는 지지 않는다는 평판이 자자하다고! 이 스테파노 나리께서 콧구멍으로 숨을 쉬는 동안은 절대로 지지 않지.

캘리번   아이고, 요정이 날 못살게 구네.

스테파노   요건 네 발 달린 이 섬의 괴물이군. 아마 학질에 걸린 모양이야. 대관절 이자가 어디에서 우리나라 말을 배웠을까? 우리말을 하는 걸 보니 학질을 고쳐줘야겠다. 그러고는 나폴리로 데리고 가야지. 그러면 쇠가죽 구두를 신고 행차하시는 어느 황제에게도 멋진 선물이 될 거야.

캘리번   (얼굴을 드러내면서) 괴롭히지 마라, 부탁이야. 이제부터는 땔나무를 빨리 나를게.

스테파노   이자가 발작이 일어난 모양이군. 헛소리를 하는 걸 보니. 술한잔 먹여볼까. 술을 마신 일이 없다면 발작을 가라앉히는 데 큰 효험이 있을 거다. 학질을 떼어주고 길만 잘 들이면 크게 욕심을 부리지 않아도 좋은 값으로 팔 수 있겠지. (캘리번의 어깨를 붙든다)

캘리번   이자가 아직은 날 괴롭히진 않지만 곧 시작할 테지. 온몸을 사시나무 떨듯 떨고 있는 걸 보면 알 수 있어. 프로스페로가 마법을 걸었다는 증거야.

스테파노   자자, 이리와. (캘리번의 얼굴에 술자루를 갖다 대면서) 입을 벌려. 이걸 마시면 말을 하게 돼, 고양이야. 정말이야. (캘리번, 술을 마신다) 난네 편이란 말이다. 자, 한 번 더 입을 벌려.

트린큘로   어디서 듣던 목소리다. 확실히 저 목소리는. 아냐, 그자는 빠져 죽었어. 그렇다면 이건 악마야. 오, 하느님, 살려주십시오!

스테파노　네 개의 다리에 두 가지 목소리라! 참 맵시 있는 괴물이군. 앞쪽 목소리는 친구들을 소중히 생각하는 것 같은데, 뒤쪽 목소리는 욕지거리만 내뱉는군. 이 술을 바닥이 나도록 먹여서 학질을 고칠 수 있다면 고쳐봐야지. 자, 마셔. 그 정도면 됐다. 또 다른 입에다 부어줘야지.

트린큘로　스테파노!

스테파노　어떤 아가리가 날 불렀지? 아이고, 사람 살려! 이건 악마지 괴물이 아니야. 뺑소니다! 나에겐 악마를 상대할 긴 숟갈이 없단 말씀이야.

트린큘로　스테파노! 자네가 진짜 스테파노라면 내 몸에 손을 대봐. 그리고 말 좀 해봐. 난 트린큘로야. 겁낼 건 없어. 자네의 친구 트린큘로라고.

스테파노　자네가 정말 트린큘로라면 이리 나오게. (트린큘로의 발목을 붙들며) 작은 쪽 발을 잡아당겨보겠네. 어느 쪽인가가 트린큘로의 다리라면 이쪽일 거다. 진짜 트린큘로로군. 아니, 어떡하다 이 화상의 똥노릇을 하게 됐지? 저 화상이 트린큘로를 내뿜었단 말인가?

트린큘로　(휘청휘청 일어서면서) 난 벼락을 맞아 죽은 줄 알았어. 하여튼 죽지 않았구먼. 뇌우는 지나갔나? 뇌우가 어찌나 무서운지 이 죽은 괴물 같은 자식의 장의 속에 숨어 있었다고. (기쁜 나머지 스테파노를 포옹하며) 그래, 자넨 살았단 말인가? 야, 스테파노! 그리고 보니 나폴리 사람 중 우리 둘만 살았네그려!

스테파노　제발 빙빙 돌리지 말게. 속이 울렁거리네.

캘리번　(방백) 저것들이 요정이 아니라면 훌륭한 사람들인가봐. 대단한 신이야. 천국에서 만든 술을 갖고 있거든. 저 사람들 앞에 무릎을 꿇어야지.

스테파노　자넨 어떻게 살아났나? 어떻게 오게 됐는지 이 술자루에 맹세하고 말을 좀 해보게. 난 선원들이 내던진 술통을 타고 목숨을 건졌다네. 이건 내가 바닷가에 밀려와서 나무껍질로 만든 술자루야.

캘리번　(앞으로 나서며) 그 술자루에 맹세합니다. 앞으로 나리의 충복이 되겠습니다. 그 술은 이 세상 술이 아니거든요.

스테파노　이봐. 어떻게 살아났는지 말 좀 해봐.

트린큘로　오리처럼 헤엄쳐서 나왔지. 정말이라니까 맹세한다니까.

스테파노　그럼, 이 술자루에 키스해. (트린큘로, 술을 마신다) 자넨 오리처럼 헤엄을 친다지만 머리는 거위같이 돌대가리야.

트린큘로　이봐, 스테파노! 이것 좀 더 없나?

스테파노　한 통 가득 있지. 내 술광은 해변 바위굴 속이야. 거기다 감춰뒀다네. (캘리번을 엿본다) 이 괴물단지야! 학질은 어때?

캘리번　나리께선 하늘에서 내려오셨죠?

스테파노　암, 달에서 왔고말고! 옛날 옛적 난 달 속의 사람이었느니라.

캘리번　나리께서 달 속에 계시는 걸 봤다고요. 난 나리를 존경해요. 우리 아가씨가 나리와 나리 개와 싸릿대를 보여줬죠.

스테파노　그럼 거짓말이 아니라고 맹세해라. 이 신성한 술자루에 키스하고. 내 금방 새 술을 채워줄 테니. (캘리번, 트린큘로에게 등을 돌리고 무릎을 꿇는다)

트린큘로　(스테파노에게) 세상에 이런 바보천치가 어디 있담! 우스워서 배꼽이 빠지겠네. 정말 어리석은 괴물이야. 한 대 쥐어 박아볼까?

스테파노   자, 키스해. (캘리번이 스테파노의 발에 키스한다)

트린큘로   취했으니 칠 수도 없고. 넌덜머리가 난다, 이 괴물딱지야!

캘리번   좋은 샘물이 있는 곳을 가르쳐드리죠. 나무열매도 따 드리고, 생선도 잡아 오고, 땔나무도 해 오죠. 그동안 날 부려먹던 놈은 염병에나 걸려 뒈져라. 이젠 그놈에겐 나무 한 개비도 안 갖다 줄 거야. 나리를 모시겠어요. 정말 훌륭한 분이서요.

트린큘로   (방백) 참 모자란 괴물딱지군. 보잘것없는 주정뱅이를 신선처럼 떠받들다니!

캘리번   능금밭으로 안내해드릴까요? 이 긴 손톱으로 땅콩도 파드리죠. 그리고 언치새 둥지도 보어드리고, 재빠른 원숭이를 잡는 방법도 가르쳐드릴게요. 개암나무 숲으로도 안내하고 바위에서 갈매기 새끼도 잡아다드리죠. 같이 가시겠어요?

스테파노   그럼 잔말 말고 안내나 하라. 트린큘로, 왕과 다른 일행은 빠져 죽었으니 이 섬은 우리 차질세. (캘리번에게) 자, 내 술자루를 들어. (트린큘로의 팔을 잡으면서) 여보게, 트린큘로! 술자루를 다시 가득 채워야지.

캘리번   (술이 취해 노래한다)

나리와는 작별이다. 작별 작별!

트린큘로   괴물이 짖고 마신다.

캘리번   (노래한다)

다시는 생선을 잡지 않을 것이고
땔나무도 하지 않을 거야.
명령도 못 들은 척할 거고.
쟁반도 접시도 씻지 않을 테야.
캐 캐 캐 캘리번은
새 주인님을 만났으니
새 하인을 고용해야지.

자유다, 만세다! 만세다, 자유다! 자유다, 만세다!
스테파노, 멋진 괴물인데? 어서 안내하라. (모두 비틀거리며 퇴장)

제 3 막

제 1 장

프로스페로의 동굴 앞

퍼디넌드, 통나무를 매고 등장

퍼디넌드　힘겨운 놀이도 즐겁다고 생각하면 고통을 잊게 되고 천한 일도 보람을 갖고 하다보면 훌륭한 결과를 가져오는 법! 내가 하는 이 천한 일도 예전 같으면 힘들고 짜증이 났겠지만 사랑하는 처녀를 위한 일이라 온몸에 생기가 돌고 고된 일이 오히려 기쁨을 주는군. 심통 맞은 아버지에 비하면 그 처녀는 열 배는 훌륭해. (앉는다) 수천 개의 통나무를 날라다가 쌓아올리되 그걸 어기면 불문곡직하고 혼찌검을 낸다고 하니 기가 막혀. 그 상냥한 처녀는 눈물을 흘리면서 이런 천한 일은 나같이 귀한 사람이 할 일이 못 된다고 했어. 깜빡 잊고 있었네. 이렇게 즐거운 생각을 하면 힘든 줄도 모르겠다는걸. 그래서 열심히 일할 때가 가장 흐뭇하단 말야.

미란다, 동굴에서 나오고, 프로스페로는 뒷문 곁에 서 있다. 미란다와 퍼디넌드에게는 프로스페로가 보이지 않는다.

미란다　아이고, 가여우셔라. 제발 그런 힘든 일은 그만두세요. 쌓아올리라고 명령된 그 통나무에 벼락이 쳐서 모두 타버렸으면 좋으련만. 제발 그만하고 쉬세요. 우리 아버진 공부하시느라고 정신이 없으세요. 어서 쉬세요. 세 시간 동안은 염려할 것 없어요.

퍼디넌드　아가씨, 감사하지만 지시하신 일은 해가 지기 전에 해치워야 합니다.

미란다　쉬고 계시는 사이에 제가 통나무를 나르겠어요. 이리 주세요. 제가 쌓겠어요.

퍼디넌드　안 됩니다. 귀한 아가씨! 근육이 찢어지고 등뼈가 부서질망정 어찌 아가씨에게 이런 일을 시키겠습니까?

미란다　당신이 해내는 일이라면 저도 해낼 수 있을 거예요. 아마 제가 훨씬 수월하게 해낼걸요. 당신은 마지못해 하지만 저는 하고 싶어서 하는 거니까요.

프로스페로　(방백) 귀여운 것아, 단단히 사랑병에 걸렸구나. 이렇게 찾아오는 걸 보면 알 수 있어.

미란다　어머, 피곤해 보이시네요.

퍼디넌드　그렇지 않습니다. 아가씨만 옆에 계신다면 오밤중도 신선한 아침입니다. 자, 이름을 가르쳐주십시오. 기도를 올릴 때 아가씨 이름을 넣고 싶어서요.

미란다　미란다예요. 아버지 분부를 어기고 말을 해버렸네!

퍼디넌드　미란다, 멋진 이름이군요! 정말 아름다운 이름이에요! 이 세상에서 둘도 없이 귀한 보물이시오! 오늘날까지 많은 여인들이 내 눈길을 끌었고, 아름다운 목소리가 내 귀를 사로잡기도 했습니다. 하지만 내 혼까지 빼앗지는 못했습니다. 그러나 아가씬 인간의 장점을 완전무결하게 지니고 계십니다.

미란다 저는 여자는 그 누구도 몰라요. 여자 얼굴도 거울에 비친 제 얼굴밖에는 몰라요. 남자는 당신과 아버지 외에는 본 적이 없어요. 외부에 사는 사람들의 얼굴이 어떻게 생겼는지도 모릅니다. 제 정조를 걸고 맹세하지요. 당신밖엔 이 세상에서 같이 있고 싶은 사람이 없어요.

퍼디넌드 미란다, 사실 전 왕자예요. 아니, 어쩌면 왕일지도 모르죠. 그렇게 되길 원하진 않지만! 그래서 통나무를 나르는 고역은 쉬파리가 내 입속에 쉬를 스는 것처럼 참을 수가 없는 고통입니다. 내 영혼의 소릴 들어주세요. 당신을 처음 본 순간 내 마음은 당신 발밑으로 달려가 노예가 될 각오를 했습니다.

미란다 절 사랑하세요?

퍼디넌드 오, 하늘의 신이여, 땅의 신이여! 제 말의 증인이 되어주십시오. 제 말에 거짓이 없다면 더 큰 은총을 내려주십시오. 만일 거짓이라면 저에게 내리게 되어 있는 은총을 무서운 재앙으로 바꿔놓으셔도 좋습니다. 난 이 세상에서 누구보다도 당신을 사랑하고 존경합니다.

미란다 저는 바본가봐요. 기쁜 일에 눈물을 흘리니 말예요.

프로스페로 (방백) 보기 드물게 순백하고 아름다운 두 사람의 만남이로군. 하늘이여, 두 사람의 앞날에 은총의 비를 내려주소서!

퍼디넌드 왜 우십니까?

미란다 제가 너무나 보잘것없는 존재라 드리고 싶은 게 있어도 용기가 없어 드리지 못해요. 그렇지만 다 쓸 데 없는 소리예요. 사랑은 감추려고 하면 할수록 더 크게 나타나고 말아요. 수줍어하는 마음아, 썩 없어져 다오. 티없이 깨끗하고 순진한 마음아, 할 말을 가르쳐 다오. 저하고 결혼해주신다면 좋은 아내가 되겠어요.

퍼디넌드　　(무릎을 꿇고) 예쁘고 귀여운 아가씨! 언제까지나 이렇게 무릎을 꿇겠어요.

미란다　　그럼 제 남편이 되어주시는 건가요?

퍼디넌드　　당연하지요. 노예가 자유를 얻은 기쁨으로. 자, 이 손을.

미란다　　제 마음도 이 손과 함께. 그럼 반 시간 후에 다시 뵙겠어요.

퍼디넌드　　안녕, 안녕, 안녕! (미란다 퇴장. 퍼디넌드도 통나무를 나르러 퇴장)

프로스페로　　뜻밖의 행운을 만나 무척 기뻐하는군. 나는 저들과 같이 기뻐할 순 없지만 이런 기쁨은 처음인걸. 가서 마법책을 읽어야겠다. 저녁을 먹기 전에 해야 할 중요한 일들이 있으니. (동굴 속으로 들어간다)

제 2 장

바닷가 포구

한쪽은 육지로부터 완만하게 경사가 져 있고, 다른 쪽은 작은 동굴이 있는 절벽. 스테파노, 트린쿨로, 캘리번이 동굴 입구 근처에 앉아서 술을 마시고 있다.

스테파노　　잔소리 마. 술통이 비면 그땐 물이라도 마셔야지. 그전엔 물은 한 방울도 안 마실 테야. 그러니 어서 마셔. 이놈의 술통 다 해치워버려. 괴물 머슴, 날 위해 축배를 들어라.

트린쿨로　　괴물 머슴이라! (스테파노와 건배를 한다) 대체 이놈의 섬은 어떻게 된 거야! 이 섬에 사람이라고는 다섯 놈밖에 없다는데. 우리가 그 중 셋이란 말씀이야. 나머지 두 놈의 머릿속도 우리와 같다면 나라 꼴이 말이 아니겠는걸.

스테파노　　마시라면 마셔, 이 괴물아. 뭐야, 네놈의 두 눈깔이 이젠 이마빡에 박혀 있군그래.

트린쿨로　　이마빡 아니면 어디 박혀 있을 곳이 있나? 눈이 엉덩이에 달렸다면 참 희한한 괴물일 텐데.

스테파노　　내 괴물 머슴 놈의 헛바닥을 술독에 담가버렸겠다. 나에 대해 말씀드리자면 바다도 날 익사시키지 못했다고 할 수 있지. 난 해변에 도착하기까지 175킬로미타나 헤엄을 쳤단 말이다. 이리 밀리고 저리 밀리면서. 이봐, 저 태양에 걸고 선언하지만 널 내 부관으로 삼겠다. 아니, 기수로 삼을까?

트린쿨로　　부관이 좋을걸! 몰골이 사나워 기수는 틀렸어.

스테파노　　괴물 부관 나리, 우린 절대 달아나거나 뛰지는 못하는 거지요?

트린쿨로　　뛰기는 고사하고 걷지도 못하지. 개 모양으로 나자빠져선 제대로 짖어대지도 못할걸.

스테파노　　이봐, 팔삭둥아! 뭐라고 한마디라도 해봐. 제대로 된 등신이라면.

캘리번 안녕하세요, 나리? 구두에 키스할깝쇼? 하지만 전 사람의 하인은 되지 않겠어요. 힘이 하나도 없는 겁쟁인걸요.

트린큘로 거짓말 마! 무식한 괴물 같으니. 유사시에는 순경하고도 맞붙을 수 있는 나야. 이 썩어 문드러진 생선아!

캘리번 흥, 날 얼치기로 아나보지! 나리, 저런 놈을 두고 보고만 계십니까요?

트린큘로 '나리'라고 했겠다! 타고난 천치치곤 제법인걸.

캘리번 저것 좀 보세요! 물어뜯어서 죽여버리세요, 나리.

스테파노 트린큘로! 입 좀 그만 놀려!

캘리번 나리, 고맙습니다. 아까 부탁했던 것 한번 더 들어주세요.

스테파노 좋아, 들어주지. 무릎을 꿇고 다시 말해봐. 난 서 있지. 트린큘로도 서 있어. (캘리번, 무릎을 꿇는다. 스테파노와 트린큘로, 비틀비틀 일어선다)

에어리얼 등장하지만 눈에는 보이지 않는다.

캘리번 아까 말한 대로 저의 주인은 악당으로 마법사랍니다. 술법을 써서 저한테서 이 섬을 빼앗았어요.

에어리얼 거짓말 마.

캘리번 (트린큘로를 돌아다보며) 당신이나 거짓말 마! 이 광대 원숭이야. 천하장사인 우리 나리가 너 같은 녀석을 다진 고기가 되도록 때려줬으면 속이 후련하련만. 난 거짓말하지 않아.

스테파노 트린큘로, 더 이상 저 녀석 말을 방해하면 이빨을 분질러놓을 테다.

트린큘로   왜 이래? 난 아무 말도 안했는데.

스테파노   그럼 입 닥치고 있어. (캘리번에게) 어서 계속해봐.

캘리번   마법을 써서 이 섬을 차지했다니까요. 나한테서 빼앗았다고요. 나리 같으시면 복수할 수 있을 거예요. 하지만 저 사람은 어림반푼어치도 없죠.

스테파노   그야 물론이지.

캘리번   그렇다면 나리께서 이 섬의 왕이 되세요. 전 신하가 되어 모시겠어요.

스테파노   그렇다면 네가 모시고 있는 놈에게 날 안내해봐라!

캘리번   나리, 녀석이 자고 있는 곳으로 안내해 드리죠. 잠자는 놈의 대가리에 못을 박아버리세요.

에어리얼   어림도 없어.

캘리번   이 맹물단지 얼룩아! 걸레 같은 어릿광대야! 나리, 저놈을 요절내 술자루를 뺏어주세요. 술자루가 없으면 저잔 짠물밖엔 못 마실 거예요. 맑은 샘물이 나오는 곳을 절대 가르쳐주지 않을 테니까요.

스테파노   트린큘로, 그쯤 해두는 게 신상에 좋을걸. 더 이상 괴물한테 방해를 하면 절대 봐주지 않겠어. 북어대가리처럼 두드려팰 테야.

트린큘로   뭣이? 내가 뭘 어쨌다는 거야? 이제부터 저만큼 떨어져 있어야겠군.

스테파노   이 녀석보고 거짓말을 했다고 그러지 않았나?

에어리얼   거짓말 마.

스테파노   뭐? 내가 거짓말을 했다고? 이거나 먹어라. (트린큘로를 때린다) 이게 또 먹고 싶거든 한 번 더 거짓말쟁이라고 해봐.

트린큘로 거짓말쟁이란 말 하지도 않았어. 자네 돌았나? 이젠 말을 알아듣지도 못하는군. 빌어먹을 술자루 같으니! 그놈의 술 때문이야. 이 괴물아, 염병에나 걸려라. 그놈의 손가락은 악마한테나 물어 뜯겨라!

캘리번 히히히, 꼴 좋다!

스테파노 자, 얘길 계속해. (트린큘로를 위협하면서) 자넨 저만큼 가 있어.

캘리번 늘씬하게 패주십쇼. 나도 패줘야지.

스테파노 저만큼 가 있으래도. 자, 계속해봐.

캘리번 아까 말씀드린 대로 그놈은 오후만 되면 잠자는 버릇이 있거든요. 그때 놈의 마법책을 빼앗은 뒤 골통을 부수란 말이에요. 통나무로 머리통을 산산조각 내버릴 수도 있고, 끝이 뾰족한 막대기로 뱃구레를 찌를 수도 있고, 식칼로 멱을 따놓을 수도 있어요. 어쨌든 잊지 말고 마법책을 빼앗아야 돼요. 책을 뺏기면 그놈도 별 수 없다고요. 요정 하나 어쩌지 못할걸요. 요정들도 나처럼 그놈을 죽어라 미워하거든요. 그나저나 그놈의 책은 태워버려야 해요. 그놈은 멋진 가재도구를 가지고 있어요. 집을 지으면 그걸로 집 안을 장식하려는 거예요. 그리고 가장 중요한 것은 그놈의 딸이 미인이라는 점이죠. 그놈은 자기 딸이 천하에 둘도 없는 미인이라나요. 난 여자라곤 우리 어머니 시코락스하고 그 계집애밖엔 몰라요. 그런데 우리 어머니와 그 계집애는 하늘과 땅만큼 차이가 나요.

스테파노 계집애가 그렇게 예쁜가?

캘리번 그렇다고요. 나리 이불 속엔 안성맞춤일걸요. 아주 근사한 아이들을 낳아줄 거예요.

스테파노 괴물아, 내 그 애비를 없애버리겠다. 난 이 섬의 왕이 되고,

그놈의 딸을 왕비로 삼겠다. 대왕 폐하 만세다! 트린큘로와 넌 정승을 시켜주마. 내 생각이 어떠냐, 트린큘로?

트린큘로　좋아.

스테파노　자, 손을 이리 주게. 아깐 손찌검을 해서 미안하네. 하지만 앞으론 각별히 말조심해야 하네.

캘리번　이제 반 시간만 있으면 그놈은 잠들 거예요. 그때 해치우시겠어요?

스테파노　당연히 그래야지.

에어리얼　(방백) 우리 주인한테 연락해야 되겠는걸.

캘리번　신난다. 재미있어. 자, 기분을 냅시다. 아까 나한테 가르쳐주신 돌림노랠 불러주시겠어요?

스테파노　괴물아, 네 부탁인데 안할 순 없지. 이치에 맞는 일이라면 뭐든 해주마. 이봐, 트린큘로! 노랠 부르세. (노래한다)

조롱하세 놀려주세
놀려주세 조롱하세
생각은 자유라네.

캘리번　가락이 안 맞네요.

에어리얼, 작은 북과 피리로 반주한다.

스테파노　저건 무슨 소리야?

트린큘로　　(주위를 둘러보면서) 우리 돌림노래의 가락이야. 소리는 들리는데 몸통이 안 보이는군.

스테파노　　(주먹을 흔들면서) 이봐, 네가 사람이거든 모습을 보이고, 악마거든 멋대로 하거라!

트린큘로　　오, 이놈의 죄를 용서해주십시오!

스테파노　　죽어버리면 죄도 빚도 있을 게 뭐야. 자, 덤벼라. (갑자기 기가 죽는다) 제발 살려주십시오.

캘리번　　나리, 무서워요?

스테파노　　천만에! 무섭긴 뭐가 무서워.

캘리번　　겁낼 것 없어요. 이 섬엔 별 이상한 소리가 다 나고, 아름다운 음악소리가 들립니다요. 기분이 좋으면 좋았지 해될 건 없습니다요. 어떤 때는 온갖 잡소리가 내 귀 바로 옆에서 울리기도 하고, 또 어떤 땐 한잠 늘어지게 자고 깼는데도 또 잠을 재우는 노랫소리가 들리지 뭐에요. 꿈을 꾸면 하늘이 활짝 열리고 보물이 마구 쏟아질 것만 같단 말씀이에요. 그러다 눈을 떴을 땐 다시 꿈의 세계에 있고 싶어 울음을 터뜨리기도 했지요.

스테파노　　이 섬은 멋진 왕국이 되겠는걸. 공짜로 음악을 들을 수 있으니 말야.

캘리번　　프로스페로만 해치우면 문제가 없어요.

스테파노　　당장 해치울 거야. 네 얘긴 잊지 않았어.

트린큘로　　소리가 멀어지는군. 저걸 따라가게. 일은 후에 하고.

스테파노　　괴물아, 어서 앞장서라! 우리도 따라갈 테니. 북 치는 놈 좀 봤으면 좋겠는데. 참 잘하는군.

트린쿨로　　자넬 뒤따라 가겠네, 스테파노. (모두 에어리얼을 따라 포구 쪽으로 올라간다)

제 3 장

프로스페로의 동굴 위

알론조와 그의 일행이 피곤에 지쳐 절망한 모습으로 숲속을 걷고 있다. 그들 뒤를 곤잘로가 가고 있다.

곤잘로　　도저히 더 이상 걷지 못하겠습니다. 뼈마디가 쑤셔서. 어쩌나 길이 미궁같이 꼬부라져 있는지 말입니다. 황공하오나 소신은 좀 쉬어야겠습니다.

알론조　　나이가 있으니 무리도 아니지. 나도 정신이 혼미해지는 것 같소. 자, 앉아서 쉬시오. 이젠 아들을 찾을 희망을 버리리다. 듣기 좋으라고 하는 소리에 희망을 걸지는 않겠소. 우리가 찾아다니는 왕자는 익사했음이 틀림없소.

안토니오　　(세바스찬에게) 전하께서 단념하니 마음이 놓입니다. 공작, 한번 실패했다고 실망하지 마시고 결정하신 대로 실행하셔야 됩니다.

세바스찬　　(안토니오에게) 다음 기회는 절대로 놓치지 않겠소.

안토니오　　(세바스찬에게) 오늘 밤이 기회요. 모두들 걸어 다니느라고 지처 있어요. 그러니 원기가 왕성할 때만큼 경계를 못할 겁니다.

세바스찬　(안토니오에게) 좋아요, 오늘 밤으로 하지.

　엄숙하고 신비로운 음악과 함께 프로스페로가 절벽에 나타나지만 일동에게는 보이지 않는다.

알론조　이건 무슨 소리요? 모두들 귀를 기울여보시오!

곤잘로　신비롭고 아름다운 음악이옵니다!

　기이한 모습을 한 이들이 향연을 베풀 식탁을 들고 나타나 그것을 에워싸고 춤을 춘 후 공손히 절을 하면서 왕과 그 일행에게 식사를 하라고 권유하는 시늉을 하고 사라진다.

알론조　하늘이여! 우릴 보호해주소서. 저것들은 뭐요?

세바스찬　살아있는 꼭두각시인가 봅니다. 이쯤 되면 외뿔 짐승들이 있다는 것도 믿고 싶어집니다. 아라비아엔 불사조가 서식하는 나무가 있는데, 지금도 불사조 한 마리가 나무 옥좌에 앉아서 군림한다는 게 사실인지 모르겠습니다.

안토니오　소신은 둘 다 믿습니다. 외뿔짐승도 불사조도 있습니다. 그 밖에 믿을 수 없는 일들을 제게 묻는다면 사실이라고 단언하겠습니다. 나그네들 얘기는 절대로 거짓이 아닙니다. 그 얘길 못 믿는 건 나라 밖에 나가본 적이 없는 우물 안 개구리들뿐입니다.

곤잘로　나폴리에 가서 이러이러한 섬사람들을 봤다고 하면 믿을까요? 그건 틀림없이 섬사람들일 겁니다. 보기엔 괴상하지만 그 몸가짐이 얼마나 점잖습니까? 우리 인간사회에서는 좀처럼 볼 수 없을 정도의 우아한 몸가짐이었습니다.

프로스페로 (방백) 과연 훌륭한 분이시군. 말씀 한번 잘하셨소. 저기 있는 자들 중엔 악마보다도 더 못한 인간이 있소이다.

알론조 참으로 경탄스러울 뿐이오. 그 모습이며 거동, 음악…… 그런데다 혀를 쓰지 않고서도 의사 표현을 하다니…….

프로스페로 (차갑게 웃으면서, 방백) 칭찬은 마지막에나 하시지.

프란시스코 참으로 희한하게 사라져버렸습니다.

세바스찬 아무래도 좋아. 먹을 것을 남겨놓고 갔으니 허기가 지는군. 뭘 좀 드시지 않으시겠습니까?

알론조 안 먹겠다.

곤잘로 폐하, 너무 심려 마십시오, 저희가 어렸을 땐 들소처럼 목에 고기 주머니가 늘어진 산사람들이 있다는 걸 믿기나 했습니까? 또 가슴에 머리가 달린 인종이 있단 말도 곧이들었습니까. 그런데 이젠 미지의 나라에 여행을 나갔다 무사히 돌아오는 데 다섯 갑절의 내기를 걸고 떠나는 여행가들도 생겨나고 하니 많은 것이 사실로 드러나고 있습니다.

알론조 먹어보자. 이것이 나의 마지막 식사가 되더라도 좋다. 내 인생은 이미 기울어졌으니. 아우야, 그리고 밀라노 공작도 과인과 같이 식사를 드십시다. (알론조, 세바스찬, 안토니오 식탁에 앉는다)

천둥과 번개가 치면서 에어리얼이 이상한 새의 모습으로 등장하여 날개로 식탁을 친다. 그러자 순식간에 잔칫상은 사라져 버린다.

에어리얼　　너희들 죄 많은 세 인간들아! 이 속세와 그 속에 있는 모든 것을 지배하는 운명의 여신이 아무리 퍼먹어도 게걸대는 저 바다조차도 너희놈들을 토해놓게 하셨다. 네놈들을 이 무인도로 유인한 것은 너희들같이 악한 놈들이 인간사회에 살기에 적합지 않기 때문이야. (알론조, 세바스찬, 안토니오 칼을 뽑는다) 내 말을 듣고 드디어 돌았나보다만 그런 광증이 인간으로 하여금 목매 죽거나 물에 빠져 죽게 하는 거다. (세 사람은 덤벼들려고 하나 마법으로 움직이지 못한다) 이 얼간이들아! 나와 내 동료들은 운명의 신이 보내신 사자다. 속세의 쇠붙이로 만든 너희들의 이 무딘 칼로는 내 날개의 부드러운 깃털 하나 잘라낼 수 없다. 게다가 내 동료들 역시 불사신이다. 설혹 해칠 마음을 갖고 있다 하더라도 칼이 너무 무거워서 너희들 힘으로는 들어올릴 수도 없을 거다. 너희 세 사람은 밀라노에서 선량한 프로스페로를 추방한 후 바다에 내다버리지 않았더냐. 그 죄 없는 딸과 함께 말이다. 이번의 조난은 그 때문에 당한 바다의 복수다! 그런 흉악한 죄를 지은 너희들을 어찌 신들이 용서하겠는가! 좀 늦은 감은 있지만 잊지 않으시고 바다와 육지를 격분시키고 성나게 하여 너희들을 혼내준 것이다. 알론조여, 네 아들은 신이 빼앗아 갔느니라. 그러니 신의 선언을 들어. 이제부터 서서히 좀먹어가는 파멸이 너희들 생애의 순간순간을 따라다닐 거다. 하늘의 노여움을 면하는 단 하나의 방법은 진정으로 참회하고 깨끗한 생활을 영위하는 길밖에 없느니라.

에어리얼, 천둥 속으로 사라진다. 이윽고 조용한 음악소리가 들리며 괴이한 모습의 요정들이 다시 등장하여 입을 일그러뜨리며 조롱하는 시늉을 하고 춤을 추면서 식탁을 들고 나간다.

프로스페로　(방백) 에어리얼, 하늘의 괴조역은 참 잘했다. 음식을 채가는 장면도 근사했고, 대사도 한마디 빠뜨리지 않고 잘 했다. 단역의 요정들도 생동감을 줬고 말이야. 내 강력한 마법의 힘이 발휘되어 내 원수놈들이 모두 광기로 몸부림치고 있다. 이젠 모두가 내 손아귀에 있다. 잠시 이놈들을 저 꼴로 내버려두고 그 사이 놈들이 익사했다고 믿고 있는 젊은 퍼디넌드를 보고 오자. (퇴장)

곤잘로　폐하, 뭘 그렇게 넋을 잃고 찔러보고 계시옵니까?

알론조　참으로 괴이하도다. 파도가 나에게 죄과를 추궁하는 것 같았어. 바람도 노래를 하듯 말하는 것 같았고, 천둥은 공포스런 저음으로 프로스페로의 이름을 부르며 내 배신의 죄를 울려대는 것 같았어. 내 아들은 틀림없이 갯바닥에 묻혔을 거야. 차라리 저 측량용 납덩이조차도 닿을 수 없는 깊은 바닷속으로 찾아 들어가서 아들과 함께 갯바닥에 묻히고 싶다. (바다 쪽으로 달려간다)

세바스찬　한 놈씩만 덤벼라. 악마놈은 얼마든지 해치워주겠다.

안토니오　나도 거들겠소이다. (세바스찬과 안토니오, 발광한 모습으로 칼을 빼든 채로 퇴장)

곤잘로　세 분 다 제정신이 아니군. 한참 지난 뒤에 효력이 발생하는 독약처럼 예전에 범한 그들의 대죄가 지금에 와서 그 혼을 물어뜯기 시작한 거야. 여러분! 부탁드립니다. 저보다 다리가 성한 분들이 빨리 뒤쫓아가서 말리십시오. 모두들 제정신이 아니니 무슨 일을 저지를지 모릅니다.

애드리안　그럼 뒤를 따라오십시오. (모두 발광한 세 사람을 쫓아간다)

제 4 막

제 1 장

프로스페로의 동굴 앞

프로스페로가 퍼디넌드, 미란다와 함께 동굴에서 나온다.

프로스페로   내가 자네를 너무 매몰스럽게 대했는지는 모르지만 그 보상으로 내 생명의 3분의 1, 아니 내 삶의 전부인 딸아이를 자네에게 맡기겠네. 지금까지 자넬 괴롭힌 것은 자네의 사랑의 깊이를 시험해본 것이었네. 자넨 그 시험을 멋지게 이겨냈네. 여보게, 퍼디넌드! 딸자랑한다고 날 비웃지 말게. 자네도 두고 보면 알겠지만 아무리 칭찬을 해봐도 모자랄 아이니 말일세.

퍼디넌드   설령 사실이 그렇지 않다 해도 그 말씀을 믿겠습니다.

프로스페로   그렇지만 신성한 혼례식을 올리기도 전에 내 딸의 처녀성을 무너뜨리는 날이면 신들은 결코 감로수를 내려주시지 않을 걸세. 오히려 서로를 증오하여 자식을 낳지도 못하고 불화만 커져 두 사람의 신방엔 꽃 없는 잡초가 뿌려져서 동침하는 것을 꺼리게 될 걸세. 그러니 결혼의 신 하이멘이 화촉을 밝혀주실 때까지 각별히 조심해야 하네.

퍼디넌드   저의 소망은 지금과 같은 사랑을 유지하며 영특한 자녀를 낳고 오래오래 살고 싶을 뿐입니다. 따라서 아무리 으슥한 장소에서 부글거리는 욕정의 유혹이 일어나더라도 다가올 축복의 기쁨을 흐리게 하는 일이 없게 하겠습니다.

프로스페로   훌륭한 말이로다. 그럼 딸애하고 얘길 하게. 이미 자네 것이니까. (두 연인은 약간 떨어져서 앉는다. 프로스페로가 마법의 지팡이를 쳐든다) 야, 에어리얼! 나의 충복 에어리얼!

에어리얼 등장

에어리얼   주인님, 부르셨습니까? 여기 대령했습죠.

프로스페로   너는 물론이거니와 너의 부하인 요정들도 훌륭하게 임무를 완수했다. 그런데 한 가지만 더 부탁한다. 그 패거리들을 데리고 오너라. 이 젊은 두 남녀에게 내 환상적인 마법을 보여주려 한다. 약속을 했거든.

에어리얼   지금 당장요?

프로스페로   그래! 눈 깜빡할 사이에!

에어리얼   '어서 갔다오너라'란 말씀이 끝나기도 전에 얼굴을 씰룩거리면서 달려올 겁니다. 그런데 말입니다, 주인님! 절 귀여워하시는 겁니까? 아니면 절 싫어하시는 건가요?

프로스페로   귀여워하고말고! 에어리얼, 내가 부를 때까진 오면 안 된다.

에어리얼   네, 알겠습니다. (사라진다)

프로스페로   (퍼디넌드를 향하여) 자넨 약속을 지켜야 하네. 정에 빠져 고

뼈를 늦춰선 큰일나지. 정욕의 불꽃 앞에선 제아무리 굳은 맹세도 지 푸라기와 같다네.

퍼디넌드　　염려놓으십시오. 저의 심장에 쌓인 눈처럼 희고 차가운 동 정이 욕정의 불길을 꺼줄 겁니다.

프로스페로　　좋아! 그럼 부탁한다, 에어리얼. 모자라는 것보다는 남아 돌아가는 것이 좋다. 부하들을 여러 명 데려 오너라. 속히 나타나라! 입 다물고 잘 보게나. 조용하라고. (조용한 음악)

가면극

주노 신에게 시중을 드는 무지개의 화신 아이어리스라는 신으로 분장한 요정이 나온다. 아이어리스가 주노 신의 명을 받아 대지의 신 시어리즈를 불러낸다.

아이어리스　풍요의 여신 시어리즈여! 밀, 귀리, 보리, 제비콩 등이 풍성한 그대의 밭이나 양 떼가 풀을 뜯는 잔디 깔린 산이나 건초가 산더미처럼 쌓여 있는 한가로운 목장이나 갈대와 사초가 우거진 둑, 순결한 숲의 요정들에게 씌울 꽃으로 만든 면류관을 만들어주려고 4월이 피워낸 꽃밭이며, 연인에게 버림받은 총각이 깊은 한숨을 짓는 나무그늘, 포도가 주렁주렁 달린 포도원, 바닷가 바위 그늘……. 하늘의 여왕께선 무지개다리를 놓는 이 아이어리스를 사자로 보내시어 모든 것을 떠나 여왕과 함께 이곳 잔디밭으로 나와서 즐기라고 분부하셨어요. 여왕의 수레를 끄는 공작새들이 쏜살같이 이리 날아오고 있습니다. (주노 여신의 수레가 하늘에서 나타난다)풍요의 여신 시어리즈여, 빨리 나와서 여왕을 영접하라.

　시어리즈 등장

시어리즈　안녕하세요, 주피터 신의 왕비님을 시중드는 일곱 가지 색깔의 옷을 나부끼는 무지개 신이여! 그대의 여왕께서 무슨 일로 이 푸른 잔디밭으로 절 오라 하셨나요?

아이어리스　　두 연인들에게 진정한 사랑의 서약을 축복해주고 많은 선물을 주기 위해서입니다.

시어리즈　　하늘의 활이신 무지개 여신이여! 말씀해 주소서. 비너스 여신과 그의 아들 큐피드는 지금도 주노 여신을 모시고 있나요? 그들 모자의 책략으로 내 딸 프로스피너를 그 흉측한 염라대왕 하디스 신에게 빼앗긴 이래 나는 비너스와 그 눈먼 아들하고는 불명예스러운 대면을 하지 않기로 맹세했어요.

아이어리스　　비너스를 만날 걱정은 마세요. 비너스 여신은 구름을 가르며 고향 페이포스로 떠났답니다.

　　주노 여신이 수레에서 내린다.

시어리즈　　어머나! 지고하신 주노 여왕의 행차시군요. 걸음걸이를 보면 알아요.

주노　　대지의 여신인 나의 동생! 잘 있었느냐? 나와 함께 저 두 남녀가 행복한 가정을 꾸리고 자식도 쑥쑥 낳도록 축복해 주자. (노래한다)

　　명예와 부귀가 따르는 백년가약의 행복!
　　그대 위해 모든 것 영원하여라
　　기쁨에 넘친 나날이 되길
　　주노는 그대 위해 축복의 노래를 하리!

시어리즈　(노래한다)

넉넉한 수확을 거둬
오곡은 곡창에 가득 차고
포도송이는 가지가 휘도록
주렁주렁 열렸네.
가을걷이 지나면
봄이 오나니!
보릿고개는 없을지어다.
시어리즈는 그대 위해 축복의 노래를 하리.

퍼디넌드　참으로 장엄한 환상곡이다. 내 마음을 사로잡는 저 아름다운 음악, 확실히 이것들이 요정일까요?

프로스페로　요정이네. 나의 신묘한 생각들을 마법으로 상연시키려고 저들의 처소에서 불러낸 걸세.

퍼디넌드　여기서 영원히 살고 싶습니다. 신통력을 가지신 장인 어르신네와 소중한 아내와 함께 산다면 이 섬은 낙원이 될 것입니다. (주노와 시어리즈 속삭이고, 아이어리스를 심부름 보낸다)

프로스페로　쉿 조용히! 주노와 시어리즈가 심각한 얼굴로 속삭이고 있어. 무슨 일이 있는 모양이니 조용히 해. 안 그러면 내 마법이 깨지고 마니까.

아이어리스　꾸불꾸불 개울에 살며, 향부잣잎의 관을 쓰고 순결한 얼굴을 한 나이애즈라는 이름의 요정들이여! 잔물결 이는 개울을 떠나 여기 푸른 잔디밭으로 오너라. 여신의 분부이시다. 청초한 요정들이여, 빨리들 오너라. 진실한 사랑의 맹세를 함께 축복하자.

요정들 등장

8월의 따가운 햇볕에 타고 지친 농부들아, 논밭을 떠나 하루를 즐거라. 밀짚모자를 쓰고 어여쁜 젊은 요정들과 춤을 추어라.

벼 베는 농군들이 등장하여 요정들과 함께 아름다운 춤을 춘다. 춤이 끝날 무렵, 프로스페로가 깜짝 놀란 태도로 말문을 열자 텅 빈 것 같은 기묘하고도 혼란스런 소리와 함께 침울한 분위기 속에 일동은 사라진다.

프로스페로　(방백) 깜빡 잊었군, 짐승 같은 캘리번하고 그 패거리들이 나를 죽이려 한다는 걸. 드디어 끔찍한 음모의 시간이 다가왔어.

퍼디넌드　이상하군. 당신 아버님께서 몹시 역정이 나셨는데?

미란다　저렇게 노하신 모습을 보이신 적이 여태껏 없었어요.

프로스페로　자네 표정을 보니 몹시 놀란 게로군. 걱정할 것 없네. 여흥은 끝났어. 아까도 얘기했네만 이 배우들은 모두 요정들일세. 이젠 엷은 대기 속으로 사라져버렸지. 이 대지에 뿌리를 내리지 못한 것처럼 저 구름 위에 솟은 탑도 호사스런 궁전도 장엄한 신전도 흔적도 남기지 않고 사라질 걸세. 우리 인생은 꿈과 같은 것이며, 결국 허망한 긴 잠으로 막을 내리게 되지. 내가 지금 심약하여 신경이 곤두서 있는 걸 용서하게. 잠시 산책을 하며 불편해진 마음을 진정시켜야겠네.

퍼디넌드·미란다　　그럼 편안히 다녀오세요.

프로스페로　　에어리얼, 내 마음에 너의 모습이 깃들면 즉시 나타나라.

　　에어리얼 다시 등장

에어리얼　　한시도 주인님의 마음에서 떠난 적이 없습니다. 뭘 해야 하나요?

프로스페로　　캘리번을 상대할 준비를 해야 한다.

에어리얼　　네, 주인님!

프로스페로　　그 악당들을 어디다 두고 왔다고 했지?

에어리얼　　아까도 말씀드렸습니다만 그자들은 술에 만취해 기세등등해서 하늘에 주먹질을 하기도 하고 땅바닥을 치기도 하면서 흉계를 계속 꾸미고 있었거든요. 그래서 제가 작은북을 치니까 그자들은 길들이지 않은 망아지처럼 코를 씰룩거리면서 음악소리를 냄새로 맡으려는 듯했습니다. 그래서 제가 그자들의 귀에 마법을 걸었기 때문에 어미 소를 따르는 송아지처럼 제 음악소리에 이끌려 가시덤불이며 가시금작화 등을 쏘다니면서 온몸이 가시에 찔려 엉망이 됐습죠. 그러고는 그자들을 이 바위굴 저쪽에 있는 잡초로 덮인 웅덩이 속에 패대기쳤지요. 그놈들은 자기들의 더러운 발 못지않게 썩은 냄새가 코를 찌르는 웅덩이 속에 턱밑까지 빠져 있습니다요.

프로스페로　　나의 귀염둥이들, 그것 참 잘했다! 투명 상태에서 바위굴 속에 있는 화려한 옷을 꺼내 오너라. 그 도둑놈들을 잡는 미끼로 써야 하니.

에어리얼　네. (퇴장)

프로스페로　악마 놈, 그놈은 악마야. 아무리 해도 그놈의 천성은 고칠 수 없단 말야. 내가 수고를 아끼지 않았건만 모두가 허사야. 아주 허사가 되어버렸어. 그놈은 나이를 먹을수록 얼굴도 흉측해지더니 마음도 썩어 들어가네. 그놈들을 모두 한바탕 혼쭐을 내줘야지. 복장을 찢고 울어대도록 괴롭혀줘야겠어.

　에어리얼, 번쩍이는 옷을 걸치고 등장

자, 그 옷을 이 참피나무에 걸어놓아라.

　에어리얼, 옷을 나무에 걸어놓는다. 캘리번, 스테파노, 트린큘로 옷이
　흠뻑 젖은 채 등장

캘리번　살금살금 걸어요. 눈먼 두더지 귀에도 안 들리게. 동굴에 다 왔어요.

스테파노　괴물아, 네가 말한 요정은 못된 짓을 안 한다더니 우릴 이렇게 혼냈잖아.

트린큘로　이 괴물아, 난 온몸의 말오줌 냄새 때문에 콧님이 진노하셨다.

스테파노　내 코도 그래. 이봐, 내 말 듣고 있어? 만약 내 비위만 건드렸단 봐라. (칼을 뺀다)

트린큘로　괴물이 고태골 간단 말야.

캘리번　(엎드려서) 나리, 그렇게 역정 내지 마시고, 좀 참으시라니까요. 제가 앞으로 눈이 번쩍 뜨일 굉장한 걸 보여드릴 거예요. 그걸 보시면 이만한 고생쯤은 잊어버리시게 될 거예요.

트린큘로　술자루를 웅덩이 속에 빠뜨리다니 원!

스테파노　그건 망신을 당한 정도가 아냐. 큰 손실이지.

트린큘로　이건 정말 물에 빠진 생쥐 정도가 아니라니까. 몇 배 큰일이야. 그런데도 뭐 너희들 요정들은 못된 짓은 안 한다 이거냐?

스테파노　술자루를 찾아와야겠다. 귀까지 빠져도 꺼내고 말 테다.

캘리번　나리, 제발 조용히 좀 하세요. (동굴로 기어 올라가면서) 보세요, 저게 굴 입구예요. 소리 내지 말고 들어가세요. 신명나게 해치우세요. 그럼 이 섬은 영원히 나리 것이 될 거예요.

스테파노　자, 악수다. 잔인한 걸 생각하니 구미가 당기는걸.

트린큘로　(참피나무에 걸려 있는 옷을 알아보고) 오, 스테파노 폐하! 멋진 의상실이옵니다!

캘리번　놔둬, 이 먹통아! 그건 넝마다.

트린큘로　이 괴물딱지야. (장의를 입어보면서) 쓰레기에서 장미가 나오는 법이야. 스테파노 폐하!

스테파노　냉큼 그 옷을 벗게, 트린큘로. 그건 내가 입어야 돼.

트린큘로　(억지로 벗으며) 네, 네, 폐하께 진상하겠나이다.

캘리번　수종에나 걸려라, 이 멍청아! 그까짓 너절한 걸 탐내서 어쩌자는 거야? 집어치워. 그놈이 눈을 뜨는 날이면 머리에서 발끝까지 우리 몸뚱어리를 마구 꼬집어 뜯어서 두 번 다시 보기 싫은 괴물로 만들어 놓는다니까.

스테파노　입 닥쳐, 이 괴물아! 참피나무 님, 이건 제 털조끼죠? 참피나무 아래 털조끼라. 자, 털조끼 씨! 바깥이 너무 더워 시원한 대머리가 될 것 같소.

트린큘로　좋고 좋고! 대머리 공짜 좋아한다던데, 피장파장이 아니오 이까, 폐하.

스테파노　그 익살이 그럴 듯하구나. 상으로 이 옷을 준다. 내가 이 섬의 왕으로 있는 동안 익살 잘 부리는 놈한테는 반드시 상을 줄 테다. '대머리 공짜 좋아한다'라. 근사한 말이다. 자, 또 하나 받아라.

트린큘로　괴물아, 손에 끈끈이를 묻혀서 나머지 옷들을 나무에서 끌어내 갖고 가라.

캘리번　난 안 가져요. 이렇게 꾸물거리다가 모두 바보 기러기가 되거나 납작이마의 꼬리 없는 원숭이가 되고 말 거예요.

스테파노　괴물아, 좀 거들어. 이걸 내 술통 있는 데로 가져가. 말을 안 들으면 내 왕국에서 쫓아버리겠다. 어서 가져가.

트린큘로　그래, 이것도. (두 사람이 캘리번에게 짐을 지운다)

여러 요정들이 각종 맹견과 사냥개로 둔갑하여 나타나 세 사람에게 덤벼든다. 프로스페로와 에어리얼이 개들의 이름을 부르면 달려들게 부추긴다.

프로스페로　자, 덤벼!

에어리얼　실버…… 그쪽이다, 실버야!

프로스페로　퓨어리, 퓨어리! 타이어런르! 거기다. 쉿! (캘리번, 스테파노,

트린큘로 쫓기어 퇴장) 어서 요정들한테 저놈들 팔다리 마디마디를 맷돌에 갈 듯 심줄을 잡아당겨 늙은이 허리처럼 구부리고, 살쾡이의 자줏빛 바둑점보다 더 푸르딩딩한 멍이 들게 꼬집어라.

에어리얼   들어보세요. 저렇게 아우성을 치는데요?

프로스페로   혼꾸멍을 내 주어야지. 원수놈들은 모두 내 손아귀에 들어와 있다. 조금 있으면 내 일도 끝날 것이다. 그땐 너도 자유다. 조금만 더 내 곁에서 날 도와다오. (동굴로 들어간다)

제 5 막

제 1 장

프로스페로의 동굴 앞

프로스페로와 에어리얼 동굴에 들어갔다가 잠시 후에 마법의 옷으로 갈아입고 나온다.

프로스페로　이젠 내 마법은 빈틈이 없고, 요정들은 순종하고, 시간은 무거운 짐을 짊어지고도 가볍게 날아가는구나. 몇 시냐?

에어리얼　여섯 시가 가까워졌는데요. 여섯 시엔 일을 끝내시겠다고 말씀하셨잖아요.

프로스페로　처음 태풍을 일으켰을 때 그렇게 말했지. 여봐라! 왕과 그 일행은 지금 어떻게 됐지?

에어리얼　분부하신 대로 한 군데다 처박아 뒀는걸요. 저쪽 동굴의 바람을 막아주는 참피나무 숲속에다 모아놓았습니다. 마법을 풀어주시기 전에는 꼼짝도 못합니다. 왕과 왕의 동생, 주인님 동생 셋 모두 실성해 있는데, 사람들은 그걸 보고 비탄에 잠겨 어찌할 바를 몰라 하는군요. 주인님께서 칭찬해 마지않으시는 곤잘로라는 노인은 추녀 끝에 매

662

달린 고드름이 녹아내리듯 하염없이 눈물을 흘리고 있습니다. 마법의 효력이 너무 드센가봅니다. 그자들의 꼴을 보신다면 주인님께서도 불쌍한 마음이 드실 거예요.

프로스페로 정말 그렇게 생각하느냐?

에어리얼 제가 인간이라면 불쌍하게 생각할 거예요.

프로스페로 나 역시 그래야겠지. 한갓 공기에 지나지 않는 너까지 그자들의 고통을 보고 가슴 아파하는데, 같은 감각을 가진 내가 너보다 동정심이 없을 수가 있겠느냐? 그자들의 지난 횡포는 내 골수에 사무친다만 난 분노를 억제하고 맑은 이성에 따를 생각이다. 원수를 덕으로 갚는 것이 군자의 도리가 아니겠느냐. 그자들도 회개한 이상 내가 목적하는 바는 이뤄진 셈이니 더 괴롭힐 생각은 없다. 에어리얼, 이제 마법을 풀어 제정신으로 돌아가게 해라.

에어리얼 이리로 데리고 오겠습니다. (사라진다)

프로스페로 (마법의 지팡이로 원을 그리며) 언덕과 개울과 잔잔한 호수와 숲의 요정들이여! 모래에 발자국도 남기지 않고, 썰물과 밀물에 쫓기며 파도를 타고 노는 요정들이여! 너희는 미력한 자들이긴 하지만 너희들의 도움을 받아 때로는 대낮의 태양을 어둡게 하고, 때로는 엄청난 바람을 일으켜 푸른 바다와 푸른 하늘 사이에 진동하는 싸움을 일으킨 일도 있었다. 바다로 튀어나온 절벽을 진동시켜 소나무와 삼나무를 뿌리째 뽑아버린 일도 있었다. 내 명령에 무덤이 입을 열었고, 그 속에 잠자고 있던 망자들을 마법의 힘으로 끌어낸 일도 있었다. 모든 것을 마법의 힘으로 할 수 있었다만 오늘로서 그 모든 것을 그만두겠다. 이제 천상의 음악을 들려주어 그들을 제정신으로 돌아오게 하여 나의 목적하는 바를 이루면 이 지팡이를 부러뜨려 몇십 피트 밑의 땅속에 깊이 묻을 테다. 이 마법책은 측량용 납덩이가 내려가 닿아본 적이 없는 심해의 수심 속에 가라앉히겠다. (장엄한 음악)

> 에어리얼이 등장한 다음 알론조가 곤잘로의 부축을 받으며 등장. 세바스찬과 안토니오도 같은 모습으로 애드리안과 프란시스코의 부축을 받으며 등장. 그들은 프로스페로가 그려놓은 마법의 원 안으로 들어와 마법에 걸린 채 서 있다. 프로스페로가 그들을 유심히 관찰하다가 말한다.

장엄한 음악만큼 어지러운 마음을 위로해주는 건 없다. (알론조에게) 이 음악은 흐트러진 마음을 가라앉히고 쓸데없이 들끓고 있는 당신의 그 머릿속을 맑게 할 것이다. 그대로 서 있으라! 마법에 걸렸으니 꼼짝도 할 수 없을 것이다. 덕망 높은 곤잘로여! 내 눈에서도 울고 있는 경에게 화답하여 동정의 눈물이 흐르오. 마법은 곧 풀릴 것이다. 마치 아침 햇살이 세상을 녹이며 스며들 듯이 감각은 회복되고 맑은 이성을 덮고 있던 몽롱한 안개를 쫓기 시작할 것이다. 은인이며 충신인 곤잘로 경! 당신의 은혜를 갚겠소. 알론조, 그대는 우리 부녀에게 너무나 잔인한 짓을 했느니라. 그리고 그대의 동생은 형의 악행을 방조했다. 세바스찬, 당신은 크나큰 양심의 가책을 받고 있겠지. 피를 나눈 내 아우야, 넌 야욕 때문에 자비와 인정을 헌신짝처럼 패대기치고는 세바스찬과 공모하여 왕을 죽이려고 했어. 인륜을 저버린 패륜아이긴 하지만 너도 용서해주마. 저들의 분별력도 차차 회복되어 가나보다. 아직은 혼탁하지만 이제 곧 밀물이 이성의 둑을 가득 채우게 될 거다. 아직 누구 한 사람 날 보지도 못하고 있거니와 보아도 알아보지 못할 것이다. 에어리얼, 동굴로 가서 내 모자와 검을 가져오너라. 나는 마법의 옷을 벗고 지난날의 밀라노 공작으로 나타나겠다. 에어리얼, 빨리 도와다오. 널 곧 풀어주마.

에어리얼 퇴장했다가 주인의 옷을 한아름 안고 다시 등장

에어리얼　　(노래한다)

> 꽃송이 속에 누워
> 벌과 함께 꿀을 빨고,
> 밤이면 부엉이 우는 소리를 듣네
> 박쥐 등에 타고
> 여름을 따라가며 즐겁게 지나세.
> 나뭇가지에 달린 꽃그늘 밑에서
> 즐겁게 지나세.

프로스페로　　참으로 멋진 녀석이로다. 널 해방시켜주고 나면 난 몹시 섭섭할 것 같다. (옷 갈아입는 것을 에어리얼이 거든다) 자, 투명한 모습 그대로 왕의 배로 가봐라. 선원들이 배 밑에서 자고 있을 거다. 스테파노와 트린큘로는 눈을 뜨고 있을 테니 이리 끌고 오너라. 자, 어서.

에어리얼　　바람을 가르며 날아가서 주인님의 맥박이 두 번 뛰기 전에

돌아오겠나이다. (사라진다)

곤잘로　이곳은 온갖 고통과 시련, 두려움이 가득 찬 곳이다. 하늘이여! 이 무서운 섬에서 우릴 구해주소서.

프로스페로　알론조여, 학대 받았던 밀라노 공작 프로스페로를 보십시오. 제가 살아서 말을 하고 있다는 증거로 폐하를 포옹하겠습니다. 그리고 진심으로 여러분을 환영합니다.

알론조　그대가 밀라노의 공작인지 조금 전까지 마법으로 날 괴롭힌 환상인지 난 통 모르겠소. 하지만 그대의 맥박이 산 사람같이 뛰고 있군. 그대를 만난 후 내 마음의 고통이 힘을 잃고 있소. 고통 때문에 실성을 했던 게 사실이오. 이곳은 정말 신기한 곳 같구려. 그대의 영토는 다시 돌려드리리다. 나의 모든 잘못을 용서해주기 바라오. 그건 그렇다 치고 프로스페로, 당신 어떻게 이 섬에 왔소?

프로스페로　고결한 친구여, 먼저 노구를 포옹하겠습니다. 경의 덕망은 무한합니다.

곤잘로　이게 꿈인지 생시인지 분간을 할 수가 없습니다.

프로스페로　아까 이 섬의 환상적인 요리상 앞에 앉아 있더니 확실한 것도 믿으려 하지 않으시는구려. 여러분, 잘 오셨습니다! (세바스찬과 안토니오에게 방백) 자네 두 사람은 역모자라는 증거를 들어 왕의 처단을 받게 할 수도 있다만 지금은 잠자코 있겠다.

세바스찬　(안토니오에게 방백) 악마가 씌워져 하는 소리야.

프로스페로　천만에! (안토니오에게) 넌 천하의 악당으로, 동생이라고 부르기엔 내 입이 더러워질 것 같지만 네 죄를 용서해주겠으니 영지를 반환해라. 내 말에 순종해야 한다.

알론조　　그대가 진정 프로스페로라면 자초지종을 말해주시오. 어떻게 살아나게 됐고, 어떻게 우리와 여기서 만나게 됐는지를 말이오. 세 시간 전에 우리는 이 해변에서 조난당했고, 불행히도 나는 그 생각을 떠올리는 것만으로도 가슴이 찢어질 것 같아! 아들 퍼디넌드를 잃어버렸소.

프로스페로　　애통한 일입니다.

알론조　　다시는 돌이킬 수 없는 끔찍한 일이라서 인내의 힘으로도 견딜 수가 없구려.

프로스페로　　아니, 인내의 도움을 구하지 않으신 모양이군요. 이 몸도 그와 똑같은 불행을 인내의 힘을 빌려 위로하고 있지요.

알론조　　나와 같은 불행이라니요?

프로스페로　　저 역시 폐하 못지않게 큰 불행을 당했습니다. 하오나 그 불행을 감내하느라 폐하보다 훨씬 더 어려움이 컸습니다. 이 사람은 딸을 잃었습니다.

알론조　　규수를? 애통하도다! 두 사람이 살아 있다면 나폴리의 왕과 왕비가 됐을 텐데! 그들을 위해서라면 내가 바닷속 해초가 되어도 상관없다. 따님은 언제 잃으셨소?

프로스페로　　좀전의 태풍 속에서지요. 저는 공들이 이렇게 해후하게 된 것을 보고 놀라서 이성을 잃고 말았답니다. 사람의 말이 참다운 인간의 숨결이라고 믿지 않는 모양이군요. 그러나 여러분들이 분별을 잃었건 아니건 간에 저는 틀림없는 프로스페로요, 밀라노에서 추방당한 공작입니다. 그런데 신기하게도 여러분이 조난당한 바로 그 해안에 상륙해서 이 섬의 주인이 된 것입니다. 그 얘긴 후에 하기로 합시다. 이 바위 동굴이 제 궁전입니다. 시종이라야 한둘 있을 뿐입니다. 동굴을 구경하십시오. 저의 영토를 도로 돌려주셨으니 저도 그만한 보답을 하지 않을 수가 없군요. 적어도 영토를 돌려받는 기쁨 못지않게 만족할 만한 신기한 것을 드리겠습니다.

이때 프로스페로가 휘장을 젖히자 퍼디넌드와 미란다가 체스를 두고 있는 것이 보인다.

미란다　전하! 아니 되십니다, 속이셨어요.

퍼디넌드　속이다니요, 내 사랑! 난 온 천하를 다 준다 해도 속이진 않아요.

미란다　하지만 수많은 왕국을 차지하기 위해서라면 훌륭한 수라고 말하겠어요.

알론조　이것도 이 섬의 환영이라면 나는 사랑하는 아들을 두 번 잃는 셈이 되지 않겠소?

세바스찬　참으로 놀라운 기적 아닌가!

퍼디넌드　바다가 하얀 이빨을 드러내고 으르렁대지만 자비심도 있군요. 알고 보니 괜히 바다를 저주했습니다. (무릎을 꿇는다)

알론조　이 아비의 축복을 몽땅 네게 내려주마. 자, 일어나라! 어떻게 이곳에 오게 됐느냐?

미란다　어머나 신기하기도 해라! 훌륭한 분들이 이렇게 많이 계시네! 인간이 이렇게 아름다운 줄 정말 몰랐어. 이렇게 많은 사람들이 살고 있다니, 참으로 신기하고 멋진 세상인 것 같아.

프로스페로 네겐 신기할 거다.

알론조 너와 장기를 둔 규수는 누구냐? 상륙 후에 알게 된 사이라면 세 시간밖에 안되었을 텐데, 우리들을 갈라놓았다가 다시 만나게 해 준 여신이 아니냐?

퍼디넌드 아버지, 이 규수는 인간입니다. 하오나 신의 섭리로 저의 아내가 되었습니다. 이 여자를 아내로 맞이할 땐 아버님이 살아 계신지 몰랐으므로 아버님의 허락도 받지 못했습니다. 저의 아내는 저 유명한 밀라노 공작님의 따님입니다. 공작님의 존함은 일찍이 들었습니다만, 이렇게 만나 뵙게 된 것은 이번이 처음입니다.

곤잘로 소신은 마음속으로 울고 있었기 때문에 아무 말도 못하고 있었습니다. 신이여! 이들 두 사람에게 은총의 관을 내려주십시오. 저희들을 이곳으로 인도해 주신 것은 하늘에 계신 신들이기 때문입니다.

알론조 아멘! 곤잘로여, 나도 기도하리다.

곤잘로 밀라노 공이 밀라노에서 추방당한 것은 그 손자를 나폴리 왕으로 만들려 했기 때문이었던가요? 오, 이 넘쳐흐르는 기쁨! 이 기쁨을 대리석 기둥에다 순금의 문자로 이렇게 새깁시다. 「여기 한 번의 항해로 클래리벨 공주는 튜니스에서 남편을 맞았고, 그 오라버니 퍼디넌드 왕자는 익사를 면한 곳에서 아내를 맞았도다. 그리고 프로스페로 공작은 무인도에서 영토를 되찾았고, 우리 일행은 모두 정신을 잃었다가 다시 되찾았노라.」

알론조 (퍼디넌드와 미란다에게) 손을 이리 내라. 이 두 사람의 불행을 바라는 자들에겐 하늘이여, 슬픔을 내려주소서!

곤잘로 소신도 그렇게 기도하겠습니다.

에어리얼 등장. 그 뒤로 선장과 갑판장 어리둥절하여 따라 들어온다.

오, 저길 좀 보십시오. 우리 일행이 또 오는군요. 육지에 교수대가 있는 한 저자는 물에 빠져 죽을 놈이 아니라고 예언하지 않았습니까. 이봐! 배에선 신게 불측한 욕지거리만 늘어놓더니, 육지에 올라오니 입심이 딱 죽었느냐? 그래, 무슨 소식을 들었느냐?

갑판장   무엇보다도 기쁜 소식은 폐하와 여러분이 무사하신 일입니다. 다음은 세 시간 전만 하더라도 부서진 것으로만 알고 있었던 배가 처음 출항했을 때와 다름없이 탄탄합니다.

에어리얼   (프로스페로의 귀에 대고) 그건 제가 가서 다 고쳐놓았죠.

프로스페로   (에어리얼에게 방백) 참 잘했다!

알론조   이건 정말이지 심상치 않은 일이다. 갈수록 신기한 일만 일어나는군. 그래, 너희들은 어떻게 이리로 왔느냐?

갑판장   제가 깨어 있었다면 확실하게 자초지종을 아뢰겠습니다만, 그만 곯아떨어져서 저도 모르는 사이에 배 아래칸에 처넣어져 있었습니다. 그런데 조금 전 이상한 소리가 막 뒤엉켜 나는 바람에 깨어났지요. 뭔가가 으르렁대고 악을 쓰고, 쇠사슬이 부딪치는 소리와 함께 무시무시하게 시끄러운 소리가 나서 잠을 깼답니다. 깨고 보니 자유의 몸이었다니까요. 배도 원상태로 고장 하나 없이 그대로였지요. 선장은 그걸 보고 좋아서 막 뛰었습니다. 저는 꿈을 꾸는 듯한 상태에서 갑자기 다른 사람들과 떨어져 어리둥절해서 이리로 온 것입니다.

에어리얼   (프로스페로의 귀에 대고) 어떻습니까, 제 솜씨가?

프로스페로   (에어리얼에게 방백) 잘했다. 부지런한 요정아, 이젠 널 놓아주지.

알론조　세상에 이처럼 불가사의한 일이 또 있겠는가! 틀림없이 여기엔 인간의 힘으로 풀기 어려운 뭔가가 있을 것이다.

프로스페로　폐하, 이 일이 신기하다고 그렇게 감탄하실 건 없습니다. 기회가 되는 대로 자초지종을 아뢰겠습니다. 들으시면 납득이 가실 줄로 믿습니다. 어찌하여 이런 일이 연달아 일어났는지를. 그때까지 기운을 내시고 만사가 제대로 되어가고 있다고 통촉해주십시오. (에어리얼에게 방백) 이리 오너라, 요정아. 캘리번과 그 일당의 마법을 풀어주어라. (에어리얼 퇴장) 기분은 어떠십니까? 잊어버리고 계신지 모르겠지만 일행 중에서 하찮은 친구 한두 명은 아직 보이지 않습니다만.

도둑질한 옷을 입은 캘리번과 스테파노, 그리고 트린큘로를 에어리얼이 몰고 등장

스테파노　사람은 타인을 위해서 노력해야지 자신만 생각해선 못 쓴다. 세상만사가 팔자소관이렷다. 자 기운을 내, 이 괴물아!

트린큘로　내 머리에 붙은 이 두 눈이 진짜로 사물을 볼 수 있는 거라면 굉장한 구경거릴 텐데.

캘리번　아, 세티보스 신이여! 굉장한 요정들이군. 우리 주인님도 근사하게 차리셨는걸! 암만 해도 날 혼찌검 낼 것 같다.

세바스찬　하하! 안토니오 공! 대체 저것들은 뭘까요? 돈으로 살 수 있는 물건들이오?

안토니오　그럼요. 저것들 중의 하나는 틀림없이 생선이군요. 살 수 있고말고요.

프로스페로 여러분, 이자들이 걸치고 있는 옷만 보서도 정체를 아실 겁니다. 이 병신 놈의 어미는 마녀였습니다. 달을 조종해서 조수의 간만을 마음대로 조절할 수 있는 신통력을 가지고 있었답니다. 그나저나 이들 세 놈이 내 물건을 훔쳤습니다. 이 악마의 반쪽이 — 하긴 아비 없는 자식이지만 — 저놈하고 공모하여 제 목숨을 노렸습니다. 저 두 놈은 잘 아실 겁니다. 부하가 아닙니까? 이 흉측한 놈은 내 하인이고요.

캘리번 이젠 꼬집혀 죽었다.

알론조 저자는 주정뱅이 선장 스테파노가 아닌가?

세바스찬 지금도 취해 있습니다. 술이 어디서 났을까?

알론조 트린큘로도 술이 취해 갈짓자 걸음을 하고 있군. 대체 어디서 만병통치의 보약을 찾아내 저렇게 얼굴이 홍당무가 됐단 말이냐?

트린큘로 요전에 뵌 후로 줄곧 푹 절여져 있었습죠. 뼈에 소금이 배도록요. 이젠 쇠파리가 슬 염려는 없죠. (스테파노, 신음소리를 낸다)

세바스찬 야, 스테파노! 어떻게 된 거냐?

스테파노 아이고! 건드리지 마십시오. 난 스테파노가 아니라 풍에 걸린 고깃덩어리라니까.

프로스페로 이 녀석, 너 이 섬의 왕이 될 생각을 했겠다!

스테파노 그랬더라면 매콤한 왕이 됐겠죠.

알론조 (캘리번을 가리키며) 저자는 내 생전처음 보는 기묘한 괴물이군.

프로스페로 몰골도 사납지만 마음도 배배 꼬인 놈입니다. 이봐, 동굴로 가! 그놈들도 데리고 가. 용서를 빌고 싶거든 깨끗하게 청소를 한 뒤에 해.

캘리번 네, 그러지요. 앞으로 좀 더 약게 굴 것이니 용서해주시와요. 난 참으로 얼뜨기였어. 이런 주정뱅이를 신이라고 생각했으니!

프로스페로 어서 가봐.

알론조 냉큼 가버려! 그 옷들은 찾아낸 곳에 갖다놔라.

세바스찬 찾아낸 곳이 아니라 훔친 곳 말이죠. (캘리번, 스테파노, 트린큘로 어슬렁거리며 퇴장)

프로스페로 폐하와 배행하신 분들을 누추한 곳이나마 동굴로 모시겠습니다. 거기서 하룻밤 쉬시기 바랍니다. 이 섬에 온 이후의 생활과 몇몇 사건에 대해 아뢰겠습니다. 날이 새면 배로 안내해 나폴리로 모시고 돌아가 저 두 사람의 혼례식이 엄숙히 거행되는 것을 보고 싶습니다. 그리고 저는 밀라노로 돌아가서 여생을 보내겠습니다.

알론조 공작의 과거지사가 몹시 궁금하오.

프로스페로 하나부터 열까지 다 아뢰겠습니다. 약속하겠습니다만 돌아가시는 뱃길은 순풍을 안고 먼저 떠난 배들을 따라가게 될 것이옵니다. 에어리얼! 야, 이건 네가 마지막 할 일이야. 그 일이 끝나면 넌 공중으로 자유롭게 날아가거라. 잘 가거라. (모두에게 절을 하면서) 자 이쪽으로.

(모두 동굴 속으로 들어가자 그들 뒤로 휘장이 쳐지고 프로스페로만 남는다)

에필로그

프로스페로 등장하여 말한다.

이제 저의 마법은 무너졌습니다.

이제 저 자신에게 남은 힘은

미약하기 그지없습니다.

이제는 저를 이 섬에 유폐하시든 나폴리로 보내주시든

여러분 마음대로 하십시오.

이제 저는 영지를 되찾았고

절 속인 자들도 이미 용서하였으니

제발 여러분의 마법으로 절 이 무인도에 잡아두질랑 마십시오.

부디 여러분의 박수갈채로

이 몸의 족쇄를 풀어주시기 바랍니다.

여러분의 상냥한 숨결이

제가 탄 배의 돛을 배부르게 해주지 않는다면

저의 기도는 실패로 끝날 것입니다.

여러분을 즐겁게 해드리려던 기도 말입니다.

이렇게 말씀드리는 것은 이제 저는 부릴 요정도 없고, 신통력도 없습니다.

여러분의 기도로 구원받지 못한다면

이 몸은 절망의 나락에 떨어질 수밖에 없습니다.

저의 기도는 하늘에 도달하여 신의 자비심을 동하게 하였고
이 몸이 범한 과오를 모두 용서해줄 겁니다.
여러분도 죄에서 용서받고 싶어질 터인즉
저를 관대하게 놓아주십시오.

한여름 밤의
꿈

세상엔 수많은 당나귀 바보들이
설치며 입을 놀리는데,
사자 한 마리쯤 말을 한다고 해서
이상할 건 없지 않습니까?

등장인물

시시어스 | 아테네의 공작

히폴리타 | 아마존의 여왕, 시시어스의 약혼녀

이지어스 | 허미아의 아버지

라이샌더 | 허미아를 사랑하는 청년

디미트리어스 | 허미아의 약혼자

허미아 | 이지어스의 딸

헬레나 | 디미트리어스를 짝사랑하는 처녀

필러스트레이트 | 시시어스의 축제 준비위원장

오베론 | 숲을 지배하는 요정의 왕

타이테니아 | 요정의 여왕

요정 | 타이테니아의 시녀

콩꽃, 거미줄, 겨자씨 요정들

퍽 | 로빈 굿펠로라고도 불리는 작은 요정

퀸스 | 목수

보톰 | 직조공

플루트 | 풀무 수선공

스너우트 | 땜장이

스너그 | 소목장이

스타블링 | 재봉사

그 외 | 요정의 왕과 왕비의 시중을 드는 다른 요정들,
　　　　　시시어스와 히폴리타의 시중을 드는 시종들

줄거리

이 작품은 사랑의 변덕스러움과 진실한 사랑의 승리를 그리고 있는 작품으로, 특히 멘델스존은 이 작품을 읽고 그 환상적이며 괴이한 시적 여운에 감흥을 느껴 극음악 「한여름 밤의 꿈」을 작곡했다. 덕분에 셰익스피어의 다른 어떤 작품들보다도 자주 공연되고 있다.

이 작품에는 요정과 귀족, 그리고 서민이 등장한다. 마을의 처녀 허미아는 아버지의 뜻에 따라 디미트리어스와 결혼을 해야 한다. 하지만 그녀가 사랑하는 사람은 디미트리어스가 아니라 라이샌더다. 결국 허미아는 라이샌더와 함께 아테네 근교의 숲으로 도망치고, 디미트리어스가 그녀의 뒤를 좇아간다. 디미트리어스를 사랑하는 허미아의 친구 헬레나 역시 디미트리어스를 따른다.

네 사람이 모인 이 숲은 요정들이 출몰하는 곳이다. 요정 퍽의 손에는 사랑의 묘약인 꽃즙이 쥐어져 있었는데, 이것은 눈을 떴을 때 처음 눈에 띈 것을 사랑하게 만드는 힘을 갖고 있다.

요정 왕인 오베론은 퍽에게 인도 소년에게 빠져 있는 요정 여왕의 눈썹에 꽃즙을 바를 것을 명한다. 그런데 퍽이 실수로 그것을 라이샌더에게 바르고, 라이샌더는 잠을 깨운 헬레나에게 반해버린다. 한편 디미트리어스에게 오베론이 꽃즙을 바르자, 잠을 깬 그는 헬레나를 사랑하게 된다. 모든 관계가 완전히 반대로 된 것이다.

그러자 이 사실을 알아챈 오베론은 다른 꽃의 즙을 발라 먼저 약의 효과를 없애고 원래 상태로 되돌려 놓는다.

제 1 막

제 1 장

아테네, 시시어스의 궁전

시시어스와 히폴리타, 필러스트레이트와 시종들 등장

시시어스　아름다운 히폴리타여, 이제 우리가 결혼식을 올릴 시각이 걸음을 재촉하여 코앞으로 다가왔소. 이지러지는 그믐달의 발걸음은 참으로 느리기만 하구려. 내 소망의 실현을 이토록 늦추고 있으니 말이오. 마치 유산 상속자의 재산이나 축내는 계모나 유산 상속권을 가진 미망인처럼 말이오.

히폴리타　나흘 낮이라 해도 한순간에 밤의 어둠 속으로 녹아들 것이고, 나흘 밤이라 해도 꿈결처럼 빨리 흘러갈 것입니다. 그러면 밤하늘이 막 잡아당겨 팽팽해진 은빛 활 같은 초승달이 우리의 결혼식이 치러질 그 밤을 지켜볼 것입니다.

시시어스　자, 필러스트레이트. 가서 아테네의 젊은이들을 유쾌하게 만들어주어라. 생기를 불어넣어 주어 흥에 겨운 어깨춤이 절로 나도록 하라. 울적한 기분일랑 장례식장으로 보내버리고, 안색이 창백한 자는 우리 결혼식에 부르지도 말라. (필러스트레이트 퇴장) 히폴리타, 나는 이 검으로 그대와 겨룬 끝에 청혼을 하여 그대의 사랑을 얻었으니 그대에게 거친 면만을 보여주었던 것 같소. 하지만 결혼식만은 성대하고 화려하면서 유쾌하게 치를 생각이오.

이지어스와 허미아, 라이샌더와 디미트리어스 등장

이지어스   시시어스 공작님께 만복이 깃드시기를!

시시어스   고맙소, 이지어스 공. 무슨 일로 오셨소?

이지어스   제 딸년 허미아가 속을 썩여서 고민 끝에 하소연이라도 할까 하고 이렇게 달려왔습니다. 디미트리어스, 앞으로 나오게. 고귀하신 공작 전하, 이 사람은 제가 딸년을 주겠노라고 허락한 사람입니다. 라이샌더, 자네도 앞으로 나오게. 자비로우신 공작 전하, 이자가 제 딸년을 유혹해서 그년의 마음을 사로잡은 사람입니다. 라이샌더, 너는 내 딸년에게 사랑의 시를 써서 선물로 주었지. 밤마다 내 딸의 창문 밖에서 제딴에는 달콤한 목소리로 사랑의 연가를 부르면서 그 애의 마음속에 네 모습을 심어놓은 거야. 네 머리카락으로 만든 팔찌며 반지, 값싼 물건과 장식품, 꽃다발과 자질구레한 과자 등으로 순진한 내 딸년의 마음을 훔쳐갔지. 공작님, 만일 제 딸년이 공작 전하 앞에서 제가 허락한 디미트리어스와 결혼하는 데 동의하지 않는다면 이 사람에게 아테네에서 예로부터 전해 내려오는 아비의 특권을 허락해주십시오. 딸년은 제 소유이오니 제가 처리하도록 말입니다. 즉, 아테네의 법률에 따라 제 딸년이 이 젊은이와 결혼하든가, 아니면 죽음을 택하든가 양자

택일하도록 해주십시오.

시시어스   허미아, 너는 어떻게 생각하느냐? 아버지는 너에게 하느님과 같은 법이 아니냐? 너에게 아름다움을 주신 분이기 때문에 이처럼 아름다운 모습을 그대로 두든, 부숴버리든 모두 그분의 뜻에 달려 있다. 게다가 디미트리어스는 훌륭한 신사가 아니냐?

허미아   라이샌더 도련님도 그러하옵니다.

시시어스   물론 그렇겠지. 그러나 그는 네 부친의 승낙을 받지 못했으니 다른 쪽이 더 훌륭하다고 할 수밖에 없지 않으냐?

허미아   아버지께서도 제 마음의 눈으로 좀 보아주셨으면 하고 바랄 따름입니다. 감히 부탁하건대 공작님, 만일 디미트리어스 도련님과의 결혼을 거절한다면, 저에게 내려질 최악의 형벌이 어떤 것인지요?

시시어스   교수형을 당하든가, 아니면 세상 사람들과 영원히 등진 채로 살아가든가 둘 중 하나이다. 그러니 아름다운 허미아야, 네가 진실로 원하는 것이 무엇인지 잘 헤아려보고, 젊음에 사로잡힌 네 감정을 확인해 보고, 네 격정까지 잘 살펴보렴. 만일 네가 네 부친이 정한 남자를 마다한다면, 네가 과연 수녀복을 걸치고 평생을 어둠침침한 수녀원에 갇힌 채, 수태도 못하는 쓸쓸한 독신녀로 살아갈 수 있을 것 같으냐? 물론 달의 여신을 찬양하는 무미건조한 찬송가를 부르면서 격정을 다스리며 일생을 살아가는 것도 하늘의 축복일 수 있겠지. 그러나 장미처럼 가시로 보호받으며 향기를 뿌리다가 도도히 홀로 시드는 것보다 더 큰 행복이 세속에 있느니라.

허미아   저는 순결한 처녀로서 저의 특권을 영혼이 원하지도 않는 그분의 속박에 내맡기기보다는 차라리 그렇게 자라서 그렇게 살다가 그렇게 죽겠습니다, 전하.

시시어스　다시 한번 시간을 갖고 생각해보아라. 그리고 이번 초승달이 뜨면 나는 내가 사랑하는 히폴리타와 영원히 변치 않는 인생의 동반자가 되겠노라고 언약하는 백년가약을 맺을 것이다. 바로 그날 너도 네 아버지의 명을 따라 디미트리어스와 결혼하든가, 아니면 평생을 금욕하면서 처녀신 아르테미스의 제단에서 독신으로 살아가겠노라는 맹세를 하든가 양자택일을 해야 한다.

디미트리어스　사랑스런 허미아, 그만 고집을 피우고 내 뜻을 받아주시오. 그리고 라이샌더, 자네도 부당한 뜻을 거두고 내 권리를 인정해주게.

라이샌더　디미트리어스, 자네는 이 아가씨 부친의 총애를 받고 있으니 그분과 결혼하게나. 허미아의 총애는 내가 차지할 테니.

이지어스　이 고약한 놈아, 너 말 한번 잘했다. 저 사람을 총애하기 때문에 내 소유물을 저 사람에게 주려는 거다. 내 딸은 내 소유물이니까. 나는 내 딸에 대한 모든 권리를 디미트리어스한테 양도할까 한다.

라이샌더　공작 전하, 저로 말씀드릴 것 같으면 가문으로 보나 재산으로 보나 이자보다 뒤질 것이 전혀 없는 사람입니다. 게다가 저의 애정이 이자의 것보다는 더 간절한 편인 데다, 비록 장래성은 디미트리어스보다 다소 뒤질지 모르지만, 아름다운 허미아의 사랑을 받고 있지 않습니까? 제가 권리를 주장해서 안 될 이유라도 있습니까? 당사자 앞에서 말씀드리기는 거북합니다만, 디미트리어스는 네다의 딸 헬레나에게 구애해 그 여자의 영혼을 사로잡은 바 있습니다. 가련하고 어여쁜 헬레나는 결점투성이인 이자에게 홀딱 반한 나머지 넋을 잃고 이자를 신처럼 숭배하고 있지요.

시시어스　사실은 나도 소문을 들은 적이 있어서 디미트리어스와 그 문제로 얘기를 하려고 했는데, 내 사적인 일로 분주해 그것을 잊고 있었다. 허미아, 결혼은 아버지의 뜻에 따르거라. 그러지 않으면 아테네의 법률에 따라 교수형이냐, 독신이냐를 어쩔 수 없이 택해야 한다. 나로서도 어쩔 수 없구나. 자, 히폴리타, 이리 오시오. 기분이 어떻소, 내 사랑이여? 안색이 조금 어둡구려. 디미트리어스와 이지어스 공, 갑시다. 우리 결혼식 준비를 위해서 그대들이 맡아서 해줘야 할 일도 있고, 그대들과 긴히 의논할 일도 있으니.

이지어스　네, 기꺼이 가겠습니다. (라이샌더, 허미아만 남고 모두 퇴장)

허미아　아, 슬픈 일이네요! 남의 눈으로 사랑할 대상을 선택하다니.

라이샌더　아니면 비록 사랑하는 두 사람의 뜻이 잘 맞는다 하더라도 전쟁이나 질병, 죽음과 같은 것들이 두 사람의 사랑을 덮쳐서 석탄처럼 새까만 밤중에 번쩍 하면서 세상을 비추고는 사람들이 '저것 봐!' 하고 말할 사이도 없이 어둠 속으로 묻혀버리는 번갯불처럼 덧없는 것으로 만들어버리니! 이렇게 생동하는 빛을 발하는 아름다움이란 순식간에 덧없이 사라지게 마련이지.

허미아　진실한 사랑을 나누는 연인들이 언제나 그렇듯 쉽게 좌절해왔다면, 아마 운명이 정해놓은 규칙이라고 해야겠죠. 하지만 시련이 와도 인내하는 법을 배울 필요가 있습니다. 사랑에는 반드시 따라다니는 비관적인 생각과 꿈과 한숨, 희망과 눈물 같은 사랑의 동반자들처럼, 그것은 언제나 만나게 되는 좌절이 아닐까요.

라이샌더　맞는 말이오. 허미아, 하지만 내 말 좀 들어보시오. 내게는 날 끔찍이 아끼는 숙모 한 분이 살아 계시다오. 돈 많은 미망인으로 자식들은 하나도 없소. 아테네로부터 10킬로미터쯤 떨어져 있는 시골에 살고 계시는데, 나를 당신의 외아들처럼 생각해주고 계신다오. 아무리 가혹한 아테네의 법률일지라도 그곳까지는 따라오지 못할 거요. 당신이 날 진정으로 사랑한다면, 내일 밤 그대 아버지의 집을 몰래 빠져 나오시오. 그리고 마을에서 2킬로미터쯤 떨어진 그 숲속에서 만납시다. 언젠가 내가 오월제 아침축제 때 헬레나와 함께 있던 그대를 만났던 그 숲 말이오. 거기서 내 그대를 기다리겠소.

허미아　오, 내 사랑! 라이샌더 도련님. 물론 가고말고요. 큐피드의 가장 강한 활과 황금화살 촉이 달린 가장 좋은 화살에 걸고, 비너스의 수레를 끄는 비둘기들의 청순함에 걸고, 당신께 굳게 맹세합니다. 당신이 지금 말씀하신 바로 그 장소에서 내일 당신을 만나뵐게요.

라이샌더　틀림없이 약속을 지켜주시오, 내 사랑. 아, 저기 헬레나가 오는구려. (헬레나 등장)

허미아　어여쁜 헬레나, 잘 있었니?

헬레나　내가 예쁘다고 했니? 다시는 어여쁘다는 말은 하지도 마! 디미트리어스가 사랑하는 사람은 바로 너잖니? 너는 얼마나 행복할까! 네 아름다움이 전염병처럼 나에게 옮겨지기만 한다면, 내가 이 자리를 뜨기 전에 네 목소리와 네 아름다운 눈이, 네 혀의 달콤한 선율이 나한테 옮겨지면 얼마나 좋겠니? 만일 내가 이 세상의 주인이라면, 디미트리어스를 제외한 나머지 모든 걸 너에게 넘겨줄 수도 있으련만.

허미아　걱정하지 마. 그는 두 번 다시 나를 만날 수 없을 테니까. 난 라이샌더님과 함께 이 아테네에서 벗어날 거야. 라이샌더님을 만나기 전만 해도 이 아테네가 내겐 천국이었는데. 아, 사랑하는 내 님에게 그 어떤 마력이 있는지는 모르겠지만, 이분을 만나고 나서는 천국이 지옥으로 변해버렸어!

라이샌더 헬레나, 아가씨에게만 비밀을 털어놓는 거요. 내일 밤 달의 여신 피비가 거울 같은 물 위에 자신의 은빛 얼굴을 비쳐보고, 풀잎들이 진주알 같은 이슬로 몸을 장식할 무렵, 우리는 이 아테네의 성문을 빠져나갈 계획이오. 사랑의 도피를 하는 연인들의 발자취를 숨기기에는 더없이 좋은 시간이잖소.

허미아 기억하지? 너와 내가 연한 자주색 앵초꽃을 침상으로 삼고 누워서 서로의 마음속에 숨겨놓은 예쁜 비밀을 털어놓곤 했던 그 숲 속 말야. 그곳에서 라이샌더 도련님과 나는 만나기로 했단다. 그리고 그 길로 아테네를 떠나 새로운 친구와 이웃들을 만날 거야. 물론 아테네에는 두 번 다시 돌아오지 않을 거야. 잘 있어, 헬레나. 우리 두 사람을 위해 기도해줘. 너도 디미트리어스와 좋은 짝을 이루길 바랄게! (모두 퇴장)

제 2 장

아테네, 퀸스의 오두막

목수 퀸스, 소목장이 스너그, 직조공 보톰, 풀무 수선공 플루트, 땜장이 스너우트, 재단사 스타블링 등장

퀸 스 어디…… 우리 단원들이 다 모인 건가? 우리가 할 연극은 정말 슬픈 희극으로서 피라므스와 시스비의 처참하기 짝이 없는 죽음을 다룬 거라네.

보 톰 아주 멋진 연극이 될 거야. 자, 퀸스, 어서 두루말이를 보고 배역을 발표하라고.

퀸 스 그럼 먼저 호명부터 하겠네. 직조공 닉 보톰?

보 톰 여기 있네. 먼저 내 역할부터 말해주게.

퀸 스 닉 보톰, 자네는 피라므스 역을 맡도록 돼 있네.

보 톰 피라므스라면 어떤 역할이지? 애인 역인가, 폭군 역인가?

퀸 스 애인 역이네. 사랑 때문에 용감하게 죽음을 택하는 슬픈 역일세

보 톰 거, 내가 그 역만 제대로 해내면 울음바다가 되겠군. 관객들에게 눈을 조심해야 한다고 말해두게. 먼저 눈물의 폭풍을 일으킨 다음, 눈물의 바다에 빠지게 해줄 테니.

퀸 스 풀무 수선공 플루트? 자네는 시스비 역을 맡아줘야겠네.

플루트 시스비가 누구지? 방랑하는 기사인가?

퀸 스   아니, 피라므스가 사랑하는 여인일세.

플루트   안 돼. 여자 역은 정말 사양하겠네. 나를 좀 보라고, 턱수염이 돋아나기 시작했잖아.

퀸 스   전혀 상관없네. 가면을 쓰고 할 테니까, 될 수 있는 한 목소리만 가늘게 뽑으면 돼. 재단사 로빈 스타블링? 자네는 시스비의 어머니 역을 맡아줘야겠네. 그럼 다음은 톰 스너우트?

스너우트   여기 있네, 피터 퀸스.

퀸 스   자넨 피라므스의 아버지 역일세. 나는 시스비의 아버지 역이고. 소목장이 스너그, 자네는 사자 역을 맡아주게. 이것으로 배역은 다 정해진 거지?

스너그   사자 역도 대사가 있겠지? 써놓았다면 미리 주게. 난 외우는 데는 워낙 느려서.

퀸 스   그거야 즉석에서 하면 되지. 그냥 으르렁대는 일밖에 더 있나?

보 톰   내가 사자 역을 하면 좋겠는데. 듣는 사람들 가슴이 시원해지도록 으르렁거리게.

퀸 스   맞아. 자네가 무섭게 으르렁거리면 공작님 부인이나 귀부인들이 기겁을 해서 비명을 지를 거야. 그렇게 되면 우리들은 교수형을 당하고도 남겠지.

일 동   그렇고말고. 우리는 교수형을 당하겠지, 전부 다.

보 톰   하긴 그렇지. 귀부인들이 기겁이라도 하는 날엔 우리들을 교수형시키겠다는 생각밖에 다른 분별력이 남아 있을 수가 없겠지.

퀸 스   자네가 지금 할 수 있는 건 피라므스 역말고는 없네. 피라므스는 얼굴부터 아주 잘생겼거든. 한창 때인 여름날에야 볼 수 있는 미남인 데다 멋쟁이이며 신사 중의 신사지. 그러니 자네가 부득이 피라므스 역을 맡아줘야겠네.

보 톰 좋아, 그럼 내가 그 역을 맡기로 하지.

퀸 스 자, 장인 여러분. 여기 여러분이 외워야 할 대사가 있소. 내가 제발 부탁하고, 간청하고, 소망하는 바는 여러분이 이걸 내일 밤까지 외워 오는 것이오. 그럼 내일 달밤에 마을에서 2킬로미터쯤 떨어진 떡갈나무 숲에서 연습을 해봅시다. 마을 한복판에서 하면 사람들이 몰려들 테고, 그렇게 되면 모처럼 준비한 우리 계획이 탄로나기 쉬우니까.

보 톰 좋아. 그곳이라면 더없이 음탕한 대사라도 용감하게 연습을 할 수 있지. 자, 그럼 수고들 하게. 우리 모두 한마디도 틀리지 않게 하자고! 잘 가게! (모두 퇴장)

제 2 막

제 1 장

아테네 근교의 숲

오베론이 퍽과 시종들을 거느리고 등장, 다른 편에서는 타이테니아
가 시중 드는 요정들과 등장

오베론　오만한 타이테니아, 달밤에 잘 만났소이다.

타이테니아　아니, 시기심 많은 오베론이 웬일이세요? 얘들아, 어서 가
자. 저 양반과는 잠시라도 가까이 있고 싶지 않구나. 잠자리에 드는 일
도 앞으론 없을 거야.

오베론　타이테니아, 창피하게 이러지 맙시다. 이 숲에는 얼마 동안이
나 있을 생각이오?

타이테니아　시시어스 공작의 결혼식이 끝날 때까지요. 당신이 이것저
것 꾹 참고 우리들과 함께 춤을 추고 달빛 속에서의 향연을 즐길 생각
이 있다면 오셔도 괜찮아요. 그러나 그럴 생각이 없다면 지금 가버리
세요. 당신이 가는 곳에 난 갈 생각이 없으니.

오베론　그 소년을 내게 넘겨준다면 나도 동행하겠소.

690

타이테니아　　요정나라를 다 준다 해도 그렇게 할 수 없다고 했잖아요. 요정들아, 가자! 더 이상 지체했다간 또 싸우게 되겠다. (타이테니아와 그 일행 퇴장)

오베론　　그래, 갈 테면 가라지. 내 이 모욕의 앙갚음으로 이 숲에서 한 발짝도 못 벗어나게 만들어줄 것이니. 상냥한 나의 퍽아, 이리 오너라. 너도 기억하고 있겠지? 언젠가 내가 바닷가 바위에 앉아 있었는데, 돌고래 등을 타고 있던 인어 하나가 노래하는 것을 들었던 적이 있지? 그 노랫소리가 어쩌나 달콤하고 아름답던지 거친 파도도 노래를 듣고 잠잠해지고, 별들도 어떤 것들은 매혹된 나머지 미친 듯이 제 궤도에서 뛰쳐나왔던 일을 말이야.

퍽　　기억하고말고요.

오베론　　그때 나는 활로 완전 무장을 한 큐피드가 싸늘한 달과 지구 사이에서 무엇을 나르고 있는지 보았단다. 그 녀석은 서쪽 왕좌에 자리잡고 있는 아름다운 처녀왕을 향해 정확하게 겨냥을 했고, 그 사랑의 활은 힘차게 떠났지. 수천, 수만의 젊은이들의 가슴이라도 꿰뚫을 기세였지. 그때 나는 큐피드의 화살이 떨어진 장소를 눈여겨 봐두었지. 서쪽 나라에서 피는 한 송이 작은 꽃 위에 떨어졌는데, 우유처럼 하얀 그 꽃은 금세 사랑의 상처로 자주색으로 물들더구나. 처녀들은 그 꽃을 '사랑에 취한 야생 비올라'라고 부르지. 네가 그 꽃을 따와야겠다. 언젠가 내가 너한테 보여준 적이 있는 그 화초 말이다. 그 화초의 꽃즙을 잠자는 남자나 여자의 눈꺼풀에 떨어뜨리면, 잠을 깨는 순간 눈에 띄는 최초의 창조물을 미친 듯이 사랑하게 된단다. 그 화초를 따오되, 고래가 십리를 헤엄쳐 가기 전에 단숨에 달려갔다 돌아와야 한다.

퍽   40분이면 지구를 한 바퀴 돌지요. 냉큼 다녀오겠습니다.

오베론   그 꽃즙을 손에 넣기만 해봐라. 가져오자마자 타이테니아가 잠들기를 기다렸다가 그녀의 눈꺼풀에 한 방울 떨어뜨려야겠다. 그러면 그녀가 깨어나 최초로 보는 것을, 그것이 사자든, 곰이든, 늑대든, 황소든, 까불거리는 원숭이든 영혼의 밑바닥까지 홀딱 반해서 쫓아다니겠지. 그리고 이 마법을 그녀의 눈에서 풀어주기 전에 그 시동을 그 여자의 손에서 반드시 빼앗아야지. 그런데 누가 오는 걸까? 어디 저 사람들 이야기를 살짝 엿들어볼까?

디미트리어스가 등장하자 헬레나가 뒤따라 등장

디미트리어스   제발 날 따라다니지 마시오. 나는 이제 더 이상 당신을 사랑하지 않는다고 그러지 않았소? 그런데 라이샌더와 아름다운 허미아는 어디 있는 거요? 내 그놈을 죽일 생각이지만, 그 아가씨는 나를 말려 죽이고 있소. 두 사람이 몰래 이 숲속으로 도망쳤다고 당신이 말해서 내 여기까지 달려왔건만, 사랑하는 허미아가 보이지 않으니 미칠 것만 같군. 어쨌든 당신은 가시오. 더 이상 나를 따라다니지 말고.

헬레나   당신이 나를 끌어당기고 있어요. 차가운 자석 같은 도련님께서 말이죠. 그러나 당신에게 끌리는 내 마음은 단순한 쇠붙이가 아니랍니다. 제 가슴은 강철같이 진실한 사랑을 품고 있답니다. 그 자력을 거둬보세요. 그러면 제가 도련님을 쫓아다닐 힘도 사라지고 말 거예요.

디미트리어스   내가 그대를 유혹하고 있다는 말이오? 내가 그대에게 친절한 말이라도 한마디 한 적이 있던가? 오히려 나는 분명히 말했소.

그대를 사랑하지도 않고, 사랑할 수도 없다고 말이오.

헬레나　바로 그런 이유 때문에 제가 그대를 사랑하고 있는 거예요. 저는 그대의 애완견 스파니엘과 다름없어서, 그대가 저를 때리면 때릴수록 더욱 그대를 따를 거예요. 제발 보잘것없는 계집애지만 그대 곁에 있도록 허락해주세요.

디미트리어스　그대는 처녀로서 지켜야 할 정숙함마저 잃은 것 같구려. 자기를 사랑해주지도 않는 사람의 손에 몸을 맡기려 하다니. 더구나 한밤중이라는 위험한 시각이 아니오? 장소 또한 으슥한 곳이라 누구라도 나쁜 마음을 일으킬 수가 있을 텐데. 당신은 지금 처녀성이라는 값진 보화를 갖고 있잖소?

헬레나　그대의 덕망이 저를 지켜주시겠죠. 왜냐하면 제가 그대의 얼굴을 볼 수 있는 동안은 캄캄한 밤이 아니거든요. 따라서 저는 지금 밤이라는 시각에 있는 것도 아니며, 또한 으슥한 곳에 있는 것도 아니죠. 당신은 저에게 이 세상 전부나 다름없으시고, 이 숲속도 세상과 동떨어진 곳이 아니거든요. 온 세상이 이렇게 저를 지켜보고 있는데, 어떻게 혼자 있다고 말할 수 있겠어요?

디미트리어스　더 이상 그대와 입씨름할 틈이 없소. 자, 이젠 나를 보내주시오. 그리고 끝까지 따라다니려면 잊지 마시오. 숲속에서 내가 그대에게 몹쓸 짓을 할지도 모르니.

헬레나　그래요. 신전에서도, 시내에서도, 그리고 들판에서도 저에게 몹쓸 짓을 하셨죠. 이젠 그만 하세요, 디미트리어스 도련님. 그 부당한 행동은 여성에게는 부끄러움을 안겨줄 뿐이죠. 여성들은 남성들이 그러듯이 사랑을 얻기 위해 싸울 수는 없어요. 여성들은 사랑을 받아야지, 사랑을 구하도록 되어 있지는 않거든요. (디미트리어스 퇴장) 그래도 저는 당신을 따라가겠어요. 그토록 사랑하는 이의 손에 죽을 수 있다면, 지옥의 고통도 천국의 기쁨이 되겠죠. (퇴장)

오베론　오, 잘 가거라, 요정이여. 내 그대의 원을 들어주리라. 그대가 이 숲을 떠나기 전에 그대가 도망 다니고, 그가 그대 사랑을 얻느라 뒤쫓아다니도록 해주겠소.

퍽, 다시 등장

오베론　마침 잘 왔구나. 이 방랑자야. 그래, 그 꽃은 구해왔겠지?

퍽　예, 여기 가져왔습니다.

오베론　그것을 이리 다오. 타이테니아가 꽃 속에서 춤을 추며 놀다가 밤이면 꽃이불을 덮고 몇 시간 잠을 자는 언덕으로 가자. 그러면 나는 이 꽃즙을 그녀의 눈꺼풀에 떨어뜨려야겠다. 아마 그 순간 그녀는 온통 야릇한 환상에 사로잡힐 테지. 너도 이 꽃즙을 조금 가지고 가서 이 숲을 뒤져봐라. 아름다운 아테네 아가씨 한 사람이 자기를 싫어하는 젊은이에게 홀딱 반해 있을 테니, 그 남자의 눈꺼풀에 꽃즙을 몇 방울 떨어뜨려야 한다. 그러나 그가 눈을 뜨자마자 바로 그 아가씨를 보여주도록 주의하거라. 꼭 그렇게 해야 돼. 아마 남자는 금방 찾을 수 있을 거다. 아테네 옷을 입고 있으니 쉽게 알아볼 수 있겠지. 그녀가 남자를 사랑하는 것 이상으로 남자가 그녀를 사랑하게 되도록 일을 조심해서 잘 처리해야 해. 그리고 이 일이 끝나면 첫닭이 울기 전에 나에게 돌아오는 것을 잊어선 안 된다. (모두 퇴장)

제 2 장

숲의 다른 곳

타이테니아가 잠이 들자 오베론이 꽃즙을 들고 등장

오베론　그대가 잠에서 깨어나 눈앞에 나타난 것은 무엇이 되든 (타이테니아의 눈꺼풀에 꽃즙을 떨어뜨린다) 그대의 진정한 애인으로 잘못 알고 그자에 대한 사랑으로 애태우게 될 것이로다. 그것이 시라소니든, 고양이든, 산돼지든, 곰이든, 표범이든, 털이 곤두선 멧돼지든 그대가 깨어났을 때 눈앞에 보이는 게 무엇이든 보는 순간 그대의 애인이 될 것이로다. 어떤 흉측한 것이 나타났을 때 잠에서 깨어나라. (오베론 퇴장하고 라이샌더와 허미아 등장)

라이샌더　어여쁜 내 사랑, 숲속을 헤매느라 당신도 기진맥진했구려. 솔직히 말하자면 나도 어디가 어딘지 모르겠소. 여기서 좀 쉬도록 합시다. 그대만 괜찮다면 날이 밝을 때까지 여기서 잠시 눈을 붙입시다.

허미아　좋아요, 라이샌더님. 나는 이 언덕을 베개삼아 쉴 테니, 당신도 잠자리를 찾아 주무세요.

라이샌더　한 뼘의 잔디면 우리 두 사람의 베개로 충분할 거요. 몸은 둘이지만 마음도 잠자리도 하나지. 가슴은 둘이지만, 진실은 하나요.

허미아　안 돼요, 라이샌더 도련님. 저를 위해서, 아직은 떨어져 누우셔야 합니다. 그렇게 가까이 오지 마세요.

한여름 밤의 꿈　695

라이샌더   흑심 없는 내 말을 부디 이해해주시오. 연인 사이의 대화란 사랑으로 참뜻을 전달하는 법이라오. 내 마음과 당신의 마음이 이렇게 맺어져 있으니 마음이 하나라고 한 것뿐이오. 그러니 당신 곁에 내가 눕는 것을 두려워하지는 마시오. 절대로 허튼짓을 하거나 그러지는 않겠소.

허미아   아 참, 라이샌더님. 역시 말씀을 잘하시는군요. 당신이 허튼짓을 하실지도 모른다고 이 허미아가 말했다면, 저야말로 오만하고 태도가 불손한 여자라는 비난을 받아도 마땅하겠죠. 하지만 점잖으신 분이여, 우리의 사랑과 예절을 위해, 인간의 도리인 품위를 위해, 조금만 더 거리를 두고 누워주세요. 윤리적으로 정숙한 처녀와 예의 바른 총각에게 알맞다고 할 수 있는 만큼의 거리 말입니다. 그래요. 그만큼의 거리를 두고 자기로 해요.

라이샌더   그럼 나는 여기서 자겠소. 잠이여, 그대에게 모든 안식을 주기를!

허미아   그 소망의 절반은 소망하시는 분 눈에 깃들어 편히 잠드시기를! (두 사람, 잠이 든다)

퍽 등장

퍽   숲속을 아무리 샅샅이 뒤져도 이 사랑의 꽃즙이 사랑하는 마음을 불러일으키는 마력을 갖고 있는지 아닌지 눈꺼풀에 발라 시험해볼 수 있는 아테네 옷을 입은 사람을 찾아볼 수가 없군. 밤의 침묵만이 숲속을 감돌 뿐이로구나. 그런데 이게 누구일까? 오베론 폐하께서 말씀하신 대로 아테네 사람의 옷을 입고 있잖아. 그럼 이자가 바로 그자렸다. 오베론 왕이 그 아테네 처녀를 능멸하고 있다고 말씀하신 그자 말이야. 그러고 보니 이 처녀는 눅눅하고 더러운 땅바닥에서 잠들어 있네. 딱한 것! 이 피도 눈물도 없는 녀석 곁에는 감히 눕지도 못했구나. (라이샌더의 눈꺼풀에 꽃즙을 바른다) 이 무지한 놈! 네 녀석의 눈꺼풀에 이 마술의 꽃즙을 발라주마. 이제 네 녀석이 잠에서 깨어나면 상사병에 걸린 나머지 잠도 못 자게 만들어줄 것이다. 내가 가면 그렇게 잠에서 깨어나거라. 나는 오베론 왕한테 가서 보고를 드리면 되겠구나. (퇴장)

디미트리어스와 헬레나, 뛰어서 등장

헬레나 절 죽이셔도 좋으니 잠깐만요, 디미트리어스 도련님! 제발 기다려주세요.

디미트리어스 이렇게 귀찮게 따라다니지 말라고 했잖소. 저리 가시오.

헬레나 이 어둠 속에 저를 내버려두고 가실 거예요? 설마 그러지는 않겠죠?

디미트리어스 목숨이 아깝거든 따라오지 말고 거기 서시오. 나는 혼자 갈 테니. (퇴장)

헬레나 아아, 어리석게도 뒤를 쫓아 달리기만 했으니 숨이 차서 쓰러질 것만 같네. 간절히 기도하면 할수록 왜 내가 받는 은총은 적어지는 걸까? 허미아는 어디에 있든 행복할 텐데. 그렇게 매혹적인 눈을 타고 났으니 말이야. 그 애는 어쩌면 그렇게 눈빛이 영롱할까? 설마 짜디짠 눈물 덕은 아니겠지? 만일 그렇다면 눈물이야 내가 더 많이 흘렸을 텐데. 아니, 아니! 나는 곰처럼 흉하게 생긴 게 틀림없어. 나를 보면 짐승들도 도망가잖아. 그러니 이상할 것도 없지. 디미트리어스가 나를 보면 괴물이라도 만난 것처럼 도망치는 것도 그 때문이겠지. 대체 내 거울은 얼마나 사악하고 위선적이기에 나의 눈과 허미아의 별빛과 같은 눈을 비교해볼 수 있도록 해놓았담. 어, 이게 누구지? 라이샌더 도련님이잖아. 왜 땅 위에 누워 계신 거지? 죽었나, 아니면 자는 걸까? 피도 흘리지 않고 상처도 없긴 하지만 라이샌더 도련님, 살아 계시다면 제발 일어나!

라이샌더   (잠에서 깨어나 벌떡 일어나며) 내 그대를 위해서라면 불 속이라도 뛰어들겠소! 수정처럼 투명하고 아름다운 헬레나 아가씨! 그대의 가슴을 뚫고 그 마음을 훤히 들여다볼 수 있다니! 이거야말로 대자연의 마법이 아니고 무엇일까. 그런데 디미트리어스는 어디 있지? 아, 얼마나 간악한 이름인가. 내 검에 죽기에는 더없이 좋은 이름이지.

헬레나   라이샌더 도련님, 제발 그런 말씀은 마세요. 그분이 도련님의 허미아를 사랑한다 해도 그게 도련님과 무슨 상관이죠? 그래도 허미아는 도련님을 사랑하고 있으니까 그것으로 만족하세요.

라이샌더   허미아로 만족하라고? 천만에! 나는 지금 이렇게 후회하고 있는데. 그녀와 함께 보냈던 그 지루했던 순간들은 생각만 해도 후회스러우니까. 허미아가 아니라 당신이오, 내가 사랑하는 여인은. 검은 까마귀를 하얀 비둘기와 바꾸려는 것은 누구에게나 당연한 일 아니오? 본디 남자의 욕망은 이성에 지배를 받는 법인데, 내 이성은 허미아보다는 아가씨가 훌륭한 처녀라고 속삭이고 있소. 자라나는 과정에 있는 것은 제철을 만나야 무르익는 법, 나 역시 풋내기라 지금까지는 이성적 판단을 충분히 내릴 만큼 무르익지 않았던 거요. 그러나 이제 인간으로서 분별력을 제대로 갖게 되어 이성이 내 욕망의 안내자가 되어 아가씨의 눈을 들여다보니, 비로소 읽을 수 있게 된 거요. 사랑의 책 속에 씌어 있는 사랑의 이야기들을.

헬레나 무엇 때문에 내가 이렇게 가혹한 수모를 당해야 하지? 대체 내가 무슨 짓을 했다고 이런 멸시를 받는 거지? 지금까지 디미트리어 스님한테 따뜻한 눈길 한 번 받지 못한 것도 가슴 아픈데, 당신까지 저를 멸시하시다니요. 정말이지, 당신은 저를 모욕하고 계신 거예요. 그렇게 능멸하는 태도로 구애를 하시다니. 하지만 안녕히 계세요. 솔직히 말씀드리면, 저는 도련님을 정말로 진지한 신사로서의 자질을 갖춘 분이라고 생각했어요. 아, 슬픈 운명이로구나. 한 남자로부터는 버림받고, 그 때문에 또 다른 남자로부터 이렇게 조롱을 받게 됐으니. (퇴장)

라이샌더 저 아가씨가 허미아를 보지 못했으니 정말 다행이군. 허미아, 그대는 거기서 영원히 잠들어 다시는 내 곁에 가까이 오지 말기를! 단것을 너무 먹어서 물리게 되면 위에서 받아들이지 않고, 사람들이 등진 사교는 그 사교로 인해 증오를 받듯이 나의 포식이요, 나의 이단인 그대. 만인에게도 증오의 대상이지만, 무엇보다 나의 큰 증오의 대상이 아닐 수 없다. 그리고 나의 모든 능력이여! 내 사랑과 힘을 모두 바쳐서 헬레나를 숭배하고 그녀의 기사가 되도록 하라! (퇴장)

허미아 (잠에서 깨어나면서) 살려줘요, 라이샌더 도련님. 사람 살려요! 제 가슴에서 기어다니는 이 독사를 좀 떼어줘요! 아, 이런! 무서운 꿈이었네! 라이샌더님, 저를 좀 보세요. 무서워서 온몸이 부들부들 떨리네요. 뱀이 내 심장을 파먹는 줄 알았어요. 그런데도 당신은 앉아서 그저 웃고만 있지 뭐예요. 라이샌더님! 아니, 어딜 가셨을까? 라이샌더! 제 말이 안 들려요? 아, 제발 대답해보세요. 아무런 대꾸가 없네. 가까이에는 안 계시는 게 분명하구나. (퇴장)

제 3 막

제 1 장

숲속

타이테니아는 계속 자고 있다. 퀸스, 보톰, 스너그, 플루트, 스너우트, 그리고 스타블링, 따로 혹은 두어 사람씩 등장

보 톰 다들 모였는가?

퀸 스 그래, 어김없이 시간을 맞췄네. 그러고 보니 여기는 우리 연습 장으로는 그만일세. 자, 무대를 풀밭으로 하고 분장실을 산사나무 덤불로 하세. 그리고 공작님 앞에서 하듯 열심히 해보세.

보 톰 피터 퀸스!

퀸 스 왜 불렀지, 보톰?

보 톰 이 피라므스와 시스비에 관한 희극에는 좀 문제가 있네. 첫 번째는 피라므스가 자살을 하려고 칼을 뽑아드는 장면인데, 귀부인들이 이 장면을 본다면 그냥 넘어가지 않을 것 같네. 자네들은 그 문제를 어떻게 생각하는가?

스타블링 그건 그래. 아마 기절초풍할 거야.

스너우트　그러고 보니 그럴 것 같군. 자살하는 그 장면만은 빼는 건 어떨까?

보 톰　그럴 필요까지는 없네. 모든 걸 잘 해결할 수 있으니까. 거기다 해설을 붙이면 되잖아. 칼은 뽑지만 피는 보지 않고, 피라므스도 정말로 죽는 것은 아니라고. 이게 좀 미흡하면 좀 더 안심시키기 위해 이런 말을 덧붙일까? 나 피라므스는 실은 피라므스가 아니라 직조공 보톰이라는 말을 하라고 하지. 그럼 그분들은 무서워하지 않을 거야.

퀸 스　좋아. 그럼 그런 내용을 해설로 붙이도록 하자.

스너우트　귀부인들께서 사자는 무서워하지 않을까?

스타블링　틀림없이 무서워할걸.

보 톰　잠깐, 그럼 이 문제도 심사숙고해 봐야겠군. 귀부인들 앞에 사자를 등장시킨다는 건 매우 위험한 발상이니까. 하느님, 우리를 보호해 주소서! 이 세상에 살아 있는 사자만큼 사나운 맹금이 어디 있겠어. 우리는 이 문제를 한번 심각하게 생각해야 한다고.

스타블링　그럼 해설을 한 군데 더 붙여서 진짜 사자가 아니라는 말을 해줘야겠군.

보 톰　아니지. 그럴 게 아니라 이름을 말하는 게 어때? 사자의 목 밖으로 얼굴을 반쯤 내밀면서 말하면 되잖아. 정말로 자기 이름을 대고, 소목장이 스너그라고 솔직하게 정체를 밝히는 거지.

퀸 스　좋아, 그럼 그렇게 하자. 그래도 어려운 문제가 두 가지 남았는데, 첫 번째는 궁전의 홀에 어떻게 달빛을 끌어들이는가 하는 것이네. 잘 알고 있겠지만 피라므스와 시스비는 달밤에 만나잖아.

스너우트　우리가 연극을 하는 날 밤은 달이 뜨는 밤 아닌가?

보 톰　달력을 가져오게! 달력을 뒤지면 아마 달밤인지 아닌지 알 수 있을 거야. (퀸스가 그의 가방에서 달력을 꺼내 뒤적인다)

퀸 스　그날 밤엔 달이 뜨는군.

보 톰　그럼 연극할 때 그 넓은 홀의 창문을 활짝 열어두면 되겠군. 그러면 창문을 통해 달빛이 홀 안으로 흘러들어올 테니까.

퀸 스　그래도 좋지만, 누군가 가시덤불 한 다발과 등불을 들고 들어와서 달빛을 가리거나, 그 역을 맡은 사람이라고 밝혀도 되겠지. 그 다음으로 어려운 문제는 홀 안에 벽이 하나 있어야 한다는 거라네. 줄거리에 따르면 피라므스와 시스비는 벽 틈으로 얘기를 나누거든.

스너우트　그렇다고 벽을 쌓을 수는 없는 일이잖아? 자네는 어떻게 생각하나, 보톰?

보 톰　누구든, 어느 하나가 벽으로 분장해야지 뭐. 벽이라는 걸 나타내기 위해 온몸에 회반죽칠을 하거나 진흙이나 회반죽을 바르고 나오면 되잖아. 그런 다음 손가락을 이렇게 하고 서 있으면 되겠지. 피라므스와 시스비는 그 틈으로 속삭이면 되잖아?

퀸 스　아, 그렇게만 할 수 있다면 만사형통이네. 자, 자네들은 모두 다 자리에 앉아서 연습을 시작하게. 피라므스, 자네부터 해봐. 자네가 대사를 마치고 나면 저 덤불 속으로 몸을 숨기게. 자, 다들 자기 역할을 잊지 말도록. (퀸스. 스너그. 플루트. 스너우트 그리고 스타블링 퇴장하고 퍽 등장)

퍽　저놈들을 따라가야겠다. 녀석들을 빙빙 **뺑뺑이**를 돌려볼까? 늪 속으로, 숲속으로, 가시덤불 속으로. 나는 때로 말도 되고, 사냥개가 되기도 하고, 머리 없는 곰이나 돼지나 도깨비불이 되어 힝힝 울기도 하고, 컹컹 짖어대기도 하고, 곰처럼 으르렁거리기도 하고, 꿀꿀거리기

도 하고, 불꽃처럼 활활 타오르기도 하는 거야. (퇴장)

보 톰 다들 왜 도망가는 걸까? 이건 나를 놀라게 하려고 꾸민 자들의 술책임에 틀림없어.

스너우트와 퀸스 등장

스너우트 보톰, 이보게! 웬일이야? 자네 모습이 바뀌었잖아? 자네 꼴이 왜 그래?

퀸 스 저런 변이 어디 있나, 보톰! 자네는 모습이 바뀌었네.

보 톰 네놈들의 술책을 알고 있지. 나를 얼간이 당나귀로 만들어 놀라게 할 생각이겠지. 어디 할 수 있으면 해보라지. 하지만 놈들이 무슨 수를 쓸지라도 난 여기서 노래나 해야겠다. 내가 겁내지 않는다는 것을 보여줘야 하니까. (노래한다)

타이테니아 (노랫소리에 깨어난다) 어떤 천사가 꽃침대에서 잠이 든 나를 깨우는 걸까? 부탁이에요, 친절하신 분이시여. 다시 한 번 그 노래를 들려주세요. 내 귀는 그대의 노래에 홀딱 빠져버렸고, 제 눈은 그대의 멋진 모습을 본 순간 황홀해졌답니다. 당신의 아름다운 미덕의 힘이 제 뜻과는 상관 없이 저를 감동시킨 바람에 첫눈에 그대에게 사랑을 느꼈다는 고백을 하지 않을 수 없게 됐네요.

보 톰 아가씨, 이성이 있으신 분이라면 절대 그런 말씀을 해선 안 되겠죠. 하긴 요즘 세상에 이성과 사랑은 그리 좋은 관계는 아닌 듯싶습니다만, 더욱 개탄스러운 것은 이 둘을 화해시키려 드는 성실한 이웃도 없다는 점이죠. 참으로 딱한 노릇이 아닐 수 없습니다. 나도 때로는 핵

704

심을 찌르는 말 한마디쯤은 할 줄 알거든요.

타이테니아　당신은 멋지기도 하지만 지혜롭기도 하네요.

보 톰　무슨 말씀을! 하지만 지금 이 숲을 벗어날 수 있는 지혜만 있다면, 지혜롭다는 것을 인정할 듯싶습니다.

타이테니아　이 숲에서 빠져나가실 생각은 아예 하지도 마세요. 당신은 이곳에 오랫동안 머물러 계셔야 합니다. 원하든 원하지 않든 저로 말씀드릴 것 같으면, 평범한 지위의 요정은 아니랍니다. 여름이라는 계절이 저를 늘 따라다니며 복종을 하지요. 그러한 제가 당신을 사랑하오니, 저와 같이 있어주세요. 요정들에게 당신을 시중들라고 일러둘 테니까요. 그들은 깊은 바다에서 보물을 가져다 드리고 당신이 꽃밭에 누워 주무시면 자장가를 불러드릴 것입니다. 그리고 유한한 인간인 당신의 육체도 정화해, 공기처럼 육신이 없는 요정처럼 가볍게 만들어드릴게요. (모두 퇴장)

제 2 장

숲속의 다른 언덕

오베론과 퍽 등장

오베론　요 떠벌이야, 어떻게 됐느냐? 과연 재밌는 일이 일어났느냐?

퍽　여왕님께서 괴물에게 홀딱 빠졌습니다. 여왕님이 단잠을 주무시는데 시장 바닥에서 날품팔이를 하며 호구지책을 하는 한 무리의 어중이떠중이들이 모여 떠들어대고 있었죠. 그 녀석들은 시시어스 공작 나리의 결혼식날 보여줄 연극을 연습하러 모인 거였죠. 그 무지막지하게 우둔하고 멍청한 녀석들 가운데서도 가장 우둔한 자가 마침 연극에서 피라므스 역을 맡았사온데, 그자가 무대에서 나오더니 나무 덤불 속으로 들어가는 것이었습니다. 저는 바로 그 순간을 이용해서 그 녀석 머리에 당나귀 머리통을 씌워줬습니다. 이윽고 시스비 역을 맡은 자가 그자의 이름을 부르자 그는 대사를 마무리하기 위해 연습장에 나타났습니다. 제가 꾸며놓은 이 어릿광대를 본 순간 그의 농료들은 살금살금 기어오는 사냥꾼의 기미를 알아챈 기러기 떼처럼, 또는 황갈색 머리를 한 갈가마귀 떼가 총소리에 놀라 이리저리 흩어지며 정신없이 하늘을 뒤덮으며 날아가듯, 그렇게 혼비백산하여 사방팔방으로 흩어졌습니다. 바로 그 순간 타이테니아 여왕님께서 깨어나 당나귀를 보신 순간 한눈에 그 당나귀에게 반해버리셨다, 이 말씀입니다.

오베론　잘했다. 내가 생각했던 것보다 더 잘했어. 그건 그렇고, 그 아테네 사람 눈꺼풀에도 발라주었겠지?

퍽　물론입죠. 그자가 잠들어 있는 틈을 이용해 발라주었죠. 그 일 역시 분부대로 마쳤사옵니다. 그리고 마침 그의 곁에는 아테네 여인이 있었습니다. 아마 그자가 잠에서 깨어나면 그 여인을 안 볼 수 없었겠죠.

디미트리어스와 허미아 등장

오베론　몸을 숨겨야겠다. 저자가 바로 그 아테네 사람이다.

퍽　여자는 틀림없는데, 남자는 바뀐 것 같네요.

디미트리어스　당신을 이처럼 사랑하는 사람을 왜 비난하는 거요? 그렇게 가혹한 비난은 원수놈들에게나 하시오.

허미아　지금은 비난이나 하고 있지만, 앞으로는 좀 더 심하게 당신을 대해야 할 것 같군요. 나에게 저주받을 만한 짓을 저질렀으니까요. 만일 잠자는 라이샌더 도련님을 죽였다면, 기왕에 피를 보셨으니, 아예 나까지 죽여보세요. 한낮을 따라다니는 태양도 나에 대한 그분의 사랑처럼 끔찍하지는 않았어요. 그런 사람이 나를 내버려두고 혼자 갈 리가 없죠. 잠들어 있는 이 허미아를 두고 가다니? 그 얘기를 믿을 바에는 차라리 달이 이 단단한 대지를 뚫고 이 지구의 반대편으로 빠져나가 그 달의 형님인 태양을 불쾌하게 만들어주었다는 얘기를 믿는 게 낫겠지요. 당신이 그 사람을 죽이지 않았다면 누가 그를 죽였겠어요? 살인자의 모습은 유령처럼 음산하게 마련이죠.

디미트리어스　살인자의 모습이 유령 같다면, 나도 유령이나 다름없소. 당신의 그 잔인한 말이 내 가슴을 꿰뚫어놓았으니 말이오. 그런데도 살인자인 당신 모습은 밝고 영롱하니 알 수가 없구려. 마치 밤하늘에서 제 궤도를 지키며 찬란하게 빛나는 금성처럼 말이오.

허미아　아니, 그게 라이샌더 도련님과 무슨 상관이죠? 그분은 어디에 계신 거죠? 제발 부탁이에요. 착한 디미트리어스님, 그분을 저에게 데려다주세요.

디미트리어스   그럴 바에야 차라리 그 녀석의 시체를 사냥개에게 던져주겠소.

허미아   개 같은 놈, 꺼져버려! 이 똥개야! 네놈이 나에게 처녀로서의 자제력을 잃게 만들었구나. 결국 네가 그분을 살해한 거지? 이제부터 네놈은 사람들 틈에 낄 자격도 없어. 아, 제발 한 번이라도 진실을 말해 다오! 아마 자고 있을 때 죽였을 거야. 정말 장하구나! 벌레나 독사라면 그럴 수도 있겠지만. 그래, 독사가 한 짓이야. 너는 독사야. 아마 갈라진 혓바닥으로 날름대는 살무사도 너처럼 악랄한 짓은 하지도 않을 거야.

디미트리어스   아가씨는 지금 공연히 격분하는 거요. 난 라이샌더를 죽이지 않았소. 내가 알고 있는 한 말이오.

허미아   그러면 그분이 무사하시다고 말해주세요.

디미트리어스   만일 그렇게 말해준다면, 그 대가가 무엇일까?

허미아   다시는 나를 보지 못하게 되는 특권을 드리죠. 이제 저주스러운 당신과는 이별이에요. 다시는 내 앞에 나타나지 마세요. 그분이 살았든 죽었든. (퇴장)

디미트리어스   저토록 화를 내고 있으니 쫓아가봤자 아무 소용도 없겠군. 그렇다면 여기서 잠깐 쉬어 가야겠구나. 슬픔의 무게가 점점 더 무겁게 여겨지는 건 아마 잠이 모자라는 탓일 거야. 파산한 잠이 슬픔에 진 부채 때문이겠지. 자, 여기 잠시 머물면서 잠에게 구원을 청하면, 잠이 조금이나마 그 부채를 덜어줄지도 몰라. (그는 누워서 잠을 청한다)

오베론   대체 무슨 짓을 했는지 알겠느냐? 정말 어처구니없는 실수를 저질러서 진실한 연인의 눈에 사랑의 묘약을 발라주다니. 네 녀석의 실수로 인해 거짓된 연인의 마음이 참되게 바뀐 게 아니라, 참된 연인

708

의 마음만 변했구나.

퍽　이젠 운명의 여신에게 맡길 수밖에요. 진실한 연인은 백만 명 중 한 명밖에 없으며, 맹세란 깨어지게 마련 아닙니까?

오베론　이 숲속을 바람보다 빨리 달려 다니며 아테네의 처녀 헬레나를 찾아내도록 하라. 그 처녀는 상사병에 걸린 나머지, 얼굴이 창백해져 있다. 싱싱해야 할 젊은이의 피가 사랑의 슬픔으로 말라버린 탓이니라. 환상을 일으켜서라도 그 처녀를 이곳에 데려오너라. 그 처녀가 올 때까지 난 이 청년의 눈에 마법을 걸어놓을 생각이다.

퍽　가겠습니다요. 보시옵소서, 제가 가는 모습이 활을 떠난 타타르인의 화살보다 더 빠르지 않습니까? (퇴장)

오베론　(디미트리어스의 눈꺼풀에 꽃즙을 바르며) 큐피드의 화살을 맞고서 이렇게 자주색 물이 든 꽃즙아, 이 청년의 눈동자 속으로 깊숙이 들어가 스며라. 이 청년이 잠에서 깨어나 자기 애인을 본 순간, 그 여인이 찬란히 빛나보이게 하라. 저 하늘에 떠서 빛나는 금성처럼 찬란히 빛나보이게 하라. 그리고 잠에서 깨어날 때 그대 옆에 그 처녀가 있거든, 그녀에게 상사병을 고쳐달라고 애원하도록 하라.

라이샌더와 헬레나 등장

라이샌더　내가 무엇 때문에 아가씨를 조롱하려고 구애를 하겠소? 조롱과 모욕은 결코 진실한 눈물을 동반하지 않는 법이오. 하지만 내가 눈물까지 흘리며 맹세하는 모습을 좀 보시오. 눈물을 흘리며 하는 맹세는 본질적으로 진실되게 마련이오. 이 모든 것들이 어떻게 아가씨

눈에는 조롱으로 비치는 거요? 진실임을 증명해주는 이 신뢰의 징표들이 아가씨 눈에는 보이지도 않는 거요?

헬레나　도련님의 말솜씨는 갈수록 교묘해지고 있군요. 하나의 진실이 다른 진실을 죽여버리니, 정말 사악하고도 성스러운 싸움이 아닐 수 없네요. 그런 맹세는 허미아한테나 가서 하세요. 그리고 허미아는 버릴 생각인가요? 두 가지 맹세를 저울에 달아보면 어떨까요? 아마 그 무게는 제로가 될걸요. 허미아한테 한 맹세와 나한테 한 맹세를 저울 양쪽에 올려놓으면, 무게가 평형을 이루겠죠. 다 꾸며낸 이야기니까요.

라이샌더　그 여자한테 맹세했을 때는 나에게 분별력이라곤 없었소.

헬레나　그 애를 버리려는 지금도 분별력이 없기는 마찬가지 같군요.

라이샌더　그녀 옆에는 디미트리어스가 있잖소. 그는 그 여자를 사랑하지, 당신을 사랑하는 게 아니오.

디미트리어스　(잠에서 깨어나며) 오, 헬레나! 나의 여신, 나의 요정이여! 완벽하고도 성스런 님이시여! 그대의 두 눈을 그 무엇에 비할 수 있으리. 수정도 그대의 영롱한 눈동자에 비한다면 진흙더미에 불과하고, 아름답게 무르익은 그대의 앵두 같은 입술은 언제나 나를 유혹하는구려! 그대가 손을 들어보이니, 동풍에 순백색으로 얼어붙은 저 토라스 산꼭대기의 눈도 까마귀 빛깔처럼 검게 보이는구려. 오, 제발 그대의 손에 입맞추게 해주시오.

헬레나　아! 분하고 기가 막힐 뿐이로구나! 이젠 두 사람이 작정을 하고 손을 잡았군요. 나를 조롱하는 걸로 재미를 보려고요. 당신들이 신사라면 이렇게까지 나를 모욕하지는 않을 거예요. 나를 미워하는 줄은 알고 있지만, 이젠 미워하는 것으로는 모자라서 나를 조롱하는 사람들과 손을 잡았군요. 당신네들은 겉모습만 대장부예요. 그렇지 않으면 엄연한 처녀를 이렇게 함부로 대하지는 않겠죠. 겉으로는 사랑의 맹세를 속삭이고 서약도 하고 온갖 찬사를 늘어놓으면서도 속으로는 나를 미워하고 있는 게 분명해. 점잖은 사람들이라면 처녀를 이렇게까지 모욕을 하고 인내심까지 쥐어짜면서 시험하지는 않을 거예요. 그것도 이렇게 즐겨가면서.

라이샌더 디미트리어스, 그러지 말게. 자넨 비정한 사람이야. 자네는 허미아를 사랑하고 있고, 내가 그 사실을 알고 있다는 걸 자네도 알고 있잖아. 그러니 이 자리에서 내 진심을 다해서, 내 선의와 우정을 다 바쳐서, 허미아의 사랑 가운데 내 몫을 자네에게 양보하겠네. 그러니 자넨 헬레나의 사랑을 양보하게나. 나는 헬레나를 사랑하고 있고, 죽을 때까지 사랑할 거야.

헬레나 어떻게 나를 이렇게 조롱할 수 있담!

디미트리어스 라이샌더, 자네야말로 허미아를 차지하게. 나는 포기하겠네. 내가 한때 그녀를 사랑한 건 사실이지만, 이제는 그 사랑이 다 식어버렸네. 허미아에 대한 내 사랑은 그저 스쳐 지나가는 바람이었어. 이제는 영원히 살아갈 고향과도 같은 헬레나한테 돌아왔으니, 이곳에서 오랫동안 머물까 하네.

라이샌더 헬레나, 저 말은 진심이 아니라오.

디미트리어스 남의 진심을 그렇게 함부로 비방하지 말게. 잘 알지도 못하면서. 그러다가 큰코 다칠 수도 있네. 이보게, 저기 자네 애인이 오고 있잖나. 자네 애인이 저기 있단 말이네.

허미아 등장

허미아　캄캄한 밤이 눈의 기능을 빼앗아가니 귀만 더욱 예민하게 밝아지는구나. 시각을 잃은 대신 청각이 두 배나 더 민감해졌으니 말이야. 라이샌더님, 당신을 찾아낸 건 제 두 눈이 아니랍니다. 다행히 저의 두 귀가 당신 목소리가 나는 곳으로 저를 이끌어주었답니다. 그런데 무엇 때문에 저를 그렇게 무정하게 버려두고 가버리셨나요?

라이샌더　사랑이 내 등을 떠미는데, 어떻게 가만 있을 수 있겠소?

허미아　어떤 사랑이 도련님을 제 곁에서 떠밀었죠?

라이샌더　바로 이 헬레나를 향한 사랑이오. 아름다운 헬레나, 그대는 저 밤하늘에서 반짝이는 별빛보다 더 휘황찬란하게 밤을 비추어주고 있소. 허미아, 그대가 싫어져서 내가 떠났는데 왜 날 쫓아왔소?

허미아　마음에도 없는 말씀을 하고 계시네요. 그건 있을 수 없는 일이에요.

헬레나　아니, 어쩌면 이럴 수가 다 있을까. 저 애도 한통속이로구나! 이제야 알겠어. 세 사람이 짜고 이런 가증스러운 장난을 꾸민 게 틀림없어. 이 못된 계집애야! 허미아, 인정머리라곤 눈곱만큼도 없는 계집애! 네가 꾸몄구나. 네가 이자들과 짜고 이런 고약스런 장난을 꾸며 나를 놀리다니. 우리 둘이 나누었던 그 모든 은밀한 얘기들, 자매처럼 살아가자던 그 굳은 맹세들, 너무 빨리 지나간다는 이유로 시간을 원망하며 보냈던 그 순간들을 너는 모두 잊었단 말이니? 학창시절의 우정, 어린시절의 그 천진난만했던 일들도 모조리 잊었단 말이니?

허미아　나야말로 몸 둘 바를 모르겠다. 네가 그렇게 화를 내는 이유도 모르겠고. 나는 너를 조롱하는 게 아냐. 네가 나를 조롱하는 거야.

헬레나   그럼 네가 시킨 일이 아니라는 거야? 라이샌더님이 조롱 삼아서 내 뒤를 따라다니면서 눈이 빛난다느니 얼굴이 예쁘다느니 하면서 찬사를 보낸 것 말이야. 게다가 너의 또 다른 애인인 디미트리어스님까지 나를 보고 여신이니, 요정이니, 보배니, 천사니 하면서 생전 안 하던 소리를 늘어놓은 것도 다 네가 시킨 일이지? 조금 전만 해도 나를 헌신짝 취급하던 사람이 어떻게 그럴 수가 있니? 나를 미워하는 사람의 입에서 어떻게 그런 말이 나올 수 있냐고!

허미아   도무지 네 말을 이해할 수 없구나. 헬레나, 솔직히 나는 네가 무슨 말을 하는지 모르겠어.

헬레나   그야 그럴 테지. 그렇게 천진한 표정을 내 앞에서 지어 보이다가, 내가 돌아서면 혀를 쭉 내밀고 눈짓을 서로 주고받으면서 나를 조롱해봐라. 이런 장난은 잘만 한다면 역사에 남겨질걸. 너에게 티끌만큼의 동정심이나 예절이나 인간적인 호의가 남아 있다면, 나를 이렇게까지 비참한 웃음거리로 만들지는 않았을 텐데. 어쨌든 잘 있어라. 나에게도 잘못이 없는 건 아니니까. 내가 죽든지 없어지면 일은 해결되겠지.

라이샌더   잠깐 헬레나, 기다려요. 그리고 내 말을 좀 들어봐요. 내 사랑, 내 생명, 내 영혼, 아름다운 헬레나!

헬레나   기가 막히는군!

허미아   제발 저 애를 놀리지 말아주세요.

디미트리어스   허미아의 부탁을 안 들어주면, 내가 강제로라도 그렇게 만들어주지.

라이샌더 어림없는 소리! 네가 아무리 협박해도 소용없는 일이야. 네 협박은 아가씨의 부드러운 부탁보다 힘이 없어. 헬레나, 그대를 사랑하오. 내 목숨을 걸고 당신을 사랑하오. 내가 아가씨를 사랑하지 않는다는 저자의 말이 거짓임을 증명하기 위해, 아가씨를 위해서라면 버려도 좋을 이 목숨을 걸고 맹세하오.

디미트리어스 나는 저 녀석이 할 수 있는 것보다 더 사랑하오.

헬레나 두 분께 부탁드릴게요. 절 조롱하시는 것이야 어쩔 수 없지만, 저 애가 저를 해치지 못하도록 해주세요. 저는 천성이 모질지가 못해서 싸움 같은 것은 하지도 못해요. 전형적인 처녀라 겁이 많답니다. 저 애가 나를 따라다니지도 못하게 도와주세요.

라이샌더 걱정 마시오, 헬레나. 저 여자는 당신을 해치지 못할 테니까.

헬레나 그런 말씀 마세요. 저 애는 화가 나면 얼마나 거칠고 표독스러워진다고요. 학창시절에도 악바리로 통했죠. 몸집은 작지만 성깔은 보통이 아니에요.

허미아 또 그 소리! 그저 작다거나 낮다는 말밖엔 넌 할 줄 모르니? 저 애가 나를 이토록 능멸하는데 보고만 계실 건가요? 저년을 좀 붙잡아주세요.

라이샌더 비켜라, 이 난쟁이야. 키가 도토리만 한 걸 보면 키가 안 크는 비법이라도 있나보지? 이 콩알, 덩굴풀아.

디미트리어스스 우습군! 헬레나를 위해주는 척하면서 대단한 허풍을 떨고 있지만, 그녀가 좋아할 것 같나? 저 아가씨는 내버려둬. 입도 벙긋하지 말라고. 애써 저 아가씨를 사랑하는 체하지 말라니까. 앞으로 헬레나에게 사랑이 어쩌고저쩌고, 그런 식으로 계속 그렇게 떠들어대면 가만 있지 않겠다.

라이샌더   좋아, 이제야 솔직하게 나오시는군. 용기가 있으면 날 따라와. 너와 나, 둘 중에서 누가 헬레나에 대해 더 많은 권리를 갖고 있는지 칼로 담판을 짓자.

디미트리어스   따라오라고? 따라오긴. 너와 함께 어깨를 나란히 하고 갈 테다. (라이샌더와 디미트리어스 퇴장)

허미아   어이가 없군. 이 모든 소동은 다 창부 같은 너 때문에 벌어졌으니 도망칠 생각은 하지도 마.

헬레나   나는 아직도 너를 믿지 못하겠어. 그리고 나는 너의 그 험한 욕설을 들으면서 여기 있지도 않겠어. 네 손이 싸울 때는 나보다 빠르지만, 달아나려고 들면 내 다리가 더 길다는 걸 몰라?

허미아   기가 막혀서 말도 안 나오는군. (헬레나와 허미아 퇴장)

오베론과 퍽, 앞으로 나온다.

오베론   모두 네 녀석이 실수한 탓에 이런 일들이 벌어졌구나. 네 녀석은 실수를 밥 먹듯 하든가, 그렇지 않으면 고의로 장난을 치든가 둘 중의 하나이니 말썽은 말썽이로구나.

퍽   오베론 왕이시여, 믿어주소서. 이번만은 정말 실수였습니다. 저에게 말씀하시지 않으셨던가요? 아테네 복장을 한 사람을 찾아야 한다고요. 때문에 아테네인의 눈꺼풀에 꽃즙을 발라주었다는 점에 대해서는 어디까지나 당당하오며, 이 문제에 관한 한 저는 무죄입니다. 하온데 이런 일이 벌어진 것도 저는 기쁘기만 한걸요. 아옹다옹하면서 법석을 피워대는 모습이 아주 재미있잖습니까?

오베론   저 철없는 것하고는! 너도 보다시피 지금 두 연인이 결투를 할 장소를 찾고 있지 않느냐. 그러니 퍽, 어서 가서 어두운 밤의 장막을 펼쳐라. 저 별이 반짝이는 하늘도, 황천처럼 캄캄하고 낮게 드리워진 안개로 뒤덮이도록 하라. 그리고 이 꽃즙을 라이샌더의 눈꺼풀에 발라주어라. 그러면 꽃즙의 효과로 말미암아 빚어졌던 그 모든 착오가 그 눈에서 제거되고 그의 눈은 정상적인 시력을 찾게 될 것이다. 그런 다음 그들이 눈을 뜨게 되면 이 모든 헛소동이 한바탕 꿈이요, 아무 의미도 없는 환영임을 알게 될 것이다. 그 사이 나는 나의 여왕에게로 돌아가서 그 인도 소년을 내게 달라고 빌어야겠다. 그리고 나서 나는 마법에 걸린 그 여자의 눈을 괴물에게서 해방시켜줄까 한다. 그러면 모든 일이 제대로 수습이 되겠지.

퍽   왕이시여! 이번 일은 서둘러야 할 것 같습니다. 이미 밤의 여신을 태운 수레를 끄는 날렵한 용들이 전속력으로 구름을 헤치고 갔거든요. 저기 저 건너에 새벽의 여신 오로라가 보이잖습니까. 저것이 가까이 오면 여기저기서 배회하던 유령들이 무리를 지어 묘지의 거처로 돌아가거든요.

오베론   어쨌든 서둘러라. 꾸물거리지 말고! 날이 밝기 전에 이 일을 마무리지어야 하느니라. (퇴장)

퍽   산 위로, 산골짜기로, 요리조리 그들을 끌고 다니리. 산 위로, 산골짜기로 그들을 끌고 다니리. 나는 시골에서도, 도시에서도 두려움의 대상인 꼬마 요정! 끌고 다녀라, 산 위로, 산골짜기로. 옳지, 벌써 저기 한 놈이 오고 있구나.

라이샌더 등장

라이샌더 건방진 디미트리어스, 어디 있느냐? 어디 대답해봐라.

퍽 여기다, 악당아. 자, 칼을 뽑아 들고 기다리고 있는 중이다. 대체 어디 있는 거냐?

라이샌더 그래, 내가 네놈 있는 곳으로 가지.

퍽 그러면 어서 따라오너라. (퍽의 목소리를 듣고 라이샌더 퇴장한다. 다른 쪽에서 디미트리어스 등장)

디미트리어스 라이샌더, 이놈아! 이 도망이나 치는 놈! 이 비겁한 놈아, 그렇게 달아만 날 거냐? 말해라. 덤불 속이냐, 아니면 어디냐?

퍽 겁쟁이라니, 너 말 한번 잘했다. 별을 향해 큰소리치고 덤불을 상대로 결투를 하자고 하면서, 이리 오지도 못하고. 이리 오라니까. 이 겁쟁이야. 네놈이야말로 몽둥이 찜질감이다. 네놈을 상대로 칼을 빼봤자 나만 수치스럽지.

디미트리어스 그래, 지금 거기 있는 거냐?

퍽 날 따라오너라, 여기선 승부를 겨룰 수 없으니까. (디미트리어스. 퍽의 목소리를 듣고 퇴장하자 라이샌더 등장)

라이샌더 저놈은 나보다 앞장서서 계속 도전해 오지만 부르는 곳으로 따라가 보면 어느새 자취를 감춰버린단 말이야. 요 악당놈이 나보다 걸음이 훨씬 빠른가보지? 아무리 빨리 따라가도 놈은 나보다 빨리 도망치니. 어, 어둡고 울퉁불퉁한 길로 빠져들었네. 에라, 모르겠다. 여기서 잠시 쉬었다 가자. (눕는다) 그대 찬란한 낮이여, 어서 오너라. 그대가 조금이라도 내 눈앞을 밝혀준다면 내 반드시 디미트리어스를 찾아

내서 복수를 하리라. (잠든다)

퍽과 디미트리어스 등장

퍽   여기다, 나 여기 있다.

디미트리어스   이놈이 이젠 나를 놀리기까지 하는구먼. 어디 해만 떠봐라. 네놈 얼굴이 눈에 보이기만 하면 혼쭐을 내줄 테니. 도망칠 테면 도망쳐보라지. 지금은 피로가 갑자기 몰려오니 싸늘한 땅이지만 잠자리 삼아 눈을 좀 붙여야겠다. 날이 밝으면 손봐 줄 테니, 단단히 각오하고 있거라. (잠이 든다)

헬레나 등장

헬레나   아, 길고도 지루한 밤이여, 너의 시간을 좀 단축해다오! 동녘 햇살아, 나에게 위안의 빛을 던져다오. 밝은 빛을 받으면서 아테네로 돌아갈 수 있도록 도와다오. 불쌍한 나와 함께 있는 걸 꺼리는 이 사람들과 헤어질 수 있도록. 잠이여, 슬픔의 눈을 감겨주는 잠이여! 살며시 나를 찾아와 모든 것을 잊고 잠들게 해다오. (누워서 잠든다)

퍽   아직도 세 사람뿐인가? 한 사람 더 와야 하는데. 두 종류의 인간이 둘씩이면 모두 네 사람이 되는군. 오, 저기 오는구나. 분노와 슬픔에 젖어 있는 모습이 정말 안됐구나. 큐피드는 심술쟁이가 틀림없어. 이렇게 가련한 여인을 미치게 만들어놓다니!

718

허미아 등장

허미아   이렇게 지친 적도 없지만, 이렇게 슬픈 적도 내 일찍이 없었어. 찔레 가시에 찔리고 이슬에 흠뻑 젖어 더 이상 기어갈 수도 없고, 걸어갈 수도 없네. 내 두 다리가 내 뜻을 따르지 못하고 있구나. 아, 날이 밝을 때까지 여기서 누웠다 가야지. 하느님, 만일 결투가 벌어진다면 라이샌더님을 지켜주세요. (누워서 잔다)

퍽   가여운 연인이여, 땅 위에서 곤히 잠들라. 네 눈꺼풀에 사랑의 묘약을 발라주리니……. (라이샌더의 눈에 꽃즙을 떨어뜨린다) 그대가 잠에서 깨어나는 순간 그대는 맛볼 수 있으리니, 진정한 즐거움을 얻으려면 옛 연인과 눈을 맞추라. 그리하면 불행해질 사람이 하나도 없으리니, 성경에도 있듯이 가이사의 것은 가이사에게로, 그녀는 그에게로, 그래서 온 세상에 기쁨이 넘치기를……. 남자는 자기 암말을 되찾고, 모든 일이 원만히 해결되리라. (퇴장)

제 1 장

숲속

라이샌더와 디미트리어스, 헬레나 그리고 허미아가 자고 있는 가운데 타이테니아와 보톰이 등장 오베론은 눈에 띄지 않도록 등장

타이테니아　　이리 오셔서 여기 이 꽃침대 위에 앉으세요. 그러면 저는 당신의 귀여운 뺨을 쓰다듬어드리고, 그대의 윤기 있고 부드러운 머리에 사향장미를 꽂아드리고, 멋지고 커다란 귀에 입맞춰드리겠어요. 내 생의 기쁨이 되시는 분이시여!

보 톰　　먼저 부탁부터 합시다. 잠이 막 쏟아지는 판이니 아무도 나를 방해하지 않았으면 좋겠소.

타이테니아　　그러세요. 제가 그대를 포근하게 안아드릴게요. 이렇게 담쟁이덩굴이 인동덩굴과 얽히듯이, 난 그대와 둘이서 이렇게 얽혀 살고 싶어요. 아, 정말 그대에게 홀딱 반해버렸다고요! (두 사람, 잠들자 퍽 등장)

오베론　　(앞으로 나오며) 이리 오너라, 퍽아. 너도 저 멋진 광경을 보았느

720

냐? 이젠 이 여인의 어리석음이 참으로 측은하다는 생각이 드는구나. 조금 전 숲 뒤편에서 우리 둘은 싸움을 했단다. 그녀가 이 멍청이에게 바칠 꽃을 찾아다니기에 내가 좀 꾸짖었다고 토라지지 않겠니? 아예 넋이 나갔는지 이 녀석의 털북숭이 관자놀이에 향기로운 화관을 씌워놓았더구나. 그때 난 진주처럼 찬란하게 광채를 빛내던 이슬방울이 이젠 예쁘고 작은 꽃들의 눈 속에 맺혀 있는 걸 보았어. 마치 자신들의 처지를 한탄해서 눈물을 흘리기라도 하듯……. 어쨌거나 내가 이 여인을 마구 책망했더니, 그녀는 얌전한 어조로 내게 진정하라고 간청하더구나. 그래서 이 여인에게 훔쳐온 그 아이를 달라고 요구했더니, 그녀는 즉석에서 나에게 주겠노라고 하고는, 요정을 시켜서 요정나라에 있는 내 궁전으로 그 소년을 보내주었단다. 이제 그 아이를 수중에 넣었으니, 마법을 풀어주어야겠다. 그러니 퍽아, 너도 저 촌뜨기의 목에서 당나귀 대가리를 벗겨주도록 해라. 그래서 저놈이 잠에서 깨어나면, 이 모든 일이 꿈속에서 벌어진 어처구니없는 한바탕의 소동이라 여기고, 모두 함께 아테네로 돌아가도록 해주어라. 우선 내가 타이테니아부터 풀어줘야겠구나. (꽃즙을 짜서 타이테니아의 눈꺼풀에 떨어뜨린다) 그대, 옛날 모습으로 보이리니……. 큐피드의 화살보다 아르테미스의 꽃봉오리에 더욱 큰 효험과 축복이 있으리로다. 자, 내 사랑 타이테니아여! 이젠 잠에서 깨어나시오. 나의 아름다운 여왕이여.

타이테니아　(잠에서 깨어나며) 오베론! 정말로 희한한 꿈을 꾸었어요! 제가 당나귀에게 홀딱 빠져 있었지 뭐예요?

오베론　저기 당신의 연인이 누워 있잖소?

타이테니아　어떻게 이런 일이 일어날 수 있는 거죠? 오, 지금은 저자의 얼굴을 보기도 싫은데.

오베론 잠깐 조용하시오. 퍽아, 그 머리탈을 벗겨주어라. 타이테니아, 악사들을 불러 음악을 연주하도록 하오. 이 다섯 사람의 감각을 마비시켜 죽은 듯이 자게 합시다.

타이테니아 여봐라! 음악을 연주하라. 잠을 부르는 음악을!

퍽 (보톰의 머리에서 당나귀 머리탈을 벗기면서) 이제 네 녀석이 깨어나면 그 바보 같은 눈으로 세상을 다시 볼 것이다.

오베론 점점 크게 음악을 울려라! 이리 오시오, 나의 여왕이여. 우리 손에 손을 잡고 춤을 춥시다. 이들이 잠들어 있는 땅이 울리도록. (오베론과 타이테니아, 춤을 추기 시작한다) 우리 이제 화해를 했으니 새출발을 합시다. 내일 자정에는 시시어스 공작님의 결혼식에서 축하하는 의미로 즐겁게 춤을 추며 앞날의 번영을 빌어줍시다. 저기 저 두 쌍의 연인들도 시시어스 공작님과 함께 온통 즐거운 분위기에서 결혼식을 성대하게 치르도록 만들어줍시다.

퍽 요정의 임금님, 가만히 들어보세요. 아침을 알려주는 종달새가 울고 있네요.

오베론 그러면 여왕이여, 우리는 침묵 속에서 쉬지 않고 춤을 추어 밤의 어둠을 몰아냅시다. 우리는 저 하늘에서 흐르고 있는 달보다 더 빠른 속도로 지구를 한 바퀴 돌 수가 있소.

타이테니아 그러기로 해요. 그전에 좀 말해주세요. 어떻게 여기서 잠들어 있는 저를 찾아내셨는지. 왜 또 저 인간들은 이곳에 누워서 꿈꾸고 있는지를. (세 사람 퇴장. 네 명의 연인들과 보톰은 여전히 누워서 자고 있다)

뿔피리 소리. 시시어스, 히폴리타, 이지어스와 시종들 등장

시시어스　그런데 저들은 대체 무슨 요정들일까?

이지어스　공작님, 여기 잠들어 있는 것은 제 여식이옵니다. 그리고 이쪽은 라이샌더, 이쪽은 디미트리어스이고, 이쪽이 허미아랍니다. 늙은 네다의 딸 헬레나도 여기 있고요. 저는 이 아이들이 무슨 이유로 이곳에서 함께 잠들어 있는지 정말 모르겠습니다.

시시어스　아마 오월제에 참석하려고 이렇게 일찍 이 숲에 왔나보구려. 그리고 우리 결혼식에 관한 소문을 어디서 듣고 축하해주기 위해 왔을지도 모르지. 그건 그렇고, 이지어스. 오늘이 바로 그 날이 아닌가? 허미아가 신랑을 선택하여 결정하기로 한 날 말이오.

이지어스　그러하옵니다, 공작님.

시시어스　사냥꾼들에게 가서 뿔피리를 불어 저 네 사람을 깨워라. (뿔피리 소리 들리고 네 연인들은 잠에서 깨어나 벌떡 일어난다) 여봐라, 잠은 잘 잤느냐? 발렌타인 데이는 벌써 지나갔는데, 이 숲속의 새들은 이제야 연인을 찾았단 말이냐?

라이샌더　용서하십시오, 공작님. (연인들, 무릎을 꿇는다)

시시어스　내가 알기로는 너희 두 사람은 연적인데, 언제 화해를 했느냐? 불신이나 증오심 따위는 가져보지도 않은 듯, 그렇게 미워하던 사람 곁에 나란히 누워 잠을 자다니?

라이샌더　전하, 저도 꿈인지 생시인지 얼떨떨하지만 말씀을 드리겠습니다. 제가 어떻게 이곳까지 오게 됐는지, 맹세코 저는 알 수 없습니다. 하지만 곰곰이 생각해보니 허미아와 함께 이곳에 왔던 것 같습니다.

아테네에서 달아나기 위해서죠.

이지어스   그만 하면 충분합니다, 공작님. 그만 하면 충분한 증거가 되지 않겠습니까? 저는 이자의 머리에 법률의 심판을 내려주실 것을 이렇게 청원하는 바입니다. 두 사람이 몰래 달아나려고 했기 때문입니다.

디미트리어스   공작님, 실은 저 두 사람이 몰래 달아나기 위해 이 숲 속에서 서로 만날 계획을 세웠다는 걸 저는 아름다운 헬레나에게서 전해 들었습니다. 그래서 격분한 결과 여기까지 그들을 따라온 겁니다. 헬레나 아가씨는 저에 대한 사랑에 이끌려 저를 뒤따라온 것이고요. 하오나 공작 전하, 어떤 힘 때문인지는 저도 모르겠습니다만, 하여튼 어떤 힘이 허미아에 대한 저의 사랑을 눈처럼 녹여버렸습니다. 마치 어린 시절 홀딱 빠져 있던 귀중한 장난감이, 지금은 보잘것없는 추억에 지나지 않는다는 걸 깨닫듯이 말입니다. 그제야 저는 저의 눈이 보고자 하고, 즐거움을 찾고자 하는 대상이 오직 헬레나 아가씨뿐이라는 걸 깨달았습니다. 제 가슴속 깊숙이 숨어 있어 그동안 몰랐던 거지요. 헬레나 아가씨는 제가 허미아 아가씨를 만나기 전까지는 약혼한 사이였습니다. 마치 병에 걸렸을 때는 싫어하던 음식도 건강해져서 입맛을 되찾으면 다시 찾게 되듯이, 저는 그녀를 평생 사랑하고, 죽을 때까지 동경하면서, 언제까지나 성실히 남편으로서 그녀에게 충실할 작정입니다.

시시어스   아름다운 연인들이여, 너희들을 만난 게 참 반갑구나. 그러나 이 이야기는 좀더 천천히, 상세히 들어보기로 합시다. 이지어스, 나는 그대의 간청을 묵살할 수밖에 없을 것 같소. 잠시 후 나는 이 두 쌍의 연인들을 신전으로 인도해서 우리와 함께 백년가약을 맺도록 해야겠소. 벌써 아침나절도 제법 지났으니 사냥은 미루기로 하고, 모두 함께 아테네로 돌아갑시다. 세 쌍의 연인들이 엄숙하게 결혼식을 올리고 잔치를 열어 서로 축하해줍시다. 갑시다, 히폴리타. (시시어스, 히폴리타, 이지어스, 시종들 퇴장)

디미트리어스 주위에 있는 것들이 모두 희미해보이는구나. 마치 멀리 떨어져 있는 저 산들이 구름 속으로 사라지듯이.

허미아 마치 주위에 있는 것들을 따로따로 본 것처럼 모든 것이 이중으로 보이네요.

헬레나 나도 그래요. 보석처럼 디미트리어스님을 찾아냈지만, 길에서 주운 것처럼 내 것 같기도 하고, 내 것이 아닌 것 같기도 하고말이야.

디미트리어스 분명 우리가 깨어 있는 것이지? 아직도 우리는 잠든 채 꿈을 꾸는 기분이야. 정말로 공작님은 여기 계셨던 거야? 그리고 우리더러 따라오라고 하신 거야?

허미아 그래요. 우리 아버지도 옆에 계셨어요.

헬레나 그리고 히폴리타님도 계셨고요.

라이샌더 그분은 우리한테 신전으로 따라오라고 하셨어.

디미트리어스 그렇다면 우리가 깨어 있는 거로구나. 일단 공작님 뒤를 따라갑시다. 가면서 우리 꿈 얘기를 마저 털어놓읍시다. (모두 퇴장)

아테네, 퀸스의 오두막

퀸스, 플루트, 스너우트, 스너그, 스타블링 등장 한쪽에서 보톰 등장

보 톰   이 친구들, 다들 어디 있나? 모두 어디 있느냐니까!

퀸 스   보톰! 야, 정말 이게 누군가! 이렇게 반가울 수가 있나. 아, 참으로 기쁜 날이로구나.

보 톰   여보게, 장인 여러분. 내가 희한한 얘기를 하나 알고 있지, 하지만 어떤 얘기냐고 꼬치꼬치 묻지는 말게. 그걸 내가 여기서 모조리 얘기한다면 나는 순종 아테네 사람이 아닐 테니까. 그래도 언젠가는 이 일을 빠짐없이 털어놓겠네.

퀸 스   어디, 그럼 말해보게.

보 톰   아니, 지금은 한마디도 안 돼. 내가 해줄 수 있는 말은 공작님께서 식사를 마치셨다는 것뿐이네. 이 친구들아, 무대 의상을 어서 입도록 하게. 수염은 단단한 실로 만들어 달고, 신발에는 새 리본을 달아야 하네. 그런 다음 모두 궁전에서 만나도록 하세. 각자 맡은 역할을 잊지 말고 잘 기억해두도록 하게. 간단히 말하자면, 우린 연극을 공연할 수 있게 되었단 말일세. 물론 시스비는 깨끗한 리넨 옷을 입어야 하고, 사자 역을 맡은 친구는 손톱을 깎지 말게. 사자의 발에는 발톱이 튀어나와 있어야 보기 좋지 않겠나? 그리고 친애하는 배우 여러분, 오늘만은 양파나 마늘은 먹지 않도록. 우리는 향긋한 입김을 뿜어내야 하니까 말일세. 그러면 분명히 우리 연극은 멋진 희극이라는 칭찬을 받게 되리라는 것을 믿어 의심치 않겠네. 자, 그럼 여기서 이만 줄이겠네. 자, 가세나! (모두 퇴장)

제 5 막

제 1 장

아테네, 시시어스의 궁전

시시어스, 히폴리타, 귀족들과 시종들 등장 그 가운데 필러스트레이
트가 끼여 있다.

히폴리타 시시어스 공작님, 이 연인들의 이야기는 너무 신기해서 잘
믿어지지 않는군요.

시시어스 정말 사실이라고 믿기 어려울 만큼 신기하기 그지없구려.
옛날 동화 같은 이야기 아니오? 그뿐 아니라 이 요정 이야기도 그냥 받
아들이기에는 너무 허황되잖소? 연인들과 광인들이란 머릿속이 뒤죽
박죽 마구 들끓고 있는 데다 엉뚱한 환상으로 가득 차 있어서 냉철한
이성으로 이해하기에는 벅찬 무언가를 잔뜩 만들어내게 마련이니, 광
인과 연인 그리고 시인은 상상력 덩어리라고 할 수밖에 없소. 광인은
광대한 지옥이 수용하기 어려울 정도로 큰 악마들을 보게 마련이고,
역시 못지않은 광기를 갖고 있는 연인은 거무튀튀한 이집트 여인의 얼
굴에서 절세미녀 헬레나의 아름다움을 발견하기도 하고, 멋진 광기에

사로잡힌 시인은 천상에서 지상을, 지상에서 천상까지 한눈에 바라보며 진기한 형상을 구상해내고선 황홀함에 젖은 채 시상을 떠올리곤 한다오. 강력한 상상력은 너무도 교묘한 마력을 지니고 있는 법이어서 시인이 어떤 즐거움을 맛보고 싶다고 생각하면 바로 그 즐거움을 가져다줄 어떤 형상을 생각해낸단 말이오.

히폴리타   하지만 어젯밤에 일어났던 이야기를 모두 들어보니, 그 연인들의 마음이 다 같이 비슷하게 움직였다니, 거기엔 허황된 환상 이상의 그 어떤 것이 있어 앞뒤가 꼭 들어맞게 작용했다고밖에 할 수 없어요. 물론 그렇다고는 해도 참으로 신기하고 놀라운 얘기죠.

시시어스   음, 문제의 연인들이 오는구려. 모두 기쁨과 행복이 넘치는 모습이군! 젊은 친구들이여, 그대들에게 기쁨과 사랑의 신선한 나날들이 계속되기를!

　　라이샌더, 디미트리어스, 허미아, 헬레나 등장

라이샌더   공작님의 발걸음과 식탁과 침실에 저희 것보다 더 풍성한 행운이 깃들기를 빌겠습니다.

시시어스   자, 이제 시작해보게. 어떤 춤과 가면극이 준비돼 있는지. 저녁식사가 끝나고 디저트를 먹는 이 시각으로부터 침실에 들기까지, 그 사이의 기나긴 시간을 메우기 위해 무슨 여흥을 마련했는가? 우리의 여흥을 담당한 관리는 지금 어디 있는가? 연극은 없는가? 고문과도 같이 지루하고 따분한 시간을 메워주는 것은 무엇인가? 필러스트레이트를 이리 불러와라.

필러스트레이트   (앞으로 나선다) 여기 대령했습니다, 공작 전하.

시시어스   어디 말해봐라. 오늘 저녁 시간을 단축시켜줄 여흥이 준비돼 있는지. 가면극이나 음악이나, 뭐 재미있는 오락거리라도 있느냐? 어떻게 이 지루한 시간을 메울 생각인가?

필러스트레이트   전하께서 명령만 내려주십시오. (프로그램을 넘겨준다)

시시어스   '반인반마의 괴물 켄토로스와의 싸움, 하프 반주에 맞춘 아테네 환관의 노래'라, 이 노래는 듣고 싶지 않구나. 내 친척 헤라클레스의 무용담은 이미 히폴리타에게 들려주었으니까. '주신 바카스 숭배자들의 난동, 트라키아의 가수 오르페우스를 폭행한 이야기'라, 이건 너무 고리타분한 작품이잖아. 지난번 내가 테베를 정복하고 돌아왔을 때 이미 보았던 연극이지. '젊은 피라므스와 그 연인 시스비의 지루하고도 간결한 비극적 희극'이라. 비극적인 희극이라고? 지루하고도 간결하다고? 그렇다면 어둠 속의 불꽃, 뜨거운 얼음, 뭐 이런 식의 말장난 아닌가! 이 같은 부조화를 어떻게 조화시키지?

필러스트레이트   이 연극으로 말씀드리자면 전하, 대사라곤 열 마디밖에 안 되는 작품이라, 제가 아는 한 가장 짧은 연극입니다. 그런데 열 마디밖에 안 되는 이 연극도 대사가 너무 늘어지는 바람에, 전하가 보시기에 아주 지루해하실 연극이 되어버렸습니다. 왜냐하면 이 연극 속에는 적절한 대사는 한마디도 없을뿐더러 배역도 엉망이기 때문입니다. 그러니 비극적이라 할 수도 있겠죠.

시시어스   이 연극을 공연할 사람들은 어떤 패거리들이냐?

필러스트레이트   이곳 아테네 시장 바닥에서 날품팔이를 하는 직공들입니다. 손에 못이 박힌 건 물론 지금까지 머리라곤 쓴 적이 거의 없다시피 한 자들이온데, 이제까지 써본 적도 없는 기억력을 총동원하여 대사를 암기했을 겁니다. 공작님의 결혼식에 대비해 이 연극을 준비한 거지요.

시시어스 좋아, 그럼 이 연극을 보도록 하자.

필러스트레이트 그건 아니 되옵니다. 공작님이 보실 만한 연극이 못 되옵니다. 저도 한 번 보았습니다만, 정말 형편없는 연극입니다. 그저 공작님을 즐겁게 해드리기 위해 최선을 다해 매우 어렵게 대사를 암기했으니, 그들의 장한 뜻을 가상히 여기시어 즐거이 봐주신다면 몰라도……

시시어스 네가 그러니까 더욱 보고 싶구나. 순박하고 충성스러운 마음으로 준비한 연극이 잘못 될 수가 있겠느냐? 가서 그들을 불러들여라. 자, 부인들도 자리를 잡고 앉으시오. (필러스트레이트 퇴장)

히폴리타 전 어쩐지 보고 싶지 않네요. 안간힘을 써가며 무리를 해서 공연을 하려다가 실패하여 고통을 겪는 걸 어떻게 보겠습니까?

시시어스 그런 일은 없을 테니까 염려 마시오, 부인.

히폴리타 필러스트레이트의 말에 의하면 형편없다지 않습니까?

시시어스 아무리 형편없는 연극일지라도 고맙게 봐주면 다행한 일이 될 것 아니오? 이들이 비록 실수를 한다 할지라도 즐겁게 봐주는 건 좋은 일이오. 비천한 이들이 충성심을 갖고 하는 것이 재미가 없다 해도 마음이 고귀한 사람이라면 그 노력을 높이 사주는 법이지. 언젠가 내가 대학자들의 초청으로 어딘가에 간 적이 있는데, 한 위대한 학자가 준비해둔 환영사로서 나를 환영해주려고 했었소. 그런데 그는 몸이 떨리고 얼굴이 창백해지는 바람에 중간에 환영사를 그만두어야 했다오. 연습에 연습을 했는데도 겁에 질려 소리가 입 밖으로 나오지 않았지. 그러나 침묵 속에서도 나는 그의 환영사를 들을 수 있었소. 두려움과 조심스러움 가운데 주어진 의무를 다하려는 그 공손한 태도 속에서 나는 나불거리는 세 치 혀가 토해내는 대담하고 오만한 웅변보다 더 많은 것을 읽어낼 수 있었소. 나의 살아온 경험으로 볼 때, 말이 적을수록 많은 뜻을 전한다는 걸 알 수 있었소.

나팔수를 앞세우고 퀸스, 피라므스와 시스비 그리고 담벼락과 달, 사자 등장

해 설 여러분! 이 무언극을 보시고 혹 의문이 생길지 모르겠습니다만, 진실이 밝혀질 때까지는 그 의문을 계속 가슴속에 품고 계십시오. 자, 이 사람은 피라므스이고 이 아름다운 아가씨는 시스비입니다. 자갈회반죽을 온몸에 처덕처덕 바르고 있는 이 사람은 담벼락인데, 사랑하는 연인들을 갈라놓았던 그 고약스런 담벼락입니다. 가련한 연인들은 이 담벼락 틈으로 사랑을 속삭일 수밖에 없었습니다. 이 점에 대해서는 의문을 가질 것도 없습니다. 또한 가시덤불을 둘러메고 등잔불과 개를 데리고 있는 이 사람은 달빛으로 분장한 것입니다. 왜냐하면 두 연인은 부끄러운 줄도 모르고 달빛을 받으며 나이나스의 무덤에서 만나, 거기서 사랑을 고백하게 되어 있기 때문입니다. 보기만 해도 무시무시한 이 짐승은 사자이온데, 저 진실한 시스비가 밀회 장소에 다다르기 직전 밤의 어둠을 틈타 먼저 나타나 그녀를 위협해 혼비백산해 달아나도록 합니다. 달아나면서 그 아가씨는 망토를 떨어뜨렸는데, 이

고약한 사자가 피문은 입으로 그걸 갖고 물고늘어진 것입니다. 이윽고 훤칠하게 잘생긴 미남 청년 피라므스가 그곳에 나타나 피문은 망토를 보고는 진실한 시스비는 죽었다고 생각하게 되는 거죠. 그래서 굶주린 원한의 칼을 뽑아 피가 끓고 있는 제 가슴을 힘껏 찔렀습니다. 그러자 뽕나무 그늘에서 기다리고 있던 시스비는 이 장면을 보고 달려와서 피라므스의 가슴에 박힌 칼을 뽑아 들고 스스로 목숨을 끊습니다. 나머지는 달빛과 사자와 담벼락과 연인들이 무대에 직접 등장해서 자세하게 말씀 올리겠습니다. (해설, 피라므스, 시스비, 사자, 달빛 퇴장)

시시어스　저 사자가 정말 말을 하는 거냐?

디미트리어스　세상엔 수많은 당나귀 바보들이 설치며 입을 놀리는데, 사자 한 마리쯤 말을 한다고 해서 이상할 건 없잖습니까?

보 톰　나리들, 폐막사를 보시겠습니까, 아니면 우리 단원들이 추는 농부 춤 버고마스크를 보시겠습니까?

시시어스　폐막사는 듣고 싶지도 않으니 그냥 춤이나 추거라. (퀸스, 스너그, 스너우트 그리고 스타블링 등장하여 그중 두 사람이 남아 버고마스크를 춘다. 그런 다음 플루트, 보톰을 포함해서 장인들 모두 퇴장한다) 자, 깊은 밤을 알리는 종의 무쇠추가 이제 막 열두 점을 쳤소. 연인들이여, 어서 신방으로 가보시오. 이제 요정들의 시간이 되었소. 내일 아침에는 모두들 늦잠이나 자지 않을까 걱정스럽소. 오늘 밤 이렇게 늦도록 잠자리에 들지 않았으니 말이오. 비록 조잡하고 한심한 연극이었지만, 밤의 지루함을 덜어내기에는 손색이 없었소. 자, 친구들이여! 이젠 잠자리에 들도록 합시다. 앞으로 2주일 동안 밤마다 잔치를 벌이고 새로운 여흥을 즐겨봅시다. (모두 퇴장)

숲속

퍽 등장

퍽　굶주린 사자가 으르렁거리고, 늑대가 달을 보고 짖어대는 시각입니다. 고된 일로 기진맥진했던 농부들은 깊은 잠에 빠진 채 꿈길이 구만리이고, 활활 타다 남은 장작은 벌겋게 남은 빛을 발하고 있습니다. 처량하게 누워 있는 환자라면 부엉이 울음소리에 수의를 준비해야겠다는 생각을 하겠지요. 지금은 밤이기 때문입니다. 무덤들은 제각기 아가리를 크게 벌려 그 안에 갇혀 있던 망령들을 토해내어 무덤 주변에서 배회하게 만드는 그런 시각이지요. 그리고 세 가지 모습으로 변신하는 마법의 여신 헤커트 일행과 나란히 태양의 얼굴을 피해 꿈과도 같은 어둠 속을 노니는 우리 요정들이 희희낙락할 시각이니, 생쥐 한 마리도 이 신성한 저택 주변에서 얼씬거려서는 안 될 것입니다. 내 빗자루와 함께 먼저 여기에 온 이유는 먼지 수북한 궁전 뒷마당을 쓸기 위함이니…….

오베론, 타이테니아, 시종들을 모두 데리고 등장

오베론　온 세상을 하늘거리는 불빛으로 밝혀주어라. 졸 듯이 꺼져가는 모닥불 주변에서 꼬마 요정, 큰 요정 가리지 말고 모두들 나와 덤불 속을 뚫고 나온 새처럼 경쾌하게 춤추고 노래하라. 나를 따라서 신나게 노래도 부르고, 발걸음도 가볍게 춤을 추어라.

타이테니아   먼저 당신이 노래를 불러보세요. 한마디를 부르시고 나면 우리도 손에 손을 잡고 요정답게 우아한 태도로 노래를 부르며 이 댁을 축복해드리죠. (오베론이 선창을 하면 요정들이 춤추고 노래 부른다)

오베론   요정들아, 동이 틀 때까지 이 댁 구석구석을 누비면서 돌아다녀라. 타이테니아, 우리는 가장 귀하신 분의 신방으로 가서 그 두 분을 축복해줍시다. 거기서 태어날 후손에게도 영원한 행복을 누릴 것을 빌어줍시다. 또한 세 쌍의 신랑 신부, 모두 백년해로하기를 바랍시다. 대자연의 장난으로 생겨나는 그 어떤 결함도 후손들에게는 나타나지 않도록 빌어줍시다. 앞으로 태어날 아이들 몸에는 사마귀, 언청이 그리고 그 어떤 흉터도 없기를…… 세상 사람들이 불길하다고 꺼리는 그 어떤 표시도 그들의 아이들에게서는 찾아볼 수 없기를 기원합시다. 요정들아, 깨끗한 들판에서 거둬온 신성한 이슬을 이 궁전의 방이란 방은 모조리 찾아다니며 구석구석 쏟아놓아라. 감미로운 평화가 깃들도록 축복의 이슬을 그들에게 쏟아놓아라. 어서 뛰어가거라. 머뭇거리지 말고, 동트기 전에 나와 만나자. (모두 퇴장)

십이야

구해서 얻는 사랑도 좋지만
구하지 않고 얻은 사랑은 더욱 좋지요.

오시노 | 일리리아의 공작

올리비아 | 토비 벨치 경의 조카딸

바이올라 | 세바스찬의 쌍둥이 여동생

세바스찬 | 바이올라의 쌍둥이 오빠

안토니오 | 해군 선장

선장 | 바이올라의 친구

발렌타인, 큐리오 | 오시노 공작의 시종

토비 벨치 경 | 올리비아의 삼촌

앤드류 에이규치크 경 | 토비 벨치 경의 친구

말볼리오 | 올리비아의 집사

페이비언 | 올리비아의 시종

페스테 | 광대. 올리비아의 하인

마리아 | 올리비아의 시녀

그 외 | 귀족들, 목사, 시종, 선원, 관리, 악사, 하인 등

　셰익스피어의 대표적인 희극인 〈십이야〉는 1601년 1월 6일 이탈리아의 오시노 공작을 환영하기 위하여 엘리자베스 여왕 궁정에서 초연된 것으로 추측되고 있다. 〈십이야〉는 크리스마스로부터 12일째에 해당하는 1월 6일을 의미하는데, 이 희극은 이탈리아 계통의 설화에서 취재한 것이다.

　메살린에 사는 세바스찬과 바이올라는 일란성 쌍둥이 남매이다. 둘은 옷을 따로 입지 않는 한 구별이 힘들 정도로 닮았다. 어느 날 세바스찬과 바이올라는 항해를 하던 중 폭풍을 만나 배가 난파되면서 일리리아 해안 근처에서 헤어진다. 겨우 목숨만 부지한 채 일리리아 바닷가에 상륙한 바이올라는 여자라는 것을 속인 채 남자 세자리오로 변장을 하고 오시노 공작의 시종으로 들어간다.

　오시노 공작은 올리비아를 지극히 연모하여 청혼을 하지만 번번이 거절당한다. 오빠의 죽음으로 슬퍼하던 올리비아는 7년 간 아무도 만나지 않겠다고 선언했기 때문이다. 그런데도 공작은 사랑하는 올리비아에게 시종 세자리오를 보내 계속 청혼을 한다. 그러나 올리비아는 세자리오를 보는 순간 불같은 사랑에 빠져들고 만다.

　한편 산더미 같은 파도에 휩쓸려 익사한 줄로 알았던 바이올라의 오빠 세바스찬은 해군 선장 안토니오의 도움을 받아 구사일생으로 목숨을 건져 일리리아에 온다. 이를 알 리가 없는 올리비아는 바이올라의 쌍둥이 오빠인 세바스찬이 나타나자 그를 세자리오로 착각하고 결혼식을 올린다. 바이올라를 사랑하게 된 오시노 공작도 여자임을 밝힌 바이올라와 결혼식을 올린다.

제1막

공작의 저택

오시노 공작, 큐리오, 귀족들 등장 악사들이 대기하고 있다.

오시노　음악이 사랑을 살찌우는 양식이라면 계속해다오. 질리도록 들어 싫증이 나버리면 사랑의 식욕 역시 사라지고 말 것 아니냐. 다시 한번 들려다오. 아, 스라이 사라지는 선율, 귓가에 감미롭게 들린다. 흡사 제비꽃 피는 언덕 위의 미풍이 몰래 꽃향기를 훔쳐 싣고 오는 것 같다. 됐다! 이제 그만 싫다. 아까처럼 감미롭지 않아. 아, 사랑의 정령이여! 너는 어찌 그리도 잽싼 변신의 명수이더냐. 바다처럼 무엇이든 다 받아들이며, 그 품속에 만들어가면 제아무리 가치 있고 훌륭한 것도 눈 깜짝할 사이에 헐값이 돼버리고 마는구나. 사랑이란 얼마나 변덕스러운 것이기에 그다지도 천차만별이란 말인가.

큐리오　사냥하러 가지 않으시겠습니까?

오시노　공작 사냥? 무엇을 잡으려고?

큐리오　사슴(hart)이죠.

오시노   암, 그거라면 내 마음이 벌써 하고 있다. 내 고귀한 이 가슴이 말이야. 오, 나의 두 눈이 올리비아를 맨 처음 보았을 때 대기는 정화되고 천지의 독기가 사라지는 것 같았지. 바로 그때부터 나는 사슴으로 변신이 되었다. 그러고는 욕정이 사납고 포악한 사냥개처럼 나를 사정없이 몰아치고 있구나. (발렌타인 등장) 그래, 뭐라고 하더냐, 그녀는?

발렌타인   죄송합니다, 공작님. 직접 뵙지는 못했고, 시녀를 통해 받은 회답은 이렇습니다. 아가씨께서는 앞으로 일곱 해 동안 하늘에까지도 얼굴을 가릴 결심이랍니다. 나들이하실 때는 마치 수녀처럼 두건으로 얼굴을 가리고, 하루에 한 번씩은 거처하시는 방에 짜디짠 눈물을 구석구석 빠짐없이 뿌리겠노라고 합니다. 이것도 모두 돌아가신 오라버니를 너무나 사랑한 나머지 슬픈 추억을 마음 속에 영원히 간직하기 위해서랍니다.

오시노   아, 오라버니에게 진 사랑의 빚조차 갚으려 하다니, 얼마나 갸륵한 마음씨란 말인가. 큐피드의 황금 화살이 그의 가슴을 꿰뚫어 그 안에 있는 모든 감정을 소멸시킨다면, 그녀의 뇌수와 심장, 모든 사랑의 옥좌란 옥좌를 사랑이라는 왕이 차지하고 그녀의 전부를 채운다면. 자, 나를 안내해다오, 아름다운 꽃밭으로. 푸른 나뭇가지로 덮여야 사랑의 정념도 풍성해지는 것이니. (모두 퇴장)

제 2 장

바닷가

바이올라, 선장, 선원들 등장

바이올라　여기가 어디예요?

선 장　일리리아라는 곳입니다, 아가씨.

바이올라　일리리아에 와서 대체 어떡하자는 거죠? 오라버니는 하늘 나라에 갔을 거야. 아니 아마도 익사하지 않았을지도 몰라. 여러분들 생각은 어떠세요?

선 장　아가씨가 구조된 것만도 운이 좋았어요.

바이올라　아, 가엾은 오빠! 다행히 살아 있을지도 몰라요.

선 장　맞아요. 목숨을 건졌으니 희망을 가져요. 우리 배가 난파하여 아가씨와 몇몇 사람이 겨우 살아났습니다만 우리가 표류하는 보트에 매달려 있을 때 오빠께서는 위험 속에서도 용의주도하게, 그러니까 용 기와 희망이 그렇게 시킨 것이겠지만, 바다 위를 떠내려가는 튼튼한 돛 대에 몸을 잡아 매고, 돌고래 등에 탄 아리온처럼 거친 파도를 타고 멀 어져가는 모습을 이 두 눈으로 똑똑히 보았으니까요.

바이올라　정말 반가운 소식이네요. 사례로 이 돈을 받으세요. 제가 죽지 않고 살아난 걸 보면 오빠도 살아 있을 것 같은 희망이 생기는군 요. 선장님은 이 나라를 잘 아세요?

선 장   예, 잘 알죠. 내가 태어나서 자란 곳이 여기서 세 시간도 안 걸리니까요.

바이올라   이곳 영주님은 누구신가요?

선 장   가문이며 인품이 나무랄 데 없이 훌륭한 공작이지요.

바이올라   그분의 성함은요?

선 장   오시노.

바이올라   오시노! 아버님으로부터 성함을 들은 일이 있어요. 그땐 독신이라고 들었는데.

선 장   아직은 그래요, 최근까지는. 내가 이곳을 떠난 게 한 달 전인데, 그때는 한참 소문이 파다했지요. 알다시피 아랫것들은 높은 분들 일을 입에서 나오는 대로 주워섬기기를 좋아하거든요. 공작께서 올리비아 아가씨에게 청혼했다던가 했어요.

바이올라   어떤 아가씨였죠?

선 장   한 1년 전에 세상을 떠난 백작의 따님인데 정숙한 분이었죠. 그 후 오빠가 후견인을 자처했는데, 그 오빠마저 또 얼마 안 있어 돌아가셨지 뭡니까. 소문에 따르면 아가씨는 오빠를 그리워한 나머지 남자와 교제는 물론이고 아예 얼굴조차 쳐다보지 않기로 맹세했답니다.

바이올라   아, 영주님 같은 분이라면 제가 모시고 싶군요. 그래서 때가 될 때까지 제 신분을 감추고 싶어요.

선 장   그건 좀 힘들 것 같은데요. 누구의 부탁도 듣지 않는 분이니까. 공작님의 부탁조차도 듣지 않아요.

바이올라   보아하니 선장님은 좋은 분 같으세요. 하긴 세상에는 외양은 그럴 듯해도 속은 부패한 사람들이 더러 있지만, 선장님은 진실한 모습에 선한 마음씨를 가진 분이라고 믿어요. 정말 부탁드려요. 보답은 얼마든지 하겠어요. 뜻한 바가 있어 여자라는 것을 숨기고 변장하겠으니 도와주세요. 공작님을 모시고 싶어요. 저를 시종으로 그분께 천거해주세요. 수고가 헛되지 않도록 할게요. 이래봬도 저는 노래에도 제법 재능이 있고, 여러 가지 음악으로 얘기를 나눌 수도 있으니 공작님 시중을 드릴 만하지 않겠어요. 나머지는 그때그때 눈치껏 해드리겠어요. 그저 아무에게도 말씀 마시고 제 부탁대로 해주세요.

선 장 당신은 내시가 되시오. 나는 벙어리 역을 맡겠소. 이 혀를 놀려 비밀을 떠벌리면 이놈의 눈을 멀게 해도 좋소.

바이올라 감사해요. 이제 안내해주세요. (모두 퇴장)

제 3 장

올리비아의 저택

토비 벨치 경과 마리아 등장

토비 벨치 경 도대체 조카가 왜 저러지? 오라비가 죽었다고 저토록 상심만 하고 있다니. 근심은 목숨을 갉아먹는단 말이다.

마리아 토비 경, 밤에는 제발 좀 더 일찍 돌아오세요. 밤에 너무 늦는다고 아가씨가 아주 성화를 내신다니까요.

토비 벨치 경 뭐, 무슨 참견이야. 내버려두라고 해.

마리아 그야 그렇지만 체면은 차리셔야죠.

토비 벨치 경 체면을 차려라? 이 이상 좋은 옷이 어디 있어. 이 옷은 여유가 있으니 술을 마시기에는 안성맞춤이지. 이 장화만 해도 그래. 안 그렇다는 놈 있으면 나와봐. 제 장화 끈에 목을 매라지.

마리아 그렇게 술을 마구 마시면 몸이 견뎌낼 수 있나요? 어제도 아가씨께서 그렇게 말씀하셨어요. 언젠가 밤에 청혼하겠다고 아가씨에게 데려온 그 얼치기 기사 말씀도 하시고요.

토비 벨치 경 누구라고? 앤드류 에이규치크 경 말이야?

마리아 네, 맞아요.

토비 벨치 경 그 사람은 이 일리리아에서 사나이 중의 사나이야.

마리아 그게 어떻다는 거예요.

토비 벨치 경 그 뭐냐, 연수입이 무려 삼천 더컷이란 말이다.

마리아 그럼 뭘 해요. 아무리 돈이 많아도 그걸 갖고 1년도 버티지 못할 바보에다 방탕한 사람인걸.

토비 벨치 경 알지도 못하면서 무슨 소리야. 그 사람은 비올라를 연주할 줄도 알고 서너 개 나라 말을 한 자도 틀리지 않고 유창하게 말한단 말이야. 아무튼 출중한 재능을 타고난 사람이야.

마리아 그렇겠지요. 바보에다가 싸움하는 데는 못 말리죠. 다행히 타고난 겁쟁이어서 건달 기질을 눌러야 했으니 망정이지 그렇지 않았으면 벌써 저승길로 갔을 거라고 알 만한 사람들 사이에는 말이 많아요.

토비 벨치 경 천만에, 그런 헛소리를 지껄이는 녀석들이 악당들이지. 도대체 누구야? 그런 말 하고 다니는 놈들이.

마리아 그뿐이면 정말이지 좋게요. 매일 밤 나리와 어울려 다닌다고 하던데요?

토비 벨치 경 나야 조카딸의 건강을 기원하며 마시는 거지. 조카딸을 위해서라면 목구멍에 넘치게 술이 넘어가지. 이 일리리아에서 술이 동이 나지 않는 한 술을 마실 거야. 조카딸을 위해 그 정도도 못한다면 비겁한 놈이지. 머리가 팽이처럼 핑핑 돌 때까지 퍼 마시지 못하면 아무것도 아니라고. 이것 봐! 그 벌레 씹은 듯한 얼굴 좀 펴라고! 저기 앤드류 에이규치크 경이 오잖아. (앤드류 경 등장)

앤드류 경 토비 벨치 경! 안녕하신가?

토비 벨치 경 반갑네, 앤드류 경!

앤드류 경 안녕하시오, 왈가닥 아가씨?

마리아 나리도 안녕하셔요?

토비 벨치 경 인사해, 앤드류 경, 인사를 말이야.

마리아 전 그만 실례하겠어요. (퇴장)

앤드류 경 정말 내일은 고향으로 내려갈 거야. 토비 경 조카따님이 날 만나주지도 않을 거고, 만나봤댔자 싫은 소리를 들을 건 뻔한 노릇이니까. 바로 요 근방에 사는 공작이 청혼을 했다면서?

토비 벨치 경 공작은 싫대. 신분이나 연령, 지식 그 어떤 것도 저보다 윗사람하고는 결혼하지 않겠다는 거야. 그렇게 다짐하는 걸 이 두 귀로 똑똑히 들었어. 이봐, 아직도 기회는 있단 말이야.

앤드류 경 그럼 한 달만 더 있어볼까? 정말 난 요상한 취향을 갖고 있어. 가끔 가면무용을 추거나 부어라 마셔라 술타령에 빠져 정신이 없거든.

토비 벨치 경　　그런 풍류를 즐기고 있는 줄 몰랐군.

앤드류 경　　이 일리리아에서는 누구에게도 지지 않을걸. 나보다 지체가 높은 사람을 빼놓으면 말이야. 하기야 꾼들에 견주면 아무래도 딸리겠지만.

토비 벨치 경　　그런 재주를 왜 감춰뒀어? 왜 장막을 쳐 가려두었느냐고?

앤드류 경　　그럼 우리 한바탕 신나게 놀아볼까? (모두 퇴장)

제 4 장

오시노 공작의 저택

발렌타인과 남장한 바이올라 등장

발렌타인　　세자리오, 공작님의 총애가 지금처럼 계속된다면 아마 자네는 반드시 출세할 것이네. 여기 온 지 고작 사흘밖에 안 됐는데도 벌써 수십 년 지기 같거든.

바이올라　　공작님의 총애를 조건으로 말씀하시는 건 그분이 변덕스럽다거나 제가 게을러질까봐 걱정하시는 것 같아요. 공작님은 변덕이 심한 분이신가요?

발렌타인　　아니, 절대 그렇지 않아.

바이올라　아무튼 감사합니다. 공작님이 오시네요.

　　오시노 공작, 큐리오, 시종들 등장

오시노　누구 세자리오를 못 보았느냐?

바이올라　공작님, 여기 대령하였습니다.

오시노　그대들은 잠시 물러가 있게. 세자리오, 너는 모든 것을 잘 알고 있을 거다. 내 마음속의 비밀들을 송두리째 다 보여주었으니까. 그러니 네가 아가씨한테 갔다오너라. 거절을 하든 말든 문 앞에 오연하게 서서 직접 뵙기 전까지는 발이 땅에 붙어서 움직일 수 없다고 버티는 거다.

바이올라　하지만 공작님, 아가씨께서는 깊은 시름에 빠져 있다고들 하는데, 어지간해선 만나줄 것 같지 않습니다.

오시노　빈손으로 소득 없이 돌아올 거면 시끌벅적하게 소란이라도 피워. 예의고 체면이고 차릴 것 없다.

바이올라　만약 만나 뵐 수 있으면 그땐 뭐라고 말씀 드릴까요?

오시노　오! 그때는 내 불같은 사랑의 열정을 털어놓고 이 가슴 속에 맺힌 진심을 아가씨에게 호소해다오. 내 사랑의 고뇌를 대신 전해주는 것은 네가 적격이다. 쓸데없이 점잔만 빼는 심부름꾼보다도 너 같은 젊은이의 얘기를 아가씨는 더 잘 들어줄 것이다.

바이올라　저는 그렇게 생각하지 않는데요.

오시노　아니야, 틀림없어. 달의 여신 아르테미스의 입술도 네 입술만큼 부드럽고 붉지 못해. 너의 작은 목청은 마치 처녀의 목소리와도 같이 높고 고운 소리를 내고 있단 말이야. 아무튼 너는 하나에서 열까지 여자를 쏙 닮았어. 너야말로 애초에 이 일에는 안성맞춤이야.

바이올라 혼신의 힘을 다해 청혼해보겠습니다. (방백) 그렇지만 거북스러운 일이다! 누구에게 청혼을 하든지 그의 아내가 되고 싶은 사람은 나 자신이니까. (모두 퇴장)

제 5 장

올리비아의 집

마리아와 광대 등장

마리아 글쎄, 어딜 쏘다녔는지 말해봐. 안 그러면 너를 감싸주려고 털 하나 들어갈 만큼도 입을 열지 않을 테니 말이야. 네 멋대로 집을 비웠으니 아가씨께서는 널 교수형에 처하시겠지.

광 대 목을 매달아보라지 뭐. 그럼 빛을 두려워하지 않아도 되니까.

마리아 그건 또 무슨 소리야?

광 대 나 원! 눈을 감으면 빛이 보이지 않는데 겁날 게 없잖아!

마리아 별 싱거운 대답도 다 있군. "빛을 두려워하지 않는다"는 격언이 어디서 나왔는지 얘기해주지.

광 대 제발 그러세요, 마리아 아줌마!

마리아   전쟁에서 나온 말이야. 너 같은 멍청이가 그런 말을 쓰다니, 뻔뻔하구나.

광 대   오, 신이시여! 지혜 있는 자에게는 지혜를 주시고, 바보에게는 재주를 부리게 해주십시오.

마리아   아무튼 너는 오랫동안 집을 비웠으니까 교수형 아니면 여기서 쫓겨날 거야. 쫓겨나나 교수형이나 너에겐 매한가지겠지만.

광 대   교수형 덕분에 넌덜머리나는 결혼을 모면한 사람이 얼마나 많은데. 그런데 이왕 쫓겨날 거면 여름이면 좋겠는데.

마리아   그래도 준비는 돼 있나보네.

광 대   그렇지도 않아. 준비야 두 가지지.

마리아   아가씨께서 나오신다. 잘못했다고 손이 발이 되도록 싹싹 비는 게 네 신상에 좋을 거다. (퇴장)

광 대   기지여, 나에게 부디 근사한 광대 노릇을 시켜주오. 지혜가 있다고 뽐내는 작자들이 멍청이인 경우가 더 많더군. 난 지혜라곤 없는 멍청이니까 오히려 똑똑한 인간으로 통할는지도 몰라.

올리비아와 말볼리오 등장

광 대   아가씨, 안녕하신지요?

올리비아   저 멍청이를 끌어내!

광 대   어이, 뭐하는 거야? 아가씨를 끌어내라는데.

올리비아   이봐, 넌 이제 별 볼일 없는 광대일 뿐이야. 이젠 쓸모가 없어. 더군다나 버릇까지 형편없단 말이야.

광 대   그 두 가지 허물이야 술과 충고로 고칠 수 있지요. 별 볼일 없
는 멍청이에겐 술을 먹여보세요. 생기가 돌 게 아니겠어요. 그리고 버
릇이 형편없는 건 고치라고 하면 되지요. 고치기만 하면 버릇이 좋아
질 것이고. 그래도 못 고치면 옷 수선쟁이에게 맡겨보세요. 여기저길
수선한 누더기야말로 광대가 걸치고 있는 옷이지요. 미덕도 흠이 간
것은 죄악으로 누더기가 돼 있고, 죄악도 고친 것은 미덕으로 누더기
가 돼 있는 것이랍니다. 아가씨께서 광대를 끌어내라고 했는데, 뭐 하
고들 있나? 아가씨를 저리 데려가란 말이다.

올리비아   이봐, 널 데려가라고 한 거야.

광 대   어? 이거 보통 실수가 아니네! 아가씨, 제가 비록 누더기 광대
옷을 입고 있긴 하지만 머릿속까지 누더기는 아닙니다요. 아가씨, 당신
은 왜 그리 슬퍼하지요?

올리비아   이 멍청이, 오라버니가 돌아가셨기 때문이지.

광 대   아가씨, 그럼 오라버니의 영혼은 지옥에 있을 거예요.

올리비아   이 멍청아, 오라버니의 영혼은 천당에 가 있어.

광 대   그러니까 아주 멍청이죠. 오라버니의 영혼이 천당에 가 있는데
왜 슬퍼하느냔 말이야. 이보게들, 이 멍청이를 데리고 가, 어서.

올리비아   말볼리오, 이 멍청이를 어떻게 생각해? 상태가 조금 나아진
건가?

말볼리오   예, 아마도 죽음의 고통을 당할 때까지는 조금씩 나아질 것
입니다. 나이를 먹으면 총명한 사람도 노망이 들지만 멍청이는 더욱 상
멍청이가 되는 법이니까요.

올리비아   말볼리오, 그대도 잘난 체하는 게 병이야. 그러니 무얼 먹어

도 입에 맞는 게 없지. 너그럽고 결백하며 자유로운 기질을 가진 사람은 당신이 대포알이라고 생각하는 것도 새 총알 정도로밖에 여기지 않아. 세상이 이미 다 알고 있는 광대가 험담을 한다 해도 그건 악의가 있다고 할 수 없어. 마치 저명한 인사가 아무리 남을 비난한다 하더라도 악의적인 험담이 안 되는 것처럼 말이야.

광 대 자, 헤르메스 신이여, 아가씨에게 거짓말하는 솜씨를 허락하소서. 멍청이를 찬양하고 있으니!

마리아 다시 등장

마리아 아가씨, 문밖에서 웬 젊은 신사분이 꼭 만나 뵙고 드릴 말씀이 있다고 하는데요.

올리비아 오시노 공작이 보낸 사람인가?

마리아 잘 모르겠어요. 꽤 미남 청년인데 수행원들도 제법 되네요.

올리비아 누가 응대하고 있지?

마리아 삼촌이신 토비 경이십니다, 아가씨.

올리비아 그 양반이면 그냥 들어오시라고 해. 정신 나간 소리밖에 더 하겠어? (마리아 퇴장) 말볼리오, 가봐요. 공작이 보낸 사람이면 아파서 누워 있다든가, 집에 없다든가, 뭐든 적당히 둘러대고 돌려보내요. (말볼리오 퇴장) 자, 보았지. 네 광대짓도 이젠 식상해. 모두 싫어하잖아.

광 대 아가씨는 방금 저를 변호해주셨지요. 마치 맏아들이 바보나 된 것처럼. 신이여, 제발 머리를 채워주소서! 왜냐고요? 마침 머리가 빈 친척이 하나 들어오고 있잖아요.

토비 벨치 경 등장

올리비아　　아이, 짜증나! 또 고주망태시군. 문밖에 찾아온 사람은 누구예요, 아저씨?

토비 벨치 경　　신사다.

올리비아　　신사라니요! 어떤 신사인데요? 그나저나 아저씨, 도대체 어떻게 된 거예요? 이른 아침부터 곤드레만드레잖아요.

토비 벨치 경　　뭐 곤드레만드레! 곤드레만드레하는 자는 바로 대문에 있어.

올리비아　　그러니까 그게 누구냐고요?

토비 벨치 경　　그게 악마라면 어때? 상관없다고. 나에게 신앙을 달라 이거야. 젠장, 될 대로 되라지. (퇴장)

올리비아　　이봐, 멍청이. 술주정뱅이는 뭘 닮았지?

광 대　　익사한 놈, 바보 멍청이, 그리고 미치광이를 닮았지요. 얼큰할 때 한 잔 하면 바보 멍청이가 되고, 두 잔을 하면 미치광이, 석 잔을 넘으면 물귀신이 되거든요.

올리비아　　그럼 가서 검시관을 불러와. 아저씨를 검사해야겠어. 아저씨는 세 번째 단계로 만취한 물귀신이네. 가서 돌봐줘.

광 대　　아가씨, 아직은 미치광이 정도예요. 그러니까 바보 멍청이가 미치광이를 돌봐주는 거네요. (퇴장)

말볼리오 다시 등장

말볼리오　아가씨, 문 앞에 와 있는 젊은이가 꼭 아가씨를 만나 뵙고 가겠다는군요. 편찮으시다고 했더니 그건 다 알고 왔으니까 꼭 뵙고 말씀을 드리겠답니다. 지금 주무시고 계신다니까 그것도 다 알고 왔으니 뵙게 해달라고 버티고 있습니다. 아가씨, 뭐라고 할까요? 아무리 안 된다고 거절을 해도 막무가내군요.

올리비아　만날 수 없다고 전해요.

말볼리오　그렇게도 말해봤어요. 그랬더니 관청의 기둥이 되든지 걸상다리가 되는 한이 있더라도 직접 만나 뵙지 않고는 안 가겠답니다.

올리비아　인품은 어때? 나이는 몇 살이나 돼 보이고?

말볼리오　글쎄, 성인이라고 하기에는 나이가 좀 모자라고, 또 아이라고 할 만큼 어리지도 않아요. 알이 생길까 말까 정도인 풋콩 또는 붉은 빛이 살짝 도는 풋사과라고나 할까, 어른과 아이의 중간 정도예요. 얼굴은 퍽 잘생겼고 입심이 아주 야문데, 어찌 보면 어머니 젖을 뗐을까 말까 하는 생각이 드는군요.

올리비아　이리로 안내해요. 그리고 시녀를 불러주고.

말볼리오　이봐, 아가씨께서 부르셔. (퇴장)

　　바이올라 수행들과 함께 등장

바이올라　어느 분이 이 댁의 고명하신 아가씨인지요?

올리비아　나에게 말해요, 대신 대답을 해줄 테니. 용건이 뭐지요?

바이올라　더없이 빛나고 비교할 데 없는 아름다움을 간직하신 분, 제발 간청합니다. 당신께서 바로 이 댁의 아가씨인가요? 한 번도 뵌 적이 없어서요. 모처럼의 대사를 헛되게 하고 싶지는 않습니다. 멋지게 만든 말이기도 하지만 암기하느라 꽤나 힘이 들었으니까요. 아름다운 아가씨, 저를 너무 경멸하지 마세요. 저는 조금만 냉정한 대접을 받아도 주눅이 들고 만답니다.

올리비아   어디서 오셨나요?

바이올라   먼저 당신이 이 댁의 아가씨이신지 말씀해주세요. 저는 뵌 적이 없어서요. 그래야 제가 준비해온 대사를 계속할 수 있으니까요. 당신이 이 댁의 아가씨이십니까?

올리비아   그래요. 내가 나 자신을 빼앗아가는 것이 아니라면요.

바이올라   아니에요. 틀림없이 이 댁 아가씨가 맞다면 당신께선 자신을 빼앗아간 것입니다. 왜냐하면 아가씨께서는 당연히 내어줄 것을 이제까지 연기하고 있기 때문입니다. 지금 말씀드린 것은 제가 받은 지시 밖의 일입니다.

올리비아   어서 용건부터 말해요. 그 칭찬의 말일랑 그만두고.

바이올라   큰일났네요. 그걸 외우느라고 얼마나 고생을 했는데요. 게다가 매우 시적이고.

올리비아   그렇다면 꾸며댄 거짓일 테니 그만 집어치워요. 당신 얘기를 듣고 싶어서가 아니라 당신이 문 앞에서 무례하게 버티고 있다기에 도대체 어떤 작자인지 보려고 부른 거예요. 미치지 않았다면 빨리 돌아가요. 제정신이라면 간단히 말해요. 난 지금 그따위 허접한 말 따위나 상대할 심정이 아니니까요.

바이올라   아가씨에게만 드려야 할 이야기입니다. 저는 선전포고를 하러 온 것도 아니고 항복을 재촉하러 온 것도 아닙니다. 제 손은 올리브 가지를 쥐고 있고, 드릴 말씀도 내용도 지극히 평화로운 것입니다.

올리비아   모두들 잠시 자리를 비켜줘. 그 평화로운 말씀 한번 들어보게. (마리아와 수행들 퇴장) 자, 그 말씀을 들어볼까요?

바이올라   이 세상에서 가장 아름다운 여인이여!

올리비아   아주 기분 좋은 교리이네. 얼마나 더 늘여 뺄 셈이지? 대체 본문은 어디 있어요?

바이올라   오시노 공작님의 가슴속에요.

올리비아   그분의 가슴속이라! 가슴속 제 몇 장이죠?

바이올라   그 방식을 따르자면 그분 가슴속 제1장이지요.

올리비아   아! 그거라면 벌써 읽었어요. 그건 이단의 가르침이에요. 또 할 이야기가 있어요?

바이올라   아가씨, 얼굴을 보여주세요.

올리비아   제 얼굴과 담판이라도 지으라는 명령이라도 받고 왔어요? 본문에서 벗어났군요. 하지만 좋아요. 커튼을 걷고 제 얼굴을 보여드리죠. 자, 보세요. (베일을 벗는다) 지금은 이 정도인데. 어때요, 괜찮은가요?

바이올라   굉장합니다, 하느님이 모든 것을 만드셨다면.

올리비아   바래지 않게 물들여놓아서 비바람에도 잘 견뎌낼 거예요.

바이올라   참으로 오묘한 기예로 붉고 흰 빛깔을 조합하여 이뤄낸 아름다움이군요. 조화의 극치예요. 아가씨, 당신이야말로 세상에 둘도 없는 잔인한 분입니다. 그런 아름다움을 모조리 무덤까지 끌고 가서 이 세상에 단 한 장의 사본도 남겨놓지 않는다면요.

올리비아   무슨 말씀을! 난 그런 잔인한 여자는 아니에요. 내 아름다

756

움을 명세서로 만들어 남겨놓을 거예요. 단 하나도 빼지 않고 명세서를 만들어 유언장에다 붙여놓을 거예요. 이렇게 말예요. 첫 번째 상당히 붉은 입술 두 개. 두 번째 회색 눈 두 개. 세 번째 목 한 개, 턱 한 개 등등. 그런데 나를 찬미하러 여기에 당신을 보낸 건가요?

바이올라　당신이 어떤 사람인지 이제야 알겠어요. 아가씨는 도도하기 짝이 없으시군요. 그러나 아가씨가 악마라 해도 아름다운 것만은 분명합니다. 저의 주인은 당신을 사랑하십니다. 아가씨가 아무리 절세의 미의 왕관을 썼다 해도 그 사랑에는 응답하지 않을 수 없을 것입니다.

올리비아　공작님께서는 내 마음을 이미 알고 계세요. 나는 그분을 사랑할 수 없어요. 물론 그분은 명망이 높고 훌륭한 분이에요. 영지도 넓고 청렴하며 흠 잡을 데 없는 젊은 분으로 알고 있어요. 세상의 평판도 좋고 활달한 성미에 관대한 성품, 학식과 용기, 체격이나 태도도 출중한 분이시죠. 그렇지만 나는 그분을 사랑할 수 없어요. 이런 대답은 이미 오래전에 드렸어요.

바이올라　만약 제가 저의 주인같이 사랑의 열정에 불타 고통 속에 빠지고 생명을 바치듯 한다면 어찌 그런 거절의 말씀이 귀에 들어오겠습니까? 아마도 무슨 소리인지 이해하려고도 하지 않을 것입니다.

올리비아　그럼 당신이라면 어떻게 하겠어요?

바이올라　당신의 집 문 앞에 버드나무 가지로 엮은 오두막집을 지어놓고 저택 안의 내 영혼에 하소연할 것입니다. 버림받은 진실한 사랑의 슬픔을 가사로 지어 깊은 한밤중에 소리쳐 노래하고, 언덕을 향해 아가씨의 이름을 불러 메아리를 울리게 할 겁니다. 그러면 아가씨께서는 이 몸을 측은히 여겨주시지 않는 한 이 세상에서 잠시라도 편히 쉬지 못하게 될 것입니다.

올리비아   당신이라면 그렇게 하고도 남겠네요. 당신은 어떤 신분의 사람인가요?

바이올라   지금의 처지보다야 훨씬 높죠. 하지만 현재도 나쁘지는 않습니다. 태생은 신사니까요.

올리비아   돌아가서 주인께 전해주세요. 나는 그분을 사랑할 수 없으니 다시는 사람을 보내지 말라고요. 단, 당신의 주인이 내 말을 어떻게 받아들이셨는지 알려주러 온다면 그것은 별도의 문제예요. 안녕히 가세요. 수고 많았어요. 자, 이 돈은 받아두세요.

바이올라   저는 수고비를 받고 심부름을 온 게 아닙니다. 그 돈은 도로 넣어두세요. 보답을 받을 사람은 저의 주인이지 제가 아닙니다. 원컨대 앞으로 당신이 사랑할 때 사랑의 신이 상대방의 가슴을 정녕 차돌같이 만들어주시고, 아가씨의 불타는 사랑의 열정은 저의 주인처럼 무참히 냉대받게 해주시기를! 안녕히 계십시오, 아름답고 냉혹한 분이여. (퇴장)

올리비아   "당신은 어떤 신분의 사람인가요?" "그야 지금의 처지보다야 훨씬 높죠. 하지만 현재도 나쁘지는 않습니다. 태생은 신사니까요"라고 했겠다. 그래, 틀림없는 신사야. 그 말씨, 얼굴, 체격, 거동, 마음 씀씀이로 볼 때 지체 높은 집안의 사람이 틀림없어. 안 되지! 조급하게 행동해서는 안 돼. 주인과 저 사람을 바꾸어놓다니, 내가 정상이 아니지. 갑자기 상사병에 걸려버렸어. 아마 그 젊은이의 아름다운 모습이 나도 모르는 사이에 내 마음속에 스며든 거야. 어쩔 수 없지, 될 대로 되라고 하는 수밖에는. 이봐, 말볼리오!

말볼리오 등장

말볼리오   아가씨, 부르셨습니까?

올리비아   아까 그 시건방진 심부름꾼인, 공작의 시종을 뒤쫓아가요. 내게 물어보지도 않고 반지를 두고 갔어. 이런 건 받고 싶지 않다고 말해. 그리고 주인에게 가서 괜히 인심을 써서 쓸데없는 희망을 갖게 하지 말라고 단단히 말해줘. 난 그 사람이 싫으니까. 그리고 만일 그 젊은 이가 내일 다시 여기 오면 그 이유를 말해줄 거라고 해요. 자, 어서 서둘러요, 말볼리오.

말볼리오   예, 시키는 대로 하겠습니다. (두 사람 퇴장)

제 2 막

바닷가

안토니오와 세바스찬 등장

안토니오　더는 머물지 않겠다는 겁니까? 내가 동행하면 안 되겠어요?

세바스찬　죄송하지만 이해해주세요. 내 운명엔 불길한 별이 따라다니니 혹시 나의 불운이 당신의 운명에까지 미칠지 모릅니다. 그러니 여기서 헤어집시다. 내 불행은 나 혼자서 감당하게 해주시오. 내가 당신께 폐를 끼치게 된다면 그건 호의를 베푼 당신에 대한 도리가 아닐 것이오.

안토니오　정 그러면 행선지라도 알려주시오.

세바스찬　아니오. 사실은 이곳저곳 정처 없이 떠돌아다니는 방랑의 길이랍니다. 그런데 당신은 매우 겸손한 사람이라 내가 숨겨두고 싶은 것을 군이 캐묻지 않으니, 나로서는 도리어 솔직하게 말씀드리는 것이 예의일 것 같습니다. 안토니오 씨, 제 이름을 로데리고라고 말씀드렸지만 사실 원래 이름은 세바스찬입니다. 나의 부친은 메살린의 세바스찬이지요. 아버지는 저와 누이동생을 두고 돌아가셨어요. 우리 둘은 같은 시각에 세상에 나온 쌍둥이랍니다. 바라기는 죽는 것도 한날 한시에 했으면 했지요. 그 소망을 당신이 바뀌버린 셈이 됐어요. 당신이 험난한 파도에서 나를 구해준 그 몇 시간 전에 누이동생은 바닷물에 빠져 죽었답니다.

안토니오　아, 정말 안됐군요.

세바스찬　누이는 나와 많이 닮았다고 합니다만 미인이라고 말하는 사람들이 많았어요. 칭찬을 곧이곧대로 믿지는 않습니다만 이것만은 자신 있게 말할 수 있어요. 아무리 시기심이 많은 사람도 아름답다고 말할 수밖에 없는 고운 마음씨를 지녔답니다. 그 사랑스런 동생이 바닷물에 빠져 죽었어요. 그런데 그걸 생각할수록 눈물의 바닷속에 누이를 밀어넣는 것 같군요.

안토니오　죄송합니다. 결례가 많았습니다.

세바스찬　천만에, 무슨 그런 말씀을. 안토니오! 나야말로 심려를 끼친 걸 용서해주시오.

안토니오　저의 우정을 생각해서라도 제가 모시도록 해주십시오.(퇴장)

거리

바이올라 등장하고 뒤따라 말볼리오 등장

말볼리오 조금 전에 올리비아 아가씨 댁에 오셨던 분이지요?

바이올라 예, 그런데요. 보통 걸음으로 여기까지 걸어왔지요.

말볼리오 아가씨께서 이 반지를 돌려드리랍니다. 아까 갖고 갔더라면 제가 이런 수고를 안 해도 됐을 텐데. 그리고 우리 아가씨가 이후로 공작님의 청을 받을 생각은 전혀 없으니 꼭 그 말을 전하라고 누차 당부하셨소. 또 당신 주인의 용무로는 두 번 다시 찾아오지 말라고 하셨소. 하지만 공작께서 그 말을 어떻게 들었는지 알리려고 당신이 오겠다면 그것은 관계치 않겠다고 하십디다. 자, 이것은 받아 가시오.

바이올라 그 반지는 아가씨가 나한테 받으신 거요. 난 받을 수 없어요.

말볼리오 왜 이러쇼? 당신이 멋대로 아가씨에게 내던진 것 아뇨. 당신이 한 것처럼 똑같이 내던져주라고 했소. 허리를 굽혀 주울 만한 가치가 있다면 바로 당신 눈앞에 있으니 줍든지, 그게 싫으면 아무나 줍는 사람이 임자지, 뭐. (퇴장)

바이올라 반지를 두고 온 적이 없는데 아가씨가 정말 무슨 뜻으로 그럴까? 내 외모에 반해버렸다면 이거 큰일이잖아! 그래 내 얼굴만 줄곧 쳐다보고 있었어. 넋을 놓고 바라보다가 혀가 제대로 움직이지 않는 듯 알아듣지도 못할 말을 더듬거렸어. 분명히 날 좋아하는 것 같아. 불타는 열정으로 교활하게도 내 마음을 유인하려고 저 무례한 심부름꾼을 보낸 거야. 공작님의 반지를 안 받겠다니! 공작님은 아무것도 주지 않았는데 말이야. 틀림없이 나를 겨누고 한 거야. 그렇다면 정말 가엾은 아가씨, 차라리 꿈을 사랑하는 게 나을 거예요. 공작님께서는 아가씨를 죽을 만큼 사랑하고 있고, 남장한 여자인 나는 공작님을 좋아하고 있고, 아가씨는 잘못 알고 나를 좋아하게 됐으니 장차 이 일을 어떻게 하면 좋을까? 아, 난감하네! 가엾은 올리비아 아가씨는 헛되이 한숨만 짓고 있어야 하다니! 오, 시간이여, 이 복잡하게 뒤얽혀버린 사건을 해결해다오. 난 도저히 얽힌 매듭을 풀 힘이 없구나. (퇴장)

제 3 장

올리비아의 집

토비 벨치 경과 앤드류 경 등장

토비 벨치 경 이쪽으로 오게, 앤드류 경. 자정이 넘도록 잠자리에 안 들었으니 일찍 기상한 것이나 다름없군. "아침 일찍 일어나는 자가 장수한다"는 말을 알고 있지?

앤드류 경 아니, 전혀 들어본 적이 없네. 밤늦게까지 잠자리에 들지 않으면 그거야 밤늦게까지 자지 않은 게 아닐까?

토비 벨치 경　결론이 틀렸네. 그런 식의 말은 빈 술병 같아 정말 싫단 말씀이야. 자정이 지나서까지 깨어 있다가 잠자리에 들면 그게 일찍 자는 거지. 그러니까 자정이 지나서 잠자리에 들면 일찍 잠자리에 드는 거다 이거야. 무릇 인간의 생명이란 땅, 물, 불, 바람의 네 가지 원소로 돼 있나니.

앤드류 경　음, 다들 그렇게들 말하는 데, 난 말이야! 먹고 마시는 것으로 돼 있다고 생각해.

토비 벨치 경　학자가 따로 없네그려. 그러면 먹고 마셔보자고. 어이, 마리아! 여기 술, 술 가져와! (광대와 마리아 등장)

마리아　아니, 무슨 북새통이람? 어디 두고 보셔요! 아가씨께서 말볼리오 집사를 불러 당신들을 밖으로 내쫓을 테니까.

토비 벨치 경　아가씨는 뙈놈, 우리는 지체 높은 관리, 말볼리오는 천하병신이야. 우리들 세 사람은 유쾌한 단짝들, 난 이래 뵈도 아가씨의 친척이란 말씀이야. 피가 통하고 있다고. 아가씨가 뭐 어떻단 말인가! (노래한다) 옛날 바빌론에 한 사나이 있었네, 아가씨 아가씨!

광 대　제기랄, 나리 양반의 멍청이 짓이 놀랄 노자군.

앤드류 경　그렇고말고, 신명만 나면 끝내주지. 나도 못지 않지. 솜씨야 저 친구가 좀 낫지만, 그 대신 난 자연스럽단 말이야.

토비 벨치 경　(노래한다) 마침 때는 동지섣달하고도 십이야라…….

마리아　제발 좀 조용히 해요!

말볼리오 등장

말볼리오　어째 다 머리가 돈 것 같군요? 분별이고 체면이고 염치고 다 어디다 팔아먹었답니까? 오밤중에 땜장이처럼 소란을 피우다니 말이오. 아가씨의 저택을 선술집으로 만들 셈이오? 아무런 가책도 없이 집이 떠나가라고 고래고래 소리를 질러대며 야단법석이라니. 토비 경, 솔직히 말씀드리죠. 아가씨께서 저보고 전하라고 하셨는데 친척이니까 모시고 있지만 이런 문란한 행태에는 넌덜머리가 난다고 하셨어요. 그러니까 앞으로 그런 주책없는 난잡한 행실을 삼간다면 모르지만 그렇지 않다면 지체 없이 작별을 하시겠다고 합니다.

토비 벨치 경　정든 님아, 부디 안녕! 너를 두고 나는 간다.

마리아　그만둬요, 토비 경.

말볼리오　마리아 아가씨, 아가씨의 총애를 대수롭지 않게 생각하는 게 아니라면 이런 무례한 짓에 동참하지 말아요. 알겠소? 틀림없이 아가씨 귀에 들어가고 말 테니. (퇴장)

마리아　빨리 가서 당나귀처럼 귀나 흔들고 있으라지.

앤드류 경　저 녀석에게 결투를 신청하고, 고의로 바람맞히는 식으로 골려주는 것도 재미있겠어. 시장기가 돌 때 한잔 척 걸치는 맛 못지 않을걸.

토비 벨치 경　그래, 해보라고. 도전장은 내가 써줄게. 아니면 몹시 분개하고 있다고 구두로 전달해도 좋아.

마리아　토비 경, 오늘 밤은 좀 참으세요. 오늘 아가씨께서는 공작님 댁의 젊은이가 왔다 간 후로 안절부절 못하고 계세요. 말볼리오 집사

일은 제가 무슨 수를 써서라도 웃음거리로 만들 거예요. 그 정도도 못하면 혼자 잠자리에도 들어가지 못하는 못난이라고 골려도 좋아요. 지켜보세요.

토비 벨치 경　어이, 좀 얘기해 봐. 어떻게 한다는 거야?

마리아　그는 말만 청교도이지 이것도 저것도 아니에요. 그때그때 유리한 대로 알랑거리는 기회주의자인 데다가 그럴 듯한 말을 기억해놓았다가 그럴 듯하게 지껄여대죠. 잘난 체하며 뻐기는 작태는 꼴불견이지요. 자기를 한 번 보기만 하면 누구나 자기에게 반한다고 철석같이 믿고 있어요. 그런 약점을 이용하면 망신살이 톡톡히 뻗치게 할 수 있어요.

토비 벨치 경　그럼 어떻게 해야 하지?

마리아　잘 다니는 길목에다 이름이 없는 연애편지를 떨어뜨려 둘 거예요. 편지에 수염의 색깔이며, 다리 모양, 걸음걸이, 눈매, 이마 그리고 안색 같은 것을 써놓아 그것이 자기에게 보낸 것이 틀림없다고 믿게 하는 거예요. 저는 아가씨와 아주 비슷하게 글씨를 쓸 수 있어요. 오래전에 쓴 것을 보면 제 글씨인지 아가씨의 글씨인지 서로 구별을 못할 정도니까요.

토비 벨치 경　근사해! 이제 감 잡았어.

앤드류 경　나도 냄새를 맡았어.

토비 벨치 경　떨어뜨린 연애편지를 보고는 내 조카딸이 보낸 편진 줄 알겠지. 그래서 자기를 사랑하는 줄 알게 된다 이거지?

마리아　바로 그게 제가 노린 거예요.

앤드류 경　아 참, 기막히군!

마리아　최고의 구경거리가 될 거예요. 두고 보세요. 제 약발이 잘 들을 테니까. 두 분과 저 광대는 숨어서 구경만 하면 돼요. 그 편지를 주워 어떻게 하는지 똑똑히 보세요. 오늘 밤은 편히 주무시고 꿈에서라도 이 일을 지켜보시기를. 그럼 안녕히. (모두 퇴장)

제 4 장

공작의 저택

오시노 공작, 바이올라, 큐리오, 그 외 사람들 등장

오시노 음악을 들려다오. 아, 다들 안녕하오? 자, 세자리오, 그 노래를 불러봐. 지난밤에 불렀던 고풍스런 노래를 말이다. 그 노래 덕분에 사랑의 괴로움을 한결 덜은 것 같다. 요즘같이 눈이 어지럽게 급변하는 세태에 영합해 이리저리 꿰어 맞춘 가사나 경박한 곡조보다는 훨씬 좋았어. 자, 일절만이도 좋아.

큐리오 죄송하오나 그 노래를 부른 자가 여기 없습니다.

오시노 누구였더라?

큐리오 어릿광대 페스테입니다. 올리비아 아가씨 선친께서 매우 총애하던 광대입니다. 이 저택 근처 어딘가에 있을 겁니다.

오시노 찾아오너라. 그동안 음악을 연주해다오. (큐리오 퇴장, 음악) 이리 오라. 네가 만일 사랑 때문에 고통받게 되거든 날 기억해다오. 진실한 사랑을 하는 자는 모두 나와 피장파장이니까. 사랑하는 사람의 모습은 언제나 마음속에 깊이 각인돼 있지만 그 외의 것들은 무엇이건 간에 흐리멍덩해지는 거다. 어때? 이 곡이 듣기 좋으냐?

바이올라   사랑의 신의 옥좌에서 울려 퍼지는 소리 같습니다.

오시노   썩 그럴 듯한 말이군. 넌 아직 어리지만 틀림없이 사랑하는 누구에겐가 눈길을 준 적이 있는 것 같구나. 그렇지 않나?

바이올라   예, 덕분에 좀 있었죠. 공작님 같은 사람이었죠.

오시노   그럼 사랑에 빠질 정도는 아니군. 그래 나이는 몇인가?

바이올라   공작님과 같은 연배입니다.

오시노   나이가 너무 많군. 여자는 자기보다 연하인 남편을 만나야 돼. 그래야 부부 사이가 좋고, 항상 남편의 마음을 붙잡아둘 수 있지. 왜냐하면 남자란 아무리 호의적으로 봐주어도 여자보다는 마음이 둥 둥 떠 있고 변하기도 쉽지. 아주 쉽게 정이 드는가 하면 언제 그랬냐는 듯이 식어버리는 것이 남자야.

바이올라   공작님 말씀이 정말 옳습니다.

오시노   그러니 너도 연하의 애인을 만들도록 해라. 그렇지 않으면 너의 사랑도 오래가지 못할 거다. 자고로 여자란 장미꽃과 같아서 한 번 확 피고 나면 곧바로 지고 마는 것이니까. 세자리오, 한 번만 더 그 냉정한 아가씨에게 가다오. 가거든 이렇게 전해다오. 내 사랑은 이 세상에서 가장 고귀해서 이 더러운 땅덩이일랑은 전혀 관심이 없다고, 운명이 그녀에게 갖다준 재산은 그 운명처럼 헛되게 본다고, 내 영혼이 끌린 것은 자연이 오묘하게 빚어놓은 기적 같은 보석 중의 보석, 절세의 아름다움이라고 전해다오.

바이올라　　그래도 사랑할 수 없다고 하면 어떡하죠, 공작님?

오시노　　그런 응답을 들을 수는 없어.

바이올라　　그러나 어쩔 수 없죠. 어떤 여자가 공작님께서 올리비아 아가씨를 사랑하여 괴로워하듯 공작님을 사랑한다고 생각해보세요. 그러면 공작님은 물론 사랑할 수 없노라고 말씀하시겠죠? 그러면 그 여자로서도 어쩔 수 없는 일 아니겠어요?

오시노　　네가 얘기한 여자가 내게 품은 사랑을 내가 올리비아에게 품은 사랑과는 비교조차 하지 마라.

바이올라　　저는 여자의 사랑이 어떤 것인지 너무나 잘 알고 있죠. 여자들도 우리 남자들처럼 진실하답니다. 제 아버지에겐 딸이 하나 있었는데 어떤 남자를 사랑했답니다. 마치 제가 여자라면 공작님을 열렬히 사랑했을 것같이 말입니다.

오시노　　그래, 그녀의 사랑은 어떻게 됐느냐?

바이올라　　공작님, 그녀는 백치였어요. 끓어오르는 사랑을 가슴속에 감춘 채로 꽃봉오리를 벌레가 갉아먹어버리듯이 상사병이 분홍빛의 두 볼을 수척하게, 몸은 야위고 슬픔에 잠겨 흡사 돌을 쪼아 만든 인내의 석상처럼 비탄에 빠진 채 웃음을 띠고 있었지요.

오시노　　그래서 네 누이는 그 사랑 때문에 죽었느냐?

바이올라　　아버지에게는 이제 저 외에는 아들도 딸도 없습니다. 아직은 저도 모르겠습니다만. 그럼 아가씨에게 갔다 올까요?

오시노　　그래, 그게 중요한 일이지. 서둘러라. 이 보석을 전하고, 내 사랑은 물러날 곳도 없고 거절도 받아들일 수 없다고 여쭤라. (퇴장)

제 5 장

올리비아의 정원

토비 벨치 경, 앤드류 경, 마리아, 페이비언 등장

토비 벨치 경 어! 작은 악당이 납신다. 그래, 어떤가 아가씨?
마리아 자, 모두 회양목 그늘에 숨으세요. 말볼리오가 이리로 오고 있어요. 저 사람이 아까부터 양지에서 반 시간 이상 자기 그림자를 보고 절하는 연습을 반복하고 있어요. 잘 지켜보세요. 이 편지를 보고 나면 생각에 빠져 얼간이 같은 낯짝이 되고 말 거예요. 자, 어서 몸을 숨겨요. 재미 한번 끝내줄 거예요. (편지를 땅바닥에 던지면서) 너는 꼼짝 말고 있거라. 저기 송어가 나타났네. 이걸 근질여서 낚아야지. (퇴장)

말볼리오 등장

말볼리오 모든 게 팔자소관이야. 마리아가 언젠가 아가씨께서 날 좋아하신다고 말한 적이 있었지. 아가씨도 비슷한 말씀을 한 적이 있어. 만약 당신이 사랑을 한다면 이 말볼리오 같은 사람이어야 한다고 말이야. 게다가 아가씨를 모시고 있는 사람 중에 누구보다도 날 살갑게 대해주신단 말이야. 대체 이걸 어떻게 받아들여야 하지?
토비 벨치 경 에이, 저런 건방진 자식!

페이비언　쉿! 조용히 하세요. 헛된 생각에 빠진 꼬락서니가 희한한 칠면조 같군. 깃을 잔뜩 추켜세우고 거드름을 피우고 있는 꼴이라니!

말볼리오　말볼리오 백작이라!

토비 벨치 경　저런, 불한당 같은 놈!

앤드류 경　총으로 확 쏴버릴까보다!

말볼리오　전례가 없는 것도 아니지. 스트레치 백작의 아가씨는 의상실의 시종과 결혼했잖아.

앤드류 경　저런, 뻔뻔한 놈!

페이비언　조용히 해요. 저놈 이젠 푹 빠져버렸군. 우쭐해가지고 기고만장하군.

말볼리오　결혼하고 석 달만 지나면 백작 자리에 앉게 된다. 저놈을 계속 살려둬야 하나?

토비 벨치 경　에잇, 석궁이 있으면 놈의 눈깔에다 쏴버릴 텐데.

말볼리오　아니, 이게 뭐지? (편지를 줍는다)

페이비언　자, 누런 도요새가 덫에 걸려들고 있네.

토비 벨치 경　쉿, 조용히 해! 익살의 요정이여, 제발 저놈이 큰 소리로 읽게 해주기를!

말볼리오　이건 분명히 아가씨의 필적이야. 이 C자, U자, T자가 모두 아가씨가 쓴 글씨야. 대문자 P도 꼭 이렇게 쓰거든. 이건 의심할 필요도 없이 아가씨가 쓴 글씨가 분명해.

앤드류 경　그녀의 C자, U자, T자가 그래서 어떻다고?

말볼리오　(읽는다) "이름 모를 사랑하는 이에게, 제 진정한 마음을 담아서" 아가씨 말투 그대로군! 밀랍이여 떨어져라. 가만있자! 봉인도 언제나 사용하는 루크레스의 초상이군. 분명해, 아가씨의 것이. 누구에게 보낸 것일까?

페이비언 이젠 됐어. 완전히 걸려들었어.

말볼리오 (읽는다) 「신만이 알고 있네, 나의 사랑.」 그게 과연 누구일까? 「입술이여, 움직이지 말라. 그 누구도 알아서는 안 되니까.」 그 누구도 알아서는 안 되니까라니. 그다음은? 운율이 달라졌군! 「누구도 알아서는 안 된다.」 만약 그게 말볼리오, 너라면?

토비 벨치 경 이런 목을 매달아 죽일 더러운 놈 같으니라고!

말볼리오 (읽는다) 「내가 사모하는 이는 내가 부리는 자니. 침묵하는 심정이여, 루크레스의 칼처럼 유혈도 없이 이 가슴을 찌르는구나. M. O. A. I. 이것이 내 생명을 좌지우지하네.」

페이비언 시시한 수수께끼군!

토비 벨치 경 그 계집 잔꾀가 상당하구먼.

말볼리오 「M. O. A. I. 이것이 내 생명을 좌지우지하네.」 아냐, 가만 보자. 글쎄 말이야, 음······.

페이비언 아주 지독한 독약을 묻혀놓았군!

토비 벨치 경 그 독약을 매가 잽싸게 낚아채는군!

말볼리오 「내가 사모하는 이는 내가 부리는 자니.」 그래 맞아, 아가씨가 날 부리고 있잖아. 나는 그분을 모시고 있고, 그분은 내 주인 아가씨다. 이거야 바보가 아닌 이상 다 아는 사실이지. 이건 하등 문제가 없어. 그런데 끝이 문제인데, 이 알파벳들이 무슨 뜻일까? 뭔가 나와 공통점이 있을지도 모르지. 자, 보자! M. O. A. I. ······.

토비 벨치 경 O든 A든 맞혀보라고. 이제 냄새조차 맡을 수 없나보네.

페이비언   여우 냄새라도 맡으면 똥개가 짖어대기는 할 거요.

말볼리오   'M', 말볼리오. M은 그래, 내 이름 첫자다. 그런데 그 뒤가 들어맞지 않아. 아무래도 입증이 잘 안 돼. 'A'자가 와야 되는데 'O'자가 있으니 말이야.

페이비언   마지막 'O'자가 문제로군.

토비 벨치 경   아, 그래. 내가 몽둥이로 내리칠까? 그러면 'O'하고 비명을 지를 테니까 말이야!

말볼리오   그다음엔 'I'가 온단 말이야.

페이비언   '아이'고라고 해. 눈깔이 뒤통수에도 달렸다면 목전의 행운보다 뒤통수를 갈기는 창피가 더 먼저 보일 거다.

말볼리오   'M. O. A. I.' 이 수수께끼는 풀기가 쉽지 않네. 그렇지만 좀 무리해서 맞춰본다면 못 풀 것도 없지. 모두 내 이름 속에 들어 있는 글자들이니까 말이야. 가만, 다음에는 긴 글이 있군. (읽는다)

「이 글이 당신 손에 들어가거든 사려 깊게 행동해주시기 바라요. 비록 내 운명의 별이 당신 위에 있지만 잘난 사람이라고 두려워 마세요. 사람이란 처음부터 잘 타고 태어날 수도 있고, 노력하여 높은 신분을 가질 수도 있고, 또는 남이 밀어줘서 높은 신분을 성취하는 경우도 있는 법입니다. 운명이 당신께 두 손을 벌리고 있으니, 그대의 열정으로 포옹하세요. 장차 신분을 생각하여 거기에 익숙해지도록 낡은 허물을 벗듯 미천함을 털어버리고 새롭게 보이도록 하세요. 저의 친척에게는 냉정하게 대하고, 하인들에게는 거만하게 대하며, 입을 열어 말할 때는 국가에 대해 논의하며, 보통 사람들과는 다른 풍모를 갖추도록 하세요. 이런 권유는 모두 당신을 사모하기 때문이에요. 당신의 그 노란 양말을 격찬하고 열십자의 대님을 보고 싶어 하는 사람이 누구인지 언제라도 기억해주세요. 당신이 결심하기만 하면 다 돼요. 그러나 만일 원치 않는다면 당신은 항상 집사로 남을 것이고, 하인 부류로 그칠 것이며, 다시는 행운의 신의 손을 붙잡지 못할 것입니다. 그럼 안녕히. 당신과 신분을 바꾸기를 소원하는, 운 좋은 불행한 여인 올림.」

한낮의 들판이라 해도 이보다 더 명백할 수는 없다. 이건 너무나 분명한 사실이야. 자부심을 갖자. 정치에 관한 책을 읽고 토비 경을 괴롭혀주고, 별 볼일 없는 놈들과는 손을 끊고 아가씨가 원하는 사람이 돼야만 한다. 이젠 상상에 빠져서 바보가 되는 일은 없을 거다. 이모저모 생각을 해봐도 아가씨가 내게 반한 것은 불을 보듯 뻔하다. 하기는 요사이에도 아가씨께서 내 노란 양말을 칭찬하셨고, 십자 대님도 멋있다고 하셨지. 그게 모두 내게 반한 명백한 증거야. 노란 양말을 신고 십자 대님을 매야겠다. 그것도 당장에. 신이여, 내 운명의 별이여! 찬양을 받을지어다! 여기 또 추신이 있구나. (읽는다)

「제가 누군지는 어림짐작할 수 있을 것입니다. 만약 제 사랑을 받아주신다면 그대 얼굴에 미소를 지어주세요. 그대의 미소는 당신에게 너무 잘 어울려요. 그러므로 제 앞에서는 언제나 얼굴에 미소를 지어주세요.」

신이여, 감사합니다! 자, 미소를 지어야지. 아가씨가 원한다면 무슨 짓

인들 못하리. (퇴장)

페이비언 왕으로부터 수천 파운드의 연금을 받을 수 있다 해도 이 재미와 바꿀 생각은 없어요.

토비 벨치 경   이런 묘안을 짜냈으니 이 계집에게 장가가도 좋아.

앤드류 경   나도 그렇게 생각해.

페이비언   저기 바보잡기의 명수가 나타나셨군. (모두 퇴장)

제 3 막

제 1 장

올리비아의 정원

바이올라와 작은북을 든 광대 등장

바이올라   안녕하신가 친구, 그대의 음악도? 그대는 북으로 먹고사나?

광 대   천만에요. 교회에 빌붙어서 살고 있습죠.

바이올라   그럼 성직자인가?

광 대   천만의 말씀이에요. 나는 내 집에서 살고 있는데, 집이 바로 교회 옆에 있으니 빌붙어 살고 있는 셈이라는 거지요.

바이올라   그럼 거지가 왕 곁에서 살고 있으면 왕이 거지에게 빌붙어서 사는 셈이겠지? 그리고 자네의 북을 교회 옆에 놓으면 교회가 북의 덕을 보는 셈이고 말이야.

광 대   말씀 한번 제대로 했네요. 요즘 세상이 그래요. 머리 좀 돌아가는 친구에게 걸리면 같은 말도 장갑처럼 된단 말이에요. 마치 안팎을 간단히 뒤집어까는 것처럼 홱 말이 바뀌어버리죠.

바이올라   정말 그렇네. 말을 갖고 농탕을 치기로 하면 변덕스럽기 짝

776

이 없어지지. 그래, 자넨 세상에서 근심 걱정 없는 사람 같군.

광 대　천만에요. 저라고 왜 걱정거리가 없겠어요? 톡 까놓고 얘기하자면 당신에겐 내가 조심할 것이 없다는 거지요.

바이올라　그건 그렇고, 올리비아 아가씨는 안에 계신가?

광 대　안에 계세요. 안에 들어가서 당신이 어디서 왔노라고 말씀드리지요. 당신이 누구며, 왜 왔는지 당연히 내가 알 바가 아니니까요. '수수방관'이라고나 할까. 이 말도 참 닳아빠졌군. (퇴장)

바이올라　저 친구는 영리하니까 바보 노릇을 할 수 있는 거야. 바보 짓을 잘하자면 갖가지 잔꾀가 필요한 법이지. 익살을 떨려면 상대방의 기분이나 사람됨, 그리고 때를 잘 분별할 수 있어야 하거든. 그리고 사나운 매처럼 눈앞에 있는 새를 놓치지 않고 낚아챌 수 있어야 돼. 이것은 영리한 인간을 부리는 재간 이상으로 어려운 일이지. 저 친구는 마침 바보 짓을 해보이지만, 영리한 사람이 바보짓을 하게 되면 지혜의 타락이라고 해야겠지.

올리비아와 마리아 등장

바이올라　세상에서 가장 아름답고 훌륭하신 숙녀여, 하늘이 향기 나는 비를 당신 위에 뿌려주시기를!

올리비아　마리아, 잠깐 물러나 있어라. (마리아 퇴장) 자, 그 손을.

바이올라　어떤 명령이라도 따르겠습니다, 아가씨.

올리비아　이름이?

바이올라　아가씨의 종 세자리오라 합니다, 아름다운 공주님.

올리비아　나의 종이라니! 굽실대는 게 인사처럼 된 후로는 세상이 재미가 없어졌어요. 당신은 오시노 공작의 하인이 아닌가요?

바이올라　공작님은 아가씨의 것이죠. 그러니 그분의 것은 당연히 아가씨의 것입니다. 아가씨 하인의 하인인 저는 곧 아가씨의 하인이고요.

올리비아　공작님에 대해서는 아무 생각이 없어요. 공작님도 내 일은 그렇게 깊이 생각하지 말고 하얀 백지로 두었으면 좋겠어요.

바이올라　아가씨, 제가 여기 온 것은 아가씨가 공작님께 호의를 보이시라고 간청드리기 위해서입니다.

올리비아　제발 부탁이에요. 더는 그분 말씀을 입에 담지 말아요. 하지만 다른 분의 부탁이라면 얼마든지 듣겠어요. 하늘에서 들려오는 음악보다도 더 기쁘게 듣겠어요.

바이올라　아가씨……

올리비아　제발, 제발요. 요전에 당신이 제 마음을 쏙 빼놓고 간 다음 당신을 뒤쫓아가서 반지를 보내드렸었죠. 나나 우리 집 집사, 당신께까지 그건 잘못된 일이었어요. 당신이 아무리 비난해도 할 수 없지요. 파렴치하게 꼼수를 써서 당신 것도 아닌 반지를 억지로 떠맡겼으니 말이에요. 내 명예를 말뚝에 칭칭 묶고 잔혹한 마음이 생각해낼 수 있는 가혹한 욕을 퍼붓고 싶었겠지요? 통찰력이 있는 분이니 아시겠지만 얼굴은 가릴 수 있지만 마음속의 비밀은 감출 수 없어요. 뭐라고 말 좀 해주세요.

바이올라　동정합니다.

올리비아　그 동정이 사랑의 첫 단계예요.

바이올라　그렇지 않아요. 흔히 원수를 동정하는 수도 있답니다.

올리비아　그럼 어쩔 수 없군요. 웃고 넘길 수밖에. 아, 세상엔 비천한 자가 잘났다고 으스댄단 말이야! 어차피 먹이가 될 바에는 늑대보다는 사자 앞에 넘어지는 것이 훨씬 낫지. (시계 치는 소리) 쓸데없이 시간을 허비한다고 시계가 나를 꾸짖고 있네.　젊은 양반, 걱정할 것 없어요. 내가 그만둘 테니까. 하지만 지혜와 젊음이 수확을 할 때가 오면 당신의 아내가 될 사람은 품위 있는 남자를 거둬들이게 될 테죠. 자, 나가는 길은 저기 서쪽이에요.

바이올라　그럼 뱃머리를 서쪽으로! 아가씨께 신의 은총과 평안이 항상 함께 하시기를! 그럼 안녕히 계십시오, 아가씨. 이제 다시는 주인님의 눈물을 하소연하러 오지는 않을 겁니다.

올리비아　아니, 다시 오세요. 지금은 싫지만 당신 얘길 듣고 그분을 좋아하는 마음이 생길지도 모르니까요. (퇴장)

제 2 장

올리비아의 집

토비 벨치 경, 앤드류 경과 페이비언 등장

앤드류 경　에이 젠장, 이젠 더 이상 여기 있지 않겠어.

토비 벨치 경　어이 독설쟁이, 이유가 뭐야?

페이비언   이유를 말씀해야 할 것 아니에요, 앤드류 경?

앤드류 경   내 꼴이 이게 뭐야. 자네 조카딸은 그 공작의 심부름꾼에게만 유별나게 호의적으로 대하잖아. 정원에서 이 눈으로 다 보았다니까.

토비 벨치 경   그때 조카딸이 자네가 있는 걸 보았나? 말해보게.

앤드류 경   아, 그야 보았고말고.

페이비언   그게 바로 아가씨께서 나리를 사랑하시는 좋은 증거죠.

앤드류 경   아니, 뭐라고! 자넨 나를 바보로 만들 셈인가?

페이비언   아뇨, 그게 사실인 걸 판단력과 이성에 걸고 합리적으로 증명해 드릴게요.

토비 벨치 경   판단력과 이성은 노아가 배를 타기 전부터도 법정에서 증인 노릇을 해왔다고.

페이비언   아가씨께서 나리가 보는 앞에서 그 젊은이에게 교태를 보인 것은 나리를 안절부절 못하게 하여 잠자고 있는 용기를 깨우고, 가슴에 불을 지르고 간장에 유황을 쏟아부어 화를 돋우려는 거예요. 그때 아가씨에게 다가가서 인사를 하고는 화폐 공장에서 이제 금방 나온 돈처럼 쌈박한 익살로 그 젊은 녀석의 주둥이를 꽉 막아버려야 했다고요. 아가씨는 그걸 고대하고 있었는데 그만 실망스럽게 돼버렸네요. 이젠 별 뾰족한 수가 없어요. 아가씨의 관심을 되찾으려면 용기든 술책이든 할 수 있는 모든 것을 동원하여 칭찬을 받도록 하는 수밖에요.

앤드류 경   어느 한쪽을 고르라면 난 용기를 택할 거야. 술책은 싫다고. 간사한 술책을 쓰느니 차라리 청교도가 되겠다.

토비 벨치 경   그럼 용기를 바탕으로 삼아 행운을 잡아보는 거야. 공작의 젊은 녀석에게 결투를 신청해서 몸뚱이에 열한 군데 정도 상처를 입히라고. 그럼 내 조카딸도 자네를 인정하게 될 거야. 세상의 평판만큼 사내가 여자의 마음을 사로잡는 데 강력한 중매쟁이가 없다는 걸 잘 알아두라고.

페이비언　그 길밖에는 다른 방법이 없어요, 앤드류 경.

앤드류 경　그럼 누가 그자에게 도전장을 갖다주겠나?

토비 벨치 경　자, 일단 기사답게 힘찬 필체로 쓰게. 분노를 담아 짧게. 재치야 크게 상관없지만 웅변조로 독창성이 있어야 해. 그리고 잉크가 다할 때까지 욕을 퍼부어대는 거야.

앤드류 경　어디서 볼까?

토비 벨치 경　자네 방으로 찾아갈게. (모두 퇴장)

제 3 장

거 리

　세바스찬과 안토니오 등장

세바스찬　이렇게까지 폐를 끼치고 싶진 않았지만 수고를 기쁨으로 알겠다 하니 더 이상 할 말이 없습니다.

안토니오　당신이 떠나고 뒤에 남아 있을 수가 없었어요. 함께 하고 싶은 욕구가 줄로 간 강철 박차처럼 날 몰아친 것입니다. 꼭 보고 싶어서

만 온 것은 아닙니다. 아무리 긴 여행이라 해도 마땅히 같이 했을 것이지만, 낯선 고장이므로 여행 중에 혹여 안 좋은 일이 생기면 어쩌나 걱정이 돼 뒤쫓아온 거예요. 안내자도 친구도 없는 이방인에게는 종종 난폭하고 무례한 변괴가 생기거든요.

세바스찬　친절한 안토니오, 감사하다는 말밖에는 더 할 말이 없군요. 정말 고맙습니다. 이렇게 극진한 친절을 서푼 가치도 없는 몇 마디 인사말로 때워버리는 일이 세상에는 흔하지요. 그러나 내 재산이 내가 감사하는 것만큼 충분하다면 제대로 된 보답을 할 수 있을 겁니다. 자, 이젠 무얼 하죠? 이 고장의 명승지라도 구경하러 다닐까요?

안토니오　구경은 내일 하지요. 숙소를 정하는 게 우선인 것 같습니다.

세바스찬　난 별로 피곤하지도 않고 저녁 때까지는 시간이 많아요. 그러지 말고 이 도시의 명물을 구경하는 게 어때요?

안토니오　죄송하지만 나는 이곳 거리를 자유롭게 다닐 수 없답니다. 전에 이곳 공작의 함대와 붙었답니다. 그때 이름이 알려졌기 때문에 만일 여기서 붙잡히면 절대 무사히 넘어갈 것 같지 않습니다.

세바스찬　공작의 부하들을 많이 죽인 모양이군요.

안토니오　그런 유혈사태가 있었던 것은 아닙니다. 하긴 그때 돌아가는 분위기로 봐서는 끔찍한 피비린내나는 참사가 벌어질 수도 있었지만 말입니다. 우리가 전리품을 돌려주기만 하면 해결될 일이었어요. 하지만 나 혼자 반대하면서 버텼죠. 그러니까 내가 여기서 붙잡히는 날에는 곤욕을 치를 게 불을 보듯 뻔하다는 겁니다.

세바스찬　그렇다면 내놓고 길거리를 활보해서는 절대 안 되겠네요.

안토니오　참 난감합니다. 자, 이 지갑을 받아두세요. 이 도시 남쪽 교

외에 코끼리라는 이름의 여관이 있는데 거기가 가장 나을 겁니다. 저녁식사를 시켜놓을 테니까 그동안 시내라도 구경하면서 견문이라도 넓히세요. 난 거기서 당신을 기다리고 있겠습니다.

세바스찬 이 지갑은 뭡니까?

안토니오 우연찮게 맘에 드는 물건이 눈에 띄면 사고 싶어질 수도 있잖아요? 당신이 지니고 있는 돈을 그런 하찮은 물건을 사는 데 써서는 안 될 것 같아서요.

세바스찬 내가 그럼 지갑을 맡아두는 걸로 하지요. 한 시간쯤 있다 다시 만납시다. (모두 퇴장)

제 4 장

올리비아의 정원

올리비아와 마리아 등장

올리비아 (방백) 뒤쫓아가서 데리고 오라고 보냈는데, 오면 어떻게 접대를 하나? 무엇을 주는 게 좋을까? 젊은이의 마음을 얻으려면 애원을 하는 것보다 선물을 주는 것이 효과가 확실하다지 뭐야. 어머, 목소리가 왜 이리 커졌담? 말볼리오는 어디 있지? 사람이 차분하고 정중해서 나에게는 하인으로서 더할 나위가 없어. 말볼리오, 어디 있는 거야?

마리아　　지금 오고 있어요, 아가씨. 그런데 하는 품새가 좀 요상하네요. 이건 완전히 귀신에 홀린 사람 같아요.

올리비아　　아니, 무슨 일인데? 헛소리라도 하나?

마리아　　아니오, 아가씨. 그냥 히죽이 웃기만 해요. 오거든 아가씨 곁에 호위병이라도 두는 게 낫겠어요. 제정신이 아닌 것 같아요.

올리비아　　어서 이리 불러와. (마리아 퇴장) 나도 그자처럼 미친 것 아니야? 슬픔에 미치거나 즐거움에 미치거나 미친 건 마찬가지지.

　　마리아, 말볼리오와 등장

올리비아　　아니 어떻게 된 거예요, 말볼리오?

말볼리오　　아이, 아가씨, 호호.

올리비아　　뭐가 그렇게 우스워요? 난 심각한 일로 불렀는데.

말볼리오　　심각한 얘기라고요? 저도 심각해질 수 있어요. 이렇게 십자대님을 하면 피가 잘 통하지 않거든요. 하지만 괜찮습니다. 어느 한 분의 눈만 즐겁게 해드릴 수 있다면 만족하니까요. "한 사람이 즐거우면 모두 다 즐겁다"라는 노래도 있지 않습니까?

올리비아　　아이, 왜 그래요? 대체 무슨 일이 있었어요?

말볼리오　　제 마음은 시커멓지 않습니다. 다리는 노란색이지만요. 그것이 확실하게 제 손에 들어 왔습니다. 명령대로 바로 실행하고 있습니다. 그 멋진 로마식 필체야 피차 다 알고 있으니까요.

올리비아　　말볼리오, 그만 잠자리에 드는 게 어때요?

말볼리오　　잠자리라! 아, 사랑하는 이여, 내가 그대 곁으로 가리다.

올리비아　안 됐군! 왜 저렇게 느끼하게 웃으면서 손에 자꾸만 입을 맞추지?

마리아　어떻게 된 거예요, 말볼리오?

말볼리오　네 따위가 왜 물어? 하기는 나이팅게일이 갈가마귀에게 대답하는 일도 있으니까.

마리아　아가씨 앞에 이렇게 엉뚱하고 뻔뻔스런 모습으로 나타날 수 있어요?

말볼리오　"신분이 높다고 두려워 마세요." 아주 잘 쓰셨어요.

올리비아　말볼리오, 그건 무슨 말이에요?

말볼리오　"사람이란 처음부터 잘 타고 태어날 수도 있고."

올리비아　뭐라고요?

말볼리오　"노력하여 높은 신분을 가질 수도 있고."

올리비아　대체 무슨 소리예요?

말볼리오　"또는 남이 밀어줘서 높은 신분을 성취하는 경우도 있는 법."

올리비아　제발 정신 좀 차려요!

말볼리오　"당신의 그 노란 양말을 격찬하는 걸 잊지 마세요."

올리비아　당신의 노란 양말?

말볼리오　"당신이 결심하기만 하면 행운이 눈앞에 있어요."

올리비아　내가 어떻게 한다고?

말볼리오　"만일 원치 않는다면 당신은 항상 하인 부류로 그칠 거예요."

올리비아　한여름에 더위를 먹어 완전히 돌아버렸군.

하인 등장

하 인　아가씨, 오시노 공작님네 젊은 양반이 돌아왔는데요. 사정사정하여 겨우 모시고 왔습니다. 지금 아가씨의 말씀을 기다리고 있습니다.

올리비아　지금 가겠다. (하인 퇴장) 마리아, 이분을 잘 돌봐다오. 토비 아저씨는 어디 계서? 집안 사람들은 이분을 특별히 잘 보살펴드려. 내 재산의 반이 없어지는 한이 있더라도 이분이 잘못되는 일이 있어서는 안 돼. (올리비아와 마리아 퇴장)

말볼리오　오호라! 이제야 날 알아보았나? 토비 경에게 나를 돌봐주라고 했겠다? 편지에 쓴 것과 일치하는군그래. 아가씨께서 일부러 그를 부른 것은 나에게 그 사람을 냉정하게 대하라는 것일 거야. 편지에도 그렇게 씌어 있었잖아. "낡은 허물을 벗듯 미천함을 털어버리고", "친척들에게는 냉정하게 대하고, 하인들에게는 오연하게 대하며, 입을 열어 말할 때는 국가에 대해 논의하며, 보통 사람들과는 다른 풍모를 갖추도록 하세요."라고 하셨지. 그러고는 어떤 태도를 취해야 할지도 말씀하셨지. 근엄한 얼굴, 위엄 있는 행동, 점잖은 말투, 보통 사람과는 다른 복장 등등을 말이야. 아가씨는 영락없이 내 것이다. 그게 다 신의 가호이지. 하느님 감사합니다! 아까 들어가실 때 "이분을 잘 돌봐다오"라고 하셨다. 말볼리오라거나 내 신분대로 "이 사람"이라고 부르지 않고 "이분"이라고 했다고. 그래 모든 것이 한결같이 다 일치해. 조금도 망설일 필요가 없어. 이제 내 희망찬 미래를 방해하는 건 아무것도 없어. 이게 다 내 힘이 아니고 하느님이 하신 일이다. 하느님, 감사합니다.

마리아, 토비 벨치 경과 페이비언과 함께 등장

토비 벨치 경　어디 있는 거야, 이 친구가? 지옥의 마귀란 마귀가 모두 모여 한 덩이가 돼 그놈을 홀렸다고 해도 내가 얘기를 할 거다.

페이비언　여기 있어요. 대체 어떻게 된 거예요? 어떻게 된 거냐고요?

말볼리오　저리 꺼져. 너희들에겐 일 없어. 혼자 있게 꺼지라고.

마리아　거 봐요. 마귀가 몸 안에서 공허한 소리를 주절거리고 있어 요! 제가 말씀드린 대로 아니에요? 토비 경, 아가씨께서 저 사람을 잘 돌봐주라고 하셨어요.

말볼리오　하, 하! 아가씨가 그러셨단 말이야?

토비 벨치 경　자, 자, 제발 조용히. 이럴 땐 곱게 다뤄야 돼. 나한테 맡 기라고. 어때, 말볼리오! 지금 기분은 괜찮아? 이 친구야! 마귀에게 져 서는 안 되네. 마귀는 인류의 적이라고.

말볼리오　무슨 말을 하는지 알고나 하는 소린가?

마리아　그것 보라니까요. 마귀를 욕하니까 욱 하잖아요. 하느님, 그 가 제발 마귀의 꾐에 빠지지 않게 해주세요!

말볼리오　뭐야?

토비 벨치 경　자, 이리 와서 나하고 놀자. 이봐! 점잖은 체신에 악마와 장난을 쳐서는 안 되지. 더러운 마귀는 목을 매달아야지!

마리아　기도를 하게 하세요, 토비 경. 기도를 말예요.

말볼리오　기도를 하라고? 말괄량이 같으니라고!

마리아　그것 보세요, 하느님의 말씀은 아예 들리지도 않나봐요.

말볼리오　에잇, 다들 목이나 매고 뒈져버려라! 이 게으르고 천박한

것들아, 난 너희들 같은 나부랭이들과는 차원이 달라. 두고 보면 알게될 거다. (퇴장)

토비 벨치 경　저 녀석은 우리의 계략에 완전히 걸려들었군.

마리아　지금 뒤쫓아가 보세요. 벼르고 별러서 짜낸 계략인데, 속이 드러나 허탕을 치면 안 되잖아요.

페이비언　이러다간 정말 미치광이를 만들겠는데요.

마리아　그럼 집안이 좀 조용해지겠죠.

토비 벨치 경　자, 저자를 어두운 방에 밀어넣고 꼼짝 못하게 묶어둬야겠어. 조카딸도 저 친구가 정신이 나갔다고 믿고 있으니까 말이야. 그래 놓으련 우리는 재미를 즐기는 거고, 저 친구는 속죄하는 것이 되는 거지. 재미에도 지치고 저놈이 안쓰럽다는 생각이 들면, 이 계략을 심판에 부쳐 미친놈을 발견한 너에게 왕관을 씌워주겠다. 아, 저기, 저것 좀 봐!

　　앤드류 경 등장

페이비언　오월제를 위한 흥밋거리가 또 있군요.

앤드류 경　이게 도전장이다. 읽어봐. 식초와 후추를 듬뿍 쳐 양념을 했지.

페이비언　그럼 아주 자극적이겠네요?

앤드류 경　아무렴, 그렇고말고. 자 읽어보라니까.

토비 벨치 경　이리 주게. (읽는다) "애송이 녀석아! 네가 어떤 놈인지 모르지만 하여튼 너는 야비한 녀석이다."

페이비언 좋아요, 씩씩하고요.

토비 벨치 경 (읽는다) "내가 이렇게 말한다고 이상하게 여기거나 놀랄 건 전혀 없다. 어차피 난 그 이유를 너에게 말하지 않을 테니까."

페이비언 잘 썼어요. 이유를 써두면 법에 걸릴 일은 없지요.

토비 벨치 경 (읽는다) "너는 올리비아 아가씨를 찾아왔다. 그리고 아가씨는 내가 보고 있는 데서 너에게 친절하게 해주었다. 하지만 너는 속속들이 거짓말쟁이이다. 그렇지만 그 일로 결투를 요구하는 것은 아니다. 내가 집으로 돌아가는 길목을 지킬 거다. 네가 만일 거기서 운이 좋아 날 죽인다면……."

페이비언 멋집니다.

토비 벨치 경 (읽는다) "너는 악한이나 불한당처럼 나를 죽일 것이다."

페이비언 법을 피하듯 역시 바람을 절묘하게 피하셨네요. 좋아요.

토비 벨치 경 (읽는다) "잘 있거라. 하느님! 우리 둘 중 한 영혼에만 은총을 베풀어주소서! 신은 나에게 은총을 내려줄지도 모르지만, 나는 너를 이길 것이다. 그러므로 조심해야 할 거다. 너의 태도 여하에 따라 친구가 될 수도 있고, 불구대천의 원수도 될 수 있는 앤드류 에이규치크." 이 도전장을 보고도 잠자코 있다면 그놈은 제 다리로 걷지도 못하는 놈일세. 이 도전장은 내가 전달할 거다.

마리아 마침 잘 됐어요. 그 사람이 지금 아가씨와 뭔가 얘기를 나누고 있는데, 곧 떠날 거예요.

토비 벨치 경 가보게, 앤드류 경. 척후병처럼 정원 모퉁이에서 그놈을 지켜보고 있으라고. 그러다 그자가 나타나자마자 전광석화처럼 칼을 뽑으면서 우레 같은 큰 소리로 마구 호통을 치란 말이야. 실제로 결투보다도 쉰소리 나는 목소리로 험상궂게 욕을 퍼붓는 것으로 명성을 떨치는 일이 심심찮게 있다는 걸 알아두라고. 자, 가봐!

앤드류 경　알았네. 욕을 퍼붓는 일쯤은 내게 맡겨둬. (퇴장)

올리비아, 바이올라와 함께 다시 등장

페이비언　아, 그자가 조카따님과 같이 오네요. 작별할 때까지 그냥 두었다가 곧 뒤쫓아가세요.

토비 벨치 경　그동안에 오금이 저릴 만한 문구라도 쥐어짜봐야겠다. (토비 벨치 경, 페이비언, 마리아 퇴장)

올리비아　목석같이 냉정한 분에게 명예도 신중함도 잊어버리고 너무 속을 다 털어놓았나봐요. 내 잘못을 자책하고 있지만 워낙 억누를 수가 없다보니 아무리 질책을 해도 소용이 없군요.

바이올라　아가씨의 그 참을 수 없는 열정의 고통이나 제 주인님의 비탄이나 다 마찬가지입니다.

올리비아　자, 이 보석을 나를 위해 몸에 지녀주세요. 내 초상이 들어 있어요. 제발 거절하지 말아줘요. 이건 입이 없으니까 당신을 귀찮게 굴지도 않을 거예요. 내일도 꼭 다시 와주세요. 명예를 더럽히는 일이 아니라면 당신이 요구하는 것은 그 무엇이든 거절하지 않겠어요.

바이올라　제 바람은 오직 한 가지, 주인님을 진정으로 사랑해주시라는 것입니다.

올리비아　내 명예는 어떡하고, 당신에게 이미 바친 사랑을 그분에게 주어요?

바이올라   제게 주신 것은 없었던 것으로 하죠.

올리비아   자, 내일 다시 오세요. 안녕히 가세요. 당신 같은 악마가 유혹을 한다면 내 영혼은 지옥까지라도 쫓아갈 텐데. (퇴장)

토비 벨치 경과 페이비언 다시 등장

토비 벨치 경   어이 젊은이, 안녕하쇼?

바이올라   안녕하세요?

토비 벨치 경   가능하면 미리 방비를 해두는 것이 좋겠소. 당신이 무슨 잘못을 저질렀는지 모르지만, 정원 모퉁이에서 호시탐탐 당신을 벼르고 있는 사람이 있소. 상대는 원한에 사무쳐 피에 굶주린 사냥개처럼 험악한 상판을 하고 있소. 게다가 잽싸고 칼 쓰는 기술이 범상치 않으며, 성미가 불같이 사나운 자요.

바이올라   사람을 잘못 보신 것 같습니다. 저에게는 싸움을 걸어올 만한 사람이 없습니다. 전 다른 사람에게 추호도 원한을 살 만한 행동거지를 한 적이 없습니다.

토비 벨치 경   아니, 현실적으로는 그렇지 않아요. 그러니 조금이라도 목숨이 아깝거든 신속하게 방어 태세를 취하라고. 상대는 젊고 힘이 장사인 데다 검술이 상당한 친구란 말이오. 더욱이 분기탱천하여 이를 갈고 있다오.

바이올라   대관절 어떤 사람인데요?

토비 벨치 경   기사요. 무공을 세워 받은 것은 아니고 융단 위에서 받은 작위이기는 하지만, 일단 싸움이 붙었다 하면 귀신도 요절을 내버릴

놈이오. 이미 세 놈이나 혼령을 저승에 보내버렸다오. 그런데 이번 일에는 더욱 노기가 충천하여 상대를 박살내 무덤으로 보내지 않고는 화가 풀리지 않을 것 같다고 날뛰고 있단 말이오. 당신을 죽이느냐 자신이 죽느냐가 있을 뿐이오.

바이올라   그럼, 이 댁에 도로 들어가 아가씨께 도움을 부탁해야겠군요. 저는 싸움꾼이 아니거든요. 세상에는 고의로 싸움을 걸고 자신의 용기를 시험해보는 인간들이 있다는 말을 들은 적이 있는데, 그 사람도 그런 기벽을 가진 이상한 사람인가봅니다.

토비 벨치 경   그게 아니오. 그자가 화를 내는 건 그럴 만한 이유가 있기 때문이오. 그러니 그자가 요구하는 대로 의연하게 응하시오. 영 자신이 없다면 내가 상대를 해드리지. 그래도 그자와 담판을 짓는 것이 훨씬 안전할 거요. 그러니까 가서 그 사람과 맞붙든가 아니면 여기서 당신 칼을 빼시오. 그게 싫거든 앞으로 철물을 차고 다니지 않겠다고 맹세라도 하시오.

바이올라   정말 괴상하고 야만적인 얘기를 들은 것 같습니다. 제발 부탁입니다. 그 기사에게 제가 무슨 결례를 했는지 알아봐주실 수 없겠어요? 제가 부주의하여 뭔가 결례를 했는지는 몰라도 일부러 그러지는 않았습니다.

토비 벨치 경   그럼 내가 알아보지. (모두 퇴장)

토비 벨치 경과 앤드류 경 등장

토비 벨치 경   이 사람아, 그자는 엄청 대단한 놈이야. 그런 놈은 정말 처음 봤다네. 내가 칼집을 낀 채로 한 번 겨뤄보았는데 찌르는 폼이 얼마나 민첩한지 도저히 피하고 말고 할 겨를이 없더구먼. 아무튼 칼솜씨가 비상한 건 이 발이 땅을 딛고 있는 것처럼 확실해. 페르시아 왕의 호위 무사였다지, 아마.

앤드류 경   염병할! 나 그만둘 거야.

토비 벨치 경   그자가 가만히 있지 않을걸. 페이비언이 저쪽에서 붙잡아두고 있지만 진땀깨나 흘리고 있을 거야.

앤드류 경   빌어먹을! 그자가 그렇게 용감하고 칼솜씨가 끝내주는 줄 미리 알았다면 그놈이 죽을 때까지 도전장을 보내지 않는 건데. 이번 일은 없었던 것으로 해달라고 가서 말해봐. 대신 내 회색 말 캐필렛을 준다고 해.

토비 벨치 경   가서 말은 해봄세. 겉으로라도 그럴 듯하게 보이게 여기 똑바로 서 있게. 피차 목숨이 지옥에 떨어지는 일 없이 결말을 내야지. (방백) 자, 자네를 올라타듯이 자네 말도 한번 타봐야겠다.

   페이비언과 바이올라 다시 등장

토비 벨치 경   (페이비언에게) 싸움을 말리는 대가로 말을 손에 넣게 됐어. 그 젊은 친구를 엄청 대단한 놈이라고 믿게 했지.

페이비언   그 사람도 엄청 떨고 있지 뭐예요. 곰한테 쫓기는 사람처럼 숨을 헐떡이고 얼굴은 새파랗게 질려 있어요.

토비 벨치 경   (바이올라에게) 이거 별 수가 없네. 일단 맹세한 이상 안 싸울 수는 없다는 게요. 딴은 그 사람도 싸움의 원인을 찬찬히 생각해

보니까 크게 소란 피울 일은 아니라고 합디다. 그러니 저 사람 체면치레를 위해서 칼을 빼쇼. 상처는 내지 않겠다고 하니까.

바이올라   (방백) 하느님, 저를 지켜주세요! 자칫 잘못하면 남자가 아닌 것이 들통날 것 같아요.

페이비언   그가 사납게 몰아치면 뒤로 물러서요.

토비 벨치 경   자, 앤드류 경, 이젠 뾰족한 수가 없네. 저 신사는 명예를 지키기 위해서도 자네와 반드시 결투를 해야겠다는 거야. 결투의 규칙을 회피할 수는 없다고 하네. 그렇지만 자네를 상처내지는 않겠다고 내게 신사로서 용사로서 약속을 했네. 자, 시작하게.

앤드류 경   신이시여, 그자가 맹세를 지키도록 해주소서!

바이올라   이건 정말 내 본심이 아닌데. (칼을 뺀다)

안토니오 등장

안토니오   칼을 치우시오! 이 젊은 분에게 잘못이 있었다면 내가 대신 벌을 받겠소. 만일 댁에게 잘못을 했다면 내가 대신 상대하겠소.

토비 벨치 경   여보쇼, 당신은 대체 누구요?

안토니오   난 저분을 위해서라면 물불을 가리지 않는 사람이오. 저분이 당신들에게 뭐라고 했는지 모르지만 나는 그 이상의 일도 해치우고 말 거요.

토비 벨치 경   좋아, 그렇게 간섭하고 싶다면 내가 상대하마. (칼을 뺀다)

관리들 등장

페이비언 토비 경, 제발 참으세요! 저기 관리들이 와요.

관리 1 이 사람이다, 공무를 집행해.

관리 2 안토니오, 오시노 공작의 고발로 체포한다.

안토니오 사람을 잘못 봤소.

관리 1 틀림없어. 지금은 선원 모자를 쓰고 있지 않지만 난 당신 얼굴을 잘 알고 있어. 연행해. 이자도 내가 얼굴을 똑똑히 알고 있다는 걸 잘 알고 있다.

안토니오 할 수 없군. (바이올라에게) 당신을 찾다가 이렇게 됐네요. 이젠 도리 없이 죗값을 치러야죠. 내 처지가 급하게 됐으니 아까 맡긴 지갑을 돌려줄 수 있겠소? 제 신세가 이렇게 된 것보다 당신을 돕지 못하는 것이 안타까울 뿐이오. 몹시 놀랐을 텐데, 너무 염려하지 말아요.

바이올라 아니, 무슨 돈이오? 이렇게 제게 친절을 베풀어주시고, 더욱이 지금 이런 곤경에 빠진 것을 보니 딱하군요. 가진 게 많지 않지만 조금이나마 나눠드리죠. 자, 이게 절반입니다.

안토니오 지금 나를 모른다고 잡아떼는 거요? 내가 지금까지 당신에게 베푼 친절이 성에 차지 않는다는 게요? 이런 비참한 처지에 빠진 사람을 시험하지 마시오. 이제까지 내가 베푼 친절을 들먹이면서 당신을 신랄하게 비난하는 사람이 될지도 모르니까.

바이올라 저로서는 모두 금시초문이에요. 난 당신의 목소리도 들은 적이 없고 얼굴도 전혀 몰라요. 나도 배은망덕이라는 것을 거짓말, 허영심, 수다, 음주벽! 그 밖에 인간의 나약한 심성을 타락시키는 그 어떤 악덕보다도 증오하는 사람이에요.

안토니오 오, 세상에! 이럴 수가 있나!

관리 2 가자. 이제 그만 가자고.

안토니오 몇 마디만 더 하겠소. 여기 이 젊은이가 거의 죽게 된 것을 내가 사력을 다해 구해주었소. 성심을 다해서 보살폈지요. 풍채가 왠지 심상치 않은 인물처럼 보였기 때문에 헌신적으로 돌봤던 거요.

관리 1 그게 우리와 무슨 관계가 있나? 시간 없어. 어서 가잔 말이야!

안토니오 오, 내가 숭배한 우상이 이리도 비열할 줄이야! 세바스찬, 너는 그 풍채 좋은 얼굴을 치욕으로 물들였구나. 사실 마음이 없다면 사람이란 어떤 결점도 없는 것이지. 몰인정한 자야말로 불구자인 것이다. 미덕은 아름다운 것이지만 아름다움의 가면을 쓴 해악도 있다. 그건 악마가 겉만 요란하게 치장해놓은 속이 텅 빈 가방일 뿐이지.

관리 1 이 사람 맛이 갔군. 데리고 가! 빨리 가자고.

안토니오 자, 데려가시오. (안토니오, 관리들과 함께 퇴장)

바이올라 저렇게 격노해서 퍼붓는 것을 보니 확신이 있어서 하는 말 같아. 도저히 사실이라고 믿을 수가 없어. 아, 내 상상이 그대로 들어맞는다면, 그리운 오빠와 나를 잘못 본 거라면 얼마나 좋을까! (모두 퇴장)

제 4 막

제 1 장

올리비아의 집 앞

세바스찬과 광대 앤드류 경, 토비 벨치 경, 페이비언 등장

앤드류 경　야, 이놈아! 잘 만났다. 어디 맛 좀 봐라.

세바스찬　뭐? 너도 얻어터져 봐라, 이놈아. 여기 있는 놈들은 모두 돌아버렸군.

토비 벨치 경　그만둬. 안 그러면 네 칼을 집 너머로 던져버릴 거야.

광 대　당장 달려가 아가씨에게 알려야지. (퇴장)

토비 벨치 경　자, 이제 그만들 해!

앤드류 경　아냐, 내버려둬. 저자를 혼내줄 다른 방법이 있어. 이 일리리아에도 법이 있으니까 폭행죄로 고소할 거야. 먼저 주먹을 내민 것은 나지만, 그게 뭔 상관이야.

세바스찬　이 손 놔.

토비 벨치 경　아니, 못 놔. 이봐, 젊은 친구! 칼을 치워. 그만하면 할 만큼 했잖나. 어서 버려.

세바스찬   이 손 치워. 자, 어떡할 건데? 또 한바탕 대거리를 하고 싶으면 칼을 뽑아라.

토비 벨치 경   뭐, 뭐가 어째! 좋아, 네놈의 파렴치한 피를 한두 됫박 흘리게 해주겠다.

올리비아 등장

올리비아   그만둬요, 아저씨! 목숨이 아깝거든 그만두세요.

토비 벨치 경   올리비아!

올리비아   왜 늘 그 모양이에요? 아무리 염치가 없어도 그렇지. 예의는 어디 있어요? 산 속이나 야만인이 사는 동굴에서 살면 딱이에요. 내 눈앞에서 없어져요. 화내지 말아요, 세자리오 님. (토비 경에게) 불한당은 꺼지라니까요. (토비 벨치 경, 앤드류 경, 페이비언 퇴장) 이토록 무례하고 부당하게 당신을 욕보인 것을 제발 격정을 누르고 깊은 지혜로 이해해주세요. 제 집으로 함께 가요. 지금까지 저 불한당이 얼마나 무모하기 짝이 없는 못된 짓을 저질렀는지 들으시면 이번 일도 웃고 넘길 수 있을 거예요. 제발 같이 가세요. 거절하지 말아요.

세바스찬   (방백) 이건 대관절 무슨 일이람? 강물이 거꾸로 흐르고 있나? 아니면 내가 정신이 돌았나? 그것도 아니면 꿈을 꾸고 있단 말인가? 환상이여, 내 의식을 망각의 강 속에 잠기게 해다오. 이것이 꿈이라면 계속 잠들어 있게 해다오!

올리비아   자, 이리 오세요. 아무쪼록 제가 하자는 대로 따라주세요.

세바스찬   그럽시다, 아가씨. (모두 퇴장)

제 2 장

올리비아의 집

토비 벨치 경과 마리아, 광대 등장

토비 벨치 경　안녕하세요, 목사님? 토파스 목사님, 저 사람한테 가보십시다.

광 대　오! 이 감옥에 평화를!

토비 벨치 경　녀석! 흉내 한번 그럴 듯하군.

말볼리오　(안에서) 거기 누구시오?

광 대　토파스 목사다. 미치광이 말볼리오를 만나보러 왔다.

말볼리오　목사님, 목사님, 토파스 목사님! 아가씨에게 좀 가주십시오!

광 대　닥쳐라. 과대망상증 마귀새끼야! 왜 이자를 이렇게 괴롭히느냐? 어째 아가씨밖에는 할 말이 없느냐?

토비 벨치 경　잘한다, 목사!

말볼리오　토파스 목사님, 세상에 이런 변이 어디 있습니까? 목사님, 제가 미쳤다고 생각지 마세요. 그들이 나를 이런 소름 끼치는 암흑 속에 던져놓았답니다.

광 대　저런, 뻔뻔한 마귀야! 그래도 나는 너를 이렇게 부드러운 말투로 부르지 않느냐? 비록 네가 마귀지만 나는 예절을 중시하는 점잖은 사람이다. 방이 어둡다는 것이냐?

말볼리오   지옥 같습니다요, 토파스 목사님.

광 대   미친 자야! 너는 잘못 알고 있다. 이 세상에 무지 이외에는 암흑이 없느니라. 안개 속에서 길을 잃고 헤매는 이집트 사람들처럼 너는 무지에 싸여 있느니라.

말볼리오   무지는 지옥같이 어둡다고 하지만, 이 방은 무지에 못지않게 깜깜합니다. 그리고 저같이 능욕을 당한 자는 없습니다. 저는 목사님처럼 미치지 않았습니다. 이치에 맞는 질문으로 저를 시험해보세요.

광 대   그럼 야생 조류에 관한 피타고라스 설은 뭐지?

말볼리오   우리 할머니의 영혼이 새에 살고 있을지도 모른다고 했지요.

광 대   그 설에 대해 어떻게 생각하나?

말볼리오   영혼은 고귀한 것이라고 생각하기 때문에 그의 설에는 절대 찬성하지 않습니다.

광 대   그럼 잘 있게. 언제까지나 어둠 속에 남아 있도록. 네가 피타고라스의 설에 찬성하지 않는다면 나는 너의 정신이 온전하다고 인정할 수 없다. 그리고 누른도요를 죽이지 않도록 조심해라. 할머니의 영혼을 앗아갈지도 모르니까. 그럼 잘 있게.

말볼리오   토파스 목사님! 토파스 목사님!

토비 벨치 경   끝내주는군. 우리 토파스 목사!

광 대   그럼요. 무슨 일이든 척척, 그 정도야 식은 죽 먹기지요.

마리아   그 수염과 가운은 없어도 될 뻔했어요. 저쪽에서는 아무것도 보이지 않으니까. (모두 퇴장)

제 3 장

올리비아의 정원

세바스찬과 올리비아, 목사 등장

올리비아　제가 이렇게 서두른다고 나무라지 마세요. 당신 말씀이 진심이라면 목사님과 함께 교회로 가요. 교회의 목사님 앞에서, 그리고 그 성스러운 지붕 아래서 영원토록 변치 않을 사랑을 제게 맹세해주세요. 저의 질투심 많고 불안한 영혼이 안심할 수 있게 말예요. 이 맹세는 당신이 세상에 밝혀도 좋다고 하실 때까지 목사님께서도 비밀로 해주실 거예요. 그때가 되면 제 신분에 어울리는 결혼식을 올려요. 어떠세요?

세바스찬　당신과 같이 목사님께 가겠습니다. 진실을 맹세하고 죽을 때까지 지키겠어요.

올리비아　목사님, 우리를 인도해주세요. 하늘도 빛을 비추어 저의 모든 일을 굽어 살피소서! (모두 퇴장)

제5막

제 1 장

올리비아의 집 앞

오시노 공작, 바이올라, 큐리오, 시종들 등장하고 한쪽에서 광대와 페이비언 등장

오시노　자네들은 올리비아 아가씨 댁 사람들이지?

광 대　그렇습니다. 저희야 아가씨의 장식에 불과한 존재들이지요.

오시노　자네를 잘 알고 있지. 요즘 어떻게 지내나?

광 대　솔직히 말씀드리면 원수 덕분에 잘 나가고, 친구 때문에 손해를 보고 있습니다.

오시노　그 반대겠지. 친구 덕에 잘 되는 것 아닌가?

광 대　아니에요, 나빠진다니까요.

오시노　어떻게 그럴 수가 있지?

광 대　그게 말입니다, 친구들은 저를 추켜세우고 나서 바보로 만드는데, 적들은 처음부터 저를 대놓고 바보라고 한단 말입니다. 그래서 적 때문에 저 자신을 알게 되니 덕을 보는 것이고, 친구놈들 덕으로는 속는 것밖에 없죠. 결론은 마치 입맞춤 같은 거지요. 네 번의 부정은 두 번의 긍정이 되지 않습니까? 그러니 친구들 덕에 손해를 보고, 적들 때문에 잘 된다는 말씀입니다.

오시노 그것 참 재미있는 얘기군.

광 대 이번만은 양심일랑 호주머니에 속에 넣어두시고 인정에 따르심이 어떨지요?

오시노 그래, 죄를 짓자. 표리부동한 언행을 하지. 여기 있다, 한 개 더.

광 대 하나, 둘, 셋, 아주 재미있는 놀이죠. 옛말에도 세 번째 것이 다 물어넣는다는 속담이 있습죠. 그리고 춤출 때도 삼박자가 그만이고, 성 베넷의 종소리도 짐작하시겠지만 하나, 둘, 셋이죠.

오시노 그런 꿍꿍이로는 내 호주머니를 더 이상 털지 못해. 네 아가씨에게 내가 보러 왔다고 전하고, 이리로 모시고 나온다면 하사금을 줄지도 모르겠다.

광 대 그럼 제가 돌아올 때까지 그 하사금은 재워놓으세요. 자, 다녀오겠습니다. 하지만 제가 바라는 것이 모두 탐욕스런 죄 때문이라고는 생각지 말아주세요. 자, 그럼 저한테 베풀 하사금은 곧 돌아와서 깨울 때까지 잠시 눈을 붙이게 해두세요. (퇴장)

바이올라 저분이에요. 저를 구해준 분이세요.

안토니오와 관리들 등장

오시노 저자의 얼굴을 똑똑히 기억하고 있다. 전번에 만났을 때는 화약 연기를 뒤집어쓰고 불과 대장간의 신 헤파이스토스처럼 시커먼 얼굴이었지. 변변찮은 작은 배의 선장이었지. 구색이 초라한 형편없는 배를 조종하며 우리 함대에서 가장 크고 훌륭한 배를 산산이 부숴버렸어. 우리는 그 훌륭한 전술에 미움이고 손실이고를 다 잊고 입에 침이 마르도록 칭찬을 했었다. 그런데 무슨 일인가?

관리 1   공작님, 이놈이 바로 안토니오입니다. 크레타 섬에서 짐을 싣고 돌아오는 피닉스 호를 약탈했고, 타이거 호를 습격하여 공작님의 젊은 조카 타이터스 님의 한쪽 다리를 잃게 한 장본인이 바로 이자입니다. 그런데 이 거리에 뻔뻔하게 나타나서 후안무치하게 싸움질을 하는 것을 보고 체포해 왔습니다.

바이올라   이분이 친절하게도 저를 위해 칼을 빼셨어요. 그런데 마지막에는 제게 이상한 말을 하는 거예요. 아무래도 정신이 나간 사람이라고밖에는 생각이 안 돼요.

오시노   야, 악명 높은 해적아! 바다의 강도 놈아! 얼마나 어리석고 대담하기에 네가 벌인 피비린내나는 전투로 철천지원수가 된 적의 수중에 잡히게 됐느냐?

안토니오   오시노 공작, 내게 씌운 누명은 사실이 아니니 수긍할 수 없소이다. 이 안토니오가 오시노 공작의 적인 것은 전적으로 인정하지만, 나는 결코 해적도 아니고 강도도 아니올시다. 단지 내가 여기까지 오게 된 것은 마귀에게 홀린 탓이오. 지금 당신 옆에 있는 후안무치한 저 젊은이가 바로 거친 바다 거품이 끓어오르는 파도 속에 삼키우는 순간에 내가 건져준 사람이외다. 도저히 살 수 있을 것 같지 않았으나 갖은 노력으로 소생할 수 있었소. 내 진정한 마음을 다 쏟아 저 사람을 살려냈지요. 저 사람을 진정으로 아꼈기 때문에 위험을 무릅쓰고 사지에 뛰어든 것이오. 그리고 그가 곤경에 처한 것을 보고는 그를 지키려고 칼을 뺐던 것이오. 그런데 내가 붙잡히니까 저자는 자기도 위험 속에 휘말릴까봐 뻔뻔하게 낯을 바꾸면서 애당초 날 알지도 못하는 사람이라고 시치미를 뗐소. 그러니 눈 깜짝할 사이에 우리 둘 사이가 20년은 멀어져 버렸소이다. 더욱이 내가 반시간 전에 쓰라고 맡긴 돈지갑조차도 모른다고 부인을 합디다.

바이올라 이게 어떻게 된 일이람?

오시노 그는 언제 이곳에 왔느냐?

안토니오 오늘 왔습니다, 공작님. 지난 석 달 동안 낮이나 밤이나 한 시도 떨어져 있지 않고 같이 지내 왔습니다.

올리비아와 시종들 등장

오시노 저기 백작 댁 아가씨가 오는군. 선녀가 땅 위를 걷는 것 같구나! 이, 이 사람! 넌 정신 나간 소리를 지껄이고 있어. 이 젊은이는 석 달 동안이나 내 시중을 들어왔다. 허나 그 얘긴 조만간 다시 하기로 하자. 이자를 저리로 데려가라.

올리비아 무슨 일이라도? 공작님, 제가 사랑을 바칠 수 없다고 한 일 말고 해드릴 수 있는 일이 있겠습니까? 세자리오, 당신은 나와 약속을 해놓고 어겼어요.

바이올라 아가씨!

오시노 올리비아 아가씨……

올리비아 뭐라고 좀 대답을 해봐요, 세자리오? (공작에게) 공작님, 잠깐만요.

바이올라 제 주인님께서 말씀하고 계십니다. 저는 조용히 있겠습니다.

올리비아 늘 하시는 그 말씀이시라면 제 귀로 듣기에는 따분하고 역겨워요. 음악이 끝난 뒤의 울부짖는 소리 같아요.

오시노 언제까지 그렇게 매정하게 대할 거요?

올리비아 계속 그럴 거예요, 공작님.

오시노 정말 외고집, 당신은 무정한 여인이오. 나는 은혜도 모르고 냉혹하기 그지없는 제단에 충직한 내 영혼을 던져 헌신적인 기도를 바쳐왔소. 이제 나는 어떡하라는 거요?

올리비아 공작님이 할 수 있는 일이라면 무엇이든 하세요.

오시노 무엇이든 할 마음이 있다면 죽음이 목전인 이집트의 도둑처럼 사랑하는 사람을 죽일지도 모르지. 때로는 잔혹한 질투에도 고귀한 향기가 따르는 법이오. 그러나 내 말을 들어보오. 그대는 나의 진심을 헌신짝 버리듯 하고 거들떠보지도 않았소. 또 당연히 내가 차지해야 할 당신의 사랑에서 나를 몰아낸 도구가 무엇인지도 대충은 알고 있소. 그러니 당신은 언제까지나 대리석처럼 차가운 폭군으로 남으시오. 하지만 당신이 총애하는 이 젊은이를 당신뿐 아니라 나도 하늘에 맹세코 사랑하고 아끼고 있소. 그러나 그의 주인의 원한 속에 왕관을 쓰고 앉아 있는 그를 당신의 그 잔인한 눈 안에서 빼내고 말 것이오. 자, 나와 같이 가자. 지금 난 해야 할 일이 있다. 내가 아끼는 새끼 양을 제물로 삼아 흰 비둘기 속에 깃들인 까마귀 심장의 원한을 풀어야겠다.

바이올라 마음을 편안하게 해드릴 수만 있다면 무엇인들 못하겠어요. 천번만번이라도 기쁘게 제물이 되겠습니다.

올리비아 어딜 가세요, 세자리오?

바이올라 사랑하는 분을 따라가요. 제 이 두 눈, 제 생명, 미래의 아내를 사랑하는 것, 그 모든 것 이상으로 사랑하는 분이랍니다. 하느님, 만약 이 마음이 거짓이라면 사랑을 더럽힌 죄로 저를 벌하소서!

올리비아 아, 야속하다! 이렇게 속다니!

바이올라 대체 누가 아가씨를 속였단 말입니까? 누가 해를 끼쳤단 말인가요?

올리비아 자기 자신조차 잊었어요? 바로 조금 전 일이잖아요? 목사님을 모셔 와.

오시노 (바이올라에게) 자, 가자!

올리비아 가긴 어디로 가요? 세자리오, 기다려요, 나의 남편.

오시노 남편이라!

올리비아 예, 남편이죠. 아니라고 부인은 못할 거예요.

오시노 이봐, 저 여자의 남편이라고?

바이올라 아뇨, 절대 아닙니다, 주인님.

올리비아 오! 비겁한 사람. 자기의 정당함을 질식시켜버리는군요. 세자리오, 겁낼 것 없어요. 행운을 붙잡아요. 당신이 알고 있는 그대로의 당신이 되세요. 그러면 당신이 두려워하는 사람과 대등한 신분이 되는 거예요. (목사 등장) 목사님, 잘 오셨어요. 목사님께서 사실대로 말씀해주세요. 좀 전까지 때가 이를 때까지 비밀로 해달라고 부탁드렸습니다만 지금 사정이 여의치 않게 됐으니 목사님께서 이 젊은이와 저 사이에 있었던 일을 말씀해주셔야겠습니다.

목 사 예, 두 분은 영원히 변치 않을 백년가약을 맺었습니다. 서로 손을 맞잡고 신성한 입맞춤으로 사랑을 증명했고 반지를 교환함으로써 맹세했습니다. 그리고 이 의식은 성직자의 직분으로 제가 입회하여 집행하고 확인했습니다. 제 시계를 보니 그때부터 지금까지 불과 두 시간밖에 지나지 않았습니다.

오시노   에이, 나쁜 녀석! 날 속이다니! 머리가 반백이 될쯤에는 무엇이 될꼬? 그렇게 교활하게 행동하다간 네놈이 던진 그물에 네 스스로 걸려들 것이다. 가거라. 나하고는 이제 끝이다. 이후로 절대로 나와 마주치지 않도록 해라.

바이올라   주인님, 그런 일은 절대…….

올리비아   아! 그만, 맹세하지 말아요. 뭐가 그렇게 두려우세요? 최소한의 신념이라도 지켜야죠.

   앤드류 경 등장

앤드류 경   큰일 났어요. 어서 의사를 불러! 빨리! 토비 벨치 경에게 의사를 보내요.

올리비아   대체 무슨 일이에요?

앤드류 경   그놈이 내 머리빡을 박살냈어요. 토비 벨치 경의 골통도 피투성이고. 제발 좀 도와줘요! 이럴 줄 알았으면 40파운드를 버리더라도 차라리 집에 있는 건데.

올리비아   누가 이렇게 했어요, 앤드류 경?

앤드류 경   공작의 시종 세자리오란 놈이오. 겁쟁이라고 해서 덤볐더니 악마처럼 드세고 강한 놈이었소.

오시노　내 시종 세자리오라고?

앤드류 경　아이쿠, 여기 와 있군! 너 이 녀석, 왜 아무런 이유도 없이 내 머리를 깨부수냐? 내가 그런 짓을 한 것은 토비 벨치 경이 시켜서 한 거라고.

바이올라　그 얘기를 어째서 나한테 하는 거요? 난 결코 당신을 해치지 않았어요. 당신이 막무가내로 칼을 빼들고 나에게 달려들지 않았습니까? 그럼에도 나는 좋게 말하고 털끝만큼도 해치지 않았잖소.

앤드류 경　이렇게 대가리가 피투성이가 되었는데 해친 것이 아니라니, 그게 말이나 되는 소린가? (토비 벨치 경과 광대 등장)

앤드류 경　저 봐, 토비 경이 다리를 절뚝거리며 오고 있잖아. 저 친구가 더 자세히 말해줄 거다. 술만 취하지 않았더라면 넌 정말 혼쭐이 났을 거다.

오시노　대관절 어떻게 된 일이오?

토비 벨치 경　이러고저러고 할 것도 없어요. 저치한테 당했어요.

앤드류 경　내가 도와줄게, 토비 경. 같이 붕대를 감자고.

올리비아　침대로 옮겨서 상처를 돌봐드리도록 해. (광대, 페이비언, 토비 벨치 경, 그리고 앤드류 경 퇴장)

세바스찬 등장

세바스찬　죄송합니다, 아가씨. 제가 친척분에게 상처를 입혔습니다. 그렇지만 피를 나눈 형제간이라 해도 신체의 안전을 도모하려니 어쩔 도리가 없었습니다. 낯선 눈길로 저를 보시네요. 제가 한 짓 때문에 기분이 상하셨군요. 사랑하는 이여! 방금 전에 당신과 나 사이에 맺은 맹세를 봐서라도 용서해주오.

오시노　한 얼굴, 한 목소리, 한 복장, 그런데 사람은 둘이라! 이 무슨 일인가? 있으면서도 있지 않은 자연의 조화란 말인가!

세바스찬　안토니오! 오, 친애하는 안토니오가 아니오! 당신을 잃어버리고 난 후 이 몇 시간 동안 나는 마치 고문을 당하는 것처럼 고통스러웠다오.

안토니오　당신이 세바스찬이오?

세바스찬　뭐, 이상하오, 안토니오?

안토니오　어떻게 당신이 둘로 나눠졌단 말이오? 사과 하나를 두 쪽으로 갈라놓아도 이렇게 똑같을 수는 없을 게요. 어느 쪽이 세바스찬이오?

올리비아　정말 신기하네!

세바스찬　거기 서 있는 사람도 나인가? 나는 남자 형제라곤 전혀 없소. 여기저기 동시에 출몰하는 신통력을 타고난 것도 아니오. 다만 누이가 하나 있었는데 눈먼 파도가 삼켜버리고 말았소. (바이올라에게) 아무쪼록 당신이 나와 무슨 혈연관계가 있는지 말해주시오. 태어난 곳은 어디요? 이름은 뭐며, 양친은 어떻게 됩니까?

바이올라　저는 메살린에서 태어났고, 아버지의 성함은 세바스찬, 오라버니도 같은 세바스찬이었어요. 지금 그런 복장으로 바다의 무덤으로 가버렸어요. 만일 혼령이 똑같은 모습과 복장을 할 수 있다면 당신은 우리를 놀라게 하려고 여기 온 거라고 할 수밖에요.

세바스찬　내가 바로 그 혼령이오. 그러나 난 어머니 뱃속에서부터 물려받은 애초의 몸뚱이 그대로요. 당신이 여자라면 나머지는 모두 같으니까, 당신 뺨에 눈물을 흘리면서 말할 거요. "바이올라야! 꿈이냐 생시냐? 물에 빠져 죽은 줄 알았던 네가 살아오다니!"라고.

바이올라　아버지는 이마에 사마귀가 있어요.

세바스찬　우리 아버지도 그래.

바이올라　그리고 바이올라가 태어난 지 13년 만에 돌아가셨어요.

세바스찬　오! 그 일은 아직도 기억 속에 생생하다. 맞아, 아버지는 누이가 꼭 열세 살이 되던 날 운명하셨어.

바이올라　우리 둘의 행복을 훼방하는 것이 사내를 가장한 남장 때문이라면 저를 포옹하는 건 조금만 기다려주세요. 장소와 때와 운명이 하나에서 열까지 일치하여 제가 바이올라라는 게 밝혀질 때까지. 그것을 확실히 하기 위해 이 도시에 있는 한 선장에게 안내해드리죠. 거기에 제가 입었던 여자 옷이 있어요. 그 댁의 따뜻한 도움으로 목숨을 건지고 공작님의 시중을 들게 되었답니다. 그 이후 제 운명에 일어난 모든 일은 공작님과 아가씨 사이에서 일어났지요.

세바스찬　(올리비아에게) 하마터면 당신은 처녀와 혼인할 뻔했네요. 그렇다고 절대 속은 것은 아닙니다. 처녀이자 남자인 사람과 약혼했으니까요.

오시노　놀랄 것 없어요. 이분은 훌륭한 가문의 남자요. 이게 사실이면 거울이 진실을 비쳐준 것이오. 나도 이 행복한 난파선에 끼어들어야겠소. (바이올라에게) 이봐, 자네가 몇 번이나 되풀이해서 나에게 말하지 않았나? 나를 좋아하는 만큼 어떤 여자도 사랑하지 않는다고 말이야.

바이올라　그 되풀이한 모든 말씀에 걸고 다시 맹세하겠습니다. 모든 맹세를 마음의 진실로서 간직할 것입니다. 흡사 낮과 밤을 가르는 저 태양이 영원히 타오르는 불꽃을 간직하듯이.

오시노　내게 손을 주오. 당신이 여자로 돌아온 모습을 보고 싶소.

바이올라　저를 처음 이 바닷가로 데리고 온 선장이 제 옷을 보관하고 있습니다. 하지만 지금 어떤 소송에 연루되어 감금되어 있습니다. 아가씨의 시종인 말볼리오의 고발 때문입니다.

올리비아　속히 풀어주도록 하겠어요. 말볼리오를 이리 데려와요. 아! 이제 생각이 나네, 딱하게도 아주 실성했다고 하던데.

　　페이비언, 말볼리오, 광대 등장

오시노　이 사람이 그 미친 사람인가?

올리비아　맞아요, 공작님. 말볼리오, 대체 어떻게 된 거예요?

말볼리오　아가씨, 제게 잘못하셨어요. 정말 너무하십니다.

올리비아　말볼리오, 내가 그런 게 아니야.

말볼리오　아니에요. 아가씨가 하셨어요. 이 편지를 한 번 읽어보세요. 이게 아가씨 손으로 쓴 것이 아니라고는 못하실 겁니다. 어디 필체건 글귀건 이것과 다르게 써보세요. 이것이 아가씨의 봉인이 아니고 아가씨가 지은 글귀가 아니라고 하시겠어요? 절대 그렇게 말씀할 수 없을걸요. 그러니 점잖은 체면에 다 대답해주세요. 왜 다른 사람들에게는 그렇게 명확한 호의를 보여주시면서, 저에게 웃음을 지어라, 십자 대님을 매라, 노란 양말을 신어라, 토비 경과 아랫것들에게 근엄한 표정을 지으라고 시키셨습니까? 그래서 저는 기대에 차 순종했을 뿐인데 왜 저를 캄캄한 방에 가두고 목사를 찾아오게 하시고, 세상에서 가장 멍청한 얼간이로 만들어 조롱한 까닭은 무엇인지 말씀해주세요.

올리비아　아이, 말볼리오! 이 편지는 내가 쓴 게 아니야. 필체가 아주 많이 닮은 건 인정하지만 이건 분명히 마리아가 쓴 거야. 맞아, 이제야 생각이 나는데, 당신이 실성했다고 맨 먼저 말해준 게 마리아였어. 그때 당신이 히죽히죽 웃으며 편지에 쓰인 그대로 이상야릇한 옷차림을 하고 오지 않았어요? 부디 참아요. 장난이 너무 심해서 모두 속아넘어간 거야.

페이비언　아가씨, 제가 한 말씀 드리겠습니다. 저도 아까부터 경탄하고 있습니다만 이 경사스러운 순간을 싸움이나 말다툼으로 얼룩지게할 수는 없습니다. 그런 불상사가 없도록 이 일의 전말을 솔직히 털어놓겠습니다. 여기 말볼리오 집사에게 이런 간계를 꾸민 것은 저와 토비 경입니다. 한데 우리가 왜 그런 모의를 했는가 하면, 그가 너무 완고하고 무례한 부분이 있었기 때문입니다. 그 편지는 토비 경의 간청으로 마리아가 썼습니다. 그 보상이라고 할까요. 토비 경은 마리아와 결혼했지요.

올리비아　아이, 정말 안됐어. 얼마나 골탕을 먹었을까?

광 대　허이! "사람이란 처음부터 잘 타고 태어날 수도 있고, 노력하여 높은 신분을 가질 수도 있고, 또는 남이 밀어줘서 높은 신분을 성취하는 경우도 있는 법"이라고 했는데, 나도 이 연극에 끼어들어 토파스 목사 역할을 했지.

말볼리오　두고 보자. 너희 패거리들 전부에게 톡톡히 보복을 해줄 테다! (퇴장)

올리비아   정말로 지독한 곤욕을 치렀군요.

오시노   뒤따라가서 진정시키고 사이좋게 지내도록 해야 해. 선장에
관한 건 그나마 듣지도 못했군. 그 얘기도 이제야 알게 됐군. 길일을 택
하거든 우리들 사랑하는 영혼의 엄숙한 결혼식을 올리기로 합시다. 그
때까지 아름다운 누이동생을 이곳에 있게 해줘요. 세자리오, 이리 와
요. 당신이 남자 차림으로 있는 동안은 그렇게 부르겠소. 그러나 옷을
바꿔 입고 나타날 때에는 오시노의 아내요, 사랑의 여왕이 되는 거라
오. (모두 퇴장)

William Shakespeare

안토니우스와
클레오파트라

내가 처음 만났을 때
당신은 죽은 카이사르가 접시에 남긴 식은 요리였어.
아니, 폼페이우스가 갉아먹던 부스러기였지.
그 외에도 사람들 입에 오르지는 않았지만
음탕한 정욕에 몸을 내맡긴 시간이 얼마나 많았을까?

마르쿠스 안토니우스, 옥타비아누스 카이사르, 이밀리어스 레피두스 | 로마의 집정관

섹스투스 폼페이우스 | 로마의 장군

도미티우스 에노바르부스, 벤티디우스, 에로스, 스카루스, 데크레타스, 데메트리우스, 필로 |
　　안토니우스의 지지자들

마이케나스, 아그리파, 돌라벨라, 프로쿨레이우스, 티디아스, 갈루스 | 카이사르의
　　지지자들

메나스, 메네크라테스, 바리우스 | 폼페이우스의 지지자들

옥타비아 | 카이사르의 누이이자 안토니우스의 아내

타우루스 | 카이사르의 부관

카니디우스 | 안토니우스의 부관

실리우스 | 벤티디우스 군대의 장교

에우프로니우스 | 안토니우스로부터 카이사르에게 파견된 사절

클레오파트라 | 이집트의 여왕

마르디안 | 내시

알렉사스, 셀레우쿠스, 디오메데스 | 클레오파트라의 시종들

카르미안, 이라스 | 클레오파트라의 시녀

점쟁이

어릿광대

그 외 | 그 밖의 장교, 병사, 전령, 시종 등

〈안토니우스와 클레오파트라〉는 1606~7년경에 씌어진 작품으로 1623년에 출간되었다. 노스가 번역한 《플루타크 영웅전》에서 모티브를 얻어 BC 40년부터 BC 30년까지의 로마 역사를 다루고 있다. 이 극은 사극이자 비극이며 로맨스극이다.

브루투스 일파를 제거하고 옥타비아누스(카이사르), 레피두스 등과 제3차 삼두정치를 조직한 집정관 안토니우스는 이집트의 여왕인 클레오파트라의 매력에 빠져 로마로 돌아가지 않고 이집트에 머문다. 그러나 아내의 죽음과 내란의 조짐 등으로 잠시 로마에 돌아간 안토니우스는 정국을 안정시키고 카이사르와의 불화도 누그러뜨리려고 그의 누이 옥타비아와 결혼하고, 일시적으로 화해 무드가 조성된다.

그러나 안토니우스는 클레오파트라를 잊을 수 없어 다시 이집트로 가고 옥타비아누스 카이사르는 이를 구실로 안토니우스 군대를 악티움 해전에서 격파한다. 이때 클레오파트라가 자살했다는 거짓 정보를 믿게 된 안토니우스는 자살로 생을 마감한다. 그리고 카이사르에게 포로가 될 운명에 처한 클레오파트라 역시 독사에게 물려 자살한다.

이 작품은 매혹적인 캐릭터인 클레오파트라를 그려내는 데 성공했으며, 남녀의 사랑의 심리와 정치의 세계, 정욕과 이성, 꿈과 현실을 이집트와 로마의 대립을 통해 극명하게 보여주고 있다.

제 1 막

제 1 장

알렉산드리아. 클레오파트라의 궁전 안의 한 방

데메트리우스와 필로 등장

필로   요즘 장군님이 사랑에 빠져 정신을 못 차리는 모양인데 문제는 조금 지나치단 말씀이야. 군신처럼 만군을 호령하던 빛나던 눈동자가 거무튀튀한 면상이나 들여다보는 데 빠져 있으니! 대전투 중에도 가슴의 좀쇠가 끊어져 나갈 정도로 용맹스럽던 그분의 심장이 이제 자제력을 잃고 집시 여인의 음탕한 욕정을 식혀주는 풀무로 전락했으니 말씀이야.

트럼펫 연주소리와 함께 안토니우스와 클레오파트라 등장

자, 보시오! 저기들 오시는군. 조금만 세심하게 살펴보면 천하의 세 기둥 중의 하나인 장군이 하찮은 창녀의 광대로 전락했다는 걸 알 수 있을 것이오.

클레오파트라   당신 사랑이 어느 정도인지 말씀해보세요.

안토니우스   가늠할 수 있는 것이라면 쓰레기나 마찬가지라오.

클레오파트라   하지만 알고 싶어요.

안토니우스   그걸 알게 된다면 당신은 새로운 세상을 보게 되겠지.

전령 한 사람 등장

전령   로마에서 소식이 왔습니다.

안토니우스   귀찮다! 요점이나 빨리 말하라.

클레오파트라   안토니우스 장군, 사절을 만나 이야기를 들어보세요. 혹시 폴비아(안토니우스의 부인) 부인께서 화가 나 계신지도 몰라요. 아니면 아직 수염도 안 난 카이사르가 엄명을 보냈는지 누가 알아요? '이렇게 해라, 저렇게 해라, 그 왕국을 빼앗고 백성을 해방시켜주어라. 명령을 이행하지 않으면 엄벌에 처하리라.'라고 말예요.

안토니우스   오, 내 사랑이 어찌하여 그런 소릴?

클레오파트라   혹시나 해서 말씀이에요. 제 생각이 틀림없어요. 카이사르로부터 소환장이 왔을 터이니 이젠 더 이상 여기 머무서서는 안 돼요. 폴비아의 소환장은 어디 있을까? 사절들을 불러들이세요. 어머, 당신이 얼굴을 붉히시네. 그게 바로 카이사르를 두려워한다는 증거예요. 아니면 입이 험한 폴비아의 꾸지람에 당혹감을 느끼고 있는 거예요. 어서 사절들을!

안토니우스   로마여, 티베르 강에 잠겨버려라! 웅장한 건축물이여, 무너져버려라. 이곳은 나의 영역이다. 왕국은 한줌의 흙덩어리에 불과해.

똥냄새 나는 대지는 사람이든 짐승이든 가리지 않고 먹여주지 않는가! 인생의 숭고함은 뜨겁게 사랑하는 한 쌍의 연인이 이렇게 얼싸안을 수 있는 데 있다. 제아무리 무서운 벌을 내린다 할지라도 우리야말로 이 세상에 둘도 없는 고귀한 사람임을 알려야 해.

클레오파트라　　어머나, 아내인 폴비아를 사랑하지 않는다는 걸 믿으라고요?

안토니우스　　당신에게 휘둘리지만 않는다면야. 자, 사랑의 여신이 주는 이 귀중한 시간을 입씨름으로 낭비하지 맙시다.

클레오파트라　　사절이 와 있어요.

안토니우스　　또 그 소리! 그러나 당신은 뭘 하든 멋져 보이오. 꾸짖는 것도, 웃는 것도, 우는 것도. 그 모든 걸 우아하게 보이려고 필사적으로 노력하는 것 같거든. 당신이 보낸 사절 이외에는 어떤 사절도 만나지 않으리다. 오늘 밤은 단둘이서 거리를 산책하면서 민정이나 시찰합시다. (안토니우스와 클레오파트라, 시종들과 함께 퇴장)

데메트리우스　　우리 장군님이 어찌 저리도 카이사르를 모멸할 수 있단 말인가?

필로　　글쎄, 정신을 잃을 때면 가끔 저러신다니까. 항상 지니셔야 할 기본적인 덕목을 잊어버리시다니!

데메트리우스　　참으로 유감이군. 로마에서 돌고 있는 풍설이 거짓은 아니군. (두 사람 퇴장)

꿩꿩

궁전 안의 다른 방

에노바르부스와 다른 세 사람의 로마인이 점쟁이와 이야기를 나누며 나온다. 잠시 후 클레오파트라의 종들이 등장한다.

카르미안 정말이지 흔치 않게 늠름하신 알렉사스 나리, 전하께 침이 마르도록 칭찬하신 그 점쟁이는 어디 있죠? 저도 남편 될 사람에 대해 알고 싶어서 그래요.

알렉사스 점쟁이!

점쟁이 네.

카르미안 바로 이분인가요? 앞날을 척척 알아맞힌다는 분이?

점쟁이 자연의 신비를 읽어낸다고나 할까?

알렉사스 손을 보여봐요.

에노바르부스 속히 주안상을 들여오너라. 술은 넉넉히 가져오고. 클레오파트라 여왕 전하의 만수무강을 위해 축배를 들어야겠으니.

카르미안 여보세요! 제게 행운을 주세요.

점쟁이 난 운수를 봐드릴 수는 있지만 행운을 드릴 순 없소이다.

카르미안 저의 앞날은 어떤가요?

점쟁이 앞으로 훨씬 더 고와질 거요.

카르미안 살이 찐다는 얘기겠지?

이라스 늙으면 주름살을 감추느라 화장을 한단 말이지.

카르미안 맙소사, 주름살은 질색이야!

알렉사스 쉿! 조용히.

점쟁이 당신은 사랑을 받는 편이라기보다 줄 팔자군.

카르미안 남자를 사랑하느니 차라리 술로 가슴을 데우는 게 나아. 자, 길운에 대해 말해봐요! 아침나절에 세 분의 국왕과 혼인했는데 그들이 다 작고하고 과부가 될 운세라든가, 쉰 살이 되어 유대의 헤로데스 왕이 와서 경배를 올릴 아이를 하나 낳게 된다든가, 아니면 카이사르와 결혼하여 우리 전하와 당당하게 맞설 운세가 혹시 손금에 나타나 있지 않은가요?

점쟁이 아가씨가 섬기는 여왕 전하보다 더 장수할 운입니다.

카르미안 좋아요! 난 무화과보다 더 오래 살길 원해요.

점쟁이 그런데 유감스럽게도 앞날은 불행의 연속입니다.

카르미안 그렇다면 사생아를 낳는단 말이에요? 그럼 난 아들 딸 두루 몇 명이나 두게 될까요?

점쟁이 아이를 갖고 싶을 때마다 잉태하고 그때마다 생산한다면 아마 백만 명쯤은 되겠지요?

카르미안 빌어먹을 소릴 하시네!

알렉사스 음란한 비밀을 알고 있는 건 이부자리뿐이라고 생각하나 본데.

카르미안 그럼 이라스의 운세를 봐줘요.

이라스 다른 건 몰라도 이건 순결을 나타내는 손금이에요.

카르미안 나일강의 홍수가 기근의 징후이기나 한 것처럼?

이라스 시부렁대지 마! 이 노망 든 색마야. 그 꼴에 무슨 예언을 한다고 그래.

카르미안 왜 이래, 손바닥에 기름이 흐르는 여자는 자식을 펑펑 낳을 팔자란 것쯤 누가 모를까봐? 그러니까 가려운 귓구멍이라도 쑤시는 거지. 제발이지 저애한테 그렇고 그런 얘기나 들려줘요.

점쟁이 당신들의 운세는 비슷하군.

이라스 내 운수가 저애랑 같다고?

카르미안 글쎄, 네 운수가 나보다 조금이라도 좋다면…… 그 조금이라는 건 뭘 의미하는 걸까?

이라스 네 남편의 코가 한 치 높다는 것이겠지.

카르미안 어머나, 그런 망측한 건 생각하고 싶지 않아. 알렉사스 님 차례지. 자, 이분의 운수를 맞혀보세요. 제발 이분은 석녀와 결혼한다고 해주세요! 그리고 그 아내를 죽게 하고, 다음에는 더 고약한 여자를 아내로 삼는다고 해주세요!

이라스 아멘. 사랑하는 여신이시여, 우리의 기도를 들어주소서! 잘난 남자가 서방질하는 아내와 사는 꼴은 생각만 해도 가슴이 찢어지는 일이지만, 지지리 못난 놈이 서방질을 당하지 않는 것 역시 서글픈 일입니다. 그러니 아이시스의 여신이시여, 저의 소원을 들어주소서!

카르미안 아멘.

알렉사스 자기네들의 바람기를 위해 날 오입쟁이로 만들 셈이군.

에노바르부스 쉿! 안토니우스 장군님이 오서.

카르미안 아닙니다. 여왕님이십니다.

클레오파트라 등장

클레오파트라　장군님을 보지 못했나?

에노바르부스　네, 못 뵈었습니다.

클레오파트라　술자리에서는 흥이 나셨는데 갑자기 로마 생각이 나셨는지 기분이 언짢아지신 모양이다. 이봐요, 에노바르부스!

에노바르부스　네, 전하!

안토니우스, 전령과 몇몇 시종들을 거느리고 등장

클레오파트라　만나고 싶지 않구나. 모두 날 따르라.

전령　폴비아 마님께서 출전하셨다고 합니다.

안토니우스　내 동생 루키우스를 치려고?

전령　그러하옵니다. 그런데 그 전쟁은 바로 끝났습니다. 사태가 급변하여 두 분은 화해를 하고 병력을 합쳐 카이사르를 공격했습니다만 카이사르는 첫 번째 싸움에서 승리하고, 두 분을 이탈리아에서 추방해 버렸습니다.

안토니우스　알겠다. 한데 나쁜 소식이란 뭔가?

전령　나쁜 소식이란 전하는 사람이 미움을 받게 마련입니다.

안토니우스　그건 듣는 사람이 바보나 겁쟁이일 때 하는 이야기다. 어서 대답을 하라!

전령　아뢰옵기 황송한 소식입니다마는 레피두스께서 파르티아 군을 이끌고 유프라테스 강을 넘어 아시아 일대를 점령했습니다. 승리의 깃발은 시리아로부터 리디아를 거쳐 이오니아에까지 휘날리고 있습니다. 그러하오나…….

안토니우스 '그럼에도 안토니우스는이라고 말하고 싶겠지?'

전령 오, 장군님!

안토니우스 솔직히 털어놔봐라. 나에 대한 세상의 풍문을 어물쩡 넘길 필요는 없다. 클레오파트라도 로마에서의 별명 그대로 불러라. 폴비아의 말투를 흉내 내어 말해도 좋다. 그리고 나의 과오를 진실과 악의가 표현할 수 있는 최대한의 자유를 가지고 책망해다오. 아, 사람이 무위도식하고 있으면 마음속에 잡초가 생기는 법! 만일 그럴 때 죄과를 지적해준다면 새로이 농지를 경작하는 것처럼 잡초는 모두 뽑아버릴 텐데. 잠시 물러나거라.

전령 분부대로 하겠나이다.

안토니우스 시키온에서 온 사절은 어떤 소식을 가져왔느냐!

시종 1 시키온에서 온 사절 거기 있소?

시종 2 대령하고 있습니다.

안토니우스 (방백) 이집트의 이 억센 족쇄를 부숴버리지 않는 한 사랑에 넋을 잃어 내 일신을 망치고 말 것 같아.

전령 2, 편지를 가지고 등장

넌 무슨 소식을 가져 왔느냐?

전령 2 폴비아 왕비께서 시키온에서 돌아가셨습니다. 병환의 경과와 그 밖에 알아두셔야 할 중요한 용건들이 모두 이 편지에 적혀 있습니다.

안토니우스   혼자 있고 싶다. (전령과 시종들 퇴장) 위대한 넋이 눈을 감아버렸구나! 그걸 바라긴 했지만. 인간이란 늘 멸시하며 버린 것을 다시 갖고 싶어 한단 말이야. 지금의 쾌락도 운명의 수레바퀴가 역전하면 그 반대인 고통이 되는 법! 세상을 떠나고 나니 그 여자가 좋은 아내였다는 생각이 드는군. 될 수만 있다면 아내를 밀어냈던 이 손으로 다시 끌어당기고 싶다. 내 마음을 홀리는 요부 같은 여왕과는 이제 인연을 끊어야 해. 지금의 타락한 생활은 상상도 못할 끔찍한 해악을 빚어낼 거다. 여보게, 에노바르부스! (에노바르부스 등장)

에노바르부스   장군님, 왜 그러십니까?

안토니우스   급히 여길 떠나야겠소.

에노바르부스   그러시면 여자들을 전부 죽이는 것과 마찬가지의 치명상을 입힙니다.

안토니우스   무슨 일이 있어도 난 떠나야 하오.

에노바르부스   부득이한 경우에는 여자들을 죽게 내버려둘 수도 있습니다. 큰 뜻 앞에 여자들 쯤이야 별 문제가 되지 않겠지만 아무것도 아닌 일에 여자들을 버린다는 건 매우 측은한 일입니다. 아마 클레오파트라 여왕께서는 이런 소문만 들어도 기절해 죽을 겁니다. 아무것도 아닌 일에 기절하는 걸 저는 스무 번이나 보았으니까요. 죽음의 신이란 게 사랑의 열기가 있어서 그런지 그녀를 꼬드기는가 봅니다. 걸핏하면 그렇게 죽으려 드는 걸 보면.

안토니우스   그녀는 남자 쩔쩔먹을 여자요.

에노바르부스   여왕의 사랑은 순수 그 자체입니다. 그녀가 토해내는 비바람을 한숨과 눈물이라고 할 수는 없습니다. 그건 천지개벽 이래

처음 있는 대폭풍우입니다. 어찌 그것이 그분의 잔꾀라고 할 수 있겠습니까. 만약 그것이 잔꾀라면 그분도 제우스신처럼 비를 내리게 할 힘이 있다고 해야 할 겁니다.

안토니우스　어쨌든 그녀를 만나지 말았어야 했어!

에노바르부스　아, 그리 되었다면 장군님께서는 조물주가 창조한 경이로운 걸작품을 못 보실 뻔했죠. 그런 복을 받지 못하고 귀국하셨다면 어찌 널리 원정하신 보람이 있었겠습니까!

안토니우스　폴비아가 죽었다네.

에노바르부스　그렇다면 신들에게 감사의 제물을 바쳐야겠군요. 신들이 한 남자에게서 아내를 빼앗아간다는 건 이 지상에 재봉사가 있다는 걸 보여주기 위한 것입니다. 헌옷이 해지면 새 옷감이 얼마든지 있다는 뜻입니다. 만일 이 세상에 폴비아 부인 한 사람밖에 여자가 없다면 이 소식은 장군님에게 비탄스러운 일일 겁니다. 그러나 이러한 슬픔도 얼마 후엔 기쁨으로 바뀔 것입니다. 낡은 속옷 대신 새 속옷을 갖게 될 테니까요. 이 정도 가지고 흘리는 눈물은 양파로도 할 수 있는 일이니까요.

안토니우스　아내가 일으킨 정치적 사건을 무마하려면 내가 가야 해.

에노바르부스　장군님께서 클레오파트라 여왕님과 하신 일도 장군님이 계서야만 해결됩니다.

안토니우스　버릇없는 대꾸는 집어치워. 장병들에게 나의 뜻을 전하거라. 곧 여왕에게 귀국하게 된 사유를 밝히고 작별을 할 것이다. 폴비아의 죽음도 그렇지만 그보다 더 긴급한 일이 날 재촉하고 있어. 로마에서 나와 뜻을 같이하던 동지들이 편지로 나의 귀국을 호소하고 있어. 섹스투스 폼페이우스는 카이사르에게 도전하여 현재 해상 지배권을 장악했어. 경박한 민중들은 영웅이 공적을 세웠을 때는 외면하다가 시일이 한참 지난 다음에야 비로소 그 공로를 칭송하는 법이오. 그러니 민중들도 이제 대폼페이우스의 명성과 온갖 칭호를 아들 섹스투스에게 던져주고 있소. 그자는 지금 명성과 권력이 하늘을 찔러 천하의 영웅으로 거들먹거리고 있지. 그러니 그자의 야망을 꺾지 않는다면 로마 제국의 화근이 될지도 모를 일이야. 그러나 물속에서 뱀으로 둔갑한다는 말의 털처럼 이제 겨우 생명만 얻었을 뿐 아직 뱀의 독은 갖지 못하고 있다. 직속 부하들에게 이곳을 즉시 떠나야 한다는 나의 명령을 전하라.

에노바르부스 분부대로 전하겠습니다. (두 사람 퇴장)

제 3 장

같은 곳. 다른 방

클레오파트라, 카르미안, 이라스, 알렉사스 등장

클레오파트라 장군은 어디 계시지?

카르미안 한참 동안 뵙지 못했습니다.

클레오파트라 (알렉사스에게) 어디서, 누구와, 무얼 하고 계시는지 보고 오되 내가 널 보낸 걸 눈치채게 해서는 안 된다. 울적해 하시거든 내가 춤을 추고 있다고 전해라. 만일 즐거워하시거든 내가 갑자기 병이 났다고 전해라. (알렉시스 퇴장)

카르미안　전하, 장군님을 진정으로 사랑하신다면 매사를 그분 뜻대로 하시게 놔두세요. 거역하시면 안 됩니다.

클레오파트라　바보 같은 소릴 다하는구나. 그랬다가는 그분에게 버림받고 말 거다.

카르미안　도발적인 행동은 자제하세요. 너무 귀찮게 굴면 싫증이 나기 쉽거든요.

　　안토니우스 등장

클레오파트라　왜 이렇게 몸이 무겁고 기분이 언짢을까?

안토니우스　말을 꺼내기가 좀 그렇지만 털어놓아야 할 게 있소.

클레오파트라　카르미안, 날 좀 부축하고 안으로 들어가자. 기절할 것만 같아 서 있을 수가 없어.

안토니우스　왜 이러시오, 내 사랑 여왕이시여!

클레오파트라　당신 눈이 모든 것을 말해 주고 있어요. 좋은 소식이 있죠? 부인께서 돌아오시라고 하나요? 애당초 부인께서 당신을 이곳에 못 오도록 했다면 좋았을 텐데. 제가 당신을 이곳에 붙잡아둔 것처럼 부인께 오해받고 싶진 않아요. 난 당신에게 아무런 영향력도 없어요. 당신은 부인 거니까.

안토니우스　신들께 맹세하지만!

클레오파트라　　아, 자고로 여왕의 몸으로 이렇듯 무자비하게 배반을 당한 사람이 있을까! 당신에게 배반당하리라는 건 첫눈에 짐작했었어요. 아무리 당신이 옥좌에 앉은 신들을 흔들어놓을 만큼 큰 소리로 맹세해도 온전하게 내 것이 될 수 있으리라고는 생각하지 않았어요. 부인께마저 불성실한 당신인걸요. 부인과 굳게 맹세한 그 입으로 식은 죽 먹듯 깨뜨리는 그 맹세를 믿었다니, 내가 미쳤지!

안토니우스　　아, 사랑하는 여왕!

클레오파트라　　아니에요. 출발에 대한 변명 같은 건 늘어놓지 마세요. 여기 머물고 싶다고 간청하시던 무렵에는 말씀에도 기품이 있었습니다. 그랬기에 떠나시리라곤 꿈도 못 꾸었지요. 당신의 입술과 눈에는 영원이 깃들고 눈썹 그늘에는 더할 수 없는 행복이 있었으며, 당신의 몸 구석구석에서는 하늘의 그윽한 향기가 넘쳐흘렀습니다. 그런데 달라진 점이 있다면 천하의 대장군인 당신이 최고의 거짓말쟁이로 변해버렸다는 거죠.

안토니우스　　왜 이러는 거요, 여왕!

클레오파트라　　저도 당신처럼 키가 컸으면 좋겠어요. 그렇다면 이집트 여왕에게도 용기가 있음을 보여드릴 텐데.

안토니우스　　부탁이오. 내 말 좀 들어봐요. 긴박한 사태가 날 부르고 있어 잠시 조국으로 돌아가는 것뿐이오. 그러나 나의 마음은 전부 당신에게 맡기고 가오. 나의 조국 이탈리아에서는 내란의 피바람이 불고 있소. 섹스투스 폼페이우스가 이미 로마의 항구까지 쳐들어왔다고 하오. 국내의 양대 세력이 서로 팽팽하게 맞서고 있소. 이런 시기에는 당연히 기회주의자가 생기게 마련이고, 미움을 받던 자들도 세력을 형성하면 영향력이 생기는 법이오. 추방당한 후 탄핵을 받던 폼페이우스는 그의 부친의 명예를 등에 업고 현 정부에 불만을 품은 자들의 마음을 휘어잡아, 이제 그 병력이 무시 못할 정도가 되었소. 뿐만 아니라 오랜 평화가 민중의 마음에 무기력증을 일으켜 거센 변화는 필요악이 되었소. 그리고 나의 귀국을 안심해도 좋은 건 폴비아가 죽었다는 사실이오.

클레오파트라   뭐 폴비아가 죽었다고요?

안토니우스   정말 그녀는 죽었소. 폴비아가 어떤 분란을 일으켰는지 한가로울 때 이 편지를 읽어봐요. 맨 마지막에 가장 좋은 소식인 그녀가 죽은 날짜와 장소를 확인할 수 있을 것이오.

클레오파트라   아, 믿지 못할 분! 슬픈 눈물을 담을 신성한 눈물단지는 어디에 두었나요? 아, 이제야 알겠어요, 알고말고요. 폴비아의 죽음을 보면 내가 죽어서 어떤 대우를 받을 것인지 뻔해요.

안토니우스   내 계획의 실행 여부는 당신 충고에 달려 있소. 나일강의 진흙에서 생명을 태동시키는 타오르는 태양에 걸고 말하지만 나는 당신의 병사이자 시종으로서 이 땅을 떠나고, 전쟁과 평화 어느 길을 택하든 당신의 뜻에 따르겠소.

클레오파트라   이 끈을 풀어다오. 카르미안, 어서. 그만둬라. 내 기분은 갑자기 나빠졌다 좋아졌다 한단 말이야. 안토니우스 장군의 사랑처럼 변덕이 심하지.

안토니우스   여왕, 이 대장부의 사랑을 믿어주시오. 진정한 사랑인지 아닌지를 증명해주리다.

클레오파트라   폴비아의 죽음이 모든 걸 말해주고 있어요. 자, 저쪽으로 돌아서서 그 여자를 위해 통곡하세요. 그다음에 제게 작별인사를 고하며 그 눈물은 이집트 여왕을 위해 흘렸다고 말하세요. 아주 그럴 싸한 연극의 한 장면이 되겠군요. 어느 모로 보나 진실하기 그지없게 받아들일 수 있도록 말이에요.

안토니우스　정말 내 분통을 터지게 할 거요? 제발 그만하시오.

클레오파트라　어머, 좀 더 잘하실 수 있을 텐데. 지금 연기도 봐줄 만 하긴 하지만.

안토니우스　자, 내 칼에 걸고.

클레오파트라　그리고 방패에도 걸고 맹세하세요. 정말 멋지군요. 하지만 최고라고는 할 수 없어요. 자 봐라, 카르미안! 역정을 내는 역엔 헤르클레스의 피를 받은 이 로마인이 정말 잘 어울리신다.

안토니우스　이만 떠나겠소, 여왕.

클레오파트라　잠깐, 한마디만 하겠어요. 장군, 당신과 나는 헤어져야 돼요. 한데 말씀드리고 싶은 건 그게 아니에요. 장군, 당신과 난 서로 사랑했지만 이 말을 하자는 것도 아니죠. 그건 당신이 더 잘 알고 계실 거예요. 아니, 내가 무슨 말을 하려고 했지? 아, 내 건망증 좀 봐. 안토니우스 장군과 똑같아. 모든 걸 잊어버리니.

안토니우스　여왕인 당신이 신하들처럼 그렇게 경박하게 굴면 난 당신을 호들갑스럽다고 볼 수밖에 없어요.

클레오파트라　아, 제발 절 용서하세요. 어떤 매력도 당신 눈에 아름답게 비치지 않는다면 그건 나에게 치명적인 고통의 씨앗이에요. 당신의 명예가 이곳을 떠나라고 소리치고 있어요.

안토니우스　그럼 떠나리다. 자아, 우리들의 이별은 같이 있는 것이기도 하고 떠나 있기도 하는 그런 것이오. 비록 당신은 여기 머물고 있지

만 마음은 나와 함께 떠나고, 난 여길 떠나지만 마음은 당신과 함께 여기 남는다오. (모두 퇴장)

제 4 장

로마. 카이사르 저택의 한 방

옥타비아누스 카이사르, 편지를 읽으면서 레피두스와 등장 시종들도 등장

카이사르 레피두스, 당신도 보아서 잘 알겠지만 이 카이사르는 태어날 때부터 악덕과는 인연이 먼 사람이오. 그런데 알렉산드리아에서 온 보고를 볼 것 같으면 안토니우스는 허구한 날 낚시질에 술잔치를 베풀며 환락에 빠져 있다고 하지 뭡니까. 이건 클레오파트라보다 한수 위라고 할 수 있지요. 사절을 보내도 접견을 해주지 않고 동료가 있다는 것도 잊은 것 같소. 인간이 범하는 죄의 집합체를 보는 것 같소.

레피두스 그분의 미덕을 몽땅 뭉개버릴 정도로 죄가 크다고 생각해서는 안 되지요. 그분의 과오는 밤하늘의 별과 같은 것으로, 세상이 어두워서 뚜렷이 비치는 것이거든요. 그것은 배워서 얻은 것이 아니라 선천적인 것이어서 스스로도 어찌할 도리가 없는 겁니다.

카이사르 당신은 지나치게 관대하시군요. 가령 그가 프톨레마이오

스의 침상에 기어드는 것도 잘못이 아니라고 칩시다. 하룻밤의 환락을 위해서 한 왕국을 던져주는 것도 좋다고 칩시다. 노예들과 앉아서 술잔을 기울이거나 땀내 나는 건달패들과 주먹다짐을 하는 것까지도 다 이해한다고 칩시다. 사실 그런 행위가 문제가 되지 않는 사람이라면 참으로 보기 드문 큰 인물이라 해야겠지만 그러나 안토니우스의 그런 경박한 행동 때문에 우리가 무거운 짐을 짊어지게 된다면 스스로에 대해 어떤 변명도 할 수 없을 것이오. 그가 지속적으로 주색에 빠져서 지낸다면 악성 위장병이나 매독으로 보상을 받게 될 것이 확실하지만 그러나 그의 것이자 동시에 우리 것이기도 한 국가 대사가 북을 울려 그로 하여금 방탕에서 깨어나기를 요구하는 이때조차 이 귀중한 시간을 헛되이 낭비한다면 견책을 받아 마땅하지요. 젊은이들은 분별력을 갖춰 성숙해졌지만 눈앞의 쾌락을 위해 도리에 어긋나는 짓을 하는 것과 같은 맥락이라고 할 수 있지요.

전령 두 사람 등장

레피두스　소식이 또 왔군요.

전령 1　카이사르 각하, 각하의 분부대로 모든 걸 거행했습니다. 앞으로는 세계 정세를 시시각각 보고하겠습니다. 폼페이우스는 해상의 병력을 증대하고 있으며, 지금까지 각하를 두려워하던 자들도 그를 따르고 있는 것 같습니다. 항구란 항구에는 불평분자들이 떼거리로 모여들어 그가 부당한 대우를 받고 있다고 떠들어대고 있습니다.

카이사르　그만한 건 이미 예상했어야 했지. 오랜 역사가 말해주는 바이지만 때를 만나 권력에 오른 자는 그 자리를 유지하고 있을 때까지만 지지를 받고, 세력이 기운 자는 존경할 만한 가치가 없어질 때까지는 냉대를 받다가 막상 죽게 되면 비로소 사랑을 받게 되지. 민중의 마음이란 마치 흐르는 물에 떠도는 수초와 같아서 조류의 방향에 따라 이리저리 떠밀려 다니다가 결국은 썩어버리는 법이지.

전령 2   카이사르 각하! 악명 높은 해적 메네크라테스와 메나스 두 사람이 해상에서 횡포를 부리고 있습니다. 그들은 지금 이탈리아 곳곳에서 맹렬한 공격을 가하고 있습니다. 바닷가 주민들은 공포에 파랗게 질려 있으며 혈기 넘치는 청년들은 다투어 폭도로 변하고 있습니다. 또 항구 밖으로 배가 얼씬만 해도 나포당하고 맙니다. 폼페이우스라는 이름은 그의 병력 이상으로 위력을 발휘하고 있습니다.

카이사르   안토니우스여! 그 음탕한 주연을 걷어치우지. 일찍이 그대가 두 집정관 히르티우스와 판사를 죽인 다음 모데나에서의 싸움에 패하여 퇴각했을 때의 이야기다. 그때 기근이라는 대적이 뒤따라왔지. 그렇지만 그대는 애지중지 자라난 귀한 신분이면서도 야만인조차도 감내할 수 없을 정도의 배고픔을 이를 악물고 버티며 싸우지 않았던가. 그대는 말오줌은 물론, 짐승도 토해 버릴 정도의 지저분한 웅덩이의 물을 마시지 않았던가? 더러운 생울타리에 열린 떫은 열매를 달갑게 먹기도 했지. 또 눈으로 하얗게 뒤덮인 초원을 헤매는 사슴처럼 나무 껍질조차 마다하지 않았으며, 알프스에서는 보기만 해도 사람이 죽는다는 괴상한 날고기를 먹었다고 하더군. 그대는 참으로 씩씩한 무인으로 어떤 어려움 속에서도 강인함을 잃지 않았다.

레피두스   내일이면 정확한 정보를 보고할 수 있으리라 생각하오. 해

상과 육상에서 현재의 이 긴급한 사태에 대처하기 위해 어느 정도의 병
력을 소집할 수 있을지 말이오.

카이사르　나 역시 그걸 알아보리다. 그럼 잘 가시오.

레피두스　또 뵙지요. 그동안 국외의 동정에 대한 정보를 입수하시면
제게도 알려주시기 바랍니다.

카이사르　염려 마시오. 그건 내 의무이니. (모두 퇴장)

제 5 장

알렉산드리아. 클레오파트라의 궁전

클레오파트라, 카르미안, 이라스, 마르디안 등장

클레오파트라　카르미안! 수면제 좀 가져오너라.

카르미안　전하, 왜 그러시옵니까?

클레오파트라　안토니우스 장군이 없는 길고 지루한 시간을 잠이나
푹 자고 싶다.

카르미안　그분 생각에 너무 깊이 빠져 계시면 아니되옵니다.

클레오파트라　환관 마르미안은 듣거라.

마르디안　네, 뭐든 분부하시옵소서!

클레오파트라　지금은 네 노래를 듣고 싶지 않아. 나에게 내시가 할 수

838

있는 건 아무것도 없다. 넌 거세를 한 덕분에 방종스런 마음이 공연스레 이집트 밖으로 날아가는 일도 없을 테니. 한데 네게도 정욕이란 게 있느냐?

마르디안   있다 뿐이겠습니까?

클레오파트라   그게 사실이렷다?

마르디안   황공하오나 전하, 행동으로는 불가능하옵니다. 그저 정절을 꼭 지키는 것 이외에는 무능하기 짝이 없습니다. 그렇지만 소인에게도 세찬 정욕이 있어 늘 생각합니다. 저 아름다운 비너스 여신이 마르스를 상대로 무엇을 했는지를.

클레오파트라   오, 카르미안! 장군님의 말은 행복하기도 하겠구나. 안토니우스를 등에 싣고 있으니 말야! 말아, 잘 모셔라! 넌 네가 태운 분이 누군지 아느냐? 이 세계의 절반을 등에 짊어지신 영웅이시며, 그분은 인간의 칼이요, 투구이시다. 안토니우스는 지금 이렇게 속삭일지도 몰라. "나일 강의 내 뱀은 어디 있는가?"라고. 그분은 항상 날 그렇게 부르셨어. 난 지금 달콤한 독을 마시고 있어. 태양의 신에게 너무나 큰 사랑을 받아 온몸이 거무튀튀하게 타고, 세월이 흘러 깊은 주름살이 팬 날 그분은 잊어버리신 게 아닐까? 이마가 훤한 카이사르, 당신이 이 세상에 살아 계셨을 때 난 제왕에게 드려도 창피스럽지 않은 공물이었지요. 그리고 저 폼페이우스 대왕은 우뚝 서서 내 얼굴에 시선을 못박고 생명도 내던지겠다는 태세였지.

    알렉사스, 안토니우스의 사자로 등장

알렉사스　전하, 만수무강하소서!

클레오파트라　넌 어째서 안토니우스 장군과 그렇게 딴판이냐! 그래, 안토니우스 장군님은 어떻게 지내시더냐?

알렉사스　장군님께서 마지막으로 하신 일은 광채 나는 이 동방의 진주에다 입을 맞추신 것입니다. 그러면서 하신 말씀이 지금도 이 가슴에 못이 박혀 있습니다.

클레오파트라　내 귀가 네 가슴에서 그 말을 뽑아야겠다.

알렉사스　이렇게 말씀하셨습니다. "자, 진실한 로마인이 대이집트 여왕께 이 진주를 선물한다고 전하라. 그리고 이 선물 외에 전하의 화려한 옥좌에 여러 왕국을 바쳐 전하의 풍요로운 옥좌를 더욱 찬양할 것이라"고.

클레오파트라　그분은 침울하시더냐, 기뻐하시더냐?

알렉사스　삼복더위와 동지섣달 추위 한중간쯤처럼 침울하지도 기뻐하지도 않으셨습니다.

클레오파트라　아, 어쩌면 그렇게도 균형이 잡힌 성품이실까! 봐라, 카르미안! 그게 바로 그분이시다. 침울하지 않으셨다지? 그건 쉽게 기쁨과 슬픔에 사로잡히는 병사들에게 즐거운 얼굴을 보여주고 싶었기 때문이야. 그리고 지나친 기쁨은 보여주지 않으셨다지? 그건 그분께서 가장 좋아하는 사람과 함께 이 이집트에 있다는 증거를 보이신 것이다. 내가 보낸 전령들은 만났느냐?

알렉사스　네, 스무 명을 모두 만났습니다. 왜 그렇게 연달아 전령을 보내셨습니까?

클레오파트라　내가 안토니우스에게 전령을 보내는 것을 잊는다면 이 세상에 생명을 부여받은 자는 모두 거렁뱅이가 되어 죽으리라. 카르미안, 잉크와 종이를 가져온. 그런데 카르미안, 내가 카르사르도 그토록 사랑했던가!

카르미안   아, 훌륭하신 카이사르!

클레오파트라   또다시 그따위 찬사를 해봐라, 숨구멍을 틀어막아버리겠다! 훌륭하신 안토니우스라고 말해.

카르미안   용감하신 카이사르!

클레오파트라   아이시스 신에게 맹세코 내 너의 입을 찢어놓고야 말겠다. 사나이 중의 사나이신 내 사랑을 카이사르와 비교하다니.

카르미안   전하의 흉내를 내보았을 뿐이옵니다.

클레오파트라   내가 그런 말을 한 것은 분별력이 없고 정열도 없던 철부지 시절의 일이다. 자, 안으로 들어가자. 잉크와 종이를 가져오너라. 매일매일 그분에게 편지를 써야겠다. 이집트 백성을 모두 동원해서라도 말이다. (일동 퇴장)

제 2 막

제 1 장

메시나. 폼페이우스 저택의 한 방

폼페이우스, 메네크라테스, 메나스 무장을 하고 등장

폼페이우스 신들이 공정하시다면 반드시 선한 사람들을 도와주실 거요.

메나스 위대한 폼페이우스 장군님! 신의 가호가 조금 늦어진다고 해서 버림받았다고 할 수는 없습니다.

폼페이우스 하지만 우리가 신들의 옥좌에 탄원하고 있는 동안 우리가 추구하는 대상은 썩어 문드러지고 말 거요.

메나스 대부분의 사람들은 자기 자신을 알지 못하여, 스스로 화를 불러들이지만, 현명한 신들은 우리들을 위해서 거절하십니다. 그래서 기도가 이루어지지 않아 오히려 이득을 본답니다.

폼페이우스 성공은 내 편이다. 민중은 나를 향해 있고, 제해권도 내 손 안에 있어. 나의 병력은 초승달과 같아 길조를 말해주고 있는데, 안토니우스는 이집트의 향연에 빠져 싸울 생각도 않는다. 게다가 카이사르는 돈을 긁어모으는 데 혈안이 되어 인심을 잃고 있고 레피두스는 두 사람에게 열심히 아첨을 하고, 두 사람 역시 그자에게 아첨을 하고 있지만 서로 신뢰하는 사이는 아니지.

메나스 실비우스가 말하길 카이사르와 레피두스는 대병력을 거느리고 벌써 싸움터에 출전해 있다고 합니다.

폼페이우스 그자는 꿈을 꾼 모양이군. 사실 두 사람은 로마에서 안토니우스가 합세해주기를 기다리고 있어. 탕녀 클레오파트라여, 온갖 사랑의 마법으로 색정의 힘을 총동원하거라! 그 탕아를 술자리에 묶어놓고 골통까지 술기운이 꽉 차게 해다오. 천하의 일류 요리사는 싫증 안 나는 양념으로 그자의 식욕을 무섭게 돋워서 자고 먹고, 먹고 자게 해서 자신의 명예를 망각의 강물에 흘러버리게 해주려무나.

바리우스 등장

그래, 바리우스! 어찌 됐소?

바리우스 전해드릴 정보는 정확한 것입니다. 지금 로마에서는 안토니우스가 도착하기를 학수고대하고 있답니다. 이집트를 떠났는데 도착할 날짜가 한참 지났답니다.

폼페이우스 사소한 일은 불쾌하지 않지. 메나스, 난 그 색정에 푹 빠진 자가 이런 시시한 전쟁에 투구를 쓰고 나설 줄은 몰랐소. 그자의 전력은 다른 두 사람의 곱절이긴 하지만 그 호색가 안토니우스가 이집트 과부의 무릎을 박차고 나섰다는 것은 놀라운 일이오.

메나스 카이사르와 안토니우스가 화해하기란 쉽지 않습니다. 그자의 죽은 부인은 카이사르에게 반역했고, 그의 동생은 카이사르에게 싸움을 걸지 않았습니까?

폼페이우스 그렇지만 메나스! 작은 반목은 큰 반목을 위해 양보하는 법이오. 만일 우리가 전쟁을 일으키지 않았더라면 그들 세 사람은 자기들끼리 싸웠을 거요. 서로 칼을 빼어들 근거를 충분히 갖고 있으니까. 그러나 지금은 우리가 두려워서 서로 뭉친 것이겠지. 아직은 모르는 일이오. 그것은 신의 의사에 맡기기로 합시다! 지금 우리는 목숨을 걸고 싸워야 하오. 자, 메나스. (모두 퇴장)

제 2 장

로마. 레피두스의 저택

에노바르부스와 레피두스 등장

레피두스 에노바르부스, 자네의 장군에게 될 수 있는 대로 부드럽고 점잖게 진언하는 것은 자네의 임무라 할 수 있겠지?

에노바르부스 부탁드리지요. 자신의 위대함에 걸맞게 응하도록. 만약 카이사르가 감정을 건드리는 말을 하면 안토니우스 장군은 상대의 머리통을 쏘아보면서 군신처럼 호통을 칠 겁니다. 제우스신에게 맹세하지만 제가 만일 안토니우스 장군의 수염을 갖고 있다면 오늘은 결코

844

그걸 깎지 않고 카이사르를 만나러 갈 것입니다.

레피두스　하지만 작은 일은 큰일을 위해 길을 비켜줘야 한다네.

에노바르부스　작은 일은 선결 문제가 아니라면서요?

레피두스　그러나 다 꺼진 불씨를 다시 되살리지는 말게. 아, 저기 안토니우스 장군이 오는군.

　　안토니우스와 벤티디우스, 이야기를 하며 등장 카이사르, 마이케나스, 아그리파 다른 문으로 등장

안토니우스　여기서 합의를 보게 되면 파르티아로 떠나지. 벤티디우스, 귀를 좀…….

카이사르　잘 모르겠군, 마이케나스. 아그리파에게 물어보게.

레피두스　두 분께 말씀드리겠습니다. 우리들을 결속시킨 것은 나라의 위급한 사정 때문이니 사소한 일로 분열되어서는 안 됩니다. 불편한 일이 있으면 서로 대화로 풉시다.

안토니우스　동감이오. 적을 앞에 두고 진두에 서서 싸워야 할 경우라도 난 이렇게 하리다. (서로 포옹한다)

카이사르　로마로 온 걸 환영합니다.

안토니우스　고맙소.

카이사르　우선 앉으시지요.

안토니우스　듣자니 당신은 좀 오해를 하고 계신 것 같던데, 모든 일은 당신과는 상관없는 일이오.

카이사르　만약 별것도 아닌 일로 내가 당신을 비난했다면 내 잘못이

지요. 더욱이 나 자신과 아무런 이해관계도 없는데 당신 이름을 들먹이며 헐뜯었다면 더 큰 조롱을 받아 마땅하지요.

안토니우스 그렇다면 나의 이집트 체류가 당신과 상관이 있소?

카이사르 내가 로마에 있는 것이 이집트에 있는 당신과 아무런 관계가 없듯이 아무 상관이 없습니다. 하지만 거기서 뭔가 모사를 꾸몄다면 당신의 이집트 체류는 날 몹시 신경 쓰이게 하겠지요?

안토니우스 모사라니 그게 무슨 말이오?

카이사르 이곳에서 내가 겪은 사건으로 추측이 갈 텐데요? 당신의 부인과 동생이 우리 쪽에 싸움을 걸어왔소. 그 목적은 당신을 위해서였소. 당신의 이름이 싸움의 명분이었어요.

안토니우스 그건 당신의 오해요. 당신 진영에서 싸운 사람한테서 들었는데, 내 아우는 우리 두 사람 모두의 권위를 떨어뜨리는 짓을 한 거요. 나는 당신과 같을 길을 걷고 있는데, 아무것도 모르는 동생이 싸움을 일으킨 거요. 그러니까 내 아우가 일으킨 싸움은 내게도 화살을 당긴 셈이지. 이 점에 대해서는 앞의 편지로 충분히 해명이 됐을 터인데, 당신은 그 전쟁의 진상을 이리저리 꼬아서 동기를 조작하려 드는데, 완벽한 자료를 제시해보시오.

카이사르 당신은 내가 판단을 그르친 것처럼 몰아붙이고, 스스로를 변호하고 있군.

안토니우스 아니, 천만에! 나는 당신이 적대시하던 대의에 있어선 당신의 맹우지만 나의 평화에 도전하는 것은 선의로써 받아들일 수 없소. 그리고 세계의 3분의 1인 당신의 영토를 고삐 하나로 가볍게 통제하려는 아내를 가졌다면 몹시 힘들걸요.

에노바르부스　(방백) 우리가 모두 그런 아내를 갖는다면 얼마나 좋을까. 남자들은 부인과 싸움터에 같이 나갈 수 있을 테니!

안토니우스　다루기가 몹시 어려운 여자였어요. 가랑잎에 불붙는 듯한 성미를 가진 내 아내가 심술궂은 책략을 써서 심로를 끼쳐 드린 것은 미안하오.

카이사르　당신이 알렉산드리아에서 흥청거리고 있을 때 내가 편지를 보냈었지. 그런데 당신은 그걸 읽지도 않고 주머니 속에 처넣어버렸소. 그뿐인가! 사절을 제대로 접견도 하지 않고 욕설로 쫓아내버렸지 뭐요.

안토니우스　그때 그 사절은 내 허락도 받지 않고 들이닥쳤소. 그때는 세 국가의 왕들에게 향연을 베풀고 난 다음이라 맑은 정신이 아니었소. 그러나 다음 날 전날의 내 사정을 설명했으니 그건 용서를 빈 것이나 다름없지 않소.

카이사르　당신은 맹약의 조항을 깨뜨렸소. 설마 그게 나의 책임이라고 하지는 않겠지요?

레피두스　카이사르 장군, 고정하시오!

안토니우스　내게 신의가 없다고 생각하는 모양인데 신의란 신성한 명예요. 장군, 어서 말을 계속하오. 그래, 파악한 조항은?

카이사르　무기와 원병을 보내달라고 요청했을 때 거절했소.

안토니우스　장시간 취흥에 사로잡혀 소홀했던 것은 사과하오. 이러한 솔직함이 내 위신을 떨어뜨리지는 않을 테지? 사실 내 힘의 근원은 솔직함이니까. 폴비아가 반란을 일으킨 것은 나를 이집트로부터 끌어낼 속셈이었지. 그 문제는 내 명예를 걸고 사과하겠소.

레피두스　참으로 훌륭한 말씀이십니다.

마이케나스 죄송하오나 두 분은 이제 노여움을 푸소서. 당면한 긴급 사항이 두 분의 화해를 외치고 있다는 걸 생각하신다면 과거지사는 깨끗이 잊어버릴 수도 있지 않겠습니까?

레피두스 맞는 말씀이오, 마이케나스!

에노바르부스 일단 폼페이우스를 처부순 뒤에 다시 말씀을 나누시지요. 한가해지면 얼마든지 다툴 시간이 있으니까요.

안토니우스 당신은 일개 군인에 지나지 않아. 입 닥쳐.

에노바르부스 진실을 말해선 안 된다는 교훈을 깜박 잊었습니다.

안토니우스 많은 사람이 있는 자리에서 무엄하오!

에노바르부스 그럼 이제부터는 돌부처가 되겠습니다.

카이사르 저 사람의 이야기 내용은 나쁘지 않아. 다만 표현 방법이 문제지. 우리들의 기질이 이렇게 다르니 우정을 지속하기가 어려울 것 같군.

아그리파 카이사르 각하! 외람된 말씀이오나 저도…….

카이사르 말해보게, 아그리파.

아그리파 각하에게는 어머님의 피를 받으신 누님이 한 분 계시잖습니까. 칭찬이 자자한 옥타비아님 말씀입니다. 그런데 안토니우스 장군은 현재 독신으로 계시고요.

카이사르 행여 그런 말은 입 밖에 꺼내지도 말게, 클레오파트라 귀에 들어가면 당장 꾸지람을 들을 테니.

안토니우스 카이사르 장군, 아그리파의 말을 더 들어봅시다.

아그리파 두 분이 형제의 의를 맺어 굳은 결의가 다시 풀리지 않도록 안토니우스 장군께서 옥타비아를 부인으로 맞으십시오. 그분은 훌륭하고 잘생긴 사내대장부를 남편으로 삼을 만한 자질이 충분히 있습니다. 이 결혼이 이루어진다면 지금은 커 보이는 의혹도, 또 지금은 해롭다고 느끼는 두려움도 없어지고 말 겁니다.

안토니우스　카이사르, 당신의 의견은 어떻소?

카이사르　안토니우스 장군, 당신의 생각을 먼저 듣고 싶소.

안토니우스　만일 내가 "아그리파, 잘 부탁하네."라고 말한다면 이 일을 주선할 권한이 아그리파에게 있는 것이오?

카이사르　나의 권한을 맡기지요. 그리고 옥타비아의 권한까지도.

안토니우스　장래를 위한 이 경사스러운 제안에 마가 끼어들 리 만무하오! 자, 손을 잡아봅시다. 이 시각부터는 형제지간의 사랑으로 힘을 합쳐 위대한 국가의 대업을 이룩해나갑시다.

카이사르　자, 내 손을 잡으시오. 내 누이를 당신께 드리겠소. 내 누이야말로 우리의 영지와 마음을 결합시켜 줄 최고의 매개체요.

안토니우스　내가 폼페이우스에게 칼을 뽑는다는 건 생각지도 못했소. 그자는 최근에 대단한 친절을 보여왔으니까. 그러니 감사의 말을 일단 보낸 후에 공격을 하고 싶소.

레피두스　시간이 급박하오. 급히 폼페이우스의 거처를 찾아 공격을 해야지, 그러지 않으면 우리가 공격을 받게 됩니다.

안토니우스　그자는 지금 어디 있소?

카이사르　미세눔 산 부근이오.

안토니우스　그쪽의 병력은?

카이사르　육상은 대부대인데 날로 증가하고 있으며, 바다에서도 절대적인 패권을 쥐고 있소.

안토니우스   풍문은 들었소. 한번 맞서보고 싶소! 그런데 무장을 하기 전에 결의한 혼사 문제부터 매듭지읍시다.

카이사르   나도 동감이오. 우선 내 누이를 만나보시오.

안토니우스   레피두스, 당신도 같이 갑시다.

레피두스   내 설령 병중이라 해도 가지 않을 수 있겠소? (트럼펫의 화려한 연주. 카이사르, 안토니우스, 레피두스 퇴장)

마이케나스   이집트에서의 귀국을 진심으로 축하합니다.

에노바르부스   카이사르의 심복 마이케나스! 나의 친구 아그리파!

아그리파   에노바르부스!

마이케나스   일이 잘 되어 참으로 기쁘군. 자네도 이집트 체재 중에 재미 좀 보았겠지.

에노바르부스   여부가 있나. 밤낮 술잔치로 밤을 새웠다고 할 수가 있지.

마이케나스   아침식사에 멧돼지 여덟 마리를 통째로 구워서 두 사람이 먹었다던데 그게 사실인가?

에노바르부스   아무튼 굉장한 향연이었다고 할 수 있지.

마이케나스   그 여왕이 아주 대담하다면서?

에노바르부스   처음 시드누스 강에서 안토니우스 장군을 만났을 때, 그녀가 각하의 마음을 단번에 사로잡았지 뭔가.

아그리파   그녀는 정말 굉장했다고 하던걸. 누가 만들어낸 소문이 아니라면.

에노바르부스   그래, 내 얘길 해주지. 여왕이 탄 배는 빛나게 닦은 황금 옥좌처럼 찬란하게 빛났지. 고물 선미의 갑판에는 황금 마루가 깔렸고, 돛은 자줏빛이었는데 어찌나 향기를 풍기는지 바람도 사랑에 빠진 듯 허느적거렸지. 수많은 노는 온통 은빛이고, 피리 소리에 맞춰 가지런히 노를 저어 나가자 갈라지는 물결도 연정에 못 이기는지 뒤쫓아 오더란 말이야. 여왕의 자태는 필설이 무색할 지경이었어. 금실을 섞어 짠 엷은 비단 차일 아래 비스듬히 누워 있는 모습은 그림 속의 비너스보다도 몇 배나 더 아름다웠고, 오목 팬 보조개는 미소년 큐피드를 능가하였으며, 오색이 영롱한 부채를 들고 쉴 사이 없이 부채질을 하면 두 볼엔 홍조가 황홀하게 빛나더란 말이야.

아그리파   아, 안토니우스 장군은 얼마나 감격하셨을까!

에노바르부스   바다의 요정 같은 시녀들이 인어 떼처럼 여왕 앞에 허리를 굽히고 서서 시중드는 모습은 여왕을 한층 더 아름답게 장식했지. 배에서는 말할 수 없이 신기한 향기가 근처의 해안에 모인 사람들의 코를 찔렀지. 그리고 근처 사람들이 모두 여왕을 보러 쏟아져나왔고, 안토니우스 장군은 광장에 홀로 정좌하고 하늘을 향해 휘파람을 불고 있었지.

아그리파   정말 황홀한 여왕이시군!

에노바르부스   여왕이 상륙하자 안토니우스 장군은 전령을 보내 만찬에 초대하셨지. 그런데 여왕은 도리어 안토니우스 장군을 국빈으로 모시겠다는 간청을 보내왔지 뭔가. 예절 바른 안토니우스 장군은 열 번이나 얼굴을 다듬고 향연에 참석했지. 식사 때는 그 대가로 심장을 지불했을 거야. 하긴 그의 눈이 먹어치운 것이기는 하지만.

아그리파   어쨌든 굉장한 여인이라고 하더군! 카이사르는 장검을 침대에다 내동댕이치고 여왕을 경작하였고, 여왕은 그 수확을 거둬들였지.

에노바르부스   내 언젠가 여왕이 대로를 마흔 걸음이나 뛰다시피 달리는 걸 보았는데 숨이 턱에 차서 헐떡거리면서 겨우 말을 잇는 그 기이한 모습은 미의 극치였어.

마이케나스   이제 안토니우스 장군은 그녀와 깨끗이 헤어져야 해.

에노바르부스   천만의 말씀! 버릴 수 없을걸. 나이를 먹어도 시들지 않고, 사귀면 사귈수록 익힌 재주가 무궁무진하여 항상 새로운 변화를 보이는걸. 다른 여자들은 남자에게 만족을 주고 나면 염증을 느끼게 만드는데 여왕은 포식했을 때 더욱 욕구를 느끼게 하지. 세상에서 가장 야비한 짓도 여왕이 하면 근사하게 보이지. 그래서 거룩한 사제들도 그녀의 방종을 오히려 축복한다더군.

마이케나스   미모와 부덕과 정절이 안토니우스의 마음을 붙잡을 수 있다면 옥타비아야말로 그분에게는 행운의 여신이 되겠지.

아그리파   자, 그럼 갑시다. 에노바르부스, 이곳에 체류하는 동안은 우리 집 손님이 되어주게.

에노바르부스   그러지, 고맙네. (모두 퇴장)

제 3 장

로마. 카이사르의 저택

안토니우스와 카이사르 사이에 끼여 옥타비아 등장

안토니우스   일이 때로는 나를 당신 곁에서 떼어놓기도 할 거요.

옥타비아　　그런 때는 신 앞에 무릎을 꿇고 오직 당신을 지켜주시도록 기도드리겠습니다.

안토니우스　　편히 쉬시오, 카이사르 장군. 그리고 옥타비아, 세상에 떠도는 나의 소문은 믿지 마시오. 지금까진 생활이 단정하지 못했지만 앞으로는 만사를 규율에 맞게 해나가리다. 자, 옥타비아! 당신도 가서 쉬어요.

옥타비아　　편히 쉬십시오.

카이사르　　편히 쉬시오. (카이사르, 옥타비아를 대동하고 퇴장)

　　점쟁이 등장

안토니우스　　여보게, 자넨 이집트로 돌아가고 싶지?

점쟁이　　저는 이곳으로 오지 말았어야 했습니다. 장군님도요!

안토니우스　　왜 그런가?

점쟁이　　어쨌든 한시바삐 이집트로 돌아가십시오.

안토니우스　　어느 편의 운이 더 좋은지 말해보게. 카이사르인가, 나인가?

점쟁이　　카이사르입니다. 그러니 그 양반 곁에 있어선 안 됩니다. 장군님의 정령 즉 장군님의 수호신은 카이사르만 없으면 훌륭하고 용감하고 숭고하여 아무도 맞설 수 없습니다. 그러나 카이사르와 가까이 있으면 짓눌러서 공포의 화신이 되어버립니다.

안토니우스　　그따위 소리는 그만둬.

점쟁이　　장군님 이외에는 아무에게도 말하지 않았습니다. 그분과 어떤 승부를 겨뤄도 장군께서는 패하시고 맙니다. 타고난 운세 덕분에 그분은 아무리 불리한 싸움에서도 승리하지요. 그분이 빛을 뿜으면 장군님은 빛을 잃고 맙니다. 그러나 그분에게서 떨어져 있으시면 용맹을 되찾으실 수 있습니다.

안토니우스　　물러가게. 벤티디우스에게 할 말이 있으니 오라고 하게. 그자를 파르티아로 보내야지. (점쟁이 퇴장) 신통력인지 우연인지 몰라도 어쨌든 그자 말이 귀신같이 맞아. 주사위까지도 카이사르의 뜻대로 나오질 않았는가. 어떠한 시합을 해도 솜씨는 내가 더 나은데 카이사르의 운에는 도통 맥을 못 추거든. 메추라기를 새장 속에 넣어 싸움을 붙여봐도 형편없는 것이 내 걸 때려잡는단 말이야. 이집트로 돌아가자. 평화를 위해 결혼을 했지만 내 기쁨은 동방에 있다.

　벤티디우스 등장

아, 벤티디우스, 파르티아로 좀 가줘야겠네. 사령장은 이미 준비되어 있으니까 날 따라와서 받게. (두 사람 퇴장)

제 4 장

같은 곳. 거리

레피두스, 마이케나스, 아그리파 등장

레피두스　이젠 염려는 그만하고 속히 두 장군의 뒤를 쫓아가시오.

아그리파　안토니우스 장군님께서 옥타비아 부인과 키스하시면 우리들은 바로 출발하는 겁니다.

레피두스　다음에 만날 땐 두 분께서 무장한 모습을 대하게 되겠군요. 잘 어울릴 겁니다. 그럼 그때까지 잘들 계십시오.

마이케나스　레피두스 장군님, 제가 여정을 따져보니 우리가 장군님보다 앞서 산에 도착할 것 같습니다.

레피두스　두 분의 가는 길이 보다 가깝습니다. 게다가 난 볼일이 있어서 부득이 돌아가야 할 거요. 그러니 두 분은 나보다 이틀 먼저 닿을 것이오.

마이케나스·아그리파　무운을 빌겠습니다!

레피두스　그럼 잘들 가오! (모두 퇴장)

제 5 장

알렉산드리아. 클레오파트라의 궁전

클레오파트라, 카르미안, 이라스, 알렉사스 등장

클레오파트라   음악 좀 들려다오. 음악은 사랑하는 사람들의 서글픈 양식이니라.

일동   자, 풍악을 울려라!

내시 마르디안 등장

클레오파트라   음악은 그만두어라. 당구나 한판 치자. 카르미안.

카르미안   팔을 다쳐서요. 마르디안과 치는 게 나을 것 같군요.

클레오파트라   하기야 여자가 여자와 하는 거나 내시와 하는 거나 마찬가지지 뭐. 마르디안, 나하고 한판 해볼까?

마르디안   네, 하지요.

클레오파트라   미진한 부분이 있어도 그 의미만 보이면 배우는 대중의 용서를 얻을 수 있는 법! 당구는 하지 않겠어. 낚싯대를 가지고 강에나 가자. 멀리서 음악이 들려오게 하고, 지느러미 누런 물고기들이나 낚아보자꾸나. 그놈들의 미끈한 주둥이를 꼬부라진 낚싯바늘로 낚아챌 때마다 한 마리 한 마리를 안토니우스로 생각하고 "하하하, 당신은 잡혔어요!" 하고 외치겠다.

카르미안　　그땐 참 재미있었어요. 두 분이 낚시내기를 하셨지요? 잠수부를 시켜 그분의 낚싯바늘에다 물고기를 매달아놓으면 그분께서 신이 나서 낚아 올리셨거든요.

클레오파트라　　아, 그런 때가 있었지! 그때 내가 그분을 보고 자꾸만 웃었더니 그만 성을 발칵 내셨어. 그런데 그날 밤에는 웃음으로 그분의 기분을 다독거렸지. 그리고 다음 날 아침에는 아홉 시도 되기 전에 술을 주어 만취한 채 주무시게 했어. 그러고는 내 머리장식과 웃옷을 그분에게 입히고는 내가 그분의 명검 필리피를 허리에 찼었지.

　　전령 한 사람 등장

그래, 이탈리아에서 왔느냐! 네 푸짐한 희소식을 오랫동안 기다린 굶주린 내 귓속에 부어 넣어다오.

전령　　전하, 소식 아뢰옵니다.

클레오파트라　　안토니우스 장군께서 서거하셨습니다! 하고 아뢰면 너야말로 천하에 둘도 없이 고얀놈이랄 수 있다. 그러나 그분이 평안하시다고 아뢴다면 금은보화를 하사하고 많은 왕들이 입맞추며 몸을 부르르 떨던 내 손의 파란 동맥에 입을 맞추게 해주마.

전령　　전하, 장군님께서는 평안하십니다.

클레오파트라　　그럼 내 더욱 많은 황금을 주마. 아냐, 여봐라! 흔히 죽은 사람들을 평안하다고 말하는 예가 있지 않느냐? 만일 그런 뜻으로 갖다 붙인 말이라면 지금 주겠다고 한 금은보화를 녹여서 흉악한 말을 내뱉은 네 목구멍 속에 다 퍼부으리라.

전령　황공하오나 소신의 말씀을 들어보십시오.

클레오파트라　좋다, 어디 들어보자. 그나저나 어쩐지 벌레 씹은 표정이구나! 만일 그분께 무슨 변이 있으시다면 인간의 탈이 아니라 머리 위에 독사가 우글거리는 복수의 신의 탈을 쓰고 왔을 게 아니냐.

전령　소신의 말씀을 들어보십시오.

클레오파트라　말을 들어보기 전에 너에게 주리를 안겨주고 싶다. 그러나 만일 네가 안토니우스 장군께서 생존해 계시고 안녕하시며 카이사르와 우의가 두터우시고 절대로 그분의 포로가 되지 않으셨다고 말한다면 네게 황금 소나기를 쏟아지게 하고 값진 진주 우박을 뿌리겠다.

전령　전하, 안토니우스 장군께서는 무사하시고 카이사르 장군하고도 화해하셨습니다. 카이사르 각하와의 우의는 어느 때보다도 돈독하십니다.

클레오파트라　내 너에게 한재산 주리라.

전령　그러하오나 여왕 전하!

클레오파트라　'그러하오나'라니, 난 그 말이 싫다. 제발 어떤 소식이든 모조리 내 귀에다 부어다오. 카이사르와는 화해하고 건강하시다고 말하려는 거지? 그리고 자유의 몸이시라고 그랬지?

전령　전하, 자유의 몸은 아닙니다. 그분께서는 옥타비아 님과 관계가 있어서.

클레오파트라　관계라니?

전령　원앙금침 속에서 산다는 그 관계 말입니다.

클레오파트라　아, 졸도할 것 같구나, 카르미안.

전령　여왕 전하, 안토니우스 장군께서는 옥타비아와 백년가약을 맺었습니다.

클레오파트라　네 이놈! 염병이나 걸려버려라! (전령을 때려눕힌다)

전령　제발 고정하십시오, 전하!

클레오파트라　뭐라고! 썩 꺼져버려라. 꺼지지 않으면 네 눈동자를 뽑아 공처럼 냅다 던지겠다. (전령의 머리칼을 잡아당긴다) 이놈을 철사 회초리로 갈겨 소금물에 끓인 뒤 독한 초에 절여서 곤죽을 만들어놓을 테다.

전령　여왕 전하! 소신은 소식을 전하러 왔을 뿐 중매를 선 건 아니올습니다.

클레오파트라　방금 한 말은 거짓말이라고 해라. 그러면 네게 땅뙈기를 떼어주고 떵떵거릴 수 있는 신분을 주겠다. 날 화나게 한 것은 네가 얻어맞은 것으로 용서해줄 뿐 아니라 지나친 청만 아니면 무엇이든지 소원을 들어주겠다.

전령　안토니우스 장군님께서는 결혼하셨습니다, 전하!

클레오파트라　이 혓바닥을 뽑아놓을 놈! 더 이상 살려두지 않겠다. (칼을 뺀다)

전령　소신은 물러가겠습니다. (전령 달아난다)

카르미안　고정하십시오, 전하! 전령은 아무 죄가 없습니다.

클레오파트라　죄 없는 자라고 벼락을 피할 수는 없다. 이 이집트란 나라는 나일 강에나 빠져버려라! 그리고 거기 사는 온순한 동물들은 모조리 뱀이 되어버려라! 그놈을 다시 내 앞에 불러들여라. 내 비록 천불이 나지만 그놈을 물어뜯어 죽이지는 않을 테다. 어서 불러라!

카르미안　그자는 어전에 나서기를 두려워하고 있습니다.

클레오파트라 내 그놈을 더 이상 상대하지 않을 것이니라. (카르미안 퇴장) 체통 없게도 내 손이 그런 천한 사람에게 손찌검을 하다니…… 죄는 내게 있는데 말이다.

카르미안, 전령과 함께 다시 등장

자, 이리 오너라. 아무리 정직한 사람이라도 불길한 소식을 아뢰는 건 좋지 못하느니라. 반가운 소식은 수다를 떨어도 좋다만 흉측한 소식은 스스로 알게 하는 것이 좋지.

전령 소신은 소신의 의무를 다했사옵니다.

클레오파트라 그래, 안토니우스 장군께서 결혼을 하셨다고? 네가 또 '네' 하고 대답하더라도 이제 더 이상 널 증오하지는 않겠다.

전령 네, 결혼하셨습니다.

클레오파트라 이런 천벌을 받을 놈 같으니! 아직도 네란 말이냐?

전령 그럼 소신더러 거짓말을 하란 말씀이십니까?

클레오파트라 아, 차라리 그랬으면 좋겠다. 내 이집트 왕국의 절반이 바닷속에 가라앉고, 비늘 돋친 뱀이 우글거리는 곳이 되어도 말이다! 어서 물러가라. 네 얼굴이 설령 나르시스처럼 미남이라 해도 네놈 꼴은 보기 싫다. (전령 퇴장)

카르미안 전하! 고정하소서.

클레오파트라 안토니우스 장군을 추어올리는 바람에 카이사르를 헐 뜯고 말았어.

카르미안 네, 가끔 그러셨어요.

클레오파트라 이제 내가 그 보복을 받는가보다. 날 안으로 들어갈 수 있게 부축해다오. 오, 이라스, 카르미안! 이젠 괜찮다. 알렉사스, 그자한테 가서 옥타비아의 용모를 물어보고 오너라. 나이, 성품, 그리고 머리 빛깔까지도 빼놓지 말고. 이젠 그분을 영원히 잊어버려야 돼! 아니, 죽어도 그럴 순 없어. 카르미안, 그분은 어찌 보면 괴물 고르곤같이 보이기도 하고, 또 어떤 때는 군신 마르스 같기도 해. 마르디안, 넌 알렉사스에게 그 여자의 키를 보고하게 하라. 카르미안, 나야말로 가엾은 여자야. (모두 퇴장)

제 6 장

멀리 바다가 보이는 미세눔 산 부근

한쪽에서 폼페이우스와 메나스가 고수, 나팔수와 함께 등장하고 다른 한쪽에서는 카이사르, 안토니우스, 레피두스, 에노바르부스, 마이케나스, 아그리파가 군사를 거느리고 등장

폼페이우스 나에겐 그쪽 인질이 있고, 그쪽엔 우리 인질이 있으니 개전하기 전에 일단 담판을 지읍시다.

카이사르 좋소이다. 모든 사정을 설명하기 위해 우리의 의중을 미리 편지로 보냈소. 그러니 그 편지를 제대로 읽었다면 불만의 칼을 도로 칼집에 꽂고 혈기에 찬 젊은이들을 시칠리아로 이끌고 돌아갈 것이오.

안 그러면 용사들은 개죽음을 당할 것이니 말이오.

폼페이우스　이 광활한 지상의 통치자이며, 신들의 대리라는 세 분에게 묻고 싶소. 내 선친에게는 아들과 친구들이 있는데 어찌 원수를 갚는 자가 없는지를! 율리우스 카이사르는 필리피에서 브루투스 앞에 유령이 되어 나타났을 때 당신들이 복수의 수고를 아끼지 않는 걸 보았소. 얼굴이 창백한 캐시어스가 음모를 꾸민 건 무엇 때문이었소? 덕망이 높고 고결한 브루투스가 무장한 동지들과 의사당을 피로 물들인 건 무엇 때문이었겠소? 오로지 인간이 인간다운 대접을 받도록 하기 위해서였소. 내가 해군을 이끌고 온 것도 같은 뜻이 있어서요. 지금 바다에 우리 함대가 떠 있는데, 성난 파도가 거품을 뿜고 몰려오고 있소. 난 이 함대로 나의 선친을 모욕한 로마 사람들의 배신에 철퇴를 가할 작정이오.

카이사르　좀 더 신중히 생각해보도록 하시오.

안토니우스　폼페이우스, 우리는 당신의 함대를 두려워하지 않소. 바다 위에서 얘기를 나누도록 합시다. 육지에서는 우리 쪽의 힘이 우세하다는 것을 당신도 알고 있을 테니까.

폼페이우스　사실 육지에서는 당신이 우세했소. 당신에게 속임수를 당하여 선친의 저택을 억울하게 빼앗겼으니 말이오. 뻐꾹새는 본래 제 집을 짓지 않는 법! 그러나 귀하는 그 집을 길이길이 간직하시지.

레피두스　우리가 듣고 싶은 것은 우리의 제안을 어떻게 생각하고 있는가요.

안토니우스　우리 쪽에서 원해서 간청하는 건 아니니 얼마만한 이득이 있겠는지 곰곰이 생각해보도록 하시오.

카이사르　지나치게 욕심을 부리면 어떻게 되는지도 생각해보오.

폼페이우스　　당신들이 시칠리아와 사르데냐를 주는 대신 나는 모든 해역에서 해적을 소탕하고 얼마간의 밀을 로마로 보내는 것, 이 조건에 합의를 보게 되면 쌍방은 서로 칼날의 이를 부러뜨리지 않고 군대를 철수시키자는 것이었지요.

카이사르·안토니우스·레피두스　　그것이 우리의 제안이오.

폼페이우스　　실은 나는 그 제안을 받아들일 생각으로 여기에 왔소. 그러나 안토니우스의 말에 몹시 화가 났소이다. 내가 그 말을 입에 올리면 지금껏 쌓아올린 보람을 잃게 되겠지만 말을 안 할 수도 없소. 카이사르와 귀하의 아우가 싸우고 있을 때 귀하의 모친께서는 시칠리아로 피신해 오셔서 내게 극진한 환대를 받았소.

안토니우스　　폼페이우스, 그 얘기는 나도 들었소. 내가 입은 은혜에 대해 뜨거운 감사 표시를 할 생각이었소.

폼페이우스　　그럼 악수나 합시다. 여기서 귀하를 만나뵐 줄은 꿈에도 생각지 못했소.

안토니우스　　동방의 침대는 포근하오. 귀하 덕분에 의외로 빨리 이곳에 오게 된 데다가 아내까지 얻었으니 말이오.

카이사르　　지난번 뵈었을 때보다 많이 달라지셨소.

폼페이우스　　글쎄올시다! 매정한 운명이 내 얼굴에다 무엇을 새겨놓았는지 모르겠소만 그것이 내 가슴속에 멋대로 파고들어와서 내 마음을 그녀의 노예로 만들지는 못할 것이오.

레피두스　　그나저나 만나서 반갑소이다.

폼페이우스　　나 역시 그렇게 생각하오, 레피두스. 이렇게 합의가 된 이상 조항을 문서로 만들어 조인하시기 바랍니다.

카이사르　그렇게 합시다.

폼페이우스　헤어지기 전에 축하연을 베풀기로 합시다. 순번은 제비를 뽑아 정합시다.

안토니우스　폼페이우스, 그럼 나부터 시작하리다.

폼페이우스　아니오, 안토니우스. 순번은 제비로 정합시다. 누가 먼저 하건 나중에 하건 조만간 귀하의 굉장한 이집트식 요리는 명예를 더욱 높여줄 것이오. 들리는 말에 율리우스 카이사르도 이집트에서의 향연 덕분에 비곗살이 올랐다고 하더군요.

안토니우스　모르는 것이 없군그려.

폼페이우스　난 나쁜 뜻으로 한 말이 아니오.

안토니우스　사용하는 어휘는 고상하기까지 하지.

폼페이우스　게다가 이런 얘기까지 나돌고 있소. 아폴로도루스란 자가 운반을 했다고……

에노바르부스　그런 얘기는 그만둡시다, 운반을 하긴 했지만. (소곤거린다)

폼페이우스　어떻게 운반을 했다는 거지?

에노바르부스　어떤 여왕을 새털 요에 싸서 카이사르에게로 짊어지고 간 거죠.

폼페이우스　이제야 당신이 누군지 알겠군그래. 잘 있었나, 병사?

에노바르부스　잘 있었습니다. 게다가 앞으로 네 번이나 주연이 벌어질 테니 더욱 좋아질 것 같군요.

폼페이우스　악수를 하세. 난 자네를 한번도 미워한 적이 없네. 싸움터에서의 자네를 봤을 땐 비록 적이었지만 감탄을 했었다네.

에노바르부스　장군, 전 장군을 그리 좋아하진 않습니다. 하지만 제가

864

평가한 것보다 열 배나 훌륭한 일을 하셨을 때는 칭찬을 했지요.

폼페이우스　　솔직하군. 그게 자네의 매력이라고 할 수 있지. 자, 여러분을 나의 배로 초대합니다. 어서 가시지요.

카이사르·안토니우스·레피두스　　안내해주시오.

폼페이우스　　이리로. (메나스와 에노바르부스만 남고 모두 퇴장)

메나스　　(방백) 폼페이우스 님! 당신의 아버님이었다면 이따위 거래는 맺지 않았을 겁니다. (에노바르부스에게) 당신과는 초면이 아닌 것 같은데.

에노바르부스　　해상에서 만난 것 같군요.

메나스　　맞아. 그런 것 같군요.

에노바르부스　　해상에서는 싸움 솜씨가 대단했었지요?

메나스　　당신은 육지에서 그랬고.

에노바르부스　　그런 날 칭찬해주는 사람을 나 역시 칭찬하고 싶소.

메나스　　내가 바다에서 세운 무공도 무시할 수 없지요.

에노바르부스　　당신의 안전을 위해서라도 좀 겸손해지는 게 좋을 거요. 당신이야말로 바다의 대도적이었으니까.

메나스　　당신은 육지의 대도적이었잖소.

에노바르부스　　뭐 그건 부인하고 싶소. 어떻든 악수나 합시다. 메나스, 만일 우리들의 눈이 경찰관이라면 이렇게 두 도적이 정답게 악수하는 걸 보자마자 당장 손목에 수갑을 채울 거요.

메나스　　사람들이란 너나없이 상판대기만은 그럴듯한 참한 인상을 하고 있지. 손목이야 무슨 짓을 했든 간에.

에노바르부스　　하지만 미녀치고 정직한 얼굴을 한 여자는 만나기 힘들지요.

메나스   그야 당연하지요. 미녀의 얼굴은 남자의 마음을 훔치는 도구니까.

에노바르부스   우리들이 여기 온 건 당신네들과 싸우기 위해서인데.

메나스   싸움이 술잔치로 변해버린 것이 심히 유감이군. 폼페이우스는 오늘 일생에 한번 만나볼까말까한 행운을 한바탕 웃음으로 내던져버리는군요.

에노바르부스   그렇다고 울음으로 되찾을 수는 없지요.

메나스   지당한 말씀입니다. 그런데 우린 안토니우스가 이곳에 오리라고는 꿈에도 생각 못 했소. 이봐요, 그래 그분이 클레오파트라와 결혼했단 말이 사실이오?

에노바르부스   카이사르에게는 옥타비아란 누이가 있어요.

메나스   그래, 그 여자는 카이우스 마르켈루스의 부인이었지.

에노바르부스   하지만 지금은 안토니우스의 부인이오.

메나스   그렇다면 카이사르와 안토니우스는 영원히 떨어질 수 없게 되는 셈이군.

에노바르부스   이번 회합에 대해 날더러 앞날을 예언하라면 그렇게 점치지는 않겠소.

메나스   그 결혼은 정략적인 의미가 숨어 있는 것 같군.

에노바르부스   아시는군요. 얼마 후면 그들의 우정을 동여맨 끈이 결국 두 사람 사이의 화합을 조르는 끈이 되리라는 것을 알게 될 거요. 옥타비아는 진실되고 조용하고 말수가 적은 여자요.

메나스   모든 남자가 바라는 이상형 아니오?

에노바르부스   취향이 독특한 남자는 다를 수도 있소. 안토니우스가 바로 그런 사람이오. 그분은 이집트의 진수성찬 쪽으로 다시 돌아갈 게 틀림없소. 그렇게 되면 옥타비아의 한숨은 카이사르의 가슴에 불을 댕기게 될 것 아니오. 그리하여 우정의 근원은 결국 불화의 불씨가 될 것이오. 이번 결혼은 각자 잇속을 차리기 위해서였소.

메나스　　그럴지도 모르겠군. 자, 배 안으로 가서 당신의 건강을 위해 축배를 듭시다.

에노바르부스　　기꺼이! 이집트에서 목을 제대로 단련시켜놨으니까.

메나스　　자, 갑시다. (두 사람. 일동의 뒤를 따라 퇴장)

제 7 장

미세눔의 폼페이우스의 배 갑판 위

음악이 흐르는 가운데 하인 두세 명이 술상을 들고 등장

하인 1　　이 사람아, 그분들이 이리로 오실 걸세. 몇 사람은 벌써 다리가 휘청거리지 뭔가. 바람이 조금만 불어도 쓰러질 걸세.

하인 2　　레피두스 장군은 얼굴이 홍당무가 됐더군.

하인 1　　다른 사람 몫을 모두 마셨거든.

하인 2　　고집을 부리다가 싸움이 벌어지면 그분이 끼어들어 "그만들 두시오." 하고 화해를 시켰으니 결국 화해술까지 그분에게 갈 수밖에 없었지.

하인 1 그 때문에 감정과 분별력 사이에서 큰 싸움이 벌어졌겠지.

하인 2 암, 그렇고말고! 실력도 갖추지 않은 상태에서 걸출한 사람들 축에 끼이면 그렇게 된다니까. 나 같으면 들어올릴 수도 없는 큰 창보다는 차라리 아무 쓸모도 없는 갈대를 택하겠네.

하인 1 광활한 우주 속에 뛰어들었다면 별이 빛을 반짝거려야지. 그렇지 않다면 눈알이 없는 눈구멍 같아서 그 꼴이 얼마나 우스꽝스럽겠나?

카이사르, 안토니우스, 폼페이우스, 레피두스, 아그리파, 마이케나스, 에노바르부스, 메나스 및 기타 장교들 갑판 위에 등장 폼페이우스, 레피두스를 부축하고 있다.

안토니우스 (카이사르에게) 그렇소. 그쪽 사람들은 나일강의 수위를 피라미드에 새긴 눈금으로 재오. 수위가 높은가 낮은가 혹은 중간인가에 따라서 풍년이 올지 흉년이 올지를 가늠하지요. 나일 강의 수위가 높으면 높을수록 풍작을 거둘 가능성이 크다고 하오. 물이 빠진 뒤에 끈적끈적한 진흙에다 씨를 뿌려 놓으면 얼마 안 가 많은 열매를 거두어들인다오.

레피두스 그곳엔 괴상한 뱀들이 많다지요?

안토니우스 그렇소.

레피두스 이집트의 뱀은 햇볕의 작용으로 나일강의 진흙 속에서 불쑥 태어난다고 하던데? 악어도 마찬가지고.

폼페이우스 앉으시오. 자, 실컷 마십시다. 레피두스 장군의 건강을 위해 건배!

레피두스 기력은 좋지 못하지만 술이라면 사양하지 않는다오.

에노바르부스 술과 사생결단할 작심이군그래.

레피두스 그건 그렇고, 프톨레마이오스의 피라미드는 아주 굉장한 거라고 하더군.

메나스 폼페이우스 장군, 한 말씀만! (귓속에 대고 소곤댄다) 자리를 잠깐 옮겨주십시오, 긴히 여쭐 말씀이 있습니다.

폼페이우스 잠깐만 기다리게. (큰 소리로) 이 잔은 레피두스를 위해!

레피두스 악어란 놈은 대체 어떻게 생겼습니까?

안토니우스 원래의 그 꼬락서니대로 생겼고, 넓이는 제 넓이만큼 넓고, 키는 제 키만큼 크고, 제 팔다리로 움직이지요. 그리고 자기가 먹은 자양분으로 살고, 그 몸에서 생명을 유지시키는 영양분이 빠져버리면 싹 환생을 하지요.

레피두스 빛깔은 어떻습니까?

안토니우스 역시 자신과 같은 빛깔이지요.

레피두스 이상한 뱀이로군요.

안토니우스 그렇소! 그런데 그놈의 눈은 항상 축축하단 말이오.

카이사르 그런 설명으로 만족하기 어려운데?

안토니우스 폼페이우스의 축배까지 있었는데 만족하지 않는다면 주제넘는다고 할 수 있소. (메나스가 폼페이우스를 한쪽 구석으로 끌고 가서 속삭인다)

폼페이우스 (메나스에게) 예끼, 어디다 대고 그따위 소리를 해! 저리 가!

어서 가라는데. 내가 가져오란 술잔은 어디 있지?

메나스 (폼페이우스에게) 저의 공적을 생각해주신다면 제발 자리를 떠 주십시오.

폼페이우스 (메나스에게) 자네 혹시 돈 게 아닌가? 도대체 무슨 얘긴가? (일어서서 한쪽 구석으로 걸어간다)

메나스 저는 장군의 운수 앞에 늘 머리를 숙여온 사람입니다.

폼페이우스 자네가 충성을 바쳤다는 건 나도 잘 아네. 그래서 어떻다는 건가? (큰 소리로) 여러분, 실컷 즐깁시다. (하인이 레피두스의 잔에 술을 따른다)

안토니우스 레피두스, 이 술은 흘러내리는 모래와 같소! 삼가지 않으면 배가 가라앉아버릴 거요.

메나스 (폼페이우스에게) 장군께서는 전 세계를 제패할 제왕이 되고 싶지 않으십니까? 세계를 제패할 왕이 되고 싶지 않으시냐고요. 지금 두 번째 말했습니다.

폼페이우스 그게 무슨 말인가!

메나스 그럴 마음이 있으시냐고요. 장군께서는 저를 하잘것없는 놈으로 생각하시지만 저란 사람은 온 천하를 각하께 바칠 수도 있습니다.

폼페이우스 완전히 취했군.

메나스 아니옵니다. 술잔은 입에도 대지 않았습니다. 장군은 마음만 잡수시면 이 지상의 조브 신이 될 수 있습니다. 대양이 둘러싸고 창공을 품은 온 영토가 장군의 손아귀에 들어오게 됩니다.

폼페이우스 그럼, 어떻게 하란 말인가?

메나스 전 세계를 분담하고 있는 저들 세 사람이 지금 이 배에 타고 있습니다. 제가 닻줄을 끊도록 허락해주십시오. 그리고 육지를 떠나 배가 바다 밖으로 나가거든 그들의 목을 치는 것입니다. 그러면 이 세상은 장군의 것이 됩니다.

폼페이우스   아! 그건 자네가 입 밖에 내지 않고 해치웠어야 할 일이었다. 내가 하면 비겁한 짓이지만, 자네가 하면 충신이 되는 거야. 이보게, 난 개인적 이득보다는 명예를 존중하네. 자네 혀가 행동에 앞선 것을 두고두고 후회하게 될 거네. 자네가 나도 모르게 그걸 해치웠다면 후에 잘했다고 칭찬했을 걸세. 하지만 지금은 꾸짖지 않을 수 없네. 포기하고 술이나 들게나.

메나스   (방백) 이제 더 이상 이런 허약한 운세의 길동무는 되어주지 않을 테다. 탐을 내면서도 주겠다는데 받지 않는다는 자에겐 두 번 다시 기회는 오지 않는 법!

폼페이우스   레피두스의 건강을 위해 건배!

안토니우스   레피두스를 육지로 데려다주시오. 내가 그 술잔을 대신 받겠소.

에노바르부스   자, 메나스여, 건배!

메나스   좋소, 에노바르부스!

폼페이우스   정말 힘센 장사군, 메나스! (레피두스를 업고 나가는 하인을 가리킨다)

메나스   장사라니?

에노바르부스   천하의 삼분의 일을 메고 가는 것이 보이지 않나?

메나스   그렇다면 천하의 삼분의 일이 취한 셈이군. 세 사람 모두 곤드레가 된다면 세상은 빙빙 잘 돌아갈 거야!

에노바르부스　자, 마셔요. 취해서 세상이 빙빙 돌아가도록 말야.

메나스　자아, 오라고!

폼페이우스　알렉산드리아식 술잔치를 따르려면 아직은 어림도 없소이다!

안토니우스　차차 이력이 날 겁니다. 여봐라, 술통을 열어라! 자, 카이사르를 위하여!

카이사르　이제 그만두겠소. 머리를 술로 씻어봤자 더욱 어지러워질 뿐이오.

안토니우스　시류를 따르도록 하시오.

카이사르　시류를 지배하라고 말하고 싶소. 하루에 이토록 많이 마시느니 차라리 나흘 동안 단식을 하는 편이 낫겠소.

에노바르부스　(안토니우스에게) 오, 용감하신 황제 폐하! 이집트식 주신제의 춤을 추어 오늘 이 자리를 축하할까요?

폼페이우스　어디 한번 해보시오, 용사!

안토니우스　자, 손에 손을 잡고 춤을 춥시다. 몸과 마음이 기분 좋게 취해 달콤한 망각의 강물에 빠질 때까지.

에노바르부스　모두 손을 잡으시오. 음악을 크게 울려. 귀가 따가울 정도로. 그동안 제가 여러분의 자리를 정해 드리고, 저 소년이 노래를 부르게 하지요. 후렴은 옆구리가 터질 정도로 높은 소리를 하고. (음악이 흐르자 에노바르부스가 사람들의 손을 잡게 한다)

　　오소서, 오소서! 포도의 대왕이여!
　　눈동자도 초롱초롱한 바쿠스의 신이여!

부어라 마셔라 세상이 돌 때까지

부어라 마셔라 세상이 돌 때까지!

(모든 후렴을 부르면서 돛대를 돈다)

카이사르 폼페이우스 장군, 안녕히 주무시오. 안토니우스 장군, 우리도 그만 물러갑니다. 중대한 임무를 수행해야 할 우리가 이렇게 술에 엉망으로 취하면 체통을 잃게 되오. 여러분! 그만 작별합시다.

폼페이우스 이다음에는 육지에서 맞서봅시다.

안토니우스 그렇게 합시다. 손을 주시오.

폼페이우스 아, 안토니우스! 당신은 내 아버지의 저택을 차지했소. 아니, 그만둡시다. 우린 서로 친구잖은가? 자, 배에 오릅시다.

에노바르부스 넘어지지 않도록 조심하시오. (에노바르부스와 메나스만 남고 모두 퇴장) 메나스, 난 상륙하지 않겠소.

메나스 좋소! 내 선실로 가서 마십시다. 북, 트럼펫, 퉁소들! 다들 어떻게 된 거냐? 저 위대한 분들과의 작별을 소리 높여 해왕께 알려드려라. (악사들, 북소리와 함께 트럼펫 연주를 한다)

에노바르부스 야호, 신난다! 내 모자 보이나? (모자를 공중에 올려 던진다)

메나스 오! 장군 나리, 이리 오시오. (두 사람 퇴장)

제 1 장

시칠리아의 들판

벤티디우스가 파코루스의 시체를 앞세우고 승리자의 모습으로 등장 실리우스와 로마 병사들이 뒤따른다.

벤티디우스　창던지기 선수인 파르티아여, 넌 패망했다. 운명의 여신이 도와준 덕분에 이제 나는 마르쿠스 크라수스의 원수를 갚았다. 왕자의 시체를 우리의 진두에 세워라. 오로데스여, 너의 아들 파코루스의 죽음은 마르쿠스 크라수스에 대한 대가다.

실리우스　벤티디우스님, 당신의 검이 파르티아인들의 피로 뜨거운 이때 패주하는 파르티아군을 추격하십시오. 메디아와 메소포타미아의 패주병들이 숨을 만한 곳을 모두 찾아 박살을 내십시오. 그러면 안토니우스 장군께서 당신을 개선전차에 태우시고 머리엔 승리의 화관을 씌워주실 겁니다.

벤티디우스　오, 실리우스! 난 이 정도면 족하다. 부하가 지나친 공을 세우는 건 좋지 않아. 잘 기억해둬. 상사가 없을 땐 너무 큰 공을 세워

지나친 명성을 얻느니보다는 가만히 있는 것이 일신상 안전한 법이지. 카이사르와 안토니우스도 스스로의 힘이라기보다 부하의 힘으로 전승했다고 할 수 있지. 시리아에서 나와 같은 지위에 있던 안토니우스의 부관 소시어스도 계속 공을 세워 명성을 떨쳤지만 결국 그 때문에 안토니우스의 총애를 잃고 말았지. 싸움터에서 상사의 재능을 능가하는 자는 그 장군의 장군이 되거든. 그러니까 야심을 가진 자는 자신의 처지를 위태롭게 하는 승리보다는 오히려 패배를 택하는 법이야. 나는 안토니우스를 위해서는 얼마든지 더 공을 세울 수 있지만, 그렇게 하면 그분의 감정을 상하게 하게 될 것이고, 감정을 상하게 하면 내 공은 사라져버리지.

실리우스　벤티디우스 부관님, 참으로 현명하십니다. 그런 현명함이 없다면 무인이 칼과 다른 점이 무엇이겠습니까? 이제 안토니우스 장군님께 보고서를 내시겠습니까?

벤티디우스　겸허한 말투로 보고할 생각일세. 싸움터에선 마법과 같은 힘을 가진 안토니우스 장군님의 이름으로 혁혁한 전과를 거두었노라고. 영광스런 그분의 깃발과 넉넉한 보수를 받는 군사들의 힘으로 패배를 모르는 파르티아의 기병대를 전장에서 몰아냈다고.

실리우스　장군님은 어디 계십니까?

벤티디우스　아테네를 향해 행진중이지. 우리도 가지고 갈 무거운 짐이 있기는 하나 장군님보다 앞서 도착해야 하네. 자, 진군이다! (모두 퇴장)

제 2 장

로마. 카이사르의 저택

한쪽 문으로 아그리파, 다른 문으로 에노바르부스 등장

아그리파　어떤가, 형제(안토니우스와 카이사르)들은 다 떠났소?

에노바르부스　폼페이우스와의 담판이 끝났으니 그자는 돌아갔고 세 분은 지금 협정을 맺고 있는 중이오. 로마를 떠난다며 옥타비아가 울고 있자 카이사르는 침울해 있소. 메나스의 말로는 레피두스가 폼페이우스의 향연 이후 줄곧 빈혈이랍니다. 상사병으로 여윈 아가씨처럼.

아그리파　레피두스는 고상한 데가 있지.

에노바르부스　그렇다마다. 그분은 카이사르를 열정적으로 사랑하고 있다오!

아그리파　아니, 안토니우스도 대단히 사모하고 있지요!

에노바르부스　카이사르로 말하자면 인간 세계의 주피터라 할 만하오.

아그리파　안토니우스는 어떻고요? 그는 주피터가 절을 하는 신인걸요.

에노바르부스　카이사르를 칭찬할 때는 '카이사르'라고만 하면 되오. 그 이상의 말이 필요 없소.

아그리파　어쨌든 레피두스는 두 분에게 최고의 찬사를 자주 퍼붓는다오.

에노바르부스　하지만 카이사르를 가장 사랑하고 있어요. 안토니우스도 사랑하고 있지만. 맞아요. 그런데 마음도, 혀도, 숫자도, 글자도, 노래도, 시도 안토니우스에 대한 걸 표현하는 데는 벽에 부딪친단 말이오. 그러나 카이사르에 대해서는 그저 무릎을 꿇고 경탄하는 걸로 모든 것이 해결되지요.

아그리파 그분께서는 두 사람을 다 사랑하신다오.

에노바르부스 그분을 딱정벌레에 비한다면 두 사람은 날개요. 들어봐요, 트럼펫 소리가 울리지 않습니까! 아, 저건 말을 타란 신호요. 그럼 안녕히 계시오, 아그리파!

아그리파 행운을 빌어요, 에노바르부스! 잘 가시오.

  카이사르, 안토니우스, 레피두스, 옥타비아 등장

안토니우스 자, 이제 그만 들어가시죠.

카이사르 당신은 내 몸의 귀중한 한 부분을 가져가는 거요. 날 봐서 소중히 해주시오. (옥타비아에게) 누님, 아무쪼록 내가 생각하는 만큼의 아내, 내가 보증할 수 있는 아내가 되어주십시오. 안토니우스 장군, 부덕이 높은 이 숙녀가 우리의 우정을 굳게 유지시켜주는 접착제 구실을 할 텐데 그 우정의 요새를 때려부수는 망치가 되지는 마시오. 우리가 서로 이 요새를 소중히 여기지 않는다면 이와 같은 중개자가 존재하지 않는 편이 오히려 우정을 더욱 도탑게 할 테니까.

안토니우스 매우 걱정이 되는 것 같은데 곧 모든 걸 알게 될 거요. 그럼 신의 가호가 있고 로마인의 마음이 당신의 뜻에 따르기를 기원하오! 자, 여기서 작별합시다.

카이사르　누님, 안녕히 가세요. 바람도 순풍이고 물결도 좋군요.

옥타비아　소중한 내 동생!

안토니우스　당신 두 눈에는 4월의 비가 깃들어 있구려. 그것은 사랑의 샘으로, 그 물보라가 사랑을 가져다줄 것 같소. 힘을 내시오.

옥타비아　부디 남편의 집을 잘 돌봐주세요. 그리고…….

카이사르　말해 보세요, 누님!

옥타비아　귀를 좀.

안토니우스　(방백) 그녀의 혀는 마음을 따르려 하지 않고 마음은 혀를 인도하지 못하는군. 백조의 솜털이 만조의 수면 위에 떠 있는 것처럼 어느 쪽으로도 기울지 못하는 거지.

에노바르부스　(아그리파에게 귀엣말로) 카이사르가 울먹이는 거요?

아그리파　(에노바르부스에게 귀엣말로) 얼굴에 먹구름이 드리웠소.

에노바르부스　(아그리파에게 귀엣말로) 말이라면 심술 사나운 얼굴이었을 텐데. 사람이라서 저 정도지 뭐요.

아그리파　(에노바르부스에게 귀엣말로) 이봐요, 안토니우스는 율리우스 카이사르가 죽은 걸 보고 땅을 치며 통곡했잖소. 그리고 필리피에서 브루투스가 살해된 것을 봤을 때도 그랬고.

에노바르부스　(아그리파에게 귀엣말로) 사실 그해엔 그분이 눈물병에 걸렸었나봐요. 자기가 죽여놓고 통곡을 했거든. 나까지 따라 울었을 정도니까.

카이사르　누님, 자주 소식을 전해드리지요. 한시도 누님을 잊지 않겠습니다.

안토니우스　자, 카이사르! 그럼 이만. 자, 이렇게 포옹하고(카이사르를

878

포옹한다) 이렇게 놔드리겠소. 신의 가호가 있기를……

카이사르 안녕히 가시오, 행운을 빕니다!

레피두스 하늘의 별들이여! 두 분의 여행길을 환히 비춰주소서.

카이사르 잘 가요, 잘 가! (옥타비아에게 키스한다)

안토니우스 안녕히 계십시오. (트럼펫의 연주소리가 들리며 모두 퇴장)

제 3 장

ॐ॑ᘒ৵

알렉산드리아. 클레오파트라의 궁전

클레오파트라, 카르미안, 이라스 및 알렉사스 등장

클레오파트라 그자는 어디 있느냐?

알렉사스 어전에 나오기를 두려워합니다.

클레오파트라 바보 같은 소리!

지난번의 전령 등장

이리 가까이 오너라.

알렉사스 가령 유대의 폭군 헤로데스 왕이라 해도 여왕 전하께서 기분이 좋으실 때가 아니면 감히 우러러 뵈옵지 못할 것입니다.

클레오파트라　바로 그 헤로데스의 모가지가 내겐 필요하지만 안토니우스 장군이 안 계시니 어떻게 해야 한다? 그가 있어야 명령을 내릴 텐데. 가까이 오너라.

전령　황공하옵니다

클레오파트라　그래, 옥타비아를 보았느냐?

전령　로마에서 보았습니다.

클레오파트라　내 키만 하더냐?

전령　아닙니다, 여왕님.

클레오파트라　그녀의 목소리는 높더냐 낮더냐?

진령　낮았습니다.

클레오파트라　신통치 않군. 그분이 오래 좋아하실 리는 없겠다.

카르미안　어머나, 좋아하다뇨! 오, 아이시스의 신이시여! 있을 수 없는 일입니다.

클레오파트라　카르미안, 나도 그렇게 생각한단다. 두꺼비 같은 목소리에 난쟁이 같아서야 뭐. 걸음걸이에 위엄은 있더냐? 생각해보아라. 위엄이라는 것을 본 일이 있거든 말이다.

전령　꼭 기어가는 것 같다더군요. 움직여도 가만히 있는 것과 다름없었답니다. 산 사람이 아니라 송장이나 다름없는 물체, 숨 쉴 줄도 모르는 조각 같았습니다.

클레오파트라　그게 정말이렷다?

전령　그것이 거짓이라면 저는 눈이 없다고 봐야지요.

카르미안　이집트인 세 사람을 합친다 해도 이 남자의 혜안을 따르진 못합니다.

클레오파트라   옥타비아는 별볼일없는 여자인가보구나. 이자는 분별력은 있다고 할 수 있지. 나이는 얼마나 되어 보이더냐?

전령   여왕 전하, 그분은 과부로, 서른 살쯤 되어보였습니다.

클레오파트라   얼굴은 길더냐, 둥글더냐?

전령   끔찍할 정도로 둥글었습니다.

클레오파트라   얼굴이 둥근 여자는 대개 얼뜨기야. 머리칼은 무슨 빛깔이더냐?

전령   갈색이었습니다. 이마는 채신머리 없을 정도로 좁고요.

클레오파트라   자, 네게 황금을 주마. 아까 너무 심하게 한 걸 언짢게 생각지는 마라. 내 널 다시 전령으로 보내야겠다. 이제 보니 네가 전령 역할을 아주 잘 수행하고 있구나. 어서 다시 떠날 준비를 해라. 내 편지를 곧 쓰마. (전령 퇴장)

카르미안   올곧은 사람이군요.

클레오파트라   맞아. 그 사람을 괴롭혀준 게 후회가 된다. 으음, 전령의 말을 들으니 그 여자는 그리 대단한 것 같지가 않구나.

카르미안   그렇다마다요, 전하.

클레오파트라   그자가 위엄 있는 사람을 더러 봤으니 잘 알 거다.

카르미안   그럼요. 그렇게 오랫동안 전하를 섬겨왔는데요!

클레오파트라   카르미안, 그자에게 물어볼 말이 한 가지 더 있는데……. 내가 편지를 쓰는 방으로 그자를 데리고 오너라. 만사가 다 잘 될 테지.

카르미안   여부가 있겠습니까. (모두 퇴장)

제 4 장

아테네. 안토니우스 저택의 한 방

안토니우스와 옥타비아 등장

안토니우스　아니, 옥타비아! 그뿐이 아니오. 그 정도 같으면 용서할 수도 있소. 그 일과 비슷한 일이 천 가지 더 있어도 너그럽게 봐줄 수 있소. 그러나 그는 폼페이우스에게 새로운 전쟁을 선포했소. 그리고 유언장을 작성해가지고 민중 앞에서 읽었단 말이오. 내게는 거의 말을 하지 않았었고, 부득이 경의를 표해야 할 경우에는 냉담하게 입을 열었고, 날 칭찬할 만한 상황에서는 그저 우물우물했소.

옥타비아　아, 여보, 너무 화내지 마세요. 만일 이 일이 불화의 불씨라도 된다면 저는 중간에 끼여 양편을 위해서 기도를 해야 하니 그보다 불행한 여자가 이 세상에 어디 있겠어요? "오, 저의 주인이며 남편에게 영광을 주소서!" 하고 빌고 나서 똑같은 소리로 "오, 제 동생에게 영광을 주소서!" 하고 앞서 한 기도를 취소한다면 신들조차도 저를 조소할 거예요. '남편이 승리하기를!' 하고 빌었다가 '동생이 승리하기를!' 하고 비는 건 그 기도를 깨뜨리는 게 돼요. 이 양극단 사이에는 가운데 길이 절대로 없어요.

안토니우스　옥타비아! 뜨거운 사랑은 당신을 소중히 여기는 사람에게 베풀어야 하오. 내가 명예를 잃는다는 건 나 자신을 잃은 거나 진배

882

없어요. 명예를 잃고 당신의 남편이 되느니 차라리 헤어지는 편이 낫지 않겠소? 그러나 군이 중재를 하고 싶다면 말리지는 않겠소. 그동안 나는 당신 동생을 섬멸하기 위해 전투 준비를 하겠소. 어서 빨리 떠나시오. 당신 소원대로 하시오.

옥타비아　고마워요. 전능하신 제우스신이시여! 부디 이 연약한 아녀자를 두 사람의 조정자가 되게 하시옵소서! 두 사람이 전쟁을 벌이는 것은 온 세상을 두 쪽으로 쪼개는 것과 다름없사옵니다. 그리고 그 틈바구니를 전령들로 메우게 될 것입니다.

안토니우스　우리 둘 중 어느 편이 먼저 싸움을 걸어왔는지 알게 되면 그쪽에 원한을 쏟구려. 양편이 똑같이 잘못했을 리는 만무하지 않소? 하지만 양쪽 모두에 애정을 가지고 떠날 채비를 하구려. 동행할 사람도 선택하고, 비용도 마음대로 쓰도록 해요. (두 사람 퇴장)

제 5 장

아테네. 안토니우스 저택의 다른 방

에노바르부스와 에로스 등장

에노바르부스　여어, 에로스! 별일 없었나?

에로스　이상한 소문을 들었다네.

에노바르부스   어떤 소문?

에로스   카이사르와 레피두스가 폼페이우스와 전쟁을 시작했다는 소문 말이네.

에노바르부스   뭐 이상할 것도 없지. 그런데 결과는 어찌 됐나?

에로스   폼페이우스와의 전쟁에서 카이사르는 레피두스를 이용하고 는 승전의 영광은 혼자서 차지했다지 뭔가. 그것으로도 모자라 그자가 예전에 폼페이우스에게 발송한 편지 일로 자기 손으로 그 자를 체포했다는 거야. 그러니 가엾게도 천하의 삼분의 일이라 할 수 있는 장군이 옥에 갇힌 신세가 됐네. 아마 죽어서나 자유의 몸이 될 거야.

에노바르부스   그렇다면 천하여, 그대는 이제 위아래 두 턱밖에 안 남았군그래. 그러니 천하의 모든 음식을 거기에 처넣으면 위아래 턱이 쉴 새 없이 갈고 씹을 것 같군. 안토니우스는 어디 있지?

에로스   정원을 걷고 있다네. 눈앞에 보이는 것은 무엇이든 발길로 걷어차면서, "머저리 같은 레피두스!" 하고 외치며 폼페이우스를 죽인 자기 부하를 작살내겠다고 호통을 치고 있지.

에노바르부스   아군의 대함대는 이미 출전 준비가 끝났네.

에로스   이탈리아의 카이사르를 향해서야. 할 이야기는 더 있지만 우리 장군님이 자네를 만나자고 하니 내 이야기는 후에 하겠네.

에노바르부스   뭐 대단한 일은 아닐 거야. 어쨌든 가보세. 안토니우스 장군이 계신 곳으로 안내해주게.

에로스   자, 따라오게! (모두 퇴장)

제 6 장

로마. 카이사르의 저택

카이사르, 아그리파, 마이케나스 등장

카이사르   이런 짓을 하며 그는 로마를 경멸했어. 그뿐 아니라 알렉산드리아에서는 그 이상의 일도 했어. 시장 한복판에 은제단을 쌓고 클레오파트라와 함께 제위에 오른 황제처럼 단 위의 황금 의자에 앉았지. 그리고 그 발밑에는 사람들이 내 아버님(옥타비아누스 카이사르는 율리우스 카이사르의 양자)의 아들이라 부르는 카이사리온과 그 후 두 사람의 정욕이 야합해서 낳은 불륜의 자식들을 앉혔지. 그리고 그는 그 여자에게 이집트의 왕권을 넘기면서 시리아의 낮은 지대와 키프로스 및 리디아를 통치하는 여왕으로 받들었어.

마이케나스   그런 짓을 대중 앞에서 했습니까?

카이사르   공공장소에서 했소. 거기서 자기 아들을 제왕의 왕이라 선포한 다음 메디아, 파르티아, 아르메니아를 알렉산더에게, 또 프톨레마이오스에겐 시리아, 실리시아, 페니키아를 주었소. 클레오파트라는 그날 여신 아이시스 차림으로 나타났다고 하오. 그전에도 종종 그런 차림으로 사람들의 알현을 허락했다는 거요.

마이케나스   로마 시민들에게 있는 그대로 알리셔야 합니다.

아그리파   그자의 오만불손함에는 이미 구역질이 나 있을 테이니까 그자의 인기는 이제 땅에 떨어질 것입니다.

카이사르   시민들은 벌써 알고 있소. 지금쯤 접수됐을 거요. 그가 낸 고발장도.

아그리파   그가 누구를 고발했단 말입니까?

카이사르   이 카이사르지. 고발의 골자는 우리가 시칠리아에서 섹스투스 폼페이우스를 파멸시키고도 섬의 일부를 자기 몫으로 주지 않았다는 것, 그리고 자기가 빌려준 선박을 내가 돌려주지 않았다는 것, 끝으로 삼두정치를 이끈 사람 중 한 명인 레피두스를 제거하고, 내가 그의 모든 재산을 몰수했다는 거요.

아그리파   그 점에 대해서는 해명을 해줘야 됩니다.

카이사르   벌써 해명을 했소. 전령을 보냈으니까. 내가 답하기를 「레피두스는 최근 말할 수 없이 잔학해져서 국가의 대권을 멋대로 남용했으니 그를 처단한 것은 당연하다. 또 내가 정복한 영토에 관해서는 그에게 일부분 양도하되 그 대신 그가 정복한 아르메니아와 다른 왕국들에 대해서도 같은 권리를 요구한다.」고 말해 주었지.

마이케나스   그는 절대 그 요구에 응하지 않을 겁니다.

카이사르   그렇다면 나 역시 양보할 수 없지.

   옥타비아, 수행원들을 거느리고 등장

옥타비아   모든 영광이 있기를 카이사르! 그리고 여러분, 잘 있었어요?

카이사르   설마 소박맞고 돌아온 건 아니겠지요?

옥타비아   그렇지 않아요, 또 그럴 염려도 없고.

카이사르　어째서 이렇게 은밀히 오셨어요? 이건 저의 누님답지 않은 행차시지 뭡니까. 적어도 안토니우스의 영부인이시라면 군대를 앞세우고, 도착하시기 전에 말울음 소리로 소식을 알렸어야 하는데. 한데 누님께서는 장 보러 온 촌색시처럼 하고 오셨군요. 누님의 귀국 때는 바다며 육지의 요소요소마다 많은 사람을 보내 그야말로 인산인해의 환영객을 파견하고 싶었는데 말입니다.

옥타비아　동생, 이렇게 온 것은 내 자유 의지입니다. 남편이 전쟁 준비를 하고 있는 동생 소식을 알려주어 몹시 염려가 되어 돌아온 것입니다.

카이사르　옳아! 그래서 말이 떨어지자마자 승낙했군요. 그렇게 해야만 자기의 욕정을 쉽게 채울 수 있을 테니까.

옥타비아　그게 아니에요.

카이사르　난 그 사람을 늘 감시하고 있습니다. 그의 모든 것은 바람을 타고 들려오지요. 지금 그 사람은 어디 있습니까?

옥타비아　아테네에 있을 거예요.

카이사르　누님, 누님은 큰 모욕을 당하셨습니다. 클레오파트라가 그 사람을 불러들였어요. 그는 자기의 제국을 갈보에게 넘겨주었습니다. 그 두 사람은 지금 전쟁 준비를 서두르고 있습니다. 이미 모인 국왕만 해도 리비아 왕 보쿠스, 카파도키아의 왕 아르켈라우스, 파플라고니아의 왕, 트라키아의 왕 아달라스, 아라비아의 왕 만쿠스, 폰트의 왕, 유대 왕 헤로데스, 코마게네의 왕 미트리다테스, 메디아 왕 폴레몬과 리카오니아 왕 아민타스, 그 밖에 많은 왕들이 집합해 있습니다.

옥타비아　아, 난 정말 비참한 신세야. 사랑하는 두 사람이 싸우는 틈바구니에 끼여 내 마음은 두 갈래로 찢어지는구나.

카이사르   누님의 편지를 읽고 얼마나 수모를 당하고 있을까 생각하니 분노를 누를 길이 없었습니다. 자, 기운을 내세요. 비록 긴박한 상황이기는 하지만 너무 심려하진 마세요. 이미 결정된 일은 그냥 운명에 맡기세요. 어쨌든 누님이 이루 말할 수 없는 모욕을 받고 계신 것은 틀림없습니다. 그래서 신들은 누님의 원수를 갚기 위해 나와 누님을 사랑하는 모든 사람들을 그 집행자로 삼았으니 마음을 편안히 가라앉히고 우리들의 환대를 받으십시오.

마이케나스   로마 사람들은 한결같이 부인을 사랑합니다. 음탕한 저 방탕아 안토니우스만이 뭘 모르고 내쫓은 겁니다. 게다가 권력을 창녀에게 맡겨 우리의 분노에 불을 댕기고 있습니다.

옥타비아   그게 정말이에요?

카이사르   틀림없습니다. 부디 마음을 달래십시오. (모두 퇴장)

제 7 장

악티움. 안토니우스의 진영

클레오파트라와 에노바르부스 등장

클레오파트라   너를 가만두지 않을 테니 어디 두고 보자.

에노바르부스   아니, 왜 이러시는 거죠?

클레오파트라   그대는 내가 전쟁에 출전하는 게 온당치 않다고 했어.

에노바르부스   그럼 온당하다고 생각하십니까?

클레오파트라   그런데 어째서 출전을 하지 말란 말이냐?

에노바르부스   (방백) 대답이야 간단하지. 수말과 암말이 함께 출전하는 날엔 수말이 질 수밖에. 암말은 군인도 태우지만 수말도 태울 테니 말야.

클레오파트라   대체 무슨 말을 중얼거리는 거냐?

에노바르부스   전하께서 함께 출전하시면 안토니우스 장군께서는 반드시 곤욕을 치르게 될 겁니다. 싸움터에서 정말 필요한 그분의 마음과 머리와 시간이 전하께 빼앗기게 되니 말입니다. 그렇잖아도 장군님께서는 경박하다는 비난을 받고 계실 뿐 아니라 내시 포티누스와 시녀들이 겨우 전쟁을 지휘하고 있다는 평판이 로마에 파다합니다.

클레오파트라   전쟁 비용은 내가 대고 있다. 그러니 내 왕국을 다스리는 사람으로서 당당히 출전할 것이다.

에노바르부스   더 이상 아무 말씀 않겠습니다. 장군께서 납십니다.

안토니우스와 카니디우스 등장

안토니우스   참 이상한 일이군, 카니디우스! 타렌툼이나 브룬디시움에서 출범한 적의 배들이 어느 사이에 이오니아 해를 건너 벌써 토런을 점령했다니 말일세. 당신도 들었소?

클레오파트라   태만한 사람일수록 남의 신속함에 빨리 감탄하는 법이지요.

안토니우스 멋진 비난이시군. 게으름뱅이를 타이르는 말 치고는 정말 현자에게나 어울릴 법한 말이군그래. 카니디우스, 우리는 바다에서 그를 맞아 싸우기로 하지.

카니디우스 왜 바다에서 싸우시려는 겁니까?

안토니우스 적이 바다에서 싸움을 걸어오니까.

에노바르부스 각하께선 육상전에서의 단판 승부를 제의했잖습니까?

카니디우스 그렇습니다, 율리우스 카이사르가 폼페이우스와 싸웠던 파르살루스에서 이번 결전을 하자고 했습니다. 그런데 그자는 자기에게 불리한 것을 알고 거설해버리지 않았습니까. 그러니 장군님께서도 장소가 불리하면 거절하는 것이 좋습니다.

에노바르부스 아군의 함대는 질적으로 적에 비해 떨어집니다. 우리의 수군들이라야 갑자기 징발한 마부와 농사꾼이 전부입니다. 그런데 카이사르의 함대는 폼페이우스와 자주 해전을 치러온 자들입니다. 육상전에는 만반의 준비가 되어 있는 만큼 해전은 거절하시는 게 나을 듯합니다.

안토니우스 해전이다, 해전!

에노바르부스 장군님, 해전은 육상전에서 세우신 혁혁한 전공을 내던져 버리시는 셈이나 마찬가지입니다.

안토니우스 어쨌든 난 바다에서 싸우겠어.

클레오파트라 나에게 육십 척의 배가 있어요. 카이사르는 나보다 많지 않아요.

안토니우스 적의 함대보다 많은 여분의 배는 모조리 불살라버리겠다.

그리고 나머지 배들로 무장하여 공격해오는 카이사르를 악티움에서 무찔러버릴 테다. 만일 패한다면 그때 가서 육지에서 격퇴시키면 된다.

전령 등장

무슨 일이냐?

전령　장군님. 카이사르의 군대가 이미 토린을 점령했습니다.

안토니우스　그 사람이 나타났단 말이냐? 그럴 리가 없다. 적군이 벌써 그곳까지 쳐들어오다니, 이상한 일이다. 카니디우스, 그대는 19개 군단과 기병 1만2천을 육지에서 지휘하라. 나는 바다를 지휘할 테니. 자, 간다, 바다의 여신 테티스여!

병사 한 사람 등장

상황이 어떠냐?

병사　오, 황제 폐하, 바다에서 싸우지 마십시오. 썩은 판자대기를 배라고 믿어서는 안 됩니다. 이 칼과 이 상처들을 믿지 못하시겠습니까? 물오리놀이는 이집트인들과 페니키아인들에게나 하게 내버려두십시오. 저희들은 땅에 발을 디디고 서서 맞붙어 싸워 이기는 일에 익숙해져 있습니다.

안토니우스　알았다, 알았어! 자, 가십시다. (안토니우스와 클레오파트라를 뒤따라 에노바르부스 퇴장)

병사　헤르쿨레스에게 맹세하지만 내 생각은 틀림없어.

카니디우스   병사, 네 말이 옳다. 한데 장군님은 여자한테 지휘당하고 있는 상황이다. 그러니 우리들도 결국 여자의 부하지 뭐냐?

병사   장군님께서는 군단과 기병을 전부 거느리고 육지전을 지휘하신다죠?

카니디우스   그렇다. 마르쿠스 옥타비아누스, 마르쿠스 유스테이우스 그리고 푸블리콜라와 실리우스가 해전에 참전하지만 우리들은 전부 육지에서 싸운다. 카이사르가 이렇게 빨리 쳐들어올 줄은 미처 몰랐다.

병사   카이사르가 로마에 있는 동안 이미 병력을 야금야금 투입시켰기 때문에 우리 스파이들도 그만 속아 넘어간 겁니다.

카니디우스   적의 참모가 누군지 아나?

병사   타우루스라고 합니다.

카니디우스   그래? 그자라면 내가 좀 알지!

전령 등장

전령   황제께오서 카니디우스님을 부르십니다.

카니디우스   시간은 새로운 사건을 탄생시키는 진통에 끊임없이 시달리면서 시시각각으로 무엇인가를 쥐어짜내고 있구나. (모두 퇴장)

제 8 장

악티움 부근의 벌판

카이사르와 타우루스, 군사들을 거느리고 진군하면서 등장

카이사르   타우루스 장군!

타우루스   네, 전하!

카이사르   육상전에서는 싸우지 말고 해전이 끝날 때까지 병력이 분산되지 않도록 하시오. 이 두루마리에 적힌 지령을 어기면 안 되오. 우리의 운명은 이번 싸움에 달려 있으니까. (모두 퇴장)

제 9 장

같은 평야의 다른 곳

안토니우스와 에노바르부스 등장

안토니우스   우리 군대는 카이사르 군대가 눈앞에 보이는 저 언덕 너머에다 진을 치게 하오. 거기에서는 적의 함대 수를 볼 수 있어 작전을

세우기가 쉬우니까. (두 사람 퇴장)

제 10 장

앞장과 같은 곳

한쪽에서 카니디우스가 그의 군대를 거느리고 무대를 가로질러 퇴장. 다른 쪽에서는 타우루스가 같은 모습으로 나왔다가 퇴장. 그들이 퇴장한 후 해전의 함성이 들려온다. 에노바르부스 등장

에노바르부스　　틀렸다, 다 틀렸어! 눈을 뜨고 볼 수 없구나. 육십 척의 함대를 이끈 이집트의 기함 안토니우스아드 호가 방향을 돌려 달아나다니. 그 꼬락서니를 바라보자니 내 눈알이 터져버릴 지경이다.

스카루스 등장

스카루스　　오! 천상에 계신 모든 신들이여!

에노바르부스　　무얼 그리 개탄하오?

스카루스　　천하의 절반 이상을 어처구니없는 바보짓으로 잃고 말았소. 그 많은 왕국과 영토를 창녀와 입맞추다 날려버렸단 말이오.

에노바르부스　　전황은 어떻고?

스카루스　아군은 붉은 반점이 나타나는 흑사병에 걸려 있어 조만간 몰사할 게 뻔해. 그 이집트의 색골은 문둥병에나 걸리면 체중이 풀리겠다! 글쎄, 한창 싸우는 판에, 그것도 양편의 형세가 쌍둥이처럼 똑같을 때, 아니 오히려 우리 편이 우세한 때, 등에에 물린 암소같이 꼬리에 돛을 올리고 도망쳐버리는 거야.

에노바르부스　나도 봤소. 그 꼴을 보니 눈이 뒤집히더군.

스카루스　계집이 뱃머리를 바람 부는 쪽으로 돌리자마자 그 계집에게 혼을 빼긴 안토니우스는 돛을 펄럭거리면서 암컷에게 반한 수오리처럼 전투를 팽개치고 여왕을 뒤따라 달아나더군. 이런 수치스런 전쟁은 내 평생 본 일이 없소. 경험, 용기, 명예를 그토록 더럽힌 적이 있을까?

에노바르부스　아, 그럴 수가!

　　카니디우스 등장

카니디우스　우리의 운명은 바다에서 영면에 들게 되었소. 예전의 안토니우스 장군님이었다면 이런 처절한 꼴은 당하지 않았을 거요.

에노바르부스　아, 당신도 그렇게 생각하시오? 그렇다면 모든 게 끝났구나.

카니디우스　다들 펠로폰네소스로 달아났어요.

스카루스　그렇다면 나도 그리로 가서 사태를 관망하겠소.

카니디우스　난 내 군단과 기병을 카이사르에게 양도하겠소. 벌써 여섯 나라의 왕들이 항복하는 걸 보았다오.

에노바르부스　나의 이성은 반대하지만 난 운이 기울어진 안토니우스

장군을 따르리다. (모두 퇴장)

제 11 장

알렉산드리아. 클레오파트라의 궁전

안토니우스, 시종들과 함께 등장

안토니우스　오! 대지는 나에게 두 번 다시 발을 딛지 말라고 한다. 날 떠받쳐주는 걸 창피하게 생각하는 모양이야. 이 세상의 나그네길은 이미 날이 저물어 길을 잃고 말았다. 나에게 황금을 실은 배 한 척이 있으니, 그것을 나눠가지고 도망을 쳐 카이사르와 화해하라.

시종들　도망치라고요? 그렇게는 못합니다.

안토니우스　나는 도망을 쳤다. 적군에게 등덜미를 보이는 비겁한 꼴을 가르쳐준 셈이다. 물러들 가거라. 난 결심을 했다. 이젠 너희들이 필요치 않다. 항구에 내 보물이 있으니 그걸 나누어 갖도록 해. 아, 난 보기만 해도 치욕스런 여자의 꽁무니를 쫓아왔다. 내 머리칼조차 서로 아귀다툼을 하는구나. 흰 머리칼은 갈색 머리칼을 경박하다고 꾸짖고, 갈색 머리칼은 흰 머리칼에게 겁쟁이에다 색에 미쳤다고 대든다. 모두들 가라. 내가 편지를 써줄 테니 그것을 가지고 내 친구에게로 가면 너희들을 돌봐줄 것이다. 제발 슬픈 표정일랑 짓지 말고 싫다고 하지도 마라. 절망이 주는 기회를 놓치지 마라. 자포자기한 자는 내버리고 곧장 바다로 가라. 배에 실린 보물은 모두 너희들 것이다. 제발 물러들 가라. 자, 부탁이다. 난 이제 명령할 권리도 없다. 그러니 부탁한다. 후에 다시 만나자.

클레오파트라, 카르미안과 이라스에게 부축을 받으며 등장 그 뒤를 에로스가 따른다.

에로스   전하, 장군님을 위로해드리십시오.

이라스   그렇게 하십시오, 전하!

클레오파트라   좀 앉아야겠다. 아아, 주노 여신이여!

안토니우스   아니야, 아니야! 이젠 글렀어.

에로스   이쪽을 좀 보시지요.

안토니우스   에잇, 속이 뒤집힌다, 바보, 둥신! 내가 필리피 전쟁에서 저 말라빠지고 주름살투성이인 캐시어스를 칠 때 그자(카이사르)는 칼을 무희처럼 허리에 차고만 있었지. 그리고 저 미친 브루투스를 친 것도 나다. 그자는 부하를 시켜서 싸웠어. 직접 전투를 한 일이 없어. 그나저나 이젠 다 지난 일이다.

클레오파트라   아! 좀 도와다오.

에로스   여왕님께서 오셨습니다.

이라스   여왕 전하께 위로의 말씀을 드리십시오. 치욕감에 제정신이 아니십니다.

클레오파트라   날 부축해다오. 아아!

에로스   장군님, 여왕님께서는 머리를 떨어뜨리시고 지금이라도 숨을 거두실 것 같습니다. 장군님의 위로의 말씀만이 여왕님을 구해낼 수 있습니다.

안토니우스   난 명예를 더럽혔다. 부끄럽기 짝이 없는 과오를 저질렀단 말이다. 아, 이집트의 여왕, 당신은 날 어디로 끌고 왔소? 당신에게 치욕을 숨기려고 과거로 도망쳐 들어가, 불명예스럽게도 거기에 남겨놓은 붕괴의 자취를 응시하고 있던 중이오.

클레오파트라   아, 장군님이 뒤따라오실 줄은 꿈에도 몰랐어요.

안토니우스   이집트 여왕이여, 내 마음은 당신 배의 키에 꽁꽁 묶여 있어 당신이 이끄는 대로 가고 말았소. 내 영혼은 완전히 당신의 종이 되어 신의 명령조차 거부하고 당신에게로 달려갈 태세요.

클레오파트라   아, 용서해주세요!

안토니우스   이제 나는 그 애송이에게 머리를 낮춰 강화를 청하고, 천한 자들이 곧잘 쓰는 속임수를 쓰거나 어물어물 속여 넘기는 짓을 해야겠소. 천하의 반을 떡 주무르듯 한 내가 말이오. 하지만 이제 사랑 때문에 완전히 약해져서 무슨 일이건 애정이 명령하는 걸 따르게 되었소.

클레오파트라   용서하세요, 용서하세요!

안토니우스   눈물을 흘리지는 마시오. 그 한 방울 한 방울은 내가 잃고 얻었던 모든 것처럼 소중한 것이오. 키스해 주오. 그것만이 모든 것에 대한 보상이라오. 애들 선생을 사절로 보냈는데 돌아왔소? 지금 내 마음은 납덩이처럼 무겁소. 여봐라, 누가 있거든 주안상을 가져오너라! 운명의 여신도 알고 있겠지? 그녀가 우리를 가장 심하게 학대할 때 우리도 그녀를 가장 크게 비웃으리라는 것을. (모두 퇴장)

제 12 장

카이사르, 아그리파, 돌라벨라, 티디아스, 그 밖의 사람들 등장

카이사르　안토니우스에게서 온 전령을 들어오게 하시오.
돌라벨라　카이사르 각하, 그자는 안토니우스의 아이들 교사입니다
이렇게 하찮은 전령을 보낸 걸 보면 그자도 이젠 새가 됐다는 증거입니
다. 몇 달 전만 해도 남아돌 만큼 많은 왕을 전령으로 보내던 그였는데
말입니다.

안토니우스의 사절인 교사 등장

카이사르　이리 가까이 오시오.
교사　보잘것없는 이 사람은 안토니우스 장군의 사절로 왔습니다. 주
인님의 대양과 같은 큰 뜻에 비한다면 저야 도금양 잎에 맺힌 아침이슬
정도밖에 안 되는 하찮은 자입니다.
카이사르　그건 그렇고, 어서 용건을 말해 보오.
교사　안토니우스 장군께서는 각하를 운명의 주인으로 생각하시니
이집트에서 살 수 있도록 윤허해주시옵소서. 그것이 허용되지 않을 경
우에는 소원을 줄여 그저 아테네의 한 시민으로 천지간에 숨이나 쉴

수 있도록 허락해주시옵소서. 그리고 클레오파트라께서도 각하의 위력에 복종하시겠답니다. 바라옵건대 프톨레마이오스 조의 왕관만은 그녀의 자손들에게 물려주도록 해주십사고 각하의 자비심에 매달리고 있습니다.

카이사르   안토니우스의 청은 들어줄 귀가 없다. 여왕에게는 접견도 허락하고 소원도 들어줄 수 있다. 다만 조건이 있다. 명예를 땅에 던진 그 애인을 이집트에서 추방하든지 목숨을 빼앗든지 해야 한다. 내 말을 두 사람에게 전하시오.

교사   행운을 기원하나이다.

카이사르   이 사람을 경호해서 진중을 통과시켜주어라. (교사 퇴장) (티디아스에게) 이제야말로 자네의 능변을 시험해볼 때가 왔네. 한시 바삐 안토니우스에게서 클레오파트라를 빼앗아야만 하네. 여왕의 소망은 무엇이든지 들어준다고 내 이름으로 약속해주게. 아냐, 자네 재량에 따라 더 좋은 조건을 제공해도 좋아. 여자란 행운의 절정에 있을 때조차 굳세지 못한 법인데 곤경에 빠지면 제아무리 순진무구한 처녀라도 맹세를 깨뜨리게 마련이지. 티디아스, 수완을 십분 발휘해 보게. 자네가 수고한 보상은 바라는 만큼 써 내게. 그걸 법률로 실행해주겠으니.

티디아스   카이사르 장군님, 그럼 출발하겠습니다.

카이사르   안토니우스가 역경에 어떻게 대처하는지 샅샅이 관찰하도록 하게.

티디아스   알겠습니다. (모두 퇴장)

제 13 장

~·@·~

알렉산드리아. 클레오파트라의 궁전

클레오파트라, 에노바르부스, 카르미안, 이라스 등장

클레오파트라   에노바르부스, 도대체 어떻게 하면 좋을까?

에노바르부스   깊이 생각해보시고 목숨을 끊으십시오.

클레오파트라   이번 일은 안토니우스의 잘못이오, 아니면 나요?

에노바르부스   잘못은 안토니우스 장군에게 있습니다. 정욕을 이성의 상전으로 삼으려 했으니 말입니다. 양쪽 군대의 함대가 서로 대치하여 상대방을 위협하는 일대 해전이 벌어지고 있을 때, 도주하는 전하를 그분이 뒤따랐으니 말입니다. 천하를 가를 사생결단을 낼 싸움에서 뒤끓는 욕정 때문 지휘관의 책무를 헌신짝처럼 포기하시다니 말이나 됩니까?

클레오파트라   제발 그만 지껄여.

안토니우스, 교사와 함께 등장

안토니우스   그게 네놈의 답변이냐?

교사   그러하옵니다.

안토니우스   날 볼모로 넘겨주면 여왕을 후대해주겠다고?

교사　네, 그렇습니다.

안토니우스　그녀에게 알리도록 하라. 그 애송이 카이사르에게 머리가 희끗희끗한 이 목을 보내면 그녀의 소망을 넘칠 정도로 채울 수 있을 것이라고.

클레오파트라　당신의 목을?

안토니우스　다시 한 번 가서 그자에게 전하라. 그자는 지금 한창 피어나는 장미처럼 빛나고 있으니 세상 사람들은 그자에게 비범한 공적을 기대할 것이다. 그자가 가진 화폐나 군함이나 군대 같은 건 겁쟁이들도 가질 수 있는 것들이다. 또 그자 밑에 있는 대장들도 카이사르의 지휘가 아니라 어린이가 부려먹어도 승리를 거둘 만한 자들이다. 그러니 모든 허식을 치워버리고 영락한 나와 단둘이서 칼과 칼로 한판 승부를 내자고 전해라. 내 편지를 써줄 터이니 따라오너라. (교사와 함께 퇴장)

에노바르부스　(방백) 흥, 대군을 호령하는 카이사르가 일개 검객과 싸우는 구경거리가 되어줄 리가 없지. 인간의 분별력이란 운명과 밀접한 관련이 있는 법! 불운한 환경이 내면을 질질 잡아끌어 운명이 곤두박질치면 분별력도 맥을 못 추는가보군. 길운을 잡은 카이사르가 헛된 자기의 도전에 응해주리라는 꿈을 꾸다니! 카이사르여, 당신은 안토니우스의 분별력마저 정복하셨군!

하인 등장

하인　카이사르의 사절이 왔습니다.

클레오파트라　아니, 이젠 예의범절도 잊었느냐? 보아라, 꽃봉오리 때에는 무릎을 꿇던 자들이 활짝 핀 장미 앞에서는 코를 틀어막는구나. 들어오라 하라.

에노바르부스 (방백) 내 명예심이 나와 대판 싸움을 벌이는군. 천치바보에게 충성을 바치면 그 충성심마저 바보짓이 되고 마니. 그렇지만 몰락한 상전을 충절로서 따르는 사람은 자기 주인을 정복한 셈이 되어 역사에 그 이름을 남기게 되지.

　　티디아스 등장

클레오파트라 카이사르의 생각은?

티디아스 사람들을 물려주셨으면 합니다.

클레오파트라 내 심복들만 있으니 염려 말고 말하시오.

티디아스 당신의 심복은 안토니우스의 심복들이기도 하겠군요.

에노바르부스 안토니우스 장군에게도 카이사르처럼 심복이 필요하오. 카이사르가 원한다면 우리 주인은 당장이라도 그리로 뛰어갈 것이며, 우리들은 주인이 상전으로 섬기는 사람의 부하가 될 것이오. 즉 카이사르의 부하가 된다 이 말이오.

티디아스 그건 그렇고 카이사르 각하께서 말씀하시길 현재 처하신 입장을 생각하지 마시고 오직 카이사르를 카이사르로만 여겨달라고 하십니다.

클레오파트라 계속하시오. 참으로 제왕다운 말씀이오.

티디아스 여왕 전하께서 안토니우스를 품안에 받아들인 건 그를 사랑했기 때문이 아니라 두려웠기 때문이라고 하셨습니다.

클레오파트라 아아!

티디아스 이번 여왕 전하의 명예 손상은 강요된 치욕이라고 인정하시며 몹시 동정하고 계십니다.

클레오파트라 그분이야말로 신이시오. 어쩌면 그렇게 진실을 정확히 꿰뚫고 계실까? 내 명예는 강탈당한 것이오.

에노바르부스 (방백) 그게 사실인지 안토니우스 장군에게 물어봐야겠다. 아, 이토록 심한 침수에는 침몰할 수밖에 없겠군. 진정 사랑하던 사람마저 헌신짝처럼 장군님을 버리니 말이야. (모두 퇴장)

티디아스 여왕 전하의 소청이 있으시다면 무엇이든지 카이사르 각하께 아뢸까 합니다. 만일 전하께서 의지할 곳을 그분의 번창하는 행운 가운데서 찾겠다고 하신다면 크게 기뻐하실 것입니다. 게다가 전하께서 안토니우스를 버리고 온 세계의 지배자인 카이사르의 날개에 의탁할 것이라는 보고를 드리면 정말 흐뭇해하실 겁니다.

클레오파트라 당신의 성함은 무엇이오?

티디아스 티디아스라 합니다.

클레오파트라 위대하신 카이사르에게 이렇게 아뢰주오. 답례로 정복자이신 그분의 손에 내가 입을 맞춘다고. 그리고 나의 왕관을 그분의 발밑에 바치며, 무릎을 꿇겠노라고 말씀하세요. 그리고 온 천하의 만백성이 좋아하는 그분의 목소리에 이집트 여왕의 운명을 맡기노라고.

티디아스 정말이지 현명하신 처사입니다. 지혜와 운이 서로 맞설 때 지혜가 혼신의 힘을 다해 밀어붙이면 어떠한 운명도 불행으로 떨어지는 법은 없습니다. 전하의 손에 경의를 표하는 영광을 허락해주십시오.

클레오파트라 카이사르의 선친께서도 여러 왕국을 정복할 생각에 골

몰하고 계실 때면 하찮은 이 손에 키스의 소낙비를 퍼부으셨소. (손을 내준다)

안토니우스와 에노바르부스 다시 등장

안토니우스　저 친절에 조브 신의 노여움이 있으라! 네놈은 누구냐?
티디아스　최대이자 최고이신 분의 명령을 수행하러 온 전령입니다.
에노바르부스　(방백) 너는 곤장을 좀 맞아야겠구나.
안토니우스　거기 아무도 없느냐! (클레오파트라에게) 아, 이 매춘부야! 에잇, 빌어먹을! 내 위신은 땅에 떨어졌구나. 최근까지만 해도 내가 "야!" 하고 한 번 소리를 지르면 여러 나라의 왕들이 장난감을 보고 달려드는 어린아이처럼 뛰어와서 "왜 그러십니까?" 하고 소란을 피웠는데.

시종들 황망히 등장

이놈들아, 귀가 먹었느냐? 난 안토니우스다! 이 뻔뻔한 놈을 저리로 끌고 가서 곤장을 마구 쳐라.
에노바르부스　(방백) 다 죽어가는 늙은 사절보다 젊은 새끼 사절과 노는 것이 더 좋겠다.
안토니우스　저놈을 매우 쳐라! 카이사르에게 항복하고 공물을 바치는 20개국의 왕이라 할지라도 어찌 오만불손하게 이 여자의 손을 만지는가! (클레오파트라를 가리키며) 전엔 클레오파트라였지만 지금은 이름이 무엇이냐? 여봐라, 이놈을 몹시 쳐라! 어린애처럼 얼굴을 일그러뜨리고 살려 달라고 외칠 때까지.

티디아스   마르쿠스 안토니우스 각하!

안토니우스   저리 끌고 가서 곤장을 친 후에 다시 데려오너라. 이 카이사르의 종놈에게 보낼 편지가 있으니! (시종들, 티디아스를 데리고 퇴장) 내가 당신을 알기 이전에 당신은 이미 반은 시들어 있었소…… 그래, 내가 부덕이 있는 아내를 로마에서 독수공방하게 만들어 자식도 낳지 못하게 내버려둔 건 적의 시종에게 추파나 던지는 계집에게 배신당하기 위해서였을까!

클레오파트라   아, 여보!

안토니우스   너는 옛날부터 바람기가 있었지. 우리가 악덕에 돌진하면서 그것은 더욱 위력을 발휘했어. 그러자 신들은 우리의 명석한 판단력을 진창 속에 쏟아넣어버리고는 그걸 비웃었어.

클레오파트라   정말이지 이렇게 나오시긴가요?

안토니우스   내가 처음 만났을 때 당신은 죽은 카이사르가 접시에 남긴 식은 요리였어. 아니, 폼페이우스가 갉아먹던 부스러기였지. 그 외에도 사람들 입에 오르지는 않았지만 음탕한 정욕에 몸을 내맡긴 시간이 얼마나 많았을까? 당신은 정절이 무엇인지 짐작은 할지 모르지만 그것이 뭔지도 모르는 여자요.

클레오파트라   왜 그런 말씀을 하세요?

안토니우스   내 소중한 놀이동무였던 그 손, 왕의 봉인이며 고귀한 마음의 서약자인 그 손! 하필이면 거기에 적선을 받고는 "신의 은총이 내리시길!" 이라고 뇌까리는 자에게 거침없이 그것을 내밀다니! 아, 바산 언덕에라도 올라가서 뿔 돋은 소 떼들보다 더 큰 소리로 울부짖고 싶구나.

지금 내게 점잖게 말하라는 것은 교수형에 처해질 운명에 놓인 인간이 집행인에게 빨리 목을 졸라주는 것에 감사하라고 하는 것과 같다.

시종들, 티디아스를 데리고 다시 등장

매질을 했느냐?

시종 1 널브러지도록 때렸습니다, 장군님.

안토니우스 울던가? 용서를 빌던가?

시종 1 자비를 간청했습니다.

안토니우스 만일 네놈의 아비가 살아 있다면 네놈을 딸로 낳지 않은 것을 후회하게 하련만. 그리고 카이사르가 개선했다고 따라다닌 것을 뉘우쳤으리라. 그자를 따른 죄 때문에 매를 맞은 것이니. 앞으로 귀부인의 흰 손만 봐도 사시나무 떨 듯 할 게다. 카이사르에게로 돌아가서 네가 받은 대접을 그대로 보고하라. 그자는 날 노하게 했다. 하기야 나를 노하게 하는 것은 지금이 가장 적절한 때지. 아닌 게 아니라 나를 행운으로 이끌어주던 별들도 지금은 다 궤도를 벗어나 그 빛을 지옥의 심연 속에 떨어지게 했으니까. 만약 내가 한 말과 행동을 못마땅하게 여기거든 내가 해방시켜준 노에 히파르쿠스란 자가 그곳에 가 있으니 내 대신 그자를 때리든지 목을 조르든지 마음대로 해서 나에게 보복하라고 전하렷! 채찍질 자국을 지닌 채 돌아가란 말이다. (티디아스 퇴장)

클레오파트라 이젠 끝났나요?

안토니우스 아, 이 땅의 달님도 월식으로 빛을 잃었구나. 이건 이 안토니우스의 파멸을 알리는 징조이다.

클레오파트라　진정될 때까지 기다려야겠다.

안토니우스　카이사르에게 아첨하려고 그자의 바지 끈이나 매어주는 하인놈에게까지 추파를 보냈단 말이오?

클레오파트라　아직도 제 마음을 모르세요?

안토니우스　얼음처럼 차가워진 당신 마음 말이오?

클레오파트라　아, 만일 그것이 진실이라면 하늘이여, 내 차디찬 마음이 독을 넣은 우박이 되어 그 첫 알이 내 목줄기를 때리게 하소서. 그리고 그것이 녹으면 내 생명도 끝나게 하소서! 그다음에는 내 아들 카이사리온의 목을 때려주소서! 그리고 다음에는 내 몸을 가르고 나온 자식들은 물론이고 이집트 백성 전부를 폭풍 속에서 죽게 해주시옵소서. 그리고 그들의 시체는 나일 강의 파리와 각다귀 떼의 먹이가 되어 그들의 뱃속에 매장되게 하소서!

안토니우스　이젠 의심이 풀렸소. 지금 카이사르는 알렉산드리아를 포위하려 하고 있소. 난 거기서 그자와 맞서 운명을 겨뤄보리다. 우리 육군은 여전히 건재할 뿐 아니라 곳곳에 흩어졌던 우리 해군은 다시 집결해 바다에서 그 위세를 떨치고 있소. 내 심장이여! 어디에 있었더냐? 여보, 내 말이 들리오? 만일 내가 또다시 전쟁에서 살아 돌아와 당신 입술에 입맞출 땐 적의 피로 피투성이가 되어 있을 거요. 하지만 나의 칼은 역사에 이름을 남길 거요. 아직 희망은 있소.

클레오파트라　참으로 용감하십니다.

안토니우스　근육과 심장과 호흡을 세 배로 강하게 해서 악마처럼 싸울 결심이오. 순풍에 돛을 달고 지내던 시절엔 농담 한마디에 대한 보상으로 목숨을 살려준 일도 있지만 지금은 날 방해하는 놈들은 모조리 지옥으로 보내겠소. 자, 다시 한번 멋진 하룻밤을 보냅시다. 비탄에 젖은 부대장들을 전부 불러다주구려. 서로 술잔을 기울이면서 심야의 종소리를 비웃어봅시다.

클레오파트라 오늘이 바로 제 생일이에요. 조촐하게 보낼 생각이었지만 당신이 다시 안토니우스로 돌아오신 이상 저도 다시 클레오파트라가 되겠어요.

안토니우스 우리 잘해봅시다.

클레오파트라 부대장들을 장군님 앞으로 불러오도록 하겠어요.

안토니우스 내 그들에게 할 말이 있소. 오늘 밤엔 그들의 상처에서 술이 샘물처럼 솟아나올 만큼 곤죽이 되도록 마시게 하리다. 오, 나의 여왕! 아직 희망은 있어. 이번의 싸움에는 죽음의 신이 나에게 반할 만큼 멋지게 해낼 거요. *(에노바르부스만 남고 모두 퇴장)*

에노바르부스 저 눈초리에는 번갯불도 오금을 못 펼 게다. 발작적인 분노는 공포심에서 나오는 당황망조로, 그런 정신 상태가 되면 비둘기조차도 타조에게 덤벼드는 법이지. 우리 장군은 두뇌가 약해진 것을 심장으로 메우려나보다. 용기가 이성을 잡아먹을 때에는 싸움에서 휘두르는 칼마저 녹슬게 되지. 어떻게든 그분하고 인연을 끊을 방법을 생각해봐야겠어.

제 4 막

제 1 장

알렉산드리아의 카이사르 진영

카이사르, 아그리파, 마이케나스 군대를 이끌고 등장 카이사르, 편지를 읽고 있다.

카이사르   그자는 날 풋내기라고 무시하며 이집트에서 격퇴시킬 힘을 갖고 있다고 큰소릴 치고 있군. 그리고 내가 보낸 전령을 매질까지 했다고? 어디 그뿐인가! 나와 단둘이 결투를 하자고 요청해왔군그래. 이 카이사르가 안토니우스와 1대 1 결투! 그 늙은 악당에게 알려줘야겠다. 그밖에도 죽는 방법은 수없이 많다고.

마이케나스   카이사르 각하! 신중히 생각하십시오. 그만한 인물이 미쳐 날뛸 때는 쓰러질 때까지 날뛸 겁니다. 그러니 숨 쉴 틈도 주지 마십시오. 격노한 자는 허점을 많이 보이게 마련입니다.

카이사르   부대장들에게 내일은 최후의 결전을 하게 된다고 알리시오. 우리 군단 안에는 최근까지 안토니우스를 섬기던 자들이 많이 있어 그자들만으로도 안토니우스를 생포하기에 충분하오. 내 명령을 분

명히 전달한 후 전군을 모아 잔치를 베푸시오. 한심한 안토니우스! (모두 퇴장)

제 2 장

알렉산드리아. 클레오파트라의 궁전

안토니우스, 클레오파트라, 에노바르부스, 카르미안, 이라스, 알렉사스 그 밖의 사람들 등장

안토니우스　도미티우스, 그자는 나와 맞싸우지 않겠단 말이지?

에노바르부스　네.

안토니우스　어째서?

에노바르부스　자기가 운이 스무 배는 더 좋으니까, 이십 대 일이라고 생각하나봅니다.

안토니우스　나는 내일 바다와 육지 양쪽에서 싸울 테다. 이겨 살아남든가 패하면 죽어가는 명예를 피에 적셔 내 이름을 청사에 남길 것이다. 자네도 힘껏 싸워주겠지?

에노바르부스　싸우고말고요. "마지막 승부다" 하고 소리치겠습니다.

안토니우스　말 한번 잘했다. 자자, 하인들을 모두 불러내게. 오늘 밤은 실컷 먹고 마시자고.

자, 악수를 하자. 너희들은 정말이지 충성을 다해주었다.

클레오파트라　(에노바르부스에게) 왜 저러시는 거요?

에노바르부스　(클레오파트라에게) 슬픔이 마음에서 분출하면 저런 이상한 연극이 되기도 하지요.

안토니우스　그리고 너 역시 충성을 다해주었다. 내가 너희들 한 사람 한 사람으로 나누어지고, 너희들이 한데 뭉쳐 이 안토니우스가 된다면 내가 너희들에게 받은 만큼 보답할 수 있을 텐데.

일동　벌 말씀을 다하십니다!

안토니우스　오늘 밤은 내 술잔이 마르지 않게 해다오. 내 제국이 내 명령대로 되던 때와 똑같이 말이다.

클레오파트라　(에노바르부스에게) 왜 저러시는 걸까?

에노바르부스　(클레오파트라에게) 부하들을 울리려는 속셈인가봅니다.

안토니우스　오늘 밤 시중을 드는 것이 아마 최후의 충성이 될지 모른다. 혹시 내일 다시 만나더라도 그때는 처참하게 상처 입은 유령을 보게 될 것이니. 내일이면 너희들은 다른 상전을 섬기게 될 것이다. 아, 충직한 친구들, 나는 너희들의 충성과 혼인한 주인이니 죽을 때까지 같이 있고 싶다. 오늘 밤 두 시간만 시중을 들어다오.

에노바르부스　장군님, 어쩌자고 이러십니까? 모두를 이렇게 울먹이게 하니 말입니다. 바라옵건대 저희들을 여자로 만들지 마십시오.

안토니우스　핫하하! 내가 그런 뜻이었다면 마녀가 데려가도 좋다. 너희들의 눈물이 떨어지는 곳에 신의 은총이 자라날 것이다. 오, 나의 친구들이여! 그대들은 내가 한 말을 지나치게 슬픈 뜻으로 받아들이는 게 문제다. 난 너희들을 위로해 주려고 오늘 밤은 횃불을 켜놓고 밤새도록 술을 마시자고 한 것뿐이다. 친구들이여, 내일 일은 조금도 염려 마라. 전사해서 명예를 얻느니 살아서 승리의 영광을 얻도록 하겠다. 자, 연회석으로 들어가자. 그리고 쓸데없는 근심은 술잔 속에 다 처넣고 잊어버리자. (모두 퇴장)

제 3 장

알렉산드리아. 궁전 앞의 망대

병사 두 사람 등장

병사 1 이봐, 잘 있었나? 내일이야말로 결전의 날이군.

병사 2 밥이 되든 죽이 되든 결판이 나겠지. 용감히 싸우세. 거리에서 무슨 이상한 소문 듣지 못했나?

병사 1 못 들었는걸. 무슨 소문을 들었는데?

병사 2 필시 뜬소문이겠지. 그럼.

병사 1 자, 나중에 봐.

병사들, 망대의 네 구석에 자리잡고 있다.

병사 2　우리는 여기서 지키세. 내일 일이네만 만일 우리 쪽 해군이 이기면 육군도 힘을 낼 거라고 생각되는군.

병사 1　육군은 용감하니까. 그리고 투지가 만만하지. (무대 밑에서 오보에 소리가 들려온다)

병사 2　쉿! 무슨 소리지?

병사 1　공중에서 들려오는데.

병사 3　땅 밑이야.

병사 4　좋은 징조군. 안 그래?

병사 3　아닌 것 같아!

병사 1　조용하라니까!

병사 2　이건 틀림없이 안토니우스 장군님이 숭앙하던 헤르쿨레스 신이 장군님한테서 떠나가는 것 같아.

병사 1　저쪽 병사들에게도 들리는지 알아보세.

병사 2　이봐, 자네들!

일동　(동시에) 응, 그래!

병사 1　이상한 소리 들리지 않나?

병사 3　자네들도 들리나?

병사 1　망대 끝까지 소리를 따라가 보세. 소리가 어떻게 그치는지 알아보자고.

일동　그러지. 참 이상한 일이군. (모두 퇴장)

제 4 장

안토니우스, 클레오파트라, 카르미안, 그 밖의 시종들 등장

안토니우스　에로스! 내 갑옷을 다오.

클레오파트라　푹 주무세요.

안토니우스　아니, 괜찮소. 에로스, 어서 내 갑옷을 가져오라니까.

에로스, 갑옷을 들고 등장

어서 입혀다오. 만일 오늘 운명의 여신이 우리 편에 서지 않는다면 그건 우리가 그를 무시했기 때문이다. 어서 옷을 입혀줘.

클레오파트라　저도 거들어드리지요. 이건 어떻게 하는 거죠?

안토니우스　당신은 내 마음에 갑옷을 입히시오.

클레오파트라　제가 해드릴게요. 이렇게 하는 거지요?

안토니우스　그래, 그래! 이번엔 우리가 이길 거다. 자, 어떠냐? 너도 갑옷을 입고 오너라.

에로스　네, 곧 입고 오겠습니다.

클레오파트라　죔쇠는 이렇게 하면 되나요?

안토니우스　됐어. 훌륭해! 내가 갑옷을 벗고 쉬기 전에 죔쇠를 푸는

자가 있다면 벼락을 맞을지어다. 에로스, 너는 솜씨가 어째 무디구나. 여왕이 너보다 훨씬 낫다. 아, 여보! 오늘 내가 용감하게 싸우는 모습을 당신에게 보여주어 나의 실체를 알도록 해야 하는데! 당신이 진짜 싸움의 명장을 볼 수 있을 테니 말이오.

무장병사 등장

어서 오게. 자넨 군인의 직책에 충실하군그래. 좋아하는 일을 하러 갈 때는 일찍 일어나서 즐겁게 나가게 마련이지.

병사　　아직 이른 아침입니다만 천 명의 병사가 완전 무장을 하고 성문 앞에서 장군님을 기다리고 있습니다. (함성이 들린다.)

부대장들이 병사들을 거느리고 등장

부대장　　날씨가 정말 좋습니다. 장군님, 안녕히 주무셨습니까?

일동　　장군님, 안녕히 주무셨습니까?

안토니우스　　날씨가 마치 공명을 떨치기로 결심한 씩씩한 젊은이의 심장과 같다. 여왕, 잘 있으시오. 앞으로 내가 어떻게 되든 이건 한 용사의 키스요. (키스한다) 더 이상 인사말을 장황하게 늘어놓는다면 조롱거리가 될 거요. 난 용사답게 그만 작별을 하리다. 싸울 결심을 한 장병들은 내 뒤를 바싹 따르라. 출발이다. (클레오파트라와 카르미안만 남고 모두 퇴장)

카르미안　　방으로 돌아가시죠.

클레오파트라　　그분은 출정하셨다. 그분과 카이사르 단둘이서 결판을 냈으면 오죽이나 좋겠느냐! 그러면 안토니우스가⋯⋯ 하지만 지금은⋯⋯ 아냐, 어서 가자. (두 사람 퇴장)

제 5 장

알렉산드리아. 안토니우스의 진영

트럼펫 소리. 안토니우스와 에로스 등장. 병사 한 사람이 다가온다.

병사 신이시여! 안토니우스 장군께 행운이 있게 하소서!

안토니우스 아, 너와 네 칼자국이 권한 대로 육지에서 싸웠더라면 좋았을 것을!

병사 그렇게 하셨더라면 반역한 왕들과 오늘 아침 탈주한 군인도 장군님의 뒤를 따랐을 겁니다.

안토니우스 오늘 아침에 탈주한 자라니?

병사 항상 장군님 가까이 있던 자입니다. 에노바르부스를 불러보십시오. 대답이 없을 겁니다.

안토니우스 그게 정말이냐?

에로스 소지품과 금품은 남겨두고 갔습니다.

안토니우스 정말 가버렸단 말이냐?

병사 틀림없습니다.

안토니우스　에로스! 그자의 소지품을 보내주게. 하나도 남겨놓지 말고 전부를. 그리고 편지도 써보내게. 서명을 해줄 테니 잘 지내라고 하게. 그리고 앞으로는 주인을 바꾸는 일이 없기를 바란다고 하게. 아, 내 불운이 정직한 사람들마저 타락하게 했구나! 가여워라, 에노바르부스! (모두 퇴장)

제 6 장

알렉산드리아. 카이사르의 진영

카이사르, 아그리파, 에노바르부스, 그 밖의 사람들 등장

카이사르　아그리파, 전투를 개시하라. 내가 원하는 것은 안토니우스를 생포하는 것이다. 전 장병들에게 그 사실을 알려라.

아그리파　분부대로 거행하겠습니다. (퇴장)

카이사르　천하태평의 시대가 눈앞에 왔군. 이번 전투에서 승리한다면 올리브 나뭇잎이 세계 만방을 뒤덮을 것이다.

전령 등장

전령　안토니우스가 출진했습니다.

카이사르　아그리파에게 전하라. 안토니우스를 배반하고 온 자들을

선두에 세우라고. 그들을 보면 분노로 치를 떨 것이니라. (에노바르부스만 남고 모두 황급히 퇴장)

에노바르부스 알렉사스도 그를 배반했다. 안토니우스의 특사로 유대에 가 있던 자가, 거기서 헤롯 대왕을 충동질해서 주인 안토니우스를 버리게 하고 카이사르 편에 서게 했지. 그런데 카이사르는 그 공로로 놈을 교수형에 처했지! 카니디우스와 탈주한 몇 놈이 한자리 얻기는 했지만 절대적인 신임은 못 받고 있어. 난 실수를 했다. 아, 가책 때문에 견딜 수가 없어. 이제 내 생애에 즐거움이란 더 이상 없을 것 같다.

카이사르의 군사 한 사람 등장

병사 에노바르부스, 안토니우스가 자네 소지품 전부를 보내줬네. 게다가 하사품까지. 내가 파수를 설 때 전령이 찾아왔네. 지금 자네 군막 앞의 노새 등에서 짐을 풀어내리는 중이야.

에노바르부스 자네나 갖게.

병사 농담하지 말게, 에노바르부스! 전령을 부대 밖까지 전송해주는 게 좋을 걸세. 파수 당번만 아니면 내가 해주었으면 좋겠지만. 자네 대장은 아직도 조브 신인 것 같네. (퇴장)

에노바르부스 나는 이 세상에서 가장 나쁜 놈이다. 아, 안토니우스 장군님, 당신은 하해와 같이 너그러우신 분! 내가 비열한 행동을 했음에도 이렇게 황금의 영광을 주시니 내가 충성을 다했더라면 어떤 보수를 주셨을까! 가슴이 찢어질 것 같다. 뉘우침이 내 가슴을 터지게 하지 못한다면 빠른 방법으로 처부숴야 될 것 같다. 내가 그분과 대적해서 싸우다니, 안 될 말이다. 어디 도랑이라도 찾아가서 빠져버리자. 내 생애의 최후는 더러운 하수구가 가장 적합해. (퇴장)

제 7 장

두 진영 중간의 전장

경보와 함께 북과 트럼펫 소리 들리고, 아그리파가 부대를 이끌고 등장

아그리파 후퇴다. 우리가 너무 깊숙이 쳐들어왔다. 카이사르 각하도 고전중이시다. 이렇게 고전할 줄은 몰랐다. (모두 퇴장)

경보. 안토니우스와 부상당한 스카루스 등장

스카루스 오, 위대하신 황제 폐하! 참으로 멋진 싸움이었습니다. 처음부터 이렇게 싸웠더라면 적들은 온통 머리에 붕대를 감고 쫓겨 갔을 겁니다.

안토니우스 자네 출혈이 심하군.

스카루스 처음에는 상처가 'T' 자 모양이었는데, 지금은 'H' 자 모양으로 변했습니다.

안토니우스 적이 퇴각하는군.

스카루스　적들을 똥통에다 처박아주지요. 전 아직도 여섯 부대 정도
는 더 물리칠 수가 있으니까요.

　에로스 등장

에로스　적들이 도망치고 있습니다. 이 기회를 잘 잡으면 승리는 우리
것이 틀림없습니다.

스카루스　적들의 등판을 찔러 토끼를 잡듯 목덜미를 낚아챕시다. 달
아나는 적을 때려잡는 것은 신명나는 일이지요.

안토니우스　날 격려해준 공로로 상을 내리겠네. 그리고 자네 용기에
는 그 열 배의 상을 내리겠네. 자, 가보세.

스카루스　절뚝거리긴 하지만 따라가겠습니다. (모두 퇴장)

제 8 장

알렉산드리아 성벽 밑

　경보. 안토니우스와 스카루스, 개선한 군대를 이끌고 돌아온다.

안토니우스　우리는 적들을 그들의 진지까지 몰아붙였다. 누가 달려
가 여왕께 우리의 전승을 아뢰어라. 내일 이른 새벽이면 오늘 도망친

적들의 피를 흘리게 해줄 테다. 모두들 고생 많았다. 그 용맹성은 헥토르 같았다. 자, 시내에 들어가거든 아내와 친구들을 부둥켜안고 오늘의 빛나는 전공을 자랑하거라. 그러면 그대들의 상처에 엉겨붙은 피를 기쁨에 넘치는 눈물로 씻어줄 것이다.

클레오파트라, 시종들을 거느리고 등장

(스카루스에게) 자, 네 손을 이리 다오. 요정의 여왕에게 자네의 훈공을 전하고 축복을 듣겠다. 아, 세계의 빛이여! 갑옷으로 무장한 나의 목을 껴안아주오. 그 옷차림 그대로의 몸으로 이 견고한 갑옷을 꿰뚫고 나의 심장에 뛰어들어 힘차게 고동치는 맥박을 타고 개선해주오.

클레오파트라 오! 제왕 중의 제왕, 용감무쌍한 영웅이여! 이 세상에서 제일 큰 함정을 돌파하고 웃는 얼굴로 개선하셨군요.

안토니우스 아, 나의 꾀꼬리여! 적을 영원한 잠자리 속으로 무찔러 넣었소. 어떻소, 여보! 갈색 머리칼 속에 흰머리가 희끗희끗 섞여 있긴 하지만 아직은 젊은이와 맞설 만하오. 자, 나의 입술에 당신의 은혜로운 손을 내밀어주시오. 이 사람은 오늘 신이 인류를 증오하여 인간의 탈을 쓰고 살육을 저지르듯 싸웠소.

클레오파트라 내 그대에게 황금 갑옷을 드립니다. 예전에 어느 왕의 소유였던 겁니다.

안토니우스 그만한 자격이 있는 용사요. 홍옥으로 장식한 태양신의 수레라 해도 그에겐 받을 만한 공이 있소. 자, 손을 이리 주시오. 즐겁게 알렉산드리아를 향해 행진해 갑시다. 나의 궁전이 대군을 수용할 수 있을 만큼 크니 우리 다 같이 천하의 운명을 좌우할 내일의 전투를 위해 실컷 먹고 마십시다. 나팔수들아, 너희들의 드높은 놋쇠 소리로 백성들의 귓전을 때려주고 북소리와 합세하여 천지를 울리게 하고, 우리들의 개선을 박수갈채로 맞이하도록 하라. (일동 퇴장)

제 9 장

카이사르의 진영

보초를 서기 위해 3,4명의 병사들 등장 그들 뒤로 에노바르부스가 생각에 잠긴 얼굴로 등장

병사 1 여태껏 기다렸는데 교대해주지 않으면 보초막사로 돌아갈 거야. 어쨌든 오후 두 시까지는 출동 준비가 완료될 걸세.

병사 2 어제는 정말이지 재수 옴 붙은 날이었지.

에노바르부스 오, 밤이여! 나의 증인이 되어다오.

병사 3 저자는 도대체 뭘 하는 놈이지?

병사 2 이쪽으로 와서 엿들어보세.

에노바르부스 아, 정결한 달아! 나의 증인이 되어다오. 그대 성스러운 달이여! 모반한 인간은 그 증오스런 이름을 역사에 남기게 되지만 불쌍한 에노바르부스는 그대 앞에서 뉘우치고 있도다.

병사 1　에노바르부스다!

병사 3　쉿! 조용히 들어봐.

에노바르부스　아, 우수를 지배하는 최고의 여왕이시여! 독을 머금은 밤의 습기를 내 머리 위에 퍼부어다오. 나의 의지를 거스르는 이 생명이 더 이상 내게 매달리지 못하도록. 이 심장을 꺼내어 차돌처럼 단단한 나의 죄과를 향해 내동댕이쳐다오. 슬픔으로 바싹 말라버린 심장은 모래처럼 바스러져 오욕의 온갖 고뇌도 종말을 고하리니. 오! 안토니우스여! 당신의 그 숭고함은 나의 추악한 배신 행위 앞에서 더욱 빛을 뿜는구려. 세상이여, 이 몸은 주인을 버리고 도망친 자라고 기록에 남겨두라. 오, 안토니우스여, 안토니우스여! (죽는다)

병사 2　말을 걸어봅시다.

병사 1　좀 더 들어보자고. 카이사르에 관한 말이 나올지도 몰라.

병사 3　그렇게 하십시다. 한데 잠이 든 모양이오.

병사 1　기절한 것 같다. 잠잘 때 기도치고는 너무 괴상하단 말이야.

병사 2　가까이 가봅시다.

병사 3　여보시오, 일어나요. 말 좀 해보시오.

병사 2　여보시오! 내 말이 들리지 않소?

병사 1　죽음의 신의 손이 벌써 와 닿았나봐. (멀리서 북소리) 자, 들어보게! 장엄한 북소리가 자는 자들을 깨우고 있어. 이 사람을 보초막사로 업고 가세. 신분이 높은 자 같아. 교대 시간도 다 됐어.

병사 3　자, 그럼 갑시다. 다시 살아날지도 모르지. (모두 시체를 떠메고 퇴장)

제 10 장

두 진영의 중간 지점

안토니우스와 스카루스, 군대를 이끌고 등장

안토니우스　적군은 오늘 해전 준비를 하고 있다. 육상전을 원하지 않는 모양이야.

스카루스　양쪽이 다 싫은가봅니다.

안토니우스　불 속이나 공중에서 싸워도 좋다. 어디서든 싸워줄 테다. 그건 그렇고, 우리 보병은 시에 인접한 언덕에 진을 치고 날 기다릴 것이다. 해군 쪽에는 이미 명령을 내렸으니 벌써 항구를 떠났을 것이다. 저 언덕에서는 적의 작전을 손에 잡을 듯 볼 수 있고, 또 공격하는 아군도 바라볼 수도 있을 것이다. (모두 진군하여 퇴장)

제 11 장

두 진영 중간의 다른 곳

카이사르와 그의 군사 등장

카이사르　적의 공격이 있기 전까진 육지에서 조용히 대기하고 있을 작정이다. 적의 주력 부대가 배에 타고 있으니 우리가 움직일 필요는 없다. 자, 우리는 골짜기로 가서 가장 유리한 지점을 확보하는 거다. (모두 안토니우스와 반대 반향으로 진군하여 퇴장)

제 12 장

∗∗∗∗∗∗∗∗∗∗

알렉산드리아에 인접한 언덕

안토니우스와 스카루스 등장

안토니우스　아직 교전을 하고 있지는 않는 것 같군. 저기 소나무 부근에서 보면 상황이 어떻게 되고 있는지 알겠다. (퇴장)

스카루스　점쟁이들이 클레오파트라 여왕 배의 돛에다 제비들이 집을 지은 것은 심상치 않은 일이라며 침울한 얼굴을 하고 있어. 그들은 그것을 불길하게 생각하고 있지만 입에 올리지는 않더란 말야. 안토니우스 장군께서는 기세등등하다가 어느 순간 의기소침해진다. 변전하는 운명이 지금의 기세를 유지하느냐 못하느냐에 따라서 희망과 공포가 교차하기 때문일 것이다.

안토니우스 다시 등장

926

안토니우스 모든 것이 끝장이다! 그 더러운 이집트 년이 날 배반했어. 내 함대는 적에게 투항했다. 저쪽에서 그들은 모자를 높이 던지면서 오랜만에 만난 친구들처럼 축배를 들며 야단들이다. 세 번씩이나 사내를 갈아치운 화냥년! 저 애송이 놈에게 날 팔아먹은 네년을 평생 원수로 생각하겠다. 도망갈 자는 도망가라! 저 마녀에게 복수할 일만 남았다. 더 이상 소원은 없다. 모두들 도망치라고 해! 없어져라! (스카루스 퇴장) 아, 태양이여! 난 다시는 떠오르는 널 보지 못할 것이다. 이 안토니우스의 운명과 여기서 작별하는구나. 날 강아지처럼 졸졸 따라다니던 놈들, 그놈들이 원하는 것을 내가 다 들어줬는데 달콤한 아첨의 물방울을 활짝 꽃피우는 카이사르에게 떨어뜨리고 있잖은가. 그놈들 머리 위에 높이 치솟았던 이 소나무는 온통 껍질이 벗겨져 벌거숭이가 되고 말았구나. 아, 흉악한 이집트 년! 그년의 눈짓 하나로 아군을 전쟁터로 몰아내기도 하고 끌어들이기도 했지. 그 여자의 가슴은 나의 왕관이요, 목적이기도 했지. 이제 드디어 집시의 본성을 드러내어 간교한 협잡으로 나를 빈털터리로 만들어버렸구나. 아아, 에로스, 에로스!

클레오파트라 등장

야, 이 마녀야! 꺼져버려!
클레오파트라 왜 그렇게 역정을 내세요?
안토니우스 꺼져버렷! 어물쩡거리면 벌을 내려 카이사르의 개선의 장식물인 널 족쳐놓을 거다. 아우성치는 군중들 속에 네년을 내던져 온 여성의 치욕의 표본이 되게 하겠다. 도깨비처럼 빈민들이나 바보들 앞에서 구경거리나 되어라. 그러면 한 맺힌 가슴을 달래오던 옥타비아가 갈고 갈았던 손톱으로 네 낯짝을 할퀴어줄 것이다. (클레오파트라 퇴장) 도망치기를 잘했지, 살아남고 싶다면. 하지만 분노에 떨리는 내 손에 걸려 죽는 편이 나을지도 몰라. 한 번 죽게 되면 다시는 죽을 생각을 하지 않아도 될 테니까. 여봐라, 에로스! 네수스의 독피 묻은 속옷이 나를 감쌌구나. 가르쳐주소서. 나의 조상 알키데스여, 제발 당신의 그 분노를. 저 리카스를 집어던져 초승달의 뿔에 꽂히게 하고 세상에서 가장 무거운 곤봉을 휘두르던 그 손으로 또 하나의 대영웅인 나를 멸망시키소서. 저 마녀는 꼭 내 손으로 죽이고 말 테다. 저년은 로마의 풋내기에게 나를 팔아넘겼고, 나는 음모에 걸려든 것이다. 저년을 죽이지 않으면 안 돼. 에로스! (격분하여 퇴장)

제 13 장

알렉산드리아. 클레오파트라의 궁전

클레오파트라, 카르미안, 이라스, 마르디안 등장

클레오파트라　　살려다오, 애들아! 아, 저 미쳐 날뛰는 모습은 방패가 탐이 나 싸우다 미쳐버린 텔라몬보다 더하구나. 테살리아의 산돼지도 저렇게까지 미쳐 날뛰지는 않았어.

카르미안　종묘 안으로 피하십시오! 안으로 문을 잠가버리고는 승하하셨다고 장군님께 전갈을 보내십시오. 영혼이 육체를 떠날 때보다 귀한 분이 권력을 잃어버릴 때가 더 괴롭다고 합니다.

클레오파트라　그럼 사당으로 가자! 마르디안, 네가 가서 내가 자결했다고 여쭈어라. 내 마지막 말이 '안토니우스'였다고 슬프게 말해다오. 속히 가거라. 그분이 내 죽음의 전갈을 듣고 어떤 표정을 지었는지 잘 보고 오너라. 자, 종묘로 가자! (모두 퇴장)

제 14 장

알렉산드리아. 클레오파트라 궁전의 다른 방

안토니우스와 에로스 등장

안토니우스　에로스, 네 눈엔 내가 아직도 멀쩡하게 보이느냐?

에로스　네, 그렇습니다.

안토니우스　우리는 간혹 용과 구름을 보게 된다. 또 같은 덩어리가 곰이나 사자로 보이기도 하고, 하늘을 찌를 듯한 성채, 굴러 떨어질 듯한 바위, 쇠스랑 모양의 산이며 수목으로 덮인 푸른 갑 같은 것으로도 보이지. 그것은 지상을 너울거리며 사람들의 눈을 속이지. 그런 것들은 모두 저녁노을이 만들어내는 광경이란다.

에로스   네.

안토니우스   방금 말로 보이던 조각구름이 어느새 물에 녹아드는 것처럼 형태도 알 수 없어졌다.

에로스   지당한 말씀이십니다.

안토니우스   에로스, 지금 네 장군의 모습이 바로 그렇다. 여기 있는 난 안토니우스이다. 그러나 이 모습을 이대로 버티어 나갈 수가 없단 말이다. 내가 전쟁을 한 것은 이집트 여왕을 위해서였다. 그녀의 마음을 나는 내 마음이라고 생각했고, 그녀도 나를 자기 자신이라 여겼다. 내 마음이 오로지 내 것이었던 시절에는 수백만 명의 마음을 사로잡았는데, 이젠 모든 것을 잃었구나. 에로스, 그 여자는 카이사르와 한통속이 되어 나의 모든 것을 적의 손에 넘겨주었다. 에로스, 울지 마라. 마무리를 해야 할 일이 남아 있다.

　　마르디안 등장

아, 네 비열한 여주인 말이다! 그년이 내 칼을 훔쳐 갔다.

마르디안   아닙니다, 장군님! 전하께서는 장군님을 사랑하셨고, 마지막까지 장군님과 운명을 함께하셨습니다.

안토니우스   물러가라, 무례한 내시야! 여왕은 날 배반했다. 죽여야 하느니라.

마르디안   사람은 오직 한 번 죽는 것이옵니다. 그런데 여왕 전하께서는 이미 죽음을 치르셨습니다. 그러니까 소원대로 된 셈입니다. 마지막에 하신 말씀은 "안토니우스 장군님! 훌륭하신 안토니우스 장군님!"이었습니다. 찢어지는 듯한 신음소리 때문에 안토니우스란 이름이 끊겼는데 바로 마음과 입술 사이에서 끊긴 것입니다. 장군님의 이름을 가슴에 묻은 채 운명하셨습니다.

안토니우스 그럼 죽었단 말이냐?

마르디안 네.

안토니우스 에로스, 갑옷을 벗겨라. 하루의 일정은 끝났다. 이젠 잠을 자야겠다. 마르디안, 돌려보내주겠으니 수고에 대한 대가라고 생각해라. (마르디안 퇴장) 벗겨라, 어서 벗겨라! 에이작스의 일곱 겹 방패도 나의 이 뛰는 가슴을 억누르지는 못할 것이다. 아아, 내 옆구리야, 찢어져라! 심장아, 늑골보다 더 강해져서 그 약한 가슴팍을 부숴버려라! 빨리 해, 빨리! 이젠 군인이 아니다. 만신창이가 된 갑옷아, 너와도 작별이다. 훌륭하게 날 보살펴주었다. 잠시 동안 물러가 있거라. (에로스 퇴장) 뒤따라 갈 테니. 아, 내 사랑! 눈물로 용서를 비오. 어물쩡거리며 더 산다는 것은 참을 수 없는 곤욕이다. 횃불이 꺼졌으니 다시는 방황하지 않으리라. 애써 발버둥질치면 칠수록 점점 다리가 꼬일 뿐이다. 운명은 결정되었고 모든 것이 끝났을 따름이다. 에로스! 내 지금 가리다. 나의 여왕, 에로스! 날 기다려주오. 영혼들이 꽃밭에 누워 있는 극락으로 가서 손에 손을 맞잡고 흥겹게 놀아대면 유령들도 경탄하게 될 것이오. 디도와 그녀의 애인 아이네이스 주변에 겉돌던 유령들을 전부 우리 곁으로 끌고 오게 될 것이오.

에로스 다시 등장

에로스 부르셨습니까?

안토니우스　　클레오파트라가 세상을 떴는데도 치욕 속에 목숨을 연명해야 하다니! 신들도 틀림없이 나의 비열함을 증오할 것이다. 지난날 천하를 칼로 재단하고 광활한 바다를 함대로 도시를 만들었던 내가 아녀자 정도의 용기조차 없어졌단 말인가! 스스로 목숨을 끊어 저 카이사르에게 "나는 나의 정복자다"라고 호언한 그녀에 비하면 난 그녀의 발싸개만도 못하지 않은가. 에로스, 무서운 치욕과 공포가 들이닥쳐 어쩔 수 없을 때 넌 나의 명령으로 날 죽여주겠다는 맹세를 했다. 자, 때가 왔으니 그렇게 해다오.

에로스　　감히 제가 어떻게! 우리의 적이자 창던지기 명수인 파르티아군의 창조자도 빗나가고 말았는걸요.

안토니우스　　에로스, 넌 로마 거리의 창가에서 느긋하게 팔짱을 끼고 날 보겠다는 말이지?

에로스　　결코 그렇지 않습니다.

안토니우스　　자, 찔러라. 상처를 입지 않고서는 난 구제될 수 없는 몸이다. 자, 충직한 네 칼을 빼라!

에로스　　아, 장군님! 용서해주십시오!

안토니우스　　내가 노예인 너를 해방시켜주었을 땐 무슨 일이 있더라도 나의 명령을 이행하겠다고 맹세하지 않았더냐? 당장 시행하라. 그러지 않으면 지금까지의 너의 충성심은 거짓이 될 테니.

에로스　　그럼, 세계인의 존경을 받는 그 고귀한 얼굴을 돌려주십시오.

안토니우스　　봐라, 됐느냐!

에로스　　칼을 뺐습니다.

안토니우스　　그럼 칼을 뺀 목적을 냉큼 실행하라.

에로스　황제 폐하! 처절한 칼부림을 하기 전에 작별인사나 드리게 해 주십시오.

안토니우스　암, 그래야지. 그럼 잘 있거라.

에로스　안녕히 가소서, 장군님. 자, 찌를까요?

안토니우스　그래라, 에로스.

에로스　자아, 하겠습니다요. 장군님이 세상을 떠나시는 애통함을 저는 이렇게 모면하겠습니다. (자결한다)

안토니우스　아, 넌 내가 해야 할 일과 네가 날 대신해서 할 수 없는 일을 가르쳐주었다. 나의 여왕과 에로스는 훌륭한 교훈을 남겨 나보다 뛰어난 이름을 기록에 아로새겼다. 그렇다, 나도 신랑이 신방으로 달려가듯 재빨리 죽음으로 뛰어들어야겠다. 그럼 자, 에로스, 너의 주인은 너의 제자가 되어 죽는다, 이렇게 말이다. (자신의 칼끝에 쓰러진다) 난 네게 배웠다. 어때! 이래도 안 죽었느냐? 어째서 안 죽지? 아, 위병! 어서 날 처치하라!

데크레타스와 위병 함께 등장

위병 1　저게 무슨 소린가?

안토니우스　여봐라, 실패하고 말았다. 빨리 마무리를 해다오.

위병 2　별이 떨어졌구나.

위병 1　말세가 왔다.

일동　아, 비통하다!

안토니우스　누구든지 좋다. 날 진정 사랑하거든 죽여다오.

일동　난 못해. (위병들 달아난다)

데크레타스　　운수가 자결로 기울었으니 모두들 달아날 수밖에 없지. 이 소식과 함께 카이사르에게 칼을 보이면 난 아주 환대를 받겠는걸.

디오메데스 등장

디오메데스　　안토니우스 장군은 어디 계신가?

데크레타스　　(안토니우스의 칼을 외투 밑에 감추며) 저기 계시네, 저기.

디오메데스　　아, 살아 계신가? 왜 말이 없지?

안토니우스　　디오메데스, 거기 있었군. 자네 칼을 빼어 내가 죽을 때까지 푹 찔러주게.

디오메데스　　장군님, 클레오파트라 전하의 어명을 받고 왔습니다.

안토니우스　　언제 자넬 보낸 거지?

디오메데스　　방금이옵니다.

안토니우스　　전하께서는 어디 계시느냐?

디오메데스　　종묘 안에 옥체를 숨기고 계십니다. 전하께 혹시라도 이런 일이 생기지나 않을까 몹시 염려하셨습니다. 전혀 터무니없는 얘기입니다만 사실 전하께서 카이사르와 내통했다는 의심을 받자 장군님의 분노가 쉽사리 풀어질 것 같지 않아 두려운 나머지 장군님께 자결하셨다는 전갈을 보내신 겁니다. 그러나 혹시 좋지 못한 결과가 생길지 몰라 마음을 졸이신 끝에 사실을 알려드리기 위해 소인을 보내신 겁니다. 하온데 너무 늦게 왔나봅니다.

안토니우스　　그렇다, 너무 늦었다. 위병을 불러다오.

디오메데스　　어이, 위병! 주인님이 부르신다!

안토니우스의 위병 4, 5명 등장

안토니우스   날 클레오파트라 전하가 계신 곳으로 옮겨다오.

위병 1   애통해라, 애통해! 충성스런 부하들을 두고 먼저 세상을 떠나시다니!

일동   너무나 가슴 아픈 일이다.

안토니우스   여봐라, 그렇게 슬퍼하면 짓궂은 운명은 활개를 치며 우쭐댈 것이다. 운명이 우리를 곯리러 오면 반겨 맞아라. 그리고 대수롭지 않게 여겨준다면 그것이 바로 운명에게 앙갚음하는 것이 되느니라. 날 매고 가라. 지난날은 내가 너희들을 인솔했지만 이번엔 너희들이 날 이끌어다오. 너희들의 공로에 감사를 표한다. (방패에 안토니우스를 떠메고 퇴장)

제 15 장

알렉산드리아의 클레오파트라의 사당

사각형의 석조 건물. 외벽 중앙의 통로는 엄중하게 빗장이 걸려 있다. 클레오파트라, 카르미안, 이라스, 시녀들 옥상으로 통하는 계단으로 올라 모습을 드러낸다.

클레오파트라   아, 카르미안! 난 여기서 꼼짝 않겠다.

카르미안   전하, 너무 심려하지 마세요.

클레오파트라   아니다. 한 걸음도 나가지 않겠다. 괴상한 일, 무서운 일 같은 건 기꺼이 맞아들이겠지만 마음의 안정 따윈 경멸한다. 나의 슬픔의 원인이 너무나 크니 슬픔 역시 크게 마련인 법!

   디오메데스, 아래에서 올라온다.

어찌 되었느냐! 장군님은 돌아가셨느냐?

디오메데스   위독하십니다만 아직 운명하지는 않으셨습니다. 종묘 서편을 보십시오. 위병들이 짊어지고 오고 있습니다.

   안토니우스, 위병에 운반되어 등장

클레오파트라   아, 태양이여! 네가 타고 도는 그 거대한 천체를 태워버려다오! 밤이 되고 낮이 되는 온 세상의 구석구석을 암흑 속에 묻히게 해다오. 카르미안, 이라스, 도와다오. 저 아래에 있는 사람들도 날 도와다오. 모두들 장군님을 이리로 모셔 올려라.

안토니우스   호들갑 그만 떨어라! 이 안토니우스는 카이사르의 용맹에 패배한 것이 아니다. 안토니우스의 용맹함이 자신을 이긴 거다.

클레오파트라   그건 그렇지, 안토니우스 이외에 안토니우스를 정복할 사람은 아무도 없어요. 그러나 애달픈 일이다!

안토니우스   이집트의 여왕이여, 난 죽음을 맞이할 거요. 날 덮친 죽음의 신에게 잠시 동안만 죽음을 늦추어달라고 청하고 싶소. 우린 무

936

수히 키스를 해왔지만 지금 당신의 입술에 마지막으로 작별의 키스를 하고 싶소.

클레오파트라   그럴 수가 없군요. 용서하세요, 갈 수가 없어요. 그리로 가면 붙잡힐지도 몰라요. 저 억세게 운이 좋은 카이사르가 개선하는 데 그의 장식품이 되어줄 순 없어요. 칼엔 날이 섰고, 독약엔 효력이 있고, 독사에게 독 묻은 이빨이 있는 이상 난 염려 없어요. 말없는 책망을 하는 당신의 부인 옥타비아가 은근히 날 뚫어지게 본다 해도 전 까딱 안 해요. 자, 안토니우스 장군! 얘들아, 날 도와다오. 당신을 끌어 올려야겠어요. 모두들 거들어라. (줄을 늘어뜨려서 안토니우스가 타고 있는 방패에 맨다)

안토니우스   어서 빨리, 그러지 않으면 난 곧 죽는다. (위에서 끌어올리기 시작한다)

클레오파트라   어머나, 낚시질 같군요. 왜 이렇게 무거울까! 슬픔 때문에 힘이 다 빠져버려선지 더 무거워진 것 같군요. 나에게 주노 여신의 신통력이 있다면 저 억센 날개를 가진 메르쿠리우스를 시켜 당신을 끌어올리다가 조브 신 옆에 모시겠지만. 조금 더 가까이 오세요. (시녀들이 안토니우스를 클레오파트라 곁으로 끌어올린다) 좀 더 가까이. 정말 잘 오셨습니다! 당신의 보금자리인 내 품 안에서 운명하세요. 아니, 키스로 소생하세요. 내 입술에 그런 힘이 있다면 입술이 닳아 없어져도 좋아요. (두 사람 키스한다)

일동   아, 서글퍼라.

안토니우스   이집트 여왕, 죽기 전에 술 좀 주구려. 할 말이 있으니.

클레오파트라   제 말 좀 들어보세요. 저 부정한 화냥년 같은 운명의 여신에게 실컷 욕을 퍼붓고 싶어요. 나의 모욕에 화가 나서 운명의 수레바퀴를 부숴버릴 때까지.

안토니우스　여왕이여, 카이사르에게 청해 당신의 안전과 명예를 되찾으시오. 아!

클레오파트라　안타깝게도 두 가지가 양립할 수는 없답니다.

안토니우스　내 사랑, 내 말 좀 들어주구려. 카이사르 측근 중에 프로쿨레이우스 이외에는 절대로 믿지 마시오.

클레오파트라　내가 믿는 것은 제 결심과 손뿐이에요. 카이사르의 측근이고 무어고 다 소용 없어요.

안토니우스　내 최후의 비참한 모습을 보고 한탄하지 마시오. 차라리 내 화려했던 지난날을 회상하며 기뻐해주시오. 난 세상에서 가장 위대한 군주, 가장 고결한 영웅으로 숭앙 받아왔소. 그러니 비열하게 죽을 수는 없어요. 로마 사람이 로마 사람과 용감히 싸워서 지고 만 거요. 내 혼이 나가는 모양이오, 이젠 기진했소.

클레오파트라　이 세상에서 가장 숭고하신 분, 가시는 거예요? 진정 절 버리고 가시렵니까? 저만 홀로 이 따분한 세상에 남아야 하는 건가요? 당신이 없다면 돼지우리나 다름없을 이 세상에? 오, 얘들아! 지구의 왕관이 녹아버렸다. 나의 제왕이여! 이제 하늘을 도는 달 아래 훌륭한 것이라곤 아무것도 없다.

카르미안　여왕 전하!

이라스　이집트의 여왕 전하! (클레오파트라 소생한다)

카르미안　쉬잇! 조용히, 이라스!

클레오파트라　이젠 여왕도 아니고, 소젖이나 짜고, 막일하는 농군의 딸이나 진배없는 감정을 가진 여자다. 내가 아직 여왕이라면 나를 농락하는 신들에게 왕관을 접어던지며 이렇게 말하고 싶다. 아, 정말 허무하다. 인내는 어리석은 바보짓이고 화를 내는 것은 미친 개의 발작이야. 그렇다면 죽음이 덮치기 전에 이쪽에서 먼저 죽음의 비밀을 탐색한다고 해서 그게 죄가 된단 말인가? 애들아, 왜들 그러느냐? 자아, 자! 기운을 내라! 카르미안! 그리고 시녀들아! 아아, 우리들의 등불은 다 타서 꺼져버렸다! 우선 매장을 하고, 그다음에 훌륭하고 숭고한 일을 로마의 고상한 양식에 따라 행하여 죽음의 신이 우리들을 데려가도록 해야지. 자, 저리로. 위대한 영혼을 담은 그릇이 벌써 식어버렸구나. 아아, 애들아, 애들아! 우리에게 이젠 결심과 빠른 최후를 맞는 것밖에는 다른 방법이 없다. (모두 안토니우스의 시체를 떠메고 퇴장)

제5막

제1장

알렉산드리아의 카이사르 진영

카이사르, 아그리파, 돌라벨라, 마이케나스, 갈루스, 프로쿨레이우스
그 밖의 군사회의 위원들 등장

카이사르 돌라벨라, 그에게 항복하도록 권하시오. 철저하게 패배했으
면서 주저한다는 건 조롱거리밖에 안 된다고.

돌라벨라 분부대로 거행하겠습니다. (퇴장)

데크레타스, 안토니우스의 장검을 들고 등장

카이사르 무슨 일이냐? 여기가 감히 어느 어전이라고 칼을 들고 나타
났느냐?

데크레타스 저는 안토니우스 장군님을 섬기던 데크레타스라고 합니
다. 그분은 충성을 다해 받들 만한 훌륭한 분이셨습니다. 만약 각하께
서 이 사람을 받아주신다면 안토니우스 장군을 받든 것처럼 충성을

940

다하겠습니다.

카이사르　도대체 무슨 소리를 하는 건가?

데크레타스　오! 카이사르 각하, 안토니우스 장군님께서는 운명하셨습니다.

카이사르　위대한 자가 쓰러질 때에는 굉장한 진동 소리가 울리는 법이다. 이 둥근 지구는 그 소리에 놀라 사자 떼들이 거리로 몰려오고, 시민들은 반대로 사자굴 속으로 뛰어드는 사태가 벌어졌을 것이다. 안토니우스의 죽음은 한 개인의 운명으로 그치는 사건이 아니다. 그의 이름에는 세계의 절반이 걸려 있다.

데크레타스　안토니우스 장군님은 처형된 것도 암살된 것도 아닙니다. 수많은 공적을 남기고 명예를 역사에 새겨놓은 바로 그 손이, 심장이 주는 용기를 갖고 자신의 심장을 찌른 것입니다.

카이사르　모두가 슬픔에 잠겨 있겠군. 이 비보를 들으면 틀림없이 여러 왕들도 눈시울이 뜨거워질 거요.

아그리파　한데 이상한 일이로군요. 우리가 오랫동안 갈망해 온 숙원이 이루어졌는데 왜 애통해 하는지 모르겠군요.

마이케나스　그분은 부도덕과 도덕을 반반씩 가진 사나이지요.

아그리파　그리고 보기 드문 인류의 지도자였지요. 그러나 신들은 우리를 사람으로 그치게 하기 위해 누구에게나 결점을 주었지요. 카이사르 각하도 가슴이 뭉클해진 모양이오.

마이케나스　무지하게 큰 거울이 앞에 놓이면 자기 자신을 보지 않을 수 없지 않은가.

카이사르　아, 안토니우스 장군! 당신을 궁지로 몰고 온 건 바로 나요.

하지만 사람이란 병을 고치기 위해 자기 몸을 도려내는 경우도 있는 법. 나의 말로를 당신에게 보여주든가, 아니면 당신의 말로를 내가 바라보든가 둘 중 하나는 필연적인 운명 아니겠소. 천하는 더없이 광대하기 때문에 우리 두 사람이 통치하기엔 부족하오. 그러나 나는 심장의 피만큼이나 귀중한 눈물을 흘리며 비탄에 젖어 있소. 당신이야말로 나의 형제였고, 최고의 정책 경쟁자였고, 제국을 통치하는 동료요, 전장에서는 전우이자 동지요, 나의 한쪽 팔, 내 마음에 불을 질러주던 심장이었소. 그러나 우리들 운명의 별은 조화가 안 되니 서로 양립할 수 없어 결국 이런 비운을 맛보게 되었구려. 여보게들, 잘 들어보게.

이집트인 등장

좀 더 기회를 보아 얘기하리다. 저 사람은 필시 무슨 용무가 있나 본데, 어디 들어보자. 어디서 왔느냐?

이집트인　하잘것없는 이집트인에 불과합니다. 소인의 주인이신 여왕 전하께서는 유일한 재산인 사당 안에 들어박혀 각하의 명령을 기다리고 계십니다. 어떠한 분부라도 따르실 각오이십니다.

카이사르　여왕께 안심하고 계시라고 전하거라.

이집트인　각하께 신의 가호가 있으시기를!

카이사르　프로쿨레이우스. 여왕께 가서 전하시오, 절대로 치욕을 주지는 않겠다고 말이오. 여왕의 깊은 슬픔을 애도하기 위해서는 무엇이든 베풀어줄 용의가 있다고 말이오. 자만심이 강한 여성이니 만큼 치명적인 일을 저질러 우리의 계획을 틀어지게 할 우려가 있소. 여왕을 로마로 생포해 가기만 하면 우리의 개선 행렬은 더욱 빛을 발할 것이오. 어서 가시오.

프로쿨레이우스　분부대로 거행하겠나이다. (프로쿨레이우스 퇴장)

카이사르　갈루스, 자네도 따라가게. (갈루스 퇴장) 돌라벨라는 어디 있나, 프로쿨레이우스의 부사로 보내려는데.

일동　돌라벨라!

카이사르　내버려두라. 이제야 생각이 나는군. 그 사람에겐 다른 일을 맡겼노라. 내 군막으로 갑시다. 그곳에서 내 설명해주리다. 이번 전쟁에 내가 마지못해 휘말려든 자초지종을 얘기하리라. 또 내가 얼마나 온건하고 친절하게 편지로 조율을 했는지를 설명할 거요. 나하고 같이 가서 그 증거를 봅시다. (모두 퇴장)

제 2 장

알렉산드리아. 사당 안의 한 방

클레오파트라, 카르미안, 이라스, 마르디안의 모습이 문살 틈으로 보인다.

클레오파트라　지금의 영락은 더 좋은 생활로 이끌어주는 시작이라고 할 수 있지. 카이사르의 운명이 된들 뭐 그리 대단하랴. 그자는 운명의 여신이 아니라 운명의 종복에 지나지 않아. 운명의 신의 손끝에 노는 괴뢰인걸. 하지만 모든 일을 한꺼번에 종말이 나게 하는 것은 위대하지. 그 한 번의 일이 모든 사건에 족쇄를 채워주고, 모든 변화에 빗장을 잠가줄 수 있다. 그 후는 영원히 잠자는 것, 그러면 거지나 카이사르나 다 같이 찾아 먹는 이 땅의 더러운 음식을 다시는 맛보지 않아도 된다.

프로쿨레이우스 등장 그가 창문 사이로 클레오파트라와 이야기할 때 갈루스와 병사들이 사다리를 타고 지붕으로 올라가 종묘 안으로 내려간다.

프로쿨레이우스　카이사르 각하께서 이집트의 여왕 전하께 문안 올립니다. 깊이 사려하시어 필요한 걸 요청하시면 모든 걸 받아들이겠다고 하십니다.

클레오파트라　이름이 뭐요?

프로쿨레이우스　프로쿨레이우스라고 합니다.

클레오파트라　안토니우스 장군으로부터 당신에 대한 얘기를 들었소. 당신만은 신뢰할 수 있는 인물이라고 하였소. 그러나 지금의 내 처지로서는 누구도 믿을 수가 없기 때문에 관심이 없소. 당신의 주인이 일국의 여왕에게 구걸을 하라고 하신다면 가서 이렇게 전하시오. 여왕은 체통을 지키기 위해서라도 왕국 하나 이하의 것은 구걸하지 않는다고 말이오. 정복한 이집트를 내 아들을 위해 주신다면 그것은 본래 나의 것이지만 나는 감사하며 그분 앞에 무릎을 꿇겠노라고.

프로쿨레이우스　심려 마십시오. 여왕 전하께서는 제왕의 손 안에 드셨으니 조금도 두려워하실 필요가 없습니다. 그분은 매우 인자하고 관대하셔서 은혜를 필요로 하는 사람들에게 바라는 걸 베푸시는 분입니다. 쾌히 보호를 받으시겠다는 여왕 전하의 뜻을 아뢰겠습니다. 카이사르 각하께서는 정복자이십니다만 무릎을 꿇고 은혜를 비는 사람에겐 온정을 베푸시는 분이십니다.

클레오파트라 돌아가서 이렇게 전하시오. 난 운이 좋은 그분이 손에 쥔 대권에 복종하겠노라고.

프로쿨레이우스 그리 아뢰겠습니다, 전하! 너무 심려치 마소서.

갈루스와 병사들이 클레오파트라와 시녀들 뒤로 나타난다.

갈루스 어때, 이렇게 쉽게 생포할 수 있잖은가. 카이사르 각하께서 오실 때까지 감시해라. (퇴장)

이라스 여왕 전하!

카르미안 아, 클레오파트라 전하! 포로가 되셨어요!

클레오파트라 자, 내 손아. (단검을 뺀다)

프로쿨레이우스 고정하십시오, 전하! 고정하십시오. (여왕의 손을 잡고 단검을 뺏는다) 이런 끔직한 일을 저지르시면 아니됩니다. 배신하는 것이 아니라 도와드리는 것입니다.

클레오파트라 에잇, 죽지도 못한단 말이오? 개도 죽어서 고통을 잊는다지 않는가?

프로쿨레이우스 전하, 공연히 자결하시어 카이사르 각하의 온정을 욕보이게 하셔선 아니됩니다. 전하께서 자결하시면 모든 것이 허사가 되고 맙니다.

클레오파트라　죽음의 신이여, 나에게로 오너라. 수많은 어린아이와 거지들을 잡아먹느니 나를 잡아먹어라. 이 여왕이 얼마나 값진가 말이다!

프로쿨레이우스　아, 고정하십시오, 전하!

클레오파트라　난 이제부터 먹지도 마시지도 않겠다. 쓸데없는 말을 한마디만 더 한다면 영영 잠을 자지 않겠다. 언젠가는 한 번 죽을 이 육체를 내 손으로 허물어뜨리겠다. 카이사르가 무슨 수를 쓰기 전에 말이다. 잘 들으시오. 난 결코 결박을 당하여 카이사르 궁전에 끌려가서 무릎을 꿇지는 않을 것이다. 또 그 투미한 옥타비아의 눈총을 받기도 싫디. 지들은 날 떠메고 가서 아우성치는 로마의 천민들 앞에 구경거리로 삼을 생각이겠지만 차라리 이집트의 시궁창이 훨씬 평화스런 무덤이다! 이왕이면 나일강 진흙 속에 벌거숭이로 묻혀 구더기가 들끓는 속에서 썩어 문드러지게 하겠다! 그러지 않으면 우리나라의 드높은 저 피라미드를 교수대 삼아 쇠사슬로 매달아 죽어버리겠다!

프로쿨레이우스　카이사르 각하를 만나보시고 나면 그런 끔찍한 생각들은 공연한 기우였다는 걸 아시게 될 것입니다.

　돌라벨라 등장

돌라벨라　프로쿨레이우스! 당신이 하신 일을 카이사르 각하께서 들으시고 날 보내셨소. 내가 여왕을 호위하리다.

프로쿨레이우스　돌라벨라, 고맙소. 여왕을 정중히 모시구려. (클레오파트라에게) 저를 전령으로 보내신다면 무엇이든 카이사르 각하께 아뢰겠

946

습다.

클레오파트라   죽고 싶어 한다고 전하시오. (프로클레이우스 퇴장)

돌라벨라   여왕 전하, 소신에 대한 소문은 들으셨겠지요?

클레오파트라   글쎄!

돌라벨라   확실히 알고 계실 겁니다.

클레오파트라   알든 모르든 무슨 소용이 있소. 당신은 소년이나 아녀자들이 꿈 얘기를 하면 언제나 비웃더군. 그게 당신네들의 버릇 아니오?

돌라벨라   무슨 말씀이신지요, 전하?

클레오파트라   난 안토니우스 황제의 꿈을 꾸었단 말이오. 아, 다시 한번 잠들어 그분을 만나보았으면!

돌라벨라   황공하오나!

클레오파트라   그분의 얼굴은 하늘 같았소. 그 하늘에는 태양과 달이 담겨 있어 궤도를 돌면서 이 작은 지구를 비추고 있었지.

돌라벨라   지존이신 여왕 전하!

클레오파트라   그분은 두 다리로 대양을 딛고 서 있으시고 높이 쳐든 팔은 세계를 장식했다고나 할까. 게다가 그분의 목소리는 천상의 음악처럼 아름다웠소. 좋은 사람을 대하실 때는 말이오. 그러나 대지를 진동시킬 때는 뇌성벽력과 같았소. 늘 인정이 많아 겨울이 없고, 추수를 할수록 점점 더 익어가는 풍요로운 가을 같았소. 즐거울 때는 수면 위로 등을 내밀고 뛰노는 돌고래 같았지요. 왕과 제후들이 그분의 녹을 먹는 하인들이오, 크고 작은 나라와 섬나라 정도는 그분의 주머니에서 떨어지는 은화처럼 수두룩했소.

돌라벨라　　전하!

클레오파트라　　그대는 내가 꿈에서 본 그런 분이 실제로 있었다고 생각하오? 아니면 있을 수 있다고 생각하오?

돌라벨라　　그렇게 생각하지 않습니다.

클레오파트라　　거짓말 마시오. 신들에게까지 들리겠소. 하지만 그런 분이 실제로 있다 하더라도, 또 과거에 있었다 하더라도 도저히 꿈에서도 상상할 수 없는 큰 인물이오. 불가사의한 힘을 창조해내는 힘은 자연이라도 공상을 따를 수 없는 법, 아무튼 안토니우스 같은 분은 공상에 도전한 자연의 걸작이며, 꿈의 그림자를 압도하고도 남는 분이에요.

돌라벨라　　진하, 전하의 상심은 현재의 신분만큼이나 크실 겁니다. 슬픔의 무게 또한 같을 것입니다. 전하의 비탄이 소신의 가슴에 와 닿아 가슴이 갈기갈기 찢기는 듯합니다.

클레오파트라　　고마운 말이오. 그런데 그대는 카이사르가 날 어떻게 하려는지 알고 있기나 하오?

돌라벨라　　알려 드리고는 싶지만 차마 입이 떨어지지 않습니다.

클레오파트라　　어서 말해 보오

돌라벨라　　카이사르 각하는 명예를 소중히 여기시는 분입니다만.

클레오파트라　　그럼 날 개선 행렬에 끌고 갈 생각이란 말이오?

돌라벨라　　전하, 소신이 아는 바로는 그렇습니다. (안에서 트럼펫의 화려한 연주) 길을 비켜라! 카이사르 각하의 행차이시다.

카이사르, 갈루스, 프로쿨레이우스, 마이케나스 등장

948

카이사르　　이집트의 여왕은?

돌라벨라　　황제 폐하이십니다, 전하. (클레오파트라, 무릎을 꿇는다)

카이사르　　무릎을 꿇지 않으셔도 좋습니다. 어서 일어나십시오, 이집트의 여왕이시어!

클레오파트라　　아닙니다, 이렇게 하는 것이 신의 뜻이옵니다. 내가 주인으로 섬기는 군주께 당연히 복종해야겠지요.

카이사르　　과히 나쁘게 생각지는 마십시오. 여왕께서 우리에게 끼친 상처는 사무치지만 그저 우연이 빚어낸 산물로 치부하고 있습니다.

클레오파트라　　천하에 단 한 분뿐인 군주님, 본인은 제 처지를 명분을 가지고 충분히 설명할 자신이 없습니다. 하지만 이것만은 고합니다. 저의 몸에 지워진 온갖 과오는 예전부터 이따금 우리들 여성의 수치로서 지적돼 온 것들일 따름입니다.

카이사르　　클레오파트라 여왕! 나는 그대의 죄를 추궁하려는 것이 아니라 경감하려 하오. 만일 여왕께서 나의 의도에 순응하신다면 과오에 대한 처벌은 더없이 관대하여 전화위복의 운을 맞게 될 것이오. 그러나 만일에 안토니우스가 택한 길을 취하시어 나에게 잔학한 자라는 누명을 씌우신다면 나의 호의를 잃는 것은 물론 얼마든지 보호를 받을 수 있는 자제들까지도 멸망케 됩니다.

클레오파트라　　세상의 땅덩어리가 모두 당신 것입니다. 우리는 각하의 방패이자 정복의 표시이니 어디에고 장식하십시오. 이걸 보십시오. (서면을 내민다)

카이사르　　원하는 일이라면 뭐든 서슴지 마시고 제시하십시오.

클레오파트라　　이건 저의 소유물인 화폐와 금은 그릇, 그리고 보석 목록입니다. 정확한 가격이 매겨져 있으며, 대단치 않은 물건들은 기록하지도 않았습니다. 셀레우쿠스는 어디 있소?

셀레우쿠스 등장

셀레우쿠스 여기 있습니다.

클레오파트라 이 사람이 저의 재무관입니다. 허위를 고하면 엄벌에 처하기로 하고 물어보십시오. 숨겨둔 것은 한 가지도 없으니까요. 셀레우쿠스, 사실대로 말해요.

셀레우쿠스 소신은 거짓말을 하여 엄벌을 받느니보다 차라리 입을 봉해버리겠습니다.

클레오파트라 에잇, 내가 뭘 감추기라도 했느냐?

셀레우쿠스 전하께서 발표하신 물건들을 다시 사들일 만큼요. 아니, 얼굴을 붉히지 마십시오. 현명한 처사이십니다.

클레오파트라 아, 카이사르 각하! 보십시오, 권력에 비아냥거리는 것을! 저의 신하가 지금은 각하를 따르려고 하는군요. 만일에 처지가 바뀌면 각하의 신하가 저의 신하가 되겠지요. 배은망덕한 셀레우쿠스, 너 때문에 미칠 것 같다. 아, 쓸개도 없는 자야, (위협하면서) 돈에 팔린 매춘부보다도 더한 자로다. 에끼, 물러가려느냐? 그래, 물러가는 것이 당연하다. 하지만 네 두 눈에 날개가 돋아난다 해도 내 놓치지 않으리라. 종놈의 자식, 비열한 불한당!

카이사르 여왕, 이제 고정하시지요.

클레오파트라 오, 이 무슨 지독한 치욕입니까. 천하의 군주이신 각하께서 황송하옵게도 초라한 저를 방문하시어 경의를 표하는 이 마당에, 하필이면 저의 신하가 온갖 치욕을 받고 있는 지금의 처지에 한술 더 떠서 자기의 악의까지 더 보태주다니! 글쎄, 카이사르 각하! 설사 제가 여자들이 사용하는 보잘것없는 노리개며 친구에게 보내는 선물 따위를 감추어두었기로서니, 또 각하의 부인이신 리비아와 누이이신 옥타비아에게 중재를 청하려고 고상한 물건을 따로 두었다 해서 제가 기르다시피 한 자에게 그런 걸 폭로당해야만 합니까? 아, 제가 겪고 있는 비운의 아픔보다 더 마음을 아프게 하는군요. (셀레우쿠스에게) 내 눈앞에서 썩 물러가거라. 물러가지 않으면 내 운명의 여신을 통해 내 영혼의 불길이 다시 타오르는 것을 보여줄 테다. 네놈도 사나이라면 이 여왕을 가엾게 생각할 게 아니냐.

카이사르　셀레우쿠스, 물러가라.

클레오파트라　지존의 몸은 아랫것들이 한 일로 오해를 받기 일쑤고, 몰락한 상황에는 다른 사람의 죄를 뒤집어쓰게까지 되니 얼마나 딱한 일입니까?

카이사르　여왕께서 간수해 둔 물건이나 공개하신 물건을 본인은 전리품 목록에 넣지 않습니다. 카이사르는 상인이 아닙니다. 장사치들이 매매한 물건을 가지고 여왕과 흥정하지는 않습니다. 그러니 그런 생각으로 마음에 감옥을 짓지 마십시오. 여왕의 소원대로 환대하고자 합니다. 식사며 수면을 마음껏 취하십시오. 이 몸은 여왕의 친구로서 동정과 배려를 소홀히 하지 않겠습니다.

클레오파트라　저의 주군이신 각하! (무릎을 꿇는다)

카이사르　(일으키면서) 아닙니다. 친구로 족합니다. 자, 그럼. (카이사르와

그의 일행 퇴장)

클레오파트라　　날 감언이설로 속이려는 거야. 내가 마지막으로 고결한 행동을 취하지 못하게 방해하려는 거다. 이봐, 카르미안.

이라스　　각오를 단단히 하십시오, 전하! 날은 이미 저물었습니다. 이젠 어둠 속으로 갈 수밖에 없습니다.

클레오파트라　　다시 한번 서둘러 가봐라. 내 이미 분부해놓았으니 준비가 되었을 게다. 재촉해서 가져오도록 하라.

카르미안　　전하, 분부대로 하오리다.

　돌라벨라 등장

돌라벨라　　여왕 전하께서는 어디 계시오?

카르미안　　저기요.

클레오파트라　　돌라벨라?

돌라벨라　　전하의 어명으로 맹세한지라 소신은 그 어명을 신성한 의무로 생각하므로 아뢰나이다. 카이사르 각하께서는 시칠리아를 거쳐 개선할 계획이십니다. 그리고 사흘 이내에 전하와 자녀들을 먼저 떠나보내실 예정이옵니다. 이 점 통찰하시어 선처하십시오. 이제 소인은 전하의 뜻대로 약속을 이행하였습니다.

클레오파트라　　돌라벨라, 그대의 호의를 잊지 않겠소.

돌라벨라　　한시도 충절을 저버리지 않겠습니다. 그럼 물러가겠습니다. 카이사르 각하께 가봐야겠습니다.

클레오파트라　　잘 가시오, 고맙소. 이라스, 너는 어떻게 생각하느냐?

너도 이집트의 꼭두각시라고 해서 로마에서 나와 함께 구경거리가 될 것이다. 기름때가 묻은 앞치마를 두르고 나무며 망치를 손에 든 천한 직공놈들이 우리를 높이 떠메고 구경을 시킬 것이다. 그자들이 천한 음식을 먹고 풍기는 고약한 냄새를 맡지 않을 수 없다.

이라스   말도 안 되는 일이에요, 싫습니다요!

클레오파트라   틀림없이 그렇게 될 것이다! 아니꼬운 사령들이 우리들을 무슨 매춘부처럼 체포할 것이고, 거렁뱅이 시인들은 우리 얘기를 장단도 맞지 않는 노래로 지어 부를 것이다. 약삭빠른 희극배우들은 즉석에서 우리들을 즉흥극으로 꾸며 알렉산드리아의 술잔치 장면을 펼쳐 안토니우스 장군님을 술주정뱅이로 등장시킬 것이다. 빽빽거리는 애송이놈은 나를 화냥년으로 분장시켜 내 위엄을 욕되게 할 것이다.

이라스   설마, 그럴 리가요!

클레오파트라   아냐, 틀림없어.

이라스   전 죽어도 그런 꼴은 못 봅니다요! 그렇게 되느니 차라리 제 눈알보다 강한 이 손톱으로 눈을 찔러 세상을 보지 않겠습니다.

클레오파트라   하긴 그것도 하나의 방법이 될 것이다. 놈들의 계책을 우롱해주고, 어리석은 속셈을 비웃어줄 수 있는 것이니까.

카르미안 등장

오, 카르미안! 얘들아, 날 여왕답게 치장해다오. 가서 제일 좋은 정장을 가져오너라. 안토니우스 장군님을 만나러 다시 시드누스 강으로 가련다. 이라스, 어서 빨리. 아, 카르미안, 속히 해치워야겠다. 이 일만 끝내면 최후의 심판날까지 한가로이 쉴 수 있는 휴가를 네게 주마. 왕관과 모든 것을 다 가져오너라. (이라스 퇴장. 떠들썩한 소리가 들린다) 저 소리는 무슨 소린고?

병사 등장

병사　웬 촌것이 와서 군이 전하를 배알하겠다고 야단입니다. 무화과를 가지고 왔답니다.

클레오파트라　이리로 들여보내거라. (병사 퇴장) 보잘것없는 것으로 훌륭한 일을 해낼 수도 있지! 그자가 나에게 자유를 가져온 거다. 결심은 굳었다. 이제 여자의 근성도 없다. 내 머리에서부터 발끝까지 온통 대리석처럼 탄탄하다. 변하기 쉬운 달의 영향 같은 건 받지 않는다. (황금의자에 앉는다)

병사, 광주리를 든 촌뜨기 광대와 같이 등장

병사　이 사람이옵니다.

클레오파트라　그 사람은 거기 두고 물러가거라! (병사 퇴장) 사람을 물어 죽여도 고통을 주지 않는 나일 강의 예쁜 뱀을 가지고 왔느냐?

광대　네, 그러나 소인은 그놈을 건드리지 마십사 부탁드리고 싶습니다요. 한 번 물리기만 하면 끝장이니 말입니다.

클레오파트라　물려 죽은 사람을 본 적이 있느냐?

광대　허다하지요. 남자, 여자 모두요. 바로 어제도 한 사람 봤습니다.

매우 정숙한 아낙인데, 거짓말을 좀 한다더군요. 여자란 정숙한 체하지만 사실은 곧잘 거짓말을 하거든요. 아무튼 그 여자가 그놈한테 어떻게 물려 죽었고, 얼마나 아팠는지를 얘기하더군요. 정말이지 뱀에 대해 말을 잘하더군요. 하지만 여인네들의 말을 다 믿다가는 큰일나지요. 그러나 절대로 틀림없는 건 이 뱀이란 놈은 참 희한한 물건이란 겁니다요.

클레오파트라 그만 물러가거라. 수고했다!

광대 뱀과 실컷 재미를 보시요. (바구니를 의자 옆에 내려놓는다)

클레오파트라 잘 가거라.

광대 하지만 조심하시와요. 저 뱀이란 놈은 타고난 버릇을 어쩌지 못하거든요.

클레오파트라 염려 마라. 조심할 테니.

광대 아무것도 주지 마세요. 기를 만한 물건이 못 되니까요.

클레오파트라 날 잡아먹을까?

광대 저를 숙맥으로 생각하진 마십시오. 악마도 여자를 잡아먹진 않습니다. 하긴 여자는 하느님 차지지요. 악마가 찍어놓은 게 아니라면요. 한데 망할 놈의 악마가 여자 일로 하느님을 어지간히 애를 먹인답니다. 여자 열 사람을 하느님이 만들어놓으면 다섯 사람은 악마가 망쳐놓는다나요.

클레오파트라 좋다, 물러가거라.

광대 네. 뱀과 실컷 즐기시와요. (퇴장)

이라스, 의상과 왕관 등을 가지고 다시 등장

클레오파트라 그 옷을 입도록 도와주고, 왕관을 씌워다오. 영원불멸한 것이 여간 그립지 않구나. 이제 이집트 포도주도 이 입술을 다시는 적셔주지 못할 것이다. 속히, 속히, 이라스! 내 귀에는 안토니우스 장군님이 부르는 소리가 들린다. 나의 훌륭한 처사를 칭찬하려고 몸을 일으키시는 모습이 눈에 선하구나. 카이사르의 행운을 조롱하는 소리도 들린다. 신들이 사람들에게 행운을 내리는 것은 나중에 분노할 구실을 삼으려는 거야. 오, 낭군님! 이제 저는 당신께로 갑니다. 나의 용기여, 그분의 아내에 부끄럽지 않게 해다오. 난 이젠 불과 공기뿐이다. 흙과 물은 천한 이승에 남겨두겠다. 자, 다 되었느냐? 그럼 이리 와서 아직 따뜻한 내 입술에 입을 맞춰라. 잘 있거라. 상냥한 카르미안, 이라스, 영원히 작별이다. (그녀들에게 입을 맞춘다. 이라스 쓰러져 죽는다) 내 입술에 독사의 독이라도 묻었단 말이냐? 쓰러지다니! 너의 목숨이 그렇게 조용히 떠난다면 죽음의 신에게 맞아 죽는 것은 애인에게 꼬집히는 것이나 다름없구나. 아프긴 해도 즐거운 법. 아직도 쓰러져 있느냐? 이렇게 고통 없이 네 영혼이 사라진다면 이 세상이란 작별 인사를 할 가치도 없다는 걸 가르쳐주는 것 같구나.

카르미안 먹구름아! 녹아 풀어져 비를 퍼부어라. 신들도 통곡을 한다고 말하고 싶다.

클레오파트라 난 비열한 여자가 되고 말았다. 이라스가 먼저 가서 곱슬머리 안토니우스 장군님을 만난다면 그분은 그애에게 나에 관한 일을 묻고서 내가 천국같이 느끼는 그 키스를 그애에게 해주실 테지? 자, 죽음의 사자야 (독사를 가슴에 갖다 댄다) 날카로운 네 이빨로 착잡한 생명의 매듭을 단번에 끊어다오. 아, 말할 수 있다면 네가 대카이사르를 지

956

모도 수완도 없는 얼간이 바보라고 비웃는 소리를 들을 수 있을 텐데.

카르미안　아, 동방의 샛별님이여!

클레오파트라　쉿, 아기가 내 품 안에서 젖을 빨며 조용히 유모를 잠들게 하는 것이 보이지 않느냐?

카르미안　아, 터져라! 내 가슴아!

클레오파트라　향유처럼 상쾌하고 공기처럼 가뿐하고 정겨운 안토니우스! 너도 이리 와! (또 한 마리의 독사를 팔에 갖다 댄다) 내가 무엇 때문에 주저하며 살아남겠느냐! (죽는다)

카르미안　이 더러운 세상에 말씀이죠? 그럼 안녕히 가세요! 아, 죽음의 신이여, 빼기어라. 천하의 절세미인이 네 손아귀에 들어갔노라. (눈을 감기면서) 보드라운 창문을 닫아야지. 황금빛 태양을 이렇게 고귀한 눈을 가진 자가 바라보는 일이 다시는 없으리라. 왕관이 비뚤어졌어요. 제가 바로잡아 드릴 테니 편하게 노십시다. 이제 저의 일도 끝나는 거죠.

병사들, 떠들썩하게 등장

병사 1　여왕은 어디 계시오?

카르미안　조용히! 잠을 깨시면 안 돼요.

병사 1　카이사르 각하로부터……

카르미안　너무 늦게 왔어요. (독사를 몸에 댄다) 자 빨리, 빨리 처치해 다오. 아, 느낌이 온다.

병사 1　만사가 다 글렀네. 카이사르 각하가 속으셨다.

병사 2　각하가 보낸 돌라벨라가 있을 것이다. 그분을 불러.

병사 1 카르미안, 어째서 이런 일이 있을 수 있단 말이오?

카르미안 훌륭해요. 오랜 왕통의 피를 이어받은 여왕으로서 지당한 일이오. 아, 병사! (죽는다)

돌라벨라 다시 등장

돌라벨라 어떻게 되었소?

병사 2 모두 죽었습니다.

돌라벨라 카이사르 각하, 각하의 예측이 들어맞았습니다. 막으려고 그렇게 애를 쓰셨는데, 이런 저절한 종말을 보시게 됐군요.

외치는 소리 길을 비켜라! 카이사르 폐하의 행차시다!

카이사르와 그 일행이 행진하며 등장

돌라벨라 아, 각하! 각하께서는 영묘한 예언자이십니다. 염려하시던 일이 그대로 들어맞았습니다.

카이사르 참으로 훌륭한 최후로다. 내 여왕의 의향을 짐작했는데 과연 여왕답게 자기의 갈 길을 갔구나. 어떻게 죽었지? 피를 흘리지도 않았구나.

돌라벨라 마지막에 뵌 사람이 누구냐?

병사 1 무화과를 가지고 온 비천한 시골뜨기였습니다. 이게 그 바구니입니다.

카이사르 그렇다면 독이로구나.

병사 1 아, 카이사르 폐하! 이 카르미안은 방금 전까지도 살아 있었습니다. 서서 말도 하고요. 돌아가신 여왕의 왕관을 바로 잡아주고 있었습니다. 그러다가 온몸을 바들바들 떨다가 그만 갑자기 쓰러졌습니다.

카이사르 아, 장한 죽음이다. 만약 그녀들이 독을 마셨다면 몸이 부어오를 텐데. 여왕은 그저 잠자는 것같이 보이는구나. 마치 절세의 아름다움의 덫으로 또 하나의 안토니우스를 사로잡기라도 하려는 듯이 말이다.

돌라벨라 여기 여왕 가슴에 피가 나온 흔적이 있습니다. 약간 부었습니다. 팔에도 있고요.

병사 1 그건 독사가 문 자국입니다. 이 무화과 잎사귀에는 끈끈한 점액이 묻어 있습니다. 나일강의 동굴 속에도 독사가 이같은 자국을 내고 있습니다.

카이사르 틀림없이 그렇게 죽었을 것이다. 시의 말로는 여왕은 쉽게 죽을 수 있는 방법을 수없이 찾았다고 한다. 여왕이 누운 침상을 들어올려라. 그리고 시녀들의 시체를 사당 밖으로 내가거라. 그리고 여왕을 안토니우스 곁에 매장해주어라. 이 세상의 어떤 무덤도 이렇게 고명한 한 쌍을 품고 있지는 못할 것이다. 이런 비참한 사건은 그 사건을 일으킨 자에게 큰 감동을 주는 법! 그리고 그들의 이야기는 비극을 빚어낸 승리자의 영광이기도 하겠으나 온 세상의 영원한 동정을 불러일으킬 정도의 감동을 준다. 우리 군대는 엄숙한 대오를 갖추어 이 장례의식이 원활하게 진행되도록 하오. (카이사르 일행 퇴장. 병사들 시체를 가져간다)

뜻대로
하세요

여자의 잔머리를 가볍게 보지 마세요.
잔머리의 문을 닫으면 창문으로 튀어나오고
창문을 닫으면 열쇠 구멍으로 튀어나오죠.
그것을 가로막으면 연기가 되어 굴뚝으로 나오고요.

등장인물

로잘린드 | 추방당한 노공작의 딸

실리아 | 프레드릭 공작의 외동딸

올리버 | 로랜드 드 보이스 경의 장남

올란도 | 로랜드 드 보이스 경의 막내아들

제이크스 드 보이스 | 로랜드 드 보이스 경의 둘째아들

프레드릭 공작 | 노공작의 동생

노공작 | 로잘린드의 아버지

애덤 | 올리버의 하인

터취스턴 | 어릿광대

데니스 | 올리버의 하인

애미언스, 제이퀴스 | 추방당한 공작을 섬기는 귀족들

코린, 실비어스 | 목동들

르보 | 프레드릭의 신하

찰스 | 프레드릭의 씨름꾼

피비 | 양치기 처녀

오드리 | 시골 처녀

윌리엄 | 오드리를 사랑하는 시골 청년

올리버 마텍스트 | 목사

시종들

　권력과 영토를 놓고 혈육간의 분쟁을 벌이는 이 작품은 T. 로지의 소설 《로잘린드》(1590)를 취재해 만든 작품이다. 프레드릭 공작은 자신의 형을 내쫓고 권력을 찬탈한다. 이때 공작의 딸 실리아는 사촌언니 로잘린드와 헤어져서는 살 수 없다며 공작에게 애원을 해 로잘린드는 궁에 머무르게 된다.

　한편 마을 청년 올란도는 형인 올리버의 미움을 받으며 하루하루 천민처럼 살아가지만 사람들은 올리버보다 올란도를 더 좋아한다. 그러던 어느 날 공작이 주최한 씨름대회에서 찰스를 이기게 되고, 이 모습을 본 로잘린드는 올란도에게 첫눈에 반해 사랑에 빠진다.

　그러나 씨름대회에서 상대를 이긴 것이 화근이 되어 형에게 쫓겨난 올란도는 아덴의 숲으로 향하게 되고, 동시에 로잘린드도 프레드릭의 엄명으로 궁에서 빠져나와, 사촌동생 실리아와 함께 아버지가 살고 있는 아덴의 숲으로 향한다. 남장으로 변장을 한 로잘린드는 그곳에서 목장을 사서 실리아와 살게 된다. 어느 날 날마다 나무에다 연서를 쓰는 올란도를 보지만, 남장을 한 처지여서 알은체를 하지 못한다.

　올란도를 사랑하는 로잘린드는 상사병에 걸린 올란도를 상대로 한 가지 꾀를 내어 날마다 자신에게 사랑을 고백하도록 한다. 그러는 가운데 올란도가 자신의 형인 올리버를 구하기 위해 암사자와 격투를 벌이다 사고를 당하게 되고, 그 사실을 안 로잘린드는 드디어 자신의 정체를 밝히고 결혼에 이른다. 한편 올란도의 형 올리버는 동생을 살해하려다가 오히려 동생에게 구조되어 마음을 바꾸어 실리아와 결혼을 하게 되고, 프레드릭 공작 역시 자신의 죄를 뉘우치고 형에게 권력을 돌려준다.

제 1 막

제 1 장

올리버의 집 정원

올란도와 애덤 등장

올란도　(칼싸움) 애덤, 내 말 좀 들어보게나. 아버님께서는 비록 적은 돈이지만 1천 크라운을 내 몫으로 주시고 세상을 떠나셨지. 자네 말대로 큰형에게 축복을 내리시며 나를 정성껏 돌보라고 당부하시는 것도 잊지 않으셨고. 그런데 내 불행은 거기서부터 시작된 거야. 작은형 제이크스는 대학도 다녔을 뿐만 아니라 들리는 소문에 따르면 유산도 듬뿍 받았다고 해. 내 신세와는 영 딴판이지. 형이라는 자는 나를 시골구석에 처박아두고 뼈대 있는 가문의 자손들이 받는 교육은커녕 빈둥거리게 방치하니 말이야. 내가 외양간에 갇힌 소와 다를 게 뭔가. 아니 오히려 형네 말들보다 못한 팔자야. 말들은 윤기가 번지르르 흐를 만큼 잘 먹고 비싼 돈을 주고 조련사까지 고용하고 있는데, 동생인 나는 고작 세끼 밥을 얻어먹는 것뿐이라고. 그야말로 쓰레기통을 뒤져 먹고 사는 짐승들이나 다를 바가 없지. 게다가 형님은 내 앞으로 남겨진 유산까지 빼앗아갈 태세야. 머슴들하고 함께 밥을 먹으라고 하질 않나. 나를 무식하게 만들어 훌륭한 성품을 없애려는 속셈인 거야. 애덤, 내 말이 무슨 뜻인지 알겠나? (올리버 등장)

올리버   야, 여기서 뭘 하는 거야?

올란도   뭘 하긴요. 도대체 뭘 배운 게 있어야 뭣이라도 하죠.

올리버   못된 짓이야 배우지 않아도 할 수 있지.

올란도   그러게요. 형님을 도우려고 하느님이 만드신 이 못난 동생의 신세를 더욱 망치고 있는 중이죠. 이렇게 빈둥거리면서 말이죠.

올리버   게으름뱅이 같은 녀석, 저리 가서 일이나 해.

올란도   형님네 돼지나 치면서 감자나 먹으며 살까요? 제가 무슨 못된 짓을 했다고 이렇게 짐승처럼 살아야 하죠?

올리버   이 녀석아, 여기가 감히 어딘 줄 알고?

올란도   어디긴요? 형님네 마당이죠.

올리버   감히 누구 앞에서 함부로 지껄여! (때린다)

올란도   이러지 마세요. 형님은 힘 가지고는 저를 못 당할걸요! (형의 목을 잡는다)

올리버   이 나쁜 놈! 감히 나한테 손을 대다니!

올란도   나쁜 놈이라뇨. 저는 로랜드 드 보이스 경의 막내아들이에요. 그분이 나쁜 놈을 낳았다고 말하는 자는 나쁜 놈보다 몇 배나 더 나쁜 놈이죠. 내 친형만 아니었다면 이 손으로 목을 누르고, 그따위 악담을 내뱉은 혓바닥을 지금 당장 뽑아버렸을 거예요.

애 덤   (앞으로 나오며) 나리, 제발 참으세요. 돌아가신 아버님을 생각해서라도 의좋게 지내서야죠.

올리버　(몸부림을 치면서) 이거 놓지 못해!

올란도　못 놔요. 분통이 터져도 제 말부터 들으세요. 아버지는 형님께 저를 교육시키라고 유언하셨지요. 그런데 형님은 저를 농사꾼으로 길렀습니다. 신사다운 품격과는 아주 담을 쌓았지요. 하지만 저의 몸에서 아버지의 성품이 자라고 있으니 더 이상 참을 수가 없어요. 그러니 저한테 교육을 시켜주시거나 아니면 유언장대로 서푼어치밖에 되지 않는 유산을 주세요. 그걸로 팔자를 고칠 테니까요. (형을 놔준다)

올리버　그걸로 뭘 하려고? 다 털어먹고 거지노릇이나 하려고? 하여튼 너하고 싸우고 싶지 않으니 안으로 들어가서 말하자. 유언대로 네 몫을 줄 테니 저리 가자.

올란도　제 몫을 제대로 받기만 하면 더는 괴롭히지 않을게요. (올란도와 애덤 퇴장하고 찰스 등장)

찰 스　안녕하십니까, 각하.

올리버　어서 오게, 찰스. 궁궐에 무슨 새 소식이라도 있는가?

찰 스　새 소식은 없고요, 묵은 소식뿐이죠. 새 공작님이 형님 공작을 추방했답니다. 그래서 형님 공작과 신하들 몇 명이 귀양살이를 떠났다고 합니다. 새 공작님은 그분들의 토지와 수입으로 더욱 부유해졌으므로 그분들의 귀양을 기꺼이 허락했답니다.

올리버　그럼 공작님의 따님 로잘린드 아가씨도 부친과 함께 귀양을 갔단 말인가?

찰 스　아닙니다. 새 공작님의 따님과 로잘린드 아가씨는 요람에서부터 함께 자란지라 로잘린드 아가씨가 귀양을 가면 함께 따라가든지 죽겠다고 아우성을 쳐서 남아 있게 되었죠. 그래서 로잘린드 아가씨는

966

궁궐에 남아 친딸 못지 않게 삼촌의 사랑을 받고 있답니다. 아무튼 그렇게 사이가 좋은 자매는 처음 봅니다요.

올리버 형님 공작님은 어디로 가셨다고 하더냐?

찰 스 소문에 따르면 아덴 숲속으로 가셨다고 합니다. 그곳에서 많은 부하들을 거느리고 옛날의 로빈후드처럼 살고 있답니다. 젊은 신사들이 날마다 떼지어 몰려와 근심 걱정 없이 살고 있으니 무릉도원이 따로 없답니다.

올리버 그건 그렇고, 자네는 내일 새 공작님 앞에서 씨름을 하기로 했다며?

찰 스 네, 마침 그 말씀을 드리려고 왔습니다. 은밀히 들은 이야기입니다만, 각하의 동생 올란도 씨도 신분을 감추고 저와 한판 승부를 겨룬다는 소리를 들었습니다. 하지만 내일 저는 제 명예를 걸고 출전할 생각입니다. 대단한 실력이 아니면, 저와 맞설 경우 팔다리가 온전히 남아나지 못할 것입니다. 각하를 생각해서라도 아직 젊고 연약한 각하의 동생 분을 패대기치고 싶지 않습니다만, 대회에 참석하신다면 어쩔 수가 없겠지요. 그래서 말씀드리러 온 것입니다. 그러니 각하께서 동생 분의 출전을 말리시든가, 아니면 그분이 천방지축으로 나서다가 당하는 치욕은 자업자득이지 제 본의는 아니라는 걸 알았으면 해서 말입니다.

올리버 고맙군, 찰스. 그 녀석은 야심이 많고 질투심이 강해 이 형에게까지 간악한 음모를 꾸미고 있다네. 이런 판국이니 자네 마음대로 하게. 그 녀석의 목이라도 부러진다면 내 원이 없겠네. 하지만 그 녀석을 섣불리 건드렸다간 큰코 다칠 수도 있어. 그 녀석은 힘으로 자네를 이기지 못하면 비열한 술책이라도 써서 자네의 목숨을 빼앗을 때까지 물고늘어지겠지. 그 녀석의 간악 무도함을 생각하면 내가 눈물이 다 날 지경이네. 젊은 녀석치고 그토록 악랄한 녀석은 세상에 둘도 없을 걸세. 차마 동생이라 입에 담을 수는 없지만 그걸 자네가 들으면 놀라 자빠질걸세.

찰 스 각하를 찾아뵙기를 참으로 잘한 것 같습니다. 내일 동생분이 씨름판에 나오면 혼쭐을 내야겠군요. 만일 제 발로 걸어나간다면 다시는 씨름판에 나오지 못할 것입니다. 안녕히 계십시오, 각하.

올리버 잘 가게, 착한 찰스. (찰스 퇴장) 이젠 그 애송이 놈을 부추겨야겠군. 그 자식이 씨름에서 지면 정말 춤이라도 추겠군. 왠지 주는 것 없이 미운 놈이란 말이야. 그놈은 학교 문턱에도 가지 않았건만 유식할 뿐 아니라 품위 있고 신사다워. 게다가 마음씨까지 착해서 사람들로부터 사랑을 독차지하고 있지. 그놈을 잘 아는 내 하인 놈들도 그 녀석에게 홀딱 빠져 있으니, 명색이 주인인 내 평판만 점점 더 나빠지게 해. 그러나 이젠 그것도 얼마 남지 않았지. 이 씨름꾼이 해치울 테니. 얼른 그놈을 선동해서 씨름판에나 가게 해야겠군. 자, 어서 이 일을 시작해야지. (안으로 들어간다)

제 2 장

공작 궁궐 앞 잔디밭

로잘린드와 실리아 등장

실리아   오, 로잘린드 언니, 제발 부탁이니 얼굴 좀 펴봐.

로잘린드   실리아, 나는 지금 최고로 명랑한 척하는 거야. 더 이상 어떻게 즐거운 척하니? 추방된 아버지 생각을 잊을 수만 있다면 얼굴은 얼마든지 펼 수 있겠지.

실리아   그렇구나. 내가 언니를 사랑하는 만큼 언니는 날 사랑하지 않는 거야. 나는 큰아버지가 우리 아버지를 추방했다 해도, 언니가 내 곁에 있으면 아마 큰아버지를 친아버지처럼 사랑했을 거야. 언니 사랑이 내 사랑만큼 깊다면 그렇게 할 수 있을 텐데.

로잘린드   알았어. 나도 모든 걸 잊고 너와 함께 즐길게.

실리아   그래, 언니도 알다시피 사실 우리 아버지에게는 나 하나뿐이 잖아. 그렇다고 앞으로 더 생기지도 않을 테고. 그러니 아버지가 돌아가시면 틀림없이 언니가 이 집의 상속자가 될 거야. 나는 아버지가 큰아버지한테서 강제로 빼앗은 모든 것을 언니한테 되돌려줄 생각이니까, 내 이름을 걸고 약속할게. 꼭 그렇게 할 거야. 만일 이 약속을 어긴다면 난 짐승이야. 자, 그러니까 사랑스런 언니, 이제 장미꽃처럼 화사하게 웃어봐.

로잘린드   좋아, 그러자꾸나. 우리 즐거운 놀이라도 생각해보자. 뭐가 있을까? 그래, 연애하는 건 어때?

실리아   그게 좋겠네. 심심풀이로 한다면 괜찮겠어. 하지만 진정으로 남자를 사랑해서는 안 돼.

로잘린드   그럼 우리 어떤 놀이를 하지?

실리아   이건 어떨까? 이렇게 우두커니 앉아서 운명의 여신을 비웃는 것 말이야. 운명의 여신이 수레바퀴에서 손을 떼게 하는 거야. 그럼 인간에게 공평하게 베풀겠지.

로잘린드   그렇게 된다면 얼마나 좋겠니? 행운의 선물은 늘 엉뚱한 곳으로 가잖아. 특히 인심 좋고 맹목적인 여신이 여자들에게 베푸는 은총은 어처구니 없는 경우가 많거든.

실리아   정말 그래. 아름다우면 정조가 부족하고, 정조가 곧으면 미모가 따르지 않고.

로잘린드   하지만 그건 운명의 여신이 하는 일이 아니라 자연의 여신이 하는 일이지. 운명의 여신은 이 세상의 행복과 불행을 다스릴 뿐이지 자연이 창조하는 미모와는 관계가 없어.

　　터취스턴 등장

실리아   정말 그럴까? 자연이 미인을 만든다 해도 그 미인이 운명 때문에 불에 타버리게 되는 것도 있잖아. 자연이 우리들에게 운명을 조롱할 만큼 지혜를 주었지만 (터취스턴을 보고) 우리들 토론을 방해하기 위해 저 바보를 우리한테 보낸 건 운명이 아닐까?

로잘린드　　하긴 운명의 힘이 자연의 힘보다 강한지도 몰라. 운명이란 것이 자연이 준 지혜를 방해하고 있으니 말이야.

실리아　　그렇지 않으면 우리들의 지혜가 너무 보잘것없어서 운명의 여신들을 논할 힘이 없으니까 지혜를 좀 더 날카롭게 닦으라고 저 바보를 우리에게 보내준 게 아닐까? 바보를 보면 지혜로워져야겠다고 생각하잖아. 이봐요, 지혜로운 양반, 어딜 어슬렁거리며 가나요?

터취스턴　　아가씨, 아버지께서 아가씨를 부르십니다.

실리아　　저기 르 보 씨가 오시네.

르보 등장

로잘린드　　새 소식을 입에 가득 물고 오는군.

실리아　　제비가 새끼들에게 먹이를 주듯 우리들에게 소식을 먹이겠지.

로잘린드　　우린 소식만으로도 배가 부르지.

실리아　　잘됐지 뭐. 덕분에 우리도 장터에서 잘 팔릴 테니까. 르 보 씨, 안녕하세요? 무슨 새 소식이라도 있나요?

르 보　　아름다운 공주님, 흥겨운 놀이가 있었는데 놓치셨군요.

실리아　　흥겨운 놀이라뇨?

르 보　　뭐랄까, 뭐라 말씀드려야 알 수 있을까?

로잘린드　　그야 지혜로 안 되면 운명이 시키는 대로 해보시지요.

터취스턴　　(조롱 투로) 아니면 운명을 하늘에 맡기시고요.

실리아　　신경 쓰지 마세요. 그냥 내뱉은 말이니까.

르 보　　공주님들한텐 못 당한다니까. 아주 흥겨운 씨름을 놓치셨다는 말을 하려던 참이에요.

로잘린드   그럼 그 광경을 설명해주시면 되잖아요.

르 보   그러면 되겠군요. 지금 첫판을 말씀드릴 테니까 혹시 마음에 드시면 끝판을 보시면 되죠. 진짜 씨름은 이제부터 시작하니까요. 그것도 두 분이 계시는 바로 이곳에서 시합을 하실 테니까요.

로잘린드   실리아, 우리 씨름 구경하는 건 어때?

르 보   보고 싶지 않으셔도 보게 될 것입니다. 바로 여기에서 다음 씨름판이 열리거든요. 이제 곧 시작할 겁니다.

실리아   정말 저기 오고 있네. 그럼 여기 있다가 구경해야겠네.

   프레드릭 공작, 귀족들, 올란도, 찰스, 시종들 등장

프레드릭   자, 준비되었으면 시작하라. 저 젊은이는 아무리 타일러도 듣지 않으니, 그야말로 사자 입에 손을 집어넣은 격이지.

로잘린드   저기 있는 저 사람 말인가요?

르 보   예, 바로 저 사람이에요.

실리아   어머나, 생각보다 훨씬 더 젊어 보이네요. 하지만 잘해낼 것 같기도 한데.

프레드릭   웬일이냐? 설마 씨름 구경하려고 나온 건 아니겠지?

로잘린드   맞아요. 숙부님께서 허락해주세요.

프레드릭   너희들이 보기에는 재미 없을 거야. 저 젊은이를 상대하려는 자가 천하장사라서 말이다. 그래서 젊은이를 설득했건만 들은 척도 하지 않는구나. 너희들이 설득하면 혹시 들을지도 모르니, 한번 말해보겠니?

실리아   르 보 씨가 좀 불러주세요.

프레드릭   내가 자리를 비켜줄 테니 말해보렴. (자리를 뜬다)

르 보   이봐, 도전자 양반, 공주님들께서 부르시네.

올란도   (앞으로 나서며) 의무감과 존경심으로 분부 받들겠습니다.

로잘린드   당신이 저 천하장사 찰스에게 도전하셨나요?

올란도   아닙니다, 아름다운 공주님. 저자가 누구에게나 도전하는 것입니다. 저는 다만 다른 사람과 마찬가지로 저자와 맞붙어 제 힘을 가늠해 보고 싶을 뿐입니다.

실리아   젊은 양반, 너무 자신을 과신하는 건 아닌가요? 저 사람이 얼마나 대단한 힘을 가졌는지 직접 눈으로 보지 않았나요? 잠깐만 생각해도 지금 당신이 얼마나 무모한 모험을 하는지 알 거예요. 제발 부탁하노니 기권하세요. 이건 순전히 당신을 위해서 하는 말이에요 이런 무모한 짓은 하지 말았으면 해요.

로잘린드   실리아 말이 맞아요. 기권한다고 해서 당신의 명예가 손상되는 건 아니죠. 지금이라도 저희들이 공작님께 간곡히 말씀드려 이 시합을 중지하도록 할게요.

올란도   공주님, 이런 말밖에 못하는 저를 용서하십시오. 이처럼 아름다운 공주님들의 뜻을 거역하면 중죄인이 된다는 걸 모르는 것도 아닙니다. 하지만 두 분의 따뜻한 눈길과 마음을 느끼며 한번 싸워보겠습니다. 만일 제가 저자한테 패한다 하더라도 명예라고는 눈곱만큼도 없는 사나이가 수치를 당하는 것뿐이며, 설령 죽는다 해도 죽고 싶어 안달하는 사나이가 한 명 죽는 것뿐입니다. 게다가 슬퍼해줄 친구가 없으니 친구들에게 폐를 끼치는 것도 아니고, 무일푼의 빈털터리라 이 세상에 해를 끼칠 리도 없습니다.

로잘린드　보잘것없는 힘이나마 제 힘을 보내드릴게요.

실리아　나도요.

로잘린드　그럼 다시 뵐게요. 당신을 얕잡아본 이 눈이 틀렸기를 바랄게요.

실리아　당신의 소원이 이루어지길.

찰 스　(큰 소리로) 어디 있지, 조상의 무덤에 고이 잠들고 싶어하는 청년이?

올란도　여기 있소이다. 내 소원은 더 높은 데 있소이다.

프레드릭　승부는 단 한 판으로 결정된다.

찰 스　좋습니다. 한 번으로도 귀찮은 일일 뿐만 아니라 완강히 말리신 각하의 뜻을 생각해 두 번 싸우는 일은 없도록 하겠습니다.

올란도　김칫국부터 마시는군. 길고 짧은 것은 대봐야 하지 않겠느냐.

로잘린드　헤라클레스여, 저 젊은이가 이기도록 도와주소서.

실리아　내가 투명인간이라면 저 힘센 놈의 다리를 붙잡고 놓지 않을 텐데. (씨름이 시작된다. 올란도가 유리한 고지를 점령한다)

로잘린드　오, 저 친구, 잘 싸우네!

실리아　내 눈이 번갯불이라면 누가 쓰러질지 금방 알 텐데. (고함 소리가 우렁차게 들리더니 찰스가 땅바닥에 널브러진다)

프레드릭　그만하라, 이제 그만하라.

올란도　공작님, 저는 이제 몸을 푸는 중입니다.

프레드릭　찰스, 자네는 어떤가?

르 보   공작님, 완전히 간 것 같습니다.

프레드릭   저리 떠메고 나가 살펴보라. (사람들이 찰스를 떠메고 나간다) 음, 젊은이, 자네 이름은 뭔가?

올란도   저는 올란도라고 합니다. 로랜드 보이스 경의 막내아들이죠.

프레드릭   다른 사람의 아들이면 좋았을걸. 하필 그 사람의 아들이라니. 자네 부친은 매우 후덕한 사람으로 소문이 자자하지만 나와는 평생 원수로 지냈지. 자네가 다른 가문의 후손이었다면 이 일로 난 무척 흐뭇했을 것이네. 하지만 여기서 작별해야겠네. 용감한 젊은이, 자네 부친이 다른 사람이었다면 얼마나 좋았을까! (프레드릭 공작, 귀족들, 시종들, 르 보 퇴장)

실리아   언니, 아버진 저렇게밖에 말할 수 없었을까?

올란도   저는 로랜드 경의 막내아들이라는 것을 자랑스럽게 생각합니다. 설령 이름을 바꾸면 프레드릭 공작님의 상속자가 된다 해도 절대로 이 이름을 바꾸지는 않을 것입니다.

로잘린드   우리 아버진 로랜드 경을 자신의 영혼처럼 사랑했어. 세상 사람들도 아버지처럼 생각했지. 만일 그분의 아드님이라는 걸 처음부터 알았다면 이런 모험을 눈물을 뿌려서라도 못하게 했을 거야.

실리아   언니, 우리 저 사람한테 가서 격려해주면 어떨까? 아버지의 심술에 이제 진절머리가 난다니까. (올란도에게) 이봐요, 정말 멋지게 해내더군요. 약속하신 것보다 훨씬 더 잘 싸우더라고요. 씨름처럼 사랑의 약속도 그렇게 지킨다면, 당신의 연인은 참으로 행복할 거예요.

로잘린드   (목걸이를 풀어준다) 이봐요, 제 성의를 받아주세요. 운명의 여신에게 버림받지만 않았다면 더욱 좋은 선물을 드릴 텐데……. 실리아,

가자꾸나. (돌아서서 간다)

실리아   (언니를 따라가면서) 알았어. 그럼 안녕히 가세요.

올란도   (독백) 왜 나는 감사하다는 말도 못하지? 이제 교양은 송두리째 사라지고 몸만 남은 허수아비란 말인가? 생명이 없는 인형에 불과한 건가?

로잘린드   그 사람이 우릴 부르고 있어. 오, 운명의 여신은 내 자존심마저 가져가 버렸나봐. 어쨌거나 무슨 일인지 물어봐야겠어. (돌아선다) 혹시 절 부르셨나요? 오늘 정말 대단했어요. 당신이 때려눕힌 사람은 그 자뿐만이 아니었어요. (두 사람이 서로 바라본다)

실리아   (소매를 잡아당기며) 언니, 이제 그만 가요.

로잘린드   알았어. 안녕히 계세요. (로잘린드와 실리아 퇴장)

올란도   (독백) 가슴이 타올라 헛바닥이 숯덩어리가 되었나. 한마디도 말을 못하다니, 그녀는 내 말을 기다렸는데, 이 얼간이. (퇴장)

제 3 장

공작 궁궐의 한 방

실리아와 로잘린드 등장

실리아   언니, 제발 말 좀 해봐. 큐피드에게 간청해서라도 벙어리가 된 언니를 고쳐놔야겠네.

로잘린드   쓸데없는 말이나 할 텐데, 뭘.

실리아   그렇지 않아. 언니의 말이 정말 절실하다고! 제발 입에 곰팡이가 피기 전에 말 좀 해봐. 내 귀가 막힐 정도로 해보란 말야.

로잘린드   그러다가 우리 둘이 자리보전하고 누우면 어떡하니? 한쪽은 귀가 막혀 꼼짝 못하고, 한쪽은 할 말이 없어서 그렇고.

실리아   큰아버지 때문에 그래?

로잘린드   아니. 굳이 말한다면 내 아이 아빠 될 사람 때문이라고 해야겠지. 아, 왜 날마다 가시덤불을 쓰고 있는 기분일까.

실리아   언니, 가시덤불을 쓴 게 아니라 풀숲에 가다 보면 들러붙는 도깨비바늘이 달라붙은 거 아냐?

로잘린드   옷에 붙은 것이라면 털어내면 그만이지만 마음에 박힌 가시는 어쩔 수가 없잖아.

실리아   그런 건 기침 한번 크게 해서 털어버려.

로잘린드   오, 그렇게 못해.

실리아   그렇게 우스꽝스럽게 애태우지 말고 진지하게 이야기해봐. 그런데 어떻게 그토록 빨리 로랜드 경의 막내아들을 열렬히 사랑할 수 있어?

로잘린드   우리 아버님도 그분의 아버님을 매우 좋아하셨어.

실리아   그러니까 언니도 그 막내아들을 열렬히 사랑한다는 거야? 그런 식의 논리라면 난 그분을 미워해야겠네. 우리 아빠가 그분의 아버님을 미워했으니까 말이야. 하지만 나는 그분을 미워하지 않아.

로잘린드   오, 안 돼. 나를 위해서라도 절대로 미워하지 마.

프레드릭 공작, 귀족들과 등장

로잘린드 어머나, 숙부님이 오신다.

실리아 노기가 등등하시네.

프레드릭 로잘린드, 빨리 짐 챙겨 이곳을 떠나거라.

로잘린드 숙부님, 지금 저한테 하신 말씀이에요?

프레드릭 그래. 앞으로 열흘 안에 30킬로미터 밖으로 떠나거라. 그렇지 않으면 너는 목숨을 부지하기 어려울 것이다.

로잘린드 부탁이에요, 숙부님. 여길 떠나더라도 제 죄가 무엇인지 알고 싶어요. 저는 제 꿈과 제 자신을 잘 알아요. 만일 이게 꿈이거나 제가 실성했다면 몰라도 여태껏 저는 숙부님을 거역한 적이 한 번도 없어요.

프레드릭 반역자들은 늘 그렇게 말하지. 반역자들의 변명을 들어보면 하나같이 죄지은 적이 없다고 하지. 어쨌든 나는 너를 믿지 않아. 더 이상 무엇이 필요해.

로잘린드 숙부님이 저를 의심한다고 제가 반역자일 수는 없어요. 제발 의심스러운 부분만이라도 말씀해주세요.

프레드릭 네가 네 아버지의 딸이라는 사실만으로도 충분해.

로잘린드 숙부님이 아버지의 영토를 찬탈했을 때나 추방했을 때 모두 저는 제 아버지의 딸이었습니다. 숙부님, 반역 행위는 유전되는 것이 아닙니다. 게다가 저의 아버지는 반역자가 아니었고요. 설사 제가 궁색하다 해서 반역하리라는 오해는 절대로 하지 마세요.

실리아 아버지, 저도 한 말씀만 드릴게요.

프레드릭 실리아, 저 애가 여기 있는 건 다 너 때문이야. 그렇지 않았으면 지금쯤 제 아버지와 함께 귀양살이를 하고 있겠지.

실리아　그건 꼭 저 때문만은 아니었죠. 아버지가 호의와 동정심을 베풀었기 때문이죠. 그땐 제가 너무 어려서 언니의 인품을 몰랐던 거예요. 하지만 지금은 알아요. 언니가 반역자라면 저도 반역자예요. 우리들은 한시도 떨어진 적이 없으니까요. 우리 두 사람은 같이 자고 함께 일어나 공부하고 놀이와 식사를 같이 할 뿐 아니라 어디를 가거나 비너스의 꽃수레를 끄는 두 마리의 백조처럼 항상 같이 있었습니다.

프레드릭　넌 저 애의 속마음을 몰라. 저 애가 얼마나 교활한지. 단정한 외모와 인내심으로 사람들의 호감과 동정심을 한몸에 받고 있지만. 이 어리석은 것아, 저 애만 없었더라도 네 재능과 미덕이 훨씬 더 빛났을 거야. 그러니 잠자코 이 아버지 말을 들어. 내 선고가 내려지면 취소가 불가능하다는 것쯤은 알고 있겠지? 저 애를 추방한다. (공작과 귀족들 퇴장)

실리아　오, 가여운 언니! 어디로 가야 하지? 아버지를 바꿔야 할까봐. 우리 아버지를 드릴 테니 제발 나보다 더 슬퍼하지 마.

로잘린드　좋아, 어디로 가지?

실리아　큰아버님을 찾아 아덴 숲으로 가면 어떨까?

로잘린드　맙소사, 너무 위험해. 처녀의 몸으로 그곳까지 갈 수는 없어. 미인은 황금보다도 더 도둑들의 침을 흘리게 한단 말이야.

실리아　남루한 옷차림을 하고 얼굴에 흙칠을 하면 돼. 언니도 그렇게 해. 그렇게 꾸미면 도둑들한테 당하지 않고 무사히 찾아갈 수 있을 거야.

로잘린드　이렇게 하면 어떨까? 내가 키가 크니까 남장을 하는 것이? 허리춤엔 멋진 단검을 차고, 손에는 산돼지 사냥용 창을 들고 말이야.

그러면 속으론 겁을 먹고 있어도 겉모습은 늠름한 사나이로 보일 테니까. 세상의 많은 남자들도 실제로는 겁쟁이들이지만 용감한 척 허세를 부려서 세상을 지배한다고.

실리아　언니가 남자로 변장하면 이름은?

로잘린드　제우스의 시동 가니메데가 어떨까? 그럼 너는?

실리아　난 내 신세와 관련이 있는 것이라면 좋겠는데……. 음, 외톨이라는 뜻에서 엘리나가 어떨까?

로잘린드　그것도 좋겠다. 그런데 네 아버지의 어릿광대를 꾀어내 같이 가는 게 어때? 우리 여행에 많은 위안이 될 텐데.

실리아　아마 나와 함께라면 이 세상 끝까지 따라올 거야. 그 바보를 꾀어내는 건 나한테 맡겨. 자, 우리 가서 보석을 챙기자. 내가 도망간 줄 알면 나를 뒤쫓아올 테니, 가장 안전한 방법을 생각해내 도망쳐야 돼. 우리는 추방당하는 것이 아니라 자유를 찾아서 떠나는 거야. (두 사람 퇴장)

제 1 장

아덴의 숲

노공작, 애미언스와 세 명의 귀족들이 사냥꾼 복장으로 등장

노공작 여보게들 귀양살이가 어떤가? 이런 생활도 차차 익숙해지니 저 궁궐에서 지내는 것보다 한결 낫지 않은가? 이 숲이 서로 험담만 일삼는 궁궐보다 위태롭지도 않고, 계절의 변화를 직접 피부로 느낄 수 있잖은가 말이오. 엄동설한의 차가운 바람이 사납게 휘몰아쳐 살을 저미는 듯하고 온몸이 오그라들 정도로 춥다 해도 나는 웃으며 이렇게 말할 수 있지. "이건 신하들의 아부가 아니라 오히려 충정이다." 역경이야말로 우리 인간에게 뭔가를 깨닫게 해준다. 옴두꺼비처럼 흉측하고 독을 뿜어내지만 머리에는 귀한 보석이 있지 않소? 이렇게 속세를 떠나 산 속에서 살다 보니 나무들의 말을 듣고 흘러가는 개울물을 책으로 삼고 발에 차이는 돌멩이에서도 신의 가르침을 듣지 않소? 그래서 나는 이 생활에서 벗어나고 싶지가 않소.

애미언스 공작님이야말로 무엇이 행복인지 깨달은 분이십니다. 냉혹하고 무정한 운명을 이처럼 고요하고 멋진 인생으로 바꾸어놓으셨으니 말입니다.

노공작　자, 그럼 사슴 사냥이나 나가볼까? 그런데 저 멍청한 얼룩사슴은 하필이면 제 영토에서 그 통통하게 살진 엉덩이에 화살을 맞아야 하다니……. 참으로 애석한 일이야.

귀족 1　실은 그렇습니다, 우울증에 걸린 제이퀴스도 그래서 한탄한답니다. 사슴 사냥을 하시는 공작님이야말로 공작님을 추방한 아우님보다 더 지독하다고요. 오늘도 저와 애미언스 경은 몰래 그 친구 뒤를 밟았죠. 그 친구는 개울가에 해묵은 뿌리를 묻은 상수리나무 아래 벌렁 드러눕더군요. 마침 그때 사냥꾼의 화살에 맞은 수사슴이 다리를 절룩거리며 왔습니다. 얼마나 신음 소리를 크게 내는지 사슴의 가죽이 찢어질 것만 같았습니다. 차마 눈뜨고 볼 수 없을 정도로 주먹만한 눈물방울을 주르륵 흘리면서 말이죠. 그 멍청한 사슴이 울적한 제이퀴스의 눈길을 받으며, 세차게 흐르는 개울가에 서서 얼마나 많은 눈물을 흘려대는지 시냇물이 불어날 지경이었죠.

노공작　제이퀴스는 뭐라고 하더냐? 그 사슴을 보며 현자나 되는 것처럼 지껄이지 않더냐?

귀족 1　그랬습니다요. 청산유수와 같이 비유를 늘어놓더군요. 부질없이 개울물에 눈물을 보태는 사슴을 보며, "불쌍한 것!" 이렇게 말을 꺼내더니, "너도 세상의 속물들처럼 유산을 분배하나보구나. 지금도 넘쳐나는데 네 몫까지 얹어주다니." 그러고는 다른 사슴들로부터 외톨이가 된 걸 보고는 "당연한 일이야. 불행해지면 친구도 멀어진다"고 하더군요. 잠시 후에 포식한 사슴들이 떼를 지어 수사슴 곁을 본 척 만

척하며 무심하게 지나가자 제이퀴스가 버럭 소리를 질렀습니다. "썩 꺼져라, 살지고 기름진 것들아! 세상 인심이 그럴진대 너희들이라고 다르겠느냐. 저 불쌍한 것을 돌아볼 필요가 없겠지." 이렇듯 제이퀴스는 나라며 궁궐이며 도시에 이르기까지 독설을 퍼부어댔지요. 그것만으로는 성이 차지 않았는지 우리들의 생활까지도 비방하더군요. 폭군보다 더한 자들이라서 연약한 사슴을 위협하고 죽이면서 그들의 보금자리를 침범했다는 거죠.

노공작　그래, 그가 아직도 거기에 있는가?

귀족 2　예, 그럴 겁니다. 흐느껴 우는 사슴을 보며 울며 비방하는 걸 보고 우리는 그냥 돌아왔습니다.

노공작　그곳으로 갈 테니 안내하거라. 우울증에 빠진 그 친구와 얘기하는 것이 즐겁다. 그 친구는 매우 뼈 있는 이야기를 하지.

귀족 2　예, 제가 안내하겠습니다. (모두 퇴장)

제 2 장

올리버의 집 근처 정원

올란도와 애덤이 다른 곳에서 등장

올란도　누구냐?

애 덤 어이구, 막내도련님이시군요. 어지신 도련님, 로랜드 경을 쏙 빼닮은 도련님, 아니 무슨 일로 이런 곳까지 오셨어요? 어쩌면 사람들이 도련님을 그렇게 좋아하는지. 친절하신 데다 힘까지 세시고 용감하신지……. 오, 도련님! 어쩌자고 변덕이 죽 끓는 공작의 힘센 씨름꾼을 패대기치셨어요? 도련님, 그것도 모르세요? 사람에 따라선 미덕이 도리어 원수가 된다는 것 말이에요. 도련님의 경우가 그래요. 도련님의 미덕은 오히려 웃으며 뺨을 치는 배신자랍니다. 오, 무슨 놈의 세상이 이렇게 요지경 속이람. 미덕을 지닌 사람이 도리어 화가 되는 세상이니.

올란도 도대체 무슨 말인가?

애 덤 오, 불행한 도련님. 이 집 문턱에 들어설 생각은 아예 마세요. 이 지붕 아래에는 도련님의 미덕을 증오하는 적이 살고 있습니다. 도련님의 형님이, 아냐, 형님이 아니라 아드님이, 아냐, 아드님도 아니지. 절대로 아드님이라고 입에 담지 않을 거요. 하마터면 돌아가신 어르신을 욕되게 할 뻔했네. 어쨌거나 그 양반이 도련님에 대한 칭찬이 자자하자 오늘 밤 도련님 방에 불을 지를 계획이랍니다. 만일 이 일도 실패하면 다른 방법을 써서 도련님을 요절낼 작정이죠. 그 양반이 흉계를 꾸미는 걸 이 귀로 똑똑히 들었습니다요. 여기는 사람이 살 곳이 못 돼요. 도살장이란 말이에요. 어서 피하는 게 상책이에요.

올란도 그럼 애덤, 나는 어디로 가지?

애 덤 이 집만 아니라면 어디든 상관없어요.

올란도 그럼 내가 떠돌아다니며 거지 노릇을 하란 말이냐? 아니면 대로상에서 칼을 휘둘러 비열한 강도짓이라도 하란 말이냐? 뾰족한 수가 없으니 그럴 수밖에 없겠지. 하지만 어찌 되든 그 짓만은 못해. 그럴 바에야 차라리 형의 흉계에 내 몸을 맡기는 게 낫지.

애 덤 그래선 안 되죠. 저한테 500크라운이 있습니다. 아버님 밑에서 밤낮으로 일해 품삯으로 받은 돈이지요. 자, 몽땅 드릴 테니 저를 하인으로 일하게 해주십쇼.

올란도 오, 정말 고맙구려! 정말 영감님은 흔히 볼 수 있는 분은 아니오. 땀도 출세를 위해서가 아니면 흘리지 않는 세상에 이런 분이 계시다니. 그러나 가여운 영감님, 당신은 이미 썩은 나무를 가꾸려고 하는 셈이오. 아무리 구슬땀을 흘려 키운다 해도 꽃 한 송이 피어날 수 없는 몹쓸 나무라오. 그래도 좋다면 함께 떠납시다.

애 덤 좋습니다, 도련님. 제가 이 세상을 하직할 때까지 정성과 충성을 다 바치겠습니다. (두 사람 퇴장)

제 3 장

아덴의 숲

변장한 로잘린드와 실리아, 터취스턴 등장

로잘린드 오, 제우스 신이시여! 저는 더 이상 갈 수가 없습니다!

터취스턴 다리만 아프지 않다면 제우스고 뭣이고 상관하지 않을 텐데.

로잘린드 오, 남자 체면이고 뭐고 가릴 것 없이 여자처럼 펑펑 울었으

면 좋겠네. 하지만 조끼와 바지를 입은 몸으로 치마를 입은 허약한 여
인 앞에선 용기 있게 행동해야 해. 엘리나, 힘을 내.

실리아　　제발, 더 이상 못 가겠어.

터취스턴　　하지만 저로서는 공주님을 업고 괴로움을 당하는 것보다
는 괴로워하는 공주님을 보는 것이 차라리 낫지요. 업어다 드릴 수도
있습니다만, 뭐 생기는 게 없을 것 아뇨. 보나마나 공주님 지갑은 한겨
울일 텐데 말이죠.

로잘린드　　오, 여기가 바로 아덴의 숲이구나.

터취스턴　　그렇습니다. 저도 지금 아덴의 숲속에 있는걸요. 저는 전
보다 더 바보가 되었나봐요. 집에 죽치고 있었다면 이런 생고생은 하지
않았을 텐데 말이죠. 하지만 뿌리가 뽑혀 바람에 불려다니는 나그네들
은 고생도 참아야 한다고 했지요.

로잘린드　　그래, 참아. 가만, 저기 누가 오네. 젊은이와 노인이 아주 심
각한 얘기를 나누고 있네.

코린과 실비어스 등장

코 린　　그 따위 짓을 하니 여자한테 괄시를 받는 거야.

실비어스　　제가 얼마나 그 여자를 사랑하는지 영감님은 모를 거예요!

코 린　　그걸 왜 몰라. 누구 왕년에 사랑 안 해 본 사람 있나.

실비어스　　나이 든 영감님께서 알 턱이 있을 리가요. 물론 젊은 시절
엔 사랑에 빠져 베개를 껴안고 한숨을 지으며 밤을 새운 적이야 있겠
지만요. 정말이지 사랑 때문에 어리석은 짓을 저질렀단 말이죠?

코 린   하도 많아서 다 기억할 수도 없어.

실비어스   그것이 바로 영감님이 진실한 사랑을 한 적이 없다는 증거예요! 사랑 때문에 저지른 건 하찮은 바보짓이라도 그걸 일일이 기억하지 못한다면 그건 진실로 사랑하지 않았던 거죠. 저처럼 남이 듣기 싫어하든 말든 자나깨나 애인을 자랑한 적이 없다면 영감님은 사랑을 한 게 아니에요. 지금 저처럼 불타는 연정을 참지 못해 친구들을 버리고 뛰쳐나온 적이 없다면 영감님은 사랑을 못해 본 거예요. 오, 피비, 피비, 피비! (얼굴을 손으로 감싸고 퇴장)

로잘린드   오, 가여워라! 네 상처에 귀 기울이다 보니 상처를 건드리고 말았구나.

터취스턴   저 역시 그래요. 아직도 잊을 수 없는걸요. 제가 어떤 여자에게 반했을 때 칼로 돌을 쳐대며 만일 한밤중에 제인 스마일에게 접근하는 녀석이 있으면 본때를 보여주겠다고 으르렁댔죠. 그리고 아직도 생각납니다만, 그녀의 빨래 방망이에다 키스도 하고, 어떤 때는 그녀의 고운 손으로 짠 젖소의 젖꼭지에도 키스를 했지요. 완두깍지를 그녀라고 가정한 뒤 콩알 두 개를 꺼냈다가 다시 넣으며 슬픈 목소리로 이렇게 말하기도 했죠. "나를 위해 이것을 몸에 지녀요"라고. 정말로 사랑에 빠지면 사람들은 자기도 모르게 미친 짓을 하나봐요. 세상만사가 덧없는 것처럼 사랑을 하면 바보가 되나봐요.

로잘린드   생각보다 말을 재치 있게 하는걸.

터취스턴   물론입죠. 제 머리를 정강이로 박살내기 전까지는 본디 지닌 재치가 어디로 가겠습니까?

로잘린드   아아, 저 양치기의 불타는 정열은 어찌 그리 나와 똑같을까.

터취스턴 저 역시 그래요. 이제는 꺼져 재만 남았습니다만.

실리아 어떻게 해도 좋으니 저 사람에게 가서 먹을 것을 팔라고 해. 배고파 죽을 지경이야.

터취스턴 여보슈, 시골 양반!

코 린 젊은 양반님네들 안녕하슈?

로잘린드 실은 부탁 좀 드리겠습니다. 혹시 이 한적한 곳에 저희들이 쉬어 갈 수 있는 집이 있을까요? 돈도 드릴 수 있고, 뭔가를 도와드릴 수도 있으니, 좀 쉬면서 식사나 할까 싶군요. 여기 있는 아가씨가 너무 지쳐서 한 발짝도 옮길 수 없답니다.

코 린 젊은 양반, 참으로 딱하게 됐구먼요. 제 욕심 때문이 아니라 제가 아가씨한테 도움을 줄 수 있을 만큼 부자라면 얼마나 좋겠소. 하지만 저는 돌보는 양의 터럭 하나도 마음대로 할 수 없는 양치기 머슴이지요. 주인이란 작자는 남에게 친절을 베풀어 천당 갈 생각은 털끝만치도 없는 천하의 수전노이고요. 게다가 주인은 양 떼와 양우리, 목장을 모두 팔려고 내놓은 형편이에요. 더구나 지금은 주인이 집에 없다 보니 요기할 만한 것이라곤 전혀 없습죠. 어쨌거나 가봅시다. 저야 충심으로 환영합니다만.

로잘린드 주인댁 양 떼와 목장을 사겠다는 사람이 나왔습니까?

코 린 조금 전에 여기 있었던 젊은이죠. 그런데 사고 싶은 의향이 전혀 없는 것 같더군요.

로잘린드 그러면 내 부탁 하나만 합시다. 믿고 살 수 있는 거라면, 양우리와 목장, 양 떼들을 영감님이 사주십시오. 돈은 우리가 낼 테니.

실리아 영감님의 임금도 넉넉히 드리죠. 나는 이곳이 좋아. 이런 곳이라면 즐겁게 지낼 수 있을 것 같아.

코 린 어쨌든 파는 건 분명합니다. 함께 가서 얘기를 들어보신 후에도 이곳 생활이 마음에 드신다면 저야 기꺼이 여러분의 충직한 양치기가 되겠소. 쇠뿔도 단김에 빼고, 돈을 주시면 즉시 사도록 하지요. (모두 퇴장)

제 4 장

숲속

올란도와 애덤 등장

애 덤 도련님, 이젠 한 발짝도 더 걸을 수가 없습니다. 배고파 죽을 지경이에요. (쓰러진다) 전 여길 제 묫자리로 정해야겠어요. 그럼 안녕히 계세요, 도련님.

올란도 애덤, 도대체 왜 이래요? 정말 기진했단 말이오? 오, 나를 위해서라도 좀 더 살아야 해요. 조금만 참고 기운을 내봐요. 이처럼 깊숙한 산 속에서 맹수라도 튀어나오면, 내가 그놈의 밥이 되든지 아니면 내가 그놈을 때려잡아 영감을 먹일 테니 제발……. 영감이 죽는다는 건 기진해서가 아니라 심약해져서요. (애덤을 일으켜 나무에 기대어놓는다) 나를 위해서라도 힘을 내줘요! 눈앞에 저승사자가 와 있더라도 물리칠 수 있어요. 내 먹을 것을 가지고 금방 돌아올 테니 제발 정신을 차려요. 만일 먹을 것을 갖고 오지 않으면 죽어도 좋지만, 내가 오기 전에 죽으면 영감이 내 수고를 조롱하는 꼴밖에 안 돼요. (애덤 미소를 짓는다) 자, 이제 기운이 나나보군. 내 금방 돌아올게. 오 여긴 바람받이군. (두 팔로 껴안으며) 좀 더 아늑한 곳으로 데려다주리다. 이 황량한 숲속에 무슨 생물이든 살고 있는 한 영감을 굶겨 죽이지는 않을 거요. 자, 착한 애덤, 기운을 내요. (두 사람 퇴장)

제 5 장

숲속

노공작, 애미언스, 귀족들 등장

노공작 그 친구, 짐승으로 둔갑했나보군. 그 친구의 코빼기도 찾아볼 수가 없으니.

귀 족 공작님, 방금 여기서 노래를 듣고 갔습니다. 몹시 기분이 좋아 보이던걸요.

노공작 불평 불만으로 가득 찬 그가 조용히 노래를 듣다니, 내일은 해가 서쪽에서 뜨겠구면. 그 친구를 찾아보게. 찾거든 할 얘기가 있다고 전하게.

제이퀴스 숲 사이로 등장

귀 족　호랑이도 제 말하면 온다더니, 양반은 못 됩니다.

노공작　자네, 어찌된 일인가? 자네를 만나려고 친구들이 안절부절 못하니 말일세. 그런데 자넨 오늘 기분이 좋아 보이는군!

제이퀴스　(웃음을 터뜨리면서) 바보, 바보를 보았습니다! 숲에서 얼룩옷을 입은 바보를 만났죠. 참 세상은 요지경 속입니다. 그 친구는 땅바닥에 벌러덩 드러누워 햇볕을 쬐면서 운명의 여신을 저주하더군요. 얼룩옷을 입은 바보가 말입니다. 제가 가까이 다가가 "안녕하십니까, 바보양반" 하고 넌지시 말을 걸었더니, "그렇게 부르지 마시오. 운명의 여신이 나를 돌볼 때까지는 나를 바보라고 부르지 마시오"라고 대꾸하더군요. 그리고 나서 호주머니에서 해시계를 꺼내더니 초점없는 눈으로 바라보며 아주 똘똘하게 말하는 거였어요. "열 시군. 이것만으로도 세상이 돌아간다는 걸 알 수 있소. 한 시간 전에는 아홉 시였으니까 한 시간 후는 열한 시가 될 거요. 이처럼 우리는 시시각각으로 썩어가는 거지. 그것이 바로 문제요." 그 얼룩옷을 입은 바보가 시간에 관한 교훈을 늘어놓을 때 갑자기 제 허파에서 수탉이 울 듯 웃음이 터지기 시작했습니다. 그래서 우린 그 친구의 해시계로 시간을 재면서 한 시간 내내 웃었습니다. 오, 바보치곤 존경할 만했죠. 얼룩옷 단 한 벌뿐이었지만 귀티가 흘렀죠.

노공작　그 바보는 도대체 어떻게 생겼던가?

제이퀴스　오, 참으로 존경할 만한 바보는 궁궐에도 있었답니다. 그래서 젊고 아름다운 귀부인들을 보면 금세 알아볼 수 있다나요. 그 친구

머리는 항해를 마친 뒤 먹다 남은 비스킷처럼 바싹 말랐지만, 속은 진기한 얘기로 꽉 차 있더군요. 아아, 저도 그런 바보가 되어봤으면! 얼룩옷을 입어봤으면.

노공작 소원이라면 내 한 벌 맞춰주지.

제이퀴스 그 옷이야말로 제가 바라던 것입니다. 그리고 공작님께서도 여태껏 절 현자로 과대 평가하셨는데, 그것만은 공작님 머릿속에서 싹 지워주십시오. 그래야 그 옷을 입고 거침없는 바람처럼 마음 내키는 대로 말을 할 수 있을 테니까요. 바보에게 공박당한 현자는 아파도 안 아픈 척하는 것처럼요. 아픈 척하면 바보가 더욱 공격할 테니까요. 저에게 얼룩옷을 입혀주십시오. 그런 특권을 주세요. 그렇게만 해주신다면 전염병으로 썩어가는 이 세상의 병균을 낱낱이 밝혀보겠습니다.

노공작 허튼소리 말게. 난 자네 속셈을 알고 있어.

제이퀴스 맹세컨대 착한 일만을 하고 싶습니다.

노공작 남을 정죄하는 것이 죄 중에서도 가장 지독한 죄네. 본디 자네도 짐승의 본능 못지않게 음란하게 살아왔지 않느냐? 온갖 음탕하고 방탕한 행동으로 인해 진물나고 곪아터진 상처를 이제 이 세상에 털어놓겠다는 거냐?

제이퀴스 제가 이 세상의 오만을 비난한다고 해서 특정한 개인을 비난하는 일은 아니잖습니까? 어떤 점에서 제 독설이 누구를 해쳤단 말씀인가요? 제 독설로 인해 상처를 입은 사람이 있나요? 만일 상처를 입었다면 자신이 나쁘다는 증거입니다. 그렇지 않으면 제 독설은 아무에게도 상처를 주지 않고 갈매기처럼 허공을 날아다닐 겁니다. 누가 오고 있군요.

칼을 뽑아 든 올란도 등장

올란도　꼼짝 마라. 그만 먹어!

제이퀴스　아니, 먹긴 누가 먹고 있냐? 이 수탉 같은 녀석!

노공작　감히 누구 앞이라고 무엄하게 구는 거냐. 궁색해서 그런 건가, 아니면 예의범절에 어두운 비천한 상놈인가?

올란도　궁색해서 그렇다. 굶다보니 예의범절이고 체면이고 가릴 처지가 아니다. 나도 도회지에서 자라나 예의범절을 알아. 이봐, 거기 꼼짝마. 그 과일에 손을 댔다간 죽을 줄 알아.

제이퀴스　(건포도를 한 움큼 집어들며) 말로는 안 통할 친구군. 그러니 나야 죽을 수밖에 없군.

노공작　원하는 게 뭐냐? 오는 말이 고와야 가는 말도 고운 법, 공손히 간청하면 우리가 도와줄 게 아닌가.

올란도　굶어죽기 직전이다. 먹을 것을 다오.

노공작　그럼 먹여줄 테니 식탁으로 가자.

올란도　그렇게 친절하게 말씀하시니 몸둘 바를 모르겠습니다. 제 무례함을 용서해주십시오. 여기엔 모두 야만인들만 사는 줄로 알고 거친 말과 난폭한 행동을 했습니다. 여러분은 누구신지, 왜 이처럼 황량하고 인기척이 드문 곳에서 이렇게 유유자적하시고 계신지 모르겠습니다. 보아하니 한때 행복한 세월을 보내셨고, 교회 종소리에 이끌려 교회에 다니신 적이 있고, 귀족들 잔치에 초대받아 가기도 하셨고, 옷깃에 눈물을 적신 적이 있다면, 동정을 주고받는 것도 아시리라 생각합니다. 말랑말랑한 호의야말로 대단한 힘이 되지요. 이러한 뜻에서 부끄러운 마음으로 칼을 집어넣겠습니다.

노공작 사실 네 말대로 우리는 호화로운 생활도 했고, 교회에 나가기도 했고, 훌륭한 사람들의 연회에도 초대를 받았고, 연민의 눈물도 흘리며 살았다. 그러니 마음 푹 놓고 필요한 만큼 요기를 하라.

올란도 그럼 잠시만 음식을 이대로 놔두십시오. 사실은 새끼사슴처럼 제가 먹이를 구해가지고 오기를 기다리는 노인이 있습니다. 그 노인은 오로지 나에 대한 충성심으로 무거운 다리를 끌고 여기까지 험난한 길을 왔습니다. 그 노인이 먹기 전에 먹을 수는 없습니다.

노공작 그럼 어서 가서 그자를 데려오게. 우린 손도 대지 않을 테니.

올란도 감사합니다. 어르신네의 친절에 신의 축복이 있기를! (퇴장)

노공작 보다시피 우리만 불행한 것은 아니다. 이 넓디넓은 세계라는 무대에선 우리들이 연기하는 장면보다 훨씬 더 비참한 연극이 벌어지고 있지.

제이퀴스 이 세상은 하나의 무대요, 모든 인간은 제각각 맡은 역할을 위해 등장했다가 퇴장해버리는 배우에 지나지 않죠. 그리고 살아생전에 여러 가지 역할을 하는데, 연령에 따라 7막으로 나눌 수 있죠. 제1막은 아기역을 맡아 유모 품에 안겨 울어대며 보채고 있죠. 제2막은 개구쟁이 아동기로 아침 햇살을 받으며 가방을 들고 달팽이처럼 마지못해 학교로 가죠. 제3막은 사랑하는 연인들이 서로를 그리워하며 강철도 녹이는 용광로처럼 한숨을 지으며 애인을 향해 세레나데를 부르죠. 제4막은 군대에 가는 시기로 이상한 표어나 명예욕에 불타올라 걸핏하면 눈에 핏발을 세우고 대포 아가리 속으로라도 달려들려고 하죠. 제5막은 법관으로 뇌물을 받아먹어 뱃살이 두둑해지고 눈초리는 날

994

카롭고 현명한 격언과 진부한 말들을 능란하게 늘어놓으며 자기 역을 훌륭하게 해내죠. 제6막은 수척한 늙은이가 나오는데 콧등에는 돋보기가 걸쳐져 있고, 허리에는 돈주머니를 차고, 젊었을 때 해질세라 아껴둔 긴 양말은 정강이가 말라빠져 헐렁하고, 사내다웠던 굵은 목소리는 애들 목소리처럼 가늘게 변해 삑삑 소리를 내죠. 마지막으로 제7막은 파란만장한 인생살이를 끝맺는 장면으로, 제2의 유년기랄까, 이도 다 빠지고 오로지 망각의 시간이라 할 수 있으며, 눈은 침침하고 입맛도 없고 세상만사가 모두 허무할 뿐이죠.

올란도가 애덤을 업고 다시 등장

노공작 어서 오시오. 그 노인을 내려놓으시오. 먹을 것을 드릴 테니.

올란도 노인을 대신해서 감사합니다.

애 덤 제가 마땅히 인사드려야 하는데 기운이 없어 감사의 말조차 할 수 없군요.

노공작 자, 어서 들구려. 지금은 심히 괴로울 테니 여러 가지 사정을 묻지는 않겠소. 자, 여봐라, 풍악을 울려라. (애이언스가 노래하는 가운데 모두 퇴장)

제 3 막

제 1 장

궁 전

프레드릭 공작, 올리버, 귀족들 등장

프레드릭 아니, 그 이후론 본 적이 없다고? 어리석은 소리 하지 마라. 내가 인정머리가 없었다면 그놈 대신 너에게 한풀이를 했을 것이다. 그러니, 잘 들어라. 당장 네 동생을 찾아 대령하라. 그놈이 어디 있든, 죽었든 살았든 간에 1년 안으로 찾아오라. 그러지 못하는 날엔 너는 이곳에서 살 생각을 아예 하지 말아라. 내가 네 토지와 재산을 모조리 몰수할 것이다. 네 동생의 입을 통해 너의 혐의가 풀릴 때까지 말이다.

올리버 오, 공작님께서 제 마음을 헤아려주십시오. 소생은 여태껏 동생 놈을 한 번도 사랑한 적이 없습니다.

공 작 보자보자 하니 괘씸한 놈이구나. 이놈을 당장 밖으로 끌어내라. 담당관은 가서 이놈의 토지와 가옥을 몰수하라. 그리고 이놈을 당장 추방하라. (모두 퇴장)

제 2 장

숲속

올란도가 종이쪽지를 들고 등장

올란도   내 노래여, 나뭇가지에 매달려서라도 내 사랑을 증언해다오.
그대 세 개의 관을 쓴 밤의 여왕 달님이여, 파리한 창공에서 맑은 눈길
로 지켜봐주소서. 내 운명을 지배하는 여신이자 사냥꾼인 아름다운 여
인을……. 오, 로잘린드! 이 나무 껍질을 종이로 생각하고 내 사랑을 새
겨 넣으리라. 이 숲에 사는 수많은 사람들이 그대의 미덕을 알아볼 수
있도록. 오, 달려라, 달려! 올란도야, 그녀의 이름을 모든 나뭇잎에 적어
라. 이루 말로 다 표현할 수 없는 그녀의 미덕을. (코린과 터취스턴 등장)

코 린   영감님, 양치기 생활은 마음에 드시나요?

터취스턴   매우 좋아. 즐거운 생활이면서도 보잘것없는 생활이기도 하
지. 이런 생활이 외롭다는 건 좋지만 너무 고독해서 재미가 없지. 전원
생활이라는 점에서는 무척 마음에 들지만 궁궐 생활이 아니라서 지루
하고, 검소한 생활이라는 점에선 좋지만 풍족하지 못하니 허기가 져서
탈이지. 자넨 이 생활에 무슨 철학이라도 갖고 있나?

코 린   소생이 알고 있는 거라곤 사람이란 병이 들수록 아프다는 겁
니다. 돈 없고 힘 없고 배경 없는 사람은 좋은 친구 셋을 두기도 어렵다
는 거죠. 비의 속성은 적시는 데 있고, 불의 속성은 태운다는 데 있다

는 것쯤은 압니다. 목장이 좋으면 양이 살찌고, 밤이 어두운 것은 태양이 없기 때문이죠. 교육을 제대로 받지 못했든 돌대가리이든 지혜롭지 못한 자는 가문이 변변치 않거나 좋은 씨가 아니기 때문이죠.

터취스턴　자네야말로 타고난 이야기꾼이군.

코 린　저기 가니메데 도련님이 오십니다요. 소인의 새 주인의 오라버니이십니다.

　　로잘린드, 종이쪽지를 읽으면서 등장

로잘린드　　(읽는나)

　　인도의 온 나라를 찾아봐도 로잘린드같이 귀중한 보배는 없나니
　　그녀의 미덕은 바람을 타고 온 세상에 떨치네.
　　오묘하게 그린 그림도 로잘린드에 비하면 추악할 뿐이니······.
　　오로지 로잘린드의 고운 모습만을 가슴에 영원히 간직하리.

터취스턴　　이런 식으로 운을 맞춘다면 나도 8년 간은 할 수 있겠네요. 먹고 자는 시간을 빼놓아야겠지만 말이에요. 왠지 노란 버터 장사 아낙들의 걸음걸이 같군요.

로잘린드　　저리 가, 바보야.

　　수사슴이 암사슴 그리면 어서어서 찾아라 로잘린드
　　고양이도 짝을 찾아 사랑하면 못할 리 없으리 로잘린드

겨울옷도 안을 댄다면 따뜻이 입어요 야윈 로잘린드

벼를 베어 단으로 묶으면 마차에 실으세요 로잘린드

알맹이가 달고 껍질이 쓰면 그런 알맹이는 바로 로잘린드

어여쁜 장미꽃을 찾은 사람은 사랑의 가시 만나리라 로잘린드.

터취스턴　　이건 말 달리듯 마구 뛰는 엉터리 노래죠. 어쩌다 그따위 몹쓸 병에 걸리셨소?

로잘린드　　쉬, 팔푼이. 그건 나무 위에 걸려 있었던 거라고.

터취스턴　　젠장, 고약한 열매가 여는 나무군.

로잘린드　　그 나무를 너와 접붙였다가 다시 모과나무에 접붙여야겠어. 그럼 이 고장에서 가장 일찍 열매를 맺을 것이 아닌가. 그렇게 되면 너는 반도 채 익기 전에 썩어 떨어질 게다. 그게 바로 모과나무의 특징이거든.

터취스턴　　멋진 말씀입니다. 과연 그 말씀이 옳은지 그른지 이 숲이 판단하게 하십시다요. (실리아가 종이쪽지를 들고 읽으며 등장)

로잘린드　　쉿! 내 동생이 무언가 읽으면서 오고 있어. 숨자.

실리아　　(읽는다)

이곳이 이토록 쓸쓸한 것은 사람이 살지 않아서인가?

아니다, 나무마다 우리의 혀를 달아 말을 토해놓도록 할까?

나그네 길을 가는 사람의 목숨 덧없어

기껏 한 뼘 길이의 수명이라고 영혼의 맹세도 깨어지더라고!

예쁜 나뭇가지마다 말끝마다 나는 쓰리라.

나의 말 마디마다마다 로잘린드의 이름 적어놓고

읽는 사람 모두에게 가르쳐주자.

신들의 정성이 깃든 로잘린드는

용모와 눈동자, 심성이 빼어나게 태어났도다.

이 모든 건 하느님의 은총이니,

이 목숨이 있는 한 그녀의 종으로 살리라.

로잘린드 　오, 친절도 하셔라! "여러분, 잠깐만 참으세요"라는 말도 하지 않은 채 이 길고도 지루한 사랑의 설교로 사람들을 괴롭히다니.

실리아 　(깜짝 놀라며) 어머, 너무해요! 몰래 숨어서 엿듣다니 나빠요. 양치기 양반도 저리 가요. 너, 어릿광대도 저리 가고.

터취스턴 　어이, 양치기 친구! 명장은 후퇴할 때를 아는 법, 어서 빨리 줄행랑치는 게 최선책이다. (코린과 터취스턴 퇴장)

실리아 　언니, 그 시 들었지?

로잘린드 　응, 전부 다 들었어. 그런데 어떤 구절은 너무 장난스럽더라.

실리아 　그게 문제가 아냐. 언니 이름이 나무와 줄기마다 새겨져 있는 걸 보고도 놀라지 않았어?

로잘린드 　네가 오기 전에 이미 놀랄 건 다 놀랐다. 아 참, 이것이 종려나무에 걸려 있었어. 피타고라스 시대 이후로 내가 시의 주인공이 된 건 이번이 처음이지. 그 시대에 난 아일랜드의 생쥐였는지도 몰라. 지금은 기억이 없지만.

실리아 　누가 이런 장난을 했을까? 아마 언니가 걸고 있던 목걸이를 건 사람일 거야. 어머나, 언니 얼굴 좀 봐.

로잘린드 얘는, 그 사람이 누군데?

실리아 오, 하느님! 산과 산도 지진이 나면 서로 만나거늘, 친구와 친구가 만나는 게 왜 이토록 어려울까요? 정말 몰라?

로잘린드 정말이야. 제발 누군지 가르쳐줘.

실리아 어쩌면 이런 일이! 도저히 있을 수 없는 일이야. 기가 막혀 말이 안 나오네. 왜 그분 있잖아, 찰스의 다리와 언니의 마음을 순식간에 고꾸라뜨린 분, 올란도라는 분 말이야.

로잘린드 너, 정말 날 놀릴래! 농담은 그만하고 진실을 말해봐.

실리아 정말이야. 그분이야.

로잘린드 올란도?

실리아 그래.

로잘린드 오, 어쩌면 좋아! 이 바지와 조끼를 어쩌지? 네가 그분을 봤을 때 뭘 하고 있었니? 표정은 어땠어? 어떤 복장이었어? 여긴 왜 왔는데? 내 얘기를 물었어? 어디 계시대? 헤어질 때 아무 말도 안 했어? 언제 만난다는 말 같은 것? 말해줘, 얼른.

실리아 언니 물음에 대답하려면 거인 가르강튜어의 입을 빌려야겠네. 그러지 않고서는 어떻게 요 조그마한 입으로 한꺼번에 다 말해?

로잘린드 그분은 내가 남장하고 있는 걸 알고 있니? 씨름하던 날처럼 원기왕성하든?

실리아 사랑하는 사람의 물음에 답하느니 바닷가 모래알을 세는 게 낫겠어. 어쨌거나 내가 어떻게 그분을 만났는지 얘기할게. 그분은 땅에 떨어진 도토리처럼 나무 아래 앉아 있었어. 몸을 쭉 뻗고 마치 부상당한 기사처럼 누워 있었어.

로잘린드   보기에 딱한 광경이지만 배경에는 딱 어울리는 모습이구나.

실리아   언니, 제발 그 입 좀 다물어봐. 그분의 옷차림은 사냥꾼…….

로잘린드   어머나, 이제 내 심장을 쏘려고 왔나보다.

실리아   그렇게 장단을 넣으면 말 안 한다. 쉿, 그분이 여기로 오네.

로잘린드   그분이야. 우리 숨어서 지켜보자. (실리아와 로잘린드 나무 뒤로 숨는다)

올란도와 제이퀴스 등장

제이퀴스   만나 뵈서 반가웠소. 사실은 혼자 있고 싶었지요.

올란도   동감입니다. 저도 예의상 당신을 뵈어 기쁘다고 감사를 올리는 겁니다.

제이퀴스   안녕히 가시오. 우리 되도록 가끔 만납시다.

올란도   아니, 서로 모른 척하고 지내는 게 좋겠군요.

제이퀴스   제발 부탁이오. 앞으로는 나무 껍질에 연서를 새겨 나무를 괴롭히지 마십시오.

올란도   나 역시 부탁하건대 제 시를 엉터리로 읽어 왜곡시키지 말아주셨으면 합니다.

제이퀴스   로잘린드가 애인 이름이오?

올란도   예.

제이퀴스   그 이름이 마음에 들지 않소.

올란도   당신 마음에 들자고 지은 이름은 아닐 테니까요.

제이퀴스   그 애인 되는 분 키는 얼마나 되오?

올란도   이 뜨거운 가슴에 와 닿을 정도죠.

제이퀴스   대답이 재미있군요. 대장간 아낙네들과 사귄 적이 있나보오. 반지에 새긴 글귀를 많이 알고 있으니 말이오.

올란도   아뇨, 저는 벽걸이에 새긴 글귀를 외워 대답했죠. 당신 질문도 거기서 나온 듯해서 말이죠.

제이퀴스   대단히 재치 있군요. 당신 대답은 발빠른 아틀란타 신의 뒤축으로 만들었나보오. 상사병 선생, 안녕히. (인사를 한다)

올란도   가신다니 반갑군요. (인사를 한다) 안녕히 가세요, 우울증 양반.

제이퀴스 퇴장하고 로잘린드와 실리아 등장

로잘린드   (실리아에게 방백) 건방진 하인처럼 말을 걸어 저분을 놀려줘야지. 여보세요, 사냥꾼 아저씨!

올란도   왜 그러시죠?

로잘린드   지금 몇 시죠?

올란도   오늘이 며칠이냐고 물으셔야죠. 숲속에는 시계가 없으니까.

로잘린드   그렇다면 이 숲에는 진정한 연인도 없겠네요. 그런 사람이 있다면 1분마다 한숨짓고 한 시간마다 신음을 터뜨릴 테니 시간의 느린 발걸음을 시계처럼 정확히 측정할 수 있을 텐데요.

올란도   어째서 빠른 걸음걸이라고 하지 않습니까? 그게 더 적절한 표현일 것 같은데요.

로잘린드   그렇지 않습니다. 제 말 좀 들어보시지요. 시간의 걸음걸이는 사람에 따라 다르답니다. 시간은 사람에 따라 느릿느릿 기어가거나 종종걸음이거나 달리거나 아니면 완전히 서 있는 법이랍니다.

올란도   느리게 기어갈 땐 어떤 경우인가요?

로잘린드   네, 약혼식을 올린 처녀의 시간입니다. 비록 결혼할 날까지 일주일이 남았다고 하더라도 그 속도가 얼마나 느린 지 7년처럼 긴 세월이 느껴지죠.

올란도   종종걸음으로 갈 땐 어느 경우요?

로잘린드   라틴어를 모르는 신부와 중풍을 앓아보지 못한 부자의 경우가 그렇죠. 신부는 공부할 것이 없으니 쉽게 잠이 들고 부자는 고통을 모르기 때문에 즐거울 수밖에 없지요. 신부는 부질없이 밤을 새면서 학문에 몰두할 필요가 없고, 부자는 가난의 고통을 알 턱이 없으니까요.

올란도   마구 달리는 경우는요?

로잘린드   교수대로 끌려가는 강도의 경우죠. 아무리 천천히 가려 해도 눈 깜짝할 사이거든요.

올란도   그럼 완전히 서 있는 경우는요?

로잘린드   휴정 기간의 변호사가 그렇죠. 다시 개정할 때까지 잠만 잘 테니 시간이 흐른다는 걸 알 턱이 없지요.

올란도   그건 그렇고, 잘생긴 젊은이께선 어디에서 사시오?

로잘린드   이 양치기 누이동생과 이 숲 언저리에서 살지요.

올란도   이곳 태생이오?

로잘린드   저기 있는 토끼처럼 저도 태어난 곳에서 산답니다.

올란도   당신 말씨는 매우 세련되어서 시골 티가 전혀 나지 않는구려.

로잘린드   흔히들 그렇게 말해요. 실은 늙은 아저씨한테서 말과 교양을 익혔지요. 그분은 젊었을 적에 도시에서 살았거든요. 아저씨는 거기서 연애를 한 경험이 있어서 저에게 절대로 연애만은 하지 말라고 하셨어요. 여자와 연애를 하면 여자한테 붙어다니는 흉측한 죄에 물든다는 거지요. 그래서 난 여자로 태어나지 않은 것을 하느님께 감사한답니다.

올란도　여자한테 붙어다니는 죄악 가운데서 기억나는 것이 있소?

로잘린드　뚜렷이 기억나는 것은 없습니다. 반푼짜리 동전처럼 모두 비슷비슷했지요. 말하자면 도토리 키 재기 같은 것이었죠.

올란도　그중에서 몇 가지만 얘기해주시오.

로잘린드　싫어요. 상사병에 걸리지도 않은 사람에게까지 함부로 처방전을 줄 수는 없지요. 요즘 어떤 사나이가 이 숲속을 쏘다니며 나무껍질마다 '로잘린드'라는 이름을 새기며 나무를 못살게 굴고 있답니다. 온통 연서와 시로 이 숲을 도배질하고 다니죠. 그 연애박사를 만나기만 하면 처방전을 줄 생각이에요. 분명 상사병에 걸린 듯하니까요.

올란도　그 사람이 바로 나올시다. 제발 내게 처방전을 주시오.

로잘린드　당신한테서는 아저씨로부터 들은 상사병 증세가 전혀 보이지 않는걸요. 저는 상사병 환자를 알아보는 법을 알고 있답니다. 아저씨가 가르쳐주었거든요. 당신은 사랑의 새장 속에 갇힌 사람 같지 않아요.

올란도　상사병 증세가 어떤 거랍디까?

로잘린드　두 볼이 푹 패이고 눈이 쑥 들어간다는데 당신은 그렇지 않아요. 남과 말하는 것도 싫어하고, 수염도 깎지 않는다는데 당신은 그렇지 않아요. 그리고 양말대님은 풀어헤쳐져야 하고, 모자끈은 풀려 있어야 하며, 소매단추와 구두끈이 풀어져 있어야 하는데 당신의 옷차림은 빈틈없이 단정하고 말쑥해요. 당신은 남을 사랑하는 것처럼 보이지 않고 자신을 사랑하는 사람처럼 보여요.

올란도　젊은이, 어떻게 하면 내가 사랑에 빠졌다는 걸 믿겠소?

로잘린드　나더러 믿으라고요! 당신의 연인한테 믿으라고 하는 편이 더 쉽겠지요. 그 연인은 이미 말로 믿는다고 하기 전에 믿고 있을 거예요. 그래서 여자들은 본의 아니게 양심을 속이지요. 그런데 정말 당신이 나무마다 연서를 걸어놓은 분인가요? 로잘린드를 찬미하는 시를요.

올란도　맹세코 젊은이여, 로잘린드의 백옥처럼 흰 손가락에 걸고 맹세하건대 그 사람이 바로 나요.

로잘린드　정말 당신은 시의 구절대로 그녀를 열렬히 사랑하나요?

올란도　시나 노래로 내 사랑을 다 표현할 수 없지요.

로잘린드　사랑은 광기일 뿐이에요. 그러니 미친 사람을 다루듯 캄캄한 광에 가두고 매질을 해야겠죠. 그러나 이 치료법도 통하지 않는 것은 매질하는 사람까지 사랑에 빠져버리기 때문이죠. 그래서 폭풍 같은 사랑은 충고로 고칠 수 있다고 봐요.

올란도　그런 방식으로 치료한 적이 있습니까?

로잘린드　네, 있습니다. 나를 그의 애인으로 가정한 뒤 날마다 그 사람으로 하여금 구애하도록 했지요. 난 변덕쟁이라서 순간순간 슬픈 표정이나 따스한 표정을 지었어요. 그리고 연모의 정을 보이거나 쌀쌀맞게 대하고 공상에 잠겨 보기도 하고, 경박하게 굴기도 하고, 눈물을 쏟다가도 박장대소하기도 했고요. 바로 이러한 처방을 통해 당신의 간장을 건강한 양의 심장처럼 깨끗하게 씻어내 상사병을 치료해드릴 수도 있어요.

올란도 젊은이, 그런 방식으로 날 치료할 수는 없을 거요.

로잘린드 아뇨, 치료할 수 있습니다. 만약 저를 로잘린드라 부르신다면, 그리고 날마다 오두막으로 사랑을 고백하러 오신다면.

올란도 그렇다면 그렇게 하겠소. 오두막이 어디 있소?

로잘린드 함께 갑시다. 집을 보여드릴게요. 그리고 당신이 어디에 살고 계신지 알려주세요.

올란도 그럽시다, 젊은이.

로잘린드 아니, 저를 로잘린드라고 부르세요. 자, 지금 가지요. (일동 퇴장)

제 3 장

숲속

터취스턴과 오드리 등장 약간 떨어져서 제이퀴스 등장

터취스턴 빨리 와, 오드리. 염소는 내가 끌어다줄 테니까. 오드리, 나 괜찮지? 순박한 내 용모가 마음에 들지?

오드리 아이고, 용모라뇨?

터취스턴 내가 너와 네 양들과 함께 있는 것은 정직한 시인 오비드가 야만스런 고스족과 함께 있는 꼴이야.

제이퀴스 (방백) 뭘 알긴 알지만 엉뚱하게 아는군. 제우스 신이 초가집에 사는 꼴이야!

터취스턴 자기 시를 남들이 이해하지 못하거나 자신의 재치가 받아들여지지 않으면 싸구려 여인숙에서 비싼 호텔 방값을 치르는 것 이상으로 심한 상처를 받지. 오, 하느님이 너를 시인으로 만들어주었으면 얼마나 좋았을까.

오드리 시인이 뭔가요? 언행이 정직하다는 뜻인가요?

터취스턴 천만에! 가장 진실한 시란 가장 허황된 거야. 연인들은 그러한 시에 취하고 맹세를 하지. 다 허황된 일이거늘.

오드리 그런데도 제가 시인이기를 바라세요?

터취스턴 두말 하면 잔소리지. 네가 시인이라면 네 맹세가 거짓말일 수도 있다는 희망을 가질 수 있잖아.

오드리 정직하면 안 되나요?

터취스턴 안 돼. 네가 못났다면 모르지만 정직과 미모가 합쳐지면 설탕물에 꿀을 탄 격이야.

오드리 못생겼으니 정직한 마음이라도 달라고 하느님께 빌지요.

터취스턴 매춘부에게 정숙함을 주는 것은 더러운 접시에 싱싱한 고기를 담는 꼴이야.

오드리 저는 매춘부가 아니에요. 하느님 덕분에 못생기긴 했어도요.

터취스턴 그렇군. 못생긴 걸 다행으로 여기고 하느님께 감사해야겠군. 매춘부가 되는 건 언제든 가능하니까. 그건 그렇고, 난 어떤 일이 있어도 너와 결혼할 거야. 그래서 이웃에 사는 올리버 마텍스트 목사님께 부탁했더니 오셔서 우리를 부부로 만들어주시겠대.

제이퀴스   (방백)그 결혼식 좀 보고 싶네.

오드리   하느님, 우리에게 기쁨을 내려주세요.

터취스턴   아멘. 겁쟁이라면 감히 엄두도 못 낼 거야. 이곳은 교회도 없고 온통 나무뿐이잖아. 하객들이라곤 뿔 돋친 짐승들뿐이고. 하지만 어때? 용기를 내야 해. 뿔이란 보기엔 흉측하지만 필요한 물건이잖아. 아흔아홉 가진 놈이 하나를 가진 놈의 것을 뺏는다는 말도 있잖아. 그런 놈의 이마에 뿔이 난 건 보이지 않지. 여편네가 시집 올 때도 뿔을 가지고 오지. (올리버 마텍스트 목사 등장) 목사님, 잘 오셨습니다. 이 나무 아래서 주례를 서주시겠습니까, 아니면 교회로 갈까요?

올리버 목사   신부를 넘겨줄 사람은 없나요?

터취스턴   선물을 받듯이 신부를 받고 싶지는 않은데요.

올리버 목사   넘겨줄 부친이 없으면 결혼은 성립될 수 없습니다.

제이퀴스   (앞으로 나서며) 식을 올리시오. 내가 부친 역을 할 테니.

터취스턴   뉘신지는 모르지만 참 잘 오셨습니다. 일전에 뵌 건 신의 은총이었고, 지금 뵙는 건 소생의 기쁨이군요. 모자는 그대로 쓰시지요.

제이퀴스   자네, 결혼하고 싶은 모양이지?

터취스턴   소는 멍에를, 말은 재갈을, 고양이는 방울을 달고 있듯이 사람에게는 욕정이 그림자처럼 따라다니죠. 비둘기가 짝지어 입을 맞추듯 사람도 짝을 지어 부부가 되지요.

제이퀴스   양반집 자손 같은데 거렁뱅이처럼 이 숲에서 식을 올릴 작정이오? 교회에 가서 결혼이 무엇인지 잘 아는 목사님에게 부탁해요. 이 양반은 널빤지 붙이듯 당신들을 붙여놓을 뿐 나중에는 생나무가 마르며 오그라져서 뒤틀릴 게 분명해 보이니까.

터취스턴　(방백) 나도 마음이 내키지는 않지만 다른 목사보다 이 양반이 주례를 서는 게 나을 것 같아. 이 양반은 정식 결혼을 시켜주지 않을 테니 나중에 아내가 마음에 안 들 때 떳떳할 것 같단 말야.

제이퀴스　나와 같이 가서 상담해봅시다. (모두 퇴장)

제 4 장

숲속의 다른 곳

　　실비어스가 피비를 따라 등장

실비어스　(무릎을 꿇고) 아름다운 피비, 제발 나를 무시하지 마. 나를 사랑하지 않아도 좋으니 말만이라도 따뜻하게 해줘. 사람 죽이는 데 이골이 난 망나니라도 도끼를 내려칠 때에는 용서를 구한다고 하잖아. 그런데 넌 그 망나니보다 더 잔인해지려는 거야?

　　로잘린드, 실리아, 코린 등장

피 비　난 네 목을 치는 망나니가 되고 싶지 않아. 너한테 고통을 주고 싶지 않아서 이러는 거야. 내 눈에 살기가 보여? 참 재밌는 말이구나. 내 꽃잎처럼 부드러운 눈동자가 살기니 백정이니 폭군처럼 보인다니!

정말 그렇다면 있는 힘을 다해 너를 쏘아볼 거야. 내 눈에 그런 힘이 있다면 너를 죽일 수도 있겠지. 자, 어디 그럼 죽는 척이라도 해봐. 그렇지 않으면 내 눈에 살기가 있다는 따위의 거짓말을 지껄이지 마. 내 눈이 상처를 입혔다면 어디 보여줘. 바늘 끝이 지나가도 상처는 남는 법이야. 내가 널 쏘아본다고 해서 상처가 났다면 어디 보여달란 말이야.

실비어스　피비, 만일 네가 젊은이의 싱싱한 뺨에 매력을 느껴 사랑을 느낀다면 그 싸늘한 눈빛만으로도 상처를 입는다는 걸 깨닫게 될 거야. 그건 결코 눈에 보이지는 않지만.

피 비　그럼 그때까진 오지 마. 그때가 되어 날 실컷 비웃어도 좋아. 동정은 싫어. 나도 널 동정하지 않을 거야.

로잘린드　(앞으로 나와 피비를 보며) 무슨 일인가? 도대체 너는 어찌하여 저 사나이를 멸시하느냐? 저 가여운 사나이를 능멸하고도 태연하다니. 네 얼굴은 결코 아름답지 않다. 솔직히 어두운 침실이 아니라면 네 침대에 갈 마음이 전혀 일지 않는 외모를 가지고 왜 이렇게 거만하게 구느냐. 이봐, 양치기 자네! 자네는 왜 저런 여자 꽁무니를 따라다니는가. 탄식과 눈물을 뿌릴 정도로 어여쁜 여자도 아닌데 말이야. 저 여자보단 당신이 몇 백배 멋지게 생겼소. 이봐요, 아가씨! 분수를 알고 살아요. 이 남자의 사랑을 얻은 걸 무릎을 꿇고서라도 하느님께 감사 기도를 드려야 한단 말이오. (피비가 로잘린드에게 무릎을 꿇는다) 내 아가씨한테 친구로서 말하는 거요. 좋다고 할 때 아무 말 없이 따라가시오. 아가씨는 어느 시장에 내놔도 좋다고 할 사람이 없으니. 이 사람에게 용서를 구하고 아내가 되어주겠다고 해요. 못생긴 주제에 다른 사람을 깔보다니, 천하에 몹쓸 사람이구려. 이봐요, 청년! 이 여자를 데리고 가요. 나는 이만 가겠소.

피 비　　제발 1년 내내 꾸중을 해도 좋으니 제 곁에만 있어주세요. 이 남자의 사랑보다 당신의 꾸지람이 더 좋답니다.

로잘린드　　이 남자는 너의 못난 얼굴에 반했고, 저 여자는 내 노여움에 반했나보군. 사실 그렇다면 이 여자가 당신을 쏘아보듯이 나도 저 여자에게 독설을 퍼부어야겠군. (피비에게) 왜 그렇게 나를 뚫어지게 바라보지?

피 비　　당신이 좋기 때문이죠.

로잘린드　　나를 절대로 좋아해선 안 돼. 난 술자리에서 하는 맹세보다 더 믿지 못할 사람이니까. 더구나 난 아가씨를 좋아하지 않아. 애야, 그만 가자. 자, 양 떼를 보러 가자꾸나. (로잘린드와 실리아, 코린 퇴장)

피 비　　돌아가신 시인께서 하신 말을 이제야 알겠어. "사랑하는 자여, 첫눈에 반하지 않은 자는 누구인가?"

실비어스　　아름다운 피비, 날 좀 동정해줘.

피 비　　정말 미안해.

실비어스　　동정이 있는 곳에 구원이 있거든. 내 사랑을 동정해준다면, 그래서 나를 사랑한다면 너의 미안함과 나의 아픔이 사라질 거야.

피 비　　사랑해줄게, 친구로서.

실비어스　　너를 갖고 싶어.

피 비　　실비어스, 지금까지는 네가 너무 미웠어. 날마다 사랑 이야기를 하는 네가 솔직히 귀찮았어. 하지만 참고 친구가 되어줄게. 앞으론 부탁도 많이 할 거야. 하지만 부탁을 받는 것 이상으로 보답을 바라지는 마. (모두 퇴장)

제 1 장

숲속

로잘린드, 실리아, 제이퀴스 등장

제이퀴스   여보게 젊은이, 우리 좀 더 가깝게 지냅시다.

로잘린드   들리는 말에 따르면 당신은 우울증에 걸렸다죠?

제이퀴스   그건 그렇소만 낄낄대는 것보다 우울한 쪽을 더 좋아하지.

로잘린드   어느 쪽이든 지나치면 모자람만 못하며 주정뱅이보다 더 욕을 얻어먹게 되죠.

제이퀴스   슬픔 속에 빠져 침묵하는 것도 나쁠 건 없소.

로잘린드   아예 말뚝이 되는 것도 괜찮은 일이죠.

제이퀴스   내 우울증은 학자의 우울증과는 다르오. 변덕쟁이 음악가나 오만한 신하, 야심찬 군인의 우울증과도 다르오. 또한 권모술수에 능한 법률가나 까다롭기 그지없는 귀부인, 아니면 연인들의 우울증과도 다르오. 그것은 이 모든 것을 합친 내 자신만의 우울증이오. 진실로 내 인생의 여정을 돌이켜보면 어느 순간 여지없이 생기는 야릇한 우울증에 빠지고 만다오.

로잘린드   인생의 여정이라! 당신이 우울해하는 것도 무리가 아니군요. 당신은 자신의 땅을 팔고 남의 땅을 구경하러 나온 사람 같군요. 실컷 보기는 했는데 손에 쥔 것이 없으니 눈요기만 했을 뿐 손은 텅 빈 꼴이거든요.

제이퀴스   그 덕분에 경험은 풍부하게 얻었소.

로잘린드   그 경험이 당신을 우울하게 만들고요. 저 같으면 그러한 경험을 얻으니 차라리 어릿광대라도 하나 얻어 웃으며 즐겁게 지내겠어요.

올란도 등장

올란도   안녕하세요, 사랑하는 로잘린드. (로잘린드가 모른 척한다)

제이퀴스   난 실례하겠소. 당신이 장단에 맞춰서 말하는 걸 듣고 싶지 않으니까. (돌아선다)

로잘린드   안녕히 가세요, 나그네 양반. 해괴망측한 옷차림에 혀 짧은 얘기나 실컷 지껄이세요. 제 나라의 미덕을 얕보고 자기가 태어난 고향에 대해 험담이나 늘어놓으세요. 그리고 못생긴 얼굴을 만드신 하느님을 원망도 해보고요. 그러지 않으면 당신이 베니스에서 곤돌라를 탔다 해도 믿지 않을래요. (제이퀴스 퇴장) 아, 웬일이세요, 올란도! 그동안 어디를 돌아다니다 왔죠? 그러면서 무슨 애인이라고! 이런 식으로 하려면 다시는 내 앞에 얼씬거리지 말아요.

올란도   사랑하는 로잘린드, 약속 시간보다 겨우 한 시간밖에 늦지 않았는데 뭘 그래요?

로잘린드   사랑의 약속을 한 시간이나 어기다뇨! 사랑의 일 분을 천분의 일로 나누어 그 한 토막이라도 어기는 남자라면 큐피드의 화살이 심장에서 벗어난 사람일 거예요.

올란도   용서하시오, 사랑하는 로잘린드.

로잘린드   못해요. 그렇게 시간을 어긴다면 다시는 내 눈앞에 나타나지 마세요. 차라리 달팽이를 애인으로 삼는 게 낫겠어요.

올란도   달팽이를?

로잘린드   그래요, 달팽이요. 걸음은 느리지만 머리에 집을 이고 오잖아요. 당신이 그만한 결혼 선물을 준비할 수 있어요? 그뿐인가요, 그는 자신의 운명까지 들고 와요.

올란도   운명까지라니?

로잘린드   뿔 말이에요. 당신과 같은 사람 때문에 바람이 난 부인에게 생긴 뿔요. 달팽이는 재산을 가지고 올 뿐만 아니라 자기 부인의 부정에 선수를 쳐서 미리 뿔을 달고 오지요.

올란도   정숙한 여인은 남편에게 뿔을 나게 하지 않소. 나의 로잘린드는 정숙한 여인이오.

로잘린드   내가 당신의 로잘린드란 말이에요. (올란도의 목을 감는다)

실리아   이분은 그렇게 부르는 것을 좋아하시나봐요. 이분의 로잘린드는 당신보다 훨씬 더 아름답겠죠.

로잘린드   자, 어서 청혼을 하세요. 나는 기분이 들떠 있어서 당장 승낙할 것 같으니까. 내가 정말로 당신이 사랑하는 로잘린드라면 어떤 말부터 할 것 같아요?

올란도   말하기 전에 키스부터 하겠소.

로잘린드   아뇨, 말부터 하는 게 좋아요. 키스는 할 말이 없어졌을 때 하세요. 웅변가들은 말문이 막히면 침을 뱉는다고 하잖아요. 사랑하는 사람이야 그런 일이 없겠지만 키스로 대처하는 것이 상책이죠.

올란도   키스를 거부당하면?

로잘린드   아마 키스해달라고 애원하게 될 테니, 자연히 새로운 화젯거리가 생기게 되죠.

올란도   사랑하는 여자 앞에서 말문이 막히는 남자가 있을까?

로잘린드   만일 내가 당신의 애인이라면 말문이 막히면 좋아할 거에요. 당신이 말을 많이 한다면 나는 슬기로운 여자가 아닐 테니까요.

올란도   아니, 사랑을 고백하는 말까지 못한다면?

로잘린드   글쎄요, 그럴 수도 있겠지요. 자, 난 당신의 로잘린드에요.

올란도   그렇게 부르기만 해도 마음이 조금 풀리오. 어쨌든 로잘린드 얘기를 하고 있으니까.

로잘린드   그녀를 대신해 말하는데 난 당신의 아내가 될 수 없어요.

올란도   그렇다면 당사자로서 말하지만 난 죽을 거요.

로잘린드   그건 아니 됩니다. 죽는 건 제발 다른 사람을 시켜 대신 죽게 하세요. 이 세상이 시작된 지 육천 년이 되지만 사랑 때문에 당사자가 죽은 경우는 한 사람도 없습니다. 트로일로스는 그리스의 장군 아킬레스에게 머리통이 깨져 숨졌습니다. 그러나 훗날 연인들에게 사랑 때문에 죽은 것으로 추앙받게 되죠. 리엔도도 무더운 여름밤만 아니었더라면 히어로가 수녀가 되건 말건 오래오래 살았을 거예요. 리엔다가 죽은 건 헬레스폰트에 헤엄치러 갔다가 쥐가 나서 물에 빠져 죽은 거예요. 그걸 당대의 어리석은 역사가들이 '세스투스의 히어로'를 위해 헤엄처 가던 도중 일어난 사건으로 처리했던 거죠. 다시 말하면 모두가 어이없는 거짓말이죠. 남자들은 계속 죽고 또 죽었습니다. 그러나 사랑 때문에 죽은 사람은 한 사람도 없어요.

올란도　나의 로잘린드는 당신처럼 그렇게 생각하지 않았으면 좋겠소. 왜냐하면 나는 그녀가 찌푸리기만 해도 죽을 거요.

로잘린드　이 손에 걸고 맹세하지만 그녀가 찌푸린다고 해도 파리 한 마리 안 죽을 거예요. (바짝 다가오면서) 좋아요. 자, 이젠 내가 당신의 상냥한 로잘린드가 되어 드릴 테니 원하는 대로 말해보세요.

올란도　사랑해주시오, 로잘린드.

로잘린드　물론 사랑하고말고요.

올란도　날 당신의 남편으로 맞아주겠소?

로잘린드　당신 같은 분이라면 스무 명도 마다하지 않을 거예요.

올란도　스무 명이라고?

로잘린드　좋은 것은 많을수록 좋지 않나요? (일어나면서) 얘, 실리아. 네가 목사가 되어 우리의 결혼을 집전해다오. 자, 올란도, 손을 이리 주세요. 실리아, 시작해.

올란도　우리 둘을 결혼시켜주시오.

실리아　뭐라고 해야 할지…….

로잘린드　이렇게 하면 돼. "그대 올란도는……."

실리아　좋아. "그대 올란도는 로잘린드를 아내로 맞이하겠는가?"

올란도　예.

로잘린드　좋아요, 그런데 언제요?

올란도　지금 당장. 동생이 주례만 선다면.

로잘린드   그렇다면 이렇게 말하세요. "나는 그대 로잘린드를 아내로 맞이하겠노라."

올란도   나는 그대 로잘린드를 아내로 맞이하겠노라.

로잘린드   올란도, 내게 그럴 권한이 있는지 따져봐야 하지만 그만두 겠어요. 대신 저도 당신을 남편으로 맞이하겠어요. 신부가 주례보다 앞서 말을 했군요. 여자란 생각이 행동보다 앞선다는 말이 맞군요.

올란도   사람의 생각이란 다 그렇죠. 날개가 있으니까.

로잘린드   로잘린드와 결혼한 후 얼마나 사시겠어요?

올란도   언제까지나 영원히.

로잘린드   영원히라는 말 대신 하루만이라고 말하세요. 남자란 사랑 을 속삭일 때는 꽃피는 춘삼월이다가도 결혼하는 순간부터 엄동설한 이 된답니다. 여자 역시 처녀일 땐 오월이지만 결혼하고 나면 변덕스런 날씨가 되죠. 저는요, 바바리산 숫비둘기보다 질투심이 강하고, 비 오기 전의 앵무새보다 더 심하게 바가지를 긁을 거예요. 원숭이보다 더 새것 을 밝히고 아무것도 아닌 일에도 아르테미스 상의 분수처럼 공연히 눈 물을 쏟아낼 거예요. 당신이 기분 좋아 날뛸 때를 노려서요. 또한 당신 이 졸려서 자고 싶을 때에는 하이에나처럼 미친 듯이 웃어댈 거예요.

올란도   과연 나의 로잘린드가 그럴까?

로잘린드   내 목숨을 걸고 맹세하지만 물론이죠. 틀림없어요.

올란도   아, 그러나 그녀는 총명하오.

로잘린드   총명하기 때문에 그럴 수 있어요. 여자는 영특할수록 종잡 을 수가 없어요. 여자의 잔머리를 가볍게 보지 마세요. 잔머리의 문을 닫으면 창문으로 튀어나오고, 창문을 닫으면 열쇠 구멍으로 튀어나오죠. 그것을 막으면 연기가 되어 굴뚝으로 나오고요.

올란도 아 참, 로잘린드! 두 시간 동안만 당신 곁을 떠나 있겠소.

로잘린드 맙소사, 두 시간 동안이나 떨어져 지내다니.

올란도 공작님이 식사에 초대했소. 두 시까지는 틀림없이 돌아오리다.

로잘린드 좋아요, 가세요. 당신이 어떤 사람인지 알고 있었어요. 모두들 그럴 거라고 하더군요. 나도 짐작은 했지만 감언이설에 그만 넘어간 거예요. 버림받았으니 죽어버리면 그만이죠. 두 시라고요?

올란도 그렇소, 사랑하는 로잘린드.

로잘린드 나의 진심과 진정을 하느님 앞에 두고, 아니 모든 훌륭한 것을 걸고 맹세하건대, 만일 당신이 1분이라도 늦게 도착한다면 당신을 엉터리 거짓말쟁이 연인으로 생각할 거예요. 당신은 로잘린드라는 여자를 사랑할 자격이 없는 사람으로 생각할 거예요. 그러니까 알아서 하세요.

올란도 내 꼭 지키리다. 당신이 나의 진정한 로잘린드인 것처럼 생각하고 약속을 지키리다. 그럼 갔다오리다.

로잘린드 그래요. 시간이 지나면 죄가 밝혀지는 법이죠. 안녕히 가세요. (모두 퇴장)

다시 숲속

로잘린드   어쩜 이럴 수가? 벌써 두 시가 지났는데 올란도는 코빼기도 볼 수가 없구나.

실리아   틀림없이 사랑 때문에 활을 메고 숲에 들어갔다가 잠이 들었을 거야. 저기 누가 오네. (실비어스 등장)

실비어스   젊은 양반, 내 사랑스러운 피비가 이걸 전하랍니다. (로잘린드에게 편지를 건네주며) 내용이 뭔지 모르지만 이것을 쓸 때의 성난 표정으로 봐서 심상찮은 내용인 것 같습니다요. 하지만 용서하세요. 저야 심부름한 죄밖에 없으니까요.

로잘린드   세상에, 인내의 여신이 봐도 펄펄 뛸 내용이구나. 이걸 참을 수 있다면 세상에 못 참을 일이 없을 거다. 당신 애인이 날 보고 뭐라고 했는 줄 알아요? 못생긴 데다 버릇도 없고 오만하다느니 하면서 남자가 불사조처럼 귀하다 해도 나 같은 사람은 사랑할 수 없다고 하는군. 내 참 기가 막혀서. 누가 저를 탐낼 줄 알고. 어쩌자고 이런 편지를 보냈을까? 음, 맞아. 이건 자네가 조작한 것 아닌가?

실비어스   천만에요. 전 편지 내용을 전혀 모릅니다요. 피비가 썼는데요.

로잘린드   바보, 숙맥 같으니. 사랑 때문에 머리가 어떻게 됐나보군. 그녀의 손은 쇠가죽처럼 꺼칠꺼칠하고 바윗빛이었지. 난 처음엔 장갑을 끼고 있는 줄 알았어. 부엌데기 손. 하긴 그건 상관없어. 이 편지는 그녀가 쓴 것이 아냐. 남자의 머리에 떠오른 생각을 남자가 쓴 거야.

실비어스 분명히 피비가 썼습니다요.

로잘린드 그렇다면 왜 이렇게 글씨체가 엉망이야. 꼭 싸움을 걸어오는 사람 같잖아. 기독교도에게 달려드는 터키인처럼 말이야. 여자의 머리에서 어떻게 이런 말이 나온담. 에티오피아인 같은 문구야. 하긴 속은 더 시커멓겠지. 뭐라고 썼는지 읽어줄까?

실비어스 부탁이니 제발 읽어주세요. 피비의 매정함에 대해선 신물이 납니다만.

로잘린드 정말 피비다운 방자한 말이네. (읽는다) "이처럼 여자의 마음을 태우시는 이유는 신이 목동으로 둔갑해서인가요?" 어떻게 이런 악담을 할 수 있을까?

실비어스 그걸 악담이라고 보시나요?

로잘린드 (읽는다) "어찌하여 자비심을 버리시고 여자의 마음에 칼을 들이대시나요? 저는 뭇 남자들이 마음을 사려고 했지만 상처 하나 입은 적이 없답니다." 날 아예 짐승으로 여기는군. "당신의 차가운 눈빛까지도 내 가슴에 사랑을 심어주었는데, 당신께서 부드러운 눈길로 봐주신다면 내 가슴은 어찌 되겠습니까? 당신에게 욕을 먹으면서도 사모해온 이 몸, 다정한 말로 구애해주신다면 이 마음은 기쁨으로 어쩔 줄 모를 것입니다. 이 사랑의 편지를 전하는 사람은 사랑을 알지 못하오니 당신께서도 당신의 마음을 단단히 봉해서 보내주시옵소서. 젊고 인자하신 당신께 저의 모든 것을 보냅니다. 저의 사랑을 거절하신다면 제 앞에는 죽음밖에 없습니다."

실비어스 어떻게 그게 욕설이라고 하십니까?

실리아 오, 양치기가 불쌍하구나!

로잘린드 이자를 동정하는 거니? 안 돼. 이자는 동정받을 자격조차 없어. 이런 싸가지 없는 여자를 사랑하다니. 자신을 가지고 노는 여자를 사랑하다니. 도저히 용서하지 못할 여자야. 자, 가서 전해. 나를 진정 사랑하거든 나 대신 널 사랑하라고 명령한다고. 만일 싫다고 하면 나는 두 번 다시 그 여자를 보지 않을 거야. 네가 그 여자를 진정 사랑한다면 아무 말 하지 말고 빨리 가. 누가 오나 보다. (실비어스 퇴장)

올리버 등장

올리버 안녕하세요. 이 숲 어딘가에 올리브 나무에 둘러싸인 양치기 오두막이 있다는데, 아십니까?

실리아 서쪽으로 가면 골짜기가 있어요. 그리고 실개천 버드나무 길을 따라가면 오른쪽에 오두막이 있습니다. 그러나 이 시각에는 오두막만 있지 사람은 없을 겁니다.

올리버 이제 보니 당신네야말로 내가 찾는 사람들이오. "청년은 얼굴이 희어 여자같이 생겼고 거동은 사냥꾼처럼 어른스럽고, 처녀는 키가 작고 피부가 검은 편"이라고 하던데요. 당신들이 바로 내가 찾는 집주인이 아니오?

실리아 자랑은 아니지만 그렇게 물으시니 아니라고 할 수 없네요.

올리버 올란도가 당신네들에게 안부를 전해 달라고 합디다. 그리고 로잘린드라는 젊은이에게 이 손수건을 전해달라고 덧붙이면서요. 당신이 그 사람입니까?

로잘린드   예, 그렇지만 도대체 어찌된 영문인가요?

올리버   부끄러운 일입니다. 내가 누구인지, 어떻게, 무엇 때문에, 그리고 어디서 이 손수건이 피로 물들었는지 아신다면 말입니다.

실리아   어서 말씀해주세요.

올리버   올란도는 당신들과 헤어진 후 이 숲속을 헤매면서 쓰고 달콤한 사랑의 환상에 젖어 있었습니다. 그런데 아뿔싸, 이게 웬일입니까! 문득 옆을 보았는데, 오랜 세월에 부대껴 온 도토리나무 아래 누더기 차림의 털북숭이가 된 사나이가 벌렁 드러누워 자고 있었죠. 그 사람 목에는 번들번들한 시퍼런 구렁이가 감겨 있었고요. 마침 그 징그러운 구렁이 놈의 대가리가 자는 사람의 입을 향해 다가서고 있었죠. 그 순간 올란도가 나타나자 구렁이는 칭칭 휘감은 몸을 풀고 덤불 속으로 들어갔습니다. 그런데 숲속에는 굶주린 암사자가 머리를 땅바닥에 붙이고 살쾡이처럼 눈을 번쩍이며 그 사나이를 노려보고 있었지요. 사자는 죽은 것을 건드리지 않는 습성이 있지 않습니까? 이것을 본 올란도가 그 사나이에게 접근했습니다. 가보았더니 형님이었어요. 자기 맏형이더라 이겁니다.

실리아   올란도한테 맏형이란 자는 피도 눈물도 없는 냉혈한이라고 들었는데요.

올리버   그랬을 거요. 나도 그렇게 알고 있으니까.

로잘린드   아무리 그렇다 해도 올란도는 왜 형님을 굶주린 사자밥이 되도록 내버려두었을까요?

올리버   두 번이나 등을 돌려 그렇게 하려고 했습니다. 그러나 복수심보다 더 강한 핏줄은 형에게 복수할 수 있는 기회를 빼앗아갔습니다. 올란도는 사자한테 뛰어들어 단번에 쓰러뜨렸지요. 그 소동 때문에 나는 불행한 잠으로부터 깨어났고요.

실리아   그럼 당신이 그분의 형님이세요?

로잘린드   당신이 올란도가 목숨을 건져준 형님이라고요?

실리아   그분을 여러 차례 죽이려고 했던 사람이 당신이었나요?

올리버   그랬습니다만 지금은 아니오. 과거의 내가 어떤 인간이었는지 아무리 질타한다 해도 난 할 말이 없소. 이제 난 새로 태어났소.

로잘린드   한데 그 피투성이 손수건은요?

올리비   우리는 서로 얼싸안고 눈물을 흘리며 자초지종을 얘기했습니다. 내가 이 거친 땅에 오게 된 사연을 말했죠. 동생은 나를 어진 공작님한테 안내했습니다. 공작님께서는 내게 새 옷과 음식을 주시고는 서로 우애 있게 지내라고 당부하셨지요. 우리는 대접을 받은 후 동굴로 갔죠. 그런데 동생이 옷을 벗자 팔 언저리에서 피가 흐르고 있었어요. 사자한테 팔을 물려 살점이 뜯겨 나간 상태였어요. 피가 마구 흐르는 가운데 동생은 기절하며 로잘린드라고 외치더군요. 서둘러 상처를 치료하고 붕대를 감았더니 동생은 금세 기력을 되찾았습니다. 그러자마자 동생은 나를 보고 당신들을 찾아가라고 하더군요. 그래서 이곳까지 온 것입니다. 올란도가 약속을 어긴 이유를 말씀드리고 용서를 빌기 위해 왔습니다. 동생은 이 피로 물든 손수건을 당신에게 넘겨주라고 부탁했어요. (로잘린드가 기절한다)

실리아   왜 그래요. 가니메데, 가니메데 오라버니!

올리버   피를 보면 대부분 기절하죠.

실리아　그게 아니에요. 깊은 까닭이 있어요. 오라버니! 가니메데!

올리버　이제야 정신이 드나보네.

로잘린드　집에 가고 싶다.

실리아　알았어요. 미안하지만 오라버니 팔 좀 잡아주세요.

올리버　기운을 내시오, 젊은이. 사나이답게 기백이 있어야지.

로잘린드　옳으신 말씀이에요. 아, 보세요. 누가 보아도 연극이라고 하겠어요. 부탁이에요. 제발 당신 동생에게 가거든 연극을 잘 하더라고 전해주세요. 하하하! (일동 퇴장)

제 5 막

제 1 장

숲속

터취스턴과 오드리, 윌리엄 등장

윌리엄   나리, 안녕하세요.

터취스턴   안녕하슈. 점잖은 양반, 제발 모자를 쓰게. 몇 살이나 됐소?

윌리엄   스물다섯입니다, 나리.

터취스턴   한창 좋은 나이군. 이름이 윌리엄인가?

윌리엄   예, 윌리엄입니다.

터취스턴   멋진 이름이야. 이곳 숲에서 태어났는가?

윌리엄   예, 하느님 덕분이지요.

터취스턴   자네 말솜씨가 보통이 아니군. 그리고 보니 이 말이 생각나는군. "어리석은 자는 자신이 현자인 줄 알고 현자는 자신이 어리석은 자인 줄 안다." (이 말에 윌리엄은 어이가 없어 입을 딱 벌린다) 어떤 철학자는 포도가 먹고 싶어 입을 딱 벌리고 포도를 넣었다지 뭔가? 입은 벌리기 위해 생긴 거야. 이 처녀가 좋은가?

윌리엄 죽을 지경이죠.

터취스턴 그럼 나와 악수하세. 자네 글은 아는가?

윌리엄 모릅니다.

터취스턴 그렇다면 한 가지 가르쳐주겠네. 가진 것은 갖는 것이오. 이를테면 술을 컵에서 유리잔에 따르면 유리잔에 가득 차는 반면 컵은 텅 비게 마련이지. 그러니까 그자는 그 사람이라는 거야.

윌리엄 그 사람이 누군데요?

터취스턴 이 여자와 결혼해야 하는 남자 말이야. 쉽게 말하면 이 여자와의 교제를 포기하라는 거야. 이 여자는 나와 결혼하기로 했거든. 그러니 이 촌닭아, 이 여자를 포기하지 않으면 자넨 파멸이야. 알기 쉽게 말해서 내가 너를 독살하든가 몽둥이 찜질을 하든가 칼침을 놓든가 하겠다는 거야. 백오십 가지 방법으로 네놈을 때려잡을 수도 있다는 말이지. 그러니 어서 뺑소니나 치는 게 상책이야.

오드리 그렇게 하세요, 윌리엄.

윌리엄 안녕히 계십쇼, 나리. (퇴장)

숲속의 다른 곳

올란도와 올리버 등장

올란도　어떻게 그런 일이? 거의 알지도 못하는 여자를 좋아한다니. 첫눈에 반해 청혼을 하신다니. 청혼하자마자 그녀가 수락했다고요? 형님은 기어이 그녀를 차지하겠다는 거예요?

올리버　결코 성술하게 행동한 게 아냐. 그녀가 가난하다는 것도, 그녀를 잘 알지 못한다는 것도, 내 청혼이 성급했고 그녀의 승낙이 갑작스러웠던 것도 알아. 하지만 난 엘리나를 사랑해. 그녀도 나를 사랑하고. 그러니 우리 둘이 일심동체가 되는 일에 동의해다오. 우린 서로 결혼해도 좋다는 의견에 동의했단다. 이 일은 너에게도 나쁠 게 없어. 나는 아버지의 재산, 즉 로랜드 경의 모든 재산을 너에게 양도하고 여기서 양치기나 하면서 여생을 보낼 생각이거든.

올란도　좋아요. 내일 결혼식을 올리세요. 공작님과 그분을 추종하는 귀족들을 초대할 테니까요. 형님은 엘리나한테 가서 준비시켜주세요. 오, 나의 로잘린드가 오네요.

로잘린드 등장

로잘린드　오, 사랑하는 올란도. 당신의 가슴을 붕대로 동여맨 것을 보니 가슴이 쓰리군요.

올란도　붕대는 팔에 감겼소.

로잘린드　난 당신 심장이 사자 발톱에 부상당한 줄 알았어요.

올란도　가슴에 상처를 입은 것은 사실이오. 어떤 여인의 눈길에 상처를 입었지요.

로잘린드　형님이 전하던가요? 당신의 손수건을 보고 내가 기절하는 흉내를 내더라고.

올란도　그보다 더 놀라운 이야기도 들었지요.

로잘린드　아, 뭘 말씀하는지 알겠어요. 그건 사실이에요. 그처럼 갑작스런 일이 또 어디 있겠어요. 두 마리의 숫양 싸움이나 시저의 '왔노라, 보았노라, 이겼노라'라는 말처럼 당신 형님과 내 여동생은 서로 만나자마자 뜨거운 사랑에 빠졌어요. 눈길을 주고받기 무섭게 사랑에 빠졌고, 사랑에 빠지기가 무섭게 땅이 꺼져라 한숨을 쉬게 되었지요. 그 한숨의 근원을 알기가 무섭게 해결책이 생각났고요. 두 사람은 열에 들떠 서로 결혼의 제단을 만들어놓고 당장이라도 뛰어오를 기세예요. 그렇게 안 되면 일단 일부터 저지를 거예요. 지금 그들은 무쇠처럼 달아올랐어요. 한 몸이 되려고요. 몽둥이찜질로는 어떻게 갈라놓을 수가 없어요.

올란도　내일이면 두 사람은 결혼할 거요. 난 공작님을 결혼식에 초청할 생각입니다. 아, 다른 사람의 행복을 바라보기나 해야 하니 정말 못 견디겠군요. 내일 소원을 성취한 형을 보면 볼수록 가슴이 미어질 겁니다.

로잘린드　그럼 난 내일 당신을 위해 로잘린드 역할을 할 수 없다는 말인가요?

올란도　이제 난 상상만으로는 살아갈 수가 없어요.

로잘린드　그렇다면 나도 더 이상 부질없는 얘기로 당신을 괴롭히지 않을게요. 하지만 이것만은 알고 계세요. 절대로 농담이 아니에요. 나는 당신이 분별력 있는 사람이라는 걸 알아요. 그렇다고 당신한테 칭찬 받으려고 이런 말 하는 것도 아니고요. 다만 당신이 나를 믿어주셨다면 만족해요. 그것도 당신에게 좋은 일을 하기 위해서예요. 그러니 날 믿어주세요. 나는 세 살 때부터 마술사의 지도를 받아 신통력이 있답니다. 그분의 술법은 심원한 것으로, 절대로 악마의 법은 아니에요. 당신이 여태껏 표현한 것처럼 진실로 로잘린드를 사랑한다면 당신 형님이 엘리나와 결혼식을 올릴 때 당신도 로잘린드와 결혼할 수 있도록 해드리죠. 당신이 진정으로 원한다면 당신 눈앞에 데려다놓을 수가 있어요. 헛것이 아니라 진짜 로잘린드를 말이에요.

올란도　진담이오?

로잘린드　물론이에요. 제 목숨을 걸고 맹세할게요. 비록 마술사이긴 하지만 저 역시 목숨은 소중하답니다. 내일 결혼하고 싶으시면 단정한 옷을 입고 친구를 초대하세요. 원하신다면 로잘린드하고요. 제게 반한 여자와 그 여자한테 반한 남자가 오는군요.

제 3 장

숲속

노공작, 애미언스, 제이퀴스, 올란도, 올리버, 그리고 실리아 등장

노공작   올란도, 자넨 그 젊은이의 말이 이루어지리라 믿는가?

올란도   반반이죠. 부질없는 희망이라고 생각하면 두렵고, 그러면서도 또 바라는 사람들처럼 말입니다.

로잘린드, 실비어스, 피비 등장

로잘린드   잠깐만 기다려주십시오. 한 가지 확실히 해둘 게 있습니다. (공작에게) 공작님께서는 만일 제가 로잘린드를 데려오면 올란도에게 즉시 주겠다는 말씀을 하셨죠?

노공작   그렇다마다. 내가 여러 왕국을 갖고 있어 딸에게 모두 주는 한이 있더라도 그렇게 할 거야.

로잘린드   당신도 내가 그녀를 데려오면 아내로 맞는다고 하셨죠?

올란도   그랬소. 내가 모든 왕국의 왕이 된다 하더라도 그녀와 결혼할 것이오.

로잘린드   피비, 내가 결혼하고 싶어한다면 나랑 결혼한다고 했지요?

피 비   그랬어요. 한 시간 후에 죽는 한이 있더라도요.

로잘린드   피비, 나와 결혼할 생각이 없어진다면 충실한 양치기와 결혼한다고 했지?

피 비   그랬어요.

로잘린드   피비가 원한다면 당신도 그녀를 아내로 맞이한다고?

실비어스   설령 그 길이 죽음의 길이라도 갈 것입니다.

로잘린드   나는 이 모든 일을 원만하게 처리하겠다고 여러분 앞에서 약속했습니다. 공작님께선 올란도에게 따님을 주겠다는 약속을 지키시고, 올란도 당신은 로잘린드를 아내로 맞이하겠다는 약속을 지키십시오. 피비, 당신은 나와의 결혼이 여의치 않으면 실비어스와 결혼한다는 약속을 지키고, 실비어스 당신은 피비를 아내로 맞이하겠다는 약속을 지키십시오. 저는 이 모든 문제를 해결하기 위해 잠깐 다녀와야겠습니다. (로잘린드와 실리아 퇴장)

노공작   저 청년은 내 딸과 정말 닮았어.

올란도   저도 저 청년을 처음 보았을 때 그런 생각을 했습니다. 혹시 따님의 형제가 아닌가 했지요. 하지만 저 청년은 이 숲속 태생인 것 같습니다. 그의 아저씨로부터 마술을 배워 이 숲에서 은밀히 지내고 있는 듯합니다.

   터취스턴, 오드리 등장

제이퀴스   틀림없이 노아의 대홍수가 다시 올 모양이오. 저렇게 동물들이 쌍쌍으로 오고 있으니 말이오. 여기 오는 한 쌍은 아주 진귀한 짐승으로 어느 나라 말로든 바보라고 하지요.

터취스턴 문안 인사 드리옵니다, 여러분!

제이퀴스 공작님, 환영한다고 말하세요. 숲에서 가끔 만난 사람으로 얼룩옷을 입은 꼴이 머리 끝부터 발끝까지 얼간이입니다. 본인은 궁궐에도 드나들었다고 우쭐댑니다만.

터취스턴 믿지 못하겠다면 얼마든지 시험해보십시오. 소인은 궁궐에서 춤도 추고, 귀부인들의 비위를 맞추고, 친구들을 속이기도 하고, 외상빚으로 양복점을 세 집이나 파산시키기도 했죠. 네 번이나 싸움질을 해 결투까지 갈 뻔한 적도 한 번 있고요.

제이퀴스 결투 없이 어떻게 처리했지?

터취스턴 실은 결투를 하려고 보니 우리 싸움이 제7조에 문제가 있다는 걸 알았지요.

제이퀴스 제7조에 문제가 있었다? 공작님, 재미있는 녀석인데요.

노공작 재미있어. 썩 마음에 드는구먼.

터취스턴 항상 그래주셨으면 감사하겠습니다. 실은 제가 이곳에 끼어든 이유는 촌사람들의 혼례식에 껴서 서약도 하고 파혼도 하고 싶어서죠. 결혼이 두 사람을 맺어주고 정열이 두 사람을 갈라놓는다 해도요. (오드리에게 손짓한다) 얼굴은 못생겼지만 그래도 제것입니다. 아무도 거들떠보지 않는 계집과 결혼하려는 건 제 마음이 변덕스럽기 때문이죠. 진주가 더러운 조개 껍데기 속에 있는 것처럼 정숙이라는 보물은 구두쇠처럼 못생긴 여자한테 있는 법이죠.

노공작 참으로 단순하고 재치 있게 말을 하는군.

터취스턴 바보가 쏘는 화살은 빠르다는 말도 있지 않습니까?

제이퀴스 그건 그렇고 제7조에 관해 말해보게나.

터취스턴 일곱 번이나 치고 받은 거짓말 때문이죠. 오드리, 자세를 제대로 가져야지. 저는 어떤 궁인의 수염이 마음에 안 든다고 했습니다. 그랬더니 그는 자기 마음에는 드니까 상관없다고 하더군요. 그래서 저는 다시 한 번 보기 싫다고 말했죠. 그 역시 자기가 좋아서 그렇게 깎았다는 거예요. 이건 온건한 대답이라는 거지요. 만일 제가 그때 또다시 모양이 흉하다고 했으면 그는 눈이 형편없이 낮다고 했을 거예요. 그럼 그 대답은 불온한 대답이 되겠지요. 그리고 또다시 모양이 흉하다고 하면 그는 저더러 진실을 말하지 않는다고 하겠지요. 그렇게 되면 이제 간접적인 도발에서 직접적인 도발이 되겠지요.

제이퀴스 그럼 당신은 몇 번이나 그 사람의 수염 깎은 모양이 흉하다고 했소?

터취스턴 사실 간접적인 도발 이상으로 갈 생각은 못했지요. 우리는 결국 서로 칼을 빼들기까지 했지만 사용하지는 않고 헤어졌어요.

제이퀴스 그럼 거짓말의 등급을 말해보시오.

터취스턴 당신네들이 예법에 따라 말하듯이 우리도 나름의 방식이 있답니다. 첫 번째는 의례적인 대답, 두 번째는 온건한 대답, 세 번째는 불순한 대답, 네 번째는 의협심에 따른 대답, 다섯 번째는 공격적인 대답, 여섯 번째는 간접적인 도발, 일곱 번째는 직접적인 도발이 바로 그것이지요. 이 경우에 '만일에'이라는 말이 붙으면 무사 통과입니다. 전에 이런 일도 있었어요. 판사 일곱 명이 붙었어도 해결하지 못한 사건을 결투장에 마주서게 되자 그중 한 명이 "만일에 당신이 이렇게 하면 나는 이렇게 하겠소"라고 했지요. 그 뒤로 그 둘은 의형제를 맺었고요. '만일에'만 있으면 모든 문제가 해결됩니다.

제이퀴스　정말 재미있는 작자가 아닙니까? 말만 잘하는 게 아니라 다른 것도 잘해요. 그렇지만 바보 얼간이임에는 분명해요.

노공작　모르는 소리. 겉으론 바보인 척하면서 마음놓고 사람들의 마음을 꿰뚫는 얘기를 쏟아놓는군.

　결혼의 신 하이멘, 로잘린드, 실리아 등장 음악이 깔린다.

하이멘　(노래한다) 땅 위의 것들이 화합하면 기쁨은 하늘에 닿으리. 공작이여, 따님을 맞으시라. 결혼의 신 하이멘이 하늘에서 공주를 데려오니 공주의 손을 젊은이의 손에 얹게 하라. 이미 서로의 마음은 하나가 되었으니.

로잘린드　(공작에게) 이 몸을 드립니다. 전 아버님의 딸이니까요. (올란도에게) 이 몸을 드립니다. 저는 당신의 아내니까요.

노공작　이 눈에 진실이 보인다면 너는 틀림없이 나의 딸이로다.

올란도　이 눈에 진실이 보인다면 그대는 나의 로잘린드요.

피 비　이 눈에 비치는 모습이 환상이 아니라면 내 사랑이여, 안녕.

로잘린드　(공작에게) 제 앞에 계신 분이 아버지가 아니시라면 저에게는 아버지가 안 계십니다. (올란도에게) 당신이 그이가 아니라면 저에게는 남편이 없습니다. (피비에게) 그대가 여자인 이상 그대와 결혼할 수가 없어요.

하이멘　자, 조용히 하시오! 자, 혼란을 막기 위해 이제 이상한 일에 매듭을 지어야겠소. 서로가 진실로 맺어지길 바란다면 여기 여덟 분은 하이멘의 이름으로 손을 잡으시오. (올란도와 로잘린드에게) 그대들은 어

떠한 시련이 닥쳐도 영원히 하나일지어다. (올리버와 실리아에게) 그대들
은 마음과 마음이 하나로다. (피비에게) 그대는 이 남자의 사랑에 따르
라. (터취스턴과 오드리에게) 그대가 남편으로 삼는다면, 그 또한 아내로 삼
으리. 그대들은 서로 궁금증이 없어질 때까지 묻고 대답하거라. 우리
들 축가를 들으며 쌓였던 회포와 기이한 사연을 서로 말해보거라. (노래
한다)

결혼은 위대한 헤라의 영광이로다.
검은머리 파뿌리 될 때까지 맺은 언약이여
행복한 가정의 웃음소리 거리마다 넘치는 것은
하이멘의 은총이로다.
찬양하라, 그 이름을 드높이 찬양하라.
모든 마을의 수호신 하이멘의 이름을!

노공작   오, 실리아로구나. 어서 오너라. 친딸 못지 않게 반갑구나.
피 비   (실비어스에게) 저는 당신의 것이라는 걸 약속드릴게요. 당신의
진정한 사랑이 우리를 하나로 만들었어요.

제이크스 드 보이스 등장

제이크스 드 보이스   실례합니다. 한두 마디 말씀드릴 게 있습니다. 저
는 돌아가신 로랜드 경의 차남으로, 이 아름다운 모임에 기쁜 소식을
전하러 왔습니다. 프레드릭 공작은 이 숲에 유력한 인사들이 모인다는

소식을 듣고 스스로 강력한 군사를 이끌고 진격중이셨습니다. 그 목적이 그의 형님을 사로잡아 처형하자는 것이었지요. 그런데 이곳에 막 들어섰을 무렵 도사를 만났는데, 그 자리에서 마음을 바꾸어 속세를 버리고자 하셨답니다. 따라서 공작의 지위를 추방된 형님께 반환하고, 또한 다른 유배된 자의 영토도 모조리 반환한다는 전갈입니다. 이 일이 사실임을 제 목숨을 걸고 맹세합니다.

노공작　잘 왔소. 그대는 두 형제들의 결혼식에 훌륭한 선물을 가져왔구려. 한 사람에게는 몰수당한 땅을, 또 한 사람에게는 전 영토를, 즉 공작의 광활한 영토를 말이오. 자, 그럼 우선 이 숲에서 즐겁게 시작되어 행복하게 맺은 사랑의 열매를 거둡시다. 그런 다음에 나와 함께 괴로운 나날을 견뎌준 동료들 하나하나와 지위에 합당하게 같이 기쁨을 나눌 작정이오. 그러니 지금은 우리 모두 축제의 즐거움에 흠뻑 빠져봅시다. 자, 풍악을 울려라! 신랑 신부는 짝을 지어 즐거운 춤을 추어라.

제이퀴스　공작님, 잠깐 제가 한마디만 여쭙겠습니다. (음악이 멈추자 제이크스에게) 그러니까 프레드릭 공작이 수도 생활을 하기 위해 호화로운 궁정 생활을 버렸다는 말씀입니까?

제이크스 드 보이스　그렇소.

제이퀴스　그분한테 가겠소. 개심한 사람한테는 배울 게 많소. (공작에게) 공작님께서는 옛 영화를 찾으셨으니 전 이만 떠날 때가 된 것 같습니다. 이 모든 게 인내와 인덕의 결실이지요. (올란도에게) 당신의 신실한 사랑이 마침내 사랑을 얻었군요. (올리버에게) 당신은 사랑과 영토, 좋은 사람들을 만났군요. (실비어스에게) 결국 순정으로 사랑을 얻었군요. (터취스턴에게) 당신은 부부간의 입씨름으로 재밌는 나날을 보내게 되겠죠. 하지만 사랑의 항해는 두 달치 식량이 전부라는 걸 잊지 마시기를 바랍니다. 자, 여러분 이제부터 재밌게 축제를 즐기시죠. 저는 워낙 춤에 치웆자도 모르는 문외한이랍니다.

노공작　가지 마시오, 제이퀴스. 잠깐만.

제이퀴스　이제 축제는 끝났어요. 혹시라도 제게 볼일이 있으시면 공작님께서 버리신 그 동굴로 오시지요. (퇴장)

노공작　좋소. 자, 그럼 우리는 즐거운 마음으로 결혼식을 올립시다. 모든 일이 행복하게 끝날 것이오. (음악에 따라 사람들 춤을 추기 시작한다)

William Shakespeare

말괄량이
길들이기

죽음이란
나이순으로 찾아오는 게 아니지요.

서극

영주 | 무료한 일상에서 탈출하기 위해 곤드레만드레 취한 슬라이를 보고 가
    짜 영주 노릇을 시킨다.

크리스토퍼 슬라이 | 술에 취한 상태로 길거리에서 잠을 자다가 영주의 눈에
    띄어 가짜 영주가 된다.

그 외 | 주막 여주인, 시동, 사냥꾼, 하인, 배우 등

본극

페트루치오 | 베로나의 신사로 호텐쇼의 친구

카타리나 | 밥티스타의 큰딸로 천방지축에다 안하무인의 성격

비앙카 | 밥티스타의 작은딸

루첸쇼 | 빈첸쇼의 아들

밥티스타 | 패듀어의 갑부

빈첸쇼 | 피사의 거상

그레미오 | 패듀어의 유지

호텐쇼 | 루첸쇼의 친구

트래니오 | 루첸쇼의 충복

비온델로 | 루첸쇼의 하인

커티스 | 페트루치오의 별장 관리인

그루미오, 나다니엘, 필립, 니콜라스, 피터, 조셉 | 페트루치오의 하인들

그 외 | 교사, 재단사, 잡화상, 그 밖의 하인들

지금도 무대에서 관객들로부터 대단한 인기를 누리고 있는 〈말괄량이 길들이기〉는 세익스피어의 초기 작품으로, 이후에 쓴 다른 희극 작품들보다 예술성이 떨어진다는 평가를 받고 있다. 그런데도 왜 이토록 오랜 인기를 유지하고 있는 걸까? 한 개인이 겪어야 하는 사회적 갈등 및 타인과의 갈등을 오히려 과장되고 우스꽝스럽게 조명함으로써 각 인물이 결국 어떻게 자신의 진정한 내면을 찾아가는가를 역설적으로 보여주기 때문이 아닌가 싶다.

패듀어의 부호인 밥티스타의 큰딸 카타리나는 천방지축인 데다 성품이 매우 까다롭다. 반면에 동생인 비앙카는 성품이 온순하여 아버지의 사랑뿐만 아니라 뭇남성들의 시선을 한 몸에 받는다. 언니 카타리나는 이 때문에 성격이 더욱더 거칠어지고 난폭해진다.

문제는 아버지 밥티스타가 큰딸을 시집 보내야 작은딸을 시집 보낼 수 있다고 선언하면서 생겨난다. 비앙카를 좋아하던 호텐쇼와 그레미오는 서로 카타리나의 남편감 찾기에 바쁘다. 그러던 중에 호텐쇼의 친구인 페트루치오가 카타리나와 관련된 말을 듣고 적극적으로 청혼을 한다. 카타리나와 결혼식을 치른 페트루치오는 그녀보다 더 난폭한 언동으로 그녀를 순종적으로 길들인다. 한편, 비앙카를 사랑하는 피사의 거상 아들인 루센쇼는 가정교사로 변장하여 그 집으로 들어간다. 우여곡절 끝에 비앙카의 사랑을 얻어 결혼을 하게 되고 호텐쇼 역시 자신을 좋아하는 어느 미망인과 결혼을 한다.

페트루치오의 호된 아내 길들이기는 어떤 것이 선하고 어떤 것이 악한지, 상황에 따라 인간이 어떻게 변모하는지 현대를 살아가는 우리들에게 역설적으로 보여주고 있다.

서극

제 1 장

벌판의 어느 술집 앞

문이 열리며 주막 여주인에게 내쫓긴 슬라이가 걸어 나온다.

슬라이　이놈의 어편네, 두들겨 패야겠군.

여주인　형틀에 매달아도 시원치 않을 불한당 같으니라고!

슬라이　뭐가 어쩌고 어째? 슬라이 집안엔 불한당이란 없다. 족보를 뒤져봐! 리처드 폐하와 함께 건너온 명문가란 말이다! 될 대로 되라지 뭐.

여주인　깨뜨린 술잔이나 보상해!

슬라이　천만에, 한푼도 못 줘. 이럴 땐 삼십육계 줄행랑이 최고지. 차디찬 잠자리를 따뜻하게 녹여야지. (비틀거리다가 고꾸라진다)

여주인　흥, 어림없는 짓이야. 가서 파출소장을 불러와야겠어. (퇴장)

슬라이　파출소장이든 경찰서장이든 겁날 것 같은가. 법으로 할 테면 하라고. 이 어편네야, 누가 눈 하나 깜짝할 줄 알아. 누구든 오라고! 내가 상대해줄 테니까. (잠이 들어 코를 골기 시작한다)

뿔피리소리, 영주와 그의 부하 등장

영 주 (슬라이를 보고) 이건 뭐냐? 죽은 거냐, 술에 취한 거냐? 숨은 쉬고 있나?

사냥꾼 2 아직 숨이 끊어진 건 아닙니다, 영주님. 그저 술에 곯아떨어진 것 같습니다.

영 주 허허, 자는 꼴을 보니 흉측한 괴물 같구나. 쿨쿨 자는 모습이 꼭 돼지처럼 보이는군. 여보게, 자네들 생각은 어떤가? 얼굴을 보아하니 징그러워보이는데, 이 주정뱅이에게 장난 좀 치는 게 어떤가? 녀석을 침실로 옮긴 뒤, 좋은 옷을 입히고, 반지도 끼워주고, 머리맡엔 성찬을 마련하고, 늠름한 시종들도 대기시켜놓는다면, 아마 이놈은 자신을 영주로 착각하게 될 거야.

사냥꾼 1 아마 그럴 것입니다.

사냥꾼 2 잠에서 깨면 자신이 딴 세상에 온 줄 알 것입니다.

영 주 그렇겠지. 마치 달콤한 꿈이나 허황된 공상 속에 잠겨 있는 것으로 알겠지. 그럼 이놈을 데려가 가장 화려한 방으로 옮긴 뒤 사방에 온통 음탕한 그림들을 걸어놓아라. 이자의 더러운 머리에는 향수를 뿌리고, 방 안을 향기롭게 하거라. 이자가 깨어나면 음악을 은은하게 틀어놓고, 무슨 말이라도 할라치면 공손하고도 나직한 목소리로 "말씀만 하소서" 이렇게 응대하란 말이다. 이렇게 해서 이자를 실성한 사람으로 믿게 만드는 거다. 다들 알아들었지? 조심해서 잘하도록. 잘만 한다면 틀림없이 볼 만한 오락거리가 될 것이야.

사냥꾼 1 예, 저희에게 이자를 맡겨만 주십시오. 최선을 다해 이자가 자기가 영주인 것처럼 착각하도록 만들겠습니다.

영 주　그럼 잠이 깨지 않도록 이자를 침대에 눕혀라. 잠에서 깨어나거든 내가 시킨 대로 하라. (슬라이를 운반해 간다. 트럼펫 소리) 여봐라, 저 트럼펫 소리는 뭐냐? (하인이 달려나갔다가 돌아온다)

하 인　배우들입니다. 황공하옵게도 영주님 앞에서 연극을 공연해보이겠답니다.

영 주　이곳으로 들라 하라. (배우들 등장) 오, 어서들 오게나.

배우들　황공하옵니다.

영 주　오늘 밤은 내 집에서 숙박을 하겠나?

배우 1　그야 여부가 있겠습니까?

영 주　그렇게들 하게. 언젠가 농부의 맏아들 역할을 하는 걸 본 적이 있지. 자네가 귀부인에게 사랑을 호소하는 역이었어. 이름은 잊었지만 연기가 꽤 자연스러웠어. 실은 내가 무슨 계획 하나를 갖고 있는데, 자네들의 도움을 받았으면 하네. 오늘 밤 자네들의 연극을 어떤 영주님께 보여드릴 생각이거든. 그런데 염려스러운 건 그분이 생전 처음 연극을 보는 거라서 아마 기묘한 행동을 할지도 몰라. 그때 자네들이 폭소를 터뜨린다면 기분이 상하게 되겠지. 그 점이 걱정이란 말이야.

배우 2　걱정하지 마십시오. 저희들이 웃음을 억제하고 조심하겠습니다. 그분이 천하에 둘도 없는 어릿광대라도 말입니다.

영 주　여봐라, 이들을 식당으로 안내해 한 사람 한 사람 극진히 대접하라. (모두 퇴장)

제 2 장

영주 저택의 호화스런 침실

갑옷을 입은 슬라이가 자는 가운데 주위에 시종들이 의복, 세숫대
야, 물병 등을 들고 서 있다. 영주 등장

슬라이 (잠이 덜 깬 얼굴로) 제발 맥주나 한 잔 주시오.

하인 1 영주님, 백포도주를 드릴까요?

하인 2 나리, 설탕 조림 과일은 어떻습니까?

하인 3 영주님, 오늘은 어떤 옷을 입으시겠습니까?

슬라이 난 크리스토퍼 슬라이란 사람이오. 그러니 내 앞에서 영주님
이니 나리니 그런 말은 하지 마시오! 내 생전 백포도주 따윈 마신 적도
없소. 설탕 조림 과일을 주려거든 쇠고기 조림을 주시오. 어떤 옷을 입
겠느냐고? 내 등이 웃옷이요, 내 다리가 바지고, 내 발이 구두요. 보시
오, 이렇게 발가락이 구두 밖으로 비죽 나온걸.

영 주 오, 하느님! 우리 나리의 허황된 망상의 병을 속히 고쳐주소서!
그렇게도 훌륭한 혈통과 그렇게도 많은 영토를 지닌 고귀하신 분께 이
렇게 흉악한 악령이 씌워지다니!

슬라이 아니, 지금 생사람을 잡을 작정이오? 난 버튼 히드에 사는 슬
라이 영감의 자식 크리스토퍼 슬라이란 말이오. 원래는 행상이었는데
솔 공장에 취직했고, 그런데 지금은 집어치우고 땜장이 노릇을 하고 있

소. (하인이 맥주를 가지고 등장) 나 원 참, 내가 미쳤다고? 천만의 말씀. 그러면 그 증거로……. (맥주를 마신다)

하인 3　오, 이러시니 마님께서도 슬퍼하고 계십니다.

하인 2　오, 이러시니 하인들도 몸둘 바를 모르고 있사옵니다.

영 주　오, 이러시니 일가 친척들도 겁을 먹고 발길을 끊은 것입니다. 영주님, 가문을 생각하시고 어서 예전으로 돌아와 이 비참한 악몽에서 깨어나십시오. 보소서, 이렇게 하인들도 영주님의 분부를 기다리며 대령하여 서 있지 않습니까! 음악을 들으시겠습니까? 아폴론 신의 음악을 들으시지요. (음악이 연주된다)

하인 1　사냥개들은 숨도 쉬지 않고 수사슴처럼 쏜살같이 달려나갈 것입니다. 얼마나 날쌘지 암사슴과는 비교도 되지 않지요.

하인 2　나리, 그림 감상을 하시면 어떻겠습니까? 아름다운 여신 아프로디테가 미소년 아도니스의 모습을 사초 그늘에 숨어서 훔쳐보고 있는 그림 말입니다. 그 여신의 뜨거운 입김에 사초잎이 마치 바람에 나부끼듯 흔들리고 있지요.

영 주　영주님은 저희들의 영주님이 틀림없사옵니다. 그리고 이 말세에서 천하일색인 아름다운 부인이 계시옵니다.

하인 1　영주님 때문에 흘리신 눈물이 꽃 같은 마님 얼굴에 폭포수가 되었지만 그 전에는 동서고금을 두고 유례없는 미인이셨지요. 아니, 지금도 어느 부인 못지 않게 아름다우시지만요.

슬라이　내가 정말 영주란 말인가? 정말 부인도 있고? 내가 꿈을 꾸는 게 아닐까? 그렇다면 여태까지가 꿈이었단 말인가. 분명 잠을 자고 있는 건 아닌데. 난 보고 듣고 말하고 있지 않나? 이 향긋한 냄새와 부드러운 침상……. 정말 내가 땜장이 크리스토퍼가 아니라 영주란 말이지! 그래, 마님을 모셔 오너라. 그리고 맥주도 더 가져오고.

하인 2 (대야를 내밀며) 영주님, 손을 씻으십시오. (슬라이가 손을 씻는다) 영주님께서 정신이 드셨다니 얼마나 기쁜지 모르겠습니다. 지난 열다섯 해 동안 꿈속에 계시다가 이제야 눈을 뜨셨습니다.

슬라이 열다섯 해라고? 참으로 길게도 잤구나. 그동안 한마디도 하지 않았고? (부인으로 변장한 시동이 시종을 거느리고 등장)

시동 나리, 기분이 어떠세요?

슬라이 좋소, 아주 좋아! 기운이 안 날 리가 있나? 그런데 내 부인은? (맥주를 마신다)

시동 여기 대령했습니다, 나리. 무슨 분부라도 하시겠습니까?

슬라이 당신이 내 부인이라고? 그럼 왜 나한테 서방님이라고 하지 않고 나리라고 하지? 시종들이 나리, 나리 하는 건 이해되지만, 난 당신의 남편이잖소?

시동 나리는 저의 남편이며 주인이지요. 소첩은 나리께 순종해야 하는 부인이고요.

슬라이 부인, 듣자하니 내가 열다섯 해나 꿈을 꾸고 있었다는데, 그게 정말이오?

시동 그렇사옵니다. 저에게는 그 세월이 30년처럼 길게 느껴졌지요. 그동안 저는 쭉 독수공방을 했답니다.

슬라이 그거 참 안됐구먼. 여봐라, 다들 물러가 우리 두 사람만 있게 하라. (하인들 퇴장) 부인, 자, 옷을 벗고 잠자리에 듭시다.

시동 참으로 귀하신 영주님, 부탁하건대, 하룻밤이나 이틀밤만 참으시지요. 그것조차 안 되시겠다면 해가 질 때까지만이라도 참으소서.
의원께서 나리의 병환이 다시 도질 수도 있으니까 동침은 삼가라고 단
단히 당부하셨습니다.

슬라이　음, 그렇다면 할 수 없지. 또다시 그런 악몽 속에 떨어지면 큰
일이니, 피가 끓고 살이 달아오르지만 참을 수밖에 없구나.

　하인 1 등장

하인 1　영주님의 전속 배우들이 영주님께서 쾌유하셨다는 소식을 듣
고서 유쾌한 희극을 보여드리려고 문안차 와 있습니다. 의원들도 찬성
하셨습니다. 오랜 세월 동안 우울증으로 시달리셨으니, 연극을 보시면
서 기분을 전환하신다면 온갖 해악은 물러가고 수명도 길어진다고 하
시면서요.

슬라이　음, 그럼 희극을 시작하라. 자, 부인. 내 옆에 와서 시간이나
죽여봅시다. 우리가 이보다 어떻게 젊어지겠소. (시동 슬라이 곁에 앉는다)

　나팔 소리, 〈말괄량이 길들이기〉가 시작된다.

제 1 장

패듀어의 광장

루센쇼와 그의 하인 트래니오 등장

루센쇼   트래니오, 문화의 본고장인 이 패듀어를 꼭 한번 보고 싶었는데 내 드디어 이태리의 낙원, 이 기름진 롬바르디아에 왔구나. 이건 다 아버지의 애정이 있었기 때문이지. 게다가 너처럼 믿음직한 시종을 딸려 보내주셨으니 이것이야말로 금상첨화가 아니고 무엇이겠느냐. 자, 여기서 좀 머물면서 천천히 학문과 교양을 쌓을 길을 찾아보자. 난 교양 있는 시민들로 이름이 나 있는 피사에서 태어났고, 아버지는 세계를 주름잡는 거상인 벤티보리오 가문의 빈센쇼가 아니더냐. 그 아들인 나도 사람들의 기대를 저버리지 않고 덕행을 쌓아 이 행운을 헛되게 하지 말아야지. 그러니 트래니오, 나는 덕으로 행복에 이르는 철학을 공부할 작정이다. 네 생각은 어떠냐?

트래니오   도련님, 제 생각도 마찬가지입니다. 숭고한 학문의 길로 들어서시겠다니, 저야 대환영이지요. 다만 도련님, 덕이나 수양을 하시는

것도 좋지만 제발 저 금욕주의자나 돌부처 같은 사람은 되지 마십시
오. 엄격한 아리스토텔레스의 딱딱한 가르침에만 열중하시다가 오비
드의 부드러운 시를 멀리하진 마십시오. 기분을 전환하기 위해선 음악
이나 시가 좋고, 수사학이나 형이상학 같은 것도 때때로 해보서도 좋
겠죠. 하기 싫은 걸 하다 보면 소득도 없지요. 한마디로 말해 도련님이
하고 싶은 공부를 하십시오.

루센쇼　　고맙다, 트래니오. 네 말이 옳고말고. 그런데 비온델로가 도착
해 있다면, 우린 당장 숙소를 정하고 이곳 패듀어에서 사귈 수 있는 친
구들을 모두 초청할 수 있었을 텐데. 가만 있자, 저 사람들은 누구지?

트래니오　　도련님을 환영하는 행렬인가 봅니다.

　　밥티스타가 카타리나와 비앙카와 함께 등장 그레미오와 호텐쇼가
　　그 뒤를 따른다. 루센쇼와 트래니오는 나무 그늘에 숨는다.

밥티스타　　이제 그만 조르시오. 두 분께선 이미 내 결심을 알고 있잖
소. 글쎄, 큰딸을 시집 보내기 전에는 작은딸을 절대로 줄 수가 없소.
만일 두 분 중에 카타리나를 좋아하는 분이 있다면, 직접 그 애와 담판
을 지으시구려.

그레미오　　담판이 아니라 재판을 해야겠지요. 호텐쇼 씨, 당신은 어느
쪽을 택하겠소?

카타리나　　아버지, 제발 그만두세요. 더 이상 이런 작자들 앞에서 저
를 웃음거리로 만들지 마세요.

호텐쇼　　작자들이라뇨, 아가씨? 무슨 말버릇이 그렇소? 좀 더 상냥하

게 굴지 않으면 당신은 평생 시집을 가지 못할 거요.

카타리나 누가 맥더러 그런 걱정해달래요? 난 결혼할 생각은 털끝만큼도 없어요. 만일 결혼을 한다면 당신을 확실히 손을 봐드리겠지만요. 세 발 달린 의자로 당신의 머리털을 빗겨주고, 당신의 그 얼굴은 생채기를 낸 피로 화장시켜드리고요.

호텐쇼 어이구, 하느님! 저를 이 마녀로부터 구해주소서!

그레미오 하느님, 저도요.

트래니오 쉬, 도련님! 이거, 볼 만한 구경거립니다요. 저 여잔 살짝 돌았거나, 아니면 굉장한 말괄량이인가봅니다.

루센쇼 하지만 말없는 아가씨는 상냥하고 귀여운 규수로구나.

트래니오 예, 그런 것 같습니다. 음, 조용히 지켜보시지요.

밥티스타 그럼 두 분께 제 뜻이 분명하다는 걸 보여드리겠습니다. 애, 비앙카, 너는 안으로 들어가 있거라. 섭섭하게 생각하지 말아라. 내가 널 사랑하는 마음에는 변함이 없으니까. (비앙카의 머리를 쓰다듬는다)

카타리나 귀염둥이 아가씨! 그 이유를 알면 금방 눈물을 쏟을걸.

비앙카 언니, 언니만 행복하면 내가 불행해지더라도 상관없어. 아버님, 아버님 분부대로 따를게요. 난 책과 악기를 벗삼아 지내겠어요.

루센쇼 들었지, 트래니오. 미네르바의 여신이 말문을 여셨다.

호텐쇼 밥티스타 씨, 너무하십니다. 저희들의 호의 때문에 비앙카 아가씨가 눈물을 흘리다니!

그레미오 밥티스타 씨, 이런 마녀 때문에 동생을 가두어놓는 건 무슨 경우입니까? 게다가 언니가 한 독설에 대한 벌을 동생이 받게 하다뇨?

밥티스타 아무튼 두 분 양반, 저는 이미 결심했소. 비앙카, 안으로 들어가거라. (비앙카 들어간다) 저 애는 무엇보다 악기와 시를 좋아하지요. 그래서 미흡한 저 애를 가르쳐줄 가정교사를 구할 생각입니다. 혹시 두 분께서는 아시는 분이 있으면 소개해주셨으면 합니다. 능력 있는 분이라면 후하게 대접하지요. 딸애들 교육을 위해서라면 뭐든 아끼지 않을 생각입니다. 그럼 다음에 봅시다. 카타리나, 넌 여기 좀 있어라. 비앙카한테 할 얘기가 있으니. (퇴장)

카타리나   왜요, 내가 들으면 안 되나요? 내가 왜 일일이 각본대로 움직여야 하나요? 앞뒤 분간 못하는 어린애도 아닌데. (휙 돌아선다)

그레미오   악마에게나 가버려. 저렇게 괴팍한 성품의 처녀를 누가 좋다고 붙잡겠어. (카타리나 안으로 들어가 문을 쾅 닫는다) 보아하니 이 집안도 화목하긴 글렀군. 호텐쇼, 이제 우리는 손가락이나 빨면서 기다릴 수밖에 없을 것 같구려. 우리 케이크는 설었으니 어쩔 수 없잖소. 그럼 안녕히 가시오. 이제 할 수 있는 일이라곤 사랑스러운 비앙카가 좋아하는 것을 가르쳐줄 수 있는 가정교사를 찾아내는 것밖에 없겠소.

호텐쇼   나도 찾아보지요, 그레미오 씨. 여태껏 경쟁자여서 아무 말도 하지 않았지만, 이렇게 된 이상 생각을 좀 달리해야겠습니다. 우리가 다시 비앙카 아가씨의 사랑을 차지하기 위한 행복한 경쟁자가 되려면 딱 한 가지 방법밖에 없소.

그레미오   그게 무엇이오?

호텐쇼   비앙카의 언니에게 신랑감을 구해주는 거요.

그레미오   신랑감을? 에이, 악마겠지.

호텐쇼   아니, 신랑이오.

그레미오   아니오, 악마요. 호텐쇼 씨, 생각 좀 해봐요. 장인이 아무리 부자라 해도 지옥으로 장가 들려는 멍청한 녀석이 어디 있겠소?

호텐쇼　참, 그레미오 씨도! 당신이나 나는 그 말괄량이 성깔을 감당할 수 없어서 그렇지, 세상에는 그걸 능가하는 건달들도 있다오. 아무리 결점이 많아도 지참금만 많으면 장가 들려는 남자가 있을 거요.

그레미오　누구든지 그 말괄량이한테 구애를 해 침실로 데리고 가기만 한다면, 난 그에게 패듀어에서 가장 좋은 준마 한 필을 선물하겠소. 자, 갑시다. (두 사람 퇴장)

트래니오　도련님, 정말이세요? 사랑에 빠지시다니요?

루센쇼　오, 트래니오. 나도 설마 내게 그런 일이 일어나리라곤 생각지도 못했다. 멍하게 있는데 그만 사랑의 마력에 빠지고 말았구나. 카르타고의 여왕 다이도가 동생과 모든 비밀을 공유했듯이 너와 난 그런 사이다. 트래니오, 내가 그 얌전한 동생을 얻지 못하는 날엔 사랑으로 애태워 내 가슴은 까맣게 타버리고 말 거야. 트래니오, 제발 날 좀 도와다오.

트래니오　이젠 도련님을 책망할 단계를 넘었군요. 이왕 사랑의 포로가 되셨으니 별수 없죠. '몸값은 되도록 싸게 치르는 게 최고'지요.

루센쇼　오, 고맙구나. 자, 이제 본론을 말해다오.

트래니오　도련님, 사태는 이렇습니다. 그 아가씨의 언니는 오만방자한 말괄량이여서 아버지는 언니 쪽을 시집보낸 뒤 그 아가씨를 시집보낸다고 합니다. 그러기 전까진 그 아가씨는 꼭 갇혀 살 수밖에 없지요. 청혼자들한테 시달림을 받지 않기 위해서요.

루센쇼　트래니오, 참 지독한 아버지도 다 있구나! 맞아, 딸들을 교육하기 위해서 좋은 가정교사를 물색중이라고 했지?

트래니오 아, 도련님! 좋은 생각이 떠올랐습니다. 도련님이 가정교사가 되는 겁니다. 그런데 도련님 역할은 누가 하지요? 빈센쇼 씨 아들로서, 집을 얻고 책을 읽으며 친구들을 대접하는 등등 이런 역할은 누가 하지요?

루센쇼 걱정하지 마라. 내게 좋은 생각이 있으니. 우리는 아직 어디에도 얼굴을 내민 적이 없으니, 누가 하인이고 누가 주인인지 사람들은 분간할 수 없을 거다. 그러니까 트래니오, 네가 내 주인이 되어 집도 얻고, 주인 행세를 하고, 하인도 거느리거라. 자, 트래니오, 얼른 외투를 바꿔 입자꾸나. 비온델로가 도착하면, 네 하인 역을 하도록 시켜야겠다. 그러나 그 선에 먼저 그 녀석의 입을 봉해놓아야겠지. (모두 퇴장)

제 2 장

패듀어의 광장

페트루치오가 하인 그루미오를 팬다. 한쪽에서 호텐쇼 등장

호텐쇼 무슨 일이지? 아니, 그루미오가 아닌가? 어이구, 오랜만이군. 베로나에서 잘 있었나?

페트루치오 호텐쇼, 자넨 싸움을 말리러 나왔나? 잘 만났다고 인사부터 해야 하지 않나?

호텐쇼　소생 집에 왕림하신 걸 진심으로 환영합니다, 페트루치오 나리. 그루미오, 일어나. 이 싸움은 내가 해결해주지.

그루미오　호텐쇼 나리, 주인님께서는 저보고 다짜고짜 두드리라시는데, 어찌 하인이 주인님을 두드릴 수가 있겠습니까? 하지만 제가 차라리 실컷 두드렸다면, 이런 꼴은 당하지 않았을 텐데 말이죠.

페트루치오　멍청아, 꺼져버려. 아니면 입 닥치고 있든지!

호텐쇼　페트루치오, 참게나. 이거 주인과 종 사이에 그저 오해로는 봐줄 만하지 않은가. 그루미오는 오래 부린 믿음직하고 명랑한 하인이 아닌가. 어쨌든 여보게, 무슨 바람이 불어서 베로나를 떠나 이곳 패듀어에 왔는가?

페트루치오　그야 젊은이들을 세계로 흩어지게 하는 바람을 타고 왔지. 좁은 고향보다 넓은 세상에서 행운을 잡고 싶어 왔네. 실은 아버지 안토니오께서 돌아가셨거든. 그래서 정처없는 여행길에 뛰어들었는데, 아내를 얻고 돈도 번다면 더 좋을 게 없겠지. 지갑에는 돈이, 고향에는 유산이. 그래서 세상 구경을 하러 나온 거지.

호텐쇼　그렇다면 내 말 좀 들어보게. 심술 사나운 말괄량이가 있는데, 그녀를 아내로 삼으면 어떻겠나? 자넨 내 말이 달갑지 않을 테지만 그녀가 부자인 것만은 분명하네. 아주 큰 부자야. 물론 소중한 친구인 자네에게 그런 여자를 권하고 싶지는 않지만.

페트루치오　호텐쇼, 우리 사이에 빈말은 그만두세. 산더미 같은 재산이 있다면 됐네. 난 돈이면 되거든. 그녀가 저 폴로렌티어스의 애인처럼 박색이건, 마녀 시빌 같은 할망구건, 아니 소크라테스의 악처 크산티페를 뺨칠 정도로 고약한 말괄량이라 해도 상관없네. 찬밥 더운밥

가리지 않네. 적어도 내 애정은 사그라지지 않을 거야. 저 아드리아해의 성난 파도처럼 성격이 사나워도 말일세. 내가 이곳 패듀어에 온 건 부자 마누라를 얻기 위해서라네. 돈만 생긴다면 누구든 환영한다네.

그루미오   호텐쇼 나리, 지금 주인님이 하신 말씀은 모두 진심이랍니다. 돈만 생긴다면, 상대가 꼭두각시든 난쟁이든 이빨이 몽땅 빠진 할망구든 우리 주인님은 마누라로 삼을 겁니다. 돈만 있으면 뭐든 가리지 않을 겁니다.

호텐쇼   부친 이름은 밥티스타 미놀라야. 아주 호인이고 점잖은 신사지. 그녀 이름은 카타리나 미놀라이고, 그 지독한 독설은 패듀어에서도 유명하지.

페트루치오   딸은 모르지만, 아버지하고는 안면이 있네. 돌아가신 아버지하고 잘 아는 사이였지. 여보게 호텐쇼, 난 그녀를 만나보기 전에는 잠을 잘 수 없을 것 같네. 미안하지만 날 좀 그곳으로 안내해주게. 싫다면 자네와 여기서 작별할 수밖에 없겠네.

그루미오   나리, 우리 주인님이 변심하기 전에 얼른 안내 좀 해주시지요. 정말이지, 그 색시가 악당이니 뭐니 욕설을 퍼부어댄다 해도, 주인님 고함 소리 한번이면 쏙 들어갈 겁니다.

호텐쇼   좋아, 내가 같이 가겠네. 밥티스타 씨 집에는 내 보물이 있거든. 정말 내 목숨보다 소중한 보물, 그의 작은딸, 아름다운 비앙카가 내 보물이지. 그런데 그녀의 아버지는 날 얼씬도 못하게 해. 나뿐만 아니라 모든 청혼자들을 물리쳤다네. 나의 경쟁자가 모두 쫓겨난 셈이지. 글쎄, 방금 말한 큰딸 카타리나를 아내로 데려갈 사람이 없을 거라고 생각한 모양이야. 그래서 말괄량이 큰딸을 치우기 전에는 아무도 비앙카에게 접근할 수 없도록 한 거지.

그루미오　말괄량이 카타리나! 처녀의 별명치고는 고약하군요!

호텐쇼　페트루치오, 날 좀 도와주게나. 내가 수수한 옷으로 갈아입고 변장할 테니 나를 음악에 능숙한 가정교사로 추천해주게. 비앙카를 가르칠 음악교사를 찾고 있거든. 만일 그렇게만 해준다면, 난 마음 놓고 비앙카를 만날 수 있을 뿐만 아니라 마주 앉아 사랑을 고백할 수 있을 게 아닌가.

그루미오　이건 음모라고 할 수는 없겠군. 그저 늙은이를 속이려고 젊은이들이 지혜를 짜낸 것뿐이니까! (그레미오와 가정교사 캠비오로 변장한 루센쇼 등장) 주인님, 저길 보십시오. 누가 옵니다.

호텐쇼　쉿! 내 연적이군. 페트루치오, 잠시 비켜서 주게. 안녕하십니까, 그레미오 씨!

그레미오　아, 잘 만났소, 호텐쇼 씨! 지금 난 밥티스타 미놀라 씨 댁에 가는 중이라오. 마침 아름다운 비앙카의 가정교사로 이 청년이 딱 알맞을 것 같아서요. 학식이나 품행뿐만 아니라 시는 물론이고 좋은 책들을 많이 읽으신 분입니다.

호텐쇼　잘되었군요. 나도 어떤 신사를 만났는데, 우리의 연인을 가르칠 음악교사를 추천하겠다더군요. 그러니까 나도 저 사랑하는 비앙카를 위해서라면 조금도 뒤지고 싶은 마음이 없다 이겁니다.

그레미오　사랑하는 비앙카란 말은 행동으로 증명합시다.

그루미오　(방백) 돈지갑이 증명하겠지.

호텐쇼　그레미오 씨, 지금 우리가 사랑 싸움을 할 때는 아닌 것 같소. 당신이 솔직히 말씀해주신다면, 나도 좋은 소식을 말하리다. 여기 이

분을 우연히 만났는데, 우리가 이분 요구에만 응해준다면, 그 말괄량이한테 청혼하시겠답니다. 그리고 지참금에 따라 당장 결혼할 수도 있다고 합니다.

그레미오　정말입니까? 그렇게만 해주신다면 얼마나 좋겠소. 하지만 호텐쇼 씨, 그 여자의 결점을 다 말씀드렸습니까?

페트루치오　물론입니다. 아주 진절머리나는 말괄량이라는 걸 들었습니다. 그까짓 것이라면 난 조금도 상관없습니다.

그레미오　그런데도 그런 여자를 아내로 맞이하겠다니 이상하군요. 제 눈에 안경이라지만, 정말 그 살쾡이한테 청혼을 하시겠습니까?

페트루치오　그 정도가 겁난다면 어떻게 여기까지 왔겠소? 아무리 큰 소리를 친다 해도 나한테는 소귀에 경 읽기가 될 거요. 난 왕년에 사자의 포효 소리뿐만 아니라, 광풍에 성난 파도가 멧돼지처럼 울부짖는 소리와 대지를 뒤흔드는 천둥소리를 들은 사람이오.

그루미오　우리 주인님은 원래 무서운 것이 없으시답니다.

루센쇼로 변장한 트래니오와 하인 비온델로 등장

트래니오　여러분, 안녕하십니까? 실례지만 밥티스타 미놀라님 댁에 가려면 어느 길로 가야 하는지요?

비온델로　그분은 예쁜 두 따님을 두셨다죠, 주인 나리?

그레미오　설마 댁도 그 따님을 만나러 온 건 아니겠죠?

트래니오　아버지와 딸, 다 만나야겠죠. 그런데 무슨 일이시죠?

페트루치오　제발 그 말괄량이 쪽이 아니기를.

트래니오　난 원래 말괄량이는 딱 질색이오. 비온델로, 가자.

루센쇼　(방백) 제법인데, 트래니오.

호텐쇼　잠깐만 기다리시오. 지금 말씀하신 처녀한테 청혼하실 생각입니까?

트래니오　그렇다면 안 될 일이라도 있소?

그레미오　천만에요. 아무 말씀 하지 말고 돌아서는 게 좋을 거요.

트래니오　왜요? 그 이유 좀 들어봅시다.

그레미오　정 그러시다면 말씀해드리죠. 그 여잔 이 그레미오가 점찍어 놨단 말이오.

호텐쇼　나 호텐쇼도 그 여자한테 침 발라놨소.

트래니오　자, 당신들이 신사라면 내 말 좀 들어보시오. 밥티스타 씨는 신사분이고 우리 부친과도 아는 사이요. 그런데 그분 따님이 그렇게 미인이라면, 청혼자는 얼마든지 나설 것이며 굳이 나 하나쯤 끼여든다 해도 상관없을 거요. 레다의 딸 헬레나에게는 천 명의 청혼자가 있었다는데, 아름다운 비앙카에게 한 명쯤 청혼자가 더 붙는 게 무슨 대수겠소. 이 사람이 루센쇼요. 파리스가 독점한다 해도 물러서지 않을 거요.

호텐쇼　실례지만 밥티스타 씨 따님을 만나보셨소?

트래니오　아직 보지는 않았지만, 듣자 하니 한쪽은 사납기로 유명하고, 또 한쪽은 아주 얌전하다던데요?

페트루치오　그렇소. 언니는 내 것이니까, 꿈도 꾸지 마시오. 하지만 당신이 원하는 그 작은딸 말인데, 아버지가 큰딸을 시집 보낼 때까지는 청혼자들을 얼씬도 못하게 한다는 거요. 큰딸을 결혼시키고 난 뒤에

나 가능하니, 지금으로서는 가망이 없소.

트래니오　그렇다면 당신은 우리에게, 아니 내게 은인이나 마찬가지군요. 우선 당신이 철의 장막을 부숴 언니 쪽을 입수한 다음, 동생 쪽을 자유로이 풀어놔 주신다면, 행운이 누구 손 안에 떨어지든, 우리는 배은망덕할 사람들은 아니외다.

호텐쇼　그 말씀 잘하셨소. 당신도 청혼자로 나선 이상 당연히 그래야죠. 우리처럼 이분에게 은혜를 입을 테니까요.

트래니오　물론 은혜를 잊을 사람은 아닙니다. 그 증거로, 괜찮다면 오늘 오후에 애인의 건강을 축복하는 의미에서 주연을 열고 건배를 들 것을 제안합니다. 싸울 때는 당당하게 싸우되, 지금은 친구로서 먹고 마시기로 합시다.

그루미오·비온델로　이거 참 굉장한 제안이군.

호텐쇼　물론 참 좋은 제안이오, 그렇게 합시다. 여보게, 페트루치오! 자네 일은 모두 내게 맡겨두게. (모두 퇴장)

제 2 막

제 1 장

밥티스타의 집, 어느 방

회초리를 든 카타리나와 두 손이 묶인 비앙카가 있고, 밥티스타 등장

밥티스타   다 큰 처녀가 이게 무슨 짓들이니? 별일 다 보겠구나. 비앙카, 울지 마라. (손을 풀어주면서) 들어가서 바느질이나 하렴. 언닌 상대하지 말고. 이 못된 것아. 마귀할멈처럼 가만 있는 애를 왜 그렇게 못살게 구니? 그 애가 너한테 무슨 짓을 했다고 그러니?

카타리나   그러니까 더 분통이 터져요. 한번 더 혼나야 돼, 이것아. (비앙카에게 달려든다)

밥티스타   (카타리나를 붙들면서) 이런, 내 앞에서까지? 비앙카, 넌 안으로 들어가 있거라. (비앙카 퇴장)

카타리나   아버진 늘 저 애만 감싸고 도시죠. 좋아요, 저 앤 아버지의 보배니까 어서 좋은 신랑을 얻어주시지요. 저 애 결혼식 날엔 난 노처녀답게 맨발로 춤을 출 테니까요. 그리고 처녀귀신이 되어 지옥으로 가는 거죠. 그러니 저한테 어떤 말씀도 하지 마세요. 그저 혼자 외롭게

울 테니까요. 누군가 분풀이할 수 있을 때까지요. (방을 뛰쳐나간다)

밥티스타   이게 무슨 놈의 팔자냐? 아니, 누가 오나보군?

그레미오, 교사로 변장한 루센쇼, 페트루치오, 음악교사 리치오로 변장한 호텐쇼, 루센쇼로 가장한 트래니오, 악기와 책을 든 비온델로 등장

그레미오   안녕하십니까, 밥티스타 씨!

밥티스타   안녕하십니까, 그레미오 씨! (인사를 한다) 여러분, 잘 오셨습니다.

페트루치오   처음 뵙겠습니다. 아름답고 현숙한 카타리나라는 따님이 있으시다죠?

밥티스타   예, 카타리나라는 딸이 있습니다만.

페트루치오   밥티스타 씨. 저는 베로나에서 온 사람입니다. 소문에 미인에다 영특한 따님이 있으시다죠. (밥티스타가 당황한다) 게다가 상냥하고 행동거지가 조신하다는 소문을 들어온 터라 감히 실례를 무릅쓰고 이렇게 불청객으로 불쑥 찾아왔습니다. 그리고 이분을 소개하겠습니다. (호텐쇼를 소개한다) 음악과 수학에 출중한 분으로, 따님을 충분히 가르칠 수 있을 것으로 압니다. 부디 써주십시오. 이름은 리치오고 맨튜어 출신입니다.

밥티스타   잘 오셨소. 당신의 호의는 고맙긴 하지만 딸애 카타리나로 말하자면, 아무래도 당신이 당해내지 못하실 겁니다. 저도 한숨이 저절로 나옵니다.

페트루치오　　그럼 따님을 결혼시키기 싫으시단 말씀입니까? 아니면 제가 마음에 안 드셔서 그러십니까?

밥티스타　　오해하지 마시오. 다만 사실대로 말했을 뿐이오. 그런데 어디서 오셨소? 성함을 알고 싶습니다만.

페트루치오　　제 이름은 페트루치오이며 부친은 안토니오입니다. 저의 아버지는 이탈리아에서 모르는 사람이 없는 줄로 압니다.

밥티스타　　나도 그분을 잘 압니다. 오신 걸 환영합니다.

그레미오　　말씀 중에 실례합니다만, 페트루치오! 이제 가엾은 저희에게도 얘기할 기회를 주시지요. 정말 우물가에 가서 숭늉 달라고 하실 분이군요.

페트루치오　　오, 미안하오. 쇠뿔도 단김에 빼라는 말이 있어서!

그레미오　　그야 그럴 테지요. 하지만 밥티스타 씨, 이 사람의 선물도 받아주시지요. 평소에 누구 못지 않게 어른께 많은 신세를 지고 있으니 저도 성의를 표하겠습니다. (루센쇼를 내세우면서) 이 젊은 학자는 프랑스에서 오랫동안 공부하신 분으로, 음악과 수학에 능통하며, 그리스어와 라틴어, 그 밖의 여러 언어에도 정통하지요. 이름은 캠비오로 부디 채용해주시지요.

밥티스타　　뭐라 인사해야 좋을지 모르겠군요. 환영합니다, 캠비오 씨. (트래니오를 보고) 당신은 전혀 낯선 분인데, 실례지만 어떻게 오셨는지요?

트래니오　　인사가 늦어서 미안합니다. 저는 이 도시에 처음입니다만, 댁의 따님인 어여쁘고 정숙한 비앙카에게 청혼하러 온 사람입니다. 큰따님을 먼저 출가시키겠다는 댁의 굳은 결심을 모르는 바 아닙니다만, 제가 이렇게 온 것은 먼저 저의 가문을 말씀드리고 저도 여러 청혼자들처럼 따님과 교제할 수 있는 기회를 가져볼까 해서 왔습니다. 우선 따님의 교육을 위해 변변찮은 악기와 책을 가지고 왔으니 받아주십시오. (비온델로가 류트와 책을 내민다)

밥티스타　루센쇼 씨라 하셨죠? 고향은 어디시오?

트래니오　피사입니다. 빈센쇼의 아들입니다.

밥티스타　피사의 명문가이군요. 진정으로 환영합니다. (호텐쇼를 보고) 그럼 당신은 류트를 들고, (루센쇼를 보고) 당신은 책을 들고 딸들한테 가보시오. 안에 누구 없느냐! (하인 등장) 이 두 분을 아가씨들께 안내해드려라. 가정교사들이니까, 실례를 저지르지 말라고 전하고, (호텐쇼, 루센쇼, 하인 퇴장) 우린 정원을 산책한 뒤 식사나 합시다. 내 집이나 다름없이 편히 쉬십시오.

페트루치오　밥티스타 씨, 저는 워낙 바쁜 몸이라 날마다 청혼하러 올 수는 없습니다. 아버님을 잘 아신다니 저에 대해서도 짐작이 가실 것입니다. 상속받은 토지와 재산을 없앤 것이 아니라 오히려 더 늘렸습니다. 그리고 한 말씀 묻겠습니다만, 만일 제가 따님의 사랑을 얻게 된다면, 지참금을 얼마나 주시겠습니까?

밥티스타　내가 죽으면 절반의 땅과 2만 크라운을 주겠소.

페트루치오　그럼 저는 따님이 과부가 될 경우엔 토지며 임대권을 전부 다 따님에게 양도하겠습니다. 자, 그럼 세부 항목을 결정하여 피차 계약서를 작성해 교환하시지요.

밥티스타　좋소. 하지만 우선 내 딸의 사랑을 얻는 일이 우선이오.

페트루치오　그거야말로 찐 호박에 이빨 자국 내는 겁니다. 장인 어른, 따님이 아무리 고집이 세다 하더라도 절 당해낼 수는 없을 겁니다. 맞

불 작전을 펴면 됩니다. 작은 불꽃은 미풍으로 잘 타오르지만 강풍에
는 꺼지고 말지요. 제가 강풍이라는 말씀입니다. 따님은 저한테 무릎
을 꿇을 것입니다.

밥티스타　부디 성공하길 빌겠소. 하지만 각오만은 단단히 해두시오.
혹시 욕을 볼지도 모르니까!

페트루치오　물론이죠. 각오는 되어 있습니다. 태산에 미풍이 부는 것
과 다르지 않지요. 끄떡없습니다.

밥티스타　자, 그럼 페트루치오 씨, 당신도 같이 들어가시지요. 아니면
케이트(카타리나의 애칭)를 이곳으로 보낼까요?

페트루치오　여기서 기다릴 테니 보내주시지요. (혼자 남고 모두 퇴장) 오
기만 해봐라. 악담을 한다고? 그럼 나는 나이팅게일처럼 노래한다고
말해야지. 인상을 쓰면 이슬을 머금은 장미처럼 싱그럽다고 하고, 꿀
먹은 벙어리처럼 가만히 있으면 심금을 울리는 웅변이라고 하고, 냉큼
꺼지라고 하면 오히려 더 머물라고 한 것처럼 고맙다고 해야지. 청혼을
거절하면 언제 결혼식을 올릴 것인가 날짜를 물어보고. 마침내 오는구
나. (카타리나 등장) 케이트 양, 이름을 그렇게 들은 것 같은데?

카타리나　듣긴 들은 것 같은데 잘못 들었군요. 사람들은 날 카타리
나라고 부르죠.

페트루치오　그럴 리가요. 사람들은 모두 케이트라고 부르던데. 어떨
때는 여장부 케이트라고 부르고, 어떨 때는 말괄량이라고 부르더군. 그
렇지만 이봐요, 케이트 양, 기독교 나라에선 가장 예쁜 케이트요, 여왕
님이 납신 케이트 홀의 케이트이고, 과자같이 먹고 싶은 케이트 양, 내
말 좀 들어봐요. 사람들이 당신은 상냥하고 예쁘고 얌전하다고 자자하

게 칭찬하더군요. 그러나 그 소문보다 실물이 더 낫다는 얘길 듣고, 당신을 아내로 맞으려고 이렇게 발걸음을 옮겼다오.

카타리나 옮겼다고요? 좋아요! 그럼 그렇게 옮겨온 그 발을 다시 옮기시죠. 단박에 난 당신이 옮기기 쉬운 가구 같은 사람이라는 걸 알았어요.

페트루치오 아니, 옮기기 쉬운 가구라고?

카타리나 접었다 폈다 할 수 있는 싸구려 의자 말예요.

페트루치오 그 말 참 잘했소. 그럼 이리 와서 걸터앉으시오.

카타리나 당나귀에나 걸터앉지. 당신이 바로 그 당나귀인가요?

페트루치오 착한 케이트 양! 당신은 가벼운 여자니까⋯⋯.

카타리나 이래봬도 난 당신 같은 병신 당나귀는 아니에요.

페트루치오 케이트 양, 나도 당신에게 걸터앉을 생각은 없다오. 어떻게 그리 가냘픈 허리에⋯⋯.

카타리나 이건 가냘픈 게 아니라 당신 같은 촌닭한테 안 잡히려고 날씬하고 벌처럼 재빠른 거죠.

페트루치오 벌이라, 벌이면 윙윙거려야지.

카타리나 윙윙 돌아가는 머리치곤 꽤 재치가 있군요.

페트루치오 이쪽은 잘 돌아가고 있으니 언어맞지 않게 조심해요.

카타리나 당하지 않으려면 댁이나 조심하시지요.

페트루치오 어이구, 말벌처럼 잘도 쏘아대는구먼.

카타리나 내가 말벌이라고요? 그럼 조심해요, 침이 있으니.

페트루치오 그 침을 뽑아버리면 되지 뭐.

카타리나 아까부터 말꼬리를 물고늘어지는데, 썩 꺼져버려요.

페트루치오　말도 안 돼. 이리 와요, 케이트. (그녀를 안으며) 케이트, 난 신사니까……

카타리나　이것 놔요. (페트루치오의 뺨을 친다)

페트루치오　한 대 더 쳐보시오, 다음엔 내 주먹이 나갈 차례니.

카타리나　여자를 치면 신사가 아니겠죠. 신사가 아니면 족보도 없는 법이고요.

페트루치오　족보? 좋아, 그럼 나를 당신 족보에 올려주시오.

카타리나　당신 족보는 뭐죠? 닭벼슬처럼 생겼나요?

페트루치오　벼슬 없는 수탉이지. 당신은 곧 내 암탉이 될 거요.

카타리나　그럼 당신은 소리만 빽빽 지르는 겁쟁이 수탉이겠군요.

페트루치오　제발 케이트, 얼굴을 찡그리지 말아요.

카타리나　신 능금을 보면 그래요.

페트루치오　아니, 신 능금이 어디 있어?

카타리나　자기 얼굴은 볼 수가 없는 법이죠.

페트루치오　보여주오. (그녀를 다시 안자 빠져나오려고 몸부림치며) 사실 내 힘은 당신에게 쓰기엔 너무 넘친다오.

카타리나　이거 놔요. 정말 화낼 거예요. (물어뜯고 할퀸다)

페트루치오　싫어. 당신은 참으로 상냥해. 거만하고 무뚝뚝하다는 소문은 새빨간 거짓말이었어. 알고 보니 당신은 싹싹하고 예절 바르고 말씨도 얌전하고. 얼굴도 봄에 피는 꽃처럼 예쁘고. 찡그릴 줄도 모르고, 앙칼진 계집애처럼 남을 멸시하거나 화낼 줄도 모르고. 오히려 청혼자들에게 상냥하고 부드럽게 대한단 말이야. (그녀를 놓으면서) 그런데 사람들은 왜 당신을 절름발이라고 하지? 왜 남의 험담을 마구 하는 걸까?

케이트는 피부도 개암나무 열매처럼 싱싱하고 맛은 그 알맹이보다 더 달콤하잖아! 자, 뒤뚱거리지 말고 걸어봐요.

카타리나   에잇, 누구에게 명령을 하는 거야?

페트루치오   그대 걸어가는 뒷모습은 달의 여신보다 더 아름답지. 오, 그대는 아르테미스, 아르테미스는 케이트여라. 아르테미스가 요염함을 지녔다면 케이트는 정절을 지녔도다.

카타리나   어디서 그런 능청을 배웠어요?

페트루치오   타고난 것이지.

카타리나   대단한 어머니시네요. 바보 아들을 만들었으니.

페트루치오   카타리나, 허튼 소리는 이제 그만 집어치웁시다. 당신은 나의 아내가 될 거요. 당신 아버지한테 허락을 받았지. 난 당신이 싫건 좋건 당신과 결혼할 거요. 지참금도 합의를 봤소. 태양 아래에 드러난 당신의 미모로 인해 나는 눈이 멀 지경이오. 저 태양을 두고 맹세하건 대, 당신은 당신의 아름다움에 사로잡힌 나 외의 어떤 남자와도 결혼할 수가 없소. 나는 당신을 길들이기 위해서 태어난 사람이오. 살쾡이 케이트를 고양이처럼 양순한 케이트로 길들이는 게 내 임무요. (밥티스타, 그레미오, 트래니오 등장) 마침 아버지께서 오시는구려. 거절할 생각은 마시오. 난 당신을 아내로 꼭 맞이할 테니까.

밥티스타   아, 페트루치오 씨, 그래 딸애와는 이야기가 잘 되었소?

페트루치오   물론이지요. 소금이 상하는 걸 보았나요? 내 사전에 실패란 없습니다.

밥티스타   아니, 카타리나, 표정이 왜 그러느냐? 내 딸 카타리나의 얼굴이 왜 이렇게 뚱해 있지?

카타리나   제가 아버지 딸 맞나요? 참으로 딸에게 아버지 구실 한번 잘하셨군요. 이런 미치광이한테 시집보내려고 하시다니! 도깨비 같은 성격에다 입은 얼마나 험한지…….

페트루치오   장인 어른, 사실대로 말씀드리겠습니다. 많은 사람들이 케이트에 대해 전혀 잘못 알고 있어서요. 설사 따님이 고집쟁이라 하더라도 그건 겉과 속이 다른 하나의 정책일 뿐이지요. 따님은 성미가 못되지 않았습니다. 오히려 여름 새벽같이 상쾌하답니다. 게다가 참을성 많기로는 데카메론에 나오는 양처 그리셀다에 못지 않고, 정조 관념은 저 로마의 열녀 루크레티아에 버금가지요. 그래서 결국 저희 두 사람은 다음 일요일에 결혼식을 올리기로 합의를 봤습니다.

카타리나   일요일에 저는 당신이 교수형을 당하는 꼴을 보고 말겠어요.

페트루치오   (카타리나의 손목을 잡으며) 자, 케이트, 그럼 난 베니스로 돌아가서 결혼식날 입을 옷을 마련하겠소. 장인 어른은 피로연 준비와 손님들을 초청해주시지요. 다시 말하건대, 케이트는 멋진 신부가 될 거라 장담합니다.

밥티스타   글쎄, 나로선 뭐라고 말해야 할지 모르겠소만, 어쨌든 손을 주시오. 신의 축복을 빌어주리다. 약혼을 축하하오.

일 동   저희도 신의 축복을 빕니다. 우리가 증인이 되겠습니다.

페트루치오   장인 어른, 내 사랑, 그리고 여러분들, 안녕히 계십시오. 베니스에 가서 반지며, 예복 등 필요한 물건들을 마련해야겠습니다. 일요일이 바로 코앞이니까요. 케이트, 키스 안 해주겠어. 우린 일요일에 결혼하는 거요. (그가 키스하자 카타리나는 달아난다. 페트루치오도 퇴장)

그레미오   밥티스타 씨, 이제 작은따님 얘기를 해야겠습니다. 나로 말할 것 같으면 이웃인 데다가 첫 번째 청혼자이기도 하죠.

트래니오　나로 말하더라도 상상할 수 없을 정도로 비앙카를 사모합니다.

밥티스타　두 분 말씀 잘 알아들었습니다. 그래서 말인데 두 분 중에 내 딸에게 더 많은 유산을 남겨주는 사람에게 비앙카를 드리겠소. 그레미오 씨, 당신은 내 딸에게 무엇을 줄 수 있습니까?

그레미오　시내에 있는 내 집에는 은접시며, 황금으로 만든 패물이며 대야며 물병 등이 잔뜩 쌓여 있을 뿐만 아니라, 각종 비단과 금화가 가득 들어 있는 상아 궤짝이 있습니다. 그리고 옷장에는 화려한 무늬의 이불과 미싼 의복, 진주를 박은 터키 방석, 금실로 수놓은 비단이 가득하고, 양은그릇, 놋그릇 등 필요한 모든 가재도구들이 산더미처럼 쌓여 있지요. 또한 농장에는 젖소 100마리와 살찐 황소 120마리가 서성거리고 있고요. 사실 전 늙었습니다. 그러니까 내일이라도 내가 죽으면 내 재산은 모두 따님 것이 되지요.

트래니오　그까짓 것으로 경쟁을 하려고 한다면 말도 안 되죠. 나는 외아들이고 상속자입니다. 만일 따님을 저한테 주신다면, 저는 피사에서 가장 비싸다는 집 네댓 채를 따님에게 주겠습니다. 물론 그 집들은 패듀어의 그레미오 씨 댁보다 훌륭한 집들이지요. 게다가 기름진 농토에서는 매년 2천 크라운의 소작료를 받는데, 그것도 따님한테 주겠습니다.

그레미오　(방백) 소작료가 2천 크라운이라! 내 토지를 전부 합쳐도 그 금액엔 어림없겠군. (소리를 높이며) 아무튼 난 마르세유 항구에 정박해 있는 상선까지 주겠소. 어때, 트래니오, 이제 당신도 할 말이 없지?

트래니오 그레미오 씨, 세상이 모두 아는 일이지만 우리 아버지는 대상선을 세 척 이상 갖고 있소. 게다가 중상선이 두 척, 소상선이 열두 척이오. 이것들은 물론 그녀의 것이 되겠지요. 다음엔 무엇을 제공하겠소?

그레미오 좋소, 난 두손 두발 다 들었소. 그러나 허락하신다면 내 재산과 더불어 이 몸까지 전부 따님에게 주겠습니다.

트래니오 그레미오 씨가 경쟁에 졌으니까 따님은 이제 제 것입니다.

밥티스타 솔직히 말해 당신의 제안이 훨씬 낫소이다. 그럼 당신 아버지의 승인을 받아오시오. 우리 애를 며느리로 삼겠다는 승인 말이오. 미안한 말이지만, 만일 당신이 아버지보다 먼저 죽는 경우 우리 애는 공중에 뜨는 게 아니겠소.

트래니오 잘 모르시는 말씀입니다. 우리 아버지는 이미 늙고 나는 이렇게 젊지 않습니까?

그레미오 죽음이란 나이순으로 찾아오는 건 아니지요.

밥티스타 그럼 두 분 이렇게 합시다. 다음 일요일에는 큰딸 카타리나가 결혼을 하니, 그 다음 일요일에 비앙카를 당신에게 드리겠습니다. 그 사이에 당신 부친의 승낙을 얻고 싶소. 만일 그렇게 안 된다면, 그레미오 씨에게 드리겠습니다. 그럼 이만 실례하겠습니다. (모두 퇴장)

제 3 막

제 1 장

밥티스타의 집, 비앙카의 방

호텐쇼와 비앙카, 루센쇼 등상

루센쇼 이런 위인이 다 있나. 무릇 음악이 어떻게 생겼는지 통 모르나 보군. 음악이란 공부나 노동을 한 뒤에 피로를 풀기 위해 듣는 것이오. 그러니 내가 철학 강의를 하고 난 다음, 쉬는 시간에 당신이 음악을 가르치면 되는 거요.

호텐쇼 (일어서면서) 여보시오! 당신이 이런 식으로 나온다면, 나도 가만히 있지는 않겠소.

비앙카 (두 사람 사이를 가로막고 서서) 아, 두 분 선생님, 제발 싸우지들 마세요. 제 공부는 제가 선택할 테니까요. 그걸 놓고 싸운다면 저를 모욕하는 거예요. 게다가 저는 시간표에 얽매이는 건 딱 질색이에요. 그러니 두 분 다 이리 앉으세요. 선생님은 악기 조율을 마저 하고 계세요. 조율이 끝날 때쯤엔 이 선생님의 강의도 끝날 테니까요. (모두 퇴장)

제 2 장

광 장

밥티스타, 그루미오, 트래니오, 루센쇼, 카타리나, 비앙카, 하인들, 그 밖의 군중들 등장

밥티스타 (트래니오에게) 루센쇼 씨, 오늘 카타리나의 결혼식인데 신랑인 페트루치오는 코빼기도 뵈지 않는구려. 곧 목사님이 오셔서 식을 올릴 시간인데, 이거 커다란 웃음거리가 되겠소이다. 루센쇼 씨, 이게 집안망신이 아니고 뭐겠소?

카타리나 망신을 당하는 건 저라고요. 마음에도 없는데 결혼을 강요당했단 말이에요. 그런 반미치광이 녀석, 제멋대로 청혼해놓고서는 결혼식을 올리는 날엔 그만 꽁무니 빼는 녀석. 제가 말씀드렸잖아요. 배 문지르며 능치는 놈이라고요. 호탕한 소리를 듣고 싶어 닥치는 대로 청혼해서 결혼 날짜를 받아놓고, 호들갑을 떨지만 정작 결혼할 생각은 눈곱만큼도 없는 녀석이란 말이에요. 그럼 세상 사람들은 나를 향해 뭐라고 하겠어요. "미치광이 페트루치오의 여편네가 저기 있다" 할 거 아니에요!

트래니오 진정하세요. 페트루치오 씨는 틀림없이 나타날 겁니다. 제가 알기로 그분은 참 착실한 사람이거든요. 약속을 어긴 것은 사고가 나서일 거예요. 그는 저돌적이지만 현명하며 성실한 분이에요.

카타리나   아이고, 내 팔자야! 그 인간을 만나지 않았다면 좋았을걸.

(울면서 들어가자 비앙카와 신부의 들러리들이 퇴장)

밥티스타   할 말이 없구나. 이런 모욕을 당하고서 그 어떤 성인인들 가만히 있겠느냐? 말괄량이로 자란 성미 급한 너라면 더욱 그렇겠지!

페트루치오와 그루미오가 몹시 괴상한 차림으로 등장

페트루치오   사람들이 뵈지 않는군. 거기 아무도 없느냐?

밥티스타   (쌀쌀맞게) 잘 왔네.

페트루치오   잘 오긴 온 건가요?

밥티스타   어쨌든 온 건 아닌가.

트래니오   좋은 복장으로 오시면 더 나았을 듯싶습니다.

페트루치오   옷 잘 입는 게 뭐 별건가요? 그런데 케이트는? 내 신부는 어디 있습니까, 장인 어른? 모두들 왜 이렇게 눈살을 찌푸리고 보고들 계십니까?

밥티스타   아니 여보게, 오늘은 자네 결혼식 날이 아닌가. 조금 전까지만 해도, 우린 자네가 나타나지 않을까봐 노심초사했다네. 그런데 그 꼴을 보니 기가 막히는구먼. 여보게, 그 옷일랑 얼른 벗어버리게. 신부에게 걸맞지도 않고 오늘 행사에는 어울리지 않아.

트래니오   무슨 사연이 있었길래 우리를 이렇게 기다리게 했고, 이런 복장을 하고 있는지 말씀해보시지요.

페트루치오   지루한 이야기는 그만두는 게 좋을 듯합니다. 약속대로 왔으니 된 거 아니오? 이렇게 된 이야기는 나중에 틈이 나면 모두 말씀드리지요. 케이트는 어디 있나요? 너무 늦지 않았습니까? 지금쯤은 교회에 가 있어야 할 시간인데요.

트래니오　아니, 그렇게 괴상망측한 차림새로 신부를 만나실 생각이오? 내 옷을 빌려드릴 테니 방으로 갑시다.

페트루치오　천만에요. 이대로 만나겠소.

밥티스타　설마 그런 모습으로 결혼식을 하려는 것은 아니겠지?

페트루치오　아뇨, 이대로 식을 올리겠습니다. 신부는 나하고 결혼하는 것이지, 내 의복하고 결혼하는 게 아니니까요. 지금은 쓸데없는 이야기로 시간을 끌 때가 아닌 듯합니다. 어서 신부한테 가서 사랑의 키스를 퍼부어 남편의 권리로 아내를 봉인해야겠습니다. (그루미오와 퇴장)

트래니오　저렇게 미치광이처럼 차려입은 이유가 분명히 있을 테지만, 아무튼 교회로 가기 전에 바꿔 입도록 설득해야겠습니다.

밥티스타　나도 같은 생각이오. 아무튼 뒤쫓아가 봅시다. (모두 퇴장)

　　악사들을 선두로 결혼식 행렬. 페트루치오와 카타리나, 비앙카, 밥티스타, 호텐쇼, 그루미오, 그레미오 등장

페트루치오　여러분, 수고하셨습니다. 아마 오늘 저의 결혼을 축하하기 위해 여러 가지 음식을 마련해놓으신 모양입니다만, 나는 급한 볼일이 있어서 작별 인사를 드리겠습니다.

밥티스타　아니, 오늘 밤에 떠나겠다고?

페트루치오　해가 저물기 전에 떠나야 합니다. 이상하게 생각하진 마세요. 장인 어른도 제가 왜 그런지 아신다면, 어서 가보라고 권하실 겁니다. 친애하는 여러분, 정말 감사를 드립니다. 여러분 덕택에 이 세상에서 가장 참을성 있고 상냥하고 정숙한 여자를 아내로 맞게 되었으니까요. 그럼 장인 어른과 만찬을 함께 드시고, 떠나는 저의 앞날을 축복해주십시오. 이제 그만 가보겠습니다. 그럼 다들 안녕히 계십시오.

카타리나　제발 저를 사랑하신다면 가지 마세요.

페트루치오　그루미오, 말을 준비해라.

카타리나　그럼 당신 맘대로 해요. 저는 오늘 같이 가지 않을 거예요. 문은 열려 있으니 가보세요. 그 장화가 닳아빠질 때까지 실컷 돌아다녀 보시죠. 난 마음이 내킬 때까진 여길 떠나지 않을 작정이니까. 지금 하는 꼬락서니를 보니 안하무인일 게 안 봐도 뻔해요.

페트루치오　케이트, 진정하시오. 그렇게 화낼 일이 아니오.

카타리나　이래도 화를 내지 말라고요. 아버지는 상관 마세요. 흥, 누가 자기 마음대로 될 줄 알고. 여러분, 피로연 장소로 들어가세요. 이제 보니, 여자란 여간 강하지 않고선 바보 취급당하기 십상이네요.

페트루치오　케이트, 당신의 명령인데, 누가 피로연 장소로 안 들어가겠소. 여러분, 모두 피로연 장소로 들어가서 마음껏 즐기십시오. 즐거워서 미쳐버리든 죽어버리든 마음대로 즐기시지요. 그러나 내 귀여운 신부 케이트만은 내가 데리고 가야겠습니다. (카타리나를 보면서) 그렇게 두 발을 구르고 반항해도 소용없어. 아무리 발버둥쳐도, 이제 나는 당신의 주인이라고. (일동을 향해) 이 여자는 내 소유물이요, 집이요, 가구요, 밭이요, 말이요, 소요, 당나귀요, 나의 전부이자 내 것이란 말이오.

그러니 누구든지 감히 이 여자한테 손을 대었다가는 내 가만두지 않을 테니. 그루미오, 칼을 빼라. 우린 도둑 떼에 둘러싸여 있다. 네가 사나이라면 나와 아씨를 호위하라. 케이트, 백만대군이 몰려온다 해도 나는 당신을 지켜줄 것이오. (모두 퇴장)

제 4 막

제 1 장

페트루치오의 시골 별장

온통 진흙투성이인 페트루치오와 카타리나 등장

페트루치오　나다니엘, 그레고리, 필립 모두 어디 있느냐?

하인들　(달려와서) 여기 있습니다, 주인님!

페트루치오　여기 있습니다, 주인님? 에잇, 이 멍텅구리 같은 자식들아! 말에서 내리는데 도와줄 놈이 하나도 없단 말이냐? 경의도 표하지 않고, 할 일도 안 하고, 내가 먼저 보낸 그 바보 녀석은 어디 있느냐?

그루미오　바보 녀석 여기 있습니다.

페트루치오　이 촌뜨기, 굼벵이 녀석아! 이놈들을 모두 데리고서 공원까지 마중을 나오라고 내가 이르지 않았느냐!

그루미오　글쎄, 주인님. 나다니엘의 코트는 미처 준비되지 않고, 가브리엘의 구두는 뒤축이 닳았고, 피터의 모자는 윤을 미처 내지 못했고, 월터의 칼은 녹슬어 칼집에서 빠지지 않았고, 게다가 애덤과 랄프와 그레고리 외에는 모두가 누더기에 거지꼴이라서요. 하지만 이렇게 다들 주인어른과 아씨를 맞으러 나오긴 했습니다.

페트루치오 듣기 싫다, 망할 녀석들아. 어서 가서 저녁식사를 가져와. (하인들 서둘러 퇴장. 카타리나를 향해) 케이트, 이리 와서 앉아요. (난롯불 곁으로 케이트를 데리고 간다) 식사 가져와. 식사! (저녁식사 쟁반을 든 하인들 등장) 왜들 이렇게 꾸물거리는 거야? 자, 케이트, 마음을 즐겁게 가져요. (케이트 곁에 앉으면서) 이 녀석들아, 내 구두를 벗겨라! 뭘 꾸물거리고 있어? (하인이 무릎을 꿇고 구두를 벗긴다) 넌 내 발을 뽑아버릴 작정이냐? 똑바로 잘 벗기란 말야. (하인의 머리를 때린다) 케이트, 기운을 내요. 누가 물 좀 가져오너라, 물을! (하인이 물을 가지고 들어오지만 못 본 체하며) 내 슬리퍼는 어디 있냐? 대관절 물은 언제 가져오는 거야? (하인이 대야를 내민다) 자, 케이트, 이리 와서 손을 씻어요. (하인을 슬쩍 밀쳐 물을 쏟게 하면서) 이 빌어먹을 놈 보게. 물은 왜 엎질러? (하인을 때린다)

카타리나 제발 용서해주세요. 모르고 그랬잖아요.

페트루치오 이 빌어먹을 얼간이 같으니라고. 정신을 어디 두고 사는 거야? 자, 케이트, 여기 앉아요. 몹시 배고플 텐데. (케이트가 테이블에 앉는다) 감사의 기도를 올려주겠소, 케이트? 아니, 내가 올리지. 그런데 뭐야, 이건? 양고기인가?

하인 1 예.

페트루치오 잘 봐. 음식이 탔잖아! 이런 멍청한 녀석들. 요리사 녀석은 어디 있냐? 이렇게 탄 걸 나보고 먹으라고? 내가 싫어하는 것만 가져왔구나. 이 두더지 같은 놈들, 접시고 컵이고 뭐고 썩 가지고 나가, 모두! (하인들 머리에다 음식을 내던진다) 이 바보 같은 녀석들! 도대체 뭐가 불만이야? 그래, 내가 손 좀 봐주마. (하인들 쫓겨나간다)

카타리나　제발 화 좀 내지 마세요. 당신만 괜찮다면 제가 볼 땐 고기는 멀쩡한데요.

페트루치오　아냐, 케이트. 그 고기는 바싹 타버렸어. 의사 말이 그런 건 절대로 먹지 말라고 했소. 그런 걸 먹으면 간에도 좋지 않고, 화를 잘 낸다나. 그러니까 오늘 저녁은 그냥 넘겨야겠소. 안 그래도 우리는 화를 잘 내는 편이잖소. 그러니 저렇게 타버린 고기를 먹느니 굶는 게 낫지. 오늘 밤은 둘이서 단식을 하고, 첫날 밤을 치를 침실로 갑시다.

(두 사람 퇴장)

제 2 장

패듀어의 광장

루센쇼와 비앙카, 나무 아래서 책을 읽고, 트래니오와 호텐쇼 등장

트래니오　리치오 씨, 그게 무슨 소리요? 비앙카 양이 루센쇼 외의 다른 남자를 사랑하다니? 겉으로만 내게 호의를 보인 척했다는 거요?

호텐쇼　내가 한 말을 믿지 못하시겠다면, 여기 숨어서 저쪽을 잘 좀 살펴보시오. (둘이 나무 뒤에 숨는다)

루센쇼　아가씨, 지금 읽은 것을 아시겠습니까?

비앙카　지금 뭘 읽어주셨지요?

루센쇼 내 전공인 사랑의 기술입니다.

비앙카 그럼 그걸 가르쳐주세요!

루센쇼 좋아요. 진지하게 배우고자 하는 마음만 있으시다면 어렵지 않아요! 내 마음을 읽는 재주만 있다면 말이죠. (두 사람 키스한다)

호텐쇼 어떻소, 이래도 내 말을 믿지 않겠소? 실로 가관이오. 이래도 비앙카에게 당신 외에 다른 남자가 없다고 할 수 있겠소?

트래니오 오, 더럽소. 정녕 믿지 못할 게 여자로군요, 리치오 씨!

호텐쇼 솔직히 고백하리다. 난 리치오도, 음악가도 아니오. 그건 가면이었소. 나 같은 신사를 버리고, 저런 천한 녀석에게 혹한 계집을 위해 더 이상 이런 가면을 쓰고 있을 수는 없소. 나는 실은 호텐쇼라는 사람이오.

트래니오 호텐쇼 씨, 당신이 비앙카를 무척 사모하고 계시다는 이야기는 전부터 듣고 있었소. 그리고 내 눈으로 저 여자의 경박함을 목격한 이상 나도 당신처럼 저 여자를 영원히 포기하겠소!

호텐쇼 저런, 또 키스를 하는군. 루센쇼 씨, 우리 악수합시다. 난 굳게 맹세하겠소. 앞으로 저 여자에게는 절대로 청혼하지 않겠다고. 그럴 만한 가치도 없는 여자한테 지금까지 괜한 열정을 바쳤구려.

트래니오 그렇다면 나도 맹세를 하겠습니다. 저 여자와는 절대로 결혼하지 않겠습니다. 설령 저쪽에서 애원해도 말이죠. 에이, 경박한 년!

호텐쇼 온 세상 남자가 저 여자를 버렸으면 좋겠소. 나는 지금 한 맹세를 지키기 위해 사흘 안에 돈 많은 미망인과 결혼하겠소. 그 미망인은 나를 쭉 연모해온 여자요. 내가 저 불쾌한 계집을 사랑해왔듯이 말이오. 여자는 미모보다 마음씨가 중요하죠. 그럼 이만 가보겠습니다.

내 맹세는 변함이 없습니다. (퇴장)

트래니오　비앙카 양, 축하합니다. 아가씨는 참으로 축복을 받으셨군요. 두 분의 정다운 모습을 보고, 나와 호텐쇼는 이제 당신에 대한 연정을 접기로 했습니다.

비앙카　어머, 농담은 그만둬요. 정말 두 분 다 저를 단념하셨나요?

루센쇼　드디어 리치오를 해치웠구먼.

트래니오　예, 그는 정력이 왕성한 미망인에게로 영영 날아갔습니다. 청혼한 뒤 바로 결혼을 하겠답니다.

비앙카　제발 잘되기를 빌겠어요.

　　비온델로 등장

비온델로　주인어른, 주인어른, 찾아냈습니다! 상인인지 교사인지 잘 모르겠습니다만, 어쨌든 옷차림도 단정하고, 걸음걸이며 인상이며 꼭 빈센쇼 어르신과 닮은 노인 분을 찾아냈습니다.

루센쇼　자, 트래니오, 이젠 어쩔 셈인가?

트래니오　만일 그 노인이 쉽사리 제 청을 들어준다면, 빈센쇼 나리로 꾸며 부친 역할을 하도록 하겠습니다. 뒷일은 제게 맡기시고 아가씨를 모시고 먼저 들어가십시오. (트래니오만 남고 모두 퇴장. 교사 등장)

교 사　안녕하시오?

트래니오　안녕하십니까? 잘 오셨습니다. 어디로 가시는 길이죠? 아니면 목적지가 이곳인가요?

교 사　일단 여기 머물렀다가 한두 주일 후에는 다시 로마로 갈 생각이오. 죽지만 않는다면, 트리폴리까지도 가볼 생각이지요.

트래니오 고향이 어디신데요?

교 사 맨튜어요.

트래니오 맨튜어에서 일부러 패듀어에? 목숨이 아깝지도 않습니까?

교 사 목숨이요? 도대체 무슨 말인지?

트래니오 맨튜어 사람들이 패듀어로 오는 건 전쟁터에 뛰어드는 거나 마찬가집니다. 모르셨습니까? 맨튜어의 선박들은 모두 베니스에 억류당해 있습니다. 당신 나라의 공작과 이곳 공작 사이에 무슨 시비가붙어 포고령이 내려진 모양인데, 그 포고령을 전혀 듣지 못하셨다니, 참 이상한 일이군요. 하기야 지금 막 오셨으니까 무리는 아니지요.

교 사 이거 정말 낭패로군. 난 피렌체에서 수표를 가지고 와서 이곳사람에게 전해줘야 하거든요.

트래니오 아, 그렇습니까? 그럼 이렇게 하면 어떻겠습니까? 하지만 먼저 물어볼 말이 있는데, 혹시 피사에 가보신 적이 있습니까?

교 사 그럼요, 피사엔 가끔 가봤지요. 그곳 사람들은 모두 다 성실하다는 소문이 들리더군요.

트래니오 혹시 빈센쇼라는 분을 아십니까?

교 사 잘은 모르지만 소문은 들었습니다. 굉장한 호상이라고요.

트래니오 실은 그분이 저의 부친입니다. 솔직히 말해, 부친 얼굴과 댁의 얼굴이 비슷합니다. 사실 선생을 이러한 위험에서 구하려는 것도 바로 그 이유이지요. 선생이 저의 부친과 닮은 건 참으로 다행한 일입니다. 우리 집에서 묵도록 하십시오. 이곳에서 일을 다 보실 때까지 머무르셔도 좋습니다. 제 호의를 무시하지 않는다면, 부디 그렇게 해주시지요.

교 사　감사합니다. 평생의 은인으로 이 은혜를 잊지 않겠소이다.

트래니오　그럼 같이 가시지요. 그리고 한 가지 미리 말씀드릴 게 있습니다. 다들 우리 부친이 오시길 기다리는 중이랍니다. 나는 밥티스타라는 분의 따님과 결혼할 예정인데, 그 결혼에 보증을 하러 오시기로 되어 있거든요. 자세한 사정은 차차 말씀드리겠습니다. 아무튼 같이 가서서 저의 부친처럼 복장을 갈아입으시지요. (모두 퇴장)

제 3 장

페트루치오의 시골 별장

카타리나와 그루미오 등장

그루미오　안 됩니다, 마님. 그러다간 주인어른께서 경을 치고 맙니다.

카타리나　그인 날 굶겨 죽이려고 결혼했나봐. 우리 친정집에선 거지들도 애걸하면 동냥을 얻어가요. 친정집이 아니라 다른 곳에서도 마찬가지죠. 그런데 한 번도 애걸해 보지 않은, 아니 애걸할 필요조차 없었던 내가 배가 고파 죽을 지경이고, 게다가 잠도 자지 못해 머리는 빙빙 돌아요. 그런데 그인 줄곧 소리만 질러대고 있으니. 무엇보다 기가 막힌 건 그게 모두 애정 때문이라는 거예요. 글쎄, 내가 먹거나 자는 날엔 당장 죽을 병에라도 걸린다고 생각하는 것 같아요. 뭐든 상관없으니 제발 먹을 것 좀 갖다주세요!

그루미오　그러시다면 소족발은 어떻겠습니까?

카타리나　좋아. 어서 가져와.

그루미오　그건 좀 저급한 게 아닐까요? 불고기에 겨자를 바른 것은 어떻겠습니까?

카타리나　그건 내가 좋아하는 요리야.

그루미오　하지만 겨자가 좀 매울 텐데요.

카타리나　그럼 겨자는 빼고 불고기만 가져오면 되잖아.

그루미오　안 될 말씀입니다. 겨자를 뺄 순 없죠. 이 그루미오가 불고기만은 가져올 순 없습니다.

카타리나　그럼 가져올 수 있는 것만 가져와 봐.

그루미오　그럼 소고긴 빼고 겨자만 가져오겠습니다.

카타리나　이 거짓말쟁이 같으니. (그루미오를 때린다) 음식 이름이나 먹이려 들다니. 날 들볶는 데 재미를 붙인 이놈들, 절대로 가만두지 않을 테다. 썩 꺼져버려!

페트루치오와 호텐쇼가 고기 접시를 들고 등장

페트루치오　케이트, 아니 여보, 왜 그렇게 풀이 죽었소?

호텐쇼　부인, 안녕하십니까?

카타리나　지금 안녕한 걸로 보이나요?

페트루치오　케이트, 기운을 내보시오. 밝은 표정을 지어요. 이렇게 내가 손수 요리를 만들어가지고 왔잖소. (요리를 내려놓자 카타리나가 얼른 집는다) 이만하면 먼저 감사하다는 말 한마디쯤 해야 되는 것 아니오? (카타리나가 먹는다) 이런, 한마디도 하지 않는군. 결국 헛수고만 한 셈이군. (요리 접시를 뺏으며) 여봐라, 이 접시를 가져가라.

카타리나　　제발 거기 놓아두세요.

페트루치오　　아무리 맛없는 요리라도 먹기 전에 고맙다는 인사쯤은 하는 법이오. 안 그렇소?

카타리나　　고마워요. (페트루치오, 접시를 내려놓는다)

호텐쇼　　여보게, 페트루치오! 자네, 너무한 것 아닌가? 부인, 제가 도와드리지요.

페트루치오　　(호텐쇼에게 방백) 여보게, 날 생각한다면, 자넨 좀 가만 있어주게. 그녀가 착해지면 얼마나 좋겠나. (큰소리로) 케이트, 어서 먹어요. 그러고 나서 당신 친정에 가서 장인 어른을 뵙시다. 가장 좋은 옷으로 근사하게 차려입고 가서 큰 잔치를 벌입시다. 비단 옷과 모자, 금가락지, 주름치마와 스카프, 부채 호박팔찌, 화려하고 아름다운 옷 두 벌, 예쁜 옥구슬 등 장식품을 갖추고 말이오. (카타리나가 잠깐 얼굴을 든 사이에 페트루치오가 눈짓을 하자, 그루미오가 얼른 요리 접시를 치운다) 저런, 벌써 다 먹었구려. 자, 재단사가 기다리고 있소. 당신 몸매를 아주 멋있게 꾸미려고 말이오. (모두 퇴장)

제 4 장

패듀어의 광장

트래니오, 빈센쇼로 가장한 교사 등장

트래니오 이 집이 그분 댁입니다. 좀 들렀다 가도 괜찮겠습니까?

교 사 그러려고 여기 온 게 아니냐! 밥티스타 씨가 박정한 위인이 아니라면, 날 기억하고 있을 거야. 내 기억이 틀림없다면 한 20년 전 제노바에서 페가수스라는 여관에 같이 투숙했던 일이 있었지.

트래니오 됐습니다. 계속해서 그런 식으로 위엄 있게 하시면 됩니다.

교 사 염려 말게.

비온델로 등장

교 사 당신 하인이 오는데 잘 일러두는 게 좋겠군.

트래니오 그 점은 염려 마세요. 비온델로, 이분을 진짜 빈센쇼 나리처럼 대해야 해.

비온델로 네, 알았습니다.

트래니오 밥티스타 씨 댁에 전하라고 한 말은 잘 전했나?

비온델로 시키는 대로 아버님께서 오늘 패듀어에 오신다고 전했습니다.

트래니오 잘했다. 자, 이것으로 술이나 마셔. (밥티스타와 루센쇼 등장)

아, 밥티스타 씨가 오는군요. 침착하게 하셔야 해요. 밥티스타 씨, 마침 잘 만났습니다. (교사에게) 아버지, 이분이 제가 말씀드린 분입니다. 좀 도와주세요. 재산 관계도 말씀해주시고 비앙카와 짝이 될 수 있도록 말씀해 주세요.

교 사　초면에 실례하겠습니다. 이번에 빚을 좀 받을 게 있어 패듀어 까지 오게 됐는데, 자식놈의 말을 듣자하니, 댁의 따님과 사랑에 빠졌 다는군요. 댁의 존함은 나도 익히 들었던 터라 자식놈이 따님을 사랑 한다니 내버려둘 수가 없어서 결혼을 승낙했습니다. 그러니 만일 댁도 이의가 없으시다면, 곧 약정을 맺어 따님에게 줄 유산 건에 기꺼이 동 의할 생각입니다. 명성이 자자하신 밥티스타 선생이니 굳이 더 알아볼 것도 없고 까다로운 조건을 내세울 필요도 없을 것 같습니다.

밥티스타　저도 한 말씀 드릴까 합니다. 솔직한 말씀을 들으니 참 고 맙습니다. 사실 댁의 자제분인 로센쇼 군과 제 딸은 진실로 깊이 사랑 하고 있는 것 같습니다. 둘이 애정을 꾸민 건 아닐 것입니다. 그러니까 아버지로서 우리 딸에게 충분한 유산을 주시겠다는 약속만 하신다면, 이 결혼은 성사된 거나 마찬가지입니다. 우리 애를 아드님에게 기꺼이 드리지요.

트래니오　감사합니다. 그럼 약혼식은 어디서 하는 것이 좋겠습니까? 피차간에 계약서도 교환해야 하는데, 어디가 좋겠습니까?

밥티스타　우리 집은 좀 곤란합니다. 하인들이 많고, 게다가 그레미오 영감쟁이가 항상 엿듣고 있어서 언제라도 방해할 것입니다.

트래니오　그러시다면 저의 숙소가 어떻겠습니까? 마침 아버지도 같 이 묵고 계시니까요. 그럼 오늘 밤 그곳에서 몰래 일을 치르기로 하지요. 사람을 보내 따님을 오라고 하십시오. (루센쇼에게 눈짓을 한다) 내 하인을 보내 대서인도 곧 불러오겠습니다. 그런데 죄송스러운 건 어른께 변변하게 대접을 할 수가 없다는 점입니다.

밥티스타 그건 염려하지 마시오. (루센쇼에게) 이봐요, 캠비오 선생. 어서 집에 가서 비앙카한테 곧 나올 채비를 하라고 좀 전해주시오. 그리고 그간의 사정도 좀 말해주고. (루센쇼 퇴장. 그러나 트래니오의 눈짓으로 나무 뒤에 숨는다)

비온델로 (방백) 오, 하느님, 제발 일이 제대로 풀리게 해주십시오!

트래니오 하느님과 빈둥거리지만 말고, 어서 좀 갔다와. (비온델로에게 루센쇼가 있는 곳으로 가라고 눈짓을 한다) 밥티스타 씨, 이리 들어오시죠! 지금은 대접이 부실하겠지만, 나중에 피사에 오시면 후히 대접을 하겠습니다.

밥티스타 그럼 들어가 볼까요? (모두 퇴장)

제 5 장

패듀어로 이어진 큰 산길

페트루치오, 카타리나, 호텐쇼, 하인들 길가에서 쉬고 있다.

페트루치오 (일어서며) 자, 갑시다. 이제 당신 친정도 그리 멀지 않았소이다. 거 참, 달빛이 곱고 밝구먼!

카타리나　달이라고요? 해예요. 지금 이 시각에 달이라뇨?

페트루치오　아니오, 저건 달이오.

카타리나　아니에요, 저건 해예요.

페트루치오　내 이름을 걸고 단언하건대 저건 달이오. 적어도 당신 친정에 도착할 때까지는. 내가 그렇게 말하면 그런 거요. 아니라면 당신 친정에 가는 건 취소요. (하인에게) 여봐라, 그만 돌아가자. 아씨가 내 말에 일일이 딴지를 거는구나.

호텐쇼　(작은 목소리로 카타리나에게) 저 사람 말대로 달이라고 하세요. 안 그러면 오늘 친정에 못 가요.

카타리나　제발 그냥 가요. 저게 달이든 태양이든 상관없으니까요. 촛불이라고 해도 그렇게 부를게요.

페트루치오　글쎄, 달이라니까!

카타리나　맞아요, 달이에요.

페트루치오　아니야, 당신은 거짓말쟁이야. 저건 고마운 해야.

카타리나　그렇다면 저건 해예요. 모든 건 당신 뜻대로 되는 거예요. 달은 당신 마음처럼 늘 변하지요. 저는 당신 뜻에 따를 생각이에요.

호텐쇼　(낮은 음성으로) 페트루치오, 이제 가세, 자네가 이겼네.

페트루치오　그럼, 계속 가보자꾸나. 잠깐, 누가 오는구나.

빈센쇼가 여행자 복장을 하고 등장

빈센쇼　난 빈센쇼라는 사람인데, 피사에 살고 있습니다. 아들을 보기 위해 지금 패듀어로 가고 있지요.

페트루치오　아드님 이름은?

빈센쇼　루센쇼라고 합니다.

페트루치오　정말 잘 만났습니다. 아드님은 더욱 기뻐할 것입니다. 차차 아시게 될 테지만, 내 처제와 영감님의 아드님이 지금쯤은 결혼식을 끝냈을 겁니다. 놀라지도 마시고, 슬퍼하지도 마십시오. 아드님의 상대는 훌륭한 여성이랍니다. 지참금도 많고, 집안도 좋고 평판도 훌륭합니다. 신사의 배필로서 훌륭한 품성을 가지고 있으니까요. 자, 어서 아드님을 만나러 가시죠. 아드님이 영감님을 보면, 무척 기뻐할 것입니다.

(모두 퇴장)

제 5 막

제 1 장

패듀어의 광장

페트루치오, 카타리나, 빈센쇼, 그레미오, 하인들 등장

페트루치오   어르신네, 바로 여깁니다. 우리 처가는 시장 쪽으로 좀 더 가야 합니다. 난 그만 실례하겠습니다.

빈센쇼   가시기 전에 들어가서 한잔 하시지요. 여기서라면 대접할 수가 있을 겁니다. 아마 그만한 음식은 있겠지요. (노크를 한다)

그레미오   (다가와서) 한참 바쁠 텐데 좀 더 세게 노크하시지요.

교 사   (창으로 얼굴을 내밀고) 누구요, 노크하는 분이? 문을 부술 작정이오?

빈센쇼   거기 루센쇼, 안에 있소?

교 사   있긴 있지만, 아무도 만나지 못합니다.

빈센쇼   내가 용돈 200파운드를 가지고 왔어도 말인가요?

교 사   그런 돈들은 당신이나 쓰시지. 내가 살아 있는 동안 그 애는 그런 돈이 필요 없으니까!

페트루치오   자, 보세요. 아드님은 패듀어에서 대단한 사랑을 받고 있습니다. (교사를 보고) 여보시오, 루센쇼에게 좀 전해주시오. 피사에서 아버지가 오셔서 지금 문 앞에서 기다리고 계시다고 말이오.

교 사   재밌군. 거짓말 마시오. 그 애 아버지는 지금 창밖을 내다보고 있잖소.

빈센쇼   그럼 당신이 그 애 부친이란 말이오?

교 사   그렇소. 그 애 어미가 그렇다 하니, 그럴 수밖에!

페트루치오   (빈센쇼에게) 어찌된 영문이오? 이보쇼, 당신 너무 뻔뻔하잖소. 남의 이름을 사칭하다니.

교 사   그자를 좀 잡아주시오. 그자가 아마 내 이름을 사칭해가지고 이 도시에서 사기라도 치고 있는 게 분명하오.

   비온델로 등장

비온델로   (혼잣말로) 두 분이 무사히 교회로 들어가셨으니, 제발 하느님의 복을 받으십시오. 아니, 저분은 누구야? 주인어른 빈센쇼 나리가 아니신가! 이젠 다 틀렸군, 틀렸어.

빈센쇼   (비온델로를 보고) 이놈, 이리 와! 이 죽일 놈 같으니!

비온델로   (그 옆을 지나가면서) 글쎄올시다, 실례하겠습니다.

빈센쇼   이 악당 같으니! 그래, 네가 날 잊었단 말이냐?

비온델로   잊었느냐고요? 천만에요. 잊을 리가 있겠습니까, 생전 본 적도 없는 사람을.

빈센쇼   이 고얀 놈 좀 보게. 네 주인의 아버지인 나를 생전 보지 못한 분이라고?

비온델로 제 주인의 아버님 말씀입니까? 예, 그야 잘 알고 있습니다. 저기 문으로 내다보고 계시는 바로 저분입죠.

빈센쇼 너, 정말 맞을래? (비온델로를 때린다)

비온델로 사람 살려! 미친 사람이 나를 죽이려고 하네.

교 사 얘야, 좀 도와줘라. (창문을 닫는다)

페트루치오 케이트, 우린 어떻게 되어가는지 여기서 지켜봅시다.

교사와 하인 등장 밥티스타와 트래니오도 몽둥이를 들고 따른다.

트래니오 대관절 어떤 놈이 내 하인을 때리는 거야?

루센쇼 어떤 놈이냐고! 하, 이 망할 녀석 좀 보게. 비단 저고리에 벨벳 바지, 새빨간 외투에 모자라. 아이고, 내 신세야! 아들 녀석 유학 보내느라고 등이 휘었건만, 아들 녀석과 하인 놈은 돈을 탕진하고 있으니.

트래니오 도대체 이 사람은 누구지?

밥티스타 어찌된 거냐? 미친 사람 아니냐?

트래니오 여보시오, 옷차림으로 봐서 점잖은 분 같은데, 하시는 말씀은 꼭 미친 사람 같구려. 내가 진주와 금으로 도배를 하건 말건 당신이 무슨 상관이오? 난 아버지 덕택으로 이렇게 지내고 있는데 말이오.

빈센쇼 뭐, 내가 미친 사람 같다고! 이놈아, 네 아비는 베르가모에서 돛을 꿰매는 품팔이를 하고 있다. 그런 놈이 진주는 뭐고, 금은 또 뭐란 말이냐?

밥티스타 잘못 보신 거예요. 이 사람 이름을 아시나요?

빈센쇼 저 녀석 이름을 내가 왜 몰라! 세 살 때부터 길러온 놈인걸. 저 녀석 이름은 트래니오요.

교 사 어서 썩 물러가시오. 미친 노인 같으니라고! 이 사람은 내 외아들 루센쇼야. 이 빈센쇼의 상속자라고.

빈센쇼 네가 루센쇼라고? 그럼 네놈이 주인을 죽였구나! 자, 공작님의 이름으로 널 체포하겠다. 아, 내 아들, 내 아들 루센쇼는 어디 있느냐?

트래니오 누가 경관 좀 불러와요. (하인이 경관을 데리고 등장) 이 미친 사람을 감옥에 좀 넣어주시오. 장인 어른, 저 자를 재판받게 해주세요.

빈센쇼 날 감옥으로 보낸다고? 낯선 고장에 가면 흔히 이렇게 봉변을 당하지. 에이 지독한 녀석 같으니!

비온델로가 루센쇼와 비앙카를 데리고 등장

비온델로 이제 다 틀렸어요. 저기 보세요, 아버님이…… 할 수 없죠. 그냥 모르는 체하시고, 남이라 잡아떼세요. 안 그러면 모든 것이 끝장이에요.

루센쇼 (무릎을 꿇고) 용서해주십시오, 아버지.

빈센쇼 내 아들아, 살아 있구나.

비앙카 (무릎을 꿇고) 용서해주세요, 아버님. (비온델로, 트래니오, 교사가 허겁지겁 도망친다)

밥티스타 도대체 이게 어찌된 일이야? 루센쇼는 어디 있고?

루센쇼 예, 여기 있습니다. 지금 따님과 결혼식을 마치고 온 제가 진짜 루센쇼입니다. 가짜들이 어르신의 눈을 속이고 있는 틈에요.

그레미오   오, 이럴 수가! 우리가 감쪽같이 속았다!

빈센쇼   어디 갔어, 고얀 놈 트래니오?

밥티스타   도대체 어찌된 영문인가? 이 사람은 캠비오 선생이 아닌가?

비앙카   루센쇼가 캠비오로 변장한 거예요.

루센쇼   사랑 때문이지요. 비앙카의 사랑을 얻기 위해 트래니오가 제 행세를 하고 다닌 겁니다. 그 덕분에 난 행복의 항구에 도착했고요. 모두 제가 시켜 저지른 짓이니 아버님, 절 용서해주십시오.

빈센쇼   그놈의 목을 비틀어야 해. 뭐, 날 감옥에 집어넣겠다고?

밥티스타   가만 있자, 그럼 자네는 내 승낙도 없이 내 딸과 결혼을 했단 말인가?

빈센쇼   염려 마십시오, 밥티스타 씨! 소원대로 될 것입니다. 우선 안에 들어가서 그 악당 녀석부터 혼을 내주고요. (안으로 들어간다)

밥티스타   나도 그냥 있을 순 없지. 이 음모의 원인을 조사해봐야지.

루센쇼   비앙카, 걱정하지 말아요. 모든 게 잘될 거야. (모두 퇴장)

제 2 장

루센쇼의 집

밥티스타, 빈센쇼, 그레미오, 교사, 비앙카, 페트루치오, 카타리나, 호텐쇼, 미망인 차례로 등장 트래니오와 하인들이 음식을 들고 등장

루센쇼   우리는 마침내 많은 우여곡절 끝에 이곳까지 오게 되었습니다. 불꽃 튀는 싸움도 끝났으니 지난날을 얘기하며 웃읍시다. 사랑스런 비앙카, 나의 아버지에게 잘하시오. 나도 당신 아버지한테 잘할 테니. 그리고 여기 오신 페트루치오 형님, 카타리나 처형, 호텐쇼와 아름다운 미망인, 그 외 여러분, 오늘은 마음껏 드시고 즐기십시오. 여러분 모두 앉아서 드십시오. 앞서 벌인 큰 잔치에서 못다 나눈 이야기를 실컷 해봅시다. *(술과 과일, 음식이 나온다)*

페트루치오   그래, 앉아서 먹고 먹고서 앉고 하는 것뿐이지.

밥티스타   여보게, 페트루치오! 이 호의는 패듀어가 베푸는 것일세.

페트루치오   압니다요, 패듀어에는 호의가 넘치지요.

호텐쇼   저희 내외를 위해서도, 그 말씀이 진실이기를 바랍니다.

페트루치오   호텐쇼, 자넨 미망인이 겁나나 보지?

미망인   천만에요, 제가 왜 겁을 먹어요?

페트루치오   생각이 깊으신 분께서 제 말뜻을 오해하셨군요. 난 호텐쇼가 댁을 무서워한다고 말했습니다.

미망인   현기증이 나는 사람은 바깥 세상이 돈다고 생각하죠.

페트루치오   빙빙 돌려서 말씀하시는 데 일가견이 있군요.

카타리나   잠깐만, 부인! 지금 그 말씀은 무슨 뜻이에요?

미망인   댁의 남편은 당신한테 애를 먹고 계시잖아요. 그래서 내 남편의 사정도 그러려니 하고 생각한다는 뜻입니다. 이제 아시겠어요?

카타리나   시시껄렁한 얘기군요.

미망인   그야 당신이 그렇죠.

카타리나   물론 그렇죠. 당신에 비하면 명함도 못 내밀죠.

페트루치오   케이트, 힘내라! 난 100마르크 걸겠어. 미망인은 케이트의 상대가 되지 못하지.

호텐쇼   미망인 이겨라! 길고 짧은 건 대봐야지.

페트루치오   맞아! 건투를 빌며, 건배!

밥티스타   그레미오 씨, 저 사람들 재치를 어떻게 생각하오?

그레미오   정말, 멋진 박치기 같군요.

비앙카   박치기라고요? 재치 있는 사람들이라면 박치기가 아니라 뿔로 들이받는다고 할 거예요.

빈센쇼   우리 며느리도 재치 문답에 눈을 뜬 건가?

비앙카   아뇨, 별로 재미가 없어서 눈을 감아야 할 것 같아요.

페트루치오   오, 그렇게는 곤란하지. 처제의 말을 내가 쏴줘야지.

비앙카   그럼 저는 형부가 맞힐 새가 되어야 하나요? 활시위나 제대로 당기세요. 여러분, 모두 잘 오셨어요. 저는 그만 실례하겠습니다. (인사하고 나가자 카타리나와 미망인이 그 뒤를 따라 퇴장)

페트루치오   트래니오, 저건 자네가 노린 사냥감 아니었나? 하기야 맞히진 못했지만. 자, 우리 맞힌 사람과 못 맞힌 사람 모두를 위해 건배.

트래니오   그거야 루센쇼 서방님이 절 사냥개같이 풀어놓았기 때문에 뛰어가서 주인을 위해 사냥을 해왔을 뿐이지요.

페트루치오   비유가 멋지긴 한데 좀 유치하군.

트래니오   하긴 페트루치오 서방님은 손수 사냥을 하셨지만, 사냥해오신 그 사슴한테 물린 것처럼 보이던걸요.

밥티스타   페트루치오, 자네가 트래니오한테 역습을 당했군.

루센쇼   고맙다, 트래니오. 날 위해 멋지게 복수해줘서.

호텐쇼　이제 그만 손들게, 손을 들라고!

페트루치오　그래, 좀 아프군. 그러나 화살은 자네 두 사람을 정통으로 맞혔다는 걸 잊지 말게.

밥티스타　이봐, 농담이 아니라 자네는 세상에 둘도 없이 지독한 말괄량이를 아내로 얻은 걸 인정하게나.

페트루치오　장인 어른이 모르시는 소립니다. 우리 그럼 각자 자기 아내를 불러볼까요? 누가 가장 빨리 올까요? 가장 빨리 오는 아내가 가장 순종적인 아내일 거예요. 돈을 걸어서 빨리 오는 쪽이 갖기로 하면 어떨까요?

호텐쇼　좋아, 얼마씩 걸까?

루센쇼　100크라운으로 합시다.

호텐쇼　좋소!

페트루치오　나도 찬성이오. (루센쇼가 비앙카를 불렀으나 오지 않고 호텐쇼 역시 아내가 오히려 들어오라고 한다) 갈수록 태산이군. 이거 불쾌해서 참을 수 있나! 그루미오, 너 아씨께 가서 내 명령이니 좀 나오라고 그래라. (그루미오 퇴장)

호텐쇼　대답은 보나마나 뻔하지.

페트루치오　뭐?

호텐쇼　절대로 나오지 않을 걸세.

페트루치오　그렇게 되는 날엔 내 신세 족치고 모든 게 끝장이지. (카타리나 등장)

밥티스타　아니, 이게 어찌된 일이야? 카타리나잖아?

카타리나　무슨 일이에요? 무슨 일로 부르셨어요?

페트루치오   비앙카와 호텐쇼의 부인은 지금 어디 있소?

카타리나   난로 곁에서 이야기를 나누는 중이에요.

페트루치오   가서 좀 데리고 오시오. 만일 오지 않겠다고 하면, 때려서라도 끌고 와요. 자, 얼른 가서 끌고 와요. (카타리나가 비앙카와 미망인을 데리고 등장) 카타리나, 당신 모자는 장난감처럼 어쩐지 어울리지 않는구려. 그걸 벗어 발로 짓밟아버려요. (카타리나가 그대로 따른다)

미망인   어머나, 설마 이런 엉터리 수작을 보여주려고 불러낸 건 아니죠? 이런 바보짓은 처음 봐요.

비앙카   흥, 도대체 우릴 불러내서 뭘 하겠다는 거예요?

루센쇼   당신이 좀 더 미련하면 좋았을 것을. 당신이 너무 똑똑한 덕분에 난 100크라운이나 손해를 봤다오.

비앙카   미련한 건 당신이군요. 저를 미끼로 돈을 거시다니!

페트루치오   카타리나, 이 완고한 부인들을 교육 좀 시키시오. 아내 된 자는 남편에게 어떻게 해야 하는지.

미망인   절 어떻게 보고 그런 말을 하세요? 설교 따윈 필요 없어요.

페트루치오   자, 어서 시작하라니까. 저 부인부터.

미망인   누가 그런 말을 듣는대요?

카타리나   그럼 시작할게요. 우선 얼굴부터 환하게 펴세요. 깔보는 듯한 눈은 거두시고요. 그건 자기의 주인이며 지배자이며 군주인 남편한테 상처가 되는 짓이니까요. 결국 서리를 맞아 떨어지는 감꼭지처럼 자기 자신을 그렇게 만드는 거예요. 어느 모로 보나 화가 난 여자는 맑은 물에 돌을 던져 흙탕물이 된 것처럼 흉하고 불결해보이지요. 남편이 아무리 목이 마르다 해도 입을 대고 싶은 마음이 들까요? 남편은 우리의 생명이자 보호자이며 군주이세요. 남편은 오로지 아내를 위해 자나깨나 일을 하니까 우리가 집에서 안심하고 지낼 수 있는 거예요. 그런데도 남편은 아내의 사랑과 고운 얼굴과 순종밖에 바라는 게 없죠. 그렇게 보면 아내가 할 일은 참으로 하찮은 거죠. 하물며 아내가 고집을 부리고, 짜증을 내고, 남편의 의사를 거역한다면, 그게 배은망덕이 아니고 뭐겠어요? 그야말로 평화를 위해 무릎을 꿇어야 할 때 선전포고하는 격이죠. 저는 여자의 좁은 소견머리가 부끄럽기 그지없답니다. 그러니 아무 짝에도 쓸모없는 오만함을 버리세요. 어서 모자를 벗고 쓸데없는 자존심은 버려요. 난 남편이 원한다면 순종의 증거로 남편 앞에 엎드릴 수도 있어요.

페트루치오　암, 그래야 여자지! 자, 키스해주오, 케이트. 우린 자러 갑시다. 세 사람이 결혼했지만, 자네 두 사람은 낙제네. 내가 우승자야. 자, 그럼 이긴 자는 그만 물러갑니다. 여러분, 좋은 꿈 꾸십시오. (페트루치오와 카타리나 퇴장)

호텐쇼　행복한 꿈 꾸게. 지독한 말괄량이를 길들인 양반.

루센쇼　기적이야. 말괄량이를 저렇게 순한 여자로 길들이다니. (모두 퇴장)

끝이 좋으면
다 좋아

인간은 경솔하고 무모하기 때문에
보물을 손에 쥐고 있을 때는 함부로 다루다가
무덤 속에 넣고 나서야
비로소 그 진가를 알 수 있는 법이다.

프랑스의 왕

플로렌스의 공작

버트람 | 로실리온의 젊은 백작

라후 | 노귀족

패롤리스 | 버트람의 가신

리날도 | 백작부인의 집사

라바취 | 백작부인의 어릿광대

듀메인 형제 | 프랑스의 귀족

군인 | 통역을 가장한다.

신사 | 프랑스 왕을 섬기는 점술가

시동

헬레나 | 세상을 떠난 유명한 의사 제라드 드 나본의 딸이자 백작부인의 시녀

로실리온 백작부인 | 버트람의 어머니

플로렌스의 과부

다이애나 | 과부의 딸

마리아나 | 과부의 친구

그 외 | 프랑스와 플로렌스의 귀족들, 시종들, 병사들 등

〈끝이 좋으면 다 좋아〉의 창작 연대는 1602~1605년경으로 추정된다. 작품의 주제는 암울한 상황 속에서도 참다운 사랑을 성취하기 위해 어려운 난관을 극복해낸다는 것으로, 윌리엄 페인터의 《쾌락의 궁전》에 수록된 설화를 소재로 삼았다.

헬레나는 명의인 아버지가 세상을 떠나자 후견인 로실리온 백작부인의 집으로 들어가 살게 된다. 헬레나는 백작부인의 아들인 버트람을 남몰래 짝사랑하지만 버트람은 그녀에게 전혀 관심이 없다. 궁리 끝에 헬레나는 버트람의 뒤를 쫓아 파리 왕궁으로 들어가 프랑스 왕의 난치병을 고쳐주고 그 대가로 버트람과의 결혼을 허락받지만 버트람은 헬레나를 받아들이지 않는다. 그러나 우여곡절 끝에 마침내 버트람도 헬레나를 아내로 인정하고 사랑하게 된다.

이 극은 버트람과 헬레나를 중심으로 한 줄거리와 불한당이며 허풍선이인 패롤리스를 중심으로 한 줄거리가 필연적인 관계로 연결되어 있다.

제 1 장

로실리온. 백작부인 저택의 한 방

로실리온의 젊은 백작 버드람, 그의 어머니인 백작부인, 헬레나, 라후 경 등이 모두 검은 상복을 입고 등장

백작부인　아들을 떠나보낼 생각을 하니 남편 상을 두 번 치르는 것 같군요.

버트람　제가 어머니 곁을 떠난다고 생각하니 아버지를 잃은 슬픔이 새삼 복받칩니다. 그러나 어명에 복종할 수밖에 없습니다.

라후　백작부인께선 폐하를 부군처럼 모셔야 되고, (버트람에게) 자넨 폐하를 부친처럼 모셔야 하네.

백작부인　폐하의 병세는 좀 진전이 있습니까?

라후　폐하께선 시의들을 물리치셨다고 합니다. 그들의 의술을 믿고 희망을 갖고 있었으나 효험을 보지 못하자 이제는 희망조차 버리신 것 같습니다.

백작부인　(헬레나를 돌아보며) 이 젊은 아가씨의 돌아가신 부친께선 정말이지 의술이 뛰어난 분이셨습니다. 그분이 세상 사람들에게 솜씨를 발휘하셨다면 죽음의 신은 할 일이 없어졌을 겁니다. 아, 폐하를 위해서라도 그 어른이 살아 계셨더라면 얼마나 좋았을까? 틀림없이 폐하의 병환이 치유되었을 겁니다.

라후　그분의 존함은?

백작부인　제라드 드 나본이라고 합니다. 의술이 아주 뛰어났죠.

라후　그분은 정말 훌륭한 분이더군요. 폐하께옵서도 그의 사망을 몹시 애석하게 여기셨습니다. 만약 의학의 힘으로 죽음과 맞설 수만 있었다면 신성이 되었을 겁니다.

버트람　폐하께서 앓고 계신 병명은 무엇입니까?

라후　누라는 병이십니다.

버트람　처음 듣는 병명인데요.

라후　고약한 병이어서 소문낼 일은 아니지요. 이 아가씨가 제라드 드 나본 가의 규수인가요?

백작부인　그분의 외동딸이에요. 유언에 따라 제가 돌보고 있답니다. 타고난 심성이 고운데다 교육의 힘이 합세하여 멋진 열매를 맺었지요. 덕이 없는 사람이 뛰어난 능력을 가지고 있다면 옥의 티라고 할 수 있지요. 재능이 이로울 수도 있고 해로울 수도 있으니까요. 그러나 이 처녀는 정말이지 훌륭한 균형감각을 지닌 여성으로 성장했지요.

라후　부인께서 칭찬을 하시니 아가씨가 눈물을 흘리고 있군요.

백작부인　칭찬을 살리려면 소금물로 살짝 간을 하는 것이 좋답니다. 돌아가신 부친을 생각하는 순간 얼굴빛이 생기를 잃고 말았군요. 헬레나, 그만 울어.

헬레나   슬픈 체하고 있지만 진짜 슬프기도 해요.

라후   본인이 아닌 이상 우리가 그 마음을 어찌 샅샅이 헤아리겠습니까? 적당한 애도는 자식으로서의 도리겠지만 지나치게 서러워하는 것은 주변인을 적으로 만들게 됩니다.

백작부인   주변 사람들이 슬픔에 빠진 당사자에게 모욕감을 느낀다면 과도한 슬픔은 자연히 숨을 죽이고 말 거예요.

버트람   어머니, 저에게 축복을 주세요.

백작부인   아들아, 신의 축복을 받아라! 그리고 선조님이 물려준 고귀한 미덕을 잃지 않도록 노력해라. 만인을 사랑하되 진정한 벗은 몇 명만 두고, 누구에게도 피해를 주시는 말아야 한다. 적과 겨룰 힘을 기르되 함부로 사용해서는 안 되며, 친구에게는 내면의 열쇠를 채워 어느 정도의 간격을 두어라. 말수가 적다고 손가락질을 당하느니 쓸데없는 말을 하여 책망당하는 것이 낫다. 안녕히 가세요. 라후 경. (헬레나 라후를 지나쳐 간다) 경, 이앤 아직 궁중의 경험이 없으니 잘 지도해주세요.

라후   폐하께 충절을 다하면 반드시 총애를 받게 되겠지요.

백작부인   하느님께 영광 있으소서! 잘 가거라, 버트람. (퇴장)

버트람   어머니의 소원이 이루어지시기를! (헬레나에게) 아무쪼록 당신의 주인인 저희 어머니를 지성껏 모셔줘요.

라후   (헬레나에게) 그럼 아가씨, 잘 있어요. 부친의 명예를 잃지 않도록 해야지. (버트람과 라후 퇴장)

헬레나   (방백) 아, 그것뿐이라면 오죽이나 좋을까! 내가 이렇게 눈물을 흘리는 건 아버님 때문이 아니라 그분을 생각해서야. 아버님은 어떻게 생기셨을까? 이젠 기억조차 희미해. 내 눈에 떠오르는 건 오직 버트람님뿐이야. 안 돼! 이젠 다 틀렸어. 버트람님이 가버렸으니……. 난 서리 맞은 박넝쿨 같은 신세가 됐어. 그분은 별처럼 높은 곳에 계시지 뭐야. 한데 내가 어찌 감히 그 성좌에 오를 수가 있단 말인가? 다만 그 별에서 비쳐오는 빛을 받는 것만으로 만족할 수밖에 없어. 분수를 모르는 사랑의 욕망 때문에 이렇게 괴로워해야 하다니! 마치 암사슴이 사자와 사랑을 맺으려다가 그 사랑 때문에 목숨을 잃어야만 하는 것처럼 말이야. 비록 고통스럽기는 하지만 곁에 앉아서 활처럼 굽은 눈썹, 매같이 씩씩한 눈초리, 멋진 곱슬머리를 가슴 속의 화판에 그려보는 건 정말 즐거워. 그분 얼굴의 주름살 하나도 놓치지 않고 다 그릴 수 있으니 말이야. 하지만 그분은 이제 가버렸어. 이제 난 추억만을 우상처럼 모시고 살 수밖에 없어. 어머, 누가 오잖아?

패롤리스 등장

(방백) 그분을 모시는 사람이다. 그것만으로도 친근감이 든다. 하지만 저 사람은 거짓말쟁이로 소문이 난데다가 조금 모자라고 겁쟁이라지? 그러나 이런 악덕조차도 저 사람에겐 어찌나 잘 어울리는지 전혀 어색하지 않아. 강직함이 찬밥 신세인 이때 저 사람은 하늘이 낮다는 듯 활개를 치고 다닌단 말야. 그러니 총명한 사람들이 거드럭대는 바보에게 용춤을 추며 시중을 드는 형편이지.

패롤리스 안녕하세요, 왕비 전하!

헬레나 안녕하시옵니까. 폐하!

패롤리스 전혀요.

헬레나　그럼 저도 전혀랍니다.

패롤리스　처녀의 순결에 대해 생각해본 적이 있으신지요?

헬레나　물론 해봤지요. 당신은 기사다운 데가 있으니까 한 가지 묻겠어요. 남자는 처녀의 적이지요. 그런데 어떻게 하면 그 적을 막을 수 있을까요?

패롤리스　그야 남자들이 가까이 오지 못하게 하면 되지요.

헬레나　하지만 막무가내로 공격해 오는걸요. 우리 처녀들은 용감하기는 하지만 방어에는 퍽 약해요. 용감하게 저항할 수 있는 방법 좀 가르쳐주세요.

패롤리스　그런 방법은 없어요. 사내란 처녀를 습격만 했다 하면 구멍을 뚫고 화약으로 폭파시킨다니까요.

헬레나　오! 우리 가련한 처녀들을 순식간에 습격해서 폭파하는 무지막지한 남성들로부터 지켜주시옵소서! 그런데 우리가 남자들을 폭파시킬 수 있는 전술은 없을까요?

패롤리스　처녀가 폭파당할 때 남자도 폭파되고 말지요. 결국 남자들이 여자를 폭파시켜 무너뜨리면, 처녀는 스스로 자기의 성문을 열어주어 성을 바치게 된다고요. 처녀성을 지킨다는 것은 자연이라는 왕국에선 현명한 정책이라고 할 수 없어요. 처녀성을 잃는다는 것은 결국 처녀성을 늘어나게 한다고 볼 수 있으니까요. 어쨌든 처녀성이 무너뜨려져야 처녀가 생겨날 게 아닙니까? 당신네들이야말로 처녀를 만들어내는 처녀 제조기란 말이라고요! 처녀성이란 것은 한번 잃어버리면 열 곱절이나 되는 처녀를 만들어낼 수 있지. 그러니 처녀성을 지킨다는 건 정말이지 부질없는 일이오.

헬레나　난 처녀로 죽는 한이 있더라도 좀 더 굳게 지키겠어.

패롤리스　할 말이 없군요. 자연의 법칙에 어긋나는 말을 하니! 처녀성을 지킨다는 것은 결국 자기 어머니를 비난하는 것이나 마찬가지며 처녀성을 끝까지 지키려는 건 자살행위와 똑같아. 자연의 섭리를 어긴 철딱서니 없는 죄인이니, 그런 사람은 신성한 묘지가 아닌 신작로 바닥에나 묻어줘야지. 그러면 처녀성에 구더기가 생기겠지. 그것은 제 몸을 갉아먹은 후 나중엔 밥통까지도 갉아먹어 결국 죽고 말아. 그뿐 아니라 숫처녀는 까다롭고, 콧대가 높고, 게으르고, 자만심이 이만저만 강하지 않아. 그건 성서에서 가장 먼저 금지한 죄악이야. 그러니 처녀성은 한시바삐 무너뜨려야 해요. 지켜봤자 손해니까. 패대기쳐버려. 그러면 십 년 안에 열 배로 숫자가 늘어난다고. 그만하면 굉장한 이문 아닌가. 본전이 축나는 것도 아니잖아. 그러니 그따위 것은 한시바삐 내동댕이쳐 버리세요.

헬레나　그걸 일부러 잃으려고 하면 어떻게 될까요?

패롤리스　글쎄, 우선 처녀를 싫어하는 남자를 한번 좋아해보시지. 자고로 처녀란 가만히 눕혀놓으면 광택을 잃어버리게 되고, 너무 오래 놔두면 값어치가 떨어지는 법이오. 매기가 있을 때 선뜻 팔아야 한다니까. 처녀성이란 늙수그레한 벼슬아치가 쓰는 유행이 지난 모자 같은 거요. 멋지게 차린다고 해봤자 전혀 볼품이 없다고요. 케케묵어서 누구 하나 거들떠보지도 않는 브로치나 이쑤시개 같은 거지. 대추야자는 과자나 죽의 재료로는 알맞지만 당신 볼이 대추 꼴이 되면 안 되잖아. 처녀란 한번 늙어버리면 시들어 말라빠진 프랑스의 배 같아서 보기에도 정나미가 떨어지고, 먹어봐도 감칠맛이 없어. 한때 맛이 좋았을지는 몰라도 결국은 말라 시들어버린 배라고! 그래, 도대체 당신은 그

배를 어쩌자는 거요?

헬레나　내 처녀성은 아직도 싱싱해요. 당신 주인은 궁정에 가면 많은 사람들과 사귀게 되겠지. 양갓집 규수, 군주, 고문, 배반자, 중요한 사람, 겸손한 야심가, 거만한 겸양가 등 눈먼 큐피드가 예쁘다고 생각하는 사람들을 만나 산더미같이 많은 별명을 만들어줄 테지. 한데 그분은 어떤 대접을 받을까? 그것은 모를 일이지만 하느님, 제발 그분을 돌봐주십시오!

패롤리스　그분이라니, 누구 말이오?

헬레나　행복하게 되길 바라는 분이에요. 정말 속상해 죽겠어.

패롤리스　아니, 속상해 죽겠다니?

헬레나　아무리 빌어봤자, 저의 애타는 심정을 그분에게 알려 드릴 방법이 없으니 말예요. 미천하게 태어난 저로선 팔자 또한 드세어 소원을 겉으로 드러내 보일 수도 없는 처지예요. 아무리 그리운 분을 위해 기도해봤자 내 마음속에만 갇혀 있으니 누가 알아주랴.

시동 등장

시동　무슈 패롤리스! 백작님께서 찾고 계십니다. (퇴장)

패롤리스　헬레나 아가씨, 잘 있어요.

헬레나　무슈 패롤리스, 당신은 자비스런 별 아래서 태어났나봐요.

패롤리스　군신 마르스의 화성 아래서지요.

헬레나　어쩐지 그런 것 같았어요.

패롤리스　어째서?

1114

헬레나　당신은 언제나 전쟁 때문에 동분서주하니 말예요. 그러니 군신의 별 아래에서 태어난 게 틀림없어요.

패롤리스　한참 빛날 때 태어났지요.

헬레나　빛을 잃었을 때가 아니고요?

패롤리스　왜 그렇게 생각하지요?

헬레나　싸울 때면 항상 뒷걸음질을 치니까요.

패롤리스　그야 목숨을 지키려면 그럴 수밖에요.

헬레나　겁날 땐 날 살려달라고 도망치는 것이 안전하다는 말씀이죠? 용기와 공포가 멋지게 날개를 펼치고 있군요.

패롤리스　지금은 바쁜 몸이라 그럴듯한 대답을 못하지만 손색없는 궁정인이 되어 돌아오면 궁중 풍습을 가르쳐주겠어요. 그러면 당신을 여자답게 만드는 데 큰 도움이 될 테지요. 그럼 잘 있어요. 틈이 나면 기도를 드리고, 돈이 생기거든 친구 생각도 해요. 그리고 당신을 아껴주는 남편을 만나면 잘 섬겨요. 자, 안녕히! (퇴장)

헬레나　인간을 구제하는 힘은 하늘에만 있는 것이 아니라 우리 인간에게도 있어. 인간의 운명을 맡은 하늘은 우리 인간에게 그만한 자유를 주셨지. 그러니 마음먹은 대로 되지 않고 뒷걸음질치는 것은 스스로가 게으른 탓일 거야. 도대체 어떤 힘이 날 이처럼 엄청난 사랑에 빠지게 했을까? 그렇다고 사랑을 쟁취한다는 건 하늘에서 별 따기인데. 그렇지만 아무리 신분 차이가 크다 할지라도 자연은 그들을 동료처럼 맺어주고 입맞추게 도와주지. 실연 때문에 자기의 진가를 보이려고 애를 써본 여자가 있을까? 나의 계획이 빗나갈지도 모르겠지만 결심만은 더욱 단단하게 굳혀져 있지. (퇴장)

파리. 왕궁의 한 방

병중인 프랑스 왕이 시종들의 부축을 받으며 등장 왕이 옥좌에 좌
정하고 서장이 왕 앞에 놓여 있다.

왕　플로렌스와 시엔나 사이의 분쟁이 아직도 승부가 나지 않고 있다.
피비린내 나는 전투가 계속되고 있다고 들었소.

귀족 1　그런 보고를 받았습니다.

왕　그건 믿을 만한 정보요. 여기 과인의 친구인 오스트리아 공에게
서 온 편지에도 명시되어 있소. 가까운 시일 내에 플로렌스 쪽으로부터
구원병을 요청해올 것이 분명하다고 하오. 우리는 이미 정세를 판단했
으니 거절하는 것이 좋을 것 같소.

귀족 1　두터운 우정과 통찰력이 있으시다는 걸 폐하께서 아시고 있
는 이상 그분의 의견을 받아들이는 것이 옳을 듯합니다.

왕　그가 답장까지 동봉해 보내왔소. 그러니 플로렌스 쪽의 요청은 사
신도 보내오기 전에 이미 거절당한 셈이지. 그러나 우리나라 젊은이들
중에서 토스카나 전투의 참가를 원하는 사람이 있다면 뜻대로 해도
상관없소.

귀족 2　그것은 실전을 겪어보고 싶고, 공명심에 굶주린 자들에겐 좋
은 수련장이 될 것입니다.

버트람, 라후, 패롤리스 등장

왕　저기 오는 자가 누구요?

귀족 1　로실리온의 젊은 백작 버트람이옵니다.

왕　늠름한 젊은이가 됐군. 어쩌면 저렇게 부친을 꼭 닮았을까? 풍요로운 자연이 공을 들여 만들었군. 부친의 덕성도 그대로 이어받았으면 좋을 텐데! 파리로 잘 왔네.

버트람　감사와 충절을 폐하께 바치겠나이다.

왕　짐이 자네 부친과 마음을 합쳐 전쟁에 출전하여 솜씨를 겨룬 적이 있는데 그때처럼 몸이 건강하다면 오죽이나 좋겠는가! 자네 부친은 전술에 능하여 용사들에게 인기가 좋았지. 부친이 오랫동안 과인을 보필해주었다만 이젠 스며드는 나이를 막을 수 없어 운신을 못할 지경이 되었다네. 자네 부친 얘길 하고 있으니 젊은 혈기가 치솟는 것 같군. 게다가 자네 부친은 훌륭한 군신이었지. 자존심이 강해 신랄한 데가 있었지만 결코 남을 상처주지는 않았다네. 그는 상대방을 비방해야 할 시각을 정확히 가르쳐주었고, 때를 맞추어 짐의 혀가 지시한 대로 움직였다네. 그는 자기보다 신분이 낮은 사람들에게도 마치 상전을 대하듯 공손히 머리를 숙여 사람들의 칭찬이 자자했지.

버트람　선친의 명성은 무덤에서보다 폐하의 마음속에서 더욱 빛나고 있습니다. 후세에까지 전해질 그 명성은 묘비명이 아니라 폐하의 말씀이 더욱 확실히 증명하고 있나이다.

왕　아, 그 사람을 다시 한번 만날 수 있다면 얼마나 좋을까! "이제 소신은 그만 살았으면 합니다." 우울해지면 가끔 그렇게 말했지. "불꽃을 일으킬 기름이 다 타버려 새것이 아니면 거들떠보지도 않는 젊은이들에게 타다 남은 심지 취급을 받긴 싫습니다. 그들은 새로운 옷을 고안해내는 덴 머리를 쓰지만 유행보다도 더 변덕스럽게 변해버리는 족속들이니 말입니다." 짐은 그보다 생각이 뒤졌지만 동감하는 말이었지. 이젠 납도 꿀도 날아들지 않는 몸이 되고 보니, 한시 바삐 뒤로 물러앉고 싶구나.

귀족 2   만인의 지존이신 폐하께서 물러나시면 비록 충성심이 얄팍한 신하일지라도 섭섭히 여길 것입니다.

왕   백작! 자네 부친의 주치의가 작고한 지 얼마나 되나? 아주 고명한 의사였는데.

버트람   여섯 달이 됩니다, 폐하.

왕   부친의 주치의가 살아 있다면 진맥을 짚어보라고 했으면 좋을 텐데. (시종에게) 손을 빌려주게. 다른 시의들이 자기들 나름의 의술을 쓴다고 했지만 결국 내 몸의 진을 다 빼놓고 말았지. 이젠 자연이 준 목숨과 병이 싸우도록 내버려둘 수밖에 도리가 없게 됐어. 백작, 잘 왔네. 친자식 못지않게 반갑네.

버트람   황공하옵니다, 폐하!

제 3 장

로실리온. 백작부인 저택의 한 방

백작부인 뒤로 집사 리날도, 어릿광대 라바취가 따른다.

백작부인 자, 들어봅시다. 그 애가 어쨌다는 거요?

집사 (어릿광대를 보며) 소인이 마님의 뜻을 받들어 최선을 다했음을 아시리라 믿습니다. 스스로 자기의 공을 내세우는 것은 어찌 보면 깨끗한 공로를 욕되게 할 수 있습니다만.

백작부인 한데 저 불한당은 여기서 뭘 하는 거지? 썩 물러가거라. 최근 네가 발칙한 짓을 한다는 소문이 파다하게 들려오고 있다. 내 당장 혼찌검을 내고 싶었으나 내 성질이 너그럽기에 이만 하겠다. 네 천성이 그런 악행을 저지를 만한 것은 알고 있지.

어릿광대 마님께선 소인이 가난뱅이란 걸 아시지 않습니까?

백작부인 그야 잘 알지.

어릿광대 마님, 가난뱅이란 남이 쉽게 이해할 수 있는 상황이 아니라고요. 하기야 돈 많은 사람도 불행하게 될 수가 많다고 하지만. 제가 마님의 적선으로 홀아비 신세를 면할 수만 있다면 이 댁의 하녀 이즈벨과 신접살림을 차려 아기자기하게 살아 볼까 합니다요.

백작부인 그래, 거렁뱅이가 되어 구걸하겠단 말이냐?

어릿광대 이번 일만은 마님의 적선을 구걸하고 싶습니다.

백작부인　무슨 적선 말이냐?

어릿광대　이즈벨과 소인이 벌이는 일인데요. 자고로 남의 집에 봉사한다는 것이 대대로 물려받은 것도 아니고요. 자식새끼를 만들어야 천복을 바랄 수 있다고 하지 않습니까?

백작부인　장가들겠다는 이유를 말해보라.

어릿광대　이 몸뚱이가 요구한답니다, 마님. 이 살덩이가 자꾸 충동질을 해요.

백작부인　오, 결혼하고 싶은 이유가 그뿐이란 말이냐?

어릿광대　아닙니다, 마님. 그 외에도 여러 가지 이유가 있습니다.

백작부인　그럼, 그런 길 세상 사람들에게 들려줄 수 있는가?

어릿광대　마님, 마님은 물론 살과 피를 가진 모든 인간들처럼 소인도 죄 많은 인간입니다요.

백작부인　스스로의 악행을 후회하기보다 결혼한 것을 먼저 후회하게 될 거다.

어릿광대　마님, 저는 친구가 없다고요. 마누랄 친구로 가져야겠어요.

백작부인　결혼하는 순간 적이 되는 거야, 이 멍청아.

어릿광대　마님, 훌륭한 친구에 대해 잘 모르시는 것 같군요. 제가 피곤해하면 놈들이 와서 제 일을 대신해주지요. 또 소나 말 대신 논밭을 갈아주기도 하고요. 그래도 수확은 몽땅 제가 차지한다니까요. 여편네가 그놈과 서방질을 하면, 그놈은 제 일꾼이 되는 거죠. 그러니까 여편네와 키스하는 자는 바로 제 친구의 자격이 있단 말입니다. 남자란 다 그렇거니 생각한다면 결혼을 겁낼 건 하나도 없죠. 고기 잘 먹는 젊은 청교도도, 생선 잘 먹는 늙은 천주교도도 신앙이야 다르겠지만 머릿속은 한 가지란 말입니다. 서방질당한 남편은 사슴 떼 속의 사슴들처럼 뿔이 나 있다는 거죠.

백작부인　　참으로 입도 걸구나. 언제까지나 그런 소릴 할 거냐?

어릿광대　　마님, 저는 진리를 딱 부러지게 말씀드린답니다. (노래를 부른다.)

　　그 노래나 다시 불러보세.
　　사람들이 진리라고 믿는 그 노래를
　　결혼이란 운명의 소치니
　　샛서방 두는 것도 팔자소관이라네.

백작부인　　물러가라. 나중에 다시 얘기하자.

집사　　마님, 이자를 보내 헬렌을 불러오면 어떻겠습니까? 그 여자에 관해서 말씀 드릴 것이 있습니다.

백작부인　　이봐라! 내 시녀에게 할 말이 있다고 전해라. 헬렌 말이다.

어릿광대　　(노래를 부른다)

　　헬렌의 아름다운 얼굴이
　　트로이를 파멸시킨 원인이었나?
　　어리석고 바보 같은 짓이
　　프라이암 왕의 즐거움이었나?
　　왕비는 한숨만 지으며
　　왕비는 한숨만 지으며
　　이런 말을 했다네

나쁜 아이 아홉 명 사이에 착한 아이 하나가 있다면

나쁜 아이 아홉 명 사이에 착한 아이 하나가 있다면

열 명 중에 하나는 착한 셈이네.

백작부인　　　뭐야, 열 명 중 하나만 착하다고? 넌 노랠 엉망으로 부르는 구나.

어릿광대　　　마님, 계집아이가 열 명 중 하나만 착하다면 그건 노래를 어여쁘게 고쳐 부른 셈이지요. 하느님이 한 해 동안 이 세상을 그렇게만 해주신다면 저는 덩실덩실 춤을 추겠습니다. 열 명 중 하나는 좋다는 것 이닙니까! 제가 신부라 해도, 가시나 열 명 중에 하나는 착하다고 말할 겁니다. 혜성이 하나 빛날 때마다 지진이 대지를 흔들 때마다 착한 가시나가 하나씩 태어난다면 제비뽑기에서 끗발 잡기도 수월할 거예요. 그러나 남자가 끗발을 잡으려면 심장을 저미는 고통을 받아야 한다고요.

백작부인　　　이 고얀 놈, 어서 가거라! 내가 말한 대로 해!

어릿광대　　　제기랄! 사내대장부가 여자의 명령이나 따라야 하다니! 하기야 별일은 아니지! 충직하다고 청교도는 아니니까. 그 오만한 검은 가운 위에 겸손의 흰 법의를 걸쳐주면 되는 거라고. 자, 갑니다요. 헬레나를 이리 오라면 되는 거지. (퇴장)

백작부인　　　(집사에게) 자, 말해봐라.

집사　마님께서 그 시녀를 유달리 사랑하고 계신 줄은 알고 있습니다.

백작부인　　　그건 그래. 그 애 아버지의 유언으로 그 앨 맡게 된 거다. 다른 이점을 제쳐놓고라도, 그 애 자체만으로도 사랑을 받을 만한 충분한 이유가 있어. 나로선 그 애에게 해준 것보다 오히려 몇 갑절 더 많은 빚을 지고 있지.

집사   마님, 실은 요전에 소인이 그 여자 곁에 머문 일이 있었습니다. 한데 그녀가 혼자서 뭔가 열심히 중얼대고 있지 않겠습니까? 자세히 들어보니 마님의 아드님을 사랑하고 있다는 겁니다. "우리 두 사람의 신분을 이토록 차이 나게 해놓은 것은 운명의 여신이 한 게 아니야. 비슷한 계층의 사람에게만 그 위력을 발휘하는 큐피드 역시 신이라 할 수 없어. 부하가 불의의 습격을 받고 곤경에 빠져 있는데도 구조하려고도 몸값을 치르려고도 하지 않는 다이애나도 처녀들의 여왕이 될 순 없어." 이렇게 말하지 뭡니까. 그래서 마님께 즉시 알리는 것이 의무라고 생각되어 서둘러 말씀 드리는 겁니다. 마님께서 모르고 있는 사이에 무슨 변고라도 일어날지 누가 압니까?

백작부인   솔직하게 말해주어 고맙네. 절대로 다른 사람에겐 입도 뻥긋 하지 말고 혼자만 알고 있게. 눈치는 벌써 채고 있었지만, 확실한 증거를 잡지 못해 여태까지 반신반의해왔네. (집사 퇴장)

헬레나 다른 쪽으로 등장하여 백작부인의 명령을 기다리고 있다.

(방백) 나도 젊었을 땐 그랬다. 우리는 자연의 소생인지라 어쩔 도리가 없지. 이 사랑의 가시는 청춘이란 장미꽃엔 으레 붙어 있게 마련이지. 우리의 몸은 피로 이루어져 있고 피는 사랑으로 이루어져 있어. 뜨거운 사랑의 불길이 젊은 가슴에 불붙는 건 자연의 진리라고 할 수 있지. 지난날을 더듬어보면 약간의 과오는 누구에게나 있었어. 하지만 그때

는 그게 잘못이라곤 생각지 않았지. 저애 눈빛을 보니 분명히 사랑 때문에 고민을 하고 있어.

헬레나　부르셨습니까, 마님?

백작부인　헬레나, 난 네 어머니야.

헬레나　아녜요, 제 주인 마님이세요.

백작부인　아니다, 어머니다. 한데 내가 어머니란 말을 하니 넌 마치 뱀이라도 보는 것 같은 표정을 짓는구나. 어머니란 말에 어째서 그리 소스라치게 놀라느냐? 누가 뭐래도 난 네 어머니야. 내가 낳은 자식과 똑같이 너도 그 명단에 있단다. 양자가 친자식같이 되고, 다른 씨앗에서 선택해 온 씨앗이 자라서 본래의 씨앗에서 자란 이삭처럼 잘 자라는 것을 넌 종종 보지 않았느냐? 난 너 때문에 산고를 겪지는 않았으나 어미로서의 정성은 다하고 있다. 아니, 애야! 왜 그러니? 당장 소낙비라도 퍼부은 듯이 일곱 가지 빛깔의 무지개가 네 눈가를 둘러싸고 있구나, 도대체 왜 그러지?

헬레나　아닙니다.

헬레나　마님, 용서하세요. 로실리온 백작이 제 오빠가 될 순 없답니다. 전 미천한 태생이고, 그분은 명문가의 자손이십니다. 제 양친은 이름도 없습니다만 그분은 지체가 높으신 분이에요. 그분은 저의 주인님이시고, 귀하신 영주시랍니다. 전 평생 그분의 종으로서 살고, 종으로 죽을 작정입니다.

백작부인　그렇다면 나는 너의 어머니가 될 수 없단 말이냐?

헬레나　마님은 제 어머니세요. 마님께서 저희 둘에게 어머님이 되시더라도 제가 그분의 누이동생만 되지 않는다면 정말 하늘을 날 듯 기뻘 것입니다. 그런데 제가 마님 딸이 된다면 그분이 제 오빠가 될 수밖에 없잖아요?

백작부인　　아니다, 헬레나! 네가 내 며느리가 될 수도 있느니라. 애야, 그렇게 되고 싶은 거지? 모녀란 말만 나오면 네가 가슴을 두근거리니 말이다! 그래, 얼굴이 다시 파래졌구나! 이젠 네가 왜 그렇게 쓸쓸해했는지 그 까닭을 알겠구나. 눈물을 곧잘 흘리는 원인도 알았고. 네가 내 아들을 사모하고 있다는 사실 말이다! 시치미를 떼도 소용없느니라. 얼굴에 나타나 있는 걸 어쩌겠니? 만약 사실이 그렇다면 얽힌 실타래처럼 퍽 어려워질 것 같구나. 그렇지 않거든 그렇지 않다고 맹세하다오. 어쨌든 난 솔직한 말을 듣고 싶다. 하늘에 맹세코 너를 위해 애써줄 생각이다.

헬레나　　(무릎을 꿇고) 마님, 용서해주세요!

백작부인　　내 아들을 사랑하지?

헬레나　　마님, 마님은 사랑하지 않으세요?

백작부인　　딴청 부리지 마라. 내 아들을 내가 사랑하는 건 세상이 인정하는 당연한 도리가 아니겠느냐. 자, 네 속마음을 털어놔라. 네 사랑이 얼굴에 다 나타나 있다.

헬레나　　그럼 이렇게 높으신 하늘과 마님 앞에 무릎을 꿇고 먼저 마님께 그다음엔 하늘에 고백하겠어요. 전 도련님을 사랑해요. 노여워하지 마세요, 제가 도련님을 사랑한다고 해서 그분께 조금도 해를 끼칠 염려는 마세요. 주제넘게 추근거리지도 않겠어요. 사실 사모해봤자 헛된 일이고, 가망이 없다는 걸 저도 압니다. 그래도 전 부어도 부어도 한 방울도 남지 않고 세어버리는 체에다 사랑의 물을 끊임없이 부어 넣고 있답니다. 전 인도인처럼 그릇된 신앙으로 태양을 경배합니다만, 태양은 경배자를 바라만 보지 조금도 그 마음을 알아주진 않는답니다. 마님, 제가 마님께서 사랑하시는 분을 사랑한다고 절 미워하진 마세요. 오! 이루지 못할 사랑인 줄 뻔히 알면서도 사랑하지 않을 수 없는 불행한 저를 가엽게 여겨주세요.

백작부인　숨기지 말고 말해봐라. 요즘 파리에 갈 생각을 하고 있다면서?

헬레나　네. 사실대로 말씀드리겠어요. 마님도 아시듯 저희 아버님은 신통한 효험이 있는 약을 만드는 비방을 저에게만 알려주시고 세상을 뜨셨답니다. 그 비방은 아버님이 독서와 실험을 통해서 알아낸 것입니다. 그 비방 중에는 절망적이라고 포기해온 폐하의 난치병을 고칠 수 있는 치료법도 적혀 있습니다.

백작부인　단지 그런 이유로 파리로 가겠다는 거였어?

헬레나　사실은 도련님 때문이랍니다. 그렇지 않다면 파리며 약, 전하의 일이 제 마음속에 생각나지도 않았을 겁니다.

백작부인　그러나 잘 생각해보아라, 헬렌. 네가 고쳐 드리겠다고 나선다면 폐하께서 선뜻 허락하시겠니? 폐하께서나 시의들이나 모두 같은 생각이시란다. 폐하도 모든 걸 포기하셨고 시의들도 단념한 이 마당에 아무것도 배운 게 없는 널 믿으실 것 같으냐? 세계 최고의 기술을 자랑하는 의사들이 구제할 수 없다고 한 병인데 말이다.

헬레나　아니에요. 제가 알고 있는 비방에는 의술 이상의 힘이 있어요. 그 비방은 하늘에 반짝이는 별의 빛을 받아 저에게 신성한 유산으로 남겨진 것입니다. 마님께서 그 효험을 시험해보도록 허락해주신다면 보잘것없는 저의 목숨을 바쳐 폐하의 치료에 헌신하겠습니다.

백작부인 고쳐드릴 자신이 있느냐?

헬레나 있고말고요, 마님.

백작부인 그럼 헬레나, 가보아라. 경비도, 함께 갈 사람도 주선해주마. 왕궁에 가거든 나의 친지들에게 안부를 전해다오. 나는 여기서 네 일이 잘 되도록 하느님께 기도드릴 것이다. 내일 아침에 떠나거라. 내 힘이 자라는 데까지 도와줄 것이니. (두 사람 퇴장)

제2막

제1장

파리. 왕궁의 한 방

프랑스 왕이 플로렌스 전투에 출전하기 위하여 작별인사를 하러 온 몇몇 젊은 귀족들을 대동하고 의자에 기댄 채 등장 그중 버트람과 패롤리스도 있다.

왕   (한 무리의 귀족들에게) 젊은 경들, 잘들 갔다오오! 짐이 이야기한 병법의 원칙은 잊지 않도록 하고, (또다른 무리의 귀족들에게) 경들도 잘 다녀오오! 짐의 충고를 마음에 새기도록 하고, 양쪽의 경들이 다 받아들여준다면, 훨씬 넓게 적용이 되고 효용도 넓어지고, 쌍방이 다 득을 보게 될 걸세.

귀족 1   빛나는 무훈을 세우고 돌아와 폐하의 건강하신 옥체를 뵙는 것이 소원이나이다.

왕   그건 불가능할 것 같소. 마음이야 생명이 공박당한다고 생각지는 않는다만⋯⋯. 아무튼 잘 다녀오오, 젊은 경들! 내가 살아 있거나 명부에 가 있거나 프랑스인으로서 부끄럽지 않은 무공을 세워주기 바라오.

1128

고지대의 이탈리아 패거리들, 즉 로마제국의 타락을 고스란히 이어받은 무기력한 민족들을 경들이 찾아가는 것은 명예를 달라고 사정하는 것이 아니라, 명예를 차지하러 왔다는 사실을 보여주는 거라오. 용맹한 자도 발걸음을 멈추는 경우가 있으나 경들은 목표를 향해 힘껏 달려가 혁혁한 공을 세우시오.

귀족 2 폐하의 건강이 완쾌되길 빕니다!

왕 이탈리아 처녀들을 각별히 조심토록 하오. 프랑스인들은 처녀들의 요구에는 오금을 못 편다고들 하니, 싸우기도 전에 포로가 되지 않도록 하시오.

귀족 1, 2 말씀 명심하겠습니다.

왕 잘들 다녀오오. (시종들에게) 이리 가까이 오너라. (왕이 부축을 받으며 침대의자에 기댄 채 들려 나간다)

귀족 1 (버트람에게) 오, 백작! 백작은 여기 남아 있게 됐소!

귀족 2 오, 정말 굉장한 전쟁이야!

패롤리스 (몸을 떨며) 그렇지요! 나도 그런 곳엘 가보았으니까.

버트람 내가 처지게 된 건 어명 때문이야. "너무 젊어" "명년에나 가" "지금은 너무 일러" 하고 귀찮도록 말씀을 하시니.

패롤리스 꼭 출전하고 싶다면 용감하게 빠져나가시지요.

버트람 여기 머물러 있으면 매끄러운 궁전 바닥에 구둣소리나 울리며 여자들의 심부름이나 할 것이다. 하늘이 두 조각나도 빠져나가고 말 테다.

귀족 3 몰래 출전하는 것도 명예스런 일이외다.

패롤리스 저질러버리는가요, 백작.

귀족 2 나도 당신의 공범이 되어 응원하리다. 그럼 안녕히.

버트람 당신들과 헤어지는 건 가슴이 찢어지는 것 같아.

귀족 1 (패롤리스에게) 대장, 그럼 안녕히.

귀족 2 잘 있게, 패롤리스!

패롤리스 영웅 나리들, 저의 검과 나리들의 검은 같은 것입니다. 불꽃처럼 빛나고 반짝이는 쇠붙이 용사 여러분! 한 말씀 드리자면 스파이니아이족의 연대에 대장 스퓨리오란 자가 있을 거요. 그자 왼쪽 뺨에 무훈의 표적인 검자국이 있을 겁니다. 그 상처는 저의 검이 낸 것이지요. 그자를 만나거든 제가 살아 있다고 전하고 뭐라고 하는지 들어봐 주십시오.

귀족 1 그렇게 하리다, 대장.

패롤리스 군신 마르스가 나리들을 어여삐 여겨주시기를! (귀족들 퇴장. 버트람에게) 백작은 어떻게 할 것입니까?

시종들, 의자에 기대어 있는 왕을 부축하여 앞으로 나온다.

버트람 (손가락으로 입술을 가리며) 쉿! 폐하께서 납신다!

패롤리스 (급히 버트람을 재촉하여 자리를 뜬다) 저 귀족들에겐 좀 더 깍듯이 인사를 드려야 해요. 그저 안녕 정도의 작별인사는 너무 쌀쌀해요. 그분들은 시대의 첨단을 걷는 사람들이니. 별같이 빛나는 유행의 물결 속에서 걸음걸이며, 식사 매너, 말씨, 동작 하나하나가 너무나 반듯해 비록 악마가 추는 춤에 장단을 맞춘다 해도 매혹적이지요. 어서 뒤쫓아 가서 법도에 맞는 작별인사를 하세요.

버트람 알았네.

패롤리스 앞으로 쟁쟁한 검객이 될 출중한 분들이에요. (버트람과 패롤리스 퇴장)

왕과 라후 등장

라후 폐하, 황공하오나 한 말씀 아뢰고자 하옵니다.

왕 원한다면 상이라도 내릴 것이니 일어서는 게 좋겠소.

라후 (일어선다) 일어설 만한 이유가 있어서 일어서는 겁니다. 폐하께서 신 앞에 무릎을 꿇고 청원을 하시고, 신의 명령에 따라 벌떡 일어서신다면 얼마나 좋겠습니까?

왕 내가 그렇게 될 수만 있다면 오죽이나 좋겠는가! 그렇게만 된다면 경의 머리통을 깨주고 경에게 자비를 구할 텐데.

라후 폐하, 다름이 아니오라 병환을 치유하실 뜻이 계십니까?

왕 없네.

라후 맙소사, 포도는 잡숫지 않으시겠다 이 말씀이시군요. 신이 진상하는 훌륭한 포도입니다. 폐하의 손이 닿으면 잡수시게 되고말고요. 돌에도 생명을 불어넣고, 바위도 살려내고, 폐하께서 즐겁게 춤을 추시게 할 수 있는 명의를 발견했답니다.

왕 누굴 말하는가!

라후 여의사죠. 벌써 여기에 와 있으니 만나보시겠습니까? 신의 믿음과 명예를 걸고 말씀드리자면 꽃다운 나이에다가 말솜씨가 좋고 지혜가 뛰어나고 지조가 굳은 여의사입니다. 신이 망령이 나서 이런 말씀을 올리는 것이 아니라 어느 모로 보나 흠 잡을 데 없는 경탄할 만한 처녀입니다. 지금 와 있으니 만나보시지요. 여의사의 말을 들어보시고 난 뒤 신을 웃음거리로 만드셔도 좋습니다.

왕 그럼, 라후 경! 그 놀라운 인물을 데리고 와보시오.

라후 그렇게 하지요, 하루도 걸리지 않을 거니까요. (급히 퇴장)

왕 저 사람은 언제나 보잘것없는 것을 떠벌인단 말이야.

라후 다시 등장 헬레나가 들어오도록 문을 열어준다.

라후 지, 들이와요.

왕 날개라도 돋쳤나! 빠르기도 해라.

라후 이쪽으로 와요! 저분이 폐하시오. 당신이 생각하는 것을 아뢰어 봐요. 한데 반역자 같은 얼굴을 하고 있군. 하지만 폐하께서는 반역자 따위를 두려워하지는 않소. (퇴장)

왕 자, 아름다운 처녀여! 그대의 용무는 과인에 관한 것이오?

헬레나 그렇습니다, 폐하. 소녀의 부친은 제라드 드 나본이라 하옵고 의학계에서 이름이 알려진 분이었습니다.

왕 그 사람이라면 잘 아노라.

헬레나 그러시다면 선친에 관한 얘기는 삼가겠습니다. 선친께서는 임종 때 저에게 오랜 경험에서 얻은 비방을 일러주시면서 그것을 소중하게 간직하라고 하셨습니다. 그러던 중에 폐하께옵서 병환으로 몸져 누워 계신다고 들었습니다. 이렇게 찾아온 것은 폐하의 병환을 부친이 남긴 비방으로써 고쳐드릴 수 있을 것 같아서입니다.

1132

왕 어쨌든 고맙소. 그러나 그렇게 쉽게 고쳐진다고는 믿지 않소. 석학의 시의들을 비롯하여 전국의 의학계 명사들이 모여 도저히 인간의 의술로는 구제할 수 없다고 결론을 내렸소.

헬레나 그러시다면 소녀 더 이상 권유하지 않고 물러가겠나이다.

왕 그대의 성의는 고맙게 여기나 내 병의 상태를 잘 알고 있소. 한데 의술에 까막눈인 그대가 뭘 어떻게 치료할 것인가?

헬레나 완전히 체념하고 계시는 상황에서 시험 삼아 치료를 시켜보시는 것도 해될 일은 아니라고 생각하나이다. 가장 위대한 일을 완성하시는 신께서도 때때로 정말 보잘것없는 것을 사용하시는 경우가 있다고 합니다. 대홍수도 하찮은 샘에서 일어났습니다. 위인들은 기적을 부정하였지만 큰 바다의 물도 말랐던 적이 있다고 하지 않습니까? 예측이 어긋나는 일은 자주 있습니다. 가장 절망적이었던 일이 뜻밖에도 성공하는 수가 종종 있게 마련입니다.

왕 더 이상 듣기 싫다. 그만 물러가도록 하라. 그대의 모처럼의 수고가 보람도 없게 됐군. 그대의 소청을 받아주지 못했으니 수고의 값은 스스로 갚고, 나는 감사의 말만을 해주리다.

헬레나 (한숨지으며 혼잣말로) 신께서 불어넣어주신 소중한 영감도 인간의 입김에 허무하게 무너지고 마는구나. 전지전능하신 조물주께선 우리 인간처럼 외모를 가지고 판단하지 않으신다. 전지전능하신 신의 힘을 인간의 머리로 생각하는 것은 큰 잘못이다. 폐하, 소녀의 힘이 아닌 하늘의 힘을 시험해보소서. 소녀는 힘에 겨운 일을 할 수 있다고 큰소리치는 허풍쟁이는 아니옵니다.

왕 그렇게도 자신이 있느냐? 며칠이면 고칠 수 있겠느냐?

헬레나　인자하신 신께서 은총을 베풀어주신다면 태양의 신 아폴로를 태운 마차가 불타는 창공을 두 바퀴 돌기 전에, 또한 항해사의 모래시계가 스물네 번 소리 없이 발걸음을 옮기는 시각을 가리키기 전에, 병환은 옥체로부터 뿌리 뽑아져 건강이 회복되실 것입니다.

왕　만약에 그대의 자신감이 빗나가면 어떻게 할 것인가?

헬레나　건방진 여자, 뻔뻔한 매춘부, 염치없는 망신꾼으로써 추잡한 노래의 주제가로 불려져 비방을 받아도 마땅하게 받아들이겠습니다. 그리고 혹독한 고문으로 이 목숨을 잃는다 해도 좋습니다.

왕　너의 몸속에 축복받은 영혼이 들어와서 그 연약한 악기에서 우렁찬 소리가 나오는 것 같구나. 너의 말은 상식적으로는 받아들일 수 없는 일이다만, 있을 수도 있다고 믿어지는구나. 생명은 소중한 것! 젊음, 아름다움, 지혜, 용기, 게다가 인생의 최고 행운을 누리는 젊은이들이 행복이라고 일컫는 모든 것을 지니고 있는데, 그 모든 것을 걸고 위험과 맞서겠다고 하니 말이다. 아름다운 의사여! 너의 치료를 받아보리다. 그러나 만약 내가 죽게 되면 너도 목숨을 잃게 될 것이니라.

헬레나　약속한 시간을 어기거나 효력이 없을 경우 가차없이 사형에 처해주십시오. 죽음을 달게 받겠습니다. 하지만 치유가 되신다면 어떤 상을 주시겠습니까?

왕　소원을 말해보거라.

헬레나　진정 들어주시겠습니까?

왕　아무렴! 이 나라와 천국의 희망을 걸고 하는 말이다.

헬레나　그럼 소녀가 원하는 분을 배필로 정해주시기 바랍니다. 폐하께서는 그것이 가능하십니다. 그렇다고 프랑스 왕실을 선택해 이 천한 신분이 영화를 누려보겠다는 외람된 야심은 추호도 없습니다. 소녀가 부탁드릴 만한 신분을 가진 사람으로, 폐하의 신하 중의 한 명이십니다.

왕　　그럼 이 손을 잡아라. 내 병이 치료되면 너의 소원을 들어주겠다. 짐은 너의 치료를 받기로 결심한 몸이니 치료받을 날짜는 네가 정하거라. 네가 어디에서 왔으며, 누구와 함께 있는지 궁금하긴 하나, 그것들을 알게 된다고 한들 신뢰가 더 깊어지지는 않을 것이다. 모든 의심을 버리고 진심으로 환영한다. 자, 누가 날 좀 부축하거라! 네 말대로만 된다면 충분히 보답하고도 남으리라. (시종들, 왕을 따라 퇴장)

제 2 장

로실리온. 백작부인 저택의 한 방

백작부인과 어릿광대 등장

백작부인　　자, 이리 와서 내 말 좀 들어봐라. 예절 바르게 자란 너에게 꼭 알맞은 용무를 부탁하겠다.

어릿광대　　음식이야 근사한 걸 먹었지만 잡초처럼 자라왔는걸요. 용무란 보나마나 기껏 궁정에나 다녀오라는 심부름일 테죠.

백작부인　　아니, 기껏 궁정이라니! 그럼 어떤 곳을 유별나다고 생각하니? 궁정을 그렇게 무시하다니 말이야!

어릿광대　　그렇습니다요, 마님! 신에게서 예의범절이란 걸 빌렸다면야 그걸 궁정에서 써먹기란 엎드려서 헤엄치기죠. 무릎을 굽히지도 모자를 벗지도 손에 입을 맞추는 따위의 짓을 못할 바에야 배냇병신이나 마찬가지지요. 솔직히 말해서 그런 자는 궁정에 맞지 않는다고 볼 수 있지요. 그러나 소인은 누구에게나 안성맞춤인 답변을 준비하고 있습니다.

백작부인　　누구에게나 안성맞춤인 답변이라니?

어릿광대　　그건 아무 엉덩이에나 들어맞는 이발소 의자 같은 거죠. 뾰족한 엉덩이, 넓적한 엉덩이, 뚱뚱한 엉덩이 등 아무거나 맞다고 할 수 있지요.

백작부인　　그래, 어떤 질문에도 척척이란 말이지?

어릿광대　　그야 물론이죠. 변호사에게 10그로트, 호박비단 옷감으로 단장한 매춘부에겐 매독균이 붙은 금화, 농사꾼 손가락에 골풀가락지, 참회의 화요일에 핫케이크, 오월제에 모리스춤, 구멍에는 못, 오쟁이진 남편에겐 뿔, 입씨름꾼 사내에겐 바가지 긁는 여편네, 수도사 입엔 수녀의 입술, 뭐 말하자면 이런 식으로 척척 받아넘기는 거죠.

백작부인　　무슨 질문에나 척척 대답한단 말이지?

어릿광대　　위로는 공작님으로부터 아래로는 순경에 이르기까지 가능하다고 할 수 있죠.

백작부인　　그래, 그렇다면 척척 박사군그래.

어릿광대　　그야 뭐 학자가 진실을 말한다고 할 수 있는 정도죠. 자, 여기 부품 일체를 가지고 있습니다. 저를 궁정인이라고 여기고 물어보세요.

백작부인　　어디 바보가 된 셈치고 한번 물어볼까? 너의 답변을 들으면 영특해질지 모르니. 그래 너는 궁정인이 맞냐?

어릿광대　아, 뭐! 그런 답변쯤이야 누워서 떡먹기죠.

백작부인　비록 전 미천한 여자이지만 당신을 사모해요.

어릿광대　아, 뭐! 자꾸 물어보라고요! 사양 말고.

백작부인　이런 허접한 걸 잡수실 수 있겠어요?

어릿광대　아, 뭐! 나를 골탕 먹일 질문을 하래도요.

백작부인　듣자하니 최근 곤장을 맞으셨다고요?

어릿광대　아, 뭐! 자, 사양하지 말고요.

백작부인　곤장을 맞으면서도 "아, 뭐!"니 "사양 말고"니 그런 말이 튀어나와? 하기야 그 "아, 뭐!"란 소린 주리질을 당할 때 튀어나올 법도 하지. 그따위 답변이나 조잘대다간 주릿대를 맞기 십상이야.

어릿광대　(방백) "아, 뭐!"란 말 때문에 이렇게 낭패를 본 건 처음이다. 뭐든 오래 쓰다보면 못 쓰게 되는 법인가 봐.

백작부인　이렇게 멋지게 어릿광대와 농이나 하고 시간을 보내다니 원!

어릿광대　아, 뭐! 이렇게 척척 통하지 뭐예요.

백작부인　자, 이제 이 편지를 헬렌에게 갖다주고 답장을 써달라고 하게. 그리고 친척들과 내 아들에게 안부를 전하고. 뭐 대단한 일은 아닐세.

어릿광대　그냥 그런 안부를 전하라고요?

백작부인　뭐 대단한 심부름은 아니란 말이네. 이제 알겠나?

어릿광대　알다 뿐인가요. 다리보다 마음이 먼저 가 있는걸요.

백작부인　빨리 다녀오게나. (두 사람 따로따로 퇴장)

제 3 장

파리. 왕궁의 한 방

버트람, 라후, 패롤리스 등장

라후　요즘 사람들은 기적이란 것을 옛날이야기라고 해. 하지만 학자들의 학설에 의해 불가사의한 사건이 과학적으로 증명이 되고 있어.

패롤리스　사실 이번에 일어난 일은 보기 드물게 놀라운 사건이죠.

버트람　그렇긴 해.

라후　천하의 명의들이 모두 손을 들었는데.

패롤리스　맞아요.

라후　게일린 학파의 의사들도 파라셀서스 학파의 의사들도 모두가.

패롤리스　맞아요.

라후　목숨은 절망적, 죽음은 결정적이라고들 했지요.

패롤리스　그걸 글로 표현한다면 뭐라고 해야 하나요?

라후　(허리띠에서 시집을 꺼내) 「이 땅의 행동하는 자에게 보인 하늘의 자비 구현」이겠지.

패롤리스　그렇습니다. 저도 그렇게 말하려고 했어요.

라후　전하께서 돌고래도 무색할 만큼 원기를 되찾으셨지 뭔가. 사실 내가 말하려고 하는 것은…….

패롤리스　정말 신기하다는 말이 요점이에요. 아주 부정적이고 간악한 사람 외에는 누구나 인정할 겁니다.

라후　가장 연약한 자를 통해 하늘이 내리신 자비의 손.

패롤리스　맞아요. 초월적인 힘이죠. 그러니까 그 힘은 폐하의 회복뿐 아니라 우리 모두에게도 은혜를 베풀지요.

라후　참으로 반가운 일이 일어날지도 모르겠어.

　　왕, 헬레나, 시종들 등장

패롤리스　폐하께서 납십니다.

라후　네덜란드 사람들이 말하는 그대로 정욕 왕성이다! 나도 이빨이 빠지지 않은 동안에는 젊은 여자가 좋았지. 글쎄! 폐하께서는 저 처녀와 코란트 춤이라도 추실 수 있겠는걸.

패롤리스　오, 이럴 수가! 저 사람은 헬렌 아닌가요?

라후　분명히 그렇다네.

왕　(시종들에게) 궁정에 있는 모든 귀족들을 이리로 불러 오너라. (시종들 퇴장) 내 생명의 은인이여! 그대의 환자인 내 곁에 앉으시오. 잃어버렸던 감각을 되찾게 해준 대가로 선물을 준다는 보증을 다시 한번 받을지어다. 내가 명하면 바로 이루어지게 되노라. (그들 앉는다)

　　3, 4 인의 귀족들 등장 모두 왕 앞에 선다. 버트람도 같이 선다.

아름다운 아가씨여, 시선을 돌려 저쪽을 보오. 저 젊은 귀족들은 모두 독신자이며 내가 배필을 골라주도록 되어 있는 자들이라오. 자, 그대

마음대로 골라보시오. 그대에게는 선택할 권한이 있으나 저들은 거부할 권한이 없노라.

헬레나 (귀족들에게) 사랑의 신께서 여러분에게 아름답고 정숙한 애인을 점지해주시길! 그러나 한 분만 빼놓고요!

라후 (좀 떨어진 곳에서 패롤리스에게) 나도 적갈색 말에다 마구까지 붙여주겠다.

왕 (헬레나에게) 자세히 살펴봐요. 모두 훌륭한 가문의 자녀들이오.

헬레나 (일어서며) 여러분! 하늘은 소녀에게 명하여 폐하의 병환을 고치게 했습니다.

귀족 일동 그 사실을 잘 알고 있으므로 우리는 하늘에 감사를 드리는 바입니다.

헬레나 저는 미천한 가문의 출신입니다. 그러나 그렇게 말씀드릴 수 있음을 너무나 다행으로 생각합니다. 폐하, 황송하오나 폐하의 은혜를 거두겠사옵니다. 붉게 물든 두 뺨이 소녀에게 이렇게 속삭입니다. "당신이 선택했기 때문에 우리들이 붉어지고 있다. 그러나 만일 네가 그분으로부터 거절을 당하면…… 이 붉은 빛이 죽은 사람처럼 새하얗게 되어 다시는 붉어지지 않을 것이다"라고 말입니다.

왕 선택해 봐요. 누구든지 아가씨의 사랑을 거역하는 자는 나의 사랑을 거역한 것으로 간주하겠으니.

헬레나 처녀의 신 다이애나여! 소녀는 당신의 거룩한 제단을 떠나 비상합니다. 이제 소녀는 지고지순한 사랑의 신 비너스에게 열심히 기도를 드립니다. (귀족 1에게) 소녀의 청을 들어주시겠습니까?

귀족 1 듣다마다요.

헬레나 (귀족 1에게) 고맙습니다. 더 이상 여쭐 말씀이 없어요. (귀족 1 절을 한다)

라후 목숨을 거는 위험을 당하느니 저렇게 선발되는 영광을 누렸으면 얼마나 좋을꼬!

헬레나 (잠시 주춤하다가 귀족 2에게) 당신의 고운 두 눈엔 불타는 자존심이 서려 있어요. 그 눈은 제가 말씀을 드리기도 전에 위협하듯, "사랑이여, 너의 신분을 높여라! 지금 사랑을 원하는 이 천한 여자의 사랑에 20배 이상으로!"라고 말하고 계시네요.

귀족 2 아뇨, 지금의 신분이면 만족합니다.

헬레나 지금 말씀드린 대로 하세요. 사랑의 신이 반드시 허용할 것입니다! 그럼 실례하겠습니다.

라후 왜 저자들이 이 아가씨를 싫어하나? 저자들이 내 자식들이라면 호되게 매질을 하거나, 터키 왕에게 보내 환관을 만들어버리겠다.

헬레나 (귀족 3에게) 제가 당신을 선택할까봐 두려워하시진 마세요. 절대로 당신에게 해가 될 일은 하지 않을 테니까요. 당신이 맺으신 맹세에 축복이 있기를 빕니다. 결혼하실 땐 아름다운 신부를 만나시고요! (지나간다)

라후 저 젊은이들은 얼음 인형들인가보군. 한 놈도 아내로 삼겠다고 하지 않으니 말이다. 틀림없이 잉글랜드 인의 사생아들일 거다. 절대로 프랑스인의 자식들이 아니야.

헬레나 (귀족 4에게) 이 몸에서 자식을 얻기엔 당신은 너무 젊고, 너무 행복해 보이고 훌륭하세요.

귀족 4 아가씨, 그렇게 생각지는 않습니다.

라후 포도알이 아직도 한 알 남아 있군. 네 아버지도 포도주를 마셨 겠지? 그런 네가 바보가 아니면 사람 보는 눈이 열네 살짜리 애송이밖 에 안 돼. 속을 뻔히 알고 있단 말이다.

헬레나 (버트람에게) 감히 당신을 택하겠다고 말하지는 않겠어요. 하지 만 제가 살아 있는 한 몸과 마음을 바쳐 모시고자 할 분이에요. (왕에게) 바로 이분이옵니다.

왕 여보게, 버트람! 이 처녀를 아내로 맞아들이도록 하라.

버트람 폐하, 아내라니요? 이런 일은 신의 눈으로 정하도록 맡겨주시 기 바랍니다.

왕 이 처녀가 날 위해 어떤 일을 해주었는지 아직 모른단 말인가?

버트람 아옵니다, 폐하! 그러나 왜 저 처녀를 신의 아내로 삼아야 하 는지 그 까닭을 모르겠나이다.

왕 이 처녀가 날 병석에서 일으켰다는 사실을 그대도 잘 알렸다?

버트람 폐하를 일으켜 세운 이유로 신이 쓰러져야 할 까닭이 있습니 까? 신은 저 처녀를 잘 알고 있습니다. 선친께서 거둬 교육시킨 빈한한 의사의 딸인데, 저런 여자를 신의 아내로 삼으라는 말씀이십니까? (혼 잣말로) 차라리 멸시를 받으며 영원히 파멸하는 것이 낫겠다!

왕 네가 저 처녀를 멸시하는 까닭은 작위가 없어서겠지? 작위라면 내 가 수여하면 되는 일! 한데 참으로 이상하다. 우리의 피를 서로 섞으면 그 빛깔이나 무게나 온도가 아무런 차이도 없을 텐데 이처럼 생각들 이 틀리니 말이다. 저 처녀야말로 미덕 그 자체로 똘똘 뭉쳐 있다. 그대 가 혐오하는 가난한 의사의 딸이란 점만을 제외하면. 결국 너는 작위 때문에 미덕을 멸시하고 있는데 그건 잘못된 생각이다. 아무리 미천한 지위에 있다 하더라도 덕이 있으면 그 덕행으로 지위는 높아지게 마련이다. 하지만 아무리 부풀려진 자리에 있다 해도 오만불손하고 덕이 없으면 그건 병들어 부어오른 명예에 지나지 않는 법이다! 선이란 지위가 없어도 선이며, 악 역시 마찬가지니라. 이들은 원래의 본성대로 나타나는 법이며, 지위에 의해 나타나는 것이 아니다. 저 처녀는 젊고 영특하고 아름다우니 그 미덕은 자연으로부터 타고난 것이라고 할 수 있지. 거기에서 진정한 명예가 꽃피는 법이니라. 아무리 명예로운 가문에서 태어났다 할지라도 명예로운 조상의 덕을 이어받지 못하면 오히려 가문의 명예를 욕되게 하느니라. 그러므로 조상의 공덕이 아닌 스스로의 노력으로 얻는 명예야말로 진정한 명예니라. 명예라는 말은 그것만으로는 노예에 지나지 않으므로, 모든 무덤에 남용되어 진정한 명예가 있는 백골이 흙과 망각의 무덤 속에 묻히는 경우가 많다. 자, 어떻게 할 것이냐? 네가 저 여자를 사랑한다면 나머지는 내가 보충해줄 것이다. 즉 그녀의 미덕을 지참금으로 삼고, 그 밖에 명예와 재물은 내가 내려주마.

버트람   저 처녀를 사랑하지도 않고 사랑하려 애쓰지도 않겠습니다.

왕   그렇게 고집을 부리면 네 신상에 좋지 못할 것이다.

헬레나   소녀로선 폐하께옵서 건강을 되찾으신 것이 오직 기쁠 뿐입니다. 그 밖의 일은 심려 마십시오.

왕   왕으로서의 명예에 관한 일이니 그것을 지키기 위해서 왕권을 사용하지 않을 수밖에 없다. (일어선다) 자, 저 처녀의 손을 잡아라. 너는 나의 은총과 저 처녀의 덕을 경멸하고 있다. 이 녀석아, 너는 처녀의 부족함에다가 나의 무게를 가하면 저울대 끝으로 치솟는다는 걸 모르고 있구나. 너의 명예를 어디에 심든 간에 결국은 과인의 뜻에 따를 수밖에 없다. 그것이 신하인 너의 의무다. 나는 왕으로서 그걸 요구할 권리가 있느니라. 만약 네가 도리를 지키지 않는다면 너의 젊음과 무지로 눈이 어두워 시궁창으로 빠지는 신세가 되더라도 다시는 돌봐주지 않겠다.

버트람　폐하, 용서하소서! 조금 전만 해도 신은 저 여인을 미천한 신분이라고만 생각했습니다만 폐하의 칭찬을 받는 지체 높은 가문에서 태어난 규수로 알고 맞이하겠습니다.

왕　저 처녀의 손을 잡고 아내라고 불러라. 신분은 너보다 높이지는 않겠지만 적절하게 만들어주겠노라.

버트람　손을 잡아 백년가약을 맹세하나이다.

왕　이 약혼에는 행운과 왕의 은총이 미소를 짓고 있다. 따라서 약혼식은 바로 지금 태어난 명령에 어울리게 오늘 밤 당장 거행토록 하라. 그러나 축하연은 일가친지가 오기를 기다린 다음에 열도록 하라. (모두 퇴장하고 라후와 패롤리스만 남아 이 결혼에 대한 평을 한다.)

라후　무슈, 할 이야기가 좀 있네.

패롤리스　무슨 말씀이세요?

라후　그대 주인님이 한 말을 취소해서 다행이구려.

패롤리스　취소라니요! 저의 주인이?

라후　그렇다네.

패롤리스　너무 심한 말입니다. 그 뜻을 알게 되면 피를 보지 않고선 그냥 흘러버릴 수 없는 말입니다. 제 주인이라니!

라후　그대는 로실리온 백작을 모셔온 사람 아니오?

1144

패롤리스　어떤 백작과도 친구로 지내요. 모든 백작의 친구란 말이에요. 적어도 남자의 친구죠!

라후　백작 하인의 친구겠지. 하나 나는 백작의 주인인 왕의 친구라네.

패롤리스　당신은 너무 나이가 많아요, 알겠어요? 너무 늙으셨단 말예요.

라후　분명히 일러두겠는데 난 이래봬도 당당한 사내라네. 자네는 내 나이가 되어도 병아리 오줌밖엔 못 쌀걸.

패롤리스　(검에 손을 얹고) 당장 본때를 보여주고 싶지만 참는 줄이나 아세요.

라후　두어 번 식사를 같이 하는 사이에 제법 영특한 사람이라고 생각했네. 여행담도 들을 만했고. 그리고 출정 기념 리본이라든가 작은 깃발을 함선처럼 차고 있기에 굉장한 인물인 줄 알았는데, 오늘 그대의 정체를 다 알았네. 그러니까 자네 같은 자는 없어져도 눈 하나 까닥하지 않는다 이 말이네. 길바닥에서 주운 넝마 정도밖엔 안 되는 자이니까.

패롤리스　나이나 들었으니 다행이지, 흥!

라후　그렇게 화를 낼 건 뭐 있나? 정체가 드러나서? 정체를 드러내더라도 꼬꼬댁거리는 암탉 꼬락서니는 보이지 않도록 하지그래! 그럼 악수나 하고 헤어지자고.

패롤리스　노인장께선 저에게 지독한 모욕을 했습니다.

라후　자네야 모욕 받을 만한 짓을 했지.

패롤리스　뭐라고요?

라후　난 한 푼어치도 깎지 않았다니까.

패롤리스　좀 더 영리하게 처신해야겠군요.

라후   누워서 떡 먹듯 쉽게는 안 될걸. 자넨 스카프에 묶여 눈알이 쏟아지게 치도곤을 맞아야 해. 발가락의 티눈만도 못한 것이 거드럭대면 어떻게 된다는 걸 알게 될 테지.

패롤리스   노인장은 내 복장을 터지게 하고도 남는군요.

라후   글쎄, 이것이 자네에게 주는 지옥의 고통이 됐으면 좋겠고, 영원히 계속되기를 바라지만 그렇게 되겠나! 나이도 있고 해서 이쯤에서 그만두겠네. (라후, 재빨리 패롤리스 곁을 지나 퇴장한다)

패롤리스   흠! 당신 자식놈에게 이 한을 풀어주겠어. 이 더럽고 추잡하고 비열한 늙은이야! 어디 두고 보자.

라후 다시 등장

라후   자네 주인나리가 결혼을 했네. 놀라운 소식이지? 이젠 새 아씨마님이 생긴 셈이군.

패롤리스   제발 부탁이니 더 이상 절 모욕하지 마세요. 그 사람은 나에게 잘 해주는 귀족일 뿐이에요.

라후   누구? 하느님 말인가?

패롤리스   아, 그럼요.

라후   자네 주인은 악마가 틀림없어. 왜 그렇게 양팔을 대님으로 조이고 있지? 양쪽 소맷자락을 바지로 삼을 건가? 다른 하인들도 그렇게 하나? 자네 양 사타구니 사이에 달려 있는 것을 코끝에 매달아 놓았으면 딱 어울리겠어. 내가 두 시간만 더 젊었어도 자넬 작대기찜질을 할텐데. 누구든 자넬 보면 창자가 느글거려 귀싸대기를 올려붙이고 싶은 심정일 텐데. 내 생각엔 자네야말로 사람들이 화풀이할 상대로 태어난 것 같아.

패롤리스 이보세요. 듣자 하니 너무 심하시군요.

라후 에이, 같잖은 소리! 자넨 이탈리아에서 석류알 한 톨 훔친 죄로 무릿매를 당하지 않았나. 자넨 떠돌이지, 무슨 얼어 죽을 여행가야. 게다가 주제도 모르고 말하는 꼬락서니는! (퇴장)

버트람 등장

버트람 이젠 모두 끝장이다. 어쩌다 이렇게 기막힌 신세로 전락하고 말았담!

패롤리스 어찌 된 일입니까?

버트람 신부님 앞에서 엄숙하게 서약을 하긴 했지만 그 여자하곤 죽어도 동침은 안할 테야.

패롤리스 뭐, 뭐라고요?

버트람 오, 패롤리스, 난 강제로 결혼당했어. 토스카나의 전쟁터로 바로 가야겠다. 그 여자랑 동침을 하느니!

패롤리스 이곳 프랑스는 개집과 같아, 인간이 발을 내디딜 가치도 없다고요. 자, 전쟁터로 갑시다!

버트람 어머니한테서 편지가 왔다. 무슨 내용인지 아직 알지 못하고 있다만!

패롤리스 그야 읽어보면 알 수 있겠지요. 백작님, 좌우지간 전쟁터로 갑시다, 전쟁터로! 집구석에서 여편네나 끼고 있다면 대장부답지 못해요. 용감하게 날뛰는 군신 마르스의 군마 정도는 부둥켜안을 만한 기력을 갖추어야, 여편네 품 안에서 허망하게 지낸다는 건 대장부의 명예를 상자 속에 넣어버리는 거나 마찬가지지요. 자, 외지로 가자고요! 프랑스는 마구간입니다. 여기 있다간 쓰레기 같은 망아지가 되기 십상입니다.

버트람   그래, 그 여잘 고향집에 보내어 내가 그녀가 싫어서 전쟁터로 달아나는 이유를 알려야겠다. 폐하께는 직접 아뢰기 어려운 사연을 서면으로 아뢰야겠어. 조금 전에 받은 하사금은 동료 귀족들이 싸우고 있는 이탈리아 전쟁터로 갈 채비를 하는 데 써야겠어. 암울한 집구석이나 낯짝도 보기 싫은 아내에 비하면 전쟁터로 가는 건 고생이라고 할 수도 없지.

패롤리스   그 변덕이 죽 끓듯 하지 않을까요?

버트람   내 방에 가서 의논하자. 그 여잘 당장 보내고, 난 내일 전쟁터로 떠나겠다. 그 여자야 울든 말든 마음대로 하라지.

패롤리스   이거야 피리를 부니 장구 소리가 난다는 것같이 가락이 들어맞네요. 어쨌든 젊어서 결혼하여 신세를 망쳤으니 용감하게 여잘 내버리고 떠나는 게 나아요. 폐하께선 너무 하셨어. 하지만 어쩔 수 없는 거지 뭐. (두 사람 퇴장)

제 4 장

왕궁의 다른 방

헬레나와 어릿광대 등장

헬레나 어머님께서 자상한 편지를 보내주셨다. 어머님께선 안녕하시니?

어릿광대 안녕하시지 않아. 건강하시며 즐겁게 지내시지만 좋다고 할 순 없지. 아쉬운 것 없이 편안하게 사시지만 어쨌든 안녕하시다고 볼 순 없다니까.

헬레나 편안하시지만 안녕하지는 않다니! 어디 편찮으신 거야?

어릿광대 아니, 매우 안녕하시지. 오직 두 가지 일만 빼고.

헬레나 두 가지라니?

어릿광대 하나는 아직 천당에 못 가셨다는 것! 하느님 빨리 그곳으로 보내주십시오. 또 하나는 아직도 이 지상에 계시다는 것! 하느님, 이 지상에서 빨리 떠나게 해주십시오.

패롤리스 등장

패롤리스 안녕하십니까, 아가씨. 행운을 기원합니다.

헬레나 그렇게 기원해주시다니 정말 감사해요.

패롤리스　　항상 행운이 있으시기를 기원해왔죠. 오, 자넨가? 노마님도 안녕하시나?

어릿광대　　당신은 마님의 주름살을 얻어가고, 난 그분의 재물을 얻어 올 수 있다면 얼마나 좋을까?

패롤리스　　왜 그래! 난 아무 말도 안 했는데.

어릿광대　　그러니까 당신은 약삭빠른 자라고 할 수 있지. 대개 하인놈들은 자기 주인이 일찍 뒈져버렸으면 좋겠다고 떠들어대지. 아무 말도 안 하고, 아무 짓도 안 하고 아무것도 갖지 않는 것은 당신의 가장 큰 재산이지. 그러니까 아무것도 없는 것과 같다 이 말씀이야.

패롤리스　　꺼져버려! 이 고약한 놈아.

어릿광대　　고약한 놈 앞에 고얀 놈이라고 해야지. 그러면 내 앞의 놈도 고약한 놈이 되지. 이래야 말이 되겠지?

패롤리스　　요놈 봐라! 제법 나불거리는 광대로구나. 이제 네놈의 정체를 알았어.

어릿광대　　스스로 알았나, 아니면 내가 가르쳐줘서 알았나?

패롤리스　　내가 깨달았다.

어릿광대　　어쨌든 알게 됐으니 잘 됐군. 스스로 자신이 바보란 걸 알았으니, 기쁨이 넘치겠군그래.

패롤리스　　요거 정말 밉상이네. 제법 잘 처먹고 살았군. 한데 아가씨, 백작께선 오늘 저녁 이곳을 떠나시게 됐습니다. 매우 긴급한 일이 생겨서요. 아가씨께선 마땅히 가지셔야 할 특권인 식을 올리는 것이 당연하지만 백작에게 일이 생겨 부득이 연기하게 됐습니다.

헬레나　　다른 말씀은 없었어요?

패롤리스　아가씨께서 그럴듯한 구실을 꾸며 서둘러 여행을 떠나시는 게 좋을 거라고 말씀하셨습니다.

헬레나　뭐 다른 분부는 없었나요?

패롤리스　폐하의 윤허를 받으시거든 즉시 백작께 가서서 다음 분부를 받으시랍니다.

헬레나　모든 걸 그분이 분부하신 대로 하지요.

패롤리스　그렇게 아뢰겠습니다. (패롤리스 퇴장)

헬레나　(어릿광대에게) 자, 이리 와요. (어릿광대와 함께 퇴장)

제 5 장

파리. 왕궁의 다른 방

라후와 버트람 등장

라후　설마 그 사람을 용사라고 생각하진 않겠지요?

버트람　아닙니다. 용감한 사나이임에 틀림없습니다.

라후　그 사람의 말을 듣고 하는 말씀이오?

버트람　다른 사람의 증언이 있습니다.

라후　그렇다면 내 나침반이 방향을 잘못 지시했군. 멥새를 종달새로 알았으니까. 결국 나는 사람을 잘못 알고 멸시한 죄를 범한 꼴이 되었군. 그런데도 회개할 마음이 생기지 않으니 걱정이네.

패롤리스 등장

아, 저기 오는군.

패롤리스 (버트람에게 귀엣말로) 모든 일이 잘 됐어요.

버트람 (패롤리스에게 귀엣말로) 그 여자는 폐하께 갔나?

패롤리스 뭐라고요?

버트람 오늘 저녁에 출발할 것 같나?

패롤리스 그렇게 명령만 한다면요.

버트람 편지도 써놨고, 필요한 짐도 꾸렸고, 말도 다 준비해놓았다. 그런데 실은 오늘 밤은 신부를 맞이할 첫날밤인데 시작하기도 전에 끝장이 나는 셈이군.

라후 (반독백조로) 만찬이 끝난 후에 여행가의 이야길 들어주는 건 정말 즐거운 일이지요. 하나 그 이야기의 삼분의 삼을 모두 허풍으로 채워놓는 사람이니! 한번 이야기할 때마다 세 번 두들겨줘야지. (패롤리스를 돌아다보고) 여, 대장, 안녕하시오?

버트람 무슈 패롤리스! 이분과 뭐 불편한 일이라도?

패롤리스 어째서 저분의 불쾌감을 사게 됐는지 알 수가 없군요.

라후 산 게 아니라 뛰어 들어온 거지. 장화에다 박차까지 달고. 커스터드 속에 뛰어드는 어릿광대처럼 말이오. 자네는 왜 뛰어들었는지 질문을 받기도 전에 바로 **뺑소니**부터 칠 자가 아니오?

버트람 경께선 저 사람을 오해하신 것 같습니다.

라후 저 사람이 기도 드리고 있는 것만 봐도 난 그렇게 생각할 거요. 하지만 이 말은 잘 들어둬요. 저렇게 가벼운 호두 속엔 알맹이가 없어. 중요한 일을 저 사람과 의논했다간 큰 코 다쳐. 나도 이런 자를 길러 봐서 그 근성을 잘 알고 있지. 그럼 잘 있어, 무슈! 자네 얘긴 사실보다 분수에 넘칠 정도 잘 해놨어. 사람이란 악에는 선으로 대해야 하는 거니까 말이오. (퇴장)

패롤리스 싱거운 노인네야.

버트람 (주저하며) 글쎄, 그런 것 같아.

패롤리스 사람에 대해 잘 모르는 것 같은걸?

버트람 모를 리가 있나. 세상 사람들이 훌륭한 분이라고 칭찬이 자자하던걸.

헬레나 등장

저기 골칫덩이가 오는군.

헬레나 분부하신 대로 폐하께 아뢰어 당장 떠나도 좋다는 윤허를 얻었습니다.

버트람 그 분부를 따르리다. 헬렌, 나의 행동을 이상하게 생각지 말아주오. 나로서는 단지 의무감 때문이었어. 그러니 고민도 많이 했고……. 그래서 부탁이니 집으로 돌아가 주었으면 해. 왜 내가 이렇게 부탁을 하는지 부디 그 이유는 묻지 말았으면 해. 모든 일은 알고 보면 매우 중요한 사유가 있으니 말이오. (편지를 건네며) 어머니께 드리는 편지요. 이틀 후엔 만나게 될 거요. 그러니 양해해주시오.

헬레나   서방님의 분부만 따르겠어요. 미천하게 태어난 운명의 별은 이 엄청난 행운을 힘겨워하니 부족한 점을 매울 생각이이에요.

버트람   그 얘긴 그만둡시다. 빨리 집으로 돌아가요.

헬레나   저어, 죄송합니다만.

버트람   그래, 무슨 할 말이라도?

헬레나   전 제가 얻은 이 부귀를 받아들일 가치도 없는 여자고, 또 감히 제 것이라고 주장할 생각도 없지만…… 어쨌든 제 것은 제 것이에요. 국법이 제 것으로 인정해준 이상 소심한 도둑처럼 그것을 훔치고 싶어요.

버트람   그게 뭐지?

헬레나   저, 제 입으로 말하고 싶지 않아요. 아니, 하지만 해야겠어요. 생면부지의 남남이거나 원수들끼리는 헤어질 때 키스를 하지 않는데요.

버트람   제발 부탁이니 어서 말을 타요.

헬레나   네, 말씀대로 하겠어요, 서방님!

버트람   애, 다른 자들은 어디 갔지, 무슈? 잘 가요. (헬레나 퇴장) 고향으로 가라고. 난 검을 휘두르고 북소리를 들을 수 있는 한 절대로 고향엔 가지 않을 테다. 자, 출발한다.

패롤리스   자, 용기백배하여 출진한다! (두 사람 퇴장)

제 1 장

플로렌스. 공작의 저택 앞

화려한 트럼펫 연주. 플로렌스 공작과 프랑스 귀족 두 사람, 1개 중대의 병사들 등장

공작　그럼 두 사람은 이번 전쟁의 근본 이유를 낱낱이 들은 셈이다. 전쟁의 승패를 결정짓느라 아군은 많은 피를 흘렸고, 앞으로도 엄청난 유혈이 있게 될 것이오.

귀족 1　공작 각하의 주장은 일리가 있습니다. 음흉한 적군은 지금 두려움에 휩싸여 있는 것 같습니다.

공작　이러한 정의로운 전쟁에 우리가 청한 원병을 프랑스 왕이 묵살을 해버리다니! 그 속마음을 알 수가 없군.

귀족 2　공작 각하! 국정에 직접 참여치 못한 문외한인 저는 감히 추측밖엔 할 수가 없습니다. 게다가 추측이란 빗나가는 수가 많은 법이니까요.

공작　그건 왕의 뜻이겠지.

귀족 2   저희와 같이 기백을 지닌 젊은 측은 안이한 일상에 지치고 신물이 나서 이리로 모여든 것입니다.

공작   진정으로 여러분을 환영하는 바요. 두 사람은 자신이 어떤 위치에 있는지 잘 알고 있을 것이오. 더 좋은 자리가 나게 되면 그 자린 당연히 두 사람의 것이 될 것이오. (모두 퇴장)

제 2 장

로실리온. 백직부인 저택의 한 방

백작부인, 손에 편지를 들고 어릿광대와 등장

백작부인   아들이 며느리와 함께 오진 않았지만 그것 말고는 모두 내 뜻대로 됐다.

어릿광대   실은 말입니다요, 도련님이 심한 우울증에 걸리신 것 같습니다요.

백작부인   뭘 보고 그러지?

어릿광대   글쎄, 장화며 장화 장식을 고치면서도 노랠 하지 않나, 뭘 물어놓고도 노랠 하지 않나, 심지어는 이빨을 쑤시면서도 노랠 부르지 뭐예요. 소인이 듣기로 이런 우울증 징후를 가진 사람이 노래 한 곡조를 듣는 대가로 멋진 장원을 팔아먹었다는 사람도 있다는데?

백작부인　아들이 무슨 말을 써 보냈는지 읽어봐야지. 그럼 언제 돌아올지도 알 수 있겠지. (편지를 읽는다)

어릿광대　(혼잣말로) 왕궁에 갔다 온 뒤부턴 이즈벨의 상판대기도 보기 싫어졌어. 이곳의 계집애들이나 이즈벨은 조정의 계집애들하고는 비교도 안 된다. 내 큐피드는 대갈통이 터져버렸으니, 내가 사랑을 한다 해도 늙은이가 돈 좋아하는 것과 같아졌으니 말야. 제기랄! 기분이 나야 말이지.

백작부인　아니, 무슨 소릴 써 보낸 거지?

어릿광대　써놓은 대로겠지요. (퇴장)

백작부인　(읽는다) 「어머님에게로 며느리를 보냅니다. 그 여자는 폐하의 병환을 치유했지만 저를 파멸케 했습니다. 저는 그 여자와 비록 결혼은 했지만 동침은 하지 않았습니다. 저는 영원히 동침을 하지 않기로 맹세했습니다. 제가 탈주한 것이 소문날 것 같아 미리 알려드리는 겁니다. 이 세상은 더없이 넓으니 소자는 멀리 떠나 있겠습니다. 어머님에 대한 효심은 변함이 없습니다.

불효자 버트람 배상」

이렇게 방자한 철부지 녀석 좀 보라지? 인자하신 폐하의 은총을 배반하다니! 국왕까지도 존경할 정도의 훌륭한 처녀를 내팽개쳐 폐하의 진노를 일으키는 이놈 좀 보게나!

　　어릿광대 다시 등장

어릿광대　아이고 노마님! 저기 군인 두 사람과 새아씨가 슬픈 소식을 가져 왔답니다.

백작부인 무슨 소식이지?

어릿광대 그게, 살짝 괜찮은 소식이긴 합니다만…… 마님의 아드님이 제가 생각한 것처럼 그렇게 빨리 죽진 않을 것 같습니다.

백작부인 왜 내 아들이 죽어야 하지?

어릿광대 노마님, 지금 들었는데 마님의 아들이 도망을 쳐서 전쟁터에 갔는가봐요. 마님, 그렇게 고집을 부리다가는 목숨이 위험해요. 자, 저기 사람들이 오고 있으니 자세한 얘길 들어보세요. 제가 들은 건 아드님이 도망을 쳤다는 말뿐이라고요. (퇴장)

헬레나와 두 신사 등장

신사 1 안녕하십니까, 백작부인.

헬레나 어머님, 그이는 떠나고 말았어요. 다신 돌아오지 않는답니다. (흐느껴 운다)

신사 2 그럴 리가 없습니다.

백작부인 (헬레나를 두 팔로 포옹하며) 아가야, 진정거라. 여보세요, 두 분, 난 평생 동안 기쁨과 슬픔의 변덕스러움을 많이도 겪어왔어요. 그래서 이젠 어떤 경우를 당하더라도 허둥거리는 일은 없어졌어요. 한데 내 아들은 어딜 갔을까?

신사 2 백작부인, 플로렌스 공작의 진영으로 갔습니다. 출전하던 도중에 저희가 만난걸요. 용무를 마치는 대로 왕궁으로 다시 돌아가게 되어 있습니다.

헬레나   어머님, 그이 편지를 보세요. 이게 제 여권이랍니다. (읽는다)
「당신이 내 손가락에 꼭 껴서 빠지지 않을 반지를 손에 넣고, 당신 몸에
서 아버지라고 할 내 피를 받은 아이를 낳게 되거든 그땐 날 남편이라
고 불러도 좋소. 그러나 그런 때는 결코 오지 않을 거요.」 아아, 이건
너무 끔찍한 선고예요.

백작부인   (두 신사에게) 두 분이 이 편지를 가지고 오셨나요?

신사 1   네, 그렇습니다, 백작부인. 그런 내용인 줄 모르고 받아온 것
이라 죄송스럽기 짝이 없습니다.

백작부인   아가야, 너무 상심 말거라. 너 혼자서 이 슬픔을 독점해버
린다면 내 몫까지도 빼앗아가게 되지 않니? 그 앤 지금까지는 내 아들
이었지만 이제부턴 내 핏속에서 그의 이름을 지워버리겠다. 이젠 너를
내 자식으로 삼겠다. (두 신사에게) 그래, 내 아들이 플로렌스로 갔다고
요?

신사 2   네, 그렇습니다.

백작부인   참전하는 군인으로 말이오?

신사 2   그런 훌륭하신 뜻을 가지고 갔습니다. 플로렌스 공작 각하께
서는 틀림없이 그에 합당한 명예를 내려주실 겁니다.

백작부인   당신들도 그곳으로 돌아가신다지요?

신사 1   네, 백작부인! 가급적 속히 돌아갈까 합니다.

헬레나   (편지를 읽는다) 「홀몸이 되기 전엔 프랑스에선 무의미한 존재일
뿐이다.」 지독하기도 해라.

백작부인   그런 말도 적혀 있느냐?

헬레나   네, 어머님!

신사 1 무의식중에 그렇게 쓴 것 같습니다만 진심은 아닐 것입니다.

백작부인 「홀몸이 되기 전엔 프랑스에선 무의미한 존재일 뿐이다」 어쩌 이 글을 읽으니 며느리야말로 그 녀석에게는 정말 과분한데 어찌 그걸 모른단 말인가!라는 생각이 드는구나. 며늘아기는 아들 녀석처럼 버릇없는 젊은이가 스무 명이나 시중을 드는 위인의 부인이 되어 마님이라고 불려도 조금도 손색이 없는데 말이오. 동행한 자가 있었어요?

신사 1 하인 한 사람과 전에 면식이 있던 신사 한 분이 동행했습니다.

백작부인 혹시 패롤리스란 자가 아닌가요?

신사 1 네, 맞습니다. 바로 그 사람입니다.

백작부인 아주 사악하고 산교스럽기 짝이 없는 인간이지요. 내 아들의 타고난 착한 심성이 그자의 농간으로 타락한 겁니다.

신사 1 정말 그렇습니다, 백작부인! 사람 세워놓고 눈알을 빼먹을 인간입니다.

백작부인 두 분께서 와주셔서 정말 감사합니다. 내 아들을 만나시거든 아무리 무공을 크게 세웠다 할지라도 땅에 떨어진 명예는 돌이킬 수 없다고 전해주세요. 그 밖의 것은 편지에 쓰겠으니 전해주시기 바랍니다.

신사 2 백작부인의 분부라면 기꺼이 전하겠습니다.

백작부인 정말 고마워요. 그럼 안으로 들어가실까요?(백작부인과 두 신사 퇴장. 어릿광대도 따라간다)

헬레나 「홀몸이 되기 전엔 프랑스에선 무의미한 존재일 뿐이다」 가엾은 분! 당신을 조국으로부터 내쫓고, 연약한 몸을 인정사정없는 싸움터에 내맡기게 한 것이 정녕 나란 말이지요? 누가 총을 쏘든 검으로 찌르든 간에 그이를 표적으로 삼게 한 건 나다. 비록 내가 죽이지는 않았더라도 죽음으로 이끈 건 바로 나잖아. 아, 차라리 굶주림에 울부짖는 사자의 밥이 되거나 온 세상의 모든 불행을 내가 짊어지는 편이 낫겠어. 아, 집으로 돌아오세요, 로실리온님! 전쟁터에서 위험을 무릅쓰고 얻는 명예란 기껏해야 상처뿐, 아차 하면 목숨까지 잃게 돼요. 내가 이곳을 떠나겠어요. 저 때문에 당신이 떠나신 거니까요. 설사 집안에 도원경의 꽃바람이 불어오고, 천사들이 집안일을 돌봐준다 해도 전 떠나겠어요. 제가 없어졌다는 슬픈 소문이 당신에게 위로가 된다면 얼마나 좋겠어요. 자, 밤이여! 어서 오너라! 낮이어 빨리 가다오! 처량한 도둑처럼 어둠에 싸여 빠져 나가겠으니. (퇴장)

제 3 장

플로렌스. 공작 저택의 앞

플로렌스 공작, 버트람, 패롤리스, 관리들, 병사들, 고수, 나팔수 등장

공작 그대는 우리 기병의 대장이오. 그대에게 깊은 애정과 신임을 주노니, 혁혁한 무공을 세워주길 바라오.

버트람 불초 소인에게 과분한 중책이오나 각하를 위해서라면 어떤 위험을 무릅쓰고라도 분골쇄신하겠습니다.

공작 그럼 출진하시오. 운명이 그대의 애인이 되어 늘 투구를 보살펴
주소서.

버트람 군신 마르스여! 나는 오늘부터 당신의 대열에 참가하겠습니
다! 저의 뜻대로 이루어지게 해주소서. 지금부터 진군의 북소리와 열
애하고, 사랑을 증오하는 사람이 될 것입니다. (모두 퇴장)

제 4 장

로실리온. 백작부인의 저택의 한 방

백작부인과 집사 리날도 등장

백작부인 딱하기도 하지! 그래 이 편지를 내 며느리한테서 아무 생각
도 없이 받았단 말인가? 나에게 편지까지 보낸 것은 이런 일을 하려고
한 것인데 짐작조차 못했어? 어디 한 번 읽어나 보세요!

집사 (읽는다) 「저는 성 제이퀴즈님에게로 순례 차 떠납니다. 외람되게
도 분수에 맞지 않는 사랑을 탐냈으니 죄를 속죄하기 위해 맨발로 떠나
기로 맹세했습니다. 저의 소중한 남편이며 어머님의 사랑스런 아드님인
그이에겐 부디 편지를 보내시어 피비린내 나는 전쟁터에서 당장 돌아오
도록 하시어 편히 지내시도록 하십시오. 저는 멀리서 그이를 위해 열심
히 기도드리겠습니다. 저야말로 그이를 조정의 친구들로부터 떼어놓고,

적과 야숙하게 하고, 죽음과 위험이 뒤따르는 전쟁터로 보낸 가증스런 여신 주노입니다. 죽음이나 저에게는 그이는 너무나 훌륭한 분입니다. 죽음은 제가 차지하겠으니, 그이는 이제 자유의 몸이 되셨습니다.」

백작부인　아, 이 부드러운 말투 속에는 날카롭게 찌르는 침이 들어 있다. 리날도! 매사에 사려 깊은 사람이었는데 그 앨 이렇게 내보냈단 말이오? 내가 만나서 얘기만 할 수 있었다면 마음을 돌릴 수 있었을 텐데. 이젠 엎질러진 물이다.

집사　죄송합니다, 마님. 실은 마님께 어제 저녁에 이 편지를 올렸더라면 붙들 수 있었을 겁니다. 하긴 뒤쫓아 와도 소용없다고 쓰여 있긴 하지만 말입니다.

백작부인　이런 몹쓸 남편을 그처럼 축원하다니! 정말 천사와 같은 여자야. 그 애의 기도 없이는 내 아들은 절대로 무사할 수 없어. 리날도, 어서 편지를 써요. 아들이 며느리의 가치를 절실히 느낄 수 있도록 써 줘요. 그리고 적임자를 골라 서둘러 보내도록 하고. 제 아내가 없어졌단 소릴 들으면 아들은 필시 돌아올 거야. 그리고 며느리도 소문을 듣고 정을 못 잊어 되돌아올지도 몰라. 둘 다 내겐 소중한 자식들이다.

(두 사람 퇴장)

제 5 장

~~~~~~~

플로렌스의 성벽 밖

플로렌스의 늙은 과부와 딸 다이애나와 마리아나, 기타 시민 다수 등장

과부 자, 어서들 가봐요. 군대가 성 안 마을 쪽으로 가버리면 복잡해서 구경도 못하니까요.

다이애나 프랑스의 백작님이 가장 훌륭한 전공을 세웠다면서요?

과부 그분은 적의 최고 지휘관을 사로잡았대. 손수 공작 동생의 목을 쳤다는 소문도 자자하던데……(트럼펫 소리) 헛수고를 했군. 저쪽 길로 간 모양이지. 들어봐! 트럼펫 소리만 들어도 알 수 있다니까.

마리아나 자, 돌아갑시다. 나중에 얘기나 들으면 그만이지. 이봐, 다이애나! 그 프랑스 백작일랑 조심하라고. 처녀의 명예는 뭐니뭐니 해도 순결에 있어!

과부 그 백작 동료로부터 네가 놀림을 당했다는 얘길 이웃사람들에게 했어.

마리아나 그 악당은 콱 뒈졌으면 좋겠어! 패롤리스란 관리인데, 그 젊은 프랑스의 백작에게 추잡한 짓을 하라고 부추기는 쓰레기 같은 뚜쟁이라고요. 그런 자를 조심해야 해, 다이애나. 그는 약속을 하거나 유인하는 것, 맹세나 선물 등 갖가지 음란한 짓거리를 하고 다닌다니까. 그 술수에 넘어간 처녀들이 부지기수라고. 그래서 정조를 빼앗겼다는 끔찍한 예가 허다한데, 속아 넘어가는 여자들이 끊이지 않으니 정말 미칠 노릇이야. 다이애나는 워낙 얌전하니까 더 이상 충고할 것도 없겠지.

다이애나　걱정하실 것 없습니다.

순례자로 가장한 헬레나 등장

과부　나 역시 그랬으면 해. 저기 순례자가 온다. 틀림없이 우리 집에 체류하겠지. 어디 물어봐야지. 안녕하세요, 순례자님! 어디로 가시는 길이세요?

헬레나　성 제이퀴즈 르 그랑드님께 가는 길입니다. 저희 같은 순례자들은 어느 여관에 묵는지 아십니까?

과부　성문 옆에 있는 성 프란시스관이에요.

헬레나　이 길로 가면 되나요?

과부　(멀리서 진군 소리가 들려온다) 저 소리는! 어머나, 이리로 오고 있네. 순례자님, 병정들이 지나갈 때까지 기다려주세요. 그러면 투숙하실 여관까지 모셔다 드릴게요. 그 집 안주인이 바로 저랍니다.

헬레나　아주머니가 바로 주인이시군요?

과부　묵어주신다면 그렇게 되는 셈이죠, 순례자님.

헬레나　고마워요. 그럼 기다리겠어요.

과부　프랑스에서 오셨나봐요?

헬레나　네.

과부　댁의 조국에서 큰 무공을 세우신 분이 곧 이리로 오실 거예요.

헬레나　그분 성함이 어떻게 되나요?

다이애나　로실리온 백작이에요. 혹시 아시는 분인가요?

헬레나　훌륭하신 분이란 소문은 듣고 있습니다만 뵌 적은 없어요.

다이애나　어떤 분인지는 몰라도 여기선 누구나 우러러보는 분이세요. 소문엔 왕이 그가 싫어하는 여자와 강제로 결혼을 하라고 해서 프랑스에서 도망쳐 왔다지 뭐예요. 정말 그런가요?

헬레나　정말 그래요. 저는 그분 부인을 잘 알고 있어요.

다이애나　백작님을 모시는 신사양반이 부인 험담을 하더군요.

헬레나　그분 이름이 뭔데요?

다이애나　무슈 패롤리스예요.

헬레나　어머나, 백직님을 칭찬하는 것이라면 그 사람 말이 옳아요. 그리고 그 훌륭한 백작님에 비하면 그 부인은 너무나 미천해요. 이름조차 입에 담기 부끄러울 만큼. 그저 장점이 있다면 절개가 굳다는 것뿐이지요.

다이애나　아이 가엾어라! 남편에게 소박을 맞다니!

과부　그 부인은 몹시 서러워할 게 분명해. 우리 집 딸애가 마음만 먹으면 부인의 속을 태워줄 수도 있답니다.

헬레나　그게 무슨 뜻이죠? 혹시 여자라면 사족을 못 쓰는 백작이 야심을 품고, 이분을 농락하려고 하나보죠?

과부　그래요. 처녀의 정조를 농락하기 위해 갖은 수단과 방편을 다 쓰며 유혹하지 않겠어요? 그렇지만 우리 애는 어떠한 유혹이라도 물리칠 마음의 준비가 되어 있어요.

마리아나　그러지 않으면 욕을 보게 되죠!

과부　저들이 옵니다.

1166

기수들의 뒤를 고수가 북을 치며 따르고, 플로렌스 군이 등장 버트
람과 패롤리스가 보인다.

저기 저분이 공작님의 맏아들인 안토니오님이고, 저분은 에스칼러스
님이죠.

헬레나　어느 분이 프랑스 백작님이죠?

다이애나　(손으로 가리킨다) 저기 모자에 새털을 꽂은 분이에요. 아주
멋쟁이죠. 부인을 사랑한다면 오죽이나 좋겠어요. 좀 더 성실하시다면
완벽할 텐데. 정말 잘생긴 분이잖아요?

헬레나　참 멋진 분이시군요.

다이애나　단지 품행이 단정치 못한 게 흠이죠. (패롤리스를 발견하며) 그
분을 몹쓸 곳에 출입하게 한 자가 바로 저 악당이에요. 내가 만약 그분
의 부인이라면 저런 악당에게 독약을 먹이겠어.

헬레나　어느 분이에요?

다이애나　저기 스카프를 두른 원숭이에요. 그런데 왜 우거지상을 하
고 있지?

헬레나　전쟁에서 부상을 당한 모양이죠.

패롤리스　(혼잣소리로) 바보같이 북을 빼앗기다니!

마리아나　뭔가 걱정이 있는 모양이군. 어머, 우릴 알아봤네 (패롤리스
모자를 벗고 인사한다)

과부　꼴도 보기 싫으니 뒈져버려라!

마리아나　저 중매쟁이가 알랑수를 부리는 꼴이란! (병사들 퇴장)

과부　군인들이 지나갔어요. 자, 순례자님! 숙소로 안내해 드릴게요.

성 제이퀴즈 님에게 참회하러 가시는 분이 이미 네댓 분 저희 집에 묵고 계시죠.

헬레나   정말이지 고맙습니다. 아주머니와 이 처녀만 좋으시다면 제가 오늘 밤 식사를 대접하겠습니다. 그리고 처녀에겐 유익한 말도 해드리겠어요.

두사람   고맙습니다. 그렇게 하세요. (모두 시내 쪽으로 간다)

제 6 장

플로렌스 군막 앞의 진영

버트람과 프랑스 귀족 두 사람 등장

귀족 2   아닙니다, 백작! 한번 시켜보시지요. 그 사람이 어떻게 하나 말입니다.

귀족 1   하지만 그자가 비열한 인간이 아니라는 게 밝혀진다면 저를 능멸하셔도 좋습니다.

귀족 2   정말 이 목을 걸고 하는 말인데 그자는 허풍쟁이랍니다.

버트람   그렇게까지 내가 그자에게 당하고 있단 말인가?

귀족 2   어쩌다 알게 된 사실을 있는 그대로 말씀드리는 겁니다. 그자는 참으로 비열한데다 터무니없는 거짓말을 하고 다닙니다.

귀족 1 미덕이라곤 눈곱만큼도 없는 자를 지나치게 믿으셨다간 중대한 일이 생겼을 때에는 큰 낭패를 당하게 되실 겁니다.

버트람 그럼 뭔가 일을 시켜 그 사람을 시험해볼 수 있겠소?

귀족 1 적에게 빼앗긴 북을 도로 찾아오게 하는 것이 가장 좋은 술책입니다. 찾아올 수 있다고 큰소릴 탕탕 칠 테니 말입니다.

귀족 2 제가 플로렌스 병사들을 이끌고 그잘 습격하겠습니다. 그자에겐 적인지 우군인지 잘 분간할 수 없는 병사들만 골라서 하겠습니다. 운신을 못하도록 오라를 지워 눈을 가리고, 우리 막사에 데려다놓으면, 분명 적진에 붙들려온 줄로 여길 겁니다. 그리고 그자를 심문하게 되면 백작께서 꼭 입회해주시기 바랍니다. 비열한 인간이어서 목숨만은 살려주겠다고 하면 백작을 배신하고 백작께 불리한 정보를 모조리 털어놓을 겁니다.

귀족 1 장난 삼아서라도 그자에게 북을 찾아오게 해보십시오. 찾아올 묘책이 있다고 뽐낼 테니 말입니다. 이번에 백작께서 그자가 하는 짓의 밑바닥까지 샅샅이 보게 되면 지금까지 보화로 보였던 것이 별것 아닌 쇠붙이로 탈바꿈하는 사실을 지켜보시게 될 것입니다.

패롤리스 등장. 침울하게 보인다.

귀족 2 (버트람에게 귀엣말로) 장난 삼아서라도 그자가 명예를 걸고 하려는 것을 막지 마십시오, 어떻게든 북을 탈환해 오라고 부추기십시오.

버트람 (패롤리스에게) 왜 그러는 거지, 무슈! 북 때문에 몹시 신경이 쓰이는 모양이군.

귀족 1 (패롤리스에게) 기껏 북 하나 가지고 뭘 그래요?

패롤리스 "기껏 북 하나라니! 기껏 해봤자, 북 하나란 말이지?" 그렇게 북을 잃고서! 정말 훌륭한 명령이었어요. 기마대를 우리 측 양쪽 날개에 투입해서 우리 군사들을 결딴내게 했으니 말이에요!

귀족 1 전투를 지휘하다보면 그런 일이야 허다하게 일어나지요. 카이사르가 지휘를 했다 하더라도 그건 피할 도리가 없었을 거요.

버트람 이렇게 된 마당에 비탄에 빠진들 뭘 하겠소. 북을 잃은 거야 불명예스러운 일이지만 그렇다고 도로 뺏어올 묘책도 없잖소.

패롤리스 묘책이야 있지.

버트람 묘책이라니?

패롤리스 있지. 무훈의 영예가 무공을 세운 진짜 공로자에게 주어지는 예가 드문 일인데, 그런 폐습만 없다면, 내가 그 북이든 다른 북이든 빼앗아 오겠어. 그걸 해내지 못하면 '여기 고이 잠들다'가 되겠지.

버트람 그런 용기가 있다면 어디 한번 해보는 거야, 무슈! 너의 노련한 전술로 북을 찾아오겠다는 각오가 섰다면 용기를 내어 단행해보게나. 나는 혁혁한 무훈을 세우려는 자네의 결의를 높이 찬양할 것이며, 성공만 한다면 공작 각하께서도 자네 공로를 가상히 여기시어 응당한 보상이 있을 걸세.

패롤리스 이 군인의 손에 걸고 실행하리다.

버트람 하지만 잠시도 머뭇거릴 수가 없다.

패롤리스 당장 오늘 밤에 해치우겠어요. 이 어려운 문제를 처리할 방안을 마련하겠어요. 그리고 죽음을 무릅쓰는 각오를 할 테니 야반까지는 결과를 아시게 될 겁니다.

버트람 공작 각하께 너의 계획을 알려드려도 좋으냐?

패롤리스 결과야 어떻게 될지 모르겠지만 실행은 맹세합니다.

버트람 자네가 용감하다는 건 잘 알고 있으니 군인으로서 최선을 다하리라고 믿네. 그럼, 잘 갔다 오게.

패롤리스 난 말하는 걸 좋아하지 않아. (퇴장)

귀족 2 물고기가 물을 좋아하지 않는다는 말과 비슷하군. 참 이상한 사나이야. 뻔히 못 해낼 줄 알면서 큰소리를 치며 덤벼대니 말이야. 그럴 마음은 눈곱만큼도 없으면서 지옥에 떨어지겠다는 거지.

귀족 1 백작, 당신은 저희들만큼 그잘 잘 모르십니다. 틀림없이 그잔 사람의 마음을 어루만져놓고선 한 주일 정도는 눈 가리고 아웅 하는 식으로 피해 있겠지요. 그리고 일단 본성이 드러나게 되면 어떤 사람도 다시는 속아 넘어가지 않습니다.

버트람 아니, 그렇게 큰소리를 치고선 꽁무니를 뺄 리가 있겠소?

귀족 2 실행할 리 만무합니다. 하지만 어떤 구실을 만들어 돌아와서는 두세 가지 그럴듯한 거짓말을 늘어놓을 거예요. 그러나 그 사람은 이젠 그물 안에 든 물고기죠.

귀족 1 그 여우 놈의 껍질을 벗기기 전에 좀 놀려줄까? 놈의 정체를 맨 먼저 알아낸 분은 라후 경이셨습니다. 가면이 벗겨진 후 놈이 얼마나 하찮은 송사리인지 보시게 될 겁니다. 그것이 바로 오늘 밤이지요.

귀족 2 나뭇가지를 가지러 가야겠어. 놈을 잡으려면 필요하니까.

버트람 당신의 형은 내가 데려가리다.

귀족 2 그렇게 하십시오. 그럼 가보겠습니다. (퇴장)

버트람 이제 당신을 그 집에 안내하리다. 내가 말했던 그 처녀를 보여드리지요.

귀족 1 매우 순결한 처녀라고 말씀하셨죠?

버트람 바로 그게 탈이란 말예요. 단 한 번 말을 걸어봤는데 톡톡 쏘지 뭐요. 지금 우리가 본색을 알아보려는 바로 그 허풍선이를 통해 선물도 보내고 편지도 보내고 해봤지만 모조리 되돌아왔어요. 내가 한 일은 여기까지요. 예쁜 처년데 한번 만나보겠어요?

귀족 1 네, 그리하겠습니다, 백작. (두 사람 퇴장)

제 7 장

플로렌스. 과부 집의 한 방

헬레나와 과부 등장

헬레나 단언하건대 이것은 정당한 속임수입니다. 한데 당신이 계속 의심하신다면 더 이상 증명할 방법이 없습니다.

과부 저도 팔자가 기구해 이런 꼬락서니로 살고 있지만 본래 그렇게 미천한 출신은 아닌데다가 이런 일을 해본 적도 없어요. 그나저나 남에게 손가락질 받을 일은 하고 싶지 않아요.

헬레나 저도 그걸 원하진 않아요. 먼저 백작이 저의 남편이라고 믿어주세요. 그리고 아주머니께 말씀드린 제 말은 모두 사실이에요. 제가 부탁드리는 걸 도와주신다고 나쁠 건 전혀 없어요.

과부　그럼 당신을 믿겠어요. 보아하니, 신분이 높으신 분이 분명하니까요.

헬레나　자, 이 돈지갑을 받아두세요. 당신의 친절을 이것으로라도 갚게 해주세요. 그리고 정말 도움을 받고 나면 이보다 몇 갑절 더 많은 사례를 하겠어요. (돈을 건넨다) 백작은 지금 온갖 감언이설로 댁의 따님을 유혹하려고 애를 태우고 있어요. 그러니 따님에게 백작의 청을 응낙토록 해주세요. 그다음 조치는 제가 취해드릴 테니까요. 그분은 지금 욕정에 불타고 있으니 따님이 요구하는 거라면 뭐든 들어줄 거예요. 백작이 끼고 있는 반지는 선조 이래 4, 5대째 전해내려오는 가보예요. 백작께선 그 반지를 무척 소중히 여기고 있어요. 그러나 지금은 애욕에 눈이 어두워져 있으니 원한다면 그것조차 선뜻 내놓을 겁니다. 나중에 아무리 후회하는 일이 있어도 말이에요.

과부　이젠 당신의 속내를 알겠군요.

헬레나　그럼 이 일이 정당하다는 걸 믿어주시는 거죠? 따님께서 상대의 말을 들어주는 척하고, 그 반지를 받고는 다음에 만날 약속을 하면 돼요. 그럼 제가 그 시간을 대신 메우면 따님은 순결을 지킬 수 있을 거예요. 이 일이 성공하면 지금 드린 비용 외에 삼천 크라운을 더 드리겠어요.

과부　좋습니다. 그럼 제 딸년에게 언제, 어디서 이 정당한 속임수를 써야 좋은지 가르쳐주세요. 그분은 밤마다 한 무리의 악사들을 데리고 이곳에 와선, 신분이 맞지도 않는 딸년을 위해 노래를 부르게 한답니다. 우리 집 처마 밑에 못 오도록 아무리 잔소릴 퍼부어도 소용이 없어요. 글쎄, 목숨이라도 건 것처럼 끈덕지답니다.

헬레나　　그럼, 오늘 밤 우리들의 계획대로 해보십시다. 이 일이 잘 되면 그쪽으로선 사심을 품은 건 나빠도 올바른 사람이 될 것이고, 이쪽으로선 정당한 행위를 하는 것이니, 양쪽 다 죄를 짓는 건 아니에요. 좀 마음에 거리끼긴 하지만 해봅시다. (모두 퇴장)

제 4 막

제 1 장

플로렌스의 군막 근처 들판

프랑스 귀족 2가 대여섯 명의 병사들을 데리고 잠복해 있을 때 한 병사가 북을 들고 나타난다.

귀족 2 이 생울타리 모퉁이를 돌아서 오는 길밖에 없다. 그러니까 놈을 덮칠 땐 무서운 말투로 고함을 치란 말이다. 그리고 아무도 놈의 말을 알아듣는 척해서는 안 된다. 통역할 사람을 빼놓고는.

병사 1 대장님, 저에게 통역을 시켜주십시오.

귀족 2 그자하고 아는 사이가 아닌가?

병사 1 천만에요, 전혀 염려 마십시오.

귀족 2 그래, 이쪽에 대해 이야기할 때는 어떻게 꾸며댈 건가?

병사 1 대장님 말씀대로 하죠.

귀족 2 우리를 적에게 고용된 외인부대로 알게 해야 돼. 놈은 이 고장의 말을 조금은 알고 있으니까 모두 엉터리 말로 씨부렁대야 한다고. 서로 지껄이는 소릴 못 알아들어도 상관없어. 그저 서로 알아듣는 체하기만 하면 된다. 까마귀 소리라도 괜찮으니 까아까아 하면 된단 말이다. 통역인 자넨 아주 요령 있게 해야 돼. 자, 숨어라! 놈이 온다. 놈은 틀림없이 두 시간 동안 늘어지게 자고선 돌아가서 거짓말을 할 속셈일 거다.

패롤리스, 생울타리를 따라 등장

패롤리스　열 시다. 이제 세 시간만 지나면 돌아가도 좋을 시간이다. 그런데 뭘 했다고 우겨대지? 감쪽같이 속아 넘어갈 거짓말을 꾸며대야 하는데. 놈들이 날 의심하고 있어. 그래서 그런지 요즘에는 창피스런 일들이 마구 내 문을 두드리며 들어오려 한단 말야. 내 헛바닥은 무모하게 큰소리를 치지만 내 심장은 군신 마르스와 그 패거리들에게 겁을 먹고 있으니, 헛바닥이 조잘댄 것을 실행할 용기는 눈곱만큼도 없어.

귀족 2　(방백) 이제야 네놈의 헛바닥이 지은 죄를 실토할 테지.

패롤리스　안될 줄 뻔히 알았을 뿐만 아니라 해볼 생각도 없었으면서 어느 악마에게 부추김 당한다 해서 북을 되찾으러 갈 내가 아니지. 아, 몸에 몇 군데 상처를 내어 싸우다가 다쳤다고 해야지. 한데 작은 상처로는 "그까짓 상처로 말이 되느냐?"고 핀잔만 들을 테니 걱정이야. 그렇다고 큰 상처를 입는 건 질색이다. 뭘 증거로 내놓지? 헛바닥아, 널 빼어 버터장사 계집의 아가리에다 처넣어주고 싶다. 그 대신 혀가 없는 바자제트 노새라도 한 마리 사야겠다. 네놈이 재잘거려서 날 이런 곤경에 빠뜨렸으니 말이다.

귀족 2　(방백) 자기 꼬락서니가 어떻다는 걸 잘 알면서도 그걸 고치려

들지 않다니!

패롤리스   이 옷을 찢든가, 내 이 스페인 검을 부러뜨려서라도 말발이 섰으면 좋겠다.

귀족 2   (방백) 그렇게 하진 못하게 하겠어.

패롤리스   아니면 턱수염을 싹 밀어버리고, 책략 때문이라고 할까?

귀족 2   (방백) 누가 호락호락 넘어갈 줄 알아?

패롤리스   옳지, 옷을 물속에 패대기쳐버리고 발가벗겨졌다고 할까?

귀족 2   (방백) 그래봤자, 소용없지.

패롤리스   성채의 창에서 뛰어내렸다고 맹세할까?

귀족 2   (방백) 물 깊이는?

패롤리스   서른 길쯤?

귀족 2   (방백) 칼을 물고 세 번 맹세한들 누가 믿을까?

패롤리스   적의 북이라면 뭐든 좋다. 그렇다면 탈취했다고 큰소릴 칠 텐데.

귀족 2   (방백) 적의 북소릴 곧 들려주마.

패롤리스   (사람들, 북을 치며 달려든다) 이건 적의 북이다.

귀족 2   스로카 모부서스, 카르고, 카르고!

일동   카르고 카르고 카르고 빌리안다 파르 코르보, 카르고!

패롤리스   오! 돈을 주겠어. 석방해준다면 금을 내놓으리다. (병사들이 스카프로 눈을 가린다) 눈을 가리진 마시오.

병사 1   보스코스 스로물도 보스코스.

패롤리스   당신들은 무스코스 연대의 용사들이군. 말이 통하지 않으니 목숨을 잃게 됐군. 독일이나 덴마크, 저지대 네덜란드, 이탈리아, 프랑스

분이 계시면 말해보시오. 플로렌스 쪽을 쳐부술 비밀을 가르쳐주리다.

병사 1　보스코 보바도! 네 말 알아듣는다. 네 나라 말도 할 줄 안다. 케렐리본토, 이봐, 기도를 해. 열일곱 자루의 단검이 네 가슴을 겨누고 있다.

패롤리스　아!

병사 1　기도를 해, 기도를! 만카 레바니아둘체.

귀족 2　오스코르비덜처스 볼리보르코.

병사 1　장군께서 너를 살려줄 수도 있다고 하셨다. 눈을 가린 상태에서 너의 정보를 들어보시겠다고 했다. 정보 내용에 따라서 목숨을 살릴 수도 잃을 수도 있을 것이다.

패롤리스　아이고, 제발 목숨만 살려주십시오! 우리 진중의 비밀이란 비밀은 몽땅 말씀해드리겠습니다요.

병사 1　거짓말은 안 하겠지?

패롤리스　거짓말을 하거든 이 목을 쳐도 좋습니다.

병사 1　아코르도 린타. 자 가자, 잠시 동안만 살려준다. (통역병과 병사들이 패롤리스를 압송하며 퇴장. 안에서 북소리가 들려온다)

귀족 2　(병사 2에게 귓엣말로) 로실리온 백작과 내 형한테 가서 누런 도요새를 잡았는데, 지시가 있을 때까지 눈을 가려두겠다고 말씀드려라.

병사 2　네, 대장님.

귀족 2　그자는 아군의 비밀을 모조리 우리들에게 누설할 테지. 이쪽을 적으로 알고.

병사 2　그리 전하겠습니다.

귀족 2　그때까지 눈을 가려서 잘 가둬 둬라. (모두 퇴장)

플로렌스. 과부 집의 한 방

버트람과 다이애나 등장

버트람 당신 이름은 폰티벨이라고 들었는데.

다이애나 아니에요, 백작님! 다이애나라고 합니다.

버트람 고귀한 여신의 이름이군요! 그만한 가치가 있는 이름이오. 아
니, 그 이상이오. 그러나 아름다운 여인이여, 그런 용모를 갖고도 어째
사랑을 모르는가? 당신의 가슴속에 청춘의 불길이 타오르지 않는다면
비석에 불과해. 그리고 죽으면 지금의 당신 얼굴은 흔적도 없어질 거
요. 그러니 사랑스런 당신을 가졌을 때의 어머니처럼 되란 말이오.

다이애나 그때의 어머니는 정숙했어요.

버트람 당신 역시 그렇소.

다이애나 어머닌 다만 본분을 다했을 뿐이에요. 백작님께서 부인께
해야 할 의무와 꼭 같은걸.

버트람 그런 얘긴 그만 합시다. 제발 부탁이니 맹세를 깨뜨리지 않게
해주오. 난 강제로 결혼당한 거요. 그러나 당신을 사랑하지 않고는 견
딜 수가 없소.

다이애나 그러시겠죠. 가치가 있을 때까진 말예요. 그러나 장미꽃을
꺾은 후엔 앙상한 가시만 남은 우리에게 꽃의 향을 잃었다고 비웃으시

겠죠, 뭐.

버트람   내가 그토록 맹세하지 않았는가!

다이애나   골백번 맹세를 하셨다고 진실한 건 아니죠. 진정한 맹세는 한 번이라도 충분해요. 그러니까 부디 한 말씀만 해보세요. 만약에 제가 조브 신을 걸고 백작님을 열렬히 사랑한다고 맹세하고는 실은 악의를 품고 있어도 제 맹세를 믿으시겠어요? 아무리 신에게 맹세를 하더라도 겉 다르고 속 다르다면 어찌 믿을 수 있겠어요. 그러니 백작님의 맹세 역시 말뿐이에요. 도장이 찍히지 않은 증서와도 같아요. 적어도 저는 그렇게 생각해요.

버트람   그런 생각은 바꾸어요. 그렇게 신성한 얼굴로 그런 잔인한 소릴 해선 안 되오. 사랑은 신성한 거요. 그리고 난 성실해. 당신이 비난하는 사내들의 꿍수 따윈 난 조금도 모르오. 나의 짝이 돼 주겠다고 말해줘요. 내 사랑은 영원히 변치 않아요.

다이애나   (방백) 사내들이란 여잘 낚아채기 위해 어살을 치지. (버트람에게) 그럼, 그 반지를 제게 주세요.

버트람   빌려주지. 완전히 주어버릴 순 없는 것이니.

다이애나   주시지 못하겠단 말씀이시군요?

버트람   이건 조상 대대로 전해 내려오는 가보요. 내가 이걸 잃어버리게 되면 크나큰 불명예를 안게 된다오.

다이애나   제 명예도 그 반지와 같아요. 제 정조도 조상 대대로 전해 내려오는 보석으로, 그걸 잃어버린다면 제게 그 이상 불명예스러운 일은 없을 거예요. 알고보니 백작님의 말씀은 저의 명예를 지켜주는 기사가 되어주시는군요. 그러니 이젠 쳐들어오셔도 소용없어요.

버트람　반질 가져가요. 내 가문도, 내 명예도, 아니 목숨까지도 이젠 당신 것이오. 당신 시키는 대로 하리다. (다이애나, 반지를 가져간다)

다이애나　자정이 되거든 제 들창문을 두드려주세요, 어머니한테 들키지 않도록 해두겠어요. 그런데 꼭 한 가지 지켜주실 것이 있어요. 저의 처녀성을 꺾었을 때는 꼭 한 시간만 있다가 가서야 해요. 그리고 어떤 말씀도 하시지 마세요. 그 이유는 이 반지를 돌려드릴 때 알려드리겠어요. 오늘 밤엔 백작님 손가락에 다른 반지를 끼워 드리겠어요. 두고두고 우리의 사랑을 기념하도록 말예요. 그럼 그때까지 안녕히 계세요. 언약은 꼭 지키셔야 돼요. 백작님은 아내를 얻게 되겠지만 저의 희망은 끝나버리는 거예요.

버트람　당신을 얻게 되다니, 난 이 지상에서 천국을 얻은 셈이오!

다이애나　(독백) 그럼, 오래오래 사셔서 하늘과 저에게 감사하세요! (버트람 퇴장) 결국 그렇게 되는구나. 어머니는 그분이 어떻게 구애해올 것인지를 마치 그분 마음속에 들어갔다 나오신 것처럼 분명하게 말씀하셨지. 어머님 말씀이 사내란 모두 똑같은 맹세를 한다지 뭐야. 그분은 부인이 돌아가시면 나와 결혼을 하겠다고 맹세했지. 그러니 나는 죽어 무덤 속에 가서야 동침하게 될 것 같군. 프랑스 사람은 말재주가 좋으니 결혼을 하겠다 해도, 난 평생 처녀로 살다가 죽는 거지. 이번 일은 흉측한 상대방의 속셈을 알 수 있는 기회니 속인 내가 죄를 지은 건 아니야. (퇴장)

제 3 장

플로렌스 진영의 군막

프랑스 귀족 두 사람과 2, 3 명의 병사들 등장

귀족 2　백작에게 보내온 어머니의 편지를 아직 전하지 않았는가?

귀족 1　한 시간 전에 전했네. 무언가 그의 마음을 찌르는 사연이 있는 것 같아. 편지를 읽고 나더니 사람이 완전 달라졌으니 말야.

귀족 2　그렇게 덕성스럽고 사랑스런 부인을 팽개치듯이 버렸으니 핀잔을 받아 마땅하지 뭐.

귀족 1　문제는 영원히 폐하의 진노를 사게 된 것이지. 폐하께서는 백작에게 큰 은총을 베푸셨지만……. 이건 비밀이니 절대로 입 밖에 내서는 안 되네.

귀족 2　내가 들은 이야기는 내 마음속에 꼭 묻어두지.

귀족 1　백작은 플로렌스에서 정숙하기로 소문난 젊은 처녀를 유혹했다지 뭔가. 오늘 밤에 그 처녀의 순결을 범해 욕정을 채우기로 한 모양이야. 대대로 내려오는 반지까지 주면서 음란한 약속을 얻어내는 데 성공했다고 입이 헤벌어졌다더군.

귀족 2　신이여! 그런 모반이 저희들 마음속엔 생기지 않도록 지켜주소서! 신의 가호가 없으면 우리 꼴이 어떻게 될지 모르옵니다.

귀족 1　그건 자기 자신에 대한 반역이야. 모든 배반자들처럼 결국은 본색이 드러나 처절한 최후를 맞게 될 테지. 백작께서도 자신을 망치는 행위를 하게 되면 끝내는 패가망신하게 될걸.

귀족 2   자기의 부끄러운 속셈을 나발 불고 다니는 건 지옥에나 가야 할 일 아니겠나? 그렇게 되면 오늘 밤엔 그 양반 오지 않겠는걸.

귀족 1   자정이 지나기까진 안 될걸요. 약속이 있으니까.

귀족 2   곧 자정이 된다. 그 부하 녀석을 그분 앞에서 발랑 까뒤집어 보여주고 싶다. 그런 발칙한 놈을 귀중한 보석처럼 생각해온 분별력을 되짚어보게.

귀족 1   백작이 올 때까지 놈을 내버려두자. 백작이 나타나기만 해도 놈은 종아리가 으깨지는 고통을 느낄 테니까.

귀족 2   그건 그렇고, 전쟁 소식은 들었나?

귀족 1   평화 교섭이 진행되고 있다고 하던데.

귀족 2   아니, 이미 화의가 성립됐어.

귀족 1   그럼, 로실리온 백작은 어떻게 될까? 더 오지로 떠날까, 아니면 프랑스로 돌아갈까?

귀족 2   그렇게 묻는 걸 보니, 그의 상담역이 아닌 것 같군.

귀족 1   알고 싶지도 않아. 그가 하는 일을 알아서 뭘 한담.

귀족 2   실은 말야, 그의 부인이 약 2개월 전에 가출을 했대. 성 제이 퀴즈 르 그란드 교회를 참배한다는 구실로. 그녀는 천성이 선한데다 매우 심약한 분이라 깊은 슬픔 끝에 결국 숨을 거두고 말았대. 아마 지금쯤 천국에서 노래를 부르고 있을 테지.

귀족 1   그걸 뭘로 증명하나?

귀족 2   부인의 편지에 목숨을 거두기 직전까지의 일이 확인되었다고.

죽었다는 소식이야 본인이 말할 수 없는 거지만, 그 고장의 교구 사제가 보증해주더군.

귀족 1   백작은 그 소식을 다 알고 있을까?

귀족 2   암! 모든 세세한 문제에 대해 증거까지 모으고 있는걸. 충분히 사실이라고 믿는 것 같았어.

귀족 1   그 소식을 듣고도 기뻐 어쩔 줄 모르니 정말 서글프군.

귀족 2   인간이란 큰 손실 앞에서 도리어 기뻐하는 수가 있다고!

귀족 1   어떤 땐 득을 보면서도 눈물을 흘리며 슬퍼하는 수도 있다니까! 이곳에서 그의 무공으로 얻게 된 큰 명예도 본국에 돌아가면 꼭 같은 정도의 치욕으로 상쇄되고 말걸.

귀족 2   우리의 일생은 선과 악이란 실로 짜여져 있어. 따라서 사람이 잘못을 저지르고도 매를 맞지 않는다면 더욱 거만해질 것이며, 누군가가 덕으로 감싸주지 않는다면 죄악도 절망으로 빠져버릴 테지.

   하인 등장

웬일이냐! 네 주인께선 어디 계시냐?

하인   나리께선 거리에서 공작님을 만나 뵙고 작별인사를 드렸습니다. 내일 아침에 프랑스로 출발하실 예정이시며, 폐하께 올릴 공로장도 공작님으로부터 받았답니다.

귀족 1   그 공로장이 아무리 달콤해도 폐하의 심드렁한 기분을 돌릴 수는 없을걸.

버트람 등장

저기 오신다. 웬일이십니까? 자정이 이미 넘지 않았습니까?

버트람   오늘 밤, 한 달이나 걸려야 할 수 있는 일들을 열여섯 가지나 해치워버렸어요. 공작님과 가까운 일가친척들께도 작별인사를 드렸고, 죽은 아내도 매장하여 애도를 표했고, 어머니께는 귀국을 알리는 편지를 썼으며, 짐꾼을 구해놓았어요. 이들 굵직한 일들 외에 자질구레한 일도 이것저것 처리했지. 맨 마지막에 할 일이 가장 중요한데, 그건 아직 끝내지 못했지만.

귀족 2   날이 밝으면 여길 떠나야 하실 텐데 빨리 서두르셔야겠습니다.

버트람   이를테면 미루면 곤란한 일이라고 할 수 있지. 그런데 그 어릿 광대와 병사 간의 문답을 어디 들어봅시다. 자, 그 엉터리 표본 같은 녀석을 이리로 끌고 오라고 해요. 코에 걸면 코걸이, 귀에 걸면 귀걸이 식으로 지껄이며 날 속여 온 녀석을 말이오.

귀족 2   (병사에게) 그자를 끌어내 오너라. (병사 퇴장) 밤새껏 족쇄를 채워 놨죠, 엉뚱한 녀석이라.

버트람   상관없소. 고생 좀 해야지. 그래 지금 어떻게 하고 있소?

귀족 2   이미 말씀드린 대로 족쇄를 채워놓았답니다. 그랬더니 우유 통을 엎지른 계집아이처럼 울더군요. 그러고는 병졸인 모건을 신부로 알고 고해를 하지 뭡니까? 철이 들기 시작해서 족쇄를 차는 이번 재난을 맞기까지의 일을 모조리 뱉어놓았답니다. 고백한 내용이 무엇인지 짐작하시겠습니까?

버트람   내 말은 하지 않던가요?

귀족 2　놈의 고백은 모조리 기록되어 있으며, 그놈 면전에서 읽겠습니다. 백작님에 관한 것도 틀림없이 있을 겁니다.

병사들이 패롤리스와 통역병을 대동하고 등장

버트람　꼴 좋군그래! 눈까지 가려져서. 한데 내 얘기도 하겠지?

귀족 1　쉬! 쉬! 장님놀이의 술래가 나타났군! 포토타르타로사.

통역병　(패롤리스에게) 고문하라고 하신다. 고문을 안 해도 술술 불지 그러나?

패롤리스　알고 있는 건 단 한 가지도 빠짐없이 불겠습니다. 한데 사지를 꼭꼭 죄면 아파서 말을 못하게 됩니다.

통역병　보스코 치머르초.

귀족 1　보블리빈도 치커르머르코.

통역병　장군님은 인자하시다. 이봐, 장군님께선 내가 서면으로 묻는 말에 대답하라고 하신다.

패롤리스　바른 대로 말씀드리겠습니다. 목숨만 살려주십시오.

통역병　(읽는다) 「공작 기병대의 병력을 물어봐라」 ─ 자, 말해봐라!

패롤리스　오륙 천이 됩니다만 아주 무력하고 전혀 쓸모가 없는데다가 이리저리 흩어져 있고, 장교들도 보잘것없습니다.

통역병　너의 대답을 그대로 기록해도 좋겠는가?

패롤리스　좋다 뿐이겠습니까? 맹세하지요. 어떻게 쓰시든 마음대로 하십시오. (통역병 기록한다)

버트람　저런, 그래도 입은 살아서. 염병 앓다 뒈질 놈 같으니라고!

귀족 1   백작님, 그렇지 않습니다. 저자는 자칭 천하의 병술가인 무슈 패롤리스로, 어깨띠의 매듭에 병법의 모든 이론이 담겨 있으며, 단검 끝 씌움쇠에는 그 실천의 증좌가 있다고 합니다.

귀족 2   앞으론 검을 깨끗이 하고 다닌다고 해서 그 사람을 신뢰하거나 의관을 말쑥이 갖추었다고 해서 무엇이든지 해낼 수 있는 사내라고 믿지는 말아야겠습니다.

통역병   (고개를 쳐든다) 음, 그대로 적었다.

패롤리스   오류천 정도라고 적어주십시오. 입은 비뚤어져도 피리는 바로 불고 싶으니까요.

귀족 1   그렇다면 거의 사실 같구나.

버트람   그러나 고맙다고는 할 수 없군. 얘기가 얘기이니만큼.

패롤리스   보잘것없는 놈들이란 말도 그대로 적으셨나요?

통역병   암, 그대로 적었지.

패롤리스   고맙습니다. 사실이거든요.

통역병   (읽는다)「보병의 병력은 얼마나 되는가, 심문하라.」

패롤리스   당장 목이 떨어지는 한이 있더라도 사실대로 말씀드리죠. 가만있자, 스푸리오가 백오십 명, 세바스천과 코람버스 그리고 제이퀴즈도 그 정도이고, 길티언, 코스모, 로도웍, 그리티아이는 각각 이백오십 명. 썩은 놈과 성한 놈을 통틀어서 1만5천 마리 이상은 안 될 겁니다. 그중 반수는 몸뚱어리가 산산조각이 날까봐 외투 위의 눈 터는 것도 무서워하는 놈들이죠.

버트람   (귀족1, 2에게) 저놈을 어쩌면 좋담?

귀족 1   뭘 어쩌겠습니까? 수고했다고 하면 되죠. (통역병에게) 내가 공작에게 얼마나 신임을 받고 있는지 물어봐라.

통역병   물론 적어놓았죠. (읽는다) 「프랑스인인 듀메인이란 대장이 진중에 있는지 없는지 답변하라. 그 사람에 대한 공작의 신임은 어느 정도이며, 용맹심과 정직성, 병술은 어느 정도인지, 그리고 돈으로 매수하면 그가 반란을 일으킬 수 있는지 답변하라.」 이 질문에도 답변할 수 있는가?

패롤리스   한 가지씩 물어봐주세요.

통역병   듀메인 대장이란 자를 아느냐?

패롤리스   알다 뿐이겠습니까? 본래 파리에서 양복 수선하는 집의 수습공으로 있었는데, 그 가게에서 내쫓겼죠. 그건 땡전 한 푼 없는 천치 벙어리 여자에게 임신을 시켰기 때문이죠. 그래서 매를 엄청 얻어맞고 내쫓겼죠. (듀메인이 막 패롤리스를 매질하려 한다)

버트람   안 돼. 손찌검은 하지 마세요. 이자의 머리통엔 당장 기왓장이 떨어져 박살 날 테니까요.

통역병   그런데 그 대장은 지금 플로렌스 공작의 진중에 있는가?

패롤리스   틀림없이 있습니다, 야비한 위인이죠.

귀족 1   (버트람에게) 아니, 제 얼굴을 그렇게 보지 마십시오. 곧 백작 차례니까요.

통역병   공작은 그 사람을 어떻게 생각하는가?

패롤리스   공작은 그자를 저의 하급부하로밖엔 생각지 않아요. 요 며칠 전만 해도 저에게 그자를 내쫓으라는 전갈을 보냈더군요. 아마 그 편지가 저의 호주머니에 들어 있을 겁니다.

통역병   그럼 뒤져봐야겠다. (통역병이 뒤진다)

패롤리스   곰곰이 생각해보니 조금 알송달송합니다요. 호주머니 속에 들어 있는지, 공작의 다른 편지와 함께 저의 군막 안에 됐는지.

통역병   여기 있다, 이걸 읽어줄까?

패롤리스   그건 다른 편지인지 모르겠는데요.

버트람   (방백) 통역병 솜씨가 아주 좋군.

귀족 1   대단한 솜씨군요.

통역병   (편지를 읽는다) 「다이애나여! 그 백작은 팔푼이지만 돈은 많아요.」

패롤리스   그건 공작님의 편지가 아닙니다. 플로렌스의 다이애나란 훌륭한 처녀에게 보내는 편지예요. 로실리온 백작이라는 어리석고 주책없는 애송이의 꾐수에 넘어갈 것 같아서 썼지요. 제발 그 편지를 도로 돌려주세요.

통역병   아니, 내가 먼저 읽어봐야겠어.

패롤리스   솔직히 말씀드립니다만 이 편지는 다이애나란 처녀를 위해 쓴 겁니다. 그 젊은 백작은 위험하고 음탕한 사람이에요. 백작은 그녀에겐 마치 고래 같이 덤벼들었죠. 이미 눈에 띄는 작은 물고기들을 집어삼킨 상태였거든요.

버트람   (방백) 저런, 급살 맞아 죽을 놈!

통역병   (읽는다) 「그가 맹세하거들랑 금화를 던지라고 해서 받아두오. 그자는 남에게 빌린 돈은 절대로 갚지 않으므로 빌린 것은 먼저 받아두는 것이 상책이오. 잘 맺은 언약은 반은 이루어진 셈이니 언약을 잘 해두시오. 다이애나여, 명심해 들으세요. 어른들과는 상종해도 괜찮지만 아이들하고 입을 맞추어서는 못 써요. 한 번 더 말해두지만 그 백작은 미리 지불은 하지만 하늘이 두 조각나도 빌린 돈은 갚지 않는 자라오. 패롤리스로부터」

버트람　그 글을 그자 이마빡에 붙여 군막 안을 끌고 다녀야겠다.

귀족 2　(방백) 이자가 바로 백작의 절친한 친구요. 몇 개 국어를 하는 언어학자요, 병법에도 능통한 군인이 아닌가!

버트람　난 고양이만 아니라면 다 참아낼 수 있는데 저자가 내겐 그 고양이오.

통역병　(패롤리스에게) 야, 장군의 안색을 보니 넌 교수형을 면치 못할 것 같다.

패롤리스　제발 목숨만은 살려주십시오. 제 목숨이 아까워서 그런 것은 아닙니다. 지은 죄가 너무 많아 참회를 하며 여생을 보내고 싶어서입니다.

통역병　모든 걸 숨김없이 자백한다면 살아날 방법이 있을지도 모른다. 그럼 다시 한번 듀메인 대장에 관해서 묻겠다. 공작의 신임이라든가 용맹성에 관해서는 이미 대답했으니 그 점은 됐다. 한데 그자의 정직성은 믿을 만한가?

패롤리스　수도원에서라도 달걀을 훔쳐낼 위인이지요. 강간, 겁탈 솜씨는 반인반수 네수스를 뺨칠 만한 작자고요. 맹세 따위는 지키지 않는다고 큰소리로 거들먹대는 위인입니다. 거짓말을 해도 어떻게나 그럴 듯하게 잘하는지 진실이 바보처럼 여겨질 정도이죠. 또 고주망태로 취하는 것이 그자의 최고 미덕이라고 할 만하지만 이불을 더럽히는 게 탈이죠. 모두들 그자의 버릇을 알고 있기 때문에 취해 있으면 지푸라기 위에 패대기를 쳐서 재운답니다.

귀족 1　지금 얘길 들으니 슬그머니 놈이 좋아진다.

버트람   당신의 정직성에 대한 설명 때문인가요? 주리를 틀 놈! 내겐 놈이 점점 더 고양이 같기만 하군.

통역병   전쟁에서 병법은 어떠한가?

패롤리스   고작해야 잉글랜드 유랑극단 선두에 서서 북이나 처주었어요. 저는 원래 거짓말을 싫어하여 군인으로서의 자격에 관해 상세한 것은 모르겠습니다만 잉글랜드에서 장교가 되어 마일엔드라는 시민병 훈련장에서 "이열종대로 서라!"는 것을 지시하는 역할을 한 적이 있었다고 합니다. 그자의 명예를 표창해주고 싶지만 아는 것이 이런 것뿐이라 도리가 없군요.

귀족 1   그자는 악당치고는 유별난 자라 희귀하다는 점에서 그를 구제하는군요.

버트람   빌어먹을 놈! 암만 해도 고양이 같아.

통역병   그렇게 값싼 사나이라면 돈으로 매수하면 쉽게 모반을 일으킬 수 있다는 말이렸다?

패롤리스   동전 한 푼만 주면 영혼 구제의 손길이고 상속권이고 죄다 팔아버릴 것이니 자손대대로 푼돈조차도 상속받지 못할 겁니다.

통역병   그 사람의 동생인 또 한 사람 듀메인 대장은 어떠냐?

귀족 2   (독백) 왜 내 얘길 묻는 건가?

통역병   그 사람은 어떻냐고!

패롤리스   한 둥지에서 자란 까마귀죠. 좋은 일에는 형보다 못하고, 악한 일에는 훨씬 뛰어나죠. 겁 많기로는 형은 저리 가라죠. 한데 형은 후퇴할 땐 하인보다 빨리 달아나고, 전진한다고 하면 대뜸 경련이 일어난다니까요.

통역병   목숨을 살려주면 플로렌스 공작을 배반할 건가?

패롤리스   네, 기마대장 로실리온 백작도요.

통역병   넌지시 장군님에게 여쭈어 의중을 알아보겠습니다.

패롤리스   (방백) 다신 북 같은 건 치지 않을 테다. 염병할 북이란 북은 몽땅 썩어 문드러져라. 그저 잘 보이려고 저 색정에 눈먼 젊은 백작을 속이려다가 이런 곤경에 빠지다니!

통역병   넌 죽어줘야겠어. 장군께서 말씀하시길 넌 자기 군대의 비밀을 누설한 반역자이며, 고결하다고 일컬어진 분들을 험한 말로 악평을 하였으니 살려둔들 아무짝에도 쓸 데가 없단다. 그러니까 넌 부득이 죽어야만 되겠어. 밍나니, 이리 와서 이사의 목을 쳐라!

패롤리스   오! 하느님, 제발 살려주십시오. 아니면 제가 죽는 꼴이라도 보게 해주십시오.

통역병   그래, 보게 해주마. 친구들에게 작별인사나 하지 (눈가리개를 뗀다) 자, 봐라. 그래, 아는 분이 있나?

버트람   안녕히 주무셨소? 고상한 대장나리!

귀족 2   (조롱조로) 안녕하시오, 패롤리스 대장!

귀족 1   여, 반갑소이다. 고상한 대장!

귀족 2   대장, 라후 경께 전할 말씀은 없습니까? 저는 이제 프랑스로 돌아가게 됐답니다.

귀족 1   대장, 로실리온 백작을 위해서 다이애나에게 써준 소네트의 사본을 한 장 주시지 않겠습니까? 내가 겁쟁이만 아니라면 힘으로 빼앗을 수도 있으련만. 자, 잘 있어요. (버트람과 귀족들 군막을 떠난다)

통역병   결국 당하셨군요, 대장! 하지만 그 스카프는 무사한데다 아직 매듭도 그대로군.

패롤리스　책략에 말려들면 누군들 망신을 안 당하겠어요?

통역병　당신만큼 수치를 당한 여자들만 살고 있는 나라를 찾아보지그
래. 그곳에 가서 염치없는 나라를 세우면 그 나라의 왕이 될지도 모르니
까. 그럼 잘 있거라. 나도 프랑스로 간다. 거기서 네 얘길 실컷 할게. (퇴장)

패롤리스　고마운 일이지. 내가 염치가 있다면 심장이 치욕으로 터지
고 말았을걸. 이젠 대장이고 나발이고 다 집어치우겠다. 그리고 잘 먹
고 마시고, 대장처럼 편안히 자는 거야. 그저 타고난 모습으로 살아가
야지. 허풍이나 치는 자는 조심해야 한다. 제가 아무리 허풍을 떨더라
도 언젠가는 들통이 나서 바보가 되고 말 테니까 말이다. 검이여, 녹슬
어라! 붉어진 뺨이여, 냉정을 찾아라! 패롤리스는 치욕 속에서 편히 살
리라! 바보 꼴이 됐으니 바보다운 것이 더욱 번창할 것이니! 사람이란
어느 곳에서건 살아가게 되어 있다. 저자들 뒤를 따라가자. (퇴장)

제 4 장

플로렌스. 과부 집의 한 방

헬레나, 과부 및 다이애나 등장

헬레나　제가 한 일이 두 분께 폐가 될 것이 없다는 걸 증명하기 위해

서 이 기독교 세상에서 가장 위대하신 분을 제 보증인으로 삼겠어요. 제 소원을 이루기 위해서는 아무래도 그분의 옥좌 앞에 부복을 해야겠으니까요. 저는 폐하께 생명과 관련된 중대한 일을 해드린 일이 있었어요. 폐하께서는 지금 마르세유에 체재 중이시라는 소식을 들었어요. 거기로 가는 데는 좋은 배편이 있다고 들었습니다. 아시다시피 이 몸은 이미 죽은 걸로 되어 있어 군대가 해산되면 나의 주인양반은 서둘러 고향으로 가실 거예요. 하늘의 도우심 아래 인자하신 폐하의 윤허만 얻게 되면 만나고 싶어 하는 그분보다 먼저 프랑스에 닿는 거지요.

과부   부인, 우리 모녀는 어느 하인 못지않은 충복이 되겠어요.

헬레나   이 모든 건 진정 하늘의 뜻이라고 생각하겠어요. 제가 따님의 결혼 지참금을 마련해드리게 되고, 따님의 아이디어로 제가 남편을 되찾는 도움을 받은 것 말이에요. 참으로 남자란 이상하다니까요. 그토록 미워하던 사람을 그렇게 어여쁘게 대해줄 수도 있다니 말예요. 칠흑 같은 어두운 밤에 눈이 멀어서, 암흑이 무색할 정도로 욕정의 불꽃을 튀기니! 색정이란 그런 건가봐요. 사람이 바뀐 줄도 모르고 역겨워하던 사람을 그렇게 애무하다니! 이 얘긴 나중에 또 하기로 해요. 그리고 다이애나 아가씨, 미안하지만 날 위해 좀 더 수고를 해줘야겠어요.

다이애나   아씨께서 시키시는 일이라면 정조를 지킬 수 있는 한 사력을 다해 분부대로 거행하겠습니다.

헬레나   그럼 부탁해요. 이제 곧 따스한 여름이 올 거예요. 그땐 들장미에 가시뿐만 아니라 잎도 돋아나겠지요. 그러면 따끔하긴 하겠지만 꽃향기가 코를 물씬 찌를 거예요. 자, 그럼 출발해요. 마차 준비도 되어 있어요. 세월이 가면 우리의 사랑도 되살아날 거예요. '끝이 좋으면 다

좋아'예요. 그리고 끝은 면류관이죠. 험한 길의 끝자락엔 명예가 있어 요. (모두 퇴장)

로실리온. 백작부인 저택의 한 방

백작부인, 라후, 어릿광대 등장

라후　아드님의 눈을 흐리게 한 놈은 바로 그 촉새 같은 녀석이었어 요. 그놈이 뿜는 독은 사프런처럼 이 나라의 풋내기 젊은이들을 샛노 랗게 물들이고 말 겁니다. 만약 며느님이 살아 있고 아드님이 집에 있 었더라면 폐하의 지극한 총애를 받았을 거예요. 그 꽁지 붉은 땡벌 같 은 녀석만 없었더라면 말입니다.

백작부인　그런 자를 몰랐으면 좋았을 텐데! 그자 때문에 세상이 그 조화를 자랑할 만큼 훌륭한 여자를 잃고 말았지 뭡니까. 그 며느리가 나와 살을 나누고 산고의 고통을 안겼다 하더라도 이렇게까지 그 애를 사랑할 수는 없었을 거예요.

라후　정말 착하고 어진 분이었어요. 천 가지 샐러드 중에서 그만한 것을 골라내기란 풀밭에서 바늘 찾기지요.

어릿광대　나리, 그 부인은 샐러드로 치면 달콤한 마요라나였지요. 아니, 혜초라고나 할까.

라후 이 멍청아, 그건 샐러드가 아니고 향초야.

어릿광대 소인은 네부카드네자르 대왕은 아니올시다. 풀에 대해선 까막눈인걸요.

라후 네놈 본업은 뭐냐. 불한당이냐 광대냐?

어릿광대 여자에겐 광대고 남자들한텐 불한당이죠.

라후 그렇게 둘로 구별하는 이유는?

어릿광대 남자의 부탁엔 여편네를 속여서 시중을 들지요.

라후 그러고 보니 정말 넌 불한당이구먼.

어릿광대 여자에겐 어릿광대의 몽둥이를 주며 시중을 들지요.

라후 과연 넌 불한당에다가 고약한 광대군.

어릿광대 나리께도 시중을 들까요?

라후 됐다, 됐어! 이 녀석아!

어릿광대 글쎄, 나리께 시중을 들지 못한다면 나리 못지않은 뻑적지근한 분에게 시중을 들어야겠네요.

라후 그게 누구지? 프랑스인이냐?

어릿광대 잉글랜드 사람이랍니다. 그러나 얼굴 상판이야 프랑스 쪽에 훨씬 가깝죠.

라후 도대체 어떤 왕족이냐?

어릿광대 흑태자 말씀이지요. 별명은 암흑의 왕이라고 하기도 하고 악마라고도 하죠.

라후 옛다, 이 지갑을 가져라. 이걸 주는 긴 네가 지금 말하는 주인한 테서 떨어져 나오라는 게 아니라 시중을 잘 들어주라는 뜻이다.

어릿광대　소인이야 숲속에서 자란 몸이라 언제나 활활 타오르는 불이 좋은데 제가 말씀드린 주인 나리는 노상 훤하게 불을 피우신다니까요. 정말 그분은 이 세상의 왕이랍니다. 그 궁정에는 귀족들이 머무르고 있지요. 그러나 소인은 좁은 문이 있는 집이 적합하죠.

라후　자, 가봐라. 네 이야기엔 이젠 신물이 난다. 장난일랑 그만하고 내 말이나 잘 돌봐줘.

어릿광대　소인이 말들에게 장난을 치면 그 말들은 성질 고약한 버릇을 갖게 될 텐데 어쩌죠? (퇴장)

라후　간사한 불한당에다가 익살맞은 놈이군.

백작부인　정말 그래요. 돌아가신 주인양반도 저 사람의 익살을 매우 즐기셨어요. 그이 덕분으로 여기 머물게 됐지요. 주인을 믿어서인지 방자하고 버르장머리가 없답니다.

라후　놈이 마음에 드는군요. 나쁘진 않아요. 제가 말씀드리려고 한 것은 며느님이 세상을 떠났고, 아드님이 돌아온다는 소문을 듣고 폐하를 뵈었습니다. 그 이유는 제 딸아이와 댁의 아드님이 아직 어릴 때 폐하께서 두 사람을 맺어주는 게 좋겠다고 하시면서 그 일을 주선하시겠다고 언약을 하신 일이 기억나서입니다. 그렇게 하는 것이 아드님에 대한 폐하의 진노를 푸는 길이 아닐까요?

백작부인　좋은 말씀이에요. 제발 그렇게 됐으면 좋겠군요.

라후　폐하께서는 마르세유에서 말을 타고 황급히 오는 중입니다. 서른 살 때처럼 건강하신 몸으로요. 적어도 내일 아침이면 이곳에 도착하실 겁니다.

백작부인　죽기 전에 폐하의 용안을 뵐 수 있다니 얼마나 기쁜지 모르겠군요. 제 자식이 오늘 저녁 여기에 닿는다는 편지를 받았습니다. 경께서도 제 아들이 폐하를 배알할 때 머물러주십시오.

라후   어떻게 하면 여기 머물 수 있을까 연구하던 중이었습니다.

어릿광대 다시 등장

어릿광대   아, 마님! 저쪽에 주인나리께서 오셨습니다. 얼굴에 벨벳조각을 붙이고요. 그 밑에 흉터가 있는지 없는지는 벨벳만이 알 겁니다. 하지만 벨벳조각이 시시한 건 아니었습니다.

라후   훌륭한 공을 세우려다 얻은 상처 같군. 상처란 명예의 좋은 징표라고 할 수 있지요.

어릿광대   불고깃감으로 저민 얼굴 같던데요.

라후   자, 부인, 어서 가셔서 아드님을 만나셔야죠. 젊은 군인과 얘길 나누고 싶군요.

어릿광대   그런 사람이라면 한 다스나 와 있어요. 훌륭하고 멋진 모자에다 정말 멋진 새털을 꽂고, 만나는 사람마다 고개를 끄덕이고 있습니다요. (모두 퇴장)

제 5 막

제 1 장

마르세유의 거리

헬레나, 과부, 다이애나 두 명의 시종과 함께 등장

헬레나　이렇게 밤낮을 가리지 않고 채찍을 가하면서 달려오신 은공은 절대 잊지 않겠어요.

신사 한 사람 등장

마침 잘됐네. 저분께 부탁드리면 폐하께 내 얘길 전해드릴 수 있을 거야. 안녕하세요?

신사　안녕하십니까?

헬레나　프랑스 궁정에서 뵌 적이 있지요?

신사　그곳에 머문 적이 있었습니다만…….

헬레나　너무나 급한 마음에 실례를 무릅쓰고 부탁 말씀 드리오니 도와주신다면 그 은혜는 평생 잊지 않겠습니다.

신사　무슨 부탁이세요?

헬레나　이 청원서를 폐하께 올려주시고, 폐하를 배알할 수 있도록 주선해주셨으면 합니다. (청원서를 신사에게 내민다)

신사　폐하께선 이곳에 계시지 않습니다.

헬레나　어머, 안 계신다고요?

신사　네, 어젯밤에 여길 떠나셨지요. 평소보다 몹시 서두르셨지요.

과부　아이고! 헛수고를 했네.

헬레나　그렇지 않아요. "끝이 좋으면 다 좋아"예요. 지금은 일이 꼬이고 잘 안 풀리고 있지만…… 어디로 행차하셨나요?

신사　로실리온으로 가셨습니다. 저도 거기로 가는 중입니다.

헬레나　그럼 당신이 저보다 먼저 폐하를 배알하실 테니, 제발 이 청원서를 전해주세요. 이걸 전해주셨다고 해서 문책을 받지는 않으실 거예요. 오히려 가상히 여기시어 치사의 말씀이 있으실 겁니다. 저희들도 곧 뒤따라가겠습니다.

신사　그렇게 하겠습니다.

헬레나　정말 고맙습니다. 무슨 일이 있어도 꼭 보답하겠어요. 우리들도 말에 오르겠어요. 자, 안녕히~ (모두 황망히 퇴장)

제 2 장

로실리온. 백작부인 저택의 뜰 안

어릿광대와 패롤리스 등장

패롤리스   라바취, 이 편지를 라후 경에게 좀 전해주게. 옛날에는 우리가 보통 사이가 아니었잖아. 내가 최신 유행하는 옷을 입고 다니던 때 말이지. 한데 변덕스럽기 그지없는 운명의 여신의 비위를 거스르는 바람에 신세가 엉망진창이 되었고, 아직도 그 여신의 역정의 악취에서 벗어나지 못하고 있지 뭔가.

어릿광대   정말이지 운명의 여신의 역정은 당신 말대로 냄새가 지독한 모양이군. 이제부터 그 여신이 만들어준 버터구이 생선은 먹지 말아야지. 이봐, 바람 부는 곳에 서 있지 말라고.

패롤리스   아니, 코를 틀어막을 것까진 없네. 그저 비유일 뿐이니.

어릿광대   아무리 비유라도 냄새가 코를 찌르면 콧구멍을 틀어막을 수밖에.

패롤리스   제발 부탁이니, 이 편지를 전해주게.

어릿광대   글쎄, 가까이 오지 말라니까. 운명의 똥닭개를 귀족 나리한테 전해달라고! 마침 본인이 저기 오는군.

라후 등장

(라후에게) 여기 운명의 여신이 기르는 가르랑거리는 고양이가 대기하고 있습니다. 그렇지만 사향 고양이는 아닌걸요. 이 고양이가 이렇게 말하네요. 운명의 여신의 역정이라는 더러운 양어장에 빠져 진흙투성이가 됐다고요. 이 붕어를 잘 보살펴주세요. 보아하니 몰골 사납고, 얼뜨기에 멍청한 악당 같군요. 번뇌하는 꼴이 불쌍하니 나리께서 처치해주세요. (퇴장)

패롤리스   라후 경! 저는 잔인한 운명의 여신의 손톱에 무참히 할퀴어 만신창이가 되었습니다.

라후   그래, 날더러 어쩌라는 거지? 이제 와서 손톱을 자르라고 해본들 때는 이미 늦었네. 그렇게 할퀴었다면 운명의 여신에게 몹쓸 짓을 한 모양이군그래. 운명의 여신은 선량한 분이시니 악당을 오래 살라며 내버려둘 리는 없지. 자, 카데큐(8펜스) 한 닢 줄게. (그에게 은전 한 닢을 준다) 판사님들에게 운명의 여신과 화해시켜 달라고 부탁하게. 난 달리 볼 일이 있으니까. (그가 지나쳐 가려고 한다)

패롤리스   제발 한 말씀만 더 들어주십시오.

라후   은전 한 푼만 더 달란 말이겠지? 자, 받아라. 말은 그만두고.

패롤리스   라후 경, 저 패롤리스입니다.

라후   이게 누구야! 어디 손이나 잡아보자고. 그래 북은 어쨌고?

패롤리스   오, 경은 저의 본색을 맨 처음 알아보신 분입니다.

라후   맞아, 맨 먼저 자네를 알아버린 사람이 나였지.

패롤리스   경, 어쩌다 제 신세가 요 모양 요 꼴이 됐을까요? 제발 한 번만 더 기회를 주십시오.

라후   닥쳐라! 이 주리를 틀 놈아! (트럼펫 소리가 들려온다) 폐하가 납신다. 나중에 오너라. 그러잖아도 어젯밤에 네 얘길 했다. 멍청이에다 악당이지만 밥은 먹여줘야겠지. 자, 따라와. (바쁘게 떠난다)

패롤리스　고맙습니다. (따라간다)

제 3 장

로실리온. 백작부인 저택의 한 방

왕, 백작부인, 라후, 귀족들, 신사들, 호위병들 등장

왕　과인이 보석과 같은 여성을 잃고보니 이제 재산도 몹시 줄고말았소. 부인의 아들은 우둔한데다 분별심이 없어 인연이 된 여성의 됨됨이를 알지 못했던 것 같소.

백작부인　폐하, 황공하오나 이미 지나간 일이옵니다. 청년의 뜨거운 혈기가 저지른 자연의 반역이니 너그렇게 보아주시옵소서!

왕　백작부인, 이미 다 용서를 하고 잊어버렸소. 한때는 괘씸한 생각이 들어 엄중히 처벌할 작심으로 기회를 노리기도 했었소.

라후　신이 한 말씀 아뢰고자 합니다. 바라옵건대 먼저 말씀드리는 걸 윤허하여 주소서. 그 젊은 백작은 폐하에게도, 그의 모친에게도, 아내에게도 큰 죄를 지었습니다. 더구나 스스로에게 큰 환난을 입혔습니다. 그 부인의 뛰어난 미모는 높은 심미안을 지닌 사람도 놀라게 하였

고, 화술은 만인의 귀를 황홀하게 하였고, 완벽한 성품은 남에게 시중드는 것에 모멸감을 느끼는 사람일지라도 공손하게 "새아씨!" 하고 부르고 싶도록 만드는 그런 분이었습니다.

왕　이미 떠난 사람을 칭찬하는 건 추억을 더욱 뼈아프게 할 뿐이오. 그래, 그를 이 자리에 부르시오. 노여움은 풀렸소. 그의 대죄도 숨을 거두고 말았으니. 이제 죄인으로서가 아니라 낯선 사람으로서 그를 맞도록 하겠소.

신사　분부대로 거행하겠사옵니다. (퇴장)

왕　(라후에게) 경의 여식에 대해선 그가 뭐라고 하였는가?

라후　모든 것을 어명에 따르겠다고 하였습니다.

왕　그럼 두 사람을 정혼시키도록 합시다. 그를 칭찬한 편지도 있소.

버트람, 문가에 서서 부름을 기다리고 있다.

라후　그것으로 그 사람의 면목도 서겠습니다.

왕　(버트람에게) 나의 마음은 그다지 청명하지 못하다. 햇빛이 비칠 수도 있고, 바로 우박이 쏟아질 수도 있다. 그러나 밝은 햇살이 비치면 구름은 흩어져버리는 법이다! 자, 앞으로 나오너라. 이젠 날씨가 맑게 겠구나.

버트람　(왕 앞에 무릎을 꿇으며) 폐하! 신의 잘못을 깊이 뉘우치고 있습니다. 부디 용서해주시옵소서.

왕　모든 건 끝났다. 사소한 일보다 대사를 결정하는 데 신경을 쓰도록 하자. 난 이제 나이가 나이이니만큼 아무리 급하게 명령을 내려도,

그것이 이뤄지기도 전에 안식의 시간이 찾아들지도 모르는 일! 라후 경의 규수를 기억하는가?

버트람   존경스러운 분이시죠, 폐하! 첫눈에 그 여성을 마음속에 새겨두었습니다. 그러나 그때는 저의 심정을 감히 털어놓을 용기가 없었습니다. 제 마음속에 그녀의 인상이 너무도 깊이 아로새겨졌기 때문에 이후로는 어떤 미색도 소름 끼치는 추물로 보였습니다. 그래서 만인이 침이 마르도록 칭찬한 헬레나까지도 눈에 박힌 티끌처럼 여겨졌던 겁니다.

왕   참으로 그럴듯한 변명이로다. 그 여성을 사랑했다는 한마디로 수십 가지 죄가 삭감될 정도이니 말이다. 그러나 때늦게 깨달은 사랑은 때늦게 전달된 특사령 같아서 "착한 사람이 이 세상에서 사라졌노라"고 개탄하며 통한의 슬픔을 느끼게 할 뿐이다. 인간은 원래 경솔하고 무모하기 때문에 손에 쥔 보물을 소홀히 여기다가 그것을 무덤 속에 넣고 나서야 그 진가를 깨닫는 법이지. 이것을 가련한 헬레나에 대한 애도의 조종소리로 삼고 그녀를 잊도록 하자. 그리고 그대의 사랑의 선물을 아름다운 미스 모들린에게 보내도록 하여라. 모두가 다 합의를 하였으니 이젠 아내가 죽은 자의 재혼날을 기다릴 뿐이다.

백작부인   오, 하늘이여! 첫 번째보다 두 번째 결혼이 더 행복하게 해주십시오. 그러지 못하겠다면 그들이 만나기 전에 이 목숨을 끝장내주소서!

라후   자, 이제 나의 가문의 이름을 몸속에 삼키게 된 사위와 딸의 마음에 생기를 주어 단숨에 이곳으로 달려오게 할 사랑의 선물을 주오. (버트람, 반지를 빼준다) 이 늙은이의 백발 한 올 한 올을 걸고 맹세하나니,

고인이 된 헬레나는 정말이지 현숙한 부인이었소. 궁중에서 마지막 떠날 때, 그녀의 손가락에 이런 반지를 끼고 있는 걸 보았던 것 같습니다.

버트람　이것은 그녀의 반지가 아닙니다.

왕　어디 좀 보자. 실은 아까 얘기를 하면서도 그 반지에 줄곧 눈길이 끌렸다. (왕은 라후에게서 반지를 받아 손가락에 낀다) 이 반지는 원래 내 것이었다. 헬레나에게 마음의 징표로 이걸 건네주었을 때 말했지. 불운이 덮쳐 힘겨울 때 이걸 증거로 보이면 반드시 도와주겠다고. 그녀에게 생명처럼 소중한 이 반지를 네가 훔친 게 아니냐?

버트람　황공하옵니다만 이 반지는 그녀의 것이 아니옵나이다.

백작부인　아들아, 이 어미도 그 애가 끼고 있는 걸 똑똑히 보았다.

라후　저도 그 여성이 낀 것을 분명히 보았습니다.

버트람　(라후에게) 잘못 보신 것 같습니다. 어머니께서 그것을 보았을 리가 없습니다. 그 반지는 플로렌스의 명문가의 이름을 적은 종이에 싸여 창문에서 내던져진 것입니다. 그 여자는 명문가의 규수인데, 저를 독신으로 알았던 것 같습니다. 그래서 제가 사정을 밝히며 명예를 위해서라도 그녀의 뜻을 받아들일 수 없다고 했더니 그녀는 슬픈 얼굴로 체념을 하였습니다만 이 반지만은 받으려고 하지 않았습니다.

왕　자연의 법에 정통한 재물의 신 플루터스보다도 난 이 반지를 잘 알고 있다. 이 반지는 내 것이자 헬레나의 것이기도 하지. 누가 너에게 주었든 간에 너는 네 자신이 한 행동을 잘 알고 있을 터이니, 어떻게 이것을 강탈하게 되었는지 있는 그대로 밝혀라. 그녀는 여러 성자들의 이름을 걸고 맹세하기를 첫날밤에 그 반지를 신랑에게 주기 전에는 절대로 손가락에서 빼지 않겠다고 하였느니라. 한데 너는 신방에 들지 않았지 않은가! 그리고 위급한 경우 그녀가 이 반지를 너에게 보내기로 맹세했느니라.

버트람   그녀는 그 반지를 본 일조차 없습니다.

왕   너는 거짓말을 하고 있다. 왠지 무서운 억측이 솟아오르는 걸 보니 필경 네가 몸서리치는 짓을 범했다고밖에 생각되지 않는구나. 설마 그럴 리 없겠지만…… 그러나 알 수 없는 일이로구나. 너는 헬레나를 몹시 미워했다. 그리고 그녀는 죽었다. 이 반지를 보니 내 손으로 그녀의 눈을 감겨준 것처럼 그녀의 죽음이 확실해졌다. 저자를 끌어내라. (호위병, 버트람을 잡는다) 이렇게 증거가 드러난 이상 나의 억측이 허황된 것이 아님이 확실하다. 그자를 끌고 가라. 과인이 엄중히 신문하겠다.

버트람   그 반지가 틀림없이 그녀의 것이라면 신이 플로렌스에서 동침한 사람은 그녀가 확실합니다. 그러나 그녀는 플로렌스에 오지 않았습니다. (호위병에게 붙잡힌 채 퇴장)

왕   불길한 생각이 자꾸만 머릿속을 복잡하게 하는구나.

　　신사가 등장하여 문서를 바친다.

신사   폐하! 여기 플로렌스의 한 부인이 올리는 청원서를 가지고 왔습니다. 그 부인이 직접 올려야 마땅한 일이오나 네댓 역 정도 뒤처져 오고 있기 때문에 제가 전달하게 된 것입니다. 부인의 용모나 말씨로 보아 귀한 가문의 여성이 분명하여 그 청원자의 간청을 받아들이게 된 것입니다. 아마 지금쯤 그 부인도 여기에 도착했을 겁니다. 안색으로 미루어 보아 매우 중요한 용건 같았습니다. 폐하와 그분 자신에 관한 일이라는 말을 하셨습니다.

왕 (문서를 읽는다) 「부인이 죽으면 결혼해주시겠다고 수차 맹세하셨으므로 부끄러운 말씀이오나 소녀는 그분의 간청에 몸을 허락했습니다. 홀아비가 되신 로실리온 백작은 저의 정조만 짓밟아놓고 맹세는 지키지 않았습니다. 그러고는 작별인사도 없이 플로렌스를 훌쩍 떠났습니다. 그래서 정당한 재판을 받기 위해 그분 뒤를 쫓아왔습니다. 오, 폐하! 소녀의 간절한 청을 들어주시옵소서. 모든 일은 폐하의 손 안에 있사옵니다. 이 일을 그대로 덮어두면 유혹한 자는 언제 그랬느냐는 듯 활개를 치고, 처녀에게는 파멸만 남습니다.

다이애나 캐퓰릿 올림」

라후 다른 사윗감을 시장에 가서 사고 저 사람은 팔아야겠습니다.

왕 라후 경, 하늘이 그대를 도왔소. 모든 사실이 낱낱이 밝혀졌으니 말이오. 청원자들을 데리고 오너라. (신사 퇴장) 백작도 데리고 오고. (백작부인에게) 백작부인, 헬레나는 어쩌면 비명에 목숨을 잃었을지 모르오.

백작부인 범법자를 엄벌로 다스리소서!

버트람, 호위병들에게 호위되어 다시 등장

왕 정말 모를 일이다. 너는 아내들을 물건 다루듯 하며 남편이 되어주겠다고 맹세하고는 달아나버린 뒤 다시 장가들기를 원하느냐!

신사, 과부와 다이애나를 대동하고 다시 등장

저 여자가 누구냐?

다이애나   폐하! 지금은 몰락했지만 한때는 번창했던 유서 깊은 캐퓰릿 가문의 후손으로, 플로렌스에서 왔습니다. 바라옵건대 소녀를 불쌍히 여기시어 억울한 사정을 들어주시기 바라나이다.

과부   저는 이 아이의 어미이옵니다. 이번 일로 이 늙은이의 몸과 마음이 이만저만한 고통을 당한 게 아니옵니다. 폐하의 도움이 없으면 목숨과 명예가 한꺼번에 요절나게 생겼사옵니다.

왕   백작! 이 여자들을 아는가?

버트람   폐하, 알고 있는데 어찌 모른다고 아뢰겠습니까! 한데 신에 대한 송사가 또 있사옵니까?

다이애나   (버트람에게) 당신은 아내를 보고도 어째서 모르는 척하는 건가요?

버트람   폐하, 이 여잔 절대로 신의 아내가 아니옵니다.

다이애나   당신이 결혼을 원하신다면 이 손을 내드렸겠지만 이 손은 제 것이에요. 하늘에 두고 맹세를 하겠지만, 그 맹세도 제가 하는 거예요. 그리고 당신 몸 역시 제 것이에요. 왜냐하면 백년가약 때 맹세한 대로 나와 당신은 일심동체이니까요. 그러니 당신과 결혼하는 여자는 바로 이 몸과도 결혼해야 합니다. 어쨌든 우리들 두 사람과 결혼하든가, 그러지 않으면 하지 않든가 양단간에 하나예요.

라후   (버트람에게) 당신의 행실이 천하에 공개됐으니 어쩌다가 내 딸애를 차지한다 해도 절대 그 애 남편이 될 수는 없다.

버트람   폐하! 이 여자는 신이 웃음거리로 삼아왔던 우둔하기 그지없는 사람이옵니다. 폐하께오서는 신이 이런 미천한 여자에게 빠져 명예를 더럽힌다고 사료하지 마시옵소서.

왕 너에게 잘못이 없었다는 것을 행동으로 보여주기 전에는 내 생각이 네 편이 되지는 않을 것이다. 내가 생각하는 이상으로 명예로운 인간이란 걸 어디 증명해 보여라.

다이애나 폐하, 소녀의 정조를 빼앗은 일이 없다고 맹세할 수 있는지 물어보아주십시오.

왕 어디 대답해보아라.

버트람 저 여자는 뻔뻔하기 그지없습니다, 폐하! 저 계집은 막사에 드나드는 창녀일 뿐입니다.

다이애나 아, 이런 치욕을 받다니! 만약 소녀가 그런 여인이라면 헐값으로 제 살값을 치렀을 겁니다. 오, 이 반지를 보소서! 이렇게 고귀하고 값비싼 것은 이 세상에 하나뿐입니다. 그런데 이걸 막사에 드나드는 천인에게 주었다니 있을 수 있는 일일까요?

백작부인 아들의 얼굴이 붉어진 걸 보니 모든 것은 진실입니다! 저 반지는 육대조부터 대대로 전해져온 가보랍니다.

왕 (다이애나에게) 이 궁중 내에 증인이 될 만한 사람이 있다고 했지?

다이애나 네, 폐하! 그러나 그 못된 인간을 증인으로 내세우기가 꺼려집니다. 패롤리스란 자입니다.

라후 그 사내를 오늘 만났습니다. 그런 자도 사내라면 말이지요.

왕 (라후에게) 찾아서 이리 데리고 오너라. (라후 퇴장)

버트람 그자를 왜 찾으시나이까? 그자는 세상의 악덕이란 악덕은 모조리 갖춘 천하제일의 거짓말쟁이이옵니다. 진실을 입에 담기만 해도 속이 메스꺼워진다는 자입니다. 있는 말 없는 말 제멋대로 주절대는 그놈의 말로 신을 판가름하시려 하나이까?

왕   저 여잔 너의 반지를 갖고 있다.

버트람   청춘이 주는 정욕으로 저 여자를 좋아하여 지분거린 건 사실입니다. 저 여자는 저를 낚아챌 심보로 일부러 쌀쌀하게 굴어 저의 열정을 미친 듯 흥분시켰습니다. 애욕은 방해를 받을수록 더 불타오르게 마련! 이 여자는 조금 뛰어난 용모와 요살을 떠는 잔꾀로 저를 꾀었고, 저는 제값을 주고 샀습니다. 그래서 저 여자가 제 반지를 갖게 된 것이며, 그 대가로 저는 허섭쓰레기를 손에 쥐게 되었던 것입니다.

다이애나   참을 수밖에 없군요. 그처럼 훌륭한 첫 번째 부인을 소박한 분이니 저를 홀대하는 건 당연한 일이겠죠. 하지만 부탁이 하나 있어요. 당신 반지를 도로 가져가도록 사람을 보내세요. 그리고 제 걸 도로 주세요.

버트람   가지고 있잖아.

왕   너의 반지는 어떤 것이냐?

다이애나   폐하께서 끼고 계신 것과 똑같은 것이옵니다.

왕   이 반지를 알고 있느냐? 아까까지 저 사람이 끼고 있던 것이다.

다이애나   소녀가 동침했을 때 저분에게 드린 것이옵니다.

왕   창문에서 던져졌다는 얘기는 거짓이로군!

다이애나   소녀는 사실을 아뢰었습니다.

라후가 패롤리스와 함께 다시 들어온다.

버트람   폐하! 그 반지는 분명 저 여자 것이 틀림없습니다.

왕　잽싸게 물러났군. 새털 하나만 움직여도 놀라는 것 같다. 저 사람이 아까 말하던 사람이 맞는가?

다이애나　그렇습니다, 폐하!

왕　(패롤리스에게) 여봐라! 짐의 명령이니 네 주인과 저 여인에 관해서 아는 바를 모두 말해 보아라.

패롤리스　폐하! 소인의 주인 나리는 훌륭한 신사입니다. 그래서 신사가 으레 갖는 장난을 하고 싶은 마음도 있었을 것입니다.

왕　여봐라, 요점만 말해라. 네 주인이 이 여인을 사랑하였더냐?

패롤리스　네, 사랑했었습니다. 그런데 어떻게 했냐 하면……

왕　그래, 어떻게 사랑하였느냐?

패롤리스　신사가 여자를 사랑하듯이 했었습니다.

왕　그게 무슨 말이냐?

패롤리스　말하자면 사랑인 듯하지만 사실이 아닌 것 말입니다.

왕　네가 악당이면서 악당이 아닌 것처럼 말이냐? 참 알 듯 모를 듯 말을 둘러대는구나!

패롤리스　미천한 소인 어명대로 따르겠습니다.

라후　폐하, 저 사람은 소리가 잘 나는 북입니다만 말재간은 없는 자입니다.

다이애나　당신은 저분이 제게 결혼 약속을 한 걸 아시죠?

패롤리스　알다 뿐이겠습니까? 입 밖에 낼 수 없는 일까지도 알고 있지요.

왕　그럼 알고 있는 사실을 모두 고하거라.

패롤리스　폐하께서 소망하신다면 아뢰겠습니다만. 말하자면 전술을 하듯이 소인이 두 분의 중매쟁이 노릇을 했답니다. 그리고 분명한 것은 주인이 저 여잘 사랑했다는 사실입니다. 정말 미칠 정도로 사랑했답니다. 마왕 사탄이니, 지옥의 변방이니, 복수의 여신이니 제가 알아듣지 못하는 소릴 마구 지껄이면서 빠져 있었습니다. 그땐 두 분으로부터 신용을 잃지 않았던 때라 동침한 일이며, 기타 결혼을 약속한 일 등은 물론 원한을 살 만한 일들도 알고 있습니다. 그러나 입 밖에 내면 제 입장이 매우 난처해지기 때문에 그만두겠습니다.

왕   결혼당했다는 말은 하지 않았지만 너는 이미 모든 걸 말하지 않았느냐. 그런데 너의 증언은 갈피를 잡을 수가 없구나. 그럼 물러가 있거라. 한데 이 반지는 아가씨의 것이라고 했겠다?

다이애나   네, 그러하옵니다.

왕   어디서 이걸 샀느냐? 그러지 않으면 누구한테서 얻었느냐?

다이애나   얻은 것도 산 것도 아닙니다.

왕   그렇다면 빌렸단 말이냐?

다이애나   빌리지도 않았습니다.

왕   이것도 저것도 아니라면 어떻게 그 반지를 백작에게 주었느냐?

다이애나   전 주지 않았습니다.

라후   폐하, 이 여자는 헐렁한 장갑이나 마찬가지입니다. 제멋대로 꼈다 뺐다 씨부렁대니 말입니다.

왕   이 반지는 원래 내 것이었는데 저 백작의 첫 번째 부인에게 준 것이다.

다이애나   어쨌든 폐하의 것이거나 첫 번째 부인의 것이거나 할 것입니다.

왕 이 계집을 내쫓아라! 이젠 꼴도 보기 싫으니. 저기 저자도 함께 하옥하라. 그리고 어디서 이 반지를 입수했는지 고하지 않으면 한 시간 이내에 참수형에 처할 것이다.

다이애나 그건 죽어도 말씀드릴 수 없습니다.

왕 저 계집을 끌어내라.

다이애나 폐하, 보석으로 보증인을 세우겠습니다.

왕 그러고 보니 넌 창녀 같구나.

다이애나 (라후에게) 가당치 않은 말씀이옵니다. 소녀가 남자를 만났다면 그건 당신일 것입니다.

왕 넌 어찌하여 저 사람을 고발하였는가?

다이애나 그분은 죄가 있기도 하고 없기도 하니까요. 저분께선 소녀가 처녀가 아니라고 맹세하실 것이지만 소녀는 맹세코 처녀이옵니다. 한데 저분은 그 사유를 모르고 있습니다. 폐하, 소녀는 결코 매춘부가 아니옵니다. 소녀가 저 영감님의 아내가 아닌 것이 분명하듯이 말입니다.

왕 무엄한 계집이로다. 옥에 가둬라!

다이애나 어머니, 보석 보증인을 데리고 오세요. (과부 퇴장) 폐하, 그 반지를 가졌던 보석상을 데리러 갔습니다. 그분이 소녀의 보증인이 되어 줄 겁니다. 백작께선 저를 모욕했습니다만 결코 해를 끼치지는 않았기에 고소를 취하하겠습니다. 백작은 저의 처녀성을 짓밟았다고 생각하실 겁니다. 그런데 그때 그분의 부인께서는 회임을 했습니다. 비록 부인은 돌아가셨지만 그분 뱃속에는 아기가 놀고 있었습니다. 여기에 모든 수수께끼가 있사옵니다. 돌아가신 분이 살아 계시니까요. 잠시 후면 모든 사실이 밝혀지게 될 것입니다.

과부와 헬레나 함께 등장

왕　아니, 이게 어찌된 일이냐? 나의 눈을 속이는 마법사라도 나타났단 말이냐?

헬레나　(버트람에게) 여보, 당신이 보고 계시는 건 아내의 그림자에 지나지 않아요. 이름만 있을 뿐 실체는 없어요.

버트람　(무릎을 꿇는다) 아니오. 명실공히 이름도 있고 실체도 있소. 오, 용서해주시오!

헬레나　제가 이 처녀라 칭하고 나타났을 때 어쩌면 그렇게도 다정하셨어요? 거기 있는 것이 당신의 반지예요, 그리고 이것은 당신의 편지고요. 이렇게 씌어 있네요. 「내 손가락에서 이 반지를 빼내어 내 자식을 잉태하였을 때……」. 이제 모든 게 이뤄졌어요. 두 가지 다 말씀대로 됐으니 이젠 당신은 제 남편이 되어주시겠습니까?

버트람　폐하, 어떻게 된 일인지 설명해주시면 저는 아내를 언제까지나 영원히 사랑하겠습니다.

헬레나　이 일이 허위임이 증명된다면 저는 당신과의 인연을 영영 끊어버려도 좋습니다. 오, 어머님! 그동안 안녕하셨습니까?

라후　양파 냄새가 눈에 들어갔나보다. 마구 눈물이 쏟아질 것 같아. (패롤리스에게) 야, 북치기 선생! 손수건 좀 다오. 음, 고맙다. 집에 가서 기다려다오. 너하고 재미나는 놀이나 해야겠다. 절은 하지 마라. 그렇게 허리를 꾸부리면 먼지가 나지.

왕　자, 이 일의 자초지종을 빠뜨리지 말고 들려다오. 진상을 알게 될 것을 생각하니 기쁘기 한량없구나. (다이애나에게) 아가씨가 아직도 순결

한 꽃봉오리를 간직하고 있다면 신랑감을 고르도록 하시오. 내가 모든
결혼비용을 댈 것이니. 처녀의 기지로 현숙한 한 여성이 아내의 신분
을 되찾게 되었고, 아가씨도 처녀성을 간직할 수 있었다고 생각하오.
모든 전말은 시간이 흐르면서 세세히 밝혀질 테지. 어쨌든 만사 끝이
좋으면 다 좋게 되는 법이니 기쁘기 한량없구나. 씁쓸한 지난 일은 다
지났으니 앞으로 달콤하기 그지없는 일들만 찾아올 것이니라.

화려한 트럼펫의 연주. 왕이 앞에 나와 폐막사를 한다.

폐막사

극이 끝나면 왕은 거지꼴이 됩니다. 여러분이 흡족하도록 하려는 저의 소원이 성취되면 모두 좋게 끝난 셈이 되니 그것이 여러분에 대한 보답이라고 할 수 있겠습니다. 더욱 노력하여 정진하겠습니다. 여러분이 인내하시면 저희들의 연기가 향상하니. 아무쪼록 박수를 쳐서 힘을 주시면 감사하겠습니다. (모두 퇴장)

셰익스피어의 생애

영국이 낳은 세계적인 대문호 셰익스피어. 그는 인간의 오욕칠정을 주무르고 영혼을 흔드는 깊고 넓은 시적인 울림, 그리하여 시대와 공간을 넘어 재해석되고 재음미되는 불멸의 울림을 낳았다.

셰익스피어와 그의 희곡은 영문학사를 뛰어넘어 세계 문학사의 한 정점으로서 세상을 오연(傲然)하게 굽어볼 뿐더러, 창조의 원천이자 영감의 바이블로서 지상의 무대를 굳건하게 떠받치고 있다.

성장기

셰익스피어는 엘리자베스 1세 통치기인 1564년 4월 26일에 영국 중부에 있는 스트래포드어폰에이번에서 태어났다. 흥성한 상업도시이자 비옥한 농경 지대였던 이곳에서 그는 세례를 받았고, 또한 영면(永眠)에 들었다.

아버지 존 셰익스피어는 농산물과 모직물의 중개업으로 큰돈을 벌어 신분 상승의 꿈을 이룬 인물이었고, 어머니 메어리 아든은 워

릭셔의 명문가에서 태어나 자란 귀족이었다. 자신보다 신분이 높은 여자와의 결혼을 통해 사회적 지위를 더욱 굳건히 다진 존은 1568년 스트래포드어폰에이번의 시장으로 선출되기에 이른다.

셰익스피어는 이런 유복한 환경 속에서 8남매 중 셋째로 태어났다. 위로 두 명의 누나가 있었으나 모두 어린 나이에 죽었고, 밑으로는 세 명의 남동생과 두 명의 여동생을 두었다.

셰익스피어는 네 살 때부터 아버지를 따라 연극 구경을 다녔고, 성서와 고전을 통해 읽기와 쓰기를 배웠다. 그리고 열한 살에 마을의 문법학교에 들어가 문법과 논리학, 수사학, 문학 등을 익혔다. 하지만 이후 아버지의 계속되는 사업 실패로 가세가 기울면서 결국 대학에 진학하지 못하고 집안일을 도운 것으로 보인다(그의 소년시절에 대한 기록은 많지 않으며, 연극과의 연관 관계도 불분명하다).

셰익스피어는 18세 되던 해인 1582년에 유복한 농가의 딸로 여덟 살 연상인 앤 해서웨이와 결혼해 이듬해 첫딸 수잔나를 낳았다. 그리고 2년 후 쌍둥이 남매 햄넷과 주디스가 태어나자 곧 고향을 떠나 떠돌아다니기 시작했는데, 그의 방랑은 7~8년 동안 계속되었다. 이 시기에 그가 어디서 무엇을 했는지는 분명치 않다. 다만 1580년대 말 무렵부터 배우로서 생활한 듯 보이며, 1592년 런던 연극계의 신예로서 좋은 평을 얻었다는 기록이 전할 따름이다.

극작 활동

런던에서 체류하던 셰익스피어가 극작 활동을 시작한 것은 1590년 무렵으로 보인다.

처음에는 존 릴리, 크리스토퍼 말로, 조지 필, 로버트 그린 등과 같은 선배 작가의 희곡을 부분적으로 손질하는 것에 만족해야 했던 그가 처녀작으로 내놓은 것이 3부작 역사극인 〈헨리 6세〉(1590~92)이다. 무대 위에 오른 이 작품은 공전의 히트를 기록한다.

이때로부터 1600년까지 셰익스피어는 자신의 필력(筆力)을 왕성하게 발휘한다.

먼저 영국의 장미전쟁을 배경으로 한 역사극인 〈리처드 3세〉(1592)를 위시해, 로마의 극작가 플라우투스의 작품을 번안한 〈실수 연발〉(1592), 피를 피로 갚는 로마의 잔혹한 복수극 〈타이터스 앤드로니커스〉(1593), 그리고 드센 여인을 아내로 맞아 정숙하게 길들인다는 내용의 익살극 〈말괄량이 길들이기〉(1593) 등을 발표했다.

1590년대 초반은 런던에 페스트가 창궐하던 시기였다. 이로 인해 많은 극장들이 폐쇄되었는데, 이 무렵 셰익스피어는 두 편의 서사시 〈비너스와 아도니스〉(1593), 〈루크리스의 겁탈〉(1594)을 통해 든든한 후원자인 사우샘프턴 백작을 얻게 된다.

한편, 극장 폐쇄의 여파로 대규모 재편성이 이루어진 런던의 연극계에 1594년 새로 두 개의 극단이 창설되면서 신진 작가들에게 우호적인 환경이 조성되었다. 그중 하나인 로드체임버린 극단에 소속된 셰익스피어는 배우이자 극작가로서 본격적인 활동을 시작한다.

그는 평생 이 극단을 위해서 희곡을 썼는데, 초기 작품들로는 원수 집안의 남자와 여자 사이의 열렬한 사랑과 비극적인 파국을 그린 〈로미오와 줄리엣〉(1594) 을 비롯해, 왕국의 통치자이면서도 강렬한 시적 감성과 나르시스트적인 품성으로 고난에 찬 역정을 통과해 가는 인물을 그린 역사극 〈리처드 2세〉(1595), 아테네 교외에 자리한 숲을 무대로 펼쳐지는 환상적인 밤의 세계를 그린 낭만적 희극 〈한여름 밤의 꿈〉(1595) 등이 있다.

인간에 대한 예리한 관찰력과 서정성이 돋보이는 이 작품들에 이어서, 1590년대 후반으로 오면서는 빼어난 통찰력을 발휘한 역사극과 희극들을 썼다.

그중 대표적인 작품으로는 사악한 유대인 고리대금업자 샤일록의 횡포와 이에 맞서는 연인들의 감미롭고 희생적인 사랑의 힘을 그려낸 〈베니스의 상인〉(1596~1598)과 리처드 2세에게서 권력을 찬탈한 헨리 4세 치하의 음모와 혼란에 찬 암흑기를 배경으로 한 〈헨리 4세〉(1597) 등을 들 수 있다.

1599년에 이르러 템스 강 남쪽 연안에 글로브극장을 건설한 셰익스피어는 그곳을 자신이 속해 있던 극단의 상설극장으로 삼았다. 이 무렵 셰익스피어의 창작력은 최고조에 이른다.

이때 발표한 작품으로는 궁정에서 추방된 공작과 가신(家臣)의 목가적인 생활을 배경으로 젊은 남녀의 연애를 낭만적으로 그린 〈뜻대로 하세요〉와 궁정에서 상연할 목적으로 쓴 〈십이야(十二夜)〉 등을 꼽을 수 있다.

특히 〈십이야〉는 셰익스피어 최고의 희극으로 명성이 자자한 작품이다. 낭만적인 사랑과 결혼을 소재로 한 서정적 분위기에 익살과 재담 그리고 해학 등의 희극적인 요소들이 작품 전체에 잘 녹아 흐르고 있다.

비극시대의 개막

1599년 봄, 아일랜드에서 일어난 타이론의 반란을 진압하기 위해 출정하는 에섹스 경의 원정군에는 셰익스피어의 절친한 후원자였던 사우샘프턴 백작도 들어 있었다. 그런데 원정이 실패로 돌아가면서 영국 왕실의 분노를 사게 되자, 에섹스와 사우샘프턴은 공격의 목표를 아일랜드의 반란군에서 런던의 왕실로 바꿔 회군하기 시작했다.

그러나 여론의 지지를 얻지 못한 반란은 곧 실패로 돌아갔으며, 지도부는 체포되어 재판에 회부되었다. 에섹스는 반역죄로 런던탑에서 참수되었으며, 사우샘프턴은 종신형을 언도받고 런던탑에 갇히게 되었다.

이는 엘리자베스 여왕의 치세가 막을 내리고 있음을 보여주는 상징적인 사건이었는데, 실제로 사건 발발 2년 후인 1603년 3월에 여왕은 숨을 거두었다.

이와 같은 일련의 불행한 사태는 셰익스피어에게도 커다란 충격을 안겨주었다. 그 영향으로 1600년 이후 그의 작품 세계가 확연하게 달라지면서 이름하여 비극시대가 개막되었다.

셰익스피어의 4대 비극으로 널리 알려진 〈햄릿〉(1601), 〈오셀로〉(1604), 〈리어왕〉(1605), 〈맥베스〉(1606) 등은 바로 이 시기에 나온 작품들이다.

인간의 고뇌와 절망과 죽음 등 무거운 주제를 다룬 이 작품들 속에는 시대를 아파하는 셰익스피어의 우울한 심사와 염세적이고 절망적인 세계관이 깊이 새겨져 있다.

〈햄릿〉은 사랑과 존경을 바치던 대상인 아버지를 잃은 왕자 햄릿이 부왕을 독살하고 왕위에 오른 숙부와 남편이 죽자 곧바로 시동생과 재혼한 어머니에 대한 증오와 배신감으로 극심한 고통과 절망감에 시달리다가 마침내는 비극적인 최후를 맞게 되는 이야기이다.

〈오셀로〉는 악인 이아고의 간계에 빠진 무어인 장군 오셀로가 정숙하고 착한 아내 데스데모나의 정절을 의심하고 질투하다가 급기야는 어리석게도 아내를 죽여버리고 만다.

〈리어왕〉은 탐욕스럽고 간교한 큰딸과 둘째딸에게 왕국을 넘긴 리어왕이 딸들에게 버림을 받고 분노에 가득 찬 광인이 되어 광야를 떠돌다가, 자신을 진정으로 사랑했던 막내딸 코델리아가 가련하게 죽임을 당하자 자신도 절명한다.

〈맥베스〉는 사악한 마녀들의 꾐에 빠진 맥베스 장군이 권좌에 오르기 위해 아내와 함께 왕을 죽인 대가로 비참하고 가련한 최후를 맞게 되는 이야기이다.

이처럼 각기 다른 소재들을 서로 다른 방식으로 풀어가고 있는 4대 비극을 한 데 묶어 정리하기는 쉽지 않다. 하지만 인간 삶에 편재하는 거대한 악에 의해 개인의 선량한 의지와 행위들이 속절없이 유린되고 파괴당하는 비극적 상황에 대한 작가의 날카롭고 침통한 시선이 네 작품 모두에 훌륭하게 관철되어 있다.

진실을 얻기 위해 반드시 그에 갚음할 만한 커다란 대가를 치르는 인간 세상의 비극성을 제시하고, 죽음에 대한 감수성을 내내 견지하면서도 인간적인 가치 탐구의 긴장감을 놓지 않는 셰익스피어의 뛰어난 창작력이 세계 연극사상 최고의 비극을 만들어낸 것이다.

하지만 이 시기에 셰익스피어가 비극만 창작한 것은 아니었다. 그는 〈트로일러스와 크리시더〉(1601), 〈끝이 좋으면 다 좋아〉(1602), 〈자[尺]에는 자로〉(1604) 등의 희극도 썼다.

그런데 이런 작품들에서조차 음산한 절망감이 배어나오고 있는 것을 보면, 당시 셰익스피어의 영혼에 깃든 어둡고 침울한 기운이 얼마나 강렬했는지를 짐작할 수 있다.

사실 이러한 침울함의 원인이 셰익스피어의 내면에서만 찾아지는 것은 아니다. 당대의 연극적 유행의 변화도 셰익스피어의 비극시대를 추동하고 이끌어가는 동력으로 작용했다.

당시 관객들은 기존의 낭만적이고 유쾌한 희극과 역사극 따위에 식상해 하면서, 그것을 대신할 사실적이고 풍자적인 희극과 비극적인 인간 존재극에 열광했다.

이런 대중적 열망의 반영과 아울러 인간과 세계의 본질을 꿰뚫어보는 셰익스피어 자신의 깊어진 성찰과 인식의 발현이 인류 문학사에 축복과도 같은 비극들을 선사했다고 할 수 있을 것이다.

왕의 후원과 로맨스극의 발표

엘리자베스 1세의 뒤를 이어 왕위에 오른 제임스 1세는 스튜어트 가문의 군주답게 예술을 애호하는 사람이었다. 1603년 5월 제임스 1세는 런던에 도착하자마자 연극을 육성하는 일에 착수했다.

제임스 1세는 궁내부 극단을 국왕극단으로 개편하고 스스로 극단의 후원자가 되었다. 극단 단원들에게 연봉이 지급되었고, 왕실 가문의 표지가 새겨진 보랏빛 의상과 모자를 착용토록 했다.

또한 그는 셰익스피어와 그 단원들에게 '그룸 오브 더 체임버'(groom of the chambers)라는 명예로운 계급을 수여하는 한편, 셰익스피어의 후원자인 사우샘프턴 백작도 감옥에서 풀어주었다.

이런 연극 육성 조치와 맞물려 관객의 기호가 변화하면서 영국의 연극에도 변화의 바람이 불기 시작했다. 주인공을 중심으로 격렬하게 감정들이 대치하며 긴장을 증폭해나가던 대작 극에서 가정비극과 풍자희극, 그리고 감상적인 희비극이나 퇴폐적인 비극으로 그 축이 바뀌었던 것이다.

셰익스피어도 이때부터 새로운 경향을 띤 작품들을 발표하기 시작했다. 그것은 바로 로맨스극이라고 하는 희비극이었는데, 내용상 비극으로 끝나야 마땅한 이야기가 체념과 화해의 과정을 거쳐 행복한 결말을 맞이한다. 인생의 희로애락과 명암을 모두 맛본 작가의 달관한 인생관이 반영된 결과로 보인다. 대표적인 작품으로는 〈심벨린〉(1610), 〈겨울 이야기〉(1610)와 〈템페스트〉(1611) 등이 있다.

운문 문학의 최고 절정

셰익스피어는 살아생전에 자신의 전체 희곡 37편 가운데 절반에 가까운 작품들이 출판되는 것을 지켜보았다. 또한 정확한 창작 시기는 불분명하지만 1609년에 《소네트집》도 발간되었는데, 이것은 영국 소네트의 정수라는 찬사를 얻었다.

셰익스피어는 1610년 〈겨울 이야기〉가 초연되던 해에 귀향한 것으로 짐작되는데, 그가 고향 스트래포드어폰에이번의 홀리 트리니티 교회에 안장된 지 3년이 지난 1619년에 토머스 파비어가 그의 희곡 선집을 기획해 발간했으나 완간을 보지는 못했다.

총 10권이 나온 파비어의 셰익스피어 선집은 〈헨리 6세〉(제2부), 〈헨리 6세〉(제3부), 〈헨리 5세〉, 〈윈저공의 명랑한 아낙네들〉, 〈베니스의 상인〉, 〈페리클레스〉, 〈한여름 밤의 꿈〉, 〈요크셔의 비극〉, 〈서 존 올드캐슬〉, 〈리어왕〉 등이었다.

그리고 1622년 〈오셀로〉가 출판되었으며, 1623년에는 이전에 셰익스피어의 동료 배우였던 존 헤밍과 헨리 콘델의 편집으로 최초의 셰익스피어 단권 전집이 출판되었다.

셰익스피어의 희곡은 연극이라는 매개체를 통해 인간 내면에 도사린 다양한 면모들을 극적이면서도 시적으로 잘 드러내 보인 뛰어난 운문 문학의 절정이었다고 할 것이다.

셰익스피어와 그의 시대

셰익스피어가 활동을 시작한 16세기 후반은 엘리자베스 여왕의 치세 아래 영국이 유럽의 열강으로 편입하는 국가적 부흥기였다.

봉건 질서 약화와 근대국가 체제의 등장, 상업의 발달, 문화 산업의 번성, 사회 계층의 변화 속도 증가, 남녀 성에 대한 인식 변화 등 영국 사회 전반에 변혁의 바람이 불고 있었다.

이러한 바람을 셰익스피어는 누구보다도 먼저 작품 속에 담아냈다. 문학을 위시한 문화 부문의 성숙한 분위기, 역동적인 사회 풍조 안에서 양산되는 다양하고 풍성한 소재들이 그의 작품 곳곳에 녹아

들었다. 그 때문에 그의 작품들은 단순한 문학적 읽을거리의 차원에서 벗어나 시대상을 엿볼 수 있는 문화적 교본으로까지 자리매김하게 되었다.

셰익스피어는 당시 영국 극작가들 사이에서 촌놈 취급을 받으면서 이력을 쌓아 나갔다. 다수의 극작가들이 옥스퍼드나 케임브리지 등의 명문 대학을 나온 엘리트인 상황에서 대학 문턱도 밟아보지 못한 셰익스피의 활약은 백조가 된 미운 오리새끼에 비견될 만한 것이었다.

극작가인 벤 존슨이 "라틴어에도 그만이고 그리스어는 더욱 말할 것이 없다"면서 비꼬는가 하면, 로버트 그린의 경우는 "라틴어는 조금밖에 모르고 그리스어는 더욱 모르는 촌놈이 극장가를 뒤흔든다"면서 노골적으로 불만을 터뜨릴 정도였다.

우월한 학벌을 등에 업은 동업자들의 비난과 악담에도 불구하고 셰익스피어의 작품은 시간이 지날수록 점점 더 인기가 높아졌다. 탁월한 언어 구사력과 천부적인 무대 예술 감각, 인간 심리에 대한 깊은 이해력, 풍부한 세상 경험 등이 한 데 녹아 어우러진 그의 작품은 수작을 넘어 대작의 반열로 들어섰다. 그리고 주변의 시기심을 존경심으로 바꿔놓았다.

1623년 벤 존슨은 "어느 한 시대의 사람이 아니라 모든 시대의 사람"이라는 말로 셰익스피어를 상찬했다. 그리고 1668년 존 드라이든은 "가장 크고 포괄적인 영혼"이라는 찬사를 셰익스피어에게 바쳤다.

말년의 활동과 죽음

셰익스피어는 죽기 몇 년 전에 고향으로 돌아왔다. 1596년에 아들을 잃고 그 이듬해 구입했던 스트래포드어폰에이번의 호화 주택에서 그는 아내와 딸들과 함께 말년을 보냈다. 그런 동안에도 런던은 계속 방문했다.

1606년과 1607년 즈음, 셰익스피어는 희곡 몇 편을 창작하고, 1613년 이후로는 자신보다 열다섯 살 적은 극작가 존 플레처와 함께 희곡 세 편을 공동 창작한 것으로 전해진다. 존은 많은 작가들과 합작 형태로 계속 활동하면서 셰익스피어의 라이벌로서 인기를 누렸다.

1616년 4월 23일, 셰익스피어는 52세의 나이로 숨을 거두었다. 그가 평생에 걸쳐 쓴 희곡 작품은 36편이고, 소네트(14행시) 154편도 남겼다. 그의 희곡 중에서 생전에 출판된 것은 19편 정도이며, 1623년에 동료들에 의해 전집이 발간되었다.

살아서 이미 최고의 찬사를 얻었던 셰익스피어는 죽어서는 숭배의 대상이 되었다. "국가를 모두 넘겨주는 경우에도 셰익스피어 한 명만은 못 넘긴다"라고 했던 엘리자베스 여왕의 말이나, "영국 식민지 인도와도 바꿀 수 없다"고 했던 비평가 칼라일의 극찬이 셰익스피어의 위상을 잘 말해준다. 영국을 벗어나서도 이해받는 영국인, 르네상스인, 그리고 세계인이 바로 셰익스피어이다.

셰익스피어는 오늘도 인류의 위대한 유산으로 남겨진 자신의 작품들 속에서 인간 심리와 인생에 대한 깊은 통찰을 절묘하고 매혹적인 목소리로 들려주고 있다.

셰익스피어 주요 작품 해설

햄릿

셰익스피어의 4대 비극 중에서 가장 앞선 1601년 발표된 작품이다. 전체 5막으로 구성되어 있고, 12세기 덴마크 왕가를 배경으로 하고 있다.

덴마크 역사가 삭소 그라마티쿠스가 저술한 《덴마크 연대기》 중 〈비타 암레티(암레트의 덕)〉가 이야기의 원 재료이다. 암레트 왕자가 자신의 어머니와 결혼한 왕위 찬탈자에게 복수하는 내용의 이야기인 〈비타 암레티〉는 셰익스피어 당대에 유럽 전역에 널리 알려져 있었다. 1570년 프랑소아 드 벨레포레스에 의해 〈역사의 비극〉이란 작품으로 프랑스에서도 소개된 바 있으며, 1589년 런던에서는 훗날 〈원(原) 햄릿〉이라 불리게 되는 햄릿 극이 상연되었다. 작가는 토머스 키드로 추정되는데, 현재는 전하지 않는 이 작품에 기초해 셰익스피어는 〈햄릿〉을 썼다.

부왕의 죽음, 어머니의 결혼, 왕위 찬탈자에 대한 복수심, 미친 척 연기하기, 왕의 가신 살해 등 복수담의 주요 골격을 〈원 햄릿〉으로부터 가져온 〈햄릿〉은 주인공 햄릿에게 단순하고 감정적인 복수자의 역할을 벗어나 끝없이 고뇌하고 번민하는 실존적인 인간의 모습을 주입했다.

그 결과, 원작으로는 감히 겨룰 수 없을 정도로 개성적이고 입체적인 성격이 만들어졌다. 이러한 성격 변화는 작품 속에 등장하는 모든 인물들에서도 예외가 아니어서, 이전까지와는 달리 다양한 성격들이 대립하고 충돌하는 가운데 비극이 또 다른 비극을 낳는 매혹적인 복수극을 탄생시키기에 이르렀다.

셰익스피어식의 성격 창조는 햄릿의 고뇌와 갈등 양상을 특수한 계층의 문제가 아니라 어느 누구라도 겪을 수 있는 보편적인 인간의 문제로 확장하는 저력을 발휘한다. 삶과 죽음의 문제, 정의와 불의의 문제, 진실과 허구의 문제를 둘러싸고 고민을 거듭하는 햄릿은 복잡다단한 가치들이 충돌하는 시대를 살아가는 현대인들의 자화상이라고 보아도 무방하다.

기존의 복수극들이 상상도 못할 만큼 짜임새 있고 생동감 넘치는 비극 〈햄릿〉이 무대에 오르자, 평론가들은 단순한 복수 비극을 넘어서는 차원 높은 작품에 찬사를 쏟아냈다. 극장 앞은 연극을 보기 위해 몰려드는 관객들로 연일 장사진을 이루었고 셰익스피어의 극단과 경쟁하고 있던 모든 극단들은 자신들의 열세를 인정하지 않을 수 없었다.

사색이 너무 길어 결단을 내리지 못하는 우유부단한 성격을 가리킬 때 햄릿형 인간이라 지칭할 정도로 인간 유형의 한 전형을 탄생시켰으며, 셰익스피어의 대표작이자 최고의 비극으로 꼽히는 〈햄릿〉은 시대와 공간에 따라 다양한 모습으로 변주되면서 지금까지도 꾸준하게 사랑받고 있다.

오셀로

셰익스피어의 4대 비극 중 두 번째로 나온 작품으로, 1604년 11월 1일 처음 무대에 올랐고, 1622년 초판본이 출간되었다. 이탈리아 극작가인 지랄디 친티오의 에피소드 모음집 《헤카토미티》에서 소재를 얻어 만든 이 작품은 여러 면에서 수정이 가해졌다.

무엇보다도 주인공의 성격부터 크게 다르다. 원작에서 그저 무어인 군인으로만 소개되는 주인공은 자신의 부인인 데스데모나를 의심해 샌드백 안에 집어넣고 때려서 죽일 만큼 잔혹한 인물로 그려진다. 죄 없는 아내를 죽여 놓고도 일말의 후회나 반성도 하지 않은 그는 베니스로 도주했다가 데스데모나의 가족에게 피살당하는 것으로 이야기가 끝난다.

이처럼 망나니 같은 주인공에게 셰익스피어는 오셀로라는 이름과 베니스의 장군이라는 직위를 안겨주고 고결하고 용감한 성품과 복잡한 심적 갈등을 부여함으로써, 한 고귀한 인간이 의심과 질투에 시달리다가 비참하게 몰락하는 과정을 그려내 보였다.

가정 비극의 색체가 짙은 이 작품은 내용 자체로 보자면 사실 평범한 것이다. 질투에 의한 치정 살인. 어쩌면 치졸해 보일 수도 있는 이야기를 각색해 시대를 초월하는 불후의 비극으로 재탄생시킨 데에서 셰익스피어의 위대함은 새삼 확인된다.

셰익스피어의 4대 비극 중에서 〈오셀로〉가 가진 특성은 주인공의 운명과 국가의 운명 사이에 아무런 관련이 없다는 것이다. 〈햄릿〉, 〈맥베스〉, 〈리어왕〉의 경우는 주인공의 갈등이 국가의 안정을 해치고, 주인공의 죽음과 더불어 국가의 질서가 회복된다. 하지만 〈오셀로〉의 주인공은 국가의 운명과 상관없이 개인적 차원에서만 갈등하다가 죽음을 맞이하고 있는 것이다.

여타 비극들에 비해 인간의 사랑과 질투가 훨씬 선명하고 강렬하게 묘사되고 있는 〈오셀로〉에서 가장 눈길을 끄는 인물은 바로 이아고이다. 오셀로의 기수(旗手)인 그는 자신을 부관으로 뽑아주지 않은 오셀로에게 앙심을 품고 온갖 산세를 부린다. '순수한 악', '메피스토의 화신'이라는 평을 듣는 그에게서 뿜어져 나오는 어두운 박력은 모두를 치명적이고 극적인 몰락과 죽음의 비극 속으로 끌고 들어간다.

세상의 아름다운 것, 사랑스러운 것, 그리고 고귀한 것의 가치를 인정하지 않는 인간. 인간 본성의 어두운 심연을 속속들이 들여다보는 듯한 인간. 세상의 끝에서 온 것 같은 최후의 인간에게 내려지는 주변의 평가는 아이러니하게도 '정직하고 성실한 이아고'이다. 그야말로 정직하고 성실한 악의 활약 속에서 데스데모나의 명랑함과 쾌활함은 천진할 정도로 빛나고, 오셀로의 강직함과 순진함은 안타까울 만큼 도드라진다.

오셀로와 데스데모나의 견고하고 아름다운 사랑의 성채에 구멍을 내서 파고 들어가는 검은 독사 이아고. 최초의 한 구멍으로부터 시작된 의심과 질투의 균열이 마침내 성채를 무너뜨리기까지 긴장과 이완, 집착과 주저를 되풀이하면서 갈등의 수위를 높여가는 셰익스피어의 능란한 대사의 매력을 작품 전체에서 맛볼 수 있다. 특히 '유혹의 장'으로 유명한 3막 3장은 오셀로를 농락하는 이아고의 악마적인 매력이 유감없이 발휘되고 있다.

남녀간의 애정 문제는 보편적인 삶의 문제이자 영원불멸한 예술적 주제이다. 평생을 갈 것 같은 사랑이 훼손되는 것만큼 사적이면서도 비극적인 공감을 불러일으키는 사건은 없다. 〈오셀로〉가 계속해서 영화로 옮겨지고, 오페라의 옷을 입고서 대중들에게 불려나가는 매력의 원천에는 셰익스피어의 작품이라는 사실 외에 이러한 공감도 한몫하고 있을 것이다.

리어왕

셰익스피어의 4대 비극 중 세 번째로 만들어졌으며, 전체 5막으로 구성되어 있다. 켈트 신화에 나오는 레어 왕 이야기를 토대로 하는 이 작품은 1605년에 쓴 것으로 추정되며, 1608년에 간행되었다.

〈리어왕〉은 셰익스피어의 희곡들 가운데 배경이나 주제 면에서 가장 압도적인 규모의 작품이다. 개인의 문제에다 가정과 국가와 자연의 운명이라는 문제, 그리고 청년부터 노년까지 인생 전반에 걸친 문제 등 폭넓은 주제를 집약시켜 놓았고 4대 비극 중에서도 가장 심오하고 아름다운 시적 표현의 탁월함이 돋보이는 작품으로 평가받는다.

구성 면에서도 도드라지는 부분이 있는데, 바로 이중의 플롯을 가진다는 점이다. 먼저, 큰딸과 둘째딸의 달콤한 거짓말에는 속아 넘어가면서 진실하고 정직한 막내딸은 내쫓아버린 리어왕이 몰락하는 이야기가 중심 플롯을 차지한다. 다음으로, 첩의 소생인 작은아들에게 속아 본처가 낳은 큰아들을 쫓아낸 글로스터 백작이 작은아들에 의해 반역자로 몰려 곤경에 처하는 이야기가 서브플롯을 이룬다. 이와 같은 두 개의 이야기가 서로 얽히면서 극의 주제를 심화시켜 가는 것이다.

〈리어왕〉은 어리석은 결정을 내리는 두 인물, 즉 리어왕과 글로스터 백작을 통해 인간의 삶에 드리워진 절대적인 허무와 치명적인 고통을 탁월하게 묘사해내고 있다. 또한 신의 섭리에 따른 구원과 희망의 빛을 배제하고 있다는 점에서 비극의 정도가 훨씬 강한 작품이다. 특히 몰락한 다음에 두 사람이 만나는 장면은 셰익스피어의 작품 가운데 가장 인상적이고 극적인 대목으로 꼽히는데, 이는 인간이란 존재가 얼마나 나약하고 비루해질 수 있는지를 여실하게 보여준다.

이처럼 명예와 지위를 잃는 인물들이 등장하는가 하면, 한쪽에서는 온갖 수단을 동원해서 부와 권력을 쟁취하려 드는 글로스터 백작의 작은아들 같은 인물도 제시되고 있다. 신분과 재산이 철저하게 세습되는 중세적 질서로부터 개인의 노력 여하에 따라 신분 상승과 재산 획득이 가능한 근대적 질서로 서서히 옮겨가는 시대적 분위기가 반영된 것으로 보인다.

듣기 좋은 소리만을 좇다가 낭패를 당하는 왕과 글로스터 백작은 전근대적 질서에 익숙한 감성적 인물이라고 할 수 있다. 이성의 빛으로 세상을 밝히려는 르네상스적 인간형에 점차적으로 밀려날 수밖에 없는 운명들인 것이다. 그런 점에서 〈리어왕〉은 감성 위주에서 이성 위주로의 전환기에 당대의 기미를 예리하게 극적으로 담아낸 작품이라는 평가가 따라붙는다.

맥베스

셰익스피어의 4대 비극 중에서 가장 나중에 발표된 작품이다. 전체 5막으로 구성되어 있으며, 1606년 집필된 것으로 보인다.

역사가 라파엘 홀린셰드의 《스코틀랜드 연대기》에 수록된 스코틀랜드 귀족 이야기를 모티브로 삼은 〈맥베스〉는 반역 음모에 관한 유언비어가 횡행하던 엘리자베스 여왕 시대의 불안한 공기를 함축하고 있다.

비극 속에서 관철되는 셰익스피어의 기본 사상은 이 작품에서도 어김없이 확인된다. 질서의 붕괴로 생겨나는 모든 부조화가 비극의 원인으로 작용하며, 비극적인 파멸은 붕괴된 질서를 다시 세우는 데 따르는 진통이라는 것이다. 왕을 시해하고 권력을 찬탈한 맥베스가 맬컴 왕자의 군대에 의해 몰락하는 이야기는 모든 비정상을 정상으로 돌리는 질서 회복의 과정이라 할 수 있다.

셰익스피어의 비극은 대부분 세 부분으로 나뉜다. 첫번째는 제시부(Exposition)로, 여기서는 극에 갈등을 불러일으킬 만한 사건이 소개되는데, 짧은 소동과 혼잡 속에서 주인공은 다른 인물들에 의해 언급만 됨으로써 관객들에게 긴장감을 제공한다. 다음이 갈등부(Conflict)인데, 사건이 벌어지면서 갈등이 전개되고 증폭되어 절정에 이른 다음 전환 국면을 맞이한다. 그리고 마지막으로 대단원 (Catastrophe)은 전쟁이나 개인적 대결 내지는 광기의 폭발로 사건이 자연스럽게 파국을 맞이한다. 이러한 3부 구조를 전형적으로 보여주는 작품이 바로 〈맥베스〉이다.

〈맥베스〉는 셰익스피어의 작품들 가운데 비교적 짧은 축에 속하며, 이야기의 진행 속도도 빠른 편이다. 〈리어왕〉에서처럼 부차적인 사건을 다루는 서브플롯 없이 주인공인 맥베스에게로 이야기가 집중된 결과이다. 게다가 맥베스는 내면에 충동이 일면 곧장 행동에 나서는 인물이다. 자기 안에서 고뇌를 거듭하면서 충동을 해소해버리는 햄릿과는 거리가 먼 것이다. 그럼에도 이야기가 단조롭게 느껴지지 않는 이유는 주인공의 행동을 디테일하게도, 멀리서도 바라볼 수 있게끔 폭넓은 시각을 제공하고 있기 때문이다.

작품 속에 등장하는 마녀들은 인간의 내면에 깃들인 어두운 속성의 상징으로 보인다. 이러한 악의 본성에 어쩔 수 없이 이끌리는 맥베스 부부의 행동은 관객들로부터 연민의 정을 자아낸다. 이아고와 같은 철두철미한 악인이 아니라, 양면의 인간성을 간직한 인물이 거부하기 힘든 유혹에 굴복해 죄를 짓고 또한 번민하는 모습을 보여주고 있기 때문이다.

탐욕과 죄의식, 타락과 파멸이라는 인간 삶의 보편적 주제를 밀도 있고 속도감 있게 그려낸 〈맥베스〉는 시대를 초월하는 비극 중 하나로, 욕망으로부터 자유롭지 못한 모든 이들에게 깊은 인상을 던져준다.

베니스의 상인

셰익스피어의 희극들 가운데 가장 유명한 작품으로, 5대 희극에 속한다. 전체 5막으로 구성된 이 작품은 1596년에서 1598년 사이에 쓰인 것으로 보이며, 1600년에 처음 출간되었다.

작품의 주인공인 샤일록은 자선에 인색하고 돈 계산에는 철저한 유대인에 관해 얘기할 때 항상 들먹거리는 이름이다. 그리고 샤일록에게 빌린 돈을 갚지 못해 가슴살 1파운드를 베일 위기에 처한 안토니오를 구한 포샤는 지혜로운 여성의 대명사로서 사람들의 입길에 오르내리곤 하는 인물이다.

서구 사회에서 수전노나 고리대금업자라고 하면 자동적으로 떠오르는 대상이 바로 유대인이었다. 많은 문학 작품들에서 유대인이 교활하고 탐욕스런 악인으로 등장하고 있는 것도 이러한 부정적인 사회 인식을 반영한 결과로 보인다.

〈베니스의 상인〉이 집필될 당시 영국은 엘리자베스 여왕의 통치 아래 상업이 번성하고 있었다. 돈줄을 틀어쥔 유대인과 금욕적인 생활을 지향하는 기독교인 사이에 반목이 커져가던 시절이었다.

유대인을 배척하는 당대의 분위기가 셰익스피어로 하여금 샤일록이라는 인물을 창조하도록 부추겼을 수도 있다. 나아가 셰익스피어 자신도 유대인들에 대해 적대적인 감정을 가졌을지도 모르는 일이다. 실제로도 그러한지 여부는 작품을 통해 확인할 수 있다.

〈베니스의 상인〉에서 샤일록은 기독교적 관점에서 봤을 때는 확실한 악인으로 그려지고 있다. 하지만 관점을 달리해서 본다면, 기독교인들이 지배하는 사회의 희생자로 비쳐지기도 한다. 재판 결과, 자신의 재산을 몰수당하게 되었을 뿐더러 기독교로 개종까지 당해야 했기 때문이다. 악인이냐 희생자냐, 기독교적 관점이냐 유대인적 관점이냐 하는 양 갈래 사이에서 셰익스피어는 명확한 입장을 취하지 않고 있는 것이다.

당대 유럽에서 가장 부유한 도시였던 베니스를 배경으로 삼고 있는 이 작품은 사악한 고리대금업자의 횡포에 통쾌한 복수를 펼친다는 점에서 분명 희극에 해당한다. 하지만 복수의 대상이 단순한 악당에 그치지 않고 슬픈 운명에 처하는 인물로 묘사된다는 점에서 비극의 요소도 가지고 있는 셈이다.

이탈리아에서 구전되는 옛날이야기를 각색해서 만든 〈베니스의 상인〉과 마찬가지로, '유대인 고리대금업자'와 '살 1파운드를 건 채무 계약'이라는 두 가지 재료를 버무린 다른 작가들의 작품도 존재한다. 하지만 어떤 경우에도 셰익스피어가 창조한 샤일록에 범접할 만한 인물을 만들어내지는 못했다.

저당 잡힌 가슴살과 피의 문제로 공방을 벌이는 재판 이야기에 젊은이들의 낭만적인 사랑 이야기가 곁들여진 희극 〈베니스의 상인〉은 복수와 자비의 본질뿐만 아니라, 우정과 사랑의 유쾌한 힘까지 맛볼 수 있게 해준다.

말괄량이 길들이기

이탈리아풍의 익살스런 소극(笑劇)인 〈말괄량이 길들이기〉는 전체 5막으로 구성되어 있다. 셰익스피어의 초기 습작기라 할 수 있는 1592

년에서 1594년 사이에 창작된 것으로 보인다.

이 희극은 셰익스피어의 다른 작품들에서 찾아볼 수 없는 독특한 형식이 눈길을 끈다. 서극과 본극의 이중 구조로 이야기가 나뉘어 있는 것이다. 연극이나 영화 등을 통해 대중들에게 널리 소개되어 온 이야기는 서극을 뺀 본극의 내용들이다.

서극에서는 무료함에 빠진 영주가 장난 삼아 취객을 속여 저 자신을 영주로 믿게 만든 다음, 그가 보는 앞에서 배우들로 하여금 희극 공연을 펼치게 한다. 그 공연이 바로 〈말괄량이 길들이기〉의 본극에 해당한다. 액자 안에 담긴 그림처럼 극 속에서 새로운 극이 전개되고 있는 것이다.

〈말괄량이 길들이기〉는 평론가들과 전문가들에게 혹평 세례를 받아 온 작품이다. 불완전하고 거친 대목들이 눈에 띄는 데다, 앞에 제시된 서극의 내용이 마무리되지 않은 채로 작품이 끝나고, 또 무엇보다 여성을 남성의 소유물로 취급하면서 함부로 다룬다는 점들이 문제시되었다.

유명한 극작가이자 비평가인 버나드 쇼는 "점잖은 취향을 지닌 사람이라면 여자와 함께 공연이 끝날 때까지 자리를 지킬 수 없는 극"이라고 평했다. 셰익스피어와 동시대를 살았던 작가인 존 플레처의 경우는 〈말괄량이 길들이기〉를 패러디해 〈여성의 승리, 길들인 자 길들여지다〉라는 작품까지 만들었다. 원작에 등장하는 마초 남편이 홀아비가 된 후에 재혼한 두 번째 아내에게 역으로 길들여지는 내용의 이야기이다.

이후 발표된 낭만 희극들에 비해 예술성이 떨어질뿐더러 반여성적 내용으로 비난의 표적이 되곤 했지만, 〈말괄량이 길들이기〉는 무대 위에서 전혀 다른 대접을 받았다. 예술적으로 앞선 낭만 희극들은 물론이고 4대 비극들에도 결코 뒤지지 않는 대중적 인기를 끌어온 것이다.

위트 넘치는 내용, 황당한 상황 설정, 빠른 극 전개 등은 공연을 성공으로 이끄는 확실한 보증수표 노릇을 해왔다. 〈말괄량이 길들이기〉는 셰익스피어의 작품들 중에서 가장 먼저 유성영화와 텔레비전 드라마 등 새로운 매체로 재생산된 대표적 작품이다. 국내 무대에서도 종종 공연되어 왔기 때문에 그리 낯설지 않은 〈말괄량이 길들이기〉를 두고, 많은 이들이 읽기는 불편하지만 극으로 감상하는 것은 즐거운 작품이라 평하고 있다.

한여름 밤의 꿈

셰익스피어의 5대 희극 중 하나이자 대표적인 낭만 희극으로, 전체 5막으로 구성되어 있다. 1595년과 1596년 사이에 집필된 것으로 보이며, 1600년에 초판본이 간행되었다.

〈한여름 밤의 꿈〉은 중세 로망스, 중세 서사시, 고전 신화 등에서 발췌한 서로 다른 이야기들을 유기적으로 결합시켜 만든 작품으로, 사랑의 변덕스러움과 진실한 사랑의 승리를 그리고 있다. 셰익스피어의 어떤 작품들보다도 자주 공연되고 있으며, 멘델스존은 이 작품에서 특유의 환상적이고 괴이한 시적 여운에 감흥을 느껴 극음악 「한여름 밤의 꿈」을 작곡했을 정도이다.

작품의 공간적 배경은 아테네이며, 연인들의 엇갈리는 사랑과 그로 인한 갈등이 숲속의 요정들을 통해 우여곡절 끝에 해결되는 내용의 이야기를 담고 있다. 환상적이고 몽환적인 이 희극은 셰익스피어의 작가적 상상력이 가장 잘 발휘된 작품으로 평가받는다.

셰익스피어는 자신의 극 안에 유령이나 마녀, 요정과 같은 초현실적인 존재를 자주 등장시킨다. 특히 요정들이 사는 마법의 숲을 생동감 넘치게 묘사하고 있는 〈한여름 밤의 꿈〉은 작가의 장기라고 할 수 있는 시적 상상력이 응집된 작품이다.

이 극에서 제시하고 있는 세계는 환상과 현실의 세계, 요정과 인간의 세계, 아테네와 숲의 세계로 양분된다. 이처럼 분할된 배경 안에서 초자연적인 존재인 요정들과 지배층인 귀족들, 그리고 피지배층인 직공들이 공간을 넘나들면서 사건을 만들고 이야기를 펼쳐 나간다.

〈한여름 밤의 꿈〉은 환상적인 요정 세계를 세밀하게 묘사하고 있다. 셰익스피어는 낭만적이고 신비로운 이 세계를 인간이 사는 현실 세계와 긴밀하게 연결시켜 놓았다. 또한 극 속에서 직공들로 하여금 〈피라무스와 티스비〉라는 연극을 준비하게 함으로써, 예술 매체로써 연극에 대한 자기 성찰적인 사유들을 개성적으로 풀어내고 있다.

〈한여름 밤의 꿈〉에서 중심 요소가 되는 사건은 바로 결혼이다. 결혼을 통해 모든 갈등과 불화가 해소되면서 이상적인 세계를 완성하는 모습을 보여주고 있는 것이다. 젊은 남녀의 사랑, 부모의 반대, 사랑의 도피라는 스토리는 〈로미오와 줄리엣〉을 연상시키기에 충분하다. 떠들썩하고 유쾌한 소동들도 이 작품이 〈로미오와 줄리엣〉의 희극 버전이라는 느낌을 갖게 한다.

뜻대로 하세요

셰익스피어의 5대 희극 중 하나로, 5막 22장으로 구성되어 있다. 1599년경에 만들어지고, 1623년에 간행되었다.

1600년 8월 4일자로 당국에 출판 저작 등록을 신고한 기록이 있는데, 판권을 소유한 궁정극단에서 타인의 무단 출판을 막기 위해 조치를 취한 것으로 보인다. 그만큼 당시 이 작품의 인기가 높았음을 보여주는 증거라 할 수 있다.

〈뜻대로 하세요〉는 셰익스피어가 동시대 작가인 토머스 로지의 소설《로잘린드, 유퓨즈의 황금 유산》을 각색해서 만든 작품이다. 당연하게도 원전과 비슷한 인물들이 다수 등장하는데, 여기에도 역시나 셰익스피어 특유의 빛나는 창조력으로 탄생시킨 염세적이고 우울한 사색가나 재기발랄한 어릿광대 등과 같은 인상적인 캐릭터 등이 추가되었다.

〈뜻대로 하세요〉는 제목이 소박한데다 평화롭고 서정적인 세계를 배경으로 하는 작품인데도, 셰익스피어가 비극을 창작할 무렵에 나온 희극이라서 그런지 자못 심각한 주제를 다루고 있다. 남녀간의 사랑 문제에 권력 찬탈과 질시, 반목 등의 무거운 이야기가 결합되어 있는 것이다.

다시 말해, 목가적인 전원을 배경으로 펼쳐지는 빛나는 청춘들의 사랑 이야기뿐 아니라, 권력과 재산에 눈먼 혈육 간의 분쟁이나 쫓겨난 전 공작을 따라 숲으로 들어와 생활하는 귀족의 풍자적이고 염세적인 대사처럼 어두운 면도 아우르고 있다.

〈뜻대로 하세요〉에서는 극의 많은 부분이 숲을 배경으로 삼아 전개된다. 1막에서부터 유산 문제로 다투고 갈등하는 형제의 이야기가 무대 위에 오르는 낭만 희극, 하극상이 난무하고 형제끼리 죽고 죽이고 미덕이 해로운 적이 되는 전원극, 무질서하고 부패한 궁정과 대비되는 중심적 배경으로 숲이 제시된다. 이러한 궁정 대 전원이라는 구도는 셰익스피어가 즐겨 다루는 테마이다.

숲은 형의 영토와 권력을 빼앗은 동생이 잠깐 만난 노수도사를 통해 죄를 뉘우치는 회개소인가 하면, 자신을 학대한 형을 짐승의 공격으로부터 구해내는 놀라운 관용의 장소도 되면서, 네 쌍의 사랑이 아름다운 결실을 맺는 운명의 정원으로도 자리한다.

이처럼 인간사의 모든 갈등이 초록 세계에서 치유되는 장면은 셰익스피어의 희극에서 발견되는 전통과도 같은 신념 내지는 신앙이라고 할 수 있다.

십이야

셰익스피어의 5대 희극 중 하나이자 대표적인 낭만 희극으로, 전체 5막으로 구성되어 있다.

셰익스피어가 4대 비극을 집필하기 직전에 쓴 이 희극은 1601년 1월 6일 이탈리아의 오시노 공작을 환영할 목적으로 엘리자베스 여왕 궁정에서 초연된 것으로 보인다. 셰익스피어가 전속하던 궁정극단은 거의 매년 1월 6일이면 궁정에서 연극을 공연한 것으로 기록되어 있다.

〈십이야〉는 바네이브 리치의 《이제 군인은 그만》에 수록된 이탈리아 설화를 토대로 만들어졌다. 작품의 제목으로 쓰인 '십이야'는 크리스마스로부터 12일째에 해당하는 1월 6일을 가리키며, 크리스마스 축제 기간의 마지막 날에 해당한다. 이날 사람들은 흔히 악의 없는 장난과 농담을 하면서 즐기는데, 이 극에서도 도덕군자처럼 구는 집사 하나가 십이야에 골탕을 먹는 장면이 나온다.

〈십이야〉의 공간적 배경으로 나오는 '일리리아'는 발칸 반도 서부 아드리아 해의 동쪽 지역으로, 고대에 일리리아인들의 나라가 있던 곳이다. 바로 이곳 해안으로 쌍둥이 남매가 표류해 오면서 야기된 착각과 혼동에 의해 아이러니한 상황들이 전개된다. 복잡하게 얽힌 사랑의 구도가 정리되고 결혼에 이르는 과정을 희극적으로 그려내면서 작품은 막을 내린다.

이 작품은 두 개의 이야기가 병치되는 이중 플롯을 가지고 있다. 두 쌍의 청춘남녀가 엇갈리면서 짝을 찾아가는 사랑 이야기가 주요 플롯이고, 거짓 연서에 놀아난 집사의 가엾은 구애 이야기가 서브플롯을 이루고 있는 것이다. 정치적 암투나 음모가 섞여 드는 다른 낭만 희극들과 달리 여기서는 순수하게 사랑의 문제만을 주제로 다루고 있다.

〈십이야〉에서 눈에 띄는 또 다른 특성은 유달리 노래가 많이 나온다는 점이다. 대사와 대사 사이에 춤과 노래를 풍성하게 곁들인 이 작품은 오늘날의 뮤지컬과 비슷한 분위기를 엘리자베스 여왕 시절의 관객들에게 안겨주었을 것으로 보인다. 셰익스피어는 다양한 무대 위의 실험을 통해 검증한 모든 희극적 수법과 기교를 이 한 편의 낭만 희극 안에서 조화롭게 활용하고 있다.

셰익스피어 연보

1564년	4월 26일 출생. 영국 스트래포드어폰에이번에서 아버지
	존 셰익스피어와 어머니 메리 아든의 장남으로 출생.
1568년	아버지가 시장으로 선출됨.
1577년	가세가 기울어져 학업을 포기함.
1582년	8세 연상인 앤 해서웨이와 결혼.
1583년	장녀 수잔나 출생.
1585년	쌍둥이인 아들 햄릿과 딸 주디스 출생.
1590~1592년	〈헨리 6세〉
1592~1593년	〈리처드 3세〉 〈실수연발〉
1592년	페스트로 인해 런던의 극장이 폐쇄됨. 본격적인 활동
	시작.
1593~1594년	〈타이터스 앤드로니커스〉 〈말괄량이 길들이기〉
1594~1595년	〈베로나의 두 신사〉 〈사랑의 헛수고〉 〈로미오와 줄리엣〉
1595~1596년	〈리처드 2세〉 〈한여름밤의 꿈〉

1596~1597년	〈존왕〉〈베니스의 상인〉
1597~1598년	〈헨리 4세 1부·2부〉
1597년	스트래포드어폰에이번에다 호화저택인 뉴플레이스를 사들임.
1598~1599년	〈헛소동〉〈헨리 5세〉
1599~1600년	〈줄리어스 시저〉〈뜻대로 하세요〉〈십이야(十二夜)〉
1599년	글로브 극장 신축.
1600~1601년	〈햄릿〉〈윈저의 유쾌한 아낙네〉
1601~1602년	〈트로일루스와 크레시다〉
1601년	아버지 존 사망.
1602~1603년	〈끝이 좋으면 다 좋아〉
1602년	부동산에 관심을 갖고 스트래포드어폰에이번의 땅을 사들임.
1603년	3월 24일, 엘리자베스 여왕 서거. 전염병으로 글로브 극장 폐관.
1604~1605년	〈자에는 자로〉〈오셀로〉
1604년	글로브 극장 개관.
1605~1606년	〈리어왕〉〈맥베스〉
1606~1607년	〈안토니우스와 클레오파트라〉
1607~1608년	〈코리올라누스〉〈아테네의 타이몬〉
1607년	장녀 수잔나 결혼.
1608~1610년	〈페리클레스〉〈심벨린〉
1608년	어머니 메리 사망.
1610~1611년	〈겨울 이야기〉
1611~1612년	〈템페스트〉

1612~1613년	〈헨리 8세〉
1612년	동생 길버트 사망.
1613년	동생 리처드 사망. 화재로 글로브 극장이 소실됨.
1614년	6월 글로브 극장 재개장.
1616년	4월 23일 사망. 스트래포드어폰에이번의 트리니티 교회에 묻힘.